Stephen King
WOLFSMOND

STEPHEN KING

WOLFSMOND

DER DUNKLE TURM

Roman

Aus dem Amerikanischen
von Wulf Bergner

HEYNE

Die Originalausgabe erschien unter dem Titel
The Dark Tower V: Wolves of the Calla
bei Scribner, New York

Der Wilhelm Heyne Verlag ist ein Verlag
der Ullstein Heyne List GmbH & Co. KG
Satz: Franzis print & media GmbH, München
Druck und Bindung: Bercker, Kevelaer
Printed in Germany

ISBN 3-453-87414-5

www.heyne.de

Dieses Buch ist für Frank Muller,
der die Stimmen in meinem Kopf hört.

Inhalt

TEIL DREI

DIE WÖLFE

Die letzte Auseinandersetzung

Wolfsmond ist der fünfte Band einer längeren Geschichte, die durch Robert Brownings erzählendes Gedicht »Herr Roland kam zum finstern Turm« inspiriert wurde. Der sechste Band, *Susannah*, erscheint im Jahr 2004. Der siebte und letzte Band, *Der Dunkle Turm,* erscheint später im selben Jahr.

Der erste Band, *Schwarz,* erzählt, wie Roland Deschain von Gilead den Mann in Schwarz, Walter, verfolgt und letztlich stellt – den Mann, der Freundschaft mit Rolands Vater heuchelte, aber in Wirklichkeit dem Scharlachroten König in der fernen Endwelt diente. Den nur halb menschlichen Walter zu stellen, ist für Roland ein Schritt auf dem Weg zum Dunklen Turm, wo er die sich beschleunigende Zerstörung von Mittwelt und den allmählichen Verfall der Balken aufhalten oder sogar umkehren zu können hofft. Der Untertitel dieses Romans lautet **WIEDERAUFNAHME**.

Der Dunkle Turm ist Rolands Obsession, sein Gral, sein einziger Lebenszweck, als wir ihm begegnen. Wir erfahren, wie Marten versuchte, als Roland noch ein Junge war, ihn entehrt »nach Westen« schicken zu lassen, vom Brett des großen Spiels gewischt. Roland durchkreuzt Martens Pläne jedoch – hauptsächlich durch kluge Waffenwahl bei seiner Mannbarkeitsprüfung.

Steven Deschain, Rolands Vater, schickt seinen Sohn und dessen zwei Freunde (Cuthbert Allgood und Alain Johns) in die Küstenbaronie Mejis – hauptsächlich um ihn außer Reichweite Walters zu schaffen. Roland begegnet dort Susan Delgado, die in

Konflikt mit einer Hexe geraten ist, und verliebt sich in sie. Rhea vom Cöos, eifersüchtig auf die Schönheit des Mädchens, ist besonders gefährlich, weil sie eine der großen Glaskugeln, die als die Regenbogen-Bogen oder Zauberergläser bekannt sind, an sich gebracht hat. Insgesamt gibt es dreizehn davon, und die Stärkste und Gefährlichste von ihnen ist die Schwarze Dreizehn. Roland und seine Freunde bestehen in Mejis viele Abenteuer, und obwohl sie lebend (und mit dem rosa Regenbogen-Bogen) entkommen, stirbt Susan, das liebreizende Mädchen am Fenster, auf dem Scheiterhaufen. Diese Geschichte wird im vierten Band, *Glas*, erzählt. Der Untertitel dieses Romans lautet **RÜCKSICHT**.

Im Verlauf der Erzählungen vom Dunklen Turm entdecken wir, dass die Welt des Revolvermanns auf fundamentale und schreckliche Weise mit unserer eigenen verbunden ist. Die erste dieser Verbindungen wird enthüllt, als Jake, ein Junge aus dem New York des Jahres 1977, lange Jahre nach Susan Delgados Tod an einer Zwischenstation in der Wüste Roland begegnet. Es gibt Türen zwischen Rolands Welt und unserer eigenen, und eine davon ist der Tod. Jake findet sich in dieser Zwischenstation in der Wüste wieder, nachdem er auf die Forty-third Street geschubst und von einem Auto überfahren wurde. Der Fahrer des Wagens war ein Mann namens Enrico Balazar. Vors Auto geschubst hat Jake ein Psychopath namens Jack Mort, Walters Repräsentant auf der New Yorker Ebene des Dunklen Turms.

Bevor Jake und Roland jenen Walter einholen, stirbt Jake nochmals … diesmal, weil der Revolvermann, als er vor die qualvolle Wahl zwischen seinem symbolischen Sohn und dem Dunklen Turm gestellt wird, sich für den Turm entscheidet. Jakes letzte Worte vor seinem Sturz in den Abgrund lauten: »Dann geh – es gibt andere Welten als diese.«

Die letzte Konfrontation zwischen Roland und Walter ereignet sich in der Nähe des Westlichen Meeres. Bei einem Palaver, das eine ganze Nacht lang dauert, liest der Mann in Schwarz

Roland die Zukunft aus einem Blatt sehr seltsamer Tarotkarten. Roland wird besonders auf drei Karten – *der Gefangene, die Herrin der Schatten* und *der Tod* (»aber nicht für dich, Revolvermann«) – aufmerksam gemacht.

Drei (mit dem Untertitel **ERNEUERUNG**) beginnt an der Küste des Westlichen Meeres, nicht lange nachdem Roland von seiner Konfrontation mit Walter erwacht. Der erschöpfte Revolvermann wird von einem Schwarm Fleisch fressender »Monsterhummer« angefallen, und bevor er ihnen entkommen kann, hat er zwei Finger seiner rechten Hand eingebüßt und sich eine schwere Infektion zugezogen. Roland setzt seine Wanderung entlang der Küste des Westlichen Meeres fort, obwohl er krank, vielleicht sogar todkrank ist.

Auf seiner Wanderung kommt er zu drei Türen, die frei am Strand stehen. Sie öffnen sich zu drei verschiedenen *Wanns* in die Stadt New York. Aus dem Jahr 1987 zieht Roland einen gewissen Eddie Dean, einen Gefangenen des Heroins. Aus dem Jahr 1964 zieht er Odetta Susannah Holmes, die beide Beine verloren hat, weil ein Psychopath namens Jack Mort sie vor eine U-Bahn geschubst hat. Sie ist die Herrin der Schatten, in deren Kopf sich eine gewalttätige »Andere« verbirgt. Diese verborgene Frau, die gewalttätige und verschlagene Detta Walker, ist entschlossen, Roland und Eddie zu ermorden, als der Revolvermann sie nach Mittwelt zieht.

Roland glaubt, er habe die drei vielleicht schon mit Eddie und Odetta gezogen, weil Odetta in Wirklichkeit aus zwei Persönlichkeiten besteht, aber als Odetta und Detta zu Susannah verschmelzen (vor allem dank Eddie Deans Liebe und Mut), weiß der Revolvermann, dass dies nicht der Fall ist. Und er weiß noch etwas anderes: Ihn quält die Erinnerung an Jake, an den Jungen, der zum Zeitpunkt seines Todes von anderen Welten gesprochen hat.

tot. mit dem Untertitel **ERLÖSUNG** beginnt mit einem Paradox: Für Roland scheint Jake zugleich lebendig und tot zu sein. Im New York der späten Siebzigerjahre wird Jake Chambers von derselben Frage gequält: Lebendig oder tot? Was ist er? Nachdem sie einen riesenhaften Bären, der entweder Mir (so von dem alten Volk genannt, das ihn fürchtete) oder Shardik (von den Großen Alten, die ihn erbaut haben) heißt, erlegt haben, gelangen Roland, Eddie und Susannah zu dessen Heimstatt und entdecken dort den Pfad des Balkens, der als Shardik zu Maturin, Bär zu Schildkröte, bekannt ist. Einst gab es sechs dieser Balken, die zwischen den zwölf Portalen verliefen, die den Rand von Mittwelt bezeichnen. Wo die Balken sich kreuzen, im Mittelpunkt von Rolands Welt (und aller Welten), erhebt sich der Dunkle Turm, der Nexus aller *Wos* und *Wanns*.

Unterdessen sind Eddie und Susannah nicht länger Gefangene in Rolands Welt. Sie lieben sich, sind weit darin fortgeschritten, selbst Revolvermänner zu werden, sind vollwertige Teilnehmer an der Suche und folgen Roland, dem letzten *Seppe-Sai* (Todesverkäufer), auf dem Pfad von Shardik, dem Weg in Richtung Maturin.

In einem sprechenden Ring, nicht weit vom Portal des Bären entfernt, wird die Zeit gekittet, das Paradox beendet und der *wahre* Dritte gezogen. Jake kehrt zum Schluss eines gefährlichen Rituals, bei dem alle vier – Jake, Eddie, Susannah und Roland – sich an das Angesicht ihrer Väter erinnern und sich tapfer bewähren, nach Mittwelt zurück. Wenig später wird das Quartett sogar zu einem Quintett, als Jake Freundschaft mit einem Billy-Bumbler schließt. Bumbler, die wie eine Kreuzung aus Dachs, Waschbär und Hund aussehen, verfügen über ein beschränktes Sprechvermögen. Jake nennt seinen neuen Freund Oy.

Der Weg der Pilger führt sie zur Stadt Lud, in der die degenerierten Überlebenden zweier von alters her im Streit liegenden Gruppierungen endlose Kämpfe austragen. Bevor sie die Stadt erreichen, begegnen sie in der Kleinstadt River Crossing einigen greisen Überlebenden aus alten Zeiten. Diese erkennen Roland als Mitüberlebenden aus jenen Tagen, bevor die Welt sich weiterbewegt hat, und ehren ihn und seine Gefährten. Die alten Leute erzählen ihnen auch von einer Einschienenbahn, die möglicherweise noch immer von Lud aus ins Ödland, dem Pfad des Balkens folgend, in Richtung Dunkler Turm fährt.

Diese Mitteilung ängstigt Jake, aber sie überrascht ihn nicht; bevor er aus New York gezogen wurde, hat er in einer Buchhandlung, die einem Mann mit dem nachdenklich machenden Namen Calvin Tower gehörte, zwei Bücher gekauft. Eines ist ein Rätselbuch, aus dem die Lösungsseiten herausgerissen wurden. Das andere, *Charlie Tschuff-Tschuff*, ist eine Kindergeschichte mit dunklen Anklängen an Mittwelt. Beispielsweise bedeutet das Wort *Char* in der Hohen Sprache, mit der Roland in Gilead aufgewachsen ist: *Tod*.

Tante Talitha, die Matriarchin von River Crossing, schenkt Roland ein silbernes Kreuz, das er tragen soll, und die Reisenden ziehen weiter. Als sie eine baufällige Brücke überqueren, die den Fluss Send überspannt, wird Jake von einem todkranken (und sehr gefährlichen) Verbrecher namens Gasher – »Schlitzer« – unter die Erde zum Ticktackmann verschleppt, dem letzten Anführer der als die Grauen bekannten Gruppierung.

Während Roland und Oy sich aufmachen, um Jake zu befreien, finden Eddie und Susannah die Wiege von Lud, wo Blaine der Mono erwacht. Blaine ist das letzte oberirdische Artefakt eines riesigen Computersystems, das unter Lud liegt, und er interessiert sich nur noch für eines: Rätsel. Blaine verspricht, die Reisenden bis zu seiner Endstation zu bringen … wenn sie ihm ein Rätsel stellen können, das er nicht lösen kann. Andernfalls, sagt Blaine, werde er sie dorthin mitnehmen, »wo der Pfad auf der Lichtung endet« – in den Tod.

Roland rettet Jake und lässt den Ticktackmann scheinbar tot zurück. Aber Andrew Quick ist nicht tot. Halb blind, mit grausig verletztem Gesicht, wird er von einem Mann gerettet, der sich Richard Fannin nennt. Fannin gibt sich jedoch auch als der Zeitlose Fremde zu erkennen – ein Dämon, vor dem Roland einst gewarnt worden ist.

Die Pilger setzen ihre Reise von der sterbenden Stadt Lud aus fort, jetzt mit der Einschienenbahn. Die Tatsache, dass die wahre Intelligenz, die den Mono steuert, in Computern existiert, die immer weiter hinter ihnen zurückbleiben, wird so oder so keine Rolle mehr spielen, wenn das rosa Geschoss irgendwo entlang des Balkenpfads mit über achthundert Meilen in der Stunde von seiner verrotteten Schiene springt. Ihre einzige Überlebenschance besteht darin, Blaine ein Rätsel zu stellen, das er nicht lösen kann.

Am Anfang von *Glas* kann Eddie dann tatsächlich ein solches Rätsel stellen und zerstört Blaine mit einer allein Menschen vorbehaltenen Waffe: Unlogik. Der Mono hält in einer Variante von Topeka, Kansas, die von einer »Supergrippe« genannten Krankheit entvölkert worden ist. Als sie ihre Reise entlang dem Balkenpfad fortsetzen (jetzt auf einer apokalyptischen Version der Interstate 70), sehen sie auf Straßenschildern beunruhigende Aufschriften. HEIL DEM SCHARLACHROTEN KÖNIG, verkündet eine. HÜTET EUCH VOR DEM WANDELNDEN GECKEN, steht auf einem anderen. Und wie aufmerksame Leser wissen, trägt der Wandelnde Geck einen Namen, der sehr ähnlich wie Richard Fannin klingt.

Nachdem Roland seinen Freunden die Geschichte von Susan Delgado erzählt hat, kommen sie zu einem Palast aus grünem Glas, der die I-70 überspannt und starke Ähnlichkeit mit dem hat, den Dorothy Gale in *Der Zauberer von Oz* suchte. Im Thronsaal dieses prächtigen Schlosses begegnen sie aber nicht Oz dem Großen und Schrecklichen, sondern dem Ticktackmann, dem letzten Flüchtling aus der großen Stadt Lud. Als der Ticktackmann tot ist, zeigt sich der *wahre* Zauberer: Rolands uralte Nemesis Marten Broadcloak, der in manchen Welten als Randall Flagg, in anderen als Richard Fannin und in wieder anderen als John Farson (der Gute Mann) bekannt ist. Roland und seinen Freunden gelingt es nicht, dieses Gespenst zu töten, das sie ein letztes Mal davor warnt, ihre Suche nach dem Turm fortzusetzen (»Schlägt nur auf *mich* zurück, Roland, alter Junge«, erklärt es dem Revolvermann), aber sie können es verbannen.

Nach einem abschließenden Trip ins Zaubererglas und einer letzten grausigen Enthüllung – dass Roland von Gilead seine eigene Mutter erschossen hat, weil er sie irrtümlich für die Hexe Rhea hielt – befinden die Wanderer sich wieder in Mittwelt und wieder auf dem Pfad des Balkens. Sie nehmen ihre Suche erneut auf, und hier begegnen wir ihnen auf den ersten Seiten von *Wolfsmond*.

Dieser Überblick ist keineswegs eine Zusammenfassung der ersten vier Bände des *Turm*-Zyklus; wenn Sie diese Bücher nicht gelesen haben, bevor Sie den vorliegenden beginnen, rate ich Ihnen dringend, es zu tun oder diesen erst einmal hier beiseite zu legen. Diese Bücher sind nur Teile einer einzigen langen Geschichte, und Sie täten besser daran, sie von Anfang an zu lesen, statt in der Mitte anzufangen.

»Wir sind Reisende in Blei.«
STEVE MCQUEEN
in *Die Glorreichen Sieben*

»Erst kommt Lächeln, dann kommen Lügen. Zuletzt Schüsse.«
ROLAND DESCHAIN VON GILEAD

The blood that flowing through you flows through me
When I look in any mirror it's your face that I see
Lean on me
I'll be strong
We're almost free
It won't be long
Wandering boy

RODNEY CROWELL
»Wandering Boy«

Widerstand

19

Prolog

Minder

1

Tian war mit drei Feldern gesegnet (obwohl nur wenige Farmer ein solches Wort verwendet hätten): mit dem Flussfeld, auf dem seine Familie seit undenklichen Zeiten Reis anbaute; dem Straßenfeld, auf dem die Ka-Jaffords seit ebenso vielen Jahren und Generationen Scharfwurzel, Kürbis und Mais angebaut hatten; und dem Scheißfeld, einem undankbaren Stück Land, das hauptsächlich Felsbrocken, Blasen und enttäuschte Hoffnungen hervorbrachte. Tian war nicht der erste Jaffords, der es sich in den Kopf gesetzt hatte, etwas aus den zwanzig Morgen Land hinter der Heimstatt zu machen; sein Gran-Pere, sonst in fast jeder Beziehung ganz normal, war der Überzeugung gewesen, dort gebe es Gold. Tians Ma war ebenso überzeugt gewesen, dort lasse sich Porin, ein sehr wertvolles Gewürz anbauen. Tian selbst hegte eine spezielle Verrücktheit hinsichtlich Madrigal. Natürlich konnte man auf dem Scheißfeld Madrigal anbauen. Es *musste* dort wachsen. Er hatte sich tausend Samen beschafft (und einen schönen Batzen Geld dafür ausgegeben), die jetzt unter den Dielenbrettern seines Schlafzimmers versteckt waren. Bevor er im kommenden Jahr mit der Aussaat beginnen konnte, musste er das Scheißfeld nur noch umpflügen. Aber das war leichter gesagt als getan.

Der Jaffords-Clan war mit Vieh gesegnet, zu dem drei Maultiere gehörten, aber ein Mann, der versucht hätte, das Scheißfeld mit einem Maultier umzupflügen, wäre verrückt gewesen; das Tier, welches das Unglück hatte, dazu hergenommen zu werden, würde wahrscheinlich schon am Mittag des ersten Tages mit gebrochenem Bein oder totgestochen daliegen. Einer von Tians Onkeln hatte vor einigen Jahren beinahe letzteres Schicksal erlitten. Er war, aus voller Lunge kreischend und von riesigen Mutie-Wespen mit nagelgroßen Stacheln verfolgt, auf die Heimstatt zurückgerannt gekommen.

Sie hatten das Nest gefunden (nun, Andy hatte es gefunden; Andy störten Wespen nicht, wie groß sie auch sein mochten) und mit Petroleum verbrannt, aber es konnte weitere geben. Und es gab Löcher. Schitt auch, *die* gab es in Massen, und Löcher konnte man nicht verbrennen, oder? Nein. Das Scheißfeld befand sich auf etwas, was die Alten »lockeren Grund« nannten. Deshalb wies es fast so viele Löcher auf wie Felsbrocken, ganz zu schweigen von mindestens einer Höhle, aus der manchmal ein übel riechender Pestilenzhauch wehte. Wer wusste, was für Gnomen und Erdgeister in ihren dunklen Tiefen lauern mochten?

Und die schlimmsten Löcher lagen nicht im Freien, wo ein Mann (oder Maultier) sie sehen konnte. Überhaupt nicht, mein Herr, vergesst es. Diese Beinbrecher waren stets in scheinbar harmlosen Unkrautklumpen und hohem Gras versteckt. Euer Maultier würde hineintreten, dann wäre ein scharfes Knacken zu hören, als zersplittere ein Zweig, und dann läge das verdammte Ding vor einem auf dem Boden, fletschte die Zähne, verdrehte die Augen und schrie all seinen Schmerz gen Himmel. Das heißt, bis man es von seinen Qualen erlöste, und Vieh war in Calla Bryn Sturgis wertvoll, auch Vieh, das nicht gerade bester Erblinie war.

Deshalb pflügte Tian mit seiner Schwester im Geschirr. Kein Grund, das nicht zu tun. Tia war minder, daher zu fast nichts anderem zu gebrauchen. Sie war ein großes Mädchen – die Minderen entwickelten sich oft zu unglaublicher Größe –, und sie war willig, der Jesusmensch liebe sie. Der Alte Kerl hatte ihr einen Jesusbaum geschnitzt, den er ein *Crusie-fix* nannte, und sie trug ihn überall. Jetzt baumelte er hin und her und schlug an ihre schweißnasse Haut, während sie den Pflug zog.

Der Pflug war durch ein Geschirr aus Rohleder mit ihren Schultern verbunden. Hinter ihr grunzte und ruckte und schob Tian, der abwechselnd den Pflug an seinen alten Eisenholzgriffen führte und seine Schwester am Zaumzeug leitete, wenn die Pflugschar sich tief eingrub und kurz davor war, stecken zu bleiben. Die Vollerde ging dem Ende zu, aber hier auf dem Scheißfeld war es heiß wie im Hochsommer; Tias Latzhose war dunkel und feucht und klebte ihr an den langen, muskulösen Schenkeln. Warf Tian den Kopf nach hinten, um die Haare aus den Augen zu bekommen, sprühte jedes Mal ein Regen von Schweißtropfen aus seiner Mähne.

»Hü, du Miststück!«, rief er. »Der Felsblock da ist ein Pflugbrecher, bist du blind?«

Nicht blind; auch nicht taub; nur minder. Sie zog ruckartig nach links. Hinter ihr stolperte Tian mit einem halsbrecherischen Ruck nach links und schlug sich das Schienbein an einem anderen Felsblock an, den er nicht gesehen und den der Pflug ausnahmsweise verfehlt hatte. Als er die ersten warmen Rinnsale von Blut zum Knöchel hinunterlaufen spürte, fragte er sich (und nicht zum ersten Mal), welche Verrücktheit die Jaffordsens wohl immer wieder hier hinaustrieb. Im tiefsten Inneren ahnte er, dass Madrigal hier nicht besser gedeihen würde als zuvor Porin, obwohl er hier hätte Teufelsgras anbauen können; yar, hätte er gewollt, hätte er auf den gesamten zwanzig Morgen dieses Scheißzeug blühen lassen können. Das Kunststück war eben, es *nicht* aufkommen zu lassen, und das war bei Neue Erde stets ihre zuvörderste Aufgabe. Es …

Der Pflug ruckte nach rechts und dann wieder vorwärts und riss ihm dabei fast die Arme aus den Gelenken. »Brrr!«, rief Tian. »Langsam, Mädchen! Ich kann keine nachwachsen lassen, wenn du sie mir ausreißt, oder?«

Tia hob das breite, schweißnasse, leere Gesicht zu einem Himmel voller tief hängender Wolken und röhrte ein Lachen heraus.

O Jesusmensch, sie *klang* sogar wie ein Esel. Dennoch war das ein Lachen, ein menschliches Lachen. Tian fragte sich, wie er's manchmal unwillkürlich tat, ob dieses Lachen irgendetwas *bedeutete*. Verstand sie etwas von dem, was er sagte, oder reagierte sie nur auf seinen Ton? Gab es Mindere, die …

»Guten Tag, Sai«, sagte eine laute und fast gänzlich ausdruckslose Stimme hinter ihm. Der Besitzer dieser Stimme schien Tians überraschten Aufschrei nicht weiter zu beachten. »Angenehme Tage, und mögt Ihr sie lange auf der Erde verbringen. Ich bin von einer ziemlichen Wanderung zurück und stehe zu Euren Diensten.«

Tian fuhr herum, sah dort Andy stehen – in seiner vollen Größe von sieben Fuß – und schlug dann fast der Länge nach hin, weil seine Schwester gerade einen weiteren ihrer großen schwerfälligen Schritte vorwärts machte. Das Zaumzeug wurde ihm aus den Händen gerissen und wickelte sich ihm mit hörbarem Knall um den Hals. Tia, die nichts von der ihm drohenden Katastrophe ahnte, machte einen weiteren kräftigen Schritt vorwärts. Als sie das tat, wurde Tian die Luft abgeschnürt. Er stieß einen aufgebrachten, halb erstickten Schrei aus und krallte nach den Lederriemen. Das alles beobachtete Andy mit seinem gewohnt breiten, bedeutungslosen Lächeln.

Tia ruckte erneut vorwärts, und Tian wurde von den Beinen geholt. Er landete auf einem Felsbrocken, der sich ihm schmerzhaft in den Spalt zwischen den Gesäßbacken bohrte, aber wenigstens bekam er jetzt wieder Luft. Zumindest vorläufig. Das verdammte Unglücksfeld! Es hatte immer Unglück gebracht! Würde immer welches bringen!

Tian schnappte sich den Lederriemen, bevor der sich wieder um den Hals festziehen konnte, und schrie: »Halt, du Miststück! Bleib stehen, wenn du nicht willst, dass ich dir deine großen, nutzlosen Titten vom Leib abreiße!«

Tia blieb bereitwillig stehen und sah sich um, um festzustellen, was Sache war. Ihr Lächeln wurde breiter. Sie hob einen mit Muskeln bepackten Arm – er glänzte von Schweiß – und streckte ihn aus. »Andy!«, sagte sie. »Andy ist gekommen!«

»Bin ja nicht blind«, sagte Tian, rappelte sich auf und rieb sich den Hintern. Blutete dieser Körperteil etwa auch? Gütiger Jesusmensch, er hatte das Gefühl, dass er's auch tat.

»Guten Tag, Sai«, sagte Andy zu ihr und tippte sich mit seinen drei Metallfingern dreimal an den Metallkehlkopf. »Lange Tage und angenehme Nächte.«

Obwohl Tia die Standardantwort auf diesen Wunsch – *Und mögen sie dir doppelt vergönnt sein* – bestimmt schon tausend oder mehr Male gehört hatte, konnte sie nicht mehr tun, als ihr breites Idiotengesicht erneut gen Himmel zu heben und wieder ihr Eselslachen zu röhren. Tian spürte überraschend einen schmerzlichen Stich, nicht in Armen oder Hals oder seinem verletzten Hintern, sondern im Herzen. Er konnte sich verschwommen entsinnen, wie sie als kleines Mädchen gewesen war: hübsch und flink wie eine Libelle, so klug, wie man sie sich nur wünschen konnte. Und dann

Aber bevor er diesen Gedanken zu Ende bringen konnte, überfiel ihn eine Vorahnung. Er fühlte, wie ihm das Herz sank. *Die Nachricht* musste *ja kommen, während ich hier draußen bin*, sagte er sich. *Draußen auf diesem gottverlassenen Stück Land, wo nichts gut ist und alles nur Unglück bringt.* Es war an der Zeit, oder? Überfällig.

»Andy«, sagte er.

»Ja!«, sagte Andy und lächelte. »Andy, Euer Freund! Von einer ziemlichen Wanderung zurück und zu Euren Diensten. Möchtet Ihr Euer Horoskop hören, Sai Tian? Es ist Volle Erde. Der Mond ist rot – ein Jägerinnenmond, wie man in Mittwelt einst sagte. Ein Freund wird Euch besuchen! Die Geschäfte werden florieren! Ihr werdet zwei Einfälle haben, einen guten und einen schlechten …«

»Der schlechte war, hierher zu kommen, um dieses Feld umzupflügen«, sagte Tian. »Lass jetzt mal mein gottverdammtes Horoskop, Andy. Wozu bist du hier?«

Andys Lächeln konnte vermutlich nicht bekümmert werden – schließlich war er ein Roboter, der letzte in Calla Bryn Sturgis und im Umkreis von vielen Meilen und Rädern –, aber Tian hatte trotzdem den Eindruck, dass es bekümmert *wurde*. Der Roboter sah wie ein von einem kleinen Kind gezeichnetes Strichmännchen aus: unheimlich groß und unheimlich dünn. Die Arme und Beine waren silbern. Der Kopf war ein Zylinder aus rostfreiem Stahl mit elektrischen Augen. Sein Körper, ebenfalls ein Zylinder, glänzte golden. Im oberen Drittel – wo bei einem Menschen die Brust gewesen wäre – war folgender Text eingeprägt:

NORTH CENTRAL POSITRONICS, LTD.
präsentiert in Zusammenarbeit mit
LaMERK INDUSTRIES

ANDY

Modell: Kurier (viele weitere Funktionen)
Seriennummer: DNF-44821-V-63

Wie oder warum dieses blöde Ding überlebt hatte, während alle übrigen Roboter verschwunden waren – seit Generationen verschwunden –, wusste Tian nicht, und es war ihm auch egal. Man konnte ihm allerorten in der Calla begegnen (über ihre Grenzen wagte er sich nicht hinaus), wo er auf seinen unheimlich dünnen silbernen Beinen umherstakste, sich überall umsah und manchmal vor sich hin klickte, während er Informationen speicherte (oder vielleicht löschte – wer wusste das schon?). Er sang Lieder, verbreitete Klatsch und Gerüchte von einem Ende des Dorfes bis zum anderen – Andy der Kurierroboter war ein unermüdlicher Wanderer – und schien den größten Spaß daran zu haben, Horoskope zu stellen, obwohl die Dörfler sich darüber einig waren, dass jene wenig bedeuteten.

Er besaß jedoch eine weitere Funktion, und die bedeutete viel.

»Wozu bist du hier, du Ansammlung aus Schrauben und Drähten? Antworte! Sind's die Wölfe? Kommen sie wieder aus Donnerschlag?«

Tian stand da, sah in Andys dümmlich lächelndes Metallgesicht auf, fühlte den Schweiß auf der Haut kalt werden und betete mit aller Macht darum, dass das blöde Ding Nein sagen und sich dann erbieten würde, ihm nochmals sein Horoskop zu stellen oder vielleicht »He, ho, das Korn sprießt« zu singen, alle zwanzig oder dreißig Verse.

Aber Andy, weiterhin lächelnd, sagte nur: »Ja, Sai.«

»Christus und der Jesusmensch«, sagte Tian (durch den Alten Kerl war er auf den Gedanken gekommen, dies seien zwei Namen für dasselbe Ding, aber er hatte sich nie die Mühe gemacht, diese Frage weiter zu verfolgen). »Wie lange noch?«

»Ein Mond von Tagen, bevor sie eintreffen«, antwortete Andy, noch immer lächelnd.

»Von voll bis voll?«

»Ziemlich genau, Sai.«

Also dreißig Tage. Dreißig Tage bis zu den Wölfen. Und es war zwecklos, darauf zu hoffen, Andy könnte sich irren. Niemand konnte sich erklären, woher der Roboter so lange vor ihrer Ankunft wissen konnte, dass sie aus Donnerschlag kommen würden, aber er *wusste* es. Und er irrte sich nie.

»Verpiss dich mit deiner schlechten Nachricht!«, rief Tian aus und war wütend über das Zittern, das er in seiner Stimme hörte. »Wozu taugst du überhaupt?«

»Tut mir Leid, dass die Nachricht schlecht ist«, sagte Andy. In seinem Körper klickte es hörbar, die Augen leuchteten noch blauer, und er machte einen Schritt rückwärts. »Möchtet Ihr nicht, dass ich Euch Euer Horoskop stelle? Gegenwärtig ist Ende der Vollerde, eine besonders günstige Zeit, um alte Geschäfte abzuschließen und neue Bekanntschaften zu machen …«

»Und verpiss dich auch mit deinen falschen Prophezeiungen!« Tian bückte sich, hob einen Klumpen Erde auf und warf damit nach dem Roboter. Ein in dem Klumpen verborgener Stein schepperte gegen Andys metallene Haut. Tia holte erschrocken tief Luft, dann begann sie zu weinen. Andy, dessen Schatten weit übers Scheißfeld ausgriff, wich noch einen Schritt zurück. Aber sein abscheuliches, dümmliches Lächeln blieb.

»Wie wär's mit einem Lied? Von den Manni weit nördlich der Stadt habe ich ein amüsantes gelernt; es heißt ›In traurigen Zeiten soll Gott dich begleiten‹.« Irgendwo aus Andys Innerem kam das klagende Tremolieren einer Stimmpfeife, dann folgten perlende Läufe auf einem Klavier. »Es geht folgendermaßen …«

Schweiß rann ihm übers Gesicht, Schweiß ließ seine juckenden Hoden an den Oberschenkeln kleben. Der Gestank der eigenen närrischen Besessenheit. Tia, die ihr einfältiges Gesicht blökend zum Himmel hob. Und dieser idiotische Roboter, der Überbringer schlimmer Nachrichten, der sich bereit machte, ihm irgendein Manni-Loblied vorzusingen.

»Schweig, Andy.« Er sprach ganz vernünftig, aber mit zusammengebissenen Zähnen.

»Sai«, sagte der Roboter, dann verstummte er barmherzigerweise.

Tian ging zu seiner plärrenden Schwester, legte einen Arm um sie und nahm dabei ihren starken (aber nicht ganz unangenehmen) Geruch wahr. Hier gab es keine Besessenheit, nur den Geruch von Arbeit und Fügsamkeit. Er seufzte und streichelte dann ihren zitternden Arm.

»Hör auf, du große plärrende Fotze«, sagte er. Die Worte

mochten hässlich sein, aber sein Ton war äußerst liebevoll, und Tia reagierte allein auf den Ton. Sie beruhigte sich allmählich. Als ihr Bruder so neben ihr stand, berührte der Schwung ihrer Hüfte ihn dicht unter dem Brustkorb (sie war über einen Kopf größer), und jeder vorbeikommende Fremde wäre vermutlich stehen geblieben, um sie anzustarren, weil ihn die Ähnlichkeit der Gesichter und der auffällige Größenunterschied zwischen ihnen verblüfften. Zumindest die Ähnlichkeit war ehrlich erworben: Sie waren Zwillinge.

Er beruhigte seine Schwester mit einer Mischung aus Kosenamen und Unanständigkeiten – seit sie vor Jahren minder aus dem Osten zurückgekommen war, waren diese beiden Ausdrucksweisen für Tian Jaffords weitgehend identisch geworden –, und sie hörte endlich zu weinen auf. Und als ein Häher über sie hinwegflog, Überschläge machte und dabei wie gewöhnlich misstönend kreischte, deutete sie darauf und lachte.

In Tian stieg ein Gefühl auf, das so fremdartig war, dass er es nicht einmal erkannte. »'s ist nicht recht«, sagte er. »O nein, mein Herr. Beim Jesusmenschen und allen Göttern, die es gibt, 's ist nicht recht.« Er sah nach Osten, wo die sanften Hügel in ein aufsteigendes, halb durchsichtiges Dunkel übergingen, das wie Wolken aussah, aber doch nicht aus Wolken bestand. Es war der Rand von Donnerschlag.

»'s ist nicht recht, was sie uns antun.«

»Wollt Ihr wirklich nicht Euer Horoskop hören, Sai? Ich sehe blanke Münzen und eine schöne dunkelhaarige Dame.«

»Die dunkelhaarigen Damen werden ohne mich auskommen müssen«, sagte Tian und machte sich daran, das Geschirr von den breiten Schultern seiner Schwester abzuziehen. »Ich bin verheiratet, wie du bestimmt sehr gut weißt.«

»So mancher verheiratete Mann hat ein Feinsliebchen gehabt«, bemerkte Andy. Tian fand, dass das Ganze irgendwie selbstgefällig klang.

»Nicht die, die ihre Frau lieben.« Tian nahm das Geschirr über die Schultern (er hatte es selbst angefertigt, weil in den meisten Mietställen ein auffälliger Mangel an Zaumzeug für Menschen herrschte) und wandte sich der Heimstatt zu. »Und keinesfalls Farmer. Zeig mir einen Farmer, der sich ein Feinsliebchen leisten kann, dann küsse ich deinen glänzenden Hintern. Auf, Tia. Wir packen's und gehen.«

»Heimstatt?«, fragte sie.

»Genau.«

»Mittagessen in der Heimstatt?« Sie sah ihn auf konfus hoffnungsvolle Weise an. »Toffeln?« Eine Pause. *»Mit Soße?«*

»Klar«, sagte Tian. »Warum zum Teufel nicht?«

Tia stieß einen Freudenschrei aus und machte sich rennend auf den Weg zum Haus. Sie hatte etwas fast Ehrfurcht gebietendes an sich, wenn sie rannte. Wie ihr Vater einmal, nicht lange vor dem Sturz, nach dem er abberufen worden war, bemerkt hatte: »Klug oder dumm, da ist ein Haufen Fleisch in Bewegung.«

Tian folgte ihr langsam und hielt dabei den Kopf gesenkt, um auf die Löcher zu achten, die seine Schwester zu vermeiden schien, ohne auch nur hinzusehen, so als hätte sie irgendwo in den Tiefen ihres Ichs die genaue Lage jedes einzelnen gespeichert. Jenes seltsame neue Gefühl wurde immer stärker. Er kannte den Zorn – jeder Farmer, der jemals Kühe durch Milchfieber verloren oder erlebt hatte, wie ein sommerlicher Hagelsturm seinen Mais flachlegte, wusste so einiges darüber –, aber dieses Gefühl ging tiefer. Es war unbändige Wut, und das war für ihn etwas ganz Neues. Er ging langsam dahin, den Kopf gesenkt, die Fäuste geballt. Er war sich nicht bewusst, dass Andy ihm folgte, bis der Roboter sagte: »Es gibt weitere Neuigkeiten, Sai. Nordwestlich des Dorfes, entlang dem Balkenpfad, sind Fremde aus der Außenwelt …«

»Scheiß auf den Balken, scheiß auf die Fremden und scheiß auf deine Wenigkeit«, sagte Tian. »Lass mich in Ruhe, Andy.«

Andy blieb einen Augenblick dort stehen, wo er war: von den

Felsbrocken und dem Unkraut und den unnützen Erdklumpen des Scheißfelds umgeben, inmitten jenes undankbaren Stücks Land der Jaffordsens. In seinem Inneren klickten Relais. Die Augen blitzten. Und er beschloss, hinzugehen und mit dem Alten Kerl zu reden. Der Alte Kerl forderte ihn niemals auf, auf seine Wenigkeit zu scheißen. Der Alte Kerl war immer bereit, sich sein Horoskop anzuhören.

Und er interessierte sich *immer* für Fremde.

Andy machte sich auf den Weg ins Dorf und zu Unserer Lieben Frau der Heiteren.

2

Zalia Jaffords sah ihren Mann und ihre Schwägerin nicht vom Scheißfeld zurückkommen; hörte nicht, wie Tia den Kopf mehrmals in die Regentonne vor der Scheune tunkte und dann wie ein Pferd das Wasser von den Lippen prustete. Zalia war auf der Südseite des Hauses, wo sie gerade Wäsche aufhängte und gleichzeitig die Kinder im Auge behielt. Sie war sich nicht bewusst, dass Tian wieder da war, bis sie merkte, dass er aus dem Küchenfenster zu ihr hinaussah. Sie war erstaunt, ihn überhaupt dort zu sehen, und noch weit mehr erstaunte sie sein Aussehen. Sein Gesicht war aschfahl bis auf zwei hochrote Flecken über den Backenknochen und einem dritten Fleck, der wie ein Brandmal mitten auf der Stirn leuchtete.

Sie ließ die wenigen Wäscheklammern, die sie noch in der Hand hielt, in den Wäschekorb fallen und machte sich auf den Weg ins Haus.

»Wohin gehst, Mah?«, rief Heddon, und Hedda echote: »Wohin gehst, Mah-Mah?«

»Unwichtig«, sagte Zalia. »Behaltet nur eure Ka-Babbies im Auge.«

»Wiesoooo?«, quengelte Hedda. Dieses Gequengel war ihre Spezialität. Irgendwann würde sie es zu lange hinausziehen, und ihre Mutter würde sie mit einem einzigen Schlag tot zu Boden strecken.

»Weil ihr die Ältesten seid«, sagte sie.

»Aber …«

»Halt die Klappe, Hedda Jaffords.«

»Wir passen auf sie auf, Mah«, sagte Heddon. Immer folgsam, das war ihr Heddon; vielleicht nicht ganz so klug wie seine Schwester, aber Klugheit war nicht alles. Bei weitem nicht. »Sollen wir die übrige Wäsche aufhängen?«

»*Hed*-donnn …« Seine Schwester meldete sich zu Wort. Wieder mit diesem ärgerlichen Quengeln. Aber Zalia hatte keine Zeit für die beiden. Sie warf nur noch einen raschen Blick auf die anderen: Lyman und Lia, die beide fünf waren, und Aaron, der zwei war. Aaron saß nackt auf dem Erdboden und schlug fröhlich zwei Steine aneinander. Er war ein seltenes Einzelkind, und wie die Frauen des Dorfs sie seinetwegen beneideten! Weil Aaron stets außer Gefahr sein würde. Die anderen jedoch, Heddon und Hedda … Lyman und Lia …

Sie begriff plötzlich, was es bedeuten konnte, dass Tian mitten am Tag ins Haus zurückgekehrt war. Sie betete zu den Göttern, es möge nicht so sein, aber als sie in die Küche kam und sah, wie er zu den Kiddies hinausstarrte, wusste sie irgendwie, dass es so war.

»Sag, dass es nicht die Wölfe sind«, sagte sie mit heiserer, hektischer Stimme. »Sag, dass es nicht so ist.«

»Ist aber so«, antwortete Tian. »Dreißig Tage, sagt Andy – von Mond zu Mond. Und darin hat Andy sich noch nie …«

Bevor er weitersprechen konnte, schlug Zalia Jaffords die Hände an die Schläfen und kreischte. Hinter dem Haus sprang Hedda auf. Im nächsten Augenblick wäre sie hineingelaufen, aber Heddon hielt sie zurück.

»Sie nehmen nicht so Junge wie Lyman und Lia, nicht wahr?«, fragte sie ihn. »Hedda oder Heddon, die vielleicht, aber gewiss nicht meine Kleinen, oder? Die sehen ihr sechstes doch erst in einem halben Jahr!«

»Die Wölfe haben schon welche mit drei genommen, das weißt du doch«, sagte Tian. Er ballte die Hände zu Fäusten, öffnete sie, ballte sie. Dieses Gefühl in seinem Inneren wurde stärker – das Gefühl, das mehr war als bloßer Zorn.

Tränen liefen ihr übers Gesicht, während sie ihn ansah.

»Vielleicht ist's an der Zeit, einmal Nein zu sagen.« Tian sprach mit einer Stimme, die er kaum als seine eigene erkannte.

»Wie soll das gehen?«, flüsterte sie. »Im Namen der Götter, wie soll das gehen?«

»Weiß ich nicht«, sagte er. »Aber komm mal mit, Weib, ich bitte dich.«

Sie ging mit ihm, warf einen letzten Blick über die Schulter auf die fünf Kinder hinter dem Haus – als wollte sie sich vergewissern, dass sie noch da waren, dass die Wölfe sie nicht schon mitgenommen hatten – und durchquerte dann das Wohnzimmer. Gran-Pere hockte in seinem Lehnstuhl am erloschenen Kamin, hatte den Kopf auf die Brust gesenkt, döste und sabberte dabei aus seinem eingefallenen, zahnlosen Mund.

Von diesem Zimmer aus war die Scheune zu sehen. Tian zog seine Frau ans Fenster und zeigte nach draußen. »Da«, sagte er. »Erkennst du sie, Weib? Siehst du sie gut?«

Natürlich tat sie das. Tians Schwester, sechseinhalb Fuß groß, stand jetzt mit halb herabgestreifter Latzhose da, und ihre großen Brüste glänzten feucht, während sie sie mit Wasser aus der Regentonne bespritzte. Unter dem Scheunentor stand Zalman, Zalias Bruder. Fast sieben Fuß maß er, ein Hüne wie Lord Perth, so groß wie Andy und mit ebenso leerem Gesichtsausdruck wie das Mädchen. Bei einem strammen jungen Mann, der zusah, wie eine stramme junge Frau die Brüste derart zur Schau stellte, hätte sich vorn in der Hose leicht eine Ausbuchtung abzeichnen können, aber bei Zally war keine zu sehen. Es würde auch nie eine geben. Er war minder.

Sie drehte sich nach Tian um. Sie sahen sich an: ein Mann und eine Frau, die nur eines glücklichen Zufalls wegen nicht minder waren. Ihres Wissens hätten hier ebenso gut Zalman und Tia stehen und Tian und Zalia draußen bei der Scheune beobachten können, beide zu großem Leib und leerem Verstand herangewachsen.

»Natürlich sehe ich sie«, erklärte sie ihm. »Glaubst du, ich bin blind?«

»Wünschst du dir nicht manchmal, du wärst es?«, sagte er. »Wenn du sie so sehen musst?«

Zalia gab keine Antwort.

»'s ist nicht recht, Weib. Nicht recht. Nie gewesen.«

»Aber seit undenklichen Zeiten …«

»Scheiß auch auf undenkliche Zeiten!«, rief Tian zornig aus. »Sie sind Kinder! *Unsere* Kinder!«

»Willst du also, dass die Wölfe die Calla niederbrennen? Uns alle mit durchschnittenen Kehlen und im Kopf verbrannten Augen zurücklassen? So ist's nämlich schon geschehen. Das weißt du wohl.«

Das wusste er allerdings. Aber wer konnte die Sache in Ordnung bringen, wenn nicht die Männer von Calla Bryn Sturgis? Ganz gewiss gab es hierzulande keine Vertreter der Obrigkeit, nicht mal einen Sheriff, weder hoch noch niedrig. Sie waren auf sich allein gestellt. Selbst in der Vergangenheit, als die Inneren Baronien von Licht und Ordnung geglänzt hatten, hätten sie hier draußen herzlich wenig von jenem glänzenden Leben gesehen. Sie waren hier im Grenzland, und das hiesige Leben war immer seltsam gewesen. Dann hatte es damit begonnen, dass die Wölfe kamen, und das Leben war noch weit seltsamer geworden. Vor wie langer Zeit hatte das angefangen? Vor wie vielen Generationen? Tian konnte es nicht sagen, aber er glaubte, »seit undenklichen Zeiten« sei zu lange. Jedenfalls waren die Wölfe in die Dörfer schon im Grenzland eingefallen, als Gran-Pere noch ein Kind war – Gran-Peres eigener Zwilling war geraubt worden, als die beiden im Staub gesessen und mit Murmeln gespielt hatten. »Se ham ihn genomm, weil er näha anner Straß«, hatte Gran-Pere ihnen schon oft erzählt. »Wär ich an diesm Tag zuers ausm Haus gekomm, wär *ich* näha anne Straß, und se hättn *mich* genomm, Gott ist gut!« Dann küsste er immer das hölzerne *Crusie-fix,* das der Alte Kerl ihm geschenkt hatte, hob es gen Himmel und lachte meckernd.

Aber Gran-Peres eigener Gran-Pere hatte ihm erzählt, zu *seiner* Zeit – das musste vor fünf oder sogar sechs Generationen gewesen sein, wenn Tians Rechnung stimmte – seien keine Wölfe auf ihren Grauschimmeln aus Donnerschlag übers Land gefegt. Tian hatte den Alten einmal gefragt: *Und sind auch damals alle Babbies, bis auf einige Ausnahmen, paarweise zur Welt gekommen? Haben die alten Leute jemals davon gesprochen?* Gran-Pere hatte lange darüber nachgedacht, dann hatte er den Kopf geschüttelt. Nein, er konnte sich nicht daran erinnern, dass die Alten jemals davon gesprochen hätten, so oder so.

Zalia sah ihn besorgt an. »Du bist nicht ausgeruht genug, an solche Dinge zu denken, dünkt mir, nachdem du dich den Morgen auf diesem felsigen Feld geplagt hast.«

»Wann sie kommen oder wen sie nehmen, ändert nichts an meiner Meinung«, sagte Tian.

»Du wirst keine Dummheiten machen, T, oder? Nichts Unbedachtes und auf eigene Faust?«

»Nein«, sagte er.

Kein Zögern. *Er hat schon angefangen, Pläne zu schmieden,* dachte sie und gestattete sich, leise Hoffnung zu empfinden. Gewiss konnte Tian nichts gegen die Wölfe ausrichten – gegen die waren sie *alle* machtlos –, aber er war keineswegs dumm. In einem Bauerndorf, in dem die meisten Männer nicht weiter denken konnten, als die nächste Reihe anzupflanzen (oder am Samstagabend ihren Steifen einzupflanzen), war Tian eine Ausnahmeerscheinung. Er konnte seinen Namen schreiben; er konnte Wörter schreiben, die ICH LIEBE DICH, ZALLIE besagten (und hatte sie dadurch für sich gewonnen, obwohl sie die in den Staub geschriebenen Wörter nicht hatte lesen können); er konnte Zahlen zusammenzählen und sie auch wieder von großen in kleine Zahlen verwandeln, was sogar noch schwieriger war, wie er sagte. War es denkbar …?

Ein Teil ihres Ichs wollte diesen Gedanken nicht zu Ende denken. Und doch, wenn sie mit dem Herzen und Verstand einer Mutter an Hedda und Heddon, Lia und Lyman dachte, wollte ein Teil ihres Ichs hoffen. »Was also?«

»Ich berufe eine Stadtversammlung ein. Ich schicke die Feder herum.«

»Werden sie kommen?«

»Wenn sie diese Nachricht hören, wird jeder Mann der Calla kommen. Wir werden die Sache besprechen. Vielleicht wollen sie diesmal kämpfen. Vielleicht wollen sie für ihre Babbies kämpfen.«

Hinter ihnen sagte eine brüchige alte Stimme: »Du närrischer Killin.«

Tian und Zalia drehten sich Hand in Hand um und sahen den Alten an. *Killin* war ein schroffes Wort, aber Tian hatte den Eindruck, der Alte betrachte sie – *ihn* – nicht unfreundlich.

»Warum sagst du das, Gran-Pere?«, fragte er.

»Männa würdn vonna Vasammlung, wie du se planst, weggehn un es Wolfsland verwüstn, wärn se betrunkn«, sagte der Alte. »Aba nüchtane Männa …« Er schüttelte den Kopf. »Die bewegs du nich.«

»Ich glaube, diesmal könntest du dich täuschen, Gran-Pere«, sagte Tian, und Zalia fühlte, wie eisiges Entsetzen ihr Herz erfasste. Und doch glühte darunter warm jene Hoffnung.

3

Es hätte weniger Murren gegeben, wenn er die Versammlung wenigstens mit einer Nacht Vorwarnung einberufen hätte, aber das wollte Tian nicht. Sie durften sich nicht einmal den Luxus einer einzigen untätig verbrachten Nacht leisten. Und als er Heddon und Hedda mit der Feder herumschickte, kamen sie *alle.* Wie er's gewusst hatte.

Die Versammlungshalle der Calla stand am Ende der Dorfstraße, hinter Tooks Gemischtwarenhandlung und schräg gegenüber dem Stadtpavillon, der jetzt am Ende des Sommers dunkel und staubig dalag. Schon bald würden die Frauen der Stadt beginnen, ihn für den Erntedank zu schmücken, wenngleich in der Calla die Erntedanknacht nie sonderlich gefeiert wurde. Die Kinder hatten natürlich immer Spaß daran, wenn die Strohpuppen ins Feuer geworfen wurden, und die mutigeren Burschen stahlen sich ihren Teil an Küssen, während die Nacht herabsank, aber das war schon fast alles. Flitter und Feste mochten etwas für Mittwelt und Innerwelt sein, aber hier war man in keiner von beiden. Hier draußen machte man sich Sorgen über ernsthaftere Dinge als Jahrmärkte zum Erntetag. – Über Dinge wie die Wölfe.

Einige der Männer – von den wohlhabenden Farmen im Osten und den drei Ranches im Süden – kamen zu Pferd. Eisenhart von der Rocking B brachte sogar seine Flinte mit und trug auf der Brust gekreuzte Munitionsgurte. (Tian Jaffords bezweifelte, dass die Kugeln etwas taugten oder die uralte Flinte schießen würde, selbst wenn einige der Patronen noch in Ordnung waren.) Eine Delegation der Manni-Leute kam auf einem Stellwagen zusammengepfercht, der mit zwei Mutie-Wallachen bespannt war – einer mit drei Augen, der andere mit einem Horn aus nacktem rosa Fleisch auf dem Rücken. Die meisten Männer der Calla kamen auf Eseln und kleinen Burros und trugen dabei ihre weißen Hosen und langen bunten Hemden. Als sie die Versammlungshalle betraten, schoben sie die staubigen Sombreros mit schwieligen Daumen nach hinten, sodass sie an den Kinnriemen baumelten, und musterten einander unbehaglich. Die Bänke bestanden aus rohem Kiefernholz. Ohne Weibervolk und ohne Mindere füllten die Männer weniger als dreißig der neunzig Bänke. Es gab halblaute Gespräche, aber niemand lachte.

Tian, jetzt mit der Feder in den Händen, stand vorn und beobachtete die Sonne, wie sie zum Horizont hinabsank und sich ihr Gold zu einem Rot verdunkelte, das vergiftetem Blut glich. Als sie das Land berührte, warf er einen letzten Blick auf die Dorfstraße. Sie war leer bis auf drei oder vier Mindere, die auf den Stufen vor Tooks Laden hockten. Alle riesig und zu nichts anderem zu gebrauchen, als Felsbrocken aus der Erde zu reißen. Er sah keine weiteren Männer, keine noch herankommenden Esel. Er holte tief Luft, atmete aus, atmete ein weiteres Mal durch und sah zu dem dunkler werdenden Himmel auf.

»Jesusmensch, ich glaube nicht an dich«, sagte er. »Aber wenn's dich gibt, hilf mir jetzt. Sag Gott meinen Dank.«

Dann ging er hinein und schloss die Tür der Versammlungshalle etwas nachdrücklicher, als nötig gewesen wäre. Die Gespräche verstummten. Hundertvierzig Männer, die meisten von ihnen Farmer, beobachteten ihn, wie er durch die Halle nach vorn ging, wobei seine weiten weißen Hosenbeine raschelten und die Absätze seiner Kurzstiefel auf den Tannendielen klackten. Er hatte erwartet, zu diesem Zeitpunkt ängstlich, vielleicht sogar sprachlos zu sein. Dann dachte er an seine Kinder, und als er zu den Männern aufsah, stellte er fest, dass er ihren Blicken ohne weiteres standhalten konnte. Die Feder in seinen Händen zitterte nicht. Als er sprach, folgten seine Worte flüssig, ungekünstelt und zusammenhängend aufeinander. Die Männer würden vielleicht nicht das tun, was er von ihnen erhoffte – darin konnte Gran-Pere Recht behalten –, aber sie schienen durchaus bereit zu sein, ihm Gehör zu schenken.

»Ihr wisst alle, wer ich bin«, sagte er, als er mit dem Kiel der altehrwürdigen rötlichen Feder in den Händen dastand. »Tian Jaffords, Sohn des Luke, Ehemann von Zalia, geborene Hoonik. Sie und ich haben fünf, zwei Paare und ein Einzelkind.«

Daraufhin leises Gemurmel, das sehr wahrscheinlich damit zu tun hatte, wie gut Tian und Zalia es mit ihrem Aaron getroffen hatten. Tian wartete, bis es verstummt war.

»Ich lebe seit meiner Geburt in der Calla. Ich habe euer *Khef* geteilt wie ihr meinen. Hört jetzt, was ich sage, ich bitte euch.«

»Wir sagen danke-sai«, murmelten sie. Das war kaum mehr als die übliche Antwort, aber Tian fühlte sich ermutigt.

»Die Wölfe kommen«, sagte er. »Diese Nachricht habe ich von Andy. Dreißig Tage von Mond zu Mond, dann sind sie da.«

Wieder halblautes Gemurmel. Tian hörte Verzweiflung und Empörung, aber keine Überraschung. Ging es um die Verbreitung von Nachrichten, war Andy äußerst tüchtig.

»Selbst die unter uns, die lesen und ein wenig schreiben können, haben fast kein Schreibpapier«, sagte Tian, »deshalb kann ich euch nicht mit Gewissheit sagen, wann sie zuletzt hier waren. Es gibt keine Aufzeichnungen, das wisst ihr, nur Überlieferungen von Mund zu Mund. Ich weiß, dass ich längst geboren war, also ist's länger als zwanzig Jahre her ...«

»Es sind vierundzwanzig«, sagte eine Stimme aus den hinteren Reihen.

»Nay, dreiundzwanzig«, sagte eine Stimme weiter vorn. Reuben Caverra stand auf. Er war ein stämmiger Mann mit rundem, fröhlichem Gesicht. Alle Fröhlichkeit war jedoch daraus verschwunden, und er wirkte kummervoll. »Sie haben mein Schwesterchen Ruth mitgenommen, hört mich an, ich bitte euch.«

Ein Murmeln – eigentlich kaum mehr als ein zustimmendes Seufzen – kam von den auf den Bänken zusammengedrängt sitzenden Männern. Sie hätten sich verteilen können, hatten sich aber dafür entschieden, Schulter an Schulter zu sitzen.

Unbequemlichkeit konnte manchmal ziemlich tröstlich sein, dachte Tian.

»Wir haben gerade unter dem großen Kiefernbaum vor dem Haus gespielt, als sie gekommen sind«, sagte Reuben. »Seitdem habe ich jedes Jahr eine Kerbe in den Baum geschnitzt. Auch nachdem man sie zurückgebracht hatte, habe ich das weitergemacht. Es sind dreiundzwanzig Kerben und damit dreiundzwanzig Jahre.« Er setzte sich wieder.

»Dreiundzwanzig oder vierundzwanzig, das ändert nichts an der Sache«, sagte Tian. »Die, die noch Kiddies waren, als die Wölfe zuletzt hier waren, sind nun erwachsen und haben selbst Kiddies. Hier wartet eine gute Ernte auf diese Bastarde. Eine gute Kinderernte.« Er machte eine Pause und gab ihnen Gelegenheit, den nächsten Gedanken selbst zu haben, bevor er ihn aussprach. »*Wenn* wir's geschehen lassen«, sagte er schließlich. »Wenn wir es zulassen, dass die Wölfe unsere Kleinen nach Donnerschlag verschleppen und sie uns minder wieder zurückschicken.«

»Was zum Teufel könnten wir anderes tun?«, rief ein Mann aus einer der mittleren Bänke. »Die sind nicht menschlich!« Das löste allgemeines (und unglückliches) zustimmendes Gemurmel aus.

Einer der Manni stand auf und zog dabei seinen dunkelblauen Umhang eng um die knochigen Schultern. Er sah sich mit unheilvollem Blick nach allen Seiten um. Er war zwar nicht gerade verrückt, dieser Blick, aber Tian erschien er dennoch meilenweit von vernünftig entfernt. »Hört mich an, ich bitte euch.«

»Wir sagen danke-sai.« Respektvoll, aber zurückhaltend. Einen Manni im Dorf zu sehen, war eine seltene Ausnahme, und hier waren gleich acht beieinander. Tian war hocherfreut, dass sie gekommen waren. Wenn irgendetwas unterstreichen konnte, wie todernst diese ganze Sache war, dann war es die Anwesenheit der Manni.

Die Tür der Versammlungshalle öffnete sich, und ein weiterer Mann schlüpfte herein. Er trug einen langen schwarzen Mantel.

Auf seiner Stirn leuchtete eine Narbe. Keiner der Versammelten, auch Tian nicht, bemerkte ihn. Sie alle hatten nur Augen für den Manni.

»Hört, was das Buch der Manni spricht: Als der Engel des Todes durch Ayjip zog, erwürgte er den Erstgeborenen in jedem Haus, dessen Türpfosten nicht mit dem Blut eines Opferlamms besprenkelt waren. So spricht das Buch.«

»Das Buch sei gepriesen«, sagten die anderen Manni.

»Vielleicht sollten wir desgleichen tun«, fuhr der Sprecher der Manni fort. Seine Stimme war ruhig, aber eine Ader auf seiner Stirn pulsierte dabei wie wild. »Vielleicht sollten wir diese kommenden dreißig Tage in ein Freudenfest für unsere Kleinen verwandeln, sie dann schlafen legen und ihr Blut auf die Erde rinnen lassen. Dann können die Wölfe ihre Leichen mit nach Osten nehmen, sollten sie das wünschen.«

»Du bist verrückt«, sagte Benito Cash empört und zugleich fast lachend. »Du und dein ganzer Clan. Wir bringen unsere Babbies doch nicht um!«

»Wären die Zurückkehrenden nicht besser tot?«, fragte der Manni. »Ungeschlachte Kolosse! Leer geschabte Hülsen!«

»Aye, und was ist mit ihren Brüdern und Schwestern?«, fragte Vaughn Eisenhart. »Die Wölfe nehmen von allen Zwillingen nämlich immer nur einen, wie ihr recht gut wisst.«

Ein zweiter Manni erhob sich; diesem floss ein seidiger weißer Vollbart über die Brust herab. Der erste Manni nahm wieder Platz. Nach einem Blick in die Runde sah der alte Mann, Henchick, Tian an. »Du hältst die Feder, junger Freund – darf ich sprechen?«

Tian nickte ihm zu, er solle fortfahren. Dieser Anfang war gar nicht schlecht. Sollten sie die Zwangslage, in der sie sich befanden, nur nach allen Seiten, bis in den letzten Winkel erkunden. Er war zuversichtlich, dass sie zu guter Letzt erkennen würden, dass es nur zwei Möglichkeiten gab: Die Wölfe von jedem noch nicht pubertierenden Zwillingspaar ein Kind rauben lassen, wie sie's immer getan hatten, oder sich ihnen entgegenstellen und kämpfen. Aber damit sie das einsahen, mussten sie erkennen, dass die vermeintlichen sonstigen Auswege alle Sackgassen waren.

Der Alte sprach geduldig. Sogar kummervoll. »Aye, das ist ein schrecklicher Gedanke. Aber bedenkt dieses, Sais: Kämen die Wölfe und träfen uns kinderlos an, würden sie uns in Zukunft vielleicht in Ruhe lassen.«

»Aye, das könnten sie tun«, knurrte Jorge Estrada, einer der Kleinfarmer. »Aber vielleicht auch nicht. Manni-Sai, du würdest wirklich alle Kinder der Stadt für etwas töten, was geschehen *könnte?*«

Lautes zustimmendes Gemurmel lief durch die Menge. Garrett Strong, ein weiterer Kleinfarmer, stand auf. Sein Mopsgesicht wirkte aufsässig. Er hatte die Daumen in den Gürtel gehakt. »Am besten bringen wir uns alle um«, sagte er. »Babbies wie Erwachsene.«

Den Manni schien das nicht zu empören. Auch die anderen in den blauen Umhängen nicht. »Das wäre eine Möglichkeit«, sagte der Alte. »Wir würden darüber sprechen, wenn andere es täten.« Er setzte sich wieder.

»Ohne mich«, sagte Garrett Strong. »Das wäre, als würde man sich selbst den verdammten Kopf abschneiden, um sich das Rasieren zu sparen, hört mich an, ich bitte euch.«

Gelächter und einige Rufe: *Hören dich sehr wohl an!* Garrett setzte sich wieder, sah nun etwas weniger nervös aus und steckte den Kopf mit Vaughn Eisenhart zusammen. Einer der anderen Rancher, Diego Adams, hörte ihnen mit konzentriertem Blick aus schwarzen Augen zu.

Ein weiterer Kleinfarmer stand auf: Bucky Javier. Ihm saßen kleine hellblaue Augen in einem kleinen Kopf, der von dem spitzbärtigen Kinn aus zurückzuweichen schien. »Was wäre, wenn wir für gewisse Zeit wegziehen würden?«, sagte er. »Wenn wir mit unseren Kindern nach Westen zurückgehen würden? Vielleicht sogar bis zum Westarm des Großen Flusses?«

Die Versammlung dachte einen Augenblick über diesen kühnen Vorschlag nach. Der Westarm des Whye – Devar-Tete Whye – lag schon fast wieder in Mittwelt ... wo nach Andys Berichten vor kurzem ein großer Palast aus grünem Glas erschienen und dann wieder verschwunden war. Tian wollte gerade antworten, als Eben Took, der Ladenbesitzer, ihm das abnahm. Tian war erleichtert. Er hoffte, möglichst lange schweigen zu können. Hatten sie ausdiskutiert, würde er ihnen sagen, welche Wahl ihnen noch blieb.

»Du bist wohl nicht bei Trost?«, sagte Eben. »Die Wölfe kommen, sehen, dass wir fort sind, und brennen dann alles nieder – Farm und Ranch, Feld und Ernte, Baum und Ast. Wohin würden wir dann zurückkommen?«

»Und wenn sie hinter uns herkämen?«, warf Jorge Estrada ein. »Glaubt ihr, dass wir für solche wie die Wölfe schwierig zu verfolgen wären? Sie würden alles niederbrennen, wie Took sagt, uns aufspüren und die Kiddies trotzdem rauben!«

Lärmendere Zustimmung. Das Trampeln von Kurzstiefeln auf den schlichten Tannendielen. Und einige Rufe: *Hört ihn an, hört ihn an!*

»Außerdem«, sagte Neil Faraday, indem er aufstand und seinen großen, schmuddeligen Sombrero vor die Brust hielt, »stehlen sie nie *alle* unsere Kinder.« Er sprach in einem ängstlichen Seien-wir-doch-vernünftig-Ton, der Tian irgendwie nervös machte. Diesen Ratschlag fürchtete er mehr als jeden anderen. Den tödlich falschen Ruf zur Vernunft.

Einer der Manni, diesmal jünger und bartlos, stieß eine scharfe, verächtliche Lache aus. »Ah, jedes zweite gerettet! Und das macht alles recht, was? Gott segne euch!« Er hätte vielleicht mehr gesagt, aber Henchicks knotige Hand umklammerte seinen Arm. Der junge Mann verstummte zwar, senkte aber nicht etwa unterwürfig den Kopf. Seine Augen blitzten, die Lippen waren zu einem schmalen Strich zusammengepresst.

»Ich meine nicht, dass es recht ist«, sagte Neil. Er hatte angefangen, seinen Sombrero auf eine Weise zu drehen, die Tian leicht schwindlig machte. »Aber wir müssen den Tatsachen ins Auge sehen, oder nicht? Aye. Und sie nehmen eben nicht *alle*. Meine Tochter Georgina, die ist zum Beispiel genauso begabt und schlau wie …«

»Yar, und dein Sohn George ist nur ein großer, hohlköpfiger Tölpel«, sagte Ben Slightman. Slightman war Eisenharts Vormann, und hatte mit Dummköpfen keine Geduld. Er nahm seine Brille ab, polierte die Gläser mit seinem Halstuch und setzte sie wieder auf. »Ich hab ihn auf den Stufen vor Tooks Laden sitzen sehen, als ich die Straße hinuntergeritten bin. Hab ihn sehr gut gesehen. Ihn und ein paar andere mit ebenso leeren Gehirnen.«

»Aber …«

»Ich weiß«, sagte Slightman. »Das Ganze ist eine schwere Entscheidung. Ein paar Hohlköpfe sind vielleicht besser, als wenn alle tot sind.« Er machte eine Pause. »Oder wenn statt der Hälfte alle geraubt würden.«

Männer riefen *Hört ihn an* und *Sagen danke-sai,* als Ben Slightman sich wieder hinsetzte.

»Sie lassen uns immer genug, dass wir weitermachen können, oder nicht?«, sagte ein Kleinfarmer, der seinen Besitz westlich von Tians an der Grenze der Calla hatte. Er hieß Louis Haycox und sprach in nachdenklichem, verbittertem Ton. Unter seinem Schnauzbart verzog er die Lippen zu einem Lächeln, aus dem nicht viel Humor sprach. »Wir werden unsere Kinder nicht töten«, sagte er mit einem Blick zu den Manni hinüber. »Gottes ganzen Segen für euch, Gentlemen, aber ich glaube nicht, dass selbst *ihr* das könntet, wenn's dazu käme. Oder sonst wer von euch allen hier. Wir können nicht unseren ganzen Krempel packen und nach Westen ziehen – noch in jede andere Richtung –, weil wir unsere Farmen zurücklassen müssten. Sie würden alles niederbrennen, das täten sie, und sich unsere Kinder trotzdem holen. Sie brauchen sie, die Götter allein wissen, wozu. – Es läuft immer aufs Gleiche hinaus: Wir sind Farmer, jedenfalls die meisten von uns. Stark, wenn unsere Hände in der Krume sind, schwach, wenn sie's nicht sind. Ich hab selbst zwei Kiddies, vier Jahre alt, und ich liebe sie beide sehr. Wäre traurig, eines davon zu verlieren. Aber ich würde eines hergeben, um das andere behalten zu dürfen. Und meine Farm.« Dafür gab es zustimmendes Gemurmel. »Was bleibt uns sonst übrig? Ich sage euch: Die Wölfe zu erzürnen wäre der schlimmste Fehler auf der Welt. Außer, versteht sich, wir könnten gegen sie kämpfen. Wäre das möglich, würde ich gegen sie kämpfen. Aber ich sehe einfach nicht, wie das möglich sein soll.«

Tian fühlte, wie ihn der Mut mit jedem Wort, das Haycox sprach, mehr verließ. Wie viel von seiner Schau hatte der Mann ihm gestohlen? Ihr Götter und der Jesusmensch!

Wayne Overholser stand auf. Er war Calla Bryn Sturgis' erfolgreichster Farmer und konnte das durch einen gewaltigen Schmerbauch beweisen. »Hört mich an, ich bitte euch.«

»Wir sagen danke-sai«, murmelten die Anwesenden.

»Ich sage euch, was wir tun werden«, sagte er, indem er sich umsah. »Was wir *immer* getan haben, nichts anderes. Will irgendwer von euch darüber sprechen, wie wir gegen die Wölfe kämpfen wollen? Ist irgendwer von euch so verrückt? Womit? Mit Speeren und Felsbrocken, Bogen und Steinschleudern? Etwa mit vier verrosteten alten Donnerbüchsen wie dieser da?« Er wies mit dem Daumen auf Eisenharts Flinte.

»Keine Scherze über mein Schießeisen, Sohn«, sagte Eisenhart, aber er lächelte bedauernd.

»Sie werden kommen, und sie werden die Kinder mitnehmen«, sagte Overholser mit einem Blick in die Runde. »*Einige* von ihnen. Danach lassen sie uns wieder für eine Generation oder noch länger in Ruhe. So ist's, so war's bisher, und ich sage: Belasst es dabei.«

Das Gesagte löste missbilligendes Gemurmel aus, aber Overholser wartete, bis es abgeklungen war.

»Dreiundzwanzig Jahre oder vierundzwanzig, das ist nicht wichtig«, sagte er, nachdem wieder Ruhe eingekehrt war. »Jedenfalls ist das eine lange Zeit. Eine lange Zeit des *Friedens*. Vielleicht habt ihr ein paar Dinge vergessen, Leute. Zum einen, dass Kinder wie nur irgendeine Feldfrucht sind. Gott schickt immer wieder neue. Ich weiß, dass das hartherzig klingt. Aber so haben wir gelebt, und so müssen wir weitermachen.«

Tian wartete die übliche Antwort nicht ab. Ging es in dieser Richtung weiter, hatte er nicht die geringste Chance mehr, die Leute für seinen Weg zu gewinnen. Er hielt die Opopanaxfeder hoch und sagte laut: »Hört, was ich sage! Hört mich an, ich bitte euch!«

»Danke-sai«, erwiderte die Menge. Overholser beäugte Tian misstrauisch.

Und du hast Recht, wenn du mich so ansiehst, dachte der Farmer. *Ich habe nämlich genug von solch feiger Vernunft, das habe ich!*

»Wayne Overholser ist ein kluger Mann, ein erfolgreicher Mann«, sagte Tian, »und deshalb spreche ich nur ungern gegen ihn. Und aus einem weiteren Grund: Er ist alt genug, um mein Da' zu sein.«

»Er *ist* aber nicht dein Da'!«, rief Garrett Strongs einziger Landarbeiter – Rossiter, so hieß er –, was mit allgemeinem Gelächter quittiert wurde. Auch Overholser lächelte über diesen Scherz.

»Sohn, wenn du ehrlich nicht gegen mich sprechen willst, dann tu's nicht«, sagte Overholser. Er lächelte weiter, aber nur mit den Lippen.

»Das muss ich aber«, sagte Tian. Er fing an, langsam vor den Bänken auf und ab zugehen. Der rostrote Wedel der Opopanaxfeder schwankte in seinen Händen. Tian erhob etwas die Stimme, damit alle wussten, dass er nicht länger nur zu dem großen Farmer sprach.

»Ich *muss* es tun, weil Sai Overholser alt genug ist, um mein Da' zu sein. Seine Kinder sind erwachsen, das wissen wir alle, und meines Wissens waren es überhaupt nur zwei, ein Mädchen und ein Junge.« Er machte eine Pause, dann setzte er den Fangschuss. »Im Abstand von zwei Jahren geboren.« Mit anderen Worten: zwei Einzelkinder. Beide vor den Wölfen sicher, obwohl er das nicht auszusprechen brauchte. Die Versammlung murmelte.

Overholser lief gefährlich rot an. »Das ist eine gottverdammt infame Unterstellung! Meine Sprösslinge, ob einzeln oder doppelt, haben nichts mit dieser Sache zu tun! Gib mir die Feder, Jaffords, ich habe noch ein paar andere Dinge zu sagen.«

Aber die Versammelten begannen mit den Stiefeln auf den Fußboden zu trampeln, erst langsam, dann immer schneller, bis sie wie Hagel prasselten. Overholser sah sich wütend um, jetzt so dunkelrot, dass er fast purpurrot im Gesicht war.

»Ich möchte sprechen!«, brüllte er. »Hört mich an, ich bitte euch!«

Rufe wie *Nein, nein* und *Nicht jetzt* und *Jaffords hat die Feder* und *Setz dich und hör zu* waren die Antwort. Tian vermutete, dass Sai Overholser erkannte – zu einem bemerkenswert späten Zeitpunkt –, dass es gegen den wohlhabendsten und erfolgreichsten Mann eines Dorfs oft tief sitzende Ressentiments gab. Die weniger Glücklichen oder weniger Gerissenen (wobei es sich meist um dieselben Leute handelte) zogen vielleicht den Hut, wenn die Reichen mit ihren Chaisen oder Kaleschen vorbeifuhren, sie schickten vielleicht ein geschlachtetes Schwein oder eine Kuh als Dankeschön, wenn die reichen Leute ihre Landarbeiter für einen Haus- oder Scheunenbau ausliehen, und die Wohlhabenden wurden vielleicht auf der Versammlung zum Jahresausklang beklatscht, weil sie dazu beigetragen hatten, das Klavier zu kaufen, das jetzt in der *Musica* des Pavillons stand. Und trotzdem trampelten die Männer der Calla mit einer gewissen barbarischen Befriedigung mit ihren Kurzstiefeln, um Overholser mundtot zu machen.

Overholser, der es nicht gewohnt war, auf derartige Weise blockiert zu werden – er war sogar völlig verblüfft –, nahm einen neuen Anlauf. *»Ich möchte die Feder, ich bitte dich!«*

»Nein«, sagte Tian. »Später, wenn du willst, aber nicht jetzt.«

Das wurde tatsächlich mit *Beifallsrufen* begrüßt, vor allem von den kleinsten Kleinfarmern und einigen ihrer Knechte. Die Manni stimmten nicht ein. Sie saßen jetzt so dicht zusammengedrängt, dass sie einem dunkelblauen Tintenklecks mitten in der Halle glichen. Diese Wendung verwirrte sie offensichtlich. Vaughn Eisenhart und Diego Adams waren unterdessen aufgestanden, hatten rechts und links von Overholser Platz genommen und redeten leise auf ihn ein.

Du hast eine Chance, dachte Tian. *Mach das Beste daraus!*

Er hob die Feder, und die anderen verstummten.

»Jeder bekommt Gelegenheit, hier zu sprechen«, sagte er. »Was mich betrifft, so sage ich Folgendes: Wir können nicht so weitermachen, einfach den Kopf beugen und schweigend zusehen, wenn die Wölfe kommen und unsere Kinder nehmen. Sie …«

»Sie geben sie immer zurück«, warf ein Landarbeiter namens Farren Posella schüchtern ein.

»Sie geben leere Hülsen zurück!«, rief Tian, und aus der Versammlung kamen einige Rufe *Hört ihn an.* Jedoch nicht genug, fand Tian. Bei weitem nicht genug. Noch nicht.

Er senkte die Stimme wieder. Er wollte keine flammende Rede halten. Das hatte Overholser versucht und war damit gescheitert, auch wenn er tausend Morgen Land besaß.

»Sie geben leere Hülsen zurück. Und was ist mit uns? Was bedeutet das für uns? Nichts, könnten manche sagen, weil die Wölfe schon immer ein Bestandteil unseres Lebens in Calla Bryn

Sturgis waren – wie ein gelegentlicher Wirbelsturm oder ein Erdbeben. Trotzdem stimmt das nicht. Sie kommen seit längstens sechs Generationen. Aber die Calla gibt es seit tausend oder mehr Jahren.«

Der alte Manni mit den knochigen Schultern und dem bösen Blick erhob sich halb. »Er spricht wahr, *Folken*. Hier hat es bereits Farmer gegeben – und Manni-Leute unter ihnen –, als die Düsternis in Donnerschlag noch nicht gekommen war, von den Wölfen ganz zu schweigen.«

Diese Mitteilung hörten die Versammelten mit sichtlichem Erstaunen. Ihre Ehrfurcht schien den Alten zu befriedigen, denn er nickte und nahm wieder Platz.

»Im größeren Lauf der Zeit sind die Wölfe also fast etwas Neues«, sagte Tian. »In hundertzwanzig oder vielleicht hundertvierzig Jahren sind sie sechsmal gekommen. Wer könnte das genau sagen? Wie ihr nämlich wisst, ist die Zeit dabei, irgendwie aufzuweichen.«

Leises Gemurmel. Hier und da ein Nicken.

»Jedenfalls einmal in jeder Generation«, fuhr Tian fort. Er nahm wahr, dass sich um Overholser, Eisenhart und Adams eine feindselige Fraktion sammelte. Ben Slightman mochte dazugehören oder auch nicht – vermutlich gehörte er dazu. Diese Männer würde er nicht überzeugen, selbst wenn er mit Engelszungen sprach. Nun, vielleicht konnte er auf sie verzichten. Wenn es ihm nämlich gelang, den Rest hinter sich zu scharen. »Einmal in jeder Generation kommen sie, und wie viele Kinder nehmen sie? Drei Dutzend? Vier? – Sai Overholser hat diesmal vielleicht keine Babbies, aber *ich* habe welche – nicht nur ein Zwillingspaar, sondern zwei. Heddon und Hedda, Lyman und Lia. Ich liebe alle vier, aber in einem Monat von Tagen werden mir zwei genommen werden. Und wenn diese beiden zurückkehren, werden sie minder sein. Welcher Funke auch einen vollständigen Menschen ausmacht, er wird für immer erloschen sein.«

Hört ihn an, hört ihn an, rauschte es durch die Halle wie ein Seufzer.

»Wie viele von euch haben Zwillinge, die außer dem Hauptaar noch kein Haar am Körper haben?«, fragte Tian mit Nachdruck. »Hebt eure Hand!«

Sechs Männer hoben die Hand. Dann acht. Ein Dutzend. Immer wenn Tian dachte, nun seien es alle, hob ein weiterer Mann zögernd die Hand. Zuletzt zählte er zweiundzwanzig Hände, und natürlich waren nicht alle hier, die Kinder hatten. Er sah, dass Overholser über eine so große Anzahl offenbar bestürzt war. Diego Adams hatte die Hand gehoben, und Tian stellte zufrieden fest, dass er etwas von Overholser, Eisenhart und Slightman abgerückt war. Sogar drei der Manni hatten die Hand gehoben. Jorge Estrada. Louis Haycox. Und viele andere, die er kannte, was an sich aber keine Überraschung war: Er kannte fast alle dieser Männer. Wahrscheinlich alle bis auf einige Wanderarbeiter, die sich für kargen Lohn und warmes Essen bei Kleinfarmern verdingten.

»Immer wenn sie kommen und unsere Kinder nehmen, rauben sie uns ein wenig mehr von unseren Herzen und Seelen«, sagte Tian.

»Ach, jetzt komm aber, Sohn«, sagte Eisenhart. »Das ist etwas zu dick aufge…«

»Halt's Maul, Rancher«, sagte eine Stimme. Sie gehörte dem Mann, der später hereingekommen war, dem mit der Narbe auf der Stirn. Die Stimme war durch ihren zornigen, verächtlichen Klang erschreckend. »Er hat die Feder. Lass ihn ausreden.«

Eisenhart warf sich herum, um festzustellen, wer so mit ihm sprach. Als er es sah, verzichtete er auf eine Erwiderung. Was Tian nicht überraschte.

»Ich sage meinen Dank, Pere«, sagte Tian ruhig. »Ich bin schon fast am Ende. Ich muss immer an Bäume denken. Man kann einen kräftigen Baum entlauben, aber er lebt trotzdem weiter. Man kann viele Namen in seine Rinde ritzen, aber er lässt wieder seine Haut darüber wachsen. Man kann sogar etwas vom Kernholz wegnehmen, aber er lebt weiter. Nimmt man jedoch immer wieder etwas vom Kernholz weg, muss eines Tages auch der kräftigste Baum sterben. Das habe ich auf meiner Farm erlebt, und es ist ein schlimmer Anblick. Sie sterben von innen heraus. Man sieht es an den Blättern, die sich vom Stamm ausgehend bis zu den Astspitzen gelb verfärben. Und das tun die Wölfe unserem kleinen Dorf an. Das tun sie unserer Calla an.«

»Hört ihn an!«, rief Freddy Rosario, sein übernächster Nachbar. »Hört ihn sehr wohl an!« Freddy hatte selbst Zwillinge, die aber noch gestillt wurden und deshalb vermutlich nicht gefährdet waren.

Tian fuhr fort. »Manche sagen, dass sie uns alle töten und die Calla von der Ostgrenze bis nach Westen niederbrennen werden, wenn wir uns erheben, um zu kämpfen.«

»Ja«, sagte Overholser. »Das sage ich. Und ich bin nicht der Einzige.« Rings um ihn erklang zustimmendes Gemurmel.

»Aber immer wenn wir einfach mit gesenktem Kopf und offenen Händen dastehen, während die Wölfe rauben, was uns teurer als jede Ernte, jedes Haus oder jede Scheune ist, nehmen sie etwas mehr vom Kernholz des Baums weg, der dieses Dorf ausmacht!« Tian sprach eindringlich und hielt jetzt die Feder in einer Hand erhoben. »Erheben wir uns nicht bald, um zu kämpfen, sind wir ohnehin tot! Das sage ich euch – ich, Tian Jaffords, Sohn des Luke! Erheben wir uns nicht bald, um zu kämpfen, werden wir selbst minder!«

Laute Rufe: *Hört ihn an!* Lebhaftes Getrampel der Kurzstiefel. Sogar etwas Beifall.

George Telford, ein weiterer Rancher, flüsterte kurz mit Eisenhart und Overholser. Sie hörten zu, dann nickten sie. Telford erhob sich. Er war silberhaarig, sonnengebräunt und sah auf die wettergegerbte Weise, die Frauen so zu gefallen schien, gut aus.

»Bist du fertig, Sohn?«, fragte er freundlich, wie man ein Kind hätte fragen können, ob es jetzt genug gespielt habe und nun sein Mittagsschläfchen machen wolle.

»Yar, ich glaube schon«, sagte Tian. Er fühlte sich plötzlich entmutigt. Als Rancher konnte Telford es nicht mit Vaughn Eisenhart aufnehmen, aber er war zungenfertig. Tian hatte das Gefühl, er könnte zu guter Letzt doch noch unterliegen.

»Darf ich dann die Feder haben?«

Tian überlegte, ob er sie behalten sollte, aber was hätte das genützt? Er hatte sein Bestes gegeben. Er hatte sich bemüht. Vielleicht sollten Zalia und er einfach die Kinder packen und mit ihnen nach Westen ziehen, zurück in Richtung Mittwelt. Mond zu Mond, bevor die Wölfe kamen, hatte Andy gesagt. In dreißig Tagen konnte man einen verdammt guten Vorsprung vor drohenden Schwierigkeiten gewinnen.

Er übergab die Feder.

»Wir alle schätzen die Leidenschaft des jungen Sais Jaffords, und ganz sicher zweifelt niemand an seinem Mut«, sagte George Telford. Während er sprach, hielt er die Feder über seinem Herzen an die linke Brustseite. Sein Blick glitt über die Versammlung hinweg, als suchte er Blickkontakt – *freundlichen* Blickkontakt – mit jedem einzelnen Mann. »Aber wir müssen ebenso an die Kiddies denken, die uns bleiben würden, wie an die, die uns genommen würden, oder nicht? Eigentlich müssen wir *alle* Kiddies schützen, seien sie nun Drillinge, Zwillinge oder Einzelkinder wie Sai Jaffords' Aaron.«

Telford wandte sich nun an Tian.

»Was wirst du deinen Kindern sagen, wenn die Wölfe ihre Mutter erschießen und vielleicht ihren Gran-Pere mit einem ihrer Lichtstäbe in Brand stecken? Was kannst du ihnen erzählen, um ihre Schmerzensschreie gerechtfertigt erscheinen zu lassen? Um den Gestank von verbrannter Haut und brennendem Getreide erträglicher zu machen? Dass wir damit *Seelen* retten? Oder das Kernholz eines nur ausgedachten *Baums?*«

Er machte eine Pause, um Tian Gelegenheit zu einer Erwiderung zu geben, aber Tian hatte nichts zu erwidern. Er hätte sie fast in der Tasche gehabt … aber er hatte nicht mit Telford gerechnet. Nicht mit diesem redegewandten Scheißkerl Telford, der zudem weit über das Alter hinaus war, in dem er befürchten musste, die Wölfe auf ihren großen Grauschimmeln könnten ihn aus dem Haus herausrufen.

Telford nickte, als hätte er erwartet, dass Tian schweigen würde, und wandte sich wieder den Bänken zu. »Wenn die Wölfe kommen«, sagte er, »kommen sie mit Waffen, die Feuer spucken – die Lichtstäbe kennt ihr –, und Gewehren und fliegenden Metalldingern. Ihre Namen fallen mir gerade nicht mehr ein …«

»Summerkugeln«, rief jemand.

»Schnaatze«, rief jemand anders.

»Heimtücker!«, rief ein Dritter.

Telford nickte und lächelte dabei leicht. Ein Lehrer mit guten Schülern. »Was immer sie sein mögen, sie fliegen durch die Luft, suchen ihre Ziele, und wenn sie eines erfasst haben, fahren sie rasiermesserscharfe kreiselnde Klingen aus. Sie können einen Mann von Kopf bis Fuß in fünf Sekunden so zerfleischen, dass um ihn herum nichts übrig bleibt als ein Kreis aus Blut und Haaren. Zweifelt nicht daran, *ich habe es nämlich selbst gesehen.«*

»Hört ihn an, hört ihn wohl an!«, riefen die Männer auf den Bänken. Sie hatten die Augen angstvoll aufgerissen.

»Die Wölfe selbst sind auf grausige Weise Furcht erregend«, sagte Telford, indem er geschmeidig von einer Gruselgeschichte zur nächsten überging. »Sie haben eine gewisse Ähnlichkeit mit Menschen, und dennoch sind sie keine Menschen, sondern etwas Größeres und viel Schrecklicheres. Und die Wesen, denen sie in Donnerschlag dienen, sind noch weit grauenvoller. Vampire, habe ich gehört. Möglicherweise Männer mit Vogel- und Tierköpfen. Mit zerspellten Helmen kämpfende Untote. Krieger des Scharlachroten Auges.«

Die Männer murmelten untereinander. Selbst Tian spürte auf dem Rücken bei der Erwähnung des Auges ein kaltes Huschen wie von Rattenpfoten.

»Die Wölfe habe ich gesehen; den Rest habe ich mir erzählen lassen«, fuhr Telfort fort. »Und obwohl ich nicht alles glaube, glaube ich vieles davon. Aber reden wir nicht mehr von Donnerschlag und was dort hausen mag. Bleiben wir bei den Wölfen. Die Wölfe sind unser Problem, und sie sind Problem genug. Vor allem wenn sie bis an die Zähne bewaffnet kommen!« Er schüttelte grimmig lächelnd den Kopf. »Was würden wir tun? Vielleicht könnten wir sie mit Hacken von ihren großen Grauschimmeln schlagen, Sai Jaffords? Was glaubst du?«

Er löste damit spöttisches Gelächter aus.

»Wir haben keine Waffen, die den ihren gewachsen wären«, sagte Telford. Er sprach jetzt so nüchtern und geschäftsmäßig wie ein Mann, der Bilanz zog. »Selbst wenn wir welche hätten, sind wir nur Farmer und Viehzüchter, keine Krieger. Wir …«

»Schluss mit dem feigen Gerede, Telford. Du solltest dich deiner schämen!«

Erschrockenes Atemholen begrüßte diese eisige Erklärung. Rücken knarrten und Hälse knackten, als die Männer sich umdrehten, um zu sehen, wer da gesprochen hatte. In der hintersten Bank erhob sich der mit Verspätung gekommene Weißhaarige in dem langen schwarzen Mantel und mit dem hochgeschlagenen Kragen so langsam, als wollte er ihnen genau das geben, was sie erwarteten. Die Narbe auf der Stirn – sie war kreuzförmig – leuchtete im Licht der Petroleumlampen.

Es war der Alte Kerl.

Telford fing sich relativ rasch, aber als er sprach, fand Tian, dass er noch immer schockiert wirkte. »Bitte um Verzeihung, Pere Callahan, aber ich habe die Feder …«

»Zum Teufel mit deiner heidnischen Feder und zum Teufel mit deinen feigen Ratschlägen«, sagte Pere Callahan. Er kam den

Mittelgang entlang und bewegte sich mit dem schmerzhaften Gang eines Arthritisleidenden. Er war nicht so alt wie der Manni-Älteste, nicht *annähernd* so alt wie Tians Gran-Pere (der behauptete, nicht nur hier, sondern auch in der Calla Lockwood im Süden der älteste Mensch zu sein), und dennoch wirkte er irgendwie älter als beide. Uralt, steinalt. Das hing zweifellos auch mit dem gehetzten Blick seiner Augen unter der Stirnnarbe zusammen (von der Zalia behauptete, er habe sie sich selbst beigebracht). Noch mehr war dem Klang seiner *Stimme* geschuldet. Obwohl er schon genügend Jahre hier lebte, um seine merkwürdige Jesusmenschen-Kirche gebaut und die halbe Calla zu seiner spirituellen Denkweise bekehrt zu haben, hätte sich nicht mal ein Fremder einreden lassen, Pere Callahan sei von hier. Seine Fremdartigkeit lag in seiner eintönigen, nasalen Sprechweise und dem oft unverständlichen Jargon, den er benützte (»Straßenslang« nannte er ihn). Er stammte zweifellos aus einer jener anderen Welten, von denen die Manni immer schwatzten, aber er sprach nie darüber, und die Calla Bryn Sturgis war jetzt seine Heimat. Er besaß die Art nüchterner, unbestreitbarer Autorität, die es schwierig machte, ihm das Rederecht streitig zu machen, auch wenn ein anderer die Feder hielt.

Jünger als Tians Gran-Pere mochte er sein, aber Pere Callahan war trotzdem der Alte Kerl.

4

Jetzt betrachtete er die Männer von Calla Bryn Sturgis, ohne George Telford auch nur eines Blickes zu würdigen. Telford ließ die Feder sinken. Er setzte sich auf die erste Bank, ohne allerdings die Feder aus der Hand zu geben.

Callahan begann mit einem seiner Slangausdrücke, aber da sie alle vom Lande waren, musste ihn sich keiner erklären lassen.

»Das ist alles Hühnerkacke.«

Er betrachtete sie noch länger stumm. Die meisten Männer wichen seinem Blick aus. Nach einigen Sekunden sahen auch Eisenhart und Adams zu Boden. Overholser ließ den Kopf erhoben, aber unter dem strengen Blick des Alten Kerls wirkte der Rancher eher halsstarrig als trotzig.

»Hühnerkacke!«, wiederholte der Mann in dem schwarzen Mantel mit dem hochgeschlagenen Kragen, wobei er die Silben einzeln betonte. Im Einschnitt seines Kragens glitzerte ein kleines goldenes Kreuz. Und auf der Stirn leuchtete jenes andere Kreuz – von dem Zalia glaubte, er habe es sich mit dem eigenen Daumennagel ins Fleisch geschnitten, um so irgendeine schreckliche Sünde wenigstens teilweise abzubüßen – im Lampenlicht wie eine Tätowierung.

»Dieser Mann gehört nicht zu meiner Herde, aber er hat Recht, und ich vermute, dass das auch jeder von euch weiß. Selbst Ihr, Mr. Overholser. Und Ihr, George Telford.«

»Weiß nichts dergleichen«, sagte Telford, aber seine Stimme klang dabei schwach und hatte ihren früheren überzeugenden Charme verloren.

»Vom Lügen bekommt man Schielaugen, das hätte meine Mutter Euch gesagt.« Callahan bedachte Telford mit einem dünnen Lächeln, dessen Empfänger Tian nicht hätte sein wollen. Und dann wandte Callahan sich ihm zu. »Ich hab's nie besser gehört, als Ihr es heute Abend ausgedrückt habt, Sohn. Danke-sai.«

Tian hob eine kraftlose Hand und rang sich ein noch kraftloseres Lächeln ab. Er kam sich wie eine Gestalt in einem törichten Bühnenstück vor, die im letzten Augenblick durch irgendein unwahrscheinliches Eingreifen übernatürlicher Mächte gerettet wurde.

»Ich verstehe von Feigheit so einiges, wenn's beliebt«, sagte Callahan und wandte sich wieder den Männern auf den Bänken zu. Er hob die rechte Hand, die missgebildet und durch irgendeine alte Verbrennung entstellt war, musterte sie starr und ließ sie wieder an die Seite fallen. »Aus persönlicher Erfahrung, könnte man sagen. Ich weiß, wie eine feige Entscheidung zur nächsten führt … und zur nächsten … und zur nächsten – bis man nicht mehr umkehren, sich nicht mehr ändern kann. Mr. Telford, ich versichre Euch, dass der Baum, von dem der junge Mr. Jaffords gesprochen hat, nicht nur in seiner Phantasie existiert. Die Calla ist in höchster Gefahr. Eure *Seelen* sind in Gefahr.«

»Gegrüßet seist du, Maria, voll der Gnade«, sagte jemand in einer der linken Bankreihen, »der Herr ist mit dir. Gebenedeit ist die Frucht deines Leibes, J…«

»Schluss damit«, knurrte Callahan. »Heb's dir für Sonntag auf.« Mit Augen, die blauen Funken in tiefen Höhlen glichen, musterte er sie alle streng. »Heute Abend interessieren uns Gott und Maria und der Jesusmensch nicht. Auch die Lichtstäbe und die Summerkugeln der Wölfe nicht. Ihr müsst kämpfen. Ihr seid die Männer der Calla, oder etwa nicht? Dann *handelt* auch wie Männer. Hört auf, euch wie Hunde zu benehmen, die auf dem Bauch kriechen, um die Stiefel eines grausamen Herrn zu lecken.«

Auf das Gesagte hin lief Overholser dunkelrot an und richtete sich langsam auf. Diego Adams packte ihn am Arm und flüsterte ihm etwas ins Ohr. Overholser verharrte einen Augenblick unbeweglich in einer Art Hockstellung, dann setzte er sich wieder. Dafür stand nun Adams auf.

»Klingt gut, *Padrone«*, sagte Adams mit seinem starken Akzent. »Klingt tapfer. Trotzdem gibt's vielleicht noch ein paar Fragen. Haycox hat eine davon gestellt. Wie können Farmer und Rancher gegen bewaffnete Mordbuben bestehen?«

»Indem sie ihrerseits bewaffnete Killer anheuern«, antwortete Callahan.

Darauf herrschte einen Augenblick lang völliges, verblüfftes Schweigen. Man hätte glauben können, der Alte Kerl sei in eine andere Sprache verfallen. Zuletzt sagte Diego Adams vorsichtig: »Das verstehe ich nicht.«

»Natürlich nicht«, sagte der Alte Kerl. »Hört also zu und gewinnt Weisheit. Rancher Adams und ihr alle, hört zu und gewinnt Weisheit. Keine sechs Tagesritte nordwestlich von uns kommen drei Revolvermänner und ein Lehrling, die auf dem Pfad des Balkens nach Südosten unterwegs sind.« Er lächelte über das allgemeine Erstaunen. Dann wandte er sich an Slightman. »Der Lehrling ist nicht viel älter als Euer Sohn, der junge Ben, aber er ist bereits schnell wie eine Schlange und tödlich wie ein Skorpion. Und die anderen sind bei weitem noch schneller und tödlicher. Das weiß ich von Andy, der hat sie nämlich gesehen. Ihr wollt harte Burschen? Die sind ganz in der Nähe. Darauf verwette ich Uhr und Urkunde.«

Dieses Mal schaffte Overholser es, ganz auf die Beine zu kommen. Sein Gesicht brannte wie im Fieber. Der fette Wanst zitterte. »Was für eine Gutenachtgeschichte für Kinder ist das?«, sagte er. »Sollte es jemals solche Männer gegeben haben, sind sie mit Gilead untergegangen. Und Gilead ist seit tausend Jahren nichts als Staub im Wind.«

Es gab weder zustimmendes noch zweifelndes Gemurmel. Überhaupt kein Gemurmel jedweder Art. Die Menge saß wie erstarrt da, im Widerhall jenes einen mythischen Worts gefangen: *Revolvermänner*.

»Ihr habt zwar Unrecht«, sagte Callahan, »aber wir brauchen uns deswegen nicht zu streiten. Wir können ja hingehen und uns selbst überzeugen. Eine kleine Gruppe würde genügen, glaube ich. Jaffords hier … ich selbst … Und was ist mit Euch, Overholser? Wollt Ihr mitkommen?«

»Es gibt keine Revolvermänner!«, brüllte Overholser.

Hinter ihm stand Jorge Estrada auf. »Pere Callahan, Gott segne Euch …«

»… und auch Euch, Jorge.«

»… aber selbst wenn es Revolvermänner *gäbe,* wie könnten ihrer drei gegen vierzig oder sechzig Gegner bestehen? Und nicht etwa gegen vierzig oder sechzig gewöhnliche Menschen, sondern vierzig oder sechzig *Wölfe?«*

»Hört ihn an, er spricht vernünftig!«, rief Eben Took, der Ladenbesitzer.

»Und warum sollten sie für uns kämpfen?«, fuhr Estrada fort. »Wir kommen zwar von Jahr zu Jahr irgendwie durch, aber viel bleibt uns selbst nicht übrig. Was könnten wir ihnen außer ein paar warmen Mahlzeiten anbieten? Und welcher Mann wäre bereit, für ein Abendessen zu sterben?«

»Hört ihn an, hört ihn an!«, riefen Telford, Overholser und Eisenhart wie im Chor. Andere trampelten rhythmisch auf die Bodenbretter.

Der Alte Kerl wartete, bis das Trampeln wieder aufgehört hatte, dann sagte er: »Ich habe Bücher im Pfarrhaus. Ein halbes Dutzend.«

Obwohl die meisten das wussten, rief der Gedanke an Bücher – all dieses Papier – noch immer ein allgemeines staunendes Seufzen hervor.

»In einem davon steht geschrieben, dass Revolvermänner keine Belohnung annehmen durften. Angeblich, weil sie in direkter Linie von Arthur Eld abstammen.«

»Der Eld! Der Eld!«, flüsterten die Manni, und einige von ihnen reckten die Fäuste mit ausgestrecktem ersten und vierten Finger in die Luft. *Hook 'em 'Horns,* dachte der Alte Kerl. *Go, Texas!* Er schaffte es, ein lautes Lachen zu unterdrücken, allerdings nicht das Lächeln, das nun auf seinen Lippen erschien.

»Sprecht Ihr von harten Burschen, die durchs Land ziehen und gute Taten verrichten?«, sagte Telford mit sanftem Spott in der Stimme. »Für solche Ammenmärchen seid Ihr doch gewiss zu alt, Pere.«

»Nicht harte Burschen«, sagte Callahan geduldig, *»Revolvermänner.«*

»Wie können drei Männer gegen die Wölfe bestehen, Pere?«, hörte Tian sich fragen.

Wie Andy berichtet hatte, war einer der Revolvermänner in Wirklichkeit eine Frau, aber Callahan sah keine Notwendigkeit, für zusätzliche Verwirrung zu sorgen (auch wenn der Kobold in ihm das am liebsten getan hätte). »Das ist eine Frage für ihren *Dinh,* Tian. Wir werden sie ihm vorlegen. Und sie würden nämlich nicht nur für ein Abendessen kämpfen. Durchaus nicht.«

»Wofür denn sonst?«, fragte Bucky Javier.

Callahan glaubte, sie würden das Ding wollen, das unter den Bodenbrettern seiner Kirche versteckt lag. Und das war gut so, dieses Ding war nämlich erwacht. Der Alte Kerl, der einst aus einer Stadt namens Jerusalem's Lot in einer anderen Welt geflüchtet war, wollte es loswerden. Wurde er es nicht bald los, würde es ihn töten.

Ka war nach Calla Bryn Sturgis gekommen. Ka wie ein Wind.

»Später, Mr. Javier«, sagte Callahan. »Alles zu seiner Zeit, Sai.«

Inzwischen war in der Versammlungshalle ein Flüstern aufgekommen. Es flog von Mund zu Mund durch die Bankreihen, eine Brise aus Hoffnung und Angst.

Revolvermänner.

Revolvermänner im Westen, aus Mittwelt gekommen.

Und es stimmte, Gott helfe ihnen. Arthur Elds letzte tödliche Nachkommen, die sich entlang dem Pfad des Balkens auf Calla Bryn Sturgis zubewegten. Ka wie ein Wind.

»Zeit, Männer zu sein«, sagte Pere Callahan zu allen Anwesenden. Unter der Stirnnarbe leuchteten die Augen wie Lampen. Dennoch war sein Tonfall nicht ganz ohne Mitgefühl. »Zeit, sich zu erheben, Gentlemen. Zeit, sich standhaft und wahrhaftig zu bewähren.«

TEIL EINS

Flitzen

Kapitel 1

Das Gesicht auf dem Wasser

1

Die Zeit ist ein Gesicht auf dem Wasser: Das war ein Sprichwort aus der Vergangenheit, aus dem fernen Mejis. Dort war Eddie Dean nie gewesen.

Obwohl, in gewisser Beziehung war er doch dort gewesen. Roland hatte seine vier Gefährten – Eddie, Susannah, Jake, Oy – eines Nachts nach Mejis mitgenommen, indem er ihnen eine lange Geschichte erzählte, während sie auf der I-70 kampierten, der Kansas Turnpike in einem Kansas, das nie existiert hatte. In jener Nacht hatte er ihnen die Geschichte von Susan Delgado, seiner ersten Liebe, erzählt. Vielleicht seiner einzigen Liebe. Und wie er sie verloren hatte.

Das Sprichwort mochte schon wahr gewesen sein, als Roland noch ein Junge und nicht viel älter als Jake Chambers gewesen war, aber Eddie fand, dass es jetzt noch wahrer war, wo die Welt wie die Hauptfeder einer uralten Uhr ablief. Roland hatte ihnen erklärt, dass man sich in Mittwelt selbst auf so grundlegende Dinge wie die Himmelsrichtungen nicht mehr verlassen konnte; was heute genau West war, konnte morgen *Südwest* sein, so verrückt das erscheinen mochte. Und die Zeit hatte ebenfalls aufzuweichen begonnen. Es gab Tage, bei denen Eddie hätte beschwören können, dass sie vierzig Stunden lang waren, und auf einige folgten Nächte (wie die eine, in der Roland sie nach Mejis mitgenommen hatte), die sogar noch länger zu sein schienen. Dann kam wieder ein Nachmittag, an dem man den Eindruck hatte, man könnte die Dunkelheit fast aufblühen sehen, wenn die Nacht einem über den Horizont aufsteigend entgegeneilte. Eddie fragte sich, ob die Zeit nicht irgendwie gänzlich aus dem Lot geraten war.

Sie waren aus einer Stadt namens Lud mit Blaine dem Mono gereist (hatten sich sozusagen hinausgerätselt). *Blaine ist eine Pein,* hatte Jake zu verschiedenen Gelegenheiten gesagt, aber er – oder sie, die Einschienenbahn – hatte sich als weit mehr als nur eine Pein erwiesen: Blaine der Mono war völlig verrückt gewesen. Eddie hatte ihn schließlich mit Unlogik gekillt (»Etwas, worin du einfach von Natur aus gut bist, Süßer«, hatte Susannah ihm erklärt), und sie waren in einem Topeka ausgestiegen, das nicht ganz Bestandteil der Welt war, aus der Eddie, Susannah und Jake stammten. Was nur gut war, diese Welt nämlich – eine, in der das Profi-Baseballteam aus Kansas City The Monarchs hieß, Coca-Cola als Nozz-A-La angeboten wurde und die große japanische Automarke nicht Honda, sondern Takuro war – war von einer Art Seuche heimgesucht worden, die praktisch die ganze Bevölkerung ausgerottet hatte. *Also kipp* das *in deinen Takuro Spirit und fahr damit,* dachte Eddie.

Bei alledem war ihm der Zeitablauf durchaus klar erschienen. Über weite Strecken hinweg hatte er eine Scheißangst gehabt – vermutlich hatten sie die alle gehabt, nur vielleicht Roland nicht –, aber ja, die Zeit war ihm real und klar erschienen. Er hatte nicht dieses Gefühl gehabt, als entgleite die Zeit seinem Griff, nicht mal als sie die I-70 entlangmarschiert waren: mit Patronen in den Ohren, den erstarrten Verkehr begutachtend und auf das wabernde Summen von etwas horchend, das Roland eine Schwachstelle nannte.

Nach ihrer Konfrontation im Glaspalast mit Jakes altem Freund, dem Ticktackmann, und Rolands altem Freund (Flagg … oder Marten … oder – ganz vielleicht – Maerlyn) hatte die Zeit sich jedoch verändert.

Allerdings nicht sofort. Wir waren mit dieser verdammten rosa

Glaskugel unterwegs … haben gesehen, wie Roland irrtümlich seine Mutter erschossen hat … und als wir zurückgekommen sind …

Ja, damals war es passiert. Sie waren auf einer Lichtung vielleicht dreißig Meilen vom Grünen Palast entfernt aufgewacht. Sie hatten ihn noch sehen können, aber ihnen allen war klar gewesen, dass er in einer anderen Welt stand. Irgendjemand – oder irgendeine Kraft – hatte sie durch oder über die Schwachstelle auf den Pfad des Balkens zurückgetragen. Wer oder was das gewesen war, war tatsächlich aufmerksam genug gewesen, jedem ein Lunchpaket mit Nozz-A-La-Limonade und doch etwas vertrauteren Packungen von Keebler-Keksen mitzugeben.

In ihrer Nähe hatte an einem Ast eine Mitteilung des Wesens gehangen, auf das Roland im Palast geschossen, das er beinahe tödlich getroffen hätte: »Entsagt dem Turm. Das ist die letzte Warnung.« Eigentlich lachhaft. Roland würde dem Turm so wenig entsagen, wie er Jakes zahmen Billy-Bumbler schlachten und fürs Abendessen am Spieß braten würde. *Keiner* von ihnen würde Rolands Dunklem Turm entsagen. Gott steh ihnen bei, sie würden diese Sache bis zum Ende durchfechten.

Wir haben noch eine Weile Tageslicht, hatte er an dem Tag gesagt, an dem sie Flaggs Warnung gefunden hatten. *Möchtest du es ausnutzen, oder was?*

Ja, hatte Roland von Gilead geantwortet. *Nutzen wir es.*

Und das hatten sie getan, waren dem Pfad des Balkens über endlose freie Felder gefolgt, die durch Streifen aus spärlichem, lästigem Buschwerk getrennt wurden. Nirgends Zeichen für die Anwesenheit von Menschen. Der Himmel war Tag für Tag und Nacht für Nacht von tiefen Wolken verhangen. Weil sie dem Pfad des Balkens folgten, quollen die Wolken manchmal direkt über ihnen und rissen auf, sodass blaue Stellen erschienen, die aber nie lange zu sehen waren. Eines Nachts riss die Wolkendecke lange genug auf, um ihnen den Vollmond mit deutlich erkennbarem Gesicht zu zeigen – das bösartige, komplizenhafte Blinzeln und

Grinsen des Hausierers. Nach Rolands Rechnung zeigte das den Spätsommer an, aber für Eddie sah alles wie halb nach Zeitlos aus: das Gras überwiegend welk oder ganz abgestorben, die Bäume (die wenigen, die es gab) kahl, die Büsche verkrüppelt und braun. Es gab nur wenig Wild, sodass sie sich erstmals seit Wochen – seit sie den Wald, in dem Shardik der Cyborg-Bär herrschte, verlassen hatten – manchmal abends mit nicht ganz vollem Bauch zur Ruhe legten.

Trotzdem war das alles nicht ganz so irritierend, fand Eddie, wie das Gefühl, die Zeit selbst nicht mehr im Griff zu haben: keine Stunden, keine Tage, keine Wochen, keine *Jahreszeiten,* verdammt noch mal. Der Mond mochte Roland gezeigt haben, dass der Sommer zu Ende ging, aber die Welt um sie herum erinnerte an eine erste Novemberwoche, die schläfrig dem Winter entgegendöste.

Die Zeit, zu diesem Schluss war Eddie in dieser Periode gekommen, wurde weitgehend durch äußerliche Ereignisse geschaffen. Passierte jede Menge aufregender Scheiß, schien sie zu verfliegen. Saß man dagegen in dem üblichen langweiligen Scheiß fest, verlangsamte sie sich. Und wenn *alles* zu geschehen aufhörte, gab die Zeit offenbar ganz auf. Packte einfach zusammen und fuhr nach Coney Island. Verrückt, aber wahr.

Hat alles zu geschehen aufgehört?, überlegte Eddie (und da er nichts anderes zu tun hatte, als Susannahs Rollstuhl über ein langweiliges Feld nach dem anderen zu schieben, hatte er reichlich Zeit zum Nachdenken). Die einzige Besonderheit, die ihm aus der Zeit nach der Rückkehr aus dem Zaubererglas einfiel, war die von Jake so bezeichnete Geheimniszahl, die aber vermutlich nichts bedeutete. In der Wiege von Lud hatten sie ein mathematisches Rätsel lösen müssen, um Zugang zu Blaine zu erhalten, und Susannah hatte vermutet, die Geheimniszahl sei ein Überbleibsel davon. Eddie war keineswegs davon überzeugt, dass sie Recht hatte, aber he, immerhin war es eine Theorie.

Und was konnte an der Zahl neunzehn wirklich so besonders sein? Geheimniszahl, dass ich nicht lache! Nach einigem Nachdenken hatte Susannah darauf hingewiesen, sie sei zumindest eine Primzahl wie die Zahlen, die das Absperrgitter zwischen Blaine dem Mono und ihnen geöffnet hatten. Eddie hatte hinzugefügt, es sei die bei jedem Zählen einzige Zahl zwischen achtzehn und zwanzig. Jake hatte darüber gelacht und ihn aufgefordert, nicht länger den Blödmann zu spielen. Eddie, der dicht am Lagerfeuer gesessen und einen Hasen geschnitzt hatte (wenn er fertig war, würde er sich zu der Katze und dem Hund gesellen, die schon in seinem Reisebündel steckten), hatte Jake aufgefordert, sich nicht länger über sein einziges Talent lustig zu machen.

2

Sie mochten seit fünf oder sechs Wochen wieder auf dem Pfad des Balkens sein, als sie auf eine uralte Spur mit doppelten Furchen stießen, die einst bestimmt eine Straße gewesen war. Sie folgte dem Balkenpfad nicht genau, aber Roland bog trotzdem auf sie ab. Für ihre Zwecke verlaufe sie nahe genug am Balken, sagte er. Eddie dachte, wieder auf einer Straße zu sein, könnte die Dinge wieder fokussieren, ihnen helfen, dieses ärgerliche Gefühl, bei Windstille in den Rossbreiten zu treiben, abzuschütteln, aber nichts dergleichen geschah. Die Straße führte sie wie Treppenstufen höher und über eine ansteigende Reihe von Feldern. Schließlich erreichten sie den Grat einer langen in Nord-Süd-Richtung verlaufenden Hügelkette. Auf der anderen Seite führte die Straße in einen dunklen Wald hinunter. Fast wie ein Märchenwald, dachte Eddie, als sie in seine Schatten eintraten. An ihrem zweiten Tag im Wald (oder vielleicht war es der dritte … oder der vierte) schoss Susannah einen kleinen Hirsch, und nachdem es endlos lange nur vegetarische Revolvermann-Burritos gegeben hatte, war das Fleisch köstlich. Auf den Lichtungen tief im Wald gab es aber keine Orks oder Trolle, auch keine Elfen – ob nun Keebler-Elfen oder nicht. Und auch kein Wild mehr.

»Ich halte überall Ausschau nach dem Knusperhäuschen«, sagte Eddie. Zu diesem Zeitpunkt waren sie schon mehrere Tage unter den großen alten Bäumen unterwegs. Oder vielleicht sogar schon eine Woche. Bestimmt wusste er nur, dass sie dem Pfad des Balken noch einigermaßen nahe waren. Sie konnten ihn am Himmel sehen … und ihn spüren.

»Welches Knusperhäuschen meinst du?«, fragte Roland. »Ist das aus einem weiteren Märchen? Dann würde ich's gern hören.«

Natürlich würde er das. Der Mann konnte nicht genug von Geschichten bekommen, vor allem wenn sie mit »Es war einmal, als alle Menschen im Wald lebten« begannen. Aber wie er zuhörte, war etwas merkwürdig. Irgendwie nicht ganz richtig. Das hatte Eddie einmal Susannah gegenüber erwähnt, und sie hatte den Nagel gleich auf den Kopf getroffen, wie sie's so oft tat. Susannah besaß die fast unheimliche Fähigkeit einer Dichterin, Gefühle in Worte zu kleiden, jene auf diese Weise gewissermaßen einzufrieren.

»Das liegt daran, dass er nicht mit großen Augen zuhört wie ein Kind vor dem Einschlafen«, sagte sie. »Dass er so zuhört, *wünschst* du dir nur, Schätzchen.«

»Und *wie* hört er dann zu?«

»Wie ein Anthropologe«, antwortete sie prompt. »Wie ein Anthropologe, der versucht, irgendeine fremde Kultur durch ihre Mythen und Legenden zu enträtseln.«

Sie hatte Recht. Und wenn Rolands Art, ihm zuzuhören, Eddie Unbehagen bereitete, dann lag es vermutlich daran, dass Eddie tief im Innersten das Gefühl hatte, wenn irgendjemand wie Wissenschaftler zuhören sollte, dann müssten das er und Suze und Jake sein. Sie kamen immerhin aus einem weit höher entwickelten Wo und Wann. Oder etwa nicht?

Unabhängig davon, ob das nun stimmte oder nicht, hatten die vier eine Vielzahl von Geschichten entdeckt, die es in beiden Welten gab. Roland kannte eine mit dem Titel »Dianas Traum«, die unheimliche Ähnlichkeit mit der Geschichte »Die Lady oder der Tiger« besaß, die alle drei Exil-New-Yorker in der Schule gelesen hatten. Die Geschichte von Lord Perth entsprach der biblischen Erzählung von David und Goliath. Roland hatte viele Geschichten von einem gewissen Jesusmenschen gehört, der am Kreuz gestorben sei, um die Welt zu erlösen, und berichtete Eddie, Susannah und Jake, dieser Jesus habe in Mittwelt eine nicht unbeträchtliche Zahl von Anhängern. Es gab auch Lieder, die beide Welten gemeinsam hatten. »Careless Love« war eines davon. »Hey Jude« war ein weiteres, wenngleich in Rolands Welt die erste Liedzeile »Hey Jude, I see you, lad« lautete.

Eddie brachte mindestens eine Stunde damit zu, Roland die Geschichte von Hänsel und Gretel zu erzählen, wobei er die Kinder fressende böse Hexe in Rhea vom Berge Cöos verwandelte, fast ohne darüber nachzudenken. Als er dazu kam, wie sie versuchte, die Kinder zu mästen, brach er ab und fragte Roland: »Kennst du dieses Märchen? Vielleicht eine andere Version davon?«

»Nein«, sagte Roland, »aber es ist eine gute Geschichte. Erzähl sie bitte zu Ende.«

Das tat Eddie, und als er mit dem erforderlichen *Und lebten glücklich und zufrieden bis an ihr seliges Ende* schloss, nickte der Revolvermann. »*Niemand* lebt jemals glücklich und zufrieden bis an sein seliges Ende, aber wir überlassen es den Kindern, das selbst herauszufinden, was?«

»Yeah«, sagte Jake.

Oy, der bei Fuß hinter dem Jungen hertrottete, sah mit dem gewohnten Ausdruck stiller Bewunderung in seinen goldgeränderten Augen zu Jake auf. »Yeah«, sagte der Bumbler, indem er den recht trübseligen Tonfall des Jungen genau imitierte.

Eddie warf Jake einen Arm um die Schultern. »So ein Pech, Jakey-Boy, dass du hier statt daheim in New York bist«, sagte er. »Daheim im Apple hättest du inzwischen wahrscheinlich deinen eigenen Kinderpsychiater. Du würdest an den Problemen in Bezug auf deine Eltern arbeiten. Zum Kern deiner ungelösten Konflikte vorstoßen. Vielleicht auch ein paar gute Drogen bekommen. Ritalin, solches Zeug.«

»Alles in allem bin ich lieber hier«, sagte Jake und sah zu Oy hinunter.

»Yeah«, sagte Eddie. »Kann ich dir nicht verübeln.«

»Solche Geschichten heißen also ›Märchen‹«, meinte Roland nachdenklich. »Und ihr sagt auch ›Feengeschichten‹ dazu.«

»Yeah«, antwortete Eddie.

»Aber in dieser sind keine Feen vorgekommen.«

»Nein«, stimmte Eddie zu. »Das ist mehr ein Gattungsbegriff als irgendwas anderes. In unserer Welt hat man seine Detektiv- und Kriminalgeschichten … seine Science-Fiction-Geschichten … seine Westerngeschichten … seine Märchen. Kapiert?«

»Ja«, sagte Roland. »Wollen die Menschen in eurer Welt immer nur einen Story-Geschmack gleichzeitig? Nur einen einzigen Geschmack im Mund?«

»So könnte man's ausdrücken«, sagte Susannah.

»Isst denn niemand Eintopf?«, fragte Roland.

»Manchmal zum normalen Mittagessen«, sagte Eddie, »aber wenn's um Unterhaltung geht, neigen wir tatsächlich dazu, bei *einem* Geschmack zu bleiben und auf unserem Gaumen keine Sache mit anderen Sachen in Berührung kommen zu lassen. Obwohl das irgendwie langweilig klingt, wenn du's so ausdrückst.«

»Wie viele dieser Märchen gibt es deiner Schätzung nach?«

Ohne Zögern – und bestimmt ohne Verabredung – sagten Eddie, Susannah und Jake wie aus einem Mund dasselbe Wort: »Neunzehn!« Und einen Augenblick später wiederholte Oy mit seiner heiseren Stimme: »Neu-zehn!«

Sie sahen einander an und lachten, war »Neunzehn« unter ihnen doch zu einer Art scherzhaftem Schlagwort geworden – als Ersatz für »Bumhug«, das Jake und Eddie ziemlich abgenützt hatten. Trotzdem schwang in ihrem Lachen ein gewisses Unbehagen mit, weil diese Sache mit der Zahl Neunzehn ein bisschen unheimlich geworden war. Eddie hatte sich dabei ertappt, dass er sie wie ein Brandzeichen in die Seite seines neuesten Holztiers einschnitzte: *He da, Partner, willkommen auf unserer Ranch. Wir nennen sie die Bar-Neunzehn.* Susannah und Jake hatten sich dazu bekannt, das Holz fürs abendliche Lagerfeuer in Armladungen von neunzehn Stück gesammelt zu haben. Keiner der beiden konnte einen Grund dafür angeben; irgendwie war ihnen das einfach richtig vorgekommen.

Dann kam der Morgen, an dem Roland sie am Rand des Waldes, durch den sie jetzt zogen, anhielt. Er deutete in Richtung Himmel, vor dem ein besonders alter Baum sein ehrwürdiges Geäst ausbreitete. Die Umrisse dieser Äste vor dem Himmel ergaben die Zahl Neunzehn. Eindeutig neunzehn. Sie sahen sie alle, aber Roland hatte sie zuerst gesehen.

Trotzdem neigte Roland, der so gewohnheitsmäßig an Omen und Vorboten glaubte, wie Eddie einst an Glühbirnen und Mignon-Batterien geglaubt hatte, eher dazu, die eigenartige und plötzliche Vernarrtheit seines *Ka-Tet* in diese Zahl kurzerhand abzutun. Sie seien einander eng verbunden, sagte er, so eng, wie dies einem *Ka-Tet* überhaupt möglich sei, und daher tendierten ihre Gedanken, Gewohnheiten und kleinen Obsessionen dazu, sich wie eine Erkältung unter allen auszubreiten. Seiner Ansicht nach förderte Jakes Anwesenheit das Ganze bis zu einem gewissen Grad.

»Du besitzt die Gabe, Jake«, sagte er. »Ich weiß nicht, ob sie in dir so stark ist, wie sie's in meinem alten Freund Alain war, aber bei den Göttern, ich glaube, so könnt's sein.«

»Keine Ahnung, wovon du redest«, antwortete Jake mit verwundertem Stirnrunzeln. Eddie hatte – jedenfalls halbwegs – eine Ahnung und vermutete, dass Jake irgendwann auch draufkommen würde. Falls die Zeit jemals wieder normal zu laufen begann.

Und das tat sie an dem Tag, an dem Jake die Muffinkugeln mitbrachte.

3

Sie hatten zum Mittagessen Halt gemacht (wieder uninteressante vegetarische Burritos, weil das Hirschfleisch aufgegessen war und die Keebler-Kekse nur noch eine süße Erinnerung waren), als Eddie erst merkte, dass Jake unterwegs verschwunden war. Er fragte den Revolvermann, ob er wisse, wohin der Junge geraten sei.

»Ist vor ungefähr einem halben Rad ausgeschert«, sagte Roland und deutete mit den zwei neben dem Daumen verbliebenen Fingern seiner rechten Hand die Straße entlang. »Ihm fehlt nichts. Wär's anders, würden wir's alle spüren.« Roland betrachtete sein Burrito, dann biss er lustlos davon ab.

Eddie öffnete den Mund, um noch etwas zu sagen, aber Susannah kam ihm zuvor. »Da ist er ja wieder. Hallo, Süßer, was hast du mitgebracht?«

Jakes Arme waren voller runder Dinger von der Größe von Tennisbällen. Nur würden diese Bälle niemals richtig springen, weil sie mit kleinen Hörnern besetzt waren. Als der Junge näher kam, konnte Eddie sie riechen, und sie dufteten wunderbar – wie frisch gebackenes Brot.

»Ich glaube, diese Dinger könnten gut essbar sein«, sagte Jake. »Sie riechen wie das frische Sauerteigbrot, das meine Mutter und unsere Haushälterin Mrs. Shaw immer bei Zabar's gekauft haben.« Er sah Susannah und Eddie an und lächelte ein wenig. »Kennt ihr Zabar's, Leute?«

»*Ich* jedenfalls schon«, sagte Susannah. »Von allem das Beste, mmm-*hmmmm.* Und sie riechen wirklich gut. Du hast hoffentlich noch keinen gegessen?«

»Natürlich nicht.« Er sah Roland fragend an.

Der Revolvermann spannte sie nicht länger auf die Folter, sondern nahm eine der Kugeln, brach die Hörner ab und biss herzhaft hinein. »Muffinkugeln«, sagte er. »Die Götter mögen wissen, wann ich zuletzt welche gesehen habe. Sie schmecken wundervoll.« Seine blauen Augen leuchteten. »Die Hörner esst ihr lieber nicht; die sind zwar nicht giftig, aber ziemlich sauer. Wenn noch etwas Hirschfett da ist, könnten wir sie auch braten. Dann schmecken sie fast wie Fleisch.«

»Klingt wie 'ne gute Idee«, sagte Eddie. »Stopft euch ruhig damit voll. Was mich betrifft, ich verzichte lieber auf diese komischen Pilzmuffe oder was immer sie sind.«

»Das sind keine Pilze«, sagte Roland. »Mehr so eine Art Waldbeeren.«

Susannah nahm eine, knabberte erst daran, biss dann aber ein größeres Stück ab. »Die solltest du wirklich nicht auslassen, Sweetheart«, sagte sie. »Pop Mouse, der Freund meines Vaters, hätte gesagt: ›Die sind *erste Sahne.*‹« Sie nahm sich noch eine Muffinkugel von Jack und ließ einen Daumen über deren seidenglatte Oberfläche gleiten.

»Schon möglich«, sagte er, »aber ich erinnere mich da an ein Hörbuch, das ich mir mal in der Highschool für ein Referat angehört habe – es hat *Wir haben immer im Schloss gelebt* geheißen, glaub ich –, in dem diese durchgeknallte Tussi ihre ganze Familie mit solchem Zeug vergiftet hat.« Er beugte sich zu Jake hinüber, zog die Augenbrauen hoch und streckte die Mundwinkel zu einem hoffentlich unheimlichen Lächeln. »Hat ihre ganze Familie vergiftet, und sie sind in eine *Ag-o-nie* verfallen!«

Eddie kippte vom Baumstamm, auf dem er gesessen hatte, und begann sich in Tannennadeln und abgefallenem Laub herumzuwälzen, wobei er schreckliche Grimassen schnitt und Würgelaute von sich gab. Oy rannte um ihn herum und jaulte schrill kläffend Eddies Namen.

»Schluss damit«, sagte Roland. »Wo hast du die gefunden, Jake?«

»Dort hinten«, sagte Jake. »Auf einer Lichtung, die ich vom Weg aus gesehen habe. Sie steht *voll* von diesen Dingern. Und wenn ihr hungrig auf Fleisch seid, Leute – ich jedenfalls bin's –, dort sind alle möglichen Spuren zu sehen. Und viele der Fährten sind noch frisch.« Mit einem Blick erforschte er Rolands Gesicht. »Ganz … frische … Fährten.« Er sprach so langsam, als würde er mit jemandem reden, der seine Sprache nicht fließend beherrschte.

Um Rolands Mundwinkel spielte ein schwaches Lächeln. »Sprich leise, aber sprich deutlich«, sagte er. »Was macht dir Sorgen, Jake?«

Als Jake antwortete, bewegte er kaum die Lippen, um die Worte zu bilden. »Männer, die mich beobachtet haben, als ich die Muffinkugeln gepflückt habe.« Er machte eine Pause, dann fügte er hinzu: »Sie beobachten uns auch jetzt.«

Susannah nahm eine der Muffinkugeln, sah sie bewundernd an und senkte dann den Kopf, als wollte sie daran wie an einer Blume riechen. »Wo wir hergekommen sind? Rechts der Straße?«

»Ja«, sagte Jake.

Eddie hielt eine geballte Faust vor den Mund, als wollte er ein Husten unterdrücken, und fragte: »Wie viele?«

»Vier, glaube ich.«

»Fünf«, sagte Roland. »Vielleicht sogar sechs. Darunter eine Frau. Und ein Junge, nicht viel älter als Jake.«

Jake starrte ihn verblüfft an. »Wie lange sind sie schon da?«, fragte Eddie.

»Seit gestern«, sagte Roland. »Haben sich fast genau aus Osten kommend hinter uns gesetzt.«

»Und du hast uns nichts davon gesagt?«, sagte Susannah. Sie sprach ziemlich streng, ohne sich die Mühe zu machen, den Mund zu verdecken oder ihre Worte sonst wie zu tarnen.

Roland sah sie mit der Andeutung eines Augenzwinkerns an. »Ich war neugierig, wer von euch sie als Erster wittern würde. Eigentlich habe ich auf dich getippt, Susannah.«

Sie warf ihm einen kühlen Blick zu und sagte nichts. Eddie fand, dass in diesem Blick nicht wenig von Detta Walker lag, und war froh, nicht der Adressat zu sein.

»Was unternehmen wir wegen denen?«, fragte Jake.

»Vorläufig nichts«, sagte der Revolvermann.

Das gefiel Jake offensichtlich gar nicht. »Was ist, wenn sie wie Ticktacks *Ka-Tet* sind? Gasher und Hoots und die anderen Kerle?«

»Das sind sie nicht.«

»Woher weißt du das?

»Weil sie uns dann überfallen hätten und jetzt schon Fliegenfutter wären.«

Darauf schien es keine gute Antwort zu geben. Die Gefährten brachen wieder auf. Die Straße schlängelte sich durch tiefe Schatten zwischen Bäumen hindurch, die Jahrhunderte alt waren. Sie waren noch keine zwanzig Minuten unterwegs, da hörte Eddie die Geräusche ihrer Verfolger (oder Beschatter): knackende Zweige, raschelndes Buschwerk, einmal sogar eine flüsternde Stimme. Klumpfüße, wie Roland gesagt hätte. Eddie ärgerte sich darüber, dass er sie so lange nicht bemerkt hatte. Er fragte sich auch, wovon diese Trampel lebten. Falls es Jagd und Fallenstellerei war, waren sie nicht sehr gut darin.

Eddie Dean war auf vielfältige Weise ein Teil von Mittwelt geworden, und manche Aspekte waren so subtil, dass er sich ihrer nicht bewusst war, aber er rechnete bei Entfernungen noch immer mit Meilen, nicht mit Rädern. Er schätzte, dass sie von der Stelle aus, wo Jake mit den Muffinkugeln und seiner Nachricht aufgetaucht war, ungefähr fünfzehn zurückgelegt hatten, als Roland für diesmal Schluss machte. Sie blieben mitten auf der Straße, wie sie's immer taten, seit sie durch die Wälder zogen; so bestand kaum Gefahr, dass die Glut ihres Lagerfeuers den Wald in Brand setzte.

Eddie und Susannah sammelten einen schönen Haufen abgebrochener Äste, während Roland und Jake ihr kleines Lager aufschlugen und sich daran machten, die von Jake gesammelten Muffinkugeln aufzuschneiden. Susannah fuhr mit dem Rollstuhl mühelos über den Nadelteppich unter den uralten Bäumen und stapelte die aufgehobenen Äste auf ihrem Schoß. Eddie ging neben ihr her und summte tonlos vor sich hin.

»Sieh mal nach links, Süßer«, sagte Susannah.

Als er das tat, sah er in der Ferne ein orangerotes Flackern. Ein Feuer.

»Die sind nicht sehr gut, was?«, sagte er.

»Nein. Eigentlich tun sie mir sogar ein bisschen Leid.«

»Irgendeine Idee, was sie vorhaben?

»Äh-äh, aber ich glaube, dass Roland Recht hat – das sagen sie uns, wenn sie so weit sind. Entweder das, oder sie beschließen, dass wir nicht das sind, was sie wollen, und verschwinden einfach wieder. Komm, gehen wir zurück.«

»Augenblick.« Er hob einen weiteren Ast auf, zögerte und las noch einen auf. Dann war es richtig. »Okay«, sagte er.

Auf dem Rückweg zählte er die Äste, die er aufgesammelt hatte, dann die auf Susannahs Schoß. In beiden Fällen waren es insgesamt neunzehn.

»Suze«, sagte Eddie, und als sie zu ihm hinübersah: »Die Zeit hat wieder zu laufen begonnen.«

Sie fragte nicht, was er damit meinte, sondern nickte nur.

4

Eddies Vorsatz, nicht von den Muffinkugeln zu essen, hielt nicht lange vor; sie rochen einfach zu verdammt gut, als sie in dem Klumpen Hirschfett schmorten, den Roland (diese sparsame, mörderische Seele) in seiner abgewetzten alten Umhängetasche aufbewahrt hatte. Eddie nahm seinen Anteil auf einem der alten Teller entgegen, die sie in Shardiks Wäldern gefunden hatten, und verschlang ihn.

»Die sind so gut wie Hummer«, sagte er, erinnerte sich dann aber an die Monster am Strand, die Rolands Finger gefressen hatten. »So gut wie Hotdogs, wollte ich sagen. Tut mir Leid, dass ich dich aufgezogen habe, Jake.«

»Mach dir deswegen keine Sorgen«, sagte Jake lächelnd. »Du ziehst einen nie zu sehr auf.«

»Über eines solltet ihr euch im Klaren sein«, sagte Roland. Er lächelte – inzwischen lächelte er öfter als früher, erheblich öfter –, aber sein Blick blieb dabei ernst. »Alle drei. Muffinkugeln bescheren manchmal sehr lebhafte Träume.«

»Sie machen einen bekifft, meinst du?«, fragte Jake ziemlich unbehaglich. Er musste an seinen Vater denken. Elmer Chambers hatte viele der unheimlicheren Freuden des Lebens genossen.

»Bekifft? Ich weiß nicht, ob …«

»Zugedröhnt. High. Wie damals, als du Meskalin genommen hast und in den Steinkreis getreten bist, wo dieses Ding mich fast … du weißt schon, mich fast verletzt hätte.«

Roland machte eine kurze Pause und erinnerte sich daran. In jenem Steinring war eine Art Sukkubus gefangen gewesen. Wäre er sich selbst überlassen geblieben, hätte er Jake Chambers zweifellos sexuell initiiert und dann zu Tode gefickt. Wie sich dann herausstellte, hatte Roland den Sukkubus zum Sprechen gebracht. Um Roland zu bestrafen, hatte der Sukkubus ihm eine Vision von Susan Delgado geschickt.

»Roland?« Jake beobachtete ihn sorgenvoll.

»Mach dir deswegen keine Sorgen, Jake. Es gibt Pilze, die das bewirken, woran du gerade denkst – das Bewusstsein verändern, es überhöhen –, aber das tun Muffinkugeln nicht. Sie sind einfach nur Beeren, die gut schmecken. Solltest du besonders lebhafte Träume haben, brauchst du dich bloß daran zu erinnern, dass du *träumst.*«

Eddie hielt das für eine sehr merkwürdige kleine Ansprache. Zum einen sah es Roland nicht ähnlich, so liebevoll besorgt um ihre geistige Gesundheit zu sein. Es sah ihm auch nicht ähnlich, unnütz Worte zu machen.

Die Dinge sind wieder in Fluss gekommen, und er weiß es auch, dachte Eddie. *Wir hatten eine kleine Auszeit, aber nun tickt die Uhr wieder. Das Spiel läuft, wie man so schön sagt.*

»Willst du eine Wache aufstellen, Roland?«, fragte Eddie.

»Meiner Einschätzung nach ist das nicht nötig«, sagte der Revolvermann gelassen und begann sich eine Zigarette zu drehen.

»Du hältst sie wirklich nicht für gefährlich, stimmt's?«, sagte Susannah und blickte zum Wald auf, dessen einzelne Bäume sich jetzt in der einfallenden Abenddämmerung verloren. Das kleine Flackern eines Lagerfeuers, das sie zuvor gesehen hatten, war erloschen, aber die Leute, die ihnen folgten, waren weiterhin da. Susannah spürte sie. Als sie auf Oy hinabsah und feststellte, dass er in dieselbe Richtung blickte, war sie nicht überrascht.

»Ich glaube, das könnte ihr Problem sein«, sagte Roland.

»Was soll *das* nun wieder heißen?«, fragte Eddie, aber Roland wollte offenbar nicht mehr sagen. Er lag einfach mit einem zusammengerollten Stück Hirschfell unter dem Nacken auf der Straße, sah zum Nachthimmel auf und rauchte.

Später schlief Rolands *Ka-Tet.* Es stellte keine Wache auf und wurde nicht belästigt.

5

Die Träume, als sie dann kamen, waren überhaupt keine Träume. Das wussten sie alle, außer vielleicht Susannah, die in dieser Nacht in sehr realem Sinn überhaupt nicht da war.

Mein Gott, ich bin wieder in New York, dachte Eddie. Und gleich darauf: Wirklich *wieder in New York. Das hier ereignet sich wirklich.*

Das tat es. Er war in New York. Auf der Second Avenue.

Dann kam Jake mit Oy von der Fifty-fourth Street her um die Ecke. »He, Eddie«, sagte Jake grinsend. »Willkommen daheim.«

Das Spiel läuft, dachte Eddie. *Das Spiel läuft.*

Kapitel 2

Im alten New Yorker Trott

1

Jake schlief mit Blick in völlige Dunkelheit ein – an diesem bewölkten Nachthimmel gab es keine Sterne, keinen Mond. Während er abdriftete, hatte er das Gefühl, als fiel er, ein Gefühl, das er bestürzt wiedererkannte: In seinem vorigen Leben als so genanntes normales Kind hatte er oft Träume vom Fallen gehabt, vor allem zu Prüfungszeiten, aber die hatten seit seiner gewalttätigen Wiedergeburt in Mittwelt aufgehört.

Dann war das Fallgefühl verschwunden. Er hörte kurz eine Glockenspielmelodie, die irgendwie *zu* schön war: Nach drei Noten wollte man, dass sie aufhörte, nach einem Dutzend dachte man, sie würde einen töten, wenn sie nicht aufhörte. Jeder Glockenschlag schien seine Knochen vibrieren zu lassen. *Klingt irgendwie hawaiisch, oder nicht?*, dachte er. Obwohl die Glockenspielmelodie nichts vom düsteren Trällern der Schwachstelle an sich hatte, war sie ihm irgendwie ähnlich.

Das war sie.

Dann, als er eben wirklich glaubte, sie nicht länger ertragen zu können, verstummte die schreckliche, wundervolle Melodie. Das Dunkel hinter seinen geschlossenen Augen leuchtete plötzlich in brillantem Dunkelrot auf.

Er öffnete sie vorsichtig in strahlendem Sonnenschein.

Und sah sich gaffend um.

Gaffte New York an.

Taxis wuselten im Sonnenlicht hellgelb leuchtend vorbei. Ein junger Schwarzer, der Walkman-Ohrhörer trug, schlenderte an

Jake vorüber, tänzelte mit seinen in Sandalen steckenden Füßen ein wenig zur Musik und machte dabei halblaut: »Cha-da-ba, cha-da-*bow!*« Ein Presslufthammer hämmerte auf Jakes Trommelfell ein. Betonbrocken krachten mit einem Scheppern, das von einer Steilwand aus Gebäuden zur anderen hallte, in einen Muldenkipper. Die Welt hallte von Höllenlärm wider. Ohne es recht zu merken, hatte Jake sich an die tiefe Stille von Mittwelt gewöhnt. Nein, mehr. Hatte sie lieben gelernt. Trotzdem besaßen der Krach und das rege Treiben ihre Anziehungskraft, das konnte Jake nicht leugnen. Wieder im alten New Yorker Trott. Er spürte, wie er die Lippen zu einem leichten Grinsen verzog.

»Ake! Ake!«, rief eine leise, ziemlich verzweifelte Stimme.

Jake blickte nach unten und sah Oy mit säuberlich um sich geringeltem Schwanz auf dem Gehsteig sitzen. Der Billy-Bumbler trug keine roten Schühchen, und Jake trug nicht die roten Oxforder (Gott sei Dank), aber das Ganze erinnerte doch sehr an ihren Besuch in Rolands Gilead, in das sie durch eine Reise mit dem rosa Zaubererglas gelangt waren. Mit der Glaskugel, die so viel Kummer und Sorgen verursacht hatte.

Diesmal kein Glas … er war nur eingeschlafen. Aber das hier war kein Traum. Es war intensiver als jeder Traum, den er jemals gehabt hatte, und viel detaillierter. Außerdem …

Außerdem machten immer wieder Passanten einen Bogen um Oy und ihn, während sie nun links neben einem innerstädtischen Saloon standen, der sich Kansas City Blues nannte. Während Jake diese Beobachtung machte, stieg eine Frau sogar über Oy hinweg, wobei sie ihren geraden schwarzen Rock am Knie etwas hochzog, um das zu tun. Ihre abweisende Miene *(Ich bin nur eine weitere New Yorkerin, die sich nur um ihren eigenen Kram kümmert, also lass mich gefälligst in Ruhe,* sagte dieses Gesicht zu Jake) veränderte sich überhaupt nicht.

Sie sehen uns nicht, aber irgendwie spüren sie uns. Und wenn sie uns spüren können, müssen wir wirklich hier sein.

Die erste logische Frage lautete: Warum? Jake dachte einen Augenblick darüber nach, dann beschloss er, die Sache vorerst auf Eis zu legen. Er hatte eine Vorahnung, dass die Antwort sich schon irgendwie ergeben würde. Warum inzwischen nicht New York genießen, solange er hier war?

»Komm, Oy«, sagte er und ging um die Ecke. Der Billy-Bumbler, erkennbar kein Großstädter, blieb so dicht hinter ihm, dass Jake seinen Atemhauch am Knöchel spürte.

Second Avenue, dachte er. Dann: *Mein Gott* …

Bevor er diesen Gedanken zu Ende bringen konnte, sah er Eddie Dean vor dem Lederwarengeschäft Barcelona Luggage stehen: leicht verwirrt und in alten Jeans, einem Hirschlederhemd und Hirschledermokassins ziemlich fehl am Platz wirkend. Sein Haar war sauber, aber es hing auf eine Weise bis zu den Schultern herab, die ahnen ließ, dass sein letzter Friseurbesuch schon reichlich lange zurückliegen musste. Jake merkte jetzt, dass er selbst nicht viel besser aussah: Auch er trug ein Hirschlederhemd und als Beinkleider die zerschlissenen Überreste der Bluejeans, die er an dem Tag angehabt hatte, an dem er endgültig von zu Hause weggegangen und nach Dutch Hill in Brooklyn und in eine andere Welt aufgebrochen war.

Nur gut, dass uns niemand sehen kann, dachte Jake, dann überlegte er sich, dass das eigentlich nicht stimmte. Hätten die Leute sie sehen können, wären sie bis Mittag vermutlich von Almosen reich geworden. Bei diesem Gedanken musste er grinsen. »He, Eddie«, sagte er. »Willkommen daheim.«

Eddie nickte leicht verwirrt. »Wie ich sehe, hast du deinen Freund mitgebracht.«

Jake beugte sich hinunter und tätschelte Oy liebevoll. »Er ist meine Version der American-Express-Karte. Ich kann nicht ohne ihn ausgehen.«

Jake wollte eben fortfahren – er fühlte sich geistreich, überschäumend, voller amüsanter Einfälle –, als jemand um die Ecke kam, an ihnen vorbeiging, ohne sie anzusehen (wie es alle anderen Leute auch getan hatten), und alles veränderte. Dieser Jemand war ein Junge in Jeans, die wie Jakes aussahen, weil sie Jake *gehörten*. Nicht die Jeans, die er jetzt anhatte, aber eindeutig seine. Und seine Turnschuhe. Es waren die Schuhe, die Jake in Dutch Hill eingebüßt hatte. Der Gipsmann, der die Tür zwischen den Welten bewachte, hatte sie ihm glatt von den Füßen gerissen.

Der Junge, der eben an ihnen vorbeigegangen war, war John Chambers, er war *Jake*, nur dass diese Version weich und unschuldig und schmerzlich jung aussah. *Wie hast du überlebt?*, fragte er seinen sich entfernenden eigenen Rücken. *Wie hast du den mentalen Stress überlebt, den Verstand zu verlieren und von zu Hause wegzulaufen und durch dieses Schreckenshaus in Brooklyn zu gehen? Wie hast du vor allem den Türsteher überlebt? Du musst zäher sein, als du aussiehst.*

Eddie stutzte so komisch übertrieben, dass Jake trotz der eigenen entsetzten Überraschung lachen musste. Dabei musste er an die Comicbilder denken, auf denen Archie oder Jughead in zwei Richtungen gleichzeitig zu sehen versuchte. Er blickte nach unten und sah auf Oys Gesicht einen ähnlichen Ausdruck. Irgendwie machte das alles noch komischer.

»Scheiße, was war *das?*«, fragte Eddie.

»Sofortige Wiederholung«, sagte Jake und lachte noch lauter. Das klang echt bescheuert, aber das störte ihn nicht. Er *fühlte* sich bescheuert. »Das ist wie damals, als wir Roland in der Großen Halle von Gilead beobachtet haben, nur sind wir hier in New York, und zwar am einunddreißigsten Mai neunzehnhundertsiebenundsiebzig! Der Tag, an dem ich mich auf Französisch aus der Piper verabschiedet habe! Sofortige Wiederholung, Baby!«

»Auf Französisch …?«, begann Eddie, aber Jake ließ ihn nicht ausreden. Eine weitere Erkenntnis durchzuckte ihn. Nur war *durchzuckte* ein zu schwaches Wort dafür. Er wurde von ihr *begraben* wie ein Mann, der zufällig am Strand war, als eine Flutwelle hereinbrach. Sein Gesicht leuchtete so hell, dass Eddie tatsächlich einen Schritt zurückwich.

»Die Rose!«, flüsterte er. Er fühlte sich im Zwerchfell zu schwach, um lauter zu sprechen, und die Kehle fühlte sich so ausgedörrt wie nach einem Sandsturm an. »Eddie, *die Rose!*«

»Was ist mit der?«

»Es ist der Tag, an dem ich sie sehe!« Er streckte eine Hand aus und berührte mit zitternden Fingern Eddies Unterarm. »Ich gehe in die Buchhandlung … dann zu dem unbebauten Grundstück. Ich glaube, dass dort früher ein Delikatessengeschäft gestanden hat …«

Eddie nickte und sah zusehends selbst aufgeregt aus. »Tom und Gerry's künstlerisches Delikatessengeschäft, an der Ecke Second und Forty-sixth …«

»Das Geschäft ist weg, aber die Rose ist da! Dieses Ich, das die Straße entlanggeht, wird sie sehen, *und wir können sie auch sehen*!«

Nun leuchteten auch Eddies Augen. »Also komm!«, sagte er. »Wir wollen dich nicht verlieren. Ihn. Scheiße, wen auch immer.«

»Keine Sorge«, sagte Jake. »Ich weiß, wo er hingeht.«

2

Der Jake vor ihnen – der New Yorker Jake, der Jake vom Frühjahr 1977 – ging langsam, sah sich überall um, fand diesen Tag offenbar Klasse. Jake aus Mittwelt erinnerte sich genau daran, wie diesem Jungen zumute gewesen war: die plötzliche Erleichterung, dass die Stimmen in seinem Kopf

(Ich bin gestorben!)

(Nein, bin ich nicht!)

endlich mit ihrer Streiterei aufgehört hatten. Vorbei an dem längst verschwundenen Bretterzaun, an dem zwei Geschäftsleute mit einem Mark-Cross-Kugelschreiber Tic-Tac-Toe gespielt hatten. Und natürlich war es eine Erleichterung gewesen, von der Piper School und dem Wahnsinn seines Abschlussaufsatzes für Ms. Averys Englischklasse wegzukommen. Der Abschlussaufsatz machte volle fünfundzwanzig Prozent der Jahresnote jedes Schülers aus, das hatte Ms. Avery ihnen unmissverständlich klar gemacht, und Jakes Aufsatz war dummes Gewäsch gewesen. Die Tatsache, dass seine Lehrerin ihm später eine Eins plus dafür gegeben hatte, änderte nichts daran, sondern bewies nur, dass nicht nur er verrückt war; die ganze Welt drehte durch, würde auf Neunzehn landen.

All dem entronnen zu sein – sogar nur für kurze Zeit – war großartig gewesen. Natürlich fand er diesen Tag Klasse.

Nur ist der Tag nicht ganz richtig, dachte Jake – der Jake, der hinter seinem alten Ich herging. *Irgendwas an ihm …*

Er sah sich um, kam aber nicht darauf. Ende Mai, strahlende Sommersonne, viele Spaziergänger und Schaufensterbummler auf der Second Avenue, reichlich Taxis, gelegentlich eine lange schwarze Limousine; nichts daran war falsch.

Oder eigentlich doch.

Alles war daran falsch.

3

Eddie spürte, wie der Junge ihn am Ärmel zupfte. »Was ist an diesem Bild falsch?«, fragte Jake.

Eddie sah sich um. Trotz der eigenen Anpassungsschwierigkeiten (seine wurden dadurch vermehrt, dass er in ein New York zurückgekommen war, das offensichtlich ein paar Jahre hinter seiner Zeit hinterherhinkte), wusste er genau, was Jake meinte. Irgendetwas *war* falsch.

Er warf einen Blick auf den Gehsteig, weil er sich plötzlich sicher war, dass er keinen Schatten haben würde. Sie würden ihren Schatten verloren haben wie eines der Kinder in einer der Erzählungen … in einem der neunzehn Märchen … oder vielleicht war es ein neueres wie *Der König von Narnia* oder *Peter Pan?* Eines aus der Sammlung, die Moderne Neunzehn hätte heißen können?

Spielte ohnehin keine Rolle, weil ihre Schatten da waren.

Sollten sie aber nicht, dachte Eddie. *Sollten unsere Schatten nicht sehen können, wenn's so dunkel ist.*

Blöder Gedanke. Es war *nicht* dunkel. Es war *morgens,* um Himmels willen, ein strahlender Maimorgen mit Sonnenschein, der vom Chrom vorbeifahrender Wagen und den Schaufenstern auf der Innenstadtseite so hell zurückblinkte, dass man die Augen zusammenkneifen musste. Trotzdem erschien Eddie es irgendwie dunkel, als wäre das alles nur eine fragile Oberfläche wie ein gemalter Bühnenhintergrund. »Wenn sich der Vorhang hebt, sehen wir den Wald von Arden.« Oder ein Schloss in Dänemark. Oder die Küche von Willy Lomans Haus. In diesem Fall sehen wir aber die Second Avenue mitten in New York.

Ja, genau so. Nur würde man hinter diesem Vorhang nicht die Werkstatt und das Kulissenlager hinter der Bühne, sondern nur ein riesiges pralles Dunkel finden. Irgendein weitläufiges totes Universum, in dem Rolands Turm bereits eingestürzt war.

Bitte, lass mich Unrecht haben, dachte Eddie. *Bitte, lass dies nur einen Fall von Kulturschock oder einfacher alter Kribbeligkeit sein.*

Aber das glaubte er nicht.

»Wie sind wir hier hergekommen?«, fragte er Jake. »Da war doch keine Tür …« Er verstummte, dann fragte er mit gewisser Hoffnung: »Vielleicht *ist* das alles nur ein Traum?«

»Nein«, sagte Jake. »Es hat mehr Ähnlichkeit mit unserer Reise in der Zaubererkugel. Nur hat's diesmal keine Kugel gegeben.« Ihm fiel etwas ein. »Hast du nicht auch Musik gehört? Glockenspiel? Kurz bevor du hier aufgetaucht bist?«

Eddie nickte. »Es war irgendwie überwältigend. Hat mir das Wasser in die Augen getrieben.«

»Richtig«, sagte Jake. »Genau.«

Oy schnüffelte an einem Hydranten. Eddie und Jake blieben stehen, damit der kleine Kerl das Bein heben und an diesem zweifellos bereits übervollen Schwarzen Brett seine Mitteilung hinterlassen konnte. Vor ihnen schlenderte der andere Jake – Kid 77 – langsam weiter und gaffte alles an. Eddie erschien er wie ein Tourist aus Michigan. Er verrenkte sich sogar den Kopf, um die Spitzen der Wolkenkratzer zu sehen, und Eddie hatte den Verdacht, wenn das New Yorker Amt für Zynismus einen dabei erwischte, nähme es einem glatt die Kundenkarte von Bloomingdale's weg. Nicht, dass er sich darüber beschwerte; so war der Junge leicht zu beschatten.

Und gerade als Eddie das dachte, verschwand Kid 77.

»Wohin bist du gegangen? Um Himmels willen, wohin bist du gegangen?«

»Bleib relaxt«, sagte Jake. (Neben seinem Knöchel gab Oy seinen Senf dazu: »Axt!«) Der Junge grinste. »Ich bin nur in die Buchhandlung gegangen. Das … äh … Manhattaner Restaurant für geistige Nahrung, so heißt es.«

»Wo du *Charlie Tschuff-Tschuff* und das Rätselbuch gekauft hast?«

»Richtig.«

Eddie genoss Jakes leicht verwirrtes, überwältigtes Lächeln. Es erhellte sein ganzes Gesicht. »Weißt du noch, wie aufgeregt Roland war, als ich ihm den Namen des Besitzers gesagt habe?«

Daran erinnerte Eddie sich. Der Besitzer des Manhattaner Restaurants für geistige Nahrung war ein Kerl namens Calvin Tower gewesen.

»Beeil dich«, sagte Jake. »Ich will zusehen.«

Das brauchte er Eddie wirklich nicht zweimal zu sagen. Auch er wollte zusehen.

4

Jake blieb an der Tür der Buchhandlung stehen. Sein Lächeln verschwand jetzt zwar nicht ganz, aber es wurde schwächer.

»Was ist los?«, fragte Eddie. »Was ist nicht in Ordnung?«

»Weiß ich nicht. Irgendwas ist anders, glaube ich. Es ist nur … seit ich hier war, ist so viel passiert …«

Sein Blick ruhte auf der Kreidetafel im Schaufenster, die Eddie tatsächlich für eine sehr clevere Methode hielt, Bücher anzupreisen. Sie sah wie eine der Tafeln aus, die man in Schnellimbissen oder vielleicht auch auf Fischmärkten sah.

Tageskarte

Aus Mississippi! Satansbraten William Faulkner
Gebundene Ausgaben: Ladenpreis
Taschenbücher der Vintage Library: je 75 Cent

Aus Maine! Tiefgekühlter Stephen King
Gebundene Ausgaben: Ladenpreis
Bücherklub-Sonderangebote
Taschenbücher: je 75 Cent

Aus Kalifornien! Hartgesottener Raymond Chandler
Gebundene Ausgaben: Ladenpreis
Taschenbücher: 7 für $5.00

Eddie blickte über die Tafel hinweg und sah jenen anderen Jake – den ohne Sonnenbräune oder harten, klaren Blick – an einem kleinen Büchertisch stehen. Mit Kinderbüchern. Wahrscheinlich mit den Neunzehn Märchen und den Modernen Neunzehn.

Schluss damit, ermahnte er sich. *Das ist zwanghaft-pathologischer Scheiß, das weißt du genau.*

Schon möglich, aber der gute alte Jake 77 war im Begriff, von diesem Tisch etwas zu kaufen, was später ihr aller Leben verändert – und sehr wahrscheinlich auch gerettet – hatte. Wegen der Zahl Neunzehn würde er sich später Sorgen machen. Oder überhaupt nicht, wenn sich das irgendwie machen ließ.

»Komm«, forderte er Jake auf. »Wir gehen rein.«

Der Junge zögerte.

»Was ist los?«, sagte Eddie. »Tower kann uns nicht sehen, falls dir das Sorgen macht.«

»*Tower* kann's nicht«, sagte Jake, »aber was ist, wenn *er* es kann?« Er zeigte auf sein anderes Ich, auf den Jungen, der Gasher und Ticktack und den alten Leuten von River Crossing erst noch begegnen musste. Der Blaine dem Mono und Rhea vom Cöos erst noch begegnen musste.

Jake sah Eddie mit gehetzt neugierigem Blick an. »Was ist, wenn ich *mich selbst* sehe?«

Eddie vermutete, dass das wirklich passieren könnte. Teufel, *alles* konnte passieren. Aber das änderte nichts an dem, was er im Herzen empfand. »Ich glaube irgendwie, wir sollen hineingehen, Jake.«

»Yeah …« Es kam als lang gezogener Seufzer heraus. »Das glaube ich auch.«

5

Sie gingen hinein, und sie wurden nicht gesehen, und Eddie war erleichtert, als er auf dem Büchertisch, der die Aufmerksamkeit des Jungen erweckt hatte, einundzwanzig Bücher zählte. Nur, nachdem Jake die zwei weggenommen hatte, die er mitnehmen wollte – *Charlie Tschuff-Tschuff* und das Rätselbuch – blieben natürlich neunzehn zurück.

»Was gefunden, Junge?«, erkundigte sich eine sanfte Stimme. Sie gehörte einem dicken Mann in einem weißen Hemd mit offenem Kragen. Hinter ihm an einer Theke, die aussah, als wäre sie vielleicht aus einer Erfrischungshalle aus der Zeit um die Jahrhundertwende geklaut worden, tranken drei alte Kerle Kaffee und knabberten Gebäck. Auf der Marmortheke stand ein Schachbrett mit einer angefangenen Partie.

»Der Kerl ganz außen ist Aaron Deepneau«, flüsterte Jake. »Er wird mir das Rätsel mit Simson erklären.«

»Pst!«, sagte Eddie. Er wollte das Gespräch zwischen Calvin Tower und Kid 77 hören. Es erschien ihm plötzlich sehr wichtig … aber warum war es hier drinnen bloß so gottverdammt *dunkel*?

Nur ist's überhaupt nicht dunkel. Die Ostseite der Straße liegt zu dieser Tageszeit in der Sonne, und bei offener Tür bekommt der Laden alles ab. Wie kannst du behaupten, er sei dunkel?

Weil er das irgendwie war. Das Sonnenlicht – der *Kontrast* des Sonnenlichts – machte alles nur schlimmer. Die Tatsache, dass man diese Dunkelheit nicht richtig *sehen* konnte, machte alles noch schlimmer … und Eddie erkannte eine schreckliche Wahrheit: Diese Leute befanden sich in Gefahr. Tower, Deepneau, Kid 77. Er und Mittwelt-Jake und Oy vermutlich ebenfalls.

Sie alle.

6

Jake beobachtete, wie sein anderes, jüngeres Ich, dessen Augen sich vor Überraschung weiteten, einen Schritt vor dem Buchhändler zurückwich. *Weil er Tower heißt,* dachte Jake. *Das hat mich überrascht. Allerdings nicht wegen Rolands Turm – von dem wusste ich da ja noch nichts –, sondern wegen dem Bild, das ich auf die letzte Seite von meinem Abschlussaufsatz geklebt habe.*

Er hatte ein Foto des Schiefen Turms von Pisa auf die letzte Seite geklebt und es dann mit schwarzem Filzschreiber überkritzelt, es so gut wie irgend möglich geschwärzt.

Tower hatte ihn gefragt, wie er heiße. Jake 77 hatte ihm seinen Namen gesagt, und Tower hatte ein bisschen mit ihm gescherzt. Das waren gutmütige Scherze, wie man sie von Erwachsenen hörte, die wirklich nichts gegen Kinder hatten.

»Klingt gut, Kumpel«, sagte Tower gerade. »Wie ein vogelfreier Held in einem Westernroman – der Typ, der nach Black Fork, Arizona, reitet, in der Stadt für Ordnung sorgt und dann weiterzieht. Wie in einem Roman von Wayne D. Overholser …«

Jake trat einen Schritt näher an sein altes Ich heran (ein Teil seines Selbst überlegte sich, was für ein wundervoller Sketch für *Saturday Night Live* das alles wäre) und riss dann etwas die Augen auf. »Eddie!« Er flüsterte noch immer, obwohl er wusste, dass die Männer in der Buchhandlung ihn nicht …

Vielleicht konnten sie ihn ja auf irgendeiner Bewusstseinsebene doch hören. Er erinnerte sich, wie die Lady auf der Fifty-fourth Street ihren Rock am Knie hochgezogen hatte, um über Oy hinwegsteigen zu können. Und jetzt sah Calvin Tower kurz in seine Richtung, bevor er sich wieder der anderen Version von Jakes Ich zuwandte.

»Wäre gut, keine unnötige Aufmerksamkeit zu erregen«, murmelte Eddie ihm ins Ohr.

»Ich weiß«, sagte Jake, »aber sieh dir *Charlie Tschuff-Tschuff* an, Eddie!«

Eddie tat wie geheißen, konnte im ersten Augenblick aber nichts entdecken – außer Charlie, versteht sich: Charlie mit seinem Scheinwerfer-Auge und seinem nicht ganz vertrauenswürdigen Kuhfänger-Grinsen. Dann zog Eddie die Augenbrauen hoch.

»Ich dachte, *Charlie Tschuff-Tschuff* hätte eine gewisse Dame namens Beryl Evans geschrieben«, flüsterte er.

Jake nickte. »Das dachte ich auch.«

»Wer ist dann diese …« Eddie sah noch einmal hin. »Wer ist diese Claudia y Inez Bachman?«

»Keine Ahnung«, sagte Jake. »Nie von ihr gehört.«

7

Einer der alten Männer von der Theke kam auf sie zugeschlendert. Eddie und Jake wichen ihm aus. Als sie zurücktraten, lief Eddie ein kleiner kalter Schauder über den Rücken. Jake war sehr blass, und Oy gab eine Serie leiser, ängstlicher Winsellaute von sich. Hier war tatsächlich etwas nicht in Ordnung. In gewisser Weise hatten sie ihren Schatten verloren. Eddie wusste nur nicht, wie.

Kid 77 hatte seine Geldbörse herausgeholt und bezahlte die beiden Bücher. Es gab weitere Gespräche und gutmütiges Lachen, dann ging er zur Ladentür. Als Eddie ihm folgen wollte, hielt Mittwelt-Jake ihn am Arm fest. »Nein, noch nicht – ich komme gleich wieder rein.«

»Mir egal, ob du den ganzen Laden nach dem Alphabet ordnen willst«, sagte Eddie. »Komm, wir warten draußen auf dem Gehsteig.«

Jake überlegte, biss sich dabei auf die Unterlippe und nickte schließlich. Sie gingen zur Tür, blieben dann aber stehen und traten zur Seite, weil der andere Jake gerade wieder zurückkam. Das Rätselbuch war aufgeschlagen. Calvin Tower war schwerfällig an das Schachbrett getreten, das auf der Theke aufgebaut war. Er sah sich mit freundlichem Lächeln um.

»Hast du es dir wegen der Tasse Kaffee überlegt, o hyperboreischer Wanderer?«

»Nein, ich wollte Sie fragen …«

»Das ist der Teil mit Simsons Rätsel«, sagte Mittwelt-Jake. »Ich glaube nicht, dass es wichtig ist. Obwohl dieser Deepneau einen ziemlich guten Song singt, falls du ihn hören möchtest.«

»Geschenkt«, sagte Eddie. »Komm jetzt.«

Sie gingen hinaus. Und obwohl die Atmosphäre auf der Second Avenue noch immer falsch war – dieser Eindruck von endloser Dunkelheit hinter den Kulissen, sogar hinter dem *Himmel* –, war sie hier draußen irgendwie besser als im Manhattaner Restaurant für geistige Nahrung. Zumindest gab es hier frische Luft.

»Ich mach dir einen Vorschlag«, sagte Jake. »Wir gehen jetzt gleich zur Ecke Second Avenue und Forty-sixth Street.« Er nickte zu der Version seiner selbst hinüber, die jetzt zuhörte, wie Aaron Deepneau sang. »Ich hole uns dort ein.«

Eddie dachte darüber nach, dann schüttelte er den Kopf.

Jake wirkte leicht enttäuscht. »Willst du denn nicht die Rose sehen?«

»Doch, darauf kannst du deinen Arsch verwetten«, sagte Eddie. »Ich bin geradezu wild darauf, sie zu sehen.«

»Dann …«

»Ich habe allerdings nicht das Gefühl, als wären wir hier schon fertig. Ich weiß nicht, warum, aber ich hab's eben einfach nicht.«

Jake – die Kid-77-Version seiner selbst – hatte die Ladentür beim Hineingehen offen gelassen, und Eddie trat auf die Schwelle. Aaron Deepneau erzählte Jake gerade das Rätsel, das sie später Blaine dem Mono vorlegen würden: *Was bewegt sich und kommt nicht fort, hat einen Mund und spricht kein Wort?* Mittwelt-Jake betrachtete unterdessen erneut die Kreidetafel in der Auslage der Buchhandlung *(Satansbraten William Faulkner, hartgesottener Raymond Chandler)*. Er runzelte die Stirn auf eine Art, die nicht Übellaunigkeit, sondern Zweifel und Besorgnis ausdrückte.

»Diese Tafel ist auch anders«, sagte er.

»Wie?«

»Kann mich nicht erinnern.«

»Ist das wichtig?«

Jake wandte sich ihm zu. In seinen Augen unter der gerunzelten Stirn stand ein gehetzter Ausdruck. »Das weiß ich nicht. Wahrscheinlich ein weiteres Rätsel. Ich *hasse* Rätsel.«

Das konnte Eddie ihm das nachfühlen. *Wann ist ein Beryll kein Beryll?* »Wenn er eine Claudia ist«, sagte er.

»Hä?«

»Schon gut. Tritt lieber beiseite, Jake, sonst prallst du noch mit dir selbst zusammen.«

Jake warf der herankommenden Version von John Chambers einen überraschten Blick zu, dann tat er, was Eddie vorgeschlagen hatte. Und als Kid 77 mit seinen Neuerwerbungen in der linken Hand auf der Second Avenue weiterging, bedachte Mittwelt-Jake Eddie mit einem müden Lächeln. »An eines erinnere ich mich *genau«*, sagte er. »Als ich diese Buchhandlung verlassen habe, war ich mir sicher, dass ich nie wieder herkommen würde. Aber ich hab's getan.«

»Berücksichtigt man, dass wir eher Gespenster als Menschen sind, würde ich das für fraglich halten.« Eddie rubbelte Jack freundschaftlich das Genick. »Und falls du etwas Wichtiges vergessen hast, kann Roland dir ja vielleicht helfen, dich daran zu erinnern. Darauf versteht er sich.«

Daraufhin grinste Jake erleichtert. Aus persönlicher Erfahrung wusste er, dass der Revolvermann sich wirklich *gut* darauf verstand, Leuten zu helfen, sich an etwas zu erinnern. Rolands Freund Alain mochte die stärkste Gabe besessen haben, mit anderen Geistern in Verbindung zu treten, und sein Freund Cuthbert hatte in jenem speziellen *Ka-Tet* allen Sinn für Humor gepachtet, aber Roland hatte sich im Lauf der Jahre zu einem *verdammt* guten Hypnotiseur entwickelt. In Las Vegas hätte er damit ein Vermögen verdienen können.

»Können wir mir jetzt folgen?«, fragte Jake. »Und nach der Rose sehen?« Er sah mit einer Art unglücklicher Perplexität die Second Avenue – eine Straße, die irgendwie hell und dunkel zugleich war – hinauf und hinunter. »Dort ist's bestimmt besser. Die Rose macht alles besser.«

Eddie wollte gerade okay sagen, als ein dunkelgrauer Lincoln Town Car vor Calvin Towers Buchhandlung vorfuhr. Der Wagen parkte am gelben Randstein vor einem Hydranten, ohne im Geringsten zu zögern. Die vorderen Türen gingen auf, und als Eddie sah, wer am Steuer gesessen hatte, packte er Jake an der Schulter.

»Aua!«, sagte Jake. »Mann, das tut weh!«

Eddie achtete nicht weiter auf ihn. Er packte Jakes Schulter im Gegenteil noch fester.

»Jesus«, flüsterte Eddie. »Lieber Jesus Christus, was ist das? Was zum Teufel ist das?«

8

Jake beobachtete, wie Eddie erst blass und dann aschfahl wurde. Die Augen drohten aus den Höhlen zu quellen. Jake wand sich nicht ohne Mühe aus der Hand frei, die seine Schulter umklammerte. Eddie machte eine Bewegung, als wollte er mit dieser Hand auf etwas zeigen, aber dazu schien er nicht die Kraft zu haben. Sie fiel mit einem kleinen Bums seitlich an seinen Oberschenkel.

Der Mann, der auf dem Beifahrersitz des Town Car gesessen hatte, ging um den Wagen herum auf den Gehsteig, während der Fahrer die hintere linke Tür öffnete. Selbst Jake kamen ihre Bewegungen einstudiert, fast wie Tanzschritte vor. Der Mann, der hinten ausstieg, trug einen teuren Anzug, aber das änderte nichts an der Tatsache, dass er im Prinzip ein dicklicher kleiner Kerl mit einem Schmerbauch und schwarzem Haar war, das an den Schläfen grau wurde. Mit *schuppigem* schwarzem Haar, so wie die Schultern seines Anzugs aussahen.

Jake erschien der Tag plötzlich dunkler als je zuvor. Er hob den Kopf, um zu sehen, ob sich eine Wolke vor die Sonne geschoben hatte. Das war zwar nicht der Fall, aber ihm schien es trotzdem fast so, als würde sich um ihren hellen Kreis eine schwarze Korona bilden – wie ein Ring aus Wimperntusche um ein erschrocken aufgerissenes Auge.

Einen halben Block weiter in Richtung Innenstadt warf die 1977er Version seiner selbst einen Blick ins Fenster eines Restaurants, und Jake konnte sich an dessen Namen erinnern: *Chew Chew Mama's*. Dann kam bald der Schallplattenladen Tower of Power, bei dem er denken würde: *Als wären Türme heute im Sonderangebot*. Hätte er sich in seiner damaligen Version umgedreht, hätte er den grauen Town Car gesehen … aber das hatte er nicht getan. Die Gedanken von Kid 77 waren starr auf die Zukunft fixiert.

»Das ist Balazar«, sagte Eddie.

»Was?«

Eddie zeigte auf den dicklichen Kerl, der stehen geblieben war, um seine Sulka-Krawatte zurechtzurücken. Die beiden anderen flankierten ihn jetzt. Sie wirkten entspannt und wachsam zugleich.

»Enrico Balazar. Und er sieht viel jünger aus. Gott, fast wie ein Mann in mittleren Jahren.«

»Wir sind hier im Jahr 1977«, sagte Jake zur Erinnerung. Und dann, als der Groschen fiel: »Das ist der Kerl, den Roland und du *umgebracht* haben?« Eddie hatte Jake die Story von der Schießerei im Jahr 1987 in Balazars Club erzählt, wenngleich er dabei die grausigeren Szenen ausgelassen hatte. Zum Beispiel die, wo Kevin Blake den Kopf von Eddies Bruder in Balazars Büro gekickt hatte, um zu versuchen, Eddie und Roland herauszulocken. Henry Dean, der große Weise und bedeutende Junkie.

»Yeah«, sagte Eddie. »Der Kerl, den Roland und ich umgebracht haben. Und der Kerl, der gefahren ist, das ist Jack Andolini. Old Doppelthässlich, so haben die Leute ihn genannt, allerdings nie, wenn sie in Hörweite von ihnen waren. Er ist mit mir durch eine dieser Türen gegangen, kurz bevor die Schießerei angefangen hat.«

»Den hat Roland auch erschossen, oder?«

Eddie nickte. Das war einfacher, als ihm zu erklären versuchen, wie es gekommen war, dass Jack Andolini blind und mit weggeschossenem Gesicht unter den scharfen Scheren und reißenden Kiefern der Monsterhummer am Strand gestorben war.

»Der andere Leibwächter ist George ›Big Nose‹ Biondi. Den habe ich selbst erschossen. *Werde* ihn erschießen. In zehn Jahren.« Eddie sah aus, als könnte er jeden Augenblick ohnmächtig werden.

»Alles okay mit dir, Eddie?«

»Ich glaub schon. Ich glaub, es muss okay sein.« Sie waren von der Ladentür zurückgewichen. Oy kauerte weiter neben Jakes Fuß. Unterdessen war Jakes anderes, früheres Ich die Second Avenue entlang verschwunden. *Ich renne jetzt,* dachte Jake. *Vielleicht springe ich gerade über die Sackkarre des UPS-Kerls. Spurte mit vollem Einsatz zum Delikatessengeschäft, weil ich mir sicher bin, dass es die Tür nach Mittwelt zurück ist. Die Tür zu ihm zurück.*

Balazar begutachtete sein Spiegelbild im Schaufenster neben der Kreidetafel mit den TAGESGERICHTEN, plusterte die Haarpartien über den Ohren noch ein bisschen mit den Fingerspitzen auf und trat dann durch die offene Tür. Andolini und Biondi folgten ihm.

»Harte Burschen«, sagte Jake.

»Die härtesten«, bestätigte Eddie.

»Aus Brooklyn.«

»Yeah.«

»Was haben harte Burschen aus Brooklyn in einem Antiquariat in Manhattan zu suchen?«

»Um das festzustellen, sind wir hier, glaube ich. Jake, habe ich dir an der Schulter wehgetan?«

»Mir fehlt nichts. Aber ich will eigentlich nicht wieder da reingehen.«

»Ich auch nicht. Also los!«

Sie gingen ins Manhattaner Restaurant für geistige Nahrung zurück.

9

Oy blieb Jake weiter auf den Fersen und winselte weiter. Jake war nicht gerade erpicht darauf, diese Laute zu hören, aber er hatte Verständnis dafür. Der Angstgeruch in der Buchhandlung war fast mit Händen zu greifen. Deepneau saß neben dem Schachbrett und starrte Calvin Tower und die Neuankömmlinge, die nicht gerade wie Bibliophile auf der Suche nach einer raren signierten Erstausgabe aussahen, unglücklich an. Die beiden anderen alten Kerle an der Theke tranken ihren Kaffee mit großen Schlucken aus – mit Gesichtern wie von Leuten, denen gerade eingefallen war, dass sie anderswo noch wichtige Termine hatten.

Feiglinge, dachte Jake mit einer Verachtung, die er aber nicht als etwas in seinem Leben verhältnismäßig Neues erkannte. *Schisser. Dass sie alt sind, entschuldigt sie teilweise, aber nicht ganz.*

»Wir haben nur ein paar Dinge zu besprechen, Mr. Toren«, sagte Balazar eben. Er sprach mit leiser, ruhiger, vernünftig klingender Stimme ohne auch nur die Spur eines Akzents. »Wenn wir bitte nach hinten in Ihr Büro gehen könnten …«

»Wir haben nichts zu besprechen«, sagte Tower. Er sah immer wieder zu Andolini hinüber. Jake glaubte zu wissen, warum. Jack Andolini sah wie der verrückte Axtmörder in einem Horrorfilm aus. »Bis zum fünfzehnten Juli haben wir vielleicht etwas zu besprechen. *Vielleicht*. Wir könnten also nach dem Unabhängigkeitstag miteinander reden, wie ich finde. Wenn Sie es wünschen.« Er lächelte, um zu zeigen, dass er vernünftig war. »Aber jetzt? Tja, ich sehe einfach keinen Grund dafür. Es ist noch nicht mal Juni. Und zu Ihrer Information: Ich heiße nicht ...«

»Er sieht keinen Grund dafür«, sagte Balazar. Er sah dabei erst zu Andolini hinüber, sah dann zu dem Kerl mit der Riesennase hinüber, hob die Hände bis in Schulterhöhe und ließ sie fallen. *Was ist bloß in diese unsere Welt gefahren?*, besagte diese Geste. »Jack? George? Dieser Mann hat einen Scheck von mir entgegengenommen – über einen Betrag von einer Eins mit fünf Nullen vor dem Komma –, und jetzt sagt er, dass er keinen Grund sieht, mit mir zu reden.«

»Unglaublich«, sagte Biondi. Andolini sagte nichts. Er sah Calvin Tower nur mit schlammbraunen Augen an, die unter der hässlichen Wölbung seines Stirnschädels wie böse kleine Tiere aus ihren Höhlen spähten. Mit einem solchen Gesicht, vermutete Jake, brauchte man nicht viel zu reden, um seinen Zweck zu erreichen. Wobei der Zweck Einschüchterung war.

»*Ich* will mit *Ihnen* reden«, sagte Balazar. Er sprach in geduldigem, vernünftigem Tonfall, aber sein Blick fixierte Towers Gesicht mit schrecklicher Intensität. »Weshalb? Weil meine Auftraggeber in dieser Sache *wollen*, dass ich mit Ihnen rede. Das genügt mir. Und wissen Sie, was ich denke? Ich denke, dass Sie sich für hundert Mille fünf Minuten Plauderei leisten können. Finden Sie nicht auch?«

»Die hunderttausend sind weg«, sagte Tower düster. »Wie Sie und wer auch immer Sie angeheuert hat, bestimmt wissen.«

»Das ist nicht meine Sorge«, sagte Balazar. »Wozu auch? Das war Ihr Geld. Mich interessiert nur, ob Sie mit uns nun nach hinten ins Büro gehen oder nicht. Andernfalls müssten wir unser Gespräch hier draußen vor aller Welt führen.«

Alle Welt bestand jetzt aus Aaron Deepneau sowie einem Billy-Bumbler und zwei Exil-New-Yorkern, die keiner der Männer in der Buchhandlung sehen konnte. Deepneaus Thekenkumpel waren wie die Schisser geflüchtet, die sie waren.

Tower unternahm einen letzten Versuch. »Ich habe niemanden, der auf den Laden aufpasst. Wir haben bald Mittag, und da kommen oft ziemlich viele Leute rein, um zu schmökern …«

»Dieser Laden macht keine fünfzig Dollar Umsatz pro Tag«, sagte Andolini, »und das wissen wir alle, Mr. Toren. Und wenn Sie wirklich Angst haben, ein großes Geschäft zu verpassen, dann setzen Sie doch einfach *den da* ein paar Minuten lang an die Kasse.«

Eine schreckliche Sekunde lang glaubte Jake, der Kerl, den Eddie »Old Doppelthässlich« genannt hatte, habe niemand anderen als John »Jake« Chambers gemeint. Dann merkte er, dass Andolini an ihm vorbei auf Deepneau zeigte.

Tower gab nach. Oder Toren. »Aaron?«, sagte er. »Was dagegen?«

»Nicht, wenn's dir recht ist«, sagte Deepneau. Er wirkte besorgt. »Bist du dir denn sicher, dass du wirklich mit diesen Leuten reden willst?«

Biondi warf ihm einen Blick zu. Jake fand, dass Deepneau den Blick bemerkenswert gut ertrug. Auf seltsame Weise war er stolz auf den alten Kerl.

»Yeah«, sagte Tower. »Yeah, das ist okay.«

»Keine Angst, sein jungfräulicher Arsch ist unseretwegen nicht in Gefahr«, sagte Biondi und lachte.

»Nicht so ordinär, du bist hier an einem Ort der Gelehrsamkeit«, sagte Balazar, aber Jake kam es so vor, als ob der Mann dabei leicht lächelte. »Auf geht's, Toren. Halten wir unser Schwätzchen.«

»Das ist nicht mein Name! Ich habe ihn legal ändern lassen, als …«

»Was auch immer«, sagte Balazar beruhigend. Er tätschelte dabei sogar Towers Arm. Jake versuchte weiter, sich an die Vorstellung zu gewöhnen, dieses ganze … dieses ganze *Melodrama* … sei passiert, nachdem er den Laden mit seinen beiden neuen Büchern (zumindest für ihn neu) verlassen hatte und weitergegangen war. Dass das Ganze sich alles hinter seinem Rücken ereignet hatte.

»Quadratschädel bleibt Quadratschädel, stimmt's, Boss?«, sagte Biondi jovial. »Bloß ein Holländer. Ganz gleich, wie er sich nennt.«

»Wenn ich will, dass du redest, George, dann sage ich dir, was ich von dir hören will«, sagte Balazar. »Kapiert?«

»Okay«, sagte Biondi. Dann, als hätte er gemerkt, dass das nicht enthusiastisch genug geklungen hatte: »Yeah! Klar.«

»Gut.« Balazar, der jetzt fest den Arm umfasst hielt, den er zuvor noch getätschelt hatte, führte Tower durch den Laden nach hinten. Hier türmten sich unordentliche Bücherstapel; in der Luft lag der Modergeruch von einer Million stockigen Seiten. Dort befand sich auch eine Tür, auf der NUR FÜR MITARBEITER stand. Tower zog einen Schlüsselbund aus der Tasche. Die Schlüssel klirrten leise, während er einen davon auswählte.

»Seine Hände zittern«, murmelte Jake.

Eddie nickte. »Meine täten's auch.«

Tower fand den gesuchten Schlüssel, sperrte auf und öffnete die Tür. Er warf einen weiteren langen Blick auf die drei Männer, die ihn besuchen gekommen waren – harte Burschen aus Brooklyn –, dann führte er sie in den rückwärtigen Raum. Die Tür fiel hinter ihnen ins Schloss, und Jake hörte, wie ein Riegel vorgeschoben wurde. Er bezweifelte, dass Tower das selbst getan hatte.

Jake schaute zu dem konvexen Spiegel hoch, der zur Abschreckung von Ladendieben in einer Ecke des Ladens angebracht worden war, und sah, wie Deepneau den Hörer des Telefons neben der Registrierkasse abnahm, offenbar nachdachte und dann den Hörer wieder auflegte.

»Was machen wir jetzt?«, fragte er Eddie.

»Ich will was versuchen«, sagte Eddie. »Das hab ich mal in einem Film gesehen.« Er stellte sich vor die geschlossene Tür, und gab Jake dann einen Wink. »Jetzt geht's los! Renne ich mir bloß den Kopf an, darfst du mich als Arschloch bezeichnen.«

Bevor Jake ihn fragen konnte, wovon er redete, machte Eddie einen Schritt auf die Tür zu. Jake sah, wie er die Augen schloss und den Mund zu einer Grimasse verzog. Der Gesichtsausdruck eines Mannes, der einen kräftigen Aufprall erwartet.

Nur gab es *keinen* kräftigen Aufprall. Eddie ging einfach durch die Tür. Einen Augenblick lang ragte sein in einem Mokassin steckender linker Fuß noch heraus, dann verschwand auch der. Begleitet wurde sein Verschwinden von einem leisen Scharren, so als würde eine Hand über ungehobeltes Holz streichen.

Jake beugte sich zu Oy hinunter und hob ihn auf. »Schließ die Augen«, sagte er.

»Augen«, stimmte der Bumbler zu, betrachtete Jake aber weiter mit stiller Bewunderung. Jake schloss nun selbst die Augen und kniff sie fest zusammen. Als er sie wieder öffnete, imitierte Oy ihn. Ohne noch weitere Zeit zu vergeuden, machte Jake einen Schritt auf die Tür mit der Aufschrift NUR FÜR MITARBEITER zu. Für einen Augenblick umgaben ihn Dunkelheit und Holzgeruch. Tief im Kopf hörte er wieder dieses beunruhigende Glockenspiel. Dann war er durch.

10

Der Lagerraum hinter der Tür war viel größer, als Jake erwartet hatte – fast so groß wie ein Lagerhaus und auf allen Seiten voller Bücherstapel. Seiner Schätzung nach mussten einige dieser

Stapel zwischen paarweise angeordneten Stehbalken, die mehr Stütz- als Regalfunktion hatten, vier bis viereinhalb Meter hoch sein. Zwischen den Stapeln verliefen schmale, krumme Gänge. In einigen sah Jake fahrbare Leitern, die an die mobilen Fluggasttreppen auf kleineren Flugplätzen erinnerten. Hier herrschte derselbe Modergeruch von alten Büchern wie vorn im Laden, aber er war viel stärker, fast überwältigend stark. Über ihnen hingen scheinbar willkürlich verteilt Lampen mit Blechschirmen, die gelbliches, ungleichmäßiges Licht gaben. Die Schatten von Tower, Balazar und Balazars Freunden tanzten grotesk über die Wand zur Linken. Tower war dorthin unterwegs und führte seine Besucher in eine Ecke, die tatsächlich sein Büro zu sein schien: Dort gab es einen Schreibtisch, auf dem eine Schreibmaschine und eine Rolodex-Kartei standen, drei alte Aktenschränke und eine Pinnwand mit allen möglichen Zetteln. An der Wand hing ein Kalender, dessen Mai-Kalenderblatt irgendeinen Kerl aus dem 19. Jahrhundert zeigte, den Jake nicht kannte … und dann erkannte er ihn doch: Robert Browning. Jake hatte ihn in seinem Abschlussaufsatz zitiert.

Tower setzte sich an seinen Schreibtisch, was er jedoch sofort zu bereuen schien. Jake konnte das nachfühlen. Wie die drei anderen sich so stehend um ihn drängten, konnte nicht sehr angenehm sein. Ihre Schatten ragten an der Wand hinter dem Schreibtisch auf wie die Schatten von Dämonen.

Balazar griff in die Innentasche seines Jacketts und zog ein zusammengefaltetes Blatt Papier heraus. Er faltete es auseinander und legte es vor Tower auf den Schreibtisch. »Erkennen Sie das wieder?«

Eddie trat vor. Jake hielt ihn am Arm fest. »Nicht zu nahe hin! Sonst spüren sie dich!«

»Ist mir egal«, sagte Eddie. »Ich will dieses Schriftstück unbedingt lesen.«

Jake folgte ihm, weil er nicht wusste, was er sonst tun sollte.

Oy bewegte sich in seinen Armen und winselte. Jake brachte ihn energisch zum Schweigen, worauf Oy ängstlich blinzelte. »Sorry, Kumpel«, sagte Jake, »aber du musst jetzt still sein.«

War die 1977er Version seiner selbst schon auf dem unbebauten Grundstück? Dort war der frühere Jake irgendwie ausgerutscht und hatte das Bewusstsein verloren. War das schon passiert? Zwecklos, sich das zu fragen. Eddie hatte Recht. Das Ganze gefiel Jake zwar nicht, aber er wusste, dass es stimmte: Sie sollten nicht dort, sondern *hier* sein, und sie sollten sich das Schriftstück genauer ansehen, das Balazar jetzt Calvin Tower vorlegte.

11

Eddie konnte die ersten paar Zeilen lesen, bevor Jack Andolini sagte: »Boss, hier gefällt's mir nicht. Irgendwas fühlt sich gruselig an.«

Balazar nickte. »Das finde ich auch. Ist hier hinten außer uns noch jemand, Mr. Toren?« Er sprach weiter ruhig und höflich, aber seine Blicke waren überall, um offenbar die Möglichkeiten abzuschätzen, sich in diesem großen Raum zu verstecken.

»Nein«, sagte Tower. »Na ja, vielleicht Sergio; das ist die Ladenkatze. Ich vermute, dass er irgendwo hier hinten …«

»Das hier ist kein Laden«, sagte Biondi, »sondern ein Loch, in das Sie Ihr Geld kippen. Selbst einer dieser extravaganten Designer hätte große Mühe, die Gemeinkosten für eine so große Bude zu erwirtschaften, aber eine *Buchhandlung?* Mann, wen wollen Sie auf den Arm nehmen?«

Bloß sich selbst, dachte Eddie. *Er hat sich selbst auf den Arm genommen.*

Und als hätte dieser Gedanke sie angelockt, begannen die schrecklichen Glockentöne wieder zu erklingen. Die in Towers

Lagerraum versammelten Gangster schienen sie nicht zu hören, aber Jake und Oy schon; das konnte Eddie auf ihren gequälten Gesichtern sehen. Und plötzlich wurde es in diesem eh schon düsteren Raum noch dunkler.

Wir kehren zurück, dachte Eddie. *Jesus, wir kehren zurück! Aber doch nicht, bevor …*

Er beugte sich zwischen Andolini und Balazar nach vorn und nahm wahr, dass die beiden Männer sich dabei mit großen Augen misstrauisch umsahen, achtete aber nicht weiter darauf. Er achtete vielmehr nur auf das Schriftstück. Jemand anders musste Balazar angeheuert haben, damit er es zuerst unterschreiben ließ (wahrscheinlich), um es dann Tower/Toren zum richtigen Zeitpunkt wieder unter die Nase zu halten (bestimmt). *Il Roche* selbst hätte sich in solchen Fällen im Allgemeinen damit begnügt, ein paar seiner harten Jungs – die er seine »Gentlemen« nannte –, herzuschicken. Diese Angelegenheit schien jedoch so wichtig zu sein, dass er sich persönlich darum kümmerte. Eddie wollte unbedingt wissen, warum.

VERTRAGLICHE VEREINBARUNG

> Dieses Schriftstück ist eine Übereinkunft zwischen Mr. Calvin Tower, wohnhaft in New York State, Besitzer einer Immobilie, die hauptsächlich aus einem unbebauten Grundstück besteht, hierin bezeichnet als Bauplatz Nr. 298 in Block Nr. 19 …

In seinem Kopf erklang wieder die Glockenspielmelodie und ließ ihn erzittern. Diesmal erklang sie lauter. Die Schatten wurden dunkler und krochen die Wände des Lagerraums hinauf. Die ganze Dunkelheit, die Eddie draußen auf der Straße gespürt hatte, brach allmählich durch. Sie konnten mitgerissen werden, und das wäre schlecht. Sie konnten darin ertrinken, und das wäre noch schlimmer, natürlich wäre es das, in Dunkelheit zu ertrinken war nämlich ganz sicher ein schreckliches Ende.

Und was war, wenn in der Dunkelheit *Wesen* lauerten? Hungrige Wesen wie der Türsteher?

Das tun sie. Das war Henrys Stimme. Erstmals seit fast zwei Monaten tauchte sie wieder auf. Eddie konnte sich vorstellen, wie Henry dicht hinter ihm stand und sein gelblich blasses Junkiegrinsen grinste: ganz aus blutunterlaufenen Augen und gelben, ungepflegten Zähnen bestehend. *Du weißt, dass sie das tun. Aber wenn du die Glockentöne hörst, musst du fort, Bruderherz, wie du bestimmt selbst weißt.*

»Eddie!«, rief Jake. »Es kommt zurück! Hörst du es?«

»Halt dich an meinem Gürtel fest«, sagte Eddie. Mit den Augen glitt er hastig über das Schriftstück, das Towers in seinen Wurstfingern hielt. Balazar, Andolini und Big Nose sahen sich noch immer nach allen Seiten um. Biondi hatte tatsächlich seine Waffe gezogen.

»Deinen ...?«

»Vielleicht werden wir dann nicht getrennt«, sagte Eddie. Die Glockentöne waren jetzt lauter als je zuvor, sodass er aufstöhnte. Der Text der Vereinbarung vor ihm verschwamm. Eddie kniff die Augen zusammen

> ... hierin bezeichnet als Bauplatz Nr. 298 in Block Nr. 19 in Manhattan, New York City, an der 46th Street und 2nd Avenue gelegen, und der Sombra Corporation, einer Firma mit Geschäftssitz im Staat New York. Am heutigen Tag, dem 15. Juli 1976, zahlt Sombra einen nicht rückzahlbaren Betrag von $100.000,00 an Calvin Tower, dessen Empfang in Hinsicht auf dieses Grundstück quittiert wird. Als Gegenleistung dafür verpflichtet Calvin Tower sich ...

15. Juli 1976. Vor nicht ganz einem Jahr.

Eddie fühlte die Dunkelheit über sie hereinbrechen und versuchte, den restlichen Text durch die Augen in sein Gehirn zu stopfen – wenigstens genug davon, um begreifen zu können, worum es hier ging. Schaffte er das, wäre es immerhin ein Schritt auf dem Weg zum Verständnis dessen, was das Ganze alles für sie bedeutete.

Wenn die Glockentöne mich nicht verrückt machen. Wenn die in der Dunkelheit lauernden Wesen uns nicht auf dem Rückweg fressen.

»Eddie!« Das war Jake. Der dem Klang seiner Stimme nach zu urteilen, zu Tode erschrocken war. Eddie ignorierte ihn.

> … verpflichtet Calvin Tower sich, das besagte Grundstück für den Zeitraum eines Jahres, der mit dem heutigen Datum beginnt und am 15. Juli 1977 endet, nicht zu verkaufen, zu verpachten oder sonst wie zu belasten. Es besteht Einverständnis darüber, dass der Sombra Corporation nach Ablauf dieses Zeitraums ein im Folgenden naher definiertes Vorkaufsrecht für das oben erwähnte Grundstück eingeräumt wird.
> In diesem Zeitraum wird Calvin Tower die vertraglichen Interessen der Sombra Corporation an besagtem Grundstück vollständig wahren und schützen und insbesondere keine Pfandrechte oder sonstige Beeinträchtigungen zulassen …

Das Schriftstück war noch länger, aber die Glockentöne waren jetzt so grauenhaft, dass sie ihnen den Kopf zu spalten drohten. Nur einen Augenblick lang verstand Eddie – Teufel, er konnte es fast sehen –, wie dünn diese Welt geworden war. Vermutlich alle Welten. Dünn und abgewetzt wie seine eigenen Hosen. Er schnappte noch einen letzten Satz aus der Vereinbarung auf: … ist nach Erfüllung dieser Bedingungen berechtigt, das besagte Grundstück an die Sombra Corporation oder andere Interessenten zu verkaufen oder sonst wie zu verwerten. Dann waren die Worte weg, alles war weg, von einem schwarzen Strudel aufgesogen. Jake hielt sich mit einer Hand an Eddies Gürtel fest und drückte mit der anderen Oy an sich. Oy kläffte jetzt wie wild, und vor Eddies innerem Auge erschien ein weiteres verwirrtes Bild, wie Dorothy ins Land Oz davongewirbelt wurde.

In der Dunkelheit lauerten *tatsächlich* Wesen: bedrohliche Silhouetten hinter unheimlich phosphoreszierenden Augen, wie man sie in Filmen über die Erforschung der tiefsten Meerestiefen sehen konnte. Nur saßen die Forscher in diesen Filmen immer in einer massiven Tauchkugel aus Stahl, während Jake und er –

Die Glockentöne schwollen zu einem ohrenbetäubenden Lärm an. Eddie hatte das Gefühl, mit dem Kopf voraus ins Uhrwerk des Big Ben gerammt worden zu sein, der eben Mitternacht schlug. Und dann war der Lärm fort, alles war fort – Jake, Oy, Mittwelt –, und er schwebte irgendwo jenseits aller Sterne und Galaxien.

Susannah!, rief er. *Wo bist du, Suze?*

Keine Antwort. Nur Dunkelheit.

Kapitel 3

Mia

1

Damals in den Sechzigerjahren (bevor die Welt sich weiterbewegte) hatte es eine Frau namens Odetta Holmes gegeben, eine nette und wirklich recht sozialbewusste junge Frau, die wohlhabend, gut aussehend und durchaus bereit war, sich ihres Nächsten anzunehmen. (Oder ihrer Nächsten.) Ohne es auch nur zu ahnen, teilte diese Frau sich ihren Körper mit einem weit weniger netten Wesen namens Detta Walker. Detta kümmerte sich einen Scheiß um ihren Nächsten (oder ihre Nächste). Rhea vom Cöos hätte Detta erkannt und sie ihre Schwester genannt. Auf der anderen Seite von Mittwelt hatte Roland von Gilead, der letzte Revolvermann, diese zweigeteilte Frau zu sich geholt und aus ihr eine dritte geschaffen, die weit besser, weit stärker als ihre beiden Vorgängerinnen war. Dies war die Frau, in die Eddie Dean sich verliebt hatte. Sie nannte ihn ihren Ehemann und trug deshalb seinen Familiennamen. Da sie die feministischen Streitigkeiten späterer Jahrzehnte verpasst hatte, tat sie das unbefangen glücklich. Empfand sie außer Glück nicht auch Stolz, wenn sie sich Susannah Dean nannte, lag das nur daran, dass ihre Mutter sie gelehrt hatte, dass Stolz vor dem Fall kommt.

Jetzt gab es eine vierte Frau. Sie war in einer weiteren stressreichen Umbruchperiode aus der dritten Frau entstanden. Sie machte sich nichts aus Odetta, Detta oder Susannah; ihre Sorge galt allein dem kleinen Kerl, der in ihr unterwegs war. Der kleine Kerl brauchte Nahrung. Der Bankettsaal war ganz in der Nähe. Das war wichtig, und allein darauf kam es an.

Diese neue Frau, auf ihre Art ebenso gefährlich, wie Detta Walker es gewesen war, war Mia. Sie trug keinen Familiennamen irgendeines Mannes, sondern nur das Wort, das in der Hohen Sprache *Mutter* bedeutete.

2

Sie schritt langsam die langen Steinkorridore zum Ort des Festmahls entlang. Sie ging vorbei an in Trümmern liegenden Räumen, vorbei an leeren Gewölben und Nischen, vorbei an vergessenen Galerien, deren Räumlichkeiten leer und unbewohnt waren. Irgendwo in diesem Schloss stand ein uralter Thron, der mit altem Blut getränkt war. Irgendwo führten Leitertreppen in mit Knochen ausgekleidete Grabkammern hinunter, deren Tiefen nur die Götter kannten. Trotzdem *gab* es hier Leben; Leben und reichlich Nahrung. Das wusste Mia so gut, wie sie ihre Beine unter sich und den mehrlagigen Volantrock kannte, der bei jedem Schritt an ihnen raschelte. Reichlich Nahrung. Leben für dich und deinen Sprössling, wie die Redensart lautete. Und sie war jetzt so dermaßen hungrig. Aber natürlich! Musste sie nicht für zwei essen?

Sie erreichte eine breite Treppe. Ein schwaches, aber gewaltiges Geräusch stieg zu ihr auf: das Poch-poch-poch von Slo-Trans-Motoren, die tief unter den tiefsten Grabkammern verborgen waren. Mia machte sich nichts aus ihnen, so wenig wie aus dem Unternehmen North Central Positronics, Ltd., das jene Motoren vor zehntausenden von Jahren gebaut und in Gang gesetzt hatte. Sie machte sich auch nichts aus den dipolaren Computern oder den Türen oder den Balken oder dem Dunklen Turm, der in der Mitte von allem stand.

Woraus sie sich etwas machte, das waren die Essensdüfte. Sie stiegen zu ihr auf, gehaltvoll und wunderbar. Hühnchen und Sauce und Schweinebraten in heiß knisternder Schwarte. Kurz angebratenes Roastbeef, aus dem noch das Blut austrat, Räder von feuchtem Käse, riesige Shrimps aus der Calla Fundy, die dicken orangeroten Kommas glichen. Aufgeschnittener Fisch mit starren schwarzen Augen, die Bäuche voll köstlicher Sauce. Riesenkessel mit Jambalaya und Fanata, den *Caldo-largo*-Schmorgerichten des tiefen Südens. Dazu hundert Sorten Obst und tausend Süßigkeiten, und dann war man noch immer erst am Anfang! Die Appetithäppchen! Die ersten großen Bissen des ersten Gangs!

Mia lief schnell die breite Freitreppe hinunter; die Haut ihrer Handfläche glitt seidenweich übers Treppengeländer, und ihre in Pantöffelchen steckenden kleinen Füße klapperten über die Stufen. Einmal hatte sie geträumt, sie sei von einem schrecklichen Mann vor eine U-Bahn geschubst worden, die ihr daraufhin die Beine an den Knien abgetrennt hatte. Aber Träume waren töricht. Ihre Füße waren da, und die Beine darüber auch, oder etwa nicht? Ja! Und dazu das Kind in ihrem Bauch. Der kleine Kerl, der gefüttert werden wollte. Er war hungrig, und sie war es auch.

3

Am unteren Ende der Treppe führte ein breiter Korridor mit einem Fußboden aus poliertem schwarzem Marmor dreißig Meter weit zu einer hohen zweiflügligen Tür. Mia hastete auf sie zu. Sie sah ihr Spiegelbild unter sich schweben und die elektrischen Flambeaus, die in den Tiefen des Marmors wie Fackeln unter Wasser brannten, aber sie sah den Mann nicht, der hinter ihr die weit geschwungene Treppe herabkam – nicht in Lackschuhen, sondern in alten, von rauem Gelände aufgeschürften Stiefeln. Statt Hofkleidung trug er ausgebleichte Jeans und ein Hemd aus blauem gemustertem Baumwollgewebe. Eine Schusswaffe, ein Revolver mit abgewetztem Sandelholzgriff, hing an seiner linken

Seite, und das Holster war mit einem Rohlederriemen am Oberschenkel festgebunden. Das Gesicht war sonnengebräunt und runzlig und von Wind und Wetter gegerbt. Das Haar war schwarz, aber jetzt zunehmend von weißen Strähnen durchzogen. Am auffälligsten daran waren die Augen. Sie waren blau und kalt und wirkten gelassen. Detta Walker hatte nie einen Mann gefürchtet, nicht einmal diesen, aber sie hatte diese Scharfschützenaugen gefürchtet.

Unmittelbar vor der zweiflügligen Tür lag ein Foyer. Der Fußboden dort war mit roten und schwarzen Marmorquadraten ausgelegt. An den holzgetäfelten Wänden hingen verblasste Porträts alter Lords und Ladys. In der Mitte stand eine Statue aus miteinander verschlungenem rosa Marmor und Chromstahl. Sie schien einen fahrenden Ritter darzustellen, der etwas über den Kopf hochreckte, das ein Sechsschüsser oder ein Kurzschwert sein konnte. Obwohl das Gesicht ziemlich glatt war – der Bildhauer hatte die Gesichtszüge nur angedeutet –, wusste Mia recht gut, wer das war. Wer das sein musste.

»Ich grüße dich, Arthur Eld«, sagte sie und machte ihren tiefsten Hofknicks. »Bitte segne diese Dinge, die ich zu meinem Wohl gebrauchen werde. Und zum Wohl meines kleinen Kerls. Ich wünsche dir einen guten Abend.« Sie konnte ihm nicht lange Tage auf der Erde wünschen, war seine Zeit – und die der meisten seiner Artgenossen – doch längst vorbei. Stattdessen berührte sie ihre lächelnden Lippen mit den Fingerspitzen und warf ihm eine Kusshand zu. Nachdem sie so ihrer Höflichkeitspflicht genügt hatte, betrat sie den Bankettsaal.

Er war fünfundsechzig Meter lang und fünfunddreißig Meter breit, dieser Saal. Auf beiden Längsseiten brannten helle elektrische Lampen in Wandleuchtern aus Kristall. An einem riesigen Eisenholztisch, der mit köstlichen kalten und heißen Speisen überladen war, standen hunderte von Stühlen bereit. Zu dem Gedeck vor jedem Stuhl gehörte ein weißer Teller mit zartem blauen Netzmuster, ein Teller *für gut*. Die Stühle waren leer, die speziellen Bankett-Teller waren leer, und die Weingläser waren leer, obschon der Wein, um sie zu füllen, in auf dem Tisch verteilten goldenen Kühlern bereitstand. Alles war so, wie sie's vorausgesehen hatte, wie sie's in ihren kühnsten, deutlichsten Phantasien gesehen hatte, wie sie's immer wieder vorgefunden hatte und weiter vorfinden würde, so lange sie (und der kleine Kerl) es brauchten. Wo immer sie sich befand, war das Schloss nahe. Und was machte es schon, wenn es hier nach Feuchtigkeit und altem Schlamm roch? Wenn aus den Schatten unter dem Tisch trappelnde Geräusche zu hören waren – möglicherweise die Laute von Ratten oder sogar blutrünstigen Wieseln –, was brauchte sie das zu kümmern? Über dem Tisch war alles üppig und hell, duftend und durchgegart und zum Verzehr bereit. Sollten die Schatten unter dem Tisch selbst sehen, wie sie zurechtkamen. Das war nicht ihre Sorge, nein, das ging sie nichts an.

»Hier kommt Mia, niemands Tochter!«, rief sie fröhlich in den stillen Saal mit seinen hundert Düften von Fleisch und Saucen und Cremes und Früchten. »Ich bin hungrig und verlange, gesättigt zu werden! Außerdem werde ich meinen kleinen Kerl füttern! Will jemand gegen mich sprechen, soll er vortreten! Lasst ihn mich sehr gut sehen – und er soll mich sehen!«

Natürlich trat niemand vor. Die Menschen, die hier einst getafelt haben mochten, lebten längst nicht mehr. Hier gab es nur noch das tiefe, langsame Rumpeln der Slo-Trans-Motoren (und jene leisen, unangenehmen trappelnden Geräusche aus dem Untertischland). Hinter ihr stand der Revolvermann unbeweglich da und beobachtete sie. Keineswegs war dies das erste Mal. Er sah kein Schloss, aber er sah sie; er sah sie sehr gut.

»Schweigen bedeutet Zustimmung!«, rief sie. Sie drückte eine Hand an den Bauch, der begonnen hatte, sich nach außen zu drängen. Sich zu wölben. Dann rief sie mit einem Lachen aus: »Aye, das tut es! Hier kommt Mia zum Schlemmermahl! Möge es ihr und dem kleinen Kerl, der in ihr wächst, dienen! Möge es ihnen aufs Beste dienen!«

Und dann schlemmte sie, jedoch nicht nur an einem Ort und nie von einem der Teller. Sie hasste die Teller, die weiß-blauen *besonderen* Teller. Sie wusste nicht, warum, und wollte es auch gar nicht wissen. Sie legte nur Wert aufs Essen. Sie ging den Tisch entlang wie eine Frau am großartigsten Büfett der Welt, griff mit den Fingern zu, stopfte sich Speisen in den Mund und biss manchmal heißes, zartes Fleisch direkt vom Knochen ab, bevor sie die Fleischstücke auf die Servierplatten zurückwarf. Einige Male verfehlte sie diese, und die Fleischbrocken rollten über die weiße Leinentischdecke davon und hinterließen Saftflecken, die wie Spuren von Nasenbluten aussahen. Eines dieser rollenden Bratenstücke warf eine Sauciere um. Ein anderes zertrümmerte eine Servierschüssel aus Kristallglas, die Preiselbeersauce enthielt. Eine dritte fiel auf der gegenüberliegenden Tischseite zu Boden, und Mia hörte, wie es von irgendwas unter den Tisch gezerrt wurde. Daraus entstand ein kurzer, quietschend geführter Kampf, dem ein schmerzliches Aufheulen folgte, weil irgendetwas seine Zähne in irgendetwas anderes schlug. Danach Stille. Sie hielt jedoch nicht lange an, sondern wurde bald durch Mias Lachen gebrochen. Sie wischte die fettigen Finger bewusst langsam am Busen ab. Genoss es, wie die Mischung aus Fleisch- und Saftflecken sich auf der teuren Seide ausbreitete. Genoss die üppiger werdenden Formen ihrer Brüste und das Gefühl der Brustwarzen unter ihren Fingerspitzen: rau und hart und erregt.

Sie ging langsam den Tisch entlang, führte dabei Selbstgespräche in vielen Stimmen und erzeugte auf diese Weise eine Art verrückte Plauderei.

Wie geht's dir, Schätzchen?

Oh, mir geht's klasse, echt klasse, besten Dank für die Nachfrage, Mia.

Glaubst du wirklich, dass Oswald allein gearbeitet hat, als er Kennedy erschossen hat?

Nie in einer Million Jahren, Darling – das war ganz und gar ein CIA-Job. Die oder diese weißen Millionärsärsche aus dem Stahlgürtel in Alabama.

Bombingham, Alabama, Schätzchen, ist das nicht wahr?

Hast du schon die neue Joan-Baez-Platte gehört?

Mein Gott, ja, singt sie nicht wie ein Engel? Wie ich höre, wollen sie und Bob Dylan demnächst heiraten …

Und so weiter und so weiter, plappernd und schwatzend. Roland konnte dabei Odettas kultivierte Stimme und Dettas ruppige, aber anschauliche Derbheiten vernehmen. Er hörte Susannahs Stimme und auch viele weitere. Wie viele Frauen steckten in ihrem Kopf? Wie viele fertige oder halb fertige Persönlichkeiten? Er beobachtete, wie sie über leere Teller, die nicht da waren, und leere Gläser (ebenfalls nicht da) hinweggriff, direkt von den Servierplatten aß und alles mit demselben hungrigen Genuss kaute, wobei ihr Gesicht allmählich von Fett zu glänzen begann und das Oberteil ihrer Robe (die er nicht sah, aber ahnte) dunkel wurde, weil sie die Finger immer wieder dort abwischte, den Stoff zusammendrückte und an die Brüste quetschte – diese Bewegungen waren zu eindeutig, um missverstanden zu werden. Und bei jedem Halt, bevor sie weiterging, griff sie in die leere Luft vor sich und warf einen Teller, den er nicht sehen konnte, entweder vor sich auf den Boden oder quer über den Tisch an eine Wand, die in ihrem Traum existieren musste.

»*Da!*«, kreischte sie dabei mit Detta Walkers trotziger Stimme. »*Da, du gemeine alte Blaue Lady, ich hab ihn wieder kaputtgemacht! Ich hab deinen Scheißteller kaputtgemacht, und wie gefällt dir das? Na, wie gefällt dir das?*«

Trat sie dann an den nächsten Platz, trillerte sie vielleicht ein angenehmes, aber zurückhaltendes kleines Lachen und fragte Soundso, wie ihr Sohn Soundso dort unten in Morehouse zurechtkomme und ob es nicht wundervoll sei, dass es für Farbige eine so ausgezeichnete Schule gebe, eine ganz *wundervolle! ... Sache!* Und wie geht's Ihrer Mama, meine Liebe? Oh, das tut mir aber Leid, wir werden alle für ihre Genesung beten.

Während sie sprach, griff sie über einen weiteren dieser nur in ihrer Phantasie existierenden Teller hinweg. Schnappte sich eine große Schale, die mit glänzendem schwarzem Kaviar und Zitronenscheiben gefüllt war. Senkte das Gesicht hinein, wie ein Schwein den Kopf in den Trog steckte. Schlang gierig. Hob den Kopf wieder, lächelte im Schein der elektrischen Wandleuchter sanft und zurückhaltend, wobei die Fischeier sich wie schwarze Schweißperlen von ihrer braunen Haut abhoben, Wangen und Stirn besprenkelten und um die Nasenlöcher verklumpt waren wie altes Blut – *O ja, ich finde, wir machen wunderbare Fortschritte, Leute wie dieser Bull Connor sind jetzt im letzten Lebensabschnitt, und die beste Rache an ihnen ist, dass sie das wissen* –, und dann warf sie die Schale wie ein verrückter Volleyballspieler über den Kopf nach hinten, sodass etwas von dem Kaviar auf ihr Haar herabregnete (das konnte Roland fast sehen), und als die Schale auf dem Marmorboden zersplitterte, verkrampfte ihr höfliches Ist-dies-nicht-eine-wundervolle-Party-Gesicht sich zu einer grausigen Detta-Walker-Fratze, und sie kreischte vielleicht: *»Da, du gemeine alte Blaue Lady, wie gefällt dir* das? *Willst du dir was von dem Kaviar in deine trockene Fotze stecken, dann nur zu! Los, mach schon! Von mir aus gern, klar!«*

Und danach ging sie zum nächsten Platz weiter. Und zum nächsten. Und zum nächsten. Schlug sich in dem großen Bankettsaal voll. Nährte sich und nährte ihren kleinen Kerl. Drehte sich nie nach Roland um. Erkannte nie, dass dieser Ort genau genommen nicht einmal existierte.

4

An Eddie und Jake hatte Roland kaum gedacht, ihretwegen hatte er sich keine Sorgen gemacht, als die vier (fünf, wenn man Oy mitzählte) sich nach dem Festmahl aus gebratenen Muffinkugeln zur Ruhe legten. Er konzentrierte sich allein auf Susannah. Der Revolvermann war sich ziemlich sicher, dass sie in dieser Nacht wieder unterwegs sein würde, und wollte ihr wieder folgen. Aber nicht, um zu sehen, was sie vorhatte; was das sein würde, wusste er schon im Voraus.

Nein, sein Hauptanliegen war, sie zu beschützen.

Früh an diesem Nachmittag, ungefähr ab dem Zeitpunkt, als Jake mit seinem Arm voll Essen zurückkam, hatte Susannah begonnen, die Roland vertrauten Anzeichen erkennen zu lassen: eine Sprechweise, die abgehackt und knapp war, Bewegungen, die etwas zu ruckartig waren, um als graziös zu gelten, und eine Tendenz, sich geistesabwesend die Schläfe oder eine Stelle über der linken Augenbraue zu reiben, als hätte sie dahinter Schmerzen. Sieht Eddie diese Anzeichen nicht?, fragte Roland sich. Als Roland ihn kennen gelernt hatte, war Eddie in der Tat ein schlechter Beobachter gewesen, aber seit damals hatte er sich sehr verändert, und …

Und er liebte sie. *Liebte* sie. Wie konnte er das tun, aber nicht sehen, was Roland sah? Die Anzeichen waren nicht ganz so offenkundig, wie sie an jenem Strand der Küste des Westlichen Meeres gewesen waren, als Detta sich darauf vorbereitet hatte, im Handstreich an Odettas Stelle die Macht zu ergreifen, aber sie waren da, das stand fest, und gar nicht so sehr von jenen verschieden.

Andererseits kannte Roland von seiner Mutter die Redensart: *Die Liebe stolpert dahin.* Vielleicht stand Eddie ihr einfach zu nahe, um etwas zu sehen. *Oder er will nichts sehen,* dachte Roland. Will sich nicht mit dem Gedanken anfreunden, dass wir die ganze Sache vielleicht noch einmal aufrollen müssen. Dass wir sie zwingen müssen, sich selbst und ihrer gespaltenen Persönlichkeit ins Auge zu sehen.

Nur ging es diesmal nicht um *sie*. Das hatte Roland schon lange vermutet – eigentlich schon vor ihrem Palaver mit den Leuten von River Crossing –, und jetzt wusste er es. Nein, es ging nicht um *sie*.

Und so hatte er dagelegen und darauf gehorcht, wie ihre Atemzüge gleichmäßig wurden, als sie nacheinander einschliefen: Oy, dann Jake, dann Susannah. Eddie als Letzter.

Na ja ... nicht *ganz* als Letzter. Schwach, ganz schwach konnte Roland das Stimmengemurmel der Leute, von denen sie verfolgt und beobachtet wurden, jenseits des Hügels südlich von ihnen hören. Sehr wahrscheinlich waren sie im Begriff, ihren ganzen Mut zusammenzunehmen, um vorzutreten und ihr Anliegen vorzubringen. Rolands Ohren waren zwar gut, aber nicht ganz so gut, um verstehen zu können, was sie sagten. Sie murmelten vielleicht ein Dutzend Sätze, bevor jemand sie mit einem lauten Zischen zum Schweigen brachte. Danach herrschte Stille bis auf das leise gelegentliche Rauschen des Windes in den Baumwipfeln. Roland lag unbeweglich da, sah ins Dunkel auf, in dem keine Sterne leuchteten, und wartete darauf, dass Susannah aufstehen würde. Was sie irgendwann auch tat.

Aber zuvor gingen Jake, Eddie und Oy flitzen.

5

Vom Flitzen erfahren (was es darüber zu erfahren gab) hatten Roland und seine Gefährten von Vannay, dem Hoflehrer in ihrer längst vergangenen Jugend. Ursprünglich waren sie ein Quintett gewesen: Roland, Alain, Cuthbert, Jamie und Wallace, Vannays Sohn. Wallace, hochintelligent, aber immer kränkelnd, war an der manchmal auch Königsleiden genannten Fallsucht gestorben. Danach waren sie unter dem Schirm eines wahren *Ka-Tet* zu viert gewesen. Vannay hatte auch das gewusst, und dieses Wissen hatte bestimmt einen Teil seiner Sorgen ausgemacht.

Cort hatte sie gelehrt, nach Sonne und Sternen zu navigieren; Vannay hatte ihnen Kompass, Quadrant und Sextant erklärt und die für ihren Gebrauch notwendigen mathematischen Grundlagen beigebracht. Cort lehrte sie kämpfen. Mit Vorträgen über Geschichte, durch Logikaufgaben und Tutorien über die von ihm so bezeichneten »universellen Wahrheiten«. Vannay lehrte sie, wie sich ein Kampf manchmal vermeiden ließ. Cort lehrte sie zu töten, wenn es sein musste. Vannay mit seinem Hinken und dem freundlichen, aber geistesabwesenden Lächeln lehrte sie, dass Probleme durch Gewalt weit öfter verschlimmert als gelöst wurden. Er nannte dies die Hohlkammer, in der alle reinen Töne durch Echos verzerrt wurden.

Er lehrte sie Physik – soweit es sie noch gab. Er lehrte sie Chemie – soweit sie noch existierte. Er lehrte sie, angefangene Sätze wie »Dieser Baum sieht aus wie …«, »Wenn ich renne, fühle ich mich glücklich wie …« oder »Wir mussten unwillkürlich lachen, weil …« zu ergänzen. Roland hasste diese Übungen, aber Vannay ließ nicht zu, dass er sie schwänzte. »Deine Phantasie ist ein armseliges Ding, Roland«, erklärte sein Lehrer ihm einmal, als Roland ungefähr elf war. »Ich lasse nicht zu, dass du sie auf halbe Ration setzt und noch armseliger machst.«

Vannay unterrichtete sie in den Sieben Skalen der Magie, wobei er sich weigerte, ihnen zu sagen, ob er an eine davon glaubte, und nach Rolands Erinnerung hatte Vannay am Rande einer dieser Lektionen die Möglichkeit, zu flitzen, gestreift. Oder vielleicht schrieb man es groß, vielleicht hieß es das Flitzen. Das konnte er nicht mit Bestimmtheit sagen. Er erinnerte sich, dass Vannay von der Sekte der Manni gesprochen hatte, die Fernreisende waren. Und hatte er nicht auch des Zauberers Regenbogen erwähnt?

Roland nahm es an, aber obwohl er den rosa Regenbogen-Bogen zweimal besessen hatte, einmal als Junge und einmal als Mann, und obwohl er beide Male mit ihm gereist war – beim zweiten Mal mit seinen Freunden –, hatte die Zaubererkugel ihn nie zum Flitzen mitgenommen.

Ach, aber woher wolltest du das wissen?, fragte er sich selbst. *Wie wolltest du das wissen, Roland, wo du doch in ihrem Inneren warst?*

Weil Cuthbert und Alain es ihm gesagt hätten, deshalb.

Weißt du das bestimmt?

In der Brust des Revolvermanns stieg ein Gefühl auf, das in seiner Fremdartigkeit nicht einzuordnen war – war es Empörung? Entsetzen? vielleicht sogar das Gefühl, verraten worden zu sein? –, als er erkannte, dass er das *nicht* bestimmt wusste. Er wusste nur, dass die Glaskugel ihn in ihr Innerstes mitgenommen hatte und er von Glück sagen konnte, dass er jemals wieder herausgekommen war.

Hier gibt's keine Kugel, dachte er, und es war wieder jene andere Stimme – die trockene, unerbittliche Stimme seines hinkenden alten Lehrers, dessen Trauer um seinen einzigen Sohn niemals geendet hatte –, die ihn mit stets denselben Worten fragte: *Weißt du das bestimmt?*

Revolvermann, weißt du das bestimmt?

6

Es begann mit einem leisen Knistern. Roland dachte als Erstes an ihr Lagerfeuer: Einer von ihnen hatte ein paar grüne Tannenzweige darauf geworfen, die Glut hatte sie endlich erreicht, und nun knisterten die explodierenden Nadeln. Aber …

Das Knistern wurde lauter, wurde zu einer Art elektrischem Summen. Roland setzte sich auf und sah über das niedergebrannte Feuer hinweg. Seine Augen weiteten sich, und sein Herz begann zu jagen.

Susannah hatte sich von Eddie abgewandt und war auch leicht von ihm abgerückt. Eddie hatte ebenso eine Hand ausgestreckt wie Jake. Ihre Hände berührten sich. Und während Roland sie beobachtete, begannen sie in einer Serie ruckartiger Impulse aus der Gegenwart zu verschwinden, zurückzukehren und wieder zu verschwinden. Oy tat das Gleiche. Als sie endgültig verschwunden waren, wurden sie durch ein stumpfes graues Leuchten ersetzt, das die Umrisse und Position ihrer Körper ungefähr markierte, als hielte etwas ihre Plätze in der Realität für sie besetzt. Bei jedem dieser Impulse ertönte wieder das knisternde Summen. Roland konnte sehen, wie ihre geschlossenen Lider sich kräuselten, weil sich die Augäpfel darunter bewegten.

Träume. Aber nicht nur *Träume*. Es war das Flitzen, das Überwechseln von einer Welt in eine andere. Die Manni waren angeblich dazu imstande. Und einige Stücke des Zauberer-Regenbogens konnten einen angeblich dazu *zwingen*, ob man nun wollte oder nicht. Vor allem ein bestimmtes Stück davon.

Sie könnten dazwischengeraten und fallen, dachte Roland. *Auch das hat Vannay gesagt. Er hat gesagt, flitzen zu gehen sei voller Gefahren.*

Was hatte er noch gesagt? Roland hatte aber keine Zeit, im Gedächtnis zu kramen, weil sich Susannah in diesem Augenblick aufsetzte, die weichen Lederkappen, die Roland für sie gemacht hatte, über die Beinstümpfe streifte, und sich dann in ihren Rollstuhl stemmte. Sekunden später rollte sie auf die uralten Bäume zu, die nördlich der Straße standen. Damit entfernte sie sich von dem Ort, an dem die Verfolger lagerten; das war immerhin etwas, wofür man dankbar sein konnte.

Roland blieb erst noch, hin und her gerissen, wo er war. Aber letztlich stand außer Zweifel, was er zu tun hatte. Er konnte die anderen nicht aufwecken, solange sie sich im Flitzerstadium befanden; das wäre schrecklich riskant gewesen. Er konnte nur Susannah folgen, wie er es schon in früheren Nächten getan hatte, und hoffen, dass sie nicht in Schwierigkeiten geraten würde.

Du könntest auch ein bisschen darüber nachdenken, was als Nächstes passieren wird. Das war Vannays trockene, belehrende Stimme. Da sein alter Lehrer ihm nun wieder im Nacken saß, schien er auch eine Weile bleiben zu wollen. *Logisches Denken war nie deine Stärke, aber du musst dich trotzdem darin versuchen. Natürlich würdest du gern abwarten, bis eure Besucher sich zu erkennen geben – bis du weißt, was sie wollen –, aber irgendwann musst du handeln, Roland. Zuvor solltest du jedoch nachdenken. Lieber früher als später.*

Ja, früher war immer besser als später.

Dann war wieder ein lautes, summendes Knistern zu hören. Eddie und Jake erschienen wieder, Jake mit einem schützend um Oy gelegten Arm, und dann waren sie wieder verschwunden, ohne an ihrer Stelle mehr als ein schwach leuchtendes Ektoplasma zurückzulassen. Tja, das war jetzt egal. Seine Aufgabe war es, Susannah zu folgen. Für Eddie und Jake würde es Wasser geben, so Gott es wollte.

Was ist, wenn sie bei deiner Rückkehr verschwunden sind? So was kann passieren, Vannay hat's gesagt. Was willst du ihr *erzählen, wenn sie aufwacht und sieht, dass beide verschwunden sind, ihr Ehemann und ihr Adoptivsohn?*

Das war nichts, worüber er sich jetzt Sorgen machen konnte. Im Augenblick musste er sich um Susannah kümmern, Susannah beschützen.

7

Nördlich der Straße standen die alten Bäume mit ihren gewaltigen Stämmen in rücksichtsvollen Abständen voneinander. In der Höhe mochte ihr miteinander verwobenes Geäst ein geschlossenes Blätterdach bilden, aber auf ebener Erde war reichlich Platz für Susannahs Rollstuhl, und sie kam flott voran, bewegte sich auf einem Zickzackkurs zwischen riesigen Eisenholzbäumen und Tannen hindurch und rollte über einen duftenden Teppich aus Laub und Nadeln hügelab.

Nicht Susannah. Auch nicht Detta oder Odetta. Die hier nennt sich Mia.

Roland war es gleich, ob sie sich Königin der Grünen Tage nannte – wenn sie nur heil zurückkam und die beiden anderen dann auch noch da waren.

Er roch allmählich üppigeres, frischeres Grün: Schilf und Wasserpflanzen. Begleitet wurde diese Wahrnehmung von Schlammgeruch, dem Quaken von Fröschen, dem sarkastischen Gruß *Huh! Huh!* einer Waldohreule, dem Platschen von Wasser, während etwas hineinsprang. Darauf folgte ein dünnes Kreischen, weil etwas verendete, vielleicht der Springer, vielleicht seine Beute. Aus dem Waldboden spross zunehmend Unterholz, erst nur locker verteilt, dann in geschlossener Fläche. Der Baumbestand wurde lichter. Stechmücken und Schnaken sirrten umher. Binniekäfer schwirrten durch die Luft. Die Moorgerüche wurden stärker.

Die Räder des Rollstuhls waren über den Laub- und Nadelteppich gerollt, ohne Spuren zu hinterlassen. Als er durch kümmerlichen niedrigen Bodenbewuchs ersetzt wurde, begann Roland abgeknickte Zweige und abgerissene Blätter zu sehen, die ihre Fährte bezeichneten. Und als sie dann mehr oder weniger ebenen tiefen Grund erreichte, fingen die Räder an, in dem immer weicheren Boden einzusinken. Zwanzig Schritte weiter sah er Wasser, das in die Radspuren sickerte. Susannah war jedoch zu klug, um stecken zu bleiben – zu gerissen. Zwanzig Schritte nach den ersten Spuren mit einsickerndem Wasser stieß er auf den verlassenen Rollstuhl selbst. Auf dem Sitz lagen ihre Hose und ihr Hemd. Sie war bis auf die Lederkappen, die ihre Beinstümpfe bedeckten, nackt in den Sumpf gegangen.

Hier unten hingen Nebelstreifen über Tümpeln mit stehendem Wasser. Dazwischen erhoben sich kleine Grashügel; auf einem stand etwas, mit Draht an einem eingerammten Holzpfahl festgebunden, was Roland auf den ersten Blick für eine alte Vogelscheuche hielt. Als er näher kam, erkannte er es als menschliches Skelett. Die Stirn des Schädels war eingeschlagen, sodass zwischen den leeren Augenhöhlen ein schwarzes Loch gähnte. Diese Verletzung stammte zweifellos von irgendeiner primitiven Kriegskeule, und der Erschlagene (oder sein verbleibender *Geist*) war hier zurückgelassen worden, um die Grenze irgendeines Stammesgebiets zu kennzeichnen. Die Täter waren vermutlich längst weitergezogen oder selbst tot, aber Vorsicht war stets eine Tugend. Roland zog seine Waffe, folgte der Frau, indem er lange Schritte von Grashügel zu Grashügel machte, und zuckte manchmal zusammen, wenn er einen stechenden Schmerz in der rechten Hüfte spürte. Er musste seine gesamte Konzentration und Beweglichkeit aufwenden, um mit ihr Schritt zu halten. Was zum Teil daran lag, dass sie nicht wie Roland bemüht war, möglichst nicht nass zu werden. Sie war nackt wie eine Nixe und bewegte sich auch wie eine – fühlte sich in Schlamm und Morast so wohl wie auf trockenem Boden. Sie kroch über die größeren Grashügel, glitt durch das Wasser dazwischen und hielt nur gelegentlich kurz inne, um sich einen Blutegel abzulesen. Im Dunkel schienen ihr Kriechen und Gleiten zu einer Schlängelbewegung zu verschmelzen, das aalartig und beunruhigend zugleich war.

Sie bewegte sich ungefähr eine Viertelmeile in das immer

sumpfigere Moor hinein, während der Revolvermann ihr geduldig folgte. Er bewegte sich so leise wie möglich, obwohl er bezweifelte, dass das nötig war; jener Teil ihres Ichs, der sah und fühlte und dachte, war weit weg von hier.

Endlich machte sie Halt, stand auf ihren Beinstümpfen und hielt sich mit beiden Händen an zähen Buschklumpen fest, um das Gleichgewicht zu bewahren. Sie blickte unbewegt mit erhobenem Kopf über die schwarze Fläche eines Tümpels hinaus. Der Revolvermann konnte nicht erkennen, ob dieser Tümpel groß oder klein war; die Ufer verschwanden im Nebel. Trotzdem gab es hier Licht, eine Art schwaches, unbestimmtes Leuchten, das unmittelbar unter der Wasseroberfläche zu entstehen schien, vielleicht von versunkenen und allmählich verrottenden Baumstämmen ausgehend.

Sie stand da und blickte über diesen Waldtümpel mit seinen schlammigen Ufern hinweg wie eine Königin über einen … einen was? Was sah sie hier? Einen Bankettsaal? Davon war er allmählich überzeugt. Er sah ihn fast vor sich. Das schien ihr Verstand dem seinen zuzuflüstern, und es passte auch genau zu allem, was sie sagte und tat. Der Bankettsaal war ein geniale Erfindung ihres Verstands, um Susannah und Mia voneinander fernzuhalten, wie er in all diesen Jahren Odetta von Detta ferngehalten hatte. Mia konnte ihre Existenz aus allen möglichen Gründen geheim halten wollen, aber der Hauptgrund hatte bestimmt mit dem Leben zu tun, das in ihrem Leib entstand.

Mit dem kleinen Kerl, wie sie ihn nannte.

Dann, mit einer Plötzlichkeit, die ihn immer noch erschreckte (obwohl er auch sie schon erlebt hatte), begann sie zu jagen und glitt in unheimlich spritzerloser Stille erst das Ufer des Tümpels entlang und dann ein kleines Stück ins Wasser hinaus. Roland beobachtete mit einem Gesichtsausdruck, in dem sich Entsetzen und Lust mischten, wie sie sich ins Schilf hinein- und wieder hinausschlängelte und -wand, zwischen und über die Grasbüschel.

Anstatt die Blutegel von ihrer Haut abzulesen und wegzuschleudern, warf sie sich die Egel jetzt wie Konfekt in den Mund. Ihre Schenkelmuskeln spielten. Die braune Haut glänzte wie nasse Seide. Als sie sich einmal zur Seite drehte (Roland war inzwischen hinter einen Baum getreten und mit den Schatten verschmolzen), konnte er deutlich sehen, dass ihre Brüste voller geworden waren.

Das Problem ging natürlich über »den kleinen Kerl« hinaus. Schließlich war auch Eddie zu berücksichtigen. *Was zum Teufel soll der Scheiß, Roland?*, konnte Roland ihn geradezu sagen hören. *Das könnte genauso gut* unser *Kind sein. Das heißt, du kannst doch nicht mit Bestimmtheit sagen, dass es das nicht ist. Ja, ja, ich weiß, dass irgendwas sie genommen hat, als wir Jake mit Gewalt zurückgeholt haben, aber das heißt doch noch längst nicht, dass …*

Und so weiter und so weiter und so weiter, blablabla, wie Eddie vielleicht gesagt hätte, und weshalb? Weil er sie liebte und sich ein Kind ihrer Liebe wünschen würde. Und weil Eddie Dean allem so gewohnheitsmäßig widersprach, wie er atmete. Cuthbert war genauso gewesen.

Im Schilf stieß die Nackte mit einer Hand zu und schnappte sich einen mittelgroßen Frosch. Als sie zudrückte, platzte der Frosch auf und verspritzte zwischen den Fingern Gedärm und eine Ladung glänzenden Laich. Der Kopf zerplatzte. Sie hob ihn an den Mund, schlang ihn gierig hinunter, während die grünlich weißen Hinterbeine noch zuckten, und leckte sich dann das Blut und helle Gewebestränge von den Fingerknöcheln. Danach tat sie so, als würde sie etwas zu Boden werfen, und rief mit einer heiseren, gutturalen Stimme, die Roland erbeben ließ: *»Wie gefällt dir das, du stinkige Blaue Lady?«* Das war Detta Walkers Stimme. Detta in ihrer bösartigsten und verrücktesten Phase.

Ihr Beutezug ging fast ohne Pause weiter. Als Nächstes kam ein kleiner Fisch dran … dann ein weiterer Frosch … und dann wirklich fette Beute: eine Wasserratte, die quiekte und sich windend um sich biss. Sie quetschte ihr das Leben aus dem Leib und stopfte sie sich in den Mund, mit Pfoten und allem Drum und Dran. Kurze Zeit später senkte sie den Kopf und würgte das Gewölle hervor – eine klumpige Masse aus Fell und zersplitterten Knochen.

Zeig ihm das Ganze also – natürlich immer unter der Voraussetzung, dass er mit Jake von dem Abenteuer zurückkehrte, das sie bestehen müssen. Und sage ihm: »Ich weiß, dass schwangere Frauen seltsame Gelüste haben sollen, Eddie, aber erscheinen dir diese hier nicht auch etwas zu *seltsam? Sieh dir an, wie sie wie ein menschlicher Alligator durch Schilf und Schlamm schnürt. Sieh sie dir an und erzähl mir, dass sie das tut, um dein Kind zu ernähren.* Irgendein *Menschenkind.«*

Trotzdem würde er widersprechen. Darüber war sich Roland im Klaren. Nicht vorauszusehen war dagegen, was Susannah tun würde, sollte sie ihrerseits von Roland erfahren, dass in ihrem Leib etwas heranwuchs, das mitten in der Nacht rohes Fleisch begehrte. Und als ob diese Sache nicht Besorgnis erregend genug wäre, kam jetzt auch noch das Flitzen hinzu. Und Fremde, die offenbar vorhatten, mit ihnen Verbindung aufzunehmen. Die Fremden waren dabei allerdings sein geringstes Problem. Eigentlich fand er ihre Gegenwart sogar fast tröstlich. Er hatte keine Ahnung, was sie genau wollten – und wusste es eigentlich doch. Er war ihnen schon oftmals begegnet. Letztlich wollten sie alle das Gleiche.

8

Die Frau, die sich Mia nannte, begann jetzt zu sprechen, während sie weiterhin Jagd machte. Roland war auch mit diesem Teil ihres Rituals vertraut, aber es erschreckte ihn trotzdem. Obwohl er sie unmittelbar im Blick hatte, konnte er kaum glauben, dass alle diese unterschiedlichen Stimmen aus derselben Kehle kommen konnten. Sie fragte sich nach ihrem Befinden. Sie erklärte sich, ihr gehe es sehr gut, *verbindlichsten* Dank. Sie sprach von jemandem, der Bill, vielleicht auch Bull hieß. Sie erkundigte sich nach jemands Mutter. Sie fragte jemanden nach einem Ort namens Morehouse und erklärte sich dann mit tiefer, heiserer Stimme – zweifellos eine Männerstimme –, sie besuche weder Morehouse noch *andere* Häuser. Da sie darüber schallend lachte, musste das irgendein Scherz gewesen sein. Sie stellte sich (wie schon in früheren Nächten) mehrmals als Mia vor – ein Name, den Roland aus seiner Jugend in Gilead gut kannte. Es war fast ein heiliger Name. Zweimal knickste sie, wobei sie unsichtbare Röcke in einer Weise hob, die das Herz des Revolvermanns anrührte. Diese Art, vor jemandem einen Knicks zu machen, hatte er erstmals in Mejis gesehen, als er und seine Freunde Alain und Cuthbert von ihren Vätern dorthin geschickt worden waren.

Sie arbeitete sich wieder zum Rand des

(Bankettsaals)

Tümpels zurück, nass und glänzend. Dort verharrte sie bewegungslos fünf, dann zehn Minuten lang. Die Eule stieß wieder ihren spöttischen Ruf aus – *Huh! Huh!* –, und wie auf ein Stichwort hin kam der Mond hinter den Wolken hervor, um sich kurz umzusehen. Als er das tat, konnte irgendein kleines Tier sich nicht mehr in den Schatten verstecken. Es versuchte noch, an der Frau vorbeizuflitzen. Sie fing es zielsicher und vergrub das Gesicht in seinem sich windenden Bauch. Dabei war ein feuchtes knackendes Geräusch zu hören, dem mehrere schmatzende Bisse folgten. Die dunklen Hände und Handgelenke waren nun noch dunkler von Blut, als sie die Überreste im Mondschein hochhielt. Dann zerriss sie den kleinen Körper in zwei Hälften und verschlang die Überreste. Sie rülpste schallend laut und ließ sich schließlich wieder ins Wasser fallen. Weil sie sich diesmal laut platschend hineinwarf, wusste Roland, dass das heutige Festmahl beendet war. Sie hatte sogar einige Binniekäfer gegessen, die sie mühelos aus der Luft gefangen hatte. Er konnte nur hoffen, dass sie nichts erwischt hatte, von dem sie krank werden würde. Bisher hatte ihr nichts geschadet.

Während sie im Wasser Toilette machte, sich Schlamm und Blut abwusch, zog Roland sich auf dem Weg zurück, den er gekommen war, beachtete die immer häufiger auftretenden Stiche in der Hüfte nicht weiter und bewegte sich so verstohlen, wie er nur konnte. Er hatte sie mittlerweile dreimal bei solchen nächtlichen Ausflügen beobachtet, und schon das erste Mal hatte genügt, um ihm zu beweisen, wie erschreckend scharf ihre Sinne in diesem Zustand waren.

Er blieb bei ihrem Rollstuhl stehen, um sich mit einem Blick in die Runde davon zu überzeugen, dass er keine Spuren hinterlassen hatte. Er entdeckte einen Stiefelabdruck, verwischte ihn und warf sicherheitshalber noch ein paar Blätter darauf. Aber nicht zu viele; zu viele konnten verräterischer sein als gar keine. Dann machte er sich auf den Rückweg zur Straße und zu ihrem Lager, ohne sich diesmal jedoch zu beeilen. Sie würde Halt machen, um selbst etwas Ordnung zu schaffen, bevor sie zurückkehrte. Was würde Mia sehen, wenn sie Susannahs Rollstuhl säuberte? Irgendeine Art kleinen, motorisierten Karren? Unwichtig. Entscheidend war nur, wie clever sie war. Wäre Roland damals, als sie zu einer ihrer früheren Expeditionen aufgebrochen war, nicht zufällig aufgewacht, weil er Wasser lassen musste, würde er vermutlich noch immer nichts von ihren Jagdausflügen wissen, und dabei galt doch er als clever, wenn es um solche Dinge ging.

Nicht so clever wie sie, du Wurm. Als reiche der Geist Vannays nicht aus, war jetzt auch noch Cort da, um ihn zu belehren. *Das hat sie dir doch schon früher bewiesen, stimmt's?*

Ja. Sie hatte ihm all ihre Cleverness in Gestalt dreier Frauen bewiesen. Und jetzt gab es sogar eine vierte Frau.

9

Als Roland vor sich eine Lücke zwischen den Bäumen sah – die Straße, auf der sie gewandert waren, und gleichzeitig der Ort, an dem sie ihr Nachtlager aufgeschlagen hatten –, holte er zweimal tief Luft. Diese Atemzüge sollten ihn beruhigen, aber das gelang ihnen nicht sehr gut.

Wasser, so Gott es will, erinnerte er sich selbst. *Was die großen Dinge betrifft, Roland, hast du nichts mitzureden.*

Keine bequeme Wahrheit – vor allem nicht für einen Mann mit einer Aufgabe wie seiner –, aber eine, mit der er zu leben gelernt hatte.

Er holte ein weiteres Mal tief Luft, dann trat er unter den Bäumen hervor. Als er Eddie und Jake tief schlafend an dem heruntergebrannten Feuer liegen sah, atmete er mit einem langen, erleichterten Seufzer aus. Jakes rechte Hand, mit der dieser Eddies Linke gehalten hatte, als der Revolvermann Susannah aus dem Lager gefolgt war, umfasste jetzt Oys Körper.

Der Bumbler öffnete ein Auge und betrachtete Roland. Dann ließ er es wieder zufallen.

Roland konnte sie nicht kommen hören, spürte sie jedoch trotzdem. Er legte sich schnell nieder, wälzte sich auf die Seite und vergrub das Gesicht in der Ellbogenbeuge. Und in dieser Haltung beobachtete er, wie der Rollstuhl unter den Bäumen hervorkam. Sie hatte ihn rasch, aber gründlich gesäubert. Roland konnte keinen einzigen Schmutzfleck erkennen. Die verchromten Speichen glänzten im Mondschein.

Sie stellte den Rollstuhl ab, wo er zuvor gestanden hatte, glitt mit gewohnter Geschmeidigkeit aus dem Sitz und näherte sich der Stelle, wo Eddie lag. Roland beobachtete, wie sie sich der schlafenden Gestalt ihres Ehemanns mit gewisser Besorgnis näherte. Jeder, der Detta Walker kennen gelernt hatte, musste diese Besorgnis empfinden, fand Roland. Die Frau nämlich, die sich als *Mutter* bezeichnete, war dem, was Detta gewesen war, einfach zu ähnlich.

Roland, der so unbeweglich dalag, als schliefe er fest, machte sich zum Aufspringen bereit.

Dann strich sie das Haar aus Eddies Gesicht und küsste die leichte Vertiefung seiner Schläfe. Die Zärtlichkeit dieser Geste sagte dem Revolvermann alles, was er wissen musste. Er konnte beruhigt schlafen. Er schloss die Augen und ließ sich ins Dunkel hinabziehen.

Kapitel 4

Palaver

1

Als Roland morgens erwachte, schlief Susannah noch, aber Eddie und Jake waren bereits auf den Beinen. Eddie hatte auf der grauen Asche der gestrigen Feuerstelle ein neues kleines Feuer entzündet. Der Junge und er saßen dicht davor, um sich zu wärmen, und aßen das, was Eddie als Revolvermann-Burritos bezeichnete. Sie wirkten aufgeregt, aber auch besorgt.

»Roland«, sagte Eddie. »Ich glaube, wir müssen miteinander reden. Letzte Nacht ist uns da etwas zugestoßen …«

»Ich weiß«, sagte Roland. »Ich hab's gesehen. Ihr seid flitzen gegangen.«

»Flitzen?«, fragte Jake. »Was soll das denn sein?«

Roland wollte schon zu einer Erklärung ansetzen, schüttelte aber dann den Kopf. »Wenn ein Palaver ansteht, Eddie, solltest du lieber Susannah wecken. Das erspart es uns, alles wiederholen zu müssen.« Er sah nach Süden. »Und hoffentlich stören uns unsere neuen Freunde nicht, bis wir das Gespräch beendet haben. Sie haben nichts mit unserer Sache zu tun.« Er fragte sich jedoch bereits, ob das denn auch stimmte.

Er beobachtete mit mehr als gewöhnlichem Interesse, wie Eddie seine Susannah wachrüttelte, weil er sich ziemlich, wenn auch keineswegs *völlig* sicher war, dass sie tatsächlich als Susannah aufwachen würde. Sie tat es. Sie setzte sich auf und fuhr sich mit den Fingern durch ihre straffen Locken. »Wo liegt dein Problem, Schätzchen? Ich hätte mindestens noch eine Stunde schlafen können.«

»Wir müssen miteinander reden, Suze«, sagte Eddie.

»So viel du willst, aber bitte noch nicht gleich«, sagte sie. »*Gott*, fühl ich mich steif!«

»Das kommt vom Schlafen auf dem harten Boden«, sagte Eddie.

Vom nackten Jagen in Mooren und Sümpfen ganz zu schweigen, dachte Roland.

»Gieß mir etwas Wasser ein, Süßer.« Sie streckte ihm die Handflächen hin, und Eddie füllte sie aus einem der Wasserschläuche. Sie benetzte damit Wangen und Augen, stieß einen fröstelnden kleinen Schrei aus und sagte: »Kalt.«

»Alt!«, sagte Oy.

»Von wegen«, sagte sie zum Bumbler, »aber noch ein paar Monate wie die letzten, dann bin ich's wirklich. Roland, ihr Mittwelt-Leute kennt doch Kaffee, oder?«

Roland nickte. »Von den Plantagen am Äußeren Bogen. Drunten im Süden.«

»Stoßen wir auf welchen, schnappen wir ihn uns, okay? Das musst du mir versprechen.«

»Versprochen«, sagte Roland.

Susannah begutachtete inzwischen Eddie. »Was geht hier vor? Ihr Jungs seht gar nicht gut aus.«

»Wieder geträumt«, sagte Eddie.

»Ich auch«, sagte Jake.

»Das waren keine Träume«, sagte der Revolvermann. »Susannah, wie hast *du* denn geschlafen?«

Sie erwiderte seinen Blick freimütig. Roland konnte nicht einmal den Schatten einer Lüge in ihrer Antwort entdecken. »Wie ein Stück Holz, wie ich's meistens tue. Vermutlich ist das der einzige Vorteil dieser ganzen Herumzieherei – man kann seine verdammten Nembutol-Pillen wegwerfen.«

»Also, was ist jetzt mit diesem Blitzen, Roland?« fragte Eddie.

»Flitzen«, sagte Roland und erklärte es ihnen dann, so gut er konnte. Woran er sich aus Vannays Ausführungen am besten erinnerte, war die Tatsache, dass die Manni sich durch langes Fasten darauf vorbereiteten, um in der richtigen geistigen Verfassung zu sein, und herumreisten, um den genau richtigen Ort für die Versetzung ins Flitzerstadium zu finden. Solche Orte wurden mit Senkblei und Magneten ermittelt.

»Klingt ganz so, als hätten diese Kerl sich drunten im Needle Park wie zu Hause gefühlt«, sagte Eddie.

»Überall in Greenwich Village«, fügte Susannah hinzu.

»Klingt irgendwie hawaiisch, oder nicht?«, sagte Jake mit tiefer, ernster Stimme, und alle lachten. Sogar Roland lachte etwas.

»Das Flitzen ist also nichts als eine weitere Art, zu reisen«, sagte Eddie, nachdem das Lachen verstummt war. »Wie das mit den Türen. Und der Glaskugeln. Sehe ich das richtig?«

Roland wollte das schon bejahen, zögerte dann aber. »Ich glaube, das könnten alles Varianten ein und derselben Sache sein«, sagte er. »Und wie Vannay gesagt hat, machen die Glaskugeln – die Stücke des Zauberer-Regenbogens – einem das Flitzen leichter. Manchmal eben auch *zu* leicht.«

»Wir sind wirklich wie … wie Glühbirnen an- und ausgegangen?«, fragte Jake. »Ungefähr so wie Blinkleuchten?«

»Ja – ihr wart weg, wieder da, wieder weg. Als ihr verschwunden wart, war an eurer Stelle ein schwaches Leuchten zu sehen, fast so, als hielte irgendetwas euren Platz für euch besetzt.«

»Gott sei Dank, wenn dem so ist«, sagte Eddie. »Als es aufgehört hat … als diese Glockentöne wieder erklungen sind und wir fortgerissen wurden … Ich muss euch ganz ehrlich sagen, ich habe nicht geglaubt, dass wir hierher zurückkommen würden.«

»Ich auch nicht«, sagte Jake ruhig. Der Himmel hatte sich wieder bezogen, und im trüben Morgenlicht sah der Junge sehr blass aus. »Ich hatte dich schon verloren.«

»Ich bin noch nie im Leben so froh gewesen, irgendeinen Ort zu sehen, wie ich es heute war, als ich die Augen geöffnet und dieses kleine Stück Straße gesehen habe«, sagte Eddie. »Und dich neben mir, Jake. Sogar unser Kleiner hier hat gut ausgesehen.« Nach einem Blick zu Oy hinüber wandte er sich an Susannah. »Du hast heute Nacht nichts dergleichen erlebt, Schatz?«

»Wir hätten sie doch sehen müssen«, sagte Jake.

»Nicht, wenn sie an einen anderen Ort geflitzt ist«, sagte Eddie.

Susannah, die besorgt wirkte, schüttelte den Kopf. »Ich habe die ganze Nacht durchgeschlafen. Wie ich dir schon erzählt habe. Und was war mit dir, Roland?«

»Keine besonderen Vorkommnisse«, sagte Roland. Er würde seine Meinung wie immer für sich behalten, bis sein Gefühl ihm sagte, dass der Zeitpunkt gekommen war, andere ins Vertrauen zu ziehen. Und außerdem war das Ganze streng genommen nicht einmal gelogen. Er musterte Eddie und Jake prüfend. »Es gibt da ein Problem, nicht wahr?«

Eddie und Jake wechselten einen Blick, dann sahen sie wieder Roland an. Eddie seufzte. »Yeah, wahrscheinlich.«

»Wie schlimm? Wisst ihr das?«

»Ich glaube nicht. Wissen wir's, Jake?«

Jake schüttelte den Kopf.

»Aber ich habe ein paar Ideen«, fuhr Eddie fort, »und wenn ich damit Recht habe, haben wir wirklich ein Problem. Ein *großes* Problem.« Er schluckte. Angestrengt. Jake berührte ihn an der Hand, und der Revolvermann war besorgt, weil er sah, wie rasch und fest Eddie die Finger des Jungen umklammerte.

Roland streckte eine Hand aus und ergriff Susannahs Rechte. Einen Augenblick lang glaubte er zu sehen, wie diese Hand sich einen Frosch schnappte, um diesem das Gedärm aus dem Leib zu quetschen. Er verdrängte dieses Bild wieder. Die Frau, die das gemacht hatte, war jetzt nicht hier.

»Erzählt's uns«, forderte er Eddie und Jake auf. »Erzählt uns alles. Wir müssen alles hören.«

»Jedes Wort«, stimmte Susannah zu. »Um eurer Väter willen.«

2

Sie berichteten, was ihnen im New York des Jahres 1977 zugestoßen war. Roland und Susannah hörten fasziniert zu, während sie schilderten, wie sie Jake zu der Buchhandlung gefolgt waren und gesehen hatten, wie Balazar und seine Gentlemen dort vorfuhren.

»Ha!«, sagte Susannah. »Wieder genau die gleichen bösen Kerle! Das könnte aus einem Roman von Dickens sein.«

»Wer ist Dickens, und was ist ein Roman?«, fragte Roland.

»Ein Roman ist eine lange Erzählung in Buchform«, sagte sie. »Dickens hat mindestens ein Dutzend davon geschrieben. Er war vielleicht der beste Romanautor, der je gelebt hat. In seinen Geschichten treffen Menschen in einer Großstadt namens London immer wieder mit Leuten zusammen, die sie von anderswoher oder aus früheren Zeiten kennen. Im College hatte ich mal einen Lehrer, der sich darüber geärgert hat, wie unweigerlich das immer passiert. Er hat behauptet, Dickens-Romane würden von schwer glaubhaften Zufällen nur so strotzen.«

»Ein Lehrer, der nichts über Ka gewusst oder nicht daran geglaubt hat«, sagte Roland.

Eddie nickte. »Ja, das war eindeutig Ka. Ganz ohne Zweifel.«

»Die Frau, die *Charlie Tschuff-Tschuff* geschrieben hat, interessiert mich mehr als dieser Erzähler Dickens«, sagte Roland. »Jake, würdest du uns …«

»Schon dabei«, sagte Jake und machte sich daran, die Riemen seines Ranzens zu lösen. Er zog das abgegriffene Buch mit den Abenteuern von Charlie der Lokomotive und dessen Freund, dem Lokführer Bob, fast ehrfürchtig heraus. Sie sahen sich alle den Umschlag an. Unter dem Bild stand weiterhin Beryl Evans.

»Mann!«, sagte Eddie. »Das ist echt unheimlich. Also, ich will nicht irgendwie auf ein Nebengleis geraten oder so, aber …« Er machte eine Pause, weil ihm auffiel, dass er einen Eisenbahnerscherz gemacht hatte, und fuhr dann fort. Roland machte sich ohnehin nicht viel aus Wortspielen und Scherzen. »… aber das ist eine verrückte Sache. Das Buch, das Jake gekauft hat – Jake siebenundsiebzig –, war von Claudia Soundso Bachman.«

»Inez«, sagte Jake. »Mit einem Ypsilon zwischen den Vornamen. Kleingeschrieben. Weiß jemand von euch, was das bedeutet?«

Keiner wusste es, aber Roland sagte, in Mejis habe es Namen dieser Art gegeben. »Das war eine Art zusätzlicher Ehrentitel, glaube ich. Und ich wäre mir da nicht sicher, ob das wirklich ein Nebengleis ist. Jake, du hast gesagt, auch die Kreidetafel im Schaufenster sei anders gewesen. Wie anders?«

»Daran kann ich mich nicht erinnern. Aber weißt du was? Ich glaube, wenn du mich hypnotisieren würdest – mit der Patrone, du weißt schon –, würd's mir wieder einfallen.«

»Das werde ich vielleicht ein andermal noch tun«, sagte Roland, »aber heute Morgen drängt leider die Zeit.«

Wieder die alte Leier, dachte Eddie. *Gestern hat sie kaum existiert, und jetzt drängt sie plötzlich. Aber irgendwie dreht sich hier alles um die Zeit, oder nicht? Rolands Vergangenheit, unsere Vergangenheit, diese neuen Tage. Diese gefährlichen neuen Tage.*

»Wieso?«, fragte Susannah.

»Unsere Freunde«, sagte Roland und nickte nach Süden. »Ich habe das Gefühl, dass sie sich uns bald zeigen werden.«

»Sind sie denn unsere Freunde?«, fragte Jake.

»Das ist *wirklich* nebensächlich«, sagte Roland und fragte sich erneut, ob das denn auch stimmte. »Im Augenblick wollen wir den Verstand unseres *Khef* auf diese Buchhandlung für geistige Nahrung, oder wie der Laden sonst heißt, konzentrieren. Ihr habt also gesehen, wie diese Wüstlinge aus dem Schiefen Turm den Besitzer drangsaliert haben, ja? Diesen Mann namens Tower oder Toren.«

»Unter Druck gesetzt, meinst du?«, fragte Eddie. »In die Mangel genommen?«

»Ja.«

»Klar haben sie das getan«, sagte Jake.

»Getan«, bestätigte Oy. »Klar getan.«

»Gehe jede Wette ein, dass Tower und Toren der gleiche Name ist«, sagte Susannah. »Dass *Toren* im Holländischen Turm bedeutet.« Sie sah, dass Roland etwas sagen wollte, und hob eine Hand. »Solche Dinge tun die Menschen in unserem Winkel des Universums oft, Roland – sie ändern ausländische Namen in welche ab, die … na ja … *amerikanischer* klingen.«

»Yeah«, sagte Eddie. »So wird Stempowicz zu Stamper … Yakow wird Jacob … oder …«

»Oder aus Beryl Evans wird Claudia y Inez Bachman«, sagte Jake. Er lachte, aber es klang nicht sonderlich heiter.

Eddie zog einen halb verbrannten Ast aus dem Feuer und fing an, damit auf dem Erdboden zu schreiben. Nacheinander entstanden Großbuchstaben: C…L…A…U. »Big Nose hat sogar ausdrücklich *gesagt,* dass Tower Holländer ist: ›Quadratschädel bleibt Quadratschädel, stimmt's, Boss?‹« Er sah zu Jake hinüber, um sich das bestätigen zu lassen. Jake nickte, dann schrieb Eddie mit dem Ast weiter: D…I…A.

»Dass er Holländer sein soll, ist nur logisch, sag ich euch«, meinte Susannah. »Manhattan hat zum Großteil mal den Holländern gehört.«

»Suchst du noch so eine weitere Dickens-Anspielung?«, fragte Jake. Er schrieb ein y hinter CLAUDIA, dann sah er zu Susannah auf. »Denk mal an das Spukhaus, durch das ich in die Welt gekommen bin.«

»Die Villa«, sagte Eddie.

»Die Villa in *Dutch Hill«,* sagte Jake.

»Dutch – Holländer. Genau, das stimmt. Gottverdammt.«

»Kommen wir jetzt zum wirklich Wichtigen«, sagte Roland. »Das dürfte wohl der Vertrag sein, den ihr gesehen habt. Und ihr hattet also das Gefühl, ihn sehen zu müssen, ja?«

Eddie nickte.

»Hatte dieses Bedürfnis Ähnlichkeit mit dem Gefühl, dem Balken folgen zu müssen?«

»Roland, ich glaube, dass es der Balken *war.*«

»Mit anderen Worten: der Weg zum Turm.«

»Yeah«, sagte Eddie. Er musste daran denken, wie die Wolken immer den Balken entlangzogen, wie Schatten sich ihm zuwandten, wie jeder Zweig jedes Baums sich in seine Richtung zu drehen schien. *Alle Dinge dienen dem Balken,* hatte Roland ihnen einmal erklärt, und Eddies Bedürfnis, das Blatt Papier zu sehen, das Balazar jenem Calvin Tower hingelegt hatte, war stark und gebieterisch gewesen.

»Erzähl mir, was in dem Vertrag gestanden hat.«

Eddie biss sich auf die Unterlippe. Ihm war nicht ganz so ängstlich zumute wie damals, als er den Schlüssel geschnitzt hatte, mit dessen Hilfe es ihnen letztlich gelungen war, Jake zu retten und auf die hiesige Seite herüberzuziehen, aber Angst hatte er trotzdem. Weil diese Sache genau wie die mit dem Schlüssel wichtig war. Vergaß er irgendetwas, konnten Welten vernichtet werden.

»Mann, ich kann mich nicht an alles erinnern, nicht Wort für Wort …«

Roland winkte ungeduldig ab. »Notfalls kann ich dich hypnotisieren, um es Wort für Wort aus dir *rauszuholen.*«

»Glaubst du, dass das Ganze wichtig ist?«, fragte Susannah.

»Ich glaube, dass *alles* wichtig ist«, sagte Roland.

»Was ist, wenn Hypnose bei mir nicht funktioniert?«, fragte Eddie. »Was ist, wenn ich irgendwie keine gute Versuchsperson bin?«

»Überlass das mir«, sagte Roland.

»Neunzehn«, sagte Jake plötzlich. Alle wandten sich ihm zu. Er starrte die Buchstaben an, die Eddie und er neben dem ausgebrannten Lagerfeuer in den Boden geritzt hatten. »Claudia y Inez Bachman. Neunzehn Buchstaben.«

3

Roland überlegte kurz, ging dann aber darüber hinweg. Spielte die Zahl Neunzehn in dieser Sache tatsächlich eine Rolle, würde ihre Bedeutung sich irgendwann erweisen. Im Augenblick gab es wichtigere Dinge.

»Das Blatt Papier«, sagte er. »Bleiben wir vorerst dabei. Erzähl mir alles, woran du dich erinnern kannst.«

»Also, es war ein richtiger Vertrag mit unten angebrachtem Siegel und allem.« Eddie machte eine Pause, weil ihn eine ziemlich grundlegende Frage beschäftigte. Roland hatte diesen Teil *wahrscheinlich* verstanden – schließlich war er eine Art Gesetzeshüter gewesen –, aber es konnte nicht schaden, sich nochmals zu vergewissern. »Du weißt doch, was Anwälte sind, oder?«

Roland sprach in seinem trockensten Tonfall. »Du vergisst, dass ich aus Gilead stamme, Eddie. Der innersten der Inneren Baronien. Wir hatten zwar mehr Händler und Farmer und Handwerker als Anwälte, glaube ich, aber der Zahlenvergleich wäre knapp ausgefallen.«

Susannah lachte. »Das erinnert mich an eine Szene bei Shakespeare, Roland. Zwei Männer – Falstaff und Prinz Heinrich, das weiß ich nicht genau – reden darüber, was zu tun ist, wenn sie den Krieg gewinnen und die Macht übernehmen. Und einer sagt, dass sie als Erstes alle Anwälte umbringen sollten.«

»Das wäre nicht der schlechteste Anfang«, sagte Roland, und Eddie fand seinen nachdenklichen Ton ziemlich ernüchternd. Dann wandte der Revolvermann sich wieder ihm zu. »Sprich weiter. Und falls du etwas ergänzen kannst, Jake, tu's bitte. Und entspannt euch beide um eurer Väter willen. Vorläufig will ich nur einen groben Abriss.«

Das hatte Eddie schon vermutet, aber es war beruhigend, es auch von Roland zu hören. »Also gut. Das Schriftstück war eine ›Vertragliche Vereinbarung‹. Das hat in Großbuchstaben darüber gestanden. Unten hat's *Vorgelesen und genehmigt* geheißen, dann sind zwei Unterschriften gekommen. Eine war die von Calvin Tower. Die andere von einem Richard Soundso. Kannst du dich an den Namen erinnern, Jake?«

»Sayre«, sagte Jake. »Richard Patrick Sayre.« Er machte eine kurze Pause, in der er lautlos die Lippen bewegte, dann nickte er. »Neunzehn Buchstaben.«

»Und was hat sie besagt, diese Vereinbarung?«, fragte Roland.

»Ehrlich gesagt, nicht allzu viel«, sagte Eddie. »So ist's mir jedenfalls vorgekommen. Im Prinzip nur, dass Tower ein unbebautes Grundstück an der Ecke Forty-sixth Street und Second Avenue gehört ...«

»*Das* unbebaute Grundstück«, sagte Jake. »Das mit der Rose darauf.«

»Yeah, genau das. Jedenfalls hat Tower diese Vereinbarung am 15. Juli 1976 unterschrieben. Die Sombra Corporation hat ihm hundert Mille gezahlt. Soviel ich sehen konnte, hat er sich im Gegenzug verpflichtet, das Grundstück in den kommenden zwölf Monaten an niemand anderen als Sombra zu verkaufen, es von allen Belastungen freizuhalten und Sombra dann ein Vorkaufsrecht einzuräumen, falls er's dem Unternehmen bis dahin nicht verkauft haben würde. Was er offenbar noch nicht getan hatte, als wir dort waren, aber da betrug die Laufzeit der Vereinbarung ja noch eineinhalb Monate.«

»Mr. Tower hat gesagt, dass die hunderttausend längst weg sind«, warf Jake ein.

»Hat in der Vereinbarung etwas darüber gestanden, dass diese Sombra Corporation ein Überbauungsrecht erhält?«, fragte Susannah.

Eddie und Jake dachten darüber nach, wechselten einen Blick und schüttelten dann den Kopf.

»Bestimmt nicht?«

»Ich weiß es nicht ganz sicher, aber doch *ziemlich* sicher«, sagte Eddie. »Glaubst du, dass das wichtig ist?«

»Schwer zu sagen«, antwortete Susannah. »Diese Art Vereinbarung, von der du redest … Na ja, ohne Überbauungsrecht scheint sie keinen rechten Sinn zu ergeben. Was besagt sie denn letztlich, wenn man darüber nachdenkt? ›Ich, Calvin Tower, erkläre mich bereit, über den Verkauf meines unbebauten Grundstücks nachzudenken. Ihr zahlt mir hunderttausend Dollar, und ich denke ein ganzes Jahr lang darüber nach. Das heißt, wenn ich nicht Kaffee trinke und mit meinen Freunden Schach spiele. Und wenn dieses Jahr abgelaufen ist, verkaufe ich es vielleicht euch, oder ich behalte es vielleicht, oder ich versteigere es einfach an den Meistbietenden. Und wenn euch das nicht passt, meine Lieben, könnt ihr euch meinetwegen einen Strick kaufen.‹«

»Du vergisst etwas«, sagte Roland in mildem Tonfall.

»Was?«, fragte Susannah.

»Diese Sombra ist kein gewöhnlicher gesetzestreuer Konzern. Frag dich doch einmal, ob ein gewöhnlicher gesetzestreuer Konzern jemanden wie Balazar anheuern würde, um Mitteilungen überbringen zu lassen.«

»Da hast du Recht«, sagte Eddie. »Towers war *mucho* verängstigt.«

»Jedenfalls macht das einiges klarer«, sagte Jake. »Zum Beispiel die Werbetafel, die ich auf dem unbebauten Grundstück gesehen habe. Die Sombra Corporation hat sich für ihre hunderttausend Dollar auch das Recht gesichert, dort ›für zukünftige Projekte zu werben‹. Hast du diesen Teil nicht gesehen, Eddie?«

»Doch, doch. Gleich nach der Bestimmung, dass Tower keine Pfandrechte oder sonstigen Belastungen zulassen darf, damit Sombras ›vertragliche Interessen‹ geschützt sind, oder?«

»Richtig«, sagte Jake. »Die Werbetafel, die ich auf dem Grundstück gesehen habe …« Er machte eine Pause, dachte kurz nach, hob dann die Hände und sah zwischen ihnen durch, als würde er von einer Werbetafel ablesen, die nur er sehen konnte: »BAUFIRMA MILLS UND MAKLERBÜRO SOMBRA GESTALTEN AUCH WEITERHIN DAS ANTLITZ VON MANHATTAN NEU! Und dann stand da noch: AN DIESER STELLE ENTSTEHEN DEMNÄCHST: TURTLE-BAY-LUXUSEIGENTUMSWOHNUNGEN!«

»Dafür wollen sie's also«, sagte Eddie. »Condos …«

»Was sind Condos?«, fragte Susannah stirnrunzelnd. »Klingt wie irgendeine neumodische Art Gewürzregal.«

»Das ist eine Anlage mit Eigentumswohnungen«, sagte Eddie. »Die hat's zu deiner Zeit wahrscheinlich auch gegeben, nur unter einem anderen Namen.«

»Yeah«, sagte Susannah ziemlich schroff. »Wir haben sie Apartments genannt. Oder manchmal haben wir uns *ganz* vornehm ausgedrückt und Appartements gesagt.«

»Das spielt jetzt aber keine Rolle, weil es nämlich nie um Eigentumswohnungen gegangen ist«, sagte Jake. »Auch nie um das Gebäude, das da, wie auf der Werbetafel angekündigt, errichtet werden sollte. Wisst ihr, das war alles nur … Scheibenkleister, wie heißt das richtige Wort doch gleich wieder?«

»Camouflage, also Tarnung?«, schlug Roland vor.

Jake grinste. »Oder so, genau. Es geht um die *Rose*, nicht um das Gebäude! Und sie können nicht an sie heran, bevor ihnen der Grund und Boden gehört, auf dem sie wächst. Da bin ich mir ganz sicher.«

»Wahrscheinlich bedeutet das Gebäude tatsächlich nicht viel«, sagte Susannah, »aber der Name Turtle Bay bringt doch eine Saite zum Schwingen, findet ihr nicht auch?« Sie sah zum Revolvermann hinüber. »Der Teil von Manhattan heißt tatsächlich ›Schildkrötenbucht‹, Roland.«

Er nickte, ohne überrascht zu sein. Die Schildkröte war einer der zwölf Wächter und stand fast sicher am fernen Ende des Balkens, dem sie gerade folgten.

»Die Leute der Baufirma Mills wissen vielleicht gar nichts von der Rose«, sagte Jake, »aber ich wette, dass die Sombra Corporation darüber Bescheid weiß.« Er grub eine Hand verstohlen in Oys Fell, das im Nacken des Billy-Bumblers dick genug war, um die Finger darin völlig verschwinden zu lassen. »Ich glaube, dass es irgendwo in New York – in irgendeinem Bürogebäude, vermutlich in Turtle Bay auf der East Side – eine Tür gibt, auf der SOMBRA CORPORATION steht. Und irgendwo hinter dieser Tür existiert eine *weitere* Tür. Eine von der Sorte, die einen hierher führt.«

Sie saßen eine Minute lang da und dachten darüber nach – über Welten, die sich in ersterbender Harmonie auf einer gemeinsamen Achse drehten –, und keiner sagte etwas.

4

»Ich glaube, dass hier Folgendes abläuft«, sagte Eddie. »Suze, Jake, ihr könnt mich jederzeit unterbrechen, wenn ihr glaubt, dass ich irgendwas falsch verstanden habe. Also, dieser Calvin Tower ist eine Art Hüter der Rose. Das ist ihm vielleicht selbst nicht bewusst, aber so muss es sein. Er und vielleicht auch schon alle seine Vorfahren. Das erklärt auch seinen Namen.«

»Nur ist er der Letzte«, sagte Jake.

»Das kannst du nicht mit Sicherheit wissen, Schatz«, sagte Susannah.

»Kein Ehering«, entgegnete Jake, worauf Susannah nickte und ihm diesen Punkt zugestand, zumindest vorläufig.

»Vielleicht hat es früher mal viele Torens gegeben, denen in New York viel Grund und Boden gehört hat«, sagte Eddie, »aber diese Zeiten sind vorbei. Zwischen der Sombra Corporation und der Rose steht jetzt nur noch ein fast bankrotter fetter Kerl, der seinen Namen geändert hat. Er ist ein … wie nennt man jemanden, der Bücher liebt?«

»Er ist ein Bibliophiler«, sagte Susannah.

»Genau, einer von denen. Und George Biondi mag vielleicht nicht Einstein sein, aber er hat zumindest *eine* clevere Bemerkung gemacht, während wir sie belauscht haben. Er hat gesagt, Towers Buchhandlung sei gar kein richtiger Laden, sondern ein Loch, in das der nur sein Geld kippt. Was mit ihm passiert, ist in der Welt, aus der wir kommen, eine ziemlich alte Geschichte, Roland. Hat meine Ma im Fernsehen irgendeinen reichen Kerl gesehen – zum Beispiel Donald Trump –, hat sie …«

»Wen?«, fragte Susannah.

»Den kennst du nicht, der war damals im Jahr 1964 noch ein Teenager. Spielt auch keine Rolle. ›Von Hemdsärmeln zu Hemdsärmeln in drei Generationen‹, hat meine Mutter also immer gesagt. ›Das ist der *American Way*, Jungs.‹ – Es gibt also diesen Tower, der irgendwie Roland ähnlich ist – der Letzte seines Geschlechts. Er verkauft hier ein Grundstück, da ein Grundstück, zahlt seine Steuern, bezahlt Hausreparaturen, begleicht Kreditkartenabrechnungen und Arztrechnungen, kauft ständig Bücher an. Okay, das denke ich mir alles nur aus … aber irgendwie kommt's mir nicht so vor.«

»Genau«, sagte Jake. Er sprach mit leiser, faszinierter Stimme. »Mir kommt's auch nicht so vor.«

»Vielleicht hast du sein *Khef* geteilt«, sagte Roland. »Wahrscheinlicher ist allerdings, dass du ihn berührt hast. Wie's mein alter Freund Alain oft getan hat. Bitte weiter, Eddie.«

»Und er sagt sich jedes Jahr, dass seine Buchhandlung die Wende schaffen wird. Dass sie vielleicht groß in Mode kommen wird, wie's in New York manchmal so passiert. Dass sie endlich aus den roten in die schwarzen Zahlen kommen wird. Und zuletzt hat er nur noch ein Grundstück zu verkaufen: den Bauplatz zwo-neun-acht in Block neunzehn in Turtle Bay.«

»Und zwo-neun-acht ergibt wieder neunzehn«, sagte Susannah. »Ich wollte, ich könnte mich entscheiden, ob das etwas bedeutet oder nur das Blaue-Auto-Syndrom ist.«

»Was ist das Blaue-Auto-Syndrom?«, fragte Jake.

»Kauft man sich ein blaues Auto, sieht man überall blaue Autos.«

»Aber das ist hier nicht der Fall«, sagte Jake.

»Hier nicht«, warf Oy ein, und alle sahen ihn an. Manchmal vergingen Tage, sogar ganze Wochen, ohne dass Oy mehr als ein gelegentliches Echo ihrer Worte hören ließ. Dann sagte er wiederum plötzlich etwas, was ein Produkt eigenen Nachdenkens hätte sein können. Aber das wusste niemand. Nicht bestimmt. Nicht einmal Jake wusste es sicher.

Wie wir nicht bestimmt wissen, was es mit der Neunzehn auf sich hat, dachte Susannah und tätschelte dem Bumbler den Kopf. Oy reagierte mit einem freundlichen Blinzeln.

»Er behält dieses Grundstück jedenfalls bis zum bitteren Ende«, sagte Eddie. »Ich meine, he, das heruntergekommene Gebäude, in dem er seine Buchhandlung hat, gehört ihm nicht mal; er hat es nur gemietet.«

Jake erzählte weiter. »Tom und Gerry's künstlerisches Delikatessengeschäft schließt, und Tower lässt es abreißen. Weil er irgendwie das Grundstück verkaufen möchte. Irgendwas sagt ihm, dass er verrückt wäre, wenn er's nicht tun würde.« Jake verstummte für einen Augenblick, während er daran dachte, wie einem manche Gedanken mitten in der Nacht kamen. Verrückte Gedanken, verrückte Ideen, Stimmen, die sich nicht zum Schweigen bringen ließen. »Aber es gibt da noch was *anderes*, eine andere Stimme …«

»Die Stimme der Schildkröte«, warf Susannah ruhig ein.

»Ja, die von der Schildkröte oder die von Balken«, sagte Jake. »Die sind vermutlich dasselbe. Und die Stimme sagt ihm, dass er das Grundstück um jeden Preis behalten muss.« Er sah zu Eddie hinüber. »Glaubst du, dass er von der Rose weiß? Glaubst du, dass er manchmal hingeht und sie betrachtet?«

»Scheißt ein Hase in den Wald?«, lautete Eddies Gegenfrage.

»Klar geht er hin. Und natürlich *weiß* er, was sie bedeutet. Auf irgendeiner Bewusstseinsebene *muss* er's wissen. Ein Eckgrundstück in Manhattan nämlich ... Wie viel mag so was wohl wert sein, Susannah?«

»Zu meiner Zeit mindestens eine Million Dollar«, sagte sie. »Und im Jahr 1977, wer weiß? Drei? Fünf?« Sie zuckte die Achseln. »Jedenfalls genug, damit Sai Tower für den Rest seines Lebens Bücher mit Verlust verkaufen kann, sofern er sein Kapital einigermaßen vernünftig anlegt.«

»Alles deutet darauf hin, wie sehr ihm ein Verkauf widerstrebt«, sagte Eddie. »Das heißt, Suze hat ja schon angesprochen, wie wenig die Sombra Corporation für ihre hundert Mille bekommen hat.«

»Aber sie *hat* etwas bekommen«, sagte Roland. »Etwas sehr Wichtiges.«

»Einen Fuß in die Tür«, sagte Eddie.

»Du sprichst wahrhaftig. Und während die Vereinbarung nun ausläuft, schicken sie die in eurer Welt übliche Version der Großen Sargjäger zu ihm. Hartgesottene Kerle. Bringen Geldgier oder Geldnot diesen Tower nicht dazu, das Grundstück mit der Rose zu verkaufen, wollen sie ihn durch Einschüchterung zum Verkauf zwingen.«

»Genau«, sagte Jake. »Und wer würde Tower beistehen? Vielleicht Aaron Deepneau. Vielleicht niemand. Was machen wir also?«

»Wir kaufen es selbst«, sagte Susannah prompt. »Natürlich.«

5

Im ersten Augenblick herrschte verblüfftes Schweigen, schließlich nickte Eddie nachdenklich. »Klar, warum nicht? Die Sombra Corporation besitzt gegenwärtig kein Vorkaufsrecht – sie wollte es zwar haben, aber darauf hat Tower sich offenbar nicht eingelassen. Also kaufen *wir* das Grundstück, klar. Wie viele Hirschfelle wird er dafür haben wollen? Vierzig? Fünfzig? Verhandelt er wirklich hart, könnten wir vielleicht sogar ein paar Relikte vom Alten Volk drauflegen. Ihr wisst schon, Becher und Teller und Pfeilspitzen. Die wären gute Gesprächsthemen auf Cocktailpartys.«

Susannah starrte ihn vorwurfsvoll an.

»Okay, das war vielleicht nicht so witzig«, sagte Eddie. »Aber du musst den Tatsachen ins Auge sehen, Süße. Wir sind nur eine Bande zerlumpter Pilger, die zur Zeit in irgendeiner anderen Realität kampieren – ich meine, das hier ist noch nicht mal mehr Mittwelt.«

»Außerdem«, sagte Jake entschuldigend, »waren wir nicht wirklich dort, zumindest nicht so, als wären wir durch eine der Türen gegangen. Sie haben uns gespürt, aber im Prinzip waren wir unsichtbar.«

»Besprechen wir einen Punkt nach dem anderen«, sagte Susannah. »Was Geld betrifft … davon habe ich reichlich. Das heißt natürlich, wenn wir da irgendwie rankämen.«

»Wie viel denn?«, fragte Jake. »Ich weiß, dass das irgendwie unhöflich ist – meine Mutter würde in Ohnmacht fallen, wenn sie hören würde, dass ich das jemanden frage –, aber …«

»Wir haben schon zu viel gemeinsam erlebt, um uns Sorgen wegen Unhöflichkeit zu machen«, sagte Susannah. »Die Wahrheit ist, Schätzchen, dass ich's selbst nicht genau weiß. Mein Vater hat ein paar neue Verfahren zum Überkronen von Zähnen erfunden und das Beste daraus gemacht. Hat die Firma Holmes Dental Industries gegründet, deren Finanzen er bis zum Jahr 1959 selbst verwaltet hat.«

»Das Jahr, in dem Mort dich vor die U-Bahn geschubst hat«, sagte Eddie.

Sie nickte. »Das ist im August passiert. Ungefähr sechs Wochen später hat mein Vater einen Herzanfall gehabt – den ersten von vielen. Zum Teil wohl aus Stress wegen meines Unfalls, aber das Ganze war nicht nur meine Schuld. Er war schlicht und einfach ein Arbeitstier.«

»Das war *überhaupt* nicht deine Schuld«, sagte Eddie. »Das heißt, du bist schließlich nicht vor diese U-Bahn *gesprungen*, Suze.«

»Ja, ich weiß. Aber was man empfindet und wie lange man es empfindet, hat nicht immer viel mit der objektiven Wahrheit zu tun. Da Mama nicht mehr gelebt hat, wäre es meine Pflicht gewesen, mich um ihn zu kümmern, aber das habe ich nicht geschafft – ich konnte mich nie ganz von der Vorstellung befreien, dass das alles meine Schuld gewesen ist.«

»Vergangene Zeiten«, sagte Roland ohne sonderliches Mitgefühl in der Stimme.

»Danke, Schatz«, sagte Susannah trocken. »Du hast immer ein *solches* Talent, die Dinge in die richtige Perspektive zu rücken. Jedenfalls hat Dad nach diesem ersten Herzanfall die Verantwortung für die finanzielle Seite des Unternehmens seinem Buchhalter übertragen – seinem alten Freund Moses Carver. Nach Dads Tod hat Pop Mose sich dann auch um meine Finanzen gekümmert. Ich glaube, ich hatte so acht bis zehn Millionen Dollar, als Roland mich aus New York in dieses bezaubernde Stück Nirgendwo geholt hat. Würde das reichen, um Mr. Towers Grundstück zu kaufen, falls er's uns überhaupt verkaufen will?«

»Er *würde* es wahrscheinlich gegen Hirschfelle verkaufen, wenn Eddie in Bezug auf den Balken Recht hat«, sagte Roland. »Ich glaube, dass der innerste Teil von Mr. Towers Geist und Verstand – das *Ka*, das ihn dazu veranlasst hat, das Grundstück so lange zu behalten – auf uns gewartet hat.«

»Sozusagen auf die Kavallerie«, sagte Eddie mit leichtem Grinsen. »Wie Fort Ord in den letzten zehn Minuten eines John-Wayne-Films.«

Roland sah ihn an, ohne zu lächeln. »Er hat auf das Weiße gewartet.«

Susannah hob ihre braunen Hände an ihr braunes Gesicht und betrachtete sie. »Dann wartet er nicht auf mich, schätze ich mal«, sagte sie.

»Doch«, sagte Roland, »das tut er.« Und er fragte sich flüchtig, welche Hautfarbe die andere hatte. Mia.

»Wir brauchen eine Tür«, sagte Jake.

»Wir brauchen mindestens zwei«, sagte Eddie. »Eine, damit wir uns mit Tower befassen können, klar. Aber bevor wir das tun können, brauchen wir eine, die uns erst in Susannahs Zeit zurückführt. Und ich meine damit einen Zeitpunkt, der dem Tag, an dem Roland sie rübergeholt hat, möglichst nahe ist. Es wäre doch eine schöne Pleite, ins Jahr 1977 zurückzukehren und Verbindung mit diesem Kerl Carver aufzunehmen, nur um dann feststellen zu müssen, dass er Odetta Holmes im Jahr 1971 für tot hat erklären lassen. Dass ihr gesamter Nachlass an Verwandte in Green Bay oder San Berdoo gegangen ist.«

»Oder ins Jahr 1968 zurückzukehren und entdecken zu müssen, dass Mr. Carver verschwunden ist«, sagte Jake. »Dass er das ganze Geld auf eigene Konten überwiesen und sich an der Costa del Sol zur Ruhe gesetzt hat.«

Susannah starrte ihn mit fassungslos schockierter Miene an, die unter anderen Umständen komisch gewirkt hätte. »Das würde Pop Mose nie tun! Er ist doch mein Taufpate!«

Jake machte ein verlegenes Gesicht. »Entschuldigung. Ich lese massenhaft Kriminalromane – Agatha Christie, Rex Stout, Ed McBain –, und in denen kommt solches Zeug dauernd vor.«

»Außerdem«, sagte Eddie, »kann das große Geld die Leute unheimlich verändern.«

Sie warf ihm einen kalten, nachdenklichen Blick zu, der auf ihrem Gesicht merkwürdig, fast fremdartig wirkte. Roland, der etwas wusste, von dem Eddie und Jake nichts ahnten, hielt es für einen Frösche-zerquetschen-Blick. »Woher willst denn *du* das wissen?«, sagte sie. Und dann fast augenblicklich: »Oh, tut mir Leid, Süßer. Das war unangebracht.«

»Schon gut«, sagte Eddie. Er lächelte. Das Lächeln wirkte steif und unsicher. »Hitze des Gefechts.« Er streckte eine Hand aus, ergriff die ihre und drückte sie. Susannah erwiderte diesen Druck. Das Lächeln auf Eddies Gesicht verstärkte sich etwas und sah allmählich so aus, als hätte es seinen angestammten Platz gefunden.

»Du kennst Moses Carver eben nicht. Er ist so ehrlich, wie der Tag lang ist.«

Eddie hob eine Hand – nicht so sehr, um seinen Glauben in das Gesagte zu signalisieren, als anzudeuten, dass er die Diskussion nicht fortsetzen wollte.

»Mal sehen, ob ich eure Idee verstehe«, sagte Roland. »Sie hängt vor allem von eurer Fähigkeit ab, in eure Welt New York zurückzukehren – nicht nur zu einem, sondern zu zwei bestimmten Zeitpunkten.«

Nun folgte eine Pause, während sie das alles verarbeiteten, und dann nickte Eddie. »Richtig. Zuerst ins Jahr 1964. Susannah ist seit ein paar Monaten verschwunden, aber niemand hat bisher die Hoffnung aufgegeben oder dergleichen. Sie kommt reingeschlendert, alle klatschen. Die Heimkehr der verlorenen Tochter. Wir kriegen die Kohle, was einige Zeit dauern kann …«

»Das Schwierigste dürfte sein, Pop Mose dazu zu bringen, das Geld rauszurücken«, sagte Susannah. »Wenn's um Geld auf der Bank geht, hat dieser Mann einen Klammergriff. Und ich bin mir ziemlich sicher, dass er mich im Grunde seines Herzens noch immer als Achtjährige sieht.«

»Aber legal gehört es dir, stimmt's?«, sagte Eddie. Roland konnte sehen, dass er weiter mit gewisser Vorsicht taktierte. Hatte sichtlich ihre spöttische Frage – Woher willst *du* denn das wissen? – noch nicht ganz verwunden. Und den Blick, der sie begleitet hatte. »Das heißt, er kann es dir doch nicht vorenthalten, oder?«

»Nein, Schatz«, sagte sie. »Dad und Pop Mose haben einen Treuhandfonds für mich eingerichtet, aber der wurde 1959 aufgelöst, als ich fünfundzwanzig geworden bin.« Sie richtete ihren Blick aus schwarzen, erstaunlich schönen, ausdrucksvollen Augen auf ihn. »So, jetzt brauchst du mich nicht mehr wegen meines Alters zu piesacken, stimmt's? Wenn du weißt, wie man subtrahiert, kannst du's dir selbst ausrechnen.«

»Spielt keine Rolle«, sagte Eddie. »Zeit ist ein Gesicht auf dem Wasser.«

Roland fühlte, wie ihm eine Gänsehaut die Arme hinauflief. Irgendwo – vielleicht auf einem gleißend hellen, blutroten Rosenfeld noch fern von hier – war eben eine Krähe über sein Grab gestakst.

6

»Muss Cash sein«, sagte Jake in nüchternem, geschäftsmäßigem Ton.

»Hä?« Eddie hatte Mühe, sich von Susannah loszureißen.

»Cash«, wiederholte Jake. »Niemand würde einen Scheck, nicht mal einen bestätigten Bankscheck annehmen, der dreizehn Jahre alt ist. Vor allem nicht über Millionen von Dollar.«

»Woher weißt du solches Zeug eigentlich, Herzchen?«, fragte Susannah.

Jake zuckte die Achseln. Ob's ihm gefiel oder nicht (meistens nicht), er war Elmer Chambers' Sohn. Elmer Chambers war kein netter Kerl gewesen – Roland hätte *ihn* nie als Bestandteil des Weißen bezeichnet –, sondern hatte etwas besessen, was die Führungskräfte der großen Fernsehsender als »Killereigenschaften« bezeichneten. *Ein Großer Sargjäger im TV-Land,* dachte Jake.

Das war vielleicht etwas unfair, aber zu sagen, Elmer Chambers kenne eben alle Tricks, war definitiv nicht unfair. Und jawoll, er war Jake, Elmers Sohn. Er hatte das Angesicht seines Vaters nicht vergessen, auch wenn er sich manchmal wünschte, dem sei nicht so.

»Cash, unbedingt Cash«, sagte Eddie und brach damit das allgemeine Schweigen. »Ein Deal dieser Art lässt sich sowieso nur bar abwickeln. Kriegen wir nur einen Scheck, lösen wir ihn eben 1964 und nicht 1977 ein. Stecken das Geld in eine Sporttasche ... hat's 1964 schon Sporttaschen gegeben, Suze? Schon gut. Unwichtig. Wir stopfen es in eine Tasche und nehmen es ins Jahr 1977 mit. Muss nicht genau der Tag sein, an dem Jake *Charlie Tschuff-Tschuff* und *Ringelrätselreihen* kauft, aber doch möglichst nahe.«

»Und er darf nicht nach dem 15. Juli 1977 liegen«, warf Jake ein.

»Gott, nein«, stimmte Eddie zu. »Sonst müssten wir wahrscheinlich feststellen, dass Balazar es geschafft hat, Tower zum Verkauf zu überreden, und stünden dann da: mit einer Tasche voller Geld in der Hand, die Daumen im Hintern und ein breites Grinsen auf dem Gesicht, während wir dem Dicken einen guten Morgen wünschen.«

Danach herrschte wieder einen Augenblick Schweigen – vielleicht stellten sie sich dieses schaurige Bild vor –, und dann sagte Roland: »Aus deinem Mund klingt das alles sehr einfach, aber warum auch nicht? Euch dreien erscheint die Vorstellung von Türen zwischen dieser Welt und eurer Welt mit Tack-Siehs und Astin und Fottergrafien fast so gewöhnlich wie mir, auf einem Maultier zu reiten. Oder einen Sechsschüsser umzuschnallen. Und ihr habt gute Gründe, so zu empfinden. Jeder von euch ist durch diese Türen gegangen. Eddie hat sie sogar in beiden Richtungen durchschritten – in diese Welt und dann wieder in seine eigene.«

»Ich muss euch sagen, meine Rückkehr nach New York hat

nicht viel Spaß gemacht«, sagte Eddie. »Zu viel Ballerei.« *Vom abgetrennten Kopf meines Bruders, der über den Fußboden von Balazars Büro rollt, ganz zu schweigen.*

»Die durch die Tür in Dutch Hill auch nicht«, fügte Jake hinzu.

Roland nickte, räumte diese Punkte ein, ohne seine eigene Position aufzugeben. »Ich habe mein Leben lang akzeptiert, was du während unserer ersten Bekanntschaft gesagt hast, Jake – was du gesagt hast, als du gestorben bist.«

Jake senkte den Kopf, blass und ohne antworten zu können. Er erinnerte sich nicht gern daran (und zum Glück war seine Erinnerung barmherzig verschwommen) und wusste, dass Roland das ebenfalls nicht gern tat. *Gut!*, dachte er. Du *solltest dich nicht daran erinnern wollen! Du hast mich fallen lassen! Du hast mich sterben lassen!*

»Du hast gesagt, es gebe andere Welten als diese«, sagte Roland, »und das stimmt. New York mit all seinen multiplen Zeiten ist nur eine von vielen. Dass es uns immer wieder anzieht, hängt mit der Rose zusammen. Daran zweifle ich so wenig, wie ich daran zweifle, dass die Rose auf irgendeine mir unbegreifliche Weise der Dunkle Turm ist. Vielleicht ist sie auch …«

»Vielleicht ist sie auch eine weitere Tür«, murmelte Susannah. »Eine, die in den Dunklen Turm führt.«

Roland nickte. »Der Gedanke ist mir nicht einfach bloß so durch den Kopf gegangen. Jedenfalls wissen die Manni von diesen anderen Welten und haben ihnen auf irgendeine Weise ihr Leben geweiht. Für sie gehört das Flitzen zu den heiligsten Ritualen und den erhabensten Bewusstseinszuständen. Mein Vater und seine Freunde wussten schon lange von den Glaskugeln; das habe ich euch ja bereits alles erzählt. Dass der Zauberer-Regenbogen, das Flitzen und diese magischen Türen unter Umständen weitgehend identisch sind, ist etwas, was wir gemeinsam vermuten.«

»Worauf willst du hinaus, Schatz?«, fragte Susannah.

»Ich will euch nur daran erinnern, dass ich lange gewandert bin«, sagte Roland. »Wegen Veränderungen der Zeit – eines *Aufweichens* der Zeit, das ihr alle gespürt habt, wie ich weiß –, bin ich seit über tausend Jahren auf der Suche nach dem Dunklen Turm und habe manchmal ganze Generationen übersprungen, ähnlich wie ein Seevogel von einem Wogenkamm zum nächsten schweben und den Gischt nur an den Füßen spüren kann. In dieser ganzen Zeit bin ich nie auf eine dieser Türen zwischen den Welten gestoßen, bis ich zu jenen am Strand des Westlichen Meeres gekommen bin. Ich hatte keine Ahnung, was sie waren, obwohl ich euch etwas vom Flitzen und den Regenbogen-Bogen hätte erzählen können.«

Roland betrachtete sie ernst.

»Ihr sprecht, als wäre meine Welt so voller magischer Türen, wie eure voller …« Er dachte darüber nach. »… voller Flugkutschen ist. Das ist aber nicht der Fall.«

»Das Land, in dem wir jetzt sind, ist anders als alle, in denen du schon warst, Roland«, sagte Susannah. Sie berührte sein tief gebräuntes Handgelenk zärtlich mit den Fingern. »Wir sind nicht mehr in deiner Welt. Das hast du damals in jener Version von Topeka, in der Blaine endlich schlappgemacht hat, selbst gesagt.«

»Einverstanden«, sagte Roland. »Ich will nur, dass euch bewusst wird, dass solche Türen wahrscheinlich viel seltener sind, als ihr vermutet. Und jetzt sprecht ihr nicht nur von einer, sondern gleich von zwei Türen. Von Türen, mit denen man in die Zeit zielen kann, wie man mit einer Waffe zielt.«

Ich ziele nicht mit der Hand, dachte Eddie und fühlte, wie ihn dabei ein kleiner Schauder durchlief. »Wenn du's so ausdrückst, Roland, klingt die Sache nicht sehr aussichtsreich.«

»Also, was tun wir als Nächstes?«, fragte Jake.

»Dabei kann ich euch vielleicht helfen«, sagte eine Stimme.

Sofort drehten sich alle nach ihr um, aber nur Roland zeigte sich nicht überrascht. Er hatte den Fremden etwa zur Mitte ihres Palavers bereits kommen gehört. Roland drehte sich jedoch interessiert um, und ein Blick auf den Mann, der sechs bis sieben Schritte von ihnen entfernt am Straßenrand stand, reichte aus, um ihm zu zeigen, dass der Neuankömmling aus der Welt ihrer neuen Freunde oder aus einer unmittelbar benachbarten stammte.

»Wer seid Ihr?«, fragte Eddie.

»Wo sind Eure Freunde?«, fragte Susannah.

»Wo seid Ihr her?«, fragte Jake. Seine Augen leuchteten vor Eifer.

Der Fremde trug einen langen schwarzen Mantel, der über einem dunklen Hemd mit Reverskragen offen stand. Sein langes weißes Haar stand seitlich und über der Stirn vom Kopf ab, als sträubte es sich vor Angst. Auf der Stirn trug er eine kreuzförmige Narbe. »Meine Freunde sind noch etwas weiter dort hinten«, sagte er und wies mit dem Daumen absichtlich unbestimmt auf den Wald hinter ihm. »Ich nenne jetzt Calla Bryn Sturgis meine Heimat. Davor war es Detroit, Michigan, wo ich in einem Obdachlosenasyl gearbeitet, Suppe gekocht und Treffen der Anonymen Alkoholiker geleitet habe. Arbeit, auf die ich mich recht gut verstanden habe. Davor war ich – für kurze Zeit – in Topeka, Kansas.«

Er merkte offenbar, dass die drei Jüngeren ihn daraufhin mit einer Art interessiertem Amüsement anstarrten.

»Und davor in New York. Und wiederum *davor* in einer Kleinstadt namens Jerusalem's Lot im Bundesstaat Maine.«

7

»Ihr kommt von unserer Seite«, sagte Eddie. Er sprach mit einem Seufzen in der Stimme. »Großer Gott, Ihr kommt wirklich von unserer Seite!«

»Ja, ich glaube schon«, sagte der Mann mit dem umgekehrten Kragen. »Mein Name ist Donald Callahan.«

»Ihr seid Geistlicher«, sagte Susannah. Sie sah von dem Kreuz, das ihm um den Hals hing – klein und diskret, aber aus glänzendem Gold – zu dem größeren, gröberen Kreuz auf, das seine Stirn verunstaltete.

Callahan schüttelte den Kopf. »Nicht mehr. Früher einmal. Vielleicht eines Tages mit Gottes Segen wieder, aber momentan nicht. Im Augenblick bin ich nur ein Mann Gottes. Darf ich fragen … aus welchem Jahr kommt ihr?«

»1964«, sagte Susannah.

»1977«, sagte Jake.

»1987«, sagte Eddie.

Das ließ Callahans Augen aufleuchten. »1987. Und ich bin nach damaliger Zeitrechnung 1983 hergekommen. Erzählt mir also etwas, junger Mann, etwas sehr Wichtiges. Hatten die Red Sox endlich einmal die World Series gewonnen, als Ihr Amerika verlassen habt?«

Eddie warf den Kopf zurück und lachte. Sein Lachen klang überrascht und fröhlich zugleich. »Nein, Mann, sorry. Im letzten Jahr sind sie bis auf ein Out rangekommen – das war im Shea Stadium gegen die Mets –, und dann hat dieser Kerl namens Bill Buckner an der ersten Base einen leichten Bodenroller zwischen den Beinen durchgehen lassen. Das wird ihm ewig nachhängen. Wollt Ihr nicht herkommen und Euch zu uns setzen? Wir haben zwar keinen Kaffee, aber Roland – der etwas ramponiert aussehende Bursche da rechts neben mir – kocht einen ziemlich guten Kräutertee.«

Callahan wandte seine Aufmerksamkeit Roland zu und tat dann etwas Verblüffendes: Er ließ sich auf ein Knie nieder, senkte leicht den Kopf und legte eine Faust an die narbige Stirn. »Heil, Revolvermann, mögt Ihr auf dem Pfad glückliche Begegnungen haben.«

»Heil«, sagte Roland. »Tretet näher, guter Fremder, und erzählt uns, wessen Ihr bedürft.«

Callahan sah überrascht zu ihm auf.

Roland erwiderte seinen Blick gelassen und nickte dabei. »Glückliche Begegnungen oder unglückliche, vielleicht findet Ihr, was Ihr sucht.«

»Und Ihr ebenso«, sagte Callahan.

»Tretet also näher«, forderte Roland ihn auf. »Tretet näher und nehmt an unserem Palaver teil.«

8

»Darf ich Euch etwas fragen, bevor wir richtig anfangen?«

Das war Eddie. Neben ihm hatte Roland das Feuer neu entfacht und wühlte in ihren gemeinsamen Gunna nach dem kleinen Tongefäß – ein Artefakt des Alten Volkes –, das ihm als Teekanne diente.

»Natürlich, junger Mann.«

»Ihr heißt also Donald Callahan.«

»Ja.«

»Wie lautet Euer *zweiter* Vorname?«

Callahan legte den Kopf leicht schief, zog eine Augenbraue hoch und lächelte dann. »Frank. Nach meinem Großvater. Ist das bedeutsam?«

Eddie, Susannah und Jake wechselten einen Blick. Der damit verknüpfte Gedanke floss mühelos von einem zum anderen. Donald Frank Callahan. Wieder neunzehn.

»Es *ist* also bedeutsam«, sagte Callahan.

»Vielleicht«, sagte Roland. »Vielleicht auch nicht.« Er goss Wasser für den Tee ein und handhabte dabei mühelos den Wasserschlauch.

»Ihr scheint einen Unfall erlitten zu haben«, sagte Callahan mit einem Blick auf Rolands rechte Hand.

»Ich komme zurecht«, sagte Roland.

»Kommt mit etwas Hilfe von seinen Freunden zurecht, könnte man sagen«, fügte Jake hinzu, ohne zu lächeln.

Callahan nickte, obwohl er nichts verstand, wusste aber, dass das auch nicht nötig war: Sie waren ein *Ka-Tet*. Er kannte diesen speziellen Ausdruck vielleicht nicht, aber der Ausdruck war nicht wichtig. Die Wahrheit lag in der Art, wie sie einander ansahen und miteinander umgingen.

»Ihr kennt jetzt meinen Namen«, sagte Callahan. »Darf ich das Vergnügen haben, eure zu erfahren?«

Sie stellten sich vor: Eddie und Susannah Dean aus New York; Jake Chambers aus New York; Oy aus Mittwelt; Roland Deschain aus dem einstigen Gilead. Callahan nickte jedem einzeln zu und hob dabei immer die geschlossene Faust an die Stirn.

»Und zu euch kommt Callahan aus Lot«, sagte er, als die Vorstellungen vorbei waren. »Der war ich zumindest. Heute bin ich nur der Alte Kerl. So nennen sie mich in der Calla.«

»Wollen Eure Freunde sich nicht zu uns gesellen?«, fragte Roland. »Wir haben nur wenig zu essen, aber Tee gibt's immer.«

»Vielleicht noch nicht gleich.«

»Aha«, sagte Roland und nickte, als verstünde er.

»Überdies haben wir gut gegessen«, sagte Callahan. »Die Calla hat ein gutes Jahr erlebt – zumindest bis jetzt –, und wir würden unsererseits gern teilen, was wir besitzen.« Er machte eine Pause, schien das Gefühl zu haben, zu weit gegangen zu sein, und fügte hinzu: »Vielleicht. Wenn alles gut geht.«

»Wenn«, sagte Roland. »Ein alter Lehrer von mir hat dieses Wort das einzige mit tausend Buchstaben genannt.«

Callahan lachte. »Nicht schlecht! Jedenfalls haben wir wahrscheinlich mehr zu essen als ihr. Wir haben auch frische Muffinkugeln – Zalia hat sie gefunden –, aber von denen wisst ihr vermutlich. Sie hat gesagt, der an sich reichliche Bestand habe abgegrast ausgesehen.«

»Jake hat sie gefunden«, sagte Roland.

»In Wirklichkeit war's Oy«, sagte Jake und streichelte den Kopf des Bumblers. »Ich glaube, er ist eine Art Muffinhund.«

»Wann seid ihr auf uns aufmerksam geworden?«, fragte Callahan.

»Vor zwei Tagen.«

Callahan schaffte es, zugleich amüsiert und verärgert zu wirken. »Mit anderen Worten, seit wir auf eurer Fährte sind. Dabei haben wir versucht, so listig wie möglich vorzugehen.«

»Hättet ihr nicht das Gefühl, jemanden zu brauchen, der listiger ist als ihr, wärt ihr nicht hier«, sagte Roland.

Callahan seufzte. »Ihr sprecht wahr, ich sage Euch meinen Dank.«

»Kommt Ihr also, um Hilfe und Beistand zu erbitten?«, fragte Roland. Aus seinem Tonfall sprach nur gelinde Neugier, aber Eddie empfand einen tiefen, tiefen Schauder. Die Worte klangen volltönend und bedeutungsschwer. Er war auch nicht der Einzige, der das empfand. Susannah ergriff seine Rechte. Im nächsten Augenblick stahl Jakes Hand sich in Eddies Linke.

»Das zu sagen steht mir nicht zu.« Callahans Stimme klang auf einmal unsicher und zögerlich. Vielleicht sogar ängstlich.

»Wisst Ihr, dass Ihr zum Geschlecht Elds gekommen seid?«, fragte Roland mit derselben eigenartig sanften Stimme. Er streckte eine Hand nach Eddie, Susannah und Jake aus. Sogar nach Oy. »Denn diese sind mein, ganz gewiss. Und ich gehöre ihnen. Wir sind rund und rollen gemeinsam. Und Ihr wisst, was wir sind.«

»*Seid* ihr das?«, fragte Callahan. »Seid ihr's *alle?*«

»Roland«, fragte Susannah, »wo stürzt du uns da hinein?«

»Nichts sei null, nichts sei frei«, sagte er. »Ich bin euch nichts schuldig, und ihr nicht mir. Zumindest gegenwärtig nicht. Sie haben noch nicht beschlossen, uns zu fragen.«

Das tun sie noch, dachte Eddie. Ließ man Träume von der Rose und dem Delikatessengeschäft und kleine Flitzerausflüge beiseite, hielt er sich nicht gerade für übernatürlich begabt, aber man brauchte kein Hellseher zu sein, um zu wissen, dass sie – die Leute, als deren Vertreter Callahan zu ihnen gekommen war – darum bitten *würden*. Irgendwo waren Kastanien in ein heißes Feuer gefallen, und Roland sollte sie nun herausholen.

Aber nicht *nur* Roland.

Du täuschst dich in uns, Paps, dachte Eddie. *Völlig verständlich, aber trotzdem ein Irrtum. Wir sind nicht die Kavallerie. Wir sind keine Posse. Wir sind keine* Revolvermänner. *Wir sind bloß drei verlorene Seelen aus dem Big Apple, die …*

Aber nein. Nein. Seit River Crossing, wo die alten Menschen auf der Straße vor Roland niedergekniet waren, hatte Eddie gewusst, wer sie waren. Teufel, er hatte es seit dem Wald (den er für sich noch immer Shardiks Wald nannte) gewusst, wo Roland sie gelehrt hatte, mit dem Auge zu zielen, mit dem Verstand zu schießen, mit dem Herzen zu töten. Nicht drei, nicht vier. Einer. Dass Roland sie so hatte ausbilden, so hatte *perfektionieren* können, war grausig. Er war voller Gift und hatte sie mit vergifteten Lippen geküsst. Er hatte sie zu Revolvermännern gemacht, und hatte Eddie wirklich im Ernst geglaubt, in dieser überwiegend leeren und enthülsten Welt gebe es keine Arbeit mehr für Arthur Elds Nachkommen? Dass das Schicksal ihnen gestatten würde, einfach den Pfad des Balkens entlangzutrotten, bis sie Rolands Dunklen Turm erreichten, um dort zu reparieren, was nicht mehr in Ordnung war? Nun, wer das glaubte, lag gewaltig schief.

Dann war es Jake, der aussprach, was Eddie durch den Kopf ging, und Eddie gefiel die Aufregung im Blick des Jungen nicht. Er vermutete, dass schon viele Kids mit dem gleichen aufgeregten Will-ein-paar-Leute-in-den-Hintern-treten-Blick in nicht wenige Kriege gezogen waren. Der arme Junge wusste nicht, dass er vergiftet worden war, und das ließ ihn ziemlich dumm erscheinen, weil er's besser hätte wissen müssen.

»Aber sie werden's tun«, sagte er. »Nicht wahr, Mr. Callahan? Sie werden uns fragen.«

»Das weiß ich nicht«, sagte Callahan. »Ihr werdet sie überzeugen müssen …«

Er sprach nicht weiter, sah zu Roland hinüber. Roland schüttelte den Kopf.

»So funktioniert die Sache nicht«, sagte der Revolvermann. »Das wisst Ihr vielleicht nicht, weil Ihr nicht aus Mittwelt seid, aber so funktioniert sie nicht. Wir leisten keine Überzeugungsarbeit. Wir sind Reisende in Blei.«

Callahan seufzte schwer, dann nickte er. »Ich habe ein Buch. *Artussagen,* so heißt es.«

Rolands Augen leuchteten. »Die *habt* Ihr? Die habt Ihr in der Tat? Ein solches Buch würde ich gern einmal sehen. Ich würde es sehr gern sehen.«

»Vielleicht später«, sagte Callahan. »Die Geschichten darin haben nicht viel mit König Arthurs Tafelrunde zu tun, von der ich als Junge gelesen habe, aber …« Er schüttelte den Kopf. »Ich verstehe, was Ihr zu mir sagt, belassen wir's dabei. Es gibt drei Fragen, stimmt's? Und Ihr habt mir gerade die erste gestellt.«

»Drei, ja«, sagte Roland. »Drei ist eine mächtige Zahl.«

Eddie dachte: *Willst du eine wirklich mächtige Zahl ausprobieren, Roland, alter Kumpel, versuch's mal mit der Neunzehn.*

»Und alle drei müssen mit Ja beantwortet werden.«

Roland nickte. »Und in diesem Fall dürft Ihr keine weiteren stellen. Man mag uns ausersehen, Sai Callahan, aber niemand darf uns dann fürderhin zurückweisen. Sorgt dafür, dass Eure Leute …« Er nickte zu dem Wald im Süden hinüber. »… sich darüber im Klaren sind.«

»Revolvermann …«

»Nennt mich Roland. Wir leben in Frieden, Ihr und ich.«

»Also gut, Roland. Hört mich wohl an, wollt Ihr, ich bitte Euch. (Denn so sagen wir in der Calla.) Wir, die euch aufgesucht haben, zählen nur ein halbes Dutzend. Wir sechs können nichts entscheiden. Das kann nur die Calla.«

»Demokratie«, sagte Roland. Er schob seinen Hut nach hinten, rieb sich die Stirn und seufzte.

»Aber wenn wir sechs uns einig sind – vor allem Sai Overholser …« Er verstummte und starrte Jake ziemlich misstrauisch an. »Was? Habe ich etwas Falsches gesagt?«

Jake schüttelte den Kopf und bedeutete Callahan, er solle fortfahren.

»Sind wir sechs uns einig, ist die Sache so ziemlich im Kasten.«

Eddie schloss wie vor Begeisterung die Augen. »Sagt das noch mal, Kumpel.«

Callahan musterte ihn verwirrt und misstrauisch. »Was?«

»Dass die Sache im Kasten ist. Oder irgendwas anderes aus Eurem Wo und Wann.« Er machte eine Pause. »Von *unserer* Seite des großen Ka.«

Callahan dachte darüber nach, dann fing er an zu grinsen. »Ich wusste nicht, ob ich scheißen oder blind werden sollte«, sagte er. »Ich hab 'nen Zug durch die Gemeinde gemacht, die Bank gesprengt, den Löffel abgegeben, bin explodiert, über dünnes Eis gegangen, auf dem rosa Pferd die Albtraumgasse runtergeritten. Solches Zeug?«

Roland wirkte verwirrt (vielleicht sogar etwas gelangweilt), aber Eddie Deans Gesicht leuchtete geradezu selig. Susannah und Jake schienen irgendwo zwischen Amüsement und einer gewissen überraschten, von Erinnerungen geprägten Traurigkeit gefangen zu sein.

»Nur weiter, Kumpel«, sagte Eddie heiser und machte mit beiden Händen eine Bewegung, die *Komm schon, Mann!* besagte. Seine Worte klangen, als spräche er mit Tränen in der Stimme. »Einfach so weiter.«

»Vielleicht ein andermal«, sagte Callahan sanft. »Vielleicht können wir uns bei anderer Gelegenheit zu unserem eigenen Palaver über die Vergangenheit und ihre Redensarten zusammensetzen. Über Baseball, wenn's Euch recht ist. Aber jetzt drängt die Zeit.«

»Vielleicht auf mehrerlei Weise, als Ihr ahnt«, sagte Roland. »Was begehrt Ihr von uns, Sai Callahan? Und Ihr müsst jetzt offen sprechen, habe ich Euch doch auf alle erdenkliche Weise erklärt, dass wir keine einfachen Wanderer sind, die von Euren Freunden ausgefragt und dann angeheuert werden können oder auch nicht, so wie sie's vielleicht bei ihren Landarbeitern oder Satteltramps tun.«

»Vorerst bitte ich euch nur zu bleiben, wo ihr seid, damit ich sie zu euch bringen kann«, sagte Callahan. »Es handelt sich um Tian Jaffords, der ursprünglich dafür verantwortlich ist, dass wir hier unterwegs sind, und seine Frau Zalia. Dazu Overholser, der am dringendsten davon überzeugt werden muss, dass wir euch brauchen.«

»Wir überzeugen weder ihn noch sonst jemanden«, sagte Roland.

»Ich verstehe«, sagte Callahan hastig. »Ja, das habt Ihr unmissverständlich klar gemacht. Und dazu kommen Ben Slightman und sein Sohn Benny. Ben der Jüngere ist ein merkwürdiger Fall. Seine Zwillingsschwester ist vor vier Jahren gestorben, als Benny und sie zehn waren. Nun weiß niemand, ob Ben der Jüngere ein Zwilling oder ein Einzelkind ist.« Er verstummte abrupt. »Aber ich schweife ab. Tut mir Leid.«

Roland bedeutete ihm mit offener Handfläche, das sei in Ordnung.

»Ihr macht mich nervös, hört mich an, ich bitte Euch.«

»Ihr braucht uns nicht ständig zu bitten, Schätzchen«, sagte Susannah.

Callahan lächelte. »Das ist nur unsere Art, zu reden. Begegnet man in der Calla jemandem, sagt man beispielsweise: ›Wie geht's Euch von Kopf bis Fuß, ich bitte Euch?‹ Und die Antwort lautet: ›Mir geht's gut, kein Rost, sagt den Göttern danke-sai.‹ Habt ihr das noch nie gehört?«

Sie schüttelten den Kopf. Obwohl sie alle Wörter kannten, unterstrich diese Art zu reden nur die Tatsache, dass sie sich in einer anderen Umgebung befanden – an einem Ort mit fremdartiger Ausdrucksweise und vielleicht noch fremdartigeren Sitten.

»Es geht darum«, sagte Callahan, »dass das Grenzland vor Lebewesen zittert, die Wölfe genannt werden und in jeder Generation einmal aus Donnerschlag kommen und die Kinder rauben. Dazu gäbe es mehr zu sagen, aber das ist eben die Crux. Tian Jaffords, der diesmal nicht nur ein Kind, sondern gleich zwei verlieren könnte, will, dass damit Schluss ist, dass wir uns erheben und kämpfen. Andere wiederum – Männer wie Overholser – behaupten, dann drohe eine Katastrophe. Ich glaube, dass Overholsers Partei letztlich den Sieg davongetragen hätte, aber euer Kommen hat die Lage verändert.« Er beugte sich mit ernster Miene vor. »Overholser ist kein übler Kerl, er hat nur Angst. Als größter Farmer der Calla hat er mehr zu verlieren als einige der anderen. Aber wenn er davon überzeugt werden könnte, dass es möglich ist, die Wölfe zurückzuschlagen … dass wir tatsächlich gegen sie siegen könnten … Ich glaube, dass dann auch er sich erheben und kämpfen würde.«

»Ich habe Euch gesagt …«, begann Roland.

»Ihr wollt niemanden überzeugen«, unterbrach Callahan ihn. »Ja, das verstehe ich. Wirklich. Aber wenn die anderen Euch sehen, Euch reden hören und sich dadurch selbst überzeugen …?«

Roland zuckte die Achseln. »Es wird Wasser geben, so Gott es will, wie wir sagen.«

Callahan nickte. »Das sagen sie in der Calla auch. Dürfte ich jetzt ein anderes, verwandtes Thema ansprechen?«

Roland hob leicht die Hände – als wollte er Callahan bedeuten, das müsse er selbst entscheiden, dachte Eddie.

Der Mann mit der Narbe auf der Stirn schwieg einen Augenblick. Als er dann weitersprach, kam seine Stimme leiser. Eddie musste sich vorbeugen, um ihn zu verstehen. »Ich habe etwas. Etwas, das ihr wollt. Das ihr vielleicht braucht. Es hat bereits nach euch gegriffen, glaube ich.«

»Wie kommt Ihr darauf?«, fragte Roland.

Callahan befeuchtete die Lippen, dann sagte er ein einziges Wort: »Flitzen.«

9

»Was ist damit?«, fragte Roland. »Was ist mit dem Flitzen?«

»Seid ihr noch nicht gegangen?« Callahan wirkte einen Augenblick lang unsicher. »Ist noch *keiner* von euch gegangen?«

»Nehmen wir mal an, wir hätten's getan«, sagte Roland. »Was hieße das für Euch und Eure Schwierigkeiten an jenem Ort, den Ihr die Calla nennt?«

Callahan seufzte. Obwohl es noch früh am Tag war, sah er müde aus. »Das Ganze ist schwieriger, als ich erwartet habe«, sagte er, »sogar viel schwieriger. Ihr seid weit – was wäre der richtige Ausdruck? Gewieft, nehme ich an. Weit gewiefter, als ich dachte.«

»Ihr habt erwartet, hier Satteltramps mit flinken Händen und leeren Köpfen anzutreffen, darauf läuft's wohl hinaus, was?«, sagte Susannah. Sie klang wütend. »Nun, diesmal seid Ihr der Dumme, Schätzchen. Wir sind vielleicht Tramps, aber wir haben keine Sättel. Ohne Pferde braucht man keine Sättel.«

»Wir haben Pferde für euch mitgebracht«, sagte Callahan, und das genügte. Roland verstand nicht alles, aber er glaubte genug zu wissen, um die Situation weitgehend zu klären. Callahan hatte gewusst, dass sie kamen, hatte selbst ihre Anzahl gekannt und gewusst, dass sie nicht ritten, sondern zu Fuß unterwegs waren. Manche dieser Dinge hätten Späher berichten können, aber nicht alle. Und das Flitzen … Das Wissen, dass einige oder alle von ihnen geflitzt waren …

»Was leere Köpfe betrifft, so sind wir vielleicht nicht die vier Hellsten auf diesem Planeten, aber …« Sie verstummte jäh, zuckte geradezu schmerzlich zusammen. Fasste sich mit beiden Händen an den Bauch.

»Suze?«, sagte Eddie, der augenblicklich besorgt wirkte. »Suze, was hast du? Fehlt dir was?«

»Sind nur Blähungen«, sagte sie und bedachte ihn mit einem Lächeln. Roland kam dieses Lächeln aufgesetzt vor. Und er glaubte, in ihren Augenwinkeln winzige Stressfältchen wahrzunehmen. »Ich habe gestern Abend wohl zu viele Muffinkugeln gegessen.« Und bevor Eddie sie weiter ausfragen konnte, wandte Susannah sich wieder Callahan zu. »Habt Ihr noch etwas zu sagen, dann sagt es jetzt, Schätzchen.«

»Also gut«, sagte Callahan. »Ich bin im Besitz eines Gegenstands, der gewaltige Kräfte besitzt. Obwohl ihr noch viele Räder von meiner Kirche in der Calla entfernt seid, in der dieser Gegenstand gut verwahrt ist, glaube ich, dass er euch schon berührt hat. Das Flitzerstadium hervorzurufen ist nur eines der Dinge, zu denen er imstande ist.« Er holte tief Luft und atmete langsam aus. »Erweist ihr uns den Dienst, um den ich euch bitte – denn die Calla ist jetzt meine Stadt, solltet ihr wissen, in der ich hoffentlich meine Tage beenden und mein Grab finden werde –, gebe ich euch diese … dieses Ding.«

»Ich fordere Euch ein letztes Mal auf, nicht so zu sprechen«, sagte Roland. Der Ton, mit dem er das vorbrachte, war derart streng, dass Jake sich erschrocken nach ihm umsah. »Das entehrt mich und mein An-Tet. Wir sind verpflichtet, Eurer Bitte nachzukommen, wenn Eure Calla nach unserer Einschätzung dem Weißen angehört und die Wesen, die Ihr Wölfe nennt, Vertreter der Äußeren Dunkelheit sind – Balkenbrecher, falls Ihr die kennt. Wir dürfen *keinen* Lohn für unsere Dienste annehmen, und Ihr dürft uns keinen anbieten. Sollte einer Eurer Gefährten dergleichen sagen – der eine, den Ihr Tian nennt, oder dieser Overholster …«

(Eddie überlegte, ob er den Revolvermann korrigieren sollte, hielt dann aber doch lieber den Mund – wenn Roland wütend war, war es im Allgemeinen ratsam zu schweigen.)

»… wäre das etwas anderes. Sie kennen vermutlich nichts als Legenden. Aber Ihr, Sai, habt zumindest ein Buch, das Euch eines Besseren belehrt haben sollte. Ich habe Euch gesagt, dass wir in Blei reisen, und das tun wir auch. Aber das macht uns nicht zu bezahlten Killern.«

»Schon gut, schon gut …«

»Was dieses Ding betrifft, das Ihr habt«, sagte Roland mit erhobener Stimme, um Callahan zu übertönen, »so wärt Ihr es gern los, nicht wahr? Es ängstigt Euch, ja? Selbst wenn wir beschlössen, an Eurer Stadt vorbei weiterzuziehen, würdet Ihr uns anflehen, es mitzunehmen, habe ich Recht? *Habe ich Recht?*«

»Ja«, sagte Callahan niedergeschlagen. »Ihr sprecht wahr, und ich sage euch meinen Dank. Aber … also, ich habe einiges von eurem Palaver mitbekommen … Genug, um zu wissen, dass ihr zurückgehen wollt – hinüberwechseln, wie die Manni sagen –, und nicht nur an einen Ort, sondern an zwei … Vielleicht sogar mehr … Zu verschiedenen Zeiten … Ich habe gehört, wie ihr davon gesprochen habt, in die Zeit zu zielen, wie man mit einer Waffe zielt …«

Auf Jakes Gesicht mischte sich Verständnis mit entsetztem Staunen. »Welche ist es?«, fragte er. »Die rosa Kugel aus Mejis kann's nicht sein, da war nämlich Roland darin, und die hat ihn nie flitzen geschickt. Welche also?«

Callahan lief eine Träne über die rechte Wange, dann noch eine. Er wischte sie geistesabwesend weg. »Ich habe nie gewagt, sie anzufassen, aber ich habe es gesehen. Ihre Kraft gespürt. Christus der Jesusmensch sei mir gnädig, ich habe die Schwarze

Dreizehn unter den Bodenbrettern meiner Kirche. Und sie ist zum Leben erwacht. Versteht ihr das?« Er sah sie mit Tränen in den Augen an. *»Sie ist zum Leben erwacht.«*

Callahan schlug die Hände vors Gesicht, um es vor ihnen zu verbergen.

10

Als der heilige Mann mit der Narbe auf der Stirn sie verließ, um seine Weggefährten zu holen, sah der Revolvermann ihm in unbeweglich starrer Haltung hinterher. Roland hatte die Daumen in den Bund seiner alten, geflickten Jeans gehakt und sah aus, als könnte er in dieser Haltung bis weit ins nächste Zeitalter verharren. Sobald Callahan außer Sicht war, drehte er sich jedoch zu seinen eigenen Gefährten um und vollführte mit einer Hand eine dringende, fast bärenhafte Bewegung, die ihnen signalisierte: *Kommt näher zu mir.* Nachdem sie sich um ihn versammelt hatten, ging Roland in die Hocke. Eddie und Jake folgten seinem Beispiel (und für Susannah waren Hockstellungen ja fast ein Lebensstil). Der Revolvermann sprach und war dabei äußerst kurz angebunden.

»Die Zeit drängt, deshalb sagt mir, jeder für sich und ohne Zaudern: Ehrlich oder nicht?«

»Ehrlich«, sagte Susannah sofort, dann zuckte sie ein weiteres Mal leicht zusammen und rieb sich unter der linken Brust.

»Ehrlich«, sagte Jake.

»Ählich«, sagte Oy, obwohl ihn niemand gefragt hatte.

»Ehrlich«, stimmte Eddie zu, »aber seht mal her.« Er nahm einen unverbrannten Ast vom Rand des Lagerfeuers, wischte eine dünne Lage Tannennadeln beiseite und schrieb auf die schwarze Erde darunter:

»Live oder Aufzeichnung?«, fragte Eddie. Weil er Susannahs Verwirrung bemerkte, fügte er hinzu: »Ist das ein Zufall, oder bedeutet es etwas?«

»Wer weiß?«, sagte Jake. Sie sprachen alle nur gedämpft und ließen die Köpfe über den in den Boden geritzten Wörtern zusammengesteckt. »Das ist wie mit der Neunzehn.«

»Ich glaube, das ist nur Zufall«, sagte Susannah. »Bestimmt ist nicht alles *Ka,* was uns auf unserem Pfad begegnet, oder? Ich mein, sie *klingen* nicht einmal gleich.« Und sie sprach die Wörter aus: *Calla* mit der Zunge oben, um ein breites A zu bilden; *Callahan* mit der Zunge unten, damit ein viel hellerer a-Laut entstand. »*Calla* ist in unserer Welt ein spanisches Wort … wie auch viele dieser Wörter, an die du dich aus Mejis erinnerst, Roland. Es bedeutet Straße oder Platz … Garantieren kann ich aber nicht dafür, mein Schulspanisch liegt inzwischen nämlich lange hinter mir. Aber wenn ich Recht habe, ist's durchaus logisch, das Wort vor den Namen einer Stadt zu setzen – oder eine ganze Reihe davon, wie's hierzulande der Fall zu sein scheint. Nicht völlig logisch, aber einigermaßen. Callahan dagegen …« Sie zuckte die Achseln. »Wo kommt sein Name her? Irland? England?«

»Jedenfalls nicht aus Spanien«, sagte Jake. »Und diese Sache mit der Neunzehn …«

»Scheiß auf die Neunzehn«, sagte Roland grob. »Wir haben jetzt keine Zeit für Zahlenspiele. Er kehrt bald mit seinen Freunden zurück, und ich möchte mit euch an-tet über etwas anderes sprechen, bevor sie kommen.«

»Glaubst du, dass er richtig damit liegt, was die Schwarze Dreizehn angeht?«, fragte Jake.

»Ja«, sagte Roland. »Bedenkt man nur, was Eddie und dir letzte Nacht zugestoßen ist, muss die Antwort ja lauten. Gefährlich für uns, solch ein Ding zu besitzen, falls er richtig liegt, aber haben müssen wir es. Ich fürchte, dass sonst diese Wölfe aus Donnerschlag es sich aneignen. Aber darüber brauchen wir uns vorerst keine Sorgen zu machen.«

Trotzdem wirkte Roland in der Tat sehr besorgt. Er wandte seine Aufmerksamkeit Jake zu.

»Du bist zusammengezuckt, als du den Namen des Großfarmers gehört hast. Du auch, Eddie, obwohl du dich besser beherrscht hast.«

»Entschuldige«, murmelte Jake. »Ich habe das Angesicht meines Vaters vergess…«

»Das hast du nicht im Geringsten«, sagte Roland. »Es sei denn, ich hätte es auch getan. Weil ich diesen Namen selbst erst vor kurzem gehört habe. Ich weiß nur nicht mehr, wo.« Dann sagte er widerstrebend: »Ich werde alt.«

»Es war in der Buchhandlung«, sagte Jake. Er zog seinen Ranzen zu sich heran, fummelte nervös an den Riemen herum und löste die Knoten. Während er weitersprach, schlug er den Deckel auf. Als müsste er sich davon überzeugen, dass *Charlie Tschuff-Tschuff* und *Ringelrätselreihen* noch da, noch real waren. »Im Manhattaner Restaurant für geistige Nahrung. Eine unheimliche Sache. Einmal ist sie mir passiert, und einmal habe ich *zugesehen,* wie sie mir passiert. Allein das würde schon ein ziemlich gutes Rätsel ergeben.«

Roland wedelte mit der verkrüppelten rechten Hand, um ihn aufzufordern, weiterzusprechen und sich zu beeilen.

»Mr. Tower hat sich mir vorgestellt«, fuhr Jake fort, »und ich mich ihm. Jake Chambers, habe ich gesagt. Und *er* hat gesagt …«

»›Klingt gut, Kumpel‹«, warf Eddie ein. »Das hat er gesagt. Dann hat er gesagt, Jake Chambers klinge wie ein Held aus einem Westernroman.«

»›Der Typ, der nach Black Fork, Arizona, reitet, in der Stadt für Ordnung sorgt und dann weiterzieht‹«, zitierte Jake. »Und dann hat er gesagt: ›Wie in einem Roman von Wayne D. Overholser.«« Er sah zu Susannah hinüber und wiederholte den Namen. »*Wayne D. Overholser.* Und wenn du mir weismachen willst, dass *das* ein Zufall ist, Susannah …« Er lächelte plötzlich sonnig. »Dann fordere ich dich auf, meinen Weißer-Junge-Arsch zu küssen.«

Susannah lachte. »Nicht nötig, Frechdachs. Ich glaube auch nicht, dass das ein Zufall ist. Und wenn wir Callahans Farmerfreund kennen lernen, werde ich ihn fragen, wie er mit zweitem Vornamen heißt. Ich verwette meine Urkunde darauf, dass er nicht nur mit D beginnt, sondern auch so ähnlich wie Dean oder Dane lautet, jedenfalls nur vier Buchstaben la…« Sie griff wieder nach der Stelle unter der linken Brust. »Diese Blähungen! Gott! Was gäbe ich nicht für eine Packung Natron oder nur eine Flasche …« Sie verstummte wieder. »Jake, was hast du? Was ist passiert?«

Jake hielt *Charlie Tschuff-Tschuff* in den Händen, und sein Gesicht war leichenblass geworden. Die Augen hatte er vor Entsetzen weit aufgerissen.

Neben ihm winselte Oy unbehaglich. Roland beugte hinüber, um kurz einen Blick darauf zu werfen, dann machte auch er große Augen.

»Große Götter«, sagte er.

Eddie und Susannah sahen nun ebenfalls hin. Der Titel war unverändert. Das Bild war unverändert: eine vermenschlichte Lokomotive, die einen Hügel hinaufschnaubte – mit einem Kuhfänger, der ein Grinsen trug, und einem Scheinwerfer als fröhliches Auge.

Aber die gelbe Schriftzeile unten auf dem Titel – Geschichte und Bilder von Beryl Evans – war verschwunden. Der Verfassername fehlte völlig.

Jake drehte das Buch und warf einen Blick auf den Rücken. Dort stand nur *Charlie Tschuff-Tschuff* und McCauley House, Publishers. Sonst nichts.

Aus südlicher Richtung waren jetzt Stimmen zu hören. Callahan und seine Freunde, die sich näherten. Callahan aus der Calla. Callahan aus Lot, wie er sich auch genannt hatte.

»Titelseite, Schätzchen«, sagte Susannah. »Schnell, sieh dort nach.«

Das tat Jake. Auch dort standen wieder nur der Titel der Geschichte und der Verlagsname, diesmal mit einem Signet.

»Schlag das Impressum auf«, sagte Eddie.

Jake blätterte um. Hier auf der Rückseite des Titels, gleich gegenüber der rechten Seite, auf der die Geschichte anfing, standen die Copyright-Informationen. Nur waren es eigentlich gar keine *Informationen*.

Copyright 1936

stand lediglich dort. Eine Jahreszahl mit der Quersumme neunzehn.

Der Rest der Seite war leer.

Kapitel 5

Overholser

1

An diesem langen und interessanten Tag konnte Susannah vieles beobachten, weil Roland ihr Gelegenheit dazu gab und sie sich wieder ganz wohl fühlte, nachdem ihre morgendliche Übelkeit abgeklungen war.

Kurz bevor Callahan und seine Begleiter in Hörweite kamen, murmelte Roland ihr zu: »Bleib immer in meiner Nähe und sag kein Wort, außer ich fordere dich dazu auf. Wenn sie dich für meine Kebse halten, lässt du's einfach dabei bewenden.«

Unter anderen Umständen hätte sie vielleicht eine schnippische Bemerkung über die Vorstellung gemacht, sie könnte Rolands unauffällige kleine Nebenfrau sein, die nachts sein Lager wärmte, aber an diesem Morgen war keine Zeit dafür, und zudem war dies kein Spaß; das machte seine ernste Miene nur allzu deutlich. Außerdem gefiel ihr sogar die Rolle einer treuen, stillen Nebenfrau. Tatsächlich gefiel ihr *jede* Rolle. Schon als Kind war sie selten so glücklich gewesen, als wenn sie vorgab, jemand anders zu sein.

Was vermutlich alles erklärt, was es an dir Wissenswertes gibt, Schätzchen, dachte sie.

»Susannah?«, fragte Roland. »Hörst du mich?«

»Ich höre dich gut«, sagte sie zu ihm. »Mach dir meinetwegen keine Sorgen.«

»Wenn alles gut geht, sehen sie dich kaum, und du siehst sie umso mehr.«

Als Frau, die im Amerika der Mitte des 20. Jahrhunderts als

Schwarze aufgewachsen war (Odetta hatte bei der Lektüre von Ralph Ellisons *Unsichtbar* gelacht und applaudiert und in ihrem Sessel geschaukelt wie jemand, den gerade eine Offenbarung überkam), wusste Susannah genau, was er wollte. Und sie würde es ihm geben. Ein Teil ihrer Persönlichkeit – ein boshafter Detta-Walker-Teil –, würde in Herz und Verstand immer Ressentiments gegen Rolands Dominanz hegen, aber im Allgemeinen erkannte sie ihn als das an, was er war: der Letzte seiner Art. Vielleicht sogar ein Held.

2

Während sie beobachtete, wie Roland sie nacheinander vorstellte (Susannah wurde zuallerletzt präsentiert, nach Jake und fast nachlässig), hatte sie Zeit, darüber nachzudenken, wie gut sie sich fühlte, seit die lästigen Blähungen in der linken Seite verschwunden war. Teufel, sogar der anhaltende Kopfschmerz war abgeklungen, und *dieser* Scheiß hatte ihr eine Woche lang oder noch länger zugesetzt – manchmal im Hinterkopf, manchmal hinter einer der Schläfen, manchmal wie eine Migräne, die sie ausbrütet, knapp über dem linken Auge. Und dazu kamen natürlich die Morgen. Jeder fand sie anfangs für ungefähr eine Stunde unter Übelkeit leidend und mit scheußlich weichen Knien vor. Sie musste sich nie übergeben, hatte in diesen ersten Stunden aber stets das Gefühl, kurz davor zu sein.

Sie war nicht so dumm, dass sie solche Symptome verkannt hätte, hatte aber Grund zu der Annahme, dass sie nichts weiter bedeuteten. Sie konnte nur hoffen, dass sie sich nicht selbst in Verlegenheit bringen würde, indem sie anschwoll, so wie es Jessica, die Freundin ihrer Mama, nicht nur einmal, sondern zweimal getan hatte. Zwei Scheinschwangerschaften, und in beiden Fällen hatte diese Frau ausgesehen, als würde sie demnächst

Zwillinge hervorbringen. Oder sogar Drillinge. Aber natürlich hatte es bei Jessica Beasley auch aufgehört, dass sie ihre Tage bekam, und das machte es einer Frau nur allzu leicht, an eine echte Schwangerschaft zu glauben. Susannah wusste aus dem einfachsten aller Gründe, dass sie doch nicht schwanger war: Sie hatte weiter ihre Monatsblutungen. Ihre Periode hatte genau an dem Tag begonnen, an dem sie mit dem Grünen Palast fünfundzwanzig oder dreißig Meilen hinter sich auf dem Pfad des Balkens erwacht waren. Seit damals hatte sie noch eine weitere gehabt. Beide Blutungen waren ungewöhnlich stark gewesen, sodass sie viele Lappen gebraucht hatte, um den dunklen Strom aufzufangen, während sie früher nur sehr leichte Monatsblutungen gehabt hatte – manchmal nicht mehr als ein paar der Flecken, die ihre Mutter als »Damenrosen« bezeichnete. Trotzdem beklagte sie sich nicht, da ihre Perioden vor ihrer Ankunft in dieser Welt meistens schmerzhaft, manchmal sogar qualvoll gewesen waren. Die beiden, die sie seit der Rückkehr auf den Pfad des Balkens gehabt hatte, hatten überhaupt nicht wehgetan. Wären die durchweichten Lappen nicht gewesen, die sie sorgfältig links oder rechts ihres Weges vergraben hatte, hätte sie überhaupt nicht gewusst, dass sie ihre Tage hatte. Vielleicht lag das an der Reinheit des hiesigen Wassers.

Natürlich wusste sie, womit das alles zusammenhing; dafür brauchte man kein Raketenwissenschaftler zu sein, wie Eddie manchmal sagte. Die verrückten, wirren Träume, an die sie sich beim Aufwachen nicht erinnern konnte, die morgendliche Übelkeit und Schwäche, die vorübergehenden Kopfschmerzen, die merkwürdig starken Blähungen und gelegentlichen Krämpfe bedeuteten alle nur eines: Sie wollte ein Kind von ihm. Mehr als alles andere auf der Welt wünschte sie sich, dass Eddie Deans kleiner Kerl in ihrem Bauch heranwuchs.

Was sie *nicht* wollte, war: in einer beschämenden Scheinschwangerschaft anzuschwellen.

Lass das jetzt, dachte sie, während Callahan mit den anderen herankam. *Du musst jetzt beobachten. Du musst sehen, was Roland und Eddie und Jake nicht sehen. Damit nichts übersehen wird.* Und sie traute sich zu, diesen Auftrag sehr gut zu erfüllen.

Wirklich, sie hatte sich in ihrem Leben nie besser gefühlt.

3

Callahan führte die Gruppe an. Ihm folgten zwei Männer: einer, der ungefähr dreißig zu sein schien, und einer, den Susannah für fast doppelt so alt hielt. Der ältere Mann hatte feiste Backen, die in spätestens fünf Jahren Hängebacken sein würden, und tief eingegrabene Falten, die von den Nasenflügeln aus an den Mundwinkeln vorbei zu seinem Doppelkinn hinunterführten. »Ich-will-Falten« hätte ihr Vater sie genannt (und Dan Holmes hatte selbst ein paar ziemlich gute gehabt). Der jüngere Mann trug einen ramponierten Sombrero, der ältere Mann einen sauberen weißen Stetson, bei dessen Anblick Susannah am liebsten gelächelt hätte – damit sah er wie der gute Kerl aus einem alten Schwarz-Weiß-Westernfilm aus. Trotzdem vermutete sie, dass eine Kopfbedeckung dieser Art nicht billig war, und dachte, sein Träger könne niemand anders als jener Wayne Overholser sein. »Der große Farmer«, wie Roland ihn genannt hatte. Der Mann, der nach Callahans Schilderung überzeugt werden musste.

Aber nicht von uns, dachte Susannah, was eine gewisse Erleichterung war. Der verkniffene Mund, der scharfe Blick und vor allem diese tiefen Falten (eine weitere war dicht über den Augen waagrecht in die Stirn eingegraben) ließen vermuten, dass Overholser ein harter Brocken sein würde, wenn es ums Überzeugen ging.

Dicht hinter diesen beiden – genauer gesagt hinter dem jüngeren Mann – kam eine große, attraktive Frau, die vermutlich keine Schwarze, aber doch fast so dunkelhäutig wie Susannah war. Die Nachhut bildeten ein ernst wirkender Mann mit Brille, der Farmerkleidung trug, und ein annehmbar aussehender Junge, der zwei, drei Jahre älter als Jake zu sein schien. Die Ähnlichkeit zwischen den beiden Nachzüglern war unmöglich zu übersehen; sie mussten Slightman der Ältere und der Jüngere sein.

Nach Jahren gezählt, mag der Junge älter als Jake sein, sagte sie sich, *aber er sieht trotzdem irgendwie weich aus.* Wohl wahr, aber das musste nicht unbedingt schlecht sein. Für einen Jungen, der noch kein Teenager war, hatte Jake schon viel zu viel gesehen. Auch viel zu viel *getan.*

Overholser betrachtete erst ihre Waffen (Roland und Eddie trugen jeder einen der großen Revolver mit den Sandelholzgriffen; die .44er Ruger aus New York hing in einem Halfter, das Roland eine Dockerschlinge nannte, unter Jakes Arm) und dann Roland. Er grüßte flüchtig, wobei er die halb geschlossene Faust zumindest in der Nähe seiner Stirn vorbeiführte. Die Verbeugung sparte er sich. Falls Roland gekränkt war, merkte man ihm das nicht an. Sein Gesicht ließ nichts als höfliche Neugier erkennen.

»Heil, Revolvermann«, sagte der Mann, der neben Overholser hergegangen war, und dieser sank tatsächlich auf ein Knie nieder, senkte den Kopf und legte die Faust an die Stirn. »Ich bin Tian Jaffords, Sohn des Luke. Diese Frau ist Zalia, mein Weib.«

»Heil«, sagte Roland. »Lasst mich Roland für euch sein, ich bitte euch. Mögen Eure Tage auf der Erde lang sein, Sai Jaffords.«

»Tian. Bitte. Und mögen sie Euch und Euren Freunden doppelt vergönnt …«

»Ich bin Overholser«, unterbrach der Mann mit dem weißen Stetson ihn schroff. »Wir sind gekommen, um Euch zu treffen – Euch und Eure Freunde –, weil Callahan und der junge Jaffords es vorgeschlagen haben. Ich möchte die Formalitäten abkürzen und möglichst rasch zur Sache kommen, nehmt es mir nicht übel, ich bitte Euch.«

»Bitte um Verzeihung, aber so war's nicht ganz«, sagte Jaffords. »Es hat eine Versammlung gegeben, und die Männer der Calla haben dafür gestimmt …«

Overholser unterbrach ihn wieder. Er war genau der Typ dafür, fand Susannah. Sie bezweifelte, dass er überhaupt merkte, dass er's tat. »Die Stadt, ja. Die Calla. Ich bin mitgekommen, weil ich mich meiner Stadt und meinen Nachbarn gegenüber anständig verhalten will, aber um diese Jahreszeit habe ich eigentlich viel zu tun, nie mehr als jetzt …«

»Charyou-Baum«, sagte Roland milde, und obwohl Susannah eine tiefere Bedeutung dieses Wortes kannte, die ihr einen Schauder über den Rücken jagte, begannen Overholsers Augen zu leuchten. Das gab ihr den ersten Hinweis darauf, wie dieser Tag verlaufen würde.

»Komm, Ernte, o ja, ich sage Euch meinen Dank.« Etwas abseits sah Callahan bemüht geduldig in den Wald. Hinter Overholser wechselten Tian Jaffords und seine Frau einen verlegenen Blick. Vater und Sohn Slightman beschränkten sich darauf, nur abzuwarten und zu beobachten. »So viel versteht ihr zumindest.«

»In Gilead waren wir von Farmen und Gutshöfen umgeben«, sagte Roland. »Ich habe oft mitgeholfen, Heu und Getreide zu ernten. Aye, und Scharfwurzel auch.«

Overholser bedachte Roland mit einem Grinsen, das Susannah fast als beleidigend empfand. Es besagte: *Wir wissen's besser, nicht wahr, Sai? Schließlich sind wir beide Männer von Welt.* »Woher kommt Ihr wirklich, Sai Roland?«

»Mein Freund, Ihr braucht wohl einen Audiologen«, sagte Eddie.

Overholser sah ihn ratlos an. »Wie bitte?«

Eddie machte eine *Da habt ihr's*-Geste und nickte. »Genau das meine ich.«

»Schweig, Eddie«, sagte Roland. Weiterhin sanft wie ein

Lamm. »Sai Overholser, wir dürfen gewiss einen Augenblick opfern, um unsere Namen auszutauschen und ein paar gute Wünsche auszusprechen. Ist das doch die Art zivilisierter, liebenswürdiger Leute, nicht wahr?« Roland machte eine Pause – eine kurze Pause, die das Gesagte nur unterstrich –, dann fügte er hinzu: »Bei Verwüstern wäre das etwas anderes, aber hier sind keine Verwüster.«

Overholser presste die Lippen zusammen, musterte Roland scharf und schien bereit zu sein, gekränkt oder verärgert zu reagieren. Aber als nichts in der Miene des Revolvermanns ihm Anlass dazu gab, entspannte er sich wieder. »Ich sage meinen Dank«, antwortete er. »Tian und Zalia Jaffords, die ich schon erwähnt habe …«

Zalia machte einen Knicks, bei dem sie auf beiden Seiten ihrer abgewetzten Kordsamthose einen unsichtbaren Rock auseinander hielt.

»… und hier sind Ben Slightman der Ältere und Benny der Jüngere.«

Der Vater hob eine Faust an die Stirn und nickte. Der Junge, auf dessen Gesicht ehrfürchtiges Staunen stand (vor allem wegen der Waffen, vermutete Susannah), verbeugte sich, wobei er das steif gehaltene rechte Bein mit aufgestemmter Ferse nach vorn stellte.

»Den Alten Kerl kennt Ihr ja bereits«, schloss Overholser mit genau der beiläufigen Geringschätzung, über die er zutiefst gekränkt gewesen wäre, wenn sie der eigenen werten Person gegolten hätte. Susannah vermutete, dass man sich als Großfarmer angewöhnte, über jedermann zu sprechen, wie es einem gefiel. Sie fragte sich, wie weit er Roland schubsen würde, bevor er entdeckte, dass er ihn überhaupt nicht geschubst hatte. Weil manche Männer sich nicht schubsen ließen. Sie machten vielleicht eine Zeit lang mit, aber dann …

»Das sind meine Weggefährten«, sagte Roland. »Eddie Dean

und Jake Chambers aus New York. Und das hier ist Susannah.« Er deutete auf sie, ohne sich ihr zuzuwenden. Overholsers Gesicht nahm einen wissenden, typisch männlichen Ausdruck an, den Susannah schon von früher kannte. Detta Walker hatte eine Methode gehabt, um diesen Blick von Männergesichtern zu wischen, die Sai Overholser vermutlich ganz und gar nicht gefallen hätte.

Trotzdem bedachte sie Overholser und die anderen mit einem sittsamen kleinen Lächeln und knickste ihrerseits, indem sie einen unsichtbaren Rock mit beiden Händen spreizte. Sie fand, dass ihr Knicks auf seine Weise ebenso graziös war wie der, den Zalia Jaffords gemacht hatte, aber ein Knicks sah natürlich etwas anders aus, wenn einem die Beine unterhalb der Knie und die Füße fehlten. Die Neuankömmlinge hatten selbstverständlich bemerkt, dass ihr etwas fehlte, aber was sie darüber dachten, interessierte Susannah nicht sonderlich. Sie fragte sich allerdings, was sie von ihrem Rollstuhl hielten, den Eddie ihr in Topeka beschafft hatte, wo Blaine der Mono geendet hatte. Diese wackeren Leute würden dergleichen noch nie gesehen haben.

Callahan vielleicht schon, dachte sie. *Weil Callahan von unserer Seite stammt. Er …*

»Ist das ein Bumbler?«, fragte der Junge.

»Pst, hörst du?«, sagte Slightman, als wäre er irgendwie entsetzt darüber, dass sein Sohn überhaupt gesprochen hatte.

»Schon in Ordnung«, sagte Jake. »Yeah, das ist ein Bumbler. Oy, geh zu ihm.« Er zeigte auf Ben den Jüngeren. Oy trabte ums Lagerfeuer herum zu der Stelle, wo die Neuankömmlinge standen und sah mit seinen goldgeränderten Augen zu dem Jungen auf.

»Ich hab noch nie einen zahmen gesehen«, sagte Tian. »Hab natürlich schon von welchen gehört, aber die Welt hat sich weiterbewegt.«

»Vielleicht hat sich ja nicht alles weiterbewegt«, sagte Roland.

Er sah zu Overholser hinüber. »Vielleicht sind manche der alten Sitten noch in Kraft.«

»Darf ich ihn streicheln?«, fragte der Junge, an Jake gewandt. »Oder beißt er?«

»Das darfst du, und er tut's nicht.«

Als Slightman der Jüngere vor Oy in die Hocke ging, hoffte Susannah sehr, dass Jake Recht behalten würde. Sollte der Billy-Bumbler diesem Jungen die Nasenspitze abbeißen, wäre das eine miserable Einführung gewesen.

Oy ließ sich jedoch geduldig streicheln und machte sogar einen langen Hals, um die Witterung des Jungengesichts aufzunehmen. Ben der Jüngere lachte. »Wie heißt er gleich wieder?«

Bevor Jake antworten konnte, sprach der Bumbler für sich selbst. »Oy!«

Nun lachten alle. Und so kamen sie auf einfachste Weise zusammen, von einem glücklichen Zufall auf dieser Straße, die dem Pfad des Balkens folgte, zusammengeführt. Das gemeinsame Band war zerbrechlich, aber selbst Overholser spürte es. Und wenn er lachte, sah der Großfarmer aus, als wäre er ein ganz anständiger Bursche. Vielleicht furchtsam und bestimmt aufgeblasen, aber doch mit einem brauchbaren Kern.

Susannah wusste nicht, ob sie froh sein oder sich fürchten sollte.

4

»Ich würde gern ein Wort mit Euch allein reden, wenn's Euch beliebt«, sagte Overholser. Die beiden Jungen hatten sich mit Oy zwischen sich ein kleines Stück weit entfernt, und Slightman der Jüngere fragte Jake gerade, ob sein Bumbler zählen könne, wie es manche angeblich konnten.

»Das dürfte nicht gehen, Wayne«, sagte Jaffords sofort. »Wir waren uns darüber einig, ins Lager zurückzukehren, mit diesen Leuten Brot zu brechen und ihnen unser Anliegen zu unterbreiten. Und falls sie mitkommen wollten, würden wir …«

»Ich habe nichts gegen ein Wort mit Sai Overholser«, sagte Roland, »und auch Ihr werdet nichts dagegen haben, Sai Jaffords, wie ich glaube. Ist er nicht schließlich Euer Dinh?« Dann sprach er rasch weiter, bevor Tian weitere Einwände erheben (oder widersprechen) konnte: »Gib diesen Leuten Tee, Susannah. Eddie, komm einen Augenblick mit, wenn's dir beliebt.«

Dieser Ausdruck, der ihnen allen neu war, klang so, wie er aus Rolands Mund kam, völlig natürlich. Susannah staunte darüber. Hätte sie versucht, so zu sprechen, hätte es geklungen, als wollte sie den Neuankömmlingen in den Hintern kriechen.

»Wir haben Essen in unserem Lager südlich von hier«, sagte Zalia schüchtern. »Essen und *Graf* und Kaffee. Andy …«

»Wir werden mit Vergnügen mitessen und euren Kaffee mit Freude trinken«, sagte Roland. »Aber trinkt erst einen Tee, ich bitte euch. Wir wollen nur einen Augenblick miteinander reden, nicht wahr, Sai?«

Overholser nickte. Sein strenger, unbehaglicher Gesichtsausdruck war verschwunden. Von jenseits der Straße (nahe der Stelle, an der eine Frau namens Mia erst vergangene Nacht im Wald verschwunden war) lachten die Jungen, weil Oy offenbar irgendetwas Cleveres tat – Benny vor Überraschung, Jake mit hörbarem Stolz.

Roland fasste Overholser am Arm und führte ihn ein kleines Stück die Straße entlang. Eddie schlenderte neben den beiden her. Jaffords, der die Stirn runzelte, schien auch ohne Aufforderung mitgehen zu wollen. Susannah berührte ihn an der Schulter. »Nicht«, sagte sie halblaut. »Er weiß, was er tut.«

Jaffords betrachtete sie zweifelnd, kam dann aber mit ihr. »Vielleicht könnte ich Euer Feuer wieder in Gang bringen, Sai«, sagte Slightman der Ältere mit einem freundlichen Blick auf ihre fehlenden Beine. »Sehe ich doch noch ein paar Funken, ja, die sehe ich.«

»Bitte tut das«, sagte Susannah, die sich überlegte, wie wundervoll das alles war. Wie wundervoll, wie eigenartig. Potenziell natürlich auch tödlich, aber sie wusste aus Erfahrung, dass das auch seinen Charme hatte. Erst die drohende Dunkelheit machte den Tag so hell.

5

Entlang der Straße, etwa zwölf Meter von den anderen entfernt, standen die drei Männer beisammen. Overholser schien das große Wort zu führen und gestikulierte mehrmals heftig, um seine Ausführungen zu unterstreichen. Er sprach, als wäre Roland nicht mehr als ein bewaffneter Landstreicher, der mit ein paar nichtsnutzigen Freunden im Schlepptau zufällig diese Straße entlanggekommen war. Er erklärte Roland, dass Tian Jaffords ein Dummkopf sei (wenn auch ein wohlmeinender), der die raue Wirklichkeit nicht verstehe. Er machte Roland klar, dass Jaffords gebändigt, zur Räson gebracht werden müsse – nicht nur in seinem eigenen Interesse, sondern auch in dem der gesamten Calla. Er versicherte Roland, wenn irgendetwas getan werden *könne*, sei Wayne Overholser, Sohn des Alan, der Erste, der es täte, weil er sich sein Leben lang nie vor irgendeiner Pflicht gedrückt habe, aber gegen die Wölfe kämpfen zu wollen, das sei verrückt. Und er fügte hinzu, indem er die Stimme senkte, wenn man schon von Verrücktheit spreche, dürfe man den Alten Kerl nicht vergessen. Solange er sich auf seine Kirche und seine Rituale beschränke, sei er in Ordnung. Solchen Dingen gebe ein wenig Verrücktheit oft erst die rechte Würze. Der vorliegende Fall sei jedoch etwas anderes. Aye, etwas grundlegend anderes.

Roland hörte sich das alles an und nickte dabei gelegentlich.

Er sagte fast nichts. Und als Overholser endlich fertig war, starrte dieser Großfarmer aus Calla Bryn Sturgis einfach nur mit gewisser starrer Faszination den vor ihm stehenden Revolvermann an. Vor allem diese verblassten blauen Augen.

»Seid Ihr, was Ihr zu sein behauptet?«, fragte er zuletzt. »Antwortet mir wahr, Sai.«

»Ich bin Roland von Gilead«, sagte der Revolvermann.

»Ein Nachkomme Elds? Das sagt Ihr selbst?«

»Gegen Uhr und Urkunde«, sagte Roland.

»Aber Gilead ...« Overholser macht eine Pause. »Gilead ist längst untergegangen.«

»Ich«, sagte Roland, »lebe noch.«

»Würdet Ihr uns alle töten oder unseren Tod verursachen? Sagt mir das, ich bitte Euch.«

»Was würdet Ihr sagen, Sai Overholser? Nicht irgendwann später; nicht in einem Tag oder einer Woche oder einem Mond von heute, sondern in dieser Minute?«

Overholser stand lange da, sah von Roland zu Eddie hinüber und starrte dann wieder Roland an. Dieser Mann war es nicht gewohnt, seine Meinung zu ändern; tat er es doch, wurde ihm das schmerzen wie ein Leistenbruch. Von der Straße her kam das Lachen der beiden Jungen. Oy hatte gerade etwas apportiert, was Benny zuvor geworfen hatte – einen Stock, der fast so groß wie der Bumbler selbst war.

»Ich würde zuhören«, sagte Overholser schließlich. »Das würde ich tun, mögen die Götter mir helfen, und Euch meinen Dank sagen.«

Später sagte Eddie in seinem Bericht zu Susannah: »Mit anderen Worten: Er hat uns erst all die Gründe erklärt, warum das Ganze ein nutzloses Unternehmen ist, und dann genau das getan, was Roland wollte. Wie durch einen Zauber.«

»Manchmal ist Roland der Zauber *selbst*«, sagte sie.

6

Die Abgesandten der Calla hatten ihr Lager auf einer freundlichen Lichtung auf einem Hügel nicht allzu weit südlich der Straße, aber eben so weit vom Pfad des Balkens aufgeschlagen, dass die Wolken still und unbeweglich am Himmel hingen und scheinbar zum Greifen nahe waren. Der Weg dorthin durch den Wald war sorgfältig gekennzeichnet; einige der Markierungen an den Bäumen, die Susannah sah, waren so groß wie ihre Handfläche. Diese Leute mochten erstklassige Farmer und Viehzüchter sein, aber im Wald fühlten sie sich offensichtlich unwohl.

»Soll ich Euch ein wenig an diesem Stuhl ablösen, junger Mann?«, sagte Overholser zu Eddie, als der letzte Aufstieg begann. Susannah roch Bratenduft und fragte sich, wer da wohl kochte, während die gesamte Callahan-Overholser-Gruppe sich auf den Weg zu ihnen gemacht hatte. Hatte die Frau nicht jemanden namens Andy erwähnt? Das hatte sie getan. Vielleicht ein Diener? Overholsers persönlicher Bediensteter? Gut möglich. Jemand, der sich einen so großartigen Stetson leisten konnte wie den, den er jetzt aus der Stirn geschoben hatte, konnte sich bestimmt auch einen Bediensteten leisten.

»Wenn's Euch beliebt«, sagte Eddie. Er traute sich nicht ganz, »ich bitte Euch« hinzuzufügen (*Bei ihm klingt's trotzdem aufgesetzt,* dachte Susannah), aber er trat zur Seite und überließ Overholser die Schiebegriffe des Rollstuhls. Der Farmer war ein kräftiger Mann, die Steigung war ziemlich steil, und er schob jetzt eine Frau, die fast sechzig Kilo wog, aber seine Atmung blieb gleichmäßig, auch wenn sie etwas angestrengter klang.

»Darf ich Euch etwas fragen, Sai Overholser?«, sagte Eddie.

»Gewiss«, antwortete Overholser.

»Wie heißt Ihr mit zweitem Vornamen?«

Die Vorwärtsbewegung geriet kurz ins Stocken; Susannah führte das auf bloße Überraschung zurück. »Eine merkwürdige Frage, junger Freund. Wieso interessiert Euch der?«

»Oh, das ist eine Art Steckenpferd von mir«, sagte Eddie. »Um ehrlich zu sein, ich wahrsage danach.«

Vorsicht, Eddie, Vorsicht, dachte Susannah, aber sie war unwillkürlich amüsiert.

»Oh, aye?«

»Ja«, sagte Eddie. »Doch nun zu Euch. Ich wette, dass Euer zweiter Vorname mit …« Er schien zu überlegen. »… mit dem Buchstaben D beginnt.« Allerdings sprach er ihn nach Art der Großen Buchstaben in der Hohen Sprache als *Däh* aus. »Und ich würde sagen, dass er kurz ist. Fünf Buchstaben? Vielleicht nur vier?«

Die Vorwärtsbewegung kam wieder ins Stocken. »Teufel sag bitte!«, rief Overholser aus. »Woher wisst Ihr das? Sagt's mir!«

Eddie zuckte die Achseln. »Dazu braucht man eigentlich nur abzuzählen und zu raten. Eigentlich habe ich sogar fast so oft Unrecht wie Recht.«

»Öfter«, sagte Susannah.

»Nun, mein zweiter Vorname ist Dale«, sagte Overholser, »aber wenn mir jemand mal gesagt hat, woher er kommt, hab ich's vergessen. Ich habe meine Verwandten alle verloren, als ich noch klein war.«

»Das tut mir Leid«, sagte Susannah, die froh war, dass Eddie sich jetzt entfernte. Vermutlich wollte er Jake erzählen, dass er mit dem zweiten Vornamen Recht gehabt hatte: Wayne Dale Overholser. Neunzehn Buchstaben.

»Ist dieser junge Mann echt oder ein Dummkopf?«, fragte Overholser an Susannah gerichtet. »Verratet's mir, ich bitte Euch, ich kann's nämlich nicht sagen.«

»Ein wenig von beidem«, sagte sie.

»Aber bei diesem Schiebestuhl gibt's keine Fragen, findet Ihr nicht auch? Der ist wahr wie ein Kompass.«

»Sage Euch meinen Dank«, antwortete sie und atmete innerlich ein klein wenig auf. Das hatte wahrscheinlich nur deshalb richtig geklungen, weil sie nicht vorgehabt hatte, es zu sagen.

»Wo kommt er her?«

»Von einem Ort, ein gutes Stück Weges hinter uns«, sagte sie. Diese Wendung ihres Gesprächs gefiel ihr nicht sonderlich. Sie fand, es sei Rolands Aufgabe, ihre Geschichte zu erzählen (oder auch nicht). Roland war *ihr* Dinh. Außerdem gab es keine Widersprüche, wenn nur einer sie erzählte. Trotzdem glaubte sie, noch etwas hinzufügen zu dürfen. »Es gibt dort eine Schwachstelle. Wir kommen von der anderen Seite, wo vieles ganz anders ist.« Sie verrenkte sich den Hals, um zu ihm aufzusehen. Sein Gesicht war gerötet, aber sie fand, für einen Mann, der weit über fünfzig sein musste, hielt er sich wirklich recht gut. »Wisst Ihr, wovon ich rede?«

»Yar«, sagte er, räusperte sich und spuckte nach links aus. »Nicht, dass ich sie selbst gesehen oder gehört hätte, versteht sich. Ich komme nicht weit herum; zu viel Arbeit auf der Farm. Ohnehin sind wir von der Calla meistens keine waldigen Leute, müsst Ihr wissen.«

O ja, das weiß ich, dachte Susannah, die gerade eine weitere Markierung von der Größe eines Esstellers entdeckte. Der so markierte bedauernswerte Baum konnte von Glück sagen, wenn er den kommenden Winter überlebte.

»Andy hat uns oft und oft von der Schwachstelle erzählt. Macht ein Geräusch, sagt er, aber er weiß nicht, was es bedeutet.«

»Wer ist Andy?«

»Den lernt Ihr noch früh genug selbst kennen, Sai. Seid Ihr auch aus dieser Calla York wie Eure Freunde?«

»Ja«, sagte sie wieder vorsichtig. Er steuerte den Rollstuhl um einen uralten Eisenholzbaum herum. Die Bäume wurden jetzt spärlicher, dafür verstärkten sich die Kochdüfte. Fleisch … und Kaffee. Ihr knurrte der Magen.

»Und die sind keine Revolvermänner«, sagte Overholser, wobei er zu Jake und Eddie hinübernickte. »Das wollt Ihr mir aber gewiss nicht verraten.«

»Das müsst Ihr selbst entscheiden, wenn's soweit ist«, sagte Susannah.

Er schwieg einige Augenblicke lang. Der Rollstuhl rumpelte über zutage tretendes Gestein hinweg. Vor ihnen trabte Oy zwischen Benny Slightman und Jake einher, die mit der fast unheimlichen Geschwindigkeit, die Jungen eigen ist, Freundschaft geschlossen hatten. Sie fragte sich, ob das etwas Gutes war. Weil die beiden Jungen doch sehr unterschiedlich waren. Die Zeit würde ihnen vielleicht aufzeigen, wie sehr, nur um ihnen dann damit Kummer zu bereiten.

»Er hat mir Angst gemacht«, sagte Overholser. Er sprach so leise, dass er kaum zu verstehen war. So als spräche er mit sich selbst. »Hat an seinen Augen gelegen, glaub ich. Hauptsächlich an seinen Augen.«

»Würdet Ihr also lieber alles beim Alten lassen?«, fragte sie. Die Frage war bei weitem nicht so harmlos, wie sie hoffentlich klang, aber Susannah erschrak trotzdem über seine wütende Reaktion.

»Seid Ihr wahnsinnig, Weib? Gewiss nicht, wenn ich einen Ausweg aus dieser Zwickmühle wüsste! Hört mich wohl an! Dieser Junge ...« Er zeigte auf Tian Jaffords, der mit seiner Frau vor ihnen herging. »... dieser Junge hat mir sozusagen vorgeworfen, ich sei feige. Musste dafür sorgen, dass alle mitbekamen, dass ich keine Kinder in dem Alter habe, das die Wölfe bevorzugen, aye. Nicht wie *er* welche hat, müsst Ihr wissen. Aber glaubt Ihr, dass ich zu dumm bin, um die Kosten abzuschätzen?«

»Das tue ich nicht«, sagte Susannah ruhig.

»Aber tut *er* das? Ich glaub's fast.« Overholser sprach wie ein Mann, in dessen Kopf Stolz und Angst miteinander rangen. »Will ich die Babbies den Wölfen überlassen? Babbies, die uns minder zurückgeschickt werden und danach für alle eine Last sind? Nein! Aber ich will auch nicht, dass ein paar harte Burschen uns irgendwo reinreiten, wo's dann keinen Ausweg mehr gibt!«

Sie drehte sich nach ihm um und entdeckte etwas Faszinierendes. Er wollte jetzt Ja sagen. Wollte einen Grund finden, Ja sagen zu können. Roland hatte ihn dazu gebracht, praktisch ohne ein Wort zu sagen. Hatte ihn lediglich … nun, hatte ihn lediglich angesehen.

Aus den Augenwinkeln heraus nahm sie eine Bewegung wahr. »Heiliger *Jesus!*«, rief Eddie aus. Susannah griff hastig nach einer Waffe, die aber nicht da war. Sie drehte sich wieder im Rollstuhl um. Vor ihnen kam ein gut über zwei Meter großer Metallmensch den Hügel herunter, der sich mit altjüngferlicher Behutsamkeit bewegte, die sie trotz ihres Erstaunens unwillkürlich amüsant fand.

Jakes Hand schwebte über der Dockerschlinge und der Waffe, die darin hing.

»Langsam, Jake«, sagte Roland.

Der Metallmensch, dessen Augen blau blitzten, machte vor ihnen Halt. Er stand ungefähr zehn Sekunden lang völlig unbeweglich da, sodass Susannah reichlich Zeit hatte, den in seine Brust eingravierten Text zu lesen. *North Central Positronics,* dachte sie, *tritt wieder mal vor den Vorhang. Von LaMerk Industries ganz zu schweigen.*

Dann hob der Roboter einen silbernen Arm und legte die silberne Hand an die Stirn aus rostfreiem Stahl. »Heil, Revolvermann, der aus der Ferne kommt«, sagte er. »Lange Tage und angenehme Nächte.«

Roland tippte sich an die Stirn. »Und mögen sie dir doppelt vergönnt sein, Andy-Sai.«

»Ich sage Euch meinen Dank.« Klickgeräusche aus den unerforschlichen Tiefen seiner Eingeweide. Dann beugte er sich mit noch heller blitzenden Augen zu Roland hinunter. Susannah sah, wie Eddie die Hand langsam auf den Sandelholzgriff des uralten Revolvers zubewegte, den er an der Seite trug. Roland dagegen zuckte mit keiner Wimper.

»Ich habe ein recht gutes Mahl zubereitet, Revolvermann. Viele gute Dinge aus dem Füllhorn der Erde, aye.«

»Ich sage dir meinen Dank, Andy.«

»Möge es Euch bekommen.« Nochmals Klickgeräusche im Leib des Roboters. »Möchtet Ihr inzwischen vielleicht Euer Horoskop hören?«

Kapitel 6

Der Weg des Eld

1

Gegen zwei Uhr nachmittags setzten sie sich zu zehnt zu etwas nieder, was Roland als ein Rancherdinner bezeichnete. »Bei der Morgenarbeit blickt man liebevoll voraus«, erklärte er seinen Freunden später. »Bei der Abendarbeit blickt man wehmütig zurück.«

Eddie vermutete, dass das ein Scherz war, aber bei Roland wusste man das nie ganz sicher. Was er an Humor hatte, war trocken bis zur Ausgedörrtheit.

Es war nicht das beste Mahl, das Eddie je gegessen hatte – das Bankett, das die alten Leute von River Crossing ihnen zu Ehren gegeben hatten, behauptete weiter den Ehrenplatz –, aber nach Wochen in den Wäldern, in denen sie sich kümmerlich von Revolvermann-Burritos ernährt hatten (und etwa zweimal pro Woche harte kleine Pakete von Hasenkötteln geschissen hatten), war das hier in der Tat leckere Kost. Andy teilte gewaltige Steaks aus, die halb durchgebraten und mit köstlicher Pilzsoße bedeckt waren. Dazu gab es Bohnen, Tacos ähnliche Teigtaschen und geröstete Maiskolben. Eddie kostete einen davon und fand ihn hart, aber wohlschmeckend. Und es gab Krautsalat, den – wie Tian Jaffords ihnen ausdrücklich erklärte – seine Frau mit eigenen Händen zubereitet hatte. Außerdem gab es einen wundervollen Pudding, der als Erdbeerschaum bezeichnet wurde. Und natürlich gab es Kaffee. Eddie schätzte später, dass sie zu viert mindestens eine Gallone davon getrunken haben mussten. Sogar Oy trank ein wenig. Jake stellte ihm eine Untertasse mit dem dunklen, starken

Gebräu hin. Oy schnüffelte daran, sagte »Kaff!« und schlabberte ihn dann rasch und geschickt auf.

Beim Essen wurden keine ernsten Dinge besprochen (»Essen und Palaver passen nicht zusammen«, war nur eine von Rolands vielen kleinen Alltagsweisheiten), aber trotzdem erfuhr Eddie viel von Jaffords und seiner Frau, vor allem über das Leben hier draußen im »Grenzland«, wie Tian und Zalia ihre Heimat nannten. Eddie konnte nur hoffen, dass Susannah (die neben Overholser saß) und Jake (neben dem Jungen, den Eddie für sich bereits Benny the Kid nannte) wenigstens halb so viel erfuhren. Er hatte erwartet, dass Roland neben Callahan sitzen würde, aber Callahan saß bei niemandem. Er hatte sich mit seinem Teller ein kleines Stück von den anderen entfernt, sich bekreuzigt und aß nun allein. Auch nicht sehr viel. Wütend auf Overholser, weil der die Show an sich gerissen hatte, oder nur von Natur aus ein Einzelgänger? Nach so kurzer Bekanntschaft war das schwer zu sagen, aber hätte jemand Eddie eine Waffe an den Kopf gesetzt, hätte er für Letzteres plädiert.

Was Eddie am stärksten beeindruckte, war die Tatsache, wie gottverdammt *zivilisiert* diese Weltgegend war. Im Vergleich dazu erschien ihm Lud mit seinen sich bekriegenden Grauen und Pubes nachträglich wie die Kannibaleninsel in einer Seefahrergeschichte für Jungen. Die Leute hier hatten offenbar Straßen, Gesetzeshüter und ein Regierungssystem, das Eddie an Bürgerversammlungen im alten Neuengland denken ließ. Bei ihnen gab es eine städtische Versammlungshalle und irgendeine Feder, die eine Art Autoritätssymbol zu sein schien. Wollte man eine Versammlung einberufen, musste man erst die Feder herumschicken. Berührten genügend Leute die Feder, wenn sie ihnen ins Haus gebracht wurde, fand die Versammlung statt. Kamen nicht genug zusammen, fiel sie aus. Zwei Männer wurden mit der Feder herumgeschickt, und ihre Zählung wurde widerspruchslos akzeptiert. Eddie bezweifelte, dass dergleichen in New York funktioniert hätte, aber für ein Gemeinwesen wie hier schien das ein gutes Verfahren zu sein.

Es gab mindestens siebzig weitere Callas, die sich in einem leichten Bogen nördlich und südlich von Calla Bryn Sturgis erstreckten. Calla Bryn Lockwood im Süden und Calla Amity im Norden bestanden ebenfalls aus Farmen und Ranchs. Auch sie mussten von Zeit zu Zeit die Beutezüge der Wölfe erdulden. Weiter südlich lagen Calla Bryn Bouse und Calla Staffel, die riesige Weideflächen umfassten, und Jaffords sagte, auch sie litten unter den Wölfen … das glaube er zumindest. Weiter nördlich lagen Calla Sen Pinder und Calla Sen Chre mit Landwirtschaft und Schafzucht.

»Farmen von guter Größe«, sagte Tian, »aber sie werden kleiner, wenn man nach Norden geht, wisst Ihr, bis man ins Land kommt, in dem Schnee fällt – so hab ich's erzählen hören; ich bin selbst nie dort gewesen – und wundervoller Käse gemacht wird.«

»Die im Norden tragen hölzerne Schuhe, so heißt's wenigstens«, erzählte Zalia Eddie und wirkte dabei etwas melancholisch. Sie selbst trug abgeschürfte derbe Schlammtreter, die sie als Kurzstiefel bezeichnete.

Die Bewohner der Callas reisten nur wenig, aber Straßen waren da, falls jemand reisen wollte, und der Handel florierte. Außerdem gab es den Whye, manchmal auch Großer Fluss genannt. Er verlief südlich von Calla Bryn Sturgis und führte weit bis zu den Südlichen Meeren, so hieß es wenigstens. Es gab Bergbau-Callas, Manufaktur-Callas (wo Dinge mit Dampfpressen und sogar, aye, mittels Elektrizität hergestellt wurden) und sogar eine Calla, die ausschließlich dem Vergnügen gewidmet war: Glücksspiel und wilde, lustige Fahrgeschäfte und …

An dieser Stelle spürte Tian, der davon erzählt hatte, offenbar Zalias tadelnden Blick auf sich und ging zum Topf, um sich einen Nachschlag Bohnen zu holen. Und zur Besänftigung einen Teller vom Krautsalat seiner Frau.

»Also«, sagte Eddie und zeichnete eine Kurve auf die Erde.

»Das hier ist das Grenzland. Mit den Callas. Ein Bogen, der nach Süden und Norden führt … Wie weit, Zalia?«

»Das ist Männersache, das ist sie«, sagte sie. Aber als sie sah, dass ihr Mann noch am herabgebrannten Feuer stand und die Töpfe inspizierte, beugte sie sich etwas zu Eddie hinüber. »Sprecht Ihr von Meilen oder Rädern?«

»Wie's Euch beliebt, aber Meilen sind mir geläufiger.«

Sie nickte. »Vielleicht zweitausend Meilen so …« Sie deutete nach Norden. »… und doppelt so weit *so.«* Diesmal mit der Hand nach Süden. Sie zeigte einen Augenblick lang in die entgegengesetzten Richtungen, dann ließ sie die Arme sinken, faltete die Hände und nahm wieder ihre vorige gesittete Haltung ein.

»Und diese Städte … diese Callas … erstrecken sich über den gesamten Bogen?«

»So hört man erzählen, wenn's Euch beliebt, und die Händler kommen und gehen *überallhin*. Nordwestlich von hier teilt der Große Fluss sich in zwei Arme. Den Ostarm nennen wir Devar-Tete Whye – den Kleinen Whye, so könnte man sagen. Natürlich kommen mehr Flussreisende aus dem Norden, weil der Fluss von Nord nach Süd fließt, müsst Ihr wissen.«

»Ja, ich verstehe. Und im Osten?«

Sie senkte den Blick. »Donnerschlag«, sagte sie mit kaum vernehmbarer Stimme. »Dorthin geht niemand.«

»Warum nicht?«

»Dort ist's dunkel«, sagte sie, ohne von ihrem Schoß aufzublicken. Dann hob sie einen Arm. Diesmal zeigte sie in die Richtung, aus der Roland und seine Freunde gekommen waren. In Richtung Mittwelt zurück. »Dort«, sagte sie, »endet die Welt. So heißt's wenigstens. Und dort …« Sie wies nach Osten und sah jetzt wieder zu Eddie auf. »Dort in Donnerschlag *hat* sie schon geendet. Dazwischen sind wir, die wir nur in Frieden unseren Weg gehen wollen.«

»Und glaubt Ihr, dass das geschehen wird?«

»Nein.« Und Eddie sah, dass sie weinte.

2

Wenig später entschuldigte Eddie sich und verschwand in einer persönlichen Angelegenheit in einem Stück Niederwald. Als er sich aus der Hocke aufrichtete und nach einigen Blättern griff, um sich damit abzuwischen, hörte er eine Stimme unmittelbar hinter ihm.

»Nicht die, Sai, wenn's Euch beliebt. Das ist Giftsumach. Wischt Ihr Euch damit ab, dann juckt's ewig.«

Eddie zuckte zusammen, warf sich herum, hielt mit einer Hand den Bund seiner Jeans fest und griff mit der anderen nach Rolands Revolvergurt, den er an den nächsten Baum gehängt hatte. Dann sah er, wer gesprochen hatte – oder *was* – und atmete etwas auf.

»Andy, es ist eigentlich nicht koscher, sich an Leute anzuschleichen, die gerade 'ne Ladung abdrücken.« Dann zeigte er auf ein Büschel mit niedrigem grünem Kraut. »Was ist mit denen? Was passiert, wenn ich mich mit denen abwische?«

Darauf folgten eine Pause und Klickgeräusche.

»Was ist?«, sagte Eddie. »Hab ich was falsch gemacht?«

»Nein«, sagte Andy. »Ich verarbeite lediglich Informationen, Sai. *Koscher:* unbekanntes Wort. *Anschleichen:* das habe ich nicht getan, ich bin gegangen, wenn's Euch beliebt. *Eine Ladung abdrücken:* vermutlich Slang für die Exkretion von …«

»Yeah«, sagte Eddie, »stimmt genau. Aber hör mal, Andy – wie kommt's, dass ich dich nicht gehört habe, wenn du dich nicht angeschlichen hast? Ich meine, hier gibt's immerhin *Unterholz*. Die meisten Leute machen Geräusche, wenn sie durchs Unterholz streifen.«

»Ich bin keine menschliche Person, Sai«, sagte Andy. Eddie fand, dass das irgendwie selbstgefällig klang.

»Gut, dann eben Typ. Wie kann ein großer Typ wie du sich bloß so lautlos bewegen.«

»Programmierung«, sagte Andy. »Diese Blätter sind in Ordnung, wenn's Euch beliebt.«

Eddie verdrehte die Augen, dann riss er ein Büschel Blätter ab. »Ja genau. Programmierung. Klar. Hätte ich selbst draufkommen müssen. Danke-sai, lange Tage, leck mich am Arsch und schwirr in den Himmel ab.«

»Himmel«, sagte Andy. »Ein Ort, in den man nach dem Tod kommt; eine Art Paradies. Wie der Alte Kerl erzählt, sitzen jene, die in den Himmel kommen, für immer und ewig zur Rechten Gottes des Allmächtigen.«

»Ehrlich? Und wer wird zu seiner Linken sitzen? All die Tupperware-Vertreter?«

»Sai, das weiß ich nicht. *Tupperware* ist ein mir unbekanntes Wort. Möchtet Ihr Euer Horoskop hören?«

»Warum nicht?«, sagte Eddie. Er machte sich auf den Rückweg ins Lager, wobei er den Stimmen lachender Jungen und eines kläffenden Billy-Bumblers folgte. Andy ragte neben ihm auf, glänzte selbst unter bewölktem Himmel und schien sich tatsächlich völlig lautlos zu bewegen. Echt unheimlich.

»Euer Geburtsmonat, Sai?«

Darauf glaubte Eddie vorbereitet zu sein. »Bei mir Ziegenmond«, sagte er, dann fiel ihm noch etwas ein. »Ziege mit Bart.«

»Winterschnee bringt Ach und Weh, Winterskind ist stark, nicht lind«, sagte Andy. Ja, seine Stimme klang wirklich selbstgefällig.

»Stark, nicht lind, das bin ich«, sagte Eddie. »Hab seit über einem Monat nicht mehr richtig gebadet, da ist's kein Wunder, wenn ich das bin. Was brauchst du noch, Andy, alter Junge? Willst du meine Handfläche sehen oder so was?«

»Das ist nicht nötig, Sai Eddie.« Die Stimme des Roboters klang unverkennbar glücklich, und Eddie dachte: *Das bin ich, verbreite Freude, wohin ich auch gehe. Selbst Roboter lieben mich. Das ist mein Ka.* »Wir haben Vollerde, sagen wir alle unseren Dank. Der

Mond ist rot, der so genannte Jägerinnenmond der Mittwelt von einst. Ihr werdet reisen, Eddie! Ihr werdet weit reisen! Ihr und Eure Freunde! Noch in dieser Nacht kehrt Ihr in die Calla New York zurück. Ihr werdet einer dunklen Lady begegnen. Ihr ...«

»Ich möchte mehr über diesen Trip nach New York hören«, sagte Eddie und blieb stehen. Dicht vor sich hatte er das Lager. Es war so nahe, dass er sehen konnte, wie die Leute sich bewegten. »Ohne Scheiß, Andy.«

»Ihr werdet flitzen gehen, Sai Eddie! Ihr und Eure Freunde. Aber ihr müsst vorsichtig sein. Sobald ihr die *Kammen* hört – die Glockentöne, die kennt Ihr wohl –, müsst ihr euch alle aufeinander konzentrieren. Damit ihr euch nicht verliert.«

»Woher weißt du das ganze Zeug?«, fragte Eddie.

»Programmierung«, sagte Andy. »Horoskop ist fertig, Sai. Keine Gebühr.« Und dann folgte, was Eddie als die letzte abschließende Verrücktheit erschien: »Sai Callahan – der Alte Kerl, wie Ihr wisst – sagt, dass ich keine Lizenz als Wahrsager habe und deshalb niemals eine Gebühr verlangen darf.«

»Sai Callahan spricht wahr«, sagte Eddie, und als Andy weitergehen wollte: »Aber bleib noch einen Augenblick, Andy. Wenn's dir recht ist, ich bitte dich.« Absolut verrückt, wie schnell ihm diese Ausdrucksweise normal vorkam.

Andy blieb bereitwillig stehen und drehte sich mit leuchtenden blauen Augen nach Eddie um. Eddie hätte ihm ungefähr tausend Fragen nach dem Flitzen stellen können, aber im Augenblick interessierte ihn etwas anderes mehr.

»Du weißt von diesen Wölfen.«

»O ja. Ich habe Sai Tian von ihnen erzählt. Er war ergrimmt.« Eddie entdeckte wieder etwas wie Selbstzufriedenheit in Andys Tonfall ... aber das war bestimmt nur sein persönlicher Eindruck, oder? Ein Roboter – selbst einer, der aus alten Zeiten überlebt hatte – konnte sich doch nicht am Unbehagen eines Menschen erfreuen. Oder vielleicht doch?

Hast nicht lange gebraucht, um den Mono zu vergessen, was, Süßer?, fragte ihn Susannahs Stimme im Kopf. Dann glaubte er Jakes Stimme zu hören: *Blaine ist eine Pein.* Und zuletzt nur seine eigene: *Wenn du diesen Kerl bloß wie eine Wahrsagemaschine in einer Jahrmarktsgasse behandelst, Eddie, alter Junge, verdienst du, was immer du kriegst.*

»Erzähl mir von den Wölfen«, sagte Eddie.

»Was möchtet Ihr wissen, Sai Eddie?«

»Erst mal, wo sie herkommen. Wo sie zu Hause sind und das Gefühl haben, die Füße hochlegen und ungeniert laut furzen zu können. Für wen sie arbeiten. Warum sie die Kinder entführen. Und warum diese Kinder verblödet zurückkommen.« Dann fiel ihm eine weitere Frage ein. Vielleicht die am nächsten liegende. »Und woher weißt du, wann die Wölfe wieder im Anzug sind?«

Klickgeräusche aus Andys Innerem. Diesmal sehr viele, ungefähr eine volle Minute lang. Als Andy wieder sprach, klang seine Stimme anders. Es erinnerte Eddie an Officer Bosconi daheim in seinem Stadtviertel. Brooklyn Avenue, das war Bosco Bobs Revier. Begegnete man ihm nur, während er die Straße hinunterging und dabei seinen Schlagstock herumwirbelte, redete Bosco mit einem, als wäre man ein menschliches Wesen – und er ebenfalls eines: Na, wie geht's, Eddie, wie geht's deiner Mutter dieser Tage, wie geht's deinem nichtsnutzigen Bruder, schreibst du dich für die PAL Middlers ein, okay, wir sehen uns beim Training, lass das Rauchen, schönen Tag noch. Dachte er jedoch, man könnte etwas angestellt haben, verwandelte Bosco Bob sich in einen Kerl, den man lieber nicht kennen wollte. Dieser Officer Bosconi lächelte nicht, und die Augen hinter den Brillengläsern glichen zugefrorenen Pfützen im Februar (der hier auf dieser Seite des Großen Was-auch-immer zufällig die Zeit der Ziege war). Bosco Bob hatte Eddie nie geschlagen, aber bei mehreren Gelegenheiten – einmal kurz nachdem Jugendliche in Woo Kims Lebensmittelgeschäft Feuer gelegt hatten – war Eddie sich sicher gewesen, dass dieser Motherfucker in blauer Uniform ihn geschlagen *hätte,* wenn er dumm genug gewesen wäre, freche Antworten zu geben. Das war keine Schizophrenie – nicht in der reinen Detta/Odetta-Ausprägung –, aber nicht allzu weit davon entfernt. Es gab zwei Versionen von Officer Bosconi. Die eine war ein netter Kerl. Die andere war ein Cop.

Als Andy wieder sprach, klang er nicht mehr wie ein wohlmeinender, aber ziemlich dämlicher Onkel, der fest glaubte, die Alligator-Jungen- und Elvis-lebt-in-Buenos-Aires-Storys, die *Inside View* immer brachte, seien hundertprozentig wahr. Der jetzige Andy klang emotionslos und irgendwie tot.

Mit anderen Worten wie ein *richtiger* Roboter.

»Wie lautet Euer Passwort, Sai Eddie?«

»Hä?«

»Passwort. Ihr habt zehn Sekunden Zeit. Neun … acht … sieben …«

Eddie musste an Spionagefilme denken, die er einmal gesehen hatte. »Du meinst, ich sage so etwas wie ›In Kairo blühen die Rosen‹, und *du* sagst ›Nur in Mrs. Wilsons Garten‹, und dann sage *ich* …«

»Falsches Passwort, Sai Eddie … zwo … eins … null.« Aus Andys Innerem drang ein Geräusch, das Eddie außerordentlich widerwärtig fand. Es klang, als würde die Schneide eines scharfen Hackbeils durch Fleisch und dann weiter in den Hackklotz darunter fahren. Er merkte, dass er erst jetzt übers Alte Volk nachdachte, das Andy gebaut haben musste (oder vielleicht die Leute vor dem Alten Volk, womöglich das Wirklich Alte Volk – wer konnte das schon wissen?). Jedenfalls keine Leute, denen Eddie persönlich gern begegnet wäre, falls die letzten Überlebenden in Lud für sie charakteristisch gewesen waren.

»Ihr habt noch einen weiteren Versuch«, sagte die kalte Stimme. Sie hatte eine gewisse Ähnlichkeit mit der, die Eddie gefragt hatte, ob er sein Horoskop hören wolle, aber das war auch schon alles – nur eine entfernte Ähnlichkeit. »Wollt Ihr's noch mal versuchen, Eddie von New York?«

Eddie überlegte kurz. »Nein«, sagte er dann, »schon gut. Die Informationen sind offenbar nur beschränkt zugänglich, was?«

Mehrfaches Klicken. Dann: *»Beschränkt:* begrenzt zugänglich, nur innerhalb festgelegter Limits nutzbar wie Informationen in einem Dokument oder auf einer q-Diskette; auf Nutzungsberechtigte beschränkt, wobei die berechtigten Nutzer sich durch ein Passwort ausweisen.« Eine weitere Denkpause, dann sagte Andy: »Ja, Eddie. Diese Informationen sind nur beschränkt zugänglich.«

»Warum?«, fragte Eddie.

Er erwartete keine Antwort, aber Andy gab eine: »Weisung neunzehn.«

Eddie klatschte ihm auf seine stählernen Rippen. »Mein Freund, das überrascht mich keineswegs. Belassen wir's also bei Weisung neunzehn.«

»Möchtet Ihr ein ausführlicheres Horoskop hören, Eddie-Sai?«

»Danke, nicht jetzt.«

»Wie wär's mit einem Song, der ›The Jimmy Juice I Drank Last Night‹ heißt? Er hat viele lustige Strophen.« Irgendwo aus Andys Zwerchfellgegend kam der quäkende Ton einer Stimmpfeife.

Eddie, der die Vorstellung, sich viele lustige Strophen anhören zu müssen, irgendwie beängstigend fand, ging jetzt mit schnelleren Schritten zu den anderen zurück. »Wollen wir das nicht vorläufig auf Eis legen?«, sagte er. »Im Augenblick brauche ich irgendwie noch einen Becher Kaffee.«

»Möge er Euch bekommen, Sai«, sagte Andy. Eddie fand, dass das ziemlich elend klang. Wie Bosco Bob, wenn man ihm erklärte, man werde in diesem Sommer irgendwie zu beschäftigt sein, um in der Police Athletic League mitspielen zu können.

3

Roland saß auf einem Felsbrocken und trank auch einen Becher Kaffee. Er hörte Eddie zu, ohne ihn zu unterbrechen, und sein Gesichtsausdruck veränderte sich nur einmal leicht: Als die Weisung neunzehn erwähnt wurde, zog er kaum merklich die Augenbrauen hoch.

Auf der anderen Seite der Lichtung hatte Slightman der Jüngere eine Art Blasrohr herausgeholt, mit dem er ungewöhnlich haltbare Seifenblasen erzeugte. Oy jagte sie, und nachdem er mehrere zwischen den Zähnen hatte zerplatzen lassen, begriff er allmählich, was Slightman offenbar wollte: Er sollte sie zu einem fragilen kleinen Haufen aus schillernden Blasen zusammentreiben. Der Seifenblasenhaufen ließ Eddie an den Regenbogen des Zauberers, an diese gefährlichen Glaskugeln denken. Und besaß Callahan wirklich eine? Die schlimmste von allen?

Am Rand der Lichtung hinter den Jungen stand Andy und hatte die silbernen Arme vor der stählernen Brust verschränkt. Eddie vermutete, dass der Roboter darauf wartete, die Reste des Mahls abzutragen, das er hergebracht und zubereitet hatte. Der perfekte Diener. Er kocht, er putzt, er erzählt einem von der dunklen Lady, der man begegnen wird. Man darf ihm nur nicht zumuten, gegen Weisung neunzehn zu verstoßen. Jedenfalls nicht ohne das Passwort.

»Kommt ihr bitte zu mir herüber, Leute?«, sagte Roland mit leicht erhobener Stimme. »Zeit für ein kleines Palaver. Dauert nicht lange, was auch gut sein dürfte, zumindest für uns, weil wir unser eigenes ja schon hatten, bevor Sai Callahan zu uns gekommen ist, und nach einer Weile ekelt einen das Reden nun einmal an, das tut es.«

Sie kamen herüber und ließen sich wie folgsame Kinder um ihn herum nieder: die Leute aus der Calla und die anderen, die aus weiter Ferne kamen und von hier aus vielleicht einen noch weiteren Weg zurücklegen würden.

»Als Erstes möchte ich hören, was Ihr über diese Wölfe wisst. Eddie sagt mir, dass Andy nicht erzählen darf, woher er sein Wissen hat.«

»Ihr sprecht wahr«, knurrte Slightman der Ältere. »Die ihn hergestellt haben oder andere, die später gekommen sind, haben ihm in diesem Punkt den Mund verboten, obwohl er uns stets vor dem Kommen der Wölfe warnt. Über die meisten anderen Dinge plappert er dagegen ohne Unterlass.«

Roland sah zu dem Großfarmer der Calla hinüber. »Wollt Ihr uns auf den Weg bringen, Sai Overholser?«

Tian Jaffords wirkte enttäuscht, weil diese Aufforderung nicht an ihn ergangen war. Seine Frau sah aus, als wäre sie ihrerseits für ihn enttäuscht. Slightman der Ältere nickte, als wäre Rolands Wahl des Sprechers nur zu erwarten gewesen. Overholser selbst plusterte sich aber nicht auf, wie Eddie eigentlich vermutet hätte. Stattdessen blickte er ungefähr eine halbe Minute lang auf seine übereinander geschlagenen Beine und abgewetzten Kurzstiefel hinunter, rieb sich die eine Gesichtshälfte, dachte nach. Auf der Lichtung war es so still, dass Eddie das leise Kratzen der Handfläche des Farmers auf seinem Zwei- oder Dreitagebart hören konnte. Schließlich seufzte der Mann, nickte und sah zu Roland auf.

»Sage Euch meinen Dank. Ihr seid nicht, was ich erwartet habe, muss ich sagen. Auch Euer Tet nicht.« Overholser wandte sich an Tian. »Du hast recht daran getan, uns hier herzuschleppen, Tian Jaffords. Es ist eine Begegnung, die für uns nötig war, und ich sage dir meinen Dank.«

»Dass du hier bist, verdankst du nicht mir«, sagte Jaffords. »Sondern dem Alten Kerl.«

Overholser nickte Callahan zu. Callahan erwiderte das Nicken, dann schlug er mit seiner vernarbten Hand ein Kreuz in der Luft – so als wollte er sagen, vermutete Eddie, auch er sei's nicht gewesen, sondern Gott. Schon möglich, aber wenn es galt, Kastanien aus dem Feuer zu holen, hätte er für jeden Dollar, den er auf Gott und den Jesusmenschen, diese himmlischen Revolvermänner, setzte, zwei Dollar auf Roland von Gilead gesetzt.

Roland wartete mit ruhiger, tadellos höflicher Miene.

Overholser begann schließlich zu sprechen. Er redete fast eine Viertelstunde lang – bedächtig, aber nie abschweifend. Als Erstes über die Sache mit den Zwillingen. Die Einwohner der Calla wussten recht gut, dass Zwillingsgeburten in anderen Weltgegenden nicht die Regel, sondern eine Ausnahme waren, aber in ihrem Teil des Großen Bogens waren Einzelkinder wie Aaron Jaffords eine Seltenheit. Eine *große* Seltenheit.

Und vor ungefähr hundertzwanzig Jahren (oder möglicherweise vor hundertfünfzig; wegen des gegenwärtigen Zustands der Zeit ließen solche Dinge sich unmöglich präzise festmachen) hatten die Wölfe mit ihren Überfällen begonnen. Sie kamen nicht exakt einmal in jeder Generation; das wäre etwa alle zwanzig Jahre gewesen, nein, die Abstände waren länger. Trotzdem kamen sie *annähernd* einmal pro Generation.

Eddie überlegte, ob er Overholser und Slightman nicht fragen sollte, wie das Alte Volk Andy ein Redeverbot in Bezug auf die Wölfe hatte auferlegen können, wo die Wölfe doch erst seit weniger als zweihundert Jahren zu Überfällen aus Donnerschlag kamen, verzichtete dann aber doch darauf. Etwas zu fragen, was niemand beantworten kann, ist Zeitvergeudung, hätte Roland gesagt. Trotzdem war das ein interessanter Gesichtspunkt, oder etwa nicht? Interessant, darüber nachzudenken, wer (oder *was*) Andy den Kurier (»viele weitere Funktionen«) zuletzt programmiert haben mochte.

Und wofür.

Die Kinder, erzählte Overholser, jeweils eines von jedem Zwillingspaar im Alter zwischen ungefähr drei und vierzehn Jahren, wurden nach Osten, ins Land des Donnerschlags verschleppt. (Eddie fiel auf, dass Slightman der Ältere bei diesem Teil der

Geschichte einen Arm um seinen Jungen legte.) Dort blieben sie relativ kurze Zeit – vielleicht vier Wochen, vielleicht acht. Dann wurden die meisten davon wieder zurückgeschickt. Von den wenigen, die nicht zurückkehrten, wurde vermutet, sie seien im Land der Dunkelheit gestorben, weil das unbekannte schlimme Ritual, das dort an ihnen ausgeführt wurde, einigen wenigen den Tod brachte, statt sie nur zu ruinieren.

Die Kinder, die zurückkamen, waren bestenfalls fügsame Schwachsinnige. Ein Fünfjähriger hatte dann seine gesamte mühsam erlernte Sprachfähigkeit eingebüßt, konnte nur sinnlose Laute brabbeln und nach Dingen greifen, die er wollte. Windeln, die vor zwei oder drei Jahren als überflüssig abgeschafft worden waren, kamen wieder dran und blieben dran, bis solch ein minderes Kind zehn oder sogar zwölf war.

»Scheiße auch, Tia pisst sich noch *heute* jeden sechsten Tag an, und man kann damit rechnen, dass sie sich einmal im Monat auch voll scheißt«, sagte Jaffords.

»Hört ihn an«, stimmte Overholser trübselig zu. »Mit meinem eigenen Bruder Welland war's ganz ähnlich, bis er gestorben ist. Und natürlich müssen sie praktisch ständig beaufsichtigt werden, wenn sie nämlich was finden, was ihnen schmeckt, essen sie es, bis sie platzen. Wer beaufsichtigt deine Schwester, Tian, wenn ich fragen darf?«

»Meine Kusine«, sagte Zalia, bevor Tian antworten konnte. »Heddon und Hedda können auch schon ein bisschen mithelfen; sie kommen jetzt aber auch ins richtige Alter, um …« Sie schien zu merken, was sie sagte, verzog den Mund und verstummte. Eddie verstand, was da ungesagt blieb. Heddon und Hedda konnten jetzt helfen, ja. Und nächstes Jahr würde nur noch einer von ihnen weiter mithelfen können. Der andere jedoch …

Ein im Alter von zehn Jahren entführtes Kind kam vielleicht mit rudimentärer Sprachfähigkeit zurück, gelangte aber nie sonderlich weit darüber hinaus. Die ältesten entführten Kinder waren irgendwie am schlimmsten dran, weil sie bei ihrer Rückkehr wenigstens andeutungsweise zu begreifen schienen, was ihnen angetan worden war. Was ihnen gestohlen worden war. Diese Kinder neigten dazu, viel zu weinen oder sich immer wieder einfach davonzuschleichen, um wie verlorene Wesen nach Osten zu starren. Als könnten sie dort draußen ihre armen Gehirne sehen, die wie Vögel am dunklen Himmel kreisten. Im Lauf der Jahre hatte ein halbes Dutzend dieser Bedauernswerten sogar Selbstmord verübt. (Als die Rede darauf kam, bekreuzigte Callahan sich einmal wieder.)

Bis ungefähr zum sechzehnten Lebensjahr blieben die Minderen in Körperbau, Redeweise und Verhalten kindlich. Dann wuchsen die meisten von ihnen ganz plötzlich zu jungen Riesen heran.

»Ihr könnt euch nicht vorstellen, wie das ist, wenn ihr's nicht gesehen und mitgemacht habt«, sagte Tian. Er blickte unverwandt in die Asche des Feuers. »Ihr könnt euch nicht vorstellen, welche Schmerzen sie leiden. Wenn Babbies zahnen, ihr wisst doch, wie sie dann weinen, oder?«

»Ja«, sagte Susannah.

Tian nickte. »Als ob ihr ganzer Körper zahnt, müsst ihr wissen.«

»Hört ihn an«, sagte Overholser. »Mein Bruder Welland hat sechzehn oder gar achtzehn Monate lang nichts anderes getan, als zu schlafen und zu essen und zu weinen und zu wachsen. Ich weiß noch, wie er sogar im Schlaf geweint hat. Ich bin aus meinem Bett aufgestanden und zu ihm hinübergegangen und habe eine Art Flüstern gehört, das aus Brust, Beinen und Kopf gekommen ist. Das war das Geräusch seiner Knochen, die nachts gewachsen sind, hört mich an, ich bitte euch.«

Eddie dachte über diese Horrorvision nach. Man hörte Geschichten von Riesen – die Märchenbücher waren voll davon –, aber bisher hatte er sich nie überlegt, wie es sein könnte, ein

Riese zu *werden. Als ob ihre ganzen Körper zahnten,* sagte Eddie sich und empfand einen kalten Schauder.

»Eineinhalb Jahre, nicht länger, dann ist's überstanden, aber ich frage mich, wie lange *ihnen* diese Zeit vorkommen muss, weil sie mit nicht mehr Zeitgefühl zurückkommen als Vögel oder Käfer.«

»Endlos«, sagte Susannah. Sie war sehr blass und sprach mit gepresster Stimme. »Sie muss ihnen endlos erscheinen.«

»Das Flüstern in der Nacht, während ihre Knochen wachsen«, sagte Overholser. »Die Kopfschmerzen, wenn ihre *Schädel* wachsen.«

»Zalman hat einmal neun Tage lang ohne Unterlass gekreischt«, sagte Zalia. Ihre Stimme klang ausdruckslos, aber Eddie sah das Entsetzen in ihren Augen; er konnte es sehr gut sehen. »Seine Backenknochen haben sich aufgewölbt. Das konnte man richtig sehen. Seine Stirn ist immer breiter geworden, und hat man ein Ohr daran gelegt, konnte man den Schädel knacken hören, während er sich ausgedehnt hat. Das hat wie das Knarren eines Asts unter einer dicken Eisschicht geklungen. – Neun Tage lang hat er gekreischt. Neun. Morgens, mittags und mitten in der Nacht. Gekreischt und immer nur gekreischt. Das Wasser ist ihm förmlich aus den Augen geschossen. Wir haben zu allen Göttern gebetet, die's gibt, dass er heiser – vielleicht sogar stumm – werden würde, aber das ist nicht passiert, ich sage meinen Dank. Hätten wir eine Waffe gehabt, hätten wir ihn erschossen, glaub ich, wie er so auf seinem Strohsack lag, nur um ihn von seinen Schmerzen zu erlösen. Ich weiß, dass mein guter alter Da' kurz davor war, ihm die Kehle durchzuschneiden, da hat es endlich aufgehört. Die Knochen sind noch einige Zeit weitergewachsen – sein Skellinett, wisst ihr –, aber sein Kopf, wo's am schlimmsten war, hat endlich aufgehört, ich sage den Göttern meinen Dank – und dem Jesusmenschen auch.«

Sie nickte zu Callahan hinüber. Er erwiderte das Nicken und

streckte ihr für einen Augenblick die Rechte entgegen. Zalia wandte sich wieder Roland und seinen Freunden zu.

»Nun habe ich fünf eigene«, sagte sie. »Aaron ist sicher, sage den Göttern meine Freude und meinen Dank, aber Heddon und Hedda sind zehn, das gefährlichste Alter. Lymon und Lia sind erst fünf, aber fünf ist alt genug. Fünf ist …«

Sie bedeckte das Gesicht mit den Händen und schwieg.

4

Sobald der Wachstumsschub beendet sei, erzählte Overholser, ließen sich einige von ihnen zur Arbeit verwenden. Andere – die Mehrzahl – seien nicht einmal für so einfache Arbeiten wie Baumstümpfe herausziehen oder Zaunpfostenlöcher ausheben zu gebrauchen. Diese sehe man dann meist auf den Stufen vor Tooks Gemischtwarenladen sitzen oder manchmal auch in schlaksigen Gruppen übers Land ziehen: junge Männer und Frauen von gewaltiger Größe, Schwere und Dummheit, die sich manchmal angrinsten und untereinander brabbelten, manchmal aber auch nur zum Himmel hinaufglotzten.

Sie paarten sich nicht, was immerhin etwas war, wofür man dankbar sein musste. Während nicht alle zu ungeheurer Größe heranwuchsen und ihre geistigen und körperlichen Fähigkeiten gewisse Unterschiede aufwiesen, schienen sie alle eines gemeinsam zu haben: Sie kamen sexuell tot zurück. »Bitte um Vergebung für meine Derbheit«, sagte Overholser, »aber ich glaube nicht, dass mein Bruder Welland nach seiner Rückkehr auch nur beim Pissen einen Steifen gekriegt hat. Zalia? Hast du deinen Bruder jemals mit einem … du weißt schon …«

Zalia schüttelte den Kopf.

»Wie alt wart Ihr, als sie gekommen sind, Sai Overholser«?«, fragte Roland.

»Zum ersten Mal, meint Ihr. Also, Welland und ich waren neun.« Overholser sprach jetzt schnell. Auf diese Weise wirkte das Gesagte wie einstudiert, aber Eddie vermutete, dass dahinter etwas anderes steckte. In Calla Bryn Sturgis war Overholser ein bedeutender Mann; er war, Gott segne uns und steinige die Krähen, der große Farmer. Ihm fiel es schwer, sich an eine Zeit zu erinnern, in der er noch Kind gewesen war: klein und hilflos und verängstigt. »Unsere Ma und unser Pa haben versucht, uns im Keller zu verstecken. Das ist mir jedenfalls erzählt worden. Selbst kann ich mich an nichts erinnern, das steht fest. Hab mir vermutlich beigebracht, es zu vergessen, nehme ich mal an. Yar, das muss wohl stimmen. Manche erinnern sich besser als andere, Roland, aber alle Geschichten sind letztlich gleich: Ein Kind wird mitgenommen, eines wird zurückgelassen. Die Mitgenommenen kommen minder zurück, vielleicht noch etwas arbeitsfähig, aber unterhalb der Gürtellinie tot. Dann … wenn sie in die dreißig kommen …«

Wenn sie in die dreißig kamen, wurden die minderen Zwillinge schlagartig auf erschreckende Weise alt. Ihr Haar wurde weiß und fiel oft ganz aus. Ihre Augen ließen nach. Muskeln, die erstaunlich entwickelt gewesen waren (wie jetzt bei Tia Jaffords und Zalman Hoonik) wurden schlaff und schwanden dahin. Manchmal starben sie friedlich im Schlaf. Meistens war ihr Ende aber alles andere als friedlich. Sie bekamen Geschwüre, manchmal auf der Haut, aber öfter im Magen oder im Kopf. Im Gehirn. Alle starben lange vor Ablauf der natürlichen Lebensspanne, die ihnen zugestanden hätte, wenn die Wölfe sie nicht entführt hätten, und viele starben, wie sie von Kindern normaler Größe zu Riesen herangewachsen waren: vor Schmerzen schreiend. Eddie fragte sich, wie viele dieser Schwachsinnigen, die offenbar an Krebs starben, einfach erstickt wurden oder vielleicht irgendein starkes Beruhigungsmittel erhielten, das sie weit über die Schmerzen, weit über den Schlaf hinaustrug. Das war keine

Frage, die man stellen durfte, aber er glaubte die Antwort zu kennen: viele. Roland gebrauchte manchmal das Wort *delah*, stets von einer leichten Handbewegung in Richtung Horizont begleitet.

Viele.

Die Besucher aus der Calla, deren Gedächtnisse und Zungen durch Verzweiflung gelockert waren, hätten noch einige Zeit weitergesprochen und eine traurige Anekdote nach der anderen aufgetischt, aber das ließ Roland nicht zu. »Nun sprecht von den Wölfen, ich bitte euch. Wie viele kommen zu euch?«

»Vierzig«, sagte Tian Jaffords.

»Über die gesamte Calla verteilt?«, sagte Slightman der Ältere. »Nay, mehr als vierzig.« Und zu Tian gewandt in leicht entschuldigendem Ton: »Du warst nicht älter als neun, als sie letztes Mal gekommen sind, Tian. Ich war schon Anfang zwanzig. Vielleicht vierzig in der Stadt, aber andere waren außerhalb auf den Farmen und Ranchs. Ich würde sagen, dass es insgesamt sechzig waren, Roland-Sai, vielleicht sogar achtzig.«

Roland sah mit hochgezogenen Augenbrauen zu Overholser hinüber.

»'s ist dreiundzwanzig Jahre her, wenn Ihr so wollt«, sagte Overholser, »und ich glaube, dass sechzig ungefähr hinkommt.«

»Ihr nennt sie Wölfe, aber was sind sie wirklich? Sind sie Menschen? Oder etwas anderes?«

Overholser, Slightman, Tian, Zalia: Einen Augenblick lang konnte Eddie spüren, wie sie Khef teilten, konnte es fast hören. Dabei fühlte er sich einsam und ausgesperrt, wie man sich manchmal fühlte, wenn man sah, wie ein Paar sich an einer Straßenecke küsste, sich innig umarmte oder sich tief in die Augen sah, völlig im Blick des anderen verloren. Na ja, so brauchte er sich nicht mehr zu fühlen, oder? Er hatte sein eigenes Ka-Tet, sein eigenes Khef. Von seiner eigenen Frau ganz zu schweigen.

Unterdessen machte Roland die ungeduldige kleine Handbewegung mit rotierenden Fingern, die Eddie inzwischen so vertraut war. *Kommt schon, Leute,* besagte sie, *der Tag verrinnt.*

»Was sie sind, weiß niemand genau«, antwortete Overholser. »Sie sehen wie Männer aus, aber sie tragen Masken.«

»Wolfsmasken«, sagte Susannah.

»Aye, Lady, Wolfsmasken, grau wie ihre Pferde.«

»Sagt Ihr, dass sie alle auf grauen Pferden kommen?«, fragte Roland.

Diesmal war das Schweigen kürzer, aber Eddie fühlte wieder dieses Bewusstsein von Khef und Ka-Tet, von Geistern, die miteinander auf eine so elementare Weise kommunizierten, dass sie nicht einmal als Telepathie bezeichnet werden konnte; sie war elementarer als Telepathie.

»Meine Fresse!«, sagte Overholser – ein Slangausdruck, der zu besagen schien: *Darauf könnt Ihr Euren Arsch verwetten, beleidigt mich nicht, indem Ihr noch mal danach fragt.* »Alle auf grauen Pferden. Sie tragen graue Hosen, die wie Haut aussehen. Schwarze Stiefel mit großen grausamen Stahlsporen, hört mich an, ich bitte euch. Grüne Umhänge mit Kapuzen. Und die Masken. Wir wissen, dass das Masken sind, weil schon welche gefunden wurden, die sie zurückgelassen haben. Sie sehen wie Stahl aus, aber sie verwesen in der Sonne wie Fleisch, vertrackte Dinger.«

»Ach.«

Overholser warf ihm mit schief gelegtem Kopf einen ziemlich unverschämten Blick zu, so als wollte er fragen: *Bist du närrisch oder nur begriffsstutzig?* Dann sagte Slightman: »Ihre Pferde laufen wie der Wind. Manche haben ein Babby vor sich im Sattel und eines hinter sich.«

»Sagt Ihr das?«, fragte Roland.

Slightman nickte nachdrücklich. »Sage den Göttern meinen Dank.« Er sah Callahan erneut das Kreuzeszeichen in der Luft machen und seufzte. »Entschuldigung, Alter Kerl.«

Callahan zuckte die Achseln. »Ihr wart vor mir da. Ruft meinetwegen alle Götter an, die Euch einfallen, solange Ihr wisst, dass ich sie für falsch halte.«

»Und sie kommen aus Donnerschlag«, sagte Roland, ohne auf Letzteres einzugehen.

»Aye«, sagte Overholser. »Ihr könnt sehen, wo es dort drüben liegt – etwa hundert Räder entfernt.« Er deutete nach Südosten. »Wir werden die Wälder auf dem letzten Höhenzug vor dem Bogen verlassen. Von dort aus könnt Ihr die gesamte Östliche Ebene überblicken, und dahinter liegt eine große Dunkelheit wie eine Regenwolke am Horizont. Es wird erzählt, Roland, dass man in längst vergangenen Zeiten dort drüben Berge sehen konnte.«

»Wie die Rockies von Nebraska aus«, flüsterte Jake.

Overholser sah zu ihm hinüber. »Wie bitte, Jake-Soh?«

»Nichts«, sagte Jake und bedachte den Großfarmer mit einem kleinen, verlegenen Lächeln. Eddie registrierte währenddessen, wie Overholser ihn genannt hatte. Nicht Sai, sondern Soh. Wieder eine interessante Kleinigkeit.

»Wir haben also von Donnerschlag gehört«, sagte Roland. Sein Ton war durch den völligen Mangel an Emotion irgendwie erschreckend, und als Eddie fühlte, wie Susannahs Hand sich in seine stahl, war er froh darüber.

»'s ist ein Land von Vampiren, Gespenstern und Taheen, so wird erzählt«, berichtete Zalia. Ihre Stimme war dünn, zitterte beinahe. »Diese Geschichten sind natürlich alt …«

»Die Geschichten sind wahr«, sagte Callahan. Seine Stimme klang rau, aber Eddie hörte die Angst in ihr. Hörte sie sehr gut. »Es *gibt* Vampire – wahrscheinlich auch andere Wesen –, und Donnerschlag ist ihr Nest. Wir könnten ein andermal ausführlicher darüber reden, Revolvermann, wenn's euch beliebt. Hört mich im Augenblick nur an, ich bitte Euch: Von Vampiren verstehe ich ziemlich viel. Ich weiß nicht, ob die Wölfe die Kinder der Calla zu ihnen bringen – das glaube ich eher nicht –, aber ja, es *gibt* Vampire.«

»Wieso sprecht Ihr, als zweifelte ich daran?«, fragte Roland.

Callahan senkte den Blick. »Weil das viele tun. Ich hab's selbst getan. Ich habe vieles angezweifelt, und …« Seine Stimme brach. Er räusperte sich, und als er den Satz zu Ende brachte, war sie zu einem Flüstern herabgesunken. »… und das war mein Verderben.«

Roland saß einige Augenblicke lang schweigend da, hockte auf den Sohlen seiner uralten Stiefel, hatte die Arme um die knochigen Knie geschlungen und wiegte sich leicht vor und zurück. Dann wandte er sich an Overholser: »Um welche Zeit des Tages kommen sie?«

»Als sie meinen Bruder Welland mitgenommen haben, da war es morgens«, sagte der Farmer. »Nicht lange nach dem Frühstück. Daran erinnere ich mich, weil Welland unsere Ma gefragt hat, ob er denn seinen Becher Kaffee in den Keller mitnehmen darf. Aber letztes Mal … als sie gekommen sind und Tians Schwester und Zalias Bruder und so viele andere mitgenommen haben …«

»Ich habe zwei Nichten und einen Neffen verloren«, sagte Slightman der Ältere.

»Das war nicht lange nach dem Mittagsläuten der Versammlungshalle. Wir wissen den genauen Tag immer, weil *Andy* ihn weiß, und so viel verrät er uns auch. Dann hören wir das Donnern ihrer Hufschläge, wenn sie aus Osten herangaloppieren, und sehen die Staubfahne, die sie hinter sich herziehen …«

»Ihr wisst also, wann sie kommen«, sagte Roland. »Sogar aus drei Quellen: Andy, das Geräusch ihrer Hufschläge, das Aufsteigen der Staubwolke.«

Overholser, der genau verstand, was Roland damit andeuten wollte, war auf den Flächen seiner feisten Backen und den Hals hinunter ziegelrot angelaufen. »Sie kommen bewaffnet, Roland, hört mich wohl an. Mit Schusswaffen – Gewehre, auch Revolver, wie Euer Tet sie trägt, und Grenados – und weiteren Waffen. Mit schrecklichen Waffen des Alten Volkes. Lichtstäbe, die bei Berührung töten, fliegende Summerkugeln, die Drohnen oder Schnaatze genannt werden. Die Stäbe verbrennen die Haut schwarz und bringen das Herz zum Stillstand – vielleicht elektrisch, vielleicht …«

Eddie hörte Overholsers nächstes Wort als *»ant-NOMISCH«*. Erst dachte er, der Mann wolle »anatomisch« sagen. Im nächsten Augenblick wurde ihm klar, dass er vermutlich »atomisch« meinte – eine verballhornte Form von »atomar«.

»Sobald die Drohnen einen wittern, folgen sie einem, egal wie schnell man rennt«, sagte Slightmans Junge eifrig, »oder wie man sich dreht und windet. Richtig, Da'?«

»Meine Fresse«, sagte Slightman der Ältere. »Dann fahren sie Klingen aus, die drehen sich so schnell, dass man sie kaum sieht, und schneiden einen in Stücke.«

»Alle auf grauen Pferden«, meinte Roland nachdenklich. »Jedes von gleicher Farbe. Was noch?«

Anscheinend nichts. Alles war bereits erzählt. Sie kamen an dem von Andy vorausgesagten Tag aus Osten, und eine entsetzliche Stunde lang – vielleicht länger – war die Calla von den donnernden Hufschlägen dieser grauen Pferde und den Schreien verzweifelter Eltern erfüllt. Grüne Umhänge wehten. Knurren aus Wolfsmasken, die wie Metall aussahen und in der Sonne wie Fleisch verwesten. Die Kinder wurden verschleppt. Manchmal wurden einige Zwillingspaare übersehen, was darauf schließen ließ, dass das Vorherwissen der Wölfe nicht vollkommen war. Trotzdem musste es verdammt gut darum bestellt sein, dachte Eddie, denn auch wenn die Kinder fortgebracht wurden (was häufig war) oder zu Hause versteckt wurden (was sie fast *immer* waren), fanden die Wölfe sie trotzdem binnen kürzester Zeit. Sie wurden selbst unter Scharfwurzelmieten oder in Heuhaufen aufgespürt. Wer sich ihnen aus der Calla zu widersetzen versuchte, wurde erschossen, mit den Lichtstäben – irgendeine Art Laser? –

verschmort oder von den fliegenden Drohnen in Stücke geschnitten. Wenn er sich Letztere vorstellte, musste er unwillkürlich an jenen blutigen kleinen Film denken, in den Henry ihn einst geschleppt hatte. *Phantasm – das Böse,* so hatte er geheißen. Drunten im alten Majestic. Ecke Brooklyn und Markey Avenue. Wie zu viele Orte in seinem früheren Leben hatte das Majestic nach Pisse und Popcorn und billigem Wein aus Flaschen in braunen Tüten gerochen. Auf den Gängen hatten manchmal Injektionsnadeln gelegen. Alles vielleicht nicht gut, aber von Zeit zu Zeit – meistens nachts, wenn er nicht gleich einschlafen konnte – weinte er im Innersten seinem früheren Leben nach, zu dem auch das Majestic gehört hatte. Weinte ihm nach wie ein geraubtes Kind seiner Mutter.

Die Kinder wurden entführt, die Hufschläge verhallten in der Richtung, aus der sie gekommen waren, und damit sei die Sache beendet.

»Nein, das verstehe ich nicht«, sagte Jake. »Sie müssen sie doch auch irgendwie zurückbringen, oder?«

»Nein«, sagte Overholser. »Die Minderen kommen mit dem Zug zurück, hört mich an, von denen gibt's bei uns einen riesigen Schrotthaufen, den ich euch zeigen könnte, und … Was? Was ist los?«

Jake stand der Mund weit offen, und er war auffällig blass geworden.

»Wir haben vor nicht allzu langer Zeit ein schlimmes Erlebnis mit einem Zug gehabt«, sagte Susannah. »Die Züge, die eure Kinder zurückbringen, sind das Einschienenbahnen?«

Es waren keine. Tatsächlich hatten Overholser, die Jaffordsens und die Slightmans keine Ahnung, was eine Einschienenbahn war. (Callahan, der als Teenager in Disneyland gewesen war, hatte eine.) Die Züge, die die Kinder zurückbrachten, wurden von einfachen alten Lokomotiven gezogen *(von denen hoffentlich keine Charlie heißt,* dachte Eddie*),* die ohne Lokführer und vor einen, manchmal auch zwei offene Plattformwagen gespannt waren. Auf diesen hockten zusammengedrängt die Kinder. Bei ihrer Ankunft flennten sie meistens vor Angst (auch wegen Sonnenbrand, wenn das Wetter westlich von Donnerschlag heiß und wolkenlos war), waren mit Essensresten und der eigenen angetrockneten Scheiße bedeckt und noch dazu halb verdurstet. Am Ende der Strecke gab es keinen Bahnhof, obwohl Overholser die Vermutung äußerte, vor Jahrhunderten könnte dort noch einer gestanden haben. Sobald die Kinder ausgeladen waren, wurden die kurzen Züge mit Pferdegespannen vom Gleis gezogen. Eddie überlegte sich, dass es möglich sein müsste, die Zahl der Wolfsüberfälle dadurch zu ermitteln, indem man die verschrotteten Lokomotiven zählte, gewissermaßen so, wie man das Alter eines Baums bestimmte, indem man die Jahresringe auf dem Baumstumpf zählte.

»Wie lange sind sie unterwegs, würdet Ihr schätzen?«, fragte Roland. »Nach der Verfassung zu schließen, in der sie hier ankommen?«

Overholser sah zu Slightman hinüber, dann zu Tian und Zalia. »Zwei Tage? Drei?«

Sie zuckten die Achseln und nickten.

»Zwei bis drei Tage«, erklärte Overholser gegenüber Roland noch einmal, wenn auch zuversichtlicher, als vielleicht, nach den Blicken der anderen zu urteilen, gerechtfertigt war. »Lange genug, um Sonnenbrände zu bekommen und den größten Teil der mitgegebenen Verpflegung aufzuessen …«

»Oder sich damit vollzuschmieren«, grunzte Slightman.

»… aber nicht lange genug, um an Unterkühlung zu sterben«, beendete Overholser den Satz. »Wolltet Ihr daraus schließen, wie weit von der Calla entfernt ihre Reise begonnen hat, wünsche ich Euch viel Spaß bei diesem Rätsel, denn niemand weiß, mit welcher Geschwindigkeit der Zug die Ebene durchquert. Das jenseitige Flussufer erreicht er majestätisch langsam, aber das bedeutet nicht viel.«

»Nein«, stimmte Roland zu, »das tut es nicht.« Er überlegte. »Noch siebenundzwanzig Tage also?«

»Sechsundzwanzig inzwischen«, sagte Callahan leise.

»Eine Sache, Roland«, sagte Overholser. Er sprach entschuldigend, hatte das Kinn aber vorgereckt. Eddie fand, dass der Mann sich in die Art Kerl zurückverwandelt hatte, gegen die man auf den ersten Blick eine Abneigung haben konnte. Das heißt, wenn man Probleme mit Autoritätspersonen hatte, und Eddie hatte immer welche gehabt.

Roland zog stumm fragend die Augenbrauen hoch.

»Wir haben nicht Ja gesagt.« Overholser sah zu Slightman dem Älteren hinüber, als suchte er dort Unterstützung, und Slightman nickte auch zustimmend.

»Ihr müsst wissen, dass wir nicht feststellen können, ob Ihr seid, wer Ihr zu sein behauptet«, sagte Slightman ziemlich verlegen. »Meine Familie ist ohne Bücher aufgewachsen, und draußen auf der Ranch – ich bin Vormann auf Eisenharts Rocking B – gibt's keine außer den Zuchtbüchern, aber als Heranwachsender habe ich so viele Geschichten von Gilead und Revolvermännern und Arthur Eld gehört wie jeder andere Junge auch – habe vom Jericho Hill und anderen solchen Blut-und-Donner-Sagen gehört … aber ich habe noch nie von einem Revolvermann gehört, dem zwei Finger fehlen, oder von einem braunhäutigen weiblichen Revolvermann oder von einem, der noch nicht alt genug ist, um sich rasieren zu müssen.«

Sein Sohn war sichtlich entsetzt und wand sich beinahe vor Verlegenheit. Slightman wirkte nicht weniger verlegen, aber er sprach tapfer weiter.

»Ich erflehe Eure Verzeihung, wenn Euch kränkt, was ich sage, das tue ich in der Tat …«

»Hört ihn an, hört ihn wohl an«, knurrte Overholser. Eddie war es irgendwie, als ob die Kinnlade des Mannes glatt abbrechen würde, wenn dieser sie noch weiter vorstrecke.

»… aber jede Entscheidung, die wir treffen, wird ein lang nachhallendes Echo haben. Das müsst auch Ihr sehen. Treffen wir die falsche, könnte sie den Tod unserer Stadt mit ihrer gesamten Einwohnerschaft bedeuten.«

»Ich kann nicht glauben, was ich da höre!«, rief Tian Jaffords auf einmal empört aus. »Hältst du die Leute hier für Betrüger? Große Götter, Mann, hast du ihn dir nicht *angesehen*? Hast du keinen …«

Seine Frau packte ihn so fest am Arm, dass ihre Fingerspitzen weiße Spuren in seiner sonnengebräunten Farmerhaut hinterließen. Tian sah sie an und verstummte, presste dabei aber die Lippen zu einem schmalen Strich zusammen.

Irgendwo in der Ferne krächzte eine Krähe, und ein Häher antwortete mit seiner etwas schrilleren Stimme. Danach war es wieder still. Einer nach dem anderen wandten sie sich nun Roland von Gilead zu, um zu hören, was er antworten würde.

5

Es war immer dasselbe, und es ermüdete ihn allmählich. Sie wollten Hilfe, aber sie wollten auch Referenzen. Aufmarschierende Zeugen, wenn sich das irgendwie machen ließ. Sie wollten Rettung ohne Risiko, wollten nur die Augen zumachen und gerettet werden.

Roland wiegte sich mit um die Knie geschlungenen Armen langsam vor und zurück. Dann nickte er vor sich hin und hob den Kopf. »Jake«, sagte er. »Komm mal her zu mir.«

Jake warf seinem neuen Freund Benny einen Blick zu, dann stand er auf und ging zu Roland hinüber. Oy begleitete ihn wie immer bei Fuß.

»Andy«, sagte Roland.

»Sai?«

»Bring mir vier der Teller, von denen wir gegessen haben.« Während Andy sie holte, wandte Roland sich an Overholser. »Ihr werdet etwas Geschirr einbüßen. Wenn Revolvermänner in die Stadt kommen, Sai, gibt's immer Scherben. Das ist einfach so.«

»Roland, ich glaube nicht, dass wir …«

»Still jetzt«, sagte Roland, und obwohl er sanft sprach, verstummte Overholser sofort. »Ihr habt Eure Geschichte erzählt, jetzt erzählen wir unsere.«

Andys Schatten fiel über Roland. Der Revolvermann sah auf und nahm ihm die Teller ab. Sie waren nicht abgewaschen und glänzten noch vor Fett. Dann drehte er sich zu Jake um, in dem eine bemerkenswerte Veränderung vorgegangen war. Als er neben Benny the Kid gesessen, Oy bei seinen cleveren kleinen Kunststücken zugesehen und vor Stolz gegrinst hatte, hatte Jake wie jeder andere Zwölfjährige ausgesehen – sorglos und vermutlich stets zu losen Streichen aufgelegt. Jetzt war das Lächeln verschwunden, und es war schwierig, sein Alter genau abzuschätzen. Mit blauen Augen starrte er unverwandt in Rolands Augen, die fast die gleiche Farbe hatten. Unter Jakes Schulter hing die Ruger, die Jake in einem anderen Leben aus dem Schreibtisch seines Vaters mitgenommen hatte, in der Dockerschlinge. Ihr Abzug war mit einer Lederschnur gesichert, die Jake jetzt, ohne hinzusehen, löste. Das Ganze erforderte nur einen kurzen Ruck.

»Sag deine Lektion auf, Jake, Sohn des Elmer, und sei wahrhaftig.«

Roland erwartete fast, dass Eddie oder Susannah sich einmischen würde, aber beide schwiegen. Er sah zu ihnen hinüber. Ihre Gesichter waren so kalt und ernst wie das von Jake. Gut.

Jakes Gesicht war zwar ausdruckslos, aber seine Stimme klang hart und fest.

»Ich ziele nicht mit der Hand; wer mit der Hand zielt, hat das Angesicht seines Vaters vergessen. Ich ziele mit dem Auge. Ich schieße nicht mit der Hand …«

»Ich verstehe nicht, was das alles …«, begann Overholser.

»Maul halten«, sagte Susannah und zeigte mit dem Finger auf ihn.

Jake schien nichts gehört zu haben. Sein Blick blieb auf Roland gerichtet. Die rechte Hand des Jungen lag mit gespreizten Fingern auf seiner Brust. »Wer mit der Hand schießt, hat das Angesicht seines Vaters vergessen. Ich schieße mit dem Verstand. Ich töte nicht mit meiner Waffe; wer mit seiner Waffe tötet, hat das Angesicht seines Vaters vergessen.«

Jake machte eine Pause. Holte tief Luft. Und ließ sie sprechend entweichen.

»Ich töte mit dem Herzen.«

»Töte diese«, befahl Roland ihm, dann schleuderte er ohne Vorwarnung alle vier Teller in die Luft. Sie stiegen hoch, trennten sich, überschlugen sich und hoben sich als dunkle Schatten vor dem hellgrauen, fast weißen Himmel ab.

Jakes Hand, die auf der Brust liegende Rechte, verschwamm. Er zog die Ruger mit dieser Hand aus der Dockerschlinge und betätigte den Abzug, während Rolands Hand noch in der Luft war. Die Teller schienen nicht nacheinander, sondern alle gleichzeitig zu zersplittern. Die Bruchstücke regneten auf die Lichtung herab. Einige fielen ins Feuer und ließen dabei Asche und Funken aufstieben. Zwei, drei Splitter prallten scheppernd von Andys stählernem Kopf ab.

Roland, dessen geöffnete Hände sich so schnell bewegten, dass auch sie verschwammen, griff in die Luft. Eddie und Susannah taten es ihm gleich, noch während die Besucher aus Calla Bryn Sturgis sich duckten, weil die das Knallen der Schüsse sie erschreckt hatten. Und die Geschwindigkeit, mit der die Schüsse gefallen waren.

»Seht uns an, wenn's beliebt, und sagt euren Dank«, forderte Roland sie auf. Er streckte die Hände aus. Eddie und Susannah folgten seinem Beispiel. Eddie hatte drei Keramiksplitter aufgefangen. Susannah hatte fünf (und einen, wenn auch nicht sehr tiefen, Schnitt in einer der Fingerbeeren). Roland hatte ein halbes Dutzend der herabfallenden Splitter aufgefangen. Sie sahen aus, als könnten sie fast einen ganzen Teller ergeben, würden die Bruchstücke wieder zusammengeklebt.

Die sechs aus der Calla starrten Jake und die anderen ungläubig an. Benny the Kid hielt sich noch immer die Ohren zu; jetzt ließ er langsam die Hände sinken. Er betrachtete Jake, als hätte er ein Gespenst oder eine Himmelserscheinung vor sich.

»Mein … *Gott«,* sagte Callahan. »Das war wie ein Trick aus einer alten Wild-West-Show.«

»Das ist kein Trick«, sagte Roland. »Das dürft Ihr nie auch nur denken. Dies ist der Weg des Eld. Wir sind von jenem An-Tet, Khef und Ka, Uhr und Urkunde darauf. Revolvermänner, wenn's beliebt. Und nun will ich euch sagen, was wir tun wollen.« Er suchte Overholsers Blick. »Was wir tun *wollen,* sage ich, denn niemand kann uns befehlen. Trotzdem glaube ich, dass nichts von dem, was ich sage, euch allzu viel Unbehagen bereiten wird. Sollte es das vielleicht doch tun …« Roland zuckte die Achseln. *Pech, wenn's das tut,* besagte sein Schulterzucken.

Er ließ die Keramiksplitter zwischen seine Stiefel fallen und klopfte sich die Hände ab.

»Wären das Wölfe gewesen«, sagte er, »wären jetzt statt sechzig nur noch sechsundfünfzig übrig, die euch belästigen könnten. Vier lägen tot auf der Erde, bevor ihr Atem holen könntet. Von einem Jungen getötet.« Er sah zu Jake hinüber. »Von jemandem, den man vielleicht einen Jungen *nennen* könnte.« Roland machte eine Pause. »Wir sind's gewohnt, in der Unterzahl zu sein.«

»Der junge Bursche schießt atemberaubend gut, das gestehe ich Euch zu«, sagte Slightman der Ältere. »Aber es gibt einen Unterschied zwischen Keramiktellern und Wölfen zu Pferde.«

»Vielleicht für Euch, Sai. Nicht für uns. Nicht wenn die Schießerei anfängt. Sobald die Schießerei anfängt, töten wir alles, was sich bewegt. Habt ihr uns nicht deswegen aufgesucht?«

»Was ist, wenn sie kugelfest sind?«, fragte Overholser. »Wenn nicht mal die härtesten aller harten Kaliber sie aus dem Sattel holen können?«

»Warum vergeudet ihr Zeit, wo die Zeit doch drängt?«, sagte Roland ruhig. »Ihr *wisst,* dass sie getötet werden können, sonst hättet ihr uns nicht aufgesucht. Ich habe nicht danach gefragt, weil die Antwort auf der Hand liegt.«

Overholser war erneut dunkelrot angelaufen. »Erflehe Eure Verzeihung«, sagte er.

Benny starrte Jake unterdessen weiter mit großen Augen an, und Roland empfand ein flüchtiges Bedauern für die beiden Jungen. Sie konnten trotzdem noch eine Art Freundschaft aufbauen, aber was soeben passiert war, würde sie grundlegend verändern und in etwas völlig anderes als das unbefangene Khef verwandeln, das Jungen sich gewöhnlich teilten. Was irgendwie bedauerlich war, weil Jake immer noch nur ein Kind war, wenn er nicht gerade aufgefordert wurde, als Revolvermann zu handeln. Ziemlich nahe dran an dem Alter, in dem Roland gewesen war, als er plötzlich die Mannbarkeitsprüfung hatte bestehen müssen. Aber er würde sehr wahrscheinlich nicht mehr lange jung bleiben. Und das war jammerschade.

»Hört mir jetzt zu«, sagte Roland, »und hört mich sehr wohl an. Wir verlassen euch bald, um in unser Lager zurückzukehren, wo wir uns beraten werden. Morgen, wenn wir in eure Stadt kommen, quartieren wir uns bei jemandem von euch ein …«

»Kommt auf die Seven-Mile«, sagte Overholser. »Wir nehmen euch auf und sagen unseren Dank, Roland.«

»Unser Haus ist viel kleiner«, sagte Tian, »aber Zalia und ich …«

»Wir wären glücklich, euch bei uns zu haben«, sagte Zalia. Sie war so dunkelrot angelaufen wie Overholser. »Aye, das wären wir.«

»Habt Ihr außer Eurer Kirche auch ein Haus, Sai Callahan?«, fragte Roland.

Callahan lächelte. »Das habe ich, und ich sage Gott meinen Dank.«

»Wir könnten unsere erste Nacht in Calla Bryn Sturgis bei Euch verbringen«, sagte Roland. »Wäre das möglich?«

»Gewiss, und seid willkommen.«

»Ihr könntet uns Eure Kirche zeigen. Uns in ihre Mysterien einweihen.«

Callahan erwiderte seinen Blick unverwandt. »Diese Gelegenheit würde ich gern wahrnehmen.«

»An den Tagen danach«, sagte Roland lächelnd, »werden wir die Gastfreundschaft der Stadt gern in Anspruch nehmen.«

»An der wird's nicht mangeln«, sagte Tian. »Das verspreche ich Euch.« Overholser und Slightman nickten.

»Nach dem Mahl zu schließen, das wir vorhin genossen haben, ist das sicher wahr. Wir sagen Euch unseren Dank, Sai Jaffords; wir sagen euch allen unseren Dank. Wir vier werden eine Woche lang durch eure Stadt streifen, uns hier und dort umsehen. Vielleicht etwas länger, aber wahrscheinlich eine Woche lang. Wir werden uns das Stadtgebiet und die Verteilung der Gebäude darauf ansehen. Mit Blick auf das Kommen dieser Wölfe. Wir werden mit den Leuten reden, und die Leute werden mit uns reden – dafür werdet ihr, die ihr jetzt hier seid, sorgen, aye?«

Callahan nickte. »Ich kann nicht für die Manni sprechen, aber ich bin mir sicher, dass alle anderen bereitwillig mit Euch über die Wölfe reden werden. Gott und der Jesusmensch wissen, dass sie kein Geheimnis sind. Und die Bewohner des Bogens haben eine Heidenangst vor ihnen. Sehen sie eine Chance, dass Ihr uns vielleicht helfen könnt, tun sie alles, was Ihr verlangt.«

»Auch die Manni werden mit mir reden«, sagte Roland. »Mit ihnen habe ich schon früher Palaver gehalten.«

»Lasst Euch nicht von der Zuversicht des Alten Kerls anstecken, Roland«, sagte Overholser. Er hob seine dicklichen Hände in einer zur Vorsicht mahnenden Geste. »In der Stadt gibt's andere, die Ihr werdet überzeugen müssen.«

»Zum Beispiel Vaughn Eisenhart«, sagte Slightman.

»Aye, und Eben Took, wenn's beliebt«, sagte Overholser. »Zwar trägt nur der Gemischtwarenladen seinen Namen, müsst Ihr wissen, aber ihm gehört auch die Pension mit der Gaststätte davor ... und die Hälfte des Mietstalls ... und Schuldscheine von den meisten Kleinfarmern.

Wenn's um die Kleinfarmer geht, dürft Ihr auch Bucky Javier nicht vernachlässigen«, fuhr Overholser fort. »Er ist nicht der größte von ihnen, aber das liegt nur daran, dass er die Hälfte seines Besitzes seiner jüngeren Schwester geschenkt hat, als sie geheiratet hat.« Overholser beugte sich zu Roland hinüber, und seine Augen leuchteten, während er nun etwas Stadtgeschichte weitergab. »Roberta Javier hat Glück gehabt«, sagte er. »Als die Wölfe letztes Mal da waren, waren ihr Zwillingsbruder und sie erst ein Jahr alt. Also sind sie übergangen worden.«

»Buckys eigenen Zwillingsbruder haben sie letztes Mal mitgenommen«, sagte Slightman. »Bully ist jetzt schon fast vier Jahre tot. An der Krankheit gestorben. Seit damals kann Bucky kaum genug für seine jüngeren Geschwister tun. Aber Ihr solltet mit ihm reden, aye. Bucky hat bloß achtzig Morgen Land, aber er ist echt.«

Sie verstehen noch immer nicht, dachte Roland.

»Danke«, sagte er. »Für uns kommt's in nächster Zeit vor allem darauf an, uns umzusehen und zuzuhören. Sind wir damit fertig, bitten wir den für die Feder Verantwortlichen, sie herumzutragen, um eine Stadtversammlung einzuberufen. Bei dieser Versammlung teilen wir euch dann mit, ob die Stadt verteidigt werden kann und wie viele Männer wir als Helfer brauchen, wenn eine Verteidigung möglich ist.«

Roland sah, dass Overholser sich aufplusterte, um etwas zu sagen, und schüttelte den Kopf.

»Wir würden ohnehin nicht viele wollen«, sagte er. »Wir sind Revolvermänner, keine Armee. Wir denken anders, handeln anders als Armeen. Wir würden vielleicht vier bis fünf bitten, uns zu unterstützen. Wahrscheinlich weniger – nur zwei oder drei. Aber wir werden vielleicht mehr brauchen, die uns bei den Vorbereitungen helfen.«

»Warum?«, fragte Benny.

Roland lächelte. »Das kann ich noch nicht sagen, mein Sohn, weil ich die Verhältnisse in eurer Calla noch nicht gesehen habe. Aber in solchen Fällen ist Überraschung stets die stärkste Waffe, und man braucht meistens viele Leute, um eine gute Überraschung vorzubereiten.«

»Die größte Überraschung für die Wölfe wäre«, sagte Tian, »wenn wir überhaupt kämpfen würden.«

»Was wäre, wenn Ihr zu dem Schluss kämt, die Calla ließe sich *nicht* verteidigen?«, fragte Overholser. »Sagt mir das, ich bitte Euch.«

»Dann danken meine Freunde und ich euch für eure Gastfreundschaft und ziehen weiter«, sagte Roland, »haben wir doch weiter den Pfad des Balkens entlang unsere eigene Aufgabe zu erfüllen.« Er beobachtete einen Augenblick lang Tians und Zalias tief enttäuschte Gesichter, dann sagte er: »Das halte ich aber für wenig wahrscheinlich. Es gibt fast immer einen Weg.«

»Möge die Versammlung Euer Urteil günstig aufnehmen«, sagte Overholser.

Roland zögerte. Eigentlich war der Augenblick gekommen, in dem er ihnen die Wahrheit in die Köpfe hämmern sollte, wenn er das wollte. Wenn diese Leute noch immer glaubten, dass ein Tet von Revolvermännern sich daran halten würde, was Farmer und Rancher in öffentlicher Versammlung beschlossen, hatten sie *wirklich* keinen Begriff von der Welt, wie sie einst gewesen war. Aber war das so schlecht? Letztlich würden die Ereignisse ihren Lauf nehmen und Bestandteil seiner langen Geschichte werden.

Oder eben nicht. Falls nicht, würde er seine Geschichte und seine Suche in Calla Bryn Sturgis beschließen, um dort unter einem Stein zu vermodern. Vielleicht nicht einmal das; vielleicht würde er irgendwo östlich der Stadt tot liegen bleiben, seine Freunde und er, nur mehr verwesendes Fleisch, an dem Krähen und Häher sich gütlich taten. Darüber würde das Ka entscheiden. Das tat es stets.

Inzwischen sahen ihn alle an.

Roland stand auf und zuckte dabei wegen der stechenden Schmerzen in der rechten Hüfte etwas zusammen. Eddie, Susannah und Jake machten sich wie auf ein Stichwort hin ebenfalls zum Aufbruch bereit.

»Wir sind nun miteinander vertraut«, sagte Roland. »Und was das angeht, was vor uns liegt, so wird es Wasser geben, so Gott es will.«

»Amen«, sagte Callahan.

Kapitel 7

FLITZEN

1

»Graue Pferde«, sagte Eddie.

»Aye«, bestätigte Roland.

»Fünfzig oder sechzig, alle auf grauen Pferden.«

»Aye, das haben sie gesagt.«

»Und haben's nicht im Geringsten merkwürdig gefunden«, meinte Eddie nachdenklich.

»Nein. Anscheinend nicht.«

»Ist's das denn?«

»Fünfzig oder sechzig Pferde, alle von gleicher Farbe? Ich denke schon, ja.«

»Diese Calla-Leute sind selbst Pferdezüchter.«

»Aye.«

»Haben uns welche mitgebracht, damit wir reiten können.« Eddie, der in seinem Leben noch kein Pferd geritten hatte, war dafür dankbar, dass zumindest das aufgeschoben war, auch wenn er das nicht laut sagte.

»Aye, jenseits des Hügels angebunden.«

»Weißt du das sicher?

»Hab sie gerochen. Ich vermute, dass der Roboter sie versorgt hat.«

»Warum sollten diese Leute fünfzig oder sechzig Pferde, alle von gleicher Farbe, für selbstverständlich halten?«

»Weil sie eigentlich nicht über die Wölfe oder irgendwas nachdenken, was mit denen zu tun hat«, sagte Roland. »Sie sind zu sehr damit beschäftigt, Angst zu haben, glaube ich.«

Eddie pfiff fünf Noten, die nicht ganz eine Melodie ergaben. Dann sagte er: »Graue Pferde.«

Roland nickte. »Graue Pferde.«

Sie wechselten einen Blick, dann lachten sie. Eddie liebte es, wenn Roland lachte. Das Geräusch war trocken, hässlich wie die Rufe der großen Vögel, die er Häher nannte … aber er liebte es. Vielleicht nur deshalb, weil Roland so selten lachte.

Es war später Nachmittag. Über ihnen waren die Wolken dünn genug geworden, um ein blasses Blau anzunehmen, das fast als Himmelsblau zu bezeichnen war. Overholser und seine Gruppe waren in ihr Lager zurückgekehrt. Susannah und Jake waren entlang der Waldstraße zurückgegangen, um weitere Muffinkugeln zu pflücken. Nach dem reichlichen Mahl, das sie genossen hatten, verlangte keiner von ihnen nach etwas Schwererem. Eddie saß auf einem Baumstamm und schnitzte vor sich hin. Roland, der neben ihm saß, hatte alle ihre Waffen zerlegt und vor sich auf einem Stück Hirschfell ausgebreitet. Er ölte ein Stück nach dem anderen, hielt dann jedes Schloss, jede Trommel und jeden Lauf erst einmal ans Tageslicht hoch, bevor er sie zum Zusammensetzen beiseite legte.

»Du hast ihnen gesagt, dass nicht sie zu entscheiden haben«, sagte Eddie, »aber das haben sie so wenig begriffen wie die Sache mit all den grauen Pferden. Aber du hast nicht nachgehakt.«

»Das hätte sie nur bekümmert«, sagte Roland. »In Gilead hatten wir eine Redensart: Lass das Übel auf den Tag warten, an dem es kommen muss.«

»Mhm«, sagte Eddie. »In Brooklyn hatten wir auch eine Redensart: Von 'ner Wildlederjacke kriegst du keinen Rotz runter.« Er hielt den Gegenstand hoch, den er gerade schnitzte. Ein Kreisel, dachte Roland, ein Kinderspielzeug. Und er fragte sich wieder, wie viel Eddie über die Frau wissen mochte, neben der er sich jeden Abend zur Ruhe bettete. Die *Frauen*. Nicht das, was an der Oberfläche des Verstandes erkennbar war, sondern das, was darunter lag. »Wenn du entscheidest, dass wir ihnen helfen können, müssen wir ihnen helfen. Darauf läuft der Weg des Eld letztlich hinaus, oder?«

»Ja«, sagte Roland.

»Und wenn keiner an unserer Seite kämpfen will, kämpfen wir allein.«

»Oh, das macht mir keine Sorgen«, sagte Roland. Er hatte eine Untertasse mit leichtem, dünnflüssigem Waffenöl neben sich stehen. Jetzt tauchte er einen Zipfel Polierleder hinein, griff nach dem Magazin von Jakes Ruger und begann es zu reinigen. »Tian Jaffords würde mit uns kämpfen, wenn's ernst wird. Und er hat bestimmt ein paar Freunde, die das auch tun würden, unabhängig davon, was die Versammlung beschließt. Notfalls ist auch seine Frau da.«

»Und was wird aus ihren Kindern, wenn beide durch unsere Schuld umkommen? Außerdem scheint's bei ihnen noch einen alten Kerl zu geben. Sein oder ihr Großvater. Ich glaube, dass sie ihn mitversorgen.«

Roland zuckte die Achseln. Noch vor wenigen Monaten hätte Eddie diese Geste – und die ausdruckslose Miene des Revolvermanns – fälschlicherweise für Gleichgültigkeit gehalten. Jetzt wusste er's besser. Roland war ebenso ein Gefangener seiner Regeln und Traditionen, wie Eddie jemals einer des Heroins gewesen war.

»Was ist, wenn *wir* in diesem Nest umkommen, weil wir uns mit den Wölfen angelegt haben?«, fragte Eddie. »Wäre dein letzter Gedanke dann nicht ungefähr der: ›Ich kann's nicht glauben, was für ein Dämlack ich war, dass ich meine Chance, den Dunklen Turm zu erreichen, weggeworfen habe, nur um einer Bande von rotznäsigen Bauernlümmeln aus der Patsche zu helfen‹? Oder irgendwas in dieser Richtung.«

»Wenn wir nicht standhaft und wahrhaftig sind, kommen wir nie auch nur bis auf tausend Meilen an den Turm heran«, sagte Roland. »Willst du behaupten, dass du das nicht spürst?«

Das konnte Eddie nicht, er spürte es nämlich. Er fühlte zudem noch etwas anderes: eine Art blutrünstiger Begierde. Er wollte tatsächlich wieder kämpfen. Wollte ein paar dieser Wölfe, wer immer sie sein mochten, im Visier eines der großen Revolver Rolands haben. Es war zwecklos, sich etwas vorzumachen: Er wollte ein paar Skalps erbeuten.

Oder Wolfsmasken.

»Was macht dir wirklich Sorgen, Eddie? Ich möchte, dass du sprichst, solange wir beide allein sind.« Die Lippen des Revolvermanns verzogen sich zu einem schmalen, schiefen Lächeln. »Sprich, ich bitte dich.«

»Merkt man mir an, was?«

Roland zuckte die Achseln und wartete.

Eddie dachte über die Frage nach. Es war eine *große* Frage. Sie bewirkte, dass er sich verzweifelt und unzulänglich fühlte, nicht viel anders als damals, als er vor der Aufgabe gestanden hatte, den Schlüssel zu schnitzen, mit dessen Hilfe Jake Chambers schließlich in ihre Welt gelangen konnte. Nur hatte er dabei den Geist seines großen Bruders für alles verantwortlich machen können: Henry, der tief im Inneren seines Kopfes flüsterte, er tauge nichts, habe nie etwas getaugt, werde nie etwas taugen. Jetzt war es nur die Ungeheuerlichkeit dessen, was Roland gefragt hatte. Weil ihn alles bekümmerte, weil alles falsch war. *Alles*. Oder vielleicht war *falsch* das verkehrte Wort, um hundertachtzig Grad verkehrt. Weil die Dinge andererseits zu *richtig* zu sein schienen, zu perfekt, zu …

»Arrrggghh«, sagte Eddie. Er raufte sich die Haare auf beiden Seiten des Kopfs. »Ich weiß einfach nicht, wie ich's sagen soll.«

»Dann sag das Erste, was dir einfällt. Ohne zu zögern.«

»Neunzehn«, sagte Eddie. »Dieser Deal ist eine einzige große Neunzehn.«

Er ließ sich rückwärts auf den duftenden Waldboden fallen, schloss die Augen und strampelte mit den Beinen wie ein kleines Kind, das einen Wutanfall hatte. Er dachte: *Vielleicht muss ich nur ein paar Wölfe erlegen, um wieder in Ordnung zu kommen. Vielleicht ist mehr gar nicht nötig.*

2

Roland wartete eine abgezählte volle Minute, dann fragte er: »Fühlst du dich jetzt besser?«

Eddie setzte sich auf. »Eigentlich ja.«

Roland nickte schwach lächelnd. »Kannst du also mehr sagen? Wenn du's nicht kannst, lassen wir die Sache einfach auf sich beruhen, aber ich habe gelernt, deine Empfindungen zu respektieren, Eddie – weit mehr, als dir bewusst sein mag –, und wenn du sprechen willst, höre ich zu.«

Was er sagte, war wahr. Die Gefühle des Revolvermanns für Eddie hatten anfänglich zwischen Vorsicht und Verachtung für etwas geschwankt, was Roland für Charakterschwäche hielt. Respekt war langsamer dazugekommen. Angefangen hatte alles in Balazars Büro, als Eddie nackt gekämpft hatte. Nur sehr wenige Männer, die Roland gekannt hatte, hätten das fertig gebracht. Verstärkt hatte dieser Respekt sich, als Roland erkannte, wie sehr Eddie dem Cuthbert von einst ähnelte. Im Mono dann hatte Eddie eine Art verzweifelter Kreativität bewiesen, die Roland zwar bewundern, aber niemals selbst aufbringen konnte. Eddie Dean besaß Cuthbert Allgoods immer rätselhaften und manchmal irritierenden Sinn fürs Lächerliche; er besaß auch Alain Johns' Fähigkeit zu aufblitzender tiefer Intuition. Trotzdem glich Eddie letztlich keinem von Rolands alten Freunden. Er war manchmal schwach und egoistisch, aber er besaß ein üppiges Reservoir an Mut und der guten Schwester des Muts, die Eddie manchmal selbst als »Herz« bezeichnete.

Aber es war seine Fähigkeit zur Intuition, die Roland jetzt anzapfen wollte.

»Also gut«, sagte Eddie. »Unterbrich mich nicht. Stell keine Fragen. Hör einfach nur zu.«

Roland nickte. Und hoffte, dass Susannah und Jake jetzt nicht zurückkommen würden, zumindest noch nicht gleich.

»Ich blicke zum Himmel auf – dorthin, wo in diesem Augenblick die Wolken aufreißen – und sehe die Zahl Neunzehn ins Blau geschrieben.«

Roland sah auf. Und ja, dort stand sie. Er sah sie ebenfalls. Aber er sah auch eine Wolke, das wie eine Schildkröte, und ein weiteres Loch in der aufreißenden Wolkendecke, das wie ein Planwagen aussah.

»Ich blicke in Bäume und sehe die Neunzehn. Ins Feuer und sehe die Neunzehn. Namen wie die von Overholser und Callahan ergeben neunzehn. Aber das ist nur, was ich *sagen* kann, was ich *sehen* kann, was ich bewusst wahrnehmen kann.« Eddie sprach mit verzweifelter Hast, ohne Roland eine Sekunde aus den Augen zu lassen. »Und noch etwas anderes. Es hat mit dem Flitzen zu tun. Ich weiß, dass ihr anderen manchmal glaubt, dass alles mich daran erinnert, high zu sein, und vielleicht stimmt das sogar, aber flitzen zu gehen ist wirklich so, als wäre man angetörnt, Roland.«

Von solchen Dingen sprach Eddie immer so, als hätte Roland in seinem langen Leben noch nie etwas Stärkeres als *Graf* zu sich genommen, was aber weit von der Wahrheit entfernt war. Bei anderer Gelegenheit hätte er Eddie vielleicht daran erinnert, aber diesmal verzichtete er darauf.

»Allein hier in deiner Welt zu sein ist schon so, als ginge man flitzen. Weil … ah, Mann, das ist schwierig … Roland, hier ist alles real, aber eigentlich doch nicht.«

Roland überlegte, ob er Eddie daran erinnern sollte, dass dies *nicht* seine Welt war – für ihn hatte die Stadt Lud das Ende von Mittwelt und den Beginn aller Mysterien bezeichnet, die jenseits von ihr lagen –, aber er hielt auch diesmal den Mund.

Eddie griff in den Nadelteppich vor ihnen, schaufelte eine

Hand voll Tannennadeln auf und ließ auf dem Waldboden fünf schwarze Spuren in der Form einer Hand zurück. »Real«, sagte er. »Ich kann sie fühlen und riechen.« Er hob die Hand an den Mund und berührte die Nadeln mit der Zungenspitze. »Ich kann sie schmecken. Und zugleich sind sie so unreal wie eine Neunzehn, die man im Feuer sehen kann, oder diese Wolke am Himmel, die wie eine Schildkröte aussieht. Verstehst du, was ich damit sagen will?«

»Ich verstehe es sehr gut«, murmelte Roland.

»Die Menschen sind real. Du ... Susannah ... Jake ... dieser Schlitzerkerl Gasher, der Jake entführt hat ... Overholser und die Slightmans. Aber die Art, wie hier drüben Zeug aus meiner alten Welt auftaucht, die ist nicht real. Sie ist auch nicht vernünftig oder logisch, aber darauf will ich nicht hinaus. *Sie ist einfach nicht real.* Warum singen Leute hier drüben ›Hey, Jude‹? Keine Ahnung. Dieser Cyborg-Bär Shardik – woher kenne ich diesen Namen? Wieso hat er mich an Kaninchen erinnert? Dieser ganze Scheiß mit dem Zauberer von Oz, Roland – ich zweifle nicht im Geringsten an allem, was wir erlebt haben, aber zugleich erscheint es mir nicht real. Es kommt mir wie das Flitzen vor. Wie die Neunzehn. Und was passiert nach dem Grünen Palast? Nun, wir gehen in den Wald, genau wie Hänsel und Gretel. Dort gibt's eine Straße, auf der wir wandern können. Muffinkugeln, die wir pflücken können. Die Zivilisation ist am Ende. Alles gerät aus den Fugen. Das hast du uns gesagt. Das haben wir in Lud gesehen. Aber stell dir vor, das stimmt nicht! Boah, ihr Arschlöcher, wieder mal reingelegt!«

Eddie stieß ein kurzes Lachen aus. Es klang schrill und ungesund. Als er sich die Haare aus der Stirn strich, blieb ein dunkler Fleck Walderde darauf zurück.

»Der Witz dabei ist, dass wir hier draußen, eine Milliarde Meilen vom Ende der Welt entfernt, auf eine Kleinstadt wie aus dem Bilderbuch stoßen. Zivilisiert. Anständig. Mit Leuten, die man zu kennen glaubt. Man muss vielleicht nicht alle mögen – Overholser ist ein bisschen schwer verdaulich –, aber man hat das Gefühl, sie zu kennen.«

Auch darin hatte Eddie Recht, fand Roland. Obwohl er die Calla Bryn Sturgis noch nicht einmal gesehen hatte, erinnerte sie ihn bereits an Mejis. In mancher Beziehung erschien das völlig vernünftig – in aller Welt waren Farmer- und Rancherstädte sich irgendwie ähnlich –, aber auf andere Weise war es auch beunruhigend. *Verdammt* beunruhigend. Zum Beispiel der Sombrero, den Slightman trug. War es möglich, dass die Männer hier, tausende von Meilen von Mejis entfernt, ähnliche Hüte trugen? Das mochte sein, sagte er sich. Aber war es wahrscheinlich, dass Slightmans Sombrero ihn so stark an jenen erinnerte, den vor all diesen Jahren Miguel, der alte *Mozo* auf dem Seafront-Anwesen in Mejis, getragen hatte? Oder gaukelte ihm das nur seine Phantasie vor?

Was die angeht, behauptet Eddie ja immer, ich besäße keine, dachte er.

»Die Kleinstadt aus dem Bilderbuch hat ein Problem wie aus dem Märchen«, fuhr Eddie fort. »Und deshalb wenden die Bilderbuchleute sich Hilfe suchend an eine Bande von Filmhelden, die sie vor den Märchenschurken retten sollen. Ich weiß, dass das real ist – höchstwahrscheinlich werden Menschen sterben, und das Blut wird real sein, die Schreie werden real sein, die Tränen danach werden real sein –, aber zugleich hat alles etwas an sich, was es als nicht realer als Theaterkulissen erscheinen lässt.«

»Und New York?«, sagte Roland. »Wie ist dir das vorgekommen?«

»Genauso«, sagte Eddie. »Also, denk doch mal darüber nach. Noch neunzehn Bücher auf dem Tisch, nachdem Jake *Charlie Tschuff-Tschuff* und das Rätselbuch weggenommen hatte … und dann taucht von allen New Yorker Gangstern ausgerechnet *Balazar* auf! *Dieser* Scheißkerl!«

»Ich muss schon bitten!«, rief Susannah hinter ihnen munter. »Keine Unanständigkeiten, Jungs.« Jake schob sie die Straße entlang, und ihr Schoß lag voller Muffinkugeln. Beide sahen fröhlich und zufrieden aus. Roland vermutete, dass das damit zusammenhing, dass sie früher an diesem Tag bereits gut gegessen hatten.

»Manchmal verschwindet dieses Gefühl von Irrealität auch, oder?«, sagte Roland.

»Es ist nicht eigentlich Irrealität, Roland. Es …«

»Halten wir uns nicht mit Haarspaltereien auf. Manchmal verschwindet sie. Das tut sie doch?«

»Ja«, sagte Eddie. »Wenn ich mit ihr zusammen bin.«

Er ging zu ihr. Beugte sich über sie, küsste sie. Roland beobachtete die beiden sorgenvoll.

3

Das Tageslicht schwand. Sie saßen am Feuer und ließen es schwinden. Der geringe Appetit, den sie noch hatten aufbringen können, war durch die Muffinkugeln, die Susannah und Jake ins Lager zurückgebracht hatten, leicht befriedigt worden. Roland hatte über etwas meditiert, was Slightman gesagt hatte – wahrscheinlich tiefer, als gesund war. Jetzt schob er es nur halb bewältigt beiseite und sagte: »Einige oder alle von uns werden sich heute Nacht vermutlich in der Stadt New York treffen.«

»Ich hoffe nur, dass ich diesmal mitdarf«, sagte Susannah.

»Es geschieht, wenn das *Ka* es will«, sagte Roland gelassen. »Wichtig dabei ist, dass ihr zusammenbleibt. Falls nur einer die Reise macht, glaube ich, dass am ehesten du dafür in Frage kommst, Eddie. Egal, falls also nur einer die Reise macht, sollte derjenige genau dort bleiben, wo er … oder vielleicht *sie* … ist, bis die Glocken wieder erklingen.«

»Die *Kammen«*, sagte Eddie. »So hat Andy sie genannt.«

»Habt ihr das alle verstanden?«

Sie nickten, aber als Roland in ihre Gesichter sah, erkannte er, dass jeder offenbar für sich das Recht vorbehielt, je nach den Umständen selbst zu entscheiden, was er tun würde, wenn es so weit war. Aber das war völlig in Ordnung. Sie waren entweder Revolvermänner – oder sie waren letztlich doch keine.

Er überraschte sich selbst damit, dass er kurz schnaubend auflachte.

»Was ist so komisch?«, fragte Jake.

»Ich habe mir nur gerade überlegt, dass ein langes Leben einem seltsame Gefährten beschert«, sagte Roland.

»Falls du uns meinst«, sagte Eddie, »will ich dir mal was erzählen, Roland – du bist selbst nicht gerade Norman Normal.«

»Wahrscheinlich nicht«, sagte Roland. »Also, wenn es eine Gruppe ist, die hinüberwechselt – zwei, ein Trio, vielleicht sogar wir alle zusammen –, sollten wir uns an den Händen halten, wenn die Glocken erklingen.«

»Andy hat gesagt, dass wir uns aufeinander konzentrieren müssen«, sagte Eddie. »Damit wir uns nicht verlieren.«

Susannah verblüffte sie alle, indem sie auf einmal zu singen begann. Nur hatte Roland den Eindruck, dass das Ganze mehr einem Galeerengesang – einem Zeile für Zeile laut skandierten Sprechgesang – als einem richtigen Lied glich. Aber obwohl er mit keiner richtigen Melodie unterlegt war, klang ihre Stimme aber trotzdem durchaus melodisch: *»Children, when ye hear the music of the clarinet … Children, when ye hear the music of the flute! Children, when ye hear the music of the tam-bou-rine … Ye must bow down and worship the iyyy-DOL!«*

»Was ist das?«

»Ein Feldgesang«, sagte sie. »Etwas, was meine Großeltern und Urgroßeltern vielleicht gesungen haben, während sie Ole Massas Baumwolle gepflückt haben. Aber die Zeiten ändern sich.« Sie lächelte. »Ich habe ihn erstmals 1962 in einem Coffeehouse in Greenwich Village gehört. Und der Mann, der ihn gesungen hat, war ein weißer Bluessänger namens Dave Van Ronk.«

»Ich wette, dass Aaron Deepneau auch dort war«, flüsterte Jake. »Teufel, ich wette, dass er am verdammten *Nachbartisch* gesessen hat.«

Susannah wandte sich ihm überrascht und nachdenklich zu. »Wie kommst du darauf, Schätzchen?«

»Weil er mitbekommen hat«, sagte Eddie, »wie Calvin Tower gesagt hat, dass dieser Kerl namens Deepneau im Village rumgehangen hat, seit … Was hat er noch mal gesagt, Jake?«

»Nicht im Village, auf der Bleecker Street«, sagte Jake und lachte ein bisschen. »Mr. Tower hat gesagt, Mr. Deepneau hat schon auf der Bleecker Street rumgehangen, bevor Bob Dylan mehr als einen reinen G-Akkord auf seiner Hohner tuten konnte. Das muss eine Mundharmonika sein.«

»Stimmt«, sagte Eddie, »und obwohl ich nicht gleich alles darauf setzen würde, dass Jake Recht hat, würde ich viel mehr als das Kleingeld in meiner Tasche verwetten. Klar, Deepneau war dort. Mich würd's nicht mal wundern, wenn Jack Andolini der Barkeeper gewesen wäre. So funktionieren die Dinge nämlich im Land der Neunzehn.«

»Jedenfalls«, sagte Roland, »sollten diejenigen von uns, die übertreten, zusammenbleiben. Und damit meine ich wirklich in Reichweite, die ganze Zeit über.«

»Ich glaube nicht, dass ich dort sein werde«, sagte Jake.

»Wie kommst du darauf, Jake?«, fragte der Revolvermann überrascht.

»Weil ich nie einschlafen werde«, sagte Jake. »Ich bin zu aufgeregt.«

Aber irgendwann schliefen sie doch alle.

4

Er weiß, dass es ein durch nichts mehr als Slightmans zufällige Bemerkung ausgelöster Traum ist, und trotzdem kann er ihm nicht entkommen. Seht euch immer nach einer Hintertür um, *hatte Cort sie ermahnt, aber falls es in diesem Traum eine Hintertür gibt, kann Roland sie nicht finden.* Ich habe vom Jericho Hill und anderen solchen Blut-und-Donner-Sagen gehört, *das hatte Eisenharts Vormann gesagt, nur war Jericho Hill Roland durchaus real erschienen. Wie denn auch nicht? Er war dort gewesen. Das war ihr Ende gewesen. Das Ende der ganzen Welt.*

Der Tag ist erstickend heiß; die Sonne erreicht ihren Zenit und scheint dort hängen zu bleiben, als stünde die Zeit still. Unter ihnen liegt ein langes ansteigendes Feld voller riesiger grau-schwarzer Steingesichter, verwitterte Statuen, die ein längst untergegangenes Volk zurückgelassen hat, und zwischen ihnen rücken Grissoms Männer unaufhaltsam vor, während Roland und seine wenigen letzten Gefährten sich schießend immer weiter nach oben zurückziehen. Dauernd fallen Schüsse, und das Geräusch von Kugeln, die als Querschläger von Steingesichtern davonsurren, ist ein schriller Kontrapunkt, der ihnen in den Kopf dringt wie das blutrünstige Sirren von Moskitos. Jamie DeCurrie wird von einem Scharfschützen erschossen, vielleicht von Grissoms adleräugigem Sohn oder Grissom selbst. Für Alain war das Ende viel schlimmer; er wurde im Dunkel der Nacht vor der Entscheidungsschlacht von seinen beiden besten Freunden erschossen: ein dummer Fehler, ein grausiger Tod. Entsatz war nicht zu erwarten. DeMullets Kolonne geriet bei Rimrocks in einen Hinterhalt und wurde abgeschlachtet, und als Alain nach Mitternacht zurückritt, um Meldung zu erstatten, hatten Roland und Cuthbert … das Knallen ihrer Waffen … und oh, als Alain ihre Namen ausrief …

Und jetzt sind sie ganz oben angelangt und können nicht weiter fliehen. Hinter ihnen im Osten liegt ein schiefrig-bröckeliger

Steilabbruch zum Salzigen Meer hinunter, das fünfhundert Meilen südlich von hier das Reine heißt. Im Westen liegt der Hang mit den Steingesichtern, zwischen denen Grissoms kreischende Männer vorrücken. Roland und seine eigenen Männer haben hunderte getötet, aber es sind noch immer zweitausend übrig – nach vorsichtiger Schätzung. Zweitausend Männer, deren heulende Gesichter blau angemalt sind, manche mit Gewehren, einige sogar mit Strahlern bewaffnet – gegen ein Dutzend. Mehr sind von ihnen nicht mehr übrig, hier oben auf dem Jericho Hill, unter dem brennenden Himmel. Jamie tot, Alain tot, von seinen besten Freunden erschossen – der unbeirrbar zuverlässige Alain, der sich hätte in Sicherheit bringen können, wenn er weitergeritten wäre, aber sich dagegen entschied – und Cuthbert ist verwundet. Von wie vielen Kugeln getroffen? Fünf? Sechs? Das Hemd klebt ihm rot durchgeblutet an der Haut. Die eine Seite seines Gesichts ist eine einzige offene Wunde; das Auge auf dieser Seite droht blicklos aus der Höhle zu quellen. Trotzdem hat er weiter Rolands Horn, das schon Arthur Eld geblasen haben soll, wie es in den Sagen heißt. Er will es nicht zurückgeben. »Ich blase es nämlich schöner, als du's je getan hast«, erklärt er Roland lachend. »Du kannst es zurückhaben, wenn ich tot bin. Versäume dann nicht, es aufzuheben, Roland, ist es doch dein Eigentum.«

Cuthbert, der einst mit einem am Sattelknauf festgebundenen Krähenschädel in die Baronie Mejis eingeritten war. »Der Wachposten«, so hatte er ihn genannt und mit ihm gesprochen, als lebte er, denn das hatte ihm Spaß gemacht, und manchmal hatte er Roland mit seiner Albernheit fast zum Wahnsinn getrieben, und hier ist er unter der sengenden Sonne, taumelt mit einem rauchenden Revolver in einer Hand und Elds Horn in der anderen auf ihn zu, blutüberströmt und halbblind und sterbend … aber immer noch lachend. Ach, ihr Götter, lachend und nichts als lachend.

»Roland!«, ruft er. »Wir sind verraten worden! Wir sind in der

Unterzahl! Wir stehen mit dem Rücken zum Meer! Mit anderen Worten: Wir haben sie genau dort, wo wir sie haben wollten! Sollen wir angreifen?«

Und Roland begreift, dass er Recht hat. Soll ihre Suche nach dem Dunklen Turm wirklich hier auf dem Jericho Hill enden – von einem der eigenen Leute verraten und dann von diesem barbarischen Rest von John Farsons Armee überwältigt –, soll sie zumindest großartig enden.

»Aye!«, brüllt er. »Aye, so sei es! Ihr aus dem Schlosse, zu mir! Revolvermänner, zu mir! Zu mir, sage ich!«

»Was Revolvermänner angeht, Roland«, sagt Cuthbert, »so bin ich hier. Und wir sind die Letzten.«

Roland starrt ihn an, dann umarmt er ihn unter dem grässlichen Himmel. Er spürt Cuthberts brennenden Körper, seine selbstmörderisch zitternde Hagerkeit. Und trotzdem lacht sein Gefährte noch immer. Bert lacht noch immer.

»Also gut«, sagte Roland heiser, indem er seine letzten noch verbliebenen Männer ansieht. »Wir greifen sie an. Und geben keinen Pardon.«

»Jawoll, keinen Pardon, absolut keinen«, sagt Cuthbert.

»Wir nehmen ihre Kapitulation nicht an, sollte sie angeboten werden.«

»Unter keinen Umständen!«, stimmt Cuthbert zu und lacht lauter als je zuvor. »Nicht mal, wenn alle zweitausend ihre Waffen niederlegen würden.«

»Dann blas dieses beschissene Horn.«

Cuthbert hebt das Horn an die blutigen Lippen und lässt es laut erschallen – zum letzten Mal; als es ihm nämlich eine Minute später (oder vielleicht fünf oder zehn Minuten später; in dieser letzten Schlacht ist die Zeit bedeutungslos) aus den Fingern gleitet, wird Roland es im Staub liegen lassen. In seinem Kummer und seiner Blutgier wird er Elds Horn völlig vergessen.

»Und nun, meine Freunde – heil!«

»Heil!«, ruft das letzte Dutzend unter dieser sengenden Sonne. Es ist ihr Ende, das Ende Gileads, das Ende von allem, aber ihn kümmert das nicht mehr. Die alte Berserkerwut, kalt und sinnverwirrend, ergreift seinen Verstand, schaltet jeden klaren Gedanken aus. Also noch ein letztes Mal, *denkt er.* So sei es!

»Zu mir!«, ruft Roland von Gilead. »Vorwärts! Für den Turm!«

»Für den Turm!«, ruft Cuthbert neben ihm taumelnd aus. Er reckt Elds Horn mit einer Hand gen Himmel, seinen Revolver mit der anderen.

»Keine Gefangenen!«, kreischt Roland. »KEINE GEFANGENEN!«

Sie stürmen hügelab gegen Grissoms blau gesichtige Horde an, er und Cuthbert an der Spitze, und als sie die ersten der riesigen grau-schwarzen Steingesichter passieren, die schief im hohen Gras stehen, während Speere und Bolzen und Kugeln sie umschwirren, setzt das Glockenspiel ein. Seine Melodie geht weit über bloße Schönheit hinaus; sie droht ihn mit ihrem schieren Liebreiz in Stücke zu reißen.

Nicht jetzt, *denkt Roland,* ach, ihr Götter, nicht jetzt – lasst es mich zu Ende bringen. Lasst es mich an der Seite meines Freundes zu Ende bringen, um endlich Frieden zu finden. Bitte.

Er greift nach Cuthberts Hand. Einen Augenblick lang spürt er die Berührung der blutig-klebrigen Finger seines Freundes, dort auf dem Jericho Hill, auf dem seine tapfere, lachende Existenz ausgelöscht wurde … und dann sind die Finger, die die seinen berühren, plötzlich fort. Oder vielmehr sind die seinen glatt durch Berts hindurchgeschmolzen. Er fällt, er fällt, die Welt um ihn herum wird dunkel, das Glockenspiel ertönt, die Kammen *spielen (»Klingt irgendwie hawaiisch, oder nicht?«), und er fällt, der Jericho Hill ist verschwunden, Elds Horn ist verschwunden, Dunkelheit umgibt ihn, und in der Dunkelheit leuchten rote Buchstaben, einige davon sind Große Buchstaben, sodass er lesen kann, was sie besagen, das Wort besagt …*

5

Es besagte WARTEN. Roland sah jedoch, dass einige Leute die Straße trotz dieser Aufforderung überquerten. Sie warfen einen raschen Blick in Richtung des fließenden Verkehrs und spurteten dann hinüber. Ein Kerl überquerte die Straße vor einem herankommenden Tack-Sieh. Das Tack-Sieh machte einen Schlenker und hupte dabei laut. Derjenige, der die Straße überquerte, schrie es furchtlos an, reckte dann den Mittelfinger der rechten Hand hoch und schüttelte ihn hinter dem davonfahrenden Fahrzeug her. Roland hatte den Verdacht, dass diese Geste vermutlich nicht gerade »lange Tage und angenehme Nächte« bedeutete.

Es war Nacht in New York City, und obwohl überall Menschen unterwegs waren, sah er niemanden aus seinem Ka-Tet. Das, so musste Roland sich eingestehen, war eine Möglichkeit, mit der er kaum gerechnet hatte: dass als Einziger er hier auftauchen würde. Nicht Eddie, sondern er. Wohin im Namen aller Götter sollte er gehen? Und was sollte er tun, wenn er dort ankam?

Denk an deinen Ratschlag, sagte er sich. *»Wenn nur einer allein auftaucht«,* hast du ihnen gesagt, *»bleibt derjenige, wo er ist.«*

Aber bedeutete das, dass er einfach an – er sah zu dem grünen Straßenschild auf – der Ecke Second Avenue und Fifty-fourth Street verharren und nichts anderes tun sollte, als zu beobachten, wie ein Leuchtschild sich aus einem roten WARTEN in ein weißes GEHEN verwandelte?

Während er darüber nachgrübelte, erklang hinter ihm eine jauchzende Stimme, die sich außer sich vor Freude überschlug. *»Roland! Zuckerschatz! Dreh dich um und sieh mich an! Sieh mich sehr wohl an!«*

Als Roland sich umdrehte, wusste er bereits, was er sehen würde, aber er lächelte trotzdem. Wie schrecklich, jenen Tag auf dem Jericho Hill wieder erleben zu müssen, aber was für ein Gegenmittel war das hier vor ihm: Susannah Dean, die vor Freude weinend und lachend und mit ausgebreiteten Armen die Fifty-fourth Street entlang auf ihn zuflog!

»Meine Beine!«, kreischte sie mit ihrer lautesten Stimme. *»Meine Beine! Ich habe meine Beine wieder. O Roland, Zuckerpüppchen, der Jesusmensch sei gepriesen! ICH HABE MEINE BEINE WIEDER!«*

6

Sie warf sich in seine Umarmung, küsste ihm die Wange, den Hals, die Stirn, die Nase, die Lippen, und sagte es immer wieder: »Meine Beine, o Roland, sieh nur, ich kann gehen, ich kann *rennen*, ich habe meine Beine, Gott und alle Heiligen seien gepriesen, *ich habe meine Beine wieder!«*

»Mögest du sie in Freuden genießen, mein Herz«, sagte Roland. In die Sprechweise der Gegend zu verfallen, in der er sich gerade befand, war ein alter Trick von ihm – oder vielleicht auch eine Gewohnheit. Im Augenblick war es die Sprechweise der Calla. Hätte er längere Zeit hier in New York verbracht, hätte er sich vermutlich bald angewöhnt, Tack-Siehs den hochgereckten Mittelfinger zu zeigen.

Aber ich wäre trotzdem immer ein Außenseiter, dachte er. *Ihr Götter, ich kann nicht mal Aspirin richtig aussprechen. Das Wort kommt bei jedem Versuch falsch heraus.*

Sie ergriff seine rechte Hand, zog sie überraschend kräftig nach unten und legte sie auf ihr Schienbein. »Kannst du's fühlen?«, fragte sie drängend. »Also, ich bilde mir das doch nicht nur ein, stimmt's?«

Roland lachte. »Bist du nicht auf mich zugerannt, als hättest du Flügel daran wie Raphael? Nein, Susannah.« Er legte die linke Hand, die mit allen Fingern, auf ihr linkes Bein. »Ein Bein und zwei Beine, beide mit einem Fuß am unteren Ende.« Er runzelte die Stirn. »Wir sollten dir allerdings ein Paar Schuhe besorgen.«

»Wozu? Das hier ist ein Traum. Es muss einer sein.«

Er blickte sie fest an, und ihr Lächeln schwand langsam.

»Nein? Etwa nicht?«

»Wir sind flitzen gegangen. Wir sind wirklich hier. Würdest du dich am Fuß verletzen, Mia, hättest du einen verletzten Fuß, wenn du morgen am Lagerfeuer aufwachst.«

Dieser andere Name war ihm fast – aber nicht völlig – von allein herausgerutscht. Jetzt wartete er, die Muskeln am ganzen Körper krampfhaft angespannt, ob sie den Namen bemerken würde. Tat sie's, würde er sich entschuldigen und ihr erklären, er sei einfach nur aus einem Traum von einer Frau, die er vor langer Zeit gekannt habe, flitzen gegangen (obwohl es nach Susan Delgado nur eine Frau gegeben hatte, die ihm wirklich etwas bedeutet hatte, und sie hatte nicht Mia geheißen).

Aber sie bemerkte *nichts,* was Roland jedoch nicht sonderlich überraschte.

Weil sie kurz davor war, wieder auf eine nächtliche Jagd zu gehen – als Mia –, als die Kammen *erklungen sind. Und im Gegensatz zu Susannah hat Mia Beine. Sie speist in einem Bankettsaal an reich gedeckten Tischen, sie plaudert mit allen ihren Freunden, sie geht weder nach Morehouse noch in irgendwelche Häuser, und sie hat Beine. Deshalb hat diese hier Beine. Diese hier besteht aus zwei Frauen, auch wenn ihr das nicht bewusst ist.*

Roland merkte plötzlich, wie sehr er hoffte, dass sie Eddie nicht begegnen würden. Der würde den Unterschied vielleicht spüren, auch wenn Susannah selbst ihn nicht wahrnahm. Und das konnte schlimm sein. Hätte Roland wie der Findelkind-Prinz in einer Gutenachtgeschichte für Kinder drei Wünsche frei gehabt, hätte er jetzt alle drei für denselben Zweck verwendet: Er hätte sich gewünscht, mit dieser Sache in Calla Bryn Sturgis fertig zu werden, bevor Susannahs Schwangerschaft – *Mias* Schwangerschaft –

offensichtlich wurde. Beide Dinge gleichzeitig bewältigen zu müssen würde schwierig sein.

Vielleicht sogar unmöglich.

Sie sah ihn mit großen, fragenden Augen an. Nicht, weil er sie mit einem Namen angesprochen hatte, der nicht ihrer war, sondern weil sie wissen wollte, was sie als Nächstes tun sollten.

»Das hier ist deine Stadt«, sagte er. »Ich möchte gern die Buchhandlung sehen. Und das unbebaute Grundstück.« Er machte eine Pause. »Und die Rose. Kannst du mich hinbringen?«

»Na ja«, sagte sie und sah sich um, »es ist zwar meine Stadt, kein Zweifel, aber die Second Avenue sieht verdammt anders aus als in der guten alten Zeit, als Detta nur so aus Spaß bei Macy's Sachen geklaut hat.«

»Du kannst die Buchhandlung und das unbebaute Grundstück also nicht finden?« Roland war enttäuscht, aber keineswegs verzweifelt. Es würde eine Möglichkeit geben. Es gab immer eine …

»Oh, da gibt's kein Problem«, sagte sie. »Die Straßen sind gleich. New York hat ein rechtwinkliges Straßennetz, Roland, in dem die Avenuen in eine Richtung und die Straßen quer dazu verlaufen. Ein Kinderspiel. Komm.«

Das Leuchtschild zeigte wieder WARTEN an, aber nach einem kurzen Blick in Richtung Uptown nahm Susannah ihn am Arm, und sie überquerten gemeinsam die Fifty-fourth Street. Susannah schritt furchtlos aus, obwohl sie barfuß war. Die Straßenblocks waren kurz, aber voller exotischer Läden. Roland konnte nicht anders, als in die Auslagen zu gaffen, aber seine Unaufmerksamkeit schien nicht zu schaden; obwohl die Gehsteige voll waren, stieß niemand mit ihnen zusammen. Roland konnte seine Stiefelabsätze jedoch auf dem Gehsteig klacken hören und sah die Schatten, die sie im Licht der Schaufensterbeleuchtung waren.

Fast hier, dachte er. *Wäre die Kraft, die uns hergebracht hat, noch etwas mächtiger,* wären *wir hier.*

Und, das wusste er, die Kraft konnte tatsächlich stärker werden, wenn Callahan in Bezug auf das, was unter dem Fußboden seiner Kirche versteckt war, Recht behielt. Wenn sie sich der Stadt und dem Ding näherten, das dies alles bewirkte …

Susannah zerrte an seinem Arm. Roland blieb sofort stehen. »Tun dir die Füße weh?«, fragte er sie.

»Nein«, sagte sie, und Roland sah, dass sie Angst hatte. »Warum ist's so *dunkel?*«

»Susannah, es ist Nacht.«

Sie schüttelte ungeduldig seinen Arm. »Das weiß ich, ich bin doch nicht blind. Kannst du …« Sie zögerte. »Kannst du's nicht auch *fühlen?*«

Roland merkte, dass er's konnte. Zum einen war die Dunkelheit auf der Second Avenue nicht wirklich dunkel. Der Revolvermann konnte noch immer nicht begreifen, wie verschwenderisch die Bewohner von New York die Dinge vergeudeten, die jenen in Gilead als am seltensten und kostbarsten gegolten hatten. Papier; Wasser; raffiniertes Öl, künstliches Licht. Letzteres war überall. Es gab das Leuchten aus den Schaufenstern (obwohl die meisten Läden geschlossen hatten, waren die Auslagen weiter beleuchtet), das noch grellere Leuchten aus einem Popkin-Laden namens Blimpie's und über allem eigenartig orangerot leuchtende elektrische Lampen, die selbst die Luft zum Leuchten zu bringen schienen. Dennoch hatte Susannah Recht. Die Luft fühlte sich trotz der orangeroten Lampen schwarz an. Die Schwärze schien die Menschen zu umgeben, die auf dieser Straße unterwegs waren. Sie erinnerte ihn an etwas, was Eddie tagsüber gesagt hatte: *Dieser Deal ist eine einzige große Neunzehn.*

Aber diese Dunkelheit, mehr gefühlt als gesehen, hatte nichts mit der Neunzehn zu tun. Um zu verstehen, was hier vorging, musste man sechs abziehen. Und Roland glaubte erstmals wirklich, dass Callahan Recht hatte.

»Schwarze Dreizehn«, sagte er.

»Was?«

»Sie hat uns hierher gebracht, hat uns flitzen geschickt, und wir fühlen sie um uns herum. Das ist nicht ganz so wie damals, als ich in der Pampelmuse geflogen bin, aber so *ähnlich.*«

»Sie fühlt sich schlecht an«, sagte Susannah leise.

»Sie *ist* schlecht«, sagte er. »Die Dreizehn ist höchstwahrscheinlich der schrecklichste Gegenstand aus der Zeit des Eld, der noch auf Erden existiert. Nicht dass der Regenbogen des Zauberers von damals gewesen wäre; ich bin mir sicher, dass er schon früher existiert hat …«

»Roland! He, Roland! Suze!«

Sie blickten auf, und trotz seiner früheren Befürchtungen war Roland jetzt ungeheuer erleichtert, nicht nur Eddie, sondern auch Jake und Oy zu sehen. Sie waren noch etwa eineinhalb Blocks entfernt. Eddie winkte. Susannah winkte überschwänglich zurück. Roland packte sie am Arm, bevor sie losrennen konnte, was offenbar ihre Absicht gewesen war.

»Pass auf deine Füße auf«, sagte er. »Du willst dir doch keine Infektion holen und mit auf die andere Seite zurücknehmen.«

Als Kompromiss schlugen sie ein rascheres Gehtempo an. Eddie und Jake, beide beschuht, rannten ihnen entgegen. Roland sah, dass die Passanten ihnen auswichen, ohne hinzusehen oder auch nur ihre Gespräche zu unterbrechen; dann beobachtete er, dass das gar nicht ganz stimmte. Ein kleiner Junge, bestimmt nicht älter als drei Jahre, ging mit festem Schritt an der Hand seiner Mutter den Gehsteig entlang. Die Frau schien nichts zu bemerken, aber als Eddie und Jake um sie herumkurvten, starrte der Kleine sie mit großen, staunenden Augen an … und streckte dann tatsächlich die freie Hand aus, um den zügig vorbeitrabenden Oy zu berühren.

Eddie ging vor Jake in Führung und erreichte sie als Erster. Er hielt Susannah mit ausgestreckten Armen vor sich und betrachtete sie. Sein Gesichtsausdruck, das konnte Roland sehen, hatte eine verblüffende Ähnlichkeit mit dem des kleinen Jungen.

»Na? Was denkst du, Süßer?« Susannah sprach so nervös wie eine Frau, die mit einer radikal neuen Frisur zu ihrem Mann nach Hause gekommen war.

»Eine entschiedene Verbesserung«, sagte Eddie. »Ich brauche sie nicht, um dich zu lieben, aber sie sind weit mehr als nur gut, die sind echt super. Jesus, du bist jetzt einen Zoll größer als ich!«

Susannah sah, dass das stimmte, und lachte. Oy beschnüffelte den Knöchel, der noch nicht da gewesen war, als er diese Frau zuletzt gesehen hatte, und dann lachte er ebenfalls. Es waren seltsam bellende Laute, aber trotzdem eindeutig ein Lachen.

»Deine Beine gefallen mir, Suze«, sagte Jake, und das Oberflächliche dieses Kompliments brachte Susannah erneut zum Lachen. Der Junge achtete nicht weiter darauf; er hatte sich bereits an Roland gewandt. »Möchtest du die Buchhandlung sehen?«

»Gibt's dort etwas zu sehen?«

Jakes Gesicht umwölkte sich. »Leider nicht viel. Sie hat geschlossen.«

»Ich würde gern das unbebaute Grundstück sehen, wenn die Zeit noch reicht, bevor wir zurückgeholt werden«, sagte Roland. »Und die Rose.«

»Tun sie weh?«, fragte Eddie seine Susannah. Er betrachtete sie wirklich sehr genau.

»Sie fühlen sich herrlich an«, sagte sie lachend. *»Herrlich.«*

»Du siehst anders aus.«

»Klar doch!«, sagte sie und führte barfüßig einen kleinen Tanz auf. Dass sie zuletzt getanzt hatte, war Monde um Monde her, aber die unbändige Freude, die sie so erkennbar empfand, machte etwa fehlende Anmut mehr als wett. Eine Frau in einem Geschäftskostüm, die einen Aktenkoffer in der Hand schwang, hielt auf die scheckige kleine Gruppe von Wanderern zu, drehte plötzlich ab und trat dann sogar ein paar Schritte auf die Fahrbahn hinaus, um einen Bogen um sie zu machen. »Natürlich, ich hab nämlich was für *Beine!«*

»Genau wie's in dem Song heißt«, sagte Eddie zu ihr.

»Hä?«

»Schon gut«, sagte er und schlang ihr einen Arm um die Taille. Dabei sah Roland wieder, wie er sie mit diesem forschenden, prüfenden Blick musterte. *Aber mit etwas Glück belässt er's dabei,* dachte Roland.

Und genau das tat Eddie. Er küsste sie auf den Mundwinkel, dann wandte er sich an Roland. »Du willst also das berühmte unbebaute Grundstück und die noch berühmtere Rose sehen, was? Tja, ich auch. Bring uns hin, Jake.«

7

Jake führte sie die Second Avenue entlang und blieb nur so lange stehen, dass alle wenigstens einen kurzen Blick ins Manhattaner Restaurant für geistige Nahrung werfen konnten. In diesem Geschäft wurde jedoch kein Licht vergeudet, sodass es wirklich nicht viel zu sehen gab. Roland hatte gehofft, einen Blick auf die »Tageskarte« werfen zu können, aber sie stand nicht im Schaufenster.

Jake, der seine Gedanken mit der Selbstverständlichkeit von Leuten las, die Khef teilen, sagte: »Vermutlich schreibt er sie jeden Tag neu.«

»Möglich«, sagte Roland. Er sah noch einen Augenblick lang durchs Schaufenster, ohne mehr zu erkennen als dunkle Regale, ein paar Tische und die Theke, von der Jake erzählt hatte – die Theke, an der die alten Kerle saßen, Kaffee tranken und die in dieser Welt übliche Version von Kastell spielten. Nichts war zu sehen, aber etwas war zu spüren, sogar durchs Glas hindurch: Verzweiflung und Verlorenheit. *Wäre das ein Geruch,* dachte Roland, *wäre er sauer und etwas abgestanden.* Der Geruch von Versagen. Vielleicht von guten Träumen, die nie wahr geworden waren. Jedenfalls ein perfektes Druckmittel für jemanden wie Enrico *»Il Roche«* Balazar.

»Genug gesehen?«, fragte Eddie.

»Ja. Gehen wir.«

8

Für Roland glich der acht Blocks weite Weg von der Ecke Second und Fifty-fourth zur Second und Forty-sixth einem Besuch in einem Land, an das er bis zu diesem Augenblick nur halb geglaubt hatte. *Wie viel seltsamer muss das alles für Jake sein?*, fragte er sich. Der Penner, der den Jungen um ein Almosen angeschnorrt hatte, war verschwunden, aber das Restaurant, in dessen Nähe er gesessen hatte, war da: Chew Chew Mama's. Es war an der Ecke Second und Fifty-second. Einen Block weiter lag der Plattenladen Tower of Power. Er hatte noch geöffnet – nach der elektrischen Uhr über dem Eingang, die die Zeit in großen Leuchtpunkten anzeigte, war es erst 20.14 Uhr. Aus der offenen Ladentür drang laute Musik. Gitarren und Schlagzeug. Die Musik dieser Welt. Sie erinnerte ihn an die in der Großstadt Lud von den Grauen gespielte Opfermusik, und weshalb auch nicht? Das hier *war* Lud in irgendeiner verzerrten Anderswo-und-anderswann-Art. Dessen war er sich sicher.

»Das sind die Rolling Stones«, sagte Jake, »aber es ist nicht der Song von dem Tag, an dem ich die Rose gesehen habe. Das war ›Paint It Black‹.«

»Erkennst du den hier nicht?«, fragte Eddie.

»Doch, aber ich kann mich nicht an den Titel erinnern.«

»Oh, das solltest du aber«, sagte Eddie. »Das ist ›Nineteenth Nervous Breakdown‹.«

Susannah blieb stehen und drehte sich um. »Jake?«

Jake nickte. »Er hat Recht.«

Eddie hatte inzwischen ein Stück Zeitungspapier aus dem mit einem Scherengitter gesicherten Eingang neben Tower of Power Records geangelt. Genauer gesagt einen Teil der *New York Times*.

»Schätzchen, hat deine Mama dir nicht beigebracht, dass Leute aus besseren Kreisen im Allgemeinen keine Sachen aus dem Rinnstein fischen?«, sagte Susannah.

Eddie ignorierte sie. »Seht euch das an«, sagte er. »Ihr alle.«

Roland beugte sich darüber und erwartete beinahe, eine Meldung über eine weitere große Seuche zu sehen, aber hier handelte es sich nicht um so etwas Erschütterndes. Wenigstens nicht auf den ersten Blick.

»Lies mir vor, was da steht«, bat er Jake. »Die Buchstaben verschwimmen mir vor den Augen. Ich glaube, das kommt daher, weil wir im Flitzerstadium sind … irgendwie zwischen den Welten hängen geblieben …«

»RHODESISCHE TRUPPEN SCHLIESSEN BELAGERUNGSRING UM DÖRFER IN MOÇAMBIQUE«, las Jake. »ZWEI MITARBEITER CARTERS SAGEN EINSPARUNGEN IN MILLIARDENHÖHE DURCH SOZIALHILFEPLAN VORAUS. Und hier unten: CHINESEN GEBEN BEKANNT, DASS DAS ERDBEBEN VON 1976 DAS SCHWERSTE SEIT VIER JAHRHUNDERTEN WAR. Außerdem …«

»Wer ist Carter?«, fragte Susannah. »Ist das der Präsident vor … *Ronald Reagan?«* Die beiden letzten Wörter garnierte sie mit einem übertriebenen Blinzeln. Eddie hatte es bislang noch nicht geschafft, sie davon zu überzeugen, dass Reagan wirklich Präsident gewesen war. Sie hatte auch Jake nicht geglaubt, als der Junge ihr gesagt hatte, auch wenn das verrückt klinge, sei es immerhin entfernt denkbar, weil Reagan nämlich in seiner Zeit Gouverneur von Kalifornien gewesen sei. Susannah hatte darüber nur gelacht und ihm zugenickt, als erkenne sie seine durchtriebene Kreativität an. Sie war sich sicher, dass Jake von Eddie dazu überredet worden war, dessen Lügenmärchen zu bestätigen, aber darauf fiel sie nicht herein. Zur Not konnte sie sich

Paul Newman als Präsident vorstellen, vielleicht sogar Henry Fonda, der in *Sturm über Washington* sehr präsidial gewirkt hatte, aber der Moderator von *Death Valley Days?* Im Leben nicht.

»Vergiss Carter, darum geht's nicht«, sagte Eddie. »Seht euch das *Datum* an.«

Roland versuchte es, aber alles verschwamm vor seinen Augen. Es verwandelte sich beinahe in Große Buchstaben, die er lesen konnte, fiel dann aber wieder in Kauderwelsch zurück. »Wie lautet es, um deines Vaters willen?«

»Zweiter Juni«, las Jake vor. Er sah zu Eddie hinüber. »Aber müsste es nicht *erster* Juni heißen, wenn die Zeit hier und drüben auf der anderen Seite gleich ist?«

»Sie ist eben *nicht* gleich«, sagte Eddie grimmig. »Das ist sie *nicht*. Auf dieser Seite vergeht die Zeit schneller. Das Spiel läuft. Und die Zeitnahme läuft schnell.«

Roland überlegte. »Immer wenn wir wieder hierher kommen, ist's jedes Mal später, meinst du das?«

Eddie nickte.

Roland fuhr fort und sprach dabei ebenso zu sich selbst wie zu den anderen. »In jeder Minute, die wir auf der anderen Seite verbringen – auf der Calla-Seite –, vergehen hier *eineinhalb* Minuten. Vielleicht sogar zwei.«

»Nein, zwei nicht«, sagte Eddie. »Ich bin davon überzeugt, dass sie nicht doppelt so schnell vergeht.« Sein unbehaglicher Blick auf die Datumszeile der Zeitung deutete jedoch an, dass er sich seiner Sache keineswegs sicher war.

»Auch wenn du Recht hast«, sagte Roland, »können wir jetzt nur vorwärts gehen.«

»Auf den fünfzehnten Juli zu«, sagte Susannah. »An dem Balazar und seine Gentlemen aufhören, sich nett zu geben.«

»Vielleicht sollten wir diese Calla-Leute einfach ihr eigenes Ding tun lassen«, sagte Eddie. »Ich sag's ja nicht gern, Roland, aber vielleicht sollten wir das wirklich tun.«

»Das können wir nicht, Eddie.«

»Warum nicht?«

»Weil Callahan die Schwarze Dreizehn hat«, sagte Susannah. »Unsere Hilfe ist sein Preis dafür, dass er sie uns überlässt. Und wir brauchen sie.«

Roland schüttelte den Kopf. »Er überlässt sie uns auf jeden Fall – ich dachte, das hätte ich klar genug ausgedrückt. Er hat schrecklich Angst vor ihr.«

»Yeah«, sagte Eddie. »Den Eindruck hatte ich auch.«

»Wir müssen ihnen helfen, weil das der Weg des Eld ist«, sagte Roland an Susannah gerichtet. »Und weil der Weg des Ka stets der Weg der Pflicht ist.«

Er glaubte, in den Tiefen ihres Blicks ein Glitzern zu sehen, so als hätte er etwas Komisches gesagt. Das hatte er vermutlich auch, aber damit hatte er nicht Susannah amüsiert. Es war Detta oder Mia gewesen, die solche Ideen komisch fand. Die Frage war nur, welche von beiden. Oder vielleicht beide?

»Ich hasse dieses Gefühl hier, wirklich«, sagte Susannah. »Dieses *dunkle* Gefühl.«

»Das wird auf dem unbebauten Grundstück besser«, sagte Jake. Er setzte sich in Bewegung, und die anderen folgten ihm. »Das Rose macht alles besser. Du wirst schon sehen.«

9

Als Jake die Fiftieth Street überquerte, begann er sich zu beeilen. Ab der Forty-ninth in Richtung Downtown begann er zu traben. An der Ecke Second und Forty-eighth begann er zu rennen. Er konnte nicht anders. An der Forty-eighth hatte er Glück, weil die Fußgängerampel auf GEHEN stand, aber sobald er drüben ankam, begann die Anzeige rot zu blinken.

»Jake, wart auf uns!«, rief Eddie ihm hinterher, aber das tat

Jake nicht. Vielleicht konnte er's nicht. Jedenfalls begann Eddie die Anziehungskraft der Rose zu spüren; auch Roland und Susannah spürten sie. Ein Summen erfüllte die Luft, schwach und lieblich. Es war alles, was das hässliche dunkle Gefühl um sie herum nicht war.

Für Roland brachte das Summen Erinnerungen an Mejis und Susan Delgado zurück. An auf einer Matratze aus duftendem Gras getauschte Küsse.

Susannah erinnerte sich daran, wie sie als kleines Mädchen mit ihrem Vater zusammen gewesen war, auf seinen Schoß geklettert und die glatte Haut ihrer Wange ans raue Strickmuster seines Pullovers gelegt hatte. Sie erinnerte sich daran, wie sie die Augen geschlossen und den Geruch tief eingeatmet hatte, der sein Geruch und allein seiner gewesen war: Pfeifentabak und Wintergrünöl und Tigerbalsam, mit dem er sich die Handgelenke einrieb, wo die Arthritis ihn im ungeheuerlichen Alter von fünfundzwanzig Jahren erstmals befallen hatte. Für sie bedeuteten diese Gerüche, dass alles in Ordnung war.

Eddie merkte, dass er sich an einen Ausflug nach Atlantic City zu einer Zeit erinnerte, als er noch ganz klein gewesen war, nicht älter als fünf oder sechs. Ihre Mutter war mit ihnen hingefahren, und irgendwann an jenem Tag war sie mit Henry weggegangen, um Waffeleis zu kaufen. Mrs. Dean hatte auf die Strandpromenade gezeigt und gesagt: *Du pflanzt deinen Po hier hin, Mister Man, und lässt ihn dort, bis wir zurückkommen.* Und das tat er auch. Er hätte den ganzen Tag dort sitzen und über den Strand hinunter auf die graue Meeresbrandung sehen können. Die Möwen segelten dicht über dem Gischt und riefen einander etwas zu. Immer wenn die Wellen zurückwichen, ließen sie einen glatten Streifen aus nassem braunem Sand zurück, der so stark glitzerte, dass er ihn kaum ansehen konnte, ohne die Augen zusammenzukneifen. Das Brandungsrauschen war laut und einlullend zugleich. *Hier könnte ich ewig bleiben,* erinnerte er sich, damals gedacht zu haben. *Hier könnte ich ewig bleiben, weil es schön und friedlich und … in Ordnung ist. Hier ist alles in Ordnung.*

Das war, was sie alle fünf am stärksten empfanden (denn Oy spürte es nämlich ebenfalls): das Gefühl von etwas, was wundersam und wunderschön in Ordnung war.

Roland und Eddie packten Susannah an den Ellbogen, ohne auch nur einen Blick zu wechseln. Sie hoben sie, bis ihre bloßen Füße über dem Gehsteig schwebten, und trugen sie. An der Ecke Second und Forty-seventh hätten sie warten müssen, aber Roland streckte den herankommenden Scheinwerfern eine Hand entgegen und rief: *»Heil! Stopp im Namen Gileads!«*

Und sie taten es. Reifen quietschten, eine vordere Stoßstange prallte dumpf auf eine hintere, und herabfallendes Glas klimperte, aber sie stoppten. Roland und Eddie überquerten die Fahrbahn im grellen Licht von Autoscheinwerfern und in einer Kakophonie aus wildem Gehupe und trugen dabei Susannah, deren wieder hergestellte (und schon sehr schmutzige) Füße eine Handbreit über dem Asphalt schwebten, zwischen sich. Ihr Gefühl von Glück und Richtigkeit wurde noch stärker, als sie sich der Ecke Second Avenue und Forty-sixth Street näherten. Roland spürte das Summen der Rose als köstliches Rasen in seinem Blut.

Ja, dachte Roland. *Bei allen Göttern, ja. Dies ist's! Vielleicht nicht nur ein Durchgang zum Dunklen Turm, sondern der Turm selbst. Götter, seine Macht! Seine* Anziehungskraft! *Cuthbert, Alain, Jamie – wenn ihr nur hier wärt!*

Jake stand an der Ecke Second und Forty-sixth und starrte einen ungefähr anderthalb Meter hohen Bretterzaun an. Tränen strömten ihm über die Wangen. Aus dem Dunkel jenseits des Zauns drang ein starkes harmonisches Summen. Der Klang vieler Stimmen, die alle gemeinsam sangen. Die einen gewaltigen Grundton sangen. *Hier ist Ja,* sagten die Stimmen. *Hier ist, du darfst. Hier sind der Freundschaftsdienst, die glückliche Begeg-*

nung, das Fieber, das kurz vor Sonnenaufgang abklang und dein Blut gereinigt zurückließ. Hier sind der Wunsch, der in Erfüllung ging, und der verständnisvolle Blick. Hier ist die Freundlichkeit, die du erfahren hast und so weiterzugeben lerntest. Hier sind die Vernunft und Klarheit, die du verloren glaubtest. Hier ist alles in Ordnung.

Jake drehte sich nach ihnen um. »Spürt ihr's?«, fragte er. »Tut ihr's?«

Roland nickte. Eddie ebenfalls.

»Suze?«, sagte der Junge.

»Es ist beinahe das Schönste auf der Welt, nicht wahr?«, sagte sie. *Beinahe,* dachte Roland. *Sie hat beinahe gesagt.* Ihm entging auch nicht, dass sie ihren Bauch berührte und ihn streichelte, während sie das sagte.

10

Die Plakate, an die Jake sich erinnerte, waren da – Olivia Newton-John in der Radio City Music Hall, G. Gordon Liddy and the Grots in einem Club, der Mercury Lounge hieß, ein Horrorfilm mit dem Titel *Krieg der Zombies,* BETRETEN VERBOTEN. Aber …

»Das ist nicht das Gleiche«, sagte er und zeigte auf ein Graffito in staubigem Rosa. »Es hat dieselbe Farbe, und die Schrift scheint von demselben Sprayer zu stammen, aber als ich das andere Mal hier war, war es ein Gedicht über die Schildkröte. ›Sieh der SCHILDKRÖTE gewaltige Pracht! Auf deren Panzer die Welt gemacht …‹ Und dann irgendwas, dass man dem Balken folgen soll.«

Eddie trat näher heran und las, was jetzt dort stand: »O SUSANNAH-MIO, divided girl of mine, done parked her RIG in the DIXIE PIG, in the year of '99.« Er sah zu Susannah hinüber. »Was zum Teufel soll *das* jetzt heißen? Irgendeine Idee, Suze?«

Sie schüttelte den Kopf. Sie hatte die Augen weit aufgerissen.

Erschrockene Augen, fand Roland. Aber welche Frau war verängstigt? Das konnte er nicht beurteilen. Er wusste nur, dass Odetta Susannah Holmes von Anfang an gespalten gewesen war – und dass »mio« sehr ähnlich wie Mia klang. Das Summen, das aus der Dunkelheit hinter dem Zaun kam, machte es einem sehr schwer, über solche Dinge nachzudenken. Er wollte gleich jetzt zum Ursprung dieses Summens vordringen. *Musste* das tun, so wie ein Verdurstender zum Wasser musste.

»Kommt!«, sagte Jake. »Wir können rüberklettern. Das ist ganz leicht.«

Susannah sah auf ihre bloßen, schmutzigen Füße hinunter und wich einen Schritt zurück. »Ohne mich«, sagte sie. »Ich kann nicht. Nicht ohne Schuhe.«

Das Ganze klang völlig vernünftig, aber Roland glaubte, dass mehr dahinter steckte. Mia *wollte* dort nicht hin. Mia wusste, dass ihr dort etwas Schreckliches zustoßen könnte. Ihr und ihrem Kind. Einen Augenblick lang war er versucht, eine Entscheidung zu erzwingen und es der Rose zu überlassen, mit dem Wesen, das in ihr heranwuchs, und ihrer lästigen neuen Persönlichkeit fertig zu werden – einer Persönlichkeit, die so stark war, dass Susannah hier mit Mias Beinen aufgekreuzt war.

Nein, Roland. Das war Alains Stimme. Alain, der stets am engsten mit ihm verbunden gewesen war. *Falsche Zeit, falscher Ort.*

»Ich bleibe bei ihr«, sagte Jake. Er sprach mit riesigem Bedauern, aber ohne Zögern, und Roland war von seiner Liebe für den Jungen überwältigt, den Jungen, den er einst hatte sterben lassen. Jene gewaltige Stimme im Dunkel hinter dem Zaun sang von dieser Liebe; er konnte es hören. Und von simpler Vergebung statt dem schwierigen Gewaltmarsch einer Buße? Er glaubte, auch das hören zu können.

»Nein«, sagte Susannah. »Geh nur, Schätzchen. Ich komme allein zurecht.« Sie lächelte die anderen an. »Das hier ist auch meine Stadt, schon vergessen? Ich kann auf mich aufpassen. Und außerdem …« Sie senkte die Stimme, als würde sie ihnen ein großes Geheimnis anvertrauen. »Ich glaube, wir sind hier irgendwie unsichtbar.«

Eddie betrachtete sie wieder in dieser forschenden Art, so als wollte er sie fragen, wie es anging, dass sie *nicht* mit ihnen kam, ob sie nun Schuhe trage oder nicht, aber diesmal war Roland unbesorgt. Mias Geheimnis war sicher, zumindest vorläufig; der Ruf der Rose war zu stark, als dass Eddie noch groß an etwas anderes hätte denken können. Er war wild darauf, endlich in Gang zu kommen.

»Wir sollten zusammenbleiben«, sagte Eddie widerstrebend. »Damit wir uns auf dem Rückweg nicht verlieren. Das hast du selbst gesagt, Roland.«

»Wie weit ist's von hier bis zur Rose, Jake?«, fragte Roland. Es war schwierig, bei diesem Summen zu sprechen, einem Summen, das in seinen Ohren wie der Wind sang. Schwierig, einen klaren Gedanken zu fassen.

»Sie steht ziemlich in der Mitte des Grundstücks. Vielleicht dreißig Schritte, aber eher weniger.«

»Sobald wir die Glockentöne hören«, sagte Roland, »laufen wir zum Zaun und zu Susannah zurück. Alle drei. Einverstanden?«

»Einverstanden«, sagte Eddie.

»Wir drei und Oy«, sagte Jake.

»Nein, Oy bleibt bei Susannah.«

Jake sah missbilligend drein, weil ihm das offenbar nicht gefiel. Das hatte Roland auch nicht anders erwartet. »Jake, auch Oys Pfoten sind nackt … Und hast du nicht erzählt, dass es dort drinnen Glasscherben gibt?«

»Schon …« Lang gezogen. Widerstrebend. Dann ließ Jake sich auf ein Knie nieder und sah in Oys goldgeränderte Augen. »Bleib bei Susannah, Oy.«

»Oy! Leibt!« *Oy bleibt*. Das genügte Jake. Er stand auf, wandte sich Roland zu und nickte.

»Suze?«, sagte Eddie. »Willst du wirklich hier bleiben?«

»Ja.« Nachdrücklich. Ohne Zögern. Roland war sich fast sicher, dass hier Mia den Ton angab, die Hebel betätigte und die Entscheidungen traf. *Fast*. Selbst jetzt war er sich seiner Sache nicht ganz sicher. Das Summen der Rose machte es unmöglich, sich über irgendetwas ganz sicher zu sein, außer dass alles – *alles* – in Ordnung kommen würde.

Eddie nickte, küsste sie auf den Mundwinkel und trat dann an den Bretterzaun mit dem merkwürdigen Gedicht: *O SUSANNAH-MIO, divided girl of mine.* Er faltete die Hände zu einer Räuberleiter. Jake trat hinein, zog sich hoch und war wie ein Windhauch verschwunden.

»Ake!«, rief Oy, dann verstummte er und blieb neben einem von Susannahs nackten Füßen sitzen.

»Du als Nächster, Eddie«, sagte Roland. Er verschränkte seine verbliebenen Finger, um Eddie so hinaufzuhelfen, wie Eddie es bei Jake getan hatte, aber Eddie legte einfach eine Hand auf den Zaun und setzte mit einer Flanke darüber. Dazu wäre der Junkie, den Roland in einem Düsenflugzeug mit Kurs auf den Kennedy Airport kennen gelernt hatte, nie imstande gewesen.

»Bleibt, wo ihr seid. Beide«, sagte Roland. Damit hätte er die Frau und den Billy-Bumbler meinen können, aber es war nur die Frau, die er ansah.

»Uns geht's gut«, sagte sie und beugte sich hinunter, um Oys seidiges Fell zu streicheln. »Nicht wahr, mein Großer?«

»Oy!«

»Geh jetzt deine Rose betrachten, Roland. Solange du noch kannst.«

Roland warf ihr einen letzten nachdenklichen Blick zu, dann legte er eine Hand auf den Zaun. Einen Augenblick später war er verschwunden und hatte Susannah und Oy an der vitalsten und dynamischsten Straßenecke des Universums zurückgelassen.

11

Seltsame Dinge geschahen mit ihr, während sie wartete.

In der Richtung, aus der sie gekommen waren, in der Nähe von Tower of Power Records, zeigte die blinkende Uhr einer Bank abwechselnd Zeit und Temperatur an: 20.27, 18. 20.27, 18. 20.27, 18. Dann blinkte sie plötzlich 20.34, 18. 20.34, 18. Sie hatte sie keine Sekunde aus den Augen gelassen, das konnte sie beschwören. War der Mechanismus der Anzeige irgendwie in Unordnung geraten?

Muss so sein, dachte sie. *Was könnte sonst passiert sein?* Nichts, vermutete sie, aber weshalb fühlte sich plötzlich alles anders an? Sah sogar anders aus? *Vielleicht war es* mein *Mechanismus, der in Unordnung geraten ist?*

Oy winselte und reckte seinen langen Hals zu ihr hoch. Als er das tat, erkannte sie, weshalb ihre Umgebung jetzt anders aussah. Die Welt hatte sie nicht nur irgendwie um sieben ungezählte Minuten gebracht, sondern auch wieder ihre vorherige, nur allzu vertraute Perspektive eingenommen. Eine *niedrigere* Perspektive. Sie war Oy näher, weil sie dem Erdboden wieder näher war. Die herrlichen Beine unterhalb der Knie, die sie besessen hatte, als sie in New York die Augen geöffnet hatte, waren verschwunden.

Wie war das passiert? Und wann? In den fehlenden sieben Minuten?

Oy winselte erneut. Diesmal bellte er fast. Er sah an ihr vorbei in entgegengesetzte Richtung. Sie wandte sich dorthin. Ein halbes Dutzend Leute überquerten gerade die Forty-sixth und kamen auf sie zu. Fünf davon wirkten gewöhnlich. Die Sechste war eine weißgesichtige Frau in einem mit Moos besprenkelten Kleid. Ihre Augenhöhlen waren leer und schwarz. Ihr Unterkiefer hing scheinbar bis zum Brustbein herab, und während Susannah sie beobachtete, kroch ein grüner Wurm über die Unterlippe der Frau. Die Leute, die gemeinsam mit ihr die Straße überquerten, ließen ihr reichlich Platz, genau wie es die anderen Passanten auf der Second Avenue mit Roland und seinen Freunden gemacht hatten. Susannah vermutete, dass die normaleren Spaziergänger in beiden Fällen etwas Ungewöhnliches spürten und sich von ihnen fern hielten. Nur war diese Frau keine Flitzerin.

Diese Frau war tot.

12

Das Summen wurde immer lauter, während die drei über die mit Müll und Bauschutt bedeckte Wildnis des unbebauten Grundstücks stolperten. Wie zuvor sah Jake in jedem Winkel und Schatten Gesichter. Er sah Gasher und Hoots, Ticktack und Flagg; er sah Eldred Jonas' private Leibwächter, Depape und Reynolds; er sah seine Mutter und seinen Vater und Greta Shaw, ihre Haushälterin, die ein bisschen an Edith Bunker aus dem Fernsehen erinnerte und immer daran dachte, die Rinde von seinen Pausenbrot abzuschneiden. Greta Shaw, die ihn manchmal 'Bama nannte, was aber ein Geheimnis war, von dem nur sie beide wussten.

Eddie sah Leute aus seinem alten Stadtviertel: Jimmie Polio, den Jungen mit dem Klumpfuß, und Tommy Fredericks, der immer so aufgeregt wurde, wenn er Schlagballspielen auf der Straße zusah, dass er dabei Grimassen schnitt, die ihm dann den Spitznamen Halloween Tommy eingetragen hatten. Dazu kamen Skipper Brannigan, der sich mit Al Capone persönlich angelegt hätte, wäre Capone so unvorsichtig gewesen, sich in ihrem Viertel blicken zu lassen, und Csaba Drabnik, der Total Verrückte Ungar. In einem Bauschutthaufen sah er das Gesicht seiner Mutter, deren glitzernde Augen aus Bruchstücken einer zersplitterten Limonadenflasche bestanden. Er sah auch ihre Freundin

Dora Bertollo (alle Jugendlichen des Blocks nannten sie Tits Bertollo, weil sie wirklich riesige hatte, groß wie gottverdammte Wassermelonen). Und natürlich sah er Henry. Henry, der weit im Hintergrund im Schatten stand und ihn beobachtete. Nur lächelte Henry diesmal, statt ein verdrießliches Gesicht zu machen, und schien auch nicht bekifft zu sein. Hielt eine Hand erhoben, als wollte er Eddie mit hoch gerecktem Daumen Zustimmung signalisieren. *Nur weiter,* schien das anschwellende Summen zu flüstern, und jetzt flüsterte es mit Henry Deans Stimme. *Nur weiter, Eddie, zeig ihnen, aus welchem Holz du geschnitzt bist. Hab ich's den anderen Kerlen nicht gesagt? Als wir hinter Dahlie's gesessen und Jimmie Polios Zigaretten geraucht haben, hab ich's ihnen da nicht gesagt? »Mein kleiner Bruder könnte den Teufel selbst dazu überreden, sich in Brand zu stecken«, hab ich gesagt. Oder etwa nicht?* Ja. Ja, das hatte er getan. *Und das habe ich immer für dich empfunden,* flüsterte das Summen. *Ich habe dich immer geliebt. Ich habe dich manchmal abfahren lassen, aber ich habe dich immer geliebt. Du warst mein kleiner Mann.*

Eddie begann zu weinen. Und es waren gute Tränen.

Roland sah auf diesem schwach beleuchteten Trümmergrundstück alle Phantome seines Lebens von seiner Mutter und seiner Wiegen-Amah bis hinauf zu ihren Besuchern aus Calla Bryn Sturgis. Und als sie weitergingen, verstärkte sich der Eindruck, alles habe seine Richtigkeit. Das Gefühl, alle seine schweren Entscheidungen, all die Schmerzen und Verluste und Blutopfer seien letztlich doch nicht vergebens gewesen. Es gab einen Grund. Es gab einen Zweck. Er gab Leben und Liebe. Das alles hörte er im Lied der Rose, und er begann ebenfalls zu weinen. Hauptsächlich vor Erleichterung. Der Weg hierher war ein schwieriger Marsch gewesen. Viele waren gestorben. Und trotzdem lebten sie; hier sangen sie mit der Rose. Sein Leben war also doch kein leerer Traum gewesen.

Sie ergriffen einander an den Händen und stolperten weiter,

halfen einander, die mit Nägeln gespickten Bretter und die Löcher zu vermeiden, in die ein Fuß treten und sich verdrehen und vielleicht brechen konnte. Roland wusste nicht, ob man sich im Flitzer-Stadium einen Knochen brechen konnte, aber er hatte nicht den Wunsch, das herauszubekommen.

»Das hier ist alles wert«, sagte er heiser.

Eddie nickte. »Ich bleibe nie mehr stehen. Würde nicht mal stehen bleiben, wenn's mich das Leben kosten würde.«

Daraufhin bildete Jake mit Daumen und Zeigefinger einen Kreis, den er ihm zeigte, und lachte dabei. Dieses Geräusch klang in Rolands Ohren lieblich. Hier war es zwar dunkler als auf der Straße, aber die orangeroten Straßenlampen auf der Second Avenue und Forty-sixth Street leuchteten hell genug, um zumindest für etwas Licht zu sorgen. Jake zeigte auf ein Schild, das auf einem Bretterstapel lag. »Seht ihr das? Es ist das Ladenschild des Delikatessengeschäfts. Ich habe es aus dem Unkraut gezogen. Deshalb liegt es hier.« Er sah sich um, dann zeigte er in eine andere Richtung. »Und seht euch das an!«

Dieses Schild stand noch. Roland und Eddie drehten sich um, um es zu lesen. Obwohl keiner von ihnen es zuvor gesehen hatte, empfanden sie trotzdem beide ein starkes Déjà-vu-Gefühl.

BAUFIRMA MILLS UND MAKLERBÜRO SOMBRA
GESTALTEN AUCH WEITERHIN DAS ANTLITZ VON
MANHATTAN NEU!
AN DIESER STELLE ENTSTEHEN DEMNÄCHST:
TURTLE-BAY-LUXUSEIGENTUMSWOHNUNGEN!
FÜR WEITERE INFORMATIONEN
WÄHLEN SIE 661-6712!
SIE WERDEN ES NICHT BEREUEN!

Wie Jake ihnen erzählt hatte, sah das Schild alt aus und hätte aufgefrischt oder sogar ganz ersetzt werden müssen. Jake hatte sich an ein auf das Schild gesprühtes Graffito erinnert, und Eddie erinnerte sich aus Jakes Erzählung daran – nicht weil es ihm irgendwas bedeutete, sondern nur, weil es merkwürdig war. Und da stand es genau wie beschrieben: BANGO SKANK. Die Visitenkarte irgendeines längst vergangenen Taggers.

»Ich glaube, die Telefonnummer auf dem Schild ist anders«, sagte Jake.

»Ehrlich?«, fragte Eddie. »Wie hat sie vorher gelautet?«

»Weiß ich nicht mehr.«

»Woher willst du dann wissen, dass dies hier anders ist?«

An einem anderen Ort und zu einem anderen Zeitpunkt hätten diese Fragen Jake vielleicht verärgert. Jetzt, durch die Nähe der Rose besänftigt, lächelte er stattdessen. »Das weiß ich nicht. Ich kann's nicht bestimmt sagen. Aber sie kommt mir eindeutig anders vor. Wie die Tafel im Schaufenster der Buchhandlung.«

Roland hörte kaum, was sie sagten. Er stapfte mit seinen alten Cowboystiefeln über die Haufen aus Ziegelsteinen und Brettern und Glassplittern, und seine Augen leuchteten sogar im Halbdunkel. Er hatte die Rose entdeckt. An der Stelle, wo Jake seine Version des Schlüssels gefunden hatte, lag etwas neben ihr, aber Roland achtete nicht darauf. Er sah nur die Rose, die aus einem Grasbüschel wuchs, das durch verschüttete Farbe purpurrot eingefärbt war. Er sank vor ihr auf die Knie. Im nächsten Augenblick gesellten Eddie und Jake sich zu seiner Linken und seiner Rechten zu ihm.

Die Rose war in der Nachtkühle fest geschlossen. Dann, als sie dort knieten, begannen die Blütenblätter sich auf einmal wie zur Begrüßung zu öffnen. Das Summen um sie herum schwoll wie ein Engelschor an.

13

Anfangs war für Susannah alles in Ordnung. Sie hielt durch, obwohl sie fast einen halben Meter ihres Ichs verloren hatte – jedenfalls des Ichs, das hier angelangt war – und nun wieder in ihre altvertraute (und verhasst servile) Haltung zurückgesunken war: halb kniend, halb auf dem schmutzigen Gehsteig sitzend. Mit dem Rücken lehnte sie an dem Zaun, der das unbebaute Grundstück umgab. Ein boshafter Gedanke ging ihr durch den Kopf: *Jetzt brauche ich nur noch ein Pappschild und einen Blechbecher.*

Sie hielt durch, selbst nachdem sie gesehen hatte, wie eine Tote die Forty-sixth Street überquerte. Der Gesang half – das, was sie als die Stimme der Rose erkannte. Auch Oy half, indem er sich mit seiner Wärme an sie drängte. Sie streichelte sein seidiges Fell, benützte seine Realität als Notanker. Sie sagte sich unablässig, dass sie nicht übergeschnappt war. Gut, sie hatte sieben Minuten eingebüßt. Möglicherweise hatte der Mechanismus der neumodischen Uhr dort drüben auch nur einen Schluckauf gehabt. Gut, sie hatte gesehen, wie eine Tote die Straße überquerte. Vielleicht. Oder vielleicht hatte sie nur eine abgedrehte Drogensüchtige gesehen, an denen in New York weiß Gott kein Mangel herrschte …

Eine Drogensüchtige, aus deren Mund ein kleiner grüner Wurm kriecht?

»Den Teil kann ich mir eingebildet haben«, sagte sie zu dem Bumbler. »Stimmt's?«

Oy teilte seine nervöse Aufmerksamkeit zwischen Susannah und den rasenden Autos, die ihm vielleicht wie riesige Raubtiere mit leuchtenden Augen vorkamen. Er winselte ängstlich.

»Außerdem kommen die Boys gleich zurück.«

»Oys«, stimmte der Bumbler zu, was irgendwie hoffnungsvoll klang.

Warum bin ich nicht einfach mitgegangen? Eddie hätte mich auf dem Rücken getragen. Das hat er weiß Gott schon oft genug getan, mit und ohne Tragegeschirr.

»Ich konnte nicht«, flüsterte sie. »Ich konnte einfach nicht.«

Weil ein Teil ihres Ichs sich vor der Rose fürchtete. Davor zurückschreckte, ihr allzu nahe zu kommen. Hatte dieser Teil in den fehlenden sieben Minuten die Kontrolle über sie gehabt? Susannah fürchtete, dass es so gewesen war. Falls das stimmte, war er jetzt fort. Hatte seine Beine wieder an sich genommen und war auf ihnen einfach ins New York um 1977 davongegangenen. Gar nicht gut. Aber er hatte ihre Angst vor der Rose mitgenommen, und das war gut. Sie wollte sich nicht vor etwas fürchten, was sich so stark und so wunderbar anfühlte.

Eine andere Persönlichkeit? Denkst du, dass die Frau, die dir die Beine gebracht hat, eine andere Persönlichkeit war?

Mit anderen Worten eine weitere Version von Detta Walker?

Bei dieser Vorstellung hätte sie am liebsten laut losgekreischt. Sie glaubte jetzt zu verstehen, wie einer Frau zumute sein musste, der ihr Arzt etwa fünf Jahre nach einer anscheinend erfolgreichen Krebsoperation mitteilte, bei einer routinemäßigen Röntgenuntersuchung sei in ihrer Lunge ein Schatten entdeckt worden.

»Nicht noch einmal«, murmelte sie mit leiser, verzweifelter Stimme, während eine weitere Gruppe von Fußgängern an ihr vorbeiströmte. Sie alle wichen etwas vor dem Bauzaun zurück, obwohl das die Abstände zwischen ihnen erheblich verringerte. »Nein, nicht noch einmal. Das darf nicht sein. Ich bin ganz. Ich bin … ich bin repariert.«

Wie lange waren ihre Freunde jetzt schon fort?

Sie sah die Straße entlang zu der blinkenden Bankuhr hinüber. Sie zeigte jetzt 20.42 Uhr an, aber Susannah wusste nicht, ob sie ihr trauen durfte. Ihrem Gefühl nach war mehr Zeit vergangen. Viel mehr. Vielleicht sollte sie den anderen etwas zurufen. Sich nur mal melden. Wie geht's euch dort drinnen, Jungs?

Nein. Kommt nicht in Frage. Du bist ein Revolvermann, Girl. Zumindest behauptet er *das. Wenigstens hält er dich dafür. Und du wirst ihn nicht enttäuschen, indem du wie ein Schulmädchen kreischst, das gerade unter einem Busch eine Strumpfbandnatter entdeckt hat. Du bliebst einfach hier sitzen und wartest. Das schaffst du. Oy leistet dir Gesellschaft, und du …*

Dann sah sie den Mann auf der gegenüberliegenden Straßenseite stehen. Stand einfach neben einem Zeitungskiosk. Er war nackt. Ein gezackter Y-Schnitt, mit schwarzem Faden und großen derben Stichen zugenäht, begann in der Leistengegend, stieg auf und teilte sich am Brustbein. Seine leeren Augen blickten sie an. Durch sie hindurch. Durch die Welt hindurch.

Jegliche Möglichkeit, dies könnte lediglich eine Halluzination sein, verflog, weil Oy zu kläffen begann. Er starrte unmittelbar zu dem Nackten hinüber.

Susannah gab ihr Schweigen auf und schrie nach Eddie.

14

Als die Rose sich öffnete und zwischen ihren Blütenblättern die scharlachrote Glut mit der in der Mitte brennenden gelben Sonne sehen ließ, sah Eddie alles, was wesentlich war.

»Großer Gott«, seufzte Jake neben ihm, aber er hätte tausend Meilen weit entfernt sein können.

Eddie sah große Dinge und knapp verhinderte Katastrophen. Albert Einstein als Kind, das beim Überqueren einer Straße um ein Haar von einem Milchfuhrwerk, dessen Pferde durchgegangen waren, überfahren worden wäre. Einen Jugendlichen namens Albert Schweitzer, der aus einer Badewanne stieg und nur knapp nicht auf das neben dem herausgezogenen Stöpsel liegende Stück Seife trat. Einen Nazi, Oberleutnant der deutschen Wehrmacht, der einen Zettel verbrannte, auf dem Zeit und Ort der alliierten

Invasion in der Normandie standen. Er sah einen Mann, der vorgehabt hatte, die gesamte Wasserversorgung Denvers zu vergiften, auf einem Rastplatz an der I-80 in Iowa mit einer Tüte Fritten von McDonald's auf dem Schoß an Herzversagen sterben. Er sah einen Terroristen mit Sprengstoff unter der Kleidung, der sich in einer Stadt, die Jerusalem hätte sein können, plötzlich von einem übervollen Restaurant abwandte. Bewirkt hatten den Sinneswandel des Terroristen lediglich der Himmel und der Gedanke, dass er sich über Gerechte wie über Ungerechte wölbte. Er sah, wie vier Männer einen kleinen Jungen vor einem Ungeheuer retteten, dessen gesamter Kopf aus einem einzelnen Auge zu bestehen schien.

Wichtiger als irgendeines dieser Ereignisse war jedoch das gewaltige, sich summierende Gewicht kleiner Dinge – von Flugzeugen, die nicht abgestürzt waren, bis hin zu Männern und Frauen, die zur idealen Zeit am rechten Ort gewesen waren und auf diese Weise ganze Generationen begründet hatten. Er sah, wie vor Haustüren Küsse gewechselt wurden, wie Geldbörsen zurückgegeben wurden, wie Männer am Scheideweg sich für den rechten Weg entschieden. Er sah tausend zufällige Begegnungen, die kein Zufall waren, zehntausend richtige Entscheidungen, hunderttausend richtige Antworten, eine Million ohne Dank erwiesene Gefälligkeiten. Er sah die alten Menschen von River Crossing und Roland, der im Staub kniete, um Tante Talithas Segen zu empfangen; hörte wieder, wie sie ihn froh und bereitwillig erteilte. Hörte, wie sie ihn aufforderte, das Kreuz, das sie ihm geschenkt habe, am Fuß des Dunklen Turms niederzulegen und den Namen von Talitha Unwin am fernen Ende der Erde auszusprechen. Im glühenden Blütenkelch der Rose sah er den Dunklen Turm selbst und begriff einen Augenblick lang seinen Zweck: wie er seine Kraftlinien auf alle existierenden Welten verteilte und sie in der großen Helix der Zeit stabil hielt. Hinter jedem Ziegel, der statt auf den Kopf eines kleinen Kindes auf den Erdboden knallte, jedem Wirbelsturm, der an einer Wohnwagensiedlung vorbeizog, jeder Mittelstreckenrakete, die nicht flog, und jeder Hand, die sich nicht zu Gewalt hinreißen ließ, stand der Turm.

Und die sanfte, singende Stimme der Rose. Das Lied, das versprach, alles könne gut werden, alles könne gut werden, alle möglichen Dinge könnten gut werden.

Aber irgendwas ist damit nicht in Ordnung, dachte er.

In dem Summen verbarg sich eine grelle Dissonanz, die scharfen Glassplittern glich. In ihrem heißen Inneren flackerte ein hässlicher Purpurglanz, irgendein kaltes Licht, das dort nicht hingehörte.

»Es gibt zwei Naben der Existenz«, hörte er Roland sagen. *»Zwei!«* Wie Jake hätte er tausend Meilen weit entfernt sein können. »Der Turm … und die Rose. Trotzdem sind beide das Gleiche.«

»Das Gleiche«, bestätigte Jake. Auf seinem Gesicht spiegelte sich helles Licht: dunkelrot und leuchtend gelb. Trotzdem glaubte Eddie, dort auch jenes andere Licht zu sehen – eine flackernde purpurrote Reflexion wie eine verfärbte Prellung. Mal huschte sie über Jakes Stirn, mal über eine Wange, mal schwamm sie in einer Augenhöhle; mal war sie verschwunden, mal erschien sie wieder auf einer Schläfe wie die physische Manifestation einer schlechten Idee.

»Was ist mit ihr nicht in Ordnung?«, hörte Eddie sich fragen, aber er bekam keine Antwort. Weder von Roland noch Jake noch von der Rose.

Jake hob einen Finger und begann zu zählen. Eddie sah, dass er die Blütenblätter zählte. Aber das war eigentlich nicht nötig. Sie wussten alle, wie viele Blütenblätter es waren.

»Wir *müssen* dieses Stück Land haben«, sagte Roland. »Es besitzen, um es dann zu beschützen. Bis die Balken wiederhergestellt sind und der Turm wieder gesichert ist. Während der Turm nämlich schwächer wird, hält dies hier alles zusammen. Aber es wird ebenfalls schwächer. Es ist krank. Spürt ihr's?«

Eddie öffnete den Mund, um zu sagen, natürlich spüre er das, aber in diesem Augenblick begann Susannah zu kreischen. Sekunden später fiel Oy wild kläffend ein.

Eddie, Jake und Roland starrten sich an wie Schläfer, die aus dem tiefsten aller Träume erwacht waren. Eddie war als Erster auf den Beinen. Er wandte sich ab und stolperte, Susannahs Namen rufend, zum Zaun an der Second Avenue zurück. Jake folgte ihm, blieb zuvor aber noch kurz stehen, um an der Stelle, wo vormals der Schlüssel gelegen hatte, etwas aus dem Klettengewirr zu zerren.

Roland gönnte sich einen letzten schmerzlichen Blick auf die wilde Rose, die hier auf diesem wüsten Ödland aus Bauschutt und Brettern und Unkraut und Müll so tapfer wuchs. Sie hatte bereits angefangen, die Blütenblätter wieder zu schließen, um das in ihrem Inneren glühende Licht zu verbergen.

Ich komme zurück, versprach er ihr. *Ich schwöre bei den Göttern aller Welten, bei meiner Mutter und meinem Vater und meinen gefallenen Freunden, dass ich zurückkommen werde.*

Trotzdem hatte er Angst.

Roland drehte sich um, rannte zum Bretterzaun zurück und suchte sich trotz der Hüftschmerzen mit instinktiver Beweglichkeit seinen Weg durch den wüst aufgehäuften Bauschutt. Während er rannte, kehrte ein Gedanke zurück und pochte in seinem Verstand wie ein Herz: *Zwei. Zwei Naben der Existenz. Die Rose und der Turm. Der Turm und die Rose.*

Alles Übrige wurde zwischen ihnen gehalten, drehte sich in zerbrechlicher Komplexität.

15

Eddie setzte über den Zaun, landete unglücklich und schlug der Länge nach hin, rappelte sich auf und trat vor Susannah, ohne auch nur irgendetwas zu denken. Oy kläffte weiter.

»Suze! Was? Was gibt's?« Er griff nach Rolands Revolver, fand aber nichts an der Stelle. Waffen gingen offenbar nicht flitzen.

»Dort!«, rief sie und zeigte auf die andere Straßenseite. »Dort! Siehst du ihn? Bitte, Eddie, *bitte sag mir, dass du ihn siehst!*«

Eddie hatte das Gefühl, das Blut gefriere ihm in den Adern. Was er sah, war ein nackter Mann, der aufgeschnitten und provisorisch wieder zugenäht worden war, wie es nur auf einem Autopsietisch hatte passieren können. Ein weiterer Mann – ein lebendiger – kaufte neben ihm am Kiosk eine Zeitung, wartete eine Lücke im Verkehr ab und überquerte dann die Second Avenue. Obwohl er dabei die zusammengefaltete Zeitung aufschlug, um einen Blick auf die Schlagzeile zu werfen, konnte Eddie sehen, dass er einen Bogen um den Toten machte. *So wie die Leute uns ausgewichen sind,* dachte er.

»Vorhin war noch jemand da«, flüsterte sie. »Eine Frau. Sie ist dort langgegangen. Und ich habe einen Wurm gesehen. Aus ihrem Mund ist ein Wurm ge-ge-gekrochen …«

»Seht nach rechts«, sagte Jake mit gepresster Stimme. Er hatte sich niedergekniet und streichelte Oy, damit dieser sich wieder beruhigte. In der anderen Hand hielt er ein verkrumpeltes rosa Etwas. Sein Gesicht war käsebleich.

Sie sahen hin. Ein Kind kam langsam auf sie zugewandert. Dass es ein Mädchen war, war nur an dem blau-roten Kleid zu erkennen, das die Kleine trug. Als sie näher kam, sah Eddie, dass das Blau das Meer darstellen sollte. Die roten Klumpen erwiesen sich als kleine bonbonfarbene Segelboote. Ihr Kopf war bei irgendeinem grausigen Unfall derart zerquetscht worden, dass er nun breiter als hoch war. Ihre Augen glichen zerdrückten Weinbeeren. Über einem blassen Arm hing eine Handtasche aus weißem Kunstleder. Die beste Ich-gehe-zu-dem-Verkehrsunfall-und-weiß-es-nicht-Handtasche eines kleinen Mädchens.

Susannah holte Luft, um zu schreien. Die Dunkelheit, die sie zuvor nur gespürt hatte, war jetzt fast sichtbar. Jedenfalls war sie spürbar; sie lastete auf ihr wie Erdreich. Trotzdem würde sie schreien. Sie *musste* schreien. Schreien oder verrückt werden.

»Keinen Laut«, flüsterte Roland von Gilead ihr ins Ohr. »Stör es nicht, das arme verlorene Ding. Um deines Lebens willen, Susannah!« Susannahs Aufschrei erstarb in einem langen Schreckensseufzer.

»Sie sind tot«, sagte Jake mit dünner, beherrschter Stimme. »Alle beide.«

»Die wandelnden Toten«, antwortete Roland. »Ich habe durch Alain Johns' Vater von ihnen gehört. Das muss bald nach unserer Rückkehr nach Mejis gewesen sein, danach blieb nämlich nicht mehr viel Zeit, bevor alles … wie lautet deine Redensart, Susannah? Bevor alles ›im Dauerlauf zum Teufel ging‹. Jedenfalls war es Burning Chris, der uns davor gewarnt hat, dass wir Wandelnde sehen könnten, wenn wir jemals flitzen gingen.« Er zeigte auf den nackten Toten, der noch immer auf der anderen Straßenseite stand. »Solche wie der dort drüben sind so plötzlich gestorben, dass sie noch nicht begreifen, was ihnen zugestoßen ist, oder sie weigern sich einfach, es zu akzeptieren. Früher oder später ziehen sie jedoch weiter. Ich glaube nicht, dass es viele davon gibt.«

»Gott sei Dank«, sagte Eddie. »Das ist wie eine Szene aus einem Zombiefilm von George Romero.«

»Susannah, was ist mit deinen Beinen passiert?«, fragte Jake.

»Keine Ahnung«, sagte sie. »Eben hatte ich sie noch, und im nächsten Augenblick war ich wieder wie vorher.« Sie schien Rolands Blick auf sich zu spüren und wandte sich ihm zu. »Siehst du was Komisches, Schätzchen?«

»Wir sind ein Ka-Tet, Susannah. Erzähl uns, was wirklich passiert ist.«

»Was zum Teufel willst du damit andeuten?«, fragte Eddie ihn. Er hätte wohl noch mehr gesagt, aber bevor er loslegen konnte, packte Susannah ihn am Arm.

»Hast mich erwischt, was?«, sagte sie zu Roland. »Also gut, ich will's dir erzählen. Laut dieser schicken Punkteuhr dort drüben habe ich sieben Minuten eingebüßt, während ich auf euch Jungs gewartet habe. Sieben Minuten und meine tollen neuen Beine. Das wollte ich erst nur nicht erzählen, weil …« Ihr versagte kurz die Stimme, dann fuhr sie fort: »Weil ich Angst hatte, ich könnte den Verstand verlieren.«

Das *ist's nicht, wovor du Angst hast,* dachte Roland. *Jedenfalls nicht genau.*

Eddie beruhigte sie mit einer kurzen Umarmung und einem Kuss auf die Wange. Er sah nervös zu dem nackten Leichnam auf der anderen Straßenseite hinüber (das kleine Mädchen mit dem zerquetschten Kopf war Gott sei Dank die Forty-sixth Street in Richtung Vereinte Nationen weitergewandert), dann wandte er sich wieder an den Revolvermann. »Wenn das stimmt, was du vorhin gesagt hast, Roland, ist diese Sache mit der Zeit, die nicht mehr Takt hält, eine verdammt schlechte Nachricht. Was ist, wenn sie statt nur sieben Minuten gleich drei Monate überspringt? Was ist, wenn wir beim nächsten Besuch feststellen müssen, dass Calvin Tower sein Grundstück bereits verkauft hat? Das dürfen wir nicht zulassen. Diese Rose nämlich, Mann … diese Rose …« Aus Eddies Augen hatten Tränen zu quellen begonnen.

»Sie ist das Beste auf der Welt«, sagte Jake leise.

»Aller Welten«, sagte Roland. Würde es Eddie und Jake beruhigen, wenn sie wüssten, dass dieser spezielle Zeitsprung sich wahrscheinlich nur in Susannahs Kopf ereignet hatte? Dass Mia für sieben Minuten herausgekommen war, sich umgesehen hatte und dann wieder in ihrem Loch verschwunden war wie Punxsutawney Phil am Murmeltiertag? Vermutlich nicht. Aber Susannahs abgehärmtes Gesicht sagte ihm eines: Sie wusste, was in ihr vorging, oder vermutete es zumindest sehr stark. *Für sie muss das die Hölle sein,* dachte er.

»Wenn wir wirklich etwas verändern wollen, müssen wir besser werden«, sagte Jake. »Vorläufig sind wir selbst nicht viel besser als Wandelnde.«

»Wir müssen auch ins Jahr 1964 zurück«, sagte Susannah. »Das heißt, wenn wir an meine Kohle rankommen wollen. Können wir das überhaupt, Roland? Können wir die Schwarze Dreizehn als Tür benützen, sollte Callahan sie tatsächlich haben?«

Sie wird uns Streiche spielen, dachte Roland. *Streiche und Schlimmeres.* Aber bevor er das (oder sonst etwas) sagen konnte, begann das Flitzer-Glockenspiel zu ertönen. Die Passanten auf der Second Avenue hörten es so wenig, wie sie die am Bretterzaun versammelten Pilger sahen, aber der Leichnam auf der anderen Straßenseite hob langsam die toten Arme und bedeckte damit die toten Ohren, während sein Mund sich zu einer schmerzlichen Grimasse verzog. Und dann konnten sie durch ihn hindurchsehen.

»Haltet einander fest«, sagte Roland. »Jake, steck deine Hand in Oys Fell, aber *tief!* Auch wenn ihm das wehtut!«

Jake tat, was Roland verlangte, während die Glockenspielmelodie ihm in den Kopf drang. Schön, aber schmerzhaft.

»Wie eine Wurzelbehandlung ohne Novocain«, sagte Susannah. Sie drehte den Kopf zur Seite und konnte einen Augenblick lang durch den Bretterzaun sehen. Er war durchsichtig geworden. Dahinter stand die Rose, jetzt mit geschlossenen Blütenblättern, die noch immer ihr unauffällig farbenprächtiges Leuchten ausstrahlte. Sie spürte, wie Eddie ihr den Arm leicht um die Schultern legte.

»Halt dich fest, Suze – was immer du tust, nicht loslassen.«

Sie umklammerte Rolands Hand. Einen Augenblick lang konnte sie noch die Second Avenue sehen, dann verschwand alles. Das Glockenspiel zehrte die Welt auf, und sie flog durch abgrundtiefe Dunkelheit, während Eddies Arm sie umfasste und Rolands Hand die ihre drückte.

16

Als die Dunkelheit sie entließ, fanden sie sich fast zwölf Meter von ihrem Lager entfernt auf der Straße wieder. Jake setzte sich langsam auf, dann wandte er sich an Oy. »Alles in Ordnung, Boy?«

»Oy.«

Jake tätschelte dem Bumbler den Kopf. Er sah sich nach den anderen um. Alle da. Er seufzte erleichtert auf.

»Was ist das?«, fragte Eddie. Als das Glockenspiel einsetzte, hatte er Jakes freie Hand ergriffen. Jetzt war zwischen ihren miteinander verschränkten Fingern ein zerdrückter altrosa Gegenstand zu sehen. Er fühlte sich wie Stoff an; er fühlte sich auch wie Metall an.

»Weiß ich nicht«, sagte Jake.

»Du hast das auf dem Grundstück aufgehoben, kurz nachdem Susannah zu schreien angefangen hat«, sagte Roland. »Ich habe dich beobachtet.«

Jake nickte. »Stimmt. Das muss ich wohl getan haben. Weil er dort gelegen hat, wo vorher der Schlüssel gewesen ist.«

»Was ist es denn, Schätzchen?«

»Irgendeine Art Tasche.« Jake hielt sie an den Griffen hoch. »Ich würde fast sagen, das ist meine Bowlingtasche, aber die steht mit meiner Kugel drin noch im Bowling Center. Damals im Jahr 1977.«

»Da steht doch bestimmt was auf den Seiten«, sagte Eddie.

Das war aber jetzt nicht zu erkennen. Die Wolkendecke war wieder geschlossen und verdeckte den Mond. Sie kehrten gemeinsam in ihr Lager zurück, langsam, zittrig wie Invaliden, und Roland entfachte das Feuer neu. Dann lasen sie die Beschriftung auf den Seiten der rosa Bowlingtasche:

NICHTS ALS TREFFER BEI MITTWELT-BAHNEN

war dort zu lesen.

»Das ist nicht richtig«, sagte Jake. »Beinahe, aber nicht ganz. Auf meiner Tasche steht nämlich NICHTS ALS TREFFER BEI MID*TOWN*-BAHNEN. Timmy hat sie mir an dem Tag geschenkt, an dem ich zweihundertzweiundachtzig Punkte gekegelt habe. Er hat gesagt, ich wäre noch zu jung, als dass er mir ein Bier spendieren könnte.«

»Ein kegelnder Revolvermann«, sagte Eddie kopfschüttelnd. »Die Wunder hören niemals auf, was?«

Susannah griff nach der Tasche und ließ die Hände darüber gleiten. »Was für ein Gewebe ist das? Fühlt sich wie Metall an. Und es ist *schwer.*«

Roland, der ahnte, wofür diese Tasche bestimmt war – allerdings nicht, wer oder was sie für sie zurückgelassen hatte –, sagte: »Steck sie in deinen Ranzen zu den Büchern, Jake. Und pass sehr gut auf sie auf.«

»So, was tun wir jetzt als Nächstes?«, fragte Eddie.

»Schlafen«, sagte Roland. »Ich glaube, dass wir in den kommenden Wochen sehr beschäftigt sein werden. Wir müssen zu schlafen versuchen, wann und wo wir können.«

»Aber …«

»Schlafen«, sagte Roland und breitete seine Felle aus.

Zu guter Letzt taten sie das alle irgendwann, und jeder träumte von der Rose. Alle außer Mia, die in der letzten dunklen Nachtstunde aufstand und sich fortschlich, um im großen Bankettsaal zu speisen. Und dort speiste sie wirklich sehr üppig.

Sie musste schließlich für zwei essen.

TEIL ZWEI

Geschichten erzählen

Kapitel 1

Der Pavillon

1

Wenn Eddie irgendetwas an ihrem Ritt nach Calla Bryn Sturgis überraschte, dann war es die Tatsache, wie leicht und natürlich er sich im Sattel zurechtfand. Im Gegensatz zu Susannah und Jake, die beide gelegentlich geritten hatten, wenn sie im Sommerferienlager waren, hatte Eddie niemals auch nur ein Pferd *getätschelt*. Als er am Morgen nach dem Erlebnis, das er für sich als Flitzen Nummer zwei bezeichnete, den Hufschlag herankommender Pferde hörte, hatte ihn eisige Angst durchzuckt. Es war nicht das Reiten, vor dem er sich fürchtete, oder die Tiere selbst; es war die Möglichkeit – Teufel, die hohe *Wahrscheinlichkeit* –, dass er sich dämlich anstellen würde. Gab es je einen Revolvermann, der noch nie auf einem Pferd gesessen hatte?

Trotzdem fand Eddie noch Zeit, ein Wort mit Roland zu wechseln, bevor die Pferde da waren. »Letzte Nacht war's nicht wie in denen davor.«

Roland zog die Augenbrauen hoch.

»Letzte Nacht war's nicht neunzehn.«

»Was meinst du damit?«

»Ich weiß nicht, was ich meine.«

»Ich weiß es auch nicht«, warf Jake ein, »aber er hat Recht. Letzte Nacht hat New York sich real angefühlt. Das heißt, ich weiß wohl, dass wir beim Flitzen waren, aber trotzdem ...«

»Real«, meinte Roland nachdenklich.

Und Jake sagte lächelnd: »So real wie Rosen.«

2

Diesmal bildeten die Slightmans, von denen jeder zwei Pferde an langen Zügeln führte, die Spitze der Gruppe aus der Calla. Die Pferde von Calla Bryn Sturgis wirkten nicht sehr bedrohlich; sie hatten jedenfalls kaum Ähnlichkeit mit jenen, auf denen Eddie sich in Rolands Erzählungen vom längst versunkenen Mejis die Schräge entlanggaloppieren gesehen hatte. Diese Pferde hier waren stämmige, kurzbeinige Tiere mit zottigem Fell und großen, intelligenten Augen. Sie waren größer als Shetlandponys, aber sehr weit von den Hengsten mit feurigen Augen entfernt, die er erwartet hatte. Sie waren nicht nur gesattelt, sondern jedes Pferd trug zusätzlich noch eine sorgfältig gepackte Rolle Bettzeug.

Als Eddie zu seinem Pferd ging (er brauchte sich nicht sagen zu lassen, welches für ihn bestimmt war; er wusste, dass das Stichelhaarige ihm gehörte), fielen alle Sorgen und Zweifel von ihm ab. Er stellte nur eine einzige Frage, die an Ben Slightman den Jüngeren gerichtet war, nachdem er die Steigbügel begutachtet hatte. »Die sind für mich zu kurz, Ben – kannst du mir zeigen, wie sie länger gemacht werden?«

Als der Junge sich aus dem Sattel schwang, um sie zu verlängern, schüttelte Eddie den Kopf. »Ich sollt's lieber selbst lernen«, sagte er. Ganz ohne Verlegenheit.

Während er gezeigt bekam, wie's gemacht wurde, erkannte Eddie, dass er eigentlich keine Erklärung brauchte. Er begriff praktisch sofort, was zu tun war, während Benny den Steigbügel nach oben klappte, um die Riemenschnalle darunter freizulegen. Es handelte sich nicht um ein bislang verborgenes, unbewusstes Wissen, und es erschien ihm auch nicht übernatürlich, sondern als er das Pferd als warme und duftende Realität vor sich hatte, begriff er rein gefühlsmäßig, wie alles funktionierte. Seit er nach Mittwelt gekommen war, hatte Eddie nur ein genau vergleichbares Erlebnis gehabt: als er sich zum ersten Mal einen von Rolands Revolvergurten umgeschnallt hatte.

»Brauchst du Hilfe, Süßer?«, fragte Susannah ihn.

»Sammel mich auf, wenn ich drüben runterfalle«, grunzte er, aber er tat natürlich nichts dergleichen. Sein Pferd stand still da und schwankte nur kaum wahrnehmbar, als Eddie in den Steigbügel trat, um sich dann in den einfachen schwarzen Cowboysattel zu schwingen.

Jake fragte Benny, ob er einen Poncho für ihn habe. Der Sohn des Vormanns sah zweifelnd zu dem bewölkten Himmel auf. »Ich glaube nicht, dass es heute regnet«, sagte er. »Um Ernte herum ist's oft tagelang so …«

»Ich möchte ihn für Oy.« Völlig ruhig, völlig sicher. *Er fühlt sich genau wie ich,* dachte Eddie. *Als hätte er das alles schon tausendmal gemacht.*

Der Junge zog aus einer seiner Satteltaschen zusammengerolltes Ölzeug und gab es Jake, der sich bedankte, es sich überstreifte und Oy dann in die an den Beutel eines Kängurus erinnernde geräumige Vordertasche steckte. Der Bumbler protestierte mit keinem Laut dagegen. *Würde Jake sagen: »Er darf immer mitreiten«,* fragte sich Eddie, *wenn ich ihm sagen würde, dass ich eigentlich erwartet habe, dass Oy wie ein Schäferhund hinter uns hertrotten würde? Nein … aber er würde es vielleicht denken.*

Als sie aufbrachen, erkannte Eddie, woran ihn alles erinnerte: an Geschichten, die er über Reinkarnation gehört hatte. Er versuchte, diesen Gedanken abzuschütteln und sich wieder in den praktisch veranlagten, harten Brooklyner Jungen zu verwandeln, der in Henry Deans Schatten aufgewachsen war, aber das wollte ihm nicht recht gelingen. Der Gedanke an eine Reinkarnation wäre weniger beunruhigend gewesen, wäre er geradewegs damit konfrontiert worden, aber das war nicht der Fall. Er dachte lediglich, dass er nicht von Rolands Linie abstammen konnte, dass das ganz unmöglich war. Es sei denn, Arthur Eld hätte irgendwann mal in Co-Op City Halt gemacht. Vielleicht um eine Bratwurst und ein Stück von Dahlie Lundgrens selbst gebackenem Brot zu essen. Dumm, solch eine Vorstellung von der Fähigkeit abzuleiten, ein offenbar gutmütiges Pferd reiten zu können, ohne je Reitunterricht genommen zu haben. Trotzdem war diese Vorstellung tagsüber gelegentlich zurückgekommen und hatte ihn gestern Abend bis zum Einschlafen beschäftigt: der Eld. Die Linie des Eld.

3

Sie nahmen ihr Mittagessen im Sattel ein, und während sie Popkins aßen und kalten Kaffee tranken, schob Jake sich mit seinem Pferd neben Roland. Aus der Vordertasche des Ponchos blickte Oy den Revolvermann mit glänzenden Augen an. Jake fütterte den Bumbler mit Stücken von seinem Popkin, und in Oys Schnurrbarthaaren sammelten sich bereits die Krümel.

»Roland, kann ich zu dir als *Dinh* sprechen?« Jake klang leicht verlegen.

»Natürlich.« Roland trank Kaffee und sah den Jungen dann interessiert an, während er sich zufrieden im Sattel vor- und zurückwiegte.

»Ben – das heißt, beide Slightmans, aber vor allem der Junge – hat gefragt, ob ich mitkommen und bei ihnen bleiben will. Draußen auf der Rocking B.«

»Willst du denn hin?«, fragte Roland.

Leichte Röte überzog die Wangen des Jungen. »Nun ja, ich habe mir überlegt, wenn ihr anderen in der Stadt bei dem Alten Kerl wärt und ich draußen auf dem Land – also südlich der Stadt –, bekämen wir zwei unterschiedliche Bilder von der Calla. Mein Dad sagt immer, dass man nichts mit richtigen Augen sieht, wenn man's nur aus einem Blickwinkel betrachtet.«

»Sehr wahr«, sagte Roland und hoffte, dass weder seine Stimme noch sein Gesicht den Kummer und das Bedauern verraten würden, die er plötzlich empfand. Hier war ein Junge, der sich jetzt schämte, ein Junge zu sein. Er hatte mit Ben Freundschaft geschlossen, und sein Freund hatte ihn zu sich eingeladen, wie es Freunde eben manchmal taten. Er hatte Jake zweifellos versprochen, er dürfe mithelfen, die Tiere zu füttern, und vielleicht mit seinem Bogen schießen (oder mit seiner Bah, sollte er Bolzen statt Pfeile verwenden). Es würde Orte geben, die Benny ihm zeigen wollte, geheime Plätze, die er sonst nur mit seiner Zwillingsschwester aufgesucht hätte. Vielleicht ein Baumhaus, seinen liebsten Fischteich im Schilf oder eine Stelle am Flussufer, an der angeblich einst Piraten Gold und Edelsteine vergraben hatten. Orte, an denen Jungen sich gern herumtrieben. Aber ein großer Teil von Jake Chambers genierte sich jetzt, solche Dinge tun zu wollen. Es war der Teil, den der Türsteher von Dutch Hill, der Gasher, der Ticktackmann verdorben hatten. Und natürlich Roland selbst. Würde er Jake jetzt diesen Wunsch abschlagen, würde der Junge einen solchen sehr wahrscheinlich nie wieder vorbringen. Und ihm das noch nicht einmal übel nehmen, was die Sache aber irgendwie noch verschlimmerte. Würde er auf falsche Weise Ja sagen – beispielsweise auch nur mit der geringsten Spur von Nachsicht in der Stimme –, würde der Junge sich die Sache wahrscheinlich sogar von sich aus anders überlegen.

Der Junge … Der Revolvermann merkte, wie sehr er sich wünschte, Jake so nennen zu können, und wie kurz die Zeitspanne war, die ihm vermutlich noch dafür blieb. Er hatte ein schlechtes Gefühl in Bezug auf Calla Bryn Sturgis.

»Geh mit ihnen, nachdem sie heute Abend mit uns im Pavillon gegessen haben«, sagte Roland. »Geh, und wohl bekomm's, wie man hier sagt.«

»Bestimmt? Falls du mich nämlich doch brauchst …«

»Dein Vater hat Recht mit dem, was er da sagt. Mein alter Lehrer …«

»Cort oder Vannay?«

»Cort. Er hat uns oft erzählt, dass ein Einäugiger alles nur flach sieht. Man braucht zwei Augen, die etwas auseinander gerückt sind, um die Dinge zu sehen, wie sie wirklich sind. Deshalb: Aye. Geh mit ihnen. Freunde dich mit dem Jungen an, wenn's denn so sein soll. Er scheint recht nett zu sein.«

»Stimmt«, sagte Jake nur. Aber die Röte verschwand wieder aus seinen Wangen. Roland war erfreut, das zu sehen.

»Verbring den morgigen Tag mit ihm. Und mit seinen Freunden, falls er eine Bande hat, mit der er gern umherzieht.«

Jake schüttelte den Kopf. »Die Ranch liegt ziemlich abgelegen. Ben sagt, dass Eisenhart viele Leute beschäftigt, die zwar teilweise Kinder in seinem Alter haben, aber er darf nicht mit ihnen spielen. Vermutlich weil er der Sohn des Vormanns ist.«

Roland nickte. Das überraschte ihn nicht. »Heute Abend im Pavillon wird man dir *Graf* anbieten. Meinst du, dass ich dir nach dem ersten Trinkspruch irgendwie sagen muss, ab dann nur noch Eistee zu trinken?«

Jake schüttelte den Kopf.

Roland berührte seine Schläfen, die Lippen, den Winkel eines Auges, erneut die Lippen. »Kopf klar. Mund geschlossen. Sieh viel. Sag wenig.«

Jake grinste flüchtig und reckte einen Daumen hoch. »Und was ist mit euch?«

»Wir drei übernachten heute bei dem Geistlichen. Ich hege die Hoffnung, dass wir spätestens morgen seine Geschichte zu hören bekommen.«

»Und dass ihr das seht …« Sie waren leicht zurückgefallen; trotzdem senkte Jake die Stimme. »Dass ihr das seht, wovon er uns erzählt hat?«

»Keine Ahnung«, sagte Roland. »Übermorgen reiten wir drei

dann zur Rocking B hinaus. Vielleicht essen wir mit Sai Eisenhart zu Mittag und halten ein kleines Palaver. An den folgenden paar Tagen sehen wir uns zu viert die Stadt und die umliegenden Bezirke an. Wenn es dir auf der Ranch gut geht, Jake, möchte ich, dass du dort bleibst, solange es dir gefällt und solange sie dich haben wollen.«

»Wirklich?« Obwohl Jake sein Gesicht gut wahrte (wie die Redensart lautete), merkte der Revolvermann, dass er darüber glücklich war.

»Aye. Soviel ich mitbekommen habe, gibt's in Calla Bryn Sturgis drei wichtige Männer. Overholser ist einer davon. Took, der Ladenbesitzer, ist auch einer. Der dritte Mann ist Eisenhart. Mich würde sehr interessieren, was du von ihm hältst.«

»Das erfährst du«, versprach Jake ihm. »Und danke-sai.« Er tippte sich dreimal an die Kehle. Dann löste sein Ernst sich in breitem Grinsen auf. In einem jungenhaften Grinsen. Er ließ sein Pferd antraben und schloss zu seinem neuen Freund auf, um ihm zu sagen, ja, er dürfe bei ihm übernachten, ja, er werde kommen und mit ihm spielen.

4

»Heiliger Bimbam«, sagte Eddie. Die Wörter kamen leise und langsam heraus, fast wie der Ausruf einer verblüfften Comicfigur. Aber nach fast zwei Monaten in den Wäldern rechtfertigte die Aussicht einen Ausruf. Und ein Überraschungsmoment kam dazu. Eben noch waren sie mit klappernden Hufschlägen nur auf einem Waldpfad unterwegs gewesen, meistens paarweise (Overholser ritt an der Spitze der Gruppe allein, Roland allein an ihrem Ende). Im nächsten Augenblick waren die Bäume verschwunden, und das Land fiel nach Norden, Süden und Osten ab. Auf diese Weise wurde ihnen plötzlich ein atemberaubender, fast Schwindel erregender Blick auf die Stadt präsentiert, deren Kinder sie retten sollten.

Trotzdem achtete Eddie zunächst überhaupt nicht auf das, was unmittelbar unter ihm ausgebreitet dalag, und als er zu Susannah und Jake hinüberblickte, stellte er fest, dass auch sie über die Calla hinwegsahen. Nach Roland brauchte Eddie sich nicht umzusehen, um zu wissen, dass auch er über sie hinweg in die Ferne sah. *Definition eines Wanderers,* dachte Eddie, *jemand, der stets in die Ferne schaut.*

»Aye, die Aussicht ist nicht übel, wir sagen den Göttern unseren Dank«, meinte Overholser selbstgefällig; und dann mit einem Blick zu Callahan hinüber: »Dem Jesusmenschen natürlich auch, alle Götter sind gleich, wenn's ums Danksagen geht, hab ich gehört, und diese Redensart hat was für sich.«

Er hätte weiterschwatzen können. Wahrscheinlich tat er's sogar; wenn man der große Farmer war, durfte man im Allgemeinen sagen, was man wollte, und auch immer zu Ende reden. Eddie achtete nicht weiter auf ihn. Er konzentrierte sich wieder auf die Aussicht.

Vor ihnen verlief jenseits des Dorfs das graue Band eines Flusses nach Süden. Der als Devar-Tete Whye bezeichnete Arm des Großen Flusses, erinnerte Eddie sich. Wo der Devar-Tete aus dem Wald trat, schäumte er zwischen Steilufern dahin, die aber niedriger wurden, sobald der Fluss in die ersten bestellten Felder eintrat, um dann zuletzt ganz abzuflachen. Eddie sah einige Palmenhaine, grün und unwahrscheinlich tropisch. Jenseits des mittelgroßen Dorfs war das Land westlich des Flusses üppig grün, aber überall mit Grau durchsetzt. Eddie war sich sicher, dass dieses Grau sich an einem sonnigen Tag in ein leuchtendes Blau verwandeln würde, dass sein Glitzern in den Augen schmerzen würde, wenn die Sonne am höchsten stand. Dort unten lagen Reisäcker. Vielleicht nannte man sie ja auch Reisfelder.

Jenseits des Reisanbaus und östlich des Flusses erstreckte sich über viele Meilen hinweg nur Wüste. Eddie sah parallele Metallspuren, die in sie hineinführten, und hielt sie für Bahngleise.

Und jenseits der Wüste – oder sie einem Vorhang gleich verdeckend – lag einförmige Schwärze. Sie stieg wie ein aus Dämpfen gebildeter Wall in den Himmel auf und schien bis in die tief hängenden Wolken hineinzureichen.

»Dort liegt Donnerschlag, Sai«, sagte Zalia Jaffords.

Eddie nickte. »Das Land der Wölfe. Und Gott weiß, was dort noch alles haust.«

»Schitt auch«, sagte Slightman der Jüngere. Er versuchte, schroff und nüchtern zu sprechen, aber Eddie fand, dass der Junge verdammt ängstlich aussah, vielleicht sogar den Tränen nahe war. Aber die Wölfe würden ihn bestimmt nicht mitnehmen – wenn man schon seinen Zwilling durch Tod verloren hatte, machte einen das durch den Fortfall der Voraussetzungen zum Einzelkind, oder etwa nicht? Na ja, bei Elvis Presley hatte das jedenfalls funktioniert, aber der King hatte natürlich auch nicht aus Calla Bryn Sturgis gestammt. Nicht mal aus der Calla Lockwood im Süden.

»Von wegen, der King war ein Junge aus Mis'sippi«, sagte Eddie halblaut.

Tian drehte sich im Sattel um und sah ihn an. »Wie bitte, Sai?«

Eddie, der nicht gemerkt hatte, dass er laut gesprochen hatte, sagte: »Entschuldigung. Ich habe mit mir selbst geredet.«

Andy der Kurierroboter (»viele weitere Funktionen«) war mit großen Schritten so rechtzeitig vor ihm auf den Weg getreten, dass er das mitbekam. »Wer Selbstgespräche führt, verkehrt in trister Gesellschaft. Das ist ein altes Sprichwort der Calla, Sai Eddie, nehmt's nicht persönlich, ich bitte Euch.«

»Und wie ich bereits gesagt habe und zweifellos wieder sagen werde, kriegt man von 'ner Wildlederjacke keinen Rotz runter. Ein altes Sprichwort aus Calla Bryn Brooklyn.«

Andys Innereien klickten. Die blauen Augen blitzten. *»Rotz:*

Schleim aus der Nase. Auch in Eigenschaftswörtern wie rotzfrech und rotznäsig. *Wildleder*: Ein Lederprodukt, das …«

»Schon gut, Andy«, sagte Susannah. »Mein Freund ist nur albern. Das ist er ziemlich oft.«

»O ja«, sagte Andy. »Er ist ein Winterkind. Möchtet Ihr Euer Horoskop hören, Susannah-Sai? Ihr werdet einen gut aussehenden Mann kennen lernen! Ihr werdet zwei Einfälle haben, einen guten und einen schlechten! Ihr werdet einem dunkelhaarigen …«

»Hau ab, du Idiot!«, sagte Overholser. »Runter in die Stadt, auf dem direkten Weg, keine Umwege. Sieh nach, ob im Pavillon alles vorbereitet ist. Niemand will deine gottverdammten Horoskope hören, bitte um Vergebung, Alter Kerl.«

Callahan gab keine Antwort. Andy verbeugte sich, tippte sich dreimal an die metallene Kehle und ging den Pfad hinunter davon, der ziemlich steil, aber bequem breit war. Susannah schien ihm mit gewisser Erleichterung hinterher zu blicken.

»Wart Ihr da nicht ein bisschen streng mit ihm?«, fragte Eddie.

»Er ist nur eine Maschine«, sagte Overholser, der das letzte Wort in Silben unterteilte, als spräche er mit einem Kind.

»Und er kann wirklich lästig sein«, warf Tian ein. »Aber sagt mir, Sais, was haltet Ihr von unserer Calla?«

Roland lenkte sein Pferd zwischen Eddies und Callahans Reittiere. »Sie ist sehr schön«, sagte er. »Was die Götter auch sein mögen, sie haben diesen Ort begünstigt. Ich sehe Mais, Scharfwurzel, Bohnen und … Kartoffeln? Sind das Kartoffeln?«

»Aye, Erdäpfel, wenn's beliebt«, sagte Slightman, dem Rolands scharfer Blick offenbar imponierte.

»Und dort drüben steht all dieser prächtige Reis«, sagte Roland.

»Alles Kleinbauernfelder am Fluss«, sagte Tian, »wo das Wasser süß und langsam ist. Und wir wissen, dass wir uns glücklich schätzen können. Wenn der Reis bereit ist, gepflanzt oder geerntet zu werden, kommen alle Frauen zusammen. Dann wird auf den Feldern gesungen und sogar getanzt.«

»Come-come-commala«, sagte Roland. Zumindest glaubte Eddie, das zu hören.

Tian und Zalia lächelten überrascht und anerkennend. Die Slightmans wechselten einen Blick und grinsten. »Wo habt Ihr das Reislied gehört?«, fragte Ben der Ältere. »Und wann?«

»In meiner Heimat«, sagte Roland. »Vor langer Zeit. ›Come-come-commala, rice come a-falla …‹« Er zeigte vom Fluss weg nach Westen. »Dort liegt die größte Farm inmitten von Weizenfeldern. Eure, Sai Overholser?«

»In der Tat, wenn's beliebt.«

»Und jenseits davon im Süden sind weitere Farmen … und dann die Ranches. Auf dieser da werden Rinder gezüchtet … auf jener dort Schafe … dann wieder Rinder … noch mehr Rinder … und wieder Schafe …«

»Wie kannst du das aus einer solchen Entfernung unterscheiden?«, fragte Susannah.

»Schafe weiden das Gras kürzer ab, Lady-Sai«, sagte Overholser. »Wo Ihr hellbraun gefärbte Flächen seht, liegen also immer Schafweiden. Die anderen – die man wohl ockerfarben nennen würde – sind alles Rinderweiden.«

Eddie musste an all die Westernfilme denken, die er im Majestic gesehen hatte. Clint Eastwood, Paul Newman, Robert Redford, Lee Van Cleef. »In meiner Heimat werden Sagen von Weidekriegen zwischen Ranchern und Schaf-Farmern erzählt«, sagte er. »Weil die Schafe das Gras immer allzu kurz abgefressen haben. Also sogar mit den Wurzeln, sodass es nicht nachwachsen konnte.«

»Das ist rechter Unsinn, bitte um Vergebung«, sagte Overholser. »Schafe weiden das Gras sehr kurz ab, aye, aber dann schicken wir die Rinder auf dem Weg zur Tränke darüber. Der Mist, den sie zurücklassen, ist voller Grassamen.«

»Aha«, sagte Eddie. Mehr fiel ihm dazu nicht ein. Wenn man es so betrachtete, erschien einem die ganze Sache mit den Weidekriegen auf einmal als unsäglich dumm.

»Kommt jetzt«, sagte Overholser. »Das Tageslicht schwindet, wenn's beliebt, und im Pavillon wird ein Festmahl für uns vorbereitet. Die ganze Stadt wird da sein, um euch kennen zu lernen.«

Und um uns gründlich unter die Lupe zu nehmen, dachte Eddie.

»Reitet voraus«, sagte Roland. »Es reicht doch, wenn wir selbst erst am Abend dort ankommen. Oder täusche ich mich da?«

»O nee«, sagte Overholser, dann stieß er seinem Pferd die Fersen in die Seiten und riss dessen Kopf herum (allein dieser Anblick ließ Eddie zusammenzucken). Er ritt den Pfad hinunter voraus. Die anderen folgten ihm.

5

Ihre erste Begegnung mit den Menschen der Calla vergaß Eddie niemals; es war eine Erinnerung, die er stets abrufbereit hatte. Weil alles, was dort geschah, eine Überraschung gewesen war, vermutete er, und wenn alles überraschend ist, kann ein Erlebnis leicht traumartige Züge annehmen. Er erinnerte sich an die Art und Weise, wie die Fackeln sich veränderten, nachdem die Reden gehalten waren – an ihr seltsames, verändertes Licht. Er erinnerte sich an Oys unerwarteten Gruß an die Menge. An die emporgewandten Gesichter und seine würgende Angst und seinen Zorn auf Roland. An Susannah, die in dem Raum, den die Einheimischen als *Musica* bezeichneten, die Klavierbank erklomm. O ja, daran würde er sich stets erinnern. Garantiert. Aber noch lebhafter als diese Erinnerung an seine Geliebte war die an den Revolvermann.

Daran, dass Roland getanzt hatte.

Aber bevor sich etwas davon ereignete, war erst noch ihr Ritt die Hauptstraße der Calla entlang dran gewesen und sein ungutes Gefühl, das er dabei hatte. Seine Vorahnung von schlimmen Tagen, die im Anzug waren.

6

Die eigentliche Stadt erreichten sie eine Stunde vor Sonnenuntergang. Die Wolkendecke riss auf und ließ das rötliche Licht des vergehenden Tages durch. Die Straße war leer. Ihre Decke bestand aus mit Öl gebundenem Sand und Kies. Auf der von Radspuren durchzogenen harten Oberfläche klapperten die Pferdehufe nur gedämpft. Eddie sah einen Mietstall, ein Etablissement, das sich Travellers' Rest nannte und eine Kombination aus Pension und Gaststätte zu sein schien, und am anderen Ende der Straße ein großes zweigeschossiges Gebäude, das nichts anderes als die Versammlungshalle der Calla sein konnte. Auf der freien Fläche rechts neben diesem Bau brannten Fackeln, die darauf schließen ließen, dass dort Leute warteten, aber im Norden, wo sie in die Stadt einritten, war kein Mensch zu sehen.

Die Stille und die leeren Gehsteige aus Holzbohlen begannen Eddie unheimlich zu werden. Er erinnerte sich an Rolands Erzählung von Susans letzter Fahrt nach Mejis hinein: Sie stand mit gefesselten Händen und einer Schlinge um den Hals auf einem Karren. Auch *ihre* Straße war leer gewesen. Anfangs. Dann, nicht weit von der Stelle entfernt, wo sich die Große Straße und die Straße zur Silk Ranch kreuzten, waren Susan und ihre Häscher an einem einzelnen Farmer vorbeigekommen, an einem Mann mit Lammschlächteraugen, wie Roland sie genannt hatte. Später würde sie mit Gemüse und Stöcken, sogar mit Steinen beworfen werden, aber dieser einzelne Farmer war der Erste gewesen, der mit seiner Hand voll Maishülsen dagestanden hatte, die er fast sanft nach ihr geworfen hatte, als sie auf ihrem Weg zum … nun, auf ihrem Weg zum *Charyou-Baum,* dem Erntefest des Alten Volkes, an ihm vorbeigefahren war.

Als sie in Calla Bryn Sturgis einritten, erwartete Eddie ständig, diesen Mann, jene Lammschlächteraugen und die Hand voller Maishülsen zu sehen. Weil er fand, dass diese Stadt sich schlecht anfühlte. Nicht böse – böse in dem Sinne, wie Mejis es in jener Nacht von Susan Delgados Tod vermutlich gewesen war –, aber auf einfachere Weise schlecht. Schlecht wie in schlechte Nachrichten, schlechte Entscheidungen, schlechte Omen. Vielleicht auch schlechtes Ka.

Er beugte sich zu Slightman dem Älteren hinüber. »Wo zum Teufel stecken alle, Ben?«

»Dort«, sagte Slightman und deutete auf die brennenden Fackeln.

»Warum sind sie so ruhig?«, fragte Jake.

»Sie wissen nicht, was sie zu erwarten haben«, sagte Callahan. »Wir leben hier sehr abgeschieden. Die einzigen Fremden, die wir von Zeit zu Zeit zu Gesicht bekommen, sind einzelne Hausierer, Plünderer, Glücksspieler … oh, und da sind noch die Seeboot-Märkte, die manchmal im Hochsommer anlegen.«

»Was ist ein Seeboot-Markt?«, fragte Susannah.

Callahan beschrieb einen breiten Raddampfer mit geringem Tiefgang, bunt bemalt und mit kleinen Läden bestückt. Solche Schiffe fuhren langsam den Devar-Tete Whye hinunter und legten bei den Callas des Mittleren Bogens an, bis ihre Waren verkauft waren. Überwiegend schäbiger Tand, sagte Callahan, aber Eddie traute ihm nicht recht, zumindest nicht in Bezug auf die Seeboot-Märkte, über die Callahan mit dem fast unbewussten Abscheu eines religiösen Eiferers sprach.

»Und die einzigen anderen Fremden, die es sonst noch gibt, kommen, um die Kinder der Einwohner zu holen«, schloss Callahan. Er zeigte nach links, wo ein langer Holzbau fast die Hälfte der Hauptstraße einzunehmen schien. Eddie zählte nicht nur zwei Stangen zum Anbinden von Pferden oder gar vier, sondern sogar deren acht. *Lange* Stangen. »Tooks Gemischtwarenladen, wenn's beliebt«, sagte Callahan mit sarkastischem Unterton.

Sie erreichten den Pavillon. Später schätzte Eddie die Zahl der Anwesenden auf sieben- oder achthundert Personen, aber als er sie zuerst sah – eine Masse aus Hüten und Hauben und Stiefeln und von Arbeit rauen Händen im schrägen roten Licht der Abendsonne dieses Tages –, erschien die Menge ihm unendlich groß.

Sie werden uns mit Mist bewerfen, dachte Eddie. *Uns mit Mist bewerfen und* »Charyou-Baum!« *brüllen.* Es war eine lächerliche Vorstellung, aber nicht weniger lebhaft.

Die Einwohner der Calla wichen zu beiden Seiten zurück und bildeten so eine Gasse aus grünem Gras, die zu einem erhöhten Holzpodium führte. Um den Pavillon herum brannten Fackeln in eisernen Käfigen. Zu diesem Zeitpunkt leuchteten sie alle noch in gewöhnlichem Gelb. Eddies Nase nahm starken Ölgeruch wahr.

Overholser schwang sich aus dem Sattel. Die anderen aus seiner Gruppe folgten seinem Beispiel. Eddie, Susannah und Jake sahen zu Roland hinüber. Roland blieb noch einen Augenblick unbeweglich sitzen: leicht nach vorn gebeugt, ein Arm quer über dem Sattelknauf, anscheinend in Gedanken versunken. Dann zog er seinen Hut und reckte ihn der Menge entgegen. Mit der anderen Hand tippte er sich dreimal an die Kehle. Die Menge murmelte. Anerkennend oder überrascht? Das konnte Eddie nicht beurteilen. Jedenfalls nicht zornig, definitiv nicht zornig, und das war gut. Der Revolvermann schwang sein bestiefeltes Bein über den Sattel und stieg gewandt ab. Eddie verließ den Sattel vorsichtiger, war ihm doch bewusst, dass alle Augen auf ihn gerichtet waren. Er hatte Susannahs Tragegeschirr schon zuvor angelegt und stellte sich jetzt mit dem Rücken zu ihr neben ihr Pferd. Sie schlüpfte mit der Gewandtheit hinein, die sie langer Übung verdankte. Die Menge murmelte wieder, als sie jetzt sah, dass Susannahs Beine knapp oberhalb der Knie fehlten.

Overholser ging zügig die Gasse entlang und schüttelte unterwegs ein paar hingestreckte Hände. Callahan, der unmittelbar hinter ihm ging, machte gelegentlich das Kreuzeszeichen in der Luft.

Einige aus der Menge kümmerten sich um die Pferde. Roland, Eddie und Jake gingen zu dritt nebeneinander her. Oy, der weiterhin in der geräumigen Vordertasche des Ponchos saß, den Jake von Benny geliehen bekommen hatte, sah sich interessiert um.

Eddie merkte, dass er die Menge tatsächlich riechen konnte: Schweiß und Haare und sonnenverbrannte Haut und vereinzelt kräftige Spritzer von etwas, was Typen in Westernfilmen meistens (mit ähnlicher Verachtung, wie Callahan sie für die Seeboot-Märkte hegte) »Riechwasser« nannten. Er konnte auch Essen riechen: Rind- und Schweinefleisch, frisches Brot, geröstete Zwiebeln, Kaffee und *Graf*. Obwohl ihm dabei der Magen knurrte, war er eigentlich nicht hungrig. Nein, hungrig eigentlich nicht. Die Vorstellung, diese Gasse, die sie gerade entlanggingen, würde wieder verschwinden und diese Leute würden über sie herfallen, ließ ihn nicht los. Sie waren so *still!* Irgendwo in der Nähe konnte er die ersten Nachtschwalben und Ziegenmelker hören, die sich für den Abend einsangen.

Overholser und Callahan bestiegen das Podium. Eddie war beunruhigt, weil er sah, dass keiner der anderen aus der kleinen Delegation ihnen folgte. Roland jedoch stieg die drei breiten Stufen hinauf, ohne zu zögern. Als Eddie ihm folgte, war ihm bewusst, dass er etwas weiche Knie hatte.

»Alles in Ordnung?«, murmelte Susannah ihm ins Ohr.

»Bisher schon.«

Linkerhand des Podiums befand sich eine runde Bühne, auf der sich sieben Männer aufhielten, die alle weiße Hemden, Jeans und farbige Schärpen trugen. Eddie erkannte die Instrumente, die sie in den Händen hielten, aber auch wenn Mandoline und Banjo ihn vermuten ließen, dass hier ländliche Countrymusic gespielt werden würde, war ihr Anblick trotzdem beruhigend. Man engagierte doch keine Band, um sie zu Menschenopfern aufspielen zu lassen, oder? Wenn, dann wahrscheinlich nur ein, zwei Trommler, um das Publikum in Stimmung zu bringen.

Eddie drehte sich mit Susannah auf dem Rücken nach der Menge um. Zu seiner Bestürzung war die Gasse, die dort begonnen hatte, wo die Hauptstraße endete, jetzt tatsächlich verschwunden. Gesichter reckten sich empor, um ihn besser zu sehen. Männer und Frauen, junge und alte. Keinerlei Ausdruck auf diesen Gesichtern, und kein einziges Kind zwischen den Erwachsenen. Es waren Gesichter, die den größten Teil ihres Lebens in Wind und Sonne verbracht hatten, und sie wiesen die entsprechenden Runzeln auf. Seine schlimme Vorahnung wollte ihn einfach nicht loslassen.

Overholser blieb neben einem einfachen Holztisch stehen, auf dem eine große bauschige Feder lag. Der Farmer ergriff sie und hielt sie hoch. Die Menge, die von Anfang an sowieso schon still gewesen war, verfiel jetzt in ein derart beunruhigend tiefes Schweigen, dass Eddie das dumpfe Rasseln in der Brust irgendeines alten Menschen hören könnte, mit dem derjenige atmete.

»Setz mich ab, Eddie«, sagte Susannah leise. Das gefiel ihm gar nicht, aber er tat es trotzdem.

»Ich bin Wayne Overholser von der Seven-Mile Farm«, sagte Overholser, indem er mit erhobener Feder an den Rand des Podiums trat. »Hört mich nun an, ich bitte euch.«

»Wir sagen danke-sai«, murmelte die Menge.

Overholser wandte sich zur Seite und wies mit einer Hand auf Roland und sein Tet, die dort in ihrer reisefleckigen Kleidung standen. (Susannah stand eigentlich nicht, sondern hockte zwischen Eddie und Jake auf ihren Beinstümpfen und stützte sich mit einer Hand ab.) Eddie hatte das Gefühl, noch nie aufmerksamer begutachtet worden zu sein.

»Wir Männer der Calla haben Tian Jaffords, George Telford, Diego Adams und alle anderen gehört, die in der Versammlungshalle sprechen wollten«, sagte Overholser. »Dort habe auch ich gesprochen. ›Sie werden kommen und die Kinder mitnehmen‹, habe ich gesagt und damit natürlich die Wölfe gemeint,

›und dann lassen sie uns wieder für eine Generation oder noch länger in Ruhe. So ist's, so ist's immer gewesen, also belasst es dabei.‹ Jetzt glaube ich, dass diese Worte vielleicht ein wenig voreilig waren.«

Ein Murmeln aus der Menge, sanft wie eine Brise.

»Bei dieser selben Versammlung haben wir Pere Callahan sagen hören, nördlich von uns seien Revolvermänner.«

Wieder ein Murmeln. Dieses war etwas lauter. *Revolvermänner … Mittwelt … Gilead.*

»Wir haben beschlossen, dass eine Gruppe losreiten und sie sich ansehen sollte. Dies sind die Leute, die wir gefunden haben, wenn's beliebt. Sie behaupten das zu sein … was Pere Callahan sie genannt hat.« Overholser wirkte jetzt unbehaglich. Fast als müsste er einen Furz unterdrücken. Eddie kannte diesen Gesichtsausdruck vor allem aus dem Fernsehen, wenn Politiker, die mit unwiderlegbaren Tatsachen konfrontiert wurden, einen Rückzieher machen mussten. »Sie behaupten, aus der versunkenen Welt zu kommen. Das heißt …«

Nur zu, Wayne, sagte sich Eddie, *sprich's aus! Du kannst's schaffen.*

»… von Eld abzustammen.«

»Den Göttern sei Dank!«, kreischte eine Frau. »Die Götter haben sie geschickt, damit sie unsere Babbies retten, ja, das haben sie!«

Allgemeines Zischen brachte sie zum Schweigen. Overholser wartete mit gequälter Miene, bis wieder Ruhe eingekehrt war, dann fuhr er fort. »Sie können für sich selbst sprechen – das müssen sie auch –, aber ich habe genug gesehen, um zu glauben, dass sie uns bei unseren Schwierigkeiten helfen können. Sie tragen gute Waffen – die seht ihr selbst – und wissen sie zu gebrauchen. Darauf setze ich Uhr und Urkunde und sage euch meinen Dank.«

Diesmal war das Murmeln der Menge lauter, und Eddie spürte darin Wohlwollen. Er entspannte sich etwas.

»Also gut, dann lasst sie jetzt einzeln vortreten, damit ihr ihre Stimmen hören und ihre Gesichter sehr gut sehen könnt. Dies hier ist ihr *Dinh.*« Mit der erhobenen Hand deutete er auf Roland.

Der Revolvermann trat vor. Die rote Sonne setzte seine linke Gesichtshälfte in Brand; die rechte Hälfte lag im gelben Schein der Fackeln. Er streckte ein Bein aus. Der dumpfe Aufprall des abgetretenen Stiefelabsatzes auf den Brettern war in der Stille nur zu deutlich zu hören; Eddie musste dabei ohne bestimmten Grund an eine Faust denken, mit der jemand auf einen Sargdeckel schlug. Er verbeugte sich tief und streckte ihnen dabei die offenen Handflächen entgegen. »Roland von Gilead, Sohn des Steven«, sagte er. »Aus Elds Linie.«

Sie seufzten.

»Mögen wir willkommen sein.« Er trat zurück und sah zu Eddie hinüber.

Wenn's nur das war, so traute Eddie sich das zu. »Eddie Dean von New York«, sagte er. »Sohn des Wendell.« *Zumindest hat Ma das immer behauptet,* dachte er. Und dann fast ohne sein Zutun: »Aus Elds Linie. Aus dem Ka-Tet der Neunzehn.«

Er trat zurück, und nun bewegte sich Susannah nach vorn an den Rand des Podiums. Sie nahm die Schultern zurück, betrachtete die Menge gelassen und sagte: »Ich bin Susannah Dean, Eheweib von Eddie, Tochter des Dan, aus Elds Linie, aus dem Ka-Tet der Neunzehn, mögen wir willkommen sein, wenn's euch beliebt.« Sie machte einen Knicks, bei dem sie einen imaginären Rock mit beiden Händen auseinander hielt.

Diese Geste wurde mit Lachen und Beifall quittiert.

Während sie ihren Spruch aufsagte, hatte Roland sich zu Jake hinuntergebeugt, um ihm kurz etwas ins Ohr zu flüstern. Jake nickte, dann trat er selbstbewusst vor. Im letzten Licht des vergehenden Tages sah er sehr jung und sehr gut aus.

Er stellte einen Fuß vor und verbeugte sich darüber. Wegen Oys Gewicht schwang sein Poncho komisch nach vorn. »Ich bin

Jake Chambers, Sohn des Elmer, aus Elds Linie, aus dem Ka-Tet der Neunundneunzig.«

Neunundneunzig? Eddie sah zu Susannah hinüber, die mit einem kaum merklichen Schulterzucken antwortete. *Was sollte dieser Neunundneunzig-Scheiß?* Aber dann dachte er: Zum Teufel damit. Er wusste auch nicht, was das Ka-Tet der Neunzehn war, und hatte es trotzdem gesagt.

Aber Jake schien noch nicht fertig zu sein. Er hob Oy aus der Vordertasche von Benny Slightmans Poncho. Bei seinem Anblick ging ein Murmeln durch die Menge. Jake sah rasch zu Roland hinüber – *Soll ich wirklich?*, fragte dieser Blick –, und Roland nickte.

Anfangs glaubte Eddie nicht, dass Jakes pelziger Kumpel irgendwas tun würde. Die Einwohner der Calla – die *Folken* – waren erneut so völlig verstummt, dass das Abendlied der Vögel wieder deutlich zu hören war.

Dann richtete Oy sich auf den Hinterbeinen auf, streckte das rechte Bein vor und verbeugte sich tatsächlich darüber. Er schwankte, aber er blieb im Gleichgewicht. Seine kleinen schwarzen Pfoten waren wie zuvor Rolands Hände nach oben gekehrt ausgestreckt. Erstauntes Atemholen, Lachen, Beifall. Jake wirkte völlig verblüfft.

»Oy!«, sagte der Bumbler. »Eld! Dank!« Jedes Wort klar und deutlich. Er behielt seine Verbeugung noch einen Augenblick lang bei, dann ließ er sich auf alle viere hinabsinken und huschte rasch an Jakes Seite. Der Beifall war ohrenbetäubend. Mit einem brillanten, simplen Schachzug hatte Roland (denn wer sonst, dachte Eddie, hätte dem Bumbler das beibringen können) diese Leute zu ihren Freunden und Bewunderern gemacht. Zumindest für heute Abend.

Das war also die erste Überraschung: Oy, der sich vor den versammelten *Folken* der Calla verbeugte und sein An-Tet mit seinen Weggefährten erklärte. Die zweite Überraschung folgte unmittelbar darauf. »Ich bin kein großer Redner«, sagte Roland, indem er wieder vortrat. »Meine Zunge verheddert sich schlimmer als die eines Betrunkenen in der Erntenacht. Aber Eddie wird uns sicher mit ein paar Worten einstimmen.«

Diesmal war die Reihe an Eddie, sprachlos verblüfft zu sein. Unter ihnen klatschte die Menge und trampelte Beifall. Rufe wie *Wir sagen unseren Dank* und *Sprecht wohl* und *Hört ihn an, hört ihn an* erklangen. Sogar die Band machte mit, indem sie einen holprigen, aber lauten Tusch spielte.

Er hatte noch Zeit, Roland einen einzigen verzweifelten, zornigen Blick zuzuwerfen. *Scheiße, was tust du mir da an?* Der Revolvermann erwiderte seinen Blick ausdruckslos, dann verschränkte er die Arme vor der Brust.

Der Beifall ließ nach. Zugleich schwand Eddies Zorn. An seine Stelle trat panische Angst. Overholser beobachtete ihn interessiert und hielt dabei die Arme verschränkt, so als würde er Roland bewusst oder unbewusst imitieren. Unter sich erkannte Eddie einige wenige vertraute Gesichter in den vorderen Reihen der Menge: die beiden Slightmans, die Jaffordsens. Er sah in eine andere Richtung und erkannte Callahan, der die blauen Augen zusammengekniffen hatte. Die gezackte kreuzförmige Narbe darüber auf seiner Stirn schien zu glühen.

Was zum Teufel soll ich zu ihnen sagen?

Sag lieber irgendwas, Eds, ließ sein Bruder Henry sich vernehmen. *Sie warten alle.*

»Erflehe eure Verzeihung, wenn ich ein bisschen langsam in Gang komme«, sagte er. »Wir sind Meilen und Räder weit und noch mehr Meilen und Räder weit hergekommen, und ihr seid die ersten Leute, denen wir seit vielen …«

Seit vielen was? Wochen, Monaten, Jahren, Jahrzehnten?

Eddie musste lachen. Was er bisher gesagt hatte, klang in seinen Ohren, als wäre er der größte Idiot der Welt, ein Kerl, dem nicht zuzutrauen war, dass er den eigenen Pimmel beim Wasserlassen halten konnte, von einem Revolver ganz zu schweigen. »Denen wir seit vielen Jubeljahren begegnet sind.«

Darüber lachten sie – schallend laut. Einige klatschten sogar Beifall. Offenbar hatte er einen Scherz gemacht, ohne es zu wollen. Eddie entspannte sich, und sobald er das tat, konnte er ganz natürlich sprechen. Ganz nebenbei fiel ihm ein, dass der bewaffnete Revolvermann, der hier vor diesen siebenhundert ängstlichen, hoffnungsvollen Menschen stand, noch vor nicht allzu langer Zeit nur mit einer gelben Unterhose bekleidet vor einem Fernseher gehockt hatte, Chips geknabbert hatte, mit Heroin zugedröhnt gewesen war und sich *Yogi-Bär*-Zeichentrickfilme angesehen hatte.

»Wir kommen von weit her«, sagte er, »und haben noch einen weiten Weg vor uns. Unsere Zeit hier wird kurz sein, aber wir werden tun, was wir können, hört mich an, ich bitte euch.«

»Sagt weiter, Fremder!«, rief jemand. »Ihr sprecht gut!«

Ehrlich?, dachte Eddie. *Das ist mir neu, mein Freund.*

Einige Rufe wie *Aye* und *Wenn's beliebt.*

»Die Heiler in meiner Baronie haben eine Redensart«, erzählte Eddie ihnen. »›Vor allem niemandem schaden.‹« Er war sich nicht sicher, ob das ein Anwaltsmotto oder ein Arztmotto war, aber er hatte es in ziemlich vielen Filmen und Fernsehserien gehört, und es klang echt gut. »Wir wollen hier keinen Schaden anrichten, sollt ihr wissen, aber niemand hat jemals eine Kugel oder auch nur einen Splitter unter dem Fingernagel eines Kindes herausgezogen, ohne etwas Blut zu vergießen.«

Hier und da zustimmendes Murmeln. Overholser verzog jedoch keine Miene, und in der Menge sah Eddie zweifelnde Gesichter. Er spürte einen überraschenderweise aufflammenden Zorn. Er hatte kein Recht, auf diese Leute zornig zu sein, die ihnen absolut nichts getan und ihnen absolut nichts verweigert hatten (zumindest bisher nicht), aber er war es trotzdem.

»In der Baronie New York haben wir eine weitere Redensart«,

erklärte er ihnen. »›Essen gibt es nicht umsonst.‹ Soweit wir eure Situation kennen, ist sie ernst. Sich gegen diese Wölfe zu wehren könnte gefährlich sein. Aber manchmal fühlen Menschen sich durch Nichtstun nur krank und hungrig.«

»Hört ihn an, hört ihn an!«, rief derselbe Jemand aus einer der hinteren Reihen. Dort sah Eddie den Roboter Andy und in seiner Nähe einen großen Wagen mit Männern in weiten Umhängen, die schwarz oder dunkelblau zu sein schienen. Das waren bestimmt die Manni-Leute, vermutete Eddie.

»Wir werden uns umsehen«, sagte Eddie, »und sobald wir euer Problem verstehen, werden wir uns überlegen, was sich tun lässt. Wenn wir glauben, dass die Antwort nichts lautet, lüften wir den Hut vor euch und ziehen weiter.« In der zweiten oder dritten Reihe stand ein Mann mit einem ramponierten Cowboyhut. Er hatte buschige weiße Augenbrauen und einen entsprechenden weißen Schnauzbart. Eddie fand, dass dieser Mann eine ziemliche Ähnlichkeit mit Pa Cartwright aus der alten Fernsehserie *Bonanza* hatte. Diese Version des Cartwright-Patriarchen schien von Eddies Ausführungen jedoch alles andere als begeistert zu sein.

»Können wir helfen, werden wir helfen«, sagte Eddie. Seine Stimme klang jetzt völlig ausdruckslos. »Aber wir werden's nicht allein tun, Leute. Hört mich an, ich bitte euch. Hört mich sehr wohl an. Haltet euch lieber bereit, für das einzutreten, was ihr wollt. Haltet euch lieber bereit, für die Kinder zu kämpfen, die ihr behalten möchtet.«

Damit streckte er einen Fuß vor sich aus – der Mokassin, den er trug, erzeugte zwar keinen dumpfen Aufprall, als schlüge eine Faust auf einen Sargdeckel, aber Eddie kam es trotzdem in den Sinn – und verbeugte sich. Anfangs herrschte tiefes Schweigen. Dann begann Tian Jaffords zu klatschen. Zalia schloss sich ihm an. Auch Benny klatschte. Sein Vater stieß ihn an, aber der Junge klatschte weiter, und wenig später fiel auch Slightman der Ältere ein.

Eddie funkelte Roland wütend an. Rolands ausdruckslose Miene veränderte sich nicht. Susannah zupfte ihn am Hosenbein, und Eddie beugte sich zu ihr hinunter.

»Gut gemacht, Süßer.«

»Nicht *sein* Verdienst.« Eddie nickte zu Roland hinüber. Aber nachdem es nun vorbei war, fühlte er sich überraschend gut. Und Reden halten war wirklich nicht Rolands Ding, das wusste Eddie. Er konnte reden, wenn er keinen Ersatzmann hatte, aber er machte sich sonst nicht sonderlich viel daraus.

Jetzt weißt du also, was du bist, dachte er. *Roland von Gileads Sprachrohr.*

Aber was sollte daran so schlimm sein? Hatte Cuthbert Allgood diesen Job nicht lange vor ihm gehabt?

Callahan trat vor. »Vielleicht können wir sie etwas herzlicher begrüßen, als wir's bisher getan haben, meine Freunde – ihnen einen richtigen Calla-Bryn-Sturgis-Willkomm entbieten.«

Er begann zu klatschen. Diesmal fielen die versammelten *Folken* sofort ein. Der Beifall war anhaltend und herzlich. Es gab Beifallsrufe, Pfiffe und Getrampel (wobei das Trampeln ohne Holzdielen als Resonanzboden nicht recht befriedigend klang). Die Band spielte nicht nur einen Tusch, sondern eine ganze Serie davon. Susannah ergriff eine von Eddies Händen. Jake ergriff die andere. Die vier verbeugten sich wie eine Rockgruppe nach einem besonders guten Set, und der Beifall verdoppelte sich.

Zuletzt schnitt Callahan ihn ab, indem er die Hände hob. »Vor uns liegt ernste Arbeit, Leute«, sagte er. »Ernste Dinge, die bedacht werden müssen, ernste Dinge, die getan werden müssen. Aber erst wollen wir essen. Später wollen wir tanzen und singen und fröhlich sein!« Sie begannen wieder zu klatschen, Callahan unterbrach diesen Beifall aber wieder. »Genug!«, rief er lachend. »Und ihr Manni dort hinten, ich weiß, dass ihr stets eure eigene Verpflegung mitführt, aber es gibt keinen Grund auf Erden, weshalb ihr nicht mit uns essen und trinken solltet, was ihr habt. Gesellt euch zu uns, wenn's beliebt! Wohl bekomm's euch!«

Wohl bekomm's uns allen, dachte Eddie, aber seine schlimme Vorahnung wollte ihn noch immer nicht verlassen. Sie war wie ein Gast, der am Rand der Gesellschaft knapp außerhalb des Lichtscheins der Fackeln stand. Und sie glich einem Geräusch. Einem Stiefelabsatz auf einem Holzboden. Einer Faust auf einem Sargdeckel.

7

Obwohl es Bänke und lange Tische auf Böcken gab, nahmen nur die alten Leute ihr Abendessen sitzend ein. Und es war ein fabelhaftes Abendessen mit buchstäblich zweihundert Gerichten zur Auswahl, die meisten davon deftig und köstlich. Das Mahl begann mit einem Trinkspruch auf die Calla. Ausgebracht wurde er von Vaughn Eisenhart, der mit einem randvollen Humpen in einer Hand und der Feder in der anderen dastand. Eddie dachte, dies sei vermutlich die Version des hiesigen Bogens hinsichtlich des Abspielens der Nationalhymne.

»Möge sie stets gedeihen!«, rief der Rancher und leerte seinen Humpen *Graf* mit einem einzigen Zug. Eddie bewunderte vor allem die ausgepichte Kehle des Mannes; das *Graf* aus Calla Bryn Sturgis war so hochprozentig, dass ihm die Augen tränten, wenn er nur daran roch.

»STETS GEDEIHEN!«, skandierten die *Folken* und jubelten und tranken.

In diesem Augenblick veränderte das Licht der Fackeln, die den Pavillon umgaben, sich zum dunklen Scharlachrot der vor kurzem untergegangenen Sonne. Die Menge ohte und ahte und applaudierte. Was die Technik betraf, hielt Eddie sie für nicht sonderlich raffiniert – jedenfalls nicht im Vergleich zu Blaine dem

Mono oder den dipolaren Computern, die Lud steuerten –, aber sie warf ein hübsches Licht über die Menge und schien ungiftig zu sein. Er applaudierte mit den anderen. Das tat auch Susannah. Andy hatte ihren Rollstuhl geholt und ihn ihr mit einem Kompliment entfaltet (er hatte sich auch erboten, ihr von dem gut aussehenden Fremden zu erzählen, dem sie bald begegnen würde). Jetzt rollte sie mit einem Essensteller auf den Knien von einer kleinen Gruppe zur anderen, plauderte hier, fuhr weiter, plauderte dort und fuhr wieder weiter. Eddie vermutete, dass sie früher auf ziemlich vielen Cocktailpartys gewesen war, die sich nicht wesentlich von dieser Veranstaltung unterschieden hatten, und war etwas neidisch auf ihr sicheres Auftreten.

Eddie nahm in der Menge nun auch Kinder wahr. Die *Folken* waren offenbar zu dem Schluss gekommen, ihre Besucher hätten nicht die Absicht, ihre Schießeisen zu ziehen und ein Massaker anzufangen. Die älteren Kinder waren unbeaufsichtigt unterwegs. Sie bewegten sich in schützenden Rudeln, an die Eddie sich aus der eigenen Kindheit erinnern konnte, und erbeuteten große Essensmengen von den Tischen (obwohl nicht einmal der Heißhunger gefräßiger Jugendlicher die dort angebotene Fülle wesentlich verringern konnte). Sie beobachteten die Fremden, aber keiner von ihnen schien den Mut zu finden, sich ihnen zu nähern.

Die jüngeren Kinder blieben in der Nähe ihrer Eltern. Die Kinder im schwierigen Zwischenalter drängten sich um die Rutsche, die Schaukeln und das komplizierte Klettergerüst am rückwärtigen Ende des Pavillons. Einige benützten die Spielgeräte, aber die meisten beschränkten sich darauf, das Fest mit den ratlosen Blicken derer zu beobachten, die sich irgendwie ausgeschlossen fühlten. Eddies Herz fühlte mit ihnen. Er konnte sehen, dass viele Zwillingspaare unter ihnen waren – eine fast unheimliche Anhäufung –, und vermutete, dass diese ratlosen Kinder – nur ein bisschen zu alt, um die Spielgeräte noch unbefangen zu nutzen – die größte Zahl der Opfer der Wölfe stellen würden … Das heißt, falls den Wölfen ihr nächster Raubzug gestattet wurde. Er sah keine »Minderen« und vermutete, diese würden absichtlich ferngehalten, damit sie keinen Schatten auf das Fest warfen. Dafür hatte Eddie Verständnis, aber er hoffte, dass irgendwo anders auch für sie eine Party stattfand. (Später erfuhr er, dass genau das der Fall gewesen war – Plätzchen und Eiskrem hinter Callahans Kirche.)

Jake hätte genau in die mittlere Kindergruppe gepasst, wäre er aus der Calla gewesen, aber das war er natürlich nicht. Und er hatte einen Freund gewonnen, der genau richtig für ihn war: älter an Jahren, jünger an Erfahrung. Die beiden gingen von Tisch zu Tisch und naschten mal hier, mal dort. Oy folgte Jake zufrieden bei Fuß, aber sein Kopf war in ständiger Bewegung. Eddie hatte keinen Zweifel daran, dass jemandem, der eine aggressive Bewegung in Richtung Jake aus New York (oder seinen neuen Freund Benny aus der Calla) gemacht hätte, sehr schnell ein paar Finger gefehlt hätten. Einmal beobachtete Eddie, wie die beiden Jungen sich ansahen, und obwohl sie kein Wort miteinander sprachen, brachen sie genau gleichzeitig in Gelächter aus. Und das erinnerte Eddie so nachdrücklich an seine eigenen Jugendfreundschaften, dass es schmerzte.

Nicht dass Eddie viel Zeit für Selbstbeobachtung geblieben wäre. Aus Rolands Erzählungen (und weil er ihn mehrmals in Aktion gesehen hatte), wusste er, dass die Revolvermänner von Gilead weit mehr als nur Friedenshüter gewesen waren. Sie waren auch Kuriere, Buchhalter, manchmal Spione und gelegentlich sogar Scharfrichter gewesen. Mehr als alles andere waren sie jedoch Diplomaten gewesen. Eddie, der von seinem Bruder und dessen Freunden mit goldenen Weisheiten wie *Warum kannst du mir's nicht mit dem Mund machen, wie's deine Schwester tut?* und *Ich hab deine Mutter gefickt, und sie war echt gut*, von dem immer beliebten *Ich halt nicht die Klappe, du Drei-*

käsehoch, und wenn ich dich ansehe, muss ich kotzen ganz zu schweigen, aufgezogen worden war, hätte sich nie für einen Diplomaten gehalten, aber insgesamt war er mit seinem Auftreten recht zufrieden. Nur Telford war störrisch gewesen, bis die Band ihn zum Schweigen brachte, dem Schicksal sei Dank.

Hier ging es weiß Gott darum, unterzugehen oder zu überleben; die Einwohner der Calla mochten sich vor den Wölfen fürchten, aber sie waren nicht schüchtern, wenn es um die Frage ging, wie Eddie und die anderen aus seinem Tet mit ihnen fertig werden wollten. Eddie erkannte, dass Roland ihm einen sehr großen Gefallen erwiesen hatte, indem er ihn veranlasst hatte, vor der gesamten Menge zu sprechen. Das war eine gewisse Vorübung für das gewesen, was jetzt alles kam.

Er erzählte allen dieselben Dinge, wieder und immer wieder. Es sei unmöglich, über eine Strategie zu diskutieren, bevor sie sich die Stadt genau angesehen hätten. Unmöglich, schon jetzt zu beurteilen, wie viele Männer aus der Calla sie zu ihrer Unterstützung brauchen würden. Das würde sich im Lauf der Zeit ergeben. Die Sonne würde es an den Tag bringen. Es würde Wasser geben, so Gott es wollte. Und sämtliche weiteren Floskeln, die ihm nur einfielen. (Er hatte sogar die Idee, jedem ein Huhn im Topf zu versprechen, sobald die Wölfe besiegt waren, aber er hütete seine Zunge, bevor er sich so verplappern konnte.) Ein Kleinfarmer namens Jorge Estrada wollte wissen, was sie tun würden, wenn die Wölfe beschlossen, die Stadt in Brand zu setzen. Ein anderer, Garrett Strong, wollte von Eddie hören, wo die Kinder sicher untergebracht werden konnten, wenn die Wölfe kamen. »Wir können sie doch nicht einfach hier lassen, das müsst Ihr recht gut wissen«, sagte er. Eddie, dem bewusst war, wie wenig er wusste, trank einen kleinen Schluck *Graf* und legte sich nicht fest. Ein Kerl namens Neil Faraday (Eddie konnte nicht beurteilen, ob er ein Kleinfarmer oder nur ein Landarbeiter war) sprach Eddie an und erklärte ihm, diese ganze Sache sei zu weit gegangen. »Sie nehmen nie *alle* Kinder mit, wisst Ihr«, sagte er. Eddie überlegte, ob er Faraday fragen sollte, was er von einem Mann halten würde, der sagte: »Na ja, nur *zwei* von ihnen haben meine Frau vergewaltigt«, beschloss dann aber, seinen Kommentar lieber für sich zu behalten. Ein dunkelhäutiger, schnauzbärtiger Kerl namens Louis Haycox stellte sich vor und erzählte Eddie, er sei zu dem Schluss gelangt, Tian Jaffords habe Recht. Er habe seit der Versammlung in vielen schlaflosen Nächten darüber nachgedacht und sei nun entschlossen, sich zu erheben und zu kämpfen. Das heißt, falls sie ihn brauchen konnten. Die Kombination aus Aufrichtigkeit und Ängstlichkeit, die Eddie auf dem Gesicht des Mannes sah, berührte ihn zutiefst. Das hier war kein aufgeregter Bursche, der nicht wusste, was er tat, sondern ein erwachsener Mann, der es vermutlich nur allzu gut wusste.

So kamen sie also hier mit ihren Fragen an und gingen dort ohne wirkliche Antworten, aber trotzdem befriedigter wirkend davon. Eddie redete, bis seine Kehle ganz trocken war, und vertauschte seinen Holzbecher mit *Graf* gegen kalten Tee, weil er sich nicht betrinken wollte. Er wollte auch nichts mehr essen; er war restlos voll gestopft. Die Leute sprachen ihn aber unvermindert weiter an. Cash und Estrada. Strong und Echeverría. Winkler und Spalter (Vettern von Overholser, sagten sie), Freddy Rosario und Farren Posella … oder waren es Freddy Posella und Farren Rosario?

Alle zehn bis fünfzehn Minuten veränderten die Fackeln wieder ihre Farbe. Von Rot zu Grün, von Grün zu Orange, von Orange zu Blau. Krüge mit *Graf* machten die Runde. Die Gespräche wurden lauter. Das Lachen ebenfalls. Eddie begann mehr Ausrufe von *Schitt auch!* und etwas anderem zu hören, das wie *Dive-down!* klang, stets von Lachen gefolgt.

Er sah Roland mit einem alten Mann sprechen, der einen blauen Umhang trug. Der alte Kerl hatte den dichtesten, längsten, weißesten Vollbart, den Eddie jemals außerhalb einer Bibelverfilmung im Fernsehen gesehen hatte. Er sprach ernsthaft und sah dabei zu Rolands von Wind und Wetter gegerbtem Gesicht auf. Einmal berührte er den Arm des Revolvermanns und zog ein wenig daran. Roland hörte zu, nickte, sagte nichts – jedenfalls nicht, solange Eddie ihn beobachtete. *Aber er ist interessiert,* dachte Eddie. *O yeah – unser alter Langer, Großer und Hässlicher hört etwas, was ihn sehr interessiert.*

Die Band kam eben aufs Musikpodium zurück, als ein weiterer Mann Eddie ansprach: der Kerl, der ihn an Pa Cartwright erinnert hatte.

»George Telford«, sagte er. »Möge es Euch wohl ergehen, Eddie von New York.« Er berührte die Stirn flüchtig mit seitlich gehaltener Faust, dann streckte er Eddie die Hand entgegen. Er trug die Kopfbedeckung eines Ranchers – einen Cowboyhut statt eines Sombreros –, aber seine Handfläche war bis auf einen Streifen Hornhaut entlang der Fingeransätze bemerkenswert weich. *Dort hält er die Zügel,* dachte Eddie, *und was Arbeit betrifft, ist das vermutlich schon alles.*

Eddie machte eine kleine Verbeugung. »Lange Tage und angenehme Nächte, Sai Telford.« Er überlegte kurz, ob er fragen sollte, ob Adam, Hoss und Little Joe auf der Ponderosa geblieben seien, entschied sich aber auch diesmal dafür, seinen vorlauten Mund zu halten.

»Und mögen sie Euch doppelt vergönnt sein, Sohn, doppelt.« Er begutachtete die Waffe an Eddies Hüfte, dann sah er Eddie ins Gesicht. Sein Blick war scharf und nicht besonders freundlich gesinnt. »Euer Dinh trägt das Gegenstück dazu, wie ich sehe.«

Eddie lächelte, sagte aber nichts.

»Wayne Overholser behauptet, dass Euer Ka-Babby mit einer anderen eine eindrucksvolle Schießvorführung gegeben hat. Die trägt heute Abend Eure Frau, nicht wahr?«

»Schon möglich«, sagte Eddie, dem diese Ka-Babby-Sache

nicht besonders gefiel. Er wusste recht gut, dass jetzt Susannah die Ruger hatte. Roland hatte entschieden, es sei besser, wenn Jake unbewaffnet zu Eisenharts Rocking B hinausritt.

»Vier gegen vierzig wäre recht mühsam, findet Ihr nicht auch«?, sagte Telford. »Yar, das wäre ziemlich mühsam. Oder vielleicht sind's ihrer sechzig, die aus Osten kommen; niemand scheint sich genau daran erinnern zu können – und wie denn auch? Dreiundzwanzig Jahre sind eine lange friedliche Zeit, sagt Gott aye und dem Jesusmenschen Euren Dank.«

Eddie lächelte und sagte weiterhin nichts, weil er hoffte, Telford würde ein anderes Thema anschneiden. In Wirklichkeit hoffte er sogar, Telford würde ganz aus seinem Blickfeld verschwinden.

Natürlich tat er das nicht. Arschlöcher verdrückten sich nie; das war fast ein Naturgesetz. »*Vier* Bewaffnete gegen vierzig … oder sechzig … wären gewiss erheblich besser als drei Bewaffnete und einer, der nur dabeisteht und sie anfeuert. Vor allem vier mit harten Kalibern Bewaffnete, mögt Ihr mich anhören.«

»Höre Euch sehr wohl an«, sagte Eddie. Drüben bei dem Podium, auf dem sie vorgestellt worden waren, erzählte Zalia Jaffords gerade Susannah irgendetwas. Auch Suze wirkte interessiert, fand Eddie. *Sie kriegt die Farmersfrau, Roland kriegt den Herrn der gottverdammten Ringe, Jake kriegt einen Freund, und wen kriege ich? Einen Kerl, der wie Pa Cartwright aussieht, einen aber wie Perry Mason ins Kreuzverhör nimmt.*

»*Habt* ihr denn noch mehr Waffen?«, fragte Telford. »Ihr müsst gewiss noch mehr haben, wenn ihr vorhabt, gegen die Wölfe zu kämpfen. Ich persönlich halte die ganze Sache für verrückt; daraus habe ich kein Geheimnis gemacht. Vaughn Eisenhart ist derselben Meinung …«

»Overholser hat ebenso gedacht und seine Meinung geändert«, sagte Eddie so unbeteiligt, als würde er übers Wetter reden. Er trank einen kleinen Schluck Tee, sah Telford über den Rand des

Bechers hinweg an und hoffte auf ein Stirnrunzeln. Vielleicht sogar auf eine vorübergehend irritierte Miene. Beides blieb jedoch aus.

»Wayne die Wetterfahne«, sagte Telford schmunzelnd. »Yar, yar, dreht sich mal hierhin, mal dorthin. Wäre mir seiner noch nicht so sicher, junger Sai.«

Eddie überlegte, ob er sagten sollte: *Wenn du glaubst, dass wir hier auf Stimmenfang sind, täuschst du dich.* Aber dann schwieg er doch. Mund halten, viel sehen, wenig sagen.

»Habt ihr vielleicht Schnellschießer?«, fragte Telford. »Oder Grenados?«

»Kann sein«, sagte Eddie, »oder auch nicht.«

»Ich habe noch nie von einer Frau als Revolvermann gehört.«

»Nein?«

»Oder von einem Jungen. Nicht mal als Lehrling. Woher sollen wir wissen, dass ihr seid, was ihr zu sein behauptet? Erzählt mir das, ich bitte Euch.«

»Na ja, das ist eine schwer zu beantwortende Frage«, sagte Eddie. Er empfand jetzt eine starke Abneigung gegen Telford, der sowieso zu alt aussah, um gefährdete Kinder zu haben.

»Trotzdem werden's die Leute wissen wollen«, sagte Telford. »Jedenfalls bevor sie den Sturm hereinbrechen lassen.«

Eddie erinnerte sich an Rolands Aussage: *Man mag uns ausersehen, aber niemand darf uns dann fürderhin zurückweisen.* Das verstanden sie offenbar noch immer nicht. Telford jedenfalls nicht. Natürlich mussten Fragen beantwortet, mussten bejaht werden; das hatte Callahan angesprochen, und Roland hatte es bestätigt. Drei Fragen. Die erste betraf Hilfe und Unterstützung. Eddie glaubte nicht, dass diese Fragen schon gestellt worden waren, das war kaum denkbar, aber er konnte sich nicht vorstellen, dass sie in der Versammlungshalle gestellt werden würden, wenn die Zeit reif war. Die Antworten konnten von kleinen Leuten wie Posella und Rosario kommen, die nicht einmal wussten, was sie sagten. Von Leuten, die tatsächlich gefährdete Kinder hatten.

»Wer seid Ihr wirklich?«, fragte Telford. »Erzählt's mir, ich bitte Euch.«

»Eddie Dean von New York. Ich hoffe, dass Ihr meine Ehrlichkeit nicht anzweifelt. Ich hoffe um *Christi* willen, dass Ihr das nicht tut.«

Telford wich einen Schritt zurück und wirkte plötzlich besorgt. Das erfüllte Eddie mit grimmiger Befriedigung. Angst war nicht besser als Respekt, aber sie war bei Gott besser als nichts. »Nay, durchaus nicht, mein Freund! Bitte! Aber sagt mir eines – habt Ihr die Waffe, die Ihr tragt, jemals benützt? Erzählt's mir, ich bitte Euch.«

Eddie sah, dass Telford, der ihn zwar nervös beobachtete, das nicht recht glaubte. Vielleicht steckte in seiner Miene und seinem Benehmen noch immer zu viel von dem alten Eddie Dean, der wirklich aus New York gewesen war, als dass dieser Rancher-Sai es hätte glauben können, wenngleich Eddie das für eher unwahrscheinlich hielt. Jedenfalls nicht für ausschlaggebend. Das hier war ein Kerl, der entschlossen war, untätig zuzusehen, wie die Bestien aus Donnerschlag die Kinder seiner Nachbarn verschleppten – oder vielleicht ein Mann, der den simplen, endgültigen Antworten, die ein Revolver geben konnte, einfach nicht traute. Eddie hatte diese Antworten jedoch kennen gelernt. Sie sogar lieben gelernt. Er erinnerte sich an jenen einzigen schrecklichen Tag in Lud, an dem er Susannah unter einem grauen Himmel eilig im Rollstuhl durch die Stadt geschoben hatte, während die Göttertrommeln dröhnten. Er erinnerte sich an Frank und Luster und Topsy den Matrosen; er dachte an eine Frau namens Maud, die niederkniete, um einen der Irren zu küssen, die Eddie erschossen hatte. Was hatte sie gesagt? *Sie hätten Winston nicht erschießen sollen, denn 's war sein Geburtstag.* Irgendwas in dieser Art.

»Ich habe diesen hier und den anderen und auch die Ruger benützt«, sagte er. »Und sprecht nie wieder so zu mir, mein Freund, als befänden wir uns beide in irgendeinem komischen Witz.«

»Sollte ich Euch irgendwie beleidigt haben, Revolvermann, erflehe ich Eure Verzeihung.«

Eddie entspannte sich leicht. *Revolvermann.* Immerhin war der silberhaarige Hundesohn clever genug, diesen Ausdruck zu verwenden, auch wenn er vielleicht nicht daran glaubte.

Die Band spielte einen weiteren Tusch. Der Bandleader streifte sich seinen Gitarrengurt über den Kopf und rief: »Kommt jetzt, ihr alle! Schluss mit dem Essen! Zeit, es abzutanzen und auszuschwitzen, so ist's!«

Jubel und Jippie-Rufe. Und eine Serie von Detonationen, die Eddie veranlassten, nach seinem Revolver zu greifen, wie er Roland schon oft nach seiner Waffe hatte greifen sehen.

»Ruhig, mein Freund«, sagte Telford. »Nur kleine Knaller. Kinder, die Ernte-Kracher zünden, müsst Ihr wissen.«

»In der Tat«, sagte Eddie. »Erflehe Eure Verzeihung.«

»Nicht nötig.« Telford lächelte. In seinem anziehenden Pa-Cartwright-Lächeln sah Eddie eines ganz deutlich: Dieser Mann würde nie auf ihre Seite überwechseln. Das heißt, nicht bevor beziehungsweise erst wenn jeder Wolf aus Donnerschlag hier in diesem Pavillon für die Einwohnerschaft zur Besichtigung tot ausgestreckt lag. Und wenn das geschah, würde er behaupten, von Anfang an auf ihrer Seite gestanden zu haben.

8

Der Tanz ging bis Mondaufgang weiter, und in dieser Nacht zeigte der Mond sich klar und deutlich. Eddie drehte mit mehreren Ladys aus der Stadt einige Runden. Zweimal tanzte er mit Susannah in den Armen einen Walzer, und als zum Squaredance aufgefordert wurde, drehte sie sich und umrundete ihn – Allemande links, Allemande rechts – mit ihrem Rollstuhl in hübscher Präzision. Im ständig wechselnden Licht der Fackeln war ihr Gesicht feucht und wirkte entzückt. Auch Roland tanzte – elegant, aber (so fand Eddie) ohne wirkliche Begeisterung oder Begabung dafür. Jedenfalls lag darin nichts, was sie darauf hätte vorbereiten können, wie dieser Abend enden würde. Benny Slightman und Jake waren irgendwo unterwegs, nur einmal sah Eddie sie unter einem Baum knien und ein Spiel spielen, das verdächtig nach Messerwerfen aussah.

Als der Tanz zu Ende war, folgten Gesangsdarbietungen. Sie begannen mit der Band selbst: ein klagendes Liebeslied und dann eine flottere Nummer, die in derart starkem Calla-Dialekt vorgetragen wurde, dass Eddie den Text nicht verstand. Um zu wissen, dass dieser Song zumindest leicht anzüglich war, war das auch nicht nötig; das zeigten die Zwischenrufe und das Gelächter der Männer und die spitzen Begeisterungsschreie der Frauen. Mehrere ältere Ladys hielten sich die Ohren zu.

Nach diesen beiden ersten Nummern bestiegen nacheinander mehrere Leute aus der Calla das Podium, um dort zu singen. Eddie glaubte nicht, dass jemand von ihnen bei einer Talentschuppen-Sendung sehr weit gekommen wäre, aber alle wurden freundlich begrüßt, wenn sie vor die Band traten, und erhielten herzlich-lustigen (und im Fall einer hübschen jungen Frau gar *lüsternen*) Beifall, wenn sie wieder abtraten. Zwei Mädchen von ungefähr neun Jahren, offensichtlich eineiige Zwillinge, sangen nur von einer Gitarre begleitet, welche die eine von beiden spielte, in schmerzhaft perfekter Harmonie eine Ballade, die »Die Straßen von Campara« hieß. Eddie staunte über die gespannte Aufmerksamkeit, mit der die *Folken* zuhörten. Obwohl die meisten Männer inzwischen ziemlich angetrunken waren, störte jetzt kein einziger die gegenwärtig aufmerksame Stille. Kracher wurden auch keine gezündet. Viele der Anwesenden (darunter auch der Mann namens Haycox) hörten mit tränenüberströmtem Gesicht zu. Wäre Eddie gefragt worden, hätte er gesagt, natürlich habe er von Anfang an die auf dieser Stadt lastende emotionale Bürde verstanden. Aber das hätte nicht gestimmt. Er begriff sie erst jetzt.

Als der Song von der entführten Frau und dem sterbenden Cowboy zu Ende war, herrschte sekundenlang tiefes Schweigen – nicht einmal die Nachtvögel riefen. Dann brach frenetischer Beifall los. *Würde in diesem Augenblick darüber abgestimmt, was wegen der Wölfe geschehen soll,* dachte Eddie, *würde nicht einmal Pa Cartwright wagen, für Untätigkeit zu plädieren.*

Die Mädchen knicksten und sprangen flink ins Gras hinunter. Eddie glaubte, damit seien die Darbietungen beendet, aber zu seiner Überraschung bestieg nun Callahan das Podium.

»Hier ist ein noch traurigerer Song, einer, den meine Mutter mir beigebracht hat«, sagte er und stimmte eine fröhliche irische Weise mit dem Titel »Buy Me Another Round, You Booger You« an. Sie war mindestens so anzüglich wie der Song, den die Band zum Besten gegeben hatte, aber diesmal verstand Eddie wenigstens die meisten Wörter. Er und die restliche Einwohnerschaft stimmten fröhlich in den wiederkehrenden Refrain ein: *Before y'ez put me in the ground, buy me another round, you booger you!*

Susannah fuhr mit ihrem Rollstuhl zum Podium hinüber und wurde während des Beifalls nach dem Song des Alten Kerls hinaufgehoben. Sie sprach kurz mit den drei Gitarristen und spielte einem von ihnen ein paar Takte auf seinem Instrument vor. Alle drei nickten. Eddie vermutete, dass sie den Song beziehungsweise irgendeine Version davon kannten.

Die Menge wartete gespannt, wenn auch niemand gespannter als der Ehemann der Lady. Er war begeistert, allerdings nicht sehr überrascht, als sie nun »Maid of Constant Sorrow« anstimmte, das sie manchmal auch schon während ihrer Reise gesungen hatte. Susannah war zwar keine Joan Baez, aber ihre Stimme kam aufrichtig rüber, voller Gefühl. Und warum auch nicht? Es handelte sich um den Song einer Frau, die ihre Heimat verlassen hatte, um in die Fremde zu ziehen. Nachdem Susannah geendet hatte, folgte anders als nach dem Duett der beiden kleinen Mädchen diesmal keine Pause, sondern ein sofortiger ehrlicher, enthusiastischer Beifallssturm. Dazwischen waren Rufe wie *Yar!* und *Noch einmal!* und *Mehr Strophen!* zu hören. Susannah trug aber keine weiteren Strophen vor (weil sie nämlich bereits alle gesungen hatte, die sie wusste), sondern machte stattdessen einen tiefen Knicks. Eddie klatschte, bis ihm die Hände wehtaten; dann steckte er vier Finger in den Mund und pfiff gellend.

Und dann – die Wunder dieses Abends würden niemals aufhören, so schien es – stieg Roland selbst aufs Podium, während Susannah noch vorsichtig hinuntergehoben wurde.

Jake und sein neuer Kumpel standen neben Eddie. Es war Benny Slightman, der Oy jetzt trug. Bis zu diesem Abend hätte Eddie behauptet, der Bumbler würde jeden, der nicht zu Jakes Ka-Tet gehörte, beißen, sollte es derjenige wagen, Oy zu berühren.

»Kann er singen?«, sagte Jake.

»Das wär mir neu, Kiddo«, sagte Eddie. »Warten wir's ab.« Er hatte keine Ahnung, was sie erwartete, fand es aber leicht belustigend, wie stark sein Herz pochte.

9

Roland legte seine im Holster steckende Waffe und den Gürtel mit den Patronen ab. Er reichte alles zu Susannah hinunter, die es entgegennahm und sich den Gürtel dann hoch um die Taille schnallte. Dabei straffte sich der Stoff ihrer Bluse, und Eddie glaubte einen Augenblick lang, ihre Brüste sähen irgendwie größer als sonst aus. Dann tat er seine Beobachtung aber als optische Täuschung ab.

Die Fackeln leuchteten orangerot. Roland stand in ihrem Lichtschein: waffenlos und schmalhüftig wie ein Junge. Während er sekundenlang nur über die stummen, erwartungsvollen Gesichter hinausblickte, spürte Eddie, wie Jakes Hand, klein und kalt, sich in seine stahl. Der Junge brauchte nicht zu sagen, was er dachte, Eddie dachte es nämlich ebenfalls. Noch nie hatte er einen Mann gesehen, der so einsam wirkte, so weit vom menschlichen Alltag mit all seiner belanglosen Kameradschaft und seiner flüchtigen Wärme entfernt war. Ihn hier auf dieser Fiesta zu sehen (war es doch eine Fiesta, unabhängig davon, welche Schrecken im Hintergrund lauern mochten) unterstrich die Wahrheit, die er verkörperte: Er war der Letzte seines Stammes. Es gab keinen anderen. Wenn auch Eddie, Susannah, Jake und Oy zu seiner Linie gehören mochten, so waren sie nur ferne Sprosse, weit vom Stamm entfernt. Nachträglich hinzugekommen. Roland jedoch … Roland …

Pst!, sagte Eddie sich. *Über solche Dinge willst du nicht nachdenken. Nicht heute Abend.*

Roland kreuzte langsam die Arme vor der Brust, so straff und eng, dass er die rechte Handfläche auf die linke Wange und die linke Handfläche auf die rechte Wange legen konnte. Eddie bedeutete das überhaupt nichts, aber die Reaktion der ungefähr siebenhundert Einwohner der Calla kam augenblicklich: ein jubelnder, beifälliger Aufschrei, der weit über gewöhnlichen Applaus hinausging. Eddie erinnerte sich an ein Konzert der Rolling Stones, bei dem er einmal gewesen war. Damals hatte die Menge ähnlich reagiert, als Charlie Watts, der Drummer der Stones, angefangen hatte, auf seiner Kuhglocke jenen synkopischen Rhythmus zu schlagen, der nur »Honky Tonk Woman« einleiten konnte.

Roland blieb mit gekreuzten Armen und auf den Wangen liegenden Handflächen unbeweglich stehen, bis der Aufschrei abgeklungen war. »Die Calla hat uns willkommen geheißen«, sagte er. »Hört mich an, ich bitte euch.«

»Wir sagen unseren Dank!«, brüllten sie. *»Hören Euch sehr wohl an!«*

Roland nickte lächelnd. »Aber meine Freunde und ich kommen von weit her, und wir haben noch viel zu tun und zu sehen. Werdet ihr euch uns öffnen, während wir hier verweilen, wenn wir uns euch öffnen?«

Eddie empfand einen leichten Schauder. Er spürte, wie Jake seine Hand fester umklammerte. *Das ist die erste der drei Fragen,* dachte er.

Bevor er den Gedanken zu Ende gebracht hatte, hatten sie ihre Antwort gebrüllt: *»Aye, und wir sagen unseren Dank!«*

»Seht ihr uns als das, was wir sind, und akzeptiert ihr, was wir tun?«

Das war die zweite Frage, dachte Eddie, und nun war er es, der Jakes Hand fester drückte. Er sah, wie Telford und der Mann namens Diego Adams einen bestürzten, wissenden Blick wechselten. Den Blick von Männern, die plötzlich erkannten, dass vor ihren Augen ein unerwünschter Deal ablief und sie außerstande waren, etwas daran zu ändern. *Zu spät, Jungs,* dachte Eddie.

»Revolvermänner!«, rief jemand. »Revolvermänner, aufrichtig und wahrhaftig, wir sagen unseren Dank! Wir sagen unseren Dank in Gottes Namen!«

Lärmende Zustimmung. Ein jubelnder Beifallssturm. Stimmen, die *Dank* und *aye* und sogar *Schitt auch* riefen.

Als die Menge sich beruhigte, wartete Eddie darauf, dass Roland die letzte und wichtigste Frage stellen würde: Wollt ihr Hilfe und Beistand?

Roland stellte sie nicht. Stattdessen sagte er nur: »Wir wollen für heute unseres Weges gehen und uns zur Ruhe begeben, weil wir müde sind. Aber zuvor möchte ich ein letztes Lied und einen kleinen Stepptanz zum Besten geben, das möchte ich, glaube ich doch, dass ihr beides kennt.«

Jubelnde Zustimmung. Sie wussten in der Tat, was es war.

»Ich selbst kenne beides und liebe es«, sagte Roland von Gilead. »Ich kenne es von alters her und hätte nie erwartet, ›Das Reislied‹ noch einmal von irgendwelchen Lippen zu hören – am wenigsten von meinen eigenen. Ich bin nun älter, das bin ich, und nicht mehr so gelenkig wie einst. Erflehe schon jetzt eure Verzeihung für Schritte, die mir misslingen …«

»Revolvermann, wir sagen Euch unseren Dank!«, rief eine Frau. »Solche Freude, die wir empfinden, aye!«

»Und empfinde ich nicht die gleiche?«, sagte der Revolvermann sanft. »Schenke ich euch nicht Freude von meiner Freude und Wasser, das ich mit der Stärke meines Herzens getragen habe?«

»Geben Euch vom Grünfutter zu essen«, riefen die Leute im Chor, und Eddie spürte, wie ihm ein leichter Schauder über den Rücken lief und seine Augen sich mit Tränen füllten.

»O Gott«, seufzte Jake. »Er weiß so *viel …«*

»Gebe euch die Freude des Reises«, sagte Roland.

Er blieb noch einen Augenblick im orangeroten Lichtschein stehen, als sammelte er seine Kräfte, und dann begann er etwas zu tanzen, das ein Mittelding zwischen einer Jig und einem Stepptanz war. Es fing langsam an, sehr langsam, Ferse und Zehe, Ferse und Zehe. Immer wieder erzeugten seine Stiefelabsätze dabei das Geräusch, als schlüge eine Faust auf einen Sargdeckel, wenngleich jetzt ein Rhythmus darin lag. Anfangs *nur* ein Rhythmus, aber als die Füße des Revolvermanns sich schneller bewegten, wurde daraus mehr als ein Rhythmus: Es wurde eine Art Jive. Das war der einzige Ausdruck, der Eddie dafür einfiel – der einzige, der zu passen schien.

Susannah kam zu ihnen herangerollt. Sie hatte die Augen weit aufgerissen und ein verwundertes Lächeln aufgesetzt. Sie hielt die Hände eng zwischen den Brüsten gefaltet. »Oh, Eddie!«, flüsterte sie. »Hast du gewusst, dass dieser Mann das kann? Hast du das auch nur im Entferntesten geahnt?«

»Nein«, sagte Eddie. »Ich hatte keine Ahnung.«

10

Immer schneller bewegten sich die Füße des Revolvermanns in ihren abgetretenen und brüchigen alten Stiefeln. Dann noch schneller. Als der Rhythmus zunehmend deutlicher wurde, merkte Jake plötzlich, dass er diesen Beat *kannte*. Kannte ihn vom ersten Mal, als er nach New York flitzen gegangen war. Bevor er Eddie getroffen hatte, war ein junger Schwarzer mit Walkman-Ohrhörern an ihm vorbeigeschlendert, hatte mit seinen in Sandalen steckenden Füßen ein wenig zur Musik getänzelt und halblaut »Cha-da-ba, cha-da-*bow!*« gemacht. Und das war nun auch der Rhythmus, den Roland auf dem Musikpodium stampfte, wobei jedes *Bow!* dadurch entstand, dass er mit gestrecktem Bein einen Stiefelabsatz aufs Holz knallte.

Um sie herum begannen die Leute zu klatschen. Nicht im Takt, sondern im Gegentakt. Sie begannen sich zu wiegen. Die Frauen, die Röcke trugen, hielten sie auseinander und wirbelten sie umher. Der Ausdruck, den Jake auf allen Gesichtern vom ältesten bis zum jüngsten sah, war überall gleich: reine Freude. *Und noch mehr,* dachte er und erinnerte sich an einen Ausdruck, den seine Englischlehrerin in Bezug auf die Gefühle gebraucht hatte, die manche Bücher in einem erwecken konnten: *die Ekstase perfekten Wiedererkennens.*

Rolands Gesicht glänzte jetzt schweißnass. Er ließ die gekreuzten Arme sinken und fing zu klatschen an. Sobald er das tat, begannen die Calla-*Folken* rhythmisch ein Wort zu skandieren: »*Come! … Come! …Come! … Come!*« Jake fiel ein, dass dies der

Ausdruck war, den manche Kids für Sperma benützten, und er bezweifelte plötzlich, dass das bloßer Zufall war.

Natürlich ist's das nicht. Ebenso wenig wie der Schwarze, der zu diesem Beat an mir vorbeigetänzelt ist. Das ist alles der Balken, und es ist alles neunzehn.

»Come! … Come! … Come!«

Eddie und Susannah waren inzwischen mit eingefallen. Auch Benny hatte mit eingestimmt. Jake ließ alle Gedanken beiseite und stimmte ebenfalls mit ein.

11

Nachträglich hatte Eddie keine richtige Vorstellung davon, wie der Text des Reislieds gelautet haben könnte. Nicht wegen des Dialekts, jedenfalls nicht bei Rolands Aussprache, sondern weil die Wörter zu rasch aufeinander folgten, um noch verständlich zu sein. Im Fernsehen hatte er einmal einen Tabakversteigerer in South Carolina gehört. Das hier lief gegenwärtig so ähnlich ab. Es gab harte Reime, weiche Reime, Fehlreime und sogar Zwangsreime – Wörter, die sich überhaupt nicht reimten, aber innerhalb des Liedes für einen Augenblick dazu gezwungen wurden. Dabei handelte es sich nicht wirklich um ein Lied; es war eher ein Sprechgesang oder irgendein wilder Straßenecken-Hip-Hop. Besser konnte Eddie es nicht beschreiben. Und die ganze Zeit über trommelte Roland mit den Füßen jenen mitreißenden Rhythmus auf den Bretterboden; die ganze Zeit klatschte die Menge und skandierte ihr *Come, come, come, come*.

Das, *was* Eddie mitbekam, lautete etwa folgendermaßen:

Come-come-commala
Rice come a-falla
I-sissa 'ay a-bralla

Dey come a-folla
Down come a-rivva
Or-i-za we kivva
Rice be a green-o
See all we seen-o
Seen-o the green-o
Come-come-commala!

Come-come-commala
Rice come a-falla
Deep inna walla
Grass come-commala
Under the sky-o
Grass green n high-o
Girl n her fella
Lie down togetha
They slippy 'ay slide-o
Under 'ay sky-o
Come-come-commala
Rice coma a-falla!

Auf diese beiden Strophen folgten mindestens drei weitere. Eddie konnte die Wörter inzwischen nicht mehr verfolgen, aber er war sich ziemlich sicher, dass er ihren Sinn richtig deutete: ein junger Mann und eine Frau, die im Frühjahr Reis und Kinder pflanzten. Das Tempo des Liedes, von Anfang an selbstmörderisch hoch, steigerte sich immer mehr, bis die Wörter nichts mehr als hervorgestoßene Dialektlaute waren und die Zuhörer so rasend schnell katschten, dass dabei ihre Hände verschwammen. Und Rolands Stiefelabsätze waren völlig verschwunden. Eddie hätte zu jeder Zeit behauptet, es sei eigentlich unmöglich, dass jemand in diesem Tempo tanzen konnte, vor allem nicht nach einer solch schweren Mahlzeit.

Mach langsamer, Roland, dachte er. *Hier können wir nicht den Notarzt anrufen, wenn du wegen Überhitzung zusammenklappst.*

Dann, auf irgendein Zeichen hin, das weder Eddie noch Susannah noch Jake mitbekamen, verstummten Roland und die Calla-*Folken* mitten in ihrem Sturmlauf, reckten die Arme hoch und stießen die Hüften wie beim Koitus nach vorn. *»COMMALA!«*, riefen sie, und das war dann das Ende.

Roland, dem der Schweiß nur so über Stirn und Wangen lief, schwankte … und stürzte von der Bühne in die Menge. Eddies Herz schien in der Brust einen Hüpfer nach oben zu machen. Susannah schrie auf und setzte sich dann sofort mit ihrem Rollstuhl in Bewegung. Jake hielt sie aber auf, bevor sie noch weit gekommen war, indem er einen der Schiebegriffe festhielt.

»Ich glaube, das gehört zur Show!«, sagte er.

»Yar, das glaube ich auch ziemlich sicher«, sagte Benny Slightman.

Die Menge jubelte und klatschte. Roland wurde von willigen erhobenen Armen getragen und weitergereicht. Die eigenen Arme hatte er zu den Sternen hochgereckt. Sein Brustkorb hob und senkte sich wie ein Blasebalg. Eddie beobachtete mit einer Art ausgelassener Ungläubigkeit, wie der Revolvermann, wie vom Kamm einer Woge getragen, auf sie zurollte.

»Roland singt, Roland tanzt, und um allem die Krone aufzusetzen«, sagte er, »macht Roland noch wie Joey Ramone einen Stage-Dive.«

»Wovon redest du da, Süßer?«, fragte Susannah.

Eddie schüttelte den Kopf. »Unwichtig. Das hier kann jedenfalls niemand übertreffen. Damit muss die Party zu Ende sein.«

Und das war sie auch.

12

Eine halbe Stunde später ritten vier Reiter langsam die Hauptstraße von Calla Bryn Sturgis hinunter. Einer von ihnen war in eine schwere *Salide* gehüllt. Bei jedem Ausatmen standen frostige weiße Atemwolken vor ihren Nasen und den Nüstern der Pferde. Der Himmel war mit kalt leuchtenden Diamantsplittern übersät, unter denen der Alte Stern und die Alte Mutter am hellsten leuchteten. Jake war bereits mit den Slightmans zu Eisenharts Rocking B unterwegs. Callahan führte die drei Reisenden an, indem er ein kleines Stück vorausritt. Aber bevor er sie irgendwohin führte, hatte er darauf bestanden, Roland in die schwere Decke zu hüllen.

»Ihr sagt, Euer Haus sei keine Meile weit von hier …«, begann Roland.

»Keine Einwände«, unterbrach Callahan ihn. »Die Wolken haben sich verzogen, die Nacht ist fast so kalt, als wollte es schneien, und Ihr habt eine Commala getanzt, wie ich in all meinen Jahren hier noch keine gesehen habe.«

»Wie viele Jahre wären das?«, fragte Roland.

Callahan schüttelte den Kopf. »Das weiß ich nicht. Ich weiß es wirklich nicht, Revolvermann. Gut weiß ich jedoch, wann ich hergekommen bin – das war im Winter 1983, neun Jahre nach meinem Auszug aus der Stadt Jerusalem's Lot. Neun Jahre nachdem ich das hier bekommen hatte.« Er hob kurz seine vernarbte Hand.

»Sieht wie eine Verbrennung aus«, meinte Eddie.

Callahan nickte, äußerte sich aber nicht weiter dazu. »Jedenfalls läuft die Zeit hier drüben anders, wie ihr alle bestimmt recht gut wisst.«

»Sie verschiebt sich«, sagte Susannah. »Wie die Himmelsrichtungen.«

Roland, der bereits in die Decke gehüllt war, hatte Jake mit ein paar Worten verabschiedet … und mit noch etwas anderem.

Eddie hatte Metall klirren gehört, als irgendetwas aus der Hand des Revolvermanns in die des Lehrlings glitt. Vielleicht etwas Geld.

Benny Slightman und Jake ritten ins Dunkel davon. Als Jake sich umdrehte und ihnen zum Abschied zuwinkte, hatte Eddie sein Winken mit einem überraschenden Stich ins Herz erwidert. *Jesus, du bist doch nicht sein Vater,* dachte er. Das mochte stimmen, aber es ließ den Stich trotzdem nicht verschwinden.

»Ihm passiert hoffentlich nichts, Roland?« Eddie hatte keine andere als eine bejahende Antwort erwartet, hatte sich nur etwas Balsam gegen diesen Stich gewünscht. Deshalb beunruhigte ihn nun das lange Schweigen des Revolvermanns.

»Wir wollen's hoffen«, antwortete Roland schließlich. Mehr zum Thema Jake Chambers würde er jetzt nicht sagen.

13

Bald erreichten sie Callahans Kirche: ein niedriges, einfaches Blockhaus mit einem über dem Eingang angebrachten Kreuz.

»Wie nennt Ihr sie, Pere?«, fragte Roland.

»Unsere Liebe Frau die Heitere.«

Roland nickte. »Guter Name.«

»Spürt ihr's?«, fragte Callahan. »Spürt es jemand von euch?« Er brauchte nicht lange zu erklären, wovon der sprach.

Roland, Eddie und Susannah verharrten ungefähr eine volle Minute lang unbeweglich. Schließlich schüttelte Roland den Kopf.

Callahan nickte zufrieden. »Sie schläft.« Er machte eine Pause, dann fügte er hinzu: »Sagt Gott euren Dank.«

»Trotzdem ist dort *irgendwas*«, sagte Eddie. Er nickte zur Kirche hinüber. »Es ist wie … ich weiß nicht, fast wie ein Gewicht.«

»Ja«, sagte Callahan. »Wie ein Gewicht. Sie ist schrecklich. Aber heute Nacht schläft sie. Gott sei bedankt!« Er machte in der frostigen Luft ein Kreuzeszeichen.

Am Ende eines schlichten unbefestigten Weges (jedoch gewalzt und von sorgfältig gepflegten Hecken eingefasst) stand eine weitere Blockhütte. Callahans Heimstatt, die er das Pfarrhaus nannte.

»Erzählt Ihr uns heute Nacht Eure Geschichte?«, fragte Roland.

Callahan warf einen Blick auf das hagere, erschöpfte Gesicht des Revolvermanns und schüttelte den Kopf. »Kein Wort davon, Sai. Nicht einmal, wenn ihr ausgeruht wärt. Meine Geschichte eignet sich nicht dafür, bei Sternenschein erzählt zu werden. Morgen beim Frühstück, bevor Ihr und Eure Freunde mit eurer Erkundung beginnt – wär's dann recht?«

»Aye«, sagte Roland.

»Was ist, wenn sie nachts aufwacht?«, fragte Susannah und nickte zur Kirche hinüber. »Wenn sie aufwacht und uns flitzen schickt?«

»Dann werden wir das tun«, sagte Roland.

»Du hast doch schon eine Idee, was du mit ihr anstellen willst, oder?«, sagte Eddie.

»Vielleicht«, sagte Roland. Als sie dem Fußweg zum Haus folgten, nahmen sie Callahan wie selbstverständlich in ihre Mitte.

»Hat das irgendwas mit dem alten Manni zu tun, mit dem du gesprochen hast?«, fragte Eddie.

»Vielleicht«, wiederholte Roland. Er musterte Callahan. »Sagt mir, Pere, hat sie *Euch* jemals flitzen geschickt? Ihr kennt dieses Wort doch, nicht wahr?«

»Ich kenne es«, sagte Callahan. »Ja, zweimal. Einmal nach Mexiko. In eine Kleinstadt namens Los Zapatos. Und einmal … das vermute ich jedenfalls … ins Schloss des Königs. Ich glaube, dass ich beim zweiten Mal nur mit sehr viel Glück zurückgekehrt bin.«

»Von welchem König sprecht Ihr?«, fragte Susannah. »Arthur Eld?«

Callahan schüttelte den Kopf. Die Narbe auf seiner Stirn leuchtete im Sternenlicht. »Am besten reden wir nicht jetzt darüber«, sagte er. »Nicht nachts.« Er sah Eddie betrübt an. »Die Wölfe kommen. Das ist schon traurig genug. Und nun kommt ein junger Mann daher, der mir erzählt, dass die Red Sox schon wieder die World Series verloren haben … gegen die *Mets?*«

»Leider wahr«, sagte Eddie, und mit seinem Bericht über die entscheidende Partie – ein Spiel, von dem Roland nicht viel verstand, obwohl es Ähnlichkeit mit Points, das manche auch Wickets nannten, zu haben schien – gelangten sie bis ins Haus. Callahan hatte eine Haushälterin. Sie war nirgends zu sehen, hatte aber eine Kanne mit heißer Schokolade auf dem Herd zurückgelassen.

Während sie die Schokolade tranken, sagte Susannah: »Zalia Jaffords hat mir etwas erzählt, was dich interessieren dürfte, Roland.«

Der Revolvermann zog die Augenbrauen hoch.

»Der Großvater ihres Mannes lebt bei ihnen. Angeblich ist er der älteste Einwohner der Calla Bryn Sturgis. Tian und der Alte sind sich seit Jahren nicht mehr grün – Zalia weiß nicht mal, warum sie aufeinander sauer sind, so lange liegt das schon zurück –, aber Zalia kommt sehr gut mit ihm aus. Sie sagt, dass er in den letzten Jahren ziemlich senil geworden ist, aber noch immer seine wachen Tage hat. Und er behauptet, einen dieser Wölfe gesehen zu haben. Tot.« Sie machte eine Pause. »Er will ihn selbst getötet haben.«

»Meiner Seel!«, rief Callahan aus. »Wollt Ihr das wirklich behaupten?«

»Das tue ich. Oder vielmehr hat es Zalia getan.«

»Das«, sagte Roland, »wäre eine Geschichte, die sich zu hören lohnte. War das beim letzten Überfall der Wölfe?«

»Nein«, sagte Susannah. »Und auch nicht beim vorletzten Mal, als selbst Overholser längst den Kinderschuhen entwachsen gewesen wäre. Beim Überfall davor.«

»Wenn sie alle dreiundzwanzig Jahre kommen«, sagte Eddie, »wäre das vor fast siebzig Jahren gewesen.«

Susannah nickte. »Aber er war schon damals ein erwachsener Mann. Er hat Zalia erzählt, eine Moit von ihnen habe draußen an der Weststraße auf das Kommen der Wölfe gewartet. Ich weiß nicht, wie viele Männer eine Moit sind …«

»Fünf oder sechs«, sagte Roland. Er nickte über seinem Becher mit Schokolade.

»Jedenfalls war Tians Gran-Pere darunter. Und sie haben einen der Wölfe getötet.«

»Was war das für ein Wesen?«, fragte Eddie. »Wie hat es ohne seine Maske ausgesehen?«

»Das hat sie nicht gesagt«, antwortete Susannah. »Ich glaube auch nicht, dass er's ihr erzählt hat. Aber wir sollten …«

Ein langes, tiefes Schnarchen ertönte. Eddie und Susannah sahen überrascht auf. Der Revolvermann war eingeschlafen. Sein Kinn ruhte auf dem Brustbein. Die Arme hatte er verschränkt, als hätte er beim Abdriften in den Schlaf noch an den Tanz gedacht. Und an den Reis.

14

Im Pfarrhaus gab es nur ein Gästezimmer, weshalb Roland bei Callahan einquartiert wurde. Auf diese Weise gab es für Eddie und Susannah eine Art primitiver Flitterwochen: ihre erste gemeinsame Nacht allein, in einem Bett und unter einem Dach. Sie waren nicht zu müde, um das auszunützen. Danach glitt Susannah sofort in den Schlaf. Eddie lag noch kurze Zeit wach. Er schickte seine Gedanken zögernd in die Richtung, in der Callahans adrette kleine Kirche lag, und versuchte, das darunter liegende Ding zu berühren. Wahrscheinlich war das eine schlechte Idee, aber er konnte dem Drang nicht widerstehen, es wenigstens einmal zu versuchen. Dort gab es aber nichts. Oder vielmehr ein Nichts vor einem Etwas.

Ich könnte es wecken, dachte Eddie. *Ich glaube wirklich, dass ich's könnte.*

Klar, und jemand, der einen vereiterten Zahn hatte, konnte mit einem Hammer draufschlagen – aber wozu?

Wir werden es irgendwann aufwecken müssen. Ich glaube, wir werden es brauchen.

Schon möglich, aber das war etwas für einen anderen Tag. Es wurde Zeit, für diesmal aufzuhören.

Trotzdem war Eddie noch eine Zeit lang außerstande, das zu tun. In seinem Kopf blitzten Bilder auf wie die Scherben eines zerbrochenen Spiegels in hellem Sonnenschein. Die Calla, die sich unter bedecktem Himmel vor ihnen erstreckte, der Devar-Tete Whye ein graues Band. Die grünen Feldquadrate an seinem Ufer: *rice come a-falla.* Benny Slightman und Jake, die sich ansahen und dann lachend losplatzten, ohne auch nur ein zur Erklärung dienendes Wort gewechselt zu haben. Der freigelegte Gang aus grünem Gras zwischen Hauptstraße und Pavillon. Die Fackeln mit ihren Farbwechseln. Oy, der sich verbeugte und klar und deutlich *(Eld! Dank!)* sprach. Susannah, die *»I've known sorrow all my days«* sang.

Aber woran er sich am deutlichsten erinnerte, war Roland, der schlank und waffenlos auf den Brettern stand, die Arme vor der Brust gekreuzt hielt und dabei die Handflächen an die Wangen presste; diese verblassten blauen Augen, die über die *Folken* hinausblickten. Roland, der Fragen stellte, zwei von dreien. Und dann das Geräusch seiner Stiefel auf den Brettern, erst langsam, dann immer schneller werdend. Schneller und schneller, bis sie im Fackelschein verschwammen. Klatschend. Schwitzend. Lächelnd. Aber seine *Augen* lächelten nicht mit, nicht diese blauen Kanoniersaugen; sie blieben so kalt wie immer.

Aber wie er getanzt hatte! Großer Gott, wie er im Fackelschein getanzt hatte!

Come-come-commala, rice come a-falla, dachte Eddie.

Neben ihm stöhnte Susannah in irgendeinem Traum auf.

Eddie wandte sich ihr zu. Schob eine Hand unter ihrem Arm hindurch, damit er eine Brust umfassen konnte. Sein letzter Gedanke galt Jake. Draußen auf dieser Ranch sollten sie sich bloß gut um ihn kümmern. Wenn sie das nicht taten, würde er eine verdammt traurige Bande von Viehtreibern aus ihnen machen.

Eddie schlief. Für ihn gab es keine Träume. Und während die Nacht fortschritt und der Mond unterging, drehte diese Grenzwelt sich unter ihnen wie eine ablaufende Uhr.

Kapitel 2

Gelenkstarre

1

Roland erwachte in der Stunde vor Tagesanbruch aus einem weiteren abscheulichen Traum vom Jericho Hill. Das Horn. Irgendetwas mit Arthur Elds Horn. Neben ihm in dem großen Bett schlief der Alte Kerl mit einem Stirnrunzeln, als wäre auch er in einem Albtraum gefangen. Das Runzeln legte seine breite Stirn in Falten und teilte auf diese Weise die Arme des Kreuzes, das dort in die Haut eingeschnitten war.

Es waren Schmerzen gewesen, die Roland geweckt hatten, nicht sein Traum von dem Horn, das Cuthbert aus der Hand fiel, als sein alter Freund zusammenbrach. Der Revolvermann glaubte, von den Hüften bis zu den Fußknöcheln hinunter in einem glühenden Schraubstock zu stecken. Er konnte sich die Schmerzen als eine Folge von hell brennenden Ringen vorstellen. Damit bezahlte er für die maßlose Überanstrengung, die er seinem Körper gestern Abend zugemutet hatte. Wäre das alles gewesen, hätte er es dabei belassen, aber er wusste, dass mehr dahinter steckte, als dass er die Commala nur ein wenig zu enthusiastisch getanzt hatte. Das war auch kein Rheumatiz, wie er sich in den vergangenen Wochen eingeredet hatte – eine notwendige Anpassungsperiode seines Körpers ans feuchtkalte Wetter dieses Herbsts. Er war nicht blind gegenüber der Art, wie seine Fußknöchel, vor allem der rechte Knöchel, dicker geworden waren. Er hatte eine ähnliche Verdickung seiner Knie beobachtet, und obwohl seine Hüften noch gut aussahen, brauchte er nur die Hände auf sie zu legen, um spüren zu können, wie die rechte sich unter der Haut veränderte. Nein, nicht der Rheumatiz, der Cort etwa dessen letztes Lebensjahr zur Hölle gemacht und ihn gezwungen hatte, sich bei Regenwetter an seinem Feuer zu verkriechen. Hier handelte es sich um etwas Schlimmeres. Es war Arthritis, die böse Art, die *schnelle* Art. Sie würde nicht lange brauchen, um seine Hände zu erreichen. Roland hätte der Krankheit bereitwillig die rechte Hand geopfert, wenn sie sich damit zufrieden gegeben hätte; seit die Monsterhummer ihm die beiden ersten Finger abgefressen hatten, hatte er die Hand gelehrt, alle möglichen Dinge zu tun, aber sie würde nie wieder werden, was sie einmal gewesen war. Aber so funktionierten Krankheiten nicht, oder? Sie ließen sich nicht durch Opfer beschwichtigen. Die Arthritis würde kommen, wenn sie kam, und sich ausbreiten, wohin sie wollte.

Vielleicht habe ich noch ein Jahr, dachte er, während er neben dem schlafenden Geistlichen aus Eddies, Susannahs und Jakes Welt lag. *Mit Glück sogar zwei.*

Nein, nicht zwei. Vermutlich nicht einmal eines. Was sagte Eddie manchmal? *Hör auf, dich selbst zu verarschen.* Eddie benützte viele Redensarten aus seiner Welt, aber die hier war eine besonders gute. Eine besonders *passende.*

Nicht dass er dem Turm abgeschworen hätte, wenn der Alte Knochenverdreher ihm die Fähigkeit raubte, zu schießen, ein Pferd zu satteln, einen Streifen Rohleder zu schneiden oder auch nur Holz fürs Lagerfeuer zu machen, was gewiss einfach genug war; nein, er war bis zum bitteren Ende dabei. Aber ihm widerstrebte es, sich vorzustellen, wie er hinter den anderen herritt, von ihnen abhängig war und vielleicht im Sattel festgebunden werden musste, weil er sich nicht mehr am Sattelknauf festhalten konnte. Nichts als ein Treibanker. Einen, den sie nicht einholen können würden, falls und wenn schnelles Segeln erforderlich wurde.

Sollte es dazu kommen, erschieße ich mich.

Aber er würde es nicht tun. Das war die Wahrheit. *Hör auf, dich selbst zu verarschen.*

Wobei ihm wieder Eddie einfiel. Er musste mit Eddie über Susannah reden – und zwar sofort. Vielleicht war diese Erkenntnis, mit der er aufgewacht war, die Schmerzen wert. Das würde kein angenehmes Gespräch werden, aber es musste stattfinden. Es wurde höchste Zeit, dass Eddie von Mia erfuhr. Da sie jetzt in einer Stadt – in einem Haus – waren, würde es ihr schwerer fallen, sich fortzuschleichen, aber sie würde es trotzdem tun müssen. Gegen die Bedürfnisse ihres Ungeborenen und den eigenen Heißhunger war sie so machtlos, wie Roland gegen die glühenden Schmerzringe machtlos war, die seine rechte Hüfte, das Knie und beide Knöchel umgaben, aber seine begabten Hände bisher noch verschont hatte. Wurde Eddie nicht gewarnt, konnte es schreckliche Probleme geben. Weitere Probleme konnten sie jetzt nicht brauchen; sie könnten ihr aller Ende bedeuten.

Roland lag auf dem Bett und litt pochende Schmerzen und beobachtete, wie der Himmel heller wurde. Er war bestürzt, als er sah, dass der Tag nicht länger genau im Osten heraufdämmerte; die Sonne stand jetzt etwas weiter im Süden.

Auch der Sonnenaufgang verschob sich.

2

Rosalita Munoz, Callahans Haushälterin, war eine attraktive Frau von etwa vierzig Jahren. Als sie sah, wie Roland an den Tisch humpelte, sagte sie: »Einen Becher Kaffee, dann kommt Ihr mit mir.«

Während sie an den Herd ging, um die Kaffeekanne zu holen, wurde Roland von Callahan mit schrägem Kopf gemustert. Eddie und Susannah waren noch nicht auf. Die beiden hatten die Küche für sich allein. »Wie schlimm steht's mit Euch, Sai?«

»Das ist nur Rheumatiz«, sagte Roland. »Liegt väterlicherseits in der Familie. Bei Sonnenschein und trockener Luft ist er bis Mittag vorbei.«

»Rheumatiz kenne ich«, sagte Callahan. »Sagt Gott Euren Dank, dass es nichts Schlimmeres ist.«

»Das tue ich.« Und zu Rosalita, die schwere Becher mit dampfendem Kaffee brachte: »Auch Euch meinen Dank.«

Sie stellte die Becher ab, knickste und betrachtete ihn dann verlegen und ernst zugleich. »Ich hab den Reistanz noch nie besser aufgeführt gesehen, Sai.«

Roland lächelte schief. »Und heute Morgen bezahle ich dafür.«

»Ich bringe Euch wieder in Ordnung«, sagte sie. »Ich habe Katzenöl, eine echte Spezialität. Es nimmt erst die Schmerzen und dann das Hinken weg. Fragt den Pere.«

Roland sah zu Callahan hinüber, der stumm nickte.

»Dann nehme ich Euer Angebot gern an. Danke-sai.«

Sie knickste nochmals, dann ließ sie die beiden allein.

»Ich brauche eine Karte der Calla«, sagte Roland, nachdem die Frau hinausgegangen war. »Sie braucht kein großes Kunstwerk zu sein, aber sie muss exakt sein und die wahren Entfernungen anzeigen. Könnt Ihr mir eine zeichnen?«

»Bestimmt nicht«, sagte Callahan gelassen. »Ich male zwar hin und wieder ein bisschen, aber ich könnte Euch keine Karte zeichnen, mit der Ihr bis zum Fluss kämt – nicht einmal, wenn Ihr mir einen Revolver an die Schläfe halten würdet. Dazu fehlt mir einfach das Talent. Aber ich kenne jemanden, der Euch in diesem Punkt helfen kann.« Er erhob seine Stimme: »Rosalita! Rosie! Komm einen Augenblick herein, ich bitte dich!«

3

Zwanzig Minuten später nahm Rosalita den Revolvermann an der Hand. Ihr Griff war fest und trocken. Sie führte ihn in die Anrichtekammer und schloss dort die Tür hinter ihnen. »Runter mit den Hosen, ich bitte Euch«, sagte sie. »Geniert Euch nicht, denn ich bezweifle, dass Ihr etwas habt, was ich noch nicht gesehen habe – es sei denn, die Männer von Gilead und aus den Inneren sind irgendwie anders gebaut.«

»Das glaube ich nicht«, sagte Roland und ließ die Hosen herunter.

Die Sonne war längst aufgegangen, aber Eddie und Susannah lagen immer noch im Bett. Roland hatte es jedoch nicht eilig, sie zu wecken. Vor ihnen lagen noch genügend frühe Morgen – und vermutlich auch späte Abende –, da sollten sie heute ruhig den Frieden eines Daches über dem Kopf, die Bequemlichkeit einer Federmatratze unter dem Leib und die erlesene Vertrautheit genießen können, die eine Tür zwischen ihrem geheimsten Selbst und dem Rest der Welt gewährte.

Rosalita, die eine kleine Flasche mit einer blassen öligen Flüssigkeit in der Hand hielt, sog die Luft über ihre volle Unterlippe ein. Sie begutachtete Rolands rechtes Knie, dann berührte sie seine rechte Hüfte mit der linken Hand. Er zuckte unter dieser Berührung leicht zurück, obwohl sie sehr sanft gewesen war.

Sie sah zu ihm auf. Ihre Augen waren dunkelbraun, beinahe schwarz. »Das ist kein Rheumatiz. Das ist Arthritis. Von der Art, die sich schnell ausbreitet.«

»Aye, wo ich herkomme, nennen manche sie Gelenkstarre«, sagte er. »Kein Wort davon dem Pere oder meinen Freunden gegenüber.«

Die dunklen Augen blickten ihn unverwandt an. »Das werdet Ihr nicht lange geheim halten können.«

»Aber so lange ich dieses Geheimnis wahren kann, *werde* ich's wahren. Und Ihr werdet mir dabei helfen.«

»Aye«, sagte sie. »Seid unbesorgt. Ich kann schweigen.«

»Sage euch meinen Dank. Wird dieses Zeug mir helfen?«

Sie betrachtete die kleine Flasche und lächelte. »Aye. Es besteht aus Minze und Eukalyptusöl aus dem Sumpf. Aber das Geheimnis ist die Katzengalle darin – nicht mehr als drei Tropfen in jeder Flasche, müsst Ihr wissen. Es gibt Felskatzen, die aus der Wüste, aus Richtung der großen Dunkelheit kommen.« Sie kippte das Fläschchen und goss etwas von der öligen Flüssigkeit in ihre Handfläche. Der Minzegeruch stieg Roland sofort in die Nase, dann machte sich ein anderer, nicht so auffälliger Geruch bemerkbar, der weit weniger angenehm war. Ja, vermutete er, das konnte durchaus die Galle eines Pumas oder Berglöwen oder irgendeiner anderen Raubkatze sein, die hierzulande als Felskatze bezeichnet wurde.

Nachdem Rosalita sich hinuntergebeugt und seine Kniescheiben damit eingerieben hatte, war die sofort spürbare Hitze intensiv und fast unerträglich stark. Aber sobald sie etwas nachließ, spürte er mehr Linderung, als er zu hoffen gewagt hatte.

Nachdem sie mit dem Einreiben fertig war, fragte sie ihn: »Wie fühlt Ihr Euch jetzt, Revolvermann-Sai?«

Statt zu antworten, drückte er sie gegen seinen hageren, unbekleideten Körper und hielt sie fest umarmt. Sie erwiderte seine Umarmung unbefangen schamlos und flüsterte ihm ins Ohr: »Seid Ihr, wer Ihr zu sein behauptet, dürft Ihr nicht zulassen, dass sie die Babbies rauben. Nein, kein einziges. Kümmert Euch nicht darum, was die großen Tiere wie Eisenhart und Telford vielleicht sagen.«

»Wir werden unser Bestes tun«, sagte er.

»Gut. Ich sage Euch meinen Dank.« Sie trat einen Schritt zurück und blickte an ihm herab. »Ein Teil von Euch hat keine Arthritis, auch kein Rheumatiz. Sieht recht lebendig aus. Heute Nacht könnte eine Lady vielleicht den Mond betrachten, Revolvermann, und sich nach Gesellschaft sehnen.«

»Vielleicht findet sie welche«, sagte Roland. »Überlasst Ihr mir ein Fläschchen von diesem Mittel für meine Ritte durch die Calla, oder ist es zu teuer?«

»Nay, nicht zu teuer«, sagte sie. Während sie mit ihm geflirtet hatte, hatte sie gelächelt. Jetzt wurde sie wieder ernst. »Aber es wird leider nur eine kurze Weile helfen.«

»Ich weiß«, sagte Roland. »Aber das spielt keine Rolle. Wir fächern die Zeit auf, so gut wir können, aber letztlich nimmt die Welt sie wieder ganz zurück.«

»Aye«, sagte sie. »Das tut sie.«

4

Als er aus der Anrichtekammer tretend seinen Gürtel schloss, hörte er endlich Lebenszeichen aus dem Zimmer nebenan. Auf das Murmeln von Eddies Stimme hin folgte ein lautes, aber noch verschlafen klingendes weibliches Gelächter. Callahan stand am Herd und schenkte sich eben Kaffee nach. Roland blieb bei ihm stehen und sprach rasch.

»Ich habe links des Weges zwischen der Kirche und Eurem Haus Kermesbeeren gesehen.«

»Ja, und sie sind reif. Ihr habt scharfe Augen.«

»Reden wir nicht von meinen Augen, wenn's beliebt. Ich will hinausgehen und einen Hut voll pflücken. Und ich möchte, dass Eddie mir dabei Gesellschaft leistet, während seine Frau sich vielleicht ein paar Rühreier macht. Könnt Ihr dafür sorgen?«

»Ich glaube schon, aber …«

»Gut«, sagte Roland und verließ das Haus.

5

Als Eddie ins Freie kam, hatte Roland bereits seinen halben Hut mit den orangeroten Beeren gefüllt und auch mehrere Hand voll davon gegessen. Die Schmerzen in seiner rechten Hüfte und den Beinen waren erstaunlich rasch abgeklungen. Während er Beeren pflückte, fragte er sich, wie viel Cort wohl für ein einziges Fläschchen von Rosalita Munoz' Katzenöl gezahlt hätte.

»Mann, die sehen wie die Wachsfrüchte aus, die meine Mutter immer an Thanksgiving auf ein Zierdeckchen gelegt hat«, sagte Eddie. »Sind die wirklich essbar?«

Roland pflückte eine Kermesbeere, die fast so groß wie seine Fingerkuppe war, und steckte sie Eddie in den Mund. »Schmeckt das wie Wachs, Eddie?«

Eddies Augen, die er misstrauisch zugekniffen hatte, weiteten sich plötzlich. Er schluckte, grinste und pflückte selbst eine der Beeren. »Wie Preiselbeeren, nur süßer. Ob Suze eigentlich Muffins backen kann? Wenn sie's nicht kann, müsste Callahans Haushälterin …«

»Hör mir zu, Eddie. Hör gut zu, und halte dabei deine Gefühle im Zaum. Um deines Vaters willen.«

Eddie hatte nach einem Strauch gegriffen, der besonders viele Beeren trug. Jetzt hielt er in der Bewegung inne und sah Roland ausdruckslos an. Im Morgenlicht konnte Roland erkennen, wie viel älter Eddie jetzt aussah. Wie erwachsen er mittlerweile geworden war, war wirklich außergewöhnlich.

»Was gibt's denn?«

Roland, der das Geheimnis für sich behalten hatte, bis es komplexer erschien, als es tatsächlich war, staunte darüber, wie schnell und einfach sich das Ganze erzählen ließ. Und Eddie, das konnte er sehen, war davon mitnichten völlig überrascht.

»Wie lange weißt du das schon?«

Roland horchte auf eine Anklage in Eddies Ton, konnte aber keine entdecken. »Sicher? Seit ich gesehen habe, wie sie sich in den Wald geschlichen hat. Wie sie dort …« Roland machte eine Pause. »… alles Mögliche gegessen hat. Wie sie sich mit imaginären Leuten unterhalten hat. In Verdacht habe ich sie allerdings schon viel früher gehabt. Seit Lud.«

»Aber du hast mir nichts davon erzählt.«

»Nein.« Jetzt würden die Vorwürfe kommen – und eine kräftige Dosis von Eddies Sarkasmus. Aber sie blieben aus.

»Du willst wissen, ob ich sauer bin, oder? Ob ich daraus ein Problem machen will.«

»Bist du's denn?«

»Nein, ich bin nicht zornig, Roland. Vielleicht etwas verärgert und in gottverdammter Angst um Suze, aber weshalb sollte ich auf dich wütend sein? Bist du nicht der Dinh?« Diesmal war es an Eddie, eine Pause zu machen. Als er weitersprach, drückte er sich präziser aus. Es schien ihm nicht leicht zu fallen, aber er brachte die Wörter heraus. »Du bist doch *mein* Dinh?«

»Ja«, sagte Roland. Er streckte eine Hand aus und berührte Eddies Arm. Er staunte selbst über seinen Wunsch – der fast einem Bedürfnis gleichkam –, ihm alles restlos zu erklären. Aber er widerstand diesem Drang. Wenn Eddie ihn nicht nur als Dinh bezeichnete, sondern als *seinen* Dinh, musste er sich auch wie ein Dinh verhalten. Also sagte er nur: »Meine Mitteilung scheint dich nicht gerade verblüfft zu haben.«

»Oh, ich bin erstaunt«, sagte Eddie. »Vielleicht nicht verblüfft, aber … na ja …« Er zupfte Beeren ab und warf sie in Rolands Hut. »Ich habe ein paar Dinge beobachtet, okay? Manchmal ist sie zu blass. Manchmal zuckt sie zusammen und greift sich an den Unterleib, aber wenn man sie fragt, sind's nur Blähungen. Und ihre Brüste sind größer geworden. Das ist etwas, was ich mit Bestimmtheit sagen kann. Aber sie hat doch weiter ihre Tage, Roland! Erst vor ungefähr einem Monat habe ich gesehen, wie sie die blutigen Lappen vergraben hat. Sie waren völlig *durchgeblutet*. Wie kann das alles sein? Wäre sie schwanger geworden, als wir Jake hergeholt haben – als sie den Dämon des Kreises abgelenkt hat –, müsste das mindestens vier Monate zurückliegen, vielleicht sogar fünf. Auch wenn man berücksichtigt, wie die Zeit hier abwandert, *müssen* es ein paar Monate sein.«

Roland nickte. »Ich weiß, dass sie ihre Monatsblutungen gehabt hat. Und das beweist eindeutig, dass es sich hier nicht um dein Kind handelt. Das Wesen, das sie in sich trägt, verachtet ihr Frauenblut.« Roland musste daran denken, wie Susannah einen Frosch in der Faust zerdrückt und bis zum Platzen zerquetscht hatte. Wie sie sein schwarzes Gedärm getrunken hatte. Es sich wie Sirup von den Fingern geleckt hatte.

»Würde es …« Eddie schien eine Beere essen zu wollen, überlegte es sich dann aber anders und warf sie stattdessen in den Hut. Roland ahnte, dass Eddie nicht so bald wieder richtig Appetit haben würde. »Roland, würde es überhaupt wie ein menschliches Baby *aussehen?*«

»Ziemlich sicher nicht.«

»Wie sonst?«

Und bevor Roland sie zurückhalten konnte, waren die Wörter heraus. »Den Teufel soll man nicht benennen.«

Eddie fuhr zusammen. Sein zuvor schon blasses Gesicht war jetzt kreidebleich.

»Eddie? Alles in Ordnung mit dir?«

»Nein«, sagte Eddie. »Mit mir ist garantiert nichts in Ordnung. Aber ich denke auch nicht daran, wie ein Mädchen bei einem Andy Gibb-Konzert in Ohnmacht zu fallen. Was machen wir jetzt?«

»Vorerst nichts. Wir haben zu viele andere Dinge zu tun.«

»Na, wenn das nicht wahr ist«, sagte Eddie. »Hier drüben kommen in vierundzwanzig Tagen die Wölfe, wenn wir richtig gerechnet haben. Und drüben in New York … wer weiß, welcher Tag dort ist? Der sechste Juni? Der zehnte? Jedenfalls näher am fünfzehnten Juli als gestern, das steht fest. Wenn das Ding in ihr nicht menschlich ist, Roland, können wir uns allerdings auch nicht darauf verlassen, dass die Schwangerschaft neun Monate dauert. Sie könnte es nach sechs Monaten auf die Welt bringen. Verdammt, vielleicht sogar schon morgen.«

Roland nickte und wartete. Wenn Eddie bis hierher gelangt war, würde er auch den Rest des Weges schaffen.

Und das tat er. »Wir sind zur Untätigkeit verdammt, stimmt's?«

»Ja. Wir können sie beobachten, aber praktisch nicht viel mehr tun. Wir können sie nicht einmal bremsen, um dadurch hoffentlich alles zu verlangsamen, sie würde nämlich sehr wahrscheinlich erraten, warum wir das tun. Und wir brauchen sie, damit sie schießt, wenn's so weit ist. Zuvor sollten wir aber noch ein paar der Leute an einfachen Waffen ausbilden, mit denen sie sich wohl fühlen. Vermutlich Pfeil und Bogen.« Roland verzog das Gesicht. Zuletzt hatte er die Zielscheibe auf dem Nordfeld mit genügend Pfeilen gespickt, um Cort zufrieden zu stellen, aber er hatte sich nie etwas aus Pfeil und Bogen oder Bah und Bolzen gemacht. Das waren Jamie DeCurrys liebste Waffen gewesen, aber nicht seine.

»Wir werden uns da wirklich reinhängen, was?«

»O ja.«

Und Eddie lächelte. Lächelte unwillkürlich. Er war, was er war. Das konnte Roland sehen, und er war froh darüber.

6

Als sie zu Callahans Pfarrhaus zurückgingen, fragte Eddie: »Du hast mir reinen Wein eingeschenkt, Roland, warum nicht auch ihr die Wahrheit sagen?«

»Ich verstehe dich nicht ganz.«

»O doch, das tust du«, sagte Eddie.

»Also gut, aber die Antwort wird dir nicht gefallen.«

»Ich habe schon alle möglichen Antworten von dir gehört, von denen mir sicher nur jede fünfte gefallen hat.« Eddie überlegte. »Ach was, das ist übertrieben. Sagen wir lieber jede fünfzigste.«

»Also, diese Frau, die sich Mia nennt – was in der Hohen Sprache wie gesagt *Mutter* bedeutet –, weiß, dass sie ein Kind unter dem Herzen trägt, obwohl ich bezweifle, dass sie sich über seine Art im Klaren ist.«

Eddie dachte stumm darüber nach.

»Jedenfalls betrachtet Mia es als ihr Baby, das sie mit allen Kräften und unter Einsatz des eigenen Lebens verteidigen würde. Müsste sie dazu Susannahs Körper übernehmen – wie Detta Walker manchmal Odetta Holmes übernommen hat –, täte sie's, wenn sie's könnte.«

»Und das könnte sie vermutlich«, sagte Eddie trübselig. Dann sah er Roland in die Augen. »Wenn ich dich richtig verstehe – verbessre mich ruhig, wenn ich mich irre –, sagst du also, dass du Suze nicht erzählen willst, dass vielleicht ein Monster in ihrem Bauch heranwächst, weil das ihr Funktionieren beeinträchtigen könnte.«

Roland hätte die Härte dieses Urteils bekritteln können, aber er verzichtete darauf. Im Grunde genommen hatte Eddie Recht.

Wie immer wenn er wütend war, wurde Eddies Straßenakzent stärker. Man hätte fast glauben können, er spräche statt mit dem Mund durch die Nase. »Und falls in den kommenden Wochen irgendwas passiert – wenn zum Beispiel Geburtswehen einsetzen und sie das Ungeheuer aus der Schwarzen Lagune zur Welt bringt –, ist sie völlig unvorbereitet. Hat keinen blassen Schimmer.«

Roland machte zehn Schritte von der Haustür entfernt Halt. Durchs Fenster konnte er sehen, wie Callahan mit zwei jungen Leuten redete, einem Jungen und einem Mädchen. Sogar aus dieser Entfernung waren die beiden als Zwillinge zu erkennen.

»Roland?«

»Du sprichst wahrhaftig, Eddie. Willst du auf etwas Bestimmtes hinaus? Dann rückst du hoffentlich bald damit heraus. Wie du selbst festgestellt hast, ist die Zeit kein Gesicht auf dem Wasser mehr. Sie ist ein kostbares Gut geworden.«

Auch diesmal erwartete er einen patentierten Eddie-Dean-Wutanfall, der mit Ausdrücken wie *Leck mich am Arsch* oder *Friss deine Scheiße und stirb* garniert war. Ein solcher Anfall blieb aber weiterhin aus. Eddie sah ihn einfach nur an, das war alles. Unverwandt und ein wenig betrübt. Natürlich wegen Susannah traurig, aber auch ihrer beide wegen. Weil sie zu zweit hier standen und sich gegen jemanden aus dem Tet verschworen.

»Ich leiste dir Gefolgschaft«, sagte Eddie, »aber nicht, weil du der Dinh bist, und nicht, weil einer dieser beiden gehirnlos aus Donnerschlag zurückkommen dürfte.« Er zeigte auf die beiden Kinder, mit denen der Alte Kerl in seinem Wohnzimmer sprach. »Ich würde alle Kinder dieser Stadt gegen das eintauschen, das Suze erwartet. Wenn es ein *Menschenkind* wäre. Mein Kind.«

»Ich weiß, dass du das tun würdest«, sagte Roland.

»Es ist die Rose, aus der ich mir was mache«, sagte Eddie. »Sie ist das einzige Ding, für das es sich lohnt, Suze aufs Spiel zu setzen. Trotzdem musst du mir versprechen, dass wir versuchen werden, sie zu retten, falls irgendwas schief geht – wenn ihre Wehen einsetzen oder diese Hexe Mia versucht, die Kontrolle über sie zu übernehmen.«

»Ich würde immer versuchen, sie zu retten«, sagte Roland, und dann sah er flüchtig ein albtraumhaftes Bild – nur kurz, aber sehr klar – von Jake, der unter Bergen über einem Abgrund baumelte.

»Schwörst du's mir?«, fragte Eddie.

»Ja«, sagte Roland. Er erwiderte den Blick des Jüngeren. Aber vor seinem inneren Auge stand das Bild, wie Jake in die Tiefe stürzte.

7

Sie erreichten die Pfarrhaustür, als Callahan eben die beiden jungen Leute hinausbegleitete. Sie waren, so dachte Roland, sehr wahrscheinlich die hinreißendsten Kinder, die er je gesehen hatte. Ihr Haar war pechschwarz; das des Jungen schulterlang, das des Mädchens von einem weißen Band zusammengehalten und weit über den Rücken herabfallend. Ihre Augen leuchteten in einem klaren Dunkelblau. Ihr Teint war cremig blass, die Lippenfarbe ein verwirrend sinnliches Rot. Beider Wangen waren leicht mit Sommersprossen überstäubt. Soviel Roland sehen konnte, war sogar die Verteilung der Sommersprossen identisch. Die Zwillinge sahen von ihm zu Eddie und dann wieder zu Susannah hinüber, die mit einem Geschirrtuch in einer und einem Kaffeebecher in der anderen Hand am Rahmen der Küchentür lehnte. Aus ihren Mienen sprach neugieriges Staunen. Er sah Zurückhaltung auf ihren Gesichtern, aber keine Angst.

»Roland, Eddie, dies sind die Zwillinge Tavery, Frank und Francine. Rosalita hat sie geholt – die Taverys wohnen keine halbe Meile weit entfernt, wenn's beliebt. Von ihnen bekommt ihr bis heute Nachmittag eure Landkarte, und ich bezweifle, dass ihr je eine bessere gesehen haben werdet. Dabei handelt es sich da nur um eines ihrer vielen Talente.«

Die Zwillinge Tavery bewiesen, dass sie Manieren hatten: Frank mit einer Verbeugung, Francine mit einem Knicks.

»Ihr tut uns wohl, und wir sagen euch unseren Dank«, sagte Roland zu ihnen.

Identisches Erröten färbte ihren erstaunlich cremeweißen Teint; sie murmelten ihren Dank und wollten unauffällig verschwinden. Bevor sie das tun konnten, legte Roland aber je einen Arm um ein schmales, aber wohlgeformtes Paar Schultern und führte die Zwillinge ein kleines Stück den Weg hinunter. Ihn beeindruckte weniger ihre vollkommene kindliche Schönheit als der scharfe Intellekt, den er aus ihren blauen Augen leuchten sah. Er bezweifelte nicht, dass sie ihm seine Karte zeichnen würden; ebenso wenig bezweifelte er, dass Callahan die beiden von Rosalita hatte holen lassen, um ihm etwas vor Augen zu führen, falls das noch nötig war: Ohne ihr Eingreifen würde eines dieser schönen Kinder in weniger als einem Monat ein quengelnder Idiot sein.

»Sai?«, sagte Frank. In seiner Stimme lag jetzt ein Anflug von Besorgnis.

»Fürchtet mich nicht«, sagte Roland, »aber hört mich wohl an.«

8

Callahan und Eddie beobachteten, wie Roland mit den Zwillingen Tavery langsam den zum unbefestigten Teil des Weges führenden Natursteinpfad entlangging. Beide Männer dachten das Gleiche: Roland sah wie ein gütiger Großvater aus.

Susannah gesellte sich zu ihnen, beobachtete die drei und zupfte Eddie dann am Hemd. »Komm doch mal einen Augenblick mit.«

Er folgte ihr in die Küche. Rosalita war fort, sodass sie den Raum für sich allein hatten. Susannahs braune Augen waren weit aufgerissen und leuchteten.

»Was gibt's?«, fragte er sie.

»Heb mich hoch.«

Er tat, wie geheißen.

»Jetzt küss mich schnell, solange du Gelegenheit dazu hast.«

»Ist das alles, was du willst?«

»Ist das nicht genug? Das will ich doch aber hoffen, Mister Dean!«

Er küsste sie durchaus bereitwillig, aber ihm fiel unwillkürlich auf, wie viel größer die Brüste waren, die sich jetzt an ihn pressten. Als er sein Gesicht von Susannahs zurückzog, merkte er, dass er auf dem ihren Spuren der anderen suchte. Jener anderen, die sich in der Hohen Sprache Mutter nannte. Er sah nur Susannah, aber er erriet, dass er in Zukunft dazu verdammt sein würde, ihre Spuren zu suchen. Und sein Blick ging immer wieder zu ihrem Bauch hinunter. Er bemühte sich, das zu vermeiden, aber es war, als zöge etwas seine Augen herunter. Er fragte sich, wie sehr ihr

Verhältnis zueinander sich in Zukunft verändern würde. Es waren nicht gerade angenehme Überlegungen.

»Ist das besser?«, fragte er.

»Sehr viel.« Sie lächelte kurz, dann verblasste ihr Lächeln wieder. »Eddie? Irgendwas nicht in Ordnung?«

Er grinste, dann küsste er sie noch einmal. »Du meinst, außer dass wir alle hier wahrscheinlich sterben werden? Nein, ganz im Gegenteil.«

Hatte er sie schon mal belogen? Er konnte sich nicht genau erinnern, aber er glaubte, dass es nicht der Fall war. Und selbst wenn er es getan hatte, hatte er es nie mit solcher Unverfrorenheit getan. Mit solcher Berechnung.

Das war schlimm.

9

Zehn Minuten später gingen sie mit frisch gefüllten Kaffeebechern in den kleinen Garten hinter dem Pfarrhaus hinaus. Der Revolvermann hob das Gesicht einen Augenblick der Sonne entgegen und genoss ihre Stärke und Wärme. Dann wandte er sich an Callahan. »Wir drei möchten jetzt Eure Geschichte hören, Pere, wenn's Euch beliebt. Und danach könnten wir in Eure Kirche hinüberschlendern, um nachzusehen, was dort liegt.«

»Ich möchte, dass Ihr es mitnehmt«, sagte Callahan. »Es hat die Kirche nicht entweiht – wie denn auch, wo Unsere Liebe Frau doch nie richtig geweiht wurde? Aber es hat sie zum Schlimmeren verändert. Selbst als die Kirche noch im Bau war, habe ich den Geist Gottes in ihr gespürt. Nun nicht mehr. Dieses Ding hat ihn vertrieben. Ich möchte, dass Ihr es mitnehmt.«

Roland öffnete den Mund, um etwas Unverbindliches zu sagen, aber Susannah ergriff das Wort, bevor er sprechen konnte. »Roland? Alles in Ordnung mit dir?«

Er wandte sich ihr zu. »Doch, ja. Was sollte mir fehlen?«

»Du reibst dir immer wieder die Hüfte.«

Hatte er das getan? Ja, das hatte er tatsächlich. Die Schmerzen machten sich allmählich wieder bemerkbar, trotz der warmen Sonne, trotz Rosalitas Katzenöl. Die Gelenkstarre.

»Nichts Besonderes«, erklärte er ihr. »Nur ein Anflug von Rheumatiz.«

Sie betrachtete ihn zweifelnd, gab sich aber mit seiner Erklärung zufrieden. *Ein verdammt schlechter Anfang,* dachte Roland, *wenn mindestens zwei von uns ein Geheimnis haben. So können wir nicht weitermachen. Jedenfalls nicht lange.*

Er wandte sich an Callahan. »Erzählt uns Eure Geschichte. Wie Ihr Eure Narben erhalten habt, wie Ihr hierher gekommen seid und wie die Schwarze Dreizehn in Euren Besitz gelangt ist. Wir möchten jedes Wort davon hören.«

»Ja«, murmelte Eddie.

»Jedes Wort«, wiederholte Susannah.

Alle drei betrachteten Callahan – den Alten Kerl, den Geistlichen, der sich Pere, aber nicht Priester nennen ließ. Mit der verkrüppelten rechten Hand berührte er die Narbe auf der Stirn und rieb sie. Schließlich sagte er: »Es war der Alkohol. Das glaube ich jedenfalls inzwischen. Nicht Gott, keine Teufel, keine Vorherbestimmung, nicht die Gemeinschaft der Heiligen. Es war der Alkohol.« Er machte eine nachdenkliche Pause, dann lächelte er sie an. Roland erinnerte sich an Nort, den Grasesser in Tull, den der Mann in Schwarz ins Leben zurückgeholt hatte. So hatte auch Nort danach gelächelt. »Aber wenn Gott die Welt erschaffen hat, hat er auch den Alkohol erschaffen. Und auch das ist sein Wille.«

Ka, dachte Roland.

Callahan saß schweigend da, rieb das vernarbte Kreuz auf der Stirn und sammelte seine Gedanken. Und dann begann er seine Geschichte zu erzählen.

Kapitel 3

Die Geschichte des Priesters (New York)

1

Es war der Alkohol; zu dieser Überzeugung war er gelangt, als er schließlich damit aufhörte und sich Rechenschaft darüber ablegte. Nicht Gott, nicht Satan, kein unterschwelliger psychologischer Kampf zwischen seiner Mutter, Gott hab sie selig, und seinem Da', Gott hab ihn selig. Nur der Alkohol. Aber war es überhaupt überraschend, dass der Whiskey ihn in der Mangel hatte? Er war irischer Abstammung, er war ein Geistlicher, der Kandidat hat hundert Punkte.

Aus dem Priesterseminar in Boston war er in eine Stadtpfarrei in Lowell, Massachusetts, gekommen. Seine Gemeinde liebte ihn (er bezeichnete sie nie als seine *Herde;* dieser Ausdruck erinnerte ihn zu sehr an eine dämlich, stumpfsinnige Schafherde), aber nach sieben Jahren in Lowell hatte Callahan zunehmendes Unbehagen empfunden. In seinem Gespräch mit Bischof Dugan im Diözesansitz hatte er all die korrekten Schlagworte der damaligen Zeit gebraucht, um sein Unbehagen zu beschreiben: Anomie, urbane Malaise, ein zunehmender Mangel am Empathie, wachsende Entfremdung vom spirituellen Leben. Er war vor diesem Termin kurz auf der Toilette verschwunden (und hatte anschließend ein paar Mentholbonbons gelutscht; er war schließlich kein Trottel) und hatte sich angestrengt, an diesem Tag besonders eloquent zu sein. Beredsamkeit basiert nicht immer auf Überzeugung, aber sie kommt oft aus der Flasche. Und er war kein Lügner. Er glaubte, was er in Dugans Arbeitszimmer von sich gab. Jedes einzelne Wort. Und er glaubte an Sigmund

Freud, an die Zukunft der auf Englisch gelesenen Messe, an die Hochherzigkeit von Lyndon Johnsons Krieg gegen die Armut und die Idiotie einer Ausweitung des Vietnamkriegs: bis zu den Hüften im Schlamm, und der Riesentrottel befahl Weitermachen, wie es in dem alten Volkslied hieß. Das glaubte er zu großen Teilen, weil diese Anschauungen (falls sie Anschauungen und nicht nur Cocktailpartygeschwätz waren) in letzter Zeit bei Intellektuellen hoch im Kurs standen. Soziales Gewissen ist um zweieindrittel Punkte gestiegen, Heim und Herd hat einen Viertelpunkt verloren, bleibt aber weiterhin ein erstklassiges Wertpapier. Später wurde alles einfacher. Später verstand er, dass er nicht deshalb zu viel trank, weil er spirituell verwirrt war, sondern dass er spirituell verwirrt war, weil er zu viel trank. Man wollte dagegen protestieren, man wollte sagen, *das* könne es nicht sein – oder nicht *allein* das –, das sei zu einfach. Aber es *war* allein das. Gottes Stimme ist die Stimme eines Sperlings, ein still sanftes Sausen nach dem Erdbeben, so sprach der Prophet Elia, und wir alle sagen unseren Dank. Es ist schwierig, eine leise Stimme zu hören, wenn man die meiste Zeit sturzbetrunken ist. Callahan verließ Amerika, um in Rolands Welt zu gelangen, bevor die Computerrevolution das Kürzel GIGO hervorbrachte – *garbage in, garbage out* –, aber doch noch rechtzeitig, um bei einem AA-Treffen jemanden sagen zu hören, wenn man ein Arschloch in San Francisco in ein Flugzeug zur Ostküste setze, steige in Boston dasselbe Arschloch aus. Meistens mit vier bis fünf Drinks intus. Aber das kam später. Im Jahr 1964 glaubte er, was er glaubte, und massenhaft Leute waren bereit gewesen, ihm zu helfen, sich zurechtzufinden. Aus Lovell kam er nach Spofford, Ohio, einem Vorort von Dayton. Dort blieb er fünf Jahre, bis er erneut rastlos wurde. Folglich begann er wieder zu reden. Dinge, denen man im Diözesansitz Gehör schenkte. Was einem die Versetzung in eine andere Pfarrei eintrug. Anomie. Spirituelle Entfremdung (diesmal von seiner Vorstadtgemeinde). Ja, sie mochte ihn (und er mochte sie), aber trotzdem schien irgendetwas nicht zu stimmen. Und irgendetwas stimmte nicht, vor allem in der ruhigen Bar an der Ecke (wo ihn *auch* alle mochten) und im Barschrank im Wohnzimmer des Pfarrhauses. In mehr als geringen Dosen ist Alkohol ein Giftstoff, und Callahan vergiftete sich allabendlich. Es war das Gift in seinem Organismus, nicht der Zustand der Welt oder der seiner Seele, das seinen Niedergang bewirkte. War das stets so offenkundig gewesen? Später (bei einem weiteren AA-Treffen) hörte er, wie ein anderer Kerl von Alkoholismus und Drogensucht sprach und sie als einen Elefanten im Wohnzimmer bezeichnete: Wie konnte man ihn übersehen? Callahan hatte es ihm nicht gesagt; er war damals noch keine drei Monate trocken gewesen, was bedeutete, dass er nur dasitzen und den Mund halten sollte (»Nimm die Watte aus deinen Ohren und steck sie dir in den Mund«, rieten die Oldtimer einem, und wir alle sagen unseren Dank), aber er hätte es ihm sagen *können*, ja, in der Tat. Man konnte den Elefanten übersehen, wenn er ein *magischer* Elefant war, wenn er die Fähigkeit besaß – wie »Der Schatten« –, den Verstand der Menschen zu verwirren. Sie glauben zu lassen, alle ihre Probleme seien spirituell und mental begründet, aber auf keinen Fall hochprozentig bedingt. Großer Gott, allein der durch Alkohol bewirkte Verlust an REM-Schlaf genügte, um einen echt fertig zu machen, aber irgendwie dachte man daran nie, während man aktiv war. Der Suff verwandelte die Denkprozesse eines Menschen in etwas, was Ähnlichkeit mit der Zirkusnummer hatte, in der all die Clowns aus einem kleinen Wagen quellen. Blickte man in nüchternem Zustand zurück, wand man sich innerlich bei der Erinnerung an alles, was man gesagt und getan hatte (»Ich hab an der Bar gesessen und alle Probleme der Welt gelöst, aber danach war ich nicht imstande, meinen Wagen auf dem Parkplatz zu finden«, erinnerte sich ein Kerl bei einem Treffen, und wir alle sagen unseren Dank). Die Dinge, die man dachte, waren noch schlimmer. Wie konnte man den Morgen damit verbringen, sich zu übergeben, und nachmittags glauben, man erlebe eine spirituelle Krise? Trotzdem hatte er das getan. Und seine Vorgesetzten hatten ihm geglaubt, vielleicht weil nicht wenige von ihnen ihre eigenen Probleme mit dem magischen Elefanten hatten. Callahan begann zu glauben, eine kleinere Kirche, eine ländliche Gemeinde könne ihm den Weg zurück zu Gott und sich selbst weisen. Und so war er im Frühjahr 1968 wieder in Neuengland angekommen. Diesmal im Norden Neuenglands. Er hatte sich in der hübschen Kleinstadt Jerusalem's Lot, Maine, niedergelassen – mit Sack und Pack, Kruzifix und Messgewand. Dort war er dann endlich dem wahren Bösen begegnet. Hatte ihm ins Antlitz geblickt.

Und war davor zurückgeschreckt.

2

»Eines Tages hat ein Schriftsteller mich dort aufgesucht«, sagte er. »Ein Mann namens Ben Mears.«

»Ich glaube, ich habe eines seiner Bücher gelesen«, sagte Eddie. »*Lufttanz,* so hat's geheißen. Über einen Mann, der wegen des Mordes gehenkt wird, den sein Bruder verübt hat oder so?«

Callahan nickte. »Das ist er. Außerdem hat dort ein Lehrer namens Matthew Burke gelebt, und die beiden haben geglaubt, in 'Salem's Lot treibe ein Vampir sein Unwesen – von der Art, die weitere Vampire erzeugt.«

»Gibt's denn auch andere?«, sagte Eddie, der sich an ungefähr hundert Filme im Majestic und etwa tausend bei Dahlie's gekaufte (und manchmal dort gestohlene) Comichefte erinnerte.

»Die gibt's, und zu denen kommen wir später, aber lassen wir das zunächst. Also, vor allem hat's dort einen Jungen gegeben, der das geglaubt hat. Er war etwa so alt wie euer Jake. Sie konnten mich nicht überzeugen – zumindest anfangs nicht –, aber *sie* waren davon überzeugt, und es war schwer, gegen ihre Überzeugung anzukommen. Außerdem ging in The Lot *irgendetwas* vor, das stand fest. Leute verschwanden spurlos. In der ganzen Stadt herrschte eine Atmosphäre des Schreckens. Unmöglich, sie zu beschreiben, wo wir hier so schön in der Sonne sitzen, aber sie war vorhanden. Ich musste bei der Beerdigung eines anderen Jungen als Geistlicher fungieren. Er hieß Daniel Glick. Ich bezweifle, dass er das erste Opfer des Vampirs in The Lot war, und er war bestimmt nicht das letzte, aber er war jedenfalls das erste, das tot aufgefunden wurde. Am Tag von Danny Glicks Beisetzung hat mein Leben sich irgendwie verändert. Ich rede nicht davon, dass ich aufgehört habe, jeden Tag eine Literflasche Whiskey zu leeren. In meinem Kopf hat sich irgendwas verändert. Als wäre ein Schalter umgelegt worden. Und obwohl ich seit Jahren keinen Alkohol mehr getrunken habe, bleibt dieser Schalter weiterhin umgelegt.«

Das war da, wo du flitzen gegangen bist, Father Callahan, dachte Susannah.

Und Eddie dachte: *Da bist du neunzehn gegangen, Kumpel. Oder vielleicht war's auch neunundneunzig. Oder vielleicht irgendwie beides.*

Roland hörte nur zu. Sein Verstand war frei von Überlegungen, ein perfektes Aufnahmegerät.

»Der Schriftsteller Mears hatte sich in Susan Morton, eine junge Frau aus der Stadt, verliebt. Sie wurde dann auch ein Opfer des Vampirs. Ich glaube, dass dieser sich zwar teilweise auf sie gestürzt hat, weil er eben die Gelegenheit dazu hatte, teilweise aber auch, um Mears dafür zu bestrafen, dass er es gewagt hatte, eine Gruppe – ein Ka-Tet – zu bilden, mit der er Jagd auf ihn machen wollte. Wir haben das Haus aufgesucht, das der Vampir gekauft hatte, ein verfallener Landsitz, den alle nur das Marsten-Haus nannten. Das dort hausende Ungeheuer nannte sich Barlow.«

Callahan saß da, überlegte, sah durch die Anwesenden hindurch und suchte sich an damals zu erinnern. Schließlich fuhr er fort.

»Barlow war verschwunden, aber er hatte die Frau zurückgelassen. Und einen Brief. Er war zwar an uns alle adressiert, aber im Prinzip an mich gerichtet. Sobald ich sie im Keller von Marsten House liegen sah, begriff ich, dass alles wahr war. Der Arzt, den wir mitgebracht hatten, hörte sie jedoch ab und maß ihren Blutdruck, nur um ganz sicherzugehen. Kein Herzschlag. Null Blutdruck. Aber als dann Ben den Pfahl in sie einschlug, erwachte sie zum Leben. Ihr Blut spritzte. Sie schrie ohne Ende. Ihre Hände … Ich erinnere mich an den Schatten ihrer Hände an der Wand …«

Eddie umklammerte Susannahs Hand mit seiner. Sie hörten in entsetzter Lähmung zu, die weder Glauben noch Unglauben war. Das hier war kein sprechender Zug, der von nicht mehr richtig funktionierenden Schaltkreisen gesteuert wurde, das hier waren keine in die Barbarei zurückgefallenen Männer oder Frauen. Das hier glich weit eher dem unsichtbaren Dämon, der in den Ring gekommen war, in den sie Jake zurückgeholt hatten. Oder dem Türsteher in Dutch Hill.

»Was hat er in seinem Brief geschrieben, dieser Barlow?«, fragte Roland.

»Dass mein Glaube schwach sei und ich mich selbst zugrunde richten würde. Er hatte natürlich Recht. Zu der Zeit habe nur noch ich an Bushmill's so richtig geglaubt. Ich hab's nur nicht gewusst. *Er* dagegen schon. Auch der Alkohol ist ein Vampir, und man muss vielleicht selbst einer sein, um einen Artgenossen zu erkennen. – Der Junge, den wir bei uns hatten, gelangte dann zu der Überzeugung, dieser Fürst der Vampire wolle als Nächstes seine Eltern ermorden oder in Vampire verwandeln. Aus Rache. Der Junge war nämlich zuvor sein Gefangener gewesen, hatte aber fliehen können und dabei auch den halb menschlichen

Komplizen des Vampirs, einen Mann namens Straker, umgebracht.«

Roland nickte. Dieser Junge erinnerte ihn immer mehr an Jake. »Wie hieß der Junge?«

»Mark Petrie. Ich habe ihn nach Hause begleitet und die beträchtlichen Machtmittel mitgeführt, über die meine Kirche verfügt: das Kruzifix, die Stola, Weihwasser und natürlich die Bibel. Aber ich hatte angefangen, diese Dinge lediglich als Symbole zu betrachten, und das war meine Achillesferse. Barlow war dort. Er hatte Petries Eltern gepackt. Und dann packte er den Jungen. Ich habe mein Kruzifix hochgehalten. Es hat geleuchtet. Es hat ihm wehgetan. Er hat gekreischt.« Callahan lächelte, während er sich an diesen Schmerzensschrei zu erinnern schien. Es ließ Eddie einen kalten Schauder über den Rücken laufen. »Ich habe ihm gedroht, ihn zu vernichten, wenn er Mark etwas antue, und in diesem Augenblick hätte ich's gekonnt. Das hat er auch gewusst. Seine Antwort war, bevor mir das gelinge, werde er dem Kind die Kehle aufreißen. Und das hätte *er* wiederum gekonnt.«

»Mexikanisches Unentschieden«, murmelte Eddie, der sich an einen Tag am Westlichen Meer erinnerte, an dem er Roland in einer verblüffend ähnlichen Situation gegenübergestanden hatte. »Mexikanisches Unentschieden, Baby.«

»Wie ist es weitergegangen?«, fragte Susannah.

Callahans Lächeln verblasste. Er rieb sich seine vernarbte Rechte, wie der Revolvermann sich die Hüfte gerieben hatte – anscheinend ganz unbewusst. »Der Vampir hat mir einen Vorschlag gemacht. Er würde den Jungen laufen lassen, wenn ich das Kruzifix aus der Hand legen würde. Wir würden einander unbewaffnet gegenübertreten. Sein Glaube gegen meinen. Ich habe zugestimmt. Gott sei mir gnädig, ich habe zugestimmt. Der Junge …«

3

Der Junge ist fort wie ein dunkler Wasserstrudel.

Barlow scheint größer zu werden. Sein Haar, nach europäischer Manier aus der Stirn zurückgekämmt, scheint um seinen Schädel zu fließen. Er trägt einen dunklen Anzug und eine tadellos geknotete, leuchtend rote Krawatte, und für Callahan scheint er ein fester Bestandteil der Dunkelheit zu sein, die ihn umgibt. Mark Petries Eltern liegen mit eingeschlagenen Schädeln tot zu seinen Füßen.

»Nun erfülle deinen Teil des Handels, Schamane.«

Aber wozu sollte er das tun? Weshalb ihn nicht vertreiben, sich heute Nacht mit einem Unentschieden begnügen? Oder ihn gleich töten? Irgendetwas stimmt an dieser Vorstellung nicht, stimmt auf schreckliche Weise nicht, aber er kann nicht erkennen, was daran nicht in Ordnung ist. Auch irgendwelche Schlagworte, die ihm in früheren Krisen geholfen haben, können ihm hier nichts nützen. Das hier hat nichts mit Anomie, fehlender Empathie oder dem Weltschmerz des 20. Jahrhunderts zu tun; hier geht es um einen Vampir. *Und …*

Und sein Kruzifix, das zuvor hell geleuchtet hat, wird allmählich dunkler.

Angst breitet sich in seinen Eingeweiden aus, als wären dort unter Strom stehende Drähte durcheinander geraten. Barlow kommt quer durch die Küche der Petries auf ihn zu, und Callahan kann die Fangzähne des Vampirs sehr deutlich sehen, weil Barlow lächelt. Ein Siegerlächeln.

Callahan weicht einen Schritt zurück. Dann einen zweiten. Er stößt mit dem Hintern an die Tischkante, und der Tisch wird an die Wand geschoben, und dann gibt's keinen Ausweg mehr.

»Wie traurig, wenn der Glauben eines Mannes versagt«, sagt Barlow und greift nach ihm.

Weshalb sollte er auch nicht nach ihm greifen können? Das Kruzifix, das Callahan hochhält, ist jetzt dunkel. Es ist nur mehr ein Ding aus Gips, ein billiges Stück Kitsch, das seine Mutter in Dublin in einem Souvenirladen gekauft hat, wahrscheinlich zu einem Wucherpreis. Die Macht, die aus dem Kreuz in seinen Arm geströmt war, genügend spirituelle Hochspannung, um Mauern einzureißen und Steine zu zertrümmern, ist fort.

Barlow pflückt es ihm aus den Fingern. Callahan stößt einen jämmerlichen Schrei aus: der Schrei eines Kindes, das plötzlich erkennen muss, dass der Butzemann doch existiert, dass er geduldig im Kleiderschrank auf seine Chance gelauert hat. Und dann ertönt ein Geräusch, das ihn für den Rest seines Lebens verfolgen wird – von New York über die geheimen Highways Amerikas bis zu den AA-Treffen in Topeka, wo er endlich nüchtern wurde, bis zur letzten Etappe in Detroit, bis zu seinem Leben hier in Calla Bryn Sturgis. Er wird sich an dieses Geräusch erinnern, als das Zeichen in seine Stirn geschnitten wird und er damit rechnet, ermordet zu werden. Er wird sich daran erinnern, während *er ermordet wird. Das Geräusch besteht aus dem trockenen zweifachen Knacken, mit dem Barlow die Arme des Kreuzes abbricht, und dem bedeutungslosen dumpfen Aufprall, als er die Überreste auf den Fußboden wirft. Und er wird sich auch an den unvorstellbar lächerlichen Gedanken erinnern, der ihm durch den Kopf ging, als Barlow die Hände nach ihm ausstreckte:* Gott, ich brauche einen Drink.

4

Der Pere sah Roland, Eddie und Susannah mit dem Blick eines Mannes an, der sich an den absolut schlimmsten Moment seines Lebens erinnert. »Bei den Anonymen Alkoholikern hört man alle möglichen Redensarten und Slogans. Einer davon fällt mir immer wieder ein, wenn ich an jene Nacht zurückdenke. Daran, wie Barlow mich an den Schultern gepackt hat.«

»Welcher?«, fragte Eddie.

»Pass auf, worum die betest«, sagte Callahan. »Du könntest es nämlich bekommen.«

»Ihr habt Euren Drink also bekommen«, sagte Roland.

»O ja«, sagte Callahan. »Ich habe meinen Drink bekommen.«

5

Barlows Hände sind kräftig, unerbittlich. Während Callahan nach vorn gezogen wird, begreift er plötzlich, was geschehen wird. Nicht der Tod steht ihm bevor. Im Vergleich zu dem hier wäre der Tod eine Gnade.

Nein, bitte nicht, *versucht er zu sagen, aber aus seinem Mund kommt nur ein leises, jämmerliches Stöhnen.*

»Jetzt, Priester«, flüstert der Vampir.

Callahans Mund wird gegen die stinkende Haut am kalten Hals des Vampirs gepresst. Hier gibt es keine Anomie, keine soziale Dysfunktion, keine ethischen oder rassischen Verwicklungen. Nur der Geruch des Todes und eine offene Ader, in der Barlows totes, vergiftetes Blut pulsiert. Kein Gefühl eines existenziellen Verlusts, keine postmoderne Trauer um den Tod des amerikanischen Wertesystems, nicht einmal die religiös-psychologischen Schuldgefühle eines Abendländers. Nur der Versuch, ewig lange die Luft anzuhalten oder den Kopf wegzudrehen oder beides zu tun. Aber das kann er nicht. Er setzt sich scheinbar äonenlang zur Wehr, schmiert sich das Blut über Wangen und Stirn und Kinn wie eine Kriegsbemalung. Vergebens. Letztlich tut er, was alle Alkoholiker tun müssen, wenn der Alkohol sie in der Mangel hat: Er trinkt.

Der Kandidat hat hundert Punkte.

6

»Der Junge entkam. Das war immerhin etwas. Und Barlow ließ mich laufen. Mich umzubringen hätte ja nicht sonderlich viel Spaß gemacht, oder? Nein, der Spaß lag darin, mich leben zu lassen.

Ich irrte eine Stunde oder länger durch eine Kleinstadt, die immer weniger da war. Es gibt nicht viele Vampire vom Typ eins, und das ist ein Segen, weil ein Typ eins in äußerst kurzer Zeit verteufelt viel Unheil anrichten kann. Die Stadt war schon halb infiziert, aber ich war zu blind – zu sehr *unter Schock* –, um das zu erkennen. Und keiner der neuen Vampire machte sich an mich heran. Barlow hatte mich so sicher mit seinem Mal gekennzeichnet, wie Gott Kain mit seinem gekennzeichnet hat, bevor er ihn ins Land Nod verbannte. Seine Uhr und seine Urkunde, wie Ihr sagen würdet, Roland.

In der Gasse neben dem Drugstore Spencer's befand sich ein Trinkbrunnen von der Art, die ein paar Jahre später von keinem Gesundheitsamt mehr genehmigt worden wäre, aber damals gab es in jeder Kleinstadt einen oder zwei davon. Dort wusch ich mir Barlows Blut von Gesicht und Hals. Versuchte auch, es mir, so gut es ging, aus den Haaren zu waschen. Und dann ging ich zu St. Andrews, meiner Kirche. Ich hatte beschlossen, um eine zweite Chance zu beten. Nicht zu dem Gott der Theologen, die glauben, dass alles Heilige und Unheilige letztlich aus unserem Inneren kommt, sondern zu dem alten Gott. Zu dem, der Moses verkündete, man solle es nicht dulden, dass auch nur eine einzige Hexe am Leben bleibe … und seinem eigenen Sohn die Kraft verlieh, von den Toten aufzuerstehen. Eine zweite Chance, mehr wollte ich gar nicht. Dafür hätte ich mein Leben gegeben.

Als ich St. Andrews erreichte, rannte ich beinahe. In die Kirche führten drei Türen. Ich streckte die Hand nach dem Griff der mittleren Tür aus. Irgendwo knallte die Fehlzündung eines

Automotors, und jemand lachte. An diese Geräusch erinnere ich mich sehr deutlich. Als markierten sie das Ende meines Lebens als Priester der heiligen römisch-katholischen Kirche.«

»Was ist dann passiert, Schätzchen?«, fragte Susannah.

»Die Tür hat mich abgewiesen«, sagte Callahan. »Sie hatte einen eisernen Griff, und als ich sie berührt habe, ist daraus Feuer gezuckt, wie ein umgekehrter Blitzstrahl. Es hat mich über die Stufen hinunter bis auf die Betonplatten des Gehsteigs geschleudert. Es hat das hier verursacht.« Er hob seine vernarbte rechte Hand.

»Und das da auch?«, fragte Eddie, indem er sich auf die Stirn deutete.

»Nein«, sagte Callahan. »Das war später. Ich habe mich aufgerappelt. Bin noch etwas herumgelaufen. Bin wieder bei Spencer's vorbeigekommen. Nur bin ich diesmal reingegangen. Habe eine Mullbinde für meine Hand gekauft. Und dann, als ich gezahlt habe, habe ich das Werbeplakat gesehen: *Ride The Big Gray Dog.«*

»Er meint damit den Greyhound, Schätzchen.« Susannah hatte sich an Roland gewandt. »Ein landesweites Busunternehmen.«

Roland nickte und machte mit dem Zeigefinger eine kreisende Bewegung, die nur *Weiter!* bedeuten konnte.

»Nach Miss Coogans Auskunft fuhr der nächste Bus nach New York, deshalb habe ich ein Ticket dorthin gekauft. Hätte sie gesagt, er fahre nach Jacksonville oder Nome oder Hot Burgoo, South Dakota, wäre ich dorthin gefahren. Ich wollte nur fort aus dieser Stadt. Mir war's egal, dass hier Menschen starben oder ein noch schlimmeres Schicksal erlitten, manche von ihnen meine Freunde, manche von ihnen Mitglieder meiner Gemeinde. Ich wollte nur fort. Könnt ihr das verstehen?«

»Ja«, sagte Roland, ohne zu zögern. »Sehr gut.«

Callahan blickte ihm ins Gesicht, und was er dort sah, schien ihn etwas zu beruhigen. Als er weitersprach, wirkte er gefasster.

»Loretta Coogan war eine der alten Jungfern der Stadt. Ich muss sie erschreckt haben, weil sie nämlich zu mir sagte, ich müsse draußen auf den Bus warten. Ich ging hinaus. Schließlich kam der Bus. Ich stieg ein und gab dem Fahrer mein Ticket. Er riss seine Hälfte ab und gab mir meine Hälfte zurück. Ich setzte mich. Der Bus fuhr an. Wir rollten unter der gelb blinkenden Ampel in der Stadtmitte hindurch, und das war die erste Meile. Die erste Meile auf der Straße, die mich hierher brachte. Später – gegen halb fünf Uhr morgens, draußen war es noch dunkel – hielt der Bus in«

7

»Hartford«, sagt der Busfahrer. »Wir sind in Hartford, Mann. Wir machen zwanzig Minuten Pause. Wollen Sie nicht reingehen und sich ein Sandwich oder sonst was holen?«

Callahan fummelt mit der verbundenen Hand seine Geldbörse heraus und lässt sie beinahe fallen. Er hat den Geschmack des Todes im Mund, einen idiotischen, mehligen Geschmack wie von einem verfaulten Apfel. Er braucht etwas, was diesen Geschmack wegnimmt, und wenn nichts ihn wegnehmen kann, soll es ihn wenigstens verändern, und wenn nichts ihn verändern kann, soll es ihn wenigstens überdecken, so wie man eine hässliche Schramme in einem Holzboden mit einem billigen Läufer überdecken könnte.

Er hält dem Busfahrer einen Zwanziger hin und sagt: »Würden Sie mir wohl eine Flasche holen?«

»Mister, die Vorschriften …«

»Und das Wechselgeld können Sie natürlich behalten. Eine kleine Flasche reicht auch.«

»Ich will nicht, dass jemand in meinem Bus Unsinn macht, Mister. In zwei Stunden sind wir in New York. Da können Sie alles kriegen, was Sie wollen.« Der Busfahrer versucht zu lächeln. »Das ist doch die Fun City, wissen Sie.«

Callahan – er ist nicht länger Father Callahan, diese Frage hat der Blitzstrahl aus dem Türgriff beantwortet – legt einen Zehner auf den Zwanziger. Jetzt hält er ihm dreißig Dollar hin. Er erklärt dem Fahrer noch einmal, dass eine kleine Flasche völlig reichen würde und dass er das Wechselgeld nicht zurückwolle. Diesmal nimmt der Fahrer, der kein Idiot ist, das Geld. »Aber machen Sie mir keinen Unsinn«, wiederholt er. »Ich will nicht, dass jemand in meinem Bus Unsinn macht.«

Callahan nickt. Keinen Unsinn, sonst kommt sofort die Polizei. Der Fahrer geht in die Kombination aus Lebensmittelgeschäft, Spirituosenladen und Schnellimbiss, die hier am Rand von Hartford existiert, am Rand des neuen Tages, unter den gelben Strahlern auf den Lichtmasten. In Amerika gibt es geheime Highways, Highways im Verborgenen. Dieser Bau steht an einer der Zufahrten zu diesem Netz aus Straßen auf der dunklen Seite der Welt, und Callahan spürt das. Es liegt in der Art, wie der vor Tagesanbruch wehende Wind die Pappbecher und zerknüllten Zigarettenpackungen über den Asphalt treibt. Es flüstert von dem Schild an den Zapfsäulen, auf dem NACH SONNENUNTERGANG BENZIN IM VORAUS BEZAHLEN *steht. Es spricht aus dem Jugendlichen auf der anderen Straßenseite, der um halb fünf Uhr morgens mit dem Kopf auf den verschränkten Armen auf der Verandatreppe vor einem Haus hockt: eine stumme Schmerzstudie. Die geheimen Highways verlaufen ganz in der Nähe, und sie flüstern ihm zu. »Komm schon, Kumpel«, sagen sie. »Hier kannst du alles vergessen, sogar den Namen, den sie dir angehängt haben, als du nichts als ein nacktes, plärrendes Baby warst, noch mit dem Blut deiner Mutter beschmiert. Sie haben dir einen Namen angehängt, wie man einem Hund eine Blechbüchse an den Schwanz bindet, oder nicht? Aber hier brauchst du ihn nicht mit dir herumzuschleppen. Komm. Komm schon.« Aber er geht nirgends hin. Er wartet auf den Busfahrer, und wenig später kommt der Fahrer zurück, und er bringt eine Halbliterflasche Old Log Cabin in einer brau-*

nen Papiertüte mit. Das ist eine Marke, die Callahan gut kennt, ein halber Liter von diesem Zeug kostet hier draußen in der Provinz vermutlich zweieinviertel Dollar, was bedeutet, dass der Busfahrer sich gerade rund achtundzwanzig Dollar Trinkgeld verdient hat. Nicht schlecht. Aber das ist eben der American Way, nicht wahr? Viel geben, um wenig zu bekommen. Und wenn der Log Cabin diesen schrecklichen Geschmack aus seinem Mund vertreiben kann – der viel schlimmer als das Pochen in der verbrannten Hand ist –, ist er jeden Cent der dreißig Eier wert. Teufel, das wäre einen Hunderter wert.

»Keinen Unsinn«, sagt der Fahrer. »Wenn Sie Unsinn machen, setz ich Sie mitten auf der Triboro Bridge ab. Das schwör ich Ihnen bei Gott!«

Als der Greyhound die Endstation Port Authority erreicht, ist Don Callahan betrunken. Aber er macht keinen Unsinn; er sitzt einfach nur still da, bis es Zeit wird, auszusteigen und sich unter den kalten Neonröhren in den Strom der Sechs-Uhr-Menschheit einzureihen: die Junkies, die Taxifahrer, die Schuhputzer, die Mädchen, die einem für zehn Dollar einen blasen, die als Mädchen verkleideten Jungen, die einem für fünf Dollar einen blasen, die Cops, die ihre Schlagstöcke herumwirbeln, die Drogenhändler mit ihren Transistorradios, die Arbeiter, die gerade in die Stadt kommen, die Raumpflegerinnen mit den müden Augen, die die ganze Nacht die großen Gebäude geputzt haben und jetzt die Innenstadt verlassen, um nach Brooklyn und Queens zurückzufahren. Callahan reiht sich in dieses Heer ein, betrunken, aber still; die Cops, die ihre Schlagstöcke herumwirbeln, würdigen ihn keines zweiten Blicks. Die Luft von Port Authority riecht nach Zigarettenrauch und Joints und Auspuffgasen. Die Busse an den Haltestellen rumpeln. Jeder hier sieht entwurzelt aus. Im weißen kalten Neonlicht sehen sie alle tot aus.

Nein, *denkt er, während er unter dem Schild* ZUR STRASSE *hindurchgeht.* Nicht tot, das stimmt nicht. *Un*tot.

8

»Mann«, sagte Eddie. »Ihr habt alle möglichen Kriege mitgemacht, was? Griechische, römische und Vietnam.«

Als der Alte Kerl begann, hatte Eddie gehofft, er würde durch seine Story galoppieren, damit sie bald in die Kirche hinübergehen und sich ansehen konnten, was dort versteckt war. Er hatte nicht erwartet, angerührt oder gar erschüttert zu sein, aber das war ihm passiert. Callahan wusste Sachen, von denen Eddie nie geglaubt hätte, auch andere könnten davon wissen: die Traurigkeit von Pappbechern, die über den Asphalt rollten, die rostige Hoffnungslosigkeit jenes Schilds an den Zapfsäulen, wie das menschliche Auge in der Stunde vor Tagesanbruch aussah.

Vor allem auch, dass man es sich manchmal einfach besorgen musste.

»Kriege? Ich weiß nicht recht«, sagte Callahan. Dann nickte er seufzend. »Ja, das stimmt wohl. Diesen ersten Tag habe ich in Kinos und die erste Nacht dann im Washington Square Park verbracht. Ich hab gesehen, wie die anderen Obdachlosen sich mit Zeitungen zugedeckt haben, und ich hab's dann nicht anders gemacht. Und nun ein Beispiel dafür, wie das Leben – die Qualität des Lebens und die Struktur des Lebens – sich seit dem Tag von Danny Glicks Beisetzung für mich verändert zu haben schien. Ihr werdet nicht gleich alles verstehen, aber hört mir erst einmal zu.« Er sah zu Eddie hinüber und lächelte. »Und keine Sorge, Sohn, ich werde nicht den ganzen Tag lang schwatzen. Nicht einmal den Vormittag lang.«

»Macht weiter und erzählt alles so, wie's Euch beliebt«, sagte Eddie.

Callahan brach in Gelächter aus. »Sage Euch meinen Dank! Aye, das tue ich von Herzen! Was ich erzählen wollte, war, dass ich meinen Oberkörper mit der *Daily News* zugedeckt hatte, deren Schlagzeile HITLER BROTHERS SCHLAGEN IN QUEENS ZU lautete.«

»O Gott, die Hitler Brothers«, sagte Eddie. »An die erinnere ich mich noch. Eine Bande von Schwachsinnigen. Sie haben … wen verprügelt? Juden? Schwarze?«

»Beide«, sagte Callahan. »Und haben Hakenkreuze in deren Stirn geritzt. Sie hatten nur keine Gelegenheit, meines ganz zu Ende zu bringen. Was ein Glück war, weil das, was sie nach dem Ritzen vorhatten, über ein einfaches Verprügeln weit hinausging. Aber das ist alles Jahre später passiert, als ich wieder nach New York zurückkam.«

»Hakenkreuz«, sagte Roland. »Das Sigul auf dem Flugzeug, das wir in der Nähe von River Crossing entdeckt haben? Das, in dem David Quick gesessen hat?«

»Mhm«, sagte Eddie und zeichnete mit der Stiefelspitze eines ins Gras. Das Gras richtete sich fast augenblicklich wieder auf, aber immerhin sah Roland, dass das Zeichen auf Callahans Stirn tatsächlich eines von diesen hätte werden können. Wenn es zu Ende gebracht worden wäre.

»Jedenfalls, damals an jenem Tag Ende Oktober 1975«, sagte Callahan, »waren die Hitler Brothers für mich lediglich eine Schlagzeile, unter der ich geschlafen habe. Den größten Teil des zweiten Tages habe ich damit verbracht, in New York herumzulaufen und gegen den Drang anzukämpfen, mir eine Flasche zu besorgen. Ein Teil von mir wollte kämpfen, statt zu trinken. Wollte versuchen, Buße zu tun. Gleichzeitig konnte ich spüren, wie Barlows Blut sich immer tiefer in mich fraß. Die Welt roch anders, wenn auch nicht besser. Die Dinge *sahen anders aus,* aber nicht besser. Und der Geschmack nach ihm legte sich allmählich wieder auf meine Zunge: ein Geschmack nach totem Fisch oder umgekipptem Wein.

Ich hatte keine Hoffnung auf Erlösung. Daran war nicht zu denken. Aber Buße hat ohnehin nichts mit Erlösung zu tun. Nichts mit dem Himmel. Sie ist der Versuch, hier auf Erden mit seinem Gewissen ins Reine zu kommen. Und das schafft man nicht, wenn man betrunken ist. Ich habe mich zwar nicht für einen Alkoholiker gehalten, selbst damals nicht, mich aber gefragt, ob er mich wohl in einen Vampir verwandelt hatte. Ob die Sonne anfangen würde, mir die Haut zu verbrennen, und ich beginnen würde, mich für Frauenhälse zu interessieren.« Er zuckte die Achseln und lachte. »Oder vielleicht für Männerhälse. Ihr wisst ja, was böse Zungen über die Geistlichkeit sagen: dass wir nur eine Bande von verkappten Schwulen sind, die herumlaufen und Leuten mit dem Kruzifix vor dem Gesicht herumfuchteln.«

»Aber Ihr wart kein Vampir«, sagte Eddie.

»Nicht einmal einer vom Typ drei. Nur unrein. Von allem abgeschnitten. Ausgestoßen. Ich hatte ständig seinen Gestank in der Nase und sah die Welt ständig so, wie Ungeheuer seiner Art sie sehen müssen: in Grau- und Rottönen. Rot war die einzige lebhafte Farbe, die ich über Jahre hinweg sehen durfte. Alle anderen waren nur andeutungsweise vorhanden.

Ich glaube, ich war auf der Suche nach einer Filiale von ManPower – ihr kennt doch diese Vermittlung für Tagelöhner? Ich war damals noch ziemlich robust – und natürlich auch viel jünger.

ManPower habe ich nicht gefunden. Was ich aber gefunden *habe,* war eine Einrichtung namens Home. Sie befand sich an der Ecke Second Avenue und Forty-seventh Street, nicht weit vom UN-Gebäude entfernt.«

Roland, Eddie und Susannah wechselten einen Blick. Was immer das Home gewesen war, es hatte nur zwei Blocks von dem unbebauten Grundstück entfernt existiert. *Nur war es damals nicht unbebaut,* dachte Eddie. *Nicht im Jahr 1975. In diesem Jahr stand dort noch Tom und Gerry's künstlerisches Delikatessengeschäft, Party-Platten sind unsere Spezialität.* Er wünschte sich plötzlich, Jake wäre hier. Eddie konnte sich vorstellen, dass der Junge inzwischen längst aufgeregt herumgehüpft wäre.

»Was für ein Geschäft war dieses Home?«, fragte Roland.

»Überhaupt kein Geschäft. Ein Obdachlosenheim. Ein *feuchtes* Nachtasyl. Ich weiß nicht bestimmt, ob es das einzige in Manhattan war, aber ich wette, dass es nicht sehr viele dieser Art gegeben hat. Ich wusste damals nicht viel über Obdachlosenheime – nur ein wenig aus meiner ersten Pfarrgemeinde –, aber im Lauf der Zeit habe ich viel dazugelernt. Ich habe das System von beiden Seiten kennen gelernt. Es gab Zeiten, da war ich der Kerl, der um sechs Uhr abends die Suppe ausgab und um neun Uhr die Wolldecken verteilte; zu anderen Zeiten war ich der Kerl, der die Suppe trank und unter den Decken schlief. Nachdem mein Kopf nach Läusen abgesucht worden war, versteht sich.

Es gibt Nachtasyle, die einen nicht einlassen, wenn man eine Alkoholfahne hat. Und es gibt andere, die einen einlassen, wenn man behauptet, seit mindestens zwei Stunden keinen Alkohol mehr getrunken zu haben. Es gibt Heime – nur ein paar –, die einen stinkbesoffen einlassen, wenn sie einen am Eingang durchsuchen und allen mitgebrachten Alkohol konfiszieren können. Sobald das erledigt ist, stecken sie einen mit dem übrigen Bodensatz in einen besonderen abgesperrten Raum. Aus dem kann man nicht raus, um sich einen weiteren Drink zu besorgen, falls man sich die Sache anders überlegt, und man kann die Leute, die weniger besoffen sind als man selbst, nicht ängstigen, wenn man im Säuferwahn glaubt, Insekten aus den Wänden kriechen zu sehen. Für Frauen ist dieser Gewahrsam tabu; für sie wäre die Gefahr zu groß, vergewaltigt zu werden. Das ist nur einer der Gründe dafür, warum auf der Straße mehr obdachlose Frauen sterben als obdachlose Männer. Das hat Lupe immer gesagt.«

»Lupe?«, fragte Eddie.

»Zu ihm komme ich noch, aber vorläufig will ich nur sagen, dass er der Initiator der Alkoholpolitik im Home war. Im Home wurden die *Schnapsflaschen* weggesperrt, aber nicht die Betrunkenen. Man konnte einen Schluck bekommen, wenn man einen brauchte und versprach, sich ruhig zu verhalten. Und ein Beruhigungsmittel hinterher. Das war zwar keine der empfohlenen Therapien – ich weiß nicht einmal, ob sie legal war, weil weder Lupe noch Rowan Magruder Arzt war –, aber sie schien zu funktionieren. Ich kam an einem ziemlich hektischen Abend nüchtern herein, und Lupe stellte mich zur Arbeit an. Nachdem ich ein paar Tage umsonst gearbeitet hatte, rief Rowan mich in sein Büro, das ungefähr die Größe einer Besenkammer hatte. Er fragte mich, ob ich Alkoholiker sei. Ich sagte Nein. Er fragte mich, ob ich zur Fahndung ausgeschrieben sei. Ich sagte Nein. Er fragte, ob ich auf der Flucht vor irgendetwas sei. Ich sagte Ja, vor mir selbst. Er fragte mich, ob ich arbeiten wolle, und ich begann zu weinen. Das betrachtete er als ein Ja.

Die folgenden neun Monate – bis zum Juni 1976 – habe ich damit verbracht, im Home zu arbeiten. Ich machte die Betten, ich kochte in der Küche, ich suchte mit Lupe oder manchmal Rowan potenzielle Förderer auf, ich fuhr Trinker mit unserem Bus zu AA-Treffen, ich half Kerlen, die zu stark zitterten, um das Glas selbst halten zu können, einen Schnaps kippen. Ich übernahm die Buchhaltung, weil ich davon mehr als Magruder oder Lupe oder die übrigen Mitarbeiter verstand. Das war zwar nicht die glücklichste Zeit meines Lebens, so weit würde ich nie gehen, und ich hatte auch weiterhin ständig den Geschmack von Barlows Blut auf der Zunge, aber es war eine Zeit der Gnade. Ich machte mir nicht viele Gedanken. Ich verhielt mich unauffällig und tat, was man von mir verlangte. Ich begann zu genesen.

Irgendwann in jenem Winter erkannte ich, dass ich angefangen hatte, mich zu verändern. Es war, als hätte sich bei mir eine Art sechster Sinn entwickelt. Manchmal hörte ich von irgendwoher ein Glockenspiel. Schrecklich, aber zugleich sehr lieblich. Auf der Straße hatte ich manchmal das Gefühl, um mich herum würde es dunkel, obwohl die Sonne schien. Ich erinnere mich, dass ich zu Boden gesehen habe, um festzustellen, ob mein Schatten noch da war. Ich war davon überzeugt, dass er verschwunden war, aber er war jedes Mal noch da.«

Rolands Ka-Tet wechselte wieder einen Blick.

»Manchmal kam zu dieser Melodie ein Geruchselement hinzu. Es war ein beißender Geruch wie nach starken Zwiebeln mit glühendem Metall vermengt. Ich vermutete allmählich, ich könnte unter einer Art Epilepsie leiden.«

»Habt Ihr einen Arzt aufgesucht?«, fragte Susannah.

»Nein, das habe ich nicht getan. Ich hatte Angst davor, was er sonst noch finden könnte. Ein Gehirntumor ist mir am wahrscheinlichsten erschienen. Getan habe ich Folgendes: Ich habe mich weiter unauffällig verhalten und weitergearbeitet. Und dann bin ich eines Abends am Times Square ins Kino gegangen. Der Film war ein Verschnitt aus zwei Westernfilmen mit Clint Eastwood. Ein so genannter Italowestern, ja?«

»Yeah«, sagte Eddie.

»Es begann damit, dass ich das Glockenspiel wieder hörte. Und diesen Geruch wahrnahm, stärker als je zuvor. All das kam von links vorn. Ich schaute dorthin und sah zwei Männer, einer ziemlich alt, der andere jünger. Sie waren leicht zu beobachten, weil das Kino zu drei Vierteln leer war. Der jüngere Mann lehnte sich an den älteren Mann. Der Blick des Älteren blieb auf die Leinwand gerichtet, aber er legte dem Jüngeren einen Arm um die Schultern. Hätte ich das an irgendeinem anderen Abend gesehen, hätte ich zu wissen geglaubt, was dort vorging – aber nicht an diesem Abend. Ich beobachtete sie weiter. Und ich begann einen dunkelblauen Lichtschein zu sehen, der erst den jüngeren Mann, dann beide einhüllte. Er glich keinem anderen Licht, das ich jemals gesehen habe. Er war wie die Dunkelheit, die ich manchmal auf der Straße spürte, wenn das Glockenspiel in meinem Kopf erklang. Wie der Geruch. Obwohl man wusste, dass diese Dinge nicht existierten, waren sie trotzdem da. Und ich verstand. Ich akzeptierte es nicht bereitwillig – das kam später –, aber ich verstand es. Der jüngere Mann war ein Vampir.«

Er machte eine Pause, um offenbar darüber nachzudenken, wie er seine Geschichte weitererzählen sollte. Um sie sich zurechtzulegen.

»Ich glaube, dass es in unserer Welt mindestens drei Arten von Vampiren gibt. Ich bezeichne sie als Typ eins, zwei und drei. Vampire vom Typ eins kommen nur selten vor. Barlow war solch ein Einser. Sie leben sehr lange und können längere Perioden – fünfzig Jahre, hundert, vielleicht sogar zweihundert – in tiefem Winterschlaf verbringen. Wenn sie aktiv sind, können sie neue Vampire erzeugen, die wir Untote nennen. Diese Untoten gehören zum Typ zwei. Auch sie können neue Vampire erzeugen, aber sie sind nicht so gerissen.« Er sah Eddie und Susannah an. »Habt ihr *Die Nacht der lebenden Toten* gesehen?«

Susannah schüttelte den Kopf. Eddie nickte.

»Die Untoten in diesem Film waren Zombies, absolut hirntot. Vampire vom Typ zwei sind dagegen etwas intelligenter, wenn auch nicht viel. Sie können nicht bei Tageslicht unterwegs sein. Versuchen sie das, werden sie geblendet, schwer verbrannt oder getötet. Obwohl ich das nicht mit Bestimmtheit weiß, vermute ich zumindest, dass ihre Lebensspanne im Allgemeinen ziemlich kurz ist. Nicht etwa, weil der Wechsel vom lebenden Menschen zum untoten Vampir die Lebenserwartung verkürzt, sondern weil die Existenz von Vampiren des Typs zwei extrem gefährdet ist.

In den meisten Fällen – das vermute ich wieder, ohne es sicher zu wissen – erzeugen Vampire vom Typ zwei in einem relativ kleinen Gebiet weitere Vampire des Typs zwei. In dieser Phase der Seuche – und das Ganze *ist* eine Seuche – ist der Vampir vom Typ eins, der Königsvampir, im Allgemeinen schon weitergezogen. In 'Salem's Lot hingegen haben sie den Hundesohn tatsächlich zur Strecke gebracht – einen von vielleicht nur einem Dutzend dieses Typs auf der ganzen Welt.

In anderen Fällen erzeugen Vampire vom Typ zwei Vampire vom Typ drei. Dreier sind wie Moskitos. Sie können keine weiteren Vampire erzeugen, aber sie können Blut saugen. Und Blut saugen. Und Blut saugen.«

»Können sie auch Aids bekommen?«, fragte Eddie. »Das heißt, Ihr wisst doch, was das ist, oder?«

»Das weiß ich, obwohl ich den Ausdruck erst im Frühjahr 1983 gehört habe, als ich in Detroit im Lighthouse Shelter gearbeitet habe und meine Zeit in Amerika schon fast abgelaufen war. Natürlich wussten wir seit fast zehn Jahren, dass es *irgendwas* gab. In der Literatur wurde es manchmal als GRID bezeichnet – Gay-Related Immune Deficiency, schwulenspezifische Immunschwäche. Ab 1982 sind erste Zeitungsartikel über eine neue Krankheit erschienen, die dort ›Schwulenkrebs‹ genannt wurde, und Spekulationen über eine mögliche Ansteckungsgefahr. Auf der Straße nannten manche Männer sie Fickgeschwür-Krankheit – wegen der dabei auftretenden Schwären. Nein, ich glaube nicht, dass Vampire an Aids sterben oder davon auch nur krank werden. Aber sie können es haben. Und sie können es weitergeben. O ja, das können sie! Und ich habe allen *Grund*, das zu glauben.« Callahans Lippen zitterten, dann beherrschte er sich wieder.

»Indem der Vampir-Dämon Euch gezwungen hat, sein Blut zu trinken, hat er Euch die Fähigkeit verliehen, diese Wesen zu erkennen«, sagte Roland.

»Ja.«

»Alle oder nur die Dreier? Die Kleinen?«

»Die Kleinen.« Callahan überlegte, dann lachte er kurz humorlos auf. »Ja, das gefällt mir. Jedenfalls habe ich immer nur Dreier gesehen, zumindest seit meinem Weggang aus Jerusalem's Lot. Aber Einser wie Barlow sind natürlich sehr selten, und Zweier leben nicht lange. Ihr Heißhunger ist ihr Verderben. Sie gieren immer nach Blut. Dreier können sich jedoch auch tagsüber bewegen. Und sie nehmen hauptsächlich normale Nahrung zu sich, genau wie wir.«

»Was habt Ihr an jenem Abend getan?«, fragte Susannah. »Im Kino?«

»Nichts«, sagte Callahan. In meiner ganzen New Yorker Zeit – meiner *ersten* Zeit in New York – habe ich nichts getan. Ich war mir in allem unsicher. Das heißt, mein *Herz* war sich sicher, aber mein Kopf wollte nicht mitmachen. Und die ganze Zeit hat's Störungen aus dem einfachsten aller Gründe gegeben: Ich war ein trockener Alkoholiker. Ein Trinker ist auch so etwas wie ein Vampir, und dieser Teil von mir wurde immer durstiger, während der Rest versuchte, meine eigentliche Natur zu leugnen. Deshalb habe ich mir eingeredet, bloß zwei Homosexuelle gesehen zu haben, die im Kino miteinander schmusen, sonst nichts. Was den Rest betraf – das Glockenspiel, den Geruch, den dunkelblauen Lichtschein um den jungen Mann –, habe ich mir eingeredet, dass das von einer Epilepsie kommt, von Nachwirkungen dessen, was Barlow mir angetan hat, oder von beidem. Und in Bezug auf Barlow hatte ich natürlich Recht. Sein Blut war in mir wach. Mein Blick war *geschärft.«*

»Es war mehr als nur das«, sagte Roland.

Callahan wandte sich ihm zu.

»Ihr seid flitzen gegangen, Pere. Irgendetwas hat Euch in diese Welt hier gerufen. Das Ding in Eurer Kirche, vermute ich mal, obwohl es nicht in Eurer Kirche gewesen sein dürfte, als Ihr es das erste Mal bemerkt habt.«

»Nein«, sagte Callahan. Er betrachtete Roland mit misstrauischem Respekt. »Das war es nicht. Woher wisst Ihr das? Sagt es mir, ich bitte Euch.«

Roland tat es nicht. »Bitte weiter«, sagte er. »Was ist Euch als Nächstes zugestoßen?«

»Lupe ist mir zugestoßen«, sagte Callahan.

9

Er hieß mit Nachnamen Delgado.

Roland ließ sich nur kurz seine Überraschung darüber anmerken – seine Augen weiteten sich sekundenlang –, aber Eddie und Susannah kannten den Revolvermann gut genug, um zu wissen, dass selbst das außergewöhnlich war. Andererseits hatten sie sich fast an all diese Zufälle gewöhnt, die unmöglich Zufälle sein konnten – an das Gefühl, dass jeder ein Klicken irgendeines sich drehenden großen Zahnrads war.

Lupe Delgado war zweiunddreißig, ein Alkoholiker, dessen letzter Drink fast fünf Tag-für-Tag-Jahre zurücklag, und der seit 1974 im Home arbeitete. Magruder hatte das Obdachlosenheim gegründet, aber erst Lupe Delgado erfüllte es mit Leben und Zielstrebigkeit. Tagsüber gehörte er zum Wartungsteam des Hotels Plaza an der Fifth Avenue. Nachts arbeitete er im Home. Er hatte mitgeholfen, die Alkoholpolitik des Heims zu formulieren; ihm war Callahan als Erstem begegnet, als er von der Straße hereingekommen war.

»Bei diesem ersten Mal war ich etwas über ein Jahr lang in New York«, sagte Callahan, »aber im März 1976 hatte ich mich …« Er machte eine Pause und bemühte sich das zu sagen, was alle drei ohnehin auf seinem Gesicht lasen. Er war rosig angelaufen, nur im Bereich der Narbe nicht; sie schien im Gegensatz dazu fast unnatürlich weiß zu leuchten.

»Oh, okay, man müsste wahrscheinlich sagen, dass ich mich im März in ihn verliebt hatte. Macht mich das zu einem Homo? Zu einem Schwulen? Ich weiß es nicht. Die Leute sagen sowieso, wir seien alle welche, oder? Zumindest tun das manche. Und warum auch nicht? In der Zeitung war alle ein, zwei Monate wieder von einem Priester zu lesen, der eine Vorliebe dafür hatte, seinen Ministranten an die Wäsche zu gehen. Was mich betraf, hatte ich keinen Grund, mich für schwul zu halten. Auch als Priester war ich weiß Gott nicht unempfänglich für die Reize eines hübschen Frauenbeins, und Ministranten zu belästigen wäre mir nie in den Sinn gekommen. Und zwischen Lupe und mir hat's nie etwas Körperliches gegeben. Aber ich liebte ihn, und das betrifft nicht nur seinen Verstand oder seine Hingabe ans Home oder seinen Ehrgeiz dafür. Auch nicht nur, weil er beschlossen hatte, seine wahre Arbeit wie Christus unter den Armen zu tun. Da war auch körperliche Anziehung.«

Callahan machte wieder eine Pause, rang mit sich und stieß dann hervor: »Gott, war er schön. *Schön!*«

»Was ist aus ihm geworden?«, fragte Roland.

»Es war in einer Schneenacht Ende März. Das Home war voll, und die Gäste waren ruhelos. Es hatte bereits eine Schlägerei gegeben, und Lupe war noch dabei, für Ruhe zu sorgen. Ein Kerl hatte einen schlimmen Anfall von Delirium tremens, und Rowan Magruder hatte ihn in sein Büro mitgenommen, um ihm mit Whiskey versetzten Kaffee einzuflößen. Wie ich wohl schon erwähnt habe, gab es im Home keine Wegsperrzelle. Es war Essenszeit, sogar schon eine halbe Stunde darüber hinaus, und drei unserer freiwilligen Helfer waren wegen des Wetters gar nicht erst reingekommen. Das Radio lief, und einige Frauen tanzten. ›Raubtierfütterung im Zoo‹, sagte Lupe immer.

Ich hatte meinen Mantel ausgezogen und war in die Küche unterwegs … Ein Kerl namens Frank Spinelli packte mich am Kragen … fragte nach dem Empfehlungsschreiben, das ich ihm versprochen hatte … Dann eine Frau, Lisa Irgendwer, die Hilfe bei einem der AA-Schritte brauchte: ›Wir stellen eine Liste aller zusammen, denen wir geschadet haben‹ … Danach ein junger Kerl, dem ich bei der Jobsuche helfen sollte; er konnte ein bisschen lesen, aber nicht schreiben … Und auf dem Herd begann etwas anzubrennen … Ein heilloses Durcheinander. Aber ich hatte Spaß daran. Irgendwie riss es einen mit, trug einen mit sich davon. Bis ich auf einmal mittendrin wie angenagelt stehen blieb.

Es gab kein Glockenspiel, und ich roch auch nur verschwitzte Trinkerleiber und anbrennendes Essen … aber dieses Licht lag um Lupes Hals wie ein Kragen. Und ich konnte dort Bisswunden sehen. Nur ganz kleine. Eigentlich nicht mehr als Zwickspuren.

Ich blieb also stehen und muss irgendwie geschwankt haben, weil Lupe sofort zu mir herübergehastet kam. Und dann *konnte* ich's riechen, wenn auch nur schwach: starke Zwiebeln und glühendes Metall. Offenbar war ich auch für ein paar Sekunden weggetreten gewesen, plötzlich standen wir nämlich in der Ecke beim Aktenschrank mit dem AA-Zeug, und Lupe wollte wissen, wann ich zuletzt etwas gegessen hatte. Er wusste, dass ich das manchmal vergaß.

Der Geruch war verschwunden. Der bläuliche Schimmer um seinen Hals war fort. Und die winzigen Spuren, wo ihn etwas gebissen hatte, waren ebenfalls weg. Wenn ein Vampir nicht wie verrückt säuft, verschwinden diese Spuren sehr schnell wieder. Aber ich wusste Bescheid. Es hatte keinen Zweck, ihn zu fragen, mit wem er zusammen gewesen war oder wo und wann. Vampire, auch die vom Typ drei – vielleicht *besonders* die vom Typ drei – haben da so ihre Schutzmechanismen. Blutegel sondern mit dem Speichel ein Enzym ab, das die Blutgerinnung verhindert, während sie saugen. Zugleich betäubt es die Haut, sodass man nicht mitbekommt, was passiert, wenn man den Egel nicht zufällig an sich hängen sieht. Der Speichel dieser Vampire vom Typ drei scheint dagegen etwas zu enthalten, was einen kurzzeitigen selektiven Gedächtnisverlust bewirkt.

Ich tat die Sache irgendwie ab. Erklärte ihm, mir sei nur kurz schwindlig gewesen, machte dafür das Hereinkommen aus der Kälte in all den Lärm und das Licht und die Hitze verantwortlich. Er gab sich damit zufrieden, ermahnte mich jedoch, mich nicht zu übernehmen. ›Du bist zu wertvoll, als dass wir dich verlieren möchten, Don‹, sagte er, und dann küsste er mich. Hier.«

Callahan berührte die rechte Wange mit der vernarbten Rechten. »Also habe ich wohl gelogen, als ich gesagt habe, zwischen uns hätte es nichts Körperliches gegeben, stimmt's? Es hat diesen einen Kuss gegeben. Ich weiß noch immer genau, wie er sich angefühlt hat. Sogar das leichte Prickeln von den weichen Bartstoppeln auf seiner Oberlippe … hier.«

»Das tut mir so Leid für Euch«, sagte Susannah.

»Danke, meine Liebe«, sagte er. »Ob Ihr ahnen könnt, wie viel mir das bedeutet? Wie wundervoll es ist, Trost aus der eigenen Welt zu erfahren? Es ist, als ob man als Schiffbrüchiger Nachrichten aus der Heimat erhalten würde. Oder frisches Quellwasser trinkt, nachdem man jahrelang schales, auf Flaschen gezogenes Zeug trinken musste.« Er griff nach Susannahs Hand, nahm sie in seine und lächelte. Eddie fand, dass etwas an diesem Lächeln gezwungen wirkte, sogar falsch, und hatte plötzlich einen schrecklichen Gedanken. Was war, wenn Pere Callahan in diesem Augenblick eine Mischung aus scharfen Zwiebeln und glühendem Metall roch? Was war, wenn er ein blaues Leuchten sah, das nicht wie ein Kragen Susannahs Hals, sondern wie ein Gürtel ihren Bauch umgab?

Eddie sah zu Roland hinüber, aber von dort kam keine Hilfe. Das Gesicht des Revolvermanns war ausdruckslos.

»Er hatte Aids, nicht wahr?«, sagte Eddie. »Irgendein schwuler Vampir vom Typ drei hat Euren Freund gebissen und ihn damit infiziert.«

»Schwul«, sagte Callahan. »Wollen Sie mir erzählen, dass dieses dumme Wort wirklich …« Er verstummte und schüttelte den Kopf.

»Jawoll«, sagte Eddie. »Die Red Sox haben die World Series noch immer nicht gewonnen, und Homos sind Schwule.«

»Eddie!«, sagte Susannah.

»He«, sagte Eddie, »glaubst du etwa, dass es leicht ist, der zu sein, der New York als Letzter verlassen und vergessen hat, das

Licht auszumachen? Das ist's nämlich nicht. Und ich kann dir sagen, dass ich mir selbst zunehmend veraltet vorkomme.« Er wandte sich wieder an Callahan. »Jedenfalls *ist* das passiert, stimmt's?«

»Ich glaube schon. Ihr müsst bedenken, dass ich damals selbst nicht viel wusste, und was ich wusste, habe ich geleugnet und verdrängt. Mit großem Nachdruck, wie Präsident Kennedy immer gesagt hat. Den Ersten – den ersten ›Kleinen‹ – habe ich 1975 in der Woche nach Weihnachten in diesem Kino gesehen.« Er lachte kurz und bellend. »Und wenn ich daran zurückdenke, fällt mir ein, dass dieses Kino ›The Gaiety‹ hieß. Ist das nicht eine Überraschung?« Er machte wieder eine Pause und sah leicht verwirrt von einem Gesicht zum anderen. »Anscheinend nicht. Ihr seid keineswegs überrascht.«

»Zufälle gibt's keine mehr, Schätzchen«, sagte Susannah. »Worin wir heutzutage leben, ist mehr eine Charles-Dickens-Version der Realität.«

»Das verstehe ich nicht.«

»Nicht nötig, Schätzchen. Bitte weiter. Erzählt Eure Geschichte.«

Der Alte Kerl brauchte einen Augenblick, um den verlorenen Faden zu finden, dann fuhr er fort.

»Meinen ersten Vampir vom Typ drei habe ich also Ende Dezember 1975 gesehen. Bis zu dem Abend etwa drei Monate später, an dem ich das blaue Leuchten um Lupes Hals sah, hatte ich bereits ein weiteres halbes Dutzend gesehen. Allerdings nur einen davon auch in Aktion. Er hat im East Village mit einem anderen Kerl in einer Durchfahrt gestanden. Er – der Vampir – hat so dagestanden.« Callahan erhob sich und demonstrierte, was er meinte, indem er die Arme ausstreckte und sich mit den Handflächen von einer unsichtbaren Mauer abstützte. »Der andere – das Opfer – hat mit dem Gesicht zu ihm zwischen den ausgestreckten Armen gestanden. Sie hätten miteinander reden können. Sie hätten sich küssen können. Aber ich wusste – ich *wusste* –, dass sie keines von beidem taten.

Die anderen … Zwei habe ich in Restaurants gesehen, beide aßen allein. Dieses Leuchten umgab ihre Hände und Gesichter – ihre Lippen waren damit beschmiert wie mit … mit leuchtendem Heidelbeersaft –, und der Geruch nach verbrannten Zwiebeln umgab sie wie irgendein seltsames Parfüm.« Callahan lächelte flüchtig. »Mir fällt selbst auf, dass jede Beschreibung, die ich versuche, irgendeinen Vergleich enthält. Ich versuche nämlich nicht nur, sie zu beschreiben, sondern irgendwie auch, sie zu verstehen. Ich versuche noch immer, sie zu verstehen. Herauszubekommen, wie es die ganze Zeit über diese andere Welt, diese geheime Welt, gleich neben der anderen geben konnte, die ich immer gekannt habe.«

Roland hat Recht, dachte Eddie. *Er ist flitzen gegangen. Kann nicht anders sein. Er weiß es nicht, aber so war's. Ist er nun einer von uns? Gehört er zu unserem Ka-Tet?*

»Einen Vampir habe ich in der Marine Midland Bank, bei der das Home seine Konten hatte, in einer Schlange stehen sehen«, sagte Callahan. »Am helllichten Vormittag. Ich habe bei *Einzahlungen* angestanden, jene Frau bei *Auszahlungen.* Sie war ganz von diesem Licht umgeben. Als sie merkte, dass ich sie ansah, hat sie gelächelt. Furchtloser Blickkontakt. Wie bei einem Flirt.« Er machte eine Pause. »Irgendwie sexy.«

»Ihr habt also die anderen erkennen können, weil Ihr das Blut des Vampir-Dämons in Euch hattet«, sagte Roland. »Haben sie Euch denn auch erkannt?«

»Nein«, sagte Callahan schnell. »Hätten sie mich sehen können – mich gewissermaßen isolieren können –, wäre mein Leben keinen Cent mehr wert gewesen. Allerdings haben sie von mir *erfahren.* Das kam jedoch später.

Der springende Punkt ist, dass ich *sie* gesehen habe. Ich wusste, dass es sie gab. Und als ich sah, was Lupe zugestoßen war, wusste ich, wer ihn erwischt hatte. Sie sehen es auch. Riechen es. Wahrscheinlich hören sie auch das Glockenspiel. Ihre Opfer sind markiert, und danach kommen weitere Vampire zu ihnen – wie Insekten zu einer Lichtquelle. Oder Hunde, die alle darauf versessen sind, an denselben Telefonmast zu pinkeln.

Ich bin mir sicher, dass Lupe damals in dieser Märznacht zum ersten Mal gebissen worden war, weil ich dieses Leuchten nie wieder an ihm gesehen habe … auch die Spuren an der Seite seines Halses nicht, die aussahen, als hätte er sich beim Rasieren ein bisschen geschnitten. Aber er ist danach noch mehrmals gebissen worden. Das hatte mit der Art unserer Tätigkeit zu tun, mit unserem Umgang mit Durchreisenden. Vielleicht werden sie auf billige Weise high, wenn sie mit Alkohol angereichertes Blut trinken. Wer weiß?

Jedenfalls war es wegen Lupe, dass ich meinen ersten Mord verübt habe. Den ersten von vielen. Das war im April …«

10

Der April ist da, und die Luft hat endlich angefangen, sich frühlingshaft anzufühlen und auch so zu riechen. Callahan ist seit fünf Uhr nachmittags im Home, hat erst Schecks für am Monatsende eingegangene Rechnungen ausgestellt und bereitet nun seine kulinarische Spezialität vor, die er Kröteneintopf mit Klößen nennt. Das Fleisch ist in Wirklichkeit Kochfleisch, aber der originelle Name macht ihm Spaß.

Zwischendurch hat er die großen Edelstahltöpfe abgewaschen, nicht weil er sie braucht (zu den wenigen Dingen, an denen im Home kein Mangel herrscht, gehören Kochtöpfe), sondern weil seine Mutter ihm beigebracht hat, in der Küche so zu arbeiten: sauber machen, während man kocht.

Er geht mit einem Topf zum Hinterausgang, klemmt ihn mit

einer Hand gegen die Hüfte und dreht mit der anderen den Türknopf. Er tritt auf die Gasse hinaus, um das seifige Spülwasser in den dort befindlichen Gully zu kippen, aber dann bleibt er stehen. Hier ist etwas, was er schon einmal gesehen hat, drunten im Village, aber damals waren die beiden Männer – einer stand an der Mauer, der andere hatte sich vor ihm aufgebaut und sich mit beiden Händen an den Ziegeln abgestützt – nur Schatten gewesen. Diese beiden hier kann er in dem aus der Küche fallenden Licht deutlich sehen, und der Mann, der an der Mauer lehnt, mit zur Seite gedrehtem Kopf zu schlafen scheint und auf diese Weise seinen Hals darbietet, ist jemand, den Callahan kennt.

Es ist Lupe.

Obwohl der Lichtschein aus der offenen Tür den hiesigen Teil der Gasse beleuchtet und Callahan nicht versucht hat, leise zu sein – in Wirklichkeit hat er sogar Lou Reeds »Take a Walk on the Wild Side« gesungen –, bemerkt ihn keiner der beiden. Sie sind wie in Trance. Der Mann vor Lupe scheint etwa fünfzig zu sein und ist mit Anzug und Krawatte gut gekleidet. Neben ihm steht ein teurer Aktenkoffer von Mark Cross auf den Pflastersteinen. Dieser Mann reckt also den Kopf schräg nach vorn. Seine geöffneten Lippen haben sich an Lupes rechter Halsseite festgesaugt. Was liegt dort? Die Drosselvene? Die Halsschlagader? Callahan kann sich nicht daran erinnern, und es ist auch unwichtig. Diesmal ertönt kein Glockenspiel, aber der Geruch ist überwältigend, so durchdringend scharf, dass ihm sofort Tränen aus den Augen quellen und farbloser Schleim aus der Nase tropft. Die beiden Männer vor ihm sind in den dunkelblauen Lichtschein gehüllt, und Callahan kann sehen, wie er rhythmisch pulsierend wabert. Das ist ihr Atmen, *denkt er.* Das ist ihre Atmung, die diesen Scheiß durcheinander wirbelt. Was bedeutet, dass er real ist.

Callahan kann, ganz leise, ein flüssiges Schmatzen hören. Es ist der Laut, den man im Kino hört, wenn ein Paar sich leidenschaftlich küsst und dabei wirklich alle Register zieht.

Er denkt nicht darüber nach, was er als Nächstes tut. Er stellt den Topf mit dem seifigen, fettigen Spülwasser ab. Stahl scheppert laut auf der Betonstufe, aber das an der Hauswand gegenüber lehnende Paar rührt sich nicht; es bleibt in seinem Traum verloren. Callahan macht zwei Schritte in die Küche zurück. Auf der Arbeitsplatte liegt das Hackbeil, mit dem er das Kochfleisch gewürfelt hat. Die Schneide blinkt hell. Er kann sein Gesicht darin sehen und denkt: Na ja, wenigstens bin *ich* keiner; mein Spiegelbild ist noch da. *Dann schließt er die Hand um den Gummigriff. Er tritt wieder auf die Gasse hinaus. Er steigt über den Topf mit Spülwasser hinweg. Die Luft ist feucht und mild. Irgendwo tropft Wasser. Irgendwo plärrt ein Radio »Someone Saved My Life Tonight«. Die Luftfeuchtigkeit lässt um die Straßenlampe am Ende der Gasse einen Hof entstehen. Es ist April in New York, und drei Meter von der Stelle entfernt, an der Callahan – vor nicht allzu langer Zeit noch ein geweihter Priester der katholischen Kirche – steht, trinkt ein Vampir das Blut seiner Beute. Das Blut des Mannes, in den Donald Callahan sich verliebt hat.*

»Almost had your hooks in me, din'tcha, dear?«, singt Elton John, und Callahan tritt vor und hebt das Hackbeil. Er lässt es herabsausen und vergräbt es tief im Schädel des Vampirs. Die Hälften des Vampirgesichts klappen wie Flügel auseinander. Er hebt ruckartig den Kopf wie ein Raubtier, das eben die Annäherung eines noch größeren und gefährlicheren Tieres gehört hat. Im nächsten Augenblick geht er leicht in die Knie, als wollte er nach dem Aktenkoffer greifen, dann scheint er zu dem Entschluss zu gelangen, er könne auch ohne ihn auskommen. Er wendet sich ab und geht langsam auf die Einmündung der Gasse zu. Auf Elton Johns Stimme zu, die jetzt »Someone saved, someone saved, someone saved my lii-iife tonight« singt. Das Hackbeil ragt weiterhin aus dem Schädel des Ungeheuers. Der Griff wackelt bei jedem Schritt wie ein kleiner steifer Schwanz hin und her. Callahan sieht Blut, aber nicht das Meer, das er erwartet hätte. In diesem Augen-

blick steht er zu sehr unter Schock, um sich darüber zu wundern, aber später wird er zu der Überzeugung gelangen, dass diese Wesen verdammt wenig Blut enthalten; was immer sie in Bewegung hält, ist magischer als das Wunder des Bluts. Der größte Teil dessen, was einst ihr Blut war, ist so fest geronnen wie der Dotter eines hart gekochten Eis.

Das Wesen macht einen weiteren Schritt, dann bleibt es stehen. Es lässt die Schultern hängen. Callahan verliert den Kopf aus den Augen, weil dieser nach vorn sackt. Und dann fallen die Kleidungsstücke plötzlich zusammen, sinken in sich zusammen, schweben aufs nasse Pflaster der Gasse hinunter.

Callahan, der sich wie ein Träumender vorkommt, geht hin, um sie zu untersuchen. Lupe Delgado steht an der Mauer und hält den Kopf zurückgelegt und die Augen geschlossen, weiter in dem Traum gefangen, in den der Vampir ihn versetzt hat. In kleinen, unbedeutenden Rinnsalen läuft ihm Blut am Hals hinunter.

Callahan betrachtet die Kleidungsstücke. Die Krawatte ist noch immer gebunden. Das Oberhemd befindet sich noch immer in der Anzugjacke, ist weiter in die Anzughose gesteckt. Er weiß, dass er die Unterwäsche darunter sehen würde, wenn er den Reißverschluss dieser Hose aufziehen würde. Als er nach einem Jackenärmel greift, hauptsächlich um sich von seiner Leere nicht nur durch Sehen, sondern auch durch Anfassen zu überzeugen, fällt die Armbanduhr des Vampirs heraus und prallt klirrend neben etwas auf, das wie ein Klassenring von der Highschool aussieht.

Auf dem Pflaster liegt Haar. Daneben Zähne, einige mit Füllungen. Der Rest vom Mr.-Mark-Cross-Aktenkoffer ist spurlos verschwunden.

Callahan rafft die Kleidungsstücke zusammen. Elton John singt noch immer »Someone Saved My Life Tonight«, aber das ist vielleicht nicht weiter überraschend. Es handelt sich um einen ziemlich langen Song, einen dieser Vierminutentitel, muss so sein. Er streift sich die Uhr übers Handgelenk und steckt den Ring an einen Finger, nur um beide vorläufig sicherzustellen. Er nimmt die Kleidung nach drinnen mit und geht dabei an Lupe vorbei. Lupe bleibt weiter in seinem Traum gefangen. Und die Bisse an seinem Hals, von Anfang an kaum größer als Nadelstiche, beginnen schon zu verschwinden.

Die Küche ist wie durch ein Wunder leer. Auf der linken Seite befindet sich eine Tür mit der Aufschrift LAGER. *Dahinter liegt ein kurzer Gang mit wandhohen Regalfächern auf beiden Seiten. Zum Schutz vor Diebstählen sind sie mit abgesperrten Drahtgittertüren gesichert. Konserven auf einer Seite, haltbare Lebensmittel auf der anderen. Anschließend Kleidungsstücke. Hemden in einem Regal. Hosen in einem anderen. Kleider und Röcke im nächsten. Mäntel im übernächsten. An der Querwand des Ganges steht ein verkratzter Kleiderschrank mit der Aufschrift* VERSCHIEDENES. *Callahan findet die Geldbörse des Vampirs und steckt sie zur eigenen in die Hüfttasche. Zusammen bilden die beiden einen ziemlichen Klumpen. Dann schließt er den Schrank auf und wirft die unsortierte Kleidung des Vampirs hinein. Das geht schneller, als die Teile einzeln zu versorgen, obwohl er sich denken kann, dass es Klagen geben wird, wenn die Unterwäsche im Anzug gefunden wird. Im Home wird keine getragene Unterwäsche angenommen.*

»Auch wenn unsere Klientel der Bodensatz der Gesellschaft ist«, hat Rowan Magruder ihm einmal erklärt, »haben wir doch unsere Standards.«

Diese Standards interessieren jetzt nicht. Er muss ans Haar und die Zähne des Vampirs denken. Seine Uhr, sein Ring, seine Geldbörse … Gott, sein Aktenkoffer und seine Schuhe! Die müssen noch dort draußen sein!

Wag ja nicht, dich zu beschweren, *ermahnt er sich.* Nicht, wo er sich doch zu fünfundneunzig Prozent in Luft aufgelöst hat und dadurch auf ebenso praktische Weise verschwunden ist wie das Ungeheuer in der letzten Filmrolle eines Horrorfilms. Gott hat bisher auf deiner Seite gestanden – ich glaube mal, dass es Gott war –, also wag ja nicht, dich zu beschweren.

Das tut er auch nicht. Er sammelt das Haar, die Zähne und den Aktenkoffer ein, geht damit durch Pfützen platschend ans Ende der Gasse und wirft alles über den Zaun. Nach kurzer Überlegung wirft er Armbanduhr, Geldbörse und Ring hinterher. Weil der Ring sich nicht gleich abziehen lässt, gerät er fast in Panik, aber dann ist er endlich ab und fliegt hinüber – plink. *Irgendjemand wird dieses Zeug für ihn entsorgen. Schließlich sind wir hier in New York. Er geht zu Lupe zurück und sieht die Schuhe daliegen. Sie sind zu gut, um weggeworfen zu werden, denkt er sich; diese Dinger halten noch ein paar Jahre. Er hebt sie auf, geht mit ihnen in die Küche zurück und lässt sie dabei an den beiden ersten Fingern der rechten Hand baumeln. So steht er mit ihnen am Herd, als Lupe von der Gasse in die Küche hereinkommt.*

»Don?«, sagt er. Seine Stimme klingt etwas verschwommen, so wie die Stimme eines Mannes, der eben aus tiefem Schlaf erwacht ist. Er deutet auf die an Callahans Fingerspitzen baumelnden Schuhe. »Wolltest du die in den Eintopf tun?«

»Das könnte den Geschmack verbessern, aber nein, sie kommen nur ins Lager«, sagt Callahan. Er staunt darüber, wie ruhig die eigene Stimme klingt. Und sein Herz! Es schlägt wunderbar regelmäßig mit sechzig bis siebzig Schlägen in der Minute. »Irgendjemand hat sie draußen zurückgelassen. Und? Was hast du getrieben?«

Lupe bedenkt ihn mit einem Lächeln, und wenn er lächelt, ist er schöner denn je. »Ich war nur draußen, um eine zu rauchen«, sagt er. »Der Abend ist so mild, dass ich nicht reinkommen wollte. Hast du mich nicht gesehen?«

»Doch, das habe ich«, sagt Callahan. »Du hast ausgesehen, als hättest du dich in deiner eigenen kleinen Welt verloren, und da wollte ich dich nicht stören. Mach mir die Tür zum Lagerraum auf, ja?«

Lupe hält ihm die Tür auf. »Das ist ein wirklich elegantes Paar

Schuhe«, sagt er. »Bally. Wie kommt jemand darauf, den Säufern Bally-Schuhe dazulassen?«

»Irgendwem müssen sie nicht mehr gefallen haben«, sagt Callahan. Er hört das Glockenspiel, den vergifteten Wohlklang, und beißt bei dieser Melodie die Zähne zusammen. Die Welt scheint für einen Augenblick zu schimmern. Nicht jetzt, *denkt er.* Ach, nicht jetzt, bitte.

Das ist kein richtiges Gebet, er betet heutzutage nur noch wenig, aber vielleicht wird es erhört, das Glockenspiel verhallt nämlich. Die Welt fängt sich wieder. Im Raum nebenan brüllt jemand nach dem Abendessen. Jemand anders flucht. Alles ist wie immer, alles ist wie immer. Und er verzehrt sich nach einem Drink. Auch das ist nichts Neues, nur ist das Verlangen heftiger als je zuvor. Er muss ständig daran denken, wie der Gummigriff sich in seiner Hand angefühlt hat. Das Gewicht des Hackbeils. Das Geräusch, das es gemacht hat. Und er hat wieder diesen Geschmack im Mund. Den toten Geschmack von Barlows Blut. Auch den. Was hatte der Vampir in der Küche der Petries gesagt, bevor er das Kruzifix zerbrach, das Callahan von seiner Mutter geschenkt bekommen hatte? Es sei traurig, den Glauben eines Mannes versagen zu sehen.

Heute Abend bleibe ich beim AA-Treffen dabei, *denkt er, während er ein Gummiband um die Bally-Slipper streift und sie zu den übrigen Schuhen wirft. Manchmal sind diese Treffen hilfreich. Er sagt dort zwar nie: »Ich bin Don, und ich bin Alkoholiker«, aber manchmal sind sie eben doch hilfreich.*

Lupe steht so dicht hinter ihm, dass Callahan unwillkürlich leicht nach Luft schnappen muss, als er sich umdreht.

»Nur ruhig, Junge«, sagt Lupe lachend. Er kratzt sich ungezwungen an der Kehle. Die Spuren sind noch da, aber morgen früh werden sie verschwunden sein. Trotzdem weiß Callahan, dass die Vampire etwas sehen. Oder es riechen. Oder sonst irgendwas Verdammtes.

»Pass auf«, sagt er zu Lupe, »ich denke daran, für ein, zwei Wochen aus der Stadt abzuhauen. Ein bisschen Ruhe und Erholung täten mir gut. Wollen wir nicht zusammen fahren? Wir könnten in den Norden fahren. Und dort angeln gehen.«

»Kann nicht«, sagt Lupe. »Im Hotel kriege ich erst im Juni wieder Urlaub, und außerdem sind wir hier unterbesetzt. Aber wenn du fahren willst, bringe ich das mit Rowan in die Reihe. Kein Problem.« Lupe betrachtete ihn prüfend. »Sieht wirklich so aus, als wärst du urlaubsreif. Du siehst müde aus. Und du wirkst hibbelig.«

»Ach was, das war bloß so eine Idee«, sagt Callahan. Er will eigentlich nicht fort. Wenn er bleibt, kann er vielleicht auf Lupe aufpassen. Außerdem weiß er jetzt etwas. Sie zu töten ist nicht schwieriger, als Fliegen zu killen. Einmal sprühen, und Schluss, wie's in der Fernsehwerbung heißt. Lupe wird nichts passieren. Vampire vom Typ drei wie Mr.-Mark-Cross-Aktenkoffer scheinen ihre Opfer nicht umzubringen, sie nicht einmal zu verändern. Zumindest nicht merklich, nicht in kurzfristiger Hinsicht. Aber er wird aufpassen, wenigstens das kann er tun. Er wird Wache stehen. Das wird ein kleiner Akt der Buße für Jerusalem's Lot sein. Und Lupe wird nichts weiter passieren.

11

»Nur war's nicht so«, sagte Roland. Er drehte sich mit den Krümeln vom Boden seines Tabakbeutels sorgfältig eine Zigarette. Das Papier war brüchig, der Tabak eigentlich nichts als Staubkrümel.

»Richtig«, stimmte Callahan zu. »So war's nicht. Roland, ich habe zwar kein Zigarettenpapier, aber ich kann Euch besseren Tabak anbieten als diesen. Im Haus habe ich guten Tabak von drunten im Süden. Ich selbst rauche nicht, aber Rosalita gönnt sich abends manchmal ein Pfeifchen.«

»Ich nehme Euer Angebot später gern an und sage Euch meinen Dank«, sagte der Revolvermann. »Er fehlt mir nicht so sehr wie Kaffee, aber doch beinahe. Erzählt Eure Geschichte zu Ende. Lasst nichts aus. Ich glaube, es ist wichtig, dass wir alles hören, aber …«

»Ich weiß. Die Zeit drängt.«

»Ja«, sagte Roland. »Die Zeit drängt.«

»Um es kurz zu machen: Mein Freund zog sich diese Krankheit zu, Aids … So wurde sie doch später allgemein genannt, oder?«

Er sah zu Eddie hinüber, der zustimmend nickte.

»Also gut«, sagte Callahan. »Dieser Name ist vermutlich so gut wie jeder andere, auch wenn ich bei seiner ersten Erwähnung an eine Art Diätkeks gedacht habe. Ihr wisst vielleicht, dass dieses Aids nicht immer schnell verläuft, aber im Körper meines Freundes breitete es sich wie ein Buschbrand aus. Mitte Mai 1976 war Lupe Delgado bereits schwer krank. Er war aschfahl. Er hatte die meiste Zeit Fieber. Manchmal verbrachte er die ganze Nacht auf der Toilette und musste sich übergeben. Rowan hätte ihn aus der Küche verbannen müssen, aber das war nicht nötig – Lupe verbannte sich selbst daraus. Und dann begannen die Geschwüre aufzutreten.«

»Die hießen Kaposisarkome, glaube ich«, sagte Eddie. »Eine Hautkrankheit. Sie entstellt einen.«

Callahan nickte. »Drei Wochen nach dem Auftreten der Geschwüre kam Lupe ins New York General Hospital. Ende Juni haben Rowan Magruder und ich ihn eines Abends dort besucht. Bis dahin hatten wir uns gegenseitig versichert, er werde es schon schaffen, werde gesünder als zuvor rauskommen, Teufel, wo er doch so jung und kräftig sei. Aber an diesem Abend wussten wir gleich beim Reinkommen, dass er erledigt war. Er lag in einem Sauerstoffzelt. Schläuche für Tropfinfusionen führten in seine Arme. Er hatte grässliche Schmerzen. Er wollte nicht, dass wir ihm zu nahe kamen. Die Krankheit könnte ansteckend sein, sagte er. Tatsächlich schien niemand viel über sie zu wissen.«

»Was sie noch beängstigender gemacht hat«, sagte Susannah.

»Ja. Er sagte uns, die Ärzte hielten sie für eine Blutkrankheit, die durch homosexuelle Aktivitäten oder vielleicht gemeinsam benützte Nadeln verbreitet wird. Aber wir sollten wissen, das wiederholte er mehrmals nachdrücklich, dass er clean sei, dass alle Drogentests negativ gewesen seien. ›Seit 1970 nicht mehr‹, sagte er immer wieder. ›Nicht einen einzigen Zug von einem Joint. Das schwöre ich bei Gott.‹ Wir versicherten ihm, wir wüssten genau, dass er clean sei. Wir saßen auf beiden Seiten seines Betts, und er ergriff unsere Hände.«

Callahan schluckte trocken. Das Schlucken war deutlich zu hören.

»Unsere Hände … wir mussten sie uns dann auf sein Drängen waschen, bevor wir gingen. Für alle Fälle, sagte er. Und er dankte uns für unseren Besuch. Er erklärte Rowan, das Home sei das Beste gewesen, was ihm in seinem Leben passiert sei. Aus seiner Sicht sei es wirklich sein *Heim* gewesen.

Ich hatte mir noch nie so dringend einen Drink gewünscht wie in jener Nacht, als wir das New York General wieder verlassen haben. Ich behielt Rowan jedoch neben mir, und wir beiden ließen alle Bars links liegen. An jenem Abend bin ich zwar nüchtern ins Bett gefallen, aber dann lag ich da und wusste, dass alles nur eine Frage der Zeit war. Der erste Drink ist der, der einen betrunken macht, das sagen sie bei den Anonymen Alkoholikern, und meiner war irgendwo in der Nähe. Irgendwo wartete ein Barkeeper nur darauf, ihn mir einschenken zu können.

Zwei Nächte später starb Lupe.

Zu seiner Beerdigung müssen dreihundert Leute gekommen sein – fast alles Menschen, die irgendwann einmal im Home gewesen waren. Es gab viele Tränen und viele wundervolle Nachrufe, manche von Leuten, die wahrscheinlich keinen Kreidestrich hätten gerade entlanggehen können. Als es vorbei war, hakte Rowan Magruder mich unter und sagte: ›Ich weiß nicht, wer du bist, Don, aber ich weiß, *was* du bist – ein verdammt guter Kerl und ein verdammt schlimmer Trinker, der seit … seit wann bist du trocken?‹

Ich überlegte erst noch, ob ich mit dem verlogenen Scheiß weitermachen sollte, aber das erschien mir plötzlich zu mühsam. ›Seit Oktober letzten Jahres‹, sagte ich.

›Du willst jetzt einen‹, sagte er. ›Das steht dir auf der Stirn geschrieben. Lass dir also eines sagen: Wenn du glaubst, Lupe mit einem Drink zurückbringen zu können, hast du meine Erlaubnis. Dann kannst du mich sogar abholen, und wir gehen ins Blarney Stone rüber und versaufen als Erstes den Inhalt meiner Geldbörse. Okay?‹

›Okay‹, sagte ich.

›Sich heute zu besaufen‹, sagte er, ›wäre aber das schlimmste Gedenken an Lupe, das mir einfällt. Als würde man auf sein totes Gesicht pinkeln.‹

Er hatte Recht, das wusste ich. Den Rest dieses Tages verbrachte ich so, wie ich meinen zweiten Tag in New York verbracht hatte: Ich lief herum, kämpfte gegen den Geschmack in meinem Mund an, kämpfte gegen den Drang an, mir eine Flasche zu besorgen und mir eine ruhige Parkbank zu suchen. Ich erinnere mich, dass ich auf dem Broadway war, dann drüben auf der Tenth Avenue, dann weit unten bei der Park, Ecke Thirtieth. Inzwischen wurde es dunkel, auf der Park Avenue waren die Autos in beide Richtungen schon mit eingeschalteten Scheinwerfern unterwegs. Der Himmel im Westen leuchtete orange und rosa, und die Straßen waren voll von diesen prachtvollen Lichterschlangen.

Mir wurde friedlich zumute, und ich sagte mir: ›Ich werde siegen. Zumindest heute Abend werde ich siegen.‹ Und dann setzte das Glockenspiel ein. Lauter als je zuvor. Ich glaubte, der Kopf müsste mir zerplatzen. Die Park Avenue vor mir schimmerte, und ich dachte: *Also, das ist alles nicht real. Weder die Park Avenue noch alles andere. Alles nur ein Stück Leinwand. New York ist nichts als ein auf diese Leinwand gemaltes Bühnenbild, und was liegt dahinter? Na ja, nichts. Überhaupt nichts. Nur Schwärze.*

Dann stabilisierte sich alles wieder. Das Glockenspiel verklang … verhallte … verstummte dann. Ich setzte mich wieder in Bewegung, ganz langsam. Wie ein Mann, der auf dünnem Eis geht. Ich hatte Angst davor, ich könnte zu fest auftreten und dadurch aus der Welt in die Dunkelheit dahinter stürzen. Ich weiß, dass das völlig unsinnig war – Teufel, das wusste ich auch damals –, aber etwas zu wissen hilft einem nicht immer weiter. Ist doch so, oder?«

»Ja«, sagte Eddie, der sich an die Zeit erinnerte, in der er mit Henry Heroin geschnupft hatte.

»Ja«, sagte Susannah.

»Ja«, stimmte Roland zu, der an den Jericho Hill dachte. An das zu Boden gefallene Horn dachte.

»Ich bin erst einen Straßenblock weit gegangen, dann zwei, dann drei. Ich dachte immer mehr, alles könnte wieder in Ordnung kommen. Das heißt, ich würde vielleicht den Gestank riechen und ein paar Vampire vom Typ drei sehen, aber damit würde ich fertig werden. Vor allem weil die Dreier mich nicht wahrzunehmen schienen. Ich sah sie so, wie man in einem Vernehmungsraum der Polizei Verdächtige durch einen Einwegspiegel betrachtet. Aber in dieser Nacht habe ich dann auch etwas gesehen, was weit, weit schlimmer als eine Bande Vampire war.«

»Ihr habt jemanden gesehen, der wirklich tot war«, sagte Susannah.

Callahan starrte sie völlig überrascht, maßlos verblüfft an. »Wie … woher wisst Ihr …«

»Das weiß ich, weil wir auch in New York flitzen waren«, sagte Susannah. »Wir alle. Roland sagt, dass das Leute sind, die noch nicht wissen, dass sie gestorben sind, oder sich nicht damit abfinden wollen. Sie sind … wie hast du sie genannt, Roland?«

»Wandelnde Tote«, antwortete der Revolvermann. »Es gibt aber nicht viele.«

»Es waren jedenfalls genug«, sagte Callahan, »und *sie* wussten, dass ich da war. Verstümmelte Leichen auf der Park Avenue, eine davon ein Mann ohne Augen, eine andere eine Frau ohne rechten Arm und rechtes Bein und mit grausigen Verbrennungen – und beide haben *mich* angesehen, als glaubten sie, ich könnte … sie irgendwie *heilen*.

Ich bin weggerannt. Und ich muss verdammt weit gerannt sein, als ich nämlich wieder einigermaßen bei Verstand war, saß ich an der Ecke Second Avenue und Nineteenth Street auf dem Randstein – mit hängendem Kopf und schnaufend wie eine Dampflok.

Irgendein alter Knacker ist vorbeigekommen und hat mich gefragt, ob mit mir alles in Ordnung sei. Inzwischen war ich wieder so weit zu Atem gekommen, dass ich das bejahen konnte. Er sagte, dann solle ich lieber weitergehen, weil nur wenige Blocks von hier ein Streifenwagen des NYPD in unsere Richtung unterwegs sei. Die Cops würden mich bestimmt verjagen, vielleicht sogar festnehmen. Ich sah dem alten Kerl in die Augen und sagte: ›Ich habe Vampire gesehen. Einen habe ich sogar umgebracht. Und ich habe die Toten umherziehen sehen. Glauben Sie wirklich, dass ich mich vor ein paar Cops in einem Streifenwagen fürchte?‹

Er wich vor mir zurück. Sagte, ich solle ihm ja nicht zu nahe kommen. Sagte, ich hätte anständig ausgesehen, deshalb habe er mir einen Gefallen tun wollen. Sagte, und das sei nun sein Lohn. ›In New York bleibt keine gute Tat unbestraft‹, sagte er und stapfte die Straße entlang davon wie ein Kind, das einen Wutanfall hat.

Ich musste lachen. Ich stand vom Randstein auf und blickte an mir runter. Mein Hemd war ganz aus der Hose gerutscht. Ich hatte Dreck am Hosenbein, weil ich irgendetwas gestreift hatte, an das ich mich nicht einmal erinnern konnte. Ich sah mich um, und bei allen Heiligen und allen Sündern, da stand die Americano Bar. Später stellte ich fest, dass es in New York mehrere davon gab, aber ich glaubte, diese eine sei eigens für mich aus den Vierzigerjahren hierher versetzt worden. Ich ging hinein, setzte mich auf den Hocker am Ende der Theke, und als der Barkeeper zu mir kam, habe ich gesagt: ›Sie haben etwas für mich aufbewahrt.‹

›Tatsächlich, mein Freund?‹, sagte er.

›Ja‹, sagte ich.

›Also gut‹, sagte er, ›Sie erzählen mir, was es ist, und ich bring's Ihnen.‹

›Es ist Bushmill's, und da Sie ihn seit Oktober letzten Jahres haben, sollten Sie die Zinsen draufschlagen und mir einen Doppelten bringen.‹«

Eddie verzog das Gesicht. »Schlechte Idee, Mann.«

»Damals ist sie mir als die beste Idee erschienen, auf die jemals ein Sterblicher gekommen war. Ich würde Lupe vergessen, keine toten Leute mehr sehen, vielleicht sogar aufhören, die Vampire zu sehen ... die Moskitos, wie ich sie für mich nannte.

Um acht Uhr abends war ich betrunken. Um neun Uhr war ich sehr betrunken. Um zehn Uhr war ich so betrunken wie noch nie. Ich habe eine vage Erinnerung daran, dass der Barkeeper mich irgendwann rausgeworfen hat. Eine etwas deutlichere daran, wie ich am nächsten Morgen unter einer Decke aus Zeitungen auf einer Parkbank aufgewacht bin.«

»Wieder am Anfang«, murmelte Susannah.

»Aye, Lady, wieder am Anfang, Ihr sprecht wahrhaftig, ich sage Euch meinen Dank. Also, ich setzte mich auf. Ich dachte, mein Kopf müsse platzen. Ich ließ ihn zwischen den Knien hängen, und als er nicht zersprang, hob ich ihn wieder. Auf einer ungefähr zwanzig Meter von mir entfernten Parkbank saß eine alte

Frau, bloß eine alte Lady, die ein Kopftuch trug und die Eichhörnchen aus einer Tüte mit Nüssen fütterte. Nur kroch ihr jener blaue Lichtschein über Stirn und Wangen, pulsierte bei jedem Atemzug um ihre Lippen. Sie war eine von *ihnen*. Ein Moskito. Die umherziehenden Toten waren verschwunden, aber Vampire des Typs drei konnte ich weiterhin sehen.

Mich wieder zu betrinken erschien mir als logische Reaktion darauf, aber ich hatte ein kleines Problem: kein Geld. Während ich unter der Zeitungsdecke meinen Rausch ausschlief, hatte jemand mich offenbar ausgeraubt, und so kam *das* nicht mehr in Frage.« Callahan lächelte. Aber sein Lächeln hatte nichts Heiteres an sich.

»An jenem Tag jedenfalls *fand* ich die Zeitarbeitsfirma Man-Power. Ich fand sie auch am nächsten Tag und am übernächsten Tag. Dann betrank ich mich. Während der Zeit der Windjammer-Regatta im Sommer wurde das meine Gewohnheit: drei Tage nüchtern arbeiten, meistens indem ich auf irgendeiner Baustelle einen Schubkarren schob oder bei einem Firmenumzug große Kartons schleppte, dann einen Abend damit verbringen, mich gewaltig zu besaufen, und den folgenden Tag damit, mich zu erholen. Dann wieder alles von vorn. Sonntags nahm ich mir frei. Daraus bestand in jenem Sommer mein Leben in New York. Und wohin ich auch ging, schien ich Elton Johns Song ›Someone Saved My Life Tonight‹ zu hören. Ich weiß nicht, ob das der Sommer war, in dem er am populärsten war. Ich weiß nur, dass ich ihn überall hörte. Einmal arbeitete ich fünf Tage hintereinander für die Umzugsfirma Covay Movers. The Brother Outfit, so nannte sie sich. In Bezug auf Nüchternheit war das in diesem Juli meine persönliche Bestleistung. Am fünften Tag kam mein Chef zu mir und machte mir den Vorschlag, als Vollzeitkraft bei ihnen einzusteigen.

›Das kann ich nicht‹, sage ich. ›Zeitarbeitsverträge untersagen den Vermittelten ausdrücklich, vor Ablauf eines Monats eine feste Anstellung bei irgendeiner anderen Firma anzunehmen.‹

›Ach, scheiß drauf‹, sagt er, ›um den Bockmist kümmert sich doch keiner. Also, was ist, Donnie? Du arbeitest gut. Und du kannst wahrscheinlich etwas mehr, als nur Möbel auf die Ladefläche wuchten. Willst du heute Abend nicht mal darüber nachdenken?‹

Ich dachte darüber nach, und das Nachdenken führte wieder zum Saufen, was es in jenem Sommer immer tat. Was es bei Gewohnheitstrinkern immer tut. Aber zurück zu mir, wie ich in irgendeiner kleinen Bar gegenüber dem Empire State Building sitze und mir Elton John aus der Jukebox anhöre. ›Almost had your hooks in me, din'tcha, dear?‹ Und als ich wieder arbeiten wollte, bin ich zu einer anderen Zeitarbeitsfirma gegangen, die noch nie von dem beschissenen Brother Outfit gehört hatte.«

Callahan spuckte das Wort *beschissen* mit einer Art verzweifeltem Knurren aus, so wie es Männer taten, wenn vulgäre Ausdrücke für sie gewissermaßen zu einer linguistischen letzten Instanz geworden waren.

»Ihr habt getrunken, Euch treiben lassen, gearbeitet«, sagte Roland. »Aber Ihr hattet in jenem Sommer mindestens eine weitere Beschäftigung, oder nicht?«

»Ja. Ich habe eine kleine Weile gebraucht, um in Gang zu kommen. Ich habe mehrere von ihnen gesehen – die Frau, die im Park die Eichhörnchen gefüttert hat, war nur die Erste –, aber sie haben nichts getan. Das heißt, ich wusste, wer sie waren, aber es war trotzdem schwierig, sie kaltblütig umzubringen. Dann habe ich eines Nachts im Battery Park einen Vampir gesehen, der mit Blutsaugen zugange war. Inzwischen trug ich ein Klappmesser in der Tasche, hatte es ständig bei mir. Ich trat von hinten an ihn heran, während er trank, und stach viermal auf ihn ein: einmal in die Niere, einmal zwischen die Rippen, einmal unter die Schulterblätter, einmal in den Nacken. In den letzten Stich habe ich meine ganze Kraft gelegt. Das Messer kam vorn so heraus, dass sein Adamsapfel auf der Spitze steckte wie ein Stück Hammelfleisch auf einem Kebabspieß. Das Ganze hat so ein reißendes Geräusch gemacht.«

Callahan sprach nüchtern sachlich, aber sein Gesicht war sehr blass geworden.

»Was in der Gasse hinter dem Home passiert war, geschah wieder: Der Kerl verschwand einfach aus seiner Kleidung. Das hatte ich zwar erwartet, aber ich war mir meiner Sache natürlich nicht ganz sicher gewesen, bis es tatsächlich passierte.«

»Eine Schwalbe macht noch keinen Sommer«, sagte Susannah.

Callahan nickte. »Das Opfer war ein Junge von ungefähr fünfzehn Jahren, sah wie ein Puerto-Ricaner oder vielleicht ein Dominikaner aus. Er hatte einen Ghettoblaster zwischen den Füßen stehen. Was da gerade gespielt wurde, weiß ich nicht mehr, also war's vermutlich nicht ›Someone Saved My Life Tonight‹. Fünf Minuten vergingen. Ich wollte gerade anfangen, mit den Fingern vor seinem Gesicht zu schnippen oder ihm vielleicht die Wangen zu tätscheln, da blinzelte er, schwankte, schüttelte den Kopf und kam zu sich. Als er mich vor sich stehen sah, schnappte er sich als Erstes seinen Ghettoblaster. Er hielt ihn wie ein Baby an die Brust gedrückt. Dann fragte er: ›Willst 'n *duuu*, Mann?‹ Ich sagte, ich wolle nichts, überhaupt nichts, ihm weder Böses noch Schaden zufügen, *sei* aber wegen der vor ihm liegenden Kleidungsstücke neugierig. Der Junge sah zu Boden, dann kniete er sich hin und fing an, die Taschen zu filzen. Ich dachte, er würde genug finden, um länger beschäftigt zu sein – mehr als genug –, also ging ich einfach davon. Das war also mein zweiter gewesen. Der dritte war leichter. Der vierte noch leichter. Bis Ende August hatte ich dann ein halbes Dutzend erledigt. Der sechste war die Frau, die ich in der Marine Midland Bank gesehen hatte. Die Welt ist klein, was?

Ich ging ziemlich oft zur Ecke First und Forty-seventh runter und sah zum Home auf der anderen Straßenseite hinüber. Manchmal fand ich mich dort am Spätnachmittag wieder und beobachtete, wie die Trinker und Obdachlosen zum Abendessen eintrudelten. Manchmal kam Rowan heraus und redete mit ihnen. Er rauchte selbst nicht, aber er hatte immer Zigaretten in der Tasche, ein paar Packungen, die er verteilte, bis alle ausgegeben waren. Ich gab mir nie besondere Mühe, mich vor ihm zu verstecken, aber falls er mich jemals entdeckt hat, habe ich nie etwas davon gemerkt.«

»Ihr hattet Euch wahrscheinlich verändert«, sagte Eddie.

Callahan nickte. »Schulterlanges Haar, grau meliert. Einen Bart. Und ich achtete natürlich nicht mehr auf meine Kleidung. Die Hälfte meiner Sachen stammte inzwischen von den Vampiren, die ich umgebracht habe. Einer davon war ein Radkurier, der ein *klasse* Paar Motorradstiefel trug. Also keine Bally-Slipper, aber sie waren fast neu und hatten meine Größe. Diese Dinger halten ewig. Ich habe sie immer noch.« Er nickte zum Haus hinüber. »Aber ich glaube nicht, dass solche Äußerlichkeiten damit zu tun hatten, dass er mich nicht erkannte. In Rowan Magruders Branche, im Umgang mit Trinkern und Fixern und Obdachlosen, die mit einem Fuß in der Realität und mit dem anderen in der Twilight Zone stehen, gewöhnt man sich daran, große Veränderungen bei Leuten zu sehen – was meistens keine Veränderungen zum Besseren sind. Man bringt sich bei, zu erkennen, wer unter den frischen Prellungen und den neuen Schmutzschichten steckt. Wahrscheinlich war es eher so, dass ich einer von denen geworden war, die Ihr wandelnde Tote nennt, Roland. Für die Welt unsichtbar. Übrigens glaube ich, dass diese Menschen – diese *ehemaligen* Menschen – irgendwann an New York gefesselt sind …«

»Sie gehen nie weit«, stimmte Roland zu. Seine Zigarette war längst aufgeraucht; das trockene Papier und die Tabakkrümel waren nach zwei Zügen bis zu seinen Fingernägeln weggebrannt. »Gespenster spuken immer im selben Haus.«

»Natürlich tun sie das, die Armen. Ich jedenfalls, ich wollte fort. Jeden Tag ging die Sonne nun etwas früher unter, und jeden Tag spürte ich den Ruf jener Straßen, dieser verborgenen Highways, ein wenig stärker. Zum Teil mag dahinter die angebliche geographische Heilung gesteckt haben, die ich meiner Erinnerung nach wohl schon angesprochen habe. Es gibt den völlig unlogischen, aber trotzdem starken Glauben, dass alles sich an einem neuen Ort zum Besseren wenden wird; dass der Drang zur Selbstzerstörung auf magische Weise verschwinden wird. Eine Rolle spielte zweifellos die Hoffnung, an einem anderen Ort, an einem Ort, der räumlich *weiter* ist, würde es keine Vampire oder umherziehende Tote mehr geben, mit denen ich fertig werden musste. Aber vor allem waren es andere Dinge. Na ja … eine sehr wichtige Sache jedenfalls.« Callahan lächelte, aber das Lächeln war kaum mehr als ein Zähnefletschen. »Jemand hatte angefangen, Jagd auf mich zu machen.«

»Die Vampire«, sagte Eddie.

»Jaaa …« Callahan biss sich auf die Unterlippe, dann wiederholte er das Wort mit etwas mehr Überzeugung. »Ja. Aber nicht *nur* die Vampire. Obwohl das die einzig logische Vermutung sein musste, erschien sie mir nicht ganz richtig. Ich wusste zumindest, dass es nicht die Toten waren; sie konnten mich sehen, aber sie kümmerten sich nicht weiter um mich, außer dass sie vielleicht hofften, ich könnte sie heilen oder von ihren Qualen erlösen. Und die Vampire vom Typ drei konnten mich, wie schon gesagt, *nicht* sehen – jedenfalls nicht als das Wesen, das Jagd auf sie machte. Außerdem ist ihre Aufmerksamkeitsspanne nur kurz, so als würden sie bis zu einem gewissen Grad an derselben Amnesie leiden, die sie bei ihren Opfern hervorrufen.

Dass ich in Gefahr war, merkte ich zum ersten Mal eines Nachts im Washington Square Park, nicht lange nachdem ich die Frau aus der Bank ermordet hatte. Der Park war einer meiner bevorzugten Schlafplätze geworden, obwohl ich dort weiß Gott nicht allein war. Im Sommer war er der reinste Schlafsaal unter freiem

Himmel. Ich hatte sogar meine Lieblingsbank, auch wenn ich sie nicht jede Nacht bekam … nicht mal jede Nacht *hinging*.

An diesem speziellen Abend – gewittrig und schwül und beklemmend – kam ich gegen acht Uhr hin. Ich hatte eine Flasche in einer braunen Tüte und einen Band von Ezra Pounds *Cantos*. Als ich mich meiner Bank näherte, sah ich quer über die Lehne einer benachbarten Bank ein Graffito gesprüht: ER KOMMT HIERHER. ER HAT EINE VERBRANNTE HAND.«

»Allmächtiger Gott«, sagte Susannah und griff sich an die Kehle.

»Ich habe den Park sofort verlassen und mich in einer zwanzig Blocks entfernten Gasse schlafen gelegt. Für mich stand außer Zweifel, dass dieses Graffito vor mir gewarnt hatte. Zwei Abende später sah ich eine Botschaft auf dem Gehsteig vor einer Bar an der Lex, in der ich gern trank und manchmal auch ein Sandwich aß, wenn ich, wie man so sagt, gerade mal flüssig war. Sie war mit Kreide geschrieben und vom Fußgängerverkehr fast bis zur Unleserlichkeit abgetreten, aber ich konnte sie trotzdem entziffern. Sie besagte das Gleiche: ER KOMMT HIERHER. ER HAT EINE VERBRANNTE HAND. Die Mitteilung war mit Kometen und Sternen eingerahmt, als hätte doch tatsächlich jemand versucht, sie schön herauszuputzen. Einen Block weiter war dann auf ein Parkverbotsschild Folgendes gesprüht: SEIN HAAR IST JETZT ÜBERWIEGEND WEISS. Und am nächsten Morgen las ich auf der Seite eines Linienbusses: ER KÖNNTE COLLINGWOOD HEISSEN. Zwei oder drei Tage später sah ich an vielen der Orte, die meine Stammplätze geworden waren – der Neddle Park, die dem Central Park West zugekehrte Seite von The Ramble, die City Lights Bar an der Lex, ein paar Folk- und Dichterclubs im Village –, Anschläge, als wäre ein Haustier entlaufen.«

»Anschläge für entlaufene Haustiere«, meinte Eddie nachdenklich. »Also, das ist irgendwie brillant.«

»Der Text war auf allen gleich«, sagte Callahan. »HABEN SIE

UNSEREN IRISCHEN SETTER GESEHEN? ER IST EIN DUMMER ALTER KERL, ABER WIR LIEBEN IHN. VERBRANNTE RECHTE VORDERPFOTE. HÖRT AUF DEN NAMEN KELLY, COLLINS ODER COLLINGWOOD. ZAHLEN SEHR HOHE BELOHNUNG! Und dahinter eine Reihe Dollarzeichen.«

»Wen hätten solche Anschläge ansprechen sollen?«, fragte Susannah.

Callahan zuckte die Achseln. »Weiß ich nicht genau. Vielleicht die Vampire.«

Eddie rieb sich müde das Gesicht. »Okay, überlegen wir mal. Wir haben die Vampire vom Typ drei … und die wandelnden Toten … und jetzt diese dritte Gruppe. Eine, die Anschläge anbringt, die aber nicht wirklich was mit entlaufenen Haustieren zu tun haben, und Zeug an Hauswände und auf Gehsteige kritzelt. Wer sollen diese Leute also gewesen sein?«

»Die niederen Männer«, antwortete Callahan. »So nennen sie sich manchmal, obwohl es unter ihnen auch Frauen gibt. Manchmal nennen sie sich auch Regulatoren. Viele von ihnen tragen lange gelbe Mäntel … aber nicht alle. Viele von ihnen haben auf den Handrücken blaue Särge tätowiert … aber nicht alle.«

»Große Sargjäger«, murmelte Eddie.

Roland nickte, ließ Callahan dabei aber keine Sekunde aus den Augen. »Lass den Mann reden, Eddie.«

»Was sie sind – was sie *wirklich* sind … Es sind Soldaten des Scharlachroten Königs«, sagte Callahan. Und er bekreuzigte sich.

12

Eddie fuhr zusammen. Susannahs griff wieder nach ihrem Bauch und begann ihn zu reiben. Roland erinnerte sich unwillkürlich an ihren Spaziergang durch den Gage Park, nachdem sie Blaine endlich entkommen waren. Die verendeten Tiere im Zoo. Der verwilderte Rosengarten. Das Karussell und die Spielzeugbahn.

Dann die Metallstraße, die zu der noch größeren Metallstraße hinaufführte, die Eddie, Susannah und Jake einen Highway nannten. Dort hatte jemand auf ein Schild gekritzelt: HÜTET EUCH VOR DEM WANDELNDEN GECKEN. Und ein anderes Schild, das mit einem primitiv gezeichneten Auge verziert war, trug die Aufschrift: HEIL DEM SCHARLACHROTEN KÖNIG!

»Ihr habt von dem Gentleman gehört, wie ich sehe«, sagte Callahan trocken.

»Sagen wir mal, dass er seine Zeichen dort hinterlassen hat, wo auch wir sie sehen konnten«, sagte Susannah.

Callahan nickte in Richtung Donnerschlag hinüber. »Falls eure Suche euch dorthin führt«, sagte er, »werdet ihr verdammt viel mehr sehen als ein paar Zeichen, die jemand an ein paar Wände gesprüht hat.«

»Und Ihr?«, sagte Eddie. »Wie ging's dann weiter?«

»Ich habe mich erst mal hingesetzt und über die Situation nachgedacht. Und bin zu dem Schluss gelangt, auch wenn das einem Außenstehenden noch so phantastisch oder paranoid hätte erscheinen können, dass ich wirklich gejagt wurde – wenn auch nicht unbedingt von Vampiren vom Typ drei. Wobei mir natürlich klar war, dass die Leute, die diese Graffiti hinterließen und die Anschläge anbrachten, keine Skrupel haben würden, die Vampire gegen mich einzusetzen.

Zu diesem Zeitpunkt, vergesst das nicht, hatte ich jedenfalls noch keine Ahnung, wer diese geheimnisvolle Gruppe sein könnte. In Jerusalem's Lot war Barlow damals in ein Haus eingezogen, das schreckliche Gewalttaten erlebt hatte und in dem es spuken sollte. Der Schriftsteller Mears meinte, ein böses Haus habe einen bösen Mann angelockt. Mein angestrengtes Nachdenken in New York führte mich zu diesem Gedanken zurück. Allmählich glaubte ich, ich hätte einen weiteren Königsvampir, einen weiteren Typ eins angelockt, wie das Marsten-Haus einst Barlow angelockt hatte. Ohne zu wissen, ob das richtig oder falsch war (der Gedanke erwies sich später als falsch), fand ich es tröstlich, dass mein Gehirn, von Alkohol umnebelt oder nicht, noch imstande war, halbwegs logisch zu denken.

Als Erstes musste ich mich entscheiden, ob ich in New York bleiben oder lieber flüchten wollte. Wenn ich *nicht* flüchtete, würden sie mich schnappen – vermutlich eher früher als später. Sie hatten eine Personenbeschreibung mit dem hier als besonders gutes Kennzeichen.« Callahan hob die verbrannte Hand. »Sie hatten *fast* meinen Namen und würden ihn in ein, zwei Wochen bestimmt herausbekommen. Sie würden alle Orte beobachten, die ich regelmäßig besuchte, dort, wo meine Witterung sich angesammelt hatte. Sie würden Leute finden, mit denen ich geredet, mit denen ich mich herumgetrieben, mit denen ich Dame und Cribbage gespielt hatte. Auch Leute, die als Zeitarbeiter bei Man-Power und Brawny Man meine Kollegen gewesen waren.

Das führte mich zu einem Ort, auf den ich auch nach einmonatiger Sauferei viel früher hätte kommen müssen. Mir wurde klar, dass sie Rowan Magruder und das Home und alle möglichen Leute finden würden, die mich von dort kannten. Teilzeitkräfte, Freiwillige, Dutzende von Betreuten. Verdammt, nach neun Monaten *hunderte* von Betreuten. – Und dazu kam die Verlockung jener Straßen.« Callahan sah Eddie und Susannah an. »Wisst ihr, dass es eine Fußgängerbrücke über den Hudson River nach New Jersey gibt? Sie liegt praktisch im Schatten der GWB, eine Balkenbrücke, die entlang einer Seite noch immer ein paar Holztröge für Kühe und Pferde aufweist.«

Eddie lachte wie ein Mann, der merkte, dass jemand ihn auf den Arm nehmen wollte. »Sorry, Father, aber das ist unmöglich. Die George Washington Bridge habe ich in meinem Leben mindestens fünfhundertmal benutzt. Henry und ich waren dauernd drüben im Palisades Park. Dort gibt's keine Balkenbrücke.«

»Doch, es gibt eine«, sagte Callahan ruhig. »Sie stammt aus dem frühen neunzehnten Jahrhundert, würde ich sagen, ist aber seither ziemlich oft instand gesetzt worden. Es ist sogar so, dass auf halber Strecke ein Schild Folgendes verkündet: REPARATUREN ZUR 200-JAHR-FEIER 1975 VON LAMERK INDUSTRIES AUSGEFÜHRT. An diesen Namen habe ich mich sofort erinnert, als ich Andy den Roboter zum ersten Mal gesehen habe. Der Tafel auf seiner Brust nach zu urteilen, war das genau die Firma, die ihn gebaut hat.«

»Wir haben diesen Namen auch schon einmal gesehen«, sagte Eddie. »In der Stadt Lud. Nur hat dort LaMerk *Foundry* gestanden.«

»Wahrscheinlich eine Abteilung derselben Firma«, sagte Susannah.

Roland sagte nichts, sondern ließ nur ungeduldig die übrig gebliebenen Finger seiner Rechten kreisen: *Beeilung, Beeilung*.

»Es gibt sie, aber sie ist schwer zu sehen«, sagte Callahan. »Sie versteckt sich. Und sie ist nur der erste der geheimen Wege. Mit New York als Mittelpunkt strahlen sie wie die Speichen eines Spinnennetzes aus.«

»Flitzer-Highways«, murmelte Eddie. »Das gefällt mir.«

»Ich weiß nicht, ob das stimmt oder nicht«, sagte Callahan. »Ich weiß nur, dass ich auf meinen Wanderungen in den folgenden Jahren außergewöhnliche Dinge gesehen und auch viele gute Leute kennen gelernt habe. Es klingt fast beleidigend, sie als normale Menschen oder gewöhnliche Menschen zu bezeichnen, aber sie waren beides. Und für mich verleihen sie Worten wie normal und gewöhnlich ganz sicher einen noblen Beiklang.

Ich wollte New York nicht verlassen, ohne noch einmal mit Rowan Magruder gesprochen zu haben. Er sollte wissen, dass ich vielleicht auf Lupes totes Gesicht *gepinkelt* hatte – ich hatte mich betrunken, das stand fest –, aber ich hatte meine Hose nicht ganz runtergezogen, um das andere zu machen. Was in meiner allzu unbeholfenen Art ausdrücken sollte, dass ich nicht ganz aufgegeben hatte. Und dass ich beschlossen hatte, nicht einfach nur wie ein Kaninchen im Lichtstrahl einer Taschenlampe dazukauern.«

Callahan liefen wieder Tränen herab. Er fuhr sich mit den Hemdärmeln über die Augen. »Außerdem wollte ich vermutlich jemandem Lebewohl sagen und von jemandem verabschiedet werden. Die Lebewohle, die wir sagen, und die Lebewohle, die wir hören, sind die Lebewohle, die uns beweisen, dass wir trotz allem noch leben. Ich wollte ihn umarmen und den Kuss weitergeben, den Lupe mir gegeben hatte. Und dieselbe Botschaft: Du bist zu wertvoll, als dass wir dich verlieren möchten. Ich …«

Er sah, dass Rosalita mit leicht geschürztem Rock über den Rasen heraneilte, und brach ab. Sie übergab ihm ein flaches Stück Schiefer, auf das jemand etwas mit Kreide geschrieben hatte. Einen irren Augenblick lang stellte Eddie sich eine von Sternen und Monden eingerahmte Nachricht vor: ENTLAUFEN! STREUNENDER HUND MIT VERSTÜMMELTER VORDERPFOTE! HÖRT AUF DEN NAMEN *ROLAND!* GRIESGRÄMIG; BEISST GERN, *ABER WIR LIEBEN IHN TROTZDEM!!!*

»Von Eisenhart«, sagte Callahan und blickte auf. »Ist Overholser hierzulande der große Farmer und Eben Took der große Geschäftsmann, müsste man Vaughn Eisenhart den großen Rancher nennen. Er schreibt, dass er, die beiden Slightmans und euer Jake sich heute um zwölf Uhr vor unserer Lieben Frau mit uns treffen möchten, wenn's beliebt. Seine Kurzschrift ist nicht leicht zu entziffern, aber offenbar möchte er euch auf dem Weg zur Rocking B hinaus, wo ihr die Nacht verbringen würdet, Farmen, Kleinbetriebe und Ranches zeigen. Wäre euch das recht?«

»Nicht ganz«, sagte Roland. »Ich hätte gern erst meine Landkarte, bevor ich aufbreche.«

Callahan dachte darüber nach, dann sah er zu Rosalita hinüber. Eddie kam zu dem Schluss, dass die Frau wahrscheinlich weit mehr als nur eine Haushälterin war. Sie hatte sich außer Hörweite, aber nicht ganz bis ins Haus zurückgezogen. *Wie eine gute*

Chefsekretärin, dachte er. Der Alte Kerl brauchte sie nicht heranzuwinken; allein auf seinen Blick hin kam sie hergelaufen. Sie sprachen miteinander, dann ging Rosalita wieder davon.

»Wir werden unser Mittagessen am besten auf dem Rasen vor der Kirche einnehmen«, sagte Callahan. »Dort steht ein schöner alter Eisenholzbaum, der uns Schatten spenden wird. Bis wir fertig sind, haben die Zwillinge Tavery bestimmt etwas für Euch.«

Roland nickte befriedigt.

Callahan stand auf, fuhr leicht zusammen, legte die Hände ins Kreuz und reckte sich. »Und jetzt habe ich euch etwas zu zeigen«, sagte er.

»Ihr seid mit Eurer Geschichte noch nicht zu Ende«, sagte Susannah.

»Nein«, sagte Callahan, »aber die Zeit drängt immer mehr. Ich kann ja gleichzeitig gehen und reden, wenn ihr Leute gleichzeitig gehen und zuhören wollt.«

»Das werden wir«, sagte Roland und stand ebenfalls auf. Er hatte Schmerzen, aber sie waren nicht allzu stark. Rosalitas Katzenöl war etwas, über das es sich nach Hause zu berichten lohnte. »Beantwortet mir nur noch zwei Fragen, bevor wir gehen.«

»Wenn ich kann, Revolvermann, und möge es Euch wohl bekommen.«

»Die mit den Zeichen: Habt Ihr die auf Euren Wanderungen gesehen?«

Callahan nickte bedächtig. »Aye, Revolvermann, das habe ich.« Er sah Eddie und Susannah an. »Habt ihr schon mal ein Farbfoto von Leuten gesehen – mit einem Blitz aufgenommen –, auf dem alle rote Augen haben?«

»Und ob«, sagte Eddie.

»So sind ihre Augen. Scharlachrot. Und Eure zweite Frage, Roland?«

»Sind sie die Wölfe, Pere? Diese niederen Männer? Diese Soldaten des Scharlachroten Königs? Sind sie die Wölfe?«

Callahan zögerte lange, bevor er antwortete. »Das kann ich nicht mit Bestimmtheit sagen«, sagte er schließlich. »Nicht zu hundert Prozent. Aber ich glaube es nicht. Trotzdem sind sie eindeutig Kidnapper, obwohl sie nicht nur Kinder entführen.« Er überlegte, was er gesagt hatte. »Vielleicht eine Art Wölfe.« Er zögerte, dachte noch etwas länger nach und wiederholte dann: »Aye, eine Art Wölfe.«

Kapitel 4

Fortsetzung der Geschichte des Priesters (Highways im Verborgenen)

1

Der Weg vom Garten hinter dem Pfarrhaus bis zum Eingang der Kirche Unsere Liebe Frau die Heitere war kurz; er dauerte nicht länger als fünf Minuten. Diese Zeit reichte sicherlich nicht aus, damit der Alte Kerl ihnen von den Jahren erzählen konnte, die er auf der Wanderschaft verbracht hatte, bis er 1981 in der Zeitung *Bee* aus Sacramento eine Meldung gelesen hatte, die ihn schließlich nach New York zurückführte, aber trotzdem hörten die Revolvermänner die ganze Geschichte. Roland vermutete, dass Eddie und Susannah die Bedeutung dieser Tatsache so klar erkannten wie er selbst: Wenn sie Calla Bryn Sturgis verließen – immer unter der Annahme, dass sie hier nicht starben –, war es sehr wahrscheinlich, dass Donald Callahan mitkommen würde. Hier handelte es sich nicht nur ums Geschichtenerzählen, sondern auch um Khef, das Teilen von Wasser. Und ließ man die Gabe der Fühlungnahme, die eine ganz andere Sache war, einmal beiseite, konnte Wasser nur von Menschen geteilt werden, die das Schicksal zum Guten oder zum Bösen zusammengeschweißt hatte. Von denen, die ein Ka-Tet bildeten.

»Habt ihr schon mal den Spruch gehört: ›Wir sind nicht mehr in Kansas, Toto‹?«, fragte Callahan sie.

»Dieser Ausdruck kommt uns vage bekannt vor, Schätzchen, ja«, sagte Susannah trocken.

»Wirklich? Ja, doch, das sieht man euch an. Vielleicht erzählt ihr mir eines Tages ja eure eigene Geschichte. Ich ahne, dass sie meine weit in den Schatten stellen würde. Jedenfalls wusste ich, dass ich nicht mehr in Kansas war, als ich mich dem anderen Ende der Fußgängerbrücke näherte. Und ich hatte den Eindruck, auch nicht New Jersey zu betreten. Zumindest nicht das, was ich immer jenseits des Hudsons zu finden erwartet hatte. Eine zusammengeknüllte Zeitung lag«

2

am Sockelbalken der Brücke – die bis auf ihn völlig menschenleer zu sein scheint, obwohl der Autoverkehr auf der großen Hängebrücke linker Hand stark und dicht ist –, und Callahan bückt sich, um sie aufzuheben. Der flussabwärts wehende kühle Wind spielt mit seinem schulterlangen, grau melierten Haar.

Die Zeitung besteht nur aus einem gefalteten Blatt, aber er hält die Titelseite in der Hand und sieht, dass sie Leabrook Register *heißt. Von Leabrook hat Callahan noch nie gehört. Dazu hat er auch keinen Grund, er kennt sich in New Jersey kaum aus, war kein einziges Mal drüben, seit er letztes Jahr in Manhattan angekommen ist, aber er hat immer geglaubt, die Stadt am anderen Ende der GWB sei Fort Lee.*

Dann nehmen die Schlagzeilen seine Aufmerksamkeit gefangen. Die ganz oben auf der Seite scheint in Ordnung zu sein; RASSENUNRUHEN IN MIAMI KLINGEN AB, *so heißt es dort. Über diese Unruhen haben die New Yorker Zeitungen in den letzten Tagen ausführlich berichtet. Aber was ist von* DRACHENKRIEG IN TEA-NECK, HACKENSACK GEHT WEITER *mit einem Foto von einem brennenden Haus zu halten? Ein weiteres Foto zeigt Feuerwehrleute, die mit einem Löschfahrzeug eintreffen – aber sie lachen alle! Was ist von* PRÄSIDENT AGNEW UNTERSTÜTZT NASA-PROJEKT TERRAFORM *zu halten? Und was ist von der Meldung in kyrillischer Schrift unten auf der Seite zu halten?*

Was ist mit mir geschehen?, *fragt Callahan sich. Während der ganzen Geschichte mit den Vampiren und den umherziehenden Toten – sogar beim Auftauchen der Anschläge, die sich eindeutig auf ihn bezogen – hat er nie an seinem Verstand gezweifelt. Aber als er jetzt in New Jersey am Ende dieser bescheidenen (und höchst bemerkenswerten!) Fußgängerbrücke über den Hudson steht – dieser Brücke, die einzig von ihm benützt wird –, tut er's schließlich doch. Allein die Idee, Spiro Agnew könnte Präsident sein, reicht seiner Meinung nach aus, um jeden, der einen Funken politischer Vernunft besitzt, an seinem Verstand zweifeln zu lassen. Der Mann musste doch bereits vor Jahren in Schimpf und Schande zurücktreten, noch bevor sein Boss es tat.*

Was ist mit mir geschehen?, *fragt er sich, aber falls er ein irre redender Wahnsinniger ist, der sich das alles nur einbildet, will er's nicht wirklich wissen.*

»Bomben los«, sagt er und wirft den vierseitigen Rest des Leabrook Register *übers Brückengeländer. Die Brise nimmt ihn mit und trägt ihn in Richtung George Washington Bridge.* Das ist die Realität, *denkt er,* gleich dort drüben. Diese Autos, diese Lastwagen, diese Peter-Pan-Charterbusse. *Zwischen ihnen sieht er jedoch ein rotes Fahrzeug, das auf mehreren runden Gleisketten dahinzurasen scheint. Über seiner Karosserie – sie ist ungefähr so lang wie ein mittelgroßer Schulbus – dreht sich ein scharlachroter Zylinder.* BANDY *steht auf einer Seite.* BROOKS *auf der anderen.* BANDY BROOKS. *Oder* BANDYBROOKS. *Was zum Teufel ist Bandy Brooks? Er hat keine Ahnung. Er hat auch noch nie ein Fahrzeug dieser Art gesehen und hätte nicht geglaubt, dass ein Ding dieser Art – seht euch bloß die Gleisketten an! – überhaupt öffentliche Straßen befahren dürfte.*

Die George Washington Bridge verkörpert also auch nicht die sichere Welt. Oder nicht mehr.

Callahan greift nach dem Geländer der Fußgängerbrücke und klammert sich daran fest, während eine Schwindelwoge über ihn hinwegflutet, sodass er sich unsicher auf den Beinen und aus dem Gleichgewicht gebracht fühlt. Das Geländer fühlt sich real genug an: von der Sonne erwärmtes Holz, in das tausende von sich überlagernden Monogrammen und Botschaften eingekerbt sind. Er sieht ein Herz mit der Inschrift DK L MB. *Er sieht* FREDDY & HELENA = TRU LUV. *Er sieht* KILLT ALLE SPIX UND NIGER, *eine von Hakenkreuzen umrahmte Aufforderung, und wundert sich über eine Rechtschreibschwäche, die so gravierend ist, dass der daran Leidende nicht einmal seine liebsten Schimpfwörter richtig schreiben kann. Liebesbotschaften, Hassbotschaften, und alle so real wie das Rasen seines Herzens oder das Gewicht der wenigen Münzen und Geldscheine in der rechten Vordertasche seiner Jeans. Er nimmt einen tiefen Atemzug von der Brise, und auch die ist real, bis hin zu dem Beigeschmack von Dieselqualm.*

Das alles geschieht mit mir, ich weiß, dass es das tut, *denkt er.* Ich bin *nicht* auf Station 9 irgendeiner psychiatrischen Klinik. Ich bin ich, ich bin hier, und ich bin sogar nüchtern – zumindest vorläufig –, und New York liegt hinter mir. Ebenso wie die Kleinstadt Jerusalem's Lot, Maine, mit ihren ruhelosen Toten. Vor mir liegt die Masse Amerikas mit allen ihren Möglichkeiten.

Dieser Gedanke richtet ihn auf, und ihm folgt ein weiterer, der noch erhebender ist: vielleicht nicht nur ein Amerika, sondern ein Dutzend … oder tausend … oder eine Million. Wenn das dort vorn Leabrook statt Fort Lee ist, dann gibt es vielleicht auch eine weitere Version von New Jersey, in der die Stadt am anderen Hudsonufer Leeman oder Leighman oder Lee Bluffs oder Lee Palisades oder Leghorn Village heißt. Statt zweiundvierzig kontinentale Bundesstaaten auf dem anderen Hudsonufer gibt es vielleicht viertausendzweihundert oder zweiundvierzigtausend, alle in vertikalen Zufallsgeographien gestapelt.

Und er begreift rein gefühlsmäßig, dass das mit großer Sicherheit wahr ist. Er ist zufällig auf eine große, vielleicht unendliche Vielzahl von Welten gestoßen. Sie alle sind Amerika, aber sie sind alle unterschiedlich. Es gibt Highways, die durch sie hindurchführen, und er kann sie sehen.

Er marschiert rasch zu diesem Leabrook am Ende der Fußgängerbrücke weiter, dann bleibt er aber noch mal stehen. Was ist, wenn ich nicht wieder zurückfinde?, *denkt er.* Was ist, wenn ich mich verlaufe und umherirre und nie mehr in das Amerika zurückfinde, in dem Fort Lee am Westende der George Washington Bridge liegt und Gerald Ford (ausgerechnet der!) Präsident der Vereinigten Staaten ist?

Und dann denkt er: Was wäre schon dabei, wenn es mir so erginge? Scheiße, was wäre schon dabei?

Als er in Jersey die Fußgängerbrücke verlässt, grinst er das erste Mal seit dem Tag, an dem er in der Kleinstadt Jerusalem's Lot an Danny Glicks Grab gesprochen hat, wieder wahrhaft unbeschwert. Zwei Jungen mit Angelruten kommen ihm entgegen. »Möchte nicht einer von euch jungen Burschen mich in New Jersey begrüßen?«, fragt Callahan sie und grinst dabei breiter als je zuvor.

»Willkommen in En-Jay, Mann«, sagt einer von ihnen durchaus bereitwillig, aber beide machen einen weiten Bogen um Callahan und behalten ihn dabei vorsichtig im Auge. Das kann er ihnen nicht verübeln, aber es beeinträchtigt seine Hochstimmung nicht im Geringsten. Er fühlt sich wie ein Mensch, der an einem sonnigen Tag aus einem trostlos grauen Gefängnis entlassen worden ist. Er bewegt sich jetzt flinker und dreht sich auch nicht um, um der Skyline von Manhattan einen einzigen Abschiedsblick zuzuwerfen. Wozu auch? Manhattan ist die Vergangenheit. Die vielfältigen Amerikas, die vor ihm liegen, die sind die Zukunft.

Er ist in Leabrook. Dort ist kein Glockenspiel zu hören. Später wird es Glockenspiele und Vampire geben; später wird es weitere Mitteilungen (jedoch nicht alle ihn betreffend) geben, auf Gehsteige geschrieben und an Ziegelmauern gesprüht. Später wird er die niederen Männer in ihren schreiend roten Cadillacs und grünen Lincolns und purpurroten Mercedes-Limousinen sehen, niedere Männer mit roten Blitzlichtaugen, aber nicht heute. Heute gibt es Sonnenschein in einem neuen Amerika am Westende einer restaurierten Fußgängerbrücke über den Hudson.

Auf der Main Street bleibt er vor dem Leabrook Homestyle Diner stehen und sieht im Fenster ein Schild: KOCH FÜR IMBISSTHEKE GESUCHT. *Don Callahan hat in seiner Zeit im Priesterseminar fast durchgehend als Koch in Schnellrestaurants gejobbt und im Home auf der East Side von Manhattan reichlich weitere Erfahrungen auf diesem Gebiet gesammelt. Er denkt, dass er ausgezeichnet ins Leabrock Homestyle passen könnte. Wie sich zeigt, hat er damit Recht, obwohl er drei Schichten braucht, bis er die Fähigkeit, zwei Eier mit einer Hand aufzuschlagen, allmählich zurückgewinnt. Der Besitzer, eine Bohnenstange namens Dicky Rudebacher, fragt Callahan, ob er irgendwelche Gesundheitsprobleme habe – »ansteckendes Zeug«, wie er es nennt –, und nickt einfach nur zustimmend, als Callahan sagt, er habe keine. Er verlangt keine Papiere, nicht mal eine Sozialversicherungsnummer. Er will seinen neuen Thekenkoch schwarz beschäftigen, wenn das kein Problem ist. Callahan versichert ihm, dass es keines ist.*

»Und noch was«, sagt Dicky Rudebacher, und Callahan wartet auf das dicke Ende. Nichts würde ihn hier sonderlich überraschen, aber Rudebacher sagt nur: »Du siehst wie jemand aus, der gern einen trinkt.«

Callahan gibt zu, dass es vorkommen kann, dass er sich einen Schluck genehmigt.

»Das tue ich auch«, sagt Rudebacher. »Das muss man, um in diesem Scheißgeschäft nicht durchzudrehen. Ich hab nicht vor, an deinem Atem zu schnüffeln, wenn du reinkommst … wenn du pünktlich zur Arbeit kommst. Kommst du aber zweimal nicht pünktlich, bist du wieder nach irgendwo unterwegs. Das sag ich dir nicht noch mal.«

Callahan arbeitet drei Wochen lang als Thekenkoch im Leabrook Homestyle Diner und wohnt zwei Blocks weiter im Sunset Motel.

Nur ist's nicht immer das Homestyle und auch nicht immer das Sunset. Am vierten Tag in der Stadt wacht er im Sunrise Motel auf, und das Leabrook Homestyle Diner hat sich ins Fort Lee Homestyle Diner verwandelt. Aus der Tageszeitung Leabrook Register, *die Gäste auf der Theke zurücklassen, ist das Lokalblatt* Fort Lee Register-American *geworden. Er ist nicht gerade erleichtert, als er entdeckt, dass im Weißen Haus wieder Gerald Ford residiert.*

Als Rudebacher ihm am Ende der ersten Arbeitswoche seinen Lohn auszahlt – in Fort Lee –, ist Grant auf den Fünfzigern, Jackson auf den Zwanzigern und Alexander Hamilton auf dem einzelnen Zehner der Zehner, die der Boss ihm in einem Umschlag gibt. Am Ende der zweiten Woche – in Leabrook – ist Abraham Lincoln auf den Fünfzigern und ein Kerl namens Chadbourne auf dem Zehner. Auf den Zwanzigern ist weiterhin Andrew Jackson, was eine gewisse Erleichterung ist. In Callahans Motelzimmer ist die Tagesdecke in Leabrook rosa und in Fort Lee orange. Das ist praktisch. So weiß er immer gleich nach dem Aufwachen, in welcher Version von New Jersey er sich gerade befindet.

Zweimal betrinkt er sich. Beim zweiten Mal, nachdem das Homestyle Diner geschlossen hat, gesellt Dicky Rudebacher sich zu ihm und hält Glas für Glas mit ihm mit. »Das hier war mal ein großartiges Land«, motzt die Leabrook-Version von Rudebacher, und Callahan findet es großartig, dass manche Dinge sich nie ändern: Das grundlegende Gemecker und Gejammer gilt weiter, während die Zeit vergeht.

Aber sein Schatten wird täglich länger, er hat den ersten Vampir vom Typ drei in einer Warteschlange an der Kasse im Leabrook Twin Cinema anstehen sehen, und eines Tages kündigt er.

»Dachte, du hättest mir erzählt, du hättest nichts«, sagt Rudebacher zu Callahan.

»Wie meinst du das?«

»Du leidest an einem schweren Fall von Juckfüßen, mein Freund. Der geht oft mit der anderen Sache einher.« Rudebacher

macht mit einer von Spülwasser geröteten Hand eine Bewegung, als würde er eine Flasche an den Mund setzen. »Wenn ein Mann sich spät im Leben mit Juckfüßen ansteckt, ist das oft unheilbar. Also, hätte ich nicht eine Frau, die noch immer ziemlich gut zu bumsen ist, und zwei Kinder auf dem College, würde ich vielleicht selbst mein Bündel schnüren und mitkommen.«

»Ehrlich?«, sagt Callahan fasziniert.

»September und Oktober sind immer am schlimmsten«, sagt Rudebacher verträumt. »Man hört es einfach rufen. Die Vögel hören es auch und fliegen los.«

»Es?«

Rudebachers Blick fordert ihn auf, sich nicht dumm zu stellen. »Bei ihnen ist's der Himmel. Bei Kerlen wie uns ist's die Straße. Der Ruf der offenen beschissenen Straße. Kerle wie ich mit 'ner Frau, die's noch immer öfter als nur am Samstagabend will, und Kindern auf dem College – die drehen das Radio ein bisschen lauter auf und übertönen es. Da macht man so was nicht.« Er hält inne und mustert Callahan gewitzt. »Willst du nicht noch 'ne Woche bleiben? Ich zahl dir fünfundzwanzig Eier mehr. Du machst 'nen gottverdammt guten Monte Cristo.«

Callahan überlegt kurz, dann schüttelt er den Kopf. Wenn Rudebacher Recht hätte, wenn es nur eine Straße gäbe, ja, dann würde er vielleicht eine weitere Woche bleiben … und noch eine … und noch eine. Aber es gibt nicht nur eine. Es gibt all diese Highways im Verborgenen, und er erinnert sich an den Titel seines Lesebuchs in der dritten Klasse und bricht in Gelächter aus. Es hieß Straßen nach überall.

»Was ist so komisch?«, fragt Rudebacher ihn säuerlich.

»Nichts«, sagt Callahan. »Alles.« Er legt seinem Boss eine Hand auf die Schulter. »Du bist ein feiner Kerl, Dicky. Wenn ich mal wieder hier vorbeikomme, schaue ich bei dir rein.«

»Du kommst nicht wieder hier vorbei«, sagt Dicky Rudebacher, und damit hat er natürlich Recht.

3

»Ich war fünf Jahre auf der Straße, mehr oder weniger«, sagte Callahan, als sie sich seiner Kirche näherten, und in gewisser Weise war das alles, was er zu diesem Thema sagte. Trotzdem hörten sie mehr. Sie waren auch nicht überrascht, als sich später herausstellte, dass Jake, der mit Eisenhart und den Slightmans in die Stadt unterwegs war, ebenfalls etwas davon gehört hatte. Schließlich war bei Jake die Gabe der Fühlungnahme am ausgeprägtesten.

Fünf Jahre auf der Straße, nicht mehr als das.

Und all den Rest, den kennt ihr: tausend verlorene Welten der Rose.

4

Er ist fünf Jahre auf der Straße, mehr oder weniger, bloß gibt es weit mehr als eine Straße, und unter den richtigen Umständen können fünf Jahre eine Ewigkeit sein.

Es gibt die Route 71 durch Delaware und Arbeit bei der Apfelernte. Es gibt einen kleinen Jungen namens Lars mit einem kaputten Radio. Callahan repariert es, und Lars' Mutter gibt ihm ein riesengroßes herrliches Proviantpaket mit, das tagelang zu reichen scheint. Es gibt die Route 317 durchs ländliche Kentucky und einen Job als Totengräber mit einem Kerl namens Pete Petacki, der unaufhörlich quatscht. Ein Mädchen kommt, um ihnen zuzusehen, ein hübsches Ding von ungefähr siebzehn Jahren, das auf einer Steinmauer sitzt, während gelbes Herbstlaub auf sie herabregnet, und Pete Petacki spekuliert darüber, wie es wäre, wenn diese langen Schenkel sich von ihrer Cordsamthose befreit um seinen Hals schlingen würden, wie es wäre, zungentief in einer Minderjährigen zu stecken. Pete Petacki sieht den blauen Lichtschein nicht, der sie umgibt, und er sieht erst recht nicht, wie ihre Kleidungsstücke später wie Federn zu Boden schweben, als Callahan neben ihr sitzt, sie dann an sich zieht, während sie eine Hand über sein Bein hinaufgleiten lässt und ihren Mund seinem Hals nähert, dann sein Messer unbeirrbar sicher in den Wulst aus Knochen und Nerven und Knorpel in ihrem Genick stößt. Das ist ein Stoß, den er inzwischen sehr gut beherrscht.

Es gibt die Route 19 durch West Virginia und einen staubigen kleinen Wanderrummel, der einen Mann sucht, der die Karussells warten und die Tiere füttern kann. »Oder andersrum«, sagt Greg Chumm, der Besitzer des Unternehmens mit der speckigen Mähne. »Du weißt schon, die Karussells füttern und die Tiere warten. Wie's dir am besten passt.« Und als eine Streptokokkeninfektion den Wanderrummel in Personalnöte stürzt (sie ziehen jetzt nach Süden, versuchen ihren Vorsprung vor dem Winter zu halten) findet er sich einige Zeit lang auch in der Rolle von Menso dem ASW-Wunder wieder, den er mit überraschendem Erfolg gibt. Und als Menso sieht er erstmals auch sie, keine Vampire und keine verwirrten toten Leute, sondern große Männer mit blassen, wachsamen Gesichtern, die gewöhnlich unter altmodischen breitkrempigen Hüten oder modischen Baseballmützen mit besonders langen Schirmen verborgen sind. In den Schatten darunter leuchten ihre Augen in einem dunklen Rot wie die Augen von Waschbären oder Stinktieren, wenn man sie im Lichtstrahl einer Taschenlampe dabei ertappt, wie sie um Mülltonnen herumstreichen. Sehen sie denn ihn? Die Vampire (zumindest die vom Typ drei) tun's nicht. Aber die toten Leute tun's. Und diese Männer mit den in die Taschen ihrer langen gelben Mäntel gestopften Händen und den harten Gesichtern, die unter ihren Hüten hervorschauen? Sehen sie ihn? Callahan weiß es nicht sicher, aber er beschließt, kein Risiko einzugehen. Drei Tage später, in der Stadt Yazoo City, Mississippi, hängt er seinen schwarzen Menso-Zylinder auf, lässt seinen ölfleckigen Overall auf dem Boden des Campingaufbaus eines

Pick-ups zurück und haut aus Chumm's Traveling Wonder Show ab, ohne sich mit der Formalität seines letzten Lohnschecks aufzuhalten. Auf seinem Weg aus der Stadt sieht er eine Anzahl jener Anschläge zur Suche nach einem entlaufenen Haustier, die an Telefonmasten genagelt sind. Ein typischer Text lautet:

ENTLAUFEN! SIAMKATZE, 2 JAHRE ALT
HÖRT AUF DEN NAMEN RUTA
SIE IST LAUT, ABER IMMER LUSTIG
ZAHLEN HOHE BELOHNUNG
$ $ $ $ $ $
WÄHLEN SIE 764, WARTEN SIE AUF DEN
PIEPTON, GEBEN SIE IHRE NUMMER AN
GOTT SEGNE SIE FÜR IHRE HILFE

Wer ist Ruta? Callahan weiß es nicht. Er weiß nur, dass sie LAUT, *aber* IMMER LUSTIG *ist. Wird sie noch laut sein, wenn die niederen Männer sie erwischen? Wird sie noch immer lustig sein?*

Callahan bezweifelt das.

Aber er hat seine eigenen Probleme und kann nur zu dem Gott beten, an den er nicht mehr recht glaubt, dass die Männer in den gelben Mänteln sie nicht erwischen werden.

Später an diesem Tag, als er in der Issaquena County unter einem heißen bleigrauen Himmel, der nichts vom Dezember und dem kommenden Weihnachtsfest weiß, am Rand der Route 3 seinen Anhalterdaumen hochreckt, setzt das Glockenspiel wieder ein. Es füllt ihm den ganzen Kopf und droht, ihm die Trommelfelle platzen zu lassen und die gesamte Oberfläche seines Gehirns mit winzigen Blutungen zu überziehen. Als es verklingt, erfasst ihn eine schreckliche Gewissheit: Sie kommen. Die Männer mit den roten Augen und den großen Hüten und den langen gelben Mänteln sind unterwegs.

Callahan flüchtet vom Straßenrand wie ein Mann, der aus

einem Trupp aneinander geketteter Sträflinge ausbricht, und setzt wie Superman über den mit einer trüben Algenbrühe angefüllten Straßengraben hinweg: mit einem einzigen Sprung. Dahinter steht ein alter Holzzaun, der mit Kudzu-Ranken und Gewächsen überwuchert ist, die Giftsumach sein könnten. Ob das Giftsumach ist oder nicht, kümmert ihn nicht. Er hechtet über den Zaun, rollt sich in hohem Gras und über Kletten ab und späht dann durch eine Lücke im Laub auf die Straße hinaus.

Einige Augenblicke lang passiert nichts. Dann brettert ein roter Cadillac mit weißem Dach aus Richtung Yazoo City den Highway 3 entlang. Er fährt mindestens hundert, und obwohl Callahans Guckloch klein ist, sieht er sie trotzdem übernatürlich deutlich: drei Männer, zwei anscheinend in gelben Staubmänteln, der dritte Mann in einer Art Fliegerjacke. Alle drei rauchen; der Cadillac ist bei geschlossenen Fenstern voller Rauchschwaden.

Sie werden mich sehen sie werden mich hören sie werden mich wittern, *jammert Callahans Verstand, und er zwingt ihn von der eigenen panikartigen elenden Gewissheit fort,* reißt *ihn fort. Er zwingt sich dazu, an jenen Song von Elton John zu denken – »Someone saved, someone saved, someone saved my* li-iife *tonight …« –, und das scheint zu funktionieren. Es gibt einen schrecklichen Augenblick, in dem sein Herz stillzustehen droht, weil er glaubt, der Caddy werde langsamer – lange genug, um sich vorzustellen, wie sie ihn über dieses verunkrautete Brachfeld hetzen, ihn stellen, ihn in irgendeinen leer stehenden Schuppen, eine Scheune schleppen –, und dann röhrt der Caddy über den nächsten Hügel, vielleicht auf der Fahrt nach Natchez. Oder nach Copiah. Callahan wartet weitere zehn Minuten. »Du musst sichergehen, dass sie dich nicht austricksen, Mann«, hätte Lupe an dieser Stelle vielleicht gesagt. Aber noch während er wartet, weiß er, dass das nur eine Formalität ist. Sie tricksen ihn nicht aus; sie haben ihn einfach nicht gesehen. Wie? Warum?*

Die Antwort dämmert ihm langsam – zumindest eine *Antwort,* und er will verdammt sein, wenn sie ihm nicht wie die richtige erscheint. Sie haben ihn nicht gesehen, weil es ihm gelungen ist, sich in ein anderes Amerika zu versetzen, während er hinter dem Gewirr aus Kudzu-Ranken und Sumach versteckt auf die Route 3 hinausgespäht hat. Vielleicht nur geringfügig anders – sagen wir mal: Lincoln auf dem Eindollarschein und Washington auf dem Fünfer statt umgekehrt –, aber ausreichend anders. Knapp ausreichend. Und das ist gut, diese Kerle sind nämlich nicht hirntot wie die toten Leute oder ihm gegenüber blind wie die Blut saugenden Leute. Diese Kerle, wer immer sie sind, stellen die größte Gefahr dar.

Schließlich geht Callahan auf die Straße zurück. Nach einiger Zeit kommt ein Schwarzer, der zu seiner Latzhose einen Strohhut trägt, mit einem klapprigen alten Ford vorbei. Er sieht einem Negerfarmer aus einem Film der Dreißigerjahre so ähnlich, dass Callahan fast erwartet, der Mann würde sich gleich lachend aufs Knie schlagen und gelegentlich »Jawollja, Boss! Wenn das nich die Waaheit is!« ausrufen. Stattdessen verwickelt der Schwarze ihn in eine politische Diskussion, die durch eine Meldung des Senders National Public Radio ausgelöst wird, den er eingeschaltet hat. Und als Callahan sich in Shady Grove von ihm verabschiedet, schenkt der Schwarze ihm fünf Dollar und eine Baseballmütze, die er übrig hat.

»Ich habe Geld«, sagt Callahan und will ihm den Fünfer zurückzugeben.

»Ein Mann auf der Flucht hat nie genug«, sagt der Schwarze. »Und erzählen Sie mir bitte nicht, dass Sie nicht auf der Flucht sind. Beleidigen Sie meine Intelligenz nicht.«

»Ich danke Ihnen«, sagt Callahan.

»De nada«, sagt der Schwarze. »Wohin sind Sie denn unterwegs? Grob gesagt?«

»Ich habe keine Ahnung«, antwortet Callahan, dann lächelt er. »Grob gesagt.«

5

Orangenpflücken in Florida. Büros reinigen in New Orleans. Pferdeboxen ausmisten in Lufkin, Texas. Immobilienprospekte an Straßenecken in Phoenix, Arizona, verteilen. Jobs annehmen, für die es den Lohn auf die Hand gibt. Den ständigen Wechsel der Gesichter auf den Geldscheinen beobachten. Die wechselnden Namen in den Zeitungen verfolgen. Jimmy Carter wird zum Präsidenten gewählt, aber das werden auch Ernst »Fritz« Hollings und Ronald Reagan. Auch George Bush wird zum Präsidenten gewählt. Gerald Ford entschließt sich dazu, erneut zu kandidieren, und er *wird zum Präsidenten gewählt. Die Namen in den Zeitungen (die von Prominenten ändern sich am häufigsten, und es gibt viele, von denen er noch nie gehört hat) sind unwichtig. Die Gesichter auf den Geldscheinen sind unwichtig. Wichtig sind der Anblick einer Wetterfahne vor einem knallrosa Sonnenuntergang, das Geräusch seiner Absätze auf einer einsamen Straße in Utah, das Heulen des Windes in der Wüste von New Mexico, der Anblick eines seilhüpfenden Kindes neben einem schrottreifen Chevrolet Caprice in Fossil, Oregon. Wichtig sind das Summen der Hochspannungsleitung neben dem Highway 50 westlich von Elko, Nevada, und eine tote Krähe in einem Graben außerhalb von Rainbarrel Springs. Manchmal ist er nüchtern, und manchmal betrinkt er sich. Einmal quartiert er sich in einem verlassenen Schuppen ein – aus Nevada kommend gleich hinter der kalifornischen Grenze – und säuft vier Tage lang durch. Das führt dazu, dass er sich sieben Stunden lang ab und an übergeben muss. Ungefähr in der ersten Stunde muss er so fortwährend und heftig kotzen, dass er davon überzeugt ist, es werde ihn umbringen. Später kann er sich nur wünschen, es brächte ihn um. Und als es vorbei ist, schwört er sich, damit sei jetzt Schluss, er werde nie wieder trinken, er habe seine Lektion gelernt, und eine Woche später ist er wieder betrunken und starrt hinter dem Restaurant, in dem er als Spüler arbeitet, zu ihm fremden Sternen hinauf. Er ist ein Tier, das in einer Falle sitzt, aber das kümmert ihn nicht. Manchmal sieht er Vampire, und manchmal tötet er sie. Meistens lässt er sie leben, weil er Angst davor hat, Aufmerksamkeit auf sich zu lenken – die Aufmerksamkeit der niederen Männer. Manchmal fragt er sich, was er eigentlich tut, wohin zum Teufel er unterwegs ist, und solche Fragen führen meistens dazu, dass er sich schleunigst auf die Suche nach der nächsten Flasche macht. Weil er in Wirklichkeit nirgendwohin unterwegs ist. Er folgt nur den Highways im Verborgenen und schleppt seine Falle hinter sich her; er hört nur auf den Ruf dieser Straßen und zieht von einer zur anderen. Ob in der Falle oder nicht, manchmal ist er glücklich; manchmal singt er in seinen Ketten wie das Meer. Er will die nächste Wetterfahne vor dem nächsten rosa Sonnenuntergang aufragen sehen. Er will das nächste baufällige Silo am Ende des aufgegebenen Nordfelds irgendeines längst verschwundenen Farmers sehen, will den nächsten vorbeibrummenden Lastwagen mit der seitlichen Beschriftung* TONOPAH GRAVEL *oder* ASPLUNDH HEAVY CONSTRUCTION *sehen. Er ist im Landstreicherhimmel, verliert sich in den gespaltenen Persönlichkeiten Amerikas. Er will den Wind in den Canyons hören und wissen, dass er der Einzige ist, der ihn hört. Er will schreien und die Echos davonlaufen hören. Ist der Geschmack von Barlows Blut in seinem Mund zu stark, will er trinken. Und wenn er Anschläge sieht, dass entlaufene Haustiere gesucht werden, oder mit Kreide auf Gehsteige geschriebene Mitteilungen, will er selbstverständlich weiter. Draußen im Westen sieht er weniger davon, und nirgends taucht sein Name oder seine Personenbeschreibung auf. Manchmal sieht er Vampire auf Opfersuche – unser täglich Blut gib uns heute –, aber er lässt sie unbehelligt. Sie sind schließlich nur Moskitos, nicht mehr als das.*

Im Frühjahr 1981 findet er sich hinten auf einem Lastwagen wieder, der vielleicht der älteste noch zugelassene Rungenwagen von International-Harvester in ganz Kalifornien ist, und rollt in die Stadt Sacramento ein. Mit ihm auf der Ladefläche drängen sich ungefähr drei Dutzend mexikanische Illegale, es gibt Mescal und Tequila und Pot und mehrere Flaschen Wein, alle sind betrunken und bekifft, und Callahan ist möglicherweise der, der am betrunkensten ist. Die Namen seiner Reisegefährten fallen ihm in späteren Jahren wie in einem Fiebertraum ausgesprochene Namen ein: Escobar … Estrada … Javier … Esteban … Rosario … Echeverría … Caverra … Waren das alles Namen, denen er später in der Calla wieder begegnen würde, oder war das nur eine Halluzination, die er im Suff gehabt hatte? Und was soll er übrigens von seinem eigenen Namen halten, der dem des Ortes, an dem er sich letztlich wiederfindet, so ähnlich ist? Calla, Callahan. Calla, Callahan. *Manchmal, wenn er in seinem bequemen Pfarrhausbett lange nicht einschlafen kann, jagen diese beiden Namen sich in seinem Kopf wie die Tiger im Kinderbuch* Der kleine schwarze Sambo.

Manchmal fällt ihm eine Gedichtzeile ein, eine Paraphrase von (glaubt er) Archibald MacLeishs »Epistle to Be Left In the Earth«. Es war nicht die Stimme Gottes, sondern nur der Donner. *Das stimmt zwar nicht ganz, aber so hat er's in Erinnerung.* Nicht Gott, sondern der Donner. *Oder ist das nur etwas, was er glauben will. Wie oft ist Gott auf genau diese Weise geleugnet worden?*

Jedenfalls kommt das alles erst später. Als er in Sacramento einrollt, ist er betrunken, und er ist glücklich. Ihn quälen keine Fragen. Sogar am nächsten Tag ist er noch halbwegs glücklich, trotz Kater und allem. Er findet leicht einen Job; Jobs scheint es überall zu geben, sie liegen herum wie Äpfel, nachdem ein Sturmwind einen Obstgarten verwüstet hat. Das heißt, solange man bereit ist, sich die Hände schmutzig zu machen oder sie sich mit heißem Wasser zu verbrühen oder manchmal Blasen von einem Axt- oder Schaufelstiel zu bekommen; in seinen Wanderjahren hat ihm nie jemand einen Job als Börsenmakler angeboten.

Die Arbeit, die er in Sacramento findet, besteht aus dem Abladen von Lastwagen bei Sleepy John's, einem einen Straßenblock langen Fachmarkt für Betten und Matratzen. Sleepy John's bereitet sich auf sein alljährlich stattfindendes Matratzen-Ma$$aker vor, und Callahan und ein Team aus weiteren fünf Männern schaffen den ganzen Vormittag Matratzen für übergroße Einzelbetten, französische Betten und Doppelbetten hinein. Im Vergleich zu manchen seiner Kurzzeitjobs in den letzten Jahren ist diese Arbeit ein Zuckerlecken.

Ihr Mittagessen nehmen Callahan und die übrigen Männer in der Ladebucht ein, wo sie im Schatten sitzen können. Soweit er es beurteilen kann, ist niemand aus dieser Mannschaft auf dem International-Havester mitgefahren, aber das könnte er andererseits auch nicht beschwören; er war schrecklich betrunken. Sicher weiß er nur, dass er wieder mal der einzige anwesende Weiße ist. Sie alle essen Enchiladas von Crazy Mary's, das sich in derselben Straße befindet. Auf einem Palettenstapel steht ein schmutziger alter Ghettoblaster, aus dem Salsa dringt. Zwei junge Männer tanzen dazu, während die anderen – auch Callahan – ihr Essen beiseite legen, damit sie mitklatschen können.

Eine junge Frau in Rock und Bluse kommt heraus, beobachtet die Tänzer missbilligend und sieht dann Callahan an. »Sie sind anglo, stimmt's?«, sagt sie.

»Anglo, wie der Tag lang ist«, bestätigt Callahan.

»Dann ist das vielleicht was für Sie. Die anderen können jedenfalls nichts damit anfangen.« Sie gibt ihm eine Zeitung – die Sacramento Bee *–, dann sieht sie wieder die tanzenden Mexikaner an. »Bohnenfresser«, sagte sie, und die unterschwellige Botschaft liegt im Tonfall: Was kann man schon machen?*

Callahan überlegt, ob er aufstehen und sie in ihren schmalen, Kann-nicht-tanzen-Anglohintern treten soll, aber es ist Mittag, zu spät am Tag, um einen anderen Job zu bekommen, falls er diesen verliert. Und selbst wenn er nicht wegen Körperverletzung im calabozo *landete, würde man ihm bestimmt den Lohn vorenthalten. Er beschränkt sich darauf, ihrem abgewandten Rücken den Stinkefinger zu zeigen, und lacht, als einige der Männer Beifall klatschen. Die junge Frau wirft sich herum, starrt sie misstrauisch an, dann geht sie wieder hinein. Callahan schlägt noch immer grinsend die Zeitung auf. Das Grinsen bleibt, bis er zur Seite* INLANDSNACHRICHTEN *kommt, und verschwindet dann schlagartig. Zwischen einer Meldung über eine Entgleisung in Vermont und einem Banküberfall in Missouri entdeckt er Folgendes:*

PREISGEKRÖNTER »ENGEL DER STRASSE« IN KRITISCHEM ZUSTAND

NEW YORK (AP) Rowan R. Magruder, Gründer und Leiter des vermutlich angesehensten Heims in Amerika für Obdachlose, Alkoholiker und Drogenabhängige, befindet sich nach einem Überfall der so genannten »Hitler Brothers« in kritischem Zustand. Die Hitler Brothers treiben seit mindestens acht Jahren in den fünf New Yorker Boroughs ihr Unwesen. Nach Angaben der Polizei sollen sie für über drei Dutzend Überfälle und den Tod zweier Männer verantwortlich sein. Im Gegensatz zu ihren übrigen Opfern ist Magruder weder Schwarzer noch Jude. Dennoch wurde er in einer Einfahrt nicht weit vom Home, dem 1968 von ihm gegründeten Nachtasyl, mit dem Kennzeichen der Hitler Brothers, einem in die Stirn eingeschnittenen Hakenkreuz, aufgefunden. Außerdem erlitt Magruder zahlreiche Verletzungen durch Messerstiche.

In ganz Amerika bekannt wurde das Home 1977, als Mutter Teresa es besuchte, mithalf, das Abendessen zu servieren, und mit den Gästen betete. Magruder selbst war 1980 eine Titelgeschichte von *Newsweek* gewidmet, als der so genannte »Engel der Straße« der East Side vom New Yorker Oberbürgermeister Ed Koch zu Manhattans Mann des Jahres ernannt wurde.

Einer der behandelnden Ärzte schätzte Magruders Überlebenschancen als »nicht höher als dreißig Prozent« ein. Er sagte, Magruder sei von seinen Angreifern nicht nur gebrandmarkt, sondern auch geblendet worden. »Ich halte mich für einen gütigen Mann«, sagte der Arzt, »aber meiner Ansicht nach sollten die Männer, die das getan haben, geköpft werden.«

Callahan liest die Meldung nochmals und fragt sich, ob dies »sein« Rowan Magruder oder ein anderer ist – sagen wir mal, ein Rowan Magruder aus einer Welt, in der auf manchen Greenbacks ein Kerl namens Chadbourne abgebildet ist. Irgendwie ist er sich sicher, dass dies seiner ist und dass es ihm bestimmt war, diese spezielle Meldung zu lesen. Ganz sicher befindet er sich gegenwärtig in der von ihm so bezeichneten »realen Welt«, und das sagen ihm nicht nur die wenigen Scheine in seiner Geldbörse. Das ist ein Gefühl, eine Art Stimmung. Eine Wahrheit. Falls das stimmt (und es stimmt, das weiß er), hat er wirklich viel verpasst, während er auf den verborgenen Highways unterwegs war. Mutter Teresa kam zu Besuch! Half mit, die Suppe auszuteilen! Teufel, vielleicht hatte sie sogar einen Riesentopf Kröten mit Klößen gekocht! Das hätte sie können; das Rezept hing mit Klebeband befestigt an der Wand neben dem Herd. Und eine Auszeichnung! Eine Titelgeschichte in Newsweek! *Er ist sauer, dass er die verpasst hat, aber man sieht die Nachrichtenmagazine nicht sehr regelmäßig, wenn man mit einem Wanderrummel reist und die Fahrgeschäfte repariert oder die Bullenställe hinter der Rodeo-Arena in Enid, Oklahoma, ausmistet.*

Er schämt sich so sehr, dass er nicht einmal weiß, *dass er sich schämt. Nicht einmal, als Juan Castillo ihn fragt: »Warum du weinen, Donnie?«*

»Tue ich das?«, sagt er, wischt mit einem Finger unter den Augen vorbei und stellt fest, dass das stimmt. Er weint tatsächlich. Aber er weiß nicht, dass er's aus Scham tut, noch nicht. Er nimmt an, dass das vom Schock kommt, was vermutlich teilweise richtig ist. »Stimmt, das tue ich wohl.«

»Wohin du wollen?«, fragt Juan weiter. »Mittag fast vorbei, Mann.«

»Ich muss weg«, sagt Callahan. »Ich muss an die Ostküste zurück.«

»Du gehen, du nix kriegen Geld.«

»Ich weiß«, sagt Callahan. »Das ist okay.«

Und was für eine Lüge das ist. Weil nichts okay ist.

Nichts.

6

»Ich hatte ein paar hundert Dollar in den Boden meines Rucksacks eingenäht«, sagte Callahan. Sie saßen jetzt in hellem Sonnenschein auf der Treppe vor der Kirche. »Ich kaufte mir ein Flugticket nach New York zurück. Geschwindigkeit war sehr wichtig – natürlich –, aber in Wirklichkeit war das nicht der einzige Grund. Ich musste von diesen Highways im Verborgenen wegkommen.« Er nickte Eddie leicht zu. »Von den Flitzer-Highways. Sie machen so süchtig wie Alkohol …«

»Mehr«, sagte Roland. Er sah drei Gestalten auf sie zukommen: Rosalita, die Frank und Francine, die Zwillinge Tavery, begleitete. Das Mädchen hielt ein großes Blatt Papier in den Händen und trug es mit fast komisch wirkender ehrfürchtiger Miene vor sich her. »Wanderschaft ist die am süchtigsten machende Droge, glaube ich, und jede verborgene Straße führt zu einem Dutzend weiterer.«

»Ihr sprecht wahrhaftig, ich sage Euch meinen Dank«, erwiderte Callahan. Er wirkte bedrückt und traurig und – so fand Roland – etwas verloren.

»Pere, wir wollen den Rest Eurer Geschichte hören, aber ich möchte, dass Ihr das bis heute Abend aufhebt. Oder bis morgen Abend, wenn wir erst dann zurückkommen. Unser junger Freund Jake wird bald eintreffen …«

»Das könnt Ihr voraussagen, nicht wahr?«, sagte Callahan interessiert, aber nicht ungläubig.

»Aye«, sagte Susannah.

»Bevor er kommt, möchte ich sehen, was Ihr hier drinnen habt«, sagte Roland. »Wie Ihr dazu gekommen seit, ist Teil *Eurer* Geschichte, glaube ich …«

»Ja«, sagte Callahan, »das ist sie. Sozusagen die *Pointe* meiner Geschichte.«

»… und muss auf seine Zeit warten. Im Augenblick drängen die Dinge sich zusammen.«

»Das ist ihre perfide Art«, sagte Callahan. »Monatelang – manchmal sogar jahrelang, wie ich Euch zu erklären versucht habe – scheint die Zeit kaum zu existieren. Dann überstürzt sich plötzlich alles.«

»Ihr sprecht wahrhaftig«, sagte Roland. »Komm mit mir zu den Zwillingen hinüber, Eddie. Ich glaube, die junge Lady hat ein Auge auf dich geworfen.«

»Ansehen darf sie ihn, so lange sie will«, meinte Susannah gut gelaunt. »Ansehen kostet nichts. Wenn's dir nichts ausmacht, Roland, bleibe ich übrigens lieber hier in der Sonne sitzen. Hab schon lange nicht mehr im Sattel gesessen, und ich gebe ehrlich zu, dass ich vom Reiten wund bin. Die fehlenden unteren Beine scheinen irgendwie andere aus dem Lot zu bringen.«

»Wie's dir beliebt«, sagte Roland, aber das meinte er nicht ernst, und Eddie wusste, dass er's nicht tat. Der Revolvermann wollte, dass Susannah vorerst genau dort blieb, wo sie war. Eddie konnte nur hoffen, dass Susannah das nicht auch spürte.

Als sie zu Rosalita und den Kindern gingen, sprach Roland leise und hastig mit Eddie. »Ich gehe nachher allein mit ihm in die Kirche. Du sollst nur wissen, dass ich nicht beide von euch von dem fernhalten will, was dort liegt. Wenn es die Schwarze Dreizehn *ist* – und ich glaube, dass sie's sein muss –, sollte *sie* lieber nicht in ihre Nähe kommen.«

»Wegen ihrer anderen Umstände, meinst du. Roland, mir kommt es so vor, als würdest du dir fast wünschen, dass Suze eine Fehlgeburt hat.«

»Ich mache mir keine Sorgen wegen einer Fehlgeburt«, sagte Roland. »Sorge macht mir, dass die Schwarze Dreizehn das Wesen in ihrem Leib noch stärker machen könnte.« Er hielt inne. »Vielleicht *beide* Wesen. Das Baby und seine Hüterin.«

»Mia.«

»Ja, die.« Dann lächelte Roland die Zwillinge Tavery an. Francine revanchierte sich mit pflichtschuldigem Lächeln, sparte sich die volle Leistung aber für Eddie auf.

»Lasst mich sehen, was ihr gezeichnet habt, wenn ihr so freundlich sein wollt«, sagte Roland.

»Wir hoffen, dass es brauchbar ist«, sagte Frank Tavery. »Vielleicht ist's das ja nicht. Wir hatten Angst, wisst Ihr. Ein so wunderbares Stück Papier, das die Missus uns gegeben hat, wir hatten Angst.«

»Wir haben zuerst den Hintergrund gemalt. Dann mit der hellsten Zeichenkohle weiter. 's war Frank, der die Feinheiten gezeichnet hat; meine Hände waren ganz zittrig.«

»Seid unbesorgt«, sagte Roland.

Eddie trat näher und sah ihm über die Schulter. Die Landkarte war erstaunlich detailliert. Die Versammlungshalle und der Anger lagen in der Mitte, und der Große Fluss/Devar-Tete verlief am linken Rand des Blatts, das Eddie wie ein gewöhnliches Blatt Kopierpapier vorkam. Ein Papier, das es in Amerika in jedem Geschäft für Bürobedarf in Packungen zu 500 Blatt gab.

»Absolut super gemacht, Kids«, sagte Eddie und fürchtete einen Augenblick lang, Francine Tavery werde tatsächlich in Ohnmacht fallen.

»Aye«, sagte Roland. »Ihr habt uns einen großen Dienst erwiesen. Und jetzt werde ich etwas tun, was euch wie Blasphemie vorkommen könnte. Kennt ihr dieses Wort?«

»Ja«, sagte Frank. »Wir sind Christen. ›Du sollst den Namen des HErrn, deines Gottes, oder den Seines Sohnes, des Menschen Jesus, nicht missbrauchen.‹ Aber Blasphemie kann auch bedeuten, etwas Schönes zu verunzieren.«

Er sprach mit tiefem Ernst, schien aber gleichzeitig neugierig zu sein, welche Blasphemie der Außenweltler verüben würde. Seine Schwester verhielt sich ähnlich.

Roland faltete das Papier – das sie trotz ihrer offenkundigen Talente kaum zu berühren gewagt hatten – in der Mitte zusammen. Die Kinder holten erschrocken Luft. Das tat auch Rosalita Munoz, nur nicht ganz so laut.

»Es ist keine Blasphemie, es so zu behandeln, denn es ist nicht länger nur mehr Papier«, sagte Roland. »Es ist zu einem Werkzeug geworden, und Werkzeuge muss man schützen. Das wisst ihr doch?«

»Ja«, sagten sie, schienen aber zu zweifeln. Ihr Vertrauen wurde zumindest teilweise wiederhergestellt, als sie sahen, mit welcher Sorgfalt Roland die Landkarte in seiner Umhängetasche verstaute.

»Ich sage Euch ganz, ganz großen Dank«, sagte Roland. Er ergriff Francines Hand mit seiner Linken und Franks mit seiner verkrüppelten Rechten. »Wer weiß, vielleicht habt ihr mit euren Augen und Händen Leben gerettet.«

Francine brach in Tränen aus. Frank konnte die eigenen zurückhalten, bis er ein Grinsen aufsetzte. Dann quollen sie ihm aus den Augen und liefen ihm über die sommersprossigen Wangen hinunter.

7

Auf dem Rückweg zur Kirchentreppe sagte Eddie: »Nette Kinder. Begabte Kinder.«

Roland nickte.

»Kannst du dir vorstellen, wie eines von ihnen als sabbernder Idiot aus Donnerschlag zurückkommt?«

Roland, der sich das nur allzu gut vorstellen konnte, gab keine Antwort.

8

Susannah akzeptierte Rolands Entscheidung, dass Eddie und sie außerhalb der Kirche bleiben sollten, ohne Widerrede, was den Revolvermann daran denken ließ, wie sie sich geweigert hatte, das unbebaute Grundstück in New York zu betreten. Er fragte sich, ob ein Teil ihres Ichs das Gleiche fürchtete wie er. Wenn ja, dann hatte der Kampf – *ihr* Kampf – schon begonnen.

»Wie lange sollen wir warten, bevor ich reinkomme, um euch rauszuschleifen?«, fragte Eddie.

»Bevor *wir* reinkommen und euch rausschleifen?«, korrigierte Susannah ihn.

Roland überlegte. Das war eine gute Frage. Er sah zu Callahan auf, der in Jeans und einem karierten Hemd mit hochgekrempelten Ärmeln auf der obersten Treppenstufe stand. Er hielt die Hände vor sich gefaltet. An seinen Unterarmen sah Roland kräftige Muskeln.

Der Alte Kerl zuckte die Achseln. »Sie schläft. Es sollte keine Probleme geben. Aber …« Er nahm die Hände auseinander und zeigte mit der knorrigen Linken auf den Revolver an Rolands Hüfte. »Den würde ich ablegen. Vielleicht lässt sie beim Schlafen ja ein Auge offen.«

Roland schnallte den Waffengurt ab und übergab ihn Eddie, der bereits den anderen trug. Dann legte er die Umhängetasche ab und gab sie Susannah. »Fünf Minuten«, sagte er. »Wenn es vorher Schwierigkeiten gibt, kann ich euch ja möglicherweise rufen.« *Oder vielleicht auch nicht,* fügte er nicht hinzu.

»Bis dahin müsste Jake längst hier sein«, sagte Eddie.

»Sobald sie ankommen, sorgst du dafür, dass sie hier draußen bleiben«, wies Roland ihn an.

»Eisenhart und die Slightmans würden sowieso nicht reinzukommen versuchen«, sagte Callahan. »Ihre Verehrung gilt nur Oriza. Der Lady Reis.« Er schnitt eine Grimasse, um zu zeigen, was er von Lady Reis und den übrigen zweitklassigen Göttern der Calla hielt.

»Also, gehen wir«, sagte Roland.

9

Es war lange her, dass Roland Deschain sich in der zutiefst abergläubischen Weise gefürchtet hatte, die mit wahrer Gläubigkeit einherging. Zuletzt vielleicht in seiner Kindheit. Trotzdem befiel ihn Angst, als Pere Callahan die Tür seiner bescheidenen Holzkirche öffnete, sie aufhielt und ihm mit einer Handbewegung den Vortritt ließ.

Es gab einen Vorraum, der mit einem verblassten Teppich ausgelegt war. An der hinteren Seite dieses Foyers standen zwei Türen offen. Sie führten in einen größeren Raum, der auf beiden Seiten des Mittelgangs Kirchenbänke mit gepolsterten Auflagen zum Niederknien aufwies. Am Ende des Raums stand auf einem Podest etwas, von weißen Topfpflanzen umgeben, das Roland für sich als Lektionar bezeichnete. Milder Blütenduft erfüllte die stille Luft. In die Wände waren klar verglaste schmale Fenster eingelassen. Hinter dem Lektionar hing ein Wandkreuz aus Eisenholz.

Er konnte den versteckten Schatz des Alten Kerls bereits hören – nicht mit den Ohren, sondern mit den Knochen. Ein gleichmäßiges leises Summen. Wie das Summen der Rose suggerierte es große Macht, aber sonst hatte es keinerlei Ähnlichkeit mit jenem. Dieses Summen sprach von kolossaler Leere. Von einem Nichts wie dem, das sie alle hinter der äußerlichen Realität des New Yorks, das sie als Flitzer besuchten, geahnt hatten. Ein Nichts, das zu einer Stimme werden konnte.

Ja, das hier hat uns hingeführt, dachte er. *Es hat uns nach New York geführt – in ein New York von vielen, wie Callahan erzählt hat – aber es könnte uns in jedes Wo, in jedes Wann führen … oder es könnte uns hinwegschleudern.*

Er erinnerte sich an den Abschluss des langen Palavers, das er mit Walter auf einer Schädelstätte gehabt hatte. Auch damals war er flitzen gegangen; das wusste er jetzt. Und er hatte das Gefühl gehabt zu wachsen, *anzuschwellen,* bis er größer als die Erde, die Sterne, sogar das Universum gewesen war. Diese Macht war hier, in diesem Raum, und er fürchtete sich vor ihr.

Götter, gewährt ihr Schlaf, dachte er, aber diesem Gedanken folgte ein noch bestürzender: Früher oder später würden sie sie aufwecken müssen. Früher oder später würden sie sie benützen müssen, um wieder in die New Yorker Wanns zu gelangen, die sie besuchen mussten.

Auf einem Ständer neben der Tür stand eine Wasserschale. Callahan tauchte zwei Fingerspitzen hinein, dann bekreuzigte er sich.

»Das könnt Ihr wieder?«, murmelte Roland. Seine Stimme war kaum lauter als ein Flüstern.

»Aye«, sagte Callahan. »Gott hat mich wieder aufgenommen, Revolvermann. Allerdings vorläufig nur ›zur Bewährung‹, glaube ich. Ihr wisst, was ich damit meine?«

Roland nickte. Er folgte Callahan in die Kirche, ohne seine Finger in die Weihwasserschale zu tauchen.

Callahan führte ihn den Mittelgang hinunter, und obwohl er sich behände und sicher bewegte, spürte Roland, dass der Mann so furchtsam war wie er selbst, vielleicht sogar noch ängstlicher. Der Geistliche wollte das Ding natürlich loswerden, das war eine Tatsache, aber Roland fand dessen Mut trotzdem höchst anerkennenswert.

Ganz rechts hinten führte ein kleiner Absatz mit drei Stufen zum Altarraum nach oben. Callahan stieg sie hinauf. »Ihr braucht nicht mit heraufzukommen, Roland; Ihr könnt es von dort aus recht gut sehen. Ihr wollt es vermutlich nicht gleich mitnehmen, oder?«

»Keineswegs«, sagte Roland. Jetzt flüsterten sie wirklich.

»Gut.« Callahan ließ sich auf ein Knie nieder. Als er das Gelenk beugte, war ein lautes Knacken zu hören, das beide leicht zusammenzucken ließ. »Wenn's nicht sein muss, würde ich nicht einmal den Kasten berühren, in dem es liegt. Das habe ich auch nicht mehr getan, seit ich es dort versteckt habe. Das Versteck habe ich selbst gebaut und Gott um Verzeihung gebeten, dass ich in seinem Hause eine Säge benütze.«

»Zeigt es mir«, sagte Roland. Er war hellwach, alle seine Sinne waren angespannt, achteten und horchten auf die geringste Veränderung dieses stetigen leeren Summens. Er vermisste das Gewicht des Revolvers an der Hüfte. Spürten die Menschen, die zum Gottesdienst hierher kamen, nicht das schreckliche Ding, das der Alte Kerl hier versteckt hatte? Vermutlich nicht, denn sonst wären sie fortgeblieben. Und er vermutete zudem, dass es für solch ein Ding wohl keinen besseren Aufbewahrungsort gab: Die schlichte Gläubigkeit der Gemeindemitglieder konnte es vielleicht bis zu einem gewissen Grad neutralisieren. Konnte es vielleicht sogar beruhigen und so in noch tieferen Dämmerschlaf versetzen.

Aber es könnte erwachen, dachte Roland. *Erwachen und uns alle blitzschnell in ein neunzehnfaches Nichts schicken*. Weil das ein besonders schrecklicher Gedanke war, wandte er sich bewusst davon ab. Jedenfalls erschien ihm der Gedanke, das Ding zum Schutz der Rose einzusetzen, mehr und mehr als ein bitterer Scherz. Er hatte es zu seiner Zeit oftmals mit Menschen und Ungeheuern aufgenommen, aber einem Ding wie diesem hier war er noch nie so nahe gekommen. Seine böse Ausstrahlung war schrecklich, fast entmannend. Und das Gefühl seiner bösartigen Leere war noch viel, viel schlimmer.

Callahan drückte mit einem Daumen in den Spalt zwischen zwei Bodenbrettern. Roland hörte ein leises Klicken, dann sprang eine Klappe im Fußboden des Altarraums auf. Callahan zog die Bretter beiseite und legte einen quadratischen Hohlraum von etwa zwei Handspannen Seitenlänge frei. Dann ließ er sich auf die Hacken zurücksinken und hielt dabei die Bretter an die Brust gepresst. Das Summen war jetzt viel lauter. Roland stellte sich kurz einen riesigen Bienenstock vor, auf dem waggongroße Bienen träge herumkrochen. Er beugte sich nach vorn und sah ins Versteck des Alten Kerls.

Das darin liegende Ding war in weißen Stoff gehüllt, der feines Leinen zu sein schien.

»Das Chorhemd eines Ministranten«, sagte Callahan. Als er merkte, dass Roland dieses Wort nicht kannte: »Ein Gewand.« Er zuckte die Achseln. »Mein Herz hat mir geraten, es zu verhüllen, also hab ich's getan.«

»Euer Herz hat gewisslich wahr gesprochen«, flüsterte Roland. Er dachte an die Tasche, die Jake von dem unbebauten Grundstück mitgenommen hatte, die Tasche mit der seitlichen Beschriftung NICHTS ALS TREFFER BEI MITTWELT-BAHNEN. Sie würden sie brauchen, gewiss, aber er mochte nicht an den Transfer aus dem Versteck in die Tasche denken.

Dann schob er alle Überlegung beiseite – auch die Angst, so gut es ging – und schlug das Tuch zurück. Unter dem Chorhemd kam ein Holzkasten zum Vorschein.

Trotz seiner Angst streckte Roland eine Hand aus, um das dunkle, schwere Holz zu berühren. *Es wird sich wie leicht eingeöltes Metall anfühlen,* dachte er, und das tat es auch. Er spürte einen erotischen Schauder, der sich tief in seinem Inneren regte; der Schauder küsste Rolands Angst wie ein alter Liebhaber und war dann wieder verschwunden.

»Das ist schwarzes Eisenholz«, flüsterte Roland. »Ich habe davon gehört, es aber noch nie gesehen.«

»In meinen *Artussagen* wird es Geisterholz genannt«, antwortete Callahan ebenso leise.

»Aye? In der Tat?«

Sicherlich hatte der Kasten etwas Geisterhaftes an sich; er erinnerte an ein aufgegebenes Schiff, das nach langem Umhertreiben zumindest vorläufig zur Ruhe gekommen war. Der Revolvermann hätte ihn liebend gern nochmals liebkost – das dunkle, schwere Holz zog seine Hand förmlich an –, aber er hatte gehört, wie das laute Summen des Dings, das er umschloss, angeschwollen war, bevor es wieder auf seine frühere Tonhöhe zurückgesunken war. *Der kluge Mann stößt keinen schlafenden Bären mit einem Stock an,* sagte er sich. Das mochte so sein, aber es änderte nichts an seinem Wunsch. Er berührte das Holz nochmals leicht, nur mit den Fingerspitzen, dann roch er an ihnen. Der Duft war eine Mischung aus Kampfer und Feuer und – das hätte er beschwören können – den Blumen des hohen Nordens, die im Schnee blühten.

In den Deckel der Kiste waren drei Dinge eingeschnitzt: eine Rose, ein Stein und eine Tür. Unter der Tür befand sich folgendes:

Roland streckte erneut die Hand aus. Callahan machte eine Bewegung, als wollte er ihn daran hindern, tat es dann aber doch nicht. Roland berührte die Schnitzerei unter dem Bild der Tür.

Wieder schwoll das Summen an – die Stimme der in dem Kasten verborgenen schwarzen Kugel.

»Nicht...?«, flüsterte er und ließ den Daumenballen nochmals über die eingeschnitzten Symbole gleiten. »Nicht...gefunden?« Er las es quasi mit der Fingerspitze.

»Ja, ich bin mir sicher, dass es das besagt«, antwortete Callahan ebenso leise. Er wirkte erfreut, aber er ergriff trotzdem Rolands Handgelenk und schob es weg, weil er nicht wollte, dass der Revolvermann weiter den Kasten berührte. Ein dünner Schweißfilm bedeckte seine Stirn und seine Unterarme. »In gewisser Weise ist das sogar sinnvoll. Eine Rose, ein Stein, eine nichtgefundene Tür. Das sind Symbole in einem Buch aus meinem früheren Leben. *Blick heimwärts, Engel,* so heißt es.«

Eine Rose, ein Stein, eine Tür, dachte Roland. *Ja. Das fühlt sich richtig an.*

»Werdet Ihr sie mitnehmen?«, fragte Callahan. Nur klang seine Stimme jetzt etwas lauter, nicht mehr flüsternd, und der Revolvermann merkte, dass der Mann geradezu darum bettelte.

»Ihr seid ihrer einmal ansichtig geworden, Pere, nicht wahr?«

»Aye. Einmal. Sie ist grauenhafter, als sich schildern lässt. Wie das glänzende Auge eines Ungeheuers, das außerhalb von Gottes Schatten groß geworden ist. Werdet Ihr sie mitnehmen, Revolvermann?«

»Ja.«

»Wann?«

Roland hörte leise das Glockenspiel – ein so schrecklich schöner Klang, dass man dabei unwillkürlich die Zähne zusammenbeißen musste. Einen Augenblick lang schwankten die Wände von Pere Callahans Kirche. Man hätte glauben können, das Ding in dem Kasten habe zu ihnen gesprochen: *Seht ihr, wie wenig ihr bewirken könnt? Wie leicht und geschwind ich alles wegnehmen könnte, wenn ich nur wollte? Nimm dich in Acht, Revolvermann! Nimm dich in Acht, Schamane! Der Abgrund umgibt euch auf allen Seiten. Ihr schwebt darüber oder fallt hinein, wie's mir beliebt.*

Dann verstummten die *Kammen* wieder.

»Wann?« Callahan griff über den Kasten, der in seinem Versteck ruhte, hinweg und packte Roland vorn am Hemd. »*Wann?*«

»Bald«, sagte Roland.

Zu bald, setzte sein Herz hinzu.

Kapitel 5

Die Geschichte von Gray Dick

1

Jetzt bleiben dreiundzwanzig, dachte Roland an diesem Abend, als er hinter Eisenharts Rocking B saß und zuhörte, wie die Jungen lärmten und Oy kläffte. Daheim in Gilead wäre eine erhöhte Veranda dieser Art mit Blick auf die Scheunen und Felder als Arbeitsbalkon bezeichnet worden. *Dreiundzwanzig Tage, bis die Wölfe kommen. Und wie viele, bis Susannah fohlt?*

In Bezug auf dieses Ereignis hatte sich in seinem Kopf eine schreckliche Vorstellung gebildet. Was war, wenn Mia, die neue Persönlichkeit in Susannahs Körper, ihre Monstrosität an genau dem Tag gebar, an dem die Wölfe kamen? An sich war das unwahrscheinlich, aber wie Eddie festgestellt hatte, gab es keine Zufälle mehr. Roland vermutete, dass er damit Recht hatte. Jedenfalls gab es keine Möglichkeit, die Reifezeit dieses Wesens abzuschätzen. Selbst wenn es ein Menschenkind gewesen wäre, brauchten neun Monate nicht mehr neun Monate zu sein. Die Zeit hatte sich aufgeweicht.

»Jungs!«, blaffte Eisenhart. »Was in des Menschen Jesus Namen soll ich meiner Frau erzählen, wenn ihr euch beim Sprung aus der Scheune eure nichtsnutzigen Hälse brecht?«

»Alles in Ordnung!«, rief Benny Slightman zurück. »Andy passt schon auf, dass wir uns nichts tun!« Der Junge, barfuß und in einer Latzhose, stand an der offenen Scheunenluke unmittelbar über den angenagelten Buchstaben, die ROCKING B ergaben. »Außer … wollt Ihr's uns wirklich verbieten, Sai?«

Eisenhart blickte zu Roland hinüber, der Jake dicht hinter Benny stehen und ungeduldig auf seine Chance lauern sah, die Knochen zu riskieren. Auch Jake trug eine Latzhose – bestimmt von seinem neuen Freund ausgeliehen –, bei deren Anblick Roland lächeln musste. Jake war irgendwie nicht der Jungentyp, den man sich in solcher Kleidung vorstellte.

»Mir ist's egal, so oder so, wenn ihr das wissen wollt«, sagte Roland.

»Also, macht weiter!«, rief der Rancher. Dann richtete er seine Aufmerksamkeit auf die zerlegt auf den Bodenbrettern ausgebreiteten Schießeisen. »Nun, was denkt Ihr? Taugt irgendeins davon noch zum Schießen?«

Eisenhart hatte alle seine drei Waffen hervorgeholt, damit Roland sie inspizieren konnte. Am besten erhalten war jene Büchse, die der Rancher auch an dem Tag, an dem Tian Jaffords die Versammlung einberufen hatte, in die Stadt mitgenommen hatte. Die beiden anderen waren Revolver von der Art, die Roland und seine Freunde als Kinder wegen ihrer übergroßen Trommeln, die nach jedem Schuss mit der Hand weitergedreht werden mussten, »Trommelschießer« genannt hatten. Roland hatte Eisenharts Schießeisen zerlegt, ohne sich anfangs über sie zu äußern. Vor ihm stand wieder Waffenöl, diesmal aber nicht in einer Untertasse, sondern in einer flachen Schale.

»Ich habe gesagt ...!«

»Ich hab Euch gehört, Sai«, sagte Roland. »Eure Büchse ist so gut wie jede, die ich dieserhalb der großen Stadt gesehen habe. Die Trommelschießer ...« Er schüttelte den Kopf. »Der vernickelte Revolver schießt vielleicht noch. Den anderen könnt Ihr ebenso gut in den Boden stecken. Vielleicht wächst dann etwas Besseres daraus.«

»Es betrübt mich, Euch so sprechen zu hören«, sagte Eisenhart. »Die Waffen stammen von meinem Da' und seinem Da' vor ihm und mindestens so vielen vor ihnen.« Er hielt acht Finger hoch. »Noch aus der Zeit vor den Wölfen, müsst Ihr wissen. Sie wurden immer zusammengehalten und durch Vermächtnis an den geeignetsten Sohn weitergegeben. Ich war sehr erfreut, als ich sie anstelle meines älteren Bruders bekommen habe.«

»Hattet Ihr einen Zwilling?«, fragte Roland.

»Aye, Verna«, sagte Eisenhart. Er lächelte ungezwungen und häufig, und das tat er auch jetzt unter seinem großen ergrauenden Schnauzbart, aber das jetzige Lächeln war schmerzlich – das eines Mannes, der sich nicht anmerken lassen wollte, dass er innerlich litt. »Sie war lieblich wie die Morgenröte, das war sie. Ist nun schon zehn Jahre oder länger von uns gegangen. Schmerzhaft früh verschieden, so wie's die Minderen eben oft tun.«

»Das tut mir Leid.«

»Sage Euch meinen Dank.«

Die im Südwesten rot untergehende Sonne tauchte den Hof in blutrotes Licht. Auf der Veranda standen zwei Schaukelstühle nebeneinander. Eisenhart hatte es sich in einem davon bequem gemacht. Roland saß im Schneidersitz auf dem Fußboden und pflegte Eisenharts Erbstücke. Dass die Revolver wahrscheinlich nie mehr schießen würden, bedeutete den Händen des Revolvermanns nichts; sie waren vor langer Zeit für diese Arbeit ausgebildet worden und fanden sie noch immer beruhigend.

Jetzt setzte Roland die Waffen in einer Geschwindigkeit, die den Rancher verwundert blinzeln ließ, und mit einer Serie von Klick- und Klackgeräuschen zusammen. Er legte sie auf einem Stück Schaffell beiseite, wischte sich die Finger an einem Lappen ab und setzte sich dann in den Schaukelstuhl neben Eisenhart. An gewöhnlicheren Abenden saßen Eisenhart und seine Frau vermutlich hier draußen nebeneinander, um zu beobachten, wie die Sonne den Tag verließ.

Roland wühlte in seiner Umhängetasche nach dem Tabaksbeutel, fand ihn und drehte sich aus Callahans frischem, duftendem Tabak eine Zigarette. Rosalita hatte noch ein Geschenk dazugelegt: einen kleinen Stapel zarter Maishülsen, die sie »Zieher«

nannte. Roland fand, dass sie zum Selbstdrehen so gut wie jedes Zigarettenpapier geeignet waren, und legte dann eine kurze Pause ein, um das fertige Produkt zu bewundern, bevor er das vordere Ende in die Flamme des Zündholzes hielt, das Eisenhart mit einem hornigen Daumennagel entflammt hatte. Der Revolvermann inhalierte tief und stieß eine lange Rauchfahne aus, die nur langsam in die Abendluft aufstieg, die still und für einen Spätsommertag überraschend schwül war. »Tut gut«, sagte er und nickte.

»Aye? Wohl bekomm's Euch. Ich hab nie Geschmack daran gefunden.«

Die Scheune war weit größer als das Ranchhaus, mindestens fünfzig Meter lang und fünfzehn hoch. Ihre Querseite war zu Ehren der Jahreszeit mit Erntetalismanen geschmückt; Strohpuppen mit riesigen Scharfwurzelköpfen hielten dort Wache. Über der offenen Luke oberhalb des Scheunentors ragte der Firstbalken hervor. Um sein Ende war ein Seil geknotet. Unten auf dem Hof hatten die Jungen einen ziemlich großen Heuhaufen aufgetürmt. Auf einer Seite des Haufens stand Oy, auf der anderen Andy. Beide sahen nach oben, als Benny Slightmann das Seil ergriff, daran ruckte und sich dann außer Sicht ins Obergeschoss der Scheune zurückzog. Oy fing erwartungsvoll zu kläffen an. Im nächsten Augenblick tauchte Benny auf, der mit dem um seine Fäuste geschlungenen Seil und wehendem Haar auf die Luke zurannte.

»Gilead und der Eld!«, rief er und sprang ins Leere. Sein langer Schatten begleitete ihn, während er am Seil durchs Abendlicht flog.

»Ben-Ben!«, kläffte Oy. *»Ben-Ben-Ben!«*

Der Junge ließ los, plumpste in den Heuhaufen, verschwand darin und tauchte dann lachend wieder auf. Andy bot ihm eine metallene Hand, aber Benny beachtete sie nicht und wälzte sich aus dem Heu auf festen Boden. Oy rannte aufgeregt kläffend um ihn herum.

»Rufen die Kinder das beim Spielen immer?«, fragte Roland.

Eisenhart lachte schnaubend. »Durchaus nicht! Gewöhnlich heißt's ›Oriza!‹, ›Jesusmensch!‹ oder ›Heil der Calla!‹ oder alles miteinander. Euer Junge hat dem jungen Slightman Flausen in den Kopf gesetzt, denk ich.«

Roland ignorierte den leicht missbilligenden Tonfall des Mannes und beobachtete nun, wie Jake das Seil einholte. Benny lag auf der Erde und stellte sich tot, bis Oy ihm das Gesicht ableckte. Dann setzte er sich kichernd auf. Für Roland stand fest, dass Andy sich den Jungen aus der Luft geschnappt hätte, wenn er vom Kurs abgekommen wäre.

Auf einer Seite der Scheune befand sich eine *Remuda* mit Arbeitspferden, vielleicht insgesamt zwanzig. Ein Trio aus Cowboys in Chaparajos und abgewetzten Kurzstiefeln führten das letzte halbe Dutzend Reittiere dorthin. Auf der anderen Seite des Hofs stand ein Schlachtpferch voller Stiere. Sie würden in den kommenden Wochen geschlachtet und mit den Handelsbooten flussabwärts verschifft werden.

Jake verschwand rückwärts gehend in der Scheune, dann kam er nach vorn gespurtet. *»New York!«*, rief er. *»Times Square! Empire State Building! Twin Towers! Freiheitsstatue!«* Und er stürzte sich am Seil hängend ins Leere. Sie beobachteten, wie er lachend im Heuhaufen verschwand.

»Irgendein bestimmter Grund, warum Eure beiden anderen bei den Jaffordsens bleiben sollten?«, fragte Eisenhart. Er sprach beiläufig, aber Roland erriet, dass es ein Thema war, das ihn nicht wenig interessierte.

»Es ist besser, wenn wir uns verteilen. Möglichst viele sollen sich ein Urteil über uns bilden können. Die Zeit drängt. Entscheidungen müssen gefällt werden.« Alles das war wahr, aber da war noch mehr, und Eisenhart wusste das vermutlich. Er war cleverer als Overholser. Er war auch hundertprozentig dagegen, sich den Wölfen entgegenzustellen – zumindest bisher. Das hinderte

Roland aber nicht daran, den Mann zu mögen, der groß und ehrlich war und den Humor eines mit der Natur verhafteten Ranchers besaß. Roland vermutete, dass er die Meinung des Mannes ändern konnte, wenn man ihm bewies, dass es eine Siegeschance gab.

Auf ihrem Ritt zur Rocking B hinaus hatten sie ein halbes Dutzend Kleinfarmen entlang dem Fluss besucht, die hauptsächlich Reis anbauten. Eisenhart hatte die jeweilige Vorstellung ausreichend gutmütig übernommen. Auf jeder Farm hatte Roland die beiden Fragen wiederholt, die er am Abend zuvor im Pavillon gestellt hatte: *Werdet ihr euch uns öffnen, wenn wir uns euch öffnen? Seht ihr uns als das, was wir sind, und akzeptiert ihr, was wir tun?* Alle von ihnen hatten mit Ja geantwortet. Auch Eisenhart hatte diese Fragen bejaht. Aber Roland war zu klug, um irgendjemandem die dritte Frage zu stellen. Das war nicht nötig, noch nicht. Sie hatten noch über drei Wochen Zeit.

»Wir warten ab, Revolvermann«, sagte Eisenhart. »Sogar angesichts der Wölfe warten wir ab. Einst hat es Gilead gegeben, und nun ist Gilead nicht mehr – das weiß keiner besser als Ihr –, aber wir warten trotzdem ab. Wenn wir uns den Wölfen entgegenstellen, kann sich das alles ändern. Euch und Euren Gefährten bedeuten die Ereignisse entlang dem Bogen so oder so vielleicht nicht mehr als einen Furz bei Sturmwind. Siegt und überlebt ihr, zieht Ihr weiter. Unterliegt und sterbt ihr, finden wir nirgends Zuflucht.«

»Aber …«

Eisenhart hob eine Hand. »Hört mich an, ich bitte Euch. Wollt Ihr das tun?«

Roland nickte und fand sich damit ab. Bestimmt tat es Eisenhart gut, sich aussprechen zu können. Auf dem Hof rannten die Jungen zum nächsten Sprung in die Scheune zurück. Die hereinbrechende Dunkelheit würde ihr Treiben bald beenden. Der Revolvermann fragte sich, wie Eddie und Susannah unterdessen wohl zurechtkamen. Hatten sie schon mit Tians Gran-Pere gesprochen? Und hatte er ihnen etwas Verwertbares erzählt?

»Nehmen wir mal an, dass sie fünfzig oder sogar sechzig schicken, wie sie's schon viele, viele Male getan haben, ja? Und nehmen wir mal an, wir vernichten sie, ja? Und nehmen wir mal an, dass sie eine Woche oder einen Monat später – nachdem Ihr weitergezogen seid – *fünfhundert* gegen uns entsenden, ja?«

Roland dachte darüber nach. Während er das tat, gesellte Margaret Eisenhart sich zu ihnen. Sie war schlank, um die vierzig, kleinbrüstig, trug Jeans und eine graue Seidenbluse. Ihr zu einem straffen Nackenknoten zusammengefasstes Haar war schwarz mit Silberstreifen. Eine der Hände war unter ihrer Schürze verborgen.

»Eine faire Frage«, sagte sie, »aber es ist vielleicht nicht fair, sie jetzt zu stellen. Ich rate dir, lass ihm und seinen Freunden eine Woche Zeit, damit sie sich umsehen und feststellen können, was es hier für sie zu sehen gibt.«

Eisenhart bedachte seine Sai mit einem Blick, der halb belustigt, halb verärgert war. »Sage ich dir, wie du deinen Haushalt führen sollst, Weib? Wann du kochen, wann du waschen sollst?«

»Nur viermal die Woche«, sagte sie. Und dann, als sie sah, dass Roland aus dem Schaukelstuhl neben ihrem Mann aufstehen wollte: »Nay, bleibt sitzen, ich bitte Euch. Ich habe gerade eine Stunde lang gesessen und mit seiner Tante Edna Scharfwurzeln geschält.« Sie nickte zu Benny hinüber. »Es ist schön, zwischendurch wieder zu stehen.« Sie beobachtete mit einem Lächeln, wie die Jungen prustend in den Heuhaufen plumpsten, während Oy kläffend um sie herumtanzte. »Vaughn und ich haben das ganze Ausmaß des Schreckens nie selbst erlebt, Roland. Wir hatten sechs, lauter Zwillinge, aber alle sind sie in der Zeit zwischen zwei Überfällen groß geworden. Deshalb fehlt's uns vielleicht an dem Verständnis, das man braucht, um eine Entscheidung zu treffen, wie Ihr sie verlangt.«

»Glück zu haben macht einen Mann nicht dumm«, sagte Eisenhart. »Eher das Gegenteil. Kühler Blick sieht klar.«

»Schon möglich«, sagte sie und beobachtete, wie die Jungen in die Scheune zurückrannten. Die beiden rempelten sich lachend an, während sie versuchten, die Leiter jeweils als Erster zu erreichen. »Schon möglich, aye. Aber auch das Herz muss sein Recht fordern, und wer nicht auf seine Stimme hört, ist ein Narr. Manchmal ist's am besten, sich am Seil schwingen zu lassen, auch wenn's zu dunkel ist, um zu sehen, ob das Heu da ist oder nicht.«

Roland streckte eine Hand aus und berührte Margaret am Arm. »Das hätte ich nicht besser ausdrücken können.«

Sie bedachte ihn mit einem schwachen, geistesabwesenden Lächeln. Schon im nächsten Augenblick wandte sie ihre Aufmerksamkeit wieder den Jungen zu, aber selbst in dieser kurzen Zeit konnte Roland erkennen, wie verschüchtert sie war. Wie vor Angst bebend, um ehrlich zu sein.

»Ben, Jake!«, rief sie. »Genug! Zeit, sich zu waschen und reinzukommen! Es gibt Kuchen für alle, die welchen mögen, und Sahne obendrauf!«

Benny trat an die offene Luke. »Mein Da' sagt, dass wir drüben am Steilhang in meinem Zelt übernachten dürfen, Sai, wenn's Euch recht ist.«

Margaret Eisenhart sah zu ihrem Mann hinüber. Eisenhart nickte. »Also gut«, sagte sie, »es bleibt beim Zelt, möge es euch Freude bringen, aber kommt jetzt rein, wenn ihr Kuchen wollt. Letzte Aufforderung! Und vorher waschen, damit das klar ist! Hände *und* Gesicht!«

»Aye, wir sagen Euch unseren Dank«, sagte Benny. »Bekommt Oy auch Kuchen?«

Margaret Eisenhart schlug sich mit dem linken Handballen an die Stirn, als hätte sie Kopfschmerzen. Ihre Rechte blieb weiterhin unter der Schürze versteckt, wie Roland interessiert beobachtete. »Aye«, sagte sie, »auch der Bumbler bekommt Kuchen.

Aber nur, weil ich mir sicher bin, dass er ein verkleideter Arthur Eld ist und mich mit Juwelen und Gold und der Fähigkeit, durch Handauflegen zu heilen, belohnen wird.«

»Danke-sai«, rief Jake. »Dürfen wir noch einmal springen? Das ist der schnellste Weg nach unten.«

»Ich fange sie, wenn sie falsch fliegen, Margaret-Sai«, sagte Andy. Seine blauen Augen blitzten kurz auf, dann leuchteten sie wieder schwächer. Er schien zu lächeln. Roland hatte den Eindruck, dass der Roboter zwei Persönlichkeiten besaß: eine altjüngferlich, die andere harmlos einschmeichelnd. Dem Revolvermann waren beide gleich unsympathisch, und er wusste auch genau, warum. Aus Erfahrung misstraute er Maschinen jeglicher Art – vor allem solchen, die gehen und reden konnten.

»Na ja«, sagte Eisenhart, »der Beinbruch lauert gewöhnlich im letzten Sprung, aber macht ruhig weiter, wenn ihr nicht anders könnt.«

Das ließen sie sich nicht zweimal sagen, und es gab auch keinen Beinbruch. Beide Jungen landeten mitten im Heuhaufen, wühlten sich lachend heraus und rannten dann in die Küche. Oy, der ihnen folgte, schien sie vor sich herzutreiben.

»Es ist so schön, wie schnell Kinder Freundschaft schließen können«, sagte Margaret Eisenhart, allerdings sah sie dabei nicht wie jemand aus, der an etwas Schönes dachte. Sie sah traurig aus.

»Ja«, sagte Roland. »Das ist wirklich schön.« Er hatte seine Umhängetasche auf den Knien und schien die Schleife an der Klappe lösen zu wollen, tat es dann aber doch nicht. »Womit können Eure Männer denn gut schießen?«, fragte er Eisenhart. »Mit Bogen oder Bah? Ich weiß jedenfalls, dass es nicht Gewehr oder Revolver sein kann.«

»Wir bevorzugen die Bah«, sagte Eisenhart. »Bolzen einlegen, Sehne spannen, zielen, abdrücken, schon ist's geschehen.«

Roland nickte. Das hatte er erwartet. Er fand das nicht so gut, weil man mit der Armbrust höchstens auf dreißig Schritte treffsicher war – und auch das nur an einem windstillen Tag. An Tagen mit frischem Wind … oder, die Götter seien uns gnädig, gar an Sturmtagen …

Eisenhart sah gerade zu seiner Frau hinüber. Betrachtete sie mit einer Art widerstrebender Bewunderung. Sie stand mit hochgezogenen Augenbrauen da und erwiderte den Blick ihres Mannes. Es war, als stelle sie ihm eine stumme Frage. Was ging hier vor? Bestimmt hatte es etwas mit der Hand unter der Schürze zu tun.

»Also los, erzähl's ihm«, sagte Eisenhart. Sein Finger glich einem Pistolenlauf, während er jetzt fast zornig auf Roland deutete. »Aber das ändert nichts! Nichts! Sage meinen Dank!« Bei dem letzten Satz hatte er die Lippen zu einer Art wildem Grinsen zurückgezogen. Roland war nun noch verwirrter als zuvor, aber in ihm regte sich eine leise Hoffnung. Wahrscheinlich eine trügerische Hoffnung, aber alles war besser als die Sorgen und Verwirrungen – und die Schmerzen –, die ihm in letzter Zeit zugesetzt hatten.

»Nay«, sagte Margaret aufreizend bescheiden. »'s steht mir nicht zu, etwas zu erzählen. Vielleicht etwas zu zeigen, aber nicht, etwas zu erzählen.«

Eisenhart seufzte, überlegte, dann wandte er sich an Roland. »Ihr habt den Reistanz getanzt«, sagte er, »also kennt Ihr Lady Oriza.«

Roland nickte. Die Lady des Reises, die an manchen Orten als Göttin galt, an anderen als Heldin, an wieder anderen als beides.

»Und Ihr wisst, wie sie Gray Dick, den Mörder ihres Vaters, beseitigt hat?«

Roland nickte ein zweites Mal.

2

Der Erzählung nach – eine gute Geschichte, die er Eddie, Susannah und Jake unbedingt erzählen musste, wenn wieder Zeit zum Geschichtenerzählen war – lud Lady Oriza den berühmten Räuberfürsten Gray Dick zu einem großen Festmahl auf ihr Schloss Waydon am Fluss Send ein. Sie wolle ihm den Mord an ihrem Vater verzeihen, sagte sie, habe sie doch den Jesusmenschen in ihr Herz aufgenommen, und nichts anderes entspreche nun einmal seinen Lehren.

Ihr wollt mich anlocken, um mich zu töten, wäre ich dumm genug, wirklich zu kommen, sagte Gray Dick.

Nay, nay, sagte Lady Oriza, das dürft Ihr nicht denken. Alle Waffen bleiben außerhalb des Schlosses. Und drunten im Bankettsaal sitze nur ich am einen Ende der Tafel, und Ihr sitzt am anderen.

Ihr werdet einen Dolch im Ärmel oder eine *Bola* unter Eurer Robe verbergen, sagte Gray Dick. Und wenn Ihr's nicht tut, tue ich's.

Nay, nay, sagte Lady Oriza, das dürft Ihr nicht denken, wir werden nämlich beide nackt sein.

Als Gray Dick das hörte, überkam ihn die Lust, war Lady Oriza doch schön. Es erregte ihn, sich vorzustellen, wie sein Glied beim Anblick ihrer nackten Brüste und ihres Buschs hart werden und er keine Hose tragen würde, die seine Erregung vor den Blicken der Jungfrau verborgen hätte. Und er glaubte zu verstehen, weshalb sie diesen Vorschlag machte. *Sein hochmütiges Herz wird ihm zum Verderben,* erklärte Lady Oriza ihrem Mädchen (das Marian hieß und später noch viele eigene wunderliche Abenteuer bestehen würde).

Die Lady hatte Recht. *Ich habe Lord Grenfall, den listigsten Gebieter aller Flussbaronien,* getötet, sagte Gray Dick sich. *Und wer könnte ihn noch rächen außer dieser schwachen Tochter?*

(Ach, wie schön sie aber war.) *Daher bittet sie um Frieden. Und vielleicht sogar darum, dass ich sie heirate, wenn sie außer Schönheit auch Kühnheit und Phantasie besitzt.*

Also nahm er ihre Einladung an. Vor seiner Ankunft suchten seine Männer den Bankettsaal im Erdgeschoss ab, fanden aber keine Waffen – nicht auf der Tafel, nicht unter der Tafel, nicht hinter Vorhängen oder Wandteppichen. Keiner von ihnen konnte jedoch ahnen, dass Lady Oriza sich in den Wochen vor dem Bankett im Werfen mit einem auf besondere Weise beschwerten Essteller geübt hatte. Sie hatte das Tag für Tag stundenlang getan. Sie war schon immer sportlich gewesen und hatte scharfe Augen. Und sie hasste Gray Dick von ganzem Herzen und war entschlossen, ihren Vater um jeden Preis zu rächen.

Der Essteller war nicht nur beschwert; man hatte den Rand zugeschliffen. Das übersahen Dicks Männer, worauf Lady Oriza und Marian fest vertraut hatten. So setzten sie sich also zum Festmahl nieder, und was für ein seltsames Bankett das gewesen sein muss: der lachende, gut aussehende Bandit nackt am einen Ende des Tischs, und die sittsam lächelnde, bildschöne Jungfrau zehn Schritte von ihm entfernt am anderen Ende, ebenfalls nackt. Sie tranken sich mit Lord Grenfalls bestem jungen Roten zu. Es brachte die Lady bis zum Wahnsinn auf, sehen zu müssen, wie er diesen köstlichen Landwein wie Wasser hinunterstürzte, sodass ihm scharlachrote Tropfen übers Kinn liefen und auf seine behaarte Brust platschten, aber sie ließ sich nichts anmerken; sie lächelte nur kokett und nahm kleine Schlucke aus ihrem Glas. Sie glaubte, das Gewicht seiner Blicke auf ihrem Busen fühlen zu können. Es war, als kröchen ihr unangenehme Käfer über die Haut.

Wie lange diese Scharade wohl weiterging? Manche Geschichtenerzähler ließen Lady Oriza ihren Widersacher Gray Dick bereits nach dem zweiten Trinkspruch erledigen. (Seiner: *Möge Eure Schönheit ständig weiter zunehmen.* Ihrer: *Möge dein erster Tag in der Hölle zehntausend Jahre währen, und möge er der kür-*

zeste von allen sein.) Andere – die Ausschmücker, die Spaß daran hatten, die Spannung künstlich zu erhöhen – schilderten ein Mahl mit einem Dutzend Gängen, bevor Lady Oriza nach dem besonderen Teller griff, Gray Dick in die Augen sah und ihn anlächelte, während sie den Teller drehte, um nach der stumpfen Stelle am Rand zu tasten, wo er sich gefahrlos anfassen ließ.

Unabhängig davon, wie lang die Geschichte war, sie endete stets auf gleiche Weise – damit, dass Lady Oriza den Teller warf. Unter dem scharfen Rand wies seine Unterseite kleine Rillen auf, die mithalfen, ihn gezielt fliegen zu lassen. Das tat er dann auch, mit einem unheimlichen Summen, während er einen flüchtigen Schatten über Platten mit Schweinebraten und Truthahn, übervolle Gemüseschüsseln und Berge von frischem Obst in kristallenen Servierschalen warf.

Sie hatte den Teller erst kurz zuvor auf seine leicht ansteigende Flugbahn geschickt – hatte den Arm noch ausgestreckt, Zeigefinger und gekrümmter Daumen wiesen noch auf den Mörder ihres Vaters –, da flog Gray Dicks Kopf auch schon durch die offene Tür hinaus in die Empfangshalle. Der Körper, dessen Penis wie ein anklagender Finger auf sie zeigte, hielt sich noch einen Augenblick auf den Beinen. Dann schrumpelte das Glied zusammen, und der Leib dahinter stürzte nach vorn auf einen riesigen Rostbraten und in einen Berg von Kräuterreis.

Lady Oriza, die Roland auf seiner Wanderschaft gelegentlich auch als Lady vom Teller bezeichnet hatte hören können, hob ihr Weinglas und trank der Leiche zu. Sie sagte

3

»Möge dein erster Tag in der Hölle zehntausend Jahre währen«, murmelte Roland.

Nun nickte Margaret. »Aye, und möge er der kürzeste von allen sein. Ein schrecklicher Trinkspruch, aber einer, den ich gern auf die Wölfe ausbringen würde. Auf jeden einzelnen davon!« Sie ballte die sichtbare Hand zur Faust. Im verblassenden rötlichen Licht sah sie fiebrig und krank aus. »Wir hatten sechs, wenn's beliebt. Ein glattes halbes Dutzend. Hat er Euch erzählt, warum keiner von ihnen hier ist, um beim Zusammentreiben des Viehs und beim Schlachten zu helfen? Hat er Euch das erzählt, Revolvermann?«

»Margaret, das ist nicht nötig«, sagte Eisenhart. Er rutschte unbehaglich auf dem Schaukelstuhl hin und her.

»Ach, vielleicht aber doch! Es hängt mit dem zusammen, worüber wir vorhin gesprochen haben. Manchmal zahlt man einen Preis fürs Springen, aber manchmal zahlt man auch einen noch höheren fürs Zusehen. Unsere Kinder sind frei und sorglos aufgewachsen, ohne Angst vor den Wölfen haben zu müssen. Tom und Tessa, meine beiden Ersten, habe ich keinen Monat vor dem letzten Überfall der Wölfe zur Welt gebracht. Die anderen sind in regelmäßigen Abständen gekommen. Die Jüngsten sind erst fünfzehn, müsst Ihr wissen.«

»Margaret …«

Sie ignorierte ihn. »Aber mit ihren eigenen Kindern hätten sie nicht so viel Glück gehabt, das haben sie gewusst. Und darum sind sie fortgegangen. Einige weit den Bogen entlang nach Norden, einige weit nach Süden. Auf der Suche nach einem Ort, an dem die Wölfe nicht auftauchen.«

Sie wandte sich Eisenhart zu, und obwohl sie weiter mit Roland sprach, sah sie bei den letzten Sätzen ihren Mann an.

»Eines von jeweils zweien; das ist die Beute der Wölfe. Die schleppen sie seit vielen, vielen Jahren etwa alle zwei Jahrzehnte fort. Nur in unserem Fall nicht. Uns haben sie alle Kinder geraubt. Jedes … *einzelne* … von … ihnen.« Sie beugte sich nach vorn und tippte Roland mit großem Nachdruck dicht über dem Knie aufs Bein. *»Ist Euch das bewusst?«*

Schweigen sank über die Veranda hinter dem Haus herab. Die

todgeweihten Stiere im Schlachtpferch muhten schwachsinnig. Aus der Küche hallte Jungenlachen herüber, das auf irgendeine Bemerkung Andys folgte.

Eisenhart ließ jetzt den Kopf hängen. Roland sah nur seinen ungewöhnlich buschigen Schnauzbart, aber er brauchte das Gesicht des Mannes nicht zu sehen, um zu wissen, dass er weinte oder sich krampfhaft bemühte, es nicht zu tun.

»Ich würde dir nicht für allen Reis des Bogens wehtun wollen«, sagte sie und streichelte unendlich zärtlich die Schulter ihres Mannes. »Und sie kommen von Zeit zu Zeit zurück, aye, was mehr ist, als die Toten tun – außer in unseren Träumen. Sie sind nicht so alt, dass sie nicht manchmal Sehnsucht nach ihrer Mutter haben oder ihren Da' fragen wollen, wie man dieses oder jenes macht. Aber sie sind trotzdem fort. Und das ist der Preis für ihre Sicherheit, müsst Ihr wissen.« Sie blickte kurz auf Eisenhart hinab, eine Hand auf seiner Schulter, die andere weiterhin unter ihrer Schürze. »Sag mir jetzt, wie zornig du auf mich bist«, sagte sie, » ich will's nämlich wissen.«

Eisenhart schüttelte den Kopf. »Nicht zornig«, sagte er undeutlich.

»Und hast du's dir anders überlegt?«

Eisenhart schüttelte wieder den Kopf.

»Sturer alter Kerl«, sagte sie, aber sie sprach mit gutmütiger Zuneigung. »Stur wie ein Maultier, aye, und wir sagen alle unseren Dank.«

»Ich denke darüber nach«, sagte er, noch immer ohne aufzusehen. »Ich denke weiter darüber nach, was mehr ist, als ich zu diesem späten Zeitpunkt erwartet hätte – normalerweise fasse ich einen Entschluss, und dabei bleibt's dann. – Roland, Euer junger Jake hat Overholser und den anderen draußen im Wald seine Schießkünste vorgeführt. Vielleicht könnten wir Euch hier etwas zeigen, bei dem Ihr die Augenbrauen hochziehen werdet. Maggie, geh rein und hol deinen Oriza.«

»Nicht nötig«, sagte sie und zog endlich die rechte Hand unter der Schürze hervor, »ich habe ihn bereits mitgebracht, und hier ist er.«

4

Es war ein Teller, den sowohl Detta als auch Mia erkannt hätten: ein blauer Teller mit zartem weißem Netzmuster. Ein Teller *für gut*. Nach kurzem Hinsehen erkannte Roland, was das Netzmuster darstellte: junge Oriza, Reisstecklinge. Als Sai Eisenhart mit den Fingerknöcheln an den Teller klopfte, klang es eigenartig hell. Er sah wie Porzellan aus, bestand aber aus einem anderen Material. Vielleicht aus Glas? Aus etwas Ähnlichem wie Glas?

Er streckte eine Hand mit der ernsten, respektvollen Miene eines Mannes, der sich mit Waffen auskannte und sie achtete, nach ihm aus. Margaret wirkte uneins und biss sich auf die Unterlippe. Roland griff nach seinem Holster, den er vor dem Mittagsmahl vor der Kirche wieder umgeschnallt hatte, und zog seinen Revolver. Er hielt ihn ihr mit dem Griff voraus hin.

»Nay«, sagte sie und atmete dabei mit einem langen Seufzer aus. »Nicht nötig, mir Euren Schießer als Pfand anzubieten, Roland. Ich schätze, wenn Vaughn Euch im Haus traut, kann ich Euch meinen Oriza anvertrauen. Aber passt auf, wie Ihr ihn anfasst, sonst verliert Ihr noch einen Finger, und ich glaube, dass Ihr Euch das schlecht leisten könnt, da Euch schon zwei an der rechten Hand fehlen.«

Ein einziger Blick auf den blauen Teller – Margaret-Sais Oriza – genügte, um ihm zu zeigen, wie gerechtfertigt diese Warnung war. Gleichzeitig empfand Roland einen hellen Funken aus Aufregung und Anerkennung. Es war lange Jahre her, dass er eine neue Waffe gesehen hatte, die etwas taugte – und noch nie eine wie diese.

Der Teller bestand nicht aus Glas, sondern aus Metall, aus irgendeiner leichten, haltbaren Legierung. Er hatte die Größe eines gewöhnlichen Esstellers: dreißig Zentimeter Durchmesser (oder etwas weniger). Drei Viertel seines Randes waren rasiermesserscharf geschliffen.

»Wo man ihn anfassen muss, weiß man immer, auch in größter Eile«, sagte Margaret. »Hier, seht Ihr …«

»Ja«, sagte Roland im Ton tiefster Bewunderung. Zwei der Reisstängel kreuzten sich so, dass sie den Großen Buchstaben **Zn** bildeten, der allein stehend sowohl *Zi* (Ewigkeit) als auch *jetzt* bedeutete. An der Stelle, wo die Stängel sich kreuzten (nur ein scharfes Auge konnte sie überhaupt in dem größeren Muster entdecken) war der Tellerrand nicht nur stumpf, sondern auch etwas dicker. Gut anzufassen.

Roland drehte den Teller um. Genau in der Mitte saß ein kleines Metallgehäuse. Für Jake hätte es vielleicht Ähnlichkeit mit dem Bleistiftspitzer aus Kunststoff gehabt, den er als Erstklässler in der Hosentasche gehabt hatte. Für Roland, der noch nie einen Bleistiftspitzer gesehen hatte, sah es ein wenig wie der Kokon eines geschlüpften Insekts aus.

»Das dort macht das Pfeifgeräusch, wenn der Teller fliegt, müsst Ihr wissen«, sagte sie. Sie hatte Rolands ehrliche Bewunderung gesehen und reagierte darauf mit leicht gerötetem Gesicht und glänzendem Blick. Diesen eifrig erklärenden Tonfall hatte Roland schon oft vernommen, aber inzwischen schon lange nicht mehr.

»Es hat keinen anderen Zweck?«

»Keinen«, sagte sie. »Aber er muss pfeifen, weil das zur Geschichte gehört, oder nicht?«

Roland nickte. Natürlich gehörte das dazu.

Die Schwestern von Oriza, erzählte ihm Margaret Eisenhart nun, seien eine Frauengruppe, die gern anderen helfe …

»Und untereinander tratscht«, knurrte Eisenhart, aber es klang gutmütig.

»Aye, das auch«, gab sie zu.

Sie kochten bei Beerdigungen und Festen (auch das gestrige Bankett im Pavillon war den Schwestern zu verdanken gewesen). Manchmal veranstalteten sie Nähzirkel oder Quilt-Abende, wenn eine Familie durch einen Brand ihre Habe eingebüßt hatte oder eine der alle sechs bis acht Jahre auftretenden Überschwemmungen die Ernte der Kleinfarmer am Devar-Tete Whye vernichtet hatte. Es waren die Schwestern, die den Pavillon betreuten und die Versammlungshalle innen kehrten und äußerlich in Ordnung hielten. Sie veranstalteten Tanzabende für die Jugend und beaufsichtigten sie auch. Sie wurden manchmal von reichen Leuten (»Wie von den Tooks und ihrer Verwandtschaft, wisst Ihr«, sagte sie) engagiert, um Hochzeiten auszurichten, die immer wundervoll waren und der Calla noch monatelang Gesprächsstoff lieferten. Untereinander klatschten sie, aye, das wollte sie gar nicht leugnen; sie spielten jedoch auch Karten, Points und Kastell.

»Und Ihr werft den Teller«, sagte Roland.

»Aye«, sagte sie, »aber Ihr müsst verstehen, dass wir das nur so aus Spaß tun. Jagen ist Männersache, und sie schießen gut mit der Bah.« Sie streichelte wieder die Schulter ihres Mannes, diesmal etwas nervös allerdings, wie Roland fand. Und er sagte sich, wenn die Männer wirklich gut mit der Armbrust zurechtkämen, wäre sie nie mit diesem hübschen, tödlichen Ding unter der Schürze aus dem Haus gekommen. Und Eisenhart hätte sie nie dazu ermutigt, ihm davon zu erzählen.

Roland öffnete seinen Tabaksbeutel, zog eine von Rosalitas Maishülsen-Ziehern heraus und ließ sie auf den scharfen Rand des Tellers herabschweben. Im nächsten Augenblick flatterte das dünne Material in zwei Hälften zu Boden. *Nur so aus Spaß*, dachte Roland und lächelte verkniffen.

»Welches Metall ist das?«, fragte er. »Weißt du das?«

Sie zog leicht die Augenbrauen hoch, als er sie auf diese vertrauliche Art ansprach, äußerte sich aber nicht dazu. »Titan, so nennt Andy es. Es kommt aus einem großen alten Fabrikgebäude weit im Norden, in Calla Sen Chre. Dort gibt es viele Ruinen. Ich bin selbst nie dort gewesen, aber ich habe davon erzählen hören. Die Geschichten klingen unheimlich.«

Roland nickte. »Und die Teller – wie werden sie gemacht? Stellt Andy sie her?«

Sie schüttelte den Kopf. »Er kann es oder will es nicht, das ist schwer zu sagen. Nein, die Ladys der Calla Sen Chre machen sie und versenden sie in alle Callas ringsum. Allerdings ist Divine der südlichste Punkt, den diese Art Handel erreicht, glaube ich.«

»Die Ladys machen sie«, wiederholte Roland nachdenklich. »Die *Ladys.*«

»Irgendwo gibt's eine Maschine, die sie noch macht, das ist alles«, sagte Eisenhart. Roland amüsierte sich über den steif defensiven Tonfall des Mannes. »Dazu braucht man wahrscheinlich nur auf einen Knopf zu drücken.«

Margaret, die ihn mit einem Frauenlächeln betrachtete, äußerte sich nicht dazu, weder zustimmend noch ablehnend. Vielleicht kannte sie die Antwort nicht, aber sie verstand sich jedenfalls auf jene Politik, die ehelichen Frieden beförderte.

»Entlang dem Bogen gibt's also nördlich und südlich von hier Schwestern«, sagte Roland. »Und alle von ihnen werfen den Teller.«

»Aye – von Calla Sen Chre bis zur Calla Divine südlich von uns. Ob's weiter nördlich und südlich auch noch welche gibt, weiß ich nicht. Wir helfen gern, und wir unterhalten uns gern. Wir werfen unsere Teller einmal im Monat, zum Gedenken daran, wie Lady Oriza sich an Gray Dick gerächt hat, aber nur wenige von uns können auch gut treffen.«

»Trefft *Ihr* denn gut, Sai?«

Sie schwieg und biss sich wieder auf die Unterlippe.

»Zeig's ihm«, grunzte Eisenhart. »Zeig's ihm und bring's hinter dich.«

5

Sie gingen die Stufen hinunter, die Frau des Ranchers voraus, Eisenhart hinter ihr, Roland an dritter Stelle. Hinter ihnen wurde die Küchentür geöffnet und wieder zugeknallt.

»Lobet die Götter, Missus Eisenhart will den Teller werfen!«, rief Benny Slightman begeistert aus. »Jake! Du wirst deinen Augen nicht trauen!«

»Schick sie wieder rein, Vaughn«, sagte Maragret. »Das brauchen sie nicht zu sehen.«

»Ach was, lass sie zusehen«, sagte Eisenhart. »Schadet keinem Jungen, eine Frau zu sehen, die was leistet.«

»Schickt Ihr sie hinein, Roland, aye?« Sie sah ihn bittend an, errötet und nervös und sehr hübsch. Roland fand, dass sie zehn Jahre jünger aussah als vorhin, als sie auf die Veranda gekommen war, aber er fragte sich, wie sie in diesem Gefühlszustand werfen würde. Das war etwas, was er unbedingt sehen wollte, bei einem Überfall aus dem Hinterhalt musste man nämlich schonungslos handeln, schnell und emotional.

»Ich stimme Eurem Mann zu«, antwortete er. »Ich würde sie bleiben lassen.«

»Gut, wie Ihr meint«, sagte sie. Roland merkte, dass ihr das Ganze eigentlich doch zu gefallen schien, dass sie ein Publikum *wollte,* und das stärkte seine Hoffnung. Er hielt es für zunehmend wahrscheinlicher, dass diese hübsche Frau in mittleren Jahren mit ihrem kleinen Busen und ihrem grau melierten Haar das Herz einer Jägerin hatte. Nicht das Herz eines Revolvermanns, aber zu diesem Zeitpunkt wäre er schon mit ein paar männlichen oder weiblichen Jägern – ein paar *Killern* – zufrieden gewesen.

Sie marschierten auf die Scheune zu. Als sie noch über fünfzig Schritte von den Strohpuppen, die auf beiden Seiten des Scheunentors angebracht waren, entfernt waren, berührte Roland sie an der Schulter, damit sie stehen blieb.

»Nay«, sagte sie, »das ist zu weit.«

»Ich habe dich schon aus anderthalbmal größerer Entfernung werfen gesehen«, sagte ihr Mann und wich auch nicht zurück, als sie ihn daraufhin aufgebracht anfunkelte. »Aye, das habe ich.«

»Aber nicht, wenn ein Revolvermann aus der Linie des Eld zu meiner Rechten steht«, sagte sie, blieb dann aber, wo sie war.

Roland ging zum Scheunentor weiter und nahm den grinsenden Scharfwurzelkopf der linken Strohpuppe ab. Er verschwand in der Scheune. Drinnen befand sich neben einer Scharfwurzelhorde eine weitere mit frisch geernteten Kartoffeln. Er nahm eine Kartoffel mit und legte sie zwischen die Schultern der Strohpuppe, wo zuvor die Scharfwurzel gewesen war. Der Erdapfel war mittelgroß, aber der Kontrast war trotzdem komisch; die Strohpuppe sah jetzt wie der »lebende Schrumpfkopf« aus der Kuriositätenschau eines Jahrmarkts aus.

»Oh, Roland, nein!«, rief sie ehrlich erschrocken aus. »Das könnte ich nie!«

»Das glaube ich Euch nicht«, sagte er und trat beiseite. »Werft!«

Einen Augenblick lang fürchtete er, sie würde es nicht tun. Sie sah sich nach ihrem Mann um. Hätte Eisenhart noch neben ihr gestanden, hätte sie ihm wahrscheinlich den Teller in die Hand gedrückt, ohne sich darum zu kümmern, ob er sich daran schnitt, und wäre ins Haus gelaufen. Aber Vaughn Eisenhart hatte sich wieder zu den Verandastufen zurückgezogen. Die beiden Jungen standen erhöht über ihm. Während Benny Slightman lediglich interessiert zusah, wirkte Jake aufmerksamer. Er runzelte die Stirn, und sein Lächeln war jetzt verschwunden.

»Roland, ich …«

»Nichts davon, Missus, wenn ich bitten darf. Das Gerede von Eurer Kunst war gut und schön, aber jetzt möchte ich sie sehen. *Werft!*«

Sie wich etwas vor ihm zurück und riss die Augen auf, als hätte er sie geohrfeigt. Dann wandte sie sich dem Scheunentor zu und hob die rechte Hand hoch über die linke Schulter. Der Teller schimmerte im letzten Tageslicht, das jetzt mehr rosa als rot war. Die Lippen hatte sie zu einem schmalen weißen Strich zusammengepresst. Die Welt schien einen Augenblick lang den Atem anzuhalten.

»Riza!«, rief sie mit schriller, zorniger Stimme aus und schleuderte den Arm ruckartig nach vorn. Sie öffnete die Hand und wies mit dem Zeigefinger genau auf den Punkt, den der Teller ansteuerte. Von allen, die auf dem Hof versammelt waren (die Cowboys standen ebenfalls da und gafften), hatte nur Roland so scharfe Augen, dass er den Flug des Tellers verfolgen konnte.

Pfeilgerade!, jubelte er innerlich. *Und wie zielsicher!*

Der Teller gab ein klagendes Heulen von sich, während er über die festgetrampelte Erde des Hofs vor der Scheune fegte. Keine zwei Sekunden nachdem er ihre Hand verlassen hatte, war die Kartoffel in zwei Stücke zerfallen, die nun auf den Schultern der Strohpuppe lagen. Der Teller selbst steckte zitternd in der Holzwand neben dem Scheunentor.

Die beiden Jungen jauchzten. Benny hob die Rechte, wie sein neuer Freund es ihm beigebracht hatte, und Jake klatschte mit seiner ab.

»Klasse gemacht, Sai Eisenhart!«, rief Jake.

»Gut getroffen! Sagen Euch unseren Dank!«, fügte Benny hinzu.

Roland beobachtete, wie die Frau bei diesem ungeschlachten, aber gut gemeinten Lob die Lippen zurückzog – sie glich einem Pferd, das eine Schlange gesehen hatte. »Jungs«, sagte er, »an eurer Stelle würde ich jetzt lieber reingehen.«

Benny wirkte verwirrt. Als Jake nun aber Margaret Eisenhart wieder betrachtete, verstand er, was Roland meinte. Man tat, was man tun musste … und dann setzte die Reaktion ein. »Los, komm mit, Ben«, sagte er.

»Aber …«

»*Komm* schon!« Jake packte seinen neuen Freund am Hemd und zog ihn mit sich zur Küchentür.

Roland ließ die Frau noch einen Augenblick so stehen: mit gesenktem Kopf, wegen der einsetzenden Reaktion zitternd. Auf ihren Wangen standen hektisch rote Flecken, aber sonst war sie leichenblass. Er hatte den Eindruck, dass sie dagegen ankämpfte, sich übergeben zu müssen.

Er ging zum Scheunentor, packte den Teller an der verdickten Stelle und ruckte daran. Er musste erstaunlich viel Kraft aufwenden, um den Teller zuerst zu lockern, damit er ihn aus dem Holz ziehen konnte. Er brachte ihn ihr und hielt ihn ihr hin. »Dein Werkzeug.«

Sie griff nicht gleich danach, sondern starrte ihn hasserfüllt an. »Warum verspottest du mich, Roland? Woher weißt du, dass Vaughn mich aus dem Manni-Clan zu sich geholt hat? Sag uns das, ich bitte dich.«

Das lag natürlich an der Rose – eine Intuition, die er seiner Berührung der Rose verdankte –, aber auch am Schnitt ihres Gesichts, das eine weibliche Version des alten Mannis Henchick war. Aber woher Roland wusste, was er wusste, ging diese Frau nichts an, und er schüttelte nur den Kopf. »Nay. Aber ich verspotte dich nicht.«

Margaret Eisenhart packte ihn plötzlich am Nacken. Ihre Hand war trocken und so heiß, dass die Haut fiebrig wirkte. Sie näherte sein Ohr ihren zitternden, zu einer Grimasse verzogenen Lippen. Er glaubte, jeden Albtraum riechen zu können, den sie gehabt hatte, seit sie sich dafür entschieden hatte, ihren Clan zu verlassen, um den großen Rancher von Calla Bryn Sturgis zu heiraten.

»Ich hab dich gestern Abend mit Henchick reden sehen«, flüsterte sie heiser. »Sprichst du noch einmal mit ihm? Das tust du doch, nicht wahr?«

Roland nickte, ohne zu versuchen, sich aus ihrem Griff zu

befreien. Diese Kraft! Die kleinen Atemstöße, die er an seinem Ohr spürte. Lauerte im Innersten jedes Menschen, selbst dieser Frau, ein Wahnsinniger? Er konnte es nicht sagen.

»Gut. Ich sage dir meinen Dank. Sag ihm, dass Margaret vom Clan Redpath weiterhin mit ihrem heidnischen Mann glücklich ist, aye, weiterhin glücklich.« Sie packte noch fester zu. »Sag ihm, dass sie *nichts* bereut! Tust du das für mich?«

»Aye, Lady, wenn Ihr's wünscht.«

Sie riss ihm den Teller aus der Hand, ohne sich um dessen gefährlich scharfen Rand zu kümmern. Ihn in der Hand zu halten schien sie wieder etwas zu beruhigen. Als sie zu Roland aufsah, schwammen ihre Augen in unvergossenen Tränen. »Habt Ihr mit meinem Da' über die Höhle gesprochen? Über die Torweghöhle?«

Roland nickte.

»Was würdet Ihr über uns bringen, Ihr schrecklicher waffennärrischer Mann?«

Eisenhart gesellte sich zu ihnen. Er sah seine Frau, die seinetwegen ihren Clan verlassen und ins Exil gegangen war, unsicher an. Sie erwiderte seinen Blick flüchtig, als kennte sie ihn gar nicht.

»Ich tue nur, was das Ka bestimmt«, sagte Roland.

»Ka!«, rief sie aus und verzog den Mund. Ein höhnisches Lächeln machte ihr hübsches Gesicht so hässlich, dass die Verwandlung fast erschreckend war. Den Jungen hätte sie bestimmt Angst gemacht. »Die Ausrede jedes Unruhestifters! Die könnt Ihr Euch mit dem übrigen Dreck hinten reinstecken!«

»Ich tue, was das Ka bestimmt, und auch Ihr werdet es tun«, sagte Roland.

Sie starrte ihn an, als würde sie ihn nicht verstehen. Roland ergriff die heiße Hand, die ihn gepackt hatte, und drückte sie fast schmerzhaft fest.

»Und auch Ihr werdet es tun.«

Sie erwiderte sekundenlang seinen Blick, dann sah sie zu

Boden. »Aye«, murmelte sie. »Aye, das tun wir alle.« Sie fand den Mut, wieder zu ihm aufzusehen. »Überbringt Ihr Henchick meine Nachricht?«

»Aye, Lady, wie ich's versprochen habe.«

Auf dem dunkler werdenden Hof wurde es still, nur in der Ferne rief ein Häher. Die Cowboys lehnten weiter am Zaun der *remuda*. Roland schlenderte zu ihnen hinüber.

»'n Abend, Gents.«

»Hoffe, dass es Euch gut geht«, sagte einer und berührte dabei seine Stirn.

»Möge es Euch besser gehen«, sagte Roland. »Die Missus hat den Teller geworfen, und sie hat ihn gut geworfen, aye?«

»Wir sagen unseren Dank«, sagte ein anderer. »Kein Rost an der Missus.«

»Kein Rost«, bestätigte Roland. »Und soll ich euch was erzählen, Gents? Ein Wort, um es sicher hinter die Ohren zu schreiben, wie man so sagt?«

Sie sahen ihn misstrauisch an.

Roland hob den Kopf und lächelte dem Abendhimmel zu. Dann sah er wieder die Männer an. »Vielleicht habt ihr vor, darüber zu reden. Zu erzählen, was ihr gesehen habt.«

Sie betrachteten ihn zurückhaltend, wollten das ungern zugeben.

»Wenn ihr darüber sprecht, dann bringe ich euch jeden einzeln um«, sagte Roland. »Habt ihr verstanden?«

Eisenhart berührte seine Schulter. »Roland, das ist gewiss …«

Der Revolvermann befreite sich mit einem Schulterwinden von der Hand, ohne ihn anzusehen. »Habt ihr verstanden?«

Sie nickten.

»Und glaubt ihr mir?«

Sie nickten wieder. Sie wirkten verängstigt. Das sah Roland gern. Sie hatten allen Grund, verängstigt zu sein. »Sage euch meinen Dank.«

»Sage Dank«, erwiderte einer der drei. Auf seiner Stirn standen Schweißperlen.

»Aye«, sagte der zweite Mann.

»Großen, großen Dank«, sagte der Dritte und spuckte nervös einen Strahl Tabaksaft zur Seite aus.

Der Rancher versuchte es erneut. »Roland, hört mich an, ich bitte Euch …«

Aber das tat Roland nicht. Ihm schossen alle möglichen Gedanken durch den Kopf. Plötzlich sah er ihren Kurs vollkommen klar. Zumindest ihren Kurs auf *dieser* Seite. »Wo ist der Roboter?«, fragte er Eisenhart.

»Andy? Mit den Jungen in der Küche, glaub ich.«

»Gut. Habt Ihr dort drinnen ein Büro, in dem das Herdenbuch geführt wird?« Er nickte zur Scheune hinüber.

»Aye.«

»Dann gehen wir jetzt dorthin. Ihr, ich und Eure Missus.«

»Ich möchte sie lieber zuerst ins Haus bringen«, sagte Eisenhart. *Ich möchte sie möglichst weit von Euch wegbringen,* las Roland in seinem Blick.

»Unser Palaver wird nicht lange dauern«, sagte Roland mit ganzer Aufrichtigkeit. Er hatte bereits alles gesehen, was er sehen musste.

6

Im Herdenbuchbüro gab es nur einen Stuhl, den hinter dem Schreibtisch. Margaret nahm ihn sich. Eisenhart setzte sich auf einen Fußschemel. Roland ging mit dem Rücken an die Wand gelehnt in die Hocke und hatte seine geöffnete Umhängetasche vor sich liegen. Er hatte ihnen die von den Zwillingen gezeichnete Landkarte gezeigt. Eisenhart begriff nicht gleich, worauf Roland hinwies (verstand es vielleicht jetzt noch nicht), aber seine Frau begriff es sofort. Roland wunderte sich nicht darüber, dass sie es nicht bei den Manni ausgehalten hatte. Die Manni waren friedlich. Margaret Eisenhart war es nicht. Jedenfalls nicht, wenn man an der Oberfläche dieser nur scheinbar sanftmütigen Frau kratzte.

»Das alles behaltet ihr für euch«, sagte er.

»Sonst bringt Ihr uns um wie unsere Cowboys?«, fragte sie.

Roland bedachte sie mit einem geduldigen Blick, der sie erröten ließ.

»Ich erbitte Eure Verzeihung, Roland. Ich bin durcheinander. Das kommt davon, wenn man den Teller in Rage wirft.«

Eisenhart legte ihr einen Arm um die Schultern. Diesmal ließ sie es sich gern gefallen und lehnte den Kopf an seine Schulter.

»Wer aus Eurer Gruppe wirft ebenso zielsicher?«, fragte Roland. »Sonst noch jemand?«

»Zalia Jaffords«, sagte sie sofort.

»Sprecht Ihr wahrhaftig?«

Sie nickte nachdrücklich. »Zalia hätte diesen Erdapfel aus zwanzig Schritt größerer Entfernung glatt halbiert.«

»Noch jemand?«

»Sarey Adams, Ehefrau von Diego. Und Rosalita Munoz.«

Roland quittierte das Letztgesagte mit hochgezogenen Augenbrauen.

»Aye«, sagte sie. »Nach Zalia ist Rosie die Beste.« Eine kurze Pause. »Außer mir, nehme ich an.«

Roland hatte das Gefühl, eine Riesenlast sei von ihm abgefallen. Er hatte geglaubt, sie würden irgendwie Waffen aus New York mitbringen oder sie auf dem Ostufer des Flusses finden müssen. Jetzt sah es so aus, als würde das nicht nötig sein. Gut. In New York hatten sie andere Dinge zu erledigen – Dinge, die mit Calvin Tower zusammenhingen. Wenn es sich irgendwie vermeiden ließ, wollte er beides nicht miteinander vermengen.

»Ich möchte, dass ihr vier Frauen zu mir ins Pfarrhaus des Alten Kerls kommt. Und zwar *nur* ihr vier.« Nach einem raschen

Blick zu Eisenhart hinüber konzentrierte er sich wieder auf Eisenharts Sai. »Keine Ehemänner.«

»Jetzt wartet mal einen gottverdammten Augenblick!«, sagte Eisenhart.

Roland hob eine Hand. »Noch ist nichts entschieden.«

»Aber schon die *Art,* wie hier nichts entschieden wird, gefällt mir gar nicht«, sagte Eisenhart.

»Still jetzt«, sagte Margaret. Sie sah Roland an. »Wann sollen wir kommen?«

Roland rechnete nach. Noch vierundzwanzig Tage, womöglich nur dreiundzwanzig, und noch vieles zu besichtigen. Und in der Kirche des Alten Kerls war dieses Ding versteckt, um das er sich auch kümmern musste. Und dann der alte Manni Henchick …

Trotzdem würde der Tag der Entscheidung schließlich kommen, das wusste er, und die Dinge würden erschreckend plötzlich ablaufen. Das taten sie immer. Fünf Minuten, höchstens zehn, dann war alles entschieden, zum Guten oder Schlechten.

Das Kunststück bestand darin, bereit zu sein, wenn diese wenigen Minuten begannen.

»Zehn Tage von heute«, sagte er. »Abends. Ich möchte euch vier im Wettstreit sehen, indem ihr abwechselnd werft.«

»Also gut«, sagte sie. »So viel können wir tun. Aber, Roland … bleibt mein Mann weiter bei seinem Nein, werfe ich keinen einzigen Teller und hebe keinen einzigen Finger gegen die Wölfe.«

»Verstanden«, sagte Roland. Aber er wusste, dass sie tun würde, was er sagte, ob's ihr gefiel oder nicht. Das würden sie alle tun, wenn es so weit war.

In die Außenwand des Büro war ein kleines Fenster eingelassen, das schmutzig und voller Spinnweben, aber durchsichtig genug war, um ihnen Andy zu zeigen, der gerade über den Hof stakste und seine elektrischen Augen in der herabsinkenden Dämmerung mal stärker, mal schwächer leuchten ließ. Er summte vor sich hin.

»Eddie sagt, dass Roboter dafür programmiert sind, bestimmte Aufgaben auszuführen«, sagte Roland. »Führt Andy die Aufträge aus, die Ihr ihm erteilt?«

»Meistens, ja«, sagte Eisenhart. »Aber nicht immer. Er ist auch nicht immer da, müsst Ihr wissen.«

»Schwer zu glauben, dass er für nicht mehr gebaut worden sein soll, als Horoskope zu stellen und alberne Lieder zu singen«, meinte Roland nachdenklich.

»Vielleicht hat das Alte Volk ihm diese Dinge als Hobbys mitgegeben«, sagte Margaret Eisenhart, »und da seine Hauptaufgaben jetzt erloschen sind – in der Zeit verloren gegangen, wisst Ihr –, zieht er sich eben auf die Hobbys zurück.«

»Ihr glaubt also, dass das Alte Volk ihn gebaut hat.«

»Wer sonst?«, sagte Vaughn Eisenhart. Andy war inzwischen aus dem Blick verschwunden, und der Hof lag leer da.

»Aye, wer sonst«, sagte Roland, der noch immer nachdenklich wirkte. »Wer sonst hätte die Erfindergabe und die Werkzeuge dafür besessen? Aber das Alte Volk gab es schon zweitausend Jahre vor dem ersten Überfall der Wölfe auf die Calla nicht mehr. Deshalb wüsste ich gern, wer oder was Andy so programmiert hat, dass er nicht über die Wölfe redet, *außer euch Leuten zu sagen, wann sie kommen.* Und hier ist eine weitere Frage, nicht so interessant wie die andere, aber trotzdem merkwürdig: Wieso erzählt er euch *das,* wenn er euch sonst nichts erzählen kann oder will?«

Eisenhart und seine Frau starrten sich wie vom Donner gerührt an. Sie waren nicht über Rolands erste Frage hinausgekommen. Das überraschte den Revolvermann nicht, aber er war etwas enttäuscht von ihnen. Schließlich lag hier vieles auf der Hand. Und wenn so etwas der Fall war, setzte man doch seinen Intellekt ein. Andererseits musste er den Eisenharts, Jaffordsens und Overholsers der Calla zugestehen, dass nüchternes Denken vermutlich nicht so einfach war, wenn das Leben der eigenen Babbies auf dem Spiel stand.

Auf einmal klopfte es an der Tür. »Herein!«, rief Eisenhart.

Ben Slightman trat ein. »Das Vieh ist für die Nacht versorgt, Boss.« Er nahm die Brille ab und polierte die Gläser mit einem Hemdzipfel. »Und die Jungen sind mit Bennys Zelt unterwegs. Andy bleibt in ihrer Nähe, also ist nichts zu befürchten.« Slightman sah zu Roland hinüber. »Für Felskatzen ist's noch zu früh, aber sollte *doch* eine kommen, lässt Andy meinen Jungen wenigstens einmal mit seiner Bah schießen – das habe ich ihm aufgetragen, und er hat mit ›Befehl gespeichert‹ geantwortet. Sollte Benny sie verfehlen, würde Andy sich zwischen die Jungen und die Felskatze stellen. Er ist zwar nur streng zur Verteidigung programmiert, daran haben wir nie etwas ändern können, wenn die Katze also weiter angreifen würde …«

»Dann würde Andy sie in Stücke reißen«, sagte Eisenhart. Er sprach mit einer Art trübseliger Befriedigung.

»Er ist flink, was?«, fragte Roland.

»Schitt auch«, sagte Slightman. »Das traut man ihm nicht zu, weil er so groß und schlaksig ist, was? Aber wenn er will, ist er so schnell wie ein geölter Blitz. Schneller als jede Felskatze. Wir vermuten, dass er ant-nomisch betrieben wird.«

»Sehr wahrscheinlich«, sagte Roland geistesabwesend.

»Lassen wir das jetzt mal«, sagte Eisenhart. »Hör zu, Ben, woher kommt's deiner Meinung nach, dass Andy nie über die Wölfe redet?«

»Liegt an seiner Programmierung …«

»Aye, aber kurz bevor du reingekommen bist, hat Roland uns auf etwas aufmerksam gemacht, auf das wir selbst schon viel früher hätten kommen müssen: Wenn das Alte Volk ihn in Gang gesetzt hat und dann ausgestorben oder weitergezogen ist … *lange* bevor die Wölfe erstmals aufgetaucht sind … Du siehst das Problem?«

Slightman der Ältere nickte und setzte die Brille wieder auf. »Dann muss es schon damals etwas wie die Wölfe gegeben haben, oder? Ihnen so ähnliche Lebewesen, dass Andy sie nicht auseinander halten kann. Das ist die einzige Erklärung, die mir einfällt.«

Wirklich?, dachte Roland.

Er zog die Karte der Zwillinge Tavery wieder heraus, faltete sie auseinander und tippte auf einen Arroyo im Hügelland nordöstlich der Stadt. Dieses Tal schlängelte sich immer tiefer in die Hügel hinein, bis es bei einer der alten Granatminen der Calla endete. Sie bestand aus einem Schacht, der zehn Meter tief in die Flanke eines Hügels hineinführte und dann aufhörte. Das Tal hatte nicht allzu viel Ähnlichkeit mit dem Eyebolt Canyon in Mejis (zum einen gab es in dem Arroyo keine Schwachstelle), aber es gab eine entscheidende Gemeinsamkeit: Beide waren Sackgassen. Und, das wusste Roland, jeder Mann neigt dazu, etwas nochmals zu nutzen, das ihm einmal gute Dienste erwiesen hat. Dass er den Arroyo, diesen als Sackgasse endenden Bergwerksschacht, nutzen würde, um die Wölfe in einen Hinterhalt zu locken, war völlig logisch. Für Eddie, für Susannah, für die Eisenharts und jetzt für den Vormann der Eisenharts. Auch Sarey Adams und Rosalita Munoz würden es logisch finden. Ebenso der Alte Kerl. Dieser würde auch anderen zumindest so viel von Rolands Plan verraten, dass auch sie das ebenso logisch finden würden.

Und was, wenn er bestimmte Dinge ausließ? Wenn ein Teil seiner Aussagen eine bewusste Lüge war?

Wenn die Wölfe Wind von der Lüge bekamen und sie für bare Münze nahmen?

Das wäre gut, nicht wahr? Gut, wenn sie in die richtige Richtung springen, aber nach dem falschen Objekt schnappen würden?

Ja, aber irgendwann werde ich jemandem die ganze Wahrheit anvertrauen müssen. Nur wem?

Nicht Susannah, bestand Susannah jetzt doch wieder aus zwei Persönlichkeiten, und er traute der anderen nicht.

Nicht Eddie, weil Eddie Susannah unabsichtlich etwas Wichtiges verraten konnte, und dann würde Mia es ebenfalls wissen.

Nicht Jake, weil Jake jetzt sehr gut mit Benny Slightman befreundet war.

Roland war wieder einmal auf sich allein gestellt, und dieser Zustand war ihm nie einsamer erschienen.

»Seht her«, sagte er und tippte auf den Arroyo. »Das hier ist ein Ort, über den Ihr nachdenken solltet, Slightman. Leicht zugänglich, nicht so leicht wieder zu verlassen. Was wäre, wenn wir alle Kinder ab einem bestimmten Alter hier in diesem kleinen Schacht sicher verstecken würden?«

Er sah Verständnis in Slightmans Blick erwachen. Und auch etwas anderes. Vielleicht Hoffnung.

»Wenn wir die Kinder dort verstecken würden, bekämen die Wölfe es heraus«, sagte Eisenhart. »Man könnte glauben, sie können sie riechen – wie Menschenfresser in einem Kindermärchen.«

»Das habe ich bereits gehört«, sagte Roland. »Ich schlage vor, das auszunützen.«

»Sie als Köder zu benützen, meint Ihr? Revolvermann, das ist hart.«

Roland, der nicht beabsichtigte, die Kinder der Calla in der aufgegebenen Granatmine – oder auch nur in ihrer Nähe – zu versammeln, nickte nur. »Das Leben ist manchmal hart, Eisenhart.«

»Ich sage Euch meinen Dank«, antwortete Eisenhart, machte dabei aber eine grimmige Miene. Er berührte die Landkarte. »Könnte klappen. Aye, es könnte klappen – *wenn* es Euch gelingt, alle Wölfe dorthin zu locken.«

Unabhängig davon, wo die Kinder letztlich untergebracht werden, brauche ich Hilfe, um sie dorthin zu bringen, dachte Roland. *Es wird Leute geben müssen, die wissen, wohin sie gehen und was sie tun müssen. Ich brauche einen Plan. Aber noch nicht jetzt. Vorläufig kann ich das Spiel, das ich spiele, noch so fortsetzen.*

Es hat Ähnlichkeit mit Kastell. Weil sich dabei jemand versteckt hält.

Wusste er das? Nicht bestimmt.

Witterte er das? Aye, das tat er.

Jetzt sind's vierundzwanzig, dachte Roland. *Vierundzwanzig Tage, bis die Wölfe kommen.*

Sie würden reichen müssen.

Kapitel 6

Gran-Peres Erzählung

1

Eddie, ein Städter reinsten Wassers, erschrak fast darüber, wie gut ihm die Farm der Familie Jaffords an der Flussstraße gefiel. *In einem Haus dieser Art könnte ich leben,* sagte er sich. *Das wäre okay. Es würde mir gefallen.*

Das Haus war ein lang gestrecktes Blockhaus, kunstvoll gebaut und gegen die Winterstürme verfugt. In eine Längswand waren große Fenster eingelassen, aus denen man über einen sanft abfallenden langen Hügel bis zu den Reisfeldern und dem Fluss hinuntersehen konnte. Auf der anderen Seite lagen die Scheune, der Hof vor dem Haus, dessen festgestampfte Erde mit runden Rasen- und Blumeninseln verschönt war, und links der Veranda hinter dem Haus ein ziemlich exotischer kleiner Küchengarten. Er war zur Hälfte mit einem Madrigal genannten gelben Gewürzkraut bestanden, das Tian im kommenden Jahr in großen Mengen anbauen zu können hoffte.

Als Susannah die Farmersfrau fragte, wie sie die Hühner von dem Zeug fern halte, lachte Zalia bedauernd und blies sich das Haar aus der Stirn. »Mit großer Mühe, anders geht's nicht«, sagte sie. »Aber wie Ihr seht, wächst das Madrigal *trotzdem,* und wo etwas wächst, ist immer Hoffnung.«

Was Eddie gefiel, war die Art und Weise, wie alles zusammenzuwirken schien, um eine heimische Atmosphäre zu schaffen. Er konnte nicht genau sagen, wodurch sie entstand, weil sich das an keiner einzelnen Sache festmachen ließ, aber …

Doch, es gibt eine einzelne *Sache. Und sie hat nichts mit dem rustikalen Blockhaus-Look des Hauses oder dem Küchengarten oder den auf dem Hof pickenden Hühnern oder den Blumenbeeten zu tun.*

Es lag an den Kindern. Anfangs war Eddie etwas über ihre Zahl verblüfft, als sie Suze und ihm zur Begutachtung präsentiert wurden wie ein Kompaniezug dem Auge eines inspizierenden Generals. Und auf den ersten Blick schienen sie bei Gott zahlreich genug zu sein, um einen Zug zu *bilden* … oder zumindest einen Trupp.

»Die rechts außen sind Heddon und Hedda«, sagte Zalia und deutete auf ein dunkelblondes Zwillingspaar. »Sie sind zehn. Macht euer Kompliment, ihr beiden.«

Heddon machte eine unbeholfene Verbeugung und berührte zugleich seine schmutzige Stirn mit der Seite seiner noch schmutzigeren Faust. *Er geht auf Nummer Sicher,* dachte Eddie. Das Mädchen knickste.

»Lange Nächte und angenehme Tage«, sagte Heddon.

»Es heißt *angenehme Tage* und *lange Leben,* Dummerjan«, flüsterte Hedda übertrieben laut. Sie knickste und wiederholte den Gruß in der nach ihrer Meinung richtigen Version. Heddon war von den Fremden zu sehr beeindruckt, um seine besserwisserische Schwester anzufunkeln oder auch nur richtig wahrzunehmen.

»Die beiden Jüngeren sind Lyman und Lia«, sagte Zalia.

Lyman, der nur aus Augen und staunend aufgerissenem Mund zu bestehen schien, verbeugte sich so heftig, dass er fast vornübergekippt wäre. Lia fiel dann beim Knicksen tatsächlich um. Eddie hatte Mühe, ernst zu bleiben, als Hedda ihre kleine Schwester aus dem Staub aufhob und ihr dabei etwas ins Ohr zischte.

»Und dies hier«, sagte Zalia und küsste das Kleinkind auf ihrem Arm, »ist Aaron, mein kleiner Liebling.«

»Euer Einzelkind«, sagte Susannah.

»Aye, Lady, das ist er.«

Aaron begann unruhig zu werden, strampelte und zappelte. Zalia setzte ihn ab. Aaron zog seine Windel hoch, watschelte auf die Hausecke zu und rief laut nach seinem Da'.

»Heddon, geh mit und pass auf ihn auf«, sagte Zalia.

»Mah-Mah, *nein!«* Sein Blick signalisierte ihr hektisch, er wolle bleiben und weiter den Fremden zuhören, um sie mit den Augen zu verschlingen.

»Mah-Mah, *ja«*, sagte Zalia. »Geh jetzt und pass auf deinen Bruder auf, Heddon.«

Der Junge hätte vielleicht weiterdiskutiert, aber in diesem Augenblick kam Tian Jaffords um die Ecke des Blockhauses, hob den Kleinen schwungvoll hoch und nahm ihn auf den Arm. Aaron krähte, schlug seinem Da' den Strohhut vom Kopf und zog an dessen schweißnassem Haar.

Eddie und Susannah nahmen das alles kaum mehr wahr. Sie hatten jetzt nur Augen für die mit Latzhosen bekleideten Riesen, die in Jaffords' Kielwasser folgten. Bei ihrer Besichtigung der Kleinfarmen entlang der Flussstraße hatten sie etwa ein Dutzend dieser Riesengestalten gesehen, aber immer nur aus der Ferne. (»Die meisten scheuen Fremde, müsst Ihr wissen«, hatte Eisenhart gesagt.) Diese beiden hier waren keine fünf Schritte von ihnen entfernt.

Mann und Frau, Junge und Mädchen? *Beides zugleich,* dachte Eddie. *Weil ihr Alter keine Rolle mehr spielt.*

Die Frau, verschwitzt und lachend, musste an die zwei Meter groß sein und hatte Brüste, die so groß wie Eddies Kopf zu sein schienen. An einer Kordel um den Hals trug sie ein hölzernes Kruzifix. Der Mann war mindestens einen Kopf größer als seine Schwägerin. Er betrachtete die Fremden schüchtern, dann begann er am Daumen einer Hand zu nuckeln, während er sich mit der anderen im Schritt knetete. Aus Eddies Sicht war das Verblüffendste an ihnen nicht ihre Größe, sondern ihre unheimliche

Ähnlichkeit mit Tian und Zalia. Man hätte glauben können, die ersten unbeholfenen Entwürfe eines schließlich doch gelungenen Kunstwerks zu sehen. Sie waren so offensichtlich schwachsinnig, alle beide, und so eindeutig, so *eng* mit Menschen verwandt, die das nicht waren. Unheimlich war das einzige Wort für sie.

Nein, dachte Eddie, *das Wort heißt minder.*

»Das hier ist mein Bruder Zalman«, sagte Zalia in eigenartig förmlichem Tonfall.

»Und das meine Schwester Tia«, fügte Tian hinzu. »Macht euer Kompliment, ihr beiden Tölpel.«

Zalman fuhr einfach nur fort, an dem einen Körperteil zu nuckeln und an dem anderen zu kneten. Tia dagegen machte einen unbeholfenen (und irgendwie entenähnlichen) Knicks. »Lange Tage lange Nächte lange Erde!«, rief sie. *»WIR KRIEGEN TOFFELN MIT SOSSE!«*

»Gut«, sagte Susannah ruhig. »Toffeln mit Soße sind gut.«

»TOFFELN MIT SOSSE SIND GUT!« Tia zog die Nase kraus und verzog die Oberlippe zu einem schweinsartigen Grinsen, das wohl gesellig wirken sollte. *»TOFFELN MIT SOSSE! TOFFELN MIT SOSSE! GUTE OLLE TOFFELN MIT SOSSE!«*

Hedda berührte vorsichtig Susannahs Hand. »So macht sie bis abends weiter, wenn Ihr ihr nicht sagt, dass sie still sein soll, Missus-Sai.«

»Still, Tia«, sagte Susannah.

Tia trompete mit erhobenem Kopf ein Lachen, verschränkte die Arme vor ihrem ungeheuren Busen und verstummte.

»Zal«, sagte Tian. »Du musst Pipi machen, stimmt's?«

Zalias Bruder sagte nichts, sondern fuhr nur fort, sich im Schritt zu kneten.

»Geh Pipi machen«, sagte Tian. »Geh hinter die Scheune. Gieß die Scharfwurzeln, ich sage dir meinen Dank.«

Einen Augenblick lang passierte nichts. Dann machte Zalman sich mit großen, schwerfälligen Schritten auf den Weg.

»Als sie klein waren …«, begann Susannah.

»So helle wie polierter Achat, alle beide«, sagte Zalia leise. »Jetzt ist es schlimm um meine Schwägerin bestellt, und mein Bruder ist noch schlimmer dran.«

Sie schlug plötzlich die Hände vors Gesicht. Daraufhin lachte Aaron hell auf und imitierte sie, indem er sich ebenfalls die Hände vors Gesicht hielt (wobei er »Guck-guck!« durch die Finger rief), aber die beiden Zwillingspaare wirkten ernst. Sogar besorgt.

»Was hat Mah-Mah?«, fragte Lyman und zupfte am Hosenbein seines Vaters. Zalman, der nichts davon wahrnahm, stapfte in Richtung Scheune weiter – noch immer mit einer Hand im Mund und der anderen am Schritt.

»Nichts, Sohn. Deiner Mah-Mah fehlt nichts.« Tian setzte den Kleinen ab, dann fuhr er sich mit einem Ärmel über die Augen. »Alles ist gut. Oder, Zallie?«

»Aye«, sagte sie und ließ die Hände sinken. Ihre Augenränder waren gerötet, aber sie weinte nicht. »Und der Segen wird bewirken, dass alles gut wird, was nicht gut ist.«

»Aus Eurem Mund in Gottes Ohr«, sagte Eddie, während er beobachtete, wie der Riese zur Scheune schlurfte. »Aus Eurem Mund in Gottes Ohr.«

2

»Hat er heute einen seiner wachen Tage, Euer Gran-Pere?«, fragte Eddie Tian einige Minuten später. Sie waren unterwegs, weil Tian ihm das Feld zeigen wollte, das er das Scheißfeld nannte, und hatten Zalia und Susannah bei der Schar großer und kleiner Kinder zurückgelassen.

»Nicht so, dass man's merken würde«, sagte Tian, dessen Gesicht sich dabei verfinsterte. »In den letzten Jahren ist er mehr als nur halb verwirrt, und mit mir will er ohnehin nichts zu tun haben. Mit *ihr* schon, aye, weil sie ihn füttert, ihm danach den Sabber vom Kinn wischt und ihm noch ihren Dank sagt. Es reicht wohl nicht, dass ich zwei große mindere Tölpel durchfüttern muss, oder? Ich muss auch noch diesen übel launigen Alten im Haus haben. Sein Verstand ist so verrostet wie eine alte Türangel. Die Hälfte der Zeit weiß er nicht mal, wo er ist, sage irgendwem kleinen-kleinen Dank!«

Sie gingen durch hohes Gras, das raschelnd ihre Hosenbeine streifte. Eddie wäre zweimal fast über Felsbrocken gestolpert, und einmal packte Tian ihn am Arm und führte ihn um ein Loch herum, in dem er sich gut ein Bein hätte brechen können. *Kein Wunder, dass er es das Scheißfeld nennt,* dachte Eddie. Und trotzdem war offenbar versucht worden, dieses Stück Land urbar zu machen. Schwer zu glauben, dass jemand einen Pflug durch dieses Gewirr aus Feldbrocken führen konnte, aber Tian Jaffords schien es versucht zu haben.

»Falls Eure Frau Recht hat, sollte ich mit ihm reden«, sagte Eddie. »Um mir seine Geschichte erzählen zu lassen.«

»Moin Grandda' weiß Geschichten, das stimmt. Ein halbes Tausend! Das Dumme ist nur, dass die meisten von Anfang an gelogen waren, und jetzt bringt er sie auch noch alle durcheinander. Außerdem hat er schon immer starken Dialekt gesprochen, und in den letzten drei Jahren sind ihm noch dazu die letzten Zähne ausgefallen. Wahrscheinlich werdet Ihr seinen Unsinn überhaupt nicht verstehen. Ich wünsche Euch viel Spaß mit ihm, Eddie von New York.«

»Was zum Teufel hat er Euch getan, Tian?«

»'s geht nicht darum, was er mir getan hat, sondern was er meinem Da' getan hat. Das ist eine lange Geschichte, die nicht hierher gehört. Haltet Euch da raus.«

»Nein, *Ihr* sollt Euch raushalten!«, sagte Eddie und machte Halt.

Tian starrte ihn verwundert an. Eddie nickte, ohne zu lächeln:

Ihr habt mich gehört. Er war fünfundzwanzig, schon ein Jahr älter, als Cuthbert Allgood an seinem letzten Tag auf dem Jericho Hill gewesen war, aber im schwindenden Licht dieses Tages hätte er für einen Mann von fünfzig Jahren gelten können. Für einen, der schroffe Gewissheit ausstrahlte.

»Sollte er einen toten Wolf gesehen haben, müssen wir seine Aussage protokollieren.«

»Dieses Wort kenne ich nicht, Eddie.«

»Yeah, aber ich glaube, dass Ihr genau wisst, worauf ich *hinauswill*. Was immer Ihr gegen ihn habt, lasst es beiseite. Sobald wir mit den Wölfen fertig sind, habt Ihr meine Erlaubnis, ihn ins Kaminfeuer zu schubsen oder von Eurem gottverdammten Dach zu stoßen. Aber bis dahin behaltet Ihr Euer Gekränktsein für Euch. Okay?«

Tian nickte wortlos. Er stand mit den Händen in den Hosentaschen da und blickte über sein schwieriges Nordfeld hinaus, das er Scheißfeld nannte. Wenn er es so betrachtete, sprach aus seiner Miene sorgenvolle Habgier.

»Glaubt Ihr, dass seine Geschichte von dem Wolf, den er erlegt haben will, ein Schwindel ist? Wenn Ihr das wirklich tut, will ich meine Zeit nicht mit ihm vergeuden.«

»Ich neige eher dazu«, antwortete Tian widerstrebend, »die zu glauben als die meisten anderen.«

»Warum?«

»Na ja, die erzählt er schon, seit ich alt genug war, um zuzuhören, und *diese* eine ändert sich nie sonderlich. Außerdem …« Tians nächste Worte klangen gequetscht, so als stieße er sie mit zusammengebissenen Zähnen hervor. »An Mumm und Schneid hat's meinem Gran-Pere nie gefehlt. Wenn je irgendjemand den Mut gehabt hat, zur Oststraße rauszugehen und sich den Wölfen entgegenzustellen – ganz zu schweigen davon, so trum gewesen zu sein, dass er andere dazu überreden konnte, ihn zu begleiten –, dann würde ich auf Jamie Jaffords setzen.«

»Trum?«

Tian überlegte, wie er das Wort erklären sollte. »Solltet Ihr Euren Kopf in den Rachen einer Felskatze stecken, würde das doch Mut erfordern, nicht wahr?«

Das würde Idiotie erfordern, fand Eddie, aber er nickte trotzdem.

»Wärt Ihr die Art Mann, der *jemand anderen* dazu überreden kann, seinen Kopf in den Rachen einer Felskatze zu stecken, wärt Ihr trum. Euer Dinh ist trum, nicht wahr?«

Eddie erinnerte sich an einige Dinge, zu denen Roland ihn veranlasst hatte, und nickte. Roland war trum, das stimmte. Er war verdammt trum. Eddie war sich sicher, dass alle alten Gefährten des Revolvermanns dem zugestimmt hätten.

»Aye«, sagte Tian und blickte wieder über sein Feld hinaus. »Wollt Ihr etwas halbwegs Vernünftiges aus dem Alten rauskriegen, solltet Ihr bis nach dem Abendessen warten. Er ist ein bisschen wacher, wenn er sein Essen und ein Viertel *Graf* gehabt hat. Und sorgt dafür, dass meine Frau dicht neben Euch sitzt, damit er sie gut sehen kann. Ich trau ihm zu, dass er mehr versuchen würde, als sie nur mit Blicken zu verschlingen, wenn er jünger wäre.« Sein Gesicht hatte sich wieder verfinstert.

Eddie schlug ihm auf die Schulter. »Na, das ist er aber nicht. *Ihr* seid jünger. Seid also nicht so griesgrämig, mein Freund.«

»Aye.« Tian strengte sich merklich an, heiterer zu wirken. »Was haltet Ihr von meinem Feld, Revolvermann? Nächstes Jahr pflanze ich hier Madrigal an. Das gelbe Zeug, das Ihr vor dem Haus gesehen habt.«

Eddie fand jedoch, dass dieses Feld so aussah, als würde es nur darauf warten, seinem Besitzer das Herz zu brechen. Er hatte den Verdacht, dass Tian im Innersten ähnlich dachte; man nannte sein einziges unbestelltes Feld nicht Scheißfeld, wenn man von ihm Gutes erwartete. Aber er kannte diesen Ausdruck auf Tians Gesicht. Genau den hatte auch Henry immer aufgesetzt, wenn sie zu zweit losgezogen waren, um sich Stoff zu beschaffen. Er hatte immer behauptet, diesmal würde es bester Stoff sein, der beste Stoff aller Zeiten. China White, nicht wieder Mexican Brown, von dem man Kopfschmerzen und Durchfall bekam. Sie würden eine Woche lang high sein, das beste High aller Zeiten, *richtig weich,* und dann das Heroin endgültig aufgeben. Das war Henrys Evangelium gewesen, und deshalb hätte hier neben Eddie auch Henry stehen und ihm erzählen können, was für eine hochwertige Feldfrucht Madrigal sei und wie den Leuten, die ihm erzählt hatten, es lasse sich so weit nördlich nicht mehr mit Erfolg anbauen, bei der nächsten Ernte das Lachen vergehen würde. Und dann würde er Hugh Anselms Feld hinter dem nächsten Hügel kaufen … zur Erntezeit ein paar Männer anstellen, weil ein goldener Teppich das Land bedecken würde, so weit das Auge reichte … wer weiß, vielleicht würde er den Reisanbau ganz aufgeben und ein Madrigal-Magnat werden.

Eddie nickte zu dem Feld hinüber, das kaum zur Hälfte umgepflügt war. »Aber das Pflügen ist bestimmt mühsam. Ich kann mir vorstellen, dass Ihr mit den Maultieren verdammt vorsichtig sein müsst.«

Tian prustete. »Ich würde hier draußen kein Maultier aufs Spiel setzen, Eddie.«

»Aber wie …?«

»Ich pflüge mit meiner Schwester.«

Eddie starrte ihn mit offenem Mund an. »Ihr verscheißert mich!«

»Keineswegs. Ich würde auch mit Zal pflügen – er ist größer, wie Ihr selbst gesehen habt, und noch stärker –, aber er ist weniger helle als sie. Nicht der Mühe wert. Ich hab's schon mit ihm versucht.«

Eddie schüttelte den Kopf und fühlte sich wie benommen. Ihre Schatten fielen weit über die klumpige Erde mit ihrem Bewuchs aus Unkraut und Disteln. »Aber … Mann … sie ist Eure *Schwester!*«

»Aye, und was täte sie sonst den ganzen lieben Tag lang? Am Scheunentor hocken und den Hühnern zusehen? Immer länger schlafen und nur noch aufstehen, um ihre Toffeln mit Soße zu essen? Glaubt mir, so ist's besser. Die Arbeit macht ihr nichts aus. Auch wenn nicht alle acht bis zehn Schritte ein Loch oder ein Felsbrocken kommt, der den Pflug ruinieren kann, ist's schrecklich schwierig, sie dazu zu bringen, geradeaus zu pflügen, aber sie zieht wie der Teufel und lacht dabei wie eine Verrückte.«

Was Eddie überzeugte, war Tians Ernsthaftigkeit. Soviel er beurteilen konnte, sprach aus ihr keinerlei Bedürfnis, sich rechtfertigen zu wollen.

»Außerdem ist sie in zehn Jahren wahrscheinlich ohnehin tot. Sie soll helfen, so lange sie kann, sage ich. Und Zalia findet das auch.«

»Okay, aber warum überlasst Ihr das Pflügen nicht wenigstens teilweise Andy? Ich wette, dass er schneller damit fertig würde. All ihr Kleinfarmer könntet ihn euch doch teilen, habt ihr euch das schon mal überlegt? Er könnte eure Felder umpflügen, eure Brunnen graben, sogar Scheunen ganz allein errichten. Und ihr würdet euch Toffeln und Soße sparen.« Eddie schlug Tian wieder auf die Schulter. »Das *müsste* euch doch gut tun.«

Tian verzog den Mund. »Aye, ein schöner Traum.«

»Es funktioniert aber nicht, was? Weil er die Arbeit verweigert.«

»Manches tut er, aber Felder umpflügen und Brunnen graben gehört nicht dazu. Will man's ihm auftragen, verlangt er, dass man ihm sein Passwort sagt. Wenn man dann keines weiß, fragt er einen, ob man's noch mal versuchen will. Und dann …«

»Und dann erklärt er einem, dass man diesmal Scheißpech hat. Wegen der Weisung neunzehn.«

»Warum habt Ihr danach gefragt, wenn Ihr das alles schon wisst?«

»Dass er auf Fragen nach den Wölfen so reagiert, weiß ich,

weil ich's ausprobiert habe. Aber ich wusste nicht, dass das auch für alles andere gilt.«

Tian nickte. »Er ist nicht sehr nützlich und kann manchmal richtig lästig sein – solltet Ihr das noch nicht gemerkt haben, werdet Ihr's bald mitbekommen –, aber er benachrichtigt uns wenigstens, wann die Wölfe hierher unterwegs sind, und dafür sagen wir ihm alle unseren Dank.«

Eddie musste sich beherrschen, um die Frage, die ihm auf der Zunge lag, nicht zu stellen. Warum dankten sie ihm, wenn seine Nachricht zu nichts anderem taugte, als sie in Angst und Verzweiflung zu stürzen? Natürlich konnte daraus diesmal mehr werden; diesmal konnte Andys Nachricht tatsächlich zu einer Veränderung führen. Hatte Mr. Ihr-werdet-einen-interessanten-Fremden-kennen-lernen es von Anfang an darauf angelegt? Hatte er die *Folken* dazu bringen wollen, sich auf die Hinterbeine zu stellen und zu kämpfen? Eddie erinnerte sich an Andys entschieden kriecherisches Lächeln und fand solchen Altruismus schwer glaubhaft. Es war zwar nicht fair, Leute (oder vielleicht sogar Roboter) danach zu beurteilen, wie sie lächelten oder redeten – aber trotzdem tat das jeder.

Und weil ich gerade dabei bin: Was ist übrigens mit seiner Stimme? *Mit diesem selbstgefälligen kleinen Ich-weiß-mehr-als-du-Ton, den er an sich hat? Oder bilde ich mir den auch ein?*

Das Schlimme daran war, dass er's nicht wusste.

3

Der Klang von Susannahs singender Stimme, in das sich fröhliches Kinderlachen mischte – von allen großen und kleinen Kindern –, lockte Eddie und Tian wieder auf die andere Seite des Hauses.

Zalman hielt ein Ende eines Seils, das ein Kälberstrick zu sein schien. Das andere Ende hatte Tia in der Hand. Sie schwangen es begeistert grinsend in langsamen Bogen, während Susannah aufrecht auf der Erde sitzend einen Tauspringenvers aufsagte, an den auch Eddie sich vage erinnerte. Zalia und ihre vier älteren Kinder sprangen gemeinsam, dass ihre Haare nur so auf und ab flogen. Der kleine Aaron, dessen Windelpaket jetzt fast an seinen Knien hing, stand entzückt lachend daneben. Mit einer pummeligen Faust machte er Bewegungen, als schlage er selbst ein Schwungseil.

»›Teddybär, Teddybär, dreh dich um! Teddybär, Teddybär, mach dich krumm! Teddybär, Teddybär, heb das Bein! Teddybär, Teddybär, mach dich klein …!‹ Schneller, Zalman! Schneller, Tia! Kommt schon, sie sollen richtig springen!«

Tia schwang ihr Seilende sofort schneller, und einige Augenblicke später folgte Zalman ihrem Beispiel. Hier handelte es sich offenbar um etwas, das er konnte. Susannah steigerte lachend das Tempo ihres Sprechgesangs.

»›Teddybär, Teddybär, hüpf auf einem Fuß! Teddybär, Teddybär, mach dich ganz groß! Teddybär, Teddybär, komm nicht zur Ruh'! Teddybär, Teddybär, wie alt bist du?‹ Hoi, Zalia, ich kann deine Knie sehen, Mädchen! Schneller, Leute, schneller!«

Die vier Zwillinge sprangen wie Federbälle, wobei Heddon die Fäuste unter die Achseln steckte und die Arme bei jedem Sprung wie Flügel bewegte. Nachdem die beiden jüngeren Kinder ihre Schüchternheit überwunden hatten, die sie zuvor so unbeholfen gemacht hatte, sprangen sie nun in elfenhaft geschmeidiger Harmonie. Selbst ihr Haar schien sich dabei im Gleichtakt aufzubauschen. Der Anblick erinnerte Eddie unwillkürlich an die Zwillinge Tavery, die sogar identische Sommersprossen hatten.

»Teddybär … Teddybär …« Dann verstummte Susanah. »Mist, Eddie! Ich weiß nicht weiter!«

»Schneller, Leute«, sagte Eddie zu den Riesen, die das Schwungseil schlugen. Sie steigerten gehorsam ihr Tempo, wobei

Tia in den Abendhimmel hinaufwieherte. Eddie beobachtete den Schwung des Seils, wippte auf den Zehenspitzen und passte den richtigen Augenblick ab. Er legte die rechte Hand auf den Griff von Rolands Revolver, um sicherzustellen, dass er nicht aus dem Holster fliegen würde.

»Eddie Dean, das kannst du *nie!«*, rief Susannah lachend.

Aber als das Seil wieder nach oben schwang, tat er's doch und war mit einem Satz zwischen Hedda und ihrer Mutter. Er wandte sich Zalia zu, deren gerötetes Gesicht schweißnass glänzte, sprang in perfektem Gleichtakt mit ihr und skandierte dabei den einzigen Vers, der ihm im Gedächtnis geblieben war. Um im Takt zu bleiben, musste Eddie fast so schnell sprechen wie ein Tabakversteigerer. Erst später merkte er, dass er den Teddybären in einen Butzemann verändert, ihm eine für Brooklyn typische Wendung gegeben hatte.

»›Butzemann, Butzemann, springt jetzt alle schneller! Butzemann, Butzemann, sonst kommt ihr in den Keller!‹ *Tempo,* Leute! *Schneller!«*

Die Riesen gehorchten und schwangen das Seil so schnell, dass es fast verschwamm. In einer Welt, die jetzt mit einem unsichtbaren Springstab auf und ab zu hüpfen schien, sah er einen alten Mann mit widerspenstigem Haar und eisgrauen Koteletten, der wie ein Igel aus seinem Loch auf die Veranda kam, auf deren Boden sein Stock aus Eisenholz polterte. *Hallo, Gran-Pere,* dachte er, dann beachtete er den Alten vorläufig nicht weiter. Im Augenblick wollte er nur auf den Beinen bleiben und nicht der sein, der den anderen das Springen verdarb. Als kleiner Junge hatte er das Tauspringen geliebt und war immer traurig darüber gewesen, dass er es den Mädchen hatte überlassen müssen, sobald er in die Roosevelt-Grundschule ging, wenn er nicht für immer als weibischer Typ abgestempelt sein wollte. Aber so wie hier war es nie gewesen. Man hätte glauben können, er hätte einen praktischen Zauber entdeckt (oder wieder entdeckt), der Susannahs und sein New Yorker Leben auf eine Weise mit diesem anderen Leben verband, die keine magischen Türen oder Zauberkugeln, auch kein Flitzer-Stadium erforderte. Er lachte begeistert und fing an, die Füße scherenförmig vor und zurück zu bewegen. Im nächsten Augenblick tat Zalia Jaffords das auch, indem sie ihn Schritt für Schritt imitierte. Das hier war so gut wie der Reistanz. Vielleicht sogar besser, weil sie alle im Gleichtakt in Bewegung waren.

Auch für Susannah war das alles wie Magie, und von allen Wundern, die vor und hinter ihnen lagen, bewahrten diese wenigen Augenblicke auf dem Hof der Jaffordsens stets ihren einzigartigen Glanz. Nicht zwei von ihnen, die als Tandem sprangen, auch nicht vier, sondern gleich *sechs*, während die beiden riesigen grinsenden Idioten das Seil so schnell schwangen, wie ihre gewaltigen Arme es zuließen.

Tian lachte und stampfte mit seinen Kurzstiefeln auf und rief: »Das ist der Gipfel! Ehrlich! *Schitt auch!«* Und von der Veranda aus ließ sein Großvater ein so rostig klingendes Lachen hören, dass Susannah sich fragen musste, vor wie langer Zeit er diesen Klang wohl eingemottet hatte.

Der Zauber hielt noch etwa fünf Sekunden an. Das Schwungseil drehte sich so schnell, dass es nicht mehr zu sehen war und nur noch als ein Schwirren wie von einem Vogelflügel existierte. Das halbe Dutzend Menschen in diesem Schwirren – von Eddie, dem Größten, an Zalmans Ende bis zu dem pummeligen kleinen Lyman an Tias Ende – ging wie die Kolben einer Maschine auf und ab.

Dann verhakte das Seil sich bei irgendjemandem am Absatz – bei Heddon, so erschien es Susannah, obwohl später alle die Schuld auf sich nahmen, damit keiner betrübt sein musste –, und sie lagen keuchend und lachend im Staub ausgestreckt. Eddie, der sich mit einer Hand an die Brust griff, begegnete Susannahs Blick. »Ich hab einen Herzanfall, Liebste, ruf lieber den Notarzt.«

Sie hievte sich zu der Stelle hinüber, wo er lag, und beugte sich über ihn, damit sie ihn küssen konnte. »Nein, du hast keinen«, sagte sie, »aber du fällst *mein* Herz an, Eddie Dean. Ich liebe dich.«

Er sah, so wie er im Staub des Hofes dalag, ernsthaft zu ihr auf. Sosehr sie ihn vielleicht liebte – er wusste, dass er sie immer noch mehr lieben würde. Und wie jedes Mal, wenn er dergleichen dachte, überkam ihn die unheilvolle Vorahnung, das Ka sei nicht ihr beider bester Freund, sodass es mit ihnen schlecht enden werde.

Wenn das stimmt, ist es deine Aufgabe, dafür zu sorgen, dass alles möglichst lange möglichst gut bleibt. Wirst du deine Aufgabe erfüllen, Eddie?

»Mit größtem Vergnügen«, sagte er.

Sie zog die Augenbrauen hoch. »Wenn's beliebt?«, sagte sie, was eigentlich der Calla-Ausdruck für *Wie bitte?* war.

»Genau das tue ich«, sagte er grinsend. »Glaub mir, und wie ich das tue.« Er schlang ihr einen Arm um den Nacken, zog sie zu sich herab und küsste ihre Stirn, ihre Nase und zuletzt ihre Lippen. Die Zwillinge lachten und klatschten. Der Kleine gluckste lachend. Und auf der Veranda tat der alte Jamie Jaffords das Gleiche.

4

Nach dieser Anstrengung waren alle hungrig, und Zalia Jaffords tischte gemeinsam mit Susannah, die ihr vom Rollstuhl aus half, hinter dem Haus auf einer auf Böcken stehenden langen Tischplatte ein deftiges Mahl auf. Die Aussicht von hier war nicht leicht zu übertreffen, fand Eddie. Am Fuß des Hügels wuchs etwas, was er für eine besonders robuste Reissorte hielt, die jetzt bis zur Schulterhöhe eines großen Mannes herangewachsen war. Hinter dem Feld schimmerte der Fluss im Licht der untergehenden Sonne.

»Sprich zuvor ein paar Worte, Zallie, ich bitte dich«, sagte Tian.

Diese Aufforderung erfreute sie sichtlich. Susannah erzählte Eddie später, Tian habe nie viel vom Glauben seiner Frau gehalten, aber seine Meinung anscheinend geändert, seit Pere Callahan ihn in der Versammlungshalle der Stadt unerwartet unterstützt hatte.

»Senkt die Köpfe, Kinder.«

Vier Kinderköpfe wurden gesenkt – sechs, wenn man die Riesen mitzählte. Lyman und Lia kniffen die Augen so krampfhaft zusammen, dass sie wie Kinder aussahen, die unter schrecklichen Kopfschmerzen litten. Ihre Hände, sauber und vom kalten Wasserstrahl der Pumpe leuchtend rosig, lagen vor ihnen auf dem Tisch.

»Segne dieses Mahl zu unserem Wohle, Herr, und mache uns dankbar. Wir danken dir für unsere Gäste, mögen wir ihnen Gutes tun und sie uns. Erlöse uns von dem Schrecken, der mittags fliegt, und dem, der nachts herankriecht. Wir sagen dir unseren Dank.«

»Unseren Dank!«, riefen die Kinder, und Tia tat das fast so laut, dass die Fensterscheiben klirrten.

»Im Namen Gottes, des Vaters, und seines Sohnes, des Jesusmenschen«, sagte sie.

»Jesusmensch!«, riefen die Kinder. Eddie beobachtete amüsiert, dass Gran-Pere, der ein fast so großes Kruzifix wie Zalman und Tia umhängen hatte, mit offenen Augen dasaß und während des Gebets friedlich in der Nase bohrte.

»Amen.«

»Amen!«

»TOFFELN!«, rief Tia.

5

Tian saß an einem Ende des langen Tischs, Zalia am anderen. Die Zwillinge wurden nicht ins Ghetto eines »Katzentischs« abgeschoben (wie es Susannah und ihren Vettern und Kusinen bei Familientreffen stets ergangen war und was sie immer gehasst hatte), sondern saßen auf einer Seite des Tischs so nebeneinander, dass die jüngeren Zwillinge von den älteren Geschwistern flankiert wurden. Heddon half Lia; Hedda half Lyman. Susannah und Eddie saßen den Kindern gegenüber; Susannah hatte einen jungen Riesen links neben sich, Eddie eine junge Riesin rechts neben sich. Das jüngste Kind saß erst auf dem Schoß seiner Mutter, schien sich dann aber zu langweilen und wechselte auf den seines Vaters über. Der Alte saß neben Zalia, die ihm auftat, ihm das Fleisch klein-klein schnitt und ihm tatsächlich das Kinn abwischte, als die Soße herunterlief. Tian beobachtete das finster dreinblickend auf eine mürrische Art, die ihm nach Eddies Ansicht wenig Ehre machte, aber er hielt den Mund und fragte seinen Großvater nur einmal, ob er noch etwas Brot wolle.

»Mein Ahm tut's noch, wenn ich was will«, sagte der Alte und schnappte sich den Brotkorb, wie um seine Aussage zu untermauern. Für einen Gent in fortgeschrittenem Alter tat er das recht flink, aber dann beeinträchtigte er den Eindruck von Forschheit, indem er das Töpfchen mit Preiselbeersoße umwarf. »Schitt!«, rief er.

Die vier Kinder starrten sich mit runden Augen an, dann bedeckten sie den Mund und kicherten. Tia warf den Kopf zurück und trompetete ein Lachen. Ihr linker Ellbogen traf Eddie in die Rippen und warf ihn fast vom Stuhl.

»Wollte, du würdest vor den Kindern nicht so reden«, sagte Zalia, während sie das Töpfchen wieder aufstellte.

»Erfleh deine Vazei'ung«, sagte Gran-Pere. Eddie fragte sich, ob er solch gewinnende Demut aufgebracht hätte, wenn sein Enkel ihn getadelt hätte.

»Lasst mich Euch etwas davon auftun, Gran-Pere«, sagte Susannah, indem sie Zalia das Töpfchen aus der Hand nahm. Der Alte betrachtete sie mit feuchtem, fast anbetungsvollem Blick.

»Müssen ach bald vierzig Jahr sein, dass ich keine echte braune Frau nich mehr gesehn hab«, sagte Gran-Pere zu ihr. »Früha sin se mit de Marktschiffe gekomm, aber jetz nich mehr.« Wenn Gran-Pere *Schiffe* sagte, kam es wie *Schitte* heraus.

»Hoffentlich ist es kein zu großer Schock für Euch, dass es uns weiterhin gibt«, sagte Susannah und bedachte ihn mit einem Lächeln. Die Reaktion des Alten bestand aus einem lüsternen, zahnlosen Grinsen.

Die Steaks waren zäh, aber wohlschmeckend, der Mais fast so gut wie der, den Andy bei ihrem ersten hiesigen Mahl am Rand der Wälder serviert hatte. Obwohl die Schüssel mit Toffeln nahezu die Größe eines Waschbeckens hatte, musste sie zweimal nachgefüllt werden (und die Soßenschüssel dreimal), aber für Eddie war die eigentliche Offenbarung der Reis. Zalia hatte drei verschiedene Sorten gekocht, von denen Eddie eine besser fand als die andere. Die Familie Jaffords aß ihn jedoch fast geistesabwesend, so wie Leute im Restaurant einfach Wasser tranken. Die Mahlzeit endete mit einem Apfelmixgetränk, und dann wurden die Kinder spielen geschickt. Gran-Pere setzte den Schlusspunkt, indem er schallend laut rülpste. »Sag dir meinen Dank«, sagte er zu Zalia und tippte sich dreimal an die Kehle. »War selten besser, Zallie.«

»Es tut mir gut, dich so essen zu sehen, Dad«, sagte sie.

Tian grunzte, dann sagte er: »Dad, diese beiden möchten mit dir über die Wölfe reden.«

»Nur Eddie, wenn's beliebt«, sagte Susannah entschlossen. »Ich trage mit ab und helfe beim Abwasch.«

»Nicht nötig«, sagte Zalia. Eddie glaubte zu erkennen, dass sie Susannah mit Blicken eine stumme Botschaft übermittelte – *Bleibt, er mag Euch* –, aber Susannah erkannte das entweder nicht oder übersah es bewusst.

»Doch, doch«, sagte sie und schwang sich mit durch lange Übung erworbener Behändigkeit in ihren Rollstuhl. »Ihr redet mit meinem Mann, nicht wahr, Sai Jaffords?«

»War alles lang her und nur nebenbei«, sagte der Alte, aber er schien nicht abgeneigt zu sein. »Weiß nich, ob ich's kann. Mein Kopf is nich mehr so kla wie früha.«

»Aber ich möchte hören, woran Ihr Euch erinnert«, sagte Eddie. »Jedes Wort.«

Tia trompetete ihr Lachen, als hätte sie nie etwas Komischeres gehört. Auch Zal lachte schallend laut, dann kratzte er mit einer Hand, die fast so groß wie ein Schneidbrett war, den letzten Rest Kartoffelbrei aus der Schüssel. Tian schlug ihm kräftig auf den Handrücken. »Das tut man nicht, du großer Tölpel, wie oft hab ich dir das schon gesagt?!«

»Na schön«, sagte Gran-Pere. »Ich würd ein bisschen redn, wenn Ihr zuhörn wollt, Junge. Was kann ich heut schon mit mir anfangn, außer sabbern? Aber helft mir, auffe Veranda raufzukomm, die Stufen kommt man nämich leichter runter als rauf. Und mir wär's recht, wenn du mir meine Pfeife bringn würdst, Töchterchen, eine Pfeife kann eim Mann denkn helfen, das tut sie.«

»Natürlich«, sagte Zalia und ignorierte einen weiteren säuerlichen Blick ihres Mannes. »Kommt sofort.«

6

»Das is alles schon lang her, müsst Ihr wissn«, sagte Gran-Pere, sobald Zalia Jaffords ihn in seinen Schaukelstuhl gesetzt, ihm ein Kissen ins Kreuz gestopft und sich darum gekümmert hatte, dass seine Pfeife gut brannte. »Ich kann nicht bestimmt sagen, ob die Wölfe seither zwei oder drei Mal gekomm sind, denn obwohl ich damals neunzehn Ernten auf der Welt war, bin ich beim Zähln der Jahre dazwischen durcheinander geraten.«

Im Nordwesten war aus dem roten Streifen des Sonnenuntergangs ein herrlich pastellfarbenes Abendrot geworden. Tian, dem Heddon und Hedda zur Hand gingen, war beim Vieh in der Scheune. Die jüngeren Zwillinge waren in der Küche. Tia und Zalman, die beiden Riesen, standen draußen am Rand des Hofs und sahen unbeweglich schweigend nach Osten. Sie hätten Monolithen auf einem Foto von der Osterinsel im *National Geographic* sein können. Bei ihrem Anblick lief Eddie ein leichter Schauder über den Rücken. Trotzdem hatte er Grund, dankbar zu sein. Gran-Pere schien relativ hell und bei sich zu sein, und obwohl sein Dialekt stark war – beinahe eine Parodie –, hatte Eddie zumindest bisher keine Schwierigkeiten, den Alten zu verstehen.

»Ich glaube nicht, dass die Jahre dazwischen so wichtig sind, Sir«, sagte Eddie.

Gran-Pere zog die Augenbrauen hoch. Er stieß sein rostiges Lachen aus. »Sir, sagt Ihr? Lang, lang ist's her, dass ich das gehört hab! Ihr müsst aus Norden komm!«

»Das stimmt wohl so weit«, sagte Eddie.

Gran-Pere verfiel in langes Schweigen, während er das schwindende Abendrot betrachtete. Dann sah er mit gewisser Überraschung zu Eddie hinüber. »Haben wir schon gegessen? Viktualien und Rationen?«

Eddie verließ die Zuversicht. »Ja, Sir. Am Tisch auf der anderen Seite des Hauses.«

»Ich frage bloß, weil wenn ich 'ne Ladung abdrückn muss, tu ich's meist gleich nachm Abendessn. Aber heut spür ich nichts, drum wollte ich mal fragn.«

»Nein. Wir haben gegessen.«

»Aha. Und wie heißt Ihr?«

»Eddie Dean.«

»Aha.« Der Alte zog an seiner Pfeife. Aus seinen Nasenlöchern quollen zwei gekräuselte Rauchfäden. »Und die Schoko gehört

Euch?« Eddie wollte gerade eine Erklärung verlangen, als Gran-Pere sie nachlieferte. »Die Frau.«

»Susannah. Ja, sie ist meine Ehefrau.«

»Aha.«

»Sir ... Gran-Pere ... die Wölfe?« Aber Eddie glaubte nicht mehr, dass er aus dem alten Kerl irgendwas rausbekommen würde. Vielleicht konnte Suze ...

»Wie ich mich erinnre, warn wir unser viere«, sagte Gran-Pere.

»Nicht fünf?«

»Nee, nee, aber trotzdem genug, dass man von 'ner Moit sprechn konnt.« Sein Tonfall war geschäftsmäßig nüchtern geworden. Der Dialekt hatte sich merklich abgeschwächt. »Wir warn jung und wild, uns war's scheißegal, ob wir lebtn oder starbn, müsst Ihr wissn. Wir waren bloß sauer genug, um uns wehrn zu wolln, egal, ob die andern Ja oder Nein oder vielleicht gesagt habn. Da war ich ... Pokey Slidell ... das war mein besta Freund ... und da warn Eamon Doolin und seine Frau, die rothaarige Molly. Sie war der reinste Teufel, wenn's drum ging, den Teller zu werfn.«

»Den Teller?«

»Aye, die Schwestern von Oriza werfn ihn. Zallie ist eine davon. Ich sag ihr, dass sie's Euch zeign soll. Sie ham Teller, da ist der Rand nur dort nicht messerscharf, wo die Frauen sie festhaltn, müsst Ihr wissn. Damit sin sie echt gefährlich, aye, das sind sie! Lassn 'nen Mann mit 'ner Bah echt dumm aussehn. Das solltet Ihr mal erlem.«

Eddie nahm sich vor, Roland davon zu erzählen. Er konnte nicht beurteilen, ob an dieser Tellerwerferei etwas dran war oder nicht, aber er *wusste*, dass er und seine Gefährten selbst viel zu wenige Waffen hatten.

»'s war Molly, die den Wolf erlegt hat ...«

»Nicht Ihr?« Eddie war verwirrt, weil Wahrheit und Legende sich anscheinend so vermengten, dass sie zuletzt nicht mehr voneinander zu trennen waren.

»Nee, nee, obwohl …« Gran-Peres Augen blitzten. »… ich vielleicht manchmal behauptet hab, ich wär's gewesn, vielleicht um die Knie einer jungen Lady zu lockern, die sonst zusammengepresst gebliebn wärn, versteht Ihr?«

»Ich glaube schon.«

»'s war die Rote Molly, die ihn mit dem Teller erledigt hat, das ist wahr, aber das heißt, das Pferd beim Schwanz aufzäum. Wir habn ihre Staubwolke kommen sehen. Dann, ungefähr sechs Rad vor der Stadt, hat sie sich gedrinselt.«

»Was heißt das? Das verstehe ich nicht.«

Gran-Pere hielt drei verkrümmte Finger hoch, um zu zeigen, dass die Wolfskolonne sich dreigeteilt hatte.

»Der größte Teil – nach dem Staub zu urteiln, wisst Ihr – ist in die Stadt zu Tooks Laden gerittn, was logisch war, weil verschiedene Leute auf die Idee gekomm warn, ihre Babbies dort in eim Lagerraum zu versteckn. Ganz hintn in seim Ladn hatte Tooky 'nen geheimen Raum, in dem er Bargeld und Juweln und ein paar alte Schusswaffn und andere Wertgegenstände, die er in Zahlung genommen hatte, aufbewahrt hat. Und das war ein Haufn Zeug, müsst Ihr wissn!« Wieder das rostige, gackernde Lachen. »Es war ein gutes Versteck, nicht mal die Leute, die bei dem alten Geizhals arbeiteten, wusstn davon, aber als es so weit war, sind die Wölfe geradewegs hingegangen und ham die Babbies rausgeholt und jeden umgebracht, der sich ihnen in den Weg stelln oder sie auch nur um Gnade anflehn wollte. Und als sie dann weggerittn sind, ham sie den Ladn mit ihre Lichtstäbn in Brand gesteckt. Er ist völlig abgebrannt, das ist er, und nur mit Glück ist nicht die ganze Stadt niedergebrannt, junger Sai, die Flammen, wo aus den Stäbn der Wölfe kommen, gleichn nämlich keim anderen Feuer, das sich mit genügend Wasser löschn lässt. Schüttet man Wasser darauf, wern se größer. Brennen höher! Höher und heißer! Schitt auch!«

Er spuckte übers Geländer, um seine Worte zu unterstreichen, dann musterte er Eddie scharf.

»Damit will ich bloß Folgendes sagn: Ganz gleich, wie viele Leute mein Enkel dazu überreden kann, sich zu erheben und zu kämpfn, vielleicht gemeinsam mit Euch und Eurer Schoko, Eben Took wird nie drunter sein. Die Tooks betreim diesen Laden seit undenklichn Zeiten, und sie wolln ihn nie wieder abbrennen sehen. Einmal genügt diesn feigen Weicheiern, versteht Ihr?«

»Ja.«

»Von den beidn andern Staubwolken ist die größere nach Südn zu den Ranches abgebogen. Die kleinere ist auf dem Weg zu den Kleinfarmen die Oststraße entlanggekomm, wo wir warn und den Kampf aufgenomm ham.«

Das Gesicht des Alten leuchtete, während er daran zurückdachte. Eddie erkannte darin nicht den jungen Mann, der sein Gegenüber einst gewesen war (dafür war Gran-Pere zu alt), aber in dessen wässrigen Augen sah er die Mischung aus Aufregung und Entschlossenheit und elender Angst, von der er an jenem Tag erfüllt gewesen sein musste. Von der sie alle erfüllt gewesen sein mussten. Eddie fühlte sich danach greifen, wie ein Hungernder nach Essen greift, und der Alte musste etwas davon auf seinem Gesicht gesehen haben, schien er sich doch auf einmal aufzuplustern und an Vitalität zu gewinnen. Das war gewiss keine Reaktion, die der Alte jemals bei seinem Enkel erlebt hatte; Tian fehlte es nicht an Mut, wir sagen unseren Dank, aber er war trotzdem ein Bauernlümmel. *Dieser* Mann jedoch, dieser Eddie von New York … er würde vielleicht ein kurzes Leben führen und mit dem Gesicht im Staub sterben, aber er war kein Bauernlümmel, bei 'Riza nicht.

»Erzählt weiter«, sagte Eddie.

»Aye. Das tu ich. Einige der Wölfe, die zu uns unterwegs warn, sind zu den kleinen Reisfarmen an der Flussstraße abgebogn – das konnt man am Staub sehen –, und ein paar andere sin die Schlingbohnenstraße runtergeritten. Ich weiß noch, wie Pokey

Slidell sich mir zugewendet hat, mit 'nem gequälten Lächeln aufm Gesicht, und er hat mir die Hand hingestreckt (die eine, in der nicht die Bah hielt), und er hat gesagt …«

7

Was Pokey Slidell unter dem glühenden Herbsthimmel und während um sie herum die letzten Sommergrillen im hohen weißen Gras zirpen, zu ihm sagt, ist: »War gut, dich gekannt zu haben, Jamie Jaffords, so wahr ich spreche.« Das Lächeln auf seinem Gesicht gleicht keinem, das Jamie jemals gesehen hat, aber da er erst neunzehn ist und hier draußen in einer Gegend lebt, die manche den Rand und andere den Bogen nennen, gibt es viel, was er noch nicht gesehen hat. Oder jemals sehen wird, wie's den Anschein hat. Es ist ein gequältes Lächeln, in dem aber keine Feigheit liegt. Jamie vermutet, dass auf seinem Gesicht das gleiche Lächeln steht. Hier sind sie unter der Sonne ihrer Väter, und die Dunkelheit wird sie bald verschlingen. Ihre letzte Stunde hat geschlagen.

Trotzdem ist sein Händedruck ziemlich kräftig, als er Pokeys Hand ergreift. »Du hast erst angefangen, mich zu kennen, Pokey«, sagt er.

»Hoffentlich hast du Recht.«

Die Staubwolke wälzt sich auf sie zu. In einer Minute, vielleicht schon früher, werden sie die Reiter sehen können, die den Staub aufwirbeln. Und, was noch wichtiger ist, diese Reiter werden auch sie sehen können.

»Also«, sagt Eamon Doolin, »ich glaub, wir sollten in dem Graben da verschwinden …« Er deutet auf die rechte Straßenseite. »… und klein-klein druntenbleiben. Wenn sie dann an uns vorbei sind, springen wir raus und greifen sie an.«

Molly Doolin trägt eine enge schwarze Seidenhose und eine wei-

ße Seidenbluse, die am Hals offen steht und ein kleines silbernes Ernteamulett sehen lässt: Oriza mit erhobener Faust. In der Rechten hält Molly einen Teller mit messerscharfem Rand, eine Scheibe aus kühlem blauen Titanstahl, die von einem zarten Netzwerk aus grünem Frühjahrsreis überzogen ist. Über die Schulter hat sie eine mit Seide gefütterte Schilftasche hängen. Sie enthält fünf weitere Teller: zwei eigene und drei aus dem Besitz ihrer Mutter. Im Sonnenschein leuchtet ihre rote Mähne so hell, dass man glauben könnte, ihr Kopf stünde in Flammen. Bald genug wird *er brennen, gewiss wahr.*

»Du kannst machen, was du willst, Eamon Doolin«, erklärt sie ihm. »Was mich betrifft, bleibe ich genau hier stehen, wo sie mich sehen können, und rufe den Namen meiner Zwillingsschwester, damit sie ihn deutlich hören können. Vielleicht reiten sie mich nieder, aber bevor sie das tun, erledige ich einen von ihnen oder trenne einem ihrer verdammten Pferde die Beine unter dem Leib ab, darauf könnt ihr euch verlassen.«

Für mehr ist nicht Zeit. Die Wölfe kommen aus der Senke an der Hofeinfahrt von Arras Kleinfarm, und die vier Calla-Folken können sie endlich sehen, und von Verstecken kann keine Rede mehr sein. Jamie hat fast erwartet, Eamon Doolin – der sanftmütig ist und mit dreiundzwanzig Jahren schon eine Glatze bekommt – würde jetzt seine Bah fallen lassen, ins hohe Gras flüchten und mit erhobenen Händen zeigen, dass er sich ergibt. Stattdessen tritt er neben seine Frau und legt einen Bolzen ein. Dann ist das leise Surren zu hören, als er die Sehne straff-straff zurückkurbelt.

Sie stehen, quer über der Straße verteilt, mit ihren Stiefeln im mehligen Staub. Sie blockieren die Straße. Und was Jamie wie eine Gnade erfüllt, ist das Gefühl, anständig zu handeln. Sie tun das Rechte. Sie werden hier sterben, aber das ist in Ordnung. Lieber hier sterben, als untätig zusehen, wie die Wölfe weitere Kinder rauben. Alle, die hier sind, haben einen Zwilling verloren, und

Pokey – der bei weitem Älteste unter ihnen – hat sowohl den Bruder als auch einen kleinen Sohn an die Wölfe verloren. Das Ganze hier ist recht. Ihnen ist bewusst, dass die Wölfe sich unter Umständen blutig an den anderen rächen werden, weil sie Widerstand geleistet haben, aber das spielt keine Rolle. Das Ganze ist recht.

»Nur heran!«, ruft Jamie und spannt die eigene Bah – eine Drehung, dann eine zweite, schließlich klickt es. »Traut euch, ihr Feiglinge! Kommt her, ihr Waschlappen, und holt euch euren Teil! Sagt Calla! Sagt Calla Bryn Sturgis!«

In der Hitze des Tages gibt es einen Augenblick, in dem die Wölfe nicht näher zu kommen, sondern nur schimmernd an Ort und Stelle zu verharren scheinen. Dann klingen die Hufschläge ihrer Pferde, zuvor dumpf und gedämpft, plötzlich scharf. Und die Wölfe scheinen in der flimmernden Luft einen Satz vorwärts zu machen. Ihre Hosen sind so grau wie das Fell ihrer Pferde. Dunkelgrüne Umhänge flattern hinter ihnen her. Grüne Kapuzen umrahmen Masken (das müssen *Masken sein), die die Köpfe dieser vier Reiter in die Köpfe knurrender, hungriger Wölfe verwandeln.*

»Vier gegen vier!«, schreit Jamie. »Vier gegen vier, gleich zu gleich, nicht nachgeben, Freunde! Keinen Schritt zurück!«

Die vier Wölfe fegen auf ihren grauen Pferden auf sie zu. Die Männer heben ihre Armbrüste. Molly – manchmal auch die Rote Molly genannt, allerdings mehr wegen ihres berüchtigten Temperaments als wegen ihrer Haarfarbe – hebt den Teller über die linke Schulter. Sie wirkt jetzt nicht zornig, sondern kühl und gelassen.

Die beiden Wölfe links und rechts außen haben Lichtstäbe, die sie jetzt heben. Die beiden in der Mitte holen mit ihren Fäusten aus, die in grünen Handschuhen stecken, um etwas zu werfen. Schnaatze, *denkt Jamie kühl.* Nichts anderes kann das sein.

»Wartet, Jungs …«, sagt Pokey. »Wartet … wartet … jetzt!«

Er lässt den Bolzen mit einem Schwirren der Sehne fliegen, und Jamie sieht, wie der Bolzen knapp über den Kopf des zweiten Wolfs von rechts außen hinweggeht. Eamons Bolzen trifft den Hals des Pferdes links außen. Das Tier stößt einen schrillen wiehernden Schrei aus und gerät aus dem Tritt, während die Wölfe die letzten vierzig Schritt Entfernung in Angriff nehmen. Es prallt mit dem Nachbarpferd zusammen, dessen Reiter soeben das Ding, das er in der Hand hält, wirft. Es ist tatsächlich ein Schnaatz, aber er kommt weit vom Kurs ab, und seine Sensoren können kein Ziel erfassen.

Jamies Bolzen trifft die Brust des dritten Reiters. Jamie setzt zu einem Siegesschrei an, der jedoch sofort in Bestürzung erstirbt, bevor er die Kehle überhaupt verlässt. Der Bolzen prallt von der Brust des Wolfs ab, wie er von Andys Körper oder einem Felsbrocken auf dem Scheißfeld abgeprallt wäre.

Du trägst einen Harnisch, o du Miststück, du trägst einen Harnisch unter dieser doppelt verdammten …

Der andere Schnaatz hält Kurs und trifft Eamon Doolin mitten im Gesicht. Sein Kopf explodiert in einem Sprühregen aus Blut und Knochen und matschigem grauen Zeug. Der Schnaatz fliegt noch ungefähr dreißig Schritt weiter, wendet dann scharf und kommt zurück. Jamie duckt sich und hört ihn über seinen Kopf hinwegflitzen, wobei das Ding ein tiefes, durchdringendes Summen von sich gibt.

Molly hat sich nicht bewegt, nicht einmal, als der Regen aus Blut und Gehirnmasse ihres Mannes über sie niedergegangen ist. Jetzt kreischt sie: »DIES IST FÜR MINNIE, IHR HURESÖHNE!«, und wirft ihren Teller. Die Entfernung ist inzwischen sehr gering – fast gar keine Entfernung mehr –, aber sie schleudert ihn mit aller Kraft, und der Teller steigt an, sobald er ihre Hand verlässt.

Zu fest, Beste, *denkt Jamie, während er dem in seine Richtung schwenkenden Strahl eines Lichtstabs ausweicht (auch die Licht-*

stäbe geben dieses tiefe, durchdringende Summen von sich). Zu fest, Schitt auch.

Tatsächlich reitet der Wolf, auf den Molly gezielt hat, jedoch in die ansteigende Flugbahn des Tellers hinein. Das Ding wird genau dort getroffen, wo die grüne Kapuze über die Wolfsmaske hinunterreicht. Sie hören einen merkwürdig gedämpften Aufprall – rums! –, *und das Ding kippt rückwärts aus dem Sattel, wobei die grün behandschuhten Hände in die Höhe fliegen.*

Pokey und Jamie brechen in wilden Jubel aus, aber Molly greift nur gelassen in ihre Umhängetasche, um einen weiteren der Teller herauszuholen, die alle so verstaut sind, dass ihre stumpfen Griffsegmente nach oben zeigen. Sie zieht ihn eben heraus, als einer der Lichtstäbe ihr den Arm vom Körper schneidet. Sie taumelt, bleckt knurrend die Zähne und sinkt auf ein Knie, als ihre Bluse in Flammen aufgeht. Jamie sieht staunend, dass sie nach dem Teller in ihrer abgetrennten Hand greift, die jetzt im Straßenstaub liegt.

Die restlichen drei Wölfe sind an ihnen vorbei. Der eine, den Molly mit ihrem Teller erwischt hat, liegt wild zuckend im Staub und wirft immer wieder die behandschuhten Hände hoch, so als wollte er sagen: »Was soll man machen? Was will man mit diesen verdammten Bauernlümmeln machen?«

Die anderen drei werfen ihre Pferde im Gleichtakt wie Kavalleristen auf dem Exerzierplatz herum und preschen zurück. Molly entwindet den Teller den eigenen toten Fingern, dann fällt sie, in Flammen gehüllt, rückwärts hin.

»Standhalten, Pokey!«, schreit Jamie hysterisch, als ihr Tod unter dem glühenden Stahlhimmel herandonnert. »Standhalten, verdammt noch mal!« Und weiterhin ist da dieses Gefühl, anständig zu handeln, während er das verbrannte Fleisch der Doolins riecht. Das hier hätten sie schon immer tun sollen, aye, sie alle, die Wölfe können nämlich sehr wohl erlegt werden, obwohl Pokey und er wahrscheinlich nicht überleben werden, um davon erzäh-

len zu können, und jene ihren toten compadre *mitnehmen werden, sodass niemand davon erfahren wird.*

Ein Schwirren, mit dem Pokey einen weiteren Bolzen abschießt, und dann trifft ein Schnaatz ihn in der Körpermitte, und er explodiert in seiner Kleidung. Aus Ärmeln, Hosenbeinen und dem gesprengten Hosenlatz schießen Blut und zerfetztes Fleisch. Jamie wird erneut überschüttet, diesmal von dem heißen Brei, der sein Freund war. Er schießt mit seiner Bah und sieht, wie der Bolzen in der Flanke eines grauen Pferdes eine Streifwunde zurücklässt. Er weiß, dass es eigentlich zwecklos ist, aber er duckt sich trotzdem und hört dann etwas über sich hinwegsurren. Eines der Pferde prallt im Vorbeigaloppieren mit ihm zusammen und wirft ihn in den Straßengraben, in dem sie sich auf Eamons Vorschlag lieber hätten verstecken sollen. Die Bah fliegt ihm aus der Hand. Während die Angreifer ihre Pferde wieder herumwerfen, liegt er mit offenen Augen da, bewegt sich nicht und weiß, dass er sich jetzt nur tot stellen und hoffen kann, dass sie achtlos an ihm vorbeireiten werden. Das werden sie nicht tun, natürlich werden sie-'s nicht tun, aber sonst kann er nichts machen, also macht er's und versucht, den gebrochenen Blick eines Toten zu imitieren. Er riecht Staub, er hört die Grillen im Gras und klammert sich an diese Dinge, weil er weiß, dass sie die letzten Dinge sind, die er jemals riechen und hören wird, dass das Letzte, was er sehen wird, die Wölfe sein werden, die sich mit ihrem erstarrten Knurren auf ihn stürzen.

Sie kommen zurückgedonnert.

Einer von ihnen dreht sich im Sattel zur Seite und wirft im Vorbeireiten mit seiner behandschuhten Hand einen Schnaatz. Aber während er wirft, springt sein Pferd über den verletzten Wolf hinweg, der noch immer im Staub liegend zuckt, obwohl seine Hände sich kaum mehr erheben. Der Schnaatz fliegt etwas zu hoch über den Liegenden hinweg. Jamie kann fast spüren, wie der Schnaatz auf Beutesuche zögert. Dann segelt er weiter übers Feld hinaus.

Die Wölfe reiten nach Osten davon und ziehen wieder eine Staubwolke hinter sich her. Der Schnaatz macht kehrt und fliegt ein weiteres Mal über Jamie hinweg, diesmal höher und langsamer. Die grauen Pferde donnern fünfzig Schritte östlich von ihm um eine Straßenbiegung und kommen außer Sicht. Das Letzte, was er von den Wölfen sieht, sind drei grüne Umhänge, die fast gestreckt hinter ihnen herflattern.

Im Straßengraben rappelt Jamie sich auf Beinen auf, die unter ihm einzuknicken drohen. Der Schnaatz kurvt nochmals ein und kommt zurück, diesmal genau auf ihn zu, aber jetzt fliegt er so langsam, als wäre sein Energievorrat nahezu erschöpft. Jamie hastet auf die Straße zurück, sinkt neben den brennenden Überresten von Pokeys Leiche auf die Knie und schnappt sich dessen Bah. Diesmal hält er sie wie einen Points-Schläger am Ende gepackt. Der Schnaatz segelt heran. Jamie holt mit der Bah aus, und als das Ding ihn angreifen will, schlägt er es wie ein riesiges Insekt aus der Luft. Es fällt neben einem von Pokeys abgerissenen Kurzstiefeln in den Staub und bleibt dort bösartig summend liegen und macht Anstalten, wieder aufzusteigen.

»Da, du Hundesohn!«, schreit Jamie und scharrt Staub über das Ding. Er weint. »Da, du Hundesohn! Da! Da!« Endlich ist es verschwunden, unter einem weißen Staubhaufen begraben, der zunächst noch summt und bebt, schließlich aber still wird.

Ohne aufzustehen – er hat nicht die Kraft, sich wieder aufzurappeln, noch nicht, er kann es selbst jetzt kaum glauben, dass er lebt –, rutscht Jamie Jaffords auf den Knien zu dem von Molly erlegten Ungeheuer hinüber … und jetzt ist es wirklich tot, jedenfalls bewegt es sich nicht mehr. Er will ihm die Maske abreißen, will es unmaskiert sehen. Aber zuvor bearbeitet er es mit beiden Füßen wie ein Kind in einem Wutanfall. Der Körper des Wolfs bäumt sich auf, dann liegt er wieder still da. Er sondert einen beißenden, üblen Geruch ab. Von der Wolfsmaske, die zu schmelzen scheint, steigt faulig riechender Rauch auf.

Tot, *denkt der Junge, der später Gran-Pere, der älteste Einwohner der Calla, sein wird.* Tot, aye, ganz ohne Zweifel. Also los, du Feigling! Los, reiß ihm die Maske ab!

Er tut es. Unter dem glühenden Herbsthimmel packt er die verrottende Maske, die sich anfühlt, als würde sie aus einer Art Metallgewebe bestehen, und er reißt sie ab und sieht …

8

Einen Augenblick lang merkte Eddie nicht einmal, dass der Alte verstummt war. Er war noch immer in der Erzählung gefangen, wie von ihr hypnotisiert. Er sah alles so klar, als wäre *er* dort draußen auf der Oststraße, würde mit der Armbrust wie mit einem Baseballschläger über der Schulter im Staub liegen und hielte sich bereit, den anfliegenden Schnaatz aus der Luft zu schlagen.

Auf einmal rollte Susannah mit einer Schüssel Hühnerfutter im Schoß auf dem Weg zur Scheune an der Veranda vorbei. Im Vorbeifahren musterte sie die beiden neugierig. Eddie wachte auf. Er war nicht hergekommen, um sich unterhalten zu lassen. Vermutlich sagte die Tatsache, dass er eine Geschichte dieser Art unterhaltsam finden *konnte,* einiges über ihn aus.

»Und?«, fragte Eddie den alten Mann, nachdem Susannah in der Scheune verschwunden war. »Was habt Ihr gesehen?«

»Hä?« Gran-Pere starrte ihn so völlig geistesabwesend an, dass Eddie verzweifelte.

»Was habt Ihr gesehen? Als Ihr ihm die Maske abgerissen habt?«

Dieser leere Blick – das Licht brannte, aber niemand war zu Hause – hielt sich noch einen Augenblick lang. Und dann (durch reine Willenskraft, so erschien es Eddie) kam der Alte zurück. Er drehte sich halb nach dem Haus um. Er spähte zum dunklen Rachen des Scheunentors hinüber und beobachtete den Phosphorschein, der dahinter aufzüngelte. Er sah sich auf dem Hof um.

Richtig verängstigt, dachte Eddie. *Zu Tode erschrocken.*

Eddie versuchte sich einzureden, das Ganze sei nur die Wahnvorstellung eines alten Mannes, aber er spürte trotzdem einen kalten Schauder.

»Beugt Euch nah zu mir her«, murmelte Gran-Pere, und als Eddie das tat: »Der Einzige, dem ich's je erzählt hab, war mein Sohn Luke … Tians Da', wisst Ihr. Jahre über Jahre später war das. Er hat mir eingeschärft, sonst keinem Menschen davon zu erzählen. Ich hab gesagt: ›Aber wenn's helfen könnte, Lukey? Wenn's helfen könnte, wenn sie das nächste Mal kommen?‹«

Gran-Pere bewegte kaum die Lippen, aber der schwere Dialekt war nun fast vollständig verschwunden, weshalb Eddie ihn tadellos verstehen konnte.

»Und er hat zu mir gesagt: ›Da', wenn du wirklich glaubst, dass das Wissen darum helfen könnt, warum hast du's dann nicht schon vorher erzählt?‹ Und ich konnt ihm nichts antworten, junger Mann, weil ich aus einer Eingebung heraus die Klappe gehaltn hatte. Was hätt's außerdem Gutes bewirken *können?* Was hätt's *ändern* können?«

»Das weiß ich nicht«, sagte Eddie. Ihre Gesichter waren dicht beieinander. Eddie konnte Rindfleisch und Soße im Atem des alten Jamie riechen. »Wie soll ich das auch, wenn Ihr mir nicht sagt, was Ihr gesehen habt?«

»›Der Rote König findet immer Schergen‹, hat mein Junge gesagt. ›'s wär gut, wenn keiner erfahren würd, dass du jemals dort draußen gewesen bist, und noch besser, wenn niemand hören würd, was du dort *gesehen* hast, damit sie nichts davon erfahren, aye, damit nichts nach Donnerschlag dringt.‹ Und ich hatte was Trauriges gesehen, junger Mann.«

Obwohl Eddie vor Ungeduld brannte, hielt er es für besser,

den alten Knaben auf seine Weise weitererzählen zu lassen. »Was war das, Gran-Pere?«

»Ich hab gemerkt, dass Luke mir nicht recht geglaubt hat. Er hat gedacht, sein eigner Da' könnte Märchen erzählen, eine wilde Geschichte erfinden, um als Wolfsschlächter groß rauszukommen. Obwohl ich find, sogar ein Schwachsinniger hätte merkn müssn, dass ich behauptet hätte, ich hätte den Wolf erlegt – und nicht Eamon Doolins Frau –, wenn ich groß hätte rauskommen wolln.«

Eigentlich logisch, fand Eddie, aber dann erinnerte er sich daran, dass Gran-Pere zumindest angedeutet hatte, er habe das mehr als nur es-war-einmal-mäßig behauptet, wie Roland manchmal sagte. Er musste unwillkürlich lächeln.

»Lukey hatte Angst, jemand anders könnt meine Geschichte hörn und für wahr haltn. Dass die Wölfe davon hörn könntn und ich wegen nichts mehr als 'ner Lügengeschichte zu Tode komm könnt. Bloß war's keine.« Seine wässrigen alten Augen starrten Eddie in der Abenddämmerung flehend an. »*Ihr* glaubt mir, nicht wahr?«

Eddie nickte. »Ich weiß, dass Ihr wahr sprecht, Gran-Pere. Aber wer ...« Er machte eine Pause. *Wer hätte Euch verpfiffen?*, das waren die Worte, die sich ihm aufdrängten, aber die hätte Gran-Pere vielleicht nicht verstanden. »Wer hätte Euch verraten können? Wen habt Ihr verdächtigt?«

Gran-Pere sah sich auf dem dunkler werdenden Hof um, als wollte er etwas sagen, schwieg dann aber doch.

»Erzählt's mir«, sagte Eddie. »Erzählt mir, was Ihr ...«

Mit einer großen trockenen Hand, die vom Alter ganz zittrig war, aber noch immer erstaunlich kräftig, packte Gran-Pere ihn am Nacken und zog seinen Kopf herunter. Harte Bartstoppeln kratzten an Eddies Ohrmuschel, ließen ihn am ganzen Leib erschaudern und jagten ihm eine Gänsehaut über den Körper.

Gran-Pere flüsterte neunzehn Wörter, während das letzte Tageslicht schwand und die Nacht über die Calla herabsank.

Eddie Dean machte große Augen. Sein erster Gedanke war, dass er jetzt die Sache mit den Pferden begriff – mit all den grauen Pferden. Sein zweiter Gedanke war: *Natürlich! Das ist alles nur logisch. Darauf hätten wir selbst kommen müssen.*

Das neunzehnte Wort war gesprochen, und Gran-Peres Flüstern verstummte. Die Hand, mit der er Eddies Nacken umklammert hatte, fiel wieder auf den Schoß zurück. Eddie starrte ihn forschend an. »Ihr sprecht wahr?«

»Aye, Revolvermann«, sagte der Alte. »So wahr wie je im Leben. Ich kann's nicht von allen sagen, weil unter vielen ähnlichen Masken lauter verschiedene Gesichter stecken können, aber …«

»Nein«, sagte Eddie, der an die grauen Pferde dachte. Von all den grauen Hosen ganz zu schweigen. Von all den grünen Umhängen. Das war alles vollkommen logisch. Wie hieß es doch noch in dem alten Song, den seine Mutter so oft gesungen hatte? *You're in the army now, you're not behind the plow. You'll never get rich, you son of a bitch, you're in the army now.«*

»Ich muss die ganze Geschichte meinem Dinh erzählen«, sagte Eddie.

Gran-Pere nickte bedächtig. »Aye«, sagte er, »ganz wie Ihr wollt. Ich komm mit dem Jungen nicht gut aus, müsst Ihr wissen. Lukey hat versucht, den Brunnen dort zu graben, wo Tian mit der Drotta hingezeigt hat, versteht Ihr.«

Eddie nickte, als würde er das verstehen. Kurz darauf übersetzte Susannah es ihm gewissermaßen: *Lukey hat versucht, den Brunnen dort zu graben, wo Tian mit der Wünschelrute hingezeigt hat, versteht Ihr.*

»Ein Rutengänger?«, fragte Susannah aus der Dunkelheit. Sie war lautlos zurückgekommen und streckte ihre Hände jetzt so aus, als hielte sie eine Wünschelrute.

Der Alte sah sie überrascht an, dann nickte er. »Die Drotta, yar. Ich hab ihm davon abgeratn, aber nachdem die Wölfe seine

Schwester Tia mitgenommen haben, hat Lukey getan, was der Junge wollte. Könnt Ihr Euch vorstelln, dass man ein Jungen von kaum siebzehn Jahrn festlegn lässt, wo der Brunnen hinkomm soll – ob mit Drotta oder nich? Aber Lukey hat ihn dort gegraben, und es hat Wasser *gegeben*, das geb ich zu, wir haben es alle glitzern gesehn und gerochn, bevor der in Tonerde gegrabene Schacht eingestürzt ist und mein Jungen verschüttet hat. Wir ham ihn wieder ausgegraben, aber er war schon zur Lichtung gegangen, Kehle und Lunge voll Dreck und Schlamm.«

Der Alte zog langsam, ganz langsam ein Taschentuch heraus und fuhr sich damit über die Augen.

»Der Junge und ich haben seitdem kein freundliches Wort mehr miteinander getauscht; der Brunnen liegt zwischen uns, müsst Ihr wissn. Aber er hat Recht, wenn er gegen die Wölfe kämpfn will, und wenn Ihr ihm was von mir ausrichtn wollt, dann sagt ihm, dass sein Gran-Pere verdammt stolz auf ihn ist, großgroß stolz auf ihn ist, Schitt auch! Er hat den Sand der Jaffordsens im Kropf, aye! Wir haben uns damals vor vieln Jahrn erhobn, und jetzt beweist das Blut sich wieder.« Er nickte erneut, diesmal langsamer. »Geht nur und erzählt's Euerm Dinh, aye! Jedes einzelne Wort! Und wenn's irgendwie rauskommt … wenn die Wölfe wegn 'nem alten Furzer wie mir frühzeitig aus Donnerschlag kommen …«

Er fletschte seine wenigen verbliebenen Zähne zu einem Lächeln, das Eddie ungewöhnlich gruselig fand.

»Ich kann noch immer 'ne Bah spannen«, sagte er, »und irgendwie ahn ich, dass eure Schoko trotz ihrer kurzn Beine lern könnt, Teller zu werfn.«

Der Alte starrte in die Dunkelheit hinaus.

»Sollen sie nur kommen«, sagte er leise. »Beim letzten Mal zahlen sie für alles, Schitt auch. Beim letzten Mal zahlen sie für alles.«

Kapitel 7

Nocturne, Hunger

1

Mia war wieder im Schloss, aber diesmal war alles anders. Diesmal bewegte sie sich nicht langsam, tändelte mit ihrem Hunger, weil sie wusste, dass er bald gestillt und völlig gestillt werden würde, dass sie und ihr kleiner Kerl satt werden würden. Was sie diesmal in ihrem Inneren empfand, war heißhungrige Verzweiflung, so als wäre in ihrem Bauch irgendein wildes Tier eingesperrt. Sie begriff jetzt, dass sie bei all ihren vorigen Ausflügen nicht Hunger, nicht wirklichen Hunger, sondern nur gesunden Appetit verspürt hatte. Jetzt war das etwas völlig anderes.

Seine Zeit naht, dachte sie. *Er muss mehr essen, um stark zu werden. Und das muss ich auch.*

Trotzdem fürchtete sie – hatte *schreckliche* Angst –, dass es nicht nur darum ging, mehr zu essen. Es gab etwas, das sie essen musste, etwas Spezielles. Der kleine Kerl brauchte es, um … nun, um …

Um die Vollendung zu erreichen.

Ja! Ja, das war's, die Vollendung! Und sie würde es bestimmt im Bankettsaal finden, weil es im Bankettsaal *alles* gab – tausend Gerichte, eines köstlicher als das vorige. Sie würde die Tafel abgrasen, und wenn sie das Richtige fand – Gemüse oder Gewürz oder Fleisch oder Fischrogen –, würden ihr Magen und ihre Nerven danach schreien, und sie würde davon essen … Oh, sie würde sich damit *voll stopfen …*

Sie begann noch schneller voranzuhasten und schließlich zu rennen. Ihr war irgendwie bewusst, dass ihre Beine sich zischend aneinander rieben, weil sie Hosen trug. Aus Jeansstoff, wie ein Cowboy. Und statt Slippern trug sie Stiefel.

Kurzstiefel, flüsterte ihr Verstand ihrem Verstand zu. *Kurzstiefel, mögen sie dir bekommen.*

Aber das alles war unwichtig. Wichtig war nur, zu essen, sich voll zu stopfen (oh, sie war so hungrig) und das Richtige für ihren kleinen Kerl zu finden. Das Ding zu finden, das ihn stark machen und ihre Geburtswehen auslösen würde.

Sie stürmte die breite Treppe hinab, gelangte in den Bereich des gleichmäßig dumpfen Pochens der Slo-Trans-Motoren. Längst hätten wundervolle Gerüche sie überwältigen müssen – gebratenes Fleisch, gegrilltes Geflügel, in würzigem Sud gekochter Fisch –, aber sie konnte überhaupt kein Essen riechen.

Vielleicht habe ich eine Erkältung, dachte sie, während sie mit den Kurzstiefeln über die Treppe hinabpolterte. *Daran muss es liegen, ich habe eine Erkältung. Meine Stirnhöhlen sind vereitert, deshalb kann ich nichts riechen ...*

Aber sie *konnte* es. Sie konnte den Staub und das Alter dieses Gebäudes riechen. Sie konnte feuchten Modergeruch und den schwachen Dunst von Maschinenöl und den Schimmel riechen, der sich unaufhaltsam in Gobelins und Vorhänge hineinfraß, die in verfallenden Räumen hingen.

Diese Dinge schon, aber kein Essen.

Sie hastete über den schwarzen Marmorboden auf die zweiflügelige Tür zu, ohne zu merken, dass ihr wieder jemand folgte – diesmal nicht der Revolvermann, sondern ein Junge mit staunend aufgerissenen Augen und zerzaustem Haar, der ein Baumwollunterhemd und Baumwollshorts trug. Mia durchquerte den Vorraum mit seinen roten und schwarzen Marmorquadraten und der Statue aus elegant verschlungenem Marmor und Stahl. Sie machte nicht Halt, um zu knicksen oder auch nur mit dem Kopf zu nicken. Dass *sie* so hungrig war, ließ sich ertragen. Aber ihr kleiner Kerl würde das nicht. Niemals ihr kleiner Kerl.

Was sie aufhielt (und auch das nur sekundenlang), war ihr Spiegelbild, milchig und verschwommen, im Chromstahl der Statue. Über ihren Jeans sah sie ein einfaches weißes Hemd (*Das nennt man ein T-Shirt,* flüsterte ihr Verstand) mit einem aufgedruckten Bild zwischen zwei Schriftzeilen.

Das Bild schien ein Schwein zu zeigen.

Unwichtig, was auf deinem Hemd ist, Weib. Nur der kleine Kerl ist wichtig. Du musst den kleinen Kerl füttern!

Sie stürmte in den Bankettsaal und blieb dort entsetzt nach Luft schnappend stehen. Heute war der Saal voller Schatten. Ein paar der elektrischen Leuchten brannten noch, aber die meisten waren erloschen. Während sie hinsah, begann die einzige noch im rückwärtigen Teil des Saals brennende Leuchte zu flackern, summte laut und erlosch dann. Die weißen Teller *für gut* waren durch blaue ersetzt worden, die mit grünen Reissprossen verziert waren. Die Reispflanzen bildeten den Großen Buchstaben **Zn**, der – das wusste sie – *Ewigkeit* und *hier* und *jetzt* und auch *come* wie in *come-commala* bedeutete. Aber die Teller waren unwichtig. Die Muster waren unwichtig. Wichtig war nur, dass die Teller und die schönen Kristallgläser leer und von Staub trübe waren.

Nein, nicht alles war leer; in einem Kelchglas sah sie eine verendete Schwarze Witwe liegen, deren zahlreiche Beine zusammengekrümmt an der roten Sanduhrzeichnung auf der Unterseite ihres Spinnenleibs anlagen.

Dann sah sie den Hals einer Weinflasche aus einem Silberkübel ragen, und ihr Magen stieß einen gebieterischen Schrei aus. Sie riss die Flasche heraus, ohne richtig wahrzunehmen, dass der Kübel kein Wasser und erst recht kein Eis enthielt; er war staubtrocken. Wenigstens hatte die Flasche Gewicht und enthielt genug Flüssigkeit, dass sie hin und her schwappen konnte …

Aber bevor Mia die Flasche an die Lippen setzen konnte, schlug ihr solch starker Essiggeruch entgegen, dass ihre Augen sich mit Tränen füllten.

»Mutha-*fuck!*«, schrie sie und warf die Flasche zu Boden. »Mutha-*fuckah!*«

Die Flasche zerschellte auf dem Steinboden. Unter dem Tisch rannten überrascht quiekende Wesen durcheinander.

»Yeah, *rennt* lieber!«, kreischte sie. »Haut ab, wer immer ihr seid! Hier ist Mia, niemands Tochter, und nicht in guter Laune! Trotzdem *werde* ich essen! Ja, ja, das werde ich!«

Das war kühn gesprochen, auf den ersten Blick sah sie auf dem Tisch nämlich nichts, was sie hätte essen können. Dort stand Brot, aber als sie sich die Mühe machte, nach einem Stück zu greifen, war es längst zu Stein geworden. Mia sah etwas, das die Überreste eines Fischs zu sein schienen, aber sie hatten sich zersetzt und lagen in einem grünlich weißen Madengewimmel.

Ihr Magen knurrte, ohne sich von diesem Schmutz abschrecken zu lassen. Noch schlimmer war, dass etwas *unterhalb* ihres Magens strampelte und gefüttert zu werden verlangte. Das tat es nicht mit seiner Stimme, sondern indem es bestimmte Schalter in ihrem Inneren, in den primitivsten Sektoren ihres Nervensystems betätigte. Ihre Kehle wurde trocken, ihre Lippen kräuselten sich, als hätte sie den zu Essig gewordenen Wein getrunken; ihr Gesichtssinn schärfte sich, als ihre Augen aus den Höhlen traten. Jeder Gedanke, jeder ihrer Sinne und jeder Instinkt konzentrierte sich auf eine einzige simple Vorstellung: *Essen*.

Hinter dem jenseitigen Tischende stand ein bemalter Wandschirm, auf dem Arthur Eld mit erhobenem Schwert und dreien seiner Ritter-Revolvermänner hinter sich durch einen Sumpf ritt. Um seinen Hals hing Saita, die große Schlange, die er vermutlich soeben erlegt hatte. Wieder eine Heldentat! Wohl bekomm's! Männer und ihre Heldentaten! Pah! Was bedeutete ihr das Erlegen einer Zauberschlange? Sie hatte einen kleinen Kerl im Bauch, und der kleine Kerl war hungrig.

Hongrig, sagte sie sich mit einer Stimme, die nicht die eigene war. *Es sein hongrig.*

Hinter dem Wandschirm befand sich eine zweiflügelige Tür. Mia stieß sie auf, noch immer ohne den Jungen Jake wahrzunehmen, der in Unterwäsche am anderen Ende des Bankettsaals stand und sie angstvoll beobachtete.

Die Küche war ebenfalls leer, ebenfalls verstaubt. Über die Arbeitsflächen zogen sich kreuz und quer zahlreiche Spuren von kleinen Nagern. Töpfe und Pfannen und Kasserollen waren über den Fußboden verstreut. Jenseits dieses Durcheinanders waren an der Wand vier Spülbecken montiert, von denen eines mit abgestandenem Wasser gefüllt war, auf dem sich eine Algenschicht gebildet hatte. Der Raum wurde von Leuchtstoffröhren erhellt. Nur einige wenige brannten noch ruhig. Die meisten flackerten und verliehen dem Chaos rundum ein surreales und albtraumhaftes Erscheinungsbild.

Mia bahnte sich ihren Weg durch die Küche und beförderte die Töpfe und Pfannen, die ihr in die Quere kamen, mit Fußtritten zur Seite. Auf diese Weise erreichte sie vier nebeneinander aufgereihte gewaltige Bratöfen. Die Klappe des dritten Ofens stand einen Spalt weit offen. Aus ihm drangen ein Hauch von Wärme, wie sie eine Esse abgeben könnte, wenn die letzte Glut vor sechs oder acht Stunden erloschen war, und ein Geruch, der ihren Magen wieder wild rumoren ließ. Es war der Geruch von frisch gebratenem Fleisch.

Sie öffnete die Klappe. Im Rohr lag tatsächlich ein Braten. Eine Ratte von der Größe eines Katers fraß daran. Sie drehte den Kopf zur Seite, weil die Ofenklappe beim Aufmachen knarrte, und betrachtete die Frau furchtlos aus schwarzen Augen. Ihre von Fett triefenden Schnurrbarthaare zuckten. Mia konnte das gedämpfte Schmatzen ihrer Lippen und das Geräusch von zerreißendem Fleisch hören.

Nay, Freund Ratte. Das ist nicht für dich bestimmt. Es ist für mich und meinen kleinen Kerl bestimmt.

»Eine Chance lass ich dir, mein Freund!«, trällerte sie, als sie sich den Arbeitsflächen und den Schränken darunter zuwandte. »Hau ab, solang du kannst! Letzte Warnung!« Nicht, dass er's tun würde. Freund Ratte sein auch hongrig.

Sie zog eine Schublade auf und fand darin nur Schneideplatten und ein Nudelholz. Sie überlegte kurz, ob sie das Nudelholz nehmen sollte, hatte aber nicht den Wunsch, ihr Abendessen mit mehr Rattenblut zu bespritzen als unbedingt nötig. Sie öffnete den Schrank darunter und fand Blechformen für Muffins und Glasformen für ausgefallene Desserts. Sie trat nach links, zog eine weitere Schublade auf und erblickte darin, was sie suchte.

Mia begutachtete die Messer, nahm dann aber doch eine der Vorlegegabeln, die zwei spannenlange Zinken hatte. Sie nahm sie zu der Reihe mit Backöfen mit, zögerte dort kurz und sah dann in die drei noch nicht begutachteten. Die anderen waren leer, wie sie's nicht anders erwartet hatte. Irgendetwas – irgendein Schicksal irgendeine Vorhersehung irgendein Ka – hatte frisches Fleisch zurückgelassen, das aber nur für einen reichte. Freund Ratte glaubte, es gehöre ihm. Freund Ratte hatte einen Fehler begangen. Sie glaubte nicht, dass er noch einen machen würde. Jedenfalls nicht auf dieser Seite der Lichtung.

Als sie sich bückte, stieg ihr wieder der Geruch von frischem Schweinebraten in die Nase. Ihre Lippen teilten sich, und aus den Winkeln ihres Lächelns floss Sabber. Diesmal sah Freund Ratte sich nicht um. Freund Ratte hatte für sich wohl beschlossen, sie stelle keine Gefahr dar. Das war in Ordnung. Sie beugte sich weiter nach vorn, holte tief Luft und spießte ihn mit der Vorlegegabel auf. Ratten-Kebab! Freund Ratte quietschte gellend laut, strampelte mit den Beinen in der Luft und warf den Kopf heftig hin und her, während sein Blut den Griff der Vorlegegabel hinunterlief und sich auf ihrer Faust sammelte. Sie trug ihn, während er noch immer zappelte, zu dem Spülbecken mit dem abgestandenem Wasser und schlenzte ihn von der Gabel. Er platschte in den Schlamm und verschwand darin. Einen Augenblick lang ragte noch die Spitze des zuckenden Schwanzes heraus, dann war auch diese verschwunden.

Sie ging die Beckenreihe entlang und probierte alle Wasserhähne aus, bis sie dem letzten schließlich ein dünnes Rinnsal Wasser entlocken konnte. Sie spülte ihre blutige Hand darunter ab, bis das Rinnsal versiegte. Dann ging sie zum Backofen zurück und wischte sich unterdessen die Hand am Hosenboden ihrer Jeans trocken. Sie sah Jake nicht, der jetzt gleich hinter der Küchentür stand und sie beobachtete, ohne den Versuch zu machen, sich zu verstecken; sie war völlig auf den Fleischduft fixiert. Es war zwar nicht genug – und nicht genau das, was ihr kleiner Kerl brauchte –, aber es würde vorerst reichen.

Mia griff ins Bratrohr, packte die Ränder der Kasserolle, zog dann mit einem Aufschrei die Hände zurück und schüttelte grinsend die Finger. Ihr Grinsen war eine schmerzhafte Grimasse, die jedoch nicht völlig frei von Humor war. Freund Ratte war entweder etwas unempfindlicher gegen Hitze gewesen, als sie es war, vielleicht aber auch nur hongriger. Obwohl es kaum vorstellbar war, dass irgendjemand oder irgendetwas hongriger sein könnte, als sie es jetzt war.

»Ich sein *hongrig!*«, rief sie lachend, während sie die Schubladen entlangging und eine nach der anderen rasch aufzog und wieder zuknallte. »Mia ist eine *hongrige* Lady, jawoll! War nich auf'm Morehouse College für Farbige, war auf *keim* College nich, aber ich sein *hongrig!* Und mein kleiner Kerl ist's auch!«

In der letzten Schublade (war das nicht immer so?) fand sie die Topflappen, die sie suchte. Sie hastete mit ihnen zum Bratrohr zurück, bückte sich und zog den Braten heraus. Ihr Lachen erstarb, als sie plötzlich entsetzt nach Luft schnappen musste … und platzte dann wieder heraus, lauter und kräftiger als zuvor. Was für eine Gans sie doch war! Was für ein albernes Dummerchen! Einen Augenblick lang hatte sie geglaubt, der Braten, der eine leckere Kruste aufwies und von Freund Ratte nur an einer

Stelle angefressen worden war, sei ein Kinderleib. Gewiss, ein Spanferkel sah tatsächlich ein wenig wie ein Kind aus … ein Baby … irgendjemands kleiner Kerl … aber als der Braten nun aus dem Rohr war und sie die geschlossenen Augen und die verkohlten Ohren und den Bratapfel im offenen Maul sehen konnte, stand außer Zweifel, worum es sich handelte.

Während sie die Kasserolle auf die Arbeitsplatte stellte, dachte sie wieder an das Spiegelbild, das sie im Foyer gesehen hatte. Aber dafür war jetzt keine Zeit. Ihr Magen brüllte vor Hunger. Sie schnappte sich ein Schlachtermesser aus der Schublade, aus der sie auch die Vorlegegabel genommen hatte, und schnitt die Stelle, die Freund Ratte angefressen hatte, wie ein Wurmloch aus einem Apfel heraus. Sie warf dieses Stück achtlos über die Schulter nach hinten, dann packte sie den ganzen Braten und vergrub ihr Gesicht darin.

Von der Tür aus beobachtete Jake sie.

Sobald ihr ärgster Heißhunger gestillt war, sah Mia sich mit einem Gesichtsausdruck, der zwischen Berechnung und Verzweiflung schwankte, in der Küche um. Was sollte sie tun, wenn der Braten aufgegessen war? Was sollte sie essen, wenn diese bestimmte Art Hunger erneut auftrat? Und wo sollte sie finden, was ihr kleiner Kerl wirklich wollte, wirklich brauchte? Sie würde alles tun, um dieses Zeug aufzutreiben und sich einen guten Vorrat davon zu sichern, dieses spezielle Gericht oder Getränk oder Vitamin, was immer es sein mochte. Der Schweinebraten war nahe daran (nahe genug, um ihn wieder einschlafen zu lassen, allen Göttern und dem Jesusmenschen sei Dank), aber nicht nahe genug.

Sie knallte Schweinchen-Sai vorläufig wieder in die Kasserolle, zog das T-Shirt, das sie trug, über den Kopf und drehte es um, damit sie die Vorderseite betrachten konnte. Dort war ein Karikaturschwein abgebildet, das hellrot gebraten war, sich aber nichts daraus zu machen schien; es lächelte selig. Darüber stand in rustikalen Lettern, die wie aus alten Brettern zusammengenagelt wirkten: THE DIXIE PIG, LEX AND 61ST. Und darunter: »BEST RIBS IN NEW YORK« – GOURMET MAGAZINE.

Dixie Pig, dachte sie. *Dixie Pig. Wo habe ich das schon mal gehört?*

Sie kam nicht darauf, aber sie traute sich zu, die Lexington Avenue zu finden, wenn es sein musste. »Die liegt zwischen Third und Park«, sagte sie. »Stimmt doch, oder?«

Der Junge, der wieder hinausgeschlüpft war, aber die Tür hatte offen stehen lassen, nickte unglücklich. Genau dort lag sie, das stimmte.

So weit, so gut, dachte Mia. *Im Augenblick ist alles gut, jedenfalls so gut wie möglich, und wie jene Frau in dem Buch gesagt hat: Morgen ist ein neuer Tag. Mach dir dann Sorgen darüber. Richtig?*

Richtig. Sie griff sich erneut den Braten und aß weiter. Die schmatzenden Geräusche, die sie dabei machte, unterschieden sich wirklich nicht sehr von denen der Ratte. Wirklich gar nicht sehr.

2

Tian und Zalia hatten ursprünglich ihr Schlafzimmer Eddie und Susannah überlassen wollen. Die Jaffordsens davon zu überzeugen, dass sie als Gäste ihr Schlafzimmer wirklich nicht wollten – dass sie sich sogar unwohl fühlen würden, wenn sie darin schlafen mussten –, war nicht einfach gewesen. Es war Susannah gewesen, die schließlich auf die rettende Idee gekommen war: Sie hatte dem Ehepaar Jaffords mit unsicherer Stimme anvertraut, in der Stadt Lud sei ihnen etwas Schreckliches zugestoßen, etwas so Traumatisches, dass es ihnen seither schwer falle, in einem Haus ruhig schlafen zu können. Eine Scheune, in der man jederzeit ein zur Außenwelt geöffnetes Tor sehen könne, wenn man wolle, sei für sie viel besser geeignet.

Es war eine gute Geschichte, die auch gut erzählt wurde. Tian und Zalia hörten mit einer solch mitfühlenden Gutgläubigkeit zu, dass es Eddie ein schlechtes Gewissen verschaffte. In Lud war ihnen allerlei Schlimmes zugestoßen, das stimmte wohl, aber nichts davon hatte bewirkt, dass sie nervös wurden, wenn sie in einem Haus schlafen sollten. Zumindest vermutete er, dass dem so sei; seit sie ihre eigene Welt verlassen hatten, hatten die beiden erst eine einzige Nacht (die vorige) unter dem richtigen Dach eines richtigen Hauses verbracht.

Jetzt saß er im Schneidersitz auf einer der Decken, die Zalia ihnen für ihr Lager im Heu mitgegeben hatte, und hatte die beiden anderen zur Seite geworfen. Er sah über den Hof hinaus, an der Veranda vorbei, auf der Gran-Pere ihm seine Geschichte erzählt hatte, und zum Fluss hinunter. Der Mond eilte durch Schäfchenwolken, übergoss die Szenerie zeitweilig mit silbrigem Licht und ließ sie dann wieder dunkel werden. Eddie nahm kaum wahr, was er sah. Sein Gehör konzentrierte sich auf den Scheunenboden unter ihm, wo die Boxen und Pferche waren. Sie war irgendwo dort unten, dessen war er sich sicher, aber Gott, sie war so *leise*.

Und wer ist *sie überhaupt? Mia, sagt Roland, aber das ist nur ein Name. Wer ist sie wirklich?*

Aber es war *nicht* nur ein Name. *In der Hohen Sprache bedeutet er Mutter,* hatte der Revolvermann gesagt.

Er bedeutet Mutter.

Yeah. Aber sie ist nicht die Mutter meines Kindes. Der kleine Kerl ist nicht mein Sohn.

Unter ihm war ein leises Rumsen zu hören, dann knarrte ein Brett. Eddie versteifte sich. Sie war tatsächlich dort unten. Er hatte begonnen, daran zu zweifeln, aber sie war dort.

Er war nach ungefähr sechs Stunden tiefem und traumlosem

Schlaf aufgewacht und hatte entdeckt, dass sie fort war. Er war zur Falltür geschlichen, die sie offen gelassen hatte, und hatte nach unten gesehen. Dort war sie. Selbst im Mondschein hatte er gewusst, dass dort unten nicht wirklich Susannah im Rollstuhl saß; nicht seine Suze, auch nicht Odetta Holmes oder Detta Walker. Trotzdem erschien sie ihm nicht ganz fremd. Sie …

Du hast sie in New York gesehen, nur hatte sie dort Beine und wusste sie zu gebrauchen. Sie hatte Beine, und sie wollte der Rose nicht zu nahe kommen. Dafür hatte sie ihre Gründe, und es waren gute Gründe, aber möchtet ihr wissen, was meiner Ansicht nach der wahre Grund war? Ich glaube, dass sie Angst hatte, es könnte dem Wesen schaden, das sie in ihrem Bauch trägt.

Trotzdem tat ihm die Frau dort unten Leid. Unabhängig davon, wer sie war oder was sie in ihrem Bauch trug, war sie in diese Lage geraten, während sie Jake Chambers gerettet hatte. Sie hatte den Dämon des Rings abgelenkt, hatte ihn eben lange genug in sich behalten, dass Eddie den Schlüssel, den er angefertigt hatte, fertig schnitzen konnte.

Hättest du ihn früher fertig gestellt – wärst du nicht so ein jämmerlicher kleiner Feigling gewesen –, säße sie vielleicht nicht in dieser Scheiße, hast du dir das mal überlegt?

Eddie hatte diesen Gedanken verdrängt. Er war natürlich teilweise wahr – er *hatte* sein Selbstvertrauen eingebüßt, während er den Schlüssel schnitzte, und deshalb war er nicht fertig gewesen, als es Zeit wurde, Jake herüberzuholen –, aber mit solchen Überlegungen war er fertig. Sie taugten zu nichts anderem, als einem eine wahrhaft ausgezeichnete Kollektion von selbst zugefügten Wunden zu verschaffen.

Wer sie auch sein mochte, sein Herz hatte mit der Frau gefühlt, die er nun unter sich sah. In der schlafenden Stille der Nacht, durch den raschen Wechsel aus Mondschein und Dunkelheit, hatte sie Susannahs Rollstuhl zuerst über den Hof gefahren … dann wieder zurück … dann wieder auf die andere Seite … dann links … dann rechts. Sie erinnerte ihn ein wenig an die alten Roboter auf Shardiks Lichtung, die Roland ihn hatte erschießen lassen. Aber war das so überraschend? Er hatte beim Einschlafen an diese Roboter gedacht und sich daran erinnert, was Roland über sie gesagt hatte: *Ich finde, auf ihre eigene, seltsame Weise sind sie Geschöpfe von großer Traurigkeit. Eddie wird sie von ihrem Elend erlösen.* Und das hatte er nach einigem Zureden auch getan: das eine, das wie eine vielgliedrige Schlange aussah, das andere, das wie der Tonka-Traktor aussah, den er als kleiner Junge zum Geburtstag geschenkt bekommen hatte, und schließlich die bösartige Edelstahlratte. Er hatte sie alle erschossen bis auf das letzte Geschöpf, ein Ding, das wie eine große mechanische Fledermaus aussah. Das war von Roland erledigt worden.

Wie die alten Roboter wollte die Frau auf dem Hof unter ihm irgendwohin, nur wusste sie nicht, wohin. Sie wollte sich etwas holen, wusste aber nicht, was. Die Frage war nur: Was sollte *er* dabei tun?

Einfach zusehen und abwarten. Nutze die Zeit, um dir eine weitere Schwindelgeschichte für den Fall auszudenken, dass jemand aus der Familie aufwacht und sie mit ihrem Rollstuhl auf dem Hof herumfahren sieht. Vielleicht ein weiteres posttraumatisches Stresssyndrom, das aus Lud herrührt.

»He, bei mir funktioniert's sogar«, murmelte er, aber in diesem Augenblick hatte Susannah gewendet und war zur Scheune zurückgefahren – jetzt durchaus zielbewusst. Eddie hatte sich wieder hingelegt und sich bereit gemacht, sich schlafend zu stellen, aber statt sie nach oben kommen zu hören, hatte er ein leises Klirren, ein angestrengtes Grunzen und danach ein Knarren von Brettern gehört, das sich in den Hintergrund der Scheune fortpflanzte. Vor seinem inneren Auge sah er sie aus dem Rollstuhl gleiten und sich in ihrem gewohnt hohen Kriechtempo nach dort hinten bewegen … um was zu tun?

Fünf Minuten Stille. Er begann gerade, richtig nervös zu werden, als er ein einziges Quieken hörte, kurz und hell. Es glich so sehr einem Kinderschrei, dass seine Hoden sich zusammenzogen und er am ganzen Körper eine Gänsehaut bekam. Er sah zu der Leiter hinüber, die zum Scheunenboden hinunterführte, und zwang sich dazu, noch etwas länger zu warten.

Das war ein Schwein. Eines der Jungtiere. Bloß ein Ferkel, sonst nichts.

Schon möglich, aber Eddie stellte sich unwillkürlich das jüngere Zwillingspaar vor. Vor allem das kleine Mädchen. Lia reimte sich auf Mia. Kaum älter als Babys, und es war verrückt, sich vorzustellen, wie Susannah einem Kind die Kehle durchschnitt, völlig verrückt, aber …

Aber das dort unten ist nicht *Susannah, und wenn du anfängst, dieses Wesen für sie zu halten, musst du damit rechnen, verletzt zu werden, wie's dir schon einmal beinahe passiert ist.*

Verletzt, pah! Fast *getötet worden*, das war ihm passiert. Fast hätten die Monsterhummer ihm das Gesicht weggefressen.

Es war Detta, die mich den Krabbeltieren vorgeworfen hat. Die hier ist aber nicht sie.

Genau, und er hatte eine Ahnung – eigentlich nur eine Intuition –, die hier könnte sogar verdammt viel netter als jene Detta sein, aber es wäre idiotisch gewesen, darauf sein Leben zu verwetten.

Oder das Leben der Kinder? Von Tians und Zalias Kindern?

Er saß schwitzend da und wusste nicht, was er tun sollte.

Auf einmal, nach scheinbar endlos langem Warten, waren weitere knackende, knarrende Geräusche zu hören. Das letzte Knarren kam unmittelbar vom unteren Ende der auf den Heuboden hinaufführenden Leiter. Eddie ließ sich wieder zurücksinken und schloss die Augen. Jedoch nicht ganz. Durch die Wimpern spähend sah er ihren Kopf aus der Falltür auftauchen. In diesem Augenblick trat der Mond hinter einer Wolke hervor und überflutete den Heuboden mit seinem Licht. Eddie sah Blut an ihren

Mundwinkeln, dunkel wie Schokolade, und nahm sich vor, es ihr morgens abzuwischen. Er wollte nicht, dass jemand aus dem Jaffords-Clan es sah.

Was ich sehen möchte, sind die Zwillinge, dachte Eddie. *Beide Paare, alle vier, gesund und munter. Vor allem Lia. Was möchte ich noch? Dass Tian mit gerunzelter Stirn aus der Scheune kommt. Dass er uns fragt, ob wir nachts irgendwas gehört haben, vielleicht einen Fuchs oder sogar eine dieser Felskatzen, von denen sie hier manchmal reden. Weil nämlich eines der Ferkel verschwunden ist. Hoffentlich hast du versteckt, was davon übrig geblieben ist, Mia oder wer du sonst bist. Hoffentlich hast du's gut versteckt.*

Sie kam zu ihm, legte sich hin, kehrte ihm den Rücken zu und schlief ein – ihre regelmäßigen Atemzügen verrieten es ihm. Eddie drehte den Kopf zur Seite und sah zur Heimstatt der schlafenden Familie Jaffords hinüber.

Sie war nicht mal in der Nähe des Hauses.

Nein, das heißt, außer sie war mit ihrem Rollstuhl durch die ganze Scheune und hinten wieder ins Freie gefahren. Dann zum Haus weiter … durch ein Fenster eingestiegen … einen der jüngeren Zwillinge rausgeholt … das kleine Mädchen mitgenommen … in die Scheune geschleppt … und …

Das hat sie nicht getan. Dafür hätte schon allein die Zeit nicht gereicht.

Also wahrscheinlich nicht, aber ihm würde am Morgen trotzdem viel wohler sein. Wenn er alle Kinder beim Frühstück sitzen sah. Auch Aaron, den kleinen Jungen mit den pummeligen Beinen und dem kleinen Spitzbauch. Er erinnerte sich daran, was seine Mutter manchmal gesagt hatte, wenn sie eine Mutter sah, die ihr kleines Kind im Sportwagen schob: *Wie hübsch! Zum Anbeißen niedlich!*

Schluss damit. Schlaf jetzt!

Aber es dauerte lange, bis Eddie wieder Schlaf fand.

3

Jake schrak nach Luft schnappend aus seinem Albtraum hoch und wusste nicht gleich, wo er war. Er setzte sich zitternd auf und schlang die Arme um den Oberkörper. Er trug nur ein einfaches Baumwollunterhemd – zu groß für ihn – und dünne Baumwollshorts, die an Turnhosen erinnerten und ihm ebenfalls zu groß waren. Was …?

Er hörte ein Grunzen, dem ein gedämpfter Furz folgte. Als Jake zu diesen Geräuschen hinübersah und Benny Slightman, erkannte, der unter zwei Decken begraben neben ihm lag, fiel ihm alles wieder ein. Er trug ein Unterhemd von Benny und eine von Bennys Unterhosen. Sie waren in Bennys Zelt, das auf dem Steilhang über dem Fluss stand. Die Flussufer seien hier steinig, hatte Benny gesagt, nicht gut für Reis, aber sehr gut zum Angeln. Wenn sie auch nur ein bisschen Glück hätten, würden sie sich ihr Frühstück aus dem Devar-Tete Whye holen können. Und obwohl Benny wusste, dass Jake und Oy für ein, zwei Tage, vielleicht auch länger, zu ihrem Dinh und ihren Ka-Gefährten ins Haus des Alten Kerls zurückkehren mussten, konnte Jake vielleicht später wiederkommen. Hier konnte man gut angeln und etwas weiter flussaufwärts gut schwimmen; es gab Höhlen, deren Wände im Dunklen leuchteten, und die Echsen leuchteten auch. Mit der Aussicht auf diese Wunder war Jake hochzufrieden eingeschlafen. Er war nicht sehr davon begeistert, hier ohne Waffe herumlaufen zu müssen (er hatte zu viel gesehen und zu viel getan, um sich inzwischen ohne Waffe noch wohl zu fühlen), aber er war sich ziemlich sicher, dass Andy ein Auge auf sie haben würde, und gestattete sich deshalb, tief zu schlafen.

Dann der Traum. Der entsetzliche Traum. Susannah in der riesigen, schmutzigen Küche eines verlassenen Schlosses. Susannah, die eine sich windende Ratte auf einer Vorlegegabel aufgespießt hochhielt. Die sie hochhielt, um dabei zu lachen, während das

Blut den Holzgriff der Gabel hinunterlief und sich auf ihrer Hand sammelte.

Das war kein Traum, das weißt du genau. Das musst du Roland erzählen.

Der Gedanke, der diesem folgte, war irgendwie noch beunruhigender: *Roland weiß es bereits. Und Eddie auch.*

Jake hockte mit bis zur Brust hochgezogenen Knien und um die Beine geschlungenen Armen da und fühlte sich elender als irgendwann seit dem Tag, an dem er einen nüchternen Blick auf seinen Abschlussaufsatz in Ms. Averys Kurs für vergleichende englische Literatur geworfen hatte. *Mein Verständnis von Wahrheit,* so hatte er geheißen, und obwohl er ihn jetzt viel besser verstand – weil er begriff, wie viel davon durch eine von Roland als Gabe der Fühlungnahme bezeichnete Fähigkeit bewirkt worden war –, war seine erste Reaktion schieres Entsetzen gewesen. Was er jetzt empfand, war nicht so sehr Entsetzen, sondern … nun …

Traurigkeit, dachte er.

Ja. Sie waren angeblich ka-tet, eins aus vielen, aber jetzt war ihre Einigkeit verloren gegangen. Susannah hatte sich in eine andere Persönlichkeit verwandelt, und Roland wollte nicht, dass sie das wusste, nicht solange hier und in der anderen Welt Wölfe im Anmarsch waren.

Wölfe der Calla, Wölfe von New York.

Jake wollte wütend sein, aber es schien niemanden zu geben, auf den er wütend sein konnte. Susannah war schließlich schwanger geworden, weil sie *ihm* geholfen hatte, und wenn Roland und Eddie ihr nichts erzählten, kam das daher, dass beide sie schützen wollten.

Genau, richtig, meldete sich eine grollende Stimme. *Außerdem wollen sie sicherstellen, dass sie aushelfen kann, wenn die Wölfe aus Donnerschlag geritten kommen. Wir hätten eine Waffe weniger, wenn sie gerade damit beschäftigt wäre, eine Fehlgeburt oder einen Nervenzusammenbruch oder sonst was zu haben.*

Er wusste, dass das unfair war, aber der Traum hatte ihn schwer mitgenommen. Er musste immer wieder an die Ratte denken: an diese Ratte, die sich auf der Vorlegegabel wand. Wie *sie* sie hochhielt. Und dabei grinste. Das nicht zu vergessen. *Grinste.* Er hatte in diesem Augenblick Fühlung mit ihrem Verstand aufgenommen, und der Gedanke war *Ratten-Kebab* gewesen.

»Jesus«, flüsterte er.

Er glaubte zu verstehen, weshalb der Revolvermann Susannah nichts von Mia erzählte – und von dem Baby, das Mia den kleinen Kerl nannte –, aber begriff der Revolvermann nicht, dass etwas weit Wichtigeres verloren gegangen war und mit jedem Tag, an dem diese Sache weitergehen durfte, unwiederbringlicher verloren ging?

Das wissen sie besser als du, sie sind Erwachsene.

Bockmist, fand Jake. Wenn Erwachsensein wirklich bedeutet, dass man alles besser wusste, wie kam es dann, dass sein Vater pro Tag weiterhin drei Päckchen Zigaretten ohne Filter rauchte und Kokain schnupfte, bis seine Nase blutete? Wenn man als Erwachsener besondere Kenntnisse darüber besaß, was richtig und angemessen war, wie kam es dann, dass seine Mutter mit ihrem Masseur schlief, der zwar riesige Bizepse, aber nicht ein bisschen Hirn besaß? Weshalb hatte keiner der beiden, als das Frühjahr 1977 in Richtung Sommer marschierte, gemerkt, dass ihr Junge (der einen Spitznamen – 'Bama – hatte, den nur die Haushälterin kannte) seinen gottverdammten Verstand verlor?

Das ist nicht das Gleiche.

Und wenn's das doch war? Wenn Roland und Eddie dem Problem so nahe waren, dass sie die Wahrheit nicht sehen konnten?

Was ist die Wahrheit? Was ist dein Verständnis von Wahrheit?

Dass sie nicht länger ka-tet waren, das war sein Verständnis von Wahrheit. Was hatte Roland bei ihrem ersten Palaver zu Callahan gesagt? *Wir sind rund und rollen gemeinsam.* Das war zu dem Zeitpunkt wahr gewesen, aber Jake glaubte nicht, dass es jetzt noch zutraf. Er erinnerte sich an einen alten Scherz, den die Leute immer machten, wenn sie eine Reifenpanne hatten: *Tja, er ist ja nur am Boden platt.* Das waren sie jetzt: platt am Boden. Nicht mehr länger wirklich ein Ka-Tet – wie konnten sie das sein, wo sie jetzt doch Geheimnisse voreinander hatten? Und waren Mia und das Kind, das in Susannahs Bauch heranwuchs, überhaupt die einzigen Geheimnisse? Auch das glaubte Jake jetzt nicht mehr. Es gab noch etwas anderes. Etwas, was Roland nicht nur vor Susannah, sondern vor ihnen allen geheim hielt.

Wir können die Wölfe besiegen, wenn wir zusammenhalten, dachte er. *Wenn wir ein Ka-Tet sind. Aber nicht in der Verfassung, in der wir jetzt sind. Nicht hier drüben, auch nicht in New York. Das glaube ich einfach nicht.*

Auf diesen Gedanken folgte sofort ein weiterer, der so schrecklich war, dass er ihn anfangs zu verdrängen versuchte. Nur durfte er das nicht, wie er gleich erkannte. Auch wenn er es nicht wollte, war dies eine Möglichkeit, die er bedenken musste.

Ich könnte die Sache selbst in die Hand nehmen. Ich könnte es ihr selbst sagen.

Und was dann? Was würde er Roland erzählen? Wie würde er sich rechtfertigen?

Das könnte ich nicht. Es gäbe keine Erklärung, die ich vorbringen könnte oder die er sich anhören würde. Ich könnte nur …

Er erinnerte sich an Rolands Schilderung des Tages, an dem er gegen Cort angetreten war. Der mit Narben bedeckte alte Lehnsmann mit seinem Stock, der unerfahrene Junge mit seinem Falken. Würde er, Jake, sich gegen Rolands Entscheidung stellen und Susannah erzählen, was ihr bisher vorenthalten worden war, würde das unmittelbar zu seiner eigenen Mannbarkeitsprüfung führen.

Und darauf bin ich nicht vorbereitet. Vielleicht war Roland bereit – mit knapper Not –, aber ich bin nicht wie er. Niemand *ist wie er. Er würde mich besiegen, und ich würde allein nach*

Osten, nach Donnerschlag geschickt werden. Oy würde alles daransetzen, mich zu begleiten, aber das würde ich nicht zulassen. Weil dort drüben der Tod lauert. Vielleicht für unser gesamtes Ka-Tet, sicher jedoch für einen ganz auf sich allein gestellten Jungen.

Aber trotzdem war es *falsch,* dass Roland Geheimnisse vor ihnen hatte. Wie sollte es also weitergehen? Sie würden alle wieder zusammenkommen, um den Rest von Callahans Geschichte zu hören und sich – vielleicht – mit dem Ding in Callahans Kirche zu befassen. Was sollte er dann tun?

Mit ihm reden. Ihn zu überzeugen versuchen, dass er das Falsche tut.

Also gut. Das konnte er tun. Es würde schwer sein, aber es wäre zu machen. Sollte er auch mit Eddie reden? Vielleicht doch lieber nicht. Die Einbeziehung Eddies würde alles noch komplizierter machen. Er würde Roland entscheiden lassen, was Eddie erfahren sollte. Schließlich war Roland ihr Dinh.

Die Zeltklappe bewegte sich, und Jake griff nach der Stelle, wo die Ruger gehangen hätte, wenn er sie in der Dockerschlinge getragen hätte. Sie war natürlich nicht da, aber das machte diesmal nichts aus. Es war nur Oy, der seine Schnauze unter die Klappe steckte und sie hochdrückte, damit er den Kopf ins Zelt stecken konnte.

Jake streckte eine Hand aus, um dem Bumbler den Kopf zu tätscheln. Oy erfasste sie sanft mit den Zähnen und zog daran. Jake folgte ihm durchaus bereitwillig; er hatte sowieso das Gefühl, als wäre er jetzt von Schlaf tausend Meilen weit entfernt.

Die Welt außerhalb des Zelts war eine Studie in harschen Schwarz-Weiß-Kontrasten. Ein mit Felsbrocken übersäter Abhang führte zum Fluss hinunter, der an dieser Stelle breit und seicht war. Der Mond spiegelte sich darin wie eine Lampe. Jake sah unten am felsigen Ufer zwei Gestalten stehen und erstarrte. In diesem Augenblick schob sich eine Wolke vor den Mond und verdunkelte die Welt. Oys Zähne erfassten nochmals seine Hand und zogen ihn weiter. Jake ging mit, kam zu einem hüfthohen Felsabbruch und ließ sich hinuntergleiten. Oy stand jetzt über und dicht hinter ihm und keuchte ihm wie eine kleine Dampfmaschine ins Ohr.

Der Mond kam hinter seiner Wolke hervor. Die Nacht wurde wieder hell. Jake sah, dass Oy ihn zu einem großen Granitblock geführt hatte, der wie der Bug eines vergrabenen Schiffs aus der Erde ragte. Er gab ein gutes Versteck ab. Jake spähte um den Felsen herum zum Fluss hinunter.

Eine der beiden Gestalten war zweifelsfrei zu erkennen; ihre Größe und das im Mondschein glänzende Metall reichten aus, um Andy den Kurierroboter (»viele weitere Funktionen«) auszumachen. Aber der andere … wer war der andere? Jake kniff die Augen zusammen, konnte ihn aber nicht gleich erkennen. Zwischen seinem Versteck und dem Flussufer dort unten lagen mindestens zweihundert Meter, und obwohl der Mond hell leuchtete, war sein Licht auch trügerisch. Der Mann hielt den Kopf erhoben, damit er Andy ansehen konnte, und der Mond leuchtete ihm ins Gesicht, aber seine Gesichtszüge schienen zu verschwimmen. Nur der Hut, den dieser Kerl trug … er kannte diesen *Hut* …

Du könntest dich irren.

Als der Mann den Kopf ein bisschen zur Seite drehte, sodass der Mondschein etwas vor seinem Gesicht doppelt aufblitzen ließ, war Jake sich seiner Sache sicher. In der Calla mochte es viele Cowboys geben, die wie der dort unten Hüte mit runder Krone trugen, aber Jake hatte bisher erst einen Kerl mit Brille gesehen.

Okay, das ist Bennys Da'. Und wenn schon? Nicht alle Eltern sind wie meine, manche machen sich Sorgen um ihre Kinder, vor allem wenn sie bereits eines verloren haben, wie Mr. Slightman Bennys Zwillingsschwester verloren hat. An heißer Lunge gestorben, sagt Benny, was auf Lungenentzündung schließen lässt. Gut, wir zelten also hier draußen, und Mr. Slightman schickt Andy los, damit er uns im Auge behält. Nur wacht er dann mitten in der Nacht auf und beschließt, selbst nach uns zu sehen. Vielleicht hat ja auch er einen Albtraum gehabt.

Vielleicht, aber das erklärte nicht, weshalb Andy und Mr. Slightman ihr Palaver drunten am Fluss abhielten, oder?

Na ja, vielleicht wollte er uns nur nicht wecken. Vielleicht kommt er gleich herauf, um ins Zelt zu sehen – dann muss ich mich beeilen, damit ich wieder reinkomme –, oder vielleicht verlässt er sich auf Andys Wort, dass mit uns alles in Ordnung ist, und macht sich auf den Heimweg zur Rocking B.

Der Mond verschwand hinter einer weiteren Wolke, aber Jake hielt es für ratsamer, hinter dem Felsen zu bleiben, bis der Mond sich wieder zeigte. Als er wieder zum Vorschein kam, erfüllte das Bild, das er zeigte, den Jungen mit ebensolcher Bestürzung, wie er sie im Traum empfunden hatte, als er Mia durch das verlassene Schloss gefolgt war. Einen Augenblick lang klammerte er sich an die Hoffnung, das alles *sei* ein Traum, weil der vorige einfach in den nächsten übergegangen sei, aber das Gefühl der Kieselsteine, die sich ihm in die Fußsohlen drückten, und das Geräusch von Oys Hecheln im Ohr hatten überhaupt nichts Traumartiges an sich. Das alles passierte tatsächlich.

Mr. Slightman kam nicht den Steilhang herauf, an dessen oberen Ende die Jungen ihr Zelt aufgeschlagen hatten, und er war auch nicht zur Rocking B zurück unterwegs (im Gegensatz zu Andy, der mit langen Schritten das Ufer entlangeilte). Nein, Bennys Vater watete *durch* den Fluss. Er war genau nach Osten unterwegs.

Er kann einen Grund haben, dort hinüberzugehen. Er kann einen vollkommen guten Grund dafür haben.

Wirklich? Was könnte dieser vollkommen gute Grund sein? Das Land dort drüben gehörte nicht mehr zur Calla, so viel wusste Jake. Dort drüben lagen nur Ödland und Wüste, eine Pufferzone zwischen dem Grenzland und dem Königreich der Toten, das Donnerschlag hieß.

Erst war mit Susannah etwas nicht in Ordnung – mit seiner Freundin Susannah. Und jetzt, so schien es, war etwas mit dem Vater seines neuen Freundes nicht in Ordnung. Jake merkte, dass er angefangen hatte, Nägel zu kauen (eine schlechte Angewohnheit aus seinen letzten Wochen auf der Piper School), und zwang sich zum Aufhören.

»Das ist nicht fair, ehrlich«, sagte er zu Oy. »Das ist einfach nicht fair.«

Oy leckte ihn am Ohr. Jake drehte sich um, legte die Arme um den Bumbler und drückte das Gesicht ins weiche Fell seines Freundes. Der Bumbler hielt geduldig still und ließ das zu. Kurze Zeit später kletterte Jake zu dem ebeneren Grund hinauf, auf dem Oy stand. Er fühlte sich etwas besser, etwas getröstet.

Der Mond verschwand hinter einer weiteren Wolke, und die Welt verfinsterte sich wieder. Jake blieb stehen, wo er war. Oy winselte leise. »Wir gehen gleich«, murmelte Jake.

Der Mond kam wieder hervor. Jake starrte die Stelle an, wo das Palaver zwischen Andy und Ben Slightman stattgefunden hatte, und prägte sie sich genau ein. Dort befand sich ein großer runder Felsen mit glänzender Oberfläche. Quer davor lag ein angetriebener toter Baumstamm. Jake war sich ziemlich sicher, dass er diese Stelle wiederfinden konnte, auch wenn Bennys Zelt abgebaut war.

Wirst du Roland davon erzählen?

»Weiß ich nicht«, murmelte er.

»Nicht«, sagte Oy neben ihm, was Jake leicht zusammenzucken ließ. Hatte der Bumbler nur das letzte Wort wiederholt, wie er's so oft tat? Oder war das eine Antwort gewesen?

Bist du verrückt?

Nein, das war er nicht. Es hatte eine Zeit gegeben, in der er glaubte, verrückt zu *sein* – verrückt oder in höllischem Tempo dorthin unterwegs –, aber das glaubte er nicht mehr. Und manchmal las Oy tatsächlich seine Gedanken, das wusste er.

Er kroch ins Zelt zurück. Benny schien weiterhin fest zu schlafen. Jake betrachtete seinen neuen Freund – nach Jahren älter, aber in vielen Dingen, auf die es ankam, trotzdem jünger – einige Sekunden lang und biss sich dabei auf die Unterlippe. Er wollte Bennys Vater nicht in Schwierigkeiten bringen. Nicht, wenn es nicht sein musste.

Jake streckte sich aus und zog die Decke bis zum Kinn hoch. Er war sein Leben lang noch nie so unschlüssig in Bezug auf so viele Dinge gewesen und hätte am liebsten geheult. Der Tag war schon fast angebrochen, bevor er wieder einschlafen konnte.

Kapitel 8

Tooks Laden; Die nichtgefundene Tür

1

In der ersten halben Stunde nach dem Verlassen der Rocking B ritten Roland und Jake, deren Pferde freundschaftlich nebeneinanderher trotteten, schweigend nach Osten, wo die Kleinfarmen lagen. Roland wusste, dass Jake etwas auf der Seele lag; das zeigte ihm dessen bekümmerte Miene. Trotzdem war der Revolvermann nicht wenig verblüfft, als Jake schließlich die rechte Hand zur Faust ballte, sie auf die linke Brustseite legte und sagte: »Roland, kann ich *dan-dinh* mit dir sprechen, bevor wir wieder mit Eddie und Susannah zusammenkommen?«

Möge ich mein Herz deinem Befehl öffnen. Aber die unterschwellige Bedeutung war altehrwürdig und komplizierter – Jahrhunderte älter als Arthur Eld, zumindest hatte Vannay das behauptet. Es bedeutete, irgendein unlösbares emotionales Problem, das meistens mit einer Liebesaffäre zusammenhing, in die Hände seines Dinhs zu legen. Damit verpflichtete man sich zugleich, das zu tun, was der Dinh vorschlug – sofort und ohne Widerrede. Aber Jake Chambers konnte keinen Liebeskummer haben – das heißt, außer er hatte sich in die bildhübsche Francine Tavery verknallt –, und woher kannte er überhaupt diesen Ausdruck?

Unterdessen betrachtete Jake, der blasse Wangen hatte, ihn mit großen Augen und einem feierlichen Ernst, der Roland nicht sonderlich gefiel.

»*Dan-dinh* – wo hast du das gehört, Jake?«

»Nirgends. Ich muss es aus deinem Kopf haben, glaube ich.«

Und hastig fügte Jake hinzu: »Ich schnüffle nicht darin herum, bestimmt nicht, aber einzelne Dinge fliegen mir einfach zu. Die meisten sind wahrscheinlich nicht sehr wichtig, aber manchmal sind solche Ausdrücke dabei.«

»Du pickst sie auf, wie Krähen oder Häher glitzernde Dinge aufpicken, die sie im Flug sehen.«

»Das stimmt wohl, genau.«

»Welche noch? Erzähl mir ein paar.«

Jake wirkte verlegen. »Ich kann mich nicht an viele erinnern. *Dan-dinh* bedeutet jedenfalls, dass ich dir mein Herz öffne und bereit bin, das zu tun, was du sagst.«

Die Wirklichkeit war komplizierter, aber der Junge hatte das Wesentliche erfasst. Roland nickte. Die Sonne auf seinem Gesicht fühlte sich gut an, während sie dahintrabten. Margaret Eisenharts Vorführung mit dem Teller hatte ihn beruhigt; später hatte er ein gutes Gespräch mit dem Vater der Lady-Sai geführt und erstmals seit vielen Nächten wieder recht gut geschlafen. »Ja.«

»Mal sehen. Zum Beispiel *tell-a-me,* was bedeutet – das glaube ich wenigstens –, über jemanden zu klatschen, über den man nicht klatschen sollte. Das ist mir im Gedächtnis geblieben, weil es lautmalerisch wie Klatsch klingt: *tell-a-me.«* Jake hielt sich eine Hand hinters Ohr.

Roland lächelte. Tatsächlich hieß der Ausdruck *telamei,* aber Jake hatte ihn natürlich nur phonetisch aufgeschnappt. Trotzdem war das alles erstaunlich. Er nahm sich vor, seine geheimsten Gedanken in Zukunft sorgfältig zu schützen. Das *war* möglich, den Göttern sei Dank.

»Oder *Dash-Dinh,* das eine Art religiösen Führer bezeichnet. Du hast heute Morgen daran gedacht, glaube ich, weil ... Vielleicht wegen dem alten Manni? Ist er ein Dash-Dinh?«

Roland nickte. »Unbedingt. Und sein Name, Jake?« Der Revolvermann konzentrierte sich darauf. »Kannst du seinen Namen in meinen Gedanken lesen?«

»Klar, Henchick«, sagte Jake sofort und fast wie beiläufig. »Du hast mit ihm gesprochen. Das war … gestern spätnachts?«

»Ja.« Darauf hatte er sich *nicht* konzentriert, und ihm wäre wohler gewesen, wenn Jake davon nichts gewusst hätte. Bei dem Jungen schien die Gabe der Fühlungnahme jedenfalls sehr ausgeprägt zu sein, und Roland glaubte ihm, wenn er sagte, er habe nicht geschnüffelt. Zumindest tat er das nicht absichtlich.

»Mrs. Eisenhart glaubt, dass sie ihn hasst, aber du vermutest, dass sie nur Angst vor ihm hat.«

»Ja«, sagte Roland. »Die Gabe ist bei dir ziemlich stark. Viel stärker, als sie bei Alain jemals war, und auch viel stärker als anfangs. Das kommt von der Rose, oder?«

Jake nickte. Von der Rose, ja. Sie ritten eine Zeit lang schweigend weiter. Die Hufe ihrer Pferde wirbelten eine leichte Staubwolke auf. Trotz des Sonnenscheins war es ein kühler Tag, ein Vorbote des kommenden Herbstes.

»Also gut, Jake. Sprich dan-dinh zu mir, wenn's dir beliebt, und ich sage dir meinen Dank für dein Vertrauen in das, was ich an Weisheit besitze.«

Jake sagte nun fast zwei Minuten lang nichts. Roland konzentrierte sich und versuchte, in die Gedanken des Jungen einzudringen, wie der Junge in die seinen eingedrungen war (und mit welcher Leichtigkeit), aber er sah nichts. Nichts als eine …

Aber dann war doch etwas zu sehen. Eine Ratte … sie zappelte, war auf irgendetwas aufgespießt …

»Wo liegt das Schloss, in das sie geht?«, fragte Jake. »Weißt du das?«

Roland war außerstande, seine Überraschung zu verbergen. Eigentlich sein Erstaunen. Und er hatte das Gefühl, es enthalte auch ein gewisses Schuldbewusstsein. Plötzlich verstand er … nun, nicht alles, aber vieles.

»Das Schloss gibt es nicht, hat es nie gegeben«, erklärte er Jake. »Es ist ein Ort, den sie in ihrer Phantasie besucht – vermutlich aus Geschichten zusammenfabuliert, die sie irgendwann einmal gelesen hat, und aus anderen, die ich am Lagerfeuer erzählt habe. Sie geht dorthin, damit sie nicht sehen muss, was sie wirklich isst. Nämlich das, was ihr Baby braucht.«

»Ich habe gesehen, wie sie ein Spanferkel gegessen hat«, sagte Jake. »Nur hat vorher eine Ratte davon gefressen. Sie hat sie mit einer Vorlegegabel aufgespießt.«

»Wo hast du das gesehen?«

»Im Schloss.« Er machte eine Pause. »In ihrem Traum. Ich war in ihrem Traum.«

»Hat sie dich dort gesehen?« Die blauen Augen des Revolvermanns blitzten, glühten beinahe. Sein Pferd machte Halt, weil es offenbar irgendeine Veränderung spürte. Auch Jakes Pferd blieb stehen. So standen sie dort auf der Oststraße, weniger als eine Meile von der Stelle entfernt, an der Molly Doolin einst einen Wolf aus Donnerschlag getötet hatte. Dort standen sie sich gegenüber.

»Nein«, sagte Jake. »Sie hat mich nicht gesehen.«

Roland erinnerte sich an die Nacht, in der er ihr in den Sumpf gefolgt war. Er hatte gewusst, dass sie in Gedanken woanders war, so viel hatte er gespürt, aber nicht genau, wo sie zu sein glaubte. Was er an Bildern aus ihren Gedanken hatte aufnehmen können, war verschwommen geblieben. Jetzt wusste er es. Und er wusste auch noch etwas anderes: Jake war beunruhigt wegen der Entscheidung seines Dinhs, Susannah auf diese Weise weitermachen zu lassen. Und vielleicht hatte er damit ja auch Recht, beunruhigt zu sein. Aber …

»Das war nicht Susannah, die du gesehen hast, Jake.«

»Ja, ich weiß. Sie ist die eine, die noch ihre Beine hat. Sie nennt sich Mia. Sie ist schwanger und hat schreckliche Angst.«

»Wenn du dan-dinh mit mir sprechen willst«, sagte Roland, »dann musst du mir alles erzählen, was du in deinem Traum gesehen hast und was dich daran beim Aufwachen beunruhigt hat.

Dann gebe ich dir die Weisheit meines Herzens, alles, was ich an Weisheit besitze.«

»Aber du … Roland, du schimpfst mich dann nicht aus?«

Diesmal konnte Roland sein Erstaunen nicht verbergen. »Nein, Jake. Weit davon entfernt. Vielleicht sollte ich dich bitten, mich nicht auszuschimpfen.«

Der Junge lächelte schwach. Die Pferde begannen wieder zu trotten, jetzt etwas schneller, so als wüssten sie, dass es beinahe Unannehmlichkeiten gegeben hatte, und als wollten sie diesen Ort deshalb rasch hinter sich lassen.

2

Jake wusste selbst nicht, wie viel von dem, was ihm auf der Seele lastete, herauskommen würde, bis er tatsächlich zu reden begann. Beim Aufwachen war er sich wieder unsicher gewesen, was er Roland über Andy und Slightman den Älteren erzählen sollte. Letztlich befolgte er, was Roland soeben gesagt hatte – *Erzähl mir alles, was du in deinem Traum gesehen hast und was dich daran beim Aufwachen beunruhigt hat* – und ließ das Treffen am Fluss ganz aus. Tatsächlich erschien dieser Teil ihm heute Morgen weit weniger wichtig.

Er erzählte Roland, wie Mia die Treppe hinuntergelaufen war und welche Ängste sie ausgestanden hatte, als im Bankettsaal kein Essen zu finden gewesen war. Dann die Küche. Wie sie den Braten entdeckt hatte, an dem die Ratte sich gütlich tat. Wie sie den Konkurrenten eliminiert hatte. Wie sie ihre Beute verschlungen hatte. Dann er, wie er zitternd aufgewacht war und sich hatte beherrschen müssen, um nicht laut zu schreien.

Er zögerte und sah zu Roland hinüber. Roland machte seine ungeduldige kreisende Fingerbewegung – weiter, beeil dich, bring's zu Ende.

Nun, dachte Jake, *er hat versprochen, nicht zu schimpfen, und er hält Wort.*

Das stimmte wohl, aber Jake konnte sich trotzdem nicht dazu überwinden, Roland zu erzählen, dass er eigentlich daran gedacht hatte, Susannah alles anzuvertrauen, was er wusste. Seine Hauptangst sprach er jedoch deutlich aus: dass ihr Ka-Tet zu einem Zeitpunkt, an dem es am zuverlässigsten sein musste, beschädigt war, weil drei von ihnen etwas wussten, was sie Susannah verschwiegen. Er erzählte Roland sogar den alten Witz mit der Reifenpanne. Er erwartete nicht, dass Roland lachen würde, und in dieser Beziehung wurden seine Erwartungen bewundernswert erfüllt. Aber er spürte, dass Roland sich bis zu einem gewissen Grad schämte, und das fand Jake beängstigend. In seiner Vorstellung war Schamgefühl fast ausschließlich für Leute reserviert, die nicht wussten, was sie taten.

»Und bis gestern Nacht war's sogar noch schlimmer als drei drinnen und eine draußen«, sagte Jake. »Weil du versucht hast, auch *mich* rauszuhalten. Ist doch so, oder?«

»Nein«, sagte Roland.

»Nein?«

»Ich habe die Dinge einfach treiben lassen. Eddie musste ich einweihen. Sobald sie sich nämlich ein Zimmer geteilt haben, war zu befürchten, dass er ihre nächtlichen Wanderungen entdecken und versuchen würde, sie aufzuwecken. Ich hatte Angst davor, was beiden passieren könnte, wenn es dazu käme.«

»Warum hast du es ihr nicht einfach gesagt?«

Roland seufzte. »Pass auf, Jake. Als wir Jungen waren, hat Cort für unsere körperliche Ertüchtigung gesorgt. Vannay war für unsere geistige Ertüchtigung verantwortlich. Beide haben versucht, uns zu lehren, was sie von Ethik verstanden. Aber in Gilead war es die Aufgabe unserer Väter, uns übers Ka zu unterrichten. Und weil der Vater jedes Kindes ein wenig anders war, hatte jeder von uns am Ende seiner Kindheit eine leicht unterschiedliche Vorstellung davon, was Ka ist und was es bewirkt. Verstehst du das?«

Ich verstehe, dass du einer sehr einfachen Frage ausweichst, dachte Jake, aber er nickte.

»Mein Vater hat mir sehr viel über dieses Thema erzählt, und das meiste davon habe ich längst vergessen, aber eines weiß ich noch recht gut: Er hat gesagt, wenn man sich unsicher sei, müsse man das Ka allein gewähren lassen.«

»Es läuft also aufs Ka hinaus?« Jakes Stimme klang enttäuscht. »Roland, das ist nicht sehr hilfreich.«

Roland hörte die Sorge im Tonfall des Jungen, aber es war die Enttäuschung, die wirklich schmerzte. Er wandte sich im Sattel Jake zu, öffnete den Mund, erkannte, dass irgendeine hohle Rechtfertigung herauskommen würde, und machte ihn wieder zu. Statt sich zu rechtfertigen, erzählte er die Wahrheit.

»Ich weiß einfach nicht, was ich tun soll. Willst du's mir verraten?«

Das Gesicht des Jungen lief beängstigend rot an, und Roland erkannte, dass Jake glaubte, die Frage sei sarkastisch gemeint, um der Götter willen. Dass er wütend war. Weil ein solcher Mangel an Verständnis erschreckend sei. *Er hat Recht,* dachte der Revolvermann. *Unser Ka-Tet* ist *zerbrochen. Die Götter seien uns gnädig.*

»Sei nicht so«, sagte Roland. »Hör mich an, ich bitte dich – hör mich wohl an. In Calla Bryn Sturgis nahen die Wölfe. In New York nahen Balazar und seine ›Gentlemen‹. Sie alle werden bald eintreffen. Wird Susannahs Baby warten, bis diese Probleme so oder so gelöst sind? Ich weiß es nicht.«

»Sie sieht nicht mal schwanger aus«, sagte Jake leise. Sein Gesicht war inzwischen wieder etwas weniger rot, aber er hielt den Kopf noch immer gesenkt.

»Nein«, sagte Roland, »das tut sie nicht. Ihre Brüste sind ein wenig voller – vielleicht auch ihre Hüften –, aber das sind die einzigen Anzeichen. Und deshalb habe ich einigen Grund zur Hoffnung. Ich muss hoffen, und du musst es auch. Außer den Wölfen und der Sache mit der Rose in deiner Welt stellt sich nämlich auch die Frage nach der Schwarzen Dreizehn und wie wir mit ihr umgehen sollen. Ich glaube, dass ich's weiß – ich hoffe, dass ich's weiß –, aber ich muss noch einmal mit Henchick reden. Und wir müssen den Rest von Pere Callahans Geschichte hören. Hast du schon mit dem Gedanken gespielt, Susannah auf eigene Faust einzuweihen?«

»Ich ...« Jake biss sich auf die Unterlippe und verstummte.

»Ich sehe, dass du's getan hast. Schlag dir diesen Gedanken aus dem Kopf. Könnte außer dem Tod etwas unsere Gemeinschaft endgültig beenden, wäre das, sie ohne meine Einwilligung zu unterrichten, Jake. Ich bin dein Dinh.«

»Das weiß ich!«, sagte Jake und schrie dabei fast. »Glaubst du, dass ich das nicht weiß?«

»Und glaubst du, dass mir das gefällt?«, antwortete Roland fast genauso hitzig. »Kapierst du nicht, wie viel einfacher alles war, bevor ...« Er verstummte vor Entsetzen über das, was er beinahe gesagt hätte.

»Bevor wir gekommen sind«, sagte Jake. Seine Stimme war ausdruckslos. »Aber weißt du was? Wir haben nicht darum *gebeten*, kommen zu dürfen, keiner von uns.« *Und ich habe dich auch nicht gebeten, mich in den Abgrund fallen zu lassen. Mich umzubringen.*

»Jake ...« Der Revolvermann seufzte, hob die Hände und ließ sie wieder auf die Oberschenkel zurückfallen. Vor ihnen lag die Abzweigung, die zur Jaffords-Farm führte, wo Eddie und Susannah sie erwarteten. »Ich kann nur wiederholen, was ich bereits gesagt habe: Ist man sich in Bezug auf das Ka nicht sicher, ist es am besten, dem Ka freien Lauf zu lassen. Mischt man sich ein, tut man fast immer das Falsche.«

»Das klingt wie etwas, was die Leute im Königreich New York Drückebergerei nennen, Roland. Eine Antwort, die keine Antwort ist, sondern einen nur dazu bringen soll, auf jemands Linie einzuschwenken.«

Roland überlegte. Er spannte die Lippen. »Du hast mich gebeten, deinem Herzen zu befehlen.«

Jake nickte misstrauisch.

»Dann höre zwei Dinge, die ich dir dan-dinh sage. Erstens sage ich, dass wir drei – du, ich, Eddie – an-tet mit Susannah sprechen werden, bevor die Wölfe kommen, um ihr alles zu erzählen, was wir wissen. Dass sie schwanger ist, ihr Baby höchstwahrscheinlich das Kind eines Dämons ist und sie als Mutter dieses Kindes eine Frau namens Mia erschaffen hat. Zweitens sage ich, dass wir nicht mehr über dieses Thema verhandeln, bis es Zeit wird, ihr alles zu erzählen.«

Jake dachte darüber nach. Dabei hellte sein Gesicht sich allmählich erleichtert auf. »Ist das dein Ernst?«

»Ja.« Roland versuchte, sich nicht anmerken zu lassen, wie sehr diese Frage ihn verletzte und ärgerte. Immerhin konnte er verstehen, weshalb der Junge sie gestellt hatte. »Ich verspreche es und beschwöre mein Versprechen. Zufrieden?«

»Ja! Sehr zufrieden!«

Roland nickte. »Ich tue das nicht, weil ich davon überzeugt bin, dass es das Richtige ist, sondern weil *du* dieser Überzeugung bist, Jake. Ich …«

»Augenblick, brrr, warte«, sagte Jake. Sein Lächeln verblasste. »Versuch nicht, das alles mir in die Schuhe zu schieben. Ich habe nie …«

»Verschone mich mit solchem Unsinn.« Roland gebrauchte einen trockenen, distanzierten Ton, den Jake bislang nur selten an ihm gehört hatte. »Du willst an der Entscheidung eines Mannes beteiligt sein. Das gestatte ich – *muss* es gestatten –, weil das Ka entschieden hat, dass dir in großen Dingen die Rolle eines Mannes zufällt. Diese Tür hast du geöffnet, als du meine Entscheidung angezweifelt hast. Willst du das etwa bestreiten?«

Jake war blass gewesen, nochmals errötet und wieder blass geworden. Er sah verängstigt aus und schüttelte den Kopf, ohne ein einziges Wort zu sagen. *Ach, ihr Götter,* dachte Roland, *wie ich das alles hasse! Wie gern ich ihm das ersparen würde.*

In ruhigerem Ton sagte er: »Nein, du hast nicht darum gebeten, hierher gebracht zu werden. Noch wollte ich dich deiner Kindheit berauben. Trotzdem bist du hier, und das Ka steht etwas abseits und lacht. Wir müssen ihm zu Willen sein oder dafür bezahlen.«

Jake senkte den Kopf und sprach mit zitternder Flüsterstimme zwei Wörter: »Ich weiß.«

»Du glaubst, Susannah sollte eingeweiht werden. Ich dagegen weiß nicht, *was* ich tun soll – in dieser Angelegenheit habe ich meinen Kompass verloren. Wenn einer etwas weiß und der andere nicht, muss derjenige, der nichts weiß, den Kopf senken, und derjenige, der etwas weiß, muss die Verantwortung übernehmen. Verstehst du mich, Jake?«

»Ja«, flüsterte Jake und berührte die Stirn mit der zur Faust geballten Rechten.

»Gut. Wir belassen es dabei und sagen unseren Dank.« Roland wechselte das Thema. »Wie gesagt, die Gabe ist bei dir ziemlich stark.«

»Ich wollte, das wär nicht so!«, rief Jake aus.

»Trotzdem. Kannst du ihre Gedanken lesen?«

»Ja. Ich bespitzle sie nicht – wie ich's auch bei Eddie und dir nicht tue –, aber manchmal weiß ich, was sie denkt. Ich erhasche Bruchteile von einem Lied, das ihr durch den Kopf geht, oder Gedanken an ihre Wohnung in New York. Sie sehnt sich dorthin zurück. Einmal hat sie gedacht: ›Ich wollte, ich hätte Gelegenheit gehabt, den neuen Roman von Allen Drury zu lesen, den der Buchclub geschickt hat.‹ Allen Drury muss zu ihrer Zeit ein berühmter Schriftsteller gewesen sein.«

»Mit anderen Worten: oberflächliche Dinge.«

»Ja.«

»Aber du könntest tiefer eindringen.«

»Ich könnte vermutlich auch zusehen, wie sie sich auszieht«, sagte Jake trübselig, »aber das wäre nicht recht.«

»Unter diesen Umständen *ist* es recht, Jake. Stell sie dir als Brunnen vor, aus dem du jeden Tag einen einzigen Becher schöpfen musst, um sicherzugehen, dass das Wasser weiterhin sauber ist. Ich will wissen, ob sie sich verändert. Vor allem will ich wissen, ob sie vorhat, *alleyo* zu gehen.«

Jake starrte ihn mit runden Augen an. »Stiften gehen? Wohin sollte sie ausreißen?«

Roland zuckte die Achseln. »Keine Ahnung. Wohin verschwindet eine Katze, um ihre Jungen zu werfen? In einen Kleiderschrank? Unter die Scheune?«

»Was ist, wenn wir's ihr sagen und diese andere die Oberhand gewinnt? Was ist, wenn *Mia* alleyo geht, Roland, und Susannah dabei mitschleppt?«

Roland gab keine Antwort. Natürlich fürchtete er genau das, und Jake war clever genug, es zu wissen.

Jake betrachtete ihn mit gewissem Groll, der verständlich war … aber auch zustimmend. »Einmal pro Tag. Auf keinen Fall öfter.«

»Öfter, wenn du eine Veränderung spürst.«

»Also gut«, sagte Jake. »Das ist mir alles zuwider, aber ich habe dich dan-dinh gefragt. Jetzt hast du mich im Schwitzkasten.«

»Wir spielen hier nicht Armdrücken, Jake. Auch kein anderes Spiel.«

»Ich weiß.« Jake schüttelte den Kopf. »Mir kommt's vor, als hättest du mich irgendwie reingelegt, aber lassen wir's dabei.«

Ich habe dich reingelegt, dachte Roland. Wahrscheinlich nur gut, dass keiner der anderen wusste, wie ratlos er im Augenblick war, wie gänzlich ihm die Intuition fehlte, die ihm geholfen hatte, schon so viele schwierige Situationen zu bestehen. *Ich hab's getan … aber nur weil ich musste.*

»Wir schweigen vorläufig, aber wir erzählen es ihr, bevor die Wölfe kommen«, sagte Jake. »Bevor wir kämpfen müssen. Abgemacht?«

Roland nickte.

»Wenn wir erst gegen Balazar kämpfen – in der anderen Welt –, dann müssen wir es ihr trotzdem vorher erzählen. Okay?«

»Ja«, sagte Roland. »Einverstanden.«

»Ich hasse das alles«, sagte Jake mürrisch.

»Ich auch«, sagte Roland.

3

Eddie saß mit einer Schnitzarbeit auf der Veranda der Familie Jaffords, hörte sich irgendeine konfuse Geschichte an, die Gran-Pere gerade erzählte, und nickte an den hoffentlich richtigen Stellen, als Roland und Jake auf den Hof geritten kamen. Eddie legte das Messer weg, schlenderte die Treppe hinunter, um sie zu begrüßen, und rief über die Schulter hinweg nach Suze.

An diesem Morgen fühlte er sich außergewöhnlich wohl. Die Ängste der letzten Nacht hatten sich verflüchtigt, wie es unsere überspanntesten Nachtängste oft tun; wie Pere Callahans Vampire vom Typ eins und zwei schienen diese Ängste besonders allergisch gegen Tageslicht zu sein. Zum einen waren die Kinder der Familie beim Frühstück vollzählig anwesend. Zum anderen war tatsächlich ein Ferkel aus der Scheune verschwunden. Tian hatte Eddie und Susannah gefragt, ob sie nachts etwas gehört hätten, und mit trübseliger Befriedigung genickt, als beide den Kopf schüttelten.

»Aye. Die Mutie-Rassen sind in unserem Teil der Welt zwar größtenteils ausgestorben, aber nicht im Norden. Es gibt noch immer Rudel von wilden Hunden, die jeden Herbst nach Süden kommen. Vor zwei Wochen waren sie wahrscheinlich in Calla

Amity; nächste Woche sind wir sie los, und dafür muss Calla Lockwood sich mit ihnen herumärgern. Sie kommen lautlos. Damit meine ich nicht still, sondern stumm. Nichts hier drinnen.« Tian tippte sich an die Kehle. »Außerdem ist's nicht so, dass sie mir nicht wenigstens *einen* Gefallen getan haben. In der Scheune habe ich eine verdammt große Ratte gefunden. Mausetot. Einer von denen hat ihr fast den Kopf abgebissen.«

»Igitt!«, hatte Hedda gesagt und ihre Schale mit einer theatralischen Grimasse weggeschoben.

»Iss gefälligst deinen Haferbrei auf, Miss«, sagte Zalia. »Er bringt dich in Schwung, damit du nachher die Wäsche aufhängen kannst.«

»Mah-Mah, *wiesooo ich?*«

Eddie hatte Susannahs Blick gesucht und ihr zugeblinzelt. Sie blinzelte ebenfalls, und damit war wieder alles in Ordnung. Okay, sie war also nachts ein bisschen unterwegs gewesen. Hatte einen kleinen Mitternachtsimbiss zu sich genommen. Hatte die Überreste vergraben. Und ja, diese Sache mit ihrer Schwangerschaft musste noch angegangen werden. Natürlich musste sie das. Aber das Problem würde sich lösen lassen, davon war Eddie überzeugt. Und bei Tageslicht erschien ihm die Vorstellung, Susannah könnte jemals einem Kind etwas zuleide tun, geradezu lächerlich.

»Heil, Roland. Jake.« Eddie drehte sich nach Zalia um, die auf die Veranda getreten war. Sie machte einen Knicks. Roland zog den Hut vor ihr, hielt ihn einen Augenblick in der ausgestreckten Hand und setzte ihn dann wieder auf.

»Sai«, sagte er zu ihr, »Ihr haltet zu Eurem Mann, was den Kampf gegen die Wölfe betrifft, aye?«

Sie seufzte, aber ihr Blick war fest. »Das tue ich, Revolvermann.«

»Wollt Ihr Hilfe und Beistand?«

Die Frage wurde ohne besondere Betonung gestellt – eigentlich sogar fast wie beiläufig –, aber Eddie fühlte sein Herz jagen, und als Susannahs Hand sich in seine schob, drückte er sie. Das war die dritte Frage gewesen, die entscheidende Frage, und sie war nicht dem großen Farmer, dem großen Rancher oder dem großen Geschäftsmann der Calla gestellt worden. Sie war einer Farmersfrau gestellt worden, deren mattbraunes Haar zu einem Knoten zusammengefasst war, der Frau eines Kleinfarmers, deren Haut trotz ihrer von Natur aus dunklen Färbung von zu viel Sonne rissig und grobporig geworden, deren Hauskittel durch häufiges Waschen ausgebleicht war. Und es war richtig, dass es so gekommen war, vollkommen richtig. Weil die Seele von Calla Bryn Sturgis in den vier Dutzend Kleinfarmen genau wie dieser steckt, dachte Eddie. Zalia Jaffords sollte für sie alle sprechen. Warum zum Teufel auch nicht?

»Ich erbitte sie und sage Euch meinen Dank«, antwortete sie einfach. »Mögen der Herrgott und der Jesusmensch Euch und die Euren beschützen.«

Roland nickte, als hätten sie nur ein paar alltägliche Worte gewechselt. »Margaret Eisenhart hat mir etwas gezeigt.«

»Hat sie das?«, sagte Zalia und lächelte leicht. Tian, der müde und verschwitzt aussah, obwohl es erst neun Uhr morgens war, kam um die Hausecke gestapft. Über die Schulter hatte er ein Zaumzeug hängen, an dem ein Riemen gerissen war. Er wünschte Roland und Jake einen guten Morgen, dann blieb er neben seiner Frau stehen, legte ihr einen Arm um sie und ließ die Hand auf ihrer Hüfte ruhen.

»Aye, und sie hat uns die Geschichte von Lady Oriza und Gray Dick erzählt.«

»Das ist eine gute Geschichte«, sagte sie.

»In der Tat«, sagte Roland. »Ich will nicht um den heißen Brei herumreden, Lady-Sai. Steht Ihr mit Eurem Teller in unserer Front, wenn's so weit ist?«

Tian bekam große Augen. Er öffnete den Mund, dann machte er ihn wieder zu. Er sah seine Frau wie ein Mann an, dem soeben ein großes Licht aufgegangen war.

»Aye«, sagte Zalia.

Tian ließ das Zaumzeug fallen und umarmte sie. Sie umarmte ihn ihrerseits kurz und fest, dann wandte sie sich wieder Roland und seinen Freunden zu.

Roland lächelte. Eddie wurde wie jedes Mal, wenn er dieses Phänomen beobachtete, von einem Gefühl leichter Irrealität befallen. »Gut. Und Ihr werdet Susannah zeigen, wie man ihn wirft?«

Zalia musterte Susannah nachdenklich. »Wird sie's lernen können?«

»Keine Ahnung«, sagte Susannah. »Geht's um etwas, was ich lernen sollte, Roland?«

»Ja.«

»Wann, Revolvermann?«, fragte Zalia.

Roland rechnete nach. »In drei oder vier Tagen von heute an gerechnet, wenn alles gut geht. Sollte sie kein Talent dafür beweisen, dann schickt Ihr sie zu mir zurück, und wir versuchen's mit Jake.«

Jake fuhr sichtbar zusammen.

»Aber ich glaube, sie wird's schnell lernen. Ich kenne keinen Revolvermann, der mit neuen Waffen nicht auf Anhieb umgehen könnte. Und ich brauche mindestens einen, der den Teller werfen oder mit der Armbrust schießen kann, weil wir vier sonst nur drei zuverlässige Schusswaffen hätten. Und das mit dem Teller gefällt mir. Es gefällt mir sogar ziemlich gut.«

»Ich werde weitergeben, was ich kann, gewiss«, sagte Zalia mit einem schüchternen Blick zu Susannah hinüber.

»In neun Tagen kommt ihr dann mit Margaret und Rosalita Munoz und Sarey Adams zum Haus des Alten Kerls, und wir werden sehen, was zu sehen ist.«

»Ihr habt einen Plan?«, fragte Tian. Seine Augen leuchteten hoffnungsvoll.

»Bis dahin habe ich einen«, sagte Roland.

4

Sie ritten nunmehr zu viert im selben gemächlichen Tempo wie zuvor nebeneinander her in Richtung Stadt. Dort, wo die Oststraße eine in Nord-Süd-Richtung verlaufende Straße kreuzte, machte Roland Halt. »Hier verlasse ich euch für eine kleine Weile«, erklärte er ihnen. Er deutete auf die Hügel im Norden. »Zwei Stunden von hier liegt etwas, was manche aus dem Suchenden Volk als Manni Calla und andere als Manni Redpath bezeichnen. Gleich welcher Name, es ist ihre Heimstatt, ein Dorf innerhalb der Kleinstadt. Dort treffe ich mich mit Henchick.«

»Mit ihrem Dinh«, sagte Eddie.

Roland nickte. »Jenseits des Manni-Dorfs, ungefähr eine Stunde weiter, liegen einige aufgegebene Bergwerke und viele Höhlen.«

»Der Ort, den du uns auf der Karte der Zwillinge Tavery gezeigt hast?«, fragte Susannah.

»Nein, aber einer in seiner Nähe. Die Höhle, die mich interessiert, nennen sie die Torweghöhle. Wir werden von Callahan mehr von ihr hören, wenn er heute Abend seine Geschichte zu Ende erzählt.«

»Weißt du das tatsächlich oder nur aus dem Gefühl heraus?«, fragte Susannah.

»Ich weiß es von Henchick. Er hat letzte Nacht davon gesprochen. Er hat auch über den Pere gesprochen. Ich könnte es euch erzählen, aber es ist wohl besser, alles von Callahan selbst zu hören. Jedenfalls wird diese Höhle für uns noch wichtig sein.«

»Sie ist der Rückweg, stimmt's?«, sagte Jake. »Du hältst sie für den Rückweg nach New York.«

»Mehr«, sagte der Revolvermann. »Mit der Schwarzen Dreizehn könnte sie der Weg zu überallwo und überallwann sein.«

»Auch der zum Dunklen Turm?«, fragte Eddie. Seine Stimme war heiser, kaum mehr als ein Flüstern.

»Unmöglich zu sagen«, antwortete Roland, »aber ich glaube, dass Henchick mir die Höhle zeigen will, und dabei erfahre ich vielleicht mehr. Ihr drei habt inzwischen beim Gemischtwarenladen Took zu tun.«

»Haben wir das?«, sagte Jake.

»Allerdings.« Roland legte seine Umhängetasche vor sich, öffnete sie und kramte tief darin herum. Schließlich brachte er einen Lederbeutel mit Zugschnur zum Vorschein, den zuvor noch keiner der anderen gesehen hatte.

»Den hat mein Vater mir geschenkt«, sagte er geistesabwesend. »Er ist das einzige Ding, das ich – außer den Ruinen meines jüngeren Gesichts –, noch aus der Zeit besitze, als ich damals vor vielen Jahren mit meinen Ka-Gefährten in Mejis eingeritten bin.«

Sie betrachteten den Beutel ehrfürchtig und dachten dabei das Gleiche: Wenn der Revolvermann die Wahrheit sprach, musste dieser kleine Lederbeutel hunderte von Jahren alt sein. Roland öffnete ihn, sah hinein, nickte. »Susannah, streck die Hände aus.«

Sie tat wie geheißen. Er schüttete ihr in die hohlen Hände ungefähr zehn Silberstücke, bis der Beutel leer war.

»Eddie, jetzt deine Hände.«

»Äh, Roland, also, der Beutel ist leer.«

»Streck sie aus.«

Eddie gehorchte achselzuckend. Roland hielt den Beutel über Eddies Hände und kippte ein Dutzend Goldstücke hinein, bis der Beutel leer war.

»Jake?«

Jake hielt ihm die Hände hin. Aus der Tasche vorn im Poncho sah Oy neugierig zu. Diesmal gab der Beutel ein halbes Dutzend funkelnder Edelsteine von sich, bis er leer war. Susannah schnappte nach Luft.

»Das sind nur Granate«, sagte Roland fast entschuldigend. »Hierzulande ein gängiges Zahlungsmittel, wie man hört. Dafür bekommt man nicht allzu viel, aber die Bedürfnisse eines Jungen müssten sich damit decken lassen.«

»Cool!« Jake grinste breit. »Sage dir meinen Dank! Groß-groß!«

Sie betrachteten den leeren Beutel stumm erstaunt, und Roland lächelte. »Was ich an Magie beherrscht habe oder zur Verfügung hatte, ist größtenteils verschwunden, aber wie ihr seht, ist noch ein Rest vorhanden. Wie durchweichte Blätter auf dem Boden einer Teekanne.«

»Enthält das Ding noch mehr Zeug?«, fragte Jake.

»Nein. Nach einiger Zeit vielleicht wieder. Es handelt sich hier um einen Wachs-Beutel.« Roland steckte den uralten Lederbeutel in die Umhängetasche zurück, holte den frischen Tabakvorrat heraus, den er Callahan verdankte, und drehte sich eine Zigarette. »Geht in den Laden. Kauft, was euch gefällt. Vielleicht ein paar Hemden – und eines für mich, wenn's euch beliebt; ich könnte ein neues brauchen. Dann geht ihr auf die Veranda hinaus und macht es euch dort wie die Einheimischen behaglich. Das wird Sai Took nicht sehr gefallen – er würde uns am liebsten nach Osten in Richtung Donnerschlag abziehen sehen –, aber er wird euch nicht wegscheuchen.«

»Das soll er nur versuchen«, knurrte Eddie und berührte den Griff seines Revolvers.

»Den wirst du nicht brauchen«, sagte Roland. »Allein die Kundschaft wird ihn hinter dem Tresen halten, damit er die Kasse hüten kann. Außerdem ist da noch die Stimmung seiner Mitbürger.«

»Die entwickelt sich in unserem Sinn, nicht wahr?«, sagte Susannah.

»Ja, Susannah. Würde man sie geradeheraus fragen, so wie ich Sai Jaffords gefragt habe, würden sie zwar nicht antworten, weshalb es besser ist, sie nicht zu fragen, jedenfalls noch nicht; aber, ja, sie wollen kämpfen. Oder uns für sie kämpfen lassen. Woraus man ihnen keinen Vorwurf machen kann. Für Leute zu kämpfen, die nicht für sich selbst kämpfen können, ist nun einmal unsere Aufgabe.«

Eddie öffnete den Mund, um Roland zu erzählen, was er von Gran-Pere erfahren hatte, dann schloss er ihn aber wieder. Roland hatte ihn nicht danach gefragt, obwohl er sie aus eben diesem Grund zur Familie Jaffords geschickt hatte. Auch Susannah hatte ihn nicht danach gefragt, kam ihm jetzt. Sie hatte seine Unterhaltung mit dem alten Jamie mit keinem Wort erwähnt.

»Fragst du Henchick, was du Mrs. Jaffords gefragt hast?«, wollte Jake wissen.

»Ja«, sagte Roland. »Ihn frage ich.«

»Weil du weißt, was er sagen wird.«

Roland nickte, dann lächelte er wieder. Es war kein Lächeln, das irgendwie tröstlich war; es war kalt wie Sonnenlicht auf Schnee. »Ein Revolvermann stellt diese Frage immer erst, wenn er weiß, wie die Antwort lauten wird«, sagte er. »Wir treffen uns dann bei Pere Callahan zum Abendessen. Wenn alles gut geht, treffe ich dort ein, wenn die Sonne eben den Horizont berührt. Fühlt ihr euch alle wohl? Eddie? Jake?« Eine kleine Pause. »Susannah?«

Sie nickten alle. Auch Oy nickte.

»Dann bis heute Abend. Haltet euch gut, und möge die Sonne euch nie in die Augen scheinen.«

Er trieb sein Pferd mit einem Zungenschnalzen an und bog auf die nach Norden führende vernachlässigte kleine Straße ab. Sie blickten ihm nach, bis er außer Sicht war, und wie jedes Mal, wenn Roland fort war und sie allein zurückließ, empfanden sie alle drei ein komplexes Gefühl, das zu etwa gleichen Teilen aus Angst, Einsamkeit und aufgeregtem Stolz bestand.

Als sie in Richtung Stadt weiterritten, hielten sie ihre Pferde etwas enger zusammen.

5

»Nay, nay, bringt dieses schmutziche Bumbler-Biest nich mit hier rein, das geht nich!«, kreischte Eben Took von seinem Platz hinter dem Tresen aus. Er hatte eine hohe, fast weibische Stimme; sie zerkratzte die schläfrige Stille des Ladens wie Glassplitter. Dabei zeigte er auf Oy, der aus der Vordertasche von Jakes Poncho spähte. Ein Dutzend ziellos stöbernder Kunden, hauptsächlich Frauen in Kleidern aus handgewebten Stoffen, drehten sich neugierig um.

Zwei Landarbeiter, die einfarbige braune Hemden, schmuddelige weiße Hosen und *Zoris* trugen, standen am Tresen. Sie wichen hastig zurück, als erwarteten sie, die beiden bewaffneten Außenweltler würden sofort vom Leder ziehen und Sai Took bis über den Calla Boot Hill wegpusten.

»Ja, Sir«, sagte Jake sanft. »Entschuldigung.« Er hob Oy aus der Tasche und setzte ihn gleich neben der Tür auf der sonnigen Veranda ab. »Bleib hier, Boy.«

»Oy hier«, sagte der Bumbler und rollte seinen Uhrfederschwanz um die Vorderläufe.

Jake gesellte sich wieder zu seinen Freunden, und sie gingen tiefer in den Laden hinein. Susannah fand, dass es hier wie in vielen roch, die sie aus ihrer Jugend in Mississippi kannte: nach einer Geruchsmischung aus Pökelfleisch, Leder, Gewürzen, Kaffee, Mottenkugeln und angejahrten Mitteln zur Schönheitspflege. Neben dem Tresen stand ein großes Holzfass mit halb geöffnetem Deckel, über dem an einem Nagel eine Blechzange hing. Aus dem Fass kam ein stechender, die Augen reizender Geruch nach Gurken in Salzlake.

»Kein Kredit«, rief Took mit derselben ärgerlich schrillen Stimme. »Ich hab noch keim von auswärts Kredit gegebn, und ich du's auch nie! Gewiss wahr! Sag meinen Dank!«

Susannah ergriff Eddies Hand und drückte sie warnend. Eddie

schüttelte sie ungeduldig ab, aber als er sprach, klang seine Stimme so sanft wie zuvor Jakes. »Sagen Euch unseren Dank, Sai Took, wir würden auch keinen verlangen.« Dann fiel ihm etwas ein, was er von Pere Callahan gehört hatte: »Nie im Leben.«

Einige der im Laden Anwesenden murmelten beifällig. Niemand tat auch nur noch im Geringsten so, als würde er oder sie einkaufen. Took lief rot an. Susannah ergriff nochmals Eddies Hand, und diesmal bedachte sie ihn mit einem Lächeln, während sie seine Hand drückte.

Anfangs machten sie ungestört ihre Einkäufe, aber bevor sie damit fertig waren, kamen einige Leute zu ihnen – die alle vorgestern im Pavillon gewesen waren –, um sie zu begrüßen und (schüchtern) zu fragen, wie es ihnen gehe. Alle drei sagten, ihnen gehe es gut. Sie suchten Hemden aus, auch zwei für Roland, Hosen aus Jeansstoff und drei Paar Kurzstiefel, die zwar hässlich, aber haltbar aussahen. Jake bekam eine Tüte Bonbons, indem er auf die einzelnen Sorten zeigte, während Took sie widerwillig und mit aufreizender Langsamkeit in eine aus Gras gewebte Tüte warf. Als er versuchte, für Roland einen Beutel Tabak und Maishülsen zum Drehen zu kaufen, verweigerte Took ihm das mit nur allzu offensichtlichem Vergnügen. »Nay, nay, eim Jungen verkauf ich kein Rauchkraut nich. Hab ich nie getan.«

»Gute Einstellung das, klar«, sagte Eddie. »Das wäre der erste Schritt zum Teufelsgras, und der Gesundheitsminister sagt Euch seinen Dank. Aber mir verkauft Ihr es doch, oder, Sai? Unser Dinh genießt abends immer seine Zigarette, während er neue Wege ersinnt, wie er bedürftigen Leuten helfen kann.«

Der Spruch löste hier und da ein Kichern aus. Der Laden hatte sich in erstaunlich kurzer Zeit gefüllt. Sie spielten jetzt vor einem größeren Publikum, aber das störte Eddie nicht im Geringsten. Took kam als Scheißkerl heraus, was nicht überraschen konnte. Took *war* eindeutig ein Scheißkerl.

»Hab nie einen gesehen, der eine bessere Commala getanzt

hat als er!«, rief ein Mann aus einem Gang zwischen den Regalen, und es gab zustimmendes Gemurmel.

»Sage Euch meinen Dank«, sagte Eddie. »Ich werd's weitergeben.«

»Und Eure Lady singt gut«, sagte ein anderer.

Susannah machte einen Knicks ohne Rock. Sie beschloss ihre Einkäufe damit, dass sie den Deckel des Gurkenfasses etwas weiter zur Seite schob und mit der Zange ein gewaltiges Exemplar herausangelte. Eddie beugte sich zu ihr hinüber und sagte: »Vielleicht habe ich mal etwas so Grünes aus meiner Nase geholt, aber ich weiß es wirklich nicht mehr.«

»Übertreib mal nicht, Liebster«, sagte Susannah, die die ganze Zeit über reizend lächelte.

Eddie und Jake waren damit zufrieden, dass Susannah die Verantwortung fürs Feilschen übernahm, was sie auch mit Begeisterung tat. Took tat sein Allerbestes, um ihnen für ihre *Gunna* zu viel zu berechnen, aber Eddie ahnte, dass dies wohl nicht speziell auf sie zielte, sondern nur ein Teil dessen war, was Eben Took für seinen Beruf (oder vielleicht seine Berufung) hielt. Er schien aber clever genug zu sein, um den Siedepunkt seiner Kundin richtig abzuschätzen, jedenfalls hatte er seine Nörgelei gegen Ende des Feilschens ziemlich abgelegt. Was ihn freilich nicht davon abhielt, ihre Münzen auf einem Metallquadrat, das allein diesem Zweck zu dienen schien, klingen zu lassen und Jakes Granatstücke gegen das Licht zu halten, um einen davon dann sogar zurückzuweisen (der für Jake, Eddie und Susannah wie alle anderen aussah).

»Wie lang seid ihr noch hier, Leute?«, fragte er mit einem Anflug von Herzlichkeit im Tonfall, als die Feilscherei zu Ende war. Aber sein Blick wirkte dabei unverändert gerissen, und Eddie hatte keinen Zweifel daran, dass alles, was sie sagten, Eisenhart, Overholser und allen anderen, die wichtig waren, noch heute zu Ohren kommen würde.

»Tja, na ja, das hängt ganz davon ab, was wir sehen«, sagte Eddie. »Und was wir sehen, hängt davon ab, was die Leute uns zeigen, findet Ihr nicht auch?«

»Aye«, stimmte Took zu, wirkte dabei aber leicht verwirrt. Inzwischen hatten sich in dem geräumigen Laden etwa fünfzig Personen angesammelt, von denen die meisten nur gafften. Eine seltsam prickelnde Erregung lag in der Luft. Die gefiel Eddie. Er wusste zwar nicht, ob das nun falsch oder richtig war, aber ja, sie gefiel ihm sehr gut.

»Hängt auch davon ab, was die Leute wollen«, ergänzte Susannah.

»Ich will Euch sagn, was sie wolln, Schoko«, sagte Took mit seiner schrillen Glassplitterstimme. »Sie wolln Frieden, genau wie immer. Sie wolln, dass die Stadt noch da is, wenn ihr vier …«

Susannah packte den Daumen des Mannes und bog ihn nach hinten. Es war ein sehr geschickter Handgriff. Jake bezweifelte, dass mehr als zwei, drei *Folken,* also jene, die dem Ladentisch am nächsten standen, etwas davon mitbekamen, aber Tooks Gesicht wurde aschfahl, und seine Augen drohten aus den Höhlen zu quellen.

»Diesen Ausdruck lasse ich mir von einem Mann gefallen, der nicht mehr ganz richtig im Kopf ist«, sagte sie, »aber nicht von Euch. Nennt mich noch einmal Schoko, Fettsack, dann reiße ich Euch die Zunge raus und putze Euch damit den Arsch ab.«

»Erfleh Verzeihung«, keuchte Took. Auf seiner Stirn bildeten sich jetzt große, ziemlich widerliche Schweißperlen. »Erfleh Eure Verzeihung, das tu ich.«

»Gut«, sagte Susannah und ließ ihn los. »Wir gehen jetzt raus und setzen uns ein bisschen auf Eure Veranda, Einkaufen ist nämlich eine anstrengende Sache.«

6

Vor Tooks Gemischtwarenladen waren keine jener Wächter des Balkens aufgebaut, von denen Roland aus Mejis erzählt hatte, aber entlang der gesamten Länge der Veranda standen Schaukelstühle, wohl etwa zwei Dutzend. Und alle drei Aufgänge waren zu Ehren der Jahreszeit von Strohpuppen flankiert. Als Rolands Ka-Gefährten aus dem Laden kamen, wählten sie drei Schaukelstühle in der Mitte der Veranda. Oy legte sich zufrieden zwischen Jakes Füße und schien mit der Nase auf den Pfoten einschlafen zu wollen.

Eddie wies mit einem Daumen ungefähr in Eben Tooks Richtung über die Schulter. »Nur schade, dass Detta Walker nicht hier war, um dem Hundesohn den Laden leer zu klauen.«

»Glaub ja nicht, ich wäre nicht an ihrer Stelle versucht gewesen«, sagte Susannah.

»Da kommen Leute«, sagte Jake. »Sieht aus, wie wenn sie mit uns reden wollen.«

»Klar wollen sie das«, sagte Eddie. »Dazu sind wir ja hier.« Er lächelte, wodurch sein attraktives Gesicht noch besser aussah. Halblaut sagte er: »Lernt die Revolvermänner kennen, Leute. Come-come-commala, bald gibt's ein Geballer.«

»Halt bloß dein loses Mundwerk im Zaum, Sohn«, sagte Susannah, aber sie lachte dabei.

Sie sind verrückt, dachte Jake. Aber wenn er die Ausnahme war, warum lachte dann auch er?

7

Henchick von den Manni und Roland von Gilead nahmen ihr Mittagsmahl im Schatten eines großen Felsens ein, aßen in Tortillas gewickelten Reis mit kaltem Huhn und leerten dazu einen

Krug Apfelmost, aus dem sie abwechselnd tranken. Henchick sprach ein paar einleitende Worte über das, was er »Die Kraft« oder »Das Drüben« nannte, und verstummte dann wieder. Was Roland nur recht war. Auf die einzige Frage, die der Revolvermann ihm hatte stellen müssen, hatte der Alte mit aye geantwortet.

Bis sie ihr Mahl beendet hatten, stand die Sonne hinter den hohen Klippen und Steilwänden. Sie folgten im Schatten einem mit Geröll übersäten steilen Bergpfad, der viel zu schmal für ihre Pferde gewesen wäre, weshalb sie diese in einem Wäldchen aus Zitterpappeln, die schon ihr gelbes Herbstlaub trugen, zurückgelassen hatten. Dutzende von winzigen Eidechsen liefen vor ihnen her und verschwanden gelegentlich in Felsspalten.

Schattig oder nicht, hier draußen war es heißer als die Angeln des Höllentors. Nach einer Meile stetigen Anstiegs begann Roland schwer zu atmen und wischte sich mit seinem Halstuch den Schweiß von Stirn und Nacken. Henchick, der um die achtzig zu sein schien, schritt mit heiterer Gelassenheit vor ihm her. Er atmete so mühelos wie ein Mann, der in einem Park spazieren ging. Seinen Umhang hatte er bereits unten ausgezogen und über einen Ast gehängt, aber Roland konnte auf seinem schwarzen Hemd keine sich ausbreitenden Schweißflecken sehen.

Als sie eine Wegbiegung erreichten, eröffnete die Welt des Nordens und Westens sich ihnen für einen Augenblick in nur leicht verschleierter Pracht. Roland konnte die riesigen graubraunen Rechtecke der Weideflächen und winzige Spielzeugkühe sehen. Im Süden und Osten wurden die Felder grüner, je weiter sie sich der Flussebene näherten. Er konnte die Calla Bryn Sturgis und sogar – in verschwimmender westlicher Ferne – den Rand der großen Wälder sehen, die sie durchwandert hatten, um hierher zu gelangen. Die Brise, die ihnen auf diesem Wegstück entgegenwehte, war so kalt, dass Roland unwillkürlich nach Luft schnappte. Trotzdem bot er ihr dankbar das Gesicht, hielt die

Augen meist geschlossen und roch all die Dinge, die die Calla ausmachten: Rinder, Pferde, Weizen, Flusswasser und Reis Reis Reis.

Henchick hatte seinen breitkrempigen flachen Hut abgenommen und stand ebenfalls mit erhobenem Kopf und meist geschlossenen Augen da: ein Sinnbild stummer Dankbarkeit. Der Wind ließ sein langes Haar wehen und teilte seinen hüftlangen Bart spielerisch in mehrere Stränge. Auf diese Weise blieben sie etwa drei Minuten lang stehen und ließen sich von der Brise abkühlen. Dann setzte Henchick seinen Hut wieder auf. Er sah zu Roland hinüber. »Was meinst du, wird die Welt in Feuer oder in Eis enden, Revolvermann?«

Roland dachte darüber nach. »Weder noch«, sagte er zuletzt. »In Dunkelheit, glaube ich.«

»Sagst du das?«

»Aye.«

Henchick überlegte einen Augenblick, dann wandte er sich ab, um weiter dem Pfad zu folgen. Obwohl Roland ungeduldig war, ihr heutiges Ziel zu erreichen, berührte er die Schulter des Manni. Versprochen war versprochen. Vor allem, wenn man einer Lady etwa versprochen hatte.

»Ich war gestern Abend mit einer der Vergesslichen zusammen«, sagte Roland. »So nennt ihr doch diejenigen, die sich dafür entscheiden, euer Ka-Tet zu verlassen, nicht wahr?«

»Wir sprechen von Vergesslichen, aye«, sagte Henchick, indem er Roland aufmerksam beobachtete, »aber nicht von Ka-Tet. Wir kennen dieses Wort, aber es ist nicht unser Wort, Revolvermann.«

»Jedenfalls habe ich …«

»Jedenfalls hast du auf der Rocking B bei Vaughn Eisenhart und unserer Tochter Margaret übernachtet. Und sie hat dir gezeigt, wie sie den Teller wirft. Diese Dinge habe ich letzte Nacht in unserem Gespräch nicht erwähnt, weil ich sie so gut wusste wie du. Überdies hatten wir andere Themen zu besprechen, nicht wahr? Höhlen und dergleichen.«

»Ganz recht.« Roland bemühte sich, seine Überraschung zu verbergen. Das gelang ihm anscheinend nicht, denn Henchick nickte leicht, und die innerhalb seines Barts eben sichtbaren Lippen verzogen sich zu einem schwachen Lächeln.

»Die Manni kennen Mittel, Dinge zu erfahren, Revolvermann; haben sie schon immer gehabt.«

»Willst du mich nicht Roland nennen?«

»Nay.«

»Sie hat mir aufgetragen, dir zu sagen, dass Margaret vom Clan Redpath weiter mit ihrem heidnischen Mann glücklich ist.«

Henchick nickte. Ob ihre Erwähnung für ihn schmerzlich war, war ihm nicht anzumerken. Nicht einmal in seinem Blick. »Sie ist verdammt«, sagte er. Sein Tonfall war der eines Mannes, der beiläufig bemerkt: *Sieht so aus, als könnte bis Nachmittag die Sonne durchkommen.*

»Trägst du mir auf, ihr das auszurichten?«, fragte Roland. Er war belustigt und entsetzt zugleich.

Henchicks blaue Augen waren verblasst und im Alter wässrig geworden, aber das Erstaunen, das sich bei dieser Frage in seinem Blick zeigte, war unverkennbar. Seine buschigen Augenbrauen gingen nach oben. »Wozu sollte ich mir die Mühe machen?«, sagte er. »Das weiß sie. Sie wird Zeit haben, in den Tiefen von Na'ar ausgiebig für ihren heidnischen Mann zu büßen. Auch das weiß sie. Komm jetzt, Revolvermann. Noch ein Vierteirad, dann sind wir da. Aber es ist steil.«

8

Es war steil, wirklich sehr, sehr steil. Nach einer halben Stunde erreichten sie eine Stelle, wo ein herabgestürzter Felsbrocken den größten Teil des Pfads blockierte. Henchick schob sich außen daran vorbei – mit im Wind flatternder dunkler Hose, zur Seite geblasenem Bart und Fingern mit langen Nägeln, die nach Halt tasteten. Roland folgte ihm. Der Felsen war von der Sonne warm, aber der Wind war jetzt so kalt, dass Roland zitterte. Er spürte, dass die Absätze seiner abgewetzten Stiefel über einen etwa zweihundert Meter tiefen Abgrund hinausragten. Hätte der Alte beschlossen, ihm jetzt einen kräftigen Stoß zu geben, wäre alles schnell vorbei gewesen. Und auf entschieden undramatische Weise.

Aber es wäre nicht vorbei, dachte er. *Eddie würde an meiner Stelle weitermachen, und die beiden anderen würden ihm folgen, bis auch sie fielen.*

Auf der anderen Seite des Felsbrocken endete der Pfad vor einem zerklüfteten dunklen Loch, das knapp drei Meter hoch und eineinhalb Meter breit war. Aus dem Loch wehte Roland ein kühler Luftzug ins Gesicht. Im Gegensatz zu der Brise, die sie beim Aufstieg auf dem Bergpfad umspielt hatte, war diese Luft übel riechend und unangenehm. Mit ihr, von ihr getragen, kamen Schreie, die Roland nicht verstand. Aber es waren Schreie menschlicher Stimmen.

»Sind das die Schreie von Leuten in Na'ar, die wir hören?«, fragte er Henchick.

Diesmal verzog der Alte die größtenteils verdeckten Lippen nicht zu einem Lächeln. »Sprich nicht im Scherz«, sagte er. »Nicht hier. Bist du doch in Gegenwart des Unendlichen.«

Das konnte Roland sich vorstellen. Er trat vorsichtig näher, wobei seine Stiefel auf dem Gesteinsschutt vor dem Höhleneingang knirschten. Er ließ die Hand auf den Griff seines Revolvers fallen – er trug jetzt immer die linke Waffe, wenn überhaupt eine; unter der Hand, die unversehrt war.

Der aus dem offenen Höhleneingang dringende Gestank wurde stärker. Ekel erregend, wenn nicht sogar giftig. Roland hielt sich mit der verkrüppelten rechten Hand das Halstuch vor Mund und Nase. Im schattigen Höhleninneren war irgendetwas zu erkennen. Knochen, ja, die Knochen von Eidechsen und anderen kleinen Tieren, aber auch etwas anderes, eine Form, die er kannte …

»Vorsichtig, Revolvermann«, sagte Henchick, aber er trat zur Seite, damit Roland die Höhle betreten konnte, falls er das wünschte.

Meine Wünsche sind unwichtig, dachte Roland. *Hier geht es um etwas, das ich tun muss. Was die Sache vermutlich einfacher macht.*

Die Umrisse der Schatten nahmen klarere Formen an. Roland war nicht überrascht, hier eine Tür zu sehen, die genau denen glich, zu denen er am Strand gekommen war; wozu hätte diese Höhle sonst Torweghöhle heißen sollen? Die Tür war aus Eisenholz (oder vielleicht Geisterholz) und stand etwa zehn Schritte tief im Inneren der Höhle. Sie war sechseinhalb Fuß hoch – genau wie die Türen am Strand. Und wie jene stand sie ohne Stützen hier im Schatten und besaß Türangeln, die an nichts befestigt zu sein schienen.

Trotzdem würde sie sich leicht an diesen Angeln drehen lassen, dachte er. *Wird sich drehen. Wenn die Zeit kommt.*

Die Tür wies kein Schlüsselloch auf. Der Türknopf schien aus Kristall zu sein. Am Strand des Westlichen Meeres waren die drei Türen in der Hohen Sprache bezeichnet gewesen: Der Gefangene hatte auf einer gestanden, Die Herrin der Schatten auf einer anderen, Der Schubser auf der dritten. Diese hier trug die Hieroglyphen, die er auf dem in Callahans Kirche versteckten Kasten gesehen hatte:

»Das bedeutet ›nichtgefunden‹, sagte Roland.

Henchick nickte, aber als Roland offenbar um die Tür herumgehen wollte, trat der Alte einen Schritt vor und hob warnend die Hand. »Vorsichtig, sonst kannst du womöglich selbst herausfinden, wem diese Stimmen gehören.«

Roland sah, was der Alte meinte. Keine drei Schritte hinter der Tür fiel der Höhlenboden in einem Winkel von fünfzig oder sogar sechzig Grad steil ab. Dort gab es nichts, an dem man sich hätte festhalten können, und das Gestein schien glatt wie Glas zu sein. Nach weiteren zehn Schritten verschwand diese Rutschbahn in einem Abgrund. Ein Chor von jammernden Stimmen stieg daraus auf. Und dann trat eine deutlich hervor. Sie gehörte Gabrielle Deschain.

»Roland, nein!«, schrie seine tote Mutter aus der Dunkelheit herauf. *»Nicht schießen, ich bin's – deine M…«* Aber bevor sie aussprechen konnte, brachten sich überlagernde Revolverschüsse sie zum Verstummen. Schmerzen durchzuckten Rolands Kopf. Er drückte sich das Halstuch mit solcher Kraft ans Gesicht, dass er sich dabei fast das Nasenbein gebrochen hätte. Er bemühte sich, die Armmuskeln wieder zu entkrampfen, was ihm jedoch nicht gleich gelang.

Als Nächstes kam die Stimme seines Vaters aus der übelriechenden Dunkelheit.

»Ich weiß, dass du kein Genie bist, seit du ein Säugling warst«, sagte Steven Deschain mit müder Stimme, »aber bis gestern Abend habe ich nicht geglaubt, dass du ein Idiot bist. Dass du dich von ihm hast treiben lassen wie ein Stück Vieh zur Schlachtbank! Götter!«

Nicht darauf achten. Das sind nicht einmal Geister. Ich glaube, dass sie nur Echos sind, die irgendwie aus meinem Kopf geholt und projiziert werden.

Als Roland um die Tür herumging (wobei er auf den jetzt rechts von ihm liegenden Abgrund achtete), verschwand sie. Er sah nur Henchicks Silhouette: eine ernste Männergestalt aus schwarzem Scherenschnittpapier, die am Höhleneingang stand.

Die Tür ist weiterhin da, aber man kann sie nur von einer Seite aus sehen. Auch darin gleicht sie den anderen Türen.

»Etwas beängstigend, nicht?«, kicherte Walters Stimme aus den Tiefen der Torweghöhle. »Gib's auf, Roland! Lieber aufgeben und sterben, als entdecken, dass das Zimmer oben im Dunklen Turm leer ist.«

Dann folgte das drängende Schmettern des Horns des Eld, von dem Roland eine Gänsehaut auf den Armen bekam, während seine Nackenhaare sich sträubten: Cuthbert Allgoods letzter Schlachtruf, mit dem er den Jericho Hill hinabstürmte – seinem Tod in den Händen der Barbaren mit den blauen Gesichtern entgegen.

Roland ließ das Halstuch vom Gesicht sinken und ging zurück. Einen Schritt; zwei; drei. Knochen knirschten unter seinen Stiefelabsätzen. Beim dritten Schritt erschien die Tür wieder, erst nur seitlich, sodass ihr Schlossriegel genau wie die Angeln gegenüber ins Leere zu ragen schien. Er blieb kurz stehen, begutachtete ihre Dicke und genoss die Seltsamkeit der Tür ebenso, wie er die Seltsamkeit der anderen genossen hatte, auf die er am Strand gestoßen war. Und am Strand war er krank, fast todkrank gewesen. Wenn er den Kopf etwas nach vorn streckte, verschwand die Tür. Legte er ihn leicht in den Nacken, war sie wieder da. Die Tür flackerte nie, schimmerte nie. Es war immer ein Fall von entweder/oder, von da/nicht da.

Er trat wieder ganz zurück, legte die Hände flach aufs Eisenholz und stützte sich darauf. Er konnte schwache, aber merkliche Vibrationen wie von gewaltigen Maschinen spüren. Aus dem dunklen Rachen der Höhle kreischte Rhea vom Cöos zu ihm herauf, nannte ihn einen Balg, der das Gesicht seines wahren Vaters nie gesehen habe, erzählte ihm, seine Schlampe habe sich die Kehle wundgeschrien, als sie verbrannt sei. Roland ignorierte sie und ergriff den Türknopf aus Kristall.

»Nay, Revolvermann, das wagst du nicht!«, rief Henchick erschrocken.

»Ich wag's«, sagte Roland, aber der Knopf ließ sich nach keiner Richtung drehen. Er trat von ihr zurück.

»Aber die Tür war offen, als ihr den Priester aufgefunden habt?«, fragte er Henchick. Darüber hatten sie letzte Nacht gesprochen, aber Roland wollte mehr hören.

»Aye. 's waren Jemmin und ich, die ihn gefunden haben. Du weißt doch, dass wir älteren Manni andere Welten besuchen, oder? Nicht als Schatzsucher, sondern um Erleuchtung zu finden.«

Roland nickte. Er wusste auch, dass manche von ihren Reisen geistig verwirrt zurückkehrten. Andere kamen überhaupt nicht mehr zurück.

»Diese Berge hier sind magnetisch und von vielen Zugängen zu vielen Welten durchsetzt. Wir wollten zu einer Höhle in der Nähe der alten Granatstollen, und dort haben wir eine Mitteilung vorgefunden.«

»Was für eine Mitteilung?«

»'s war eine am Höhleneingang aufgestellte Maschine«, sagte Henchick. »Wenn man auf einen Knopf gedrückt hat, ist eine Stimme rausgekommen. Die Stimme hat uns aufgefordert, hierher zu gehen.«

»Ihr kanntet diese Höhle schon?«

»Aye, aber vor der Ankunft des Peres wurde sie ›Höhle der Stimmen‹ genannt. Den Grund dafür kennst du jetzt.«

Roland nickte und forderte Henchick mit einer Handbewegung auf, er solle fortfahren.

»Die Stimme aus der Maschine hat im Tonfall deiner Ka-Gefährten gesprochen, Revolvermann. Sie hat gesagt, wir sollten hierher gehen, Jemmin und ich, und würden eine Tür und einen Mann und ein Wunder finden. Das haben wir getan.«

»Die Anweisungen muss euch irgendjemand hinterlassen haben«, murmelte Roland nachdenklich. Er dachte dabei an Walter. An den Mann in Schwarz, der ihnen auch die Kekse dagelassen hatte, die Eddie Keebler nannte. Walter war Flagg, und Flagg war Marten, und Marten … war er Maerlyn, der böse alte

Zauberer der Sage? In diesem Punkt war Roland sich nicht sicher. »Und er hat euch mit Namen angesprochen?«

»Nay, so viel wusste er nicht. Er hat uns nur als Manni-Leute bezeichnet.«

»Woher hat dieser Jemand gewusst, wo er die Maschine zurücklassen musste, glaubst du?«

Henchick kniff die Lippen zusammen. »Warum musst du ihn als Person sehen? Warum nicht als einen Gott, der mit Menschenstimme spricht? Warum nicht als einen Vertreter aus dem Drüben?«

»Götter hinterlassen Siguls, Menschen hinterlassen Maschinen«, sagte Roland. Er machte eine Pause. »Nur meine persönliche Erfahrung, Pa.«

Henchick winkte kurz ab, als wollte er Roland auffordern, sich die Schmeichelei zu sparen.

»War denn allgemein bekannt, dass dein Freund und du die Höhle erkunden wolltet, in der ihr die sprechende Maschine gefunden habt?«

Henchick zuckte recht mürrisch die Achseln. »Die Leute sehen uns, nehme ich an. Manche beobachten vielleicht über die Meilen hinweg mit ihren Sehrohren und Feldstechern. Und außerdem gibt's ja den mechanischen Mann. Er sieht viel und schwatzt endlos mit allen, die ihm zuhören wollen.«

Roland hielt das für ein Ja. Seiner Ansicht nach hatte irgendjemand im Vorhinein gewusst, dass Pere Callahan kommen würde. Und dass er Hilfe brauchen würde, wenn er die Außenbezirke der Calla erreichte.

»Wie weit war die Tür offen?«, fragte Roland.

»Das sind Fragen für Callahan«, sagte Henchick. »Ich habe versprochen, dir diesen Ort zu zeigen. Das habe ich getan. Das sollte dir genügen.«

»War er bei Bewusstsein, als ihr ihn aufgefunden habt?«

Eine widerstrebende Pause, dann: »Nay. Er hat nur gemurmelt wie ein Schlafender, der schlecht träumt.«

»Dann kann er mir ja nichts erzählen, stimmt's? Nichts über diesen Teil jedenfalls. Henchick, du suchst Hilfe und Beistand. Das hast du mir im Namen aller eurer Clans versichert. Hilf mir also! Hilf mir, euch zu helfen!«

»Ich sehe nicht, wie das helfen soll.«

Und es würde vielleicht auch nicht helfen, nicht in Bezug auf die Wölfe, die diesem alten Mann und dem Rest der Calla Bryn Sturgis solche Sorgen machten, aber Roland hatte andere Sorgen und andere Bedürfnisse – er hatte andere Kastanien aus dem Feuer zu holen, wie Susannah manchmal sagte. Während er dastand und Henchick ansah, lag seine Hand weiter auf dem Türknopf aus Kristall.

»Sie war etwas offen«, sagte Henchick schließlich. »Der Kasten auch. Beide nur einen Spalt weit. Der eine, den sie den Alten Kerl nennen, hat dort auf dem Bauch gelegen.« Er deutete auf den mit Geröll und Knochen übersäten Höhlenboden, auf dem jetzt Rolands Stiefel ruhten. »Der Kasten hat neben seiner rechten Hand gestanden, war ungefähr so weit geöffnet.« Henchick hielt Daumen und Zeigefinger etwa zwei Zoll weit auseinander. »Aus dem Kasten waren die *Kammen* zu hören. Ich hatte sie zuvor schon gelegentlich gehört, aber noch nie so stark. Sie haben meine Augen schmerzen und sofort stark tränen lassen. Jemmin hat einen Schrei ausgestoßen und ist auf die Tür zugegangen. Die Hände des Alten Kerls lagen auf dem Boden, und Jemmin ist auf eine davon getreten, ohne es überhaupt zu merken.

Wie der Kasten stand auch die Tür nur einen Spaltbreit offen, aber aus diesem Spalt kam ein schreckliches Licht. Ich bin viel gereist, Revolvermann, zu vielen Wos und Wanns; ich habe andere Türen und die Flitz-Tahken, die Löcher in der Realität, gesehen – aber niemals ein Licht wie jenes. Es war schwarz wie alle Leere, die's je gegeben hat, aber mit etwas Rotem drin.«

»Das Auge«, sagte Roland.

Henchick sah ihn an. »Ein Auge? Sagst du das?«

»Ich *denke* es«, sagte Roland. »Die Schwärze, die du gesehen hast, strahlt die Schwarze Dreizehn ab. Das Rot könnte das Auge des Scharlachroten Königs gewesen sein.«

»Wer ist das?«

»Das weiß ich nicht«, sagte Roland. »Nur dass er weit östlich von hier herrscht, in Donnerschlag oder jenseits davon. Ich glaube, dass er ein Wächter des Dunklen Turms ist. Vielleicht glaubt er sogar, der Turm gehöre ihm.«

Als Roland den Turm erwähnte, bedeckte der Alte die Augen mit beiden Händen: eine Geste, aus der tiefste religiöse Furcht sprach.

»Was ist als Nächstes passiert, Henchick? Erzähl's mir, ich bitte dich.«

»Ich wollte Jemmin festhalten, aber dann ist mir eingefallen, wie er mit dem Stiefelabsatz auf die Hand des Liegenden getreten ist, und ich hab's bleiben lassen. ›Tust du das, Henchick, schleppt er dich mit hindurch‹, hab ich mir überlegt.« Der Blick des Alten bohrte sich in Rolands Augen. »Wir reisen viel, das weißt du, und haben selten Angst, weil wir auf das Drüben vertrauen. Aber vor diesem Licht und dem Klang des Glockenspiels hatte ich Angst.« Er hielt kurz inne. »Schreckliche Angst. Ich habe nie über diesen Tag gesprochen.«

»Nicht einmal mit Pere Callahan?«

Henchick schüttelte den Kopf.

»Hat er nicht mit dir gesprochen, als er aufgewacht ist?«

»Er hat gefragt, ob er tot ist. Ich habe gesagt, wenn er tot sei, seien wir's alle.«

»Was war mit Jemmin?«

»Der ist zwei Jahre später gestorben.« Henchick tippte sich vorn auf sein schwarzes Hemd. »Herz.«

»Vor wie vielen Jahren habt ihr Callahan hier aufgefunden?«

Henchick schüttelte ganz langsam den Kopf – eine für die Manni so typische Geste, dass sie angeboren sein konnte. »Revolvermann, das weiß ich nicht. Weil die Zeit …«

»Ja, sie ist fließend geworden«, sagte Roland ungeduldig. »Wie lange *schätzt* du?«

»Mehr als fünf Jahre, immerhin hat er inzwischen seine Kirche und genug abergläubische Tölpel, um sie zu füllen, weißt du.«

»Was hast du getan? Wie hast du Jemmin gerettet?«

»Bin auf die Knie gefallen, habe den Kasten zugeknallt«, sagte Henchick. »'s war alles, was mir einfiel. Hätte ich auch nur eine Sekunde gezögert, wäre ich wohl verloren gewesen, das schwarze Licht fing nämlich an, sich in der Höhle auszubreiten. Es hat mich schwach gemacht und … und *blöde.*«

»Da wette ich«, sagte Roland grimmig.

»Aber ich hab mich schnell bewegt, und als der Deckel des Kastens zugeklappt ist, hat die Tür sich geschlossen. Jemmin hat sie mit den Fäusten bearbeitet und gekreischt und darum gebettelt, durchgelassen zu werden. Dann ist er ohnmächtig zusammengesackt. Ich habe ihn aus der Höhle geschleppt. Ich habe sie beide ins Freie geschleppt. Und nach einiger Zeit sind sie an der frischen Luft beide zu sich gekommen.« Henchick hob die Hände, dann ließ er sie langsam wieder sinken, als wollte er sagen: *Das wär's.*

Roland rüttelte ein letztes Mal am Türknopf. Er ließ sich in keine Richtung drehen. Aber mit der Kugel …

»Kehren wir um«, sagte er. »Ich möchte zum Abendessen bei Pere Callahan sein. Das heißt, wir sollten jetzt rasch zu den Pferden absteigen und anschließend noch rascher zurückreiten.«

Henchick nickte. Sein bärtiges Gesicht war geschickt darin, keinen Ausdruck erkennen zu lassen, aber Roland glaubte, der Alte sei erleichtert darüber, diesen Ort verlassen zu dürfen. Auch Roland selbst war etwas erleichtert. Wem konnte es schon gefallen, die anklagenden Schreie seiner toten Eltern aus der Dunkelheit aufsteigen zu hören? Ganz zu schweigen von den Schreien seiner toten Freunde?

»Was ist aus der Sprechmaschine geworden?«, fragte Roland, als sie den Abstieg begannen.

Henchick zuckte die Achseln. »Weißt du, was Bayderien sind?«
Batterien. Roland nickte.

»So lange sie funktioniert haben, hat die Maschine immer wieder die gleiche Nachricht wiederholt: Wir sollten zur Höhle der Stimmen gehen, wo wir einen Mann, eine Tür und ein Wunder finden würden. Außerdem ist dazu ein Lied ertönt. Wir haben es dem Pere einmal vorgespielt, und da hat er geweint. Du solltest ihn unbedingt danach fragen, es scheint wirklich zu dieser Geschichte zu gehören.«

Roland nickte wieder.

»Dann waren die Bayderien erschöpft.« Henchicks Schulterzucken bewies eine gewisse Verachtung für Maschinen, die alte Welt, vielleicht für beide. »Wir haben sie rausgenommen. Es waren Duracell-Bayderien. Kennst du Duracell, Revolvermann?«

Roland schüttelte den Kopf.

»Wir haben sie Andy gebracht und ihn gefragt, ob er sie vielleicht aufladen kann. Er hat sie in seinen Körper gesteckt, aber als sie wieder rauskamen, waren sie so wertlos wie zuvor. Andy hat sich entschuldigt. Wir haben unseren Dank gesagt.« Henchick zuckte erneut verächtlich die Achseln. »Wir haben die Maschine geöffnet – dafür war ein weiterer Knopf da – und konnten die Zunge rausnehmen. Sie war ungefähr so lang.« Henchicks Hände deuteten eine Länge von etwa einer Handbreite an. »Zwei Löcher darin. Und glänzendes braunes Zeug wie Bindfaden. Pere Callahan hat sie als ›Tonbandkassette‹ bezeichnet.«

Roland nickte. »Ich sage dir meinen Dank, Henchick, dass du mich zur Höhle hinaufgeführt und mir alles erzählt hast, was du weißt.«

»Ich hab getan, was ich tun musste«, sagte Henchick. »Und du wirst tun, was du versprochen hast. Nicht wahr?«

Roland von Gilead nickte nochmals. »Möge Gott den Sieger bestimmen.«

»Aye. So sagen wir. Du sprichst, als hättest du uns einst zu anderer Zeit gekannt.« Er machte eine Pause und betrachtete Roland mit gewissem säuerlichem Scharfsinn. »Oder liegt's daran, dass du dich nur bei mir einschmeicheln willst? Jeder Beliebige, der einmal das Gute Buch gelesen hat, könnte unsere Redeweise nachahmen.«

»Fragst du, ob ich hier oben, wo uns niemand hören kann außer ihnen, den Kriecher spiele?« Roland nickte zur schwatzenden Dunkelheit hinüber. »Das weißt du besser, hoffe ich, denn wenn du's nicht weißt, bist du ein Narr.«

Der Alte überlegte, dann streckte er seine knotige Hand mit den langen Fingernägeln aus. »Gehab dich wohl, Roland. 's ist ein guter Name von echtem Klang.«

Roland streckte ihm die Rechte hin. Und als der Alte sie ergriff und drückte, spürte er den ersten sehr schmerzhaften Stich, wo er ihn am wenigsten spüren wollte.

Nein, noch nicht. Wo ich ihn am wenigsten spüren möchte, ist in der anderen. In der, die noch ganz ist.

»Vielleicht bringen die Wölfe uns diesmal alle um«, sagte Henchick.

»Vielleicht tun sie's.«

»Und trotzdem war dies vielleicht eine glückhafte Begegnung.«

»Vielleicht«, antwortete der Revolvermann.

Kapitel 9

Schluss der Geschichte des Priesters (Nichtgefunden)

1

»Betten sind fertig«, sagte Rosalita Munoz, als sie zurückkamen.

Eddie war so müde, dass er glaubte, sie habe etwas ganz anderes gesagt – vielleicht *Zeit, die Gemüsebeete zu jäten* oder *In der Kirche warten fünfzig oder sechzig weitere Leute, die euch kennen lernen möchten.* Wer redete schließlich um drei Uhr nachmittags von Betten?

»Hä?«, sagte Susannah erschöpft. »Wie war das, Schätzchen? Hab's nicht ganz verstanden.«

»Betten sind fertig«, wiederholte Pere Callahans Haushälterin. »Ihr beiden habt wieder das Zimmer, in dem ihr vorletzte Nacht geschlafen habt; der junge Soh soll das Bett vom Pere bekommen. Und der Bumbler kann bei Euch schlafen, Jake, wenn Ihr das wollt; das soll ich euch von Pere bestellen. Er wäre selbst hier, um euch das zu sagen, aber heute ist sein Nachmittag für Krankenbesuche. Er bringt ihnen die Kommunion.« Letzteres sagte sie mit unüberhörbarem Stolz in der Stimme.

»Betten«, sagte Eddie. Er kam nicht ganz dahinter, was das bedeuten sollte. Er sah sich um, als wollte er sich davon überzeugen, dass es noch mitten am Nachmittag war, dass die Sonne noch hell schien. »Betten?«

»Der Pere hat euch im Laden gesehen«, erklärte Rosalita ihm, »und sich gedacht, dass ihr nach den Gesprächen mit so vielen Leuten ein Nickerchen brauchen würdet.«

Endlich verstand Eddie. Vermutlich war er irgendwann in seinem Leben für eine Gefälligkeit dankbarer gewesen, aber er konnte sich ehrlich nicht daran erinnern, wann oder welche Gefälligkeit das gewesen sein konnte. Anfangs waren die Leute, die sich ihnen näherten, als sie auf der Veranda von Tooks Gemischtwarenladen in den Schaukelstühlen saßen, langsam, in zögernden kleinen Gruppen gekommen. Aber nachdem niemand zu Stein wurde oder eine Kugel in den Kopf bekam – als es tatsächlich angeregte Gespräche und richtiges Lachen gab –, kamen immer mehr. Als das Rinnsal zu einer Flut wurde, entdeckte Eddie endlich, was es bedeutete, eine Persönlichkeit des öffentlichen Lebens zu sein. Er staunte darüber, wie schwierig das war, wie anstrengend. Diese Leute wollten einfache Antworten auf tausend schwierige Fragen – woher die Revolvermänner kamen und wohin sie wollten, waren nur die beiden ersten. Manche ihrer Fragen ließen sich ehrlich beantworten, aber Eddie hörte sich mehr und mehr wolkige Politikerantworten geben – und hörte seine beiden Freunde das Gleiche tun. Sie waren nicht eigentlich gelogen, aber kleine Propagandahülsen, die wie Antworten klangen. Und jedermann wollte einen aufrichtigen Blick ins Gesicht und ein *Wohl bekomm's Euch,* das wie von Herzen kommend klang. Selbst Oy musste seinen Teil der Arbeit übernehmen; er wurde immer wieder gestreichelt und zum Reden gebracht, bis Jake aufstand, in den Laden ging und Eben Took um eine Schüssel Wasser bat. Dieser Gentleman gab ihm stattdessen einen Blechnapf und erklärte ihm, den könne er am Wassertrog vor dem Haus füllen. Jake war von Einheimischen umringt, die ihn selbst während dieser einfachen Arbeit unablässig ausfragten. Oy schlabberte den Napf leer und widmete sich dann der Gruppe von Neugierigen, die *ihn* befragen wollten, während Jake zum Wassertrog zurückging, um den Napf erneut zu füllen.

Insgesamt waren das die längsten fünf Stunden, die Eddie jemals für irgendetwas aufgewandt hatte, und er ahnte, dass er

Berühmtheit nie wieder mit denselben Augen wie früher sehen würde. Aber als sie schließlich die Veranda verließen und ins Pfarrhaus des Alten Kerls zurückkehrten, stand auf der Habenseite, dass sie nach Eddies Schätzung mit der gesamten Einwohnerschaft der Stadt und einer großen Zahl von Farmern, Ranchern, Cowboys und Landarbeitern, die außerhalb lebten, gesprochen haben mussten. Die Nachricht verbreitete sich wie Lauffeuer: Die Außenweltler sitzen auf der Veranda des Gemischtwarenladens, und wenn man mit ihnen reden will, reden sie mit einem.

Und jetzt, bei Gott, sprach diese Frau – *dieser Engel* – von Betten.

»Wie lange können wir?«, fragte er Rosalita.

»Pere Callahan müsste gegen fünf Uhr zurück sein«, sagte sie, »aber wir essen erst um sechs – und das auch nur, wenn euer Dinh bis dahin zurückkommt. Was haltet ihr davon, wenn ich euch um halb sechs wecke? Dann habt ihr noch Zeit, euch zu waschen. Wäre euch das recht?«

»Und ob«, sagte Jake und bedachte sie mit einem Lächeln. »Ich hätte nie gedacht, dass mit Leuten reden so müde machen kann. Und so durstig.«

Sie nickte. »In der Speisekammer steht ein Krug mit kühlem Wasser.«

»Ich sollte Euch helfen, das Abendessen zuzubereiten«, sagte Susannah, aber dann öffnete ihr Mund sich zu einem herzhaften Gähnen.

»Sarey Adams kommt, um mir zu helfen«, sagte Rosalita, »und es gibt ohnehin nur kalte Küche. Los, geht schon. Ruht euch aus. Ihr seid erledigt, das sieht man euch an.«

2

In der Speisekammer trank Jake lange und viel, dann füllte er eine Schale mit Wasser für Oy und nahm sie in Pere Callahans Schlafzimmer mit. Er hatte ein schlechtes Gewissen dabei, in diesem Raum zu sein (und weil er einen Billy-Bumbler hier drinnen bei sich hatte), aber die Decke auf Callahans schmalem Bett war zurückgeschlagen, das Kopfkissen war aufgeschüttelt, und beides lockte ihn an. Er stellte die Schüssel ab, und Oy begann leise das Wasser zu schlabbern. Jake zog sich bis auf die geliehene Unterwäsche aus, schlüpfte unter die Decke und schloss die Augen.

Wahrscheinlich kann ich nicht richtig schlafen, dachte er, *früher, als Mrs. Shaw mich 'Bama genannt hat, konnte ich tagsüber ja auch nur selten einschlafen.*

Nicht einmal eine Minute später schlief er mit einem über die Augen gelegten Arm und schnarchte dabei leise. Auf dem Fußboden neben ihm schlief Oy, der die Schnauze auf eine der Pfoten gelegt hatte.

3

Eddie und Susannah saßen nebeneinander auf dem Bett im Gästezimmer. Eddie konnte es noch immer kaum glauben: nicht nur ein Nickerchen, sondern ein Nickerchen in einem richtigen Bett. Luxus über Luxus. Er wünschte sich nichts mehr, als sich auszustrecken, Suze in die Arme zu nehmen und so einzuschlafen, aber zuvor musste noch eine Sache besprochen werden. Sie hatte ihm den ganzen Tag keine Ruhe gelassen, auch in der Hitze ihres improvisierten politischen Aktionismus nicht.

»Suze, was Tians Gran-Pere betrifft …«

»Davon will ich nichts hören«, sagte sie sofort.

Er zog überrascht die Augenbrauen hoch. Dabei hatte er's wohl schon geahnt.

»Wir könnten uns damit befassen«, sagte sie, »aber ich bin müde. Ich möchte jetzt schlafen. Erzähl Roland, was du von dem alten Kerl erfahren hast, und erzähl's meinetwegen Jake, aber nicht mir. Nicht jetzt.« Sie rückte etwas näher an ihn heran, sodass ihr brauner Oberschenkel seinen weißen berührte, während ihre braunen Augen unverwandt in seine haselnussbraunen blickten. »Hörst du mich an?«

»Höre dich sehr wohl an.«

»Sage dir meinen Dank, groß-groß.«

Er lachte, nahm sie in die Arme und küsste sie.

Und wenig später schliefen sie ebenfalls – eng umschlungen, sodass ihre Stirnen sich berührten. Ein Rechteck aus Licht wanderte stetig über ihre Körper hinauf, während die Sonne allmählich unterging. Sie stand wieder genau im Westen, zumindest vorläufig. Das sah Roland mit eigenen Augen, als er langsam die Zufahrt zum Pfarrhaus des Alten Kerls entlangritt und dabei die Füße aus den Steigbügeln zog, um die schmerzenden Beine strecken zu können.

4

Rosalita kam aus dem Haus, um ihn zu begrüßen. »Heil, Roland – lange Tage und angenehme Nächte.«

Er nickte. »Mögen sie Euch doppelt vergönnt sein.«

»Wie ich höre, wollt Ihr vielleicht einige von uns bitten, Teller gegen die Wölfe zu werfen, wenn sie kommen.«

»Wer hat Euch das erzählt?«

»Ach … irgendein kleiner Vogel hat's mir ins Ohr geflüstert.«

»Aha. Und würdet Ihr's tun? Wenn ich Euch darum bäte?«

Sie ließ grinsend ihre Zähne sehen. »Nichts in diesem Leben

würde mir mehr Freude machen.« Die Zähne verschwanden, und das Grinsen wurde sanfter, verwandelte sich in ein richtiges Lächeln. »Obwohl wir vielleicht gemeinsam Freuden entdecken könnten, die etwas näher liegen. Wollt Ihr nicht mein kleines Häuschen sehen, Roland?«

»Aye. Und würdet Ihr mich wieder mit Eurem Zauberöl einreiben?«

»Möchtet Ihr gerieben werden?«

»Aye.«

»Fest gerieben oder sanft gerieben?«

»Von beidem etwas soll für schmerzende Gelenke das Beste sein.«

Sie dachte darüber nach, dann brach sie in Lachen aus und nahm seine Hand. »Kommt. Solange die Sonne scheint und dieser kleine Winkel der Welt schläft.«

Er ging bereitwillig mit und überließ sich ganz ihrer Führung. Sie besaß eine von weichem Moos umgebene geheime Quelle, und dort wurde er erfrischt.

5

Callahan kam schließlich gegen halb sechs zurück, als Eddie, Susannah und Jake gerade aufstanden. Um sechs Uhr trugen Rosalita und Sarey Adams auf der mit Fliegengittern versehenen Veranda hinter dem Pfarrhaus zum Abendessen kaltes Huhn und Salate auf. Roland und seine Freunde aßen hungrig, und der Revolvermann nahm sich nicht nur einmal, sondern zweimal nach. Callahan dagegen tat wenig, außer das Essen auf seinem Teller von einem Platz zum anderen zu schieben. Seine Sonnenbräune ließ ihn einigermaßen gesund aussehen, konnte jedoch die dunklen Schatten unter seinen Augen nicht verbergen. Als Sarey – fröhlich, lustig und rundlich, aber flink auf den Beinen –

einen Gewürzkuchen auf den Tisch stellte, schüttelte Callahan lediglich den Kopf.

Als auf dem Esstisch nur noch Tassen und die Kaffeekanne standen, holte Roland seinen Tabak heraus und zog die Augenbrauen hoch.

»Wie's beliebt«, sagte Callahan, dann erhob er die Stimme. »Rosie, bring diesem Kerl was für seinen Glimmstängel!«

»Großer Mann, Euch könnte ich den ganzen Tag lang zuhören«, sagte Eddie.

»Ich auch«, stimmte Jake zu.

Callahan lächelte. »Mir geht's umgekehrt genauso, zumindest ein wenig.« Er goss sich eine halbe Tasse Kaffee ein. Rosalita brachte Roland eine Keramikschale für die Zigarettenasche. Nachdem sie wieder gegangen war, sagte Callahan: »Ich hätte diese Geschichte schon gestern zu Ende erzählen sollen. Ich habe nämlich die letzte Nacht größtenteils damit verbracht, mich schlaflos im Bett zu wälzen und darüber nachzudenken, wie ich den Rest erzählen soll.«

»Wäre Euch geholfen, wenn ich sage, dass ich einen Teil davon bereits kenne?«, fragte Roland.

»Vermutlich nicht. Ihr wart mit Henchick oben in der Torweghöhle, nicht wahr?«

»Ja. Er hat behauptet, in der Sprechmaschine, die sie dort raufgeschickt hat, damit sie Euch finden, sei ein Song gespeichert gewesen, der Euch zum Weinen gebracht hat, als Ihr ihn gehört habt. War's der eine, den Ihr erwähnt hattet?«

»›Somebody Saved My Life Tonight‹, ja. Und ich kann Euch nicht schildern, wie eigenartig es war, in Calla Bryn Sturgis in einem Manni-Blockhaus zu sitzen, zur Finsternis von Donnerschlag hinüberzusehen und Elton John zu hören.«

»Langsam, langsam«, sagte Susannah. »Ihr seid uns weit voraus, Pere. Unseres Wissens seid Ihr noch in Sacramento, wir schreiben das Jahr 1981, und Ihr habt eben gelesen, dass die so genannten Hitler Brothers Euren Freund überfallen und übel zugerichtet haben.« Sie sah von Callahan streng zu Jake und dann zu Eddie hinüber. »Ich muss feststellen, Gentlemen, dass ihr seit der Zeit, als ich Amerika verlassen habe, in Bezug auf friedliches Zusammenleben keine großen Fortschritte gemacht zu haben scheint.«

»Dafür kann ich nichts«, sagte Jake. »Da war ich noch in der Schule.«

»Und ich war zugekifft«, sagte Eddie.

»Also gut, ich übernehme die Schuld«, sagte Callahan, und sie lachten alle.

»Erzählt Eure Geschichte zu Ende«, sagte Roland. »Vielleicht schlaft Ihr dann heute Nacht besser.«

»Hoffentlich«, sagte Callahan. Er überlegte einen Augenblick, dann sagte er: »Woran ich mich aus dem Krankenhaus erinnere – woran sich vermutlich jeder erinnert –, sind der Geruch von Desinfektionsmitteln und die Geräusche der Geräte. Vor allem die Geräte. Wie sie piepsen. Das einzige andere Zeug, das ähnlich klingt, sind die Bordinstrumente von Flugzeugen. Ich habe mal einen Piloten gefragt, der mir daraufhin erzählt hat, dass die Navigationsgeräte diese Geräusche machen. Ich weiß noch, dass ich an jenem Abend gedacht habe, auf den Intensivstationen von Krankenhäusern scheint verdammt viel navigiert zu werden.

Als ich im Home gearbeitet habe, war Rowan Magruder nicht verheiratet, aber das hatte sich offenbar geändert, auf dem Stuhl neben seinem Bett saß nämlich eine Frau. Sie las gerade in einem Taschenbuch. Gut angezogen, elegantes grünes Kostüm, Nylonstrümpfe, Pumps mit niedrigen Absätzen. Immerhin hatte ich keine Scheu davor, ihr gegenüberzutreten; ich war so gut wie möglich gewaschen und gekämmt und hatte seit Sacramento keinen Alkohol mehr angerührt. Aber als wir uns dann von Angesicht zu Angesicht sahen, erwartete mich ein Schock. Sie hatte zunächst mit dem Rücken zur Tür gesessen. Ich klopfte also an den Türrahmen, sie drehte sich um, und mit meiner so genannten Selbstbeherrschung war's vorbei. Ich trat einen Schritt zurück und bekreuzigte mich. Zum ersten Mal seit dem Abend, an dem Rowan und ich in diesem Krankenhaus Lupe besucht hatten. Könnt ihr euch denken, warum?«

»Natürlich«, sagte Susannah. »Weil die Teile zusammenpassen. Die Teile passen *immer* zusammen. Das haben wir wieder und wieder und immer wieder erlebt. Wir wissen nur nicht, wie das Bild aussieht.«

»Oder können es nicht erfassen«, sagte Eddie.

Callahan nickte. »Es war, als sähe man Rowan, nur mit Busen und langen blonden Haaren. Seine Zwillingsschwester. Und sie lachte. Sie fragte mich, ob ich ein Gespenst gesehen hätte. Ich kam mir … surreal vor. Als wäre ich in eine dieser anderen Welten geraten, die der wahren Welt *gleichen* – falls es so etwas gibt –, aber doch nicht ganz gleich sind. Ich spürte den verrückten Drang, meine Geldbörse herauszuziehen und nachzusehen, wer auf den Geldscheinen war. Das kam nicht nur von der Ähnlichkeit, sondern auch von ihrem Lachen. Sie saß dort neben einem Mann, der ihr Gesicht hatte, falls er unter all den Verbänden überhaupt noch eines hatte, und lachte.«

»Willkommen in Zimmer neunzehn des Hospitals der Flitzenden«, sagte Eddie.

»Verzeihung?«

»Ich wollte nur sagen, dass wir dieses Gefühl kennen, Pere. Bitte weiter.«

»Ich stellte mich also vor und fragte, ob ich hereinkommen dürfe. Und als ich das fragte, dachte ich wieder an Barlow, den Vampir. Dachte: *Beim ersten Mal muss man sie hereinbitten. Danach können sie kommen und gehen, wie's ihnen beliebt.* Sie antwortete, natürlich könne ich hereinkommen. Sie sagte, sie sei aus Chicago gekommen, um in seinen ›ausklingenden Stunden‹, wie sie sie nannte, bei ihm zu sein. Dann sagte sie im selben liebenswürdigen Ton: ›Ich wusste gleich, wer Sie sind. Wegen der Narbe an Ihrer Hand. In seinen Briefen hat Rowan geschrieben, er sei sich ziemlich sicher, dass Sie in Ihrem anderen Leben ein Mann der Kirche gewesen sind. Er hat ständig vom anderen Leben irgendwelcher Leute gesprochen, das heißt, bevor sie anfingen, zu trinken oder Drogen zu nehmen oder verrückt zu werden – manchmal alles drei. Dieser war in seinem anderen Leben ein Zimmermann. Jene war in ihrem anderen Leben ein Model. Hat er in Ihrem Fall Recht gehabt?‹ Und alles in diesem liebenswürdigen Ton. Wie eine Frau, die auf einer Cocktailparty Konversation macht. Und vor uns lag Rowan mit dick verbundenem Kopf. Hätte er eine Sonnenbrille getragen, hätte er wie Claude Rains in *Der unsichtbare Mann* ausgesehen.

Ich trat ein. Ich sagte, ich sei früher Geistlicher gewesen, ja, aber das liege schon lange zurück. Sie streckte ihre Hand aus. Ich streckte meine aus. Weil ich glaubte …

6

Er streckt die Rechte aus, weil er annimmt, sie wolle ihm die Hand schütteln. Der liebenswürdige Ton hat ihn getäuscht. Er merkt nicht, dass Rowena Magruder Rawlings in Wirklichkeit die Hand hebt, *statt sie auszustrecken. Zunächst bekommt er überhaupt nicht mit, dass er geohrfeigt worden ist – und zwar so fest, dass sein linkes Ohr summt und sein linkes Auge tränt; er hat die wirre Vorstellung, die plötzliche Wärme in seiner linken Backe müsse irgendeine blödsinnige Allergiesache sein, vielleicht eine Stressreaktion. Dann rückt sie gegen ihn vor, während Tränen über ihr unheimlich Rowan-ähnliches Gesicht strömen.*

»Los, sehen Sie ihn sich nur an«, sagt sie. »Denn wissen Sie was? Das ist das andere Leben meines Bruders! Das einzige, das er noch hat! Gehen Sie ganz nah hin, sehen Sie ihn sich gut an.

Sie haben ihm die Augen ausgestochen, sie haben ihm eine Backe aufgeschlitzt – dort drinnen kann man die Zähne sehen – guck, guck! Die Polizei hat mir die Fotos gezeigt. Die Beamten wollten nicht, aber ich habe darauf bestanden. Sie haben sein Herz durchlöchert, aber dieses Loch haben die Ärzte wieder geflickt, glaube ich. Es ist seine Leber, die ihn umbringt. Sie ist ebenfalls durchlöchert, und daran stirbt er jetzt.«

»Miss Magruder, ich …«

»Ich bin Mrs. Rawlings«, erklärt sie ihm, »nicht dass Sie das irgendwas angeht. Also los! Sehen Sie ihn sich gut an. Damit Sie wissen, was Sie ihm angetan haben.«

»Ich war in Kalifornien … Ich hab's in der Zeitung gelesen …«

»Oh, bestimmt«, sagt sie. »Das glaube ich Ihnen. Aber Sie sind der Einzige, den ich in die Finger bekommen kann, verstehen Sie? Der Einzige, der ihm nahe gestanden hat. Sein anderer Kumpel ist an der Schwulenseuche gestorben, und die anderen sind nicht da. Sie schlagen sich drüben in seinem Pennerheim mit kostenlosem Essen voll, vermute ich mal, oder reden in ihren Versammlungen darüber, was passiert ist. Wie ihnen dabei zumute ist. Nun, Reverend Callahan – oder sollte ich Father sagen, wo ich doch gesehen hab, wie Sie sich bekreuzigt haben? –, lassen Sie mich Ihnen sagen, wie mir dabei zumute ist. Es … macht … mich … WÜTEND.« Sie spricht weiter in diesem liebenswürdigen Ton, aber als er den Mund öffnet, um auch wieder etwas zu sagen, legt sie einen Finger auf seine Lippen, und der Druck dieses einen Fingers gegen seine Zähne ist so stark, dass er aufgibt. Soll sie doch reden, warum nicht? Das letzte Mal, dass er jemandem die Beichte abgenommen hat, liegt schon viele Jahre zurück, aber manche Dinge sind wie das Radfahren.

»Er hat sein Studium an der NYU magna cum laude *abgeschlossen«, sagt sie. »Wussten Sie das? Er hat 1949 beim Beloit-Wettbewerb für Poesie den zweiten Platz belegt, wussten Sie* das? *Als Student im zweiten Semester! Er hat einen Roman geschrie-*

ben … einen wundervollen Roman … der jetzt auf meinem Dachboden liegt und Staub ansammelt.«

Callahan spürt, wie ein warmer Sprühnebel sich auf seinem Gesicht niederschlägt. Er kommt aus ihrem Mund.

»Ich habe ihn gebeten – nein, angebettelt –, mit seiner Schriftstellerei weiterzumachen, aber er hat mich ausgelacht und behauptet, er sei nicht gut genug. ›Überlass das den Mailers und O'Haras und Irwin Shaws‹, hat er gesagt, ›Leuten, die's wirklich können. Ich würde in einer Schriftstellerklause in einem Elfenbeinturm enden, eine Meerschaumpfeife paffen und wie Mr. Chips aussehen.‹

Und das wäre auch in Ordnung gewesen«, fährt sie fort, »aber dann hat er angefangen, sich bei den Anonymen Alkoholikern zu engagieren, und von dort aus war es ein kurzer Sprung bis zur Leitung eines Pennerheims. Und zum Rumhängen mit seinen Freunden. Mit Freunden wie Ihnen.«

Callahan ist verblüfft. Er hat das Wort Freunde *noch nie mit solcher Verachtung ausgesprochen gehört.*

»Aber wo sind sie jetzt, wo er am Boden und auf dem Hinausweg ist?«, fragt Rowena Magruder Rawlings ihn. »Hm? Wo sind all die Leute, die er geheilt hat, all die Journalisten, die ihn als Genie bezeichnet haben? Wo ist Jane Pauley? Sie hat ihn nämlich in der Today*-Show interviewt. Zweimal! Wo ist die gottverdammte Mutter Teresa? In einem seiner Briefe hat er geschrieben, bei ihrem Besuch im Home sei sie die kleine Heilige genannt worden, nun, er könnte jetzt eine Heilige brauchen, mein Bruder könnte jetzt dringend eine Heilige, etwas Handauflegen brauchen, wo zum Teufel ist sie also?«*

Tränen laufen ihr über die Wangen. Ihr Busen wogt heftig. Sie ist schön und schrecklich zugleich. Callahan erinnert sich an ein Bild des hinduistischen Zerstörer-Gottes Schiwa, das er einmal gesehen hat. Nicht genügend Arme, *denkt er und muss gegen den verrückten, selbstmörderischen Drang ankämpfen, laut zu lachen.*

»Sie sind nicht hier. Nur Sie und ich sind da, stimmt's? Und er. Er hätte den Nobelpreis für Literatur bekommen können. Oder er hätte dreißig Jahre lang vierhundert Studenten pro Jahr unterrichten können. Hätte zwölftausend Intellekte durch seinen beeinflussen können. Stattdessen liegt er mit zerschnittenem Gesicht in diesem Krankenhausbett, und in seinem gottverdammten Pennerheim werden sie sammeln müssen, um für seine letzte Krankheit – falls man zu Hackfleisch gemacht werden als Krankheit bezeichnen kann – und seinen Sarg und sein Begräbnis aufzukommen.«

Sie sieht ihn an, ihr Gesicht ungeschminkt und lächelnd, die Wangen tränennass glänzend, dünne Schleimfäden unter der Nase.

»In seinem vorigen anderen Leben, Father Callahan, war er der Engel der Straße. Aber das hier ist sein finales anderes Leben. Glanzvoll, nicht wahr? Ich gehe jetzt in die Cafeteria hinunter, um einen Kaffee zu trinken und ein Plunderstück zu essen. Ich bin ungefähr zehn Minuten fort. Reichlich Zeit für Sie, um Rowan Ihren kleinen Besuch zu machen. Tun Sie mir den Gefallen, nicht mehr da zu sein, wenn ich zurückkomme. Sie und die ganze übrige Bande seiner Gutmenschen widern mich an.«

Sie geht. Ihre festen niedrigen Absätze klappern den Flur entlang davon. Erst als das Klappern ganz verhallt und er nur noch vom stetigen Piepsen der Maschinen umgeben ist, merkt er, dass er am ganzen Leib zittert. Er glaubt nicht, dass das ein beginnendes Delirium tremens ist, aber so fühlt es sich bei Gott an.

Als Rowan unter seinem steifen Schleier aus Mullbinden spricht, schreit Callahan beinahe auf. Was sein alter Freund sagt, ist ziemlich undeutlich, aber Callahan hat keine Mühe, es sich zurechtzureimen.

»Diese kleine Gardinenpredigt hat sie heute schon mindestens achtmal gehalten, und sie hält sich nie damit auf, jemandem zu erzählen, dass in dem Jahr, in dem ich beim Beloit den Zweiten gemacht habe, nur vier weitere Bewerber gemeldet hatten. Ver-

mutlich hat der Krieg vielen Leuten den Sinn für Poesie ausgetrieben. Wie geht's dir, Don?«

Die Aussprache ist schlecht, die Stimme dahinter kaum mehr als ein Krächzen, aber das ist Rowan, gar kein Zweifel. Callahan tritt ans Bett und ergreift die Hände, die auf der Tagesdecke liegen. Sie schließen sich überraschend fest um seine.

»Und was den Roman betrifft … Mann, der war ein drittklassiger James Jones, und das ist schlecht genug.«

»Wie geht's dir, Rowan?«, fragt Callahan. Jetzt weint er selbst. Dieses gottverdammte Zimmer wird bald überschwemmt sein.

»Na ja, ziemlich beschissen«, sagt der Mann unter den Mullbinden. Und dann: »Danke, dass du gekommen bist.«

»Kein Problem«, sagt Callahan. »Was brauchst du von mir, Rowan? Was kann ich für dich tun?«

»Du kannst dich vom Home fern halten«, sagt Rowan. Seine Stimme wird schwächer, aber seine Hände halten weiter Callahans umklammert. »Sie wollten nicht mich. Sie hatten's auf dich abgesehen. Hast du verstanden, Don? Sie haben dich gesucht. *Sie haben mich immer wieder gefragt, wo du bist, und glaub mir, zuletzt hätte ich's ihnen gesagt, wenn ich's gewusst hätte. Aber ich wusste es natürlich nicht.«*

Eines der Geräte piepst jetzt schneller, mehrere Piepsgeräusche verschmelzen miteinander und werden bald Alarm auslösen. Davon versteht Callahan zwar nichts, aber er weiß es trotzdem. Irgendwie.

»Rowan, hatten sie rote Augen? Haben sie … ich weiß nicht … lange Mäntel getragen? So welche wie Trenchcoats? Sind sie mit großen Limousinen vorgefahren?«

»Nichts dergleichen«, flüstert Rowan. »Sie waren vermutlich schon in den Dreißigern, aber noch wie Teenager angezogen. Sie haben auch wie Teenager ausgesehen. Diese Kerle werden noch zwanzig weitere Jahre wie Teenager aussehen – wenn sie überhaupt so lange leben – und dann eines Tages nur noch alt sein.«

Nur ein paar Rowdys, *denkt Callahan.* Will er das sagen? *Ja, das will er ziemlich sicher, aber es bedeutet nicht, dass die Hitler Brothers nicht von den niederen Männern für diesen speziellen Auftrag angeheuert worden sind. Das wäre nur logisch. Selbst die Zeitungsmeldung, so kurz sie auch gewesen war, hatte darauf hingewiesen, dass Rowan Magruder nicht der Typ war, den die Brothers sich normalerweise als Opfer aussuchten.*

»Halt dich vom Home fern«, wispert Rowan, aber bevor Callahan ihm das versprechen kann, geht der Alarm tatsächlich los. Einen Augenblick lang verstärken die Hände, die seine halten, ihren Druck, und Callahan fühlt einen Nachhall der alten Energie dieses Mannes, jener wilden, unbeugsamen Energie, die es irgendwie geschafft hat, die Türen des Heims auch in den Zeiten offen zu halten, in denen auf dem Bankkonto absolute Ebbe herrschte, jener Energie, die Männer anzog, die all die Dinge tun konnten, die Rowan Magruder nicht selbst tun konnte.

Dann beginnt das Zimmer sich mit Krankenschwestern zu füllen, ein Arzt mit arrogantem Gesicht ruft laut nach dem Krankenblatt des Patienten, und ziemlich bald wird Rowans Zwillingsschwester zurückkommen, diesmal vermutlich Feuer schnaubend. Callahan beschließt, dass es an der Zeit ist, aus diesem Tollhaus und dem größeren Tollhaus, das New York City ist, abzuhauen. Die niederen Männer sind offenbar noch immer an ihm interessiert, wirklich sehr interessiert, und falls sie eine Operationsbasis haben, liegt sie vermutlich genau hier: in Fun City, USA. Deshalb wäre eine Rückkehr an die Westküste wahrscheinlich eine ausgezeichnete Idee. Er kann sich kein weiteres Flugticket leisten, aber er hat genug Cash, um mit dem Big Gray Dog zu fahren. Wäre schließlich nicht das erste Mal. Ein weiterer Trip nach Westen, warum nicht? Er kann sich völlig deutlich als den Mann auf Sitz 29-C sehen: eine frische, ungeöffnete Packung Zigaretten in seiner Hemdtasche; eine frische, ungeöffnete Flasche Early Times in einer Papiertüte; der neue Roman von John D.

MacDonald, ebenfalls frisch und ungeöffnet, auf seinem Schoß liegend. Vielleicht wird er jenseits des Hudsons sein und durch Fort Lee fahren, in Kapitel eins vertieft und an seinem zweiten Drink nippend, bevor sie in Zimmer 577 endlich alle Geräte abstellen werden und sein Freund in die Dunkelheit hinaus und auf das zugeht, was immer uns dort erwartet.

7

»Fünf-sieben-sieben«, sagte Eddie.

»Neunzehn«, sagte Jake.

»Verzeihung?«, fragte Callahan wieder.

»Fünf und sieben und sieben«, sagte Susannah. »Zusammengezählt ergeben sie neunzehn.«

»Bedeutet das etwas?«

»Zusammengezählt ergeben sie ›Mutter‹, ein Wort, das mir unendlich viel bedeutet«, sagte Eddie mit sentimentalem Lächeln.

Susannah ignorierte ihn. »Das wissen wir nicht«, sagte sie. »Ihr habt New York nicht verlassen, stimmt's? Sonst hättet Ihr die nicht bekommen.« Sie wies auf die Narbe auf seiner Stirn.

»Oh, ich habe es verlassen«, sagte Callahan. »Nur nicht ganz so bald wie geplant. Als ich aus dem Krankenhaus gekommen bin, wollte ich wirklich zum Busbahnhof Port Authority zurück und mir ein Ticket für den Vierzigerbus kaufen.«

»Was ist das?«, fragte Jake.

»Im Landstreicherjargon ein möglichst weit entferntes Reiseziel. Kauft man sich ein Busticket nach Fairbanks, Alaska, fährt man mit dem Vierzigerbus.«

»Hier drüben wäre das Bus neunzehn««, sagte Eddie.

»Während ich zu Fuß unterwegs war, habe ich über die alten Zeiten nachgedacht. Manche waren lustig wie damals, als ein paar Kerle im Home eine Varietéshow veranstaltet haben. Manche waren schaurig wie an dem Tag, an dem ein Kerl kurz vor dem Abendessen zu einem anderen sagt: ›Hör auf, in der Nase zu popeln, Jeffy, davon wird mir schlecht‹, und Jeffy antwortet: ›Gleich wird dir noch schlechter, Homeboy‹ und zieht ein riesiges Klappmesser heraus, und bevor einer von uns eingreifen kann oder auch nur richtig mitbekommt, was da passiert, schneidet Jeffy dem anderen die Kehle durch. Lupe kreischt, und ich brülle: ›Jesus! Heiliger Jesus!‹, und das Blut spritzt nach allen Seiten, weil er die Halsschlagader des Kerls erwischt hat – oder vielleicht war's die Drosselvene –, und dann kommt Rowan aus der Toilette gerannt, hält mit einer Hand seine Hose fest und hat in der anderen eine Rolle Klopapier, und wisst ihr, was er getan hat?«

»Das Papier benützt«, sagte Susannah.

Callahan grinste. Es ließ ihn jünger erscheinen. »Meine Fresse, das hat er getan. Hat die ganze Rolle auf die Wunde gedrückt, aus der das Blut spritzte, und Lupe zugerufen, er solle die 211 wählen, mit der man damals einen Krankenwagen anfordern konnte. Und ich stand da und sah zu, wie das weiße Klopapier sich rot verfärbte, wie das Rot bis zur Pappröhre in seinem Inneren vordrang. Rowan sagte: ›Stellt euch das einfach als die größte Rasierwunde der Welt vor‹, und wir fingen zu lachen an. Wir lachten, bis uns die Tränen aus den Augen liefen.

Ich hab an viele der alten Zeiten zurückgedacht, wenn's beliebt. Die guten, die schlechten und die hässlichen Zeiten. Ich erinnere mich – verschwommen –, dass ich in einem Smiler's Market war und mit ein paar Dosen Bud in einer Tüte rausgekommen bin. Beim Weitergehen habe ich eine davon getrunken. Ich habe mir nicht überlegt, wohin ich wollte – zumindest nicht bewusst –, aber meine Füße müssen selbstständig gehandelt haben, als ich mich nämlich umgesehen habe, stand ich plötzlich vor einem Lokal, in dem ich manchmal zu Abend gegessen hatte, wenn ich – wie man so sagt – flüssig war. Es lag an der Ecke Second und Fifty-second.«

»Chew Chew Mama's«, sagte Jake.

Callahan starrte ihn ehrlich verblüfft an, dann wandte er sich an Roland. »Revolvermann, Eure Jungs werden mir langsam unheimlich.«

Roland machte nur seine vertraute kreisende Fingerbewegung. *Weiter, Partner, setz dich auf deinen Gaul und reite.*

»Also, ich beschloss, reinzugehen und um der alten Zeiten willen einen Hamburger zu essen«, sagte Callahan. »Und während ich ihn aß, wurde mir klar, dass ich New York nicht verlassen wollte, ohne wenigstens durchs Fenster zur Straße einen Blick ins Home geworfen zu haben. Ich konnte auf der anderen Straßenseite stehen, wie ich's nach Lupes Tod oft genug gemacht hatte. Warum auch nicht? Dort war ich nie belästigt worden. Nicht von den Vampiren, auch nicht von den niederen Männern.« Er sah von einem zum anderen. »Ich kann euch nicht sagen, ob ich das wirklich geglaubt habe oder ob das irgendein ausgefallenes, selbstmörderisches Gedankenexperiment war. Ich kann mich an vieles erinnern, was ich an jenem Abend empfunden, was ich gesagt oder wie ich gedacht habe, aber nicht daran.

Jedenfalls habe ich das Home nie erreicht. Ich zahlte und ging die Second Avenue entlang weiter. Das Home lag an der Ecke First und Forty-seventh, aber ich wollte nicht direkt daran vorbeigehen. Deshalb beschloss ich, von der First und Forty-sixth aus hinüberzugehen.«

»Warum nicht von der Forty-eighth aus?«, fragte Eddie ihn ruhig. »Ihr hättet auf die Forty-eighth abbiegen können, das wäre kürzer gewesen. Hätte Euch erspart, einen Block zurückgehen zu müssen.«

Callahan dachte über seine Frage nach, dann schüttelte er den Kopf. »Falls ich einen Grund hatte, weiß ich ihn nicht mehr.«

»Es gab einen Grund«, sagte Susannah. »Ihr wolltet an dem unbebauten Grundstück vorbeigehen.«

»Wieso sollte ich …«

»Aus demselben Grund, aus dem Leute an einer Bäckerei vorbeigehen wollen, wenn die Doughnuts frisch aus dem Ofen kommen«, sagte Eddie. »Manche Dinge sind einfach angenehm, das ist alles.«

Callahan nahm das zweifelnd auf, dann zuckte er die Achseln. »Wenn Ihr meint …«

»Das tue ich, Sai.«

»Jedenfalls bin die Straße entlanggegangen und habe dabei mein letztes Bier getrunken. Ich war schon fast an der Ecke Second und Forty-sixth, als …«

»Was war dort?«, fragte Jake eifrig. »Was war 1981 an dieser Ecke?«

»Ich weiß nicht …«, begann Callahan und machte dann eine Pause. »Ein Bretterzaun«, sagte er. »Ein ziemlich hoher. Drei, vielleicht dreieinhalb Meter.«

»Also nicht der, über den wir gestiegen sind«, sagte Eddie zu Roland. »Außer er ist von selbst um eineinhalb Meter gewachsen.«

»Am Zaun war ein Bild«, sagte Callahan. »Daran erinnere ich mich noch. Irgendeine Art Wandgemälde, aber ich konnte es nicht richtig erkennen, weil die Straßenbeleuchtung an der Ecke ausgefallen war. Und plötzlich wurde mir klar, dass das nicht in Ordnung war. Plötzlich begann in meinem Kopf eine Alarmglocke zu schrillen. Um es ehrlich zu sagen, klang sie ganz ähnlich wie der Alarm, auf den hin Rowans Krankenzimmer sich mit all diesen Leuten gefüllt hatte. Ich konnte plötzlich nicht glauben, dass ich dort war, wo ich war. Ich war übergeschnappt. Aber gleichzeitig dachte ich …

8

Gleichzeitig denkt er: Alles in Ordnung, nur ein paar Straßenlampen ausgefallen, weiter nichts; gäbe es hier Vampire, würdest du sie sehen; wären niedere Männer in der Nähe, würdest du das

Glockenspiel hören und scharfe Zwiebeln und heißes Metall riechen. *Trotzdem beschließt er, sofort von hier abzuhauen. Glockenspiel hin oder her, jeder Nerv seines Körpers ist auf einmal unerträglich gereizt, scheint zischend Funken zu sprühen.*

Er macht kehrt und sieht dicht hinter sich zwei Männer stehen. Einige Sekunden lang sind sie von seiner abrupten Richtungsänderung so überrascht, dass er wahrscheinlich wie ein alerter Footballspieler zwischen ihnen hätte hindurchwischen und auf der Second Avenue zurückspurten können. Aber er ist ebenso überrascht, und einige weitere Sekunden lang stehen sie alle drei nur da und starren sich an.

Es gibt einen großen Hitler Brother und einen kleinen Hitler Brother. Der Kleine ist nicht mal einen Meter sechzig groß. Er trägt ein loses, in sich gemustertes Baumwollhemd über schwarzen Freizeithosen. Auf dem Kopf hat er eine Baseballmütze mit nach hinten gedrehtem Schirm. Seine Augen sind schwarz wie Teertropfen, und er hat schlechte Haut. Callahan nennt ihn in Gedanken sofort Lennie. Der Große ist ein Zweimetermann, der ein Yankees Sweatshirt, Jeans und Turnschuhe trägt. Er hat einen sandfarbenen Schnauzer. Vor dem Körper trägt er eine Bauchtasche. Callahan tauft ihn George.

Callahan wirft sich herum, will die Second Avenue entlang flüchten, wenn die Fußgängerampel grün oder der Verkehr so schwach ist, dass er's riskieren kann. Wenn das nicht geht, will er auf der Forty-sixth zum Hotel U.N. Plaza rennen und sich in die Hotelhalle …

Der große Kerl, George, packt ihn am Hemdkragen und zerrt ihn daran zurück. Der Kragen reißt, aber leider nicht weit genug, um ihm die Freiheit wiederzugeben.

»Nein, das machst du nicht, Doc«, sagt der Kleine. »Das machst du nicht.« Dann eilt er geschäftig nach vorn, flink wie ein Insekt, und bevor Callahan begreift, was ihm geschieht, hat Lennie ihm zwischen die Beine gegriffen, die Hoden gepackt und sie brutal

zusammengequetscht. Der sofort einsetzende Schmerz ist gewaltig, eine anschwellende Übelkeit wie flüssiges Blei.

»Gefällt dir das, Niggah-Lovvah?«, fragt Lennie ihn in einem Ton, aus dem aufrichtige Sorge spricht, der zu besagen scheint: »Wir wollen, dass dies dir ebenso viel bedeutet wie uns.« Dann reißt er Callahans Hoden nach vorn, und der Schmerz verdreifacht sich. Gewaltige rostige Sägezähne graben sich in Callahans Unterleib, und er denkt: Er wird sie abreißen, er hat sie bereits in Gelee verwandelt, und jetzt reißt er sie ganz ab, sie werden nur noch von etwas loser Haut gehalten, und er wird sie …

Er beginnt zu kreischen, und George hält ihm sofort mit einer Hand den Mund zu. »Schluss jetzt!«, knurrt er seinen Partner an. »Wir sind auf der Scheißstraße, hast du das vergessen?«

Sogar während der Schmerz ihn lebend auffrisst, grübelt Callahan über die eigenartig verquere Situation nach: George ist der Hitler Brother, der das Kommando hat, nicht Lennie. George ist der clevere Hitler Brother. So hätte Steinbeck das bestimmt nicht geschrieben.

Dann erklingt rechts von ihm ein lauter werdendes Summen. Anfangs glaubt er, das sei wieder das Glockenspiel, aber das Summen ist angenehm. Es ist aber auch stark. George und Lennie fühlen es. Und es gefällt ihnen nicht.

»Was 'n das?«, sagt Lennie. »Haste auch was gehört?«

»Weiß nicht. Komm, wir nehmen ihn mit. Und lass die Pfoten von seinen Eiern. Später kannst du daran reißen, so viel du willst, aber jetzt hilf mir gefälligst.«

Sie packen ihn links und rechts, und plötzlich wird er die Second Avenue entlang zurückgeschleppt. Der hohe Bretterzaun verläuft rechts neben ihnen. Das angenehme, starke Summen hat seinen Ursprung dahinter. Könnte ich diesen Zaun überwinden, wäre ich gerettet, *denkt Callahan. Dort drinnen ist etwas, etwas Mächtiges und Gutes. Sie würden nicht wagen, ihm zu nahe zu kommen.*

Das mag stimmen, aber er bezweifelt, dass er einen drei Meter hohen Bretterzaun überwinden könnte, selbst wenn seine Hoden nicht gewaltige Schockwellen eines eigenen schmerzhaften Morsecodes senden würden, selbst wenn er nicht spüren könnte, wie sie in der Unterhose anschwellen. Plötzlich sackt sein Kopf nach vorn, und er spuckt eine heiße Ladung halb verdautes Essen über die Vorderseite von Hemd und Hose. Er kann spüren, wie das Zeug ihn bis auf die Haut durchnässt, warm wie Pisse.

Zwei junge Paare, die offenbar zusammengehören, kommen ihnen entgegen. Die jungen Männer sind kräftig; sie könnten wahrscheinlich mit Lennie die Straße aufwischen und sogar George das Leben schwer machen, wenn sie sich gegen ihn zusammentäten, aber im Augenblick machen sie angewiderte Gesichter und wollen offenbar nichts anderes, als ihre Begleiterinnen so rasch wie irgend möglich aus Callahans allgemeiner Umgebung fortschaffen.

»Er hat nur ein bisschen zu viel getrunken«, sagt George und lächelte mitfühlend, »und dann – kladderadatsch. Passiert gelegentlich den Besten von uns.«

Sie sind die Hitler Brothers!, *will Callahan schreien.* Diese Kerle sind die Hitler Brothers! Sie haben meinen Freund ermordet, und jetzt werden sie mich ermorden! Holt die Polizei! *Aber natürlich bringt er kein Wort heraus, in Albträumen wie diesem bringt man nie etwas heraus, und wenig später sind die Paare an ihnen vorbei. George und Lennie schleppen Callahan in flottem Tempo weiter die Second Avenue zwischen Forty-sixth und Forty-seventh entlang. Seine Füße berühren kaum die Betonplatten. Sein Swissburger von Chew Chew Mama's dampft jetzt auf seinem Hemd. O Mann, er kann sogar den Senf riechen, den er draufgetan hat.*

»Lass mal seine Hand sehen«, sagt George, als sie sich der nächsten Kreuzung nähern, und als Lennie dann Callahans Linke packt, sagt George: »Nein, Schwachkopf, die andere.«

Lennie hält ihm Callahans Rechte hin. Callahan könnte ihn

nicht daran hindern, selbst wenn er wollte. Sein Unterleib ist mit heißem, nassen Beton angefüllt. Sein Magen scheint unterdessen wie ein kleines, verängstigtes Tier zitternd im hinteren Teil seines Rachens zu kauern.

George begutachtet Callahans vernarbte rechte Hand und nickt. »Jau, das ist er, ganz klar. Kann nie schaden, sich zu vergewissern. Los jetzt, alter Pope. Im Laufschritt, marsch, marsch!«

Als sie die Forty-seventh erreichen, wird Callahan von der Hauptverkehrsstraße weggeschleppt. Hügelab voraus liegt links ein heller weißer Lichtklecks: das Home. Er kann ein paar Silhouetten mit hängenden Schultern sehen, an der Ecke stehende Männer, die übers AA-Programm reden und dabei rauchen. Vielleicht kenne ich sogar ein paar von denen, *denkt er verwirrt.* Teufel, sogar ziemlich sicher.

Aber sie gehen nicht so weit. Nach weniger als einem Viertel des Blocks zwischen Second und First Avenue zerrt George ihn in den Eingang eines leer stehenden Ladenlokals mit dem Schild ZU VERMIETEN ODER ZU VERKAUFEN *in den beiden weiß zugestrichenen Schaufenstern. Lennie begnügt sich damit, sie zu umkreisen wie ein kläffender Terrier ein paar langsamere Kühe.*

»Wir wern's dir besorgn, Niggah-Lovvah!«, skandiert er. »Wir ham schon tausend wie dich fertig gemacht, wir bringen's auf 'ne Million, bevor wir fertig sind, wir können jeden Nigger fertig machn, auch wenn der Niggah biggah is, das is aus 'nem Song, den ich grad schreib, der Song heißt: ›Kill All Niggah-Lovin Fags‹, wenn er fertig ist, werd ich ihn Merle Haggard schicken, er is der Beste, er is der Kerl, der all diesen Hippies geraten hat, sich hinzuhocken und in ihre Mützen zu scheißen, der gottverdammte Merle is für Amerika, ich hab 'nen Mustang 380, und ich hab Hermann Görings Luger, kapiert, Niggah-Lovvah?«

»Schnauze, du kleiner Rattenarsch«, sagt George, aber er spricht freundschaftlich geistesabwesend, konzentriert seine eigentliche Aufmerksamkeit darauf, aus einem dicken Schlüssel-

bund den richtigen Schlüssel herauszusuchen, und sperrt dann die Tür des leeren Ladenlokals auf. Callahan sagt sich: Für ihn ist Lennie wie das Radio, das in einer Autowerkstatt oder der Küche eines Schnellrestaurants ständig läuft; er hört ihn gar nicht mehr, seine Stimme ist nur eines von vielen Hintergrundgeräuschen.

»Yeah, Nort«, sagt Lennie, aber dann quatscht er sofort weiter. »Dem Scheiß-Göring seine Scheiß-Luger, ehrlich, und vielleicht schieß ich dir damit deine verdammten Eier weg, wir wissen nämlich genau, was Niggah-Lovvahs wie du diesem Land antun, stimmt's, Nort?«

»Keine Namen, hab ich gesagt«, sagt George/Nort, aber er spricht nachsichtig, und Callahan weiß, weshalb: Er wird der Polizei niemals irgendwelche Namen nennen können, nicht wenn alles so läuft, wie diese Drecksäcke es planen.

»Sorry, Nort, aber ihr Niggah-Lovvahs, ihr gottverdammten jüdischen Intellektuellen seid diejenigen, die unser Land zugrunde richten, daran sollst du denken, wenn ich dir deine Scheißeier von deinem Scheißsack abreißen tu …«

»Die Eier sind *der Sack, Blödmann«, sagt George/Nort in eigenartig gelehrtem Ton, und dann: »Bingo!«*

Die Tür geht auf. George/Nort stößt Callahan über die Schwelle. Das Ladenlokal ist nichts als eine staubige Schattenhöhle, in der es nach Bleichmittel, Seife und Stärke riecht. Aus zwei Wänden ragen dicke Kabel und Wasserrohre. Hellere Rechtecke an den Wänden bezeichnen die Stellen, wo früher Münzwaschmaschinen und -trockner gestanden haben. Auf dem Boden liegt ein Schild, das er im Halbdunkel eben noch entziffern kann: TURTLE BAY WASHATERIA – SIE WASCHEN, ODER WIR WASCHEN – SO WIRD ALLES **PICOBELLO**!

Alles wird picobello, genau, *denkt Callahan. Er dreht sich nach ihnen um und ist dann nicht sehr überrascht, als er sieht, dass George/Nort mit einer Pistole auf ihn zielt. Das ist nicht Hermann*

Görings Luger, Callahan findet eher, dass sie wie eine billige .32er von der Art aussieht, die man in einer Bar in den Außenbezirken für sechzig Dollar kaufen könnte, aber er ist sich sicher, dass sie ihren Zweck erfüllen würde. George/Nort zieht den Reißverschluss seiner Bauchtasche auf, ohne Callahan aus den Augen zu lassen – das macht er nicht zum ersten Mal, das machen beide nicht zum ersten Mal, sie sind alte Praktiker, alte Wölfe, die lange erfolgreich gejagt haben – und zieht eine Rolle Packband heraus. Callahan denkt daran, dass Lupe einmal gesagt hat, ohne Packband würde Amerika in einer Woche auseinanderfallen. »Die Geheimwaffe«, so hat er's genannt. George/Nort gibt die Rolle Lennie, der sie entgegennimmt, um dann in gewohnt insektenartigem Tempo nach vorn zu huschen.

»Hände auf den Rücken, Niggah-Reebop«, sagt Lennie.

Callahan weigert sich.

George/Nort wedelt mit der Pistole vor ihm herum. »Los, sonst kriegst du eine in den Bauch, alter Pope. Solche Schmerzen hast du noch nie gehabt, das versprech ich dir.«

Callahan tut es. Ihm bleibt nichts anderes übrig. Lennie huscht hinter ihn.

»Leg sie zusammen, Niggah-Reebop«, sagt Lennie. »Weißt du nicht, wie man's macht? Warst du noch nie im Kino?« Er lacht wie ein Verrückter.

Callahan legt die Handgelenke übereinander. Dann ist ein scharfes Reißen zu hören, weil Lennie sich daranmacht, ihm die Arme mit Packband hinter dem Rücken zu fesseln. Er steht da und atmet den Geruch von Staub und Bleichmittel und den beruhigenden, irgendwie kindlichen Duft von Weichspüler mit tiefen Atemzügen ein.

»Wer hat euch angeheuert?«, fragt er George/Nort. »Waren es die niederen Männer?«

George/Nort gibt keine Antwort, aber Callahan glaubt, seine Augen flackern zu sehen. Draußen rollt der Verkehr schubweise vorbei. Ein paar Fußgänger schlendern vorüber. Was würde passieren, wenn er schreien würde? Nun, die Antwort darauf kennt er wohl, nicht wahr? In der Bibel heißt es, dass der Priester und der Levit am Verwundeten vorübergingen und offenbar dessen Schreien nicht hörten, aber ein Samariter ... Er braucht einen barmherzigen Samariter, aber die sind in New York rar.

»Hatten sie rote Augen, Nort?«

Norts eigene Augen flackern wieder, aber der Pistolenlauf bleibt unbeirrbar auf Callahans Körpermitte gerichtet.

»Haben sie große Luxusschlitten gefahren? Das haben sie getan, nicht wahr? Und wie viel, glaubst du, ist dein Leben und das dieses kleinen Scheißkerls noch wert, sobald ihr ...«

Lennie packt ihn wieder an den Eiern, zerquetscht sie, verdreht sie, zieht sie dann ruckartig nach unten. Callahan schreit auf, und die Welt um ihn herum wird grau. Seine Beine werden kraftlos, und seine Knie geben plötzlich nach.

»Unnnd eer's DOWN!«, *ruft Lennie jubelnd.* »Mo-Hammerhead A-Lee ist DOWN! DIE GROSSE WEISSE HOFFNUNG HAT'S DEM GROSSMÄULIGEN NIGGAH GEZEIGT UND IHN AUF DIE BRETTER GESCHICKT! ICH KANN'S NICHT GLAUUUBEN!« *Das ist eine Howard-Cosell-Imitation, die so gut ist, dass Callahan trotz seiner Qualen am liebsten gelacht hätte. Er hört wieder ein scharfes Reißen, und jetzt sind es seine Fußknöchel, die mit Packband gefesselt werden.*

George/Nort holt einen Rucksack aus einer Ecke. Er öffnet ihn und wühlt eine Polaroid heraus. Damit beugt er sich über Callahan, und plötzlich verschwindet die Welt in einem grellen Lichtblitz. Unmittelbar danach kann Callahan nur Phantomgestalten hinter einer bläulichen Kugel sehen, die in der Mitte seines Gesichtsfelds zu hängen scheint. Aus ihr kommt George/Norts Stimme.

»Erinner mich daran, noch eines zu machen, danach. Sie wollten beide.«

»Yeah, Nort, yeah!« Die Stimme des Kleinen klingt jetzt vor Aufregung fast tollwütig, und Callahan weiß, dass die richtigen Martern bald beginnen werden. Er erinnert sich an einen alten Dylan-Song mit dem Titel »A Hard Rain's A-Gonna Fall« und denkt: Der passt genau. Besser als »Someone Saved My Life Tonight«, das steht fest.

Eine Wolke aus Knoblauch und Tomaten hüllt ihn ein. Jemand hat italienisch zu Abend gegessen, vielleicht während Callahan sich im Krankenhaus ohrfeigen lassen musste. Aus der blendenden Helligkeit ragt eine Gestalt. »Wer uns angeheuert hat, geht dich nichts an«, sagt George/Nort. »Tatsache ist, dass jemand uns angeheuert hat, und so viel andere jemals erfahren werden, alter Pope, bist du bloß ein weiterer Niggah-Lovvah wie dieser Magruder, und die Hitler Brothers haben dir einen Denkzettel verpasst. Meistens handeln wir aus Überzeugung, aber wie jeder gute Amerikaner arbeiten wir auch für Dollars.« Er macht eine Pause, dann folgt die endgültige, existenzielle Absurdität: »In Queens sind wir ziemlich populär.«

»Fuck you«, knurrt Callahan, und dann explodiert seine gesamte rechte Gesichtshälfte unter grässlichen Schmerzen. Lennie hat mit seinem Arbeitsschuh mit Stahlkappe zugetreten und ihm den Unterkiefer mehrfach gebrochen – an vier Stellen, wie sich später zeigen wird.

»Netter Ausdruck«, hört er Lennie undeutlich aus dem verrückten Universum sagen, in dem Gott offensichtlich gestorben ist und verwesend auf dem Boden eines geplünderten Himmels liegt. »Netter Ausdruck für 'nen alten Pope.« Dann schraubt er seine Stimme höher, verwandelt sie ins aufgeregt bettelnde Quengeln eine Kindes: »Lass mich, Nort! Komm schon, lass mich! Ich will's machen!«

»Kommt nicht in Frage«, sagt George/Nort. »Die Hakenkreuze auf der Stirn mache ich, du versaust sie immer. Du kannst die auf seinen Händen machen, okay?«

»Er ist gefesselt! Seine Hände sind ganz mit dem Scheißzeug …«

»Wenn er tot ist«, erklärt George/Nort ihm mit schrecklicher Geduld. »Wenn er tot ist, wickeln wir seine Hände aus, und du kannst …«

»Nort, bitte! *Ich bin dann auch wieder lieb zu dir. Und pass auf!« Lennies Stimme klingt lebhafter. »Ich hab 'ne Idee! Wenn ich Scheiß mach, sagst du's mir, und ich hör sofort auf! Bitte, Nort, ja? Bitte!«*

»Na ja …« Callahan kennt auch diesen Tonfall. Der nachsichtige Vater, der seinem liebsten, wenn auch geistig zurückgebliebenem Kind nichts abschlagen kann. »Na ja, okay.«

Sein Sehvermögen kehrt zurück. Er wünscht sich bei Gott, es bliebe weg. Er sieht, wie Lennie eine Stablampe aus dem Rucksack wühlt. George hat ein Klappskalpell aus der Bauchtasche gezogen. Sie tauschen die Werkzeuge. George richtet den Lichtstrahl auf Callahans rapide anschwellendes Gesicht. Callahan zuckt zusammen, macht die Augen schmal. So kann er eben noch sehen, wie Lennie mit seinen kleinen, aber geschickten Fingern das Skalpell schwingt.

»Mann, wird das gut!«, *ruft Lennie aus. Er ist geradezu verzückt vor Aufregung. »Mann, das wird so* gut!«

»Mach bloß keinen Scheiß«, sagt George.

Callahan denkt: Wäre das alles ein Film, würde die Kavallerie ungefähr jetzt kommen. Oder die Cops. Oder der gottverdammte Sherlock Holmes in einer Zeitmaschine von H. G. Wells.

Aber jetzt kniet Lennie vor ihm, der Ständer in seiner Hose ist nur allzu deutlich sichtbar, aber die Kavallerie kommt nicht. Er beugt sich mit ausgestrecktem Skalpell nach vorn, aber die Cops kommen nicht. An diesem Kerl riecht Callahan nicht Knoblauch und Tomaten, sondern Schweiß und Zigaretten.

»Augenblick noch, Bill«, sagt George/Nort. »Ich hab eine Idee, ich zeichne's dir erst vor. Ich hab einen Filzschreiber in der Tasche.«

»Scheiß drauf«, flüstert Lennie/Bill. Er streckt die Hand mit dem Skalpell aus. Callahan sieht die rasiermesserscharfe Klinge zittern, als die Aufregung des kleinen Mannes sich ihr mitteilt, und dann verschwindet sie aus seinem Blickfeld. Etwas Kaltes berührt seine Stirn, wird dann heiß, aber Sherlock Holmes kommt nicht. Blut läuft ihm in die Augen, nimmt ihm die Sicht, und auch James Bond Perry Mason Travis McGee Hercule Poirot Miss Beschissene Marple bleiben aus.

Vor seinem inneren Auge erscheint Barlows langes weißes Gesicht. Das Haar des Vampirs umgibt dessen Kopf wie ein Heiligenschein. Barlow streckt die Hand aus. »Komm, falscher Priester, sagt er, »lerne von einer wahren Religion.« Dann ein zweimaliges trockenes Knacken, als der Vampir die Arme des Kruzifixes abbricht, das Callahans Mutter ihm geschenkt hat.

»O du verdammter Blödmann!«, ächzt George/Nort, »das ist doch kein Hakenkreuz, das ist ein beschissenes normales Kreuz! *Her damit!«*

»Hände weg, Nort, gib mir 'ne Chance, ich bin noch nicht fertig!«

Sie zanken sich um ihn wie zwei kleine Jungen, während ihn die Eier schmerzen und sein gebrochener Kiefer pocht und er vor lauter Blut nichts sehen kann. All diese Diskussionen aus den Siebzigerjahren, ob Gott tot ist oder nicht … Jesus, seht ihn euch bloß an! Seht ihn euch bloß an! Kann's da noch irgendwelche Zweifel geben?

Und dann trifft die Kavallerie ein.

9

»Wie meint Ihr das genau?«, fragte Roland. »Diesen Teil möchte ich genauer hören, Pere.«

Sie saßen noch immer am Tisch auf der Veranda, aber das Mahl war beendet, die Sonne war inzwischen untergegangen, und Rosalita hatte Kerzenleuchter gebracht. Callahan hatte seine Erzählung lange genug unterbrochen, um sie aufzufordern, sich zu ihnen zu setzen, und das hatte sie getan. Vor den Fliegengittern, auf dem dunklen Hof des Pfarrhauses, summten lichthungrige Käfer.

Jake erfasste genau, woran der Revolvermann dachte. Und da er seine Ungeduld wegen all dieser Geheimnistuerei nicht länger bezähmen konnte, stellte er die Frage selbst: »Waren *wir* die Kavallerie, Pere?«

Roland wirkte erst schockiert, dann eher belustigt. Callahan wirkte nur überrascht.

»Nein«, sagte er. »Ich glaube nicht.«

»Ihr habt sie nicht gesehen, stimmt's?«, fragte Roland. »Ihr habt die Leute, die Euch gerettet haben, nie wirklich gesehen.«

»Ich habe euch erzählt, dass die Hitler Brothers eine Stablampe hatten«, sagte Callahan. »Gewisslich wahr. Aber diese anderen Kerle, die Kavallerie …«

10

Wer immer sie sein mögen, sie haben einen Handscheinwerfer. *Er füllt die ehemalige Washateria mit gleißend hellem Licht, das heller ist als das der billigen Polaroid-Kamera, und im Gegensatz zu dem Fotoblitz ist es* beständig. *George/Nort und Lennie/Bill halten sich die Augen zu. Callahan würde sich seine ebenfalls zuhalten, wären seine Arme nicht mit Packband hinter dem Rücken gefesselt.*

»Nort, weg mit der Pistole! Bill, weg mit dem Skalpell!« Die aus dem grellen Licht kommende Stimme macht Angst, weil sie ängstlich klingt. Sie ist die Stimme eines Mannes, der zu praktisch allem imstande wäre. »Ich zähle bis fünf, und dann erschieße ich

euch beide, wie ihr's verdient habt.« Und dann beginnt die Stimme hinter dem Scheinwerfer zu zählen – nicht langsam und Unheil verkündend, sondern in alarmierend hohem Tempo. Als ob der Besitzer der Stimme schießen wollte, als ob er's eilig hätte und den ganzen Formalitätenscheiß möglichst schnell hinter sich bringen möchte. George/Nort und Lennie/Bill bleibt keine Zeit zum Nachdenken. Sie lassen die Pistole und das Skalpell fallen, und die Pistole geht los, als sie aufs staubige Linoleum scheppert – mit einem lauten PENG wie eine Kinderpistole, die mit doppelten Knallkapseln geladen ist. Callahan hat keine Ahnung, wohin der Schuss geht. Vielleicht trifft er sogar ihn. Würde er das überhaupt merken? Zweifelhaft.

»Nicht schießen, nicht schießen!«, kreischt Lennie/Bill. »Wir habn keine, wir habn keine, wir habn keine …« Was haben sie keine? Lennie/Bill scheint es nicht zu wissen.

»Hände hoch!« Das ist eine weitere Stimme, die jedoch ebenfalls hinter dem blendend hellen Scheinwerfer spricht. »Los, wird's bald? Hoch damit, ihr Momser*!«*

Ihre Hände schießen hoch.

»Nee, Kommando zurück«, sagt die erste Stimme. Die beiden mögen großartige Burschen sein, und Callahan ist sicherlich bereit, sie auf die Liste der Leute zu setzen, die von ihm eine Weihnachtskarte bekommen, aber es ist klar, dass sie so was noch nie gemacht haben. »Schuhe ausziehen! Hosen ausziehen! Sofort! Beeilung!«

»Scheiße, was …«, beginnt George/Nort. »Seid ihr Kerle die Cops? Wenn ihr Cops seid, müsst ihr uns erst über unsere Rechte belehren, unsere gottverdammten …«

Hinter dem gleißend hellen Scheinwerfer fällt ein Schuss. Callahan sieht orangerotes Mündungsfeuer. Das war vermutlich eine Pistole, aber verglichen mit der bescheidenen, vielleicht in einer Bar gekauften .32er der Hitler Brothers ist sie, was ein Habicht im Vergleich zu einem Kolibri ist. Der Knall ist ohrenbetäubend;

unmittelbar darauf kracht ein Brocken Verputz zu Boden und wirbelt eine kleine Wolke aus muffigem Staub auf. George/Nort und Lennie/Bill schreien beide laut auf. Callahan glaubt zu hören, dass auch einer seiner Retter – vermutlich der, der nicht geschossen hat – aufschreit.

»Schuhe ausziehen und Hosen ausziehen! Los, los! Runter damit, bevor ich bei dreißig bin, sonst seid ihr tot. Einszweidreivierfü…«

Wieder lässt das Zähltempo den beiden Kerlen keine Zeit zum Nachdenken, von Protesten ganz zu schweigen. Als George/Nort sich hinsetzen will, sagt Stimme Nummer zwei: »Wenn du dich hinsetzt, dann erschießen wir dich.«

Und so stolpern die Hitler Brothers wie spastische Kraniche zwischen dem Rucksack, der Polaroid-Kamera, der Pistole und der Stablampe herum und entledigen sich ihrer Schuhe und Hosen, während die Stimme Nummer eins in mörderisch hohem Tempo weiterzählt. George gehört zu den Männern, die Boxershorts tragen, während Lennie Slips in pissefleckiger Ausführung bevorzugt. Von Lennies Ständer ist nichts mehr zu sehen; Lennies Ständer hat beschlossen, sich für den Rest des Abends freizunehmen.

»Jetzt haut ab«, sagt Stimme Nummer eins.

George wendet sich dem Licht zu. Sein Yankees-Sweatshirt hängt über den weiten Boxershorts, die bis fast zu seinen Knien reichen. Er trägt noch immer die umgeschnallte Bauchtasche. Seine Waden sind sehr muskulös, aber jetzt zittern sie. Und George, dem jäh eine bestürzende Erkenntnis gekommen ist, macht ein langes Gesicht.

»Hört zu, Leute«, sagt er, »wenn wir hier rausgehen, ohne ihn erledigt zu haben, legen sie uns um. Diese Kerle sind verdammt …«

»Seid ihr Schmucks nicht weg, bis ich bei zehn bin«, sagt Stimme Nummer eins, »lege ich euch selbst um.«

*Worauf Stimme Nummer zwei mit leicht hysterischer Verachtung anfügt: »*Gai cocknif en yom, *ihr feigen Motherfucker! Bleibt, lasst euch erschießen, wen kümmert's?«*

Später, nachdem Callahan diesen Ausruf vor einem Dutzend Juden wiederholt hat, die nur verwirrt die Köpfe schütteln, wird er in Topeka zufällig einem älteren Mann begegnen, der ihm gai cocknif en yom *übersetzt. Es bedeutet: Geht ins Meer scheißen.*

Stimme Nummer eins beginnt wieder rasch zu zählen: »Einszweidreivier…«

George/Nort und Lennie/Bill wechseln einen cartoonreifen unschlüssigen Blick, dann rennen sie zur Tür. Der große Scheinwerfer dreht sich, um ihnen zu folgen. Sie sind draußen; sie sind fort.

»Hinterher«, knurrt der erste Kerl seinen Partner an. »Falls sie umkehren wollen …«

»Yeahyeah«, sagt der zweite Kerl, und dann verschwindet er auch.

Das grelle Licht wird ausgeschaltet. »Drehen Sie sich auf den Bauch«, sagt Stimme Nummer eins.

Callahan will antworten, dass er das wahrscheinlich nicht kann, weil seine Eier jetzt ungefähr die Größe von Teekannen zu haben scheinen, aber wegen des gebrochenen Unterkiefers bringt er nur unverständliches Gemurmel heraus. Als Kompromiss wälzt er sich so weit auf die linke Seite wie nur möglich.

»Stillhalten«, sagt Stimme Nummer eins. »Ich will Sie nicht verletzen.« Das ist nicht die Stimme eines Mannes, der mit solchem Zeug seinen Lebensunterhalt bestreitet. Das merkt Callahan sogar in seinem gegenwärtigen Zustand. Der Kerl atmet mit hektischem Keuchen, das sich manchmal alarmierend verhaspelt, um wieder von vorn anzufangen. Callahan will sich bei ihm bedanken. Es ist eine Sache, einen Unbekannten zu retten, wenn man Polizeibeamter oder Feuerwehrmann oder Rettungsschwimmer ist, nimmt er an. Aber eine ganz andere, wenn man nur ein gewöhnliches Mitglied der breiteren Öffentlichkeit ist. Und das ist

sein Retter, denkt er, das sind beide seine Retter, obwohl er nicht weiß, weshalb sie so gut vorbereitet aufgekreuzt sind. Woher kannten sie die Namen der Hitler Brothers? Und wo haben sie ihnen aufgelauert? Sind sie von der Straße reingekommen oder waren sie schon die ganze Zeit über in dem ehemaligen Waschsalon? Das alles weiß Callahan nicht. Und es ist ihm auch egal. Weil ihm jemand heute Nacht das Leben gerettet, das Leben gerettet, das Leben gerettet hat, und das ist die große Sache, die einzig wichtige Sache. George und Lennie hatten ihn fast in ihren Krallen, nicht wahr, Schatz, aber im letzten Augenblick ist die Kavallerie gekommen, genau wie in einem John-Wayne-Film.

Was Callahan tun möchte, ist, diesem Kerl zu danken. Wo Callahan sein möchte, ist, sicher in einem Krankenwagen zu liegen und auf dem Weg ins Krankenhaus zu sein, bevor die beiden Rowdys draußen den Besitzer von Stimme Nummer zwei überfallen oder der Besitzer von Stimme Nummer eins hier drinnen vor Aufregung einen Herzanfall erleidet. Er nimmt einen neuen Anlauf, bringt aber wieder nur unverständliches Gemurmel heraus. Betrunkenes Lallen, das Rowan Quatschbabbeln nannte. Es klingt wie Dann-ihn.

Seine Hände werden losgeschnitten, dann die Füße. Der Kerl erleidet keinen Herzanfall. Callahan wälzt sich wieder auf den Rücken und sieht eine pummelige weiße Hand, die das Skalpell hält. Am Ringfinger steckt ein Siegelring. Er zeigt ein aufgeschlagenes Buch, unter dem die Wörter Ex Libris stehen. Dann flammt der Scheinwerfer wieder auf, und Callahan bedeckt seine Augen mit einem Arm. »Jesus, Mann, warum tun Sie das?« Es kommt als Je Mah, wa'um du-da heraus, aber der Besitzer von Stimme Nummer eins scheint es zu verstehen.

»Ich würde glauben, das läge auf der Hand, mein verletzter Freund«, sagt er. »Sollten wir uns nochmals begegnen, möchte ich, dass es das erste Mal ist. Sollten wir uns auf der Straße treffen, möchte ich lieber unerkannt bleiben. Das ist sicherer.«

Knirschende Schritte. Das Licht entfernt sich rückwärts.

»Wir fordern aus der Telefonzelle auf der anderen Straßenseite einen Krankenwagen für Sie an …«

»Nein! Tun Sie das nicht! Was ist, wenn sie zurückkommen?« In seinem wahrhaften Entsetzen kommen diese Worte völlig deutlich heraus.

»Wir passen auf«, sagt die Stimme Nummer eins. Das Keuchen wird jetzt schwächer. Der Kerl hat sich allmählich wieder unter Kontrolle. Schön für ihn. »Ich halte es für möglich, dass sie zurückkommen, der Große war wirklich ziemlich verzweifelt, aber wenn die Chinesen Recht haben, bin ich jetzt für Ihr Leben verantwortlich. Das ist eine Verantwortung, der ich mich stellen werde. Falls sie wieder aufkreuzen, schieße ich auf sie. Und nicht nur über ihre Köpfe hinweg.« Der Unbekannte bleibt stehen. Er scheint selbst ziemlich groß zu sein. Mumm hat er jedenfalls, das steht fest. »Das waren die Hitler Brothers, mein Freund. Wissen Sie, von wem ich rede?«

»Ja«, flüstert Callahan. »Und Sie wollen mir nicht sagen, wer Sie sind?«

»Besser, wenn Sie's nicht wissen«, sagt Mr. Ex Libris.

»Wissen Sie, wer ich bin?«

Eine Pause. Knirschende Schritte. Mr. Ex Libris steht jetzt an der Tür des ehemaligen Waschsalons. »Nein«, sagt er. Dann: »Ein Priester. Nicht weiter wichtig.«

»Woher wussten Sie, dass ich hier war?«

»Warten Sie auf den Krankenwagen«, sagt Stimme Nummer eins. »Versuchen Sie nicht, sich selbstständig zu bewegen. Sie haben viel Blut verloren und könnten innere Verletzungen davongetragen haben.«

Dann ist er verschwunden. Callahan liegt auf dem Fußboden und riecht Bleichmittel und Waschmittel und süßlichen dahingegangenen Weichspüler. Sie waschen, oder wir waschen, *denkt er,* so wird alles picobello. *Seine Hoden schwellen pochend wei-*

ter an. Der Unterkiefer pocht, und auch dort schwillt alles an. Er kann spüren, wie die Gesichtshaut sich wegen der Schwellung strafft. Er liegt da und wartet auf den Krankenwagen und das Leben oder die Hitler Brothers und den Tod. Auf die Lady oder den Tiger. Auf Dianas Schatz oder die tödliche Korallenotter. Und unbestimmbare, unzählbare Zeit später huschen rote Lichtimpulse über den staubigen Fußboden, und er weiß, dass es diesmal die Lady ist. Diesmal ist's der Schatz.

Diesmal ist's das Leben.

11

»Und so«, sagte Callahan, »bin ich am selben Abend in Zimmer 577 desselben Krankenhauses gelandet.«

Susannah starrte ihn mit großen Augen an. »Meint Ihr das ernst?«

»Ernst wie ein Herzanfall«, sagte er. »Rowan Magruder starb, ich wurde gründlich in die Mangel genommen, und im Krankenhaus knallten sie mich ins selbe Bett. Sie müssen kaum Zeit gehabt haben, es neu zu beziehen, und bis die Lady mit dem Morphium-Wägelchen kam und mich ins Reich der Träume schickte, lag ich da und fragte mich, ob Magruders Schwester etwa zurückkommen und zu Ende bringen würde, was die Hitler Brothers angefangen hatten. Aber weshalb sollten solche Dinge euch überraschen? In eurer und meiner Geschichte gibt's Dutzende solcher merkwürdiger Zufälle, wenn's beliebt. Habt ihr beispielsweise noch nicht über die zufällige Ähnlichkeit von Calla Bryn Sturgis und meinem Nachnamen nachgedacht?«

»Klar haben wir das«, sagte Eddie.

»Was ist dann passiert?«, fragte Roland.

Callahan grinste, und als er das tat, stellte der Revolvermann fest, dass die beiden Gesichtshälften seines Gegenübers nicht recht zusammenpassten. Er hatte einen Kieferbruch erlitten, das stand fest. »Die Lieblingsfrage aller Geschichtenerzähler, Roland, aber ich glaube, dass ich meine Erzählung jetzt etwas straffen muss, sonst sitzen wir noch die ganze Nacht hier. Der wichtige Teil, der Teil, den Ihr wirklich hören wollt, ist ohnehin der Schlussteil.«

Nun, das glaubst du *vielleicht,* sagte Roland sich und wäre nicht überrascht gewesen, wenn seine drei Freunde alle etwas Ähnliches gedacht hätten.

»Ich war eine Woche lang im Krankenhaus. Dann wurde ich auf Kosten des Sozialamts in eine Reha-Klinik in Queens überwiesen. Die erste Klinik, die mir angeboten wurde, lag viel näher in Manhattan, aber sie hatte Beziehungen zum Home – wir haben manchmal Leute dort hingeschickt. Ich hatte Angst, ich könnte dort noch mal Besuch von den Hitler Brothers bekommen.«

»Und habt Ihr welchen bekommen?«, fragte Susannah.

»Nein. Der Tag, an dem ich Rowan in Zimmer 577 des Riverside Hospitals besuchte und dann selbst dort landete, war der 19. Mai 1981«, sagte Callahan. »Am 25. Mai fuhr ich mit drei oder vier weiteren gehfähigen Verwundeten hinten in einem Kleinbus nach Queens hinaus. Und ungefähr sechs Tage später, kurz bevor ich meine Entlassung durchsetzte, um weiterziehen zu können, sah ich die Story in der *Post*. Im vorderen Teil, aber nicht auf Seite eins. ZWEI MÄNNER AUF CONEY ISLAND ERSCHOSSEN AUFGEFUNDEN, so lautete die Schlagzeile. LAUT POLIZEI MÖGLICHERWEISE MAFIAMORD – weil ihre Hände und Gesichter mit Säure verätzt waren. Trotzdem hatten die Cops beide identifizieren können: Norton Randolph und William Garton, beide aus Brooklyn. Die *Post* brachte Fahndungsfotos von ihnen; beide hatten lange Vorstrafenregister. Sie waren meine Kerle, kein Zweifel. George und Lennie.«

»Ihr glaubt, dass die niederen Männer sie erwischt haben, oder?«, fragte Jake.

»Ja. Vergeltung ist etwas Scheußliches.«

»Haben die Zeitungen sie je als die Hitler Brothers identifiziert?«, fragte Eddie. »Die Kerle waren nämlich noch immer Schreckgespenster, Mann, als ich angefangen habe, Zeitungen zu lesen.«

»In der Boulevardpresse hat's einige Spekulationen über diese Möglichkeit gegeben«, sagte Callahan, »und ich wette, dass die Reporter, die über Morde und Verstümmelungen durch die Hitler Brothers berichtet hatten, im Grunde ihres Herzens wussten, wer Randolph und Garton waren – später hat's nur noch ein paar halbherzige Überfälle durch Nachahmungstäter gegeben –, aber bei der Boulevardpresse will niemand den Butzemann killen, weil sich mit dem Butzemann Zeitungen verkaufen lassen.«

»Mann«, sagte Eddie. »Ihr seid wirklich im Krieg gewesen.«

»Ihr habt den letzten Akt noch nicht gehört«, sagte Callahan. »Der ist erst irre.«

Roland machte die kreiselnde Bitte-weiter-Bewegung, aber sie wirkte nicht dringend. Er hatte sich eine neue Zigarette gedreht und sah ungefähr so zufrieden aus, wie seine drei Gefährten ihn jemals erlebt hatten. Nur Oy, der zu Jakes Füßen schlief, schien noch mehr mit sich im Reinen zu sein.

»Ich hielt Ausschau nach meiner Fußgängerbrücke, als ich New York zum zweiten Mal verließ und mit meinem Taschenbuch und meiner Flasche über die George Washington Bridge fuhr«, sagte Callahan, »aber meine Fußgängerbrücke war verschwunden. In den folgenden paar Monaten blitzten die Highways im Verborgenen gelegentlich auf – und ich erinnere mich, einige Male einen Zehner mit Chadbourne darauf bekommen zu haben –, aber die meiste Zeit waren sie verschwunden. Ich sah jede Menge Vampire vom Typ drei und weiß noch, dass ich mir überlegte, wie stark sie sich wohl ausbreiteten. Aber ich unternahm nichts gegen sie. Ich schien den Drang dazu verloren zu haben, wie Thomas Hardy den Drang verlor, Romane zu schreiben, und Thomas

Hart Benton den Drang verlor, seine Wandgemälde zu malen. ›Sind alles nur Moskitos‹, sagte ich mir. ›Lass sie in Ruhe.‹ Meine Aufgabe war es, irgendeine Stadt zu erreichen, die nächste Filiale von Brawny Man oder ManPower oder Job Guy zu finden und mir eine Bar zu suchen, in der ich mich wohl fühlte. Ich bevorzugte welche, die Ähnlichkeit mit dem Americano oder dem Blarney Stone in New York hatten.«

»Mit anderen Worten, Ihr wolltet beim Trinken auch ein paar Go-go-Girls sehen«, sagte Eddie.

»Stimmt genau«, sagte Callahan und sah Eddie an, wie man eine verwandte Seele ansah. »Wenn's beliebt! Und ich habe diese Kneipen beschützt, bis es Zeit wurde, weiterzuziehen. Damit meine ich, dass ich in meiner Lieblingsbar um die Ecke nur getrunken habe, bis ich angeheitert war. Beschlossen habe ich den Abend – den Teil, wo man herumtorkelt, kreischt und sich das Hemd voll kotzt – dann anderswo. Im Allgemeinen *al fresco.*«

»Was …«, begann Jake.

»Es bedeutet, dass er sich im Freien betrunken hat, Süßer«, erklärte Susannah ihm. Sie zerzauste ihm das Haar, dann fuhr sie leicht zusammen und legte die Hand stattdessen auf ihren Bauch.

»Alles in Ordnung, Sai?«, fragte Rosalita.

»Ja, aber wenn Ihr etwas Sprudelndes zu trinken hättet, würde ich's dankbar annehmen.«

Rosalita stand auf und tippte Callahan dabei auf die Schulter. »Erzählt weiter, Pere, sonst ist's zwei Uhr morgens, und die Felskatzen stimmen sich im Ödland ein, bevor Ihr fertig seid.«

»Also gut«, sagte er. »Ich habe getrunken, darauf läuft's hinaus. Ich betrank mich jeden Abend und erzählte jedem, der mir zuhören wollte, wilde Geschichten über Lupe und Rowan und Rowena und den Schwarzen, der mich in der Issaquena County mitgenommen hatte, und Ruta, die vielleicht wirklich immer lustig, aber ganz bestimmt keine Siamkatze war. Und irgendwann bin ich bewusstlos umgekippt.

So ging es weiter, bis ich nach Topeka kam. Im Spätwinter 1982. Dort erreichte ich meinen absoluten Tiefpunkt. Wisst ihr Leute, was es bedeutet, einen Tiefpunkt zu erreichen?«

Nun entstand eine lange Pause, und dann nickten sie. Jake dachte an Ms. Averys Englischklasse und seinen Abschlussaufsatz. Susannah erinnerte sich an Oxford, Mississippi, und Eddie an den Strand am Westlichen Meer, wo er sich über den Mann gebeugt hatte, der dann sein Dinh geworden war, und ihm die Kehle hatte durchschneiden wollen, weil Roland sich weigerte, ihn durch eine der magischen Türen gehen zu lassen, damit er sich ein bisschen Heroin besorgen konnte.

»Für mich kam der Tiefpunkt in einer Gefängniszelle«, sagte Callahan. »Es war früher Morgen, und ich war relativ nüchtern. Außerdem war ich in keiner Ausnüchterungszelle, sondern in einer Zelle mit einer Wolldecke auf der Koje und einem richtigen Sitz auf der Toilette. Echt luxuriös im Vergleich zu manchen Löchern, in denen ich schon aufgewacht bin. Lästig waren nur der Kerl, der die Namen verlas … und dieser Song.«

12

Das durch die Drahtgitterverglasung des kleinen Zellenfensters einfallende Licht ist grau, sodass seine Haut ebenfalls grau erscheint. Außerdem sind seine Hände schmutzig und voller Kratzer. Das Zeug unter einigen der Fingernägel ist schwarz (Schmutz) und unter einigen kastanienbraun (getrocknetes Blut). Er kann sich vage an eine Rangelei mit jemandem erinnern, der ihn dauernd Sir genannt hat, und vermutet deshalb, dass er wegen des immer beliebten Penal Code 48, tätlicher Angriff auf einen Polizeibeamten, eingelocht worden ist. Dabei wollte er nur – daran kann Callahan sich etwas deutlicher erinnern – die Schirmmütze des Jungen aufprobieren, die sehr flott war. Er weiß noch, dass er versucht hat, dem jungen Cop (seinem Aussehen nach werden sie bald Kinder, die noch nicht sauber sind, als Polizeibeamten einstellen, zumindest in Topeka) zu erzählen, er sei stets auf der Suche nach irren Kopfbedeckungen, er trage stets eine Mütze, weil er das Kainsmal auf der Stirn habe. »Schieht wie 'n Kreutsch aus«, erinnert er sich gesagt (oder zu sagen versucht) zu haben, »isch awer das Kanschmal.« Was, wenn er betrunken ist, in etwa seine deutlichste Aussprache von Kainsmal *ist.*

Er war letzte Nacht wirklich betrunken, aber er fühlt sich gar nicht so schlecht, wie er jetzt hier auf der Koje sitzt und sich mit einer Hand durchs strubbelige Haar fährt. Der Geschmack im Mund ist nicht so gut – eigentlich als ob Ruta die Siamkatze reingemacht hätte, wenn er die Wahrheit sagen müsste –, aber die Kopfschmerzen sind nicht allzu schlimm. Wenn nur die Stimmen die Klappe halten würden! Irgendwo am Ende des Korridors verliest jemand eintönig eine scheinbar endlos lange Namensliste. Und irgendwo in der Nähe singt jemand seinen ungeliebtesten Song: »Someone saved, someone saved, someone saved my li-ife tonight …«

»Nailor! … Naughton! … O'Connor! … O'Shaugnessy … Oskowski! … Osmer!«

Ihm dämmert allmählich, dass er der Sänger ist, als das Zittern in seinen Waden anfängt. Es arbeitet sich zu den Knien, dann zu den Oberschenkeln hinauf und wird heftiger und stärker, je höher es steigt. Er kann sehen, wie die großen Muskeln seiner Beine wie Kolben ruckartig auf und ab gehen. Was geschieht mit ihm?

»Palmer! … Palmgren!«

Das Zittern erreicht Geschlechtsteile und Unterleib. Seine Boxershorts verfärben sich dunkel, weil er sie mit Pisse einsprüht. Gleichzeitig beginnen seine Füße in die Luft zu treten, als würde er versuchen, mit beiden gleichzeitig unsichtbare Fußbälle zu kicken. Ich habe einen Anfall, *denkt er.* Das ist wahrscheinlich das Ende. Mit mir ist wahrscheinlich Schluss. Bye-bye blackbird.

Er versucht um Hilfe zu rufen, aber aus seinem Mund kommt außer einem erstickten Gurgeln kein Laut. Seine Arme beginnen wie Dreschflegel nach oben und unten zu schlagen. Jetzt kickt er mit den Füßen unsichtbare Fußbälle, während seine Arme halleluja rufen, und der Kerl am Ende des Korridors wird bis zum Ende des Jahrhunderts, vielleicht bis zur nächsten Eiszeit weiter Namen herunterleiern.

»Peschier! … Peters! … Pike! … Polovik! … Rance! … Rancourt!«

Callahans Oberkörper beginnt vor- und zurückzuschnellen. Bei jedem Vorwärtsschnellen ist er zunehmend in Gefahr, das Gleichgewicht zu verlieren und auf den Fußboden zu knallen. Seine Hände fliegen hoch. Die Füße fliegen nach vorn. Als er plötzlich eine sich ausbreitende Wärme unter dem Hintern spürt, merkt er, dass er eben einen in die Hose abgedrückt hat.

»Ricupero! … Robillard! … Rossi!«

Er schnellt zurück, ganz bis zu der weiß getünchten Betonwand, auf die jemand BANGO SKANK *und* Just had my 19th Nervous Breakdown! *gekritzelt hat. Dann wieder vorwärts, diesmal mit dem vollen körperlichen Einsatz eines Mohammedaners beim Morgengebet. Einen Augenblick starrt er den Betonboden zwischen seinen nackten Knien an, dann kippt er vornüber und landet auf dem Gesicht. Sein Unterkiefer, der trotz seiner allnächtlichen Sauftouren irgendwie verheilt ist, bricht an drei der vier ursprünglichen Stellen nochmals. Aber damit alles wieder in perfektes Gleichgewicht kommt – die magische Zahl ist vier –, bricht er sich diesmal auch die Nase. Er liegt wie ein an der Angel hängender Fisch zappelnd auf dem Boden, sein Körper malt mit Blut, Scheiße und Pisse wie mit Fingerfarben.* Yeah, ich bin auf dem Rausweg, *denkt er.*

»Ryan! … Sannelli! … Scher!«

Aber die extravaganten Grand-mal-Anfälle seines Körpers schwächen sich allmählich zu Petit-mal-Krämpfen und schließlich zu kaum mehr als leichten Zuckungen ab. Er denkt, jemand müsse kommen, aber das tut niemand, nicht gleich. Die Zuckungen hören auf, und jetzt ist er nur Donald Frank Callahan, der in Topeka, Kansas, auf dem Boden einer Gefängniszelle liegt, während irgendwo am Ende des Korridors ein Mann weiter eine Namensliste verliest.

»Seavey! … Sharrow! … Shatzer!«

Plötzlich, erstmals seit Monaten, erinnert er sich daran, wie die Kavallerie gekommen ist, als die Hitler Brothers ihn in dem leer stehenden Waschsalon in der East Forty-seventh tranchieren wollten. Und sie hätten es wirklich getan – am nächsten Tag oder am übernächsten Tag hätte jemand Donald Frank Callahan aufgefunden: tot wie die berühmte Maus und wahrscheinlich mit seinen Eiern als Ohrringe. Aber dann kam die Kavallerie und …

Das war keine Kavallerie, *denkt er, während er auf dem Boden liegt, sein Gesicht wieder anschwellen fühlt – hier mein neues Gesicht, genau wie mein altes Gesicht.* Das waren Stimme Nummer eins und Stimme Nummer zwei. *Nur ist das auch nicht richtig. Das waren zwei Männer, zumindest in mittleren Jahren, wahrscheinlich schon etwas darüber hinaus. Das waren Mr. Ex Libris und Mr. Gai Cocknif En Yom, was immer das heißen mag. Beide zu Tode erschrocken. Und das völlig zu Recht. Die Hitler Brothers hatten vielleicht keine tausend fertig gemacht, wie Lennie geprahlt hatte, aber sie hatten genügend überfallen und einige von ihnen umgebracht, sie waren zwei menschliche Mokassinschlangen, und ja, Mr. Ex Libris und Mr. Gai Cocknif hatten absolut Recht, wenn sie Angst hatten. Für sie war es gut ausgegangen, aber es hätte auch anders ausgehen können. Und was wäre gewesen, wenn George und Lennie den Spieß umgedreht hätten? Nun, dann hätte derjenige, der die Turtle Bay Washateria zufällig als Erster betreten hätte, dort nicht nur einen Toten, sondern gleich drei aufgefunden. Diese Meldung hätte die* Post *bestimmt auf der Titelseite gebracht! Also hatten diese Kerle ihr*

Leben riskiert, und hier lag, sechs oder acht Monate später, wofür sie's riskiert hatten: ein schmutziges, abgemagertes, ausgebranntes Arschloch von einem Säufer, dessen Unterhose auf einer Seite mit Pisse getränkt und auf der anderen voller Scheiße war. Ein Kerl, der täglich trank und jeden Abend betrunken war.

Und dann passiert es. Am Ende des Korridors gelangt die stetig leiernde Stimme bei Sprang, Steward und Sudby an; und in dieser Zelle am anderen Ende erreicht ein Mann, der im grauen Licht des anbrechenden Tages auf dem schmutzigen Fußboden liegt, schließlich seinen Tiefpunkt, der erklärtermaßen der Punkt ist, von dem aus man nicht noch tiefer sinken kann, außer man findet eine Schaufel und fängt tatsächlich zu buddeln an.

Aus seiner Lage, direkt den Boden entlangstarrend, sehen die Wollmäuse wie geisterhafte Wäldchen und die Schmutzklumpen wie Abraumhalden in einem sterilen Tagebaugebiet aus. Er denkt: Was haben wir, Februar? Februar 1982? Irgendwas in der Art. Na, ich will euch was sagen. Ich gebe mir ein Jahr Zeit, um zu versuchen, wieder auf die Beine zu kommen. Ein Jahr, um etwas – irgendwas – zu tun, das die Risiken rechtfertigt, die diese beiden Kerle auf sich genommen haben. Schaffe ich's, irgendwas zu tun, mache ich weiter. Aber trinke ich im Februar 1983 noch immer, bringe ich mich um.

Am anderen Ende des Korridors ist die leiernde Stimme endlich bei Targenfield *angelangt.*

13

Callahan schwieg einen Augenblick. Er trank einen kleinen Schluck von seinem Kaffee, verzog das Gesicht und goss sich stattdessen einen Becher Apfelmost ein.

»Ich wusste, womit der Wiederaufstieg anfängt«, sagte er. »Ich hatte weiß Gott genügend ganz unten angelangte Trinker zu AA-

Treffen auf der East Side begleitet. Sofort nach meiner Entlassung suchte ich also die Anonymen Alkoholiker in Topeka auf und begann jeden Tag hinzugehen. Ich blickte niemals nach vorn, blickte niemals zurück. ›Die Vergangenheit ist Geschichte, die Zukunft ein Geheimnis‹, heißt es dort. Aber statt in der letzten Reihe zu sitzen und nichts zu sagen, zwang ich mich dazu, nach ganz vorn zu gehen und bei der Vorstellung zu sagen: ›Ich bin Don C., und ich will nicht mehr trinken.‹ Das *wollte* ich zwar, das wollte ich jeden Tag, aber die AA haben für alles einen passenden Spruch, und in diesem Fall lautete er: ›Schwindle, bis du's schaffst.‹ Und ich *schaffte* es mit ganz kleinen Schritten. Im Herbst 1982 wachte ich eines Morgens auf und merkte, dass ich wirklich nicht mehr trinken wollte. Der Zwang, wie es heißt, war von mir abgefallen.

Ich zog weiter. Im ersten Jahr der Trockenheit soll man große Veränderungen meiden, aber als ich eines Tages im Gage Park war – genauer gesagt im Reinisch Rose Garden …« Er verstummte und sah sie an. »Was? Kennt ihr den auch? Erzählt mir nicht, dass ihr den Reinisch kennt!«

»Wir waren dort«, sagte Susannah ruhig. »Haben da die Spielzeugbahn gesehen.«

»Das«, sagte Callahan, »ist erstaunlich.«

»Es ist neunzehn Uhr, und die Vögel singen alle«, sagte Eddie. Er lächelte dabei nicht.

»Jedenfalls habe ich im Rose Garden den ersten Anschlag gesehen. HABEN SIE UNSEREN IRISCHEN SETTER CALLAHAN GESEHEN? NARBE AN DER PFOTE; NARBE AUF DER STIRN. HOHE BELOHNUNG! Und so weiter, und so weiter. Sie hatten endlich meinen richtigen Namen rausgekriegt. Ich beschloss, dass es an der Zeit war, weiterzuziehen, solange ich noch konnte. Also fuhr ich nach Detroit und suchte dort ein Obdachlosenasyl auf, das Lighthouse Shelter. Es war ein Heim für Trinker. Eigentlich war es wie das Home, nur ohne Rowan Magruder. Dort wurde gute Arbeit geleistet, aber sie kamen kaum über die Runden. Ich machte als Freiwilliger mit. Und dort war ich auch, als es im Dezember 1983 passierte.«

»Als was passierte?«, fragte Susannah.

Die Antwort kam von Jake Chambers. Er kannte sie, war vielleicht der Einzige von ihnen, der sie kennen konnte. Schließlich war ihm das ebenfalls passiert.

»Das war, als Ihr gestorben seid«, sagte Jake.

»Ja, das stimmt«, sagte Callahan. Diesmal ließ er keinerlei Überraschung erkennen. Sie hätten genauso gut über Reisanbau oder die Möglichkeit diskutieren können, dass Andy ant-nomisch betrieben wurde. »Das war, als ich gestorben bin. Roland, ob Ihr mir wohl eine Zigarette drehen würdet? Ich glaube, ich brauche jetzt etwas, was ein bisschen stärker als Apfelmost ist.«

14

Im Lighthouse gibt es eine alte Tradition, die bereits ... Jesses, sie muss volle vier Jahre zurückreichen (The Lighthouse Shelter existiert erst seit fünfen): Thanksgiving in der Turnhalle der Holy Name High School in der West Congress Street. Eine Bande von Säufern schmückt die Halle mit orangerotem und braunem Krepppapier, Truthähnen aus Pappe, Obst und Gemüse aus Kunststoff. Mit anderen Worten: mit amerikanischen Erntedanksymbolen. Um diesem Kommando angehören zu dürfen, musste man mindestens zwei Wochen lang ununterbrochen nüchtern gewesen sein. Außerdem – das haben Ward Huckman, Al McCowan und Don Callahan intern vereinbart – dürfen dem Dekorationskommando keine vom Suff an Gehirnerweichung Leidende angehören, unabhängig davon, wie lange sie nüchtern gewesen sind.

Am Turkey Day versammelt sich fast eine Hundertschaft der ausgesuchtesten Alkoholiker, Fixer und halb verrückten Obdach-

losen Detroits in der Holy Name High zu einem wundervollen Dinner mit Truthahn, Kartoffelbrei und allem Drum und Dran. Sie sitzen in der Mitte des Basketballfelds an einem Dutzend langer Tische (die Tischbeine sind schützend mit Filz umwickelt, und die Gäste sitzen in Strumpfsocken beim Essen). Bevor sie reinhauen – dass gehört zur Tradition –, geht Al an den Tischen reihum (»Wenn ihr mehr als zehn Sekunden braucht, Jungs, schneide ich euch das Wort ab«, hat Al gewarnt), und jeder nennt etwas, wofür er dankbar ist. Weil heute Thanksgiving ist, ja, aber auch, weil zu den Hauptgrundsätzen des AA-Programms gehört, dass ein dankbarer Alkoholiker sich nicht betrinkt und ein dankbarer Drogensüchtiger sich keine Dröhnung gibt.

Das Ganze geht schnell, und weil Callahan einfach nur dasitzt und an nichts Bestimmtes denkt, platzt er, als die Reihe an ihm ist, beinahe mit etwas heraus, was ihn in Schwierigkeiten hätte bringen können. Oder zumindest wäre er als Kerl mit bizarrem Sinn für Humor abgestempelt worden.

»Ich bin dankbar dafür, dass ich nicht …«, beginnt er, dann merkt er, was er sagen will, und bricht ab. Sie sehen ihn erwartungsvoll an: stoppelbärtige Männer und blasse, aufgedunsene Frauen mit strähnigem Haar, alle mit dem durch schmutzige U-Bahnhöfe wehenden Duft an sich, der der Geruch der Straße ist. Manche nennen ihn bereits Faddah, *aber woher wissen sie das?* Wie können *sie das wissen? Und wie wäre ihnen zumute, wenn sie wüssten, was für ein kalter Schauder ihm über den Rücken läuft, wenn er das hört? Wie es ihn an die Hitler Brothers und den süßen, kindlichen Geruch von Weichspüler erinnert? Aber sie sehen ihn jetzt alle an. »Die Kunden.« Auch Ward und Al sehen ihn an.*

»Ich bin dankbar dafür, dass ich heute weder Drink noch Droge angerührt habe«, sagt er, indem er auf Altbewährtes zurückgreift, für das es sich immer dankbar zu sein lohnt. Die Anwesenden murmeln beifällig, und der Mann neben Callahan sagt,

dass er dankbar dafür ist, dass er Weihnachten bei seiner Schwester verleben darf, und niemand weiß, wie nahe Callahan daran war, zu sagen: »Ich bin dankbar dafür, dass ich in letzter Zeit keine Vampire vom Typ drei oder Anschläge gesehen habe, auf denen entlaufene Haustiere gesucht werden.«

Er glaubt, dass das daran liegt, dass Gott ihn wieder aufgenommen hat, zumindest auf Probe, und die Wirkung von Barlows Biss endlich abgeklungen ist. Mit anderen Worten, er denkt, dass er die verfluchte Gabe des Sehens eingebüßt hat. Er probiert das jedoch nicht aus, indem er eine Kirche zu betreten versucht; die Turnhalle der Holy Name High klingt ihm schon kirchlich genug, vielen Dank auch. Er kommt nie darauf – zumindest nicht bewusst –, dass sie dafür sorgen wollen, dass das Netz ihn diesmal wirklich auf allen Seiten umgibt. Sie lernen vielleicht langsam, das wird Callahan irgendwann erkennen, aber sie lernen nicht *überhaupt nichts.*

Anfang Dezember erhält Ward Huckman dann ein traumhaftes Schreiben. »Weihnachten ist diesmal früher, Don! Sieh dir das bloß an, Al!« Er schwenkt das Schreiben triumphierend. »Wenn wir's richtig anstellen, Jungs, sind wir unsere Geldsorgen fürs kommende Jahr los!«

Al McCowan nimmt den Brief, und während er ihn liest, beginnt sein bewusst sorgfältig reservierter Gesichtsausdruck zu erodieren. Als er den Brief an Don weitergibt, grinst er von einem Ohr zum anderen.

Das Schreiben kommt von einem Unternehmen mit Niederlassungen in New York, Chicago, Detroit, Denver, Los Angeles und San Francisco. Es ist auf Hadernpapier getippt, das so luxuriös ist, dass man es zu einem Hemd verarbeiten und auf der Haut tragen möchte. Es kündigt an, das Unternehmen beabsichtige, zwanzig Wohltätigkeitsorganisationen in den gesamten Vereinigten Staaten zwanzig Millionen Dollar zu spenden – jeweils eine Million. Aus steuerlichen Gründen muss das bis Ende des Jahres

1983 geschehen. Zu den potenziellen Empfängern gehören Suppenküchen, Obdachlosenheime, zwei Kliniken für Mittellose und ein neuartiges Aids-Testprogramm in Spokane. Eines der Heime ist das Lighthouse. Unterzeichnet ist das Schreiben von Richard P. Sayre, geschäftsführender Direktor, Detroit. Alles scheint in Ordnung zu sein, und die Tatsache, dass sie alle drei zu einem Gespräch über die beabsichtigte Spende in die Detroiter Niederlassung des Unternehmens eingeladen werden, scheint ebenfalls in Ordnung zu sein. Das Datum für diese Besprechung – zugleich Donald Callahans Todesdatum – ist der 19. Dezember 1983. Ein Montag.

Als Firmenname steht auf dem Briefbogen THE SOMBRA CORPORATION.

15

»Ihr seid hingegangen«, sagte Roland.

»Wir sind alle hingegangen«, sagte Callahan. »Wäre die Einladung nur an mich adressiert gewesen, hätte ich's nie getan. Aber da sie uns alle drei eingeladen hatten … und uns eine Million Dollar schenken wollten … Könnt ihr euch überhaupt vorstellen, was eine Million Mäuse für eine ums Überleben kämpfende Einrichtung wie das Home oder das Lighthouse bedeutet hätte? Vor allem während der Reagan-Jahre?«

Bei diesem Wort fuhr Susannah zusammen. Eddie warf ihr einen unverkennbar triumphierenden Blick zu. Callahan wollte offenbar nach dem Grund für dieses Zwischenspiel fragen, aber Roland ließ seinen Finger wieder in der Geste kreiseln, die *Beeilung!* forderte, und inzwischen war es wirklich schon spät. Allmählich fast Mitternacht. Nicht dass jemand aus Rolands Ka-Tet schläfrig gewirkt hätte; alle konzentrierten sich auf den Pere, nahmen jedes Wort aufmerksam auf.

»Ich bin zu folgender Überzeugung gelangt«, sagte Callahan, indem er sich nach vorn beugte. »Zwischen den Vampiren und den niederen Männern gibt es eine lockere Allianz. Würde man sie zurückverfolgen, würde man die Ursprünge dieses Bündnisses meiner Ansicht nach im dunklen Land entdecken. In Donnerschlag.«

»Daran zweifle ich nicht«, sagte Roland. Die blauen Augen in seinem blassen, müden Gesicht blitzten.

»Vampire – außer die vom Typ eins – sind dumm. Die niederen Männer sind zwar cleverer, aber nicht wesentlich schlauer. Sonst wäre es mir nie gelungen, ihnen so lange zu entkommen. Aber dann scheint sich schließlich jemand anders für meinen Fall interessiert zu haben. Ein Vertreter des Scharlachroten Königs, denke ich mir, wer oder was der auch sein mag. Die niederen Männer wurden von mir abgezogen. Die Vampire ebenfalls. In diesen letzten Monaten gab es keine Anschläge mehr, jedenfalls habe ich keine gesehen; auch keine mit Kreide geschriebenen Mitteilungen auf den Gehsteigen der West Fort Street oder der Jefferson Avenue mehr. Irgendjemand muss das angeordnet haben. Irgendjemand, der weit cleverer war. Und eine Million Dollar!« Er schüttelte den Kopf. Ein kleines, bitteres Lächeln umspielte seine Lippen. »Die haben mich letztlich geblendet. Nur das Geld. ›O ja, aber es ist für einen guten Zweck!‹, habe ich mir gesagt … Das haben wir uns natürlich gegenseitig erzählt. ›Damit sind wir mindestens fünf Jahre lang finanziell unabhängig! Wir brauchen nicht mehr mit dem Hut in der Hand beim Stadtrat betteln zu gehen!‹ Alles wahr. Erst später wurde mir klar, dass es eine weitere, sehr einfache Wahrheit gibt: Auch Geldgier für gute Zwecke ist und bleibt Geldgier.«

»Was ist dann passiert?«, fragte Eddie.

»Nun, wir haben unseren Termin eingehalten«, sagte der Pere. Auf seinem Gesicht stand ein ziemlich gespenstisches Lächeln. »The Tishman Building, 982 Michigan Avenue, eine der besten

Geschäftsadressen in Detroit. Am 19. Dezember, nachmittags um zwanzig nach vier.«

»Merkwürdige Zeit für eine Besprechung«, sagte Susannah.

»Das fanden wir auch, aber wer hält sich mit solchen Bagatellen auf, wenn's um eine Million Dollar geht? Nach längerer Diskussion stimmten wir Al zu – oder vielmehr seiner Mutter. Sie sagte, zu einem wichtigen Termin komme man fünf Minuten vor der Zeit, nicht früher, nicht später. Also kreuzten wir um zehn nach vier in unseren besten Klamotten im Foyer des Tishman Building auf, fanden die Sombra Corporation auf der Informationstafel und fuhren dann in den zweiunddreißigsten Stock hinauf.«

»Hattet ihr euch über diese Corporation informiert?«, fragte Eddie.

Callahan sah ihn an, als hätte er eine dämliche Frage gestellt. »Soweit wir in der Bibliothek feststellen konnten, war die Sombra eine nicht an der Börse notierte Kapitalgesellschaft, die hauptsächlich andere Firmen aufkaufte. Sie war auf Hightech-Zeug, Immobilien und Bauunternehmen spezialisiert. Das schien so ungefähr alles zu sein, was über sie bekannt war. Das Gesellschaftsvermögen war offenbar ein streng gehütetes Geheimnis.«

»In den USA eingetragen?«, fragte Susannah.

»Nein. In Nassau, auf den Bahamas.«

Eddie fuhr zusammen, weil er sich an seine Zeit als Drogenkurier und das Ding mit teigiger Haut erinnerte, von dem er seine letzte Ladung Dope gekauft hatte. »Bin mal dort gewesen, kenn mich da also ein bisschen aus«, sagte er. »Hab allerdings nie was oder jemanden von einer Sombra Corporation gesehen.«

Aber wusste er denn, ob das wirklich stimmte? Konnte das Ding mit der teigigen Haut und dem britischen Akzent nicht auch für die Sombra gearbeitet haben? War es so unwahrscheinlich, dass sie außer allen sonstigen Geschäftszweigen vielleicht auch im Drogenhandel aktiv war? Vermutlich nicht, sagte Eddie sich.

Zum Mindesten deutete das eine Verbindung zu Enrico Balazar an.

»Jedenfalls stand sie in allen wichtigen Nachschlagewerken und Jahrbüchern«, sagte Callahan. »Obskur, aber vorhanden. Und reich. Ich weiß nicht genau, was die Sombra tut, und bin mindestens halbwegs davon überzeugt, dass die meisten der Leute, die wir in ihren Büros im zweiunddreißigsten Stock sahen, nur Komparsen waren – Bühnenfüller –, aber eine Sombra Corporation gibt es vermutlich wirklich.

Wir fuhren also mit dem Aufzug hinauf. Ein schöner Empfangsbereich – an den Wänden französische Impressionisten, was sonst? – und dazu passend eine ebenso schöne Empfangsdame. Die Art Frau – erbitte Eure Verzeihung, Susannah –, von der man als Mann fast glauben könnte: Dürfte ich einmal ihre Brust berühren, würde ich ewig leben.«

Eddie platzte vor Lachen los, sah dann aus den Augenwinkeln zu Susannah hinüber und verstummte sofort wieder.

»Es war vier Uhr siebzehn. Wir wurden gebeten, Platz zu nehmen. Was wir nervös wie der Teufel auch taten. Leute kamen und gingen. Ab und zu ging eine Tür zu unserer Linken auf, und wir konnten dort ein Großraumbüro mit Schreibtischen und Glastrennwänden sehen. Klingelnde Telefone, mit Akten hin und her hastende Sekretärinnen, das Geräusch eines großen Kopierers. Wenn das ein Täuschungsmanöver war – und ich glaube, es war eines –, war es so gelungen, als wär's aus einem Hollywoodfilm. Ich war nur wegen unseres Termins bei Mr. Sayre nervös, aber nicht wegen anderer Dinge. Eigentlich ungewöhnlich. Seit ich 'Salem's Lot acht Jahre zuvor verlassen hatte, war ich fast ständig auf der Flucht gewesen und hatte mir ein ziemlich gutes Frühwarnsystem zugelegt, aber an diesem Tag piepste es nicht ein einziges Mal. Könnte man John Dillinger über ein Ouija-Brett erreichen, würde er sich vermutlich ganz ähnlich über seinen abendlichen Kinobesuch mit Anna Sage äußern.

Um vier Uhr neunzehn kam ein junger Mann in gestreiftem Hemd und Krawatte, die ziemlich nach Hugo Boss aussahen, aber hoppla, und holte uns ab. Er führte uns auf einem Korridor rasch an einigen sehr luxuriösen Büros vorbei – in denen jeweils ein Spitzenmanager ackerte, soviel ich sehen konnte – zu einer zweiflügligen Tür am Ende des Gangs. An dieser Tür stand KONFERENZRAUM. Unser Begleiter öffnete beide Flügel. Er sagte: ›God luck, Gentlemen.‹ Daran erinnere ich mich sehr deutlich. Nicht *Good* luck, sondern *God* luck. Prompt haben bei mir die Alarmglocken zu schrillen begonnen, aber da war es längst zu spät. Es ist dann alles ziemlich schnell passiert. Sie haben sich nicht lange …«

16

Es passiert schnell. Sie haben nun schon lange Jagd auf Callahan gemacht, aber sie vergeuden wenig Zeit damit, sich an ihrem Erfolg zu weiden. Die Türflügel werden hinter ihnen zugeknallt – viel zu laut und so kräftig, dass sie im Türrahmen zittern. Direktionsassistenten, deren Anfangsgehalt achtzehntausend im Jahr beträgt, schließen Türen auf ganz bestimmte Art – mit Respekt vor Geld und Macht –, und das hier entspricht dem keineswegs. Dies ist die Art, wie Türen von zornigen Betrunkenen und Drogensüchtigen auf Entzug geschlossen werden. Auch von Verrückten, versteht sich. Verrückte sind erstklassige Türknaller.

Callahans Alarmsysteme sind jetzt voll in Betrieb, nicht nur piepsend, sondern heulend, und als er sich in dem Konferenzraum umsieht, dessen anderes Ende von einem riesigen Fenster mit herrlichem Blick auf den Michigan-See dominiert wird, sieht er gute Gründe dafür und hat noch Zeit, um zu denken: Liebster Jesus – Maria, Mutter Gottes – wie konnte ich bloß so dämlich sein? *Vor sich sieht er dreizehn Personen. Drei sind niedere Män-*

ner, und dies ist das erste Mal, dass er ihre plumpen, ungesund aussehenden Gesichter, rot glitzernden Augen und vollen, weibischen Lippen aus der Nähe sieht. Alle drei rauchen. Neun sind Vampire vom Typ drei. Der dreizehnte Mann im Konferenzraum trägt ein grellbuntes Hemd mit nicht dazu passender Krawatte, gewiss typisch für niedere Männer, aber er hat ein schmales, füchsisches Gesicht, aus dem Intelligenz und dunkler Humor sprechen. Auf seiner Stirn hat er einen roten Kreis aus Blut, das weder nachzusickern noch zu gerinnen scheint.

Dann ein scharfes Knistern und Knacken. Callahan fährt herum und sieht Al und Ward zusammenbrechen. Auf beide Seiten der Tür verteilt, durch die sie eingetreten sind, stehen Nummer vierzehn und fünfzehn, ein niederer Mann und eine niedere Frau, beide mit Elektroschockern bewaffnet.

»Ihren Freunden passiert nichts Ernstliches, Father Callahan.«

Er dreht sich wieder um. Das war der Mann mit dem Blutfleck auf der Stirn. Er scheint etwa sechzig zu sein, aber das ist schwer zu beurteilen. Er trägt ein knallgelbes Hemd und eine rote Krawatte. Als seine schmalen Lippen sich zu einem Lächeln öffnen, lassen sie spitz zulaufende Zähne sehen. Das ist Sayre, *denkt Callahan.* Sayre oder wer immer diesen Brief sonst unterschrieben hat. Wer immer sich diese kleine Überraschung ausgedacht hat.

»Ihnen jedoch schon«, fährt er fort.

Die niederen Männer starren ihn mit einer Art stumpfsinniger Begeisterung an: Hier ist er ja endlich, ihr entlaufener Köter mit der verbrannten Pfote und der Narbe auf der Stirn. Die Vampire wirken da interessierter. Sie pulsieren fast in ihren blauen Auren. Und plötzlich kann Callahan das Glockenspiel hören. Es klingt zwar nur schwach, irgendwie gedämpft, aber es ist da. Es ruft ihn.

Sayre – wenn das überhaupt sein Name ist – wendet sich an die Vampire. »Das ist er«, sagt er in nüchternem Ton. »Er hat hunderte von euch in einem Dutzend Versionen von Amerika ermordet. Meine Freunde …« Seine Handbewegung gilt den niederen Männern. »… konnten ihn nicht aufspüren, aber natürlich verfolgen sie normalerweise andere, weniger misstrauische Beute. Jedenfalls ist er jetzt hier. Also los, er gehört euch. Aber bringt ihn nicht um!«

Er wendet sich wieder an Callahan. Das Loch in der Stirn ist angefüllt und glänzt, aber es tropft nie etwas heraus. Es ist ein Auge, *denkt Callahan,* ein blutiges Auge. *Was blickt daraus hervor? Was beobachtet diese Szene – und von wo aus?*

»Diese besonderen Freunde des Königs tragen alle das Aids-Virus in sich«, sagte Sayre. »Sie wissen bestimmt, was das bedeutet, nicht wahr? Wir lassen Sie von ihm umbringen. Es nimmt Sie für immer aus dem Spiel – in dieser Welt wie in allen anderen. Für einen Kerl wie Sie gibt's ohnehin kein Spiel. Nicht für einen falschen Priester wie Sie.«

Callahan zögert nicht. Würde er zögern, er wäre verloren. Es ist nicht Aids, wovor er sich fürchtet, sondern, dass er sich überhaupt von ihren ekelhaften Lippen berühren lassen soll, dass sie ihn küssen wollen, wie jener eine Lupe Delgado auf der Gasse hinter dem Home geküsst hat. Sie sollen nicht siegen. Nach all den Irrwegen, die er zurückgelegt hat, nach all den Jobs, nach all den Gefängniszellen, nachdem er in Kansas schließlich trocken geworden ist, sollen sie nicht siegen.

Er macht keine Anstalten, mit ihnen zu diskutieren. Es gibt kein Palaver. Er spurtet einfach die rechte Seite des prachtvollen Mahagonitischs im Konferenzraum entlang. Aufgeschreckt ruft der Mann im gelben Hemd: »Haltet ihn auf! Haltet ihn auf!« Hände klatschen gegen Callahans Sakko – für diesen vielversprechenden Anlass eigens bei Grand River Menswear gekauft –, rutschen jedoch ab. Er hat noch Zeit, sich zu überlegen: Die Scheibe wird nicht zersplittern, sie besteht aus irgendeinem bruchfesten Glas, das Selbstmorde verhindern soll, und wird nicht bersten … *und ihm bleibt gerade noch Zeit genug, Gott zum ersten Mal anzuru-*

fen, seit Barlow ihn gezwungen hat, von dessen vergiftetem Blut zu trinken.

»Steh mir bei! Bitte, steh mir bei!«, *ruft Father Callahan und rennt mit der Schulter voraus gegen die Scheibe. Eine Hand klatscht noch auf seinen Kopf, versucht sich in sein Haar zu krallen, dann ist sie fort. Um ihn herum zersplittert die Scheibe, und plötzlich steht er, von wirbelnden Schneeflocken umgeben, in kalter Luft. Er blickt zwischen seinen schwarzen Schuhen, auch sie eigens für diesen vielversprechenden Anlass gekauft, nach unten und sieht die Michigan Avenue mit Spielzeugautos und menschlichen Ameisen.*

Er spürt sie hinter sich – Sayre und die niederen Männer und die Vampire, die ihn infizieren und für immer aus dem Spiel nehmen sollten –, wie sie sich ungläubig starrend an der geborstenen Scheibe zusammendrängen.

Er denkt: Damit *bin* ich für immer aus dem Spiel, oder etwa nicht?

Und er denkt mit kindlichem Staunen: Dies ist der letzte Gedanke, den ich jemals haben werde. Dies ist der Abschied.

Dann fällt er.

17

Callahan machte eine Pause und sah fast schüchtern zu Jake hinüber. »Erinnerst du dich daran?«, fragte er ihn. »Ans tatsächliche …« Er räusperte sich. »Ans Sterben?«

Jake nickte ernst. »Ihr nicht?«

»Ich erinnere mich, wie ich die Michigan Avenue zwischen meinen neuen Schuhen gesehen habe. Ich erinnere mich an das Gefühl, dort zu stehen – jedenfalls scheinbar –, während um mich herum Schneeflocken wirbeln. Ich erinnere mich an Sayre hinter mir, der etwas in einer anderen Sprache brüllt. Wie er geflucht hat. So kehlige Wörter mussten einfach Flüche sein. Und ich erinnere mich, gedacht zu haben: *Er hat Angst.* In Wirklichkeit war das nämlich mein letzter Gedanke – dass Sayre Angst hatte. Dann folgte ein lichtloses Intervall. Ich schwebte. Ich konnte das Glockenspiel hören, aber erst nur wie aus weiter Ferne. Dann kam es näher. Als ob es auf einer Lokomotive montiert worden wäre, die mit schrecklicher Geschwindigkeit auf mich zuraste.

Dann tauchte ein Licht auf. Ich sah ein Licht in der Dunkelheit. Ich dachte, ich hätte eine Kübler-Ross-Todeserfahrung, und bewegte mich darauf zu. Wo ich herauskam, war mir egal, solange ich nicht blutend und zerschmettert, von einer gaffenden Menge umringt auf der Michigan Avenue lag. Aber ich konnte mir nicht vorstellen, dass das möglich sein sollte. Man fällt nicht dreiunddreißig Geschosse tief und kommt dann wieder zu Bewusstsein.

Außerdem wollte ich von dem Glockenspiel wegkommen. Es wurde ständig lauter. Meine Augen begannen zu tränen. Die Ohren schmerzten. Ich war zwar froh, dass ich noch Augen und Ohren hatte, aber das Glockenspiel machte alle Dankbarkeit, die ich vielleicht empfand, ziemlich illusorisch.

Ich sagte mir: *Du musst ins Licht kommen,* und ich stürzte mich darauf. Ich …

18

Er öffnet die Augen, aber noch bevor er das tut, nimmt er einen Geruch wahr. Es ist Heugeruch, aber sehr schwach, fast ganz verweht. Ein Gespenst seiner einstigen Existenz, könnte man sagen. Und er? Ist auch er ein Gespenst?

Er setzt sich auf und sieht sich um. Wenn das hier das Leben nach dem Tod ist, haben alle heiligen Bücher der Welt – auch das, aus dem er früher selbst gepredigt hat – Unrecht. Denn er ist weder im Himmel noch in der Hölle; er ist in einem Stall. Auf dem Boden liegen weiße Büschel von uraltem Stroh. In den Bretterwänden klaffen Risse, durch die helles Licht hereinfällt. Das ist das Licht, dem ich aus der Dunkelheit gefolgt bin, sagt er sich. Und er denkt: Das ist Wüstenlicht. *Gibt es einen konkreten Grund, das zu denken? Vielleicht. Die Luft, die er durch die Nasenlöcher einzieht, ist trocken. Als würde er die Luft eines anderen Planeten einatmen.*

Vielleicht ist es das, *denkt er.* Vielleicht ist das hier der Planet Leben-nach-dem-Tod.

Das Glockenspiel erklingt weiter, sanft und schrecklich zugleich, aber jetzt nimmt es ab … verklingt … und verhallt. Er hört das leise Rauschen eines heißen Windes. Etwas davon dringt durch die Spalten zwischen den Brettern und wirbelt ein paar Strohhalme hoch, die einen müden kleinen Tanz aufführen, um dann wieder zu Boden zu sinken.

Nun ist ein anderes Geräusch zu hören. Ein unregelmäßiges stampfendes Geräusch. Irgendeine Maschine – dem Geräusch nach nicht in bestem Zustand. Er steht auf. Hier drinnen ist es heiß, und Gesicht und Hände sind sofort schweißnass. Er blickt an sich herab und sieht, dass seine schönen neuen Klamotten von Grand River Menswear verschwunden sind. Er trägt jetzt Jeans und ein in sich gemustertes blaues Baumwollhemd, das vom vielen Waschen dünn und verblichen ist. An den Füßen hat er abgewetzte Stiefel mit schief getretenen Absätzen. Sie sehen aus, als hätten sie schon viele durstige Meilen zurückgelegt. Er beugt sich nach vorn und tastet die Beine nach Knochenbrüchen ab. Anscheinend hat er keine. Dann die Arme. Keine. Dann versucht er, mit den Fingern zu schnalzen. Das können sie mühelos, wobei ein trockenes kleines Geräusch entsteht, so als zerbräche Reisig.

Er denkt: War mein ganzes bisheriges Leben ein Traum? Ist das hier die Realität? Und wenn's so ist, wer bin ich dann, und was tue ich hier?

Und aus den tieferen Schatten hinter ihm kommt das müde zyklische Geräusch: poch-POCH-poch-POCH-poch-POCH.

Er dreht sich danach um und gafft dann nach Luft ringend an, was er dort sieht. Mitten in dem ehemaligen Stall hinter ihm steht eine Tür. Sie ist in keine Mauer eingelassen, sondern steht völlig frei. Sie hat Angeln, aber soviel er sehen kann, verbinden sie die Tür lediglich mit Luft. In etwa halber Höhe des Türblatts sind Hieroglyphen eingraviert. Er kann sie nicht lesen. Er tritt näher heran, als könnte das zum Verständnis beitragen. Und in gewisser Weise tut es das. Er sieht nämlich, dass der Türknopf aus Kristall besteht, in den eine Rose eingeätzt ist. Er hat Thomas Wolfe gelesen: ein Stein, ein Blatt, eine nichtgefundene Tür; ein Stein, ein Blatt, eine Tür. Der Stein fehlt hier, aber vielleicht enthalten die Hieroglyphen eine Erklärung dafür.

Nein, *denkt er.* Nein, sie bedeuten das Wort NICHTGEFUNDEN. Vielleicht bin ich ja der Stein.

Er streckt eine Hand aus und berührt den Kristallknopf. Als sei dies ein Signal

(ein Sigul, *denkt er*)

verstummt das Pochen der Maschinerie. Sehr schwach, sehr weit entfernt – fern und leise – hört er das Glockenspiel. Er versucht den Knopf zu drehen. Er lässt sich nach keiner Seite bewegen. Er gibt nicht im Geringsten nach. Er könnte ebenso gut in Beton eingegossen sein. Als er die Hand wegnimmt, verstummt das Glockenspiel.

Er geht um die Tür herum, und die Tür verschwindet. Setzt seinen Weg um sie fort, und sie ist wieder da. Er macht drei langsame Rundgänge und stellt fest, wo genau die Schmalseite der Tür auf einer Seite verschwindet und an der anderen wieder auftaucht. Er ändert seine Bewegungsrichtung, umkreist die Tür jetzt gegen den Uhrzeigersinn. Sie verschwindet wieder. Was zum Teufel hat das zu bedeuten?

Er starrt die Tür einige Augenblicke lang nachdenklich an, dann geht er tiefer in den Stall hinein, weil er wegen der Maschine neugierig ist, die er gehört hat. Beim Gehen hat er keine Schmerzen – falls er gerade tief gestürzt ist, ist die Nachricht davon noch nicht bei seinem Körper angelangt –, aber Jesses, hier drinnen ist's vielleicht heiß!

Dies sind Pferdeställe, längst aufgegebene. Er sieht einen Haufen uraltes Heu und daneben eine ordentlich zusammengelegte Wolldecke und etwas, was wie ein Brotbrett aussieht. Auf dem Brett liegt ein kleines Stück getrocknetes Fleisch. Er hebt es auf, schnüffelt daran, riecht Salz. Dörrfleisch, *denkt er und steckt es in den Mund. Er macht sich keine großen Sorgen darum, ob es vergiftet sein könnte. Wie kann man einen Mann vergiften, der bereits tot ist?*

Kauend setzt er seine Erkundungen fort. An der Rückwand des Stalls befindet sich ein kleiner Raum, offenbar erst nachträglich angebaut. Auch seine Wände weisen einige Spalten auf, durch die er eine Maschine sehen kann, die breit und niedrig auf einem Betonfundament steht. Alles in diesem Stall flüstert von jahrzehntelanger Vernachlässigung, aber dieses Ding, das wie eine Art Melkmaschine aussieht, scheint brandneu zu sein. Kein Rost, kein Staub. Er tritt näher heran. Aus einer Seite ragt ein verchromtes Rohr. Darunter befindet sich ein Ablauf. Seine Einfassung aus Stahl scheint feucht zu sein. Oben auf der Maschine befindet sich eine kleine Metallplatte. Neben der Platte ist ein roter Knopf montiert. In die Platte ist Folgendes eingeprägt:

o **LaMerk Industries** o
834789-AA-45-776019

HEMMUNG NICHT ENTFERNEN
o **UNTERSTÜTZUNG ANFORDERN** o

Der rote Knopf trägt eingraviert das Wort EIN. *Callahan drückt ihn. Das behäbig pochende Geräusch setzt wieder ein, und im nächsten Augenblick schießt Wasser aus dem verchromten Rohr. Er hält die Hände darunter. Das Wasser ist betäubend kalt und wirkt auf seine überhitzte Haut wie ein Schock. Er trinkt davon. Das Wasser ist weder süß noch sauer, und er denkt:* Solche Dinge wie Geschmack müssen sich in großen Tiefen verlieren. Dieses …

»Hallo, Faddah.«

Callahan schreit vor Überraschung auf. Er lässt die Hände hochfliegen, und einen Augenblick lang glitzern Wassertropfen in einem zwischen geschwundenen Brettern einfallenden staubigen Sonnenstrahl wie Juwelen. Er macht auf den abgetretenen Absätzen seiner Stiefel kehrt. Dicht vor der Tür des Pumpenraums steht ein Mann in einem Talar mit hochgeschlagener Kapuze.

Sayre, *denkt er.* Das ist Sayre, er ist mir gefolgt, er ist durch diese verdammte Tür gekommen …

»Beruhige dich«, sagt der Mann im Talar. »›Kühl deine Düsen‹, wie der neue Freund des Revolvermanns vielleicht sagen würde.« Mit vertraulicher Stimme: »Er heißt Jake, aber die Haushälterin nennt ihn 'Bama.« Und dann sagt er im heiteren Ton eines Mannes, dem gerade eine gute Idee gekommen ist: »Ich möchte ihn dir zeigen! Alle beide! Vielleicht ist es noch nicht zu spät! Komm!« Er streckt eine Hand aus. Die Finger, die aus dem Ärmel des Talars zum Vorschein kommen, sind lang und weiß, irgendwie unangenehm. Wie aus Wachs. Als Callahan keine Anstalten macht, sich in Bewegung zu setzen, spricht der Mann im Talar ernsthaft. »Komm. Hier kannst du nämlich nicht bleiben. Das hier ist nur eine Zwischenstation, und hier bleibt niemand lange. Komm.«

»Wer bist du?«

Der Mann im Talar schnalzt ungeduldig mit der Zunge. »Keine Zeit für das alles, Faddah. Namen, Namen, was liegt an einem Namen, wie irgendwer mal gesagt hat. Shakespeare? Virginia

Woolf? Wer kann sich daran schon erinnern? Komm, dann zeige ich dir ein Wunder. Ich fasse dich auch nicht an; ich gehe vor dir her. Siehst du?«

Er wendet sich ab. Der Talar wirbelt herum wie der Rock eines Abendkleids. Er geht in den Stall zurück, und einen Augenblick später folgt Callahan ihm. Schließlich nützt der Pumpenraum ihm nichts; der Pumpenraum ist eine Sackgasse. Draußen im Stall kann er vielleicht wegrennen.

Wohin rennen?

Na ja, man wird sehen, oder?

Der Mann im Talar klopft im Vorbeigehen energisch an die frei stehende Tür. »Klopf ich auf Holz, macht Donnie mich stolz!«, sagt er fröhlich, und als er ins helle Rechteck aus Licht tritt, das durch die Stalltür einfällt, sieht Callahan, dass er etwas in der linken Hand trägt. Es handelt sich um einen quadratischen Kasten mit ungefähr dreißig Zentimetern Seitenlänge. Er scheint aus dem gleichen Holz wie die Tür gefertigt zu sein. Vielleicht auch aus einer dichteren Sorte dieses Holzes. Jedenfalls ist es dunkler und noch stärker gemasert.

Callahan, der den Mann im Talar sorgfältig beobachtet und stehen bleiben will, wenn der Mann stehen bleibt, folgt ihm in die Sonne hinaus. Sobald er ins Licht tritt, wird die Hitze noch stärker; sie erinnert ihn an die Hitze, die er aus dem Death Valley kennt. Und ja, als sie aus dem Stall treten, sieht er, dass sie in einer Wüste sind. Etwas abseits steht ein baufälliges Gebäude, das auf Grundmauern aus abbröckelnden Sandsteinquadern steht. Es könnte eine Art Rasthaus gewesen sein, nimmt er an. Oder der verlassene Drehort eines Westernfilms. Gegenüber liegt ein Pferch, dessen Pfosten und Stangen größtenteils umgefallen sind. Dahinter sieht er meilenweit nur steinigen, felsigen Sand. Nichts außer …

Ja! Ja, da ist irgendwas! Zwei *Irgendwasse! Zwei winzige, sich bewegende Punkte am Horizont!*

»Du siehst sie! Wie ausgezeichnet deine Augen sein müssen, Faddah!«

Der Mann im Talar – das Gewand ist schwarz, das Gesicht des Mannes unter der Kapuze nur eine blasse Andeutung – steht etwa zwanzig Schritte von ihm entfernt. Er kichert. Dieses Geräusch gefällt Callahan nicht besser als das wächserne Aussehen seiner Finger. Es klingt, als huschten Mäuse über abgenagte Knochen. Das klingt zwar nicht sehr logisch, aber …

»Wer sind die beiden?«, fragt Callahan heiser. »Wer bist du? Wo sind wir hier?«

Der Mann in Schwarz seufzt theatralisch. »So viel zu erzählen, so wenig Zeit«, sagt er. »Wenn du willst, kannst du mich Walter nennen. Was diesen Ort betrifft, ist er eine Zwischenstation, wie ich dir erzählt habe. Für eine kleine Rast zwischen dem Gejohle deiner Welt und dem Geschrei der nächsten. Ach, du hast dich für jemanden gehalten, der weit, weit gewandert ist, nicht wahr? Weil du all diesen verborgenen Highways, die du entdeckt hattest, gefolgt bist. Aber jetzt, Faddah, bist du auf einer wirklichen Reise.«

»Hör auf, mich so zu nennen!«, brüllt Callahan. Seine Kehle ist bereits trocken. Die Sonnenhitze scheint wie ein richtiges Gewicht auf seinem Schädeldach zu lasten.

»Faddah, Faddah, Faddah!«, sagt der Mann in Schwarz. Das klingt bockig, aber Callahan weiß, dass der Mann innerlich lacht. Er hat den Verdacht, dass dieser Mann – falls es überhaupt ein Mann ist – ziemlich oft innerlich lacht. »Na gut, kein Grund, deswegen empfindlich zu sein, würde ich mal sagen. Ich werde dich Don nennen. Gefällt dir das besser?«

Die schwarzen Punkte in der Ferne wabern jetzt; aufsteigende Thermik lässt sie schweben, verschwinden, dann wieder auftauchen. Bald werden sie ganz verschwunden sein.

»Wer sind die beiden?«, fragt er den Mann in Schwarz.

»Leute, denen du mit ziemlicher Sicherheit nie begegnen wirst«,

sagt der Mann in Schwarz verträumt. Die Kapuze verrutscht etwas; sekundenlang sieht Callahan die wächserne Schneide einer Nase und die Rundung eines Auges, das einem kleinen Becher mit einer dunklen Flüssigkeit gleicht. »Sie werden unter den Bergen sterben. Sollten sie das nicht tun, dann gibt es im Westlichen Meer Ungeheuer, die sie lebend fressen werden. Dod-a-chok!« *Er lacht wieder. Aber …*

Aber plötzlich scheinst du dir deiner Sache nicht restlos sicher zu sein, mein Freund, *denkt Callahan.*

»Und wenn alles andere versagt«, sagt Walter, »wird das hier sie umbringen.« Er hält den Kasten hoch. Callahan hört wieder das unangenehme leise Klimpern des Glockenspiels. »Und wer wird's ihnen bringen? Ka, versteht sich, aber selbst Ka braucht einen Freund, einen Ka-Mai. Der wärst dann du.«

»Das verstehe ich nicht.«

»Nein«, stimmt der Mann in Schwarz betrübt zu, »und ich habe nicht die Zeit, es dir zu erklären. Wie das Weiße Kaninchen in Alice im Wunderland *muss ich dringend, ganz dringend zu einem wichtigen Termin. Sie folgen mir nämlich, aber ich musste einen Haken schlagen und zurückkommen, um mit dir zu reden. Immer auf Trab, immer auf Trab! Jetzt muss ich mich wieder vor sie setzen – wie könnte ich sie sonst weiterlocken? Du und ich, Don, müssen unser Palaver beenden, so bedauerlich kurz es auch gewesen ist. Zurück in den Stall mit dir, Amigo. Flink wie ein Häschen!«*

»Was ist, wenn ich nicht will?« Nur stellt sich diese Frage in Wirklichkeit gar nicht. Es hat nie einen Ort gegeben, an dem er weniger sein wollte. Was wäre, wenn er diesen Kerl auffordern würde, ihn gehen zu lassen, damit er versuchen kann, diese beiden wabernden Punkte einzuholen? Was wäre, wenn er dem Mann in Schwarz erklären würde: »Dort soll ich nämlich sein; dort will das, was du Ka nennst, mich haben?« Das weiß er vermutlich bereits. Er könnte ebenso gut ins Meer spucken.

Als wollte er das bestätigen, sagt Walter jetzt: »Was du willst, spielt keine Rolle. Du gehst dorthin, wohin der König es verfügt, und dort wartest du. Sollten diese beiden auf ihrem Weg sterben – was sie mit ziemlicher Sicherheit tun werden –, dann wirst du an dem Ort, an den ich dich schicke, ein Leben in ländlicher Heiterkeit leben, und dort wirst du auch sterben: voller Jahre und wahrscheinlich mit einem falschen, aber zweifellos erfreulichen Gefühl, erlöst zu sein. Du wirst auf deiner Ebene des Turms leben, lange nachdem ich auf meiner zu Knochenstaub zerfallen bin. Das verspreche ich dir, Faddah, habe ich es doch im Glas gesehen, gewisslich wahr! Und wenn sie durchhalten? Wenn sie dich an dem Ort erreichen, der dir bestimmt ist? Nun, in diesem unwahrscheinlichen Fall wirst du ihnen auf alle dir mögliche Weise behilflich sein – und sie dadurch umbringen. Wahnsinn, oder? Findest du nicht auch, dass das Wahnsinn ist?«

Er fängt an, auf Callahan zuzugehen. Callahan weicht in Richtung Stall zurück, in dem die nichtgefundene Tür wartet. Er will nicht dort hinein, aber er kann nicht anders. »Bleib mir vom Hals«, sagt er.

»Nee«, sagt Walter, der Mann in Schwarz. »Darauf kann ich mich nicht einlassen, geht nicht.« Er hält Callahan den Kasten hin. Gleichzeitig greift er über den Deckel hinweg und fasst ihn am Rand.

»Tu das nicht!«, sagt Callahan scharf. Weil der Mann im schwarzen Talar den Kasten nicht öffnen darf. Der Kasten enthält etwas Schreckliches, was sogar Barlow entsetzen würde – jenen listigen Vampir, der Callahan gezwungen hat, von seinem Blut zu trinken, und ihn dann auf seine Reise durch die Prismen Amerikas fortgeschickt hat wie ein quengeliges Kind, dessen Gegenwart lästig geworden ist.

»Geh weiter, dann muss ich's vielleicht nicht tun«, neckt Walter ihn.

Callahan weicht in den spärlichen Schatten des Stalls zurück. Bald wird er wieder drinnen sein. Das lässt sich nicht ändern.

Und er kann diese seltsame, nur von einer Seite vorhandene Tür wie eine gewaltige Last spüren. »*Du bist grausam!*«, *bricht es aus ihm heraus.*

Walters Augen weiten sich, und er wirkt einem Moment lang zutiefst verletzt. Das mag absurd klingen, aber Callahan blickt in die tief in ihren Höhlen liegenden Augen des Mannes und glaubt zu wissen, dass das Gefühl trotzdem echt ist. Und die Gewissheit raubt ihm jegliche letzte Hoffnung, das Ganze könnte nur ein Traum oder ein letztes farbiges Intervall vor dem wirklichen Tod sein. In Träumen – zumindest in seinen – lassen die bösen Kerle, die Angst einflößenden Kerle niemals komplexe Gefühle erkennen.

»*Ich bin, was Ka und der König und der Turm aus mir gemacht haben. Das sind wir alle. Wir sind gefangen.*«

Callahan erinnert sich an seine albtraumhafte Reise nach Westen: die vergessenen Silos, die unbeachteten Sonnenuntergänge und die langen Schatten, seine eigene bittere Freude, als er seine Falle hinter sich herschleppte und sang, bis eben die Ketten, die ihn fesselten, sich in süße Musik verwandelten.

»*Ich weiß*«, *sagt er.*

»*Ja, ich sehe, dass du's tust. Geh weiter.*«

Callahan ist jetzt wieder im Stall. Wieder nimmt er den schwachen, fast erschöpften Duft von altem Heu wahr. Detroit ist in weiter Ferne, war nur eine Halluzination. Wie alle seine Erinnerungen an Amerika.

»*Mach dieses Ding nicht auf*«, *sagt Callahan,* »*dann tue ich's.*«

»*Was für ein ausgezeichneter Faddah du bist, Faddah.*«

»*Du hast versprochen, mich nicht so zu nennen.*«

»*Versprechen werden gegeben, um gebrochen zu werden, Faddah.*«

»*Ich glaube nicht, dass du es schaffst, ihn zu töten*«, *sagt Callahan.*

Walter verzieht das Gesicht. »*Dafür ist Ka zuständig, nicht ich.*«

»Vielleicht auch dieses Ka nicht. Was ist, wenn er über dem Ka steht?«

Walter fährt wie nach einem Schlag zurück. Ich habe mich einer Blasphemie schuldig gemacht, *denkt Callahan.* Und bei diesem Kerl ist das bestimmt keine schlechte Leistung.

»Niemand steht über Ka, falscher Priester«, faucht der Mann in Schwarz ihn an. »Und der Raum im obersten Turmgeschoss ist leer. Das weiß ich.«

Obwohl Callahan nicht genau weiß, wovon der Mann redet, kommt seine Antwort rasch und bestimmt. »Du täuschst dich. Es gibt einen Gott. Er ist geduldig und sieht von seiner höheren Warte aus alles. Er …«

Dann passieren sehr viele Dinge gleichzeitig. Die Wasserpumpe in dem Anbau springt an und beginnt ihren müde pochenden Arbeitszyklus. Und Callahans Hintern prallt gegen das schwere, glatte Holz der Tür. Und der Mann in Schwarz streckt ihm den Kasten entgegen und öffnet dabei den Deckel. Und seine Kapuze fällt nach hinten und lässt das blasse, fauchende Gesicht eines menschlichen Wiesels sehen. (Es ist nicht Sayre, aber auf Walters Stirn befindet sich wie ein hinduistisches Kastenzeichen der gleiche quellende rote Kreis, eine offene Wunde mit nie fließendem oder gerinnendem Blut.) Und Callahan sieht, was der Kasten enthält: Er sieht die Schwarze Dreizehn auf ihrem roten Samtpolster wie das glänzende Auge eines außerhalb von Gottes Schatten herangewachsenen Ungeheuers gebettet. Und Callahan beginnt bei ihrem Anblick zu schreien, weil er ihre unbegrenzte Macht spürt: Sie kann ihn irgendwohin oder in den abgelegensten Winkel von Nirgendwo schleudern. Und die Tür öffnet sich mit einem Klicken. Und sogar in seiner Panik – oder vielleicht unterhalb seiner Panik – kann Callahan denken: Das Öffnen des Kastens hat die Tür geöffnet. *Und er stolpert rückwärts gehend an irgendeinen anderen Ort. Er kann kreischende Stimmen hören. Eine davon gehört Lupe, der Callahan fragt, warum Callahan ihn habe sterben lassen. Eine andere gehört Rowena Magruder, die ihm erklärt, dies hier sei sein anderes Leben, genau dieses, und wie gefalle es ihm? Und als er die Hände hebt, um die Ohren zu bedecken, stolpert er mit einem seiner uralten Stiefel über den anderen, und Callahan beginnt nach hinten zu fallen, während er denkt, der Mann in Schwarz habe ihn in die Hölle gestoßen, in die wirkliche Hölle. Und als seine Hände nach oben kommen, drückt der Mann mit dem Wieselgesicht den offenen Kasten mit der schrecklichen Glaskugel hinein. Und die Kugel bewegt sich. Sie rollt wie ein richtiges Auge in einer unsichtbaren Augenhöhle. Und Callahan denkt:* Sie lebt, sie ist das gestohlene Auge irgendeines grässlichen Ungeheuers aus einer anderen Welt, und o Gott, o lieber Gott, es sieht mich.

Aber er nimmt den Kasten entgegen. Nichts widerstrebt ihm eigentlich mehr, aber er kann sich nicht dagegen wehren. Zumachen, du musst ihn zumachen, *denkt er, aber er fällt, er hat sich selbst ein Bein gestellt (oder das Ka des Mannes im Talar hat ihm ein Bein gestellt), und er stürzt und verdreht im Fallen den Körper. Irgendwo aus der Tiefe unter ihm rufen alle Stimmen aus seiner Vergangenheit ihn an, machen ihm Vorwürfe (seine Mutter will wissen, weshalb er zugelassen hat, dass dieser abscheuliche Barlow das Kruzifix zerbrochen hat, das sie ihm eigens aus Irland mitgebracht hat), und unglaublicherweise ruft der Mann in Schwarz ihm fröhlich »Bon voyage, Faddah!« nach.*

Callahan prallt auf Felsboden auf. Er ist mit den Knochen kleiner Tiere übersät. Der Deckel des Kastens schließt sich, und er empfindet sekundenlang ungeheure Erleichterung … aber dann öffnet er sich wieder, ganz langsam, und zeigt ihm das Auge.

»Nein«, flüstert Callahan. »Bitte nicht.«

Aber er ist außerstande, den Kasten zu schließen – seine gesamte Kraft scheint ihn verlassen zu haben –, der sich nicht selbst schließen will. Tief im Inneren des schwarzen Auges bildet sich ein roter Punkt und wächst … wächst. Callahans Entsetzen schwillt an, füllt ihm die Kehle, droht sein Herz durch seine Eiseskälte zum Stehen zu bringen. Das ist der König, *denkt er.* Dies ist das Auge des Scharlachroten Königs, der aus seinem Quartier im Dunklen Turm herabblickt. Und er sieht *mich*.

»NEIN!«, kreischt Callahan, während er im zerklüfteten nördlichen Bergland der Calla Bryn Sturgis, die er im Lauf der Zeit lieb gewinnen wird, auf dem Boden einer Höhle liegt. »NEIN! NEIN! SIEH MICH NICHT AN! OH, UM GOTTES WILLEN, *SIEH MICH NICHT AN!*«

Aber das Auge sieht ihn unverwandt an, und Callahan kann dessen verrücktes Starren nicht ertragen. Dies ist der Augenblick, in dem er ohnmächtig wird. Es wird drei Tage dauern, bevor er die eigenen Augen wieder öffnet, und wenn er es tut, wird er bei den Manni sein.

19

Callahan betrachtete sie müde. Die Mitternacht war gekommen und gegangen, wir alle sagen unseren Dank, und in nunmehr zweiundzwanzig Tagen würden die Wölfe kommen, um unter den Kindern Beute zu machen. Er trank die letzten zwei Schlucke Apfelmost aus seinem Becher, verzog das Gesicht, als wäre es Maisschnaps, und stellte den leeren Humpen ab. »Und den ganzen Rest, wie man so sagt, kennt ihr. Es waren Henchick und Jemmin, die mich gefunden haben. Henchick hat den Kasten zugemacht, und dabei hat sich auch die Tür geschlossen. Und was einst die Höhle der Stimmen war, ist jetzt die Torweghöhle.«

»Und Ihr, Pere?«, sagte Susannah. »Was haben die beiden mit Euch gemacht?«

»Sie haben mich in Henchicks Hütte gebracht – in sein *Kra*. Dort bin ich wieder zu mir gekommen. Während meiner Bewusstlosigkeit haben seine Frauen und Töchter mich mit Wasser und Hühnerbrühe ernährt, die sie mir tropfenweise eingeflößt haben.«

»Nur so aus Neugier, wie viele Frauen hat er eigentlich?«, wollte Eddie wissen.

»Drei, aber Beziehungen darf er immer nur zu einer von ihnen haben«, sagte Callahan geistesabwesend. »Hängt von den Sternen oder irgendwas in dieser Art ab. Sie haben mich gut gepflegt. Ich begann, die Stadt zu Fuß zu erkunden; damals wurde ich der Wandernde Alte Kerl genannt. Ich konnte nicht ganz herausbekommen, wo ich eigentlich war, aber in gewisser Weise hatte mein früheres Wanderleben mich auf das vorbereitet, was mir zugestoßen war. Hatte mich mental abgehärtet. Es gab weiß Gott Tage, an denen ich glaubte, dies alles geschehe in den wenigen Sekunden, die mein Sturz aus dem zersplitterten Fenster auf die Michigan Avenue hinunter dauern würde – als würde der Verstand sich auf den Tod vorbereiten, indem er irgendeine wundervolle letzte Halluzination erfindet, die tatsächlich einem ganzen Leben gleichkommt. Und ich hatte Tage, an denen ich zu dem Schluss gelangte, nunmehr litte *ich* an dem, was wir im Home und im Lighthouse alle am meisten fürchteten: Gehirnerweichung. Ich dachte, vielleicht bin ich ja in irgendeiner moderigen Anstalt weggesperrt worden und bilde mir das alles nur ein. Aber meistens akzeptierte ich es einfach. Ich war froh, an einem guten Ort gelandet zu sein, ob nun wirklich oder eingebildet.

Als ich wieder zu Kräften kam, verdiente ich mir meinen Lebensunterhalt wieder wie in meinen Jahren auf der Straße. In Calla Bryn Sturgis gab es zwar keine Niederlassung von Man-Power oder Brawny Man, aber es waren gute Jahre, in denen es reichlich Arbeit für einen Mann gab, der arbeiten wollte – das waren Groß-Reisjahre, wie man hier sagt, obwohl die Rancher und übrigen Farmer auch nicht klagen konnten. Schließlich fing ich wieder zu predigen an. Dahinter stand keine bewusste Entscheidung – es war weiß Gott nichts, worum ich gebetet hatte –, aber als ich's tat, entdeckte ich, dass diese Leute alles über den Jesusmenschen wussten.« Er lachte. »Ebenso wie über das Drüben und Oriza und Buffalo Star … kennt Ihr den Buffalo Star, Roland?«

»O ja«, sagte der Revolvermann, der sich an einen Prediger des Buffs erinnerte, den er einst hatte erschießen müssen.

»Aber sie hörten zu«, sagte Callahan. »Jedenfalls viele von ihnen, und als sie sich erboten, mir eine Kirche zu bauen, sagte ich ihnen meinen Dank. Und das war die Geschichte des Alten Kerls. Wie ihr seht, kommt ihr darin vor … zumindest zwei von euch. Jake, war das alles nach deinem Tod?«

Jake senkte den Kopf. Oy, der seinen Kummer spürte, winselte unbehaglich. Aber als Jake antwortete, klang seine Stimme ganz ruhig. »Nach dem ersten Tod. Vor dem zweiten.«

Callahan war sichtlich erschrocken, und er bekreuzigte sich. »Das kann einem mehr als einmal zustoßen, meinst du? Maria beschütze uns!«

Rosalita war weggegangen. Jetzt kam sie mit einem hochgehaltenen Kerzenleuchter zurück. Die Kerzen der anderen, die sie auf den Tisch gestellt hatte, waren fast heruntergebrannt und tauchten die Veranda in fahles, ersterbendes Licht, das unheimlich und ein wenig unheilvoll wirkte.

»Die Betten sind bereit«, sagte sie. »Der Junge schläft heute Nacht in Peres Zimmer. Eddie und Susannah, ihr bekommt dasselbe Zimmer wie zuvor.«

»Und Roland?«, fragte Callahan, indem er seine buschigen Augenbrauen hochzog.

»Für ihn habe ich ein warmes Plätzchen«, sagte sie ungerührt. »Das habe ich ihm schon gezeigt.«

»Tatsächlich?«, sagte Callahan. »Ach, wirklich? Nun, damit wäre ja auch das geregelt.« Er stand auf. »Ich weiß nicht mehr, wann ich letztes Mal so müde war.«

»Wir bleiben noch ein paar Minuten, wenn's beliebt«, sagte Roland. »Nur wir vier.«

»Wie ihr wünscht«, sagte Callahan.

Susannah ergriff seine Hand und küsste sie impulsiv. »Danke für Eure Geschichte, Pere.«

»Es tut gut, sie endlich erzählt zu haben, Sai.«

»Der Kasten ist in der Höhle geblieben, bis die Kirche gebaut wurde?«, fragte Roland. »Eure Kirche?«

»Aye. Ich kann aber nicht sagen, wie lange das her ist. Vielleicht acht Jahre; vielleicht weniger. Es ist schwer, das mit Bestimmtheit zu sagen. Aber es gab eine Zeit, in der es mich gelegentlich rief. Und obwohl ich dieses Auge hasste und fürchtete, wollte ich es irgendwie auch wiedersehen.«

Roland nickte. »Alle Stücke des Zauberer-Regenbogens besitzen einen Glammer, aber die Schwarze Dreizehn soll schon immer am schlimmsten gewesen sein. Den Grund dafür verstehe ich jetzt, glaube ich. Sie ist tatsächlich das wachsame Auge dieses Scharlachroten Königs.«

»Was immer sie ist, ich habe gespürt, wie sie mich in die Höhle zurückgerufen hat … und in die Ferne locken wollte. Mir zuflüsterte, ich sollte meine Wanderungen fortsetzen und sie endlos machen. Ich wusste, dass ich die Tür öffnen konnte, indem ich den Kasten öffnete. Sie würde mich an jeden gewünschten Ort bringen. Und zu jedem *Zeitpunkt!* Ich brauchte mich nur darauf zu konzentrieren.« Callahan überlegte, dann setzte er sich wieder. Er beugte sich nach vorn, blickte einen nach dem anderen über seine wie aus Holz geschnitzten knorrigen gefalteten Hände an. »Hört mich an, ich bitte euch. Wir hatten einen Präsidenten, Kennedy hat er geheißen. Er fiel ungefähr dreizehn Jahre vor meiner Zeit in 'Salem's Lot einem Attentat zum Opfer … wurde in Dallas …«

»Ja«, sagte Susannah. »Jack Kennedy. Gott liebe ihn.« Sie wandte sich an Roland. »Er war ein Revolvermann.«

Roland zog die Augenbrauen hoch. »Sagst du das?«

»Aye. Und ich spreche wahr.«

»Jedenfalls«, sagte Callahan, »war immer fraglich, ob der Mann, der ihn erschossen hat, als Einzeltäter oder als Teil einer größeren Verschwörung gehandelt hat. Und manchmal bin ich mitten in der Nacht aufgewacht und habe mich gefragt: ›Warum gehst du nicht hin und überzeugst dich selbst? Warum stellst du dich nicht mit der Kiste in den Armen vor diese Tür und denkst ‚Dallas, 22. November 1963?‘‹ Tut man das nämlich, öffnet sich die Tür, und man kann dort hingehen – genau wie der Mann in Mr. Wells' Story von der Zeitmaschine. Und vielleicht könnte man ändern, was an jenem Tag passiert ist. Wenn es jemals einen Wendepunkt in der amerikanischen Geschichte gegeben hat, dann war es dieser Augenblick. Würde man ihn ändern, würde man alles Nachfolgende ändern. Vietnam … die Rassenunruhen … alles.«

»Jesus«, sagte Eddie respektvoll. Zumindest den Ehrgeiz, der in einer solchen Idee steckte, musste man respektieren. Er stand auf einer Höhe mit dem des Kapitäns mit dem Holzbein, der Jagd auf den weißen Wal gemacht hatte. »Aber Pere … was wäre gewesen, wenn Ihr das getan und alles zum *Schlimmen* gewendet hättet?«

»Jack Kennedy war kein schlechter Mann«, sagte Susannah kalt. »Jack Kennedy war ein guter Mann. Ein *großer* Mann.«

»Schon möglich. Aber weißt du, was ich denke? Man muss ein großer Mann sein, um einen großen Fehler zu machen. Und außerdem hätte einer seiner Nachfolger ein echter Schurke sein können. Irgendein Großer Sargjäger, der wegen Lee Harvey Oswald – oder wer immer der Täter war – nie eine Chance bekommen hat.«

»Aber die Kugel lässt solche Überlegungen nicht zu«, sagte Callahan. »Ich glaube, dass sie Menschen dazu verlockt, grausige Verbrechen zu verüben, indem sie ihnen einflüstert, sie täten dadurch Gutes. Dass sie die Dinge nicht ein wenig besser, sondern *völlig* gut machen werden.«

»Ja«, sagte Roland. Seine Stimme klang so trocken, als würde im Feuer ein dürrer Zweig knacken.

»Glaubt Ihr, dass solche Reisen tatsächlich möglich wären?«, fragte Callahan ihn. »Oder war das nur eine überzeugende Lüge der Kugel? Ihr Glammer?«

»Ich glaube, dass das zutrifft«, sagte Roland. »Und ich glaube, dass wir die Calla letztlich durch diese Tür verlassen werden.«

»Wollte Gott, ich könnte mitkommen!«, sagte Callahan. Er sprach überraschend lebhaft.

»Vielleicht könnt Ihr das auch«, sagte Roland. »Jedenfalls habt Ihr den Kasten – und die Kugel darin – schließlich in Eure Kirche geholt. Um sie ruhig zu stellen.«

»Ja. Und das hat meistens funktioniert. Sie schläft meistens.«

»Trotzdem sagt Ihr, dass sie euch zweimal flitzen geschickt hat.«

Callahan nickte. Seine Lebhaftigkeit war wie ein Astknoten im Kaminfeuer aufgelodert und ebenso rasch wieder erloschen. Jetzt sah er nur müde aus. Und ziemlich alt. »Das erste Mal ging's nach Mexiko. Ihr erinnert euch an den Anfang meiner Geschichte? An den Schriftsteller und den Jungen, der ihm glaubte?«

Sie nickten.

»Eines Nachts griff die Kugel nach mir, als ich schlief, und schickte mich flitzen – nach Los Zapatos in Mexiko. Dort fand eine Beerdigung statt. Die des Schriftstellers.«

»Ben Mears«, sagte Eddie. »Der Kerl, der *Lufttanz* geschrieben hat.«

»Ja.«

»Haben die Leute Euch sehen können?«, fragte Jake. »Bei uns konnten sie das nämlich nicht.«

Callahan schüttelte den Kopf. »Nein, aber sie haben mich gespürt. Wenn ich mich ihnen genähert habe, wandten sie sich ab. Es war, als hätte ich mich in einen kalten Luftzug verwandelt. Jedenfalls war der Junge auch dort – Mark Petrie. Nur war er jetzt kein Junge mehr, sondern ein junger Mann. Daraus und aus der Art und Weise, wie er von Ben sprach – ›Es gab eine Zeit, da hätte ich neunundfünfzig als alt bezeichnet‹, so begann er seine

Rede am offenen Grab –, schließe ich, dass das Mitte der Neunzigerjahre war. Ich blieb jedenfalls nicht lange … aber lange genug, um zu dem Schluss zu kommen, mein junger Freund von vor vielen Jahren habe sich prächtig entwickelt. Vielleicht hatte ich in 'Salem's Lot doch irgendetwas richtig gemacht.« Er hielt kurz inne, dann sagte er: »In der Grabrede wurde Ben von Mark als sein Vater bezeichnet. Das hat mich sehr, sehr berührt.«

»Und das zweite Mal, dass die Kugel Euch flitzen geschickt hat?«, fragte Roland. »Als sie Euch ins Schloss des Königs geschickt hat?«

»Es hat Vögel gegeben. Große, dicke schwarze Vögel. Und mehr möchte ich davon nicht erzählen. Nicht mitten in der Nacht.« Callahan sprach in nüchternem Ton, der keinen Widerspruch duldete. Er stand wieder auf. »Vielleicht ein andermal.«

Roland verbeugte sich, um anzudeuten, dass er das akzeptierte. »Sage Euch meinen Dank.«

»Wollt ihr nicht schlafen gehen, Leute?«

»Bald«, sagte Roland.

Sie bedankten sich für seine Geschichte (selbst Oy fügte ein kurzes, verschlafenes Bellen an) und wünschten ihm eine gute Nacht. Sie sahen ihm nach, als er ging, und schwiegen noch einige Sekunden lang.

20

Es war Jake, der dann das Schweigen brach. »Dieser Kerl Walter war *hinter* uns, Roland! Als wir die Zwischenstation verlassen haben, war er *hinter* uns! Und Pere Callahan auch!«

»Ja«, sagte Roland. »Schon damals war Callahan also in unserer Geschichte. Das lässt meinen Magen flattern. Als ob ich schwerelos wäre.«

Eddie tupfte sich einen Augenwinkel ab. »Immer wenn du solche Gefühle erkennen lässt, Roland«, sagte er, »wird mir innerlich ganz warm und matschig.« Und als Roland ihn nur ansah: »Ah, komm schon, hör zu lachen auf. Du weißt, dass ich's liebe, wenn du einen Witz kapierst, aber jetzt bringst du mich in Verlegenheit.«

»Flehe um Verzeihung«, sagte Roland mit schwachem Lächeln. »Der wenige Humor, den ich habe, geht früh zu Bett.«

»Meiner bleibt die ganze Nacht auf«, sagte Eddie heiter. »Hält mich wach. Erzählt mir Witze. Klopf, klopf! Wer da? Feuer. Feuer wer? Wo brennt's denn? Ha-ha-ha!«

»Bist du jetzt darüber hinweg?«, fragte Roland, als Eddie fertig war.

»Zumindest vorläufig, yeah. Aber keine Sorge, Roland, es kommt immer wieder. Darf ich dich etwas fragen?«

»Ist es töricht?«

»Ich glaube nicht. Ich hoffe nicht.«

»Dann frag.«

»Diese beiden Männer, die Callahan in dem Waschsalon auf der East Side gerettet haben – wer waren sie deiner Meinung nach?«

»Wer waren sie denn *deiner* Meinung nach?«

Eddie sah zu Jake hinüber. »Wie steht's mit dir, o Sohn des Elmer? Irgendwelche Vorschläge?«

»Klar«, sagte Jake. »Das waren Calvin Tower und der andere Kerl aus der Buchhandlung, sein Freund. Der eine, der mir das Simson-Rätsel und das Fluss-Rätsel erzählt hat.« Er schnalzte erst einmal, dann ein zweites Mal mit den Fingern und grinste schließlich. »Aaron Deepneau.«

»Und was ist mit dem Ring, den Callahan erwähnt hat?«, sagte Eddie. »Der mit der Inschrift *Ex Libris?* So einen Ring habe ich bei keinem der beiden gesehen.«

»Hast du bewusst darauf geachtet?«, fragte Jake ihn.

»Nein, eigentlich nicht. Aber …«

»Und denk daran, dass wir ihn 1977 gesehen haben«, sagte Jake. »Diese Kerle haben Pere aber 1981 das Leben gerettet. Vielleicht hat Mr. Tower den Ring in diesen vier Jahren von jemandem bekommen. Als Geschenk. Oder vielleicht hat er ihn sich selbst gekauft.«

»Das vermutest du nur«, sagte Eddie.

»Klar«, gab Jake zu. »Aber Tower besitzt eine Buchhandlung, und dazu passt es eben, dass er einen Ring mit der Inschrift *Ex Libris* trägt. Willst du behaupten, dass sich das nicht richtig anfühlt?«

»Nein. Zumindest müsste ich die Wahrscheinlichkeit, dass es nicht so ist, mit weniger als neunzehn Prozent ansetzen. Aber woher konnten sie wissen, dass Callahan …« Eddie verstummte, dachte nach und schüttelte dann energisch den Kopf. »Ach, damit will ich heute Nacht nicht mal anfangen. Als Nächstes diskutieren wir dann noch über die Ermordung Kennedys, dabei bin ich müde wie nur was.«

»Das sind wir alle«, sagte Roland, »und in den kommenden Tagen wartet viel Arbeit auf uns. Trotzdem hat Peres Geschichte mich in eigenartig beunruhigter Verfassung zurückgelassen. Ich kann nicht beurteilen, ob sie mehr Fragen beantwortet, als sie aufwirft, oder ob's umgekehrt ist.«

Keiner der anderen antwortete darauf.

»Wir sind ein Ka-Tet, und jetzt sitzen wir an-tet beieinander«, sagte Roland. »Um uns zu beraten. So spät es auch ist, gibt's da noch etwas anderes, was wir besprechen müssten, bevor wir auseinander gehen? Dann müsst ihr's sagen.« Als niemand reagierte, schob Roland seinen Stuhl zurück. »Also gut, dann wünsche ich euch allen …«

»Warte.«

Das war Susannah. Sie hatte so lange nicht mehr gesprochen, dass die anderen sie fast vergessen hatten. Und sie sprach mit dünner Stimme, die nicht viel Ähnlichkeit mit ihrer gewöhnlichen

Stimme hatte. Ganz sicher gehörte sie nicht der Frau, die Eben Took gedroht hatte, wenn er sie noch einmal Schoko nenne, werde sie ihm die Zunge rausreißen und seinen Arsch damit abputzen.

»Vielleicht gibt's da doch noch etwas.«

Dieselbe dünne Stimme.

»Etwas anderes.«

Und noch dünner.

»Ich …«

Sie sah sie an, einen nach dem anderen, und als sie beim Revolvermann anlangte, sah er Kummer in diesem Blick und Vorwürfe und Erschöpfung. Er sah keinen Zorn. *Wäre sie zornig gewesen*, dachte er später, *hätte ich mich vielleicht nicht ganz so geschämt.*

»Ich habe da vielleicht irgendein kleines Problem«, sagte sie. »Ich weiß nicht, wie das sein kann … wie das möglich sein soll … aber, Jungs, ich glaube, ich bin in anderen Umständen.«

Nachdem sie das gesagt hatte, schlug Susannah Dean/Odetta Holmes/Detta Walker/Mia Niemandstochter die Hände vors Gesicht und begann zu schluchzen.

TEIL DREI

Die Wölfe

Kapitel 1

Geheimnisse

1

Hinter Rosalita Munoz' Häuschen stand ein himmelblau gestrichener geräumiger Außenabort. Als der Revolvermann ihn nach der Nacht, in der Pere Callahan seine Geschichte zu Ende erzählt hatte, am späten Vormittag betrat, ragte aus der linken Wand ein schlichter Eisenring, unter dem mit etwa einer Handspanne Abstand ein kleiner Eisenteller angebracht war. In dieser minimalistischen Vase steckten zwei Stängel Sonnenhut. Ihr zitronenartiger, leicht herber Geruch war der einzige hier wahrnehmbare Duft. An der Wand über dem Sitz hing unter Glas ein gerahmtes Bild des Jesusmenschen, auf dem er die Hände in betender Pose dicht unter dem Kinn gefaltet hielt, während seine rötlichen Locken ihm bis über die Schultern fielen und er die Augen zu seinem Vater emporhob. Roland hatte gehört, dass es Stämme von langsamen Mutanten gab, die Jesus' Vater als den Großen Himmelsdaddy kannten.

Der Jesusmensch war im Profil abgebildet, und darüber war Roland froh. Trotz seiner vollen Blase war der Revolvermann sich nicht sicher, ob er sein morgendliches Geschäft hätte erledigen können, ohne die Augen zu schließen, wenn *er* ihn direkt angesehen hätte. *Merkwürdiger Ort, um ein Bild von Gottes Sohn aufzuhängen,* dachte er, aber dann wurde ihm klar, dass das keineswegs merkwürdig war. Unter gewöhnlichen Umständen benützte nur Rosalita diesen Abort, und der Jesusmensch würde außer ihrem sittsam bekleideten Rücken nichts zu sehen bekommen.

Roland Deschain brach in lautes Gelächter aus, und als er das tat, begann sein Wasser zu fließen.

2

Rosalita war fort gewesen, als er aufgewacht war, und das nicht erst seit kurzem: Ihre Seite des Betts war kalt gewesen. Als Roland jetzt vor ihrem aufragenden rechteckigen Katen von einem Abort stand und sich den Hosenlatz zuknöpfte, blinzelte er zur Sonne auf und schätzte die Zeit auf nicht allzu lange vor Mittag. Zeitschätzungen ohne Uhr, Sanduhr oder Pendel waren in letzter Zeit riskant geworden, aber sie waren noch immer möglich, wenn man sorgfältig rechnete und bereit war, eine gewisse Fehlerquote im Ergebnis zu akzeptieren. Cort wäre entsetzt gewesen, sagte er sich, wenn er gesehen hätte, wie einer seiner Schüler – einer seiner Schüler *mit Abschluss*, ein Revolvermann –, eine Sache dieser Art damit begann, dass er bis fast mittags schlief. Und dies war *erst* der Beginn. Alles andere war Ritual und Vorbereitung gewesen – notwendig, aber nicht schrecklich hilfreich. Gewissermaßen als ob man zum Reislied tanzte. Dieser Teil war jetzt beendet. Und was langes Ausschlafen betraf …

»Niemand hat's je mehr verdient, lange im Bett liegen zu dürfen«, sagte er und ging den sanften Hang hinunter. Dort markierte ein Lattenzaun die rückwärtige Grenze von Callahans Stück Land (vielleicht bezeichnete der Pere es für sich auch als Gottes Land). Dahinter floss ein kleiner Bach, der so aufgeregt schwatzte wie ein kleines Mädchen, das seiner besten Freundin Geheimnisse anvertraut. Die Bachufer waren dicht mit Sonnenhut bestanden, womit ein weiteres Rätsel (ein sehr unbedeutendes) gelöst war. Roland atmete den herben Duft tief ein.

Er merkte, dass er über Ka nachdachte, was er selten tat. (Eddie, der glaubte, Roland denke an kaum etwas anderes, wäre verblüfft gewesen.) Die einzige Regel im Umgang mit Ka lautete: *Tritt zur Seite und lass mich arbeiten.* Weshalb um Gottes willen war es so schwierig, etwas so Einfaches zu beherzigen? Weshalb stets dieser dumme Drang, sich einzumischen? Das hatte jeder Einzelne von ihnen getan; jeder Einzelne von ihnen hatte gewusst, dass Susannah Dean schwanger war. Roland hatte es praktisch vom Augenblick ihrer Empfängnis gewusst, als Jake damals aus dem Haus in Dutch Hill herübergekommen war. Susannah selbst hatte es gewusst – trotz der blutigen Lappen, die sie am Wegesrand vergraben hatte. Warum hatten sie dann so lange gebraucht, um sich zu dem Palaver zu versammeln, das sie letzte Nacht gehalten hatten? Weshalb hatten sie eine solche Affäre daraus gemacht? Und wie vieles konnte inzwischen bereits darunter gelitten haben?

Nichts, hoffte Roland. Aber das war andererseits auch schwer zu beurteilen, oder?

Vielleicht war es am besten, die Sache einfach auf sich beruhen zu lassen. Das erschien ihm an diesem Morgen als guter Ratschlag, weil er sich sehr wohl fühlte. Zumindest körperlich. Kaum Schmerzen oder …

»Ich dachte, Ihr wolltet schon bald nach mir zu Bett gehen, Revolvermann, aber von Rosalita höre ich, dass Ihr das erst kurz vor Tagesanbruch getan habt.«

Roland wandte sich vom Zaun und seinen Gedanken ab. Callahan trug heute eine dunkle Hose, schwarze Schuhe und ein dunkles Hemd mit Reverskragen. Sein Kruzifix ruhte auf der Brust, und das widerspenstige weiße Haar war teilweise gezähmt worden, vermutlich mit irgendeiner Art Pomade. Er hielt dem Blick des Revolvermanns eine kleine Weile stand, dann sagte er: »Gestern habe ich auf den Kleinfarmen denen die heilige Kommunion ausgeteilt, die sie empfangen wollten. Und zuvor ihre Beichte gehört. Heute ist der Tag, an dem ich auf die Ranches hinausfahre und dasselbe tue. Es gibt nicht wenige Cowboys, die sich zum Vater, dem Sohn und dem Heiligen Geist bekennen. Rosalita kutschiert mich herum, deshalb müsst Ihr euch heute selbst behelfen, was Mittag- und Abendessen betrifft.«

»Das werden wir«, sagte Roland, »aber hättet Ihr zuvor noch ein paar Minuten Zeit, um mit mir zu reden?«

»Natürlich«, sagte Callahan. »Ein Mann, der nicht ein wenig bleiben kann, sollte gar nicht erst kommen. Ein guter Grundsatz, finde ich, und nicht nur für Priester.«

»Würdet Ihr mir die Beichte abnehmen?«

Callahan zog die Augenbrauen hoch. »Ihr bekennt Euch also zum Menschen Jesus?«

Roland schüttelte den Kopf. »Nicht im Geringsten. Wollt Ihr sie trotzdem hören, ich bitte Euch? Und für Euch behalten, was Ihr hört?«

Callahan zuckte die Achseln. »Was meine Verschwiegenheit in Bezug auf Eure Mitteilungen angeht, ist die Sache einfach. Wir sind grundsätzlich verschwiegen. Ihr dürft Diskretion nur nicht mit Absolution verwechseln.« Er bedachte Roland mit einem kühlen Lächeln. »Die sparen wir Katholiken uns für unsereins auf, wenn's beliebt.«

Auf den Gedanken an eine Absolution wäre Roland nie gekommen, und er fand die Vorstellung, dass er sie brauchen könnte (oder dass dieser Mann sie ihm erteilen könnte), beinahe komisch. Er drehte sich eine Zigarette, tat es bewusst langsam, und überlegte dabei, wie er beginnen und wie viel er erzählen sollte. Callahan wartete respektvoll schweigend.

Schließlich sagte Roland: »Es gab da eine Prophezeiung, dass ich drei ziehen und mit ihnen ein Ka-Tet bilden würde. Von wem sie stammte, braucht Euch so wenig zu kümmern wie alles, was davor geschehen ist. In diesen alten Wirrungen stochere ich nicht mehr herum; nie wieder, wenn es sich vermeiden lässt. Es gab drei Türen. Hinter der zweiten Tür wartete die Frau, die Eddies Ehefrau wurde, obwohl sie sich damals noch nicht Susannah nannte …«

3

Und so wurde Callahan von Roland nur jener Teil ihrer Geschichte berichtet, der sich unmittelbar auf Susannah und die Frauen bezog, die vor ihr existiert hatten. Er konzentrierte sich darauf, wie sie Jake vor dem Türsteher gerettet und den Jungen nach Mittwelt gezogen hatten, und schilderte, wie Susannah (oder vielleicht war sie zu diesem Zeitpunkt Detta gewesen) den Dämon des Kreises festgehalten hatte, während sie ihr Werk verrichteten. Er sei sich der Risiken bewusst gewesen, berichtete Roland, und habe die Gewissheit gewonnen – noch während ihrer Fahrt mit Blaine dem Mono –, sie sei der Gefahr, schwanger zu werden, nicht entgangen. Er hatte es Eddie erzählt, und Eddie war nicht sonderlich überrascht gewesen. Dann hatte Jake es *ihm* erzählt. Hatte ihn deswegen sogar ausgeschimpft. Und er hatte sich ausschimpfen lassen, sagte er, weil er die Vorwürfe berechtigt fand. Was keiner von ihnen bis letzte Nacht auf der Veranda ganz erkannt hatte, war die Tatsache, dass Susannah es selbst gewusst hatte – vielleicht schon so lange wie Roland. Sie hatte nur verbissener dagegen angekämpft.

»Also, Pere … was haltet Ihr davon?«

»Ihr Ehemann hat zugestimmt, das Geheimnis zu bewahren, sagt Ihr«, antwortete Callahan. »Und sogar Jake, der sonst so hellsichtig ist …«

»Ja«, sagte Roland. »Das ist er. Auch er war einverstanden. Und als er mich gefragt hat, was er tun solle, habe ich ihm einen schlechten Rat gegeben. Ich habe ihm erklärt, wir könnten nichts Besseres tun, als dem Ka freien Lauf zu lassen – und dabei habe ich es die ganze Zeit wie einen gefangenen Vogel in meinen Händen gehalten.«

»Die Dinge erscheinen uns immer klarer, wenn wir sie über die Schulter ansehen, nicht wahr?«

»Ja.«

»Habt Ihr ihr letzte Nacht gesagt, dass in ihrer Gebärmutter die Brut eines Dämons heranwächst?«

»Sie weiß, dass es nicht Eddies Kind ist.«

»Ihr habt's also nicht getan. Und Mia? Habt Ihr ihr von Mia und dem Bankettsaal im Schloss erzählt?«

»Ja«, sagte Roland. »Ich glaube, dass es für sie bedrückend war, das zu hören, aber es hat sie nicht überrascht. Ihr zweites Ich – Detta – hat es seit dem Unfall gegeben, bei dem sie ihre Beine verloren hat.« Das war zwar eigentlich kein Unfall gewesen, aber Roland hatte Callahan nichts von der Sache mit Jack Mort erzählt, weil er dafür keine Notwendigkeit sah. »Detta Walker hat sich gut vor Odetta Holmes verborgen gehalten. Eddie und Jake sagen, sie sei schizophren.« Roland sprach dieses exotische Wort sehr sorgfältig aus.

»Aber Ihr habt sie geheilt«, sagte Callahan. »Ihr habt sie in einer dieser Türen mit ihren beiden Persönlichkeiten konfrontiert. War's so?«

Roland zuckte die Achseln. »Man kann Warzen wegbrennen, indem man sie mit Silberlösung einpinselt, Pere, aber wer zu Warzen neigt, bekommt wieder neue.«

Callahan überraschte ihn, indem er den Kopf in den Nacken warf und schallend lachte. Er lachte so laut und lange, dass er zuletzt sein Taschentuch aus der Hüfttasche ziehen und sich über die Augen fahren musste. »Roland, Ihr mögt ein Meisterschütze und tapfer wie Satan am Samstagabend sein, aber Ihr seid kein Psychiater. Schizophrenie mit *Warzen* vergleichen … du liebe Güte!«

»Und trotzdem existiert Mia wirklich, Perc. Ich habe sie selbst gesehen. Nicht im Traum wie Jake, sondern mit eigenen Augen.«

»Genau darauf will ich hinaus«, sagte Callahan. »Sie ist keine Erscheinung der Frau, die als Odetta Susannah Holmes geboren wurde. Sie ist *sie.*«

»Ändert das die Sache?«

»Ich denke schon. Aber eines kann ich euch mit Bestimmtheit sagen: Unabhängig davon, was in eurer Gemeinschaft – eurem Ka-Tet – vorgeht, müsst ihr das alles vor den Einwohnern von Calla Bryn Sturgis streng geheim halten. Heute stehen die Menschen noch auf eurer Seite. Aber wenn bekannt würde, dass der weibliche Revolvermann mit der braunen Haut womöglich ein Dämonenkind austrägt, würden die *Folken* sich von euch abwenden – und das sehr schnell. Mit Eben Took an der Spitze der Absetzbewegung. Ich weiß, dass ihr euer Vorgehen letztlich danach ausrichten werdet, was die Calla eurem Urteil nach braucht, aber ihr vier könnt die Wölfe nicht ohne die Hilfe der Einheimischen besiegen, auch wenn ihr mit den Waffen, die ihr tragt, noch so gut seid. Das ist zahlenmäßig nicht zu machen.«

Das erforderte keine Antwort. Der Alte Kerl hatte Recht.

»Was fürchtet Ihr am meisten?«, fragte Callahan.

»Das Zerbrechen des Tets«, sagte Roland sofort.

»Damit meint Ihr, dass Mia die Kontrolle über den Körper übernimmt, den sie sich mit Susannah teilt, und irgendwohin verschwindet, um ihr Kind zu bekommen?«

»Geschähe das zur unrechten Zeit, wäre das zwar schlimm, aber alles könnte noch gut werden. *Wenn* Susannah zurückkäme. Aber das Wesen in ihrem Leib ist nichts als Gift mit einem Herzschlag.« Roland sah den Geistlichen in seiner schwarzen Kleidung düster an. »Ich habe allen Grund zu der Annahme, dass es sein Werk damit beginnen würde, indem es die Mutter umbringt.«

»Das Zerbrechen des Tets«, wiederholte Callahan nachdenklich. »Nicht den Tod Eurer Freundin, sondern den Bruch des Tets. Ob Eure Freunde wissen, was für ein Mann Ihr seid, Roland?«

»Sie wissen es«, sagte Roland und äußerte sich nicht weiter dazu.

»Was wünscht Ihr also von mir?«

»Als Erstes die Antwort auf eine Frage. Mir ist klar, dass Rosalita viel von praktischer Heilkunde versteht. Würde sie genug wissen, um das Baby vor seiner Zeit aus dem Mutterleib zu holen? Und die Nerven haben, das zu ertragen, was sie vielleicht vorfinden würde?«

Sie würden natürlich alle dabei sein müssen – er und Eddie, auch Jake, so wenig Roland diese Vorstellung gefiel. Weil das Wesen in ihrem Leib bestimmt kräftig herangewachsen war und gefährlich sein würde, selbst wenn seine Zeit noch nicht gekommen war. *Und seine Zeit steht sicher bald bevor,* dachte er. *Das weiß ich zwar nicht bestimmt, aber ich fühle es. Ich …*

Der Gedanke brach ab, als ihm Callahans Gesichtsausdruck bewusst wurde: Entsetzen, Abscheu und wachsender Zorn.

»So etwas würde Rosalita nie tun. Lasst Euch das gesagt sein! Sie würde lieber sterben.«

Roland war perplex. »Warum?«

»Weil sie Katholikin ist!«

»Das verstehe ich nicht.«

Als Callahan zu merken schien, dass der Revolvermann das wirklich nicht verstand, war seinem Zorn die größte Schärfe genommen. Trotzdem spürte Roland, dass noch viel zurückblieb – gleich dem Schaft hinter einer Pfeilspitze. »Ihr redet von Abtreibung!«

»Ja?«

»Roland … Roland.« Callahan senkte den Kopf, und als er ihn wieder hob, schien sein Zorn verflogen zu sein. An seine Stelle war eine unerbittliche Verstocktheit getreten, die der Revolvermann von anderen Gelegenheiten kannte. Roland würde sie so wenig ändern können, wie er einen Berg mit bloßen Händen hätte versetzen können. »Meine Kirche kennt zwei Kategorien von Sünden: lässliche Sünden, die in den Augen Gottes erträglich sind, und Todsünden, die das nicht sind. Abtreibung gehört zu den Todsünden. Sie ist Mord.«

»Pere, wir reden von einem Dämon, nicht von einem menschlichen Wesen.«

»Das mögt Ihr sagen. Darüber hat aber Gott zu entscheiden, nicht ich.«

»Und was ist, wenn er sie umbringt? Sagt Ihr dann das Gleiche und wascht Eure Hände in Unschuld?«

Roland hatte die Geschichte von Pontius Pilatus nie gehört, und Callahan wusste das. Trotzdem zuckte er bei diesem Bild zusammen. Aber seine Antwort kam energisch genug. »Ihr, die Ihr vom Zerbrechen des Tets und dann erst von Sorge um ihr Leben gesprochen habt! Schande über Euch. *Schande.«*

»Mein Streben – das Streben meines Ka-Tet – gilt dem Dunklen Turm, Pere. Uns geht's nicht darum, diese Welt oder auch nur dieses Universum zu retten, sondern alle Universen. Die gesamte Existenz.«

»Das ist mir egal«, sagte Callahan. »Das ist mir *egal*. Hört mir jetzt zu, Roland, Sohn des Steven, ich möchte nämlich, dass Ihr mich sehr wohl anhört. Also, hört Ihr zu?«

Roland seufzte. »Sage Euch meinen Dank.«

»Rosa wäre niemals bereit, bei der Frau eine Abtreibung vorzunehmen. In der Stadt gibt's zweifellos Weiber, die das könnten – selbst an einem Ort, wo etwa alle zwei Jahrzehnte die Hälfte der Kinder von Ungeheuern aus dem dunklen Land entführt werden, haben solche abscheulichen Fertigkeiten sich bestimmt erhalten –, aber wenn Ihr zu einer von denen geht, braucht Ihr Euch wegen der Wölfe keine Sorgen mehr zu machen. Dann hetze ich die gesamte Calla Bryn Sturgis gegen Euch auf, lange bevor sie kommen.«

Roland starrte ihn ungläubig an. »Obwohl Ihr wisst – was Ihr sicherlich tut –, dass wir wahrscheinlich hundert andere Kinder retten können? Menschliche Kinder, deren erste Aufgabe auf Erden es nicht wäre, ihre Mütter aufzufressen?«

Callahan schien nichts gehört zu haben. Sein Gesicht war aschfahl. »Ich will noch mehr, wenn's beliebt … und sogar, wenn's Euch nicht beliebt. Ich verlange Euer Wort, das Ihr beim Angesicht Eures Vaters beschwören müsst, der Frau niemals eine Abtreibung vorzuschlagen.«

Roland fiel etwas Merkwürdiges auf: Seit dieses Thema zur Sprache gekommen war – seit es ihnen wie ein Springteufelchen ins Gesicht gesprungen war –, war Susannah für diesen Mann nicht mehr Susannah. Sie hatte sich in *die Frau* verwandelt. Und ein weiterer Gedanke: Wie viele Ungeheuer hatte Pere Callahan wohl eigenhändig erlegt?

Wie es unter extremer Belastung häufig passierte, sprach Rolands Vater mit ihm. *Diese Situation ist noch zu retten, aber wenn du so weitermachst – wenn du solche Gedanken aussprichst –, wird das aussichtslos.*

»Ich will Euer Versprechen, Roland.«

»Oder Ihr hetzt die Stadt gegen uns auf.«

»Aye.«

»Und was ist, wenn Susannah sich selbst zu einer Abtreibung entschließt? Das tun manche Frauen, und sie ist sehr weit davon entfernt, dumm zu sein. Sie kennt die Risiken.«

»Mia – die wahre Mutter des Babys – würde sie daran hindern.«

»Da wäre ich mir nicht so sicher. Susannah Deans Selbsterhaltungstrieb ist sehr stark. Und ich glaube, dass ihre Hingabe an unser Streben noch stärker ist.«

Callahan zögerte. Er sah beiseite und presste die Lippen zu einem schmalen weißen Strich zusammen. Dann sah er wieder Roland an. *»Ihr* werdet es verhindern«, sagte er. »Als ihr Dinh.«

Roland dachte: *Er hat mich kastellmatt gesetzt.*

»Also gut«, sagte er. »Ich erzähle ihr von unserem Gespräch und sorge dafür, dass sie die Lage versteht, in die Ihr uns gebracht habt. Und ich erkläre ihr, dass Eddie nichts davon erfahren darf.«

»Weshalb nicht?«

»Weil er Euch umbringen würde, Pere. Er würde Euch wegen Eurer Einmischung umbringen.«

Für Roland war es eine gewisse Genugtuung, dass Callahan die Augen aufriss. Er ermahnte sich nochmals, in seinem Inneren keinen Groll gegen diesen Mann aufzubauen, der einfach nur war, was er war. Hatte er nicht bereits von der Falle gesprochen, die er hinter sich herschleppte, wohin er auch ging?

»Hört mir jetzt zu, wie ich Euch zugehört habe, jetzt tragt Ihr nämlich Verantwortung gegenüber uns allen. Besonders gegenüber ›der Frau‹.«

Callahan zuckte leicht zusammen, als hätte Roland ihm einen Schlag versetzt. »Sagt mir, was Ihr von mir wollt.«

»Als Erstes sollt Ihr sie wo immer möglich beobachten. Wie ein Habicht! Vor allem sollt Ihr darauf achten, ob sie sich mit den Fingern hier …« Roland rieb sich die Stirn über der linken Augenbraue. »… oder hier reibt.« Diesmal war die linke Schläfe dran. »Achtet darauf, wie sie spricht. Seid wachsam, wenn sie schneller zu sprechen beginnt. Wenn sie anfängt, sich mit kleinen Rucken zu bewegen.« Roland ließ die Hand hochfahren, kratzte sich am Kopf und senkte sie dann wieder. Er warf den Kopf nach rechts und wandte sich danach ebenso ruckartig wieder Callahan zu. »Seht Ihr?«

»Ja. Sind das die Anzeichen dafür, dass Mia kommt?«

Roland nickte. »Sie soll nicht mehr allein sein, wenn sie Mia ist. Nicht mehr, wenn ich's verhindern kann.«

»Ja, ich verstehe«, sagte Callahan. »Aber ich kann kaum glauben, Roland, dass ein Neugeborenes unabhängig davon, wer oder was sein Vater gewesen sein mag …«

»Schweigt«, sagte Roland. »Schweigt, wenn's beliebt.« Und als Callahan gehorsam schwieg: »Was Ihr denkt oder glaubt, bedeutet mir nichts. Ihr habt für Euch selbst zu sorgen, und ich wünsche Euch alles Gute. Aber falls Susannah von Mia oder ihrem Sprössling etwas angetan wird, Pere, mache ich Euch für ihre Verletzungen verantwortlich. Dann bezahlt Ihr an meine gesunde Hand. Versteht Ihr das?«

»Ja, Roland.« Callahan wirkte zugleich beschämt und gelassen. Eine seltsame Verbindung.

»Also gut. Nun noch etwas anderes, das Ihr für mich tun könnt. Wenn der Tag der Wölfe da ist, brauche ich sechs *Folken*, denen ich absolut vertrauen kann. Ich möchte drei Männer und drei Frauen.«

»Stört's Euch, wenn darunter Eltern mit gefährdeten Kindern sind?«

»Nein. Aber das sollte nicht bei allen der Fall sein. Und keine der Ladys, die vielleicht Teller werfen sollen – also Sarey, Zalia, Margaret Eisenhart, Rosalita. Die sind dann woanders.«

»Wozu braucht Ihr diese sechs?«

Roland schwieg.

Callahan betrachtete ihn einen Augenblick lang, dann seufzte er. »Reuben Caverra«, sagte er. »Reuben hat seine geliebte Schwester nie vergessen. Diane Caverra, seine Frau … oder wollt Ihr keine Ehepaare?«

Nein, Ehepaare waren in Ordnung. Roland machte die kreisende Fingerbewegung, um den Pere zum Weitersprechen aufzufordern.

»Cantab von den Manni, würde ich noch vorschlagen; die Kinder laufen ihm nach, als wäre er der Rattenfänger.«

»Das verstehe ich nicht.«

»Ist auch nicht nötig. Sie laufen ihm nach, nur darauf kommt's an. Bucky Javier und seine Frau … und was haltet Ihr von Jake, Eurem Jungen? Die Kinder der Stadt verfolgen ihn schon mit Blicken, und ich vermute, dass nicht wenige Mädchen in ihn verknallt sind.«

»Nein, ich brauche ihn.«

Oder kannst du es nicht ertragen, dass er außer deiner Sicht ist?, fragte Callahan sich … ohne das jedoch zu sagen. Er hatte Roland schon so weit gedrängt, wie es klug war, zumindest für diesen Tag. Eigentlich sogar weiter.

»Wie wär's dann mit Andy? Die Kinder lieben auch ihn. Und er würde sie bis zum Letzten verteidigen.«

»Aye? Gegen die Wölfe?«

Callahan wirkte sorgenvoll. In Wirklichkeit hatte er dabei an Felskatzen gedacht. An sie und die Art Wölfe, die auf vier Beinen daherkamen. Was die anderen betraf, die aus Donnerschlag kamen …

»Nein«, sagte Roland. »Nicht Andy.«

»Warum nicht? Ihr wollt diese sechs doch nicht für den Kampf gegen die Wölfe, oder?«

»Nicht Andy«, wiederholte Roland. Das entsprang zwar nur einem Gefühl, aber Gefühle dienten ihm als Ersatz für die Gabe der Fühlungnahme, wie sie Jake besaß. »Ihr habt noch Zeit, darüber nachzudenken, Pere … und wir werden das auch tun.«

»Ihr seid heute in der Stadt unterwegs.«

»Aye. Heute und in den kommenden paar Tagen.«

Callahan grinste. »Eure Freunde und ich würden das als ›schmajen‹ bezeichnen. Das ist ein jiddischer Ausdruck."

»Aye? Zu welchem Stamm gehören sie?«

»Nach allem, was man hört, zu einem unglücklichen. Für *schmajen* sagt man hier *commala*. Das ist ihr Wort für nahezu alles.« Callahan war leicht belustigt darüber, wie viel ihm daran lag, den Revolvermann wieder für sich einzunehmen. Auch ein bisschen von sich selbst angewidert. »Jedenfalls wünsche ich Euch dabei viel Erfolg.«

Roland nickte. Callahan setzte sich in Bewegung, um zum Pfarrhaus zurückzugehen, wo Rosalita bereits die Pferde vor den leichten Wagen gespannt hatte und nun ungeduldig auf Callahans Kommen wartete, damit sie aufbrechen konnten, um Gottes Werk zu tun. Auf halber Höhe des Abhangs drehte Callahan sich noch einmal um.

»Ich entschuldige mich nicht für meine Überzeugungen«, sagte er, »aber falls ich Eure Arbeit hier in der Calla erschwert habe, tut's mir Leid.«

»Euer Jesusmensch scheint mir ein ziemlicher Dreckskerl zu sein, wenn's um Frauen geht«, sagte Roland. »War er jemals verheiratet?«

Callahan zuckte mit den Mundwinkeln. »Nein«, sagte er, »aber seine Freundin war eine Hure.«

»Nun«, sagte Roland, »immerhin ein Anfang.«

4

Roland ging zurück und lehnte sich wieder an den Zaun. Der Tag drängte ihn, endlich anzufangen, aber er wollte Callahan einen Vorsprung lassen. Dafür hatte er keinen besseren Grund als für seine spontane Ablehnung Andys; nur ein Gefühl.

Er stand noch immer dort und drehte sich eine weitere Zigarette, als Eddie mit hinten aus der Hose flatterndem Hemd und den Stiefeln in der Hand den Abhang herunterkam.

»Heil, Eddie«, sagte Roland.

»Heil, Boss. Hab dich mit Callahan reden sehen. Unsere Wilma und unseren Fred gib uns heute.«

Roland zog die Augenbrauen hoch.

»Schon gut«, sagte Eddie. »Roland, wegen all der Aufregung bin ich nicht dazugekommen, dir Gran-Peres Geschichte zu erzählen. Sie könnte wichtig sein. Und *könnte* sage ich eigentlich nur aus Bescheidenheit.«

»Ist Susannah schon auf?«

»Jau. Sie wäscht sich gerade. Und Jake ist dabei, etwas zu verschlingen, das wie ein Omelett aus zwölf Eiern aussieht.«

Roland nickte. »Ich habe die Pferde schon gefüttert. Wir können sie satteln, während du mir die Geschichte des Alten erzählst.«

»Ich glaube nicht, dass sie so lange dauert«, sagte Eddie – und das tat sie dann auch nicht. Zur Pointe – was der Alte ihm ins

Ohr geflüstert hatte – kam er, als sie eben die Scheune erreichten. Roland wandte sich ihm zu und hatte die Pferde in diesem Augenblick vergessen. In seinen Augen blitzte es. Er umklammerte Eddies Schultern mit beiden Händen – also sogar mit seiner verkrüppelten Rechten –, und packte schmerzhaft zu.

»Sag das noch mal!«

Eddie nahm ihm das harte Zupacken nicht übel. »Er hat mich aufgefordert, ganz dicht heranzukommen. Er hat gesagt, dass er das nie jemandem außer seinem Sohn erzählt hat, was ich ihm auch glaube. Tian und Zalia wissen, dass er dort draußen war – oder es jedenfalls behauptet –, aber sie wissen nicht, was er gesehen hat, nachdem er dem Ding die Maske abgerissen hat. Sie wissen wahrscheinlich noch nicht mal, dass es die Rote Molly war, die das Ding erledigt hat. Und dann hat er geflüstert …« Eddie wiederholte Roland, was Tians Gran-Pere gesehen zu haben behauptete.

Rolands triumphierender Blick funkelte so hell, dass er fast erschreckend war. »Graue Pferde!«, sagte er. »Alle diese Pferde von genau gleicher Färbung! Verstehst du das nun, Eddie? Verstehst du's?«

»Jau!«, sagte Eddie. Er bleckte grinsend die Zähne. Es war allerdings nicht sonderlich tröstlich, dieses Grinsen. »Hier waren wir doch schon mal, wie das Revuegirl zu dem Geschäftsmann sagte.«

5

Im amerikanischen Standardenglisch dürfte das Wort mit den meisten Bedeutungen *run* sein. Das *Random House Unabridged Dictionary* bietet hundertachtundsiebzig Möglichkeiten an, die mit »rasch laufen, die Beine schneller als im Gehtempo bewegen« anfangen und mit »geschmolzen oder verflüssigt« aufhören. In den Bogen-Callas des Grenzlands zwischen Mittwelt und Donnerschlag wäre das Blaue Band für die meisten Bedeutungen an *commala* gegangen. Hätte das Wort im Random House Unabridged gestanden, hätte die erste Definition (unter der Voraussetzung, dass sie wie üblich nach der Häufigkeit des Gebrauchs aufgeführt wären) »eine am äußersten Ostrand der Allwelt angebaute Reissorte« gelautet. Die zweite wäre jedoch »Geschlechtsverkehr« gewesen. Die dritte hätte »Orgasmus« gelautet – wie in *Bist du commala gekommen?* (Wobei die erhoffte Antwort *Aye, sage dir meinen Dank, commala groß-groß* hätte lauten können.) Die »Commala wässern« heißt, den Reis in Trockenperioden zu bewässern; es bedeutet auch »masturbieren«. Commala ist der Beginn eines großen Festmahls, eines Familienfests (nicht das Mahl selbst, wenn's beliebt, sondern der Augenblick, in dem das Essen beginnt). Ein Mann, der anfängt, sein Haar zu verlieren (wie es Garrett Strong in diesem Jahr passierte), kommt commala. Tiere zur Zucht zu verwenden heißt feucht-commala. Kastrierte Tiere sind trocken-commala, obwohl einem niemand sagen könnte, warum. Eine Jungfrau ist grün-commala, eine menstruierende Frau ist rot-commala, ein alter Mann, der kein Eisen vor der Esse mehr schmieden kann, ist – sagt schade – weich-commala. »Commala stehen« heißt Bauch an Bauch stehen, ein Slangausdruck, der »Geheimnisse teilen« bedeutet. Die sexuellen Untertöne des Wortes sind klar, aber weshalb sollten die felsigen Arroyos nördlich der Stadt als die Commala-Gründe bekannt sein? Und wie kommt es eigentlich, dass eine Gabel manchmal eine Commala ist, aber nie ein Löffel oder ein Messer? Dieses Wort hat zwar keine hundertachtundsiebzig Bedeutungen, aber bestimmt siebzig. Doppelt so viele, wenn man die verschiedenen Bedeutungsabstufungen einbeziehen wollte. Eine der Bedeutungen – sie wäre bestimmt unter den Top Ten – ist die von Pere Callahan als *schmajen* definierte. Der vollständige Ausdruck hätte »komm Sturgis commala« oder »komm Bryn-a commala« gelautet. Seine buchstäbliche Bedeutung wäre gewesen, mit der Gemeinschaft als Ganzes Bauch an Bauch zu stehen.

An den folgenden fünf Tagen versuchten Roland und sein Ka-Tet, diesen Vorgang fortzusetzen, den die Außenweltler in Tooks Gemischtwarenladen begonnen hatten. Anfangs kamen sie nur zäh voran (»Als wollte man mit nassem Anmachholz Feuer machen«, sagte Susannah nach dem ersten Abend verärgert), aber allmählich ließen die *Folken* sich überzeugen. Oder erwärmten sich zumindest für sie. Jeden Abend kehrten Roland und die Deans in Peres Pfarrhaus zurück. Jeden Abend oder am Spätnachmittag kehrte Jake auf die Rocking B Ranch zurück. Andy gewöhnte sich an, ihn an der Stelle zu erwarten, wo die Zufahrt zur Rocking B von der Oststraße abzweigte, machte ihm jedes Mal seine Verbeugung und sagte: »Guten Abend, Soh! Möchtet Ihr Euer Horoskop hören? Wir sind in der Zeit des Jahres, die manchmal *Charyou*-Ernte genannt wird! Ihr werdet einen alten Freund treffen! Eine junge Lady denkt liebevoll an Euch!« Und so weiter.

Jake hatte Roland nochmals gefragt, warum er so viel Zeit mit Benny Slightman verbringen solle.

»Gefällt dir das nicht?«, sagte Roland daraufhin. »Magst du ihn nicht mehr?«

»Ich mag ihn sehr, Roland, aber wenn es etwas gibt, was ich tun soll, außer ins Heu hinunterzufliegen, Oy beizubringen, Purzelbäume zu schlagen, oder zu sehen, wer einen flachen Stein am häufigsten über den Fluss springen lassen kann, solltest du's mir irgendwie sagen.«

»Es gibt sonst nichts«, sagte Roland. Dann fügte er hinzu, so als wäre ihm das nachträglich eingefallen: »Und sieh zu, dass du genug Schlaf bekommst. Heranwachsende Jungen brauchen viel Schlaf.«

»Warum bin ich dort draußen?«

»Weil ich das für richtig halte«, sagte Roland. »Ich will nur, dass du die Augen offen hältst und mir erzählst, wenn du etwas siehst, was dir nicht gefällt oder was du nicht verstehst.«

»Bist du tagsüber nicht sowieso genug mit uns zusammen, Kiddo?«, fragte Eddie ihn.

Sie *waren* an den folgenden fünf Tagen ständig zusammen, und die Tage waren lang. Der Reiz des Neuen, der darin lag, Sai Overholsers Pferde zu reiten, ließ rasch nach. Ebenso wie die Klagen über Muskelschmerzen und wunde Hintern. Als sie sich auf einem dieser Ritte der Stelle näherten, an der Andy auf Jake warten würde, richtete Roland an Susannah geradeheraus die Frage, ob sie jemals daran gedacht habe, ihr Problem durch eine Abtreibung zu lösen.

»Na ja«, sagte sie, indem sie ihn von ihrem Pferd aus neugierig musterte, »ich will nicht behaupten, dass mir dieser Gedanke nie durch den Kopf gegangen ist.«

»Verbanne ihn«, sagte er. »Keine Abtreibung.«

»Gibt's dafür einen bestimmten Grund?«

»Ka«, sagte Roland.

»Kaka«, warf Eddie prompt ein. Es war ein alter Scherz, aber die drei lachten darüber, und Roland genoss es, in ihr Lachen einzustimmen. Und damit war das Thema erledigt. Roland konnte zwar kaum glauben, dass dem so war, aber er war froh darüber. Die Tatsache, dass Susannah so wenig Neigung zeigte, über Mia und ihre Schwangerschaft zu sprechen, machte ihn wirklich dankbar. Er vermutete, dass es Dinge gab – sogar ziemlich viele –, die sie lieber gar nicht wissen wollte.

Trotzdem hatte es ihr nie an Mut gefehlt. Roland war davon überzeugt, dass die Fragen früher oder später kommen würden, aber nachdem sie die Stadt fünf Tage lang als Quartett (als Quintett, wenn man Oy mitzählte, der stets mit Jake ritt) durchstreift hatten, um die Einwohner zu befragen, begann er, Susannah nachmittags auf die Kleinfarm der Familie Jaffords hinauszuschicken, damit sie sich mit dem Teller übte.

Acht Tage oder so nach ihrem langen Palaver auf der Veranda des Pfarrhauses – nach dem, das bis vier Uhr morgens gedauert hatte –, lud Susannah sie auf die Farm ein, damit alle ihre Fortschritte begutachten konnten. »Das hat Zalia vorgeschlagen«, sagte sie. »Sie will wohl wissen, ob ich gut genug für euch bin.«

Roland wusste, dass er nur Susannah selbst zu fragen brauchte, wenn er diese Frage beantwortet haben wollte, aber er war neugierig. Bei ihrer Ankunft fanden sie auf der Veranda hinter dem Haus die gesamte Familie und auch einige von Tians Nachbarn vor: Jorge Estrada und seine Frau, Diego Adams (in Chaparajos), das Ehepaar Javier. Sie sahen wie Zuschauer bei einem Points-Training aus. Zalman und Tia, die minderen Zwillinge, standen im Hintergrund und glotzten all die Besucher mit großen Augen an. Auch Andy war da; er hielt den kleinen Aaron (der fest schlief) in den Armen.

»Roland, falls du das geheim halten wolltest, rate mal, was?«, sagte Eddie.

Roland ließ sich nicht aus der Fassung bringen, obwohl auch er jetzt erkannte, dass seine Drohung gegenüber den Cowboys, die gesehen hatten, wie Sai Eisenhart den Teller warf, völlig nutzlos gewesen war. Auf dem Land wurde getratscht, damit musste man sich abfinden. Ob im Grenzland oder in den Baronien – Tratschen galt überall als Lieblingssport. *Aber wenigstens,* überlegte er sich, *werden die drei Viehtreiber die Nachricht verbreiten, dass Roland ein harter Bursche – stark-commala – ist, der nicht mit sich spaßen lässt.*

»Lässt sich nicht ändern«, sagte er. »Die Calla-*Folken* wissen seit langen Jahren, dass die Schwestern von Oriza den Teller werfen. Wenn sie jetzt erfahren, dass auch Susannah ihn wirft – und ihn gut wirft –, kann das vielleicht sogar nützlich sein.«

Roland, Eddie und Jake wurden respektvoll begrüßt, als sie auf die Veranda kamen. Andy erzählte Jake sofort, dass es da eine junge Lady gebe, die sich geradezu nach ihm verzehre. Jake wurde rot und sagte, solche Dinge wolle er lieber gar nicht erfahren, wenn es Andy recht sei.

»Wie Ihr wünscht, Soh.« Jake merkte, dass er die wie eine stählerne Tätowierung auf Andys Brust eingeprägten Wörter und Zahlen studierte und sich wieder einmal fragte, ob er wirklich in dieser Welt mit Cowboys und Robotern war oder ob das alles nur ein besonders lebhafter Traum war. »Ich hoffe, dass dieses Kleinkind bald aufwacht, das tue ich. Und dass es weint! Weil ich nämlich mehrere beruhigende Wiegenlieder kenne, die …«

»Halt's Maul, du quietschender Stahlbandit!«, sagte Gran-Pere verärgert, und nachdem Andy seine Verzeihung erfleht hatte (in seinem gewohnt selbstgefälligen, nicht im Geringsten bedauernden Ton), verstummte er. *Kurier, viele weitere Funktionen,* dachte Jake. *Gehört es zu deinen weiteren Funktionen, Leute aufzuziehen, Andy, oder bilde ich mir das nur ein?*

Susannah war mit Zalia im Haus verschwunden. Als sie wieder herauskamen, trug Susannah nicht nur eine jener Schilftaschen, sondern gleich zwei. Sie hingen an geflochtenen Tragegurten auf Höhe ihrer Hüften. Und ein weiterer Gurt führte, wie Eddie sehen konnte, um ihre Taille und fixierte die Taschen. Wie der Lederriemen zum Festbinden eines Revolverholsters.

»Diese Anbringung sieht gut aus, sage euch meinen Dank«, bemerkte Diego Adams.

»Die hat Susannah sich ausgedacht«, sagte Zalia, während Susannah sich in ihren Rollstuhl schwang. »Den Knoten nennt sie eine Dockerschlinge.«

Das ist keine, sagte Eddie sich, nicht ganz, aber immerhin ziemlich ähnlich. Er spürte, dass seine Mundwinkel sich zu einem anerkennenden Lächeln hoben, und sah ein ähnliches auf Rolands Gesicht. Und auf Jakes. Guter Gott, sogar Oy schien zu grinsen.

»Ist sie auch brauchbar, das frage ich mich«, sagte Bucky Javier. Das eine solche Frage überhaupt gestellt wurde, so fand Eddie, unterstrich nur den Unterschied zwischen den Revolvermännern und den Calla-*Folken*. Eddie und seine Gefährten hatten auf den ersten Blick erfasst, woraus die Anbringung bestand und wie sie funktionieren würde. Javier dagegen war ein Kleinfarmer und sah als solcher die Welt aus einem ganz anderen Blickwinkel.

Ihr braucht uns, dachte Eddie mit einem Blick zu der auf der Veranda stehenden kleinen Gruppe von Männern – die Farmer in ihren schmutzigen weißen Hosen, Adams in Chaparajos und Kurzstiefeln, an denen Stallmist klebte. *Mann, das tut ihr echt.*

Susannah rollte vor die Veranda und zog dann ihre Beinstümpfe unter den Körper, sodass sie fast im Rollstuhl zu stehen schien. Eddie wusste, welche Schmerzen ihr diese Haltung bereitete, aber auf ihrem Gesicht war kein Unbehagen zu erkennen. Roland warf inzwischen einen Blick in die Taschen, die sie sich umgehängt hatte. In jeder steckten vier Teller, alle einfarbig grau und unbemalt. Übungsteller.

Zalia ging über den Hof zur Scheune. Während Roland und Eddie die an der Scheunenwand hängende Wolldecke sofort bemerkt hatten, fiel sie den anderen erst auf, als Zalia sie herunterzog. An die Bretterwand hatte jemand mit Kreide die Umrisse eines Mannes – oder eines menschenähnlichen Wesens – mit starrem Grinsen auf dem Gesicht und der Andeutung eines hinter ihm herflatternden Umhangs gezeichnet. Die Darstellung besaß zwar nicht die Qualität der Arbeiten der Zwillinge Tavery, nicht im Entferntesten, aber die auf der Veranda Versammelten erkannten einen Wolf, wenn sie einen sahen. Die älteren Kinder raunten. Die Ehepaare Estrada und Javier klatschten Beifall, wirkten dabei aber besorgt wie Leute, die fürchten, sie könnten den Teufel heranpfeifen. Andy machte der Künstlerin (»wer immer sie sein mag«, fügte er schalkhaft hinzu) ein Kompliment, worauf Gran-Pere ihn erneut aufforderte, doch die Klappe zu halten. Dann rief er, die Wölfe, die *er* gesehen habe, seien verdammt viel größer gewesen. Seine Stimme war vor Aufregung schrill.

»Also, ich habe ihn eben in Mannesgröße gezeichnet«, sagte Zalia (in Wahrheit hatte sie ihn genau in der Größe eines *Ehemanns* gezeichnet). »Falls die echten Wölfe ein größeres Ziel abgeben, ist's umso besser. Hört mich an, ich bitte euch.« Die Aufforderung klang unsicher, fast wie eine Frage.

Roland nickte. »Wir sagen Euch unseren Dank.«

Zalia warf ihm einen dankbaren Blick zu, dann trat sie von der Umrisszeichnung an der Scheunenwand zurück. Sie nickte Susannah zu. »Wann Ihr wollt, Lady.«

Susannah verharrte einige Augenblicke lang unbeweglich, wo sie war, gut sechzig Schritte von der Scheune entfernt. Die Hände hatte sie so zwischen die Brüste gelegt, dass die Rechte die Linke bedeckte. Den Kopf hielt sie gesenkt. Ihre Ka-Gefährten wussten genau, was in diesem Kopf vorging: *Ich ziele mit dem Auge, schieße mit der Hand, töte mit dem Herzen.* Ihre eigenen Herzen berührten Susannahs, vielleicht durch Jakes Gabe oder Eddies Liebe beflügelt, ermutigten sie, wünschten ihr alles Gute, ließen sie ihre erwartungsvolle Aufregung spüren. Roland beobachtete sie scharf. Würde eine weitere geschickte Hand mit dem Teller den Ausschlag zu ihren Gunsten geben? Vielleicht nicht. Aber er war, was er war, und sie war es ebenfalls, deshalb wünschte er ihr mit allen Fasern seines Herzens Treffsicherheit.

Sie hob den Kopf. Starrte die mit Kreide gezeichneten Umrisse an der Scheunenwand an. Die Hände lagen weiterhin zwischen den Brüsten. Dann stieß sie den schrillen Schrei aus, den Margaret Eisenhart auf dem Hof der Rocking B ausgestoßen hatte, und Roland fühlte, wie sein Puls sich beschleunigte. In diesem Augenblick hatte er eine klare und schöne Erinnerung an seinen Falken David, der am blauen Sommerhimmel die Flügel zusammenlegte und sich wie ein Stein mit Augen auf seine Beute stürzte.

»Riza!«

Die Hände fielen herab und verschwammen. Nur Roland,

Eddie und Jake konnten verfolgen, wie sie sich vor der Taille kreuzten, wie die rechte Hand einen Teller aus der linken Tasche und die Linke einen aus der rechten Tasche zog. Sai Eisenhart hatte über die Schulter ausgeholt und damit Zeit geopfert, um Schwung und Zielsicherheit zu steigern. Susannahs Arme kreuzten sich lediglich unter ihrem Brustkorb und dicht über den Armlehnen ihres Rollstuhls, und die Teller erreichten den höchsten Punkt ihrer bogenförmigen Bahn etwa in Schulterhöhe. Dann flogen sie und kreuzten sich in der Luft, unmittelbar bevor sie sich mit dumpfem Aufprall ins Holz der Scheunenwand gruben.

Susannah behielt die Arme vor sich ausgestreckt; auf diese Weise glich sie einen Augenblick lang einem Impresario, der gerade eine Glanznummer angesagt hat. Dann fielen sie wieder herab, kreuzten sich und zogen zwei weitere Teller heraus. Sie warf sie, griff nochmals zu und warf das dritte Paar. Die beiden ersten zitterten noch, als die beiden letzten ins Holz einschlugen – eines hoch und eines tief.

Auf dem Hof der Jaffordsens herrschte sekundenlang tiefe Stille. Nicht einmal ein Vogel rief. Die acht Teller bildeten eine schnurgerade Linie von der Kehle der mit Kreide gezeichneten Figur bis zu einem Punkt, der in Nabelhöhe gelegen hätte. Alle waren ein bis zwei Fingerbreit voneinander entfernt und schienen eine senkrechte Knopfreihe zu bilden. Und sie hatte alle acht in nicht mehr als drei Sekunden geworfen.

»Wollt Ihr den Teller etwa gegen die Wölfe einsetzen?«, fragte Bucky Javier mit eigenartig atemloser Stimme. »Ist es das, was Ihr vorhabt?«

»Noch ist nichts entschieden«, sagte Roland abwehrend.

Mit kaum vernehmbarer Stimme, aus der aber Entsetzen und Staunen sprachen, sagte Deelie Estrada: »Aber wäre das ein Mann gewesen, hört mich an, wäre er jetzt Hackfleisch!«

Es war Gran-Pere, der das letzte Wort hatte, so wie es Gran-Peres vielleicht zusteht: *»Meine Fresse!«*

6

Als sie zur Hauptstraße zurückritten (Andy ging ein Stück weit vor ihnen, trug den zusammengeklappten Rollstuhl und spielte über seine Tonanlage etwas Dudelsackartiges), meinte Susannah nachdenklich: »Vielleicht gebe ich den Revolver ganz auf, Roland, und konzentriere mich nur auf den Teller. Es ist eine urgewaltige Befriedigung, diesen Schrei auszustoßen und dann zu werfen.«

»Du hast mich an meinen Falken erinnert«, sagte Roland und nickte.

Susannahs Zähne blitzten weiß auf, als sie lächelte. »Ich habe mich auch wie ein Falke *gefühlt!* Riza! O-*Riza!* Ich brauche das Wort nur auszusprechen, um in Wurfstimmung zu kommen.«

Jake fühlte sich dabei auf vage Weise an Gasher, den Schlitzer, erinnert (»Dein Kumpel Gasher«, wie dieser Gentleman sich oft selbst genannt hatte), und er zitterte.

»Würdest du den Revolver wirklich aufgeben?«, fragte Roland. Er wusste nicht, ob er belustigt oder entsetzt sein sollte.

»Würdest du dir selbst Zigaretten drehen, wenn du maßgeschneiderte kriegen könntest?«, fragte sie, dann fügte sie hinzu, bevor er antworten konnte: »Nein, eigentlich nicht. Trotzdem ist der Teller eine wunderbare Waffe. Wenn sie kommen, möchte ich zwei Dutzend werfen. Und die maximale Trefferzahl erzielen.«

»Könnten die Teller knapp werden?«, fragte Eddie.

»Ach was«, sagte sie. »Es gibt zwar nicht viele von den kunstvoll gearbeiteten Tellern – wie der, den Sai Eisenhart für dich geworfen hat, Roland –, aber hunderte von Übungstellern. Rosalita und Sarey Adams erproben sie und sortieren alle aus, die wackelig fliegen könnten.« Sie zögerte, dann senkte sie die Stimme. »Sie waren alle auf der Farm, Roland, und obwohl Sarey tapfer wie eine Löwin ist und einem Wirbelsturm standhalten würde …«

»Sie hat's nicht, was?«, sagte Eddie mitfühlend.

»Nicht ganz«, bestätigte Susannah. »Sie ist gut, aber weniger gut als die anderen. Und sie besitzt nicht ganz dieselbe Wildheit.«

»Ich habe vielleicht etwas anderes für sie«, sagte Roland.

»Und was wäre das, Süßer?«

»Vielleicht eine Aufgabe als Geleitschutz. Übermorgen werden wir sehen, wie sie alle werfen. Ein kleiner Wettkampf wirkt immer belebend. Fünf Uhr nachmittags, Susannah, wissen das schon alle?«

»Ja. Der größte Teil der Einwohnerschaft würde zusammenlaufen, wenn du sie lassen würdest.«

Das war entmutigend ... aber damit hätte er rechnen müssen. *Ich war zu lange nicht mehr unter Menschen,* dachte er. *Das war ich wirklich nicht.*

»Niemand außer den Ladys und uns selbst«, sagte Roland nachdrücklich.

»Wenn die Calla-*Folken* die Frauen gut werfen sehen würden, könnte das viele überzeugen, die noch an der Seitenlinie stehen.«

Roland schüttelte den Kopf. Er *wollte* nicht, dass sie erfuhren, wie gut die Frauen warfen, das war ja praktisch der springende Punkt. Aber dass die Stadt wusste, *dass* sie warfen ... nun, das war vielleicht nicht einmal schlecht. »Wie gut sind sie, Susannah? Sag.«

Sie überlegte, dann lächelte sie. »Tödlich sicher«, sagte sie. »Jede einzelne.«

»Kannst du ihnen diesen Wurf über Kreuz beibringen?«

Susannah dachte über die Frage nach. Mit ausreichend Geduld und Zeit konnte man jedem praktisch alles beibringen, aber ihnen fehlte beides. Nur noch dreizehn Tage, und wenn die Schwestern von Oriza (mit ihrem neuesten Mitglied, Susannah von New York) sich auf dem Hof hinter Pere Callahans Haus zum Wettkampf trafen, würden es nur noch eineinhalb Wochen sein. Der Wurf über Kreuz war für sie ebenso natürlich, wie es alles gewesen war, was mit dem Schießen zusammenhing. Aber die anderen …

»Rosalita wird ihn lernen«, sagte sie schließlich. »Margaret Eisenhart *könnte* ihn lernen, aber sie könnte im falschen Augenblick durcheinander kommen. Zalia? Nein. Sie wirft am besten jedes Mal nur einen Teller, immer mit der rechten Hand. Sie ist etwas langsamer, aber ich garantiere dir, dass jeder Teller, den sie wirft, jemands Blut trinken wird.«

»Yeah«, sagte Eddie. »Das heißt, bis ein Schnaatz sich auf sie stürzt und sie aus ihrem Korsett bläst.«

Susannah ignorierte diesen Einwurf. »Wir können ihnen schaden, Roland. Du weißt, dass wir das können.«

Roland nickte. Was er gesehen hatte, hatte ihn gewaltig ermuntert – vor allem im Licht dessen, was Eddie ihm erzählt hatte. Auch Susannah und Jake kannten jetzt Gran-Peres uraltes Geheimnis. Überhaupt, Jake …

»Du bist heute sehr schweigsam«, sagte Roland zu dem Jungen. »Ist alles in Ordnung?«

»Mir geht's gut, ich sage dir meinen Dank«, antwortete Jake. Er hatte Andy beobachtet. Hatte daran gedacht, wie Andy den kleinen Aaron gewiegt hatte. Hatte sich überlegt, dass der Kleine vermutlich innerhalb eines halben Jahres sterben würde, falls Tian und Zalia und die übrigen Kinder starben und es Andy überlassen blieb, Aaron aufzuziehen. Sterben oder der verrückteste kleine Junge des Universums werden. Andy würde ihn windeln, Andy würde ihn vorschriftsmäßig ernähren, Andy würde die Windeln wechseln, wenn sie gewechselt werden mussten, ihn ein Bäuerchen machen lassen, wenn er ein Bäuerchen machen musste, und ihm alle möglichen Wiegenlieder vorsingen. Jedes würde perfekt vorgetragen werden, aber aus keinem würde die Liebe einer Mutter sprechen. Oder die eines Vaters. Andy war nur Andy, Modell Kurier, viele weitere Funktionen. Für den kleinen Aaron würde es besser sein … nun ja, von Wölfen aufgezogen zu werden.

Dieser Gedanke führte ihn zu der Nacht zurück, in der Benny und er gezeltet hatten (was sie seither nicht wieder getan hatten; das Wetter war kalt geworden). Zu der Nacht, in der er das Palaver zwischen Andy und Bennys Da' beobachtet hatte. Danach war Bennys Da' durch den Fluss gewatet. Auf dem Weg nach Osten.

In Richtung Donnerschlag unterwegs.

»Jake, fehlt dir wirklich nichts?«, fragte Susannah.

»Nein, Ma'am«, sagte Jake, weil er wusste, dass diese Anrede sie wahrscheinlich zum Lachen bringen würde. Das tat es auch, und Jake stimmte in ihr Lachen ein, dachte aber weiter an Bennys Da'. An die Brille, die Bennys Da' trug. Jake wusste ziemlich sicher, dass er der einzige Brillenträger in der Calla war. Er hatte ihn eines Tages danach gefragt, als sie zu dritt eine der beiden Nordweiden der Rocking B nach ausgebrochenen Rindern abgesucht hatten. Bennys Da' hatte ihm eine Geschichte erzählt, wie er einen schönen funktionsfähigen Colt gegen die Brille eingetauscht habe – von einem der Seeboot-Märkte sei das gewesen, damals als Bennys Schwester, Oriza hab sie selig, noch gelebt habe. Das hatte er getan, obwohl alle Cowboys – sogar Vaughn Eisenhart selbst, wenn's beliebt – ihm erklärt hätten, Brillen funktionierten nie; sie taugten nicht mehr als Andys Horoskope. Aber Ben Slightman hatte sie aufprobiert, und sie hatte alles verändert. Plötzlich, zum ersten Mal seit er ungefähr sieben gewesen war, hatte er die Welt wirklich sehen können.

Er hatte die Brille im Weiterreiten an seinem Hemd poliert, sie so zum Himmel hochgehalten, dass auf seinen Wangen zwei verschwommene helle Flecken erschienen, und sie dann wieder aufgesetzt. »Würde ich sie je verlieren oder zerbrechen, wüsste ich nicht, was ich täte«, hatte er gesagt. »Ich bin zwanzig oder mehr Jahre recht gut ohne Sehhilfe ausgekommen, aber an etwas Besseres gewöhnt man sich verflucht schnell. Hör mich an, ich bitte dich.«

Jake *hatte* ihn angehört, hatte ihn sich sehr wohl angehört. Das war eine gute Story. Er war überzeugt, dass Susannah sie geglaubt hätte (immer vorausgesetzt, die Einzigartigkeit von Slightmans Brille wäre ihr überhaupt aufgefallen). Er vermutete, auch Roland hätte sie geglaubt. Slightman erzählte sie auf genau die richtige Weise: wie ein Mann, der sich weiterhin glücklich schätzte und andere Leute gern wissen ließ, dass er in einem Punkt Recht behalten hatte, in dem nicht wenige andere, darunter auch sein Boss, danebengehauen hatten. Sogar Eddie hätte sie vielleicht geschluckt. An Slightmans Story gab es nur eines auszusetzen – dass sie nicht wahr war. Jake wusste nicht, wie die Sache sich wirklich verhielt, so tief reichte seine Gabe der Fühlungnahme nicht, aber zumindest so viel wusste er. Und das machte ihm Sorgen.

Wahrscheinlich steckt nichts dahinter, ehrlich. Wahrscheinlich hat er sie nur auf eine Weise bekommen, die weniger gut klingen würde. Wer weiß, vielleicht hat einer von den Manni sie aus einer anderen Welt mitgebracht, und Bennys Da' hat sie ihm geklaut.

Das war aber nur eine Möglichkeit; wäre Jake unter Druck gesetzt worden, hätte er ein weiteres halbes Dutzend erfinden können. Er war ein phantasievoller Junge.

Trotzdem machte ihm das Sorgen, wenn er es mit dem kombinierte, was er am Fluss gesehen hatte. Was konnte Eisenharts Vormann auf dem jenseitigen Whye-Ufer zu tun gehabt haben? Jake konnte sich keinen Reim darauf machen. Und trotzdem ließ ihn irgendetwas verstummen, wenn er kurz davor war, mit Roland über dieses Thema zu sprechen.

Und das alles, nachdem du ihm deinerseits Vorwürfe wegen seiner Geheimnistuerei gemacht hast!

Ja, ja, ja. Aber …

Aber was, kleiner Cowboy?

Aber Benny, das war es. Benny war das Problem. Oder womöglich war Jake in Wirklichkeit selbst das Problem. Er war nie sehr geschickt darin gewesen, Freunde zu gewinnen, und jetzt hatte er einen guten, einen wirklichen Freund. Bei der Vorstellung, er könnte Bennys Da' in Schwierigkeiten bringen, wurde ihm fast schlecht.

7

Zwei Tage später trafen Rosalita Munoz, Zalia Jaffords, Margaret Eisenhart, Sarey Adams und Susannah Dean sich um fünf Uhr nachmittags auf dem Feld unmittelbar westlich von Rosas schmuckem Abort. Dabei gab es reichlich Gekicher und nicht wenige Ausbrüche von nervösem, kreischendem Gelächter. Roland hielt sich zunächst fern und wies Eddie und Jake an, das Gleiche zu tun. Am besten gab man ihnen die Möglichkeit, ihre Nervosität abzubauen.

Am Holzzaun lehnten mit jeweils drei Metern Abstand Strohpuppen mit plumpen Scharfwurzel-»Köpfen«. Jeder Kopf war mit einem Jutesack umwickelt, der so drapiert war, dass er wie die Kapuze eines Umhangs aussah. Vor jeder Strohpuppe standen drei Körbe. Einer enthielt weitere Scharfwurzelknollen. Ein anderer war voller Kartoffeln. Der Inhalt der dritten Körbe rief allgemeines Ächzen und laute Proteste hervor – sie enthielten Radieschen. Roland forderte sie auf, das Gejammer einzustellen; er habe ursprünglich sogar daran gedacht, Erbsen zu nehmen, sagte er. Keine der Frauen (nicht einmal Susannah) hätte beschwören können, dass er nur scherzte.

Callahan, der heute Jeans und eine Rancherweste mit vielen Taschen trug, kam auf die Veranda geschlendert, auf der Roland saß und rauchte, während er darauf wartete, dass die Ladys sich beruhigten. Jake und Eddie spielten am Verandatisch Dame.

»Vaughn Eisenhart ist an der Tür«, sagte der Pere zu Roland. »Er will zu Tookys Laden gehen und ein Bier trinken – aber erst, wenn er ein Wort mit Euch gewechselt hat.«

Roland seufzte, stand auf und ging durchs Haus nach vorn. Eisenhart saß auf dem Kutschbock eines leichten Einspänners, hatte die Kurzstiefel aufs Spritzbrett gestellt und sah missmutig zu Callahans Kirche hinüber.

»Guten Tag wünsch ich Euch, Roland«, sagte er.

Wayne Overholser hatte Roland vor ein paar Tagen einen breitkrempigen Cowboyhut geschenkt. Den lüftete er jetzt vor dem Rancher, dann wartete er.

»Ihr werdet bald die Feder herumschicken, vermute ich«, sagte Eisenhart. »Eine Stadtversammlung einberufen, wenn's beliebt.«

Roland bestätigte, dass dem so war. Es war nicht Sache der Stadt, den Rittern des Eld vorzuschreiben, wie sie ihre Pflicht zu erfüllen hatten, aber Roland würde ihr mitteilen, welcher Pflicht es nachzukommen galt. So viel war er diesen Leuten schuldig.

»Ich möchte, dass Ihr wisst, dass ich sie berühren und weiterschicken werde, wenn's so weit ist. Und wenn dann in der Versammlung abgestimmt wird, sage ich aye.«

»Sage Euch meinen Dank«, antwortete Roland. Irgendwie war er gerührt. Seit er mit Jake, Eddie und Susannah zusammen war, schien sein Herz gewachsen zu sein. Manchmal bedauerte er das. Meistens jedoch nicht.

»Took wird keines von beidem tun.«

»Ja«, stimmte Roland zu. »Solange das Geschäft floriert, werden die Tooks dieser Welt die Feder nie berühren. Und nicht aye sagen.«

»Overholser steht auf seiner Seite.«

Das war ein Schlag. Kein ganz unerwarteter, aber er hatte gehofft, Overholser werde zuletzt doch noch einschwenken. Trotzdem konnte Roland auf genügend Unterstützung zählen, und das wusste Overholser vermutlich. Wenn der Farmer klug war, würde er untätig bleiben und einfach nur abwarten, wie die Dinge sich so oder so entwickelten. Falls er sich einmischte, war die Wahrscheinlichkeit groß, dass er die nächste Ernte nicht mehr in seine Scheuern einfahren würde.

»Ich wollte Euch nur eines sagen«, fuhr Eisenhart fort. »Ich halte wegen meiner Frau zu Euch, und meine Frau hält zu Euch, weil sie jagen will. Darauf laufen alle diese Dinge wie das Tellerwerfen letztlich hinaus – dass eine Frau ihrem Mann sagt, was geschehen soll. Aber das widerspricht der natürlichen Ordnung. Das Weib hat dem Mann zu gehorchen. Außer wenn's um Babbies geht, versteht sich.«

»Sie hat alles aufgegeben, womit sie aufgewachsen ist, als sie Euch zum Mann genommen hat«, sagte Roland. »Jetzt ist's an Euch, ein wenig zu geben.«

»Glaubt Ihr, dass ich das nicht weiß? Aber wenn sie durch Eure Schuld umkommt, Roland, nehmt Ihr meinen Fluch mit Euch, wenn Ihr die Calla verlasst. Falls Ihr sie verlasst. Unabhängig davon, wie viele Kinder Ihr rettet.«

Roland, der schon früher verflucht worden war, nickte. »Wenn das Ka es will, kehrt sie zu Euch zurück, Vaughn.«

»Aye. Aber denkt an meine Worte.«

»Das werde ich tun.«

Eisenhart ließ die Zügel auf den Pferderücken klatschen, und der Einspänner rollte davon.

8

Jede der Frauen schaffte es, eine Scharfwurzel zu halbieren, aus vierzig Schritt Entfernung, fünfzig Schritt und auch sechzig.

»Versucht den Kopf möglichst dicht unter dem oberen Kapuzenrand zu treffen«, sagte Roland. »Tiefe Treffer sind wirkungslos.«

»Weil sie einen Panzer tragen?«, fragte Rosalita.

»Aye«, sagte Roland, obgleich das nicht die ganze Wahrheit war.

Was nach seinem jetzigen Verständnis die ganze Wahrheit war, würde er ihnen erst erzählen, wenn sie es wissen mussten.

Als Nächstes kamen die Toffeln dran. Sarey Adams halbierte ihre Kartoffel aus vierzig Schritt Entfernung, streifte sie aus fünfzig und verfehlte sie aus sechzig ganz; ihr Teller segelte glatt darüber hinweg. Sie stieß einen Fluch aus, der keineswegs ladylike war, und ging dann mit hängendem Kopf zum Abort hinüber. Dort setzte sie sich ins Gras, um den Rest des Wettkampfs zu verfolgen. Roland folgte ihr und setzte sich neben sie. Er sah, wie eine Träne aus Sareys linkem Auge quoll und ihr dann über die von Wind und Wetter gegerbte Wange lief.

»Ich hab Euch enttäuscht, Fremder. Es tut mir Leid.«

Roland ergriff ihre Hand und drückte sie. »Nay, Lady, nay. Ich habe da eine Aufgabe für Euch. Nur nicht an gleicher Stelle mit den anderen. Und Ihr werdet vielleicht dennoch den Teller werfen.«

Sie bedachte ihn mit einem schwachen Lächeln und nickte dankend.

Eddie setzte weitere Scharfwurzelköpfe auf die Strohpuppen und dann jeweils ein Radieschen darauf. Letztere verschwanden fast völlig in dem Schatten, den die Jutekapuzen warfen. »Viel Glück, Mädels«, sagte er. »Lieber ihr als ich.« Dann trat er zur Seite.

»Diesmal mit zehn Schritten anfangen!«, rief Roland.

Bei zehn trafen alle. Und bei zwanzig. Bei dreißig Schritt Entfernung warf Susannah ihren Teller absichtlich zu hoch, wie Roland sie angewiesen hatte. Er wollte, dass eine der einheimischen Frauen diese Runde gewann. Bei vierzig Schritten zögerte Zalia Jaffords zu lange, und ihr Teller halbierte den Scharfwurzelkopf statt des darauf sitzenden Radieschens.

»*Scheiß-commala!*«, rief sie aus, dann schlug sie die Hände vor den Mund und sah zu Callahan hinüber, der auf der Verandatreppe saß. Aber der Pere lächelte nur und winkte ihr zu, indem er so tat, als wäre er taub.

Sie stapfte wütend und bis über die Ohren errötend zu Eddie und Jake hinüber. »Ihr müsst ihm sagen, dass er mir noch eine Chance geben soll, ich bitte euch darum«, forderte sie Eddie auf. »Ich kann's, ich weiß, dass ich's kann …«

Eddie legte ihr einen Arm um die Schultern und unterbrach so ihren Redefluss. »Das weiß er auch, Zallie. Ihr gehört dazu.«

Sie starrte ihn mit flammendem Blick an und presste die Lippen so fest zusammen, dass sie fast verschwanden. »Wisst Ihr das bestimmt?«

»Yeah«, sagte Eddie. »Ihr könntet für die Mets werfen, Schätzchen.«

Jetzt waren nur noch Margaret und Rosalita im Rennen. Beide trafen die Radieschen sogar aus fünfzig Schritt Entfernung. Eddie murmelte Jake zu: »Hätte ich's nicht selbst gesehen, Kumpel, würde ich's als unmöglich bezeichnen.«

Aus sechzig Schritt Entfernung verfehlte Margaret Eisenhart das Ziel deutlich. Rosalita Munoz hob den Teller über die rechte Schulter – sie war Linkshänderin –, sammelte sich, schrie dann *»Riza!«* und warf. Trotz seiner scharfen Augen wusste Roland im Nachhinein nicht bestimmt, ob nun der Tellerrand das Radieschen gestreift oder der Luftzug es heruntergeworfen hatte. Jedenfalls reckte Rosalita die geballten Fäuste hoch und schüttelte sie lachend.

»Jahrmarktsgans! Jahrmarktsgans!«, begann Margaret zu rufen. Die anderen fielen ein. Sogar Callahan nahm diesen Ruf auf.

Roland ging zu Rosa und umarmte sie kurz, aber kräftig. Dabei flüsterte er ihr ins Ohr, er habe zwar keine Gans für sie, könne aber vielleicht einen bestimmten langhalsigen Ganter für sie finden, wenn es Abend werde.

»Na ja«, sagte sie lächelnd, »wenn wir älter werden, nehmen wir unsere Preise, wo wir sie finden, oder nicht?«

Zalia stieß Margaret an. »Was hat er zu ihr gesagt? Hast du's mitgekriegt?«

Margaret Eisenhart lächelte. »Nichts, was du nicht schon selbst gehört hast, möchte ich wetten«, sagte sie.

9

Schließlich waren die Ladys wieder fort. Auch der Pere, der irgendetwas zu erledigen hatte. Roland von Gilead saß auf der untersten Verandastufe und blickte hangabwärts über den Platz hinaus, auf dem vor kurzem noch der Wettkampf stattgefunden hatte. Als Susannah ihn fragte, ob er zufrieden sei, nickte er. »Ja, ich glaube, dass in dieser Beziehung alles in Ordnung ist. Das müssen wir jedenfalls hoffen, viel Zeit bleibt uns nämlich nicht mehr. Die Ereignisse werden sich überstürzen.« In Wahrheit hatte er noch nie eine solche Ballung von Ereignissen wie derzeit erlebt … aber seit Susannah ihre Schwangerschaft eingestanden hatte, war er trotzdem ruhiger geworden.

Du hast deinen nachlässigen Verstand wieder an die Wahrheit des Ka erinnert, sagte er sich. *Und das war nur möglich, weil diese Frau die Art Tapferkeit bewiesen hat, die keiner von uns anderen recht aufbringen konnte.*

»Roland, übernachte ich heute wieder auf der Rocking B?«, fragte Jake.

Roland dachte darüber nach, dann zuckte er die Achseln. »Möchtest du denn?«

»Ja, aber diesmal will ich die Ruger mitnehmen.« Jake errötete leicht, aber seine Stimme blieb fest. Er war mit diesem Gedanken aufgewacht, als hätte der Traumgott, den Roland Nis nannte, sie ihm im Schlaf eingegeben. »Ich wickle sie in mein zweites Hemd und stecke sie ganz unten ins zusammengerollte Bettzeug. Niemand braucht zu wissen, dass ich sie habe.« Er hielt inne. »Ich will damit nicht vor Benny angeben, falls du das meinst.«

Auf diese Idee wäre Roland nie gekommen. Aber woran dachte *Jake* dabei? Er stellte diese Frage, und Jakes Antwort fiel so aus, als hätte er sich den wahrscheinlichen Verlauf dieser Diskussion im Voraus genau überlegt.

»Fragst du als mein Dinh?«

Roland öffnete schon den Mund, um das zu bejahen, merkte dann aber, wie aufmerksam Eddie und Susannah ihn beobachteten, und überlegte sich die Sache dann anders. Es war ein Unterschied, ob man Geheimnisse hatte (so wie jeder von ihnen das Geheimnis von Susannahs Schwangerschaft bewahrt hatte) oder jenem inneren Gefühl folgte, das Eddie als »Intuition« bezeichnete. Hinter Jakes Wunsch steckte der Wunsch nach etwas mehr Freiheit. So einfach war das. Und Jake hatte sich sicherlich etwas mehr Freiheit verdient. Dies hier war nicht mehr der Junge, der zitternd und ängstlich und fast nackt nach Mittwelt gekommen war.

»Nicht als dein Dinh«, sagte er. »Was die Ruger angeht, kannst du sie jederzeit überallhin mitnehmen. Du hast sie schließlich ursprünglich ins Tet mitgebracht, oder etwa nicht?«

»Gestohlen hab ich sie«, sagte Jake leise. Er starrte verlegen seine Knie an.

»Du hast dir genommen, was du zum Überleben brauchtest«, sagte Susannah. »Das ist was völlig anderes. Aber, Süßer – du hast doch nicht etwa vor, jemanden zu erschießen?«

»Ich hab's nicht vor, nein.«

»Sei vorsichtig«, sagte sie. »Ich weiß nicht, woran du denkst, aber sei vorsichtig.«

»Und was es auch ist … du solltest versuchen, es in der kommenden Woche zu erledigen«, sagte Eddie zu ihm.

Jake nickte, dann sah er Roland an. »Wann willst du die Stadtversammlung einberufen?«

»Nach Auskunft des Roboters bleiben uns noch zehn Tage, bis die Wölfe kommen. Also …« Roland rechnete kurz nach. »Ich möchte die Versammlung in sechs Tagen einberufen. Wäre dir das recht?«

Jake nickte wieder.

»Bist du dir sicher, dass du uns nicht erzählen willst, was dich beschäftigt?«

»Das tu ich nur, wenn du als Dinh fragst«, sagte Jake. »Die Sache ist wahrscheinlich harmlos, Roland. Wirklich.«

Roland nickte zweifelnd, während er sich eine weitere Zigarette drehte. »Gibt's noch irgendwas? Sonst würde ich nämlich …«

»Eigentlich ja«, sagte Eddie.

»Was denn?«

»Ich muss nach New York«, sagte Eddie. Er sprach das so beiläufig aus, als würde er davon reden, in Tooks Laden hinüberzugehen, um eine Gurke oder eine Lakritzenstange zu kaufen, aber seine Augen blitzten vor Aufregung. »Und diesmal muss ich körperlich hin. Was vermutlich bedeutet, dass wir die Kugel unmittelbar nutzen müssen. Die Schwarze Dreizehn. Ich kann bloß hoffen, dass du mit ihr umgehen kannst, Roland.«

»Wozu musst du nach New York?«, fragte Roland. *»Das* frage ich als Dinh.«

»Klar tust du das«, sagte Eddie, »und ich sag's dir natürlich auch. Weil du Recht hast, wenn du sagst, dass uns nicht mehr viel Zeit bleibt. Und weil die Wölfe der Calla nicht die Einzigen sind, die uns Sorgen machen müssen.«

»Du willst feststellen, wie nahe der 15. Juli bereits ist«, sagte Jake. »Ist das so?«

»Genau«, sagte Eddie. »Seit unserem gemeinsamen Flitz-Ausflug wissen wir, dass die Zeit in der dortigen Version von New York im Jahr 1977 noch schneller läuft. Erinnert ihr euch ans Datum auf dem Stück der *New York Times,* das ich in einem Hauseingang gefunden habe?«

»Zweiter Juli«, sagte Susannah.

»Genau. Außerdem wissen wir ziemlich sicher, dass wir in dieser Welt nicht in der Zeit zurückgehen können; wir kommen jedes Mal etwas später an. Richtig?«

Jake nickte nachdrücklich. »Weil diese Welt nicht wie die anderen ist ... oder haben wir das vielleicht nur so empfunden, weil die Schwarze Dreizehn uns flitzen geschickt hat?«

»Das glaube ich nicht«, sagte Eddie. »Das kurze Stück der Second Avenue, das etwa von dem unbebauten Grundstück bis hinauf zur Sixtieth reicht, ist ein sehr wichtiger Ort. Ich glaube, dass er ein Portal ist. Ein riesiges Portal.«

Jake Chambers wirkte immer aufgeregter. »Nicht ganz bis zu Sixtieth hinauf. Nicht so weit. Die Second Avenue zwischen Forty-sixth und Fifty-fourth, das ist mein Tipp. An dem Tag, an dem ich die Piper geschwänzt habe, habe ich ab der Fifty-fourth Street eine Veränderung gespürt. Es sind diese acht Blocks. Der Abschnitt mit dem Plattenladen und Chew Chew Mama's und dem Manhattaner Restaurant für geistige Nahrung. Und natürlich mit dem unbebauten Grundstück. Es bildet den Abschluss. Es ... ich weiß nicht ...«

»Wenn man dort ist, wird man in eine andere Welt versetzt«, sagte Eddie. »In eine Art *Schlüssel*welt. Und ich glaube, dass die Zeit deshalb immer nur in eine Richtung läuft ...«

Roland hob eine Hand. »Stopp!«

Eddie verstummte, sah Roland erwartungsvoll an und lächelte dabei leicht. Roland lächelte nicht. Sein bisheriges Wohlbefinden hatte sich teilweise verflüchtigt. Zu viel zu tun, götterverdammt noch mal. Und nicht genug Zeit dafür.

»Du willst sehen, wie nahe der Tag ist, an dem die Vereinbarung null und nichtig wird«, sagte er. »Habe ich das richtig verstanden?«

»Allerdings.«

»Du brauchst nicht körperlich nach New York zu reisen, um das zu tun, Eddie. Flitzen würde auch genügen.«

»Flitzen würde genügen, um Tag und Monat zu kontrollieren, klar, aber das ist noch nicht alles. Wir sind dämlich gewesen, was das unbebaute Grundstück betrifft, Jungs. Ich meine *echt* dämlich.«

10

Eddie glaubte, sie könnten das unbebaute Grundstück in ihren Besitz bringen, ohne Susannahs ererbtes Vermögen überhaupt antasten zu müssen; er fand, Callahans Geschichte zeige völlig deutlich, wie man das anstellen müsse. Nicht die Rose; die Rose war nicht dazu da, um besessen (weder von ihnen noch von sonst wem), sondern um beschützt zu werden. Und das konnten sie tun. Möglicherweise.

Auch wenn Calvin Tower vielleicht verängstigt gewesen war, hatte er in dem ehemaligen Waschsalon gewartet, um Pere Callahans Haut zu retten. Und obwohl Calvin Tower vielleicht verängstigt gewesen war, hatte er sich geweigert – zumindest bis zum 31. Mai 1977 –, seine letzte Immobilie an die Sombra Corporation zu verkaufen. Eddie glaubte, Calvin Tower versuche, wie es in dem Song hieß, den Helden zu spielen.

Eddie hatte auch darüber nachgedacht, wie Callahan sein Gesicht in den Händen verborgen hatte, als er die Schwarze Dreizehn erstmals erwähnt hatte. Er wollte sie so verdammt schnell wie möglich aus seiner Kirche weghaben … aber bisher hatte er sie trotzdem behalten. Wie der Besitzer der Buchhandlung hatte der Pere versucht, den Helden zu spielen. Wie dämlich war ihre Vermutung gewesen, Calvin Tower würde für sein Grundstück Millionen verlangen! Er *wollte* es loswerden. Aber erst, wenn der richtige Interessent aufkreuzte. Oder das richtige Ka-Tet.

»Suziella, du darfst allerdings nicht mit nach New York, weil du schwanger bist«, sagte Eddie. »Und du, Jake, du kannst nicht gehen, weil du noch zu jung bist. Abgesehen von allen übrigen Fragen, bin ich mir ziemlich sicher, dass du nicht die Art Vertrag unterschreiben könntest, an die ich denke, seit Callahan uns seine Geschichte erzählt hat. Ich würde dich zwar als Zuschauer mitnehmen, aber ich habe den Eindruck, dass es hier etwas gibt, was du überprüfen möchtest. Oder irre ich mich da?«

»Du irrst dich nicht«, sagte Jake. »Aber ich möchte fast trotzdem mitkommen. Die Sache klingt gut.«

Eddie grinste. »Fast zählt nur bei Grenados und Hufeisen, Kid. Und was Roland als unseren Abgesandten betrifft – nichts für ungut, Boss, aber du wirkst dort drüben nicht gerade weltmännisch. Deine Art … äh … deine Art kommt in der Übersetzung schlecht rüber.«

Susannah lachte schallend laut.

»Wie viel willst du ihm dafür bieten?«, fragte Jake. »Ich meine, es muss doch *irgendwas* sein, oder nicht?«

»Einen Dollar«, sagte Eddie. »Ich werde Tower wahrscheinlich um ihn anschnorren müssen, aber …«

»Nein, das geht besser«, sagte Jake ernsthaft. »Ich habe fünf oder sechs Dollar in meinem Ranzen, das weiß ich bestimmt.« Er grinste. »Und wir können ihm anbieten, später mehr zu zahlen. Wenn die Dinge auf dieser Seite wieder einigermaßen im Lot sind.«

»Wenn wir dann noch leben«, sagte Susannah, aber auch sie wirkte aufgeregt. »Weißt du was, Eddie? Du bist vielleicht wirklich ein Genie.«

»Balazar und seine Freunde werden nicht sonderlich glücklich sein, wenn Sai Tower sein Grundstück an uns verkauft«, sagte Roland.

»Yeah, aber vielleicht können wir Balazar dazu überreden, ihn in Ruhe zu lassen«, sagte Eddie. Seine Mundwinkel umspielte ein grimmiges kleines Lächeln. »Wenn ich's mir recht überlege, Roland, ist Enrico Balazar die Sorte Kerl, die ich gern zweimal umbringen würde.«

»Wann willst du gehen?«, fragte Susannah ihn.

»Je früher, desto besser«, sagte Eddie. »Nicht zu wissen, welches Datum dort drüben in New York ist, treibt mich noch zum Wahnsinn. Roland? Was sagst du?«

»Ich sage morgen«, antwortete Roland. »Wir nehmen die Kugel

in die Höhle mit und sehen dann, ob du durch die Tür in Calvin Towers Wo und Wann gehen kannst. Deine Idee ist gut, Eddie, und ich sage dir meinen Dank.«

»Was ist, wenn die Kugel dich an den falschen Ort schickt?«, fragte Jake. »In eine falsche Version von 1977 oder …« Er wusste kaum, wie er den Satz zu Ende bringen sollte. Er erinnerte sich daran, wie *dünn* ihm alles erschienen war, als die Schwarze Dreizehn sie erstmals flitzen geschickt hatte, und welches endlose Dunkel anscheinend hinter den nur gemalten, oberflächlichen Realitäten ihrer Umgebung gewartet hatte. »… oder an einen noch ferneren Ort?«, schloss er.

»Dann schicke ich euch eine Ansichtkarte«, sagte Eddie mit einem Schulterzucken und einem Lächeln, aber Jake erkannte für einen Augenblick, wie ängstlich er war. Auch Susannah musste das gesehen haben. Sie umfasste Eddies Rechte mit beiden Händen und drückte sie.

»He, mir passiert schon nichts«, sagte Eddie.

»Das will ich hoffen«, antwortete Susannah. »Das will ich verdammt hoffen.«

Kapitel 2

Der Dogan, Teil 1

1

Als Roland und Eddie am nächsten Morgen die Kirche Unserer Lieben Frau der Heiteren betraten, war der Tag erst ein Lichtstreif fern am nordöstlichen Horizont. Eddie, der die Lippen fest zusammengepresst hielt, erhellte ihren Weg den Mittelgang hinunter mit einem Kerzenleuchter. Das Ding, das sie zu holen gekommen waren, summte stetig. Das Summen war schläfrig, aber er hasste dieses Geräusch trotzdem. Die Kirche selbst fühlte sich absonderlich an. Leer erschien sie ihm irgendwie zu groß. Eddie erwartete ständig, geisterhafte Gestalten (oder vielleicht eine Abordnung wandelnder Toter) zu sehen, die in den Kirchenbänken hockten und sie mit anderweltlicher Missbilligung anstarrten.

Aber das Summen war schlimmer.

Als sie den Altarraum erreichten, öffnete Roland seine Umhängetasche und zog die Bowlingtasche heraus, die Jake bis gestern in seinem Ranzen aufbewahrt hatte. Der Revolvermann hielt sie kurz hoch, damit sie beide lesen konnten, was auf der Seite aufgedruckt war: NICHTS ALS TREFFER BEI MITTWELT-BAHNEN.

»Kein Wort mehr, bis ich dir sage, dass du wieder reden darfst«, sagte Roland. »Hast du verstanden?«

»Ja.«

Als Roland mit dem Daumen in den Spalt zwischen zwei Bodenbrettern des Altarraums drückte, öffnete sich die Klappe über dem Versteck. Er hob die losen Bretter ab. Eddie hatte einmal im Fernsehen einen Spielfilm über Londoner Bombenräumkommandos im Zweiten Weltkrieg gesehen – *Danger UXB!*

hatte er geheißen –, und Rolands Bewegungen riefen ihm diesen Film jetzt nachdrücklich in Erinnerung. Und wieso auch nicht? Falls sie Recht hatten, was das Ding in diesem Versteck betraf – und Eddie wusste, dass sie es richtig beurteilten –, dann *war* es eine nicht detonierte Bombe.

Roland schlug das Chorhemd aus weißem Leinen zurück und legte so den Kasten frei. Das Summen wurde stärker. Eddie stockte der Atem. Er fühlte seine Haut am ganzen Körper kalt werden. Irgendwo in ihrer Nähe hatte ein Ungeheuer von fast unvorstellbarer Bösartigkeit verschlafen ein Auge halb geöffnet.

Das Summen sank auf seine vorige schläfrige Tonhöhe zurück, und Eddie konnte wieder atmen.

Roland übergab Eddie die Bowlingtasche und bedeutete ihm, er solle sie aufhalten. Mit starken Bedenken (ein Teil seines Ichs wollte Roland ins Ohr flüstern, sie sollten die ganze Sache vergessen) tat Eddie wie geheißen. Roland hob den Kasten heraus, und das Summen wurde erneut lauter. Im hellen, wenn auch begrenzten Schein des Leuchters konnte Eddie Schweißperlen auf der Stirn des Revolvermanns sehen. Er konnte sie auf der eigenen spüren. Wenn die Schwarze Dreizehn jetzt erwachte und sie in irgendeine lichtlose Vorhölle hinausschleuderte …

Ich werde dort nicht hingehen. Ich werde darum kämpfen, bei Susannah zu bleiben.

Natürlich würde er das tun. Trotzdem war er erleichtert, als Roland den reich geschnitzten Kasten aus Geisterholz in die seltsam metallische Tasche rutschen ließ, die sie auf dem unbebauten Grundstück gefunden hatten. Das Summen verstummte nicht ganz, aber es sank zu einem kaum hörbaren Brummen herab. Und als Roland vorsichtig die um den Oberrand der Tasche verlaufende Zugschnur zuzog, wurde das Geräusch zu einem fernen Flüstern. Als ob man sich eine Muschel ans Ohr hielt.

Eddie machte vor sich in der Luft das Kreuzeszeichen. Roland tat leise lächelnd das Gleiche.

Als sie die Kirche verließen, war der Morgenhimmel im Nordosten merklich heller geworden – anscheinend würde es trotz allem doch Tag werden.

»Roland.«

Der Revolvermann wandte sich ihm zu und zog die Augenbrauen hoch. Mit der Linken umfasste er den Hals der Bowlingtasche; offenbar war er nicht bereit, das Gewicht des Kastens der Zugschnur anzuvertrauen, so kräftig sie auch aussah.

»Wenn wir nur flitzen waren, als wir die Tasche gefunden haben, wie ist es dann möglich, dass wir sie hierher mitbringen konnten?«

Roland überlegte. Dann sagte er: »Vielleicht ist die Tasche selbst flitzen.«

»Noch immer, jetzt im Moment?«

Roland nickte. »Ja, ich denke schon. Noch immer.«

»Oh.« Eddie dachte darüber nach. »Das ist unheimlich.«

»Bist du dabei, dir die Sache mit deinem New-York-Besuch noch einmal anders zu überlegen, Eddie?«

Eddie schüttelte den Kopf. Trotzdem hatte er Angst. Wahrscheinlich mehr Angst als damals, als er auf dem Mittelgang der Baronskabine aufgestanden war, um Blaine Rätsel zu stellen.

2

Als sie den halben Aufstieg zur Torweghöhle bewältigt hatten (*Es ist steil,* hatte Henchick gesagt, und so war es auch gewesen, und so war es jetzt wieder), war es bestimmt schon zehn Uhr und bemerkenswert warm. Eddie blieb stehen, wischte sich den Nacken mit seinem Halstuch ab und blickte über die gewundenen Arroyos nach Norden. Hier und da waren gähnende schwarze Löcher zu sehen, und er fragte Roland, ob das die Granatminen seien. Der Revolvermann bejahte seine Frage.

»Und in welcher willst du die Kinder unterbringen? Ist sie von hier aus zu sehen?«

»Ja, das ist sie.« Roland zog die einzelne Waffe, die er trug, und zielte damit. »Sieh über Kimme und Korn hinweg.«

Als Eddie das tat, sah er einen tiefen Einschnitt, der ungefähr die Form eines doppelten S hatte. Die Schlucht war randvoll mit samtschwarzen Schatten angefüllt; wahrscheinlich erreichte die Sonne nur mittags für etwa eine halbe Stunde ihren Boden. Weiter nördlich schien sie als Sackgasse an einer fast senkrechten Felswand zu enden. Er vermutete, dass dort der Stolleneingang lag, der aber jetzt im Dunkel nicht zu erkennen war. Im Südosten öffnete dieser Arroyo sich zu einer unbefestigten Straße, die sich in Richtung Oststraße davonschlängelte. Jenseits der Landstraße lagen Felder, die allmählich zu verblassenden, aber noch immer grünen Reisfeldern abfielen. Jenseits dieser Felder lag der Fluss.

»Erinnert mich an eine Geschichte, die du uns erzählt hast«, sagte Eddie. »Eyebolt Canyon.«

»Natürlich tut er das.«

»Aber es gibt keine Schwachstelle, der wir die Schmutzarbeit überlassen könnten.«

»Nein«, sagte Roland. »Keine Schwachstelle.«

»Sag mir die Wahrheit: Willst du die Kinder der Calla wirklich in einem Bergwerk am Ende einer Schlucht ohne Ausgang verstecken?«

»Nein.«

»Die *Folken* glauben aber, dass du … dass *wir* das vorhaben. Das glauben sogar die Teller werfenden Ladys.«

»Ich weiß, dass sie das tun«, sagte Roland. »Das sollen sie auch.«

»Warum?«

»Weil ich nicht glaube, dass die Art und Weise, wie die Wölfe die Kinder aufspüren, etwas Übernatürliches an sich hat. Seit ich Gran-Pere Jaffords' Geschichte gehört habe, glaube ich übrigens auch nicht mehr, dass die *Wölfe* irgendwas Übernatürliches an sich haben. Nein, in diesem speziellen Kornspeicher gibt's eine Ratte. Jemanden, der denen da oben in Donnerschlag als Zuträger dient.«

»Jedes Mal ein anderer, meinst du. Alle dreiundzwanzig oder vierundzwanzig Jahre muss das doch ein anderer sein.«

»Ja.«

»Wer täte denn so etwas?«, fragte Eddie. »Wer wäre dazu *imstande?«*

»Das weiß ich nicht bestimmt, aber ich habe schon einen Verdacht.«

»Took? Gewissermaßen vom Vater auf den Sohn vererbt?«

»Wenn du genug gerastet hast, Eddie, sollten wir weitergehen.«

»Overholser? Vielleicht dieser Telford, der Kerl, der wie ein Fernsehcowboy aussieht?«

Roland ging wortlos an ihm vorbei, und seine neuen Kurzstiefel knirschten über Geröll und Steinsplitter. An seiner gesunden Linken schwang die rosa Tasche hin und her. Das Ding in ihrem Inneren flüsterte weiter seine widerwärtigen Geheimnisse.

»Geschwätzig wie immer, freut mich für dich«, sagte Eddie und folgte Roland.

3

Die erste Stimme, die aus den Tiefen der Höhle aufstieg, gehörte dem großen Weisen und bedeutenden Junkie.

»Och, seht euch den tleinen Feigling an!«, stöhnte Henry. Eddy fand, dass Henrys Stimme wie die von Ebeneezer Scrooges totem Partner in *Ein Weihnachtslied* klang: komisch und Angst einflößend zugleich. »Glaubt der tleine Waschlappen wirklich, dass er wieder nach Nuu-Ork tommt? Wenn du das versuchst, kommst du ganz woanders raus, Bruderherz. Bleib lieber hocken, wo du bist … mach deine kleinen Schnitzereien … sei ein guter kleiner Homo …« Der tote Bruder lachte. Dem lebenden lief ein kalter Schauder über den Rücken.

»Eddie?«, sagte Roland.

»Hör auf deinen Bruder, Eddie!«, rief Eddies Mutter aus dem dunklen, steil abfallenden Rachen der Höhle. Auf dem felsigen Boden leuchteten die Splitter kleiner Knochen. »Er hat sein Leben für dich geopfert, sein *ganzes* Leben, also könntest du wenigstens auf ihn hören!«

»Alles in Ordnung, Eddie?«

Jetzt kam die Stimme Csaba Drabniks, in Eddies Clique als der Total Verrückte Ungar bekannt. Csaba forderte Eddie auf, ihm eine Zigarette zu geben, sonst fetze er ihm seine beschissene Hose runter. Eddie hatte Mühe, sich von diesem beängstigenden, aber faszinierenden Gebrabbel loszureißen.

»Yeah«, sagte er. »Geht so.«

»Die Stimmen kommen aus deinem Kopf. Die Höhle entdeckt sie und verstärkt sie irgendwie. Projiziert sie dann. Ich weiß, dass das leicht beunruhigend ist, aber es ist bedeutungslos.«

»Warum hast du zugelassen, dass sie mich umlegen, Bruderherz?«, schluchzte Henry. »Ich hab gehofft, du würdest kommen, aber das bist du nicht!«

»Bedeutungslos«, sagte Eddie. »Okay, verstanden. Was machen wir jetzt?«

»Nach allem, was ich über diesen Ort gehört habe – von Callahan und Henchick –, geht die Tür auf, wenn ich den Kasten öffne.«

Eddie lachte nervös. »Ich will den Kasten nicht mal aus der *Tasche* nehmen, ist das nicht verdammt mutig?«

»Wenn du dir die Sache anders überlegt hast …«

Eddie schüttelte den Kopf. »Nein, ich zieh's durch.« Er ließ jäh ein strahlendes Grinsen aufblitzen. »Du hast hoffentlich keine Angst, ich könnte mir wieder Stoff besorgen, oder? 'n Dealer finden und high werden?«

Aus den Tiefen der Höhle jubelte Henrys Stimme: »Das ist China White, Bruderherz! Diese Nigger verkaufen das *beste!*«

»Keineswegs«, sagte Roland. »Es gibt viele Dinge, die mir Sorgen *machen,* aber dass du wieder in deine Sucht verfallen könntest, gehört nicht dazu.«

»Gut.« Eddie trat etwas weiter in die Höhle hinein und begutachtete die frei stehende Tür. Bis auf die Hieroglyphen auf der Vorderseite und dem Kristallknopf mit der eingeätzten Rose sah sie genau wie die Türen am Strand aus. »Wenn man um sie herumgeht …?«

»Wenn man um die Tür herumgeht, verschwindet sie«, sagte Roland. »Hinter ihr fällt der Höhlenboden allerdings verdammt steil ab … vielleicht bis nach Na'ar runter. An deiner Stelle würde ich darauf achten.«

»Ein guter Rat, und der schnelle Eddie sagt dir seinen Dank.« Er versuchte den Türgriff zu drehen und stellte fest, dass er sich in keine Richtung bewegen ließ. Auch das hatte er erwartet. Er trat von der Tür zurück.

»Du musst dich auf New York konzentrieren«, sagte Roland. »Vor allem auf die Second Avenue, würde ich sagen. Und auf den Zeitpunkt. Das Jahr neunzehnhundertsiebenundsiebzig.«

»Wie konzentriert man sich auf ein *Jahr?*«

Als Roland sprach, verriet seine Stimme leichte Ungeduld. »Am besten stellst du dir vor, wie's an dem Tag war, an dem Jake und du Jakes früherem Ich gefolgt sind.«

Eddie wollte erst sagen, das sei der falsche Tag, ein zu frühes Datum, aber dann hielt er doch den Mund. Falls sie die Regeln richtig verstanden, konnte er *nicht* zu diesem Tag zurückkehren, als Flitzer sowieso nicht, aber auch nicht körperlich. Hatten sie Recht, war die Zeit dort drüben irgendwie mit der hiesigen Zeit gekuppelt, lief aber etwas schneller. Wenn sie die Regeln richtig verstanden … wenn es überhaupt Regeln *gab* …

Tja, warum gehst du nicht einfach nachsehen?

»Eddie? Soll ich versuchen, dich zu hypnotisieren?« Roland hatte eine Patrone aus seinem Revolvergurt gezogen. »Es könnte dir helfen, die Vergangenheit klarer zu sehen.«

»Nein. Ich sollte die Sache nüchtern und hellwach angehen.«

Eddie ballte die Hände mehrmals zu Fäusten, streckte die Finger wieder und atmete dabei tief aus. Sein Herz schlug nicht besonders schnell – es klopfte eher langsam –, aber jeder Pulsschlag schien durch seinen ganzen Körper zu dröhnen. Jesus, alles wäre viel leichter, wenn es lediglich irgendein Steuergerät gäbe, an dem man Einstellungen vornehmen könnte – wie an Professor Peabodys Zeitmaschine oder in diesem Film über die Morlocks!

»He, sehe ich ordentlich aus?«, fragte er Roland. »Ich meine, wie viel Aufsehen werde ich erregen, wenn ich mittags um zwölf auf der Second Avenue lande?«

»Wenn du unmittelbar vor Leuten auftauchst«, sagte Roland, »wahrscheinlich ziemlich viel. Ich würde dir raten, jeden zu ignorieren, der mit dir über dieses Thema palavern will, und das betreffende Gebiet sofort zu verlassen.«

»Klar doch. Ich meine, ich wollte bloß wissen, wie ich kleidungsmäßig aussehe.«

Roland zuckte leicht die Achseln. »Das weiß ich nicht, Eddie. Es ist deine Stadt, nicht meine.«

Dem hätte Eddie widersprechen können. *Brooklyn* war seine Stadt. War es zumindest gewesen. In der Regel war er höchst selten in Manhattan gewesen, hatte es fast als Ausland betrachtet. Trotzdem wusste er natürlich, was Roland meinte. Er blickte an sich herab und sah ein ungemustertes Flanellhemd mit Hirschhornknöpfen über dunkelblauen Jeans mit brünierten Nickelstatt Kupfernieten und einem Hosenschlitz mit Knöpfen. (In Lud hatte Eddie noch Reißverschlüsse gesehen, aber seither keine mehr.) In dieser Aufmachung würde er auf der Straße als normal durchgehen, vermutete er. Zumindest als nach New Yorker Begriffen normal. Wer ihn eines zweiten Blickes würdigte, würde denken: ein Cafékellner/Möchtegern-Künstler, der an seinem freien Tag Hippie spielt. Er glaubte nicht, dass die meisten Leute sich überhaupt die Mühe machen würden, ihn eines ersten Blickes zu würdigen, und das war absolut vorteilhaft. Aber in einem Punkt ließ seine Aufmachung sich noch verbessern …

»Hast du einen dünnen Lederriemen für mich?«

Aus den Tiefen der Höhle rief die Stimme von Mr. Tubther, seines Lehrers aus der fünften Klasse, mit kummervoller Heftigkeit: »Du hattest das Potenzial! Du warst ein hervorragender Schüler, und sieh dir jetzt an, was aus dir geworden ist! Warum hast du dich von deinem Bruder verderben lassen?«

Worauf Henry vor Empörung schluchzend antwortete: »Er hat mich sterben lassen! Er hat mich *umgebracht!«*

Roland ließ seine Umhängetasche von der Schulter gleiten, stellte sie am Höhleneingang neben die Bowlingtasche, öffnete sie und kramte darin herum. Eddie hatte keine Ahnung, was die Tasche alles enthielt; er wusste nur, dass er ihren Boden noch nie gesehen hatte. Endlich fand der Revolvermann, worum Eddie gebeten hatte, und hielt es ihm hin.

Während Eddie sich das Haar mit dem Lederriemen zu einem Pferdeschwanz zusammenband (er fand, das vervollständige den Bohemien/Hippie-Look recht gut), zog Roland seinen so genannten Krambeutel heraus, öffnete ihn und kippte ihn aus. Er enthielt den inzwischen angebrauchten Beutel Tabak, den Callahan ihm gegeben hatte, Münzen und Geldscheine in verschiedenen Währungen, ein Nähzeugetui, die gekittete Tontasse, die er nicht weit von Shardiks Lichtung entfernt in einen behelfsmäßigen Kompass verwandelt hatte, ein Stück von einer alten Landkarte und die neuere Karte, die er den Zwillingen Tavery verdankte. Als der Beutel leer war, zog er den großen Revolver mit dem Sandelholzgriff aus dem Holster an seiner linken Hüfte. Er drehte die Trommel, kontrollierte die Patronen, nickte und ließ die

Trommel wieder einschnappen. Dann steckte er die Waffe in den Krambeutel, zog die Schnüre zu und verknotete sie mit einem Slipstek, der sich mit einem kurzen Ruck lösen ließ. Er hielt Eddie den Beutel an dem abgewetzten Tragegurt hin.

Erst wollte Eddie ihn nicht nehmen. »Nee, Mann, das ist deiner.«

»In den letzten Wochen hast du ihn so oft getragen wie ich. Wahrscheinlich öfter.«

»Schon, aber wir reden hier von New York, Roland. In New York klaut jeder.«

»Dir stiehlt niemand etwas. Nimm die Waffe.«

Eddie sah Roland sekundenlang in die Augen, dann nahm er den Krambeutel und hängte ihn sich an dem Tragegurt über die Schulter. »Du hast wieder so ein Gefühl.«

»Eine Intuition, ja.«

»Ka am Werk?«

Roland zuckte die Achseln. »Es ist immer am Werk.«

»Also gut«, sagte Eddie. »Und noch was, Roland … Wenn ich nicht wieder zurückkomme, kümmerst du dich um Suze.«

»Deine Pflicht ist es, dafür zu sorgen, dass ich das nicht tun muss.«

Nein, dachte Eddie. *Meine Pflicht ist es vielmehr, die Rose zu beschützen.*

Er wandte sich der Tür zu. Er hatte noch tausend Fragen, aber Roland hatte Recht: Die Zeit, sie zu stellen, war abgelaufen.

»Eddie, wenn du nicht hinwillst …«

»Nein«, sagte er, »ich *will* hin.« Er hob die linke Hand und reckte den Daumen hoch. »Wenn du mich das machen siehst, öffnest du den Kasten.«

»Wird gemacht.«

Roland sprach hinter ihm. Jetzt gab es nämlich nur noch Eddie und die Tür. Die Tür, auf der in einer fremdartigen, wunderschönen Schrift NICHTGEFUNDEN stand. Er hatte einmal einen

Roman gelesen, der *Die Tür in den Sommer* hieß, von … wem? Von einem der Science-Fiction-Autoren, die er immer aus der Bücherei nach Hause schleppte, von einem seiner verlässlichen alten Freunde, die wunderbar für lange Nachmittage in den Sommerferien geeignet waren. Murray Leinster, Poul Anderson, Gordon Dickson, Isaac Asimov, Harlan Ellison … Robert Heinlein. Er glaubte, dass es Heinlein war, der *Die Tür in den Sommer* geschrieben hatte. Henry hatte immer über die Bücher gelästert, die er nach Hause brachte, ihn einen tleinen Waschlappen, einen tleinen Bücherwurm genannt, ihn gefragt, ob er gleichzeitig lesen und sich einen runterholen könne, und wissen wollen, wie er's schaffe, so gottverdammt lange stillzusitzen und seine Nase in diesen erfundenen Scheiß über Raketen und Zeitmaschinen zu stecken. Henry war älter als er. Henry, der mit Pickeln übersät war, die immer von Noxema und Clerasil glänzten. Henry, der zur Army wollte. Eddie jünger. Eddie, der Bücher aus der Bibliothek nach Hause brachte. Eddie dreizehn Jahre alt, fast im selben Alter wie Jake jetzt. Es ist 1977, und er ist dreizehn, und auf der Second Avenue sind die Taxis im Sonnenschein leuchtend gelb. Ein Schwarzer mit Walkman-Ohrstöpseln geht an Chew Chew Mama's vorbei, Eddie kann ihn sehen, Eddie weiß, dass der Schwarze Elton John hört, der – was sonst? – »Someone Saved My Life Tonight« singt. Auf dem Gehsteig herrscht Gedränge. Es ist später Nachmittag, und die Leute gehen nach einem weiteren Tag in den Stahlschluchten der Calla New York heim, Schluchten, in denen sie Geld statt Reis erzeugen, könnt Ihr Vorzugszinsen für erstklassige Kreditnehmer sagen? Frauen, die in teuren Kostümen und Tennisschuhen liebenswert verrückt aussehen; ihre hochhackigen Pumps stecken in Umhängetaschen, weil der Arbeitstag zu Ende ist und sie auf dem Nachhauseweg sind. Jedermann scheint zu lächeln, weil das Licht so hell und die Luft so warm ist, es ist »Summer in the City«, und irgendwo rattert wie in diesem alten Song von The Lovin' Spoonful ein Pressluftthammer. Vor ihm steht eine Tür in den Sommer 1977, die Taxifahrer bekommen einen Grundtarif von eineinviertel Dollar und danach dreißig Cent pro Fünftelmeile, früher war's weniger, und später wird's mehr sein, aber dies ist jetzt, der springende Punkt des Jetzt. Die Raumfähre mit der Lehrerin an Bord ist noch nicht explodiert. John Lennon lebt noch, aber bestimmt nicht mehr lange, wenn er nicht bald mit diesem schlimmen Heroin, diesem China White aufhört. Was Eddie Dean – Edward Cantor Dean – betrifft, weiß er nichts von Heroin. Ein paar Zigaretten sind sein einziges Laster (außer dass er zu masturbieren versucht, womit er jedoch erst in fast einem Jahr Erfolg haben wird). Er ist dreizehn. Es ist 1977, und er hat genau vier Haare auf der Brust, er zählt sie jeden Morgen mit religiöser Andacht und hofft auf die wichtige Nummer fünf. Dies ist der Sommer nach dem Windjammer-Sommer. Es ist später Nachmittag an einem Junitag, und er kann eine fröhliche Melodie hören. Der Song kommt aus den Lautsprechern über dem Eingang des Plattengeschäfts Tower of Power, Mungo Jerry singt »In the Summertime«, und …

Plötzlich erschien ihm alles real, jedenfalls so real, wie er's für erforderlich hielt. Eddie hob die linke Faust und reckte den Daumen hoch: *Auf geht's!* Hinter ihm hatte Roland sich auf den Boden gesetzt und den Kasten aus der rosa Tasche gezogen. Und als Eddie ihm das Zeichen gab, klappte der Revolvermann den Deckel hoch.

Auf Eddies Ohren stürmte sofort das sanfte dissonante Klimpern eines Glockenspiels ein. Seine Augen begannen zu tränen. Die frei vor ihm stehende Tür öffnete sich klickend, und die Höhle wurde plötzlich durch starken Sonnenschein erhellt. Er hörte misstönendes Gehupe und das Rat-a-tat-tat eines Presslufthammers. Vor noch nicht allzu langer Zeit hatte er eine Tür dieser Art so dringend gewollt, dass er Roland fast umgebracht hätte, um an sie heranzukommen. Und jetzt, wo er sie vor sich hatte, jagte sie ihm wahnsinnige Angst ein.

Das Flitzen-Glockenspiel drohte ihm den Kopf zu sprengen. Wenn er es noch lange würde hören müssen, würde er überschnappen. *Geh, wenn du gehen willst,* sagte er sich.

Er trat vor und glaubte mit stark tränenden Augen zu sehen, wie drei ausgestreckte Hände vier Türknöpfe erfassten. Als er die Tür aufzog, blendete ihn goldene Spätnachmittagssonne. Er konnte Benzindämpfe und heiße Großstadtluft und irgendjemands Rasierwasser riechen.

Praktisch blind trat Eddie durch die nichtgefundene Tür und in den Sommer einer Welt, aus der er seit langem *fan-gon* – verbannt – war.

4

Er stand auf der Second Avenue, kein Zweifel; hier war das Blimpie's, und hinter ihm erklang Mungo Jerrys fröhlicher Song mit dem karibischen Beat. Um ihn herum waren Menschenströme in Bewegung – in Richtung Uptown, Downtown, quer durch die Stadt. Kein Mensch achtete auf Eddie, was teilweise daran lag, dass die meisten sich nur darauf konzentrierten, am Ende eines weiteren Arbeitstags aus der Stadt *rauszukommen* – aber hauptsächlich wohl daran, dass es eben zum New Yorker Lebensstil gehörte, andere Leute nicht zu beachten.

Eddie zuckte mit der rechten Schulter, damit der Tragegurt von Rolands Krambeutel fester saß, und sah sich dann um. Die Tür zur Calla Bryn Sturgis war weiterhin da. Am Höhleneingang konnte er Roland mit dem offenen Kasten auf dem Schoß sitzen sehen.

Dieses Scheißglockenspiel muss ihn zum Wahnsinn treiben, dachte Eddie. Und während er den Revolvermann beobachtete, sah er ihn zwei Patronen aus dem Waffengurt ziehen und sie sich in die Ohren stecken. Eddie grinste. *Guter Schachzug, Mann.* Zumindest hatte das damals auf der I-70 geholfen, das Heulen der Schwachstelle zu dämpfen. Unabhängig davon, ob es hier funktionierte oder nicht, musste Roland jetzt allein zurechtkommen. Eddie hatte Wichtigeres zu tun.

Er machte auf seinem kleinen Platz auf dem Gehsteig langsam eine halbe Drehung und sah sich dann um, ob die Tür sich mit ihm gedreht hatte. Das hatte sie getan. Wenn sie wie die anderen Türen war, würde sie ihm jetzt folgen, wohin er auch ging. Aber selbst wenn sie das nicht tat, erwartete Eddie keine Probleme; er würde ohnehin nicht sehr weit gehen. Ihm fiel noch etwas anderes auf: Das Gefühl, hinter allem lauere unheimliche Dunkelheit, war verschwunden. Weil er tatsächlich hier war, vermutete er, nicht nur als Flitzer. Falls hier irgendwo wandelnde Tote unterwegs waren, würde er sie nicht sehen können.

Eddie beförderte den Tragegurt des Krambeutels mit einem weiteren Schulterzucken etwas höher und machte sich auf den Weg zum Manhattaner Restaurant für geistige Nahrung.

5

Unterwegs wichen die Entgegenkommenden ihm aus, aber das genügte nicht ganz, um zu beweisen, dass er wirklich hier war; das taten die Leute auch, wenn man als Flitzer unterwegs war. Schließlich provozierte Eddie absichtlich einen Zusammenprall mit einem jungen Kerl, der nicht nur einen Aktenkoffer, sondern gleich *zwei* trug – ein Großer Sargjäger aus der Geschäftswelt, wenn Eddie jemals einen gesehen hatte.

»He, passen Sie doch auf!«, keifte Mr. Businessman, als ihre Schultern kollidierten.

»Sorry, Mann, sorry«, sagte Eddie. Er war wirklich hier. »Können Sie mir vielleicht sagen, welcher Tag …«

Aber Mr. Businessman war schon fort und jagte dem Herzinfarkt nach, den er wahrscheinlich mit fünfundvierzig oder fünfzig einholen würde, so wie er aussah. Eddie erinnerte sich an einen alten New Yorker Witz: »Entschuldigung, Sir, können Sie mir sagen, wie ich zum Rathaus komme, oder soll ich mich einfach nur selbst ficken?« Er brach in lautes Lachen aus, konnte nichts dagegen machen.

Sobald er sich wieder unter Kontrolle hatte, setzte er sich wieder in Bewegung. An der Ecke Second und Fifty-fourth sah er einen Mann, der in einem Schaufenster ausgestellte Schuhe und Stiefel begutachtete. Auch dieser Kerl trug einen Anzug, aber er wirkte viel entspannter als der, den Eddie angerempelt hatte. Und er trug nur einen Aktenkoffer, was Eddie als gutes Omen betrachtete.

»Erflehe Eure Verzeihung«, sagte Eddie, »aber können Sie mir sagen, welcher Tag heute ist?«

»Donnerstag«, sagte der Schaufensterbummler. »Der 23. Juni.«

»1977?«

Der Schaufensterbummler bedachte Eddie mit einem kleinen Lächeln, halb fragend, halb zynisch, und zog dabei eine Augenbraue hoch. »1977, das stimmt. 1978 wird's erst in … na so was, in einem halben Jahr. Muss man sich mal vorstellen.«

Eddie nickte. »Danke-sai.«

»Danke-*was?*«

»Nichts«, sagte Eddie und hastete weiter.

Nur noch ungefähr drei Wochen bis zum 15. Juli, dachte er. *Die Zeit wird gottverdammt unbehaglich knapp.*

Ja, aber wenn er Calvin Tower dazu überreden konnte, ihm das Grundstück heute zu verkaufen, stellte sich das gesamte Zeitproblem nicht mehr. Einst, vor vielen Jahren, hatte Eddies Bruder vor einigen seiner Freunde damit geprahlt, wenn sein kleines Bruderherz sich richtig Mühe gebe, könne er sogar den Teufel dazu überreden, sich selbst in Brand zu stecken. Eddie konnte nur hoffen, dass er noch einen Rest dieser Überzeugungskraft besaß. Einen kleinen Deal mit Calvin Tower abschließen, in eine Immobilie investieren, anschließend vielleicht eine halbe Stunde freinehmen und den alten New Yorker Trott so richtig ein bisschen genießen. Feiern. Vielleicht eine Eiercreme mit Schokolade essen oder …

Sein Gedankenfluss riss ab, und er blieb so abrupt stehen, dass jemand gegen ihn prallte und daraufhin einen Fluch ausstieß. Eddie spürte den Rempler kaum, nahm den Fluch kaum wahr. Dort vorn parkte wieder der dunkelgraue Lincoln Town Car – diesmal nicht vor dem Hydranten, sondern ein paar Häuser weiter.

Balazars Town Car.

Eddie setzte sich wieder in Bewegung. Er war plötzlich froh, dass Roland ihn dazu überredet hatte, den Revolver mitzunehmen. Und dass die Waffe voll geladen war.

6

Die Kreidetafel stand wieder im Schaufenster (heute war das Tagesgericht ein Neuengland-Grillteller mit Nathaniel Hawthorne, Henry David Thoreau und Robert Frost – als Nachspeise wahlweise Mary McCarthy oder Grace Metalious), aber auf einem in der Tür hängenden Schild stand SORRY, WIR HABEN GESCHLOSSEN. Nach der digitalen Bankuhr auf derselben Straßenseite wie das Plattengeschäft Tower of Power war es 15.14 Uhr. Wer machte seinen Laden an einem Wochentag um Viertel nach drei dicht?

Jemand mit einem besonderen Kunden, vermutete Eddie. Der tat das vielleicht.

Er legte die Hände seitlich ans Gesicht und spähte ins Manhattaner Restaurant für geistige Nahrung. Er sah den kleinen runden Verkaufstisch mit den Kinderbüchern. Rechts davon stand die Ladentheke, die aussah, als wäre sie aus einem Eissalon um

1900 geklaut worden, nur saß dort heute niemand, nicht mal Aaron Deepneau. Auch die Registrierkasse war nicht besetzt, aber Eddie konnte lesen, was auf dem in ihrem Fenster stehenden orangeroten Reiter stand: NO SALE.

Die Buchhandlung war leer. Calvin Tower war fortgerufen worden; vielleicht wegen eines Notfalls in der Familie …

Er hat allerdings einen Notfall, meldete die kalte Stimme des Revolvermanns sich in Eddies Kopf zu Wort. *Der ist mit dieser grauen Auto-Kutsche gekommen. Und sieh dir die Theke noch mal an. Aber willst du diesmal deine Augen nicht wirklich benützen, statt nur Licht durch sie einfallen zu lassen?*

Manchmal dachte Eddie mit den Stimmen anderer Leute. Vermutlich taten das viele – es gab einem die Möglichkeit, die Perspektive ein wenig zu verändern, die Dinge aus einem anderen Blickwinkel zu betrachten. Aber das hier fühlte sich anders an, als hätte er nur so getan. Das hier fühlte sich an, als hätte der alte Lange, Große und Hässliche tatsächlich in seinem Kopf gesprochen.

Eddie sah sich die Theke erneut an. Diesmal sah er die auf der Marmorplatte verstreuten Schachfiguren aus Kunststoff und die umgeworfene Kaffeetasse. Diesmal sah er die zwischen zwei Hockern auf dem Fußboden liegende Brille mit dem Sprung in einem der Gläser.

Er spürte den ersten Zornimpuls tief in der Mitte seines Schädels. Noch war er gedämpft, aber aus Erfahrung wusste Eddie, dass diese Impulse immer rascher und nachdrücklicher kommen und dabei schärfer werden würden. Irgendwann würden sie jeden bewussten Gedanken überdecken, und dann sei Gott jedem gnädig, der in Reichweite von Rolands Revolver geriet. Er hatte Roland einmal gefragt, ob ihm das auch manchmal passiere, und Roland hatte geantwortet: *Es passiert uns allen.* Als Eddie den Kopf geschüttelt und geantwortet hatte, er sei nicht wie Roland – nicht er, nicht Suze, nicht Jake –, hatte der Revolvermann geschwiegen.

Tower und seine besonderen Kunden waren hinten, das lag auf der Hand, in dem Lagerraum mit Büro. Und diesmal wollten die Besucher vermutlich nicht nur mit ihm reden. Eddie ahnte, dass dies ein kleiner Auffrischungskurs war, bei dem Balazars Gentlemen Mr. Tower daran erinnerten, dass der 15. Juli nahte, und Mr. Tower ins Gedächtnis zurückriefen, wie dann eine kluge Entscheidung auszusehen habe.

Als Eddie das Wort *Gentlemen* durch den Kopf ging, löste es einen weiteren Zornimpuls aus. Das war nicht ganz das richtige Wort für Kerle, die einem dicken, harmlosen Buchhändler die Brille zertrümmerten und ihn dann nach hinten schleppten, um ihn zu terrorisieren. Gentlemen! Scheiß-commala!

Er versuchte die Tür der Buchhandlung zu öffnen. Sie war abgesperrt, aber das Schloss taugte nicht viel; die Tür klapperte in ihrem Rahmen wie ein loser Zahn. Eddie stand in dem etwas zurückgesetzten Eingang, sah (hoffentlich) wie jemand aus, der sich für irgendein Buch, das er drinnen gesehen hatte, besonders interessierte, und verstärkte allmählich den Druck aufs Schloss, indem er erst nur eine Hand auf den Türknopf legte und dann die Schulter auf hoffentlich beiläufig wirkende Art ans Türblatt lehnte.

Die Chancen stehen vierundneunzig zu hundert, dass ohnehin niemand auf dich achtet. Wir sind hier immerhin in New York, stimmt's? Können Sie mir sagen, wie ich zum Rathaus komme, oder soll ich mich einfach nur selbst ficken?

Eddie drückte fester. Er war noch weit davon entfernt, seine gesamte Kraft aufzuwenden, da sprang die Tür schon knackend auf. Eddie trat ohne Zögern ein, so als hätte er alles Recht dazu, und schloss die Tür hinter sich wieder. Sie ließ sich nicht mehr absperren. Er nahm ein Exemplar von *Wie der Grinch Weihnachten gestohlen hat* vom Kindertisch, riss die letzte Seite heraus (*Der Schluss dieser Geschichte hat mir sowieso nie gefallen,* dachte er), faltete sie dreimal und klemmte sie in den Spalt zwischen

Tür und Rahmen. Das reichte, um die Tür geschlossen zu halten. Dann sah er sich um.

Die Buchhandlung war menschenleer und jetzt, da die Sonne hinter den Wolkenkratzern der East Side stand, auch düster. Kein Laut …

Doch. Doch, er hörte einen. Einen erstickten Schrei aus dem Lagerraum. *Vorsichtig, Gentlemen am Werk*, dachte Eddie und fühlte einen weiteren Zornimpuls. Diesmal war er schon schärfer.

Er löste mit einem kurzen Ruck den Knoten an Rolands Krambeutel, dann ging er auf die hintere Tür zu, auf der NUR FÜR MITARBEITER stand. Um sie zu erreichen, musste er um einem unordentlichen Berg Taschenbücher und einen umgekippten Verkaufsständer – die altmodische Drugstore-Ausführung, die sich endlos drehen ließ – herumgehen. Calvin Tower hatte sich daran festgeklammert, als Balazars Gents ihn vor sich her in Richtung Lagerraum geschubst hatten. Das wusste Eddie, auch ohne es gesehen zu haben.

Die Tür des Lagerraums war nicht abgesperrt. Eddie zog Rolands Revolver aus dem Krambeutel und legte den Beutel dann beiseite, damit er ihn im entscheidenden Augenblick nicht behindern konnte. Während er die Lagerraumtür Stückchen für Stückchen aufschob, rief er sich die Position von Towers Schreibtisch ins Gedächtnis zurück. Falls die Kerle ihn sahen, würde er lauthals schreiend auf sie zustürmen. Roland hatte ihm beigebracht, dass man *immer* lauthals schrie, wenn und falls man entdeckt wurde. Damit konnte man den Gegner unter Umständen ein, zwei Sekunden lang verblüffen, und ein, zwei Sekunden konnten manchmal ein gewaltiger Unterschied sein.

Diesmal brauchte er aber weder zu schreien noch zum Angriff vorzustürmen. Die Männer, die er suchte, hielten sich im Bürobereich auf, und ihre Schatten ragten wieder hoch und grotesk an der Wand hinter ihnen auf. Tower saß auf seinem Drehstuhl, der jedoch nicht mehr hinter dem Schreibtisch stand, sondern in den freien Raum zwischen zwei der drei Aktenschränke geschoben worden war. Ohne die Brille wirkte Towers freundliches Gesicht nackt. Seine beiden Besucher standen vor ihm, was bedeutete, dass sie Eddie den Rücken zukehrten. Tower hätte ihn sehen können, aber der blickte zu Jack Andolini und George Biondi auf und konzentrierte sich nur auf sie. Beim Anblick des schieren Entsetzens auf Towers Gesicht zuckte ein weiterer dieser Zornimpulse durch Eddies Kopf.

In der Luft hing starker Benzingeruch – ein Geruch, so vermutete Eddie, der bestimmt selbst den unerschrockensten Ladenbesitzer ängstigen konnte, vor allem einen, der über ein Reich aus Papier gebot. Neben dem größeren der beiden Männer – Andolini – stand ein etwa eineinhalb Meter hoher Bücherschrank mit einer Glastür. Die Tür war offen. Auf den vier oder fünf Schrankfächern standen Bücher, die alle durch glasklare Kunststoffhüllen vor Staub geschützt zu sein schienen. Eines davon hielt Andolini in einer Manier hoch, die ihn auf absurde Weise wie einen Fernsehverkäufer aussehen ließ. In ganz ähnlicher Art hielt der kleinere Mann – Biondi – ein mit einer gelblichen Flüssigkeit gefülltes Glas hoch. Was es enthielt, war kaum zweifelhaft.

»Bitte, Mr. Andolini«, sagte Tower. Er sprach mit demütiger, bebender Stimme. »Bitte, das ist ein sehr wertvolles Buch.«

»Natürlich ist es das«, sagte Andolini. »Alle in diesem Schrank sind wertvoll. Ich weiß auch, dass Sie ein Widmungsexemplar von *Ulysses* besitzen, das sechsundzwanzigtausend Dollar wert ist.«

»Wovon handelt es, Jack?«, fragte George Biondi. Er war hörbar beeindruckt. »Was für 'ne Art Buch kann sechsundzwanzig Riesen wert sein?«

»Weiß ich doch nicht«, sagte Andolini. »Wollen Sie's uns nicht verraten, Mr. Tower? Oder darf ich Sie Cal nennen?«

»Mein *Ulysses* liegt in einem Bankschließfach«, sagte Tower. »Es ist unverkäuflich.«

»Aber diese hier schon«, sagte Andolini. »Hab ich Recht? Und auf dem vorderen Blatt von dem Buch hier sehe ich die mit Bleistift geschriebene Zahl *7500.* Keine sechsundzwanzig Riesen, aber doch der Preis eines Neuwagens. Und ich habe Folgendes damit vor, Cal. Hören Sie mir gut zu, ja?«

Eddie arbeitete sich näher heran, und obwohl er sich bemühte, leise zu sein, versuchte er nicht mal, sich zu verstecken. Und trotzdem sah ihn noch immer niemand. War er ebenso dumm gewesen, als er noch dieser Welt angehört hatte? So verwundbar durch etwas, was streng genommen nicht mal ein Hinterhalt war? Er vermutete, dass er's gewesen war, und wusste, dass es kein Wunder war, dass Roland anfangs nicht viel von ihm gehalten hatte.

»Ich … ich höre.«

»Sie besitzen etwas, was Mr. Balazar so dringend haben möchte wie Sie Ihr Exemplar von *Ulysses.* Und obwohl die Bücher in diesem Glasschrank verkäuflich sind, wette ich, dass Sie verdammt wenige davon verkaufen, weil Sie's einfach … nicht … ertragen … können, sich von ihnen zu trennen. Genau wie Sie's nicht ertragen können, sich von diesem unbebauten Grundstück zu trennen. Deshalb passiert jetzt Folgendes: George tränkt dieses Buch, in dem *7500* steht, mit Benzin, und ich stecke es in Brand. Anschließend nehme ich ein *weiteres* Buch aus Ihrem Schatzkästlein und fordere Sie auf, uns die mündliche Zusage zu geben, dass Sie das Grundstück am 15. Juli um zwölf Uhr an die Sombra Corporation verkaufen werden. Kapiert?«

»Ich …«

»Mir reicht schon Ihre mündliche Zusage, dann ist unsere Besprechung beendet. Tun Sie das aber *nicht,* verbrenne ich das zweite Buch. Dann ein drittes. Dann ein viertes. Nach dem vierten, Sir, dürfte mein Partner hier die Geduld verlieren.«

»Da hast du gottverdammt Recht«, sagte George Biondi. Eddie war fast dicht genug heran, um Big Nose berühren zu können, aber die beiden sahen ihn noch immer nicht.

»Ich denke, dann kippen wir einfach Benzin in Ihr Schatzkästchen und zünden alle Ihre kostbaren Bü…«

Schließlich nahm Jack Andolini aus den Augenwinkeln heraus doch eine Bewegung wahr. Ein Blick über die linke Schulter seines Partners zeigte ihm einen jungen Mann mit haselnussbraunen Augen in einem tief gebräunten Gesicht. Der Mann hielt etwas in der Hand, das wie das älteste, größte Requisit der Welt in Revolverform aussah. Es *musste* ein Requisit sein.

»Scheiße, was …«, begann Jack.

Bevor er weitersprechen konnte, leuchtete Eddie Deans Gesicht freudestrahlend und glücklich auf – ein Gesichtsausdruck, der ihn weit über gutes Aussehen hinaus ins Reich der Schönheit katapultierte. *»George!«,* rief er im Ton eines Mannes, der seinen ältesten, engsten Freund nach langer Trennung wiedersieht. *»George Biondi!* Mann, du hast *noch immer* den größten Zinken diesseits vom Hudson! Gut, dich zu sehen, Mann!«

Im menschlichen Verstand gibt es eine fest verdrahtete Logik für die Reaktion auf Unbekannte, die uns mit unserem Namen ansprechen. Wenn die Anrede freundschaftlich klingt, scheinen wir fast zwanghaft auf gleiche Weise reagieren zu müssen. Trotz der Situation, in der sie sich hier hinten befanden, drehte George »Big Nose« Biondi sich mit den Anfängen eines Grinsens nach der Stimme um, die ihn mit so fröhlicher Vertrautheit begrüßt hatte. Sein Grinsen breitete sich sogar noch aus, als Eddie mit dem Griff von Rolands Revolver bereits auf ihn einschlug. Trotz seiner scharfen Augen sah Andolini kaum mehr als eine verschwommene Bewegung, als der Revolvergriff dreimal herabsauste. Der erste Schlag traf Biondi zwischen den Augen, der zweite über dem rechten Auge, der dritte die Vertiefung der rechten Schläfe. Die beiden ersten Schläge erzeugten dumpfe, hohl klingende Geräusche. Der dritte Schlag endete mit einem gedämpften, widerlichen Klatschlaut. Biondi sackte zusammen, verdrehte die Augen, bis das Weiße sichtbar wurde, und kräuselte die Lippen auf unruhige Weise, die ihn wie ein Baby aussehen ließ, das gestillt werden möchte. Das Glas fiel ihm aus der schlaff werdenden Hand, knallte auf den Betonboden und zersplitterte. Der Benzingeruch war plötzlich viel stärker, wurde schwer und durchdringend.

Eddie ließ Biondis Partner keine Zeit zu einer Reaktion. Während Big Nose sich noch in verschüttetem Benzin und zersplittertem Glas auf dem Boden wand, stürzte Eddie sich auf Andolini und drängte ihn zurück.

7

Für Calvin Tower (der sein Leben als Calvin Toren begonnen hatte) gab es kein unmittelbares Gefühl der Erleichterung, kein *»Gott sei Dank, ich bin gerettet«*-Bewusstsein. Sein erster Gedanke war: *Die beiden sind schlimm; aber der Neue hier ist noch schlimmer.*

Im schwachen Licht der Lagerraumlampen schien der Neuankömmling mit dem eigenen springenden Schatten zu verschmelzen und ein drei Meter großes Gespenst zu werden. Eines mit glühenden Augen, die aus den Höhlen zu quellen drohten, und zurückgezogenen Lefzen, die Kiefer sehen ließen, die mit Reihen weißer Zähne besetzt waren, die fast wie Reißzähne aussahen. In einer Hand hielt er einen Revolver, der die Größe einer Donnerbüchse zu haben schien – die Art Waffe, die in Abenteuergeschichten aus dem 17. Jahrhundert als »Schießprügel« bezeichnet wurde. Er packte Andolini an der Hemdbrust und einem Revers seines Sportsakkos und schleuderte ihn gegen die Wand. Der kleine Bücherschrank mit der Glastür fiel um, weil der Gangster ihn im Flug streifte. Tower stieß einen verzweifelten Schrei aus, auf den jedoch keiner der beiden Männer im Geringsten achtete.

Balazars Mann versuchte, sich nach links davonzuschlängeln. Der Neuankömmling, der knurrende Mann mit dem schwarzen Pferdeschwanz, ließ ihn sich aufrichten, dann stellte er ihm das Bein und ließ sich so auf ihn fallen, dass er ein Knie auf der Brust des Gangsters hatte. Er rammte die Mündung der Donnerbüchse, des Schießprügels, ins weiche Dreieck unter Andolinis Kinn. Der Gangster drehte den Kopf zur Seite und versuchte dadurch den Druck loszuwerden. Aber der Neue verstärkte ihn nur noch.

Mit erstickter Stimme, die einer Zeichentrick-Ente hätte gehören können, sagte Balazars Killer: »Dass ich nicht lache, Kumpel – das ist keine echte Waffe.«

Daraufhin zog der Neue – der Mann, der scheinbar mit dem eigenen Schatten verschmolzen und riesengroß geworden war – seinen Schießprügel unter dem Kinn des Gangsters hervor, spannte ihn mit dem Daumen und zielte irgendwo in die Tiefe des Lagerraums. Tower öffnete den Mund, um weiß Gott was zu sagen, aber bevor er ein Wort herausbrachte, gab es einen ohrenbetäubenden Knall, so als wäre eine Werfergranate eineinhalb Meter vom Schützenloch irgendeines unglückseligen GIs entfernt detoniert. Aus der Mündung der Maschine schoss eine leuchtend gelbe Flamme. Im nächsten Augenblick wurde die Mündung wieder unters Kinn des Gangsters gerammt.

»Was denkst du jetzt, Jack?«, keuchte der Neue. »Denkst du noch immer, dass die nicht echt ist? Ich will dir sagen, was ich denke: Wenn ich sie das nächste Mal abdrücke, wird dein Gehirn bis nach Hoboken gepustet.«

8

Eddie sah Angst in Jack Andolinis Blick, aber keine Panik. Das überraschte ihn nicht. Es war Jack Andolini gewesen, der sich ihn geschnappt hatte, nachdem sein Nassau-Einsatz als Kokainkurier schief gegangen war. Diese Version des Kerls hier war jünger – zehn Jahre jünger –, aber nicht hübscher. Andolini, dem der große Weise und eminente Junkie Harry Dean den Spitznamen Old Doppelthässlich gegeben hatte, hatte die riesigen Stirnwülste eines Höhlenmenschen und einen dazu passenden kantigen Neandertaler-Unterkiefer. Die Hände waren so riesig, dass sie Karikaturen glichen. Die Fingerknöchel waren behaart. Er sah nicht nur wie Old Doppelthässlich, sondern auch wie Old Doppeltdämlich aus, aber er war keineswegs dumm. Dummköpfe schafften es nicht, sich zu Stellvertretern von Kerlen wie Enrico Balazar hochzuarbeiten. Und auch wenn Jack das jetzt vielleicht noch nicht war, würde er es im Jahr 1986 sein, wenn Eddie mit bolivianischer Marschverpflegung im Wert von ungefähr zweihunderttausend Dollar unter seinem Hemd auf dem JFK landen würde. In jener Welt, in jenem Wo und Wann, war Andolini *Il Roches* Feldmarschall geworden. In der jetzigen, hiesigen Welt, das wusste Eddie, hatte Andolini dagegen sehr gute Chancen, vorzeitig verabschiedet zu werden. Von *allem* verabschiedet. Außer er spielte tadellos mit.

Eddie rammte Andolini die Revolvermündung noch fester unters Kinn. Der in der Luft hängende Geruch von Benzin und Schießpulver war so stark, dass er den Büchergeruch vorläufig überlagerte. Irgendwo im Schatten ließ der Hauskater Sergio ein zorniges Fauchen hören. Offenbar waren Sergio laute Geräusche in seinem Reich zuwider.

Andolini verzog das Gesicht und drehte den Kopf nach links. »Nicht, Mann … das Ding ist heiß!«

»Nicht so heiß wie dort, wo du in fünf Minuten bist«, sagte Eddie. »Außer du hörst mir zu, Jack. Deine Chancen, hier lebend rauszukommen, sind gering, aber doch vorhanden. Also, hörst du mir zu?«

»Ich kenn dich nicht. Woher kennst du uns?«

Eddie zog die Waffe unter dem Kinn von Old Doppelthässlich

heraus und sah einen roten Kreis, den die Mündung von Rolands Revolver dort zurückgelassen hatte. *Was wäre, wenn ich dir erzählen würde, dass es dein Ka ist, in zehn Jahren nochmals mit mir zusammenzutreffen? Und von Monsterhummern gefressen zu werden? Dass sie mit den Füßen in deinen Gucci-Slippern anfangen und sich nach oben vorarbeiten werden?* Das hätte Andolini ihm natürlich so wenig geglaubt, wie er geglaubt hatte, dass Rolands großer alter Revolver funktionieren würde, bis Eddie ihm das Gegenteil demonstriert hatte. Und entlang dieses Möglichkeitspfads – auf dieser Ebene des Turms – würde Andolini vielleicht *nicht* von Monsterhummern gefressen werden. Weil diese Welt anders als alle anderen war. Dies hier war Ebene neunzehn des Dunklen Turms. Das spürte Eddie deutlich. Darüber würde er später nachgrübeln, aber nicht jetzt. Im Augenblick fiel es ihm schwer, klar zu denken. Er fühlte den Drang, diese beiden Männer zu erschießen und sich dann in Brooklyn den Rest von Balazars Tet vorzuknöpfen. Eddie tippte mit dem Revolverlauf an einen von Andolinis hervorstehenden Backenknochen. Er musste sich beherrschen, um sich diese hässliche Fresse nicht wirklich vorzunehmen, und Andolini konnte das offensichtlich erkennen. Er blinzelte und fuhr sich mit der Zungenspitze über die Lippen. Eddie hatte sein Knie weiter auf der Brust des Gangsters. Er konnte spüren, dass sie wie ein Blasebalg auf und ab ging.

»Du hast meine Frage nicht beantwortet«, sagte Eddie. »Stattdessen hast du eine Gegenfrage gestellt. Falls du das noch mal tust, Jack, verschönere ich dir mit dem Lauf dieser Waffe das Gesicht. Dann zerschieße ich eine deiner Kniescheiben, verwandle dich für den Rest deines Lebens in ein Hinkebein. Ich kann dir alle möglichen Körperteile abschießen, ohne deine Sprachfähigkeit zu beeinträchtigen. Und stell dich bloß nicht dumm. Du bist nicht dumm – außer vielleicht in der Wahl deines Arbeitgebers –, das weiß ich. Also noch mal: Hörst du mir zu?«

»Was bleibt mir anderes übrig?«

Eddie, der sich jetzt mit demselben verschwimmenden, unheimlichen Tempo bewegte wie zuvor, zog Rolands Revolver über Andolinis Gesicht. Der Wangenknochen brach mit lautem Knacken. Aus seinem rechten Nasenloch, das Eddie ungefähr so groß vorkam wie der Midtown Tunnel, sickerte Blut. Andolini schrie vor Schmerzen auf, Tower vor Schrecken.

Eddie rammte die Revolvermündung wieder in das weiche Fleisch unter Andolinis Kinn. Ohne ihn aus den Augen zu lassen, sagte er: »Behalten Sie den anderen im Auge, Mr. Tower. Wenn er anfängt, sich wieder zu bewegen, sagen Sie's mir.«

»Wer sind Sie?« Tower jammerte fast.

»Ein Freund. Der einzige, der Ihre Haut retten kann. Beobachten Sie ihn jetzt und lassen Sie mich arbeiten.«

»A-also gut.«

Eddie Dean konzentrierte seine ganze Aufmerksamkeit wieder auf Andolini. »George habe ich flachgelegt, weil George dämlich ist. Selbst wenn er die Nachricht überbringen könnte, die ich überbracht haben will, würde er sie nicht glauben. Und wie kann ein Mann andere von etwas überzeugen, was er selbst nicht glaubt?«

»Da hast du Recht«, sagte Andolini. Er sah mit einer Art schreckensstarrer Faszination zu Eddie auf, als würde er zu guter Letzt erkennen, was der Unbekannte in Wirklichkeit war. Als was Roland ihn auf den ersten Blick erkannt hatte, auch als Eddie Dean nur ein rotznäsiger Junkie gewesen war, der zitternd unter Entzugserscheinungen gelitten hatte, weil er kein Heroin mehr bekam. Jack Andolini sah einen Revolvermann.

»Darauf kannst du Gift nehmen«, sagte Eddie. »Und hier ist die Nachricht, die du überbringen sollst: Tower darf nicht mehr belästigt werden.«

Jack schüttelte leicht den Kopf. »Das verstehst du nicht. Tower hat etwas, das jemand will. Mein Boss hat sich bereit erklärt, es zu beschaffen. Er hat's versprochen. Und mein Boss hält …«

»Er hält immer, was er verspricht, ich weiß«, sagte Eddie. »Nur kann er's diesmal nicht. Aber das ist nicht seine Schuld. Weil Mr. Tower nämlich beschlossen hat, sein unbebautes Grundstück nicht an die Sombra Corporation zu verkaufen. Er wird es stattdessen an die … äh … an die Tet Corporation verkaufen. Kapiert?«

»Ich kenne dich nicht, Mann, aber ich kenne meinen Boss. Der gibt nicht auf.«

»Ihm bleibt nichts anderes übrig. Weil Tower nichts mehr zu verkaufen haben wird. Das Grundstück wird ihm nicht mehr gehören. Und jetzt hör mir noch aufmerksamer zu, Jack. Hör mir ka-me zu, nicht ka-mai.« Klug, nicht töricht.

Eddie beugte sich tiefer über sein Gesicht. Andolini starrte zu ihm auf und war von den vorquellenden Augen – haselnussbraune Iris, blutunterlaufene Augäpfel – und dem brutal grinsenden Mund fasziniert, der fast in Kussentfernung über seinem schwebte.

»Mr. Calvin Tower steht jetzt unter dem Schutz von Leuten, die mächtiger und skrupelloser sind, als du dir das jemals vorstellen könntest, Jack. Leute, die *Il Roche* wie ein Hippie-Blumenkind in Woodstock aussehen lassen. Du musst ihn davon überzeugen, dass er nichts gewinnen, aber alles verlieren kann, wenn er Calvin Tower weiter belästigt.«

»Ich kann nicht …«

»Was dich betrifft, weißt du jetzt, dass dieser Mann das Zeichen Gileads trägt. Wenn du ihn noch mal anfasst – wenn du auch nur einen Fuß in seinen Laden setzt –, komme ich nach Brooklyn und bringe deine Frau und deine Kinder um. Dann spüre ich deine Eltern auf und bringe auch sie um. Dann bringe ich die Schwestern deiner Mutter und die Brüder deines Vaters um. Dann bringe ich deine Großeltern um, falls sie noch leben. Dich hebe ich mir für zuletzt auf. Glaubst du mir das?«

Jack Andolini starrte weiter das Gesicht über ihm an – die blutunterlaufenen Augen, den knurrend grinsenden Mund –, aber nun mit wachsendem Entsetzen. Tatsache war, dass er diesem Kerl glaubte. Und wer immer er war, er wusste sehr viel über Balazar und den Deal, um den es hier ging. Über diesen Deal wusste er vielleicht sogar mehr als Andolini selbst.

»Wir sind ein ganzer Haufen«, sagte Eddie, »dessen einziger Auftrag der Schutz …« Er hätte beinahe *der Schutz der Rose* gesagt. »… der Schutz von Calvin Tower ist. Wir werden diesen Laden überwachen, wir werden Tower beobachten, wir werden auf Towers Freunde aufpassen – Kerle wie Deepneau.« Eddie sah befriedigt, dass bei der Erwähnung dieses Namens ein überraschtes Aufblitzen in Andolinis Augen erschien. »Wenn jemand hier reinkommt und auch nur die Stimme erhebt, rotten wir seine ganze Familie aus und bringen zuletzt ihn um. Das gilt für George, für 'Cimi Dretto, Tricks Postino … und für deinen Bruder Claudio auch.«

Andolini riss die Augen bei jedem Namen weiter auf und schloss sie dann kurz, als er den Namen seines Bruders hörte. Eddie hatte den Eindruck, dass seine Botschaft angekommen war. Ob Andolini nun Balazar überzeugen konnte oder nicht, war eine andere Frage. *Aber in gewisser Beziehung spielt das gar keine Rolle,* dachte er kalt. *Sobald Tower uns das Grundstück verkauft hat, braucht uns ja nicht mehr zu interessieren, was sie ihm antun, oder?*

»Woher weißt du *so viel?«*, fragte Andolini.

»Das geht dich nichts an. Du sollst nur meine Nachricht überbringen. Sag Balazar, dass er seinen Freunden von der Sombra sagen soll, dass das Grundstück nicht mehr zum Verkauf steht. Jedenfalls nicht an sie. Und sag ihm, dass Tower jetzt unter dem Schutz von Leuten aus Gilead steht, die harte Kaliber tragen.«

»Harte …?«

»Das heißt, von Leuten, die gefährlicher sind als alle, mit denen Balazar jemals zu tun gehabt hat«, sagte Eddie, *»einschließlich* der Leute von der Sombra Corporation. Sag ihm, dass es in Brooklyn genügend Tote geben wird, um die Grand Army Plaza damit zu füllen, wenn er nicht aufgibt. Und viele von ihnen werden Frauen und Kinder sein. Überzeug ihn.«

»Ich … Mann, ich wird's versuchen.«

Eddie stand auf, dann trat er zwei Schritte zurück. George Biondi, der in einer Benzinlache und Glassplittern lag, begann sich zu bewegen und tief in seiner Kehle unverständliche Laute zu bilden. Eddie forderte Jack mit einer Bewegung des Laufs von Rolands Revolver zum Aufstehen auf.

»Gib dir lieber Mühe«, sagte er.

9

Tower goss ihnen beiden eine Tasse schwarzen Kaffee ein und konnte seine dann doch nicht trinken, weil ihm die Hände zu stark zitterten. Nachdem Eddie beobachtet hatte, wie der Mann es mehrmals versuchte (wobei er an einen Sprengmeister in dem Fernsehfilm *UXB* dachte, der die Nerven verloren hatte), hatte er Mitleid mit ihm und kippte die Hälfte von Towers Kaffee in die eigene Tasse.

»Versuchen Sie's jetzt«, sagte er und schob dem Buchhändler die halb volle Tasse hin. Tower trug wieder seine Brille, aber einer der Bügel war so verbogen, dass sie schief auf dem Gesicht saß. Und durchs linke Glas lief ein Sprung, der wie ein Blitz gezackt war. Die beiden Männer waren an der Marmortheke, Tower stand dahinter, Eddie saß davor auf einem der Hocker. Tower hatte das Buch, das Andolini als Erstes zu verbrennen gedroht hatte, mitgebracht und neben die Kaffeemaschine gelegt. Als könnte er es nicht ertragen, es aus den Augen zu lassen.

Tower hob die Tasse mit zitternder Hand (er trug keinen Ring, stellte Eddie fest – auch an der anderen Hand nicht) an den Mund

und leerte sie. Eddie konnte nicht verstehen, weshalb der Mann es vorzog, diesen nicht besonders guten Kaffee auch noch schwarz zu trinken. Für ihn war der einzig wahre Geschmack, wenn er den Kaffee mit Kondensmilch versetzte. Nach den Monaten, die er in Rolands Welt verbracht hatte (oder vielleicht waren schon ganze Jahre verstrichen) schmeckte diese Mischung so gehaltvoll, als hätte er reine Sahne verwendet.

»Besser?«, fragte Eddie.

»Ja.« Tower sah aus dem Schaufenster, als würde er die Rückkehr des grauen Town Cars befürchten, der erst vor zehn Minuten ruckartig schwankend weggefahren war. Er hatte auch noch immer Angst vor seinem jungen Gegenüber, aber zumindest hatte sich sein pures Entsetzen gelegt, nachdem Eddie den riesigen Revolver wieder in dem Beutel verstaut hatte, den er als »Krambeutel meines Freundes« bezeichnete. Dieser Beutel bestand aus abgewetztem Leder in undefinierbarer Farbe und besaß keinen Reißverschluss, sondern wurde mit einer Zugschnur geschlossen. Calvin Tower hatte den Eindruck, als hätte der junge Mann mit dem übergroßen Revolver auch die erschreckenderen Züge seiner Persönlichkeit in dem Krambeutel verstaut. Tower begrüßte das, konnte er sich doch auf diese Weise einreden, der Junge habe geblufft, als er angedroht hatte, nicht nur die Gangster, sondern auch deren gesamten Familien umzulegen.

»Wo ist Ihr Kumpel Deepneau heute?«, fragte Eddie.

»Beim Onkologen. Vor zwei Jahren hat Aaron angefangen, Blut in der Kloschüssel zu sehen, wenn er auf der Toilette war. Ein jüngerer Mann würde sich da nur ›gottverdammte Hämorrhoiden‹ denken und sich eine Salbe kaufen. Wenn man mal in den Siebzigern ist, nimmt man aber das Schlimmste an. In seinem Fall war es schlimm, aber nicht schrecklich. In seinem Alter breitet Krebs sich langsamer aus; sogar der Große K. altert. Komisch, sich das vorzustellen, nicht wahr? Jedenfalls ist er bestrahlt worden und angeblich verschwunden, aber Aaron sagt, dass man Krebs nicht den Rücken kehren darf. Er geht alle Vierteljahre zur Nachuntersuchung, und dort ist er jetzt. Ich bin froh darüber. Er ist ein alter Knacker, aber noch immer ein Hitzkopf.«

Ich sollte Aaron Deepneau mit Jamie Jaffords zusammenbringen, dachte Eddie. *Sie könnten Kastell statt Schach spielen und die Tage des Ziegenmonds verschwatzen.*

Tower lächelte inzwischen traurig. Er rückte die Brille zurecht. Sie blieb einen Augenblick lang gerade sitzen, dann verrutschte sie wieder. Diese Schrägstellung war irgendwie schlimmer als der Sprung im Glas; sie ließ Tower nicht nur verwundbar, sondern auch leicht verrückt wirken. »Er ist ein Hitzkopf, und ich bin ein Feigling. Vielleicht sind wir deshalb Freunde – wir machen die Fehler des anderen bis zu einem gewissen Grad wett, sodass fast etwas Ganzes dabei entsteht.«

»Na ja, vielleicht sind Sie da etwas zu streng mit sich selbst«, sagte Eddie.

»Das glaube ich nicht. Mein Analytiker sagt, dass jemand, der wissen möchte, wie die Kinder eines A-männlichen Vaters und einer B-weiblichen Mutter sich entwickeln, nur meine Fallgeschichte studieren müsste. Er sagt auch …«

»Erflehe Eure Verzeihung, Calvin, aber Ihr Analytiker ist mir ziemlich scheißegal. Sie besitzen nach wie vor das unbebaute Grundstück hier an der Straße, und das genügt mir.«

»Das ist nicht mein Verdienst«, sagte Calvin Tower missmutig. »Damit ist's wie mit dem hier …« Er griff nach dem Buch, das er neben die Kaffeemaschine gelegt hatte. »… und den anderen, die er zu verbrennen gedroht hat. Ich habe lediglich ein Problem damit, mich von Dingen zu trennen. Als meine erste Frau sich scheiden lassen wollte und ich sie nach dem Grund dafür gefragt habe, hat sie gesagt: ›Weil ich dich unter falschen Voraussetzungen geheiratet habe. Ich dachte, du bist ein Mann. Aber jetzt stellt sich heraus, dass du eine Hamsterratte bist.‹«

»Das Grundstück ist etwas anderes als die Bücher«, sagte Eddie.

»Tatsächlich? Glauben Sie das wirklich?« Tower starrte ihn fasziniert an. Als der Mann seine Kaffeetasse an den Mund hob, stellte Eddie befriedigt fest, dass das Zittern sich weitgehend gelegt hatte.

»Sie denn nicht?«

»Ich träume manchmal davon«, sagte Tower. »Ich bin nicht mehr selbst dort gewesen, seit Tommy Grahams Delikatessengeschäft Pleite gemacht hat und ich den Abbruch bezahlt habe. Und natürlich den Zaun bezahlt habe, der fast so teuer war wie die Männer mit der Abrissbirne. Ich träume, dass dort ein Blumenfeld steht. Ein Rosenfeld. Und statt nur bis zur First Avenue reicht es unendlich weit. Ein komischer Traum, was?«

Eddie war sich sicher, dass Calvin Tower tatsächlich solche Träume hatte, aber er glaubte, in den Augen hinter der gesprungenen und schief sitzenden Brille noch etwas anderes zu sehen. Er glaubte, Tower lasse diesen Traum für all die Träume stehen, die er nicht erzählen wollte.

»Wirklich komisch«, sagte Eddie. »Tja, Sie sollten mir noch einen Schuss von diesem Gebräu eingießen, wenn's beliebt. Dann wollen wir ein kleines Palaver halten.«

Tower lächelte und hielt das Buch, das Andolini hatte grillen wollen, wieder hoch. »Palaver. Das ist ein Wort, das hier drin ständig vorkommt.«

»Im Ernst?«

»Mhm.«

Eddie streckte eine Hand aus. »Lassen Sie mal sehen.«

Tower zögerte anfangs, und Eddie sah, wie das Gesicht des Buchhändlers sich unter dem Eindruck quälender Gefühle kurz verhärtete.

»Kommen Sie schon, Cal, ich wische mir bestimmt nicht den Arsch damit ab.«

»Nein. Natürlich nicht. Tut mir Leid.« Und in diesem Augenblick *wirkte* Tower zerknirscht wie ein Alkoholiker nach einer besonders verheerenden Zechtour. »Ich habe nur … bestimmte Bücher sind mir sehr wichtig. Und das hier ist eine echte Rarität.«

Er gab es Eddie, der nach einem Blick auf den Titel unter dem durchsichtigen Schutzumschlag glaubte, sein Herz müsse stillstehen.

»Was ist?«, fragte Tower. Er stellte seine Kaffeetasse mit einem Knall ab. »Was ist los?«

Eddie gab keine Antwort. Der illustrierte Schutzumschlag zeigte einen kleinen halbrunden Bau wie eine Nissenhütte, nur aus Holz erbaut und mit Tannenzweigen gedeckt. Daneben stand ein indianischer Krieger in Wildlederhosen. Er trug kein Hemd und hielt einen Tomahawk vor der Brust. Im Hintergrund donnerte eine altmodische Dampflok über die Prärie und ließ graue Rauchwolken in den blauen Himmel aufsteigen.

Der Titel dieses Buchs lautete *Der Dogan.* Der Verfasser war Benjamin Slightman Jr.

Irgendwo aus weiter Entfernung fragte Tower ihn, ob er etwa im Begriff sei, ohnmächtig zu werden. Kaum weniger weit entfernt, antwortete Eddie, das habe er nicht vor. Benjamin Slightman Jr. Mit anderen Worten Ben Slightman der Jüngere. Und …

Er schob Towers pummelige Hand weg, als dieser das Buch wieder an sich nehmen wollte. Dann benützte Eddie den Zeigefinger, um die Buchstaben des Verfassernamens zu zählen. Es waren natürlich neunzehn.

10

Eddie stürzte eine weitere Tasse von Towers Kaffee hinunter, diesmal ohne Kondensmilch. Dann griff er wieder nach dem Buch mit dem Klarsichtumschlag.

»Was macht es zu etwas Besonderem?«, fragte er. »Für mich schon, weil ich kürzlich jemanden kennen gelernt habe, der genau wie der Verfasser dieses Buchs heißt. Aber …«

Dann hatte er eine Idee, und er sah auf der hinteren Umschlagklappe nach, weil er hoffte, dort ein Foto des Verfassers zu finden. Aber er fand nur eine zweizeilige biografische Notiz: »BENJAMIN SLIGHTMAN JR. ist Rancher in Montana. Dies ist sein zweiter Roman.« Darunter befanden sich ein gezeichneter Adler und die Aufforderung: KAUFT KRIEGSANLEIHEN!

»Aber warum ist es für *Sie* etwas Besonderes? Was macht es siebeneinhalbtausend Mäuse wert?«

Towers Gesicht leuchtete auf. Vor einer Viertelstunde hatte er noch um sein Leben gezittert, aber davon merkte man ihm jetzt nichts mehr an, fand Eddie. Jetzt hatte seine Leidenschaft ihn im Griff. Roland hatte seinen Dunklen Turm; dieser Mann hatte seine seltenen Bücher.

Er hielt das Buch so, dass Eddie den Umschlag sehen konnte: *»Der Dogan,* richtig?«

»Richtig.«

Tower schlug das Buch auf und deutete auf die vordere Klappe, ebenfalls unter dem Klarsichtumschlag, mit der Zusammenfassung des Inhalts. »Und hier?«

»›Der Dogan‹«, las Eddie. »›Eine spannende Erzählung aus dem alten Westen und vom heldenhaften Überlebenskampf eines Indianers.‹ Und?«

»Jetzt sehen Sie sich *das* an!«, sagte Tower triumphierend und schlug die Titelseite auf. Dort las Eddie:

Der Hogan
Benjamin Slightman Jr.

»Das verstehe ich nicht«, sagte Eddie. »Was soll daran schon sein?«

Tower verdrehte die Augen. »Sehen Sie noch mal hin.«

»Warum sagen Sie mir nicht einfach, was …«

»Nein, sehen Sie noch mal hin. Ich bestehe darauf. Die Freude liegt in der Entdeckung, Mr. Dean. Das kann Ihnen jeder Sammler bestätigen. Briefmarken, Münzen oder Bücher … die Freude liegt in der Entdeckung.«

Er klappte das Buch wieder zu, und diesmal sah Eddie, was er meinte. »Der Titel auf dem Schutzumschlag enthält einen Druckfehler, ja? *Dogan* statt *Hogan*.«

Tower nickte zufrieden. »Ein Hogan ist eine indianische Behausung, wie sie auf dem Titel abgebildet ist. Ein Dogan ist … nun, nichts. Der Druckfehler auf dem Umschlag macht das Buch etwas wertvoller, aber … hier, sehen Sie sich das an …«

Er schlug das Impressum auf und legte Eddie das Buch hin. Das Copyrightdatum war mit 1943 angegeben, was natürlich den Adler und die Werbung für Kriegsanleihen auf der hinteren Umschlagklappe erklärte. Der Buchtitel war als *Der Hogan* angegeben, was in Ordnung zu sein schien. Eddie wollte schon fragen, als er es selbst merkte.

»Hier fehlt das ›Jr.‹ nach dem Verfassernamen, stimmt's?«

»Ja! *Ja!*« Tower strahlte übers ganze Gesicht. »Als würde das Buch in Wirklichkeit vom *Vater* des Verfassers stammen! Tatsächlich habe ich einmal auf einem Bibliografenkongress in Philadelphia einem Rechtsanwalt, der dort einen Vortrag über Urheberrecht gehalten hat, die Besonderheit dieses Buchs erläutert, und er hat gemeint, wegen dieses einfachen Druckfehlers könne der Vater von Slightman junior eigentlich das Eigentumsrecht an diesem Buch beanspruchen! Erstaunlich, finden Sie nicht auch?«

»Absolut«, sagte Eddie, der dabei an *Slightman den Älteren* dachte. Der an *Slightman den Jüngeren* dachte. Der daran dachte, wie rasch Jake enge Freundschaft mit Benny the Kid geschlossen hatte, und sich fragte, weshalb er dabei ein so schlechtes

Gefühl hatte, während jetzt hier in der kleinen alten Calla New York saß und Kaffee trank.

Wenigstens hat er die Ruger mitgenommen, dachte Eddie.

»Soll das heißen, dass nicht mehr nötig ist, damit ein Buch wertvoll wird?«, fragte er Tower. »Ein Druckfehler auf dem Umschlag, ein paar weitere im Innenteil, und plötzlich ist das Ding siebeneinhalbtausend Mäuse wert?«

»Oh, durchaus nicht«, sagte Tower, der leicht entsetzt wirkte. »Aber Mr. Slightman hat drei wirklich ausgezeichnete Westernromane geschrieben, in denen er den Standpunkt der Indianer verteidigt hat. *Der Hogan* war der mittlere Roman. Nach dem Krieg ist Slightman in Montana ein wichtiger Mann geworden – sein Job hatte irgendwas mit der Zuteilung von Wasser- und Schürfrechten zu tun –, und dann, das ist die Ironie der Geschichte, hat eine Gruppe von Indianern ihn ermordet. Tatsächlich sogar skalpiert. Die Kerle haben vor einem Gemischtwarenladen getrunken …«

Vor einem, der Took's geheißen hat, dachte Eddie. *Darauf verwette ich Uhr und Urkunde.*

»… und Mr. Slightman scheint etwas gesagt zu haben, was ihnen nicht passte, und … nun, damit war's aus mit ihm.«

»Gehören zu allen Ihren wertvollen Büchern ähnliche Storys?«, fragte Eddie. »Ich meine, werden sie durch irgendwelche merkwürdigen Zufälle dieser Art wertvoller?«

Tower lachte. »Junger Mann, die meisten Leute, die seltene Bücher sammeln, schlagen ihre Neuerwerbungen nicht einmal auf. Jedes Öffnen und Schließen beschädigt den Rücken. Und mindert folglich den Wiederverkaufswert.«

»Kommt Ihnen ein solches Verhalten nicht leicht krankhaft vor?«

»Durchaus nicht«, sagte Towers, aber die auf seinen Wangen aufsteigende Röte verriet, dass er teilweise offenbar auch zu Eddies Ansicht neigte. »Wenn ein Kunde achttausend Dollar für ein Widmungsexemplar von Hardys *Tess von D'Urbervilles* ausgibt, ist es völlig vernünftig, dieses Buch an einem sicheren Ort aufzubewahren, wo es bewundert, aber nicht angefasst werden kann. Wenn der Kerl den Roman tatsächlich lesen will, soll er sich lieber eine gute Taschenbuchausgabe zulegen.«

»Das glauben Sie«, sagte Eddie fasziniert. »Das glauben Sie wirklich.«

»Nun … ja. Bücher können sehr wertvoll sein. Und dieser Wert entsteht auf unterschiedliche Weise. Manchmal genügt es schon, dass es vom Verfasser signiert ist. Manchmal – wie in diesem Fall – liegt es an einem Druckfehler. Manchmal handelt es sich um ein Exemplar einer in sehr kleiner Auflage erschienenen Erstausgabe. Ähm, hat eigentlich irgendwas davon mit dem Grund Ihres Kommens zu tun, Mr. Dean? Wollten Sie darüber mit mir … mit mir palavern?«

»Nein, ich glaube nicht.« Aber worüber *hatte* er eigentlich palavern wollen? Er hatte es gewusst … alles war ihm völlig klar gewesen, als er Andolini und Biondi aus dem Lagerraum getrieben und dann von der Ladentür aus beobachtet hatte, wie sie aufeinander gestützt zu dem Town Car zurückgewankt waren. Selbst in der zynischen Kümmere-dich-um-deinen-eigenen-Kram-Großstadt New York hatten sie dabei viele Blicke auf sich gezogen. Beide hatten geblutet, und beide hatten so niedergeschmettert dreingesehen, als wollten sie fragen: *Was zum Teufel ist mir ZUGESTOSSEN?* Ja, da war ihm noch alles klar gewesen. Das Buch – vor allem der Name des Verfassers – hatte seine Gedanken wieder durcheinander gebracht. Er nahm es Tower aus der Hand und legte es mit dem Titel nach unten auf die Theke, um es nicht mehr ansehen zu müssen. Dann machte er sich daran, seine Gedanken neu zu ordnen.

»Der erste und wichtigste Punkt ist, dass Sie bis zum 15. Juli aus New York verschwinden müssen, Mr. Tower. Weil *sie* zurückkommen werden. Vielleicht nicht exakt die Kerle von vorhin, aber einige der anderen Kerle, die für Balazar arbeiten. Und sie werden es mehr denn je darauf anlegen, Ihnen und mir eine Lektion zu erteilen. Balazar ist ein Despot.« Das war ein Wort, das Eddie von Susannah gelernt hatte – sie hatte es benützt, um den Ticktackmann zu beschreiben. »Seine Art, Geschäfte zu machen, beruht auf ständiger Eskalation. Gibt man ihm eine Ohrfeige, schlägt er doppelt so fest zurück. Boxt man ihm auf die Nase, bricht er einem die Kinnlade. Wirft man eine Handgranate, wirft er eine Bombe.«

Tower stöhnte auf. Es klang ziemlich theatralisch (obwohl es vermutlich nicht so gemeint war), und unter anderen Umständen hätte Eddie darüber gelacht. Aber nicht unter den gegenwärtigen. Außerdem fiel ihm alles wieder ein, was er zu Tower hatte sagen wollen. Er konnte diesen Handel abschließen, bei Gott. Er *würde* diesen Handel abschließen.

»Mich werden sie wahrscheinlich nicht erwischen können. Ich habe anderswo zu tun. Jenseits der Hügel und in weiter Ferne, könnte man sagen. Ihr Job ist es, dafür zu sorgen, dass die Kerle auch an Sie nicht herankönnen.«

»Aber bestimmt … nach allem, was Sie vorhin getan haben … und selbst wenn sie nicht glauben, was Sie über die Frauen und Kinder gesagt haben …« Towers Augen, hinter der schief sitzenden Brille weit aufgerissen, bettelten Eddie an, er solle sagen, es sei nicht *wirklich* sein Ernst gewesen, genügend Leichen zu produzieren, um damit die Grand Army Plaza zu füllen. In diesem Punkt konnte Eddie nichts für ihn tun.

»Cal, passen Sie auf. Kerle wie Balazar glauben an nichts und niemanden. Sie gehen immer bis ans Limit. Habe ich Big Nose Angst eingejagt? Nein, ich habe ihn nur k.o. geschlagen. Habe ich Jack Angst eingejagt? Ja. Und zwar nachhaltig, weil Jack ein bisschen Phantasie besitzt. Wird es Balazar beeindrucken, dass ich dem Hässlichen Jack Angst eingejagt habe? Ja … aber nur so viel, dass er vorsichtiger wird.«

Eddie beugte sich über die Theke und sah Tower ernsthaft an. »Ich will keine Kinder umbringen, okay? Das möchte ich klarstellen. In … nun, an einem anderen Ort, belassen wir's dabei, an einem anderen Ort werden ich und meine Freunde sogar ihr Leben aufs Spiel setzen, um Kinder zu *retten*. Aber das sind *Menschen*kinder. Leute wie Jack und Tricks Postino und Balazar selbst, das sind Tiere. Wölfe auf zwei Beinen. Und ziehen Wölfe menschliche Wesen groß? Nein, sie ziehen weitere Wölfe groß. Paaren Wölfe sich mit Menschenfrauen? Nein, sie paaren sich mit Wölfinnen. Müsste ich dort aufräumen – und das täte ich, wenn's sein müsste –, würde ich mir sagen, dass ich ein Rudel Wölfe ausrotte – bis hinunter zum kleinsten Welpen. Nicht mehr als das. Und nicht weniger.«

»Mein Gott, das ist sein Ernst«, sagte Tower. Er sprach leise, alles in einem Atemzug und in die dünne Luft.

»Unbedingt, aber das braucht uns jetzt nicht zu kümmern«, sagte Eddie. »Der springende Punkt ist, dass sie hinter Ihnen her sein werden. Nicht um Sie umzubringen, sondern um Sie wieder auf ihre Linie zu bringen. Wenn Sie hier bleiben, Cal, müssen Sie meiner Überzeugung nach damit rechnen, zumindest schwer misshandelt zu werden. Kennen Sie einen Ort, an den Sie bis zum nächsten Fünfzehnten verschwinden könnten? Haben Sie genug Geld? Ich habe zwar keines dabei, aber ich glaube, ich könnte Ihnen gegebenenfalls welches beschaffen.«

In Gedanken war Eddie bereits in Brooklyn. Balazar überwachte ein Pokerspiel im Hinterzimmer von Bernie's Barber Shop, das wusste jeder. An Wochentagen wurde vielleicht erst abends gespielt, aber dort würde jemand mit Cash anzutreffen sein. Bestimmt genug, um …

»Aaron hat etwas Geld«, sagte Tower widerstrebend. »Er hat es mir oft genug angeboten. Ich habe aber immer Nein gesagt. Er redet mir auch zu, mal Urlaub zu machen. Ich glaube, dass er damit meint, dass ich mich von den Kerlen absetzen soll, die Sie vorhin rausgeworfen haben. Er ist neugierig, was sie von mir wollen, aber er fragt nicht danach. Ein Hitzkopf, aber ein *gut erzogener* Hitzkopf.« Tower lächelte flüchtig. »Vielleicht könnten Aaron und ich ja gemeinsam Urlaub machen, junger Herr. Womöglich ist das ja unsere letzte Chance.«

Eddie war sich ziemlich sicher, dass Aaron Deepneau dank der Chemo- und Strahlentherapie noch mindestens vier Jahre lang munter auf den Beinen sein würde, aber jetzt war vielleicht nicht der rechte Zeitpunkt für solche Mitteilungen. Er blickte zur Tür des Manhattaner Restaurants für geistige Nahrung hinüber und sah die andere Tür. Hinter ihr war der Höhleneingang zu erkennen. Dort hockte wie ein Cartoon-Yogi, nur eine Silhouette im Schneidersitz, der Revolvermann. Eddie fragte sich, wie viel Zeit dort drüben wohl vergangen sein, wie lange Roland den gedämpften, aber trotzdem fast unerträglichen Klang des Flitzer-Glockenspiels nun schon hören mochte.

»Glauben Sie denn, dass Atlantic City weit genug weg wäre?«, fragte Tower schüchtern.

Bei dem Gedanken daran erschauderte Eddie Dean fast. Er stellte sich kurz vor, wie zwei wohlgenährte Schafe – schon etwas älter, ja, aber noch immer sehr lecker – nicht nur unter ein Rudel Wölfe, sondern in eine ganze Stadt voller Wölfe gerieten.

»Nicht dorthin«, sagte Eddie. »Auf keinen Fall dorthin.«

»Wie wär's mit Maine oder New Hampshire? Vielleicht könnten wir uns dort bis zum 15. Juli ja ein Ferienhaus an einem See mieten.«

Eddie nickte. Als ehemaliger Städter konnte er sich die bösen Kerle schlecht im Norden Neuenglands vorstellen, wo die Leute alle diese karierten Mützen und Daunenwesten trugen, während sie Paprikasandwichs mampften und Chianti tranken. »Das wäre besser«, sagte er. »Und solange Sie dort oben sind, könnten Sie versuchen, einen Anwalt zu finden.«

Tower fing an, schallend zu lachen. Eddie sah ihn an, hielt den

Kopf dabei leicht schräg und lächelte selbst ein bisschen. Es war immer gut, die Leute zum Lachen zu bringen, aber es war natürlich noch besser, wenn man wusste, *worüber* zum Teufel sie lachten.

»Entschuldigung«, sagte Tower wenige Augenblicke später. »Ich musste nur lachen, weil Aaron früher nämlich Anwalt war. Seine Schwester und seine beiden Brüder, alle drei jünger, sind *noch immer* Anwälte. Sie brüsten sich gern damit, den originellsten Anwaltsbriefkopf in ganz New York, vielleicht sogar in ganz Amerika zu haben. Auf dem steht einfach nur *›Deepneau‹* statt einer dieser ellenlangen Namenslisten, wie man sie sonst kennt.«

»Das dürfte die Sache beschleunigen«, sagte Eddie. »Ich möchte, dass Sie Mr. Deepneau einen Vertrag aufsetzen lassen, während Sie in Neuengland Urlaub machen …«

»Uns in Neuengland *verstecken«*, sagte Tower. Er wirkte plötzlich griesgrämig. »Uns in Neuengland *verkriechen.«*

»Nennen Sie's, wie Sie es wollen«, sagte Eddie, »aber lassen Sie den Vertrag aufsetzen. Sie werden das Grundstück meinen Freunden und mir verkaufen. An die Tet Corporation. Sie bekommen anfangs nur einen Dollar, aber ich kann Ihnen praktisch garantieren, dass Sie letztlich den fairen Marktwert ausbezahlt bekommen.«

Er hatte mehr zu sagen, viel mehr, aber er sprach nicht weiter. Als er die Hand nach dem Buch ausgestreckt hatte – *Der Dogan* oder *Der Hogan* oder wie es sonst hieß –, hatte sich ein Ausdruck knickerigen Widerstrebens über Towers Gesicht gelegt. Was diesen Ausdruck unangenehm gemacht hatte, war die unterschwellige Dummheit darin … eine, die nicht sehr tief unter der Oberfläche lag. *O Gott, er will mir Schwierigkeiten machen. Nach allem, was passiert ist, will er mir trotzdem Schwierigkeiten machen. Und warum? Weil er* wirklich *eine Hamsterratte ist.*

»Mir können Sie vertrauen, Cal«, sagte Eddie, obwohl er wusste, dass es hier eigentlich nicht um Vertrauen ging. »Ich setze Uhr und Urkunde darauf. Hört mich wohl an. Hört mich an, ich bitte Euch.«

»Ich kenne Sie überhaupt nicht. Sie kommen von der Straße rein …«

»… und rette Ihnen das Leben, vergessen Sie diesen Teil nicht.«

Towers Miene verhärtete sich und wurde richtig störrisch. »Die beiden hätten mich nicht umgebracht. Das haben Sie selbst gesagt.«

»Sie hätten aber ein paar Ihrer Bücher verbrannt. Ihre wertvollsten.«

»Nicht meine *wertvollsten*. Außerdem kann das ein Bluff gewesen sein.«

Eddie holte tief Luft, atmete langsam aus und hoffte, der plötzliche starke Drang, sich über die Theke zu lehnen und die Finger um Towers fetten Hals zu krallen, werde verschwinden oder zumindest abklingen. Wäre Towers nicht starrköpfig gewesen, sagte er sich, hätte er das Grundstück schon längst an die Sombra verkauft. Die Rose wäre untergepflügt worden. Und der Dunkle Turm? Eddie hatte den Verdacht, dass der Dunkle Turm beim Tod der Rose einfach einstürzen würde wie der zu Babel, als Gott seiner überdrüssig geworden war und mit dem kleinen Finger gewackelt hatte. Kein hundert oder tausend Jahre langes Warten mehr, bis die Maschinerie der Balken den Dienst quittierte. Nur Asche, Asche, wir alle stürzen mit. Und dann? Heil dem Scharlachroten König, dem Herrn der Flitzer-Finsternis.

»Cal, wenn Sie Ihr Grundstück meinen Freunden und mir verkaufen, kann Ihnen niemand mehr was anhaben. Nicht nur das, sondern Sie haben später auch genug Geld, um Ihren kleinen Laden bis ans Lebensende zu betreiben.« Ihm fiel plötzlich etwas ein. »He, kennen Sie die Firma Holmes Dental?«

Tower lächelte. »Wer kennt die nicht? Ich benütze deren Zahnseide. Und sogar deren Zahncreme. Ich habe das Mundwasser auch versucht, aber das ist mir zu scharf. Wie kommen Sie darauf?«

»Weil Odetta Holmes meine Frau ist. Ich sehe vielleicht wie Kermit aus, aber in Wirklichkeit bin ich ein gottverdammter Märchenprinz.«

Tower schwieg lange. Eddie beherrschte seine Ungeduld und ließ den Mann nachdenken. Zuletzt sagte Tower: »Sie halten mich für töricht. Sie glauben, ich sei wie Silas Marner oder – noch schlimmer – wie Ebenezer Scrooge.«

Eddie wusste zwar nicht, wer Silas Marner war, aber er verstand aus dem Kontext heraus, was Tower damit sagen wollte.

»Drücken wir's mal so aus«, sagte er. »Nach allem, was Sie gerade durchgemacht haben, sind Sie zu clever, um nicht zu wissen, wo Ihre Interessen am besten gewahrt sind.«

»Ich fühle mich verpflichtet, Ihnen mitzuteilen, dass ich keineswegs nur aus hirnlosem Geiz handle; hier spielt auch ein Element der Vorsicht hinein. Ich weiß, dass ein Stück von New York wertvoll ist, das ist *jedes* Stück von Manhattan, aber darum geht's hier nicht. Ich habe im Lagerraum einen Safe stehen, in dem etwas liegt. Etwas, das vielleicht noch wertvoller ist als mein Exemplar von *Ulysses.*«

»Warum liegt es dann nicht in Ihrem Bankschließfach?«

»Weil es hier liegen soll«, sagte Tower. »Es liegt schon *immer* hier. Vielleicht wartet es auf Sie oder jemanden wie Sie. Meiner Familie hat einst fast die gesamte Turtle Bay gehört, Mr. Dean, und … nun, warten Sie einen Augenblick hier. Werden Sie warten?«

»Ja«, sagte Eddie.

Was blieb ihm anderes übrig?

11

Nachdem Tower verschwunden war, rutschte Eddie vom Hocker runter und ging zu der Tür, die nur er sehen konnte. Er sah hindurch. Das Glockenspiel war nur schwach zu hören. Deutlicher konnte er die Stimme seiner Mutter hören. »Warum haust du nicht von dort ab?«, rief sie schwermütig. »Du machst alles bloß schlimmer, Eddie – so, wie du das immer tust.«

Typisch Ma, dachte er und rief den Namen des Revolvermanns.

Roland zog eine der Patronen aus dem Ohr. Eddie fiel auf, wie merkwürdig unbeholfen er sie anfasste – sie fast wie mit Tatzen handhabte, als wären seine Finger steif –, aber darüber konnte er jetzt nicht nachdenken.

»Alles in Ordnung?«, rief Eddie.

»Mir geht's gut. Und dir?«

»Yeah, aber … Roland kannst du rüberkommen? Ich brauche vielleicht etwas Hilfe.«

Roland überlegte, dann schüttelte er den Kopf. »Würde ich das tun, könnte der Kasten zuklappen. *Würde* wahrscheinlich zuklappen. Dann würde die Tür sich schließen. Und wir wären auf der anderen Seite gefangen.«

»Kannst du das verdammte Ding nicht mit einem Stein, einem Knochen oder sonst was offen halten?«

»Nein«, sagte Roland. »Das würde nicht funktionieren. Die Kugel ist mächtig.«

Und sie setzt dir zu, dachte Eddie. Rolands Gesicht sah so ausgezehrt aus wie damals, als das Gift der Monsterhummer in ihm gewütet hatte.

»Okay«, sagte er

»Mach so schnell wie möglich.«

»Wird gemacht.«

12

Als er sich umdrehte, starrte Tower ihn fragend an. »Mit wem haben Sie da gerade gesprochen?«

Eddie trat zur Seite und zeigte auf die Ladentür. »Sehen Sie dort etwas, Sai?«

Calvin Tower sah hin, begann den Kopf zu schütteln und kniff dann die Augen zusammen. »Ein Flimmern«, sagte er schließlich. »Wie von heißer Luft über einem Gartengrill. Wer ist dort? *Was* ist dort?«

»Sagen wir vorläufig mal, niemand. Was haben Sie da in der Hand?«

Tower hielt es hoch. Es war ein Umschlag, ein sehr alter, auf dem in Schönschrift die Wörter *Stefan Toren* und *Letztwillige Verfügung* standen. Darunter waren, ebenfalls mit alter Tinte, sorgfältig die Symbole gezeichnet, die sich auch an der Tür und auf dem Kasten befanden: . *Jetzt geht's vielleicht doch voran,* dachte Eddie.

»Dieser Umschlag hat einst das Testament meines Urururgroßvaters enthalten«, sagte Calvin Tower. »Es war vom 19. März 1846 datiert. Jetzt enthält er nur noch ein Stück Papier, auf dem ein Name steht. Wenn Sie mir sagen können, wie dieser Name lautet, junger Mann, tue ich, was Sie verlangen.«

Und so, überlegte Eddie sich, *läuft alles wieder auf ein weiteres Rätsel hinaus.* Nur hingen diesmal nicht vier Leben von der Antwort ab, sondern die gesamte Existenz.

Gott sei Dank ist es leicht, dachte er.

»Der Name lautet Deschain«, sagte Eddie. »Der Vorname ist Roland, der Name meines Dinhs, oder Steven, der Name seines Vaters.«

Calvin Towers Gesicht schien schlagartig blutleer zu werden. Eddie hatte keine Ahnung, wie der Mann es schaffte, sich auf den Beinen zu halten. »Du lieber Gott im Himmel«, sagte er.

Er zog mit zitternden Fingern ein altes, brüchiges Stück Papier aus dem Umschlag, einen Zeitreisenden, der über hundertdreißig Jahre zu diesem Wo und Wann zurückgelegt hatte. Der Zettel war zusammengefaltet. Tower faltete ihn auseinander und legte ihn auf die Theke, wo beide lesen konnten, was Stefan Toren in derselben markanten Schönschrift geschrieben hatte:

Roland Deschain von Gilead
aus der Linie des ELD
REVOLVERMANN

13

Ihr Gespräch dauerte noch ungefähr eine Viertelstunde lang, und Eddie vermutete, dass zumindest ein Teil davon wichtig war, aber der eigentliche Deal war in dem Augenblick besiegelt gewesen, als er Tower den Namen gesagt hatte, den sein Ururutgroßvater, vierzehn Jahre bevor der amerikanische Bürgerkrieg in die Gänge kam, auf ein Stück Papier geschrieben hatte.

Was Eddie während ihres Palavers über Tower herausbekam, war bestürzend. Er hatte gewissen Respekt vor dem Mann (vor *jedem* Mann, der Balazars Schlägern mehr als zwanzig Sekunden lang standhalten konnte), aber er mochte ihn nicht sehr. Der Kerl hatte eine Art vorsätzlicher Dämlichkeit an sich. Eddie hielt sie für selbst erzeugt und vielleicht von seinem Psychoanalytiker bekräftigt, der ihm bestimmt erklärte, er müsse der Kapitän des eigenen Schiffs, der Schöpfer des eigenen Schicksals sein, die eigenen Wünsche respektieren, das ganze Blabla. All die kleinen Kodewörter und -ausdrücke, die besagten, es sei in Ordnung, ein egoistisches Arschloch zu sein. Dass es sogar edel sei. Als Tower erzählte, Aaron Deepneau sei sein einziger Freund, war Eddie nicht überrascht. Ihn erstaunte nur, dass Tower überhaupt einen

Freund hatte. Ein Mann dieser Art konnte nie ka-tet sein, und das Wissen, dass ihre Schicksale so eng miteinander verwoben waren, bereitete Eddie Unbehagen.

Du wirst einfach auf das Ka vertrauen müssen. Dafür ist es da, oder nicht?

Das stimmte natürlich, aber Eddie brauchte es ja trotzdem nicht zu mögen.

14

Eddie fragte Tower, ob er einen Ring mit der Inschrift *Ex Liveris* besitze. Tower stutzte, dann lachte er und erklärte Eddie, er müsse *Ex Libris* meinen. Er trat an eines seiner Bücherregale, zog ein Buch heraus und zeigte Eddie das vorn eingeklebte Bücherzeichen. Eddie nickte.

»Nein«, sagte Tower. »Aber für einen Kerl wie mich wäre der eigentlich genau passend.« Er musterte Eddie prüfend. »Wie kommen Sie darauf?«

Towers zukünftige Verantwortung dafür, einen Mann zu retten, der gegenwärtig die verborgenen Highways multipler Amerikas erforschte, war jedoch ein Thema, das Eddie nicht gerade jetzt anschneiden wollte. Er hatte den Kerl ohnehin schon so fast zum Ausflippen gebracht und musste jetzt unbedingt durch die nichtgefundene Tür zurück, bevor Roland wegen der Schwarzen Dreizehn mit den Nerven noch völlig am Ende war.

»Unwichtig. Aber wenn Sie einen sehen, sollten Sie ihn sich kaufen. Noch eine Sache, dann verschwinde ich.«

»Ja?«

»Sie müssen mir versprechen, dass *Sie* wirklich hier abhauen, sobald *ich* hier abgehauen bin.«

Tower wirkte wieder verschlagen. Das war eine Seite seines Wesens, von der Eddie wusste, dass er sie im Lauf der Zeit geradezu hassen könnte. »Nun … ich weiß ehrlich gesagt nicht, ob ich das schaffen kann. Am frühen Abend habe ich oft sehr viel zu tun … Die Leute schmökern viel lieber, wenn ihr Arbeitstag vorbei ist … Und Mr. Brice kommt noch, um sich eine Erstausgabe von *Die Verschwörung*, Irwin Shaws Roman über den Rundfunk in der Ära McCarthy, anzusehen … Ich muss wenigstens noch einen flüchtigen Blick in meinen Terminkalender werfen, und …«

Er leierte weiter und kam dabei sogar richtig in Fahrt, während er sich in Kleinigkeiten verlor.

Eddie sagte in ziemlich mildem Ton: »Mögen Sie Ihre Eier, Calvin? Hängen Sie vielleicht so sehr an ihnen, wie *sie* an Ihnen hängen?«

Tower, der sich gerade gefragt hatte, wer wohl Sergio füttern würde, wenn er einfach seine Zelte abbrach und flüchtete, verließ jetzt diesen Gedankengang und starrte Eddie verwirrt an, als hätte er dieses einfache zweisilbige Wort noch nie gehört.

Eddie nickte hilfsbereit. »Ihre Nüsse. Ihren Sack. Ihre Kronjuwelen. Ihre *Cojones*. Die alte Spermafabrik. Ihre *Testikel*.«

»Ich verstehe nicht, was …«

Eddie hatte keinen Kaffee mehr. Er kippte etwas Kondensmilch in seine Tasse und trank sie stattdessen. Es schmeckte ziemlich gut. »Ich habe Ihnen doch gesagt, dass Sie damit rechnen müssen, zumindest schwer misshandelt zu werden, wenn Sie hier bleiben. Das habe ich damit gemeint. Dort werden sie wahrscheinlich anfangen – bei Ihren Eiern. Um Ihnen eine Lektion zu erteilen. Wann das passiert, hängt hauptsächlich vom Verkehr ab.«

»Verkehr.« Das sagte Tower mit völlig ausdrucksloser Stimme.

»Richtig«, sagte Eddie und nippte an seiner Kondensmilch wie an einem Fingerhut mit Brandy. »Im Prinzip davon, wie lange Jack Andolini braucht, um nach Brooklyn zurückzufahren, und dann davon, wie lange Balazar braucht, um einen klapprigen alten

Kleinbus oder Lieferwagen mit Kerlen zu beladen und hierher zu schicken. Ich hoffe, dass Jack momentan zu verwirrt ist, um einfach nur anzurufen. Glauben Sie, dass Balazar bis morgen warten wird? Dass er einen kleinen Braintrust aus Kerlen wie Kevin Blake und 'Cimi Dretto einberufen wird, um die Angelegenheit mit denen zu besprechen?« Eddie streckte erst einen Finger, dann zwei hoch. Unter den Fingernägeln hatte er den Staub einer anderen Welt. »Erstens *haben* sie kein Hirn; zweitens traut Balazar ihnen nicht.

Was er tun wird, Cal, ist das, was jeder erfolgreiche Despot tut: Er reagiert sofort, blitzschnell. Der Berufsverkehr wird sie etwas aufhalten, aber wenn Sie um sechs, spätestens halb sieben noch hier sind, können Sie sich von Ihren Eiern verabschieden. Die Kerle hacken sie Ihnen mit einem Messer ab, dann kauterisieren sie die Wunde mit einer dieser kleinen Lötlampen oder mit einem Lötkolben …«

»Halt!«, sagte Tower. Er war jetzt nicht mehr weiß, sondern grün, besonders um die Kiemen herum. »Ich quartiere mich in einem Hotel im Village ein. Dort gibt es ein paar billige, in denen Schriftsteller und Künstler wohnen, die gerade eine Pechsträhne haben – hässliche Zimmer, aber erträglich. Ich rufe Aaron an, und morgen fahren wir dann nach Norden.«

»Gut, aber erst müssen Sie mir eine bestimmte Stadt nennen, in die Sie fahren wollen«, sagte Eddie. »Weil ich oder einer meiner Freunde sich vielleicht mit Ihnen in Verbindung setzen muss.«

»Wie soll das gehen? Ich kenne keine Städte in Neuengland nördlich von Westport, Connecticut!«

»Telefonieren Sie ein bisschen herum, sobald Sie in einem dieser Hotels im Village sind«, sagte Eddie. »Sie suchen sich eine Kleinstadt aus, und bevor Sie New York verlassen, schicken Sie morgen früh Ihren Kumpel Aaron noch einmal zu Ihrem Grundstück. Er soll die Postleitzahl auf den Bretterzaun schreiben.« Eddie kam ein unangenehmer Gedanke »Sie *haben* hier doch

Postleitzahlen, oder? Ich meine, die sind doch schon erfunden, richtig?«

Tower sah Eddie an, als wäre der übergeschnappt. »Natürlich sind sie das.«

»Okay. Er soll sie an der Forty-sixth Street hinschreiben, ganz hinten am Ende des Zauns. Haben Sie das verstanden?«

»Ja, aber …«

»Wahrscheinlich werden die Typen den Laden morgen früh sowieso nicht überwachen – sie werden annehmen, dass Sie clever genug gewesen sind, um abzuhauen –, aber wenn sie's trotzdem tun, werden sie wenigstens das Grundstück nicht gleichzeitig überwachen, falls aber doch, sind die Kerle höchstwahrscheinlich auf der Second Avenue postiert. Und falls schließlich auf der Forty-sixth Street doch Leute von denen aufpassen, halten sie nach *Ihnen* Ausschau, nicht nach ihm.«

Fast gegen seinen Willen lächelte Tower ein wenig. Eddie entspannte sich und erwiderte das Lächeln. »Aber …? Was ist wenn sie auch nach Aaron Ausschau halten?«

»Sorgen Sie dafür, dass er Sachen anzieht, die er sonst nicht trägt. Wenn er eher ein Jeanstyp ist, lassen Sie ihn einen Anzug tragen. Wenn er ein Anzugtyp …«

»Soll er Jeans tragen.«

»Genau. Und eine Sonnenbrille wäre auch keine schlechte Idee, falls der Tag nicht so bewölkt ist, dass er damit komisch aussehen würde. Er soll einen schwarzen Filzschreiber benützen. Sagen Sie ihm, dass nichts Künstlerisches von ihm verlangt wird. Er tritt einfach an den Zaun, als wollte er eines der dort hängenden Plakate lesen. Dann schreibt er die Zahl hin und geht weiter. Und sagen Sie ihm, dass er die Sache um Himmels nicht versauen soll.«

»Und wie wollen Sie uns finden, sobald Sie bei der Postleitzahl Soundso anlangen?«

Eddie dachte an Tooks Gemischtwarenladen und ihr Palaver

mit den *Folken,* als sie auf der Veranda in den großen Schaukelstühlen gesessen hatten. Als jeder, der das wollte, Gelegenheit gehabt hatte, sie sich anzusehen und ihnen Fragen zu stellen.

»Gehen Sie in den dortigen Gemischtwarenladen. Reden Sie ein bisschen mit den Leuten, erzählen Sie jedem, der es hören will, dass Sie nach Neuengland gekommen sind, um ein Buch zu schreiben oder Bilder von den Hummerreusen zu malen. Ich finde Sie dann schon.«

»In Ordnung«, sagte Tower. »Das ist ein guter Plan. Sie scheinen sich auf solche Dinge zu verstehen, junger Mann.«

Ich bin dafür geboren, dachte Eddie, aber das sagte er nicht. Stattdessen sagte er: »Ich muss weiter. Ich bin ohnehin schon zu lange geblieben.«

»Eine Sache gibt's noch, bei der Sie mir helfen müssen, bevor Sie gehen«, sagte Tower – und erklärte sie ihm.

Eddie machte große Augen. Als Tower ausgesprochen hatte – es hatte nicht lange gedauert –, brach es aus Eddie heraus: »Pah, Sie wollen mich *verscheißern!*«

Tower nickte zum Eingang seiner Buchhandlung hinüber, vor der er dieses schwache Flimmern erkennen konnte. Es ließ die auf der Second Avenue vorbeikommenden Passanten jeweils einige Augenblicke lang wie eine Luftspiegelung aussehen. »Dort ist eine Tür. Das haben Sie praktisch selbst gesagt, und ich glaube Ihnen das. Ich kann sie nicht erkennen, aber ich kann *irgendetwas* sehen.«

»Sie sind verrückt«, sagte Eddie. »Total durchgeknallt.« Das meinte er zwar nicht ernst – nicht hundertprozentig –, aber ihm gefiel es immer weniger, dass sein Schicksal so eng mit dem eines Mannes verwoben war, der imstande war, solch eine Bitte auszusprechen. Solch eine *Forderung* zu stellen.

»Vielleicht bin ich's, vielleicht nicht«, sagte Tower. Er verschränkte die Arme vor seiner breiten, aber wabbeligen Brust. Seine Stimme klang sanft, aber sein Blick war unnachgiebig.

»Jedenfalls ist das meine Bedingung dafür, dass ich alles tue, was Sie verlangen. Mit anderen Worten, dass ich mich auf *Ihre* Verrücktheit einlasse.«

»He, Cal, um Himmels willen! Gott und der Jesusmensch! Ich verlange nur, dass Sie tun, wozu Stefan Toren Sie in seinem Testament *angewiesen* hat.«

Towers Blick wurde diesmal nicht weicher oder unstet, wie er es sonst tat, wenn der Mann zu schwafeln oder zu schwindeln begann. Er schien im Gegenteil sogar noch entschlossener zu werden. »Stefan Toren ist tot, ich aber nicht. Ich habe Ihnen meine Bedingung dafür genannt, dass ich alles tue, was Sie verlangen. Die einzige Frage ist, ob …«

»Schon gut, schon gut, *SCHON GUT!*«, brüllte Eddie und trank das restliche weiße Zeug in seiner Tasse aus. Dann griff er sich die Getränketüte mit der Kondensmilch und trank sie sicherheitshalber auch noch aus. Wahrscheinlich würde er Kraft brauchen. »Auf geht's«, sagte er. »Bringen wir's hinter uns.«

15

Roland konnte in die Buchhandlung hineinsehen, aber er sah alles nur verschwommen, so als betrachtete er Gegenstände auf dem Grund eines schnell fließenden Bachs. Er wünschte sich, Eddie würde sich beeilen. Obwohl er die Patronen tief in die Ohren gesteckt hatte, konnte er das Flitzen-Glockenspiel noch wahrnehmen, und nichts hielt die schrecklichen Gerüche ab: mal heißes Metall, mal ranziger Speck, mal zerlaufender alter Käse, mal anbrennende Zwiebeln. Die Augen tränten ihm, was vermutlich zumindest teilweise dazu beitrug, dass die Dinge hinter der Tür verschwammen und wie unter Wasser aussahen.

Weit schlimmer als der Klang des Glockenspiels oder die üblen Gerüche war aber die Art und Weise, wie die Kugel sich in seine bereits angegriffenen Gelenke einschlich und sie mit Glassplittern anzufüllen schien. Bisher hatte er ein paar Mal stechende Schmerzen in der gesunden linken Hand gespürt, aber er machte sich keine Illusionen; dort und überall anders würden die Schmerzen weiter zunehmen, solange der Kasten offen stand und die Schwarze Dreizehn ihre Wirkung ungehindert entfalten konnte. Ein Teil der durch Gelenkstarre ausgelösten Schmerzen würde hoffentlich abklingen, wenn die Kugel wieder im Kasten versteckt war, aber Roland glaubte nicht, dass die Schmerzen ganz verschwinden würden. Und unter Umständen war dies erst der Anfang.

Als wollte er ihm zu seiner Intuition gratulieren, nistete sich ein böse aufflackernder Schmerz in seiner rechten Hüfte ein und begann dort zu pochen. Roland erschien er wie ein mit heißem flüssigen Blei gefüllter Beutel. Er begann sich mit der rechten Hand zu massieren … als ob *das* irgendwie helfen könnte.

»Roland!« Die ferne Stimme war schäumend verschwommen – wie die Dinge, die er durch die Tür sehen konnte, schien sie unter Wasser zu sein –, aber sie gehörte unverkennbar Eddie. Roland sah von seiner Hüfte auf und stellte fest, dass Eddie und Tower einen kleinen Schrank bis vor die nichtgefundene Tür gewuchtet hatten. Er schien voller Bücher zu sein. »Roland, kannst du uns helfen?«

Die Schmerzen hatten sich so tief in Hüften und Knie hineingefressen, dass Roland sich nicht einmal sicher war, ob er würde aufstehen können … aber er schaffte es, sogar mit fließender Bewegung. Er wusste nicht, wie viel von seinem angegriffenen Zustand Eddies scharfen Augen bereits aufgefallen sein mochte, aber sie sollten nicht noch mehr sehen. Zumindest nicht, bevor ihre Abenteuer in Calla Bryn Sturgis vorüber waren.

»Du ziehst, wenn wir schieben, okay?«

Roland nickte, um zu zeigen, dass er verstanden hatte, und der Bücherschrank rutschte vorwärts. Es gab einen seltsamen, Schwindel erregenden Augenblick, als die Schrankhälfte in der

Höhle massiv und klar umrissen war, während die noch im Manhattaner Restaurant für geistige Nahrung befindliche Hälfte unstet flimmerte. Dann packte Roland zu und zog den Schrank ganz durch die Tür. Er holperte und ruckte über den unebenen Höhlenboden und schob dabei kleine Häufchen von Knochen und Steinen beiseite.

Sowie der Schrank ganz aus der Tür war, begann der Deckel des Geisterholzkastens sich zu schließen. Auch die Tür wollte sich schließen.

»Nein, das tust du nicht«, murmelte Roland. »Das tust du nicht, du Hundesohn.« Er schob die verbliebenen Finger der rechten Hand in den schmaler werdenden Spalt unter dem Deckel des Kastens. Sowie er das tat, hörte die Bewegung der Tür sofort auf, und sie blieb halb offen stehen. Und genug war genug. Jetzt vibrierten sogar seine *Zähne*. Eddie hatte noch ein kleines Palaver mit Tower, aber Roland war es egal, ob die beiden dabei waren, die letzten Rätsel des Universums zu lösen.

»Eddie!«, brüllte er. »Eddie, zu mir!«

Und glücklicherweise griff Eddie sich sofort den Krambeutel und kam herüber. Sobald er durch die Tür war, schlug Roland den Deckel zu. Im nächsten Augenblick fiel die nichtgefundene Tür mit einem matten, undramatischen kleinen Knall zu. Das Glockenspiel verstummte. Im selben Augenblick versiegte der Strom giftiger Schmerzen, der sich in Rolands Gelenke ergossen hatte. Die Linderung war so gewaltig, dass er unwillkürlich aufschrie. Danach konnte er etwa zehn Sekunden lang nur das Kinn auf die Brust sinken lassen, die Augen schließen und gegen das in der Kehle aufsteigende Schluchzen ankämpfen.

»Sage dir meinen Dank«, brachte er schließlich heraus. »Eddie, sage dir meinen Dank.«

»Nichts zu danken. Hauen wir lieber aus der Höhle ab, was meinst du?«

»Doch, ja«, sagte Roland. »Götter, ja.«

16

»Du hast ihn nicht besonders gut leiden können, was?«, fragte Roland.

Seit Eddies Rückkehr waren zehn Minuten vergangen. Sie hatten sich ein kleines Stück von der Höhle entfernt und an einer Stelle Halt gemacht, wo der Bergpfad sich durch ein Labyrinth aus Felsblöcken schlängelte. Der heulende Sturm, der ihnen das Haar aus dem Gesicht geweht und die Kleidung an die Körper geklatscht hatte, machte sich hier nur in gelegentlichen spielerischen Windstößen bemerkbar. Roland war für die Böen dankbar. Er hoffte, dass sie als Entschuldigung dafür dienen würden, wie langsam und unbeholfen er sich seine Zigarette drehte. Trotzdem spürte er Eddies Blick auf sich, und der junge Mann aus Brooklyn – der einst fast so dumpf und unaufmerksam gewesen war wie Andolini und Biondi – sah jetzt viel.

»Tower, meinst du.«

Roland bedachte ihn mit einem spöttischen Blick. »Von wem sollte ich sonst reden? Von dem Kater?«

Eddie ließ ein kurzes zustimmendes Grunzen, fast ein Lachen hören. Er atmete in der sauberen Bergluft immer wieder tief durch. Es war gut, wieder hier zu sein. Körperlich nach New York zurückzukehren, war in einer Beziehung besser gewesen, als die Stadt als Flitzer zu besuchen – die Empfindung, hinter allem lauere ein bedrohliches Dunkel, und das damit verbundene Gefühl von *Dünnheit* blieben einem erspart –, aber Gott, das Nest *stank*. Vor allem wegen der Autos und Auspuffgase (die öligen Dieselqualmwolken waren am schlimmsten), aber es gab noch tausend weitere üble Gerüche. Nicht der geringste war der Gestank zu vieler menschlicher Körper, deren angeborener Stinktiergeruch sich auch durch die Parfüms und Sprays, mit denen die *Folken* sich einnebelten, nur notdürftig überdecken ließ. War ihnen nicht bewusst, wie schlecht sie rochen, weil sie alle so zusammengedrängt lebten? Eddie nahm an, dass sie's nicht wussten. Es hatte eine Zeit gegeben, in der er's auch nicht gewusst hatte. Eine Zeit, in der er's nicht hatte erwarten können, nach New York zurückzukommen, in der er gemordet hätte, um wieder hinzukommen.

»Eddie? Komm aus Nis zurück!« Roland schnalzte mit zwei Fingern vor Eddie Deans Gesicht.

»Entschuldigung«, sagte er. »Was Tower betrifft … nein, sehr sympathisch war er mir nicht. Gott, dass er unbedingt seine *Bücher* herschicken musste! Macht seine lausigen Erstausgaben zum Bestandteil seiner Bedingungen für seine Hilfe bei der Rettung des gottverdammten Universums!«

»In solchen Begriffen denkt er nicht … außer vielleicht in seinen Träumen. Und du weißt, dass sie seine Buchhandlung anzünden werden, wenn sie feststellen, dass der Vogel ausgeflogen ist. Fast todsicher. Benzin unter der Tür hindurchlaufen lassen und anzünden. Das Schaufenster einschlagen und eine Handgranate – gestohlen oder selbst gebastelt – hineinwerfen. Willst du mir etwa erzählen, das hättest du dir nie überlegt?«

Natürlich hatte er das getan. »Na ja, vielleicht schon.«

Diesmal war die Reihe an Roland, das humorvolle Grunzen von sich zu geben. »Von *vielleicht* kann keine Rede sein. Also hat er seine wertvollsten Bücher gerettet. Und damit haben wir in der Torweghöhle etwas, hinter dem wir Pere Callahans Schatz verstecken können. Obwohl er jetzt eigentlich als *unser* Schatz zählen müsste.«

»Sein Mut ist mir nicht wie echter Mut vorgekommen«, sagte Eddie. »Eher wie eine Art Gier.«

»Nicht alle sind dazu berufen, mit dem Schwert, dem Revolver oder dem Schiff zu kämpfen«, sagte Roland, »aber alle dienen Ka.«

»Wirklich? Auch der Scharlachrote König? Oder die niederen Männer und Frauen, von denen Callahan erzählt hat?«

Roland gab keine Antwort.

»Wahrscheinlich kommt er gut zurecht«, sagte Eddie. »Tower, meine ich. Nicht der Kater.«

»Sehr witzig«, sagte Roland trocken. Er riss ein Streichholz am Hosenboden an, hielt schützend die Hände um die Flamme und zündete sich die Zigarette an.

»Danke, Roland. In dieser Beziehung entwickelst du dich allmählich. Frag mich jetzt, ob ich glaube, dass Tower und Deepneau aus New York verschwinden können, ohne eine Spur zu hinterlassen.«

»Traust du ihnen das zu?«

»Nein, ich glaube, dass sie eine Fährte hinterlassen werden. Jedenfalls eine, der *wir* folgen könnten, aber ich hoffe, dass Balazars Männer das nicht schaffen. Der Kerl, der mir allerdings Sorgen macht, ist Jack Andolini. Er ist verschlagen *und* clever. Was Balazar angeht … er hat einen Vertrag mit dieser Sombra Corporation geschlossen.«

»Hat das Salz des Königs genommen.«

»Yeah, das muss er wohl irgendwann getan haben«, sagte Eddie. Er hatte herausgehört, dass Roland den Scharlachroten König meinte. »Balazar weiß, dass man einen Vertrag einhalten oder aber verdammt gute Gründe für eine Nichteinhaltung haben muss. Wenn man versagt, wird das schnell bekannt. Geschichten machen die Runde, dass Soundso weich geworden ist, dass er abschlafft. Sie haben noch drei Wochen Zeit, Tower zu finden und ihn dazu zu zwingen, sein Grundstück an die Sombra zu verkaufen. Die werden sie nutzen. Balazar ist nicht das FBI, aber er *hat* gute Verbindungen und … Roland, das Schlimmste an Tower ist, dass er das alles in mancher Beziehung für nicht real hält. Man könnte glauben, er würde sein Leben mit einem Leben in einem seiner Märchenbücher verwechseln. Er bildet sich ein, dass alles gut ausgehen *muss*, weil der Verfasser unter Vertrag steht.«

»Du denkst, dass er unvorsichtig sein wird.«

Eddie ließ ein ziemlich wildes Lachen hören. »Oh, ich *weiß*, dass er unvorsichtig sein wird. Die Frage ist nur, ob Balazar ihn dabei ertappt oder nicht.«

»Wir werden Mr. Tower überwachen müssen. Allein aus Sicherheitsgründen. Das denkst du doch, nicht wahr?«

»Meine Fresse!«, sagte Eddie, und nachdem beide einen Augenblick darüber nachgedacht hatten, brachen sie in Gelächter aus. Als der Anfall vorüber war, sagte Eddie: »Wir sollten Callahan hinschicken, wenn er gehen will. Du hältst mich wahrscheinlich für verrückt, aber …«

»Durchaus nicht«, sagte Roland. »Er ist einer von uns … oder *könnte* es sein. Das habe ich von Anfang an gespürt. Und er ist es gewöhnt, an seltsamen Orten unterwegs zu sein. Ich spreche ihn noch gleich heute darauf an. Morgen komme ich mit ihm hier herauf und geleite ihn durch die Tür …«

»Lass lieber mich das machen«, sagte Eddie. »Einmal so was dürfte genug für dich sein. Zumindest für eine Weile.«

Roland musterte ihn prüfend, dann schnippte er die Zigarette in den Abgrund. »Warum sagst du das, Eddie?«

»Dein Haar ist hier oben weißer geworden.« Eddie klopfte mit der flachen Hand auf den eigenen Scheitel. »Außerdem gehst du ein bisschen steif. Jetzt scheint es zwar wieder besser zu sein, aber ich glaube, dass der alte Rheumatiz dir etwas zugesetzt hat. Gibst du's zu?«

»Also gut, ich geb's zu«, sagte Roland. Wenn Eddie glaubte, dass ihm lediglich der alte Mr. Rheumatiz zusetzte, war das nicht so schlecht.

»Eigentlich könnte ich doch noch heute Abend mit ihm zurückkommen, früh genug, damit er die Postleitzahl vom Zaun ablesen kann«, sagte Eddie. »Dort drüben ist es dann wieder Tag, möchte ich wetten.«

»Keiner von uns macht diesen Aufstieg bei Nacht. Nicht, wenn es sich vermeiden lässt.«

Eddie sah den Steilhang hinunter, wo der auf den Pfad gestürzte Felsblock fünf Meter ihres Weges in einen Balanceakt verwandelt hatte. »Habe verstanden.«

Roland machte Anstalten aufzustehen. Eddie legte ihm eine Hand auf den Arm. »Bleib noch einen Augenblick sitzen, Roland, wenn's beliebt.«

Roland ließ sich wieder zurücksinken und sah zu ihm hinüber.

Eddie holte tief Luft und atmete dann langsam aus. »Ben Slightman ist nicht sauber«, sagte er. »Er ist der Spitzel. Da bin ich mir fast sicher.«

»Ja, ich weiß.«

Eddie starrte ihn mit großen Augen an. »Das *weißt* du? Wie kommt's, dass du …?«

»Sagen wir, dass ich es vermutet habe.«

»Aber weshalb?«

»Wegen seiner Brille«, sagte Roland. »Slightman der Ältere ist der einzige Brillenträger in Calla Bryn Sturgis. Komm jetzt, Eddie, der Tag wartet. Wir können unterwegs miteinander reden.«

17

Das konnten sie jedoch nicht, zumindest nicht gleich, weil der Weg zu schmal und zu steil war. Aber später, als sie den Fuß der Mesa erreichten, wurde er breiter und harmloser. Nun konnten sie miteinander reden, und Eddie erzählte Roland von dem Buch *Der Dogan* oder *Der Hogan* und dem merkwürdig strittigen Verfassernamen. Er erwähnte die Unstimmigkeit im Copyrightvermerk (auch wenn er nicht genau wusste, ob Roland diesen Teil erfasste) und sagte, er habe sich daher gefragt, ob irgendetwas auch auf den Sohn hinweise. Diese Vorstellung erscheine ihm zwar verrückt, aber …

»Wenn Benny Slightman seinem Vater helfen würde, uns zu bespitzeln«, sagte Roland, »wüsste Jake wahrscheinlich davon.«

»Weißt du denn bestimmt, dass er's nicht tut?«, fragte Eddie.

Darüber musste Roland erst nachdenken. Dann schüttelte er den Kopf. »Jake verdächtigt den Vater.«

»Hat er dir das gesagt?«

»Das war nicht nötig.«

Sie hatten schon fast ihre Pferde erreicht, die wachsam die Köpfe hoben und sich zu freuen schienen, sie zu sehen.

»Er ist draußen auf der Rocking B«, sagte Eddie. »Vielleicht sollten wir mal hinreiten. Irgendeine Ausrede erfinden, um ihn ins Pfarrhaus zurückzubringen …« Er sprach nicht weiter, sondern starrte Roland forschend an. »Nein?«

»Nein.«

»Warum nicht?«

»Weil das die Aufgabe ist, die Jake zu erfüllen hat.«

»Das wird schwierig, Roland. Benny Slightman und er mögen sich. Sogar sehr. Falls es dann Jake zufällt, der Calla zu beweisen, was Bennys Dad getan hat …«

»Jake wird tun, was er tun muss«, sagte Roland. »Genau wie wir alle.«

»Aber er ist noch immer nur ein Junge, Roland. Siehst du das nicht?«

»Das ist er nicht mehr lange«, sagte Roland und bestieg sein Pferd. Er hoffte, dass Eddie nicht sehen würde, wie er vor Schmerzen kurz das Gesicht verzog, als er das rechte Bein über den Sattel schwang, aber Eddie sah es natürlich.

Kapitel 3

Der Dogan, Teil 2

1

Auf der Rocking B verbrachten Benny Slightman und Jake denselben Vormittag damit, Heuballen aus den Heuboden der drei Scheunen durch die Luken zu werfen und sie auf der Tenne aufzuschnüren. Der Nachmittag war fürs Schwimmen und Spielen im Whye reserviert, in dem man noch gut baden konnte, wenn man die Untiefen im Flussbett mied; sie waren der Jahreszeit entsprechend schon ziemlich kalt.

Zwischen diesen Tätigkeiten verschlangen sie im Unterkunftsgebäude mit einem halben Dutzend der Cowboys (nicht jedoch mit Slightman dem Älteren; er war auf Telfords Buckhead Ranch, um einen Viehkauf zu besiegeln) ein gewaltiges Mittagessen. »Ich hab Bens Jungen noch nie so arbeiten sehen«, sagte der Koch, als er Koteletts auf den Tisch stellte und die Jungen darüber herfielen. »Du machst ihn noch ganz kaputt, Jake.«

Das war natürlich Jakes Absicht. Er glaubte, nach dem Heumachen am Vormittag, dem Schwimmen am Nachmittag und jeweils einem Dutzend oder mehr Sprüngen am Seil im rötlichen Abendlicht werde Benny wie tot schlafen. Das Problem war nur, dass *er* das vielleicht auch tun würde. Als er hinausging, um sich an der Pumpe zu waschen – der Sonnenuntergang war inzwischen vorüber und hatte an Rosenasche erinnernde Farbtöne zurückgelassen, die allmählich in wirkliche Dunkelheit übergingen –, nahm er Oy mit. Er wusch sich prustend das Gesicht und spritzte Wassertropfen in die Gegend, die das Tier fangen sollte, was es auch sehr geschickt tat. Dann ließ Jake sich auf ein Knie nieder und nahm behutsam den Kopf des Billy-Bumblers zwischen die Hände. »Pass mal auf, Oy.«

»Oy!«

»Ich lege mich jetzt schlafen, aber wenn der Mond aufgeht, sollst du mich wecken. Ganz leise, verstehst du?«

»Stehst!« Was etwas oder auch nichts bedeuten konnte. Hätte jemand Wetten darauf angenommen, hätte Jake auf etwas gesetzt. Er hatte großes Vertrauen zu Oy. Vielleicht war das aber auch Liebe. Vielleicht waren diese beiden Dinge sogar dasselbe.

»Wenn der Mond aufgeht. Sag Mond, Oy.«

»Mond!«

Das klang gut, aber Jake würde trotzdem seinen inneren Wecker stellen, damit er ihn bei Mondaufgang weckte. Er wollte wieder dorthin, wo er Bennys Da' mit Andy gesehen hatte. Auch jetzt noch beschäftigte ihn dieses seltsame Treffen eher mehr als weniger. Er wollte nicht glauben, Bennys Da' – oder Andy – könnte etwas mit den Wölfen zu tun haben, aber er musste sich darüber Gewissheit verschaffen. Weil das auch Roland getan hätte. Allein das war Grund genug.

2

Die beiden Jungen lagen in Bennys Zimmer. Hier gab es ein Bett, das Benny natürlich seinem Gast angeboten hatte, aber Jake hatte es abgelehnt. Stattdessen hatten sie ein System erfunden, nach dem Benny das Bett in den von ihm so bezeichneten »gleichhändigen« Nächten gehörte, während Jake es in den »ungleichhändigen« bekam. In dieser Nacht würde Jake auf einer dünnen Matratze auf dem Fußboden schlafen, was ihm sehr entgegenkam. Bennys mit Gänsedaunen gefüllte Matratze war viel zu weich. Da er mit dem Mond aufstehen wollte, war der Boden bestimmt besser. Sicherer.

Benny lag mit hinter dem Kopf gefalteten Händen da und sah zur Zimmerdecke auf. Er hatte Oy zu sich aufs Bett gelockt, und der Bumbler schlief zu einem Komma zusammengerollt, wobei er die Nase unter den komisch geringelten Schwanz gesteckt hatte.

»Jake?« Ein Flüstern. »Schläfst du?«

»Nein.«

»Ich auch nicht.« Eine Pause. »Es ist großartig, dass du hier bist.«

»Für mich ist es auch großartig«, sagte Jake und meinte es ernst.

»Als einziges Kind ist man oft einsam.«

»Als ob ich das nicht wüsste! Ich war *immer* ein Einzelkind …« Jake machte eine Pause. »Du warst bestimmt traurig, als deine Schwester gestorben ist.«

»Ich bin manchmal noch immer traurig.« Wenigstens sagte er das in einem nüchternen Ton, der die Mitteilung leichter erträglich machte. »Glaubst du, dass ihr noch bleibt, wenn ihr die Wölfe besiegt habt?«

»Wahrscheinlich nicht lange.«

»Ihr habt einen Auftrag zu erledigen, oder?«

»Kann man so sagen.«

»Welchen denn?«

Ihr Auftrag lautete, in diesem Wo den Dunklen Turm und im New Yorker Wo, aus dem er und Eddie und Susannah gekommen waren, die Rose zu retten, aber das wollte Jake dem jungen Slightman nicht erzählen, so gern er ihn auch hatte. Der Turm und die Rose waren in gewisser Weise Geheimsachen. Sie gingen nur sein Ka-Tet etwas an. Andererseits wollte er auch nicht lügen.

»Über solches Zeug redet Roland nicht viel«, sagte er.

Eine längere Pause. Dann ein Geräusch, weil Benny seine Lage veränderte, was er aber vorsichtig tat, um Oy nicht aufzuwecken. »Er macht mir ein bisschen Angst, dein Dinh.«

Jake dachte darüber nach, dann sagte er: »Mir macht er auch ein bisschen Angst.«

»Meinem Pa macht er richtig Angst.«

Jake war plötzlich hellwach. »Wirklich?«

»Ja. Er hat gesagt, dass es ihn nicht überraschen würde, wenn ihr über uns herfallen würdet, nachdem ihr die Wölfe besiegt habt. Dann hat er gesagt, dass das nur ein Scherz gewesen ist, aber dieser alte Cowboy mit dem harten Gesicht würde ihm echt Angst einjagen. Damit hat er bestimmt deinen Dinh gemeint.«

»Bestimmt«, sagte Jake.

Als Jake gerade glaubte, dass Benny endlich eingeschlafen war, fragte der andere Junge: »Wie hat dein Zimmer daheim in deiner Welt ausgesehen?«

Jake dachte an sein Zimmer und hatte anfangs überraschend Mühe, es sich vorstellen zu können. Er hatte schon sehr lange nicht mehr daran gedacht. Und als er es sich jetzt ins Gedächtnis zurückrief, genierte er sich, es Benny allzu genau zu beschreiben. Nach hiesigen Maßstäben lebte sein Freund recht gut – Jake vermutete, dass es sehr wenige Farmerskinder in Bennys Alter gab, die ein eigenes Zimmer hatten –, aber er hätte ein Zimmer, wie Jake es hätte beschreiben können, für das eines Märchenprinzen gehalten. Der Fernseher? Die Stereoanlage mit all seinen Schallplatten und dem Kopfhörer für ungestörten Hörgenuss? Seine Poster von Stevie Wonder und The Jackson Five? Sein Mikroskop, das ihm Dinge zeigte, die zu klein waren, um mit bloßem Auge erkennbar zu sein? Was sollte er diesem Jungen von solchen Wundern und Zauberdingen erzählen?

»Es war wie deines, nur hatte ich einen Schreibtisch«, sagte Jake schließlich.

»Einen *Schreibtisch?«* Benny richtete sich auf einen Ellbogen gestützt auf.

»Klar doch«, sagte Jake in einem Ton, als wollte er *Scheiße, was sonst?* sagen.

»Papier? Federn? Federkiele?«

»Papier«, sagte Jake. Das war zumindest ein Wunder, das Benny verstehen konnte. »Und Schreibzeug. Aber keine Federkiele. Kugelschreiber.«

»Kugelschreiber? Das verstehe ich nicht.«

Also versuchte Jake, ihm die Funktionsweise eines Kugelschreibers zu erklären, aber dann hörte er mittendrin ein Schnarchen. Ein Blick durch den Raum zeigte ihm, dass Benny ihm noch immer zugewandt war – jetzt jedoch mit geschlossenen Augen.

Oy öffnete *seine* Augen – sie leuchteten im Dunkel – und blinzelte Jake zu. Dann schien er wieder einzuschlafen.

Jake starrte Benny lange an und war auf vielfältige Weise zutiefst verstört, die er nicht genau verstand … oder verstehen wollte.

Schließlich schlief er selbst ein.

3

Nach unbestimmbar langer dunkler, traumloser Zeit wurde er halbwegs wach, weil er einen Druck am Handgelenk spürte. Dort zerrte etwas. Fast schmerzhaft. Zähne. Oys Zähne.

»Oy, nein, lassas«, murmelte er, aber Oy hörte nicht auf. Er hatte Jakes Handgelenk zwischen den Zähnen und schüttelte es weiter sanft, wobei er zwischendurch auch kräftiger daran zerrte. Er hörte erst auf, als Jake sich endlich aufsetzte und benommen in die mondhelle Nacht hinausstarrte.

»Mond«, sagte Oy. Er saß neben Jake auf dem Boden, hatte die Schnauze zu einem unverkennbaren Grinsen geöffnet und beobachtete ihn mit leuchtenden Augen. Kein Wunder, dass sie leuchteten; tief in jedem glänzte ein winziger weißer Lichtpunkt. *»Mond!«*

»Genau«, flüsterte Jake, dann schloss er eine Hand um Oys

Schnauze. »Pst!« Er ließ los und sah zu Benny hinüber, der jetzt der Wand zugekehrt schlief und laut schnarchte. Jake bezweifelte, dass selbst eine detonierende Granate ihn jetzt hätte wecken können.

»Mond«, sagte Oy, diesmal viel leiser. Er sah jetzt aus dem Fenster. »Mond, Mond. Mond.«

4

Jake wäre ohne Sattel geritten, aber er musste Oy mitnehmen, weil er ihn brauchte, und das machte das Reiten ohne Sattel schwierig, vielleicht sogar unmöglich. Das kleine Borderpony, das Sai Overholser ihm geliehen hatte, war zum Glück lammfromm, und in der Sattelkammer der Scheune hing ein abgewetzter Schulsattel, den selbst ein Junge leicht bewältigen konnte.

Jake sattelte das Pferd und band sein zusammengerolltes Bettzeug an den Teil des Sattels, den die hiesigen Cowboys Boot nannten. Er konnte das Gewicht der Ruger in der Rolle spüren – und wenn er nach ihr tastete, fühlte er auch ihre Umrisse. Der Staubmantel mit der geräumigen Vordertasche hing in der Sattelkammer an einem Nagel. Jake nahm ihn herunter, rollte ihn zu einer Art breitem Gürtel zusammen und band ihn sich um die Taille. So hatten die Jungen in seiner Schule an warmen Tagen manchmal ihre Sweatshirts getragen. Wie die Erinnerung an sein Zimmer schien auch diese sehr fern zu sein, ein Teil einer Zirkusparade, die durch die Stadt marschiert … und dann weitergezogen war.

Jenes Leben war reicher, flüsterte eine Stimme tief in seinem Inneren.

Dieses ist wahrer, flüsterte eine andere aus noch größeren Tiefen.

Er glaubte dieser zweiten Stimme, aber trotzdem war sein Herz von Kummer und Sorge schwer, als er das Borderpony nach hinten aus der Scheune und dann vom Haus wegführte. Oy trabte bei Fuß hinter ihm her, sah gelegentlich zum Himmel auf und murmelte »Mond, Mond«, aber meistens war er damit beschäftigt, die vielen sich kreuzenden Geruchsspuren auf dem Erdboden aufzunehmen. Der Ritt würde gefährlich sein. Allein den Devar-Tete Whye zu überqueren – den Lebensbereich der Calla zu verlassen und nach Donnerschlag hinüberzugehen – war gefährlich, das wusste Jack. Aber was ihm wirklich zusetzte, war eine Vorahnung seelischer Qualen. Er dachte daran, wie Benny gesagt hatte, es sei großartig, Jake als seinen Kumpel auf der Rocking B zu haben. Ob er das in einer Woche noch immer so empfinden würde?

»Spielt keine Rolle«, seufzte er. »Das ist Ka.«

»Ka«, wiederholte Oy, dann sah er zum Himmel auf. »Mond. Ka, Mond. Mond, Ka.«

»Schnauze«, sagte Jake, aber nicht unfreundlich.

»Schnauze Ka«, sagte Oy in freundlichem Ton. »Schnauze Mond. Schnauze Ake. Schnauze Oy.« Das war mehr, als er seit Monaten gesagt hatte, und sobald es heraus war, verfiel er in Schweigen. Jake führte sein Pony noch zehn Minuten lang – am Unterkunftsgebäude mit den vielfältigen Schnarch-, Grunz- und Furzlauten vorbei und über den nächsten Hügel. An dieser Stelle, von der aus die Oststraße zu sehen war, glaubte er riskieren zu können, endlich zu reiten. Er entrollte den Staubmantel, zog ihn an, steckte Oy in die Vordertasche und schwang sich in den Sattel.

5

Jake war sich ziemlich sicher, auf dem kürzesten Weg zu der Stelle reiten zu können, wo Ben Slightman durch den Fluss gewatet war, aber er vermutete, dass er nur einen Versuch haben würde, und Roland hätte gesagt, dass *ziemlich sicher* unter solchen Umständen nicht ausreichte. Deshalb ritt er stattdessen zu der Stelle zurück, wo Benny und er gezeltet hatten, und von dort aus weiter zu dem am Flussufer aufragenden Granitfelsen, der ihn an ein halb im Sand begrabenes Schiff erinnert hatte. Dort stand Oy wieder hinter ihm und hechelte ihm ins Ohr. Jake hatte keine Mühe, den abgerundeten Felsen mit der glänzenden Oberfläche wiederzufinden. Auch der angeschwemmte tote Baumstamm war noch da, weil der Wasserstand des Flusses in den letzten Wochen stetig gesunken war. In dieser Zeit war kein Tropfen Regen mehr gefallen, und Jake rechnete damit, dass ihm das zugute kommen würde.

Er hastete wieder zu der ebenen Fläche hinauf, auf der Benny und er ihr Zelt aufgeschlagen hatten. Dort hatte er sein Pony an einen Busch gebunden zurückgelassen. Er lenkte es nun zum Fluss hinunter, sammelte Oy auf und ritt aufs andere Ufer hinüber. Obwohl das Pony nicht groß war, erreichte das Wasser nicht einmal die Steigbügel. In weniger als einer Minute waren sie am jenseitigen Ufer.

Hier schien es nicht anders als drüben auszusehen, aber so war es nicht. Das wusste Jake sofort. Mondschein hin oder her, irgendwie war es hier dunkler. Nicht genau wie New York bei ihren Flitzerbesuchen, und Glockenspiel war auch keines zu hören, aber eine gewisse Ähnlichkeit war trotzdem vorhanden. Das Gefühl, hier lauere etwas – und von Augen, die sich in seine Richtung drehen konnten, falls er töricht genug war, ihre Besitzer auf seine Gegenwart aufmerksam zu machen. Er war am Rand der Endwelt angelangt. Jake bekam eine Gänsehaut und zitterte unwillkürlich. Oy sah zu ihm auf.

»Schon gut«, flüsterte Jake ihm zu. »Ich musste es bloß irgendwie loswerden.«

Er stieg ab, setzte Oy zu Boden und ließ den Staubmantel hinter dem runden Felsen zurück. Er glaubte nicht, dass er für diesen Teil seines Ausflugs einen Mantel brauchte; er schwitzte ohnehin vor Nervosität. Das Geschwätz des Flusses war laut, und Jake sah immer wieder aufs andere Ufer hinüber, um sich zu vergewissern, dass niemand kam. Er wollte nicht überrascht werden. Dieses Gefühl der Gegenwart *anderer* war stark und unangenehm zugleich. Was auf diesem Ufer des Devar-Tete Whyes lebte, hatte nichts Gutes an sich, zumindest dessen war Jake sich sicher. Er fühlte sich besser, als er die Dockerschlinge aus dem Bettzeug geholt, sie sich umgehängt und dann die Ruger hineingesteckt hatte. Die Pistole verwandelte ihn sofort in einen anderen Menschen, einen, den er sonst nicht immer mochte. Aber hier, jenseits des Whyes, war er darüber entzückt, das Gewicht einer Waffe an den Rippen zu spüren, und darüber entzückt, dieser Mensch, dieser *Revolvermann* zu sein.

Irgendwo weiter östlich kreischte etwas wie eine Frau in lebensbeendenden Höllenqualen. Obwohl Jake wusste, dass das nur eine Felskatze war – er hatte schon früher welche gehört, als er mit Benny zum Angeln oder Schwimmen am Fluss gewesen war –, ließ er die Hand am Griff der Ruger, bis der Schrei verstummt war. Oy hatte eine Haltung eingenommen, als wollte er sich verbeugen: Vorderpfoten gespreizt, Kopf gesenkt, Hinterteil hochgereckt. Normalerweise bedeutete sie, dass er spielen wollte, aber seine gefletschten Zähne hatten nichts Verspieltes an sich.

»Schon gut«, sagte Jake beruhigend. Er wühlte im zusammengerollten Bettzeug (er hatte sich nicht die Mühe gemacht, eine Satteltasche mitzunehmen), bis er ein rot kariertes Stück Stoff fand. Das war ein von Slightman dem Älteren gestohlenes Halstuch, das ihm vor vier Tagen bei einer Partie *Watch Me* im Unterkunftsgebäude unter den Tisch gefallen war, wo er es dann vergessen hatte.

Ich bin ein richtiger kleiner Dieb, sagte Jake sich. *Erst Dads Pistole, jetzt das Schnäuztuch von Bennys Dad. Ich weiß bloß nicht, ob ich dabei auf- oder absteige.*

Es war Rolands Stimme, die ihm antwortete. *Du tust nur, was deine Aufgabe ist. Warum hörst du nicht auf, dich an die Brust zu schlagen, und machst einfach weiter?*

Jake sah mit dem karierten Halstuch in den Händen auf Oy hinunter. »Im Kino funktioniert das immer«, sagte er zu dem Bumbler. »Ich habe keine Ahnung, ob es im richtigen Leben auch klappt … vor allem nach so langer Zeit.« Er hielt das Halstuch Oy hin, der seinen langen Hals reckte und behutsam daran schnüffelte. »Diesen Geruch sollst du finden, Oy. Finden und ihm folgen.«

»Oy!« Aber der Bumbler saß nur da und blickte zu Jake auf.

»Den hier, Dumbo«, sagte Jake und ließ ihn noch einmal daran schnüffeln. »Such ihn! Auf geht's!«

Oy stand auf und drehte sich zweimal im Kreis, dann trabte er gemächlich am Flussufer entlang nach Norden. Er beschnüffelte gelegentlich den felsigen Boden, schien sich aber sehr viel mehr für die wiederholten grausigen Schreie der Felskatze zu interessieren. Jake beobachtete seinen Freund mit stetig abnehmender Hoffnung. Na, er hatte ja gesehen, in welche Richtung Slightman davongegangen war. Er konnte selbst in diese Richtung reiten, etwas umherstreifen und sich umgucken, was es dort zu sehen gab.

Oy kehrte um, kam jetzt langsamer zurück und machte unterwegs dann Halt. Er beschnüffelte eine Stelle genauer. Die Stelle, wo Slightman aus dem Wasser gekommen war? Möglich. Oy gab ein tief aus der Kehle kommendes nachdenkliches *Wuff!* von sich und wandte sich dann nach rechts – nach Osten. Er schlüpfte geschmeidig zwischen zwei Felsen hindurch. Jake, der jetzt zumindest einen Hoffnungsschimmer empfand, schwang sich in den Sattel und folgte ihm.

6

Sie hatten noch keine große Strecke zurückgelegt, als Jake erkannte, dass Oy tatsächlich einem Weg folgte, der sich durch das hügelige, felsige, trockene Land diesseits des Flusses schlängelte. Er sah jetzt Spuren alter Technik: eine weggeworfene korrodierte Spule, etwas, was wie eine halb im Sand vergrabene Leiterplatte aussah, winzige Glassplitter. In dem schwarzen Schatten, den der Mondschein hinter einem großen Felsen erzeugte, entdeckte er etwas, was wie eine unbeschädigte Flasche aussah. Er stieg ab, ließ den Sand herausfließen, der sich in Gott mochte wissen wie vielen Jahrzehnten (oder Jahrhunderten) darin angesammelt hatte, und betrachtete sie genauer. Auf ihrer Vorderseite stand in erhabenen Buchstaben ein Name, den Jake wiedererkannte: Nozz-A-La.

»Das Getränk aller Bumhugs von Welt«, murmelte Jake und ließ die Flasche wieder fallen. Neben ihr lag eine zerknüllte Zigarettenpackung. Er strich sie glatt, sodass das Bild einer Frau mit roten Lippen sichtbar wurde, die einen kecken roten Hut trug. Zwischen zwei elegant langen Fingern hielt sie eine Zigarette. Die Marke schien PARTI zu heißen.

Oy stand inzwischen zehn bis zwölf Schritte entfernt und sah sich über die gesenkte Schulter nach ihm um.

»Okay«, sagte Jake. »Ich komme ja schon.«

Weitere Fußwege mündeten in den, auf dem sie sich befanden, und Jake war sich sicher, dass dies hier eine Fortsetzung der East Road war. Er konnte lediglich vereinzelte Stiefelabdrücke und kleinere, tiefere Fußabdrücke sehen. Sie waren im Windschatten hoher Felsen zu finden – an Stellen, die von den vorherrschenden Winden offenbar nur selten erreicht wurden. Er vermutete, dass die Stiefelabdrücke von Slightman und die Fußabdrücke von Andy stammten. Andere gab es nicht. Aber in wenigen Tagen *würde* es andere geben: die Hufspuren der grauen

Pferde der Wölfe. Und auch tiefe Fußabdrücke, vermutete Jake. Tief wie Andys Spuren.

Vor ihm führte der Weg über einen Hügelrücken. Auf beiden Seiten ragten auf phantastische Weise missgestaltete Säulenkakteen mit dicken röhrenförmigen Armen auf, die scheinbar willkürlich in alle möglichen Richtungen wiesen. Oy stand dort, sah auf etwas herab und schien wieder zu grinsen. Nachdem Jake zu ihm aufgeschlossen hatte, konnte er die Kakteen riechen. Ihr Geruch war scharf und leicht bitter. Er erinnerte ihn an die Martinis seines Vaters.

Er hielt im Sattel sitzend neben Oy an und sah nach unten. Am Fuß des Hügels war rechts eine zu Schollen aufgetürmte betonierte Einfahrt zu sehen. Ein Schiebetor war schon endlos lange halb offen festgerostet, vermutlich lange vor der Zeit, als die Wölfe angefangen hatten, in der Calla Bryn Sturgis auf Kinderraub auszugehen. Dahinter stand ein Gebäude mit halbrundem Querschnitt, der durch ein bis zum Erdboden heruntergezogenes Blechdach gebildet wurde. In die Jake zugewandte Seite des Gebäudes waren kleine Fenster eingelassen, und sein Herz schlug beim Anblick des aus ihnen fallenden gleichmäßigen weißen Lichts höher. Dort brannten keine Petroleumlampen und auch keine Glühbirnen (die Roland »Funkenlampen« nannte). Nur Leuchtstoffröhren erzeugten weißes Licht dieser Art. In seinem New Yorker Leben hatten Neonröhren ihn hauptsächlich an bedrückende, langweilige Dinge erinnert: riesige Geschäfte, in denen es alles immer als Sonderangebot gab und man nie finden konnte, was man eigentlich suchte, schläfrige Nachmittage in der Schule, an denen der Lehrer sich mit monotoner Stimme endlos über Handelsrouten im alten China oder Mineralvorkommen in Peru verbreitete, während es draußen unaufhörlich goss und man glauben konnte, die Pausenglocke werde niemals schrillen; Arztpraxen, in denen man zuletzt unweigerlich in der Unterhose auf einem mit einer Papierbahn bedeckten Untersuchungstisch hockte: fröstelnd und verlegen und irgendwie gewiss, dass man eine Spritze bekommen würde. Heute Nacht heiterte dieses Licht ihn jedoch auf.

»Guter Boy!«, lobte er den Bumbler.

Statt darauf wie gewöhnlich zu reagieren, indem er seinen Namen wiederholte, sah Oy an Jake vorbei und begann leise grollend zu knurren. Im selben Augenblick bewegte das Pony sich und wieherte nervös. Jake zog die Zügel an und merkte dabei, dass der bittere (aber nicht ganz unangenehme Geruch) nach Gin und Wacholder stärker geworden war. Er sah sich um und stellte fest, dass sich zwei röhrenförmige Arme aus dem Kaktusgewirr rechts von ihm langsam und blindlings tastend in seine Richtung bewegten. Dabei war ein leises Knirschen zu hören, und austretender weißer Saft lief den Hauptstamm des Säulenkaktus herunter. Im Mondschein sahen die Nadeln an den Armen, die nach Jake greifen wollten, bedrohlich lang aus. Das Ding hatte ihn gewittert, und es war hungrig.

»Los, komm«, sagte er zu Oy und spornte das Pony leicht an. Sein Pferd brauchte keine weitere Aufforderung. Es hastete fast trabend den Hügel hinunter und auf das Gebäude mit den Leuchtstoffröhren zu. Oy warf dem sich bewegenden Kaktus einen letzten misstrauischen Blick zu, dann folgte er ihnen.

7

Jake erreichte die Einfahrt und machte dort Halt. Ungefähr fünfzig Schritte die Straße entlang (es war jetzt eindeutig eine Straße beziehungsweise war einst eine gewesen) wurde diese von einem Bahngleis gekreuzt, das dann zum Devar-Tete Whye weiterführte, den es auf einer niedrigen Brücke überquerte. Die *Folken* nannten diese Brücke den »Damm«. Die älteren *Folken*, das hatte Callahan ihnen erzählt, nannten sie den »*Teufels*damm«.

»Die Züge, die die Minderen aus Donnerschlag zurückbringen, fahren auf diesem Gleis«, murmelte er Oy zu. Und spürte er die Anziehungskraft des Balkens? Dessen war Jake sich sicher. Er hatte die Vorahnung, wenn sie Calla Bryn Sturgis verließen – *falls* sie Calla Bryn Sturgis verließen –, würde es entlang dieses Gleises sein.

Er blieb noch einen Augenblick lang mit aus den Steigbügeln gezogenen Füßen stehen, dann trieb er sein Pony wieder an und ließ es die verfallene Einfahrt zum Gebäude hinaufgehen. Jake fand, dass es wie eine Nissenhütte auf einem Militärstützpunkt aussah. Oy mit seinen kurzen Beinen kam auf der unebenen Oberfläche nur mühsam voran. Die Betonschollen hier konnten allerdings auch Jakes Pferd gefährlich werden. Sobald das festgerostete Tor hinter ihm lag, schwang er sich aus dem Sattel und sah sich nach etwas um, an dem er sein Reittier anbinden konnte. Am Rand der Einfahrt standen hier Büsche, aber irgendetwas sagte ihm, sie seien *zu* nahe. Zu sichtbar. Er ließ das Pony noch ein Stück weitergehen, machte Halt und sah sich nach Oy um. »Du bleibst hier!«

»Bleib! Oy! Ake!«

Hinter einigen Felsblöcken, die wie riesige, erodierte Bauklötze aufgetürmt waren, fand Jake weitere Büsche. Dort konnte er das Pony hoffentlich gefahrlos zurücklassen. Nachdem er es angebunden hatte, tätschelte er die samtweichen Pferdenüstern. »Wird nicht lange dauern«, sagte er. »Kannst du dich anständig benehmen?«

Das Pony schnaubte kurz und schien zu nicken. Was überhaupt nichts bedeutete, wie Jake recht gut wusste. Und diese Vorsichtsmaßnahme war vermutlich ohnehin überflüssig. Aber Vorsicht war besser als Nachsicht. Er ging zur Einfahrt zurück und bückte sich, um den Bumbler aufzuheben. Sobald er sich mit ihm aufrichtete, flammte eine ganze Reihe blendend heller Scheinwerfer auf und spießten ihn wie einen Käfer unter der Lupe eines

Insektenforschers auf. Jake, der Oy in der Ellbogenbeuge des rechten Arms trug, hob die Linke, um die Augen vor dem grellen Licht zu schützen. Oy blinzelte winselnd.

Wider Erwarten folgte kein Warnruf, auch keine barsche Frage nach seinem Namen, nur das leise Säuseln des Nachtwinds war zu hören. Die Scheinwerfer waren durch einen Bewegungsmelder eingeschaltet worden, vermutete Jake. Was würde als Nächstes folgen? Von dipolaren Computern geleitetes MG-Feuer? Ein Schwarm von kleinen, aber tödlichen Robotern, wie Roland, Eddie und Susannah sie auf der Lichtung erledigt hatten, auf der der Balken, dem sie folgten, begonnen hatte? Vielleicht ein großes Netz, das wie in diesem Dschungelfilm, den er einmal im Fernsehen gesehen hatte, auf ihn herabfiel?

Jake sah nach oben. Es gab kein Netz. Auch keine Maschinengewehre. Er setzte sich wieder in Bewegung, umging die tiefsten Schlaglöcher und sprang schließlich über eine ausgeschwemmte Rinne. Dahinter war die Fahrbahn aufgewölbt und von Rissen durchzogen, aber größtenteils intakt. »Du kannst jetzt wieder runter«, erklärte er Oy. »Boy, bist du schwer! Halt dich in Zukunft beim Fressen zurück, sonst muss ich dich noch bei den Weight Watchers anmelden.«

Er blickte nach vorn und schützte seine zusammengekniffenen Augen zusätzlich mit erhobener Hand vor dem grellen Licht. Die Scheinwerfer waren in einer waagrechten Reihe auf halber Höhe der Nissenhütte angebracht. Sie projizierten seinen Schatten lang und schwarz hinter ihn. Jake sah Kadaver von Felskatzen, zwei zu seiner Linken und zwei weitere zu seiner Rechten. Drei von ihnen waren kaum mehr als Skelette. Der vierte Kadaver war weitgehend verwest, aber Jake konnte darin ein Loch sehen, das für eine Kugel zu groß zu sein schien. Er vermutete, dass es von einem Armbrustbolzen stammte. Der Gedanke war beruhigend. Hier waren anscheinend keine Superwaffen im Einsatz. Trotzdem war er verrückt, weil er nicht schleunigst zum Fluss und in die Calla auf dem jenseitigen Ufer zurückkehrte. Oder vielleicht nicht?

»Verrückt«, sagte er.

»Rückt«, sagte Oy, der Jake wieder bei Fuß folgte.

Eine Minute später erreichten sie die Tür der Hütte. Über ihr stand auf einer verrosteten Stahlplatte:

o	**NORTH CENTRAL POSITRONICS, LTD.**	o
	Nordostkorridor	
	Bogenquadrant	
	AUSSENPOSTEN 16	
	Mittlere Sicherheitsstufe	
o	**VERBALER ZUTRITTSCODE ERFORDERLICH**	o

An der Tür selbst sah Jake ein weiteres Schild, das nur noch schief an einer Schraube hing. Ein Scherz? Irgendeine Art Spitzname? Irgendwie hatte es von beidem etwas. Die Buchstaben waren mit Rost zugesetzt und von Gott wusste wie vielen Jahren Grus und Flugsand erodiert, aber er konnte sie noch immer lesen:

o	**WILLKOMMEN IM DOGAN**	o

8

Jake erwartete, dass die Tür abgesperrt sein würde, und wurde dahingehend nicht enttäuscht. Der Bügelgriff ließ sich nur ein winziges Stück weit nach oben oder unten bewegen. Im Neuzustand hatte er vermutlich gar kein Spiel aufgewiesen. Links neben der Tür befand sich eine rostige Stahltafel mit Klingelknopf und Lautsprechergitter. Darunter stand das Wort **VERBAL**. Als Jake eben die Hand nach dem Knopf ausstreckte, erloschen die Außenscheinwerfer und ließen ihn in scheinbar völliger Dunkelheit zurück. *Sie werden von einer Zeituhr ausgeschaltet,* dachte er, während er darauf wartete, dass seine Augen sich an die Dunkelheit gewöhnten. *Mit ziemlich kurzer Laufzeit. Vielleicht sind sie aber auch nur müde wie alles, was das Alte Volk hinterlassen hat.*

Nachdem die Augen sich endlich wieder an den Mondschein gewöhnt hatten, konnte er die Sprechanlage wieder erkennen. Er hatte eine recht gute Vorstellung davon, wie der verbale Zutrittscode lauten würde. Er drückte auf den Knopf.

»WILLKOMMEN IM AUSSENPOSTEN 16 IM BOGENQUADRANTEN«, sagte eine Stimme. Jake machte einen Satz rückwärts und musste dabei einen Aufschrei unterdrücken. Er hatte zwar eine Stimme erwartet – aber keine, die der von Blaine dem Mono so ähnlich sein würde. Er erwartete fast, sie würde jetzt gleich so gedehnt wie John Wayne sprechen und ihn kleinen Cowboy nennen. »DIES IST EIN AUSSENPOSTEN MITTLERER SICHERHEITSSTUFE. BITTE GEBEN SIE DEN VERBALEN ZUGANGSCODE AN. SIE HABEN ZEHN SEKUNDEN ZEIT. NEUN ... ACHT ...«

»Neunzehn«, sagte Jake.

»FALSCHER ZUGANGSCODE. SIE HABEN NOCH EINEN ZWEITEN VERSUCH. FÜNF ... VIER ... DREI ...«

»Neunundneunzig«, sagte Jake.

»DANKE.«

Die Tür sprang mit einem Klicken auf.

9

Jake betrat mit Oy einen Raum, der ihn an das riesige Kontrollzentrum unter der Stadt Lud erinnerte, durch das Roland ihn getragen hatte, als sie der Stahlkugel gefolgt waren, die sie zu Blaines Krippe geführt hatte. Dieser Raum war natürlich kleiner, aber viele der Bildschirme und Konsolen sahen gleich aus. Vor einigen Konsolen standen Drehstühle, die auf Rollen liefen, damit die Leute, die hier Dienst taten, von einem Arbeitsplatz zum anderen rollen konnten, ohne aufstehen zu müssen. Frische Luft wehte kaum spürbar durch den riesigen Raum, aber Jake konnte die Maschinen, von denen sie umgewälzt wurde, gelegentlich rau klappern hören. Und obwohl drei Viertel der Bildschirme zu leuchten schienen, konnte er viele sehen, die dunkel waren. Alt und müde – in dieser Beziehung hatte er Recht gehabt. In einer Ecke zusammengesackt lag ein grinsendes Skelett in den Überresten einer braunen Khakiuniform.

Eine Seite des Raums verschwand hinter einer langen Reihe von Fernsehschirmen. Sie erinnerten Jake etwas an das häusliche Arbeitszimmer seines Vaters, obwohl sein Vater nur drei Monitore gehabt hatte – für jede der großen Fernsehgesellschaften einen –, während es hier … Er zählte sie. Dreißig. Drei davon zeigten verschwommene Bilder, die nicht richtig zu erkennen waren. Auf zwei Monitoren liefen die Bilder in schnellem Tempo nach oben, als wäre die Vertikalsteuerung defekt. Vier waren völlig schwarz. Die restlichen einundzwanzig zeigten Bilder, die Jake mit wachsendem Erstaunen betrachtete. Ein halbes Dutzend zeigte verschiedene Punkte der Wüstenlandschaft, auch den von den beiden missgestalteten Säulenkakteen bewachten Hügelrücken. Auf zwei weiteren war der Außenposten – der Dogan – von hinten und von der Zufahrt aus zu sehen. Darunter waren drei Bildschirme angeordnet, die Innenansichten des Dogans zeigten. Ein Monitor zeigte einen Raum, der eine Kombüse oder

Küche zu sein schien. Auf dem zweiten Bildschirm war ein kleiner Schlafraum mit vier Etagenbetten zu sehen (in einer der Kojen, einer oberen, entdeckte Jake ein weiteres Skelett). Der dritte Monitor mit einer Innenansicht des Dogans zeigte das Kontrollzentrum von hoch oben. Jake konnte sich selbst und Oy sehen. Weitere Bildschirme zeigten einen Abschnitt der Bahnstrecke und den im Mondschein prachtvoll glitzernden Kleinen Whye von diesem Ufer aus. Am äußersten rechten Bildrand war die niedrige Eisenbahnbrücke zu erkennen.

Es waren die Bilder auf den restlichen acht funktionierenden Monitoren, die Jake verblüfften. Einer zeigte Tooks Gemischtwarenladen, jetzt dunkel und verrammelt, bis Tagesanbruch geschlossen. Ein weiterer zeigte den Pavillon. Zwei zeigten die Hauptstraße der Calla. Ein weiterer Bildschirm zeigte die Kirche Unsere Liebe Frau die Heitere, und auf einem anderen war das Wohnzimmer des Pfarrhauses zu sehen … eine *Innenansicht* des Pfarrhauses! Jake konnte tatsächlich Snugglebutt, Pere Callahans Katze, vor dem Kamin schlafen sehen. Die beiden letzten Monitore schienen Ansichten aus dem Mannidorf zu zeigen (in dem er noch nicht gewesen war).

Wo zum Teufel sind die Kameras angebracht?, fragte Jake sich. *Wie kommt's, dass kein Mensch sie sieht?*

Weil sie zu klein waren, vermutete er. Und weil sie versteckt angebracht waren. *Lächeln Sie, Sie sind in* Versteckte Kamera.

Aber die Kirche … das Pfarrhaus … das waren Gebäude, die in der Calla bis vor wenigen Jahren nicht einmal *existiert* hatten. Und *Innenansichten*? Aus dem *Inneren* des Pfarrhauses? Wer hatte die Kamera dort angebracht – und wann?

Jake wusste nicht, wann, aber er hatte den schrecklichen Verdacht, dass er wusste, wer. Gott sei Dank hatten sie ihre Palaver meistens auf der Veranda oder draußen auf dem Rasen abgehalten. Aber wie viel mussten die Wölfe – oder ihre Herrn – nicht trotzdem wissen? Wie viel hatten die teuflischen Maschinen in diesem Raum, die *gottverdammt* teuflischen Maschinen in diesem Raum aufgezeichnet?

Und anderswohin übermittelt?

Jake fühlte Schmerzen in den Händen und merkte, dass er sie so krampfhaft zu Fäusten geballt hatte, dass die Fingernägel sich in die Handflächen gruben. Es kostete ihn einige Mühe, die Finger zu strecken. Er rechnete ständig damit, dass die Stimme aus dem Lautsprechergitter – die Stimme, die so sehr wie die Blaines klang – ihn ansprechen, ihn fragen würde, was er hier zu suchen habe. Aber in diesem nicht ganz ruinierten Kontrollzentrum herrschte überwiegend Stille; die einzigen Geräusche waren das leise Summen der Geräte und das gelegentliche raue Klappern der Luftumwälzer. Er sah sich nach der Tür um und stellte fest, dass sie sich mit Druckluft betätigt hinter ihm geschlossen hatte. Das machte ihm jedoch keine Sorgen; von dieser Seite aus ließ sie sich wahrscheinlich leicht öffnen. Wenn das nicht der Fall war, würde die gute alte Neunundneunzig ihm schon den Weg ins Freie ebnen. Jake erinnerte sich daran, wie er sich den *Folken* am ersten Abend im Pavillon vorgestellt hatte – an jenem Abend, der nun schon endlos lange zurückzuliegen schien. *Ich bin Jake Chambers, Sohn des Elmer,* hatte er ihnen erklärt. *Aus dem Ka-Tet der Neunundneunzig.* Weshalb hatte er das damals gesagt? Er hatte keine Ahnung. Er wusste nur, dass manche Dinge wiederkehrten. In der Schule hatte Ms. Avery ihnen das Gedicht »The Second Coming« von William Butler Yeats vorgelesen. Darin war die Rede von einem Habicht gewesen, der sich in größer werdenden Kreisen emporschraubte, die – laut Ms. Avery – eine Art Kurve waren. Aber hier bildeten die Dinge eine Spirale, keinen Kreis. Für das Ka-Tet der Neunzehn (oder der Neunundneunzig, Jake ahnte nämlich, dass beide in Wirklichkeit identisch waren) strafften sich die Dinge, selbst während die Welt um es herum alt wurde, aus den Fugen geriet, sich abschaltete, Teile ihrer selbst abwarf. Es war, als befände man sich in dem

Wirbelsturm, der Dorothy ins Land Oz fortgetragen hatte, in dem Hexen wirklich waren und Bumhugs herrschten. Nach Jakes Verständnis war es völlig normal, dass er dieselben Dinge immer wieder, sogar immer öfter sah, weil …

Bewegungen auf einem der Bildschirme fielen ihm ins Auge. Er sah auf den Monitor und erkannte Bennys Da' und den Kurierroboter Andy, die über den von Wächterkakteen bewachten Hügel kamen. Während Jake zusah, schwenkten die röhrenförmigen Arme nach innen, um den Weg zu versperren – und möglicherweise ihre Beute aufzuspießen. Andy hatte jedoch keinen Grund, sich vor Kakteenstacheln zu fürchten. Er schwang den Arm und brach eine der Röhren auf halber Länge ab. Sie fiel in den Staub und verspritzte eine weiße Schmiere. Vielleicht ist das gar kein Harz, sagte Jake sich. Vielleicht ist das Blut. Jedenfalls schwenkte der Kaktus auf der anderen Seite hastig weg. Ben Slightman und Andy blieben kurz stehen, vielleicht um darüber zu diskutieren. Die Auflösung des Bildschirms war nicht hoch genug, um Jake erkennen zu lassen, ob der Mensch die Lippen bewegte.

Jake wurde von einer schrecklichen Panik erfasst, die ihm den Atem stocken ließ. Sein Körper erschien ihm plötzlich so schwer, als würde die Schwerkraft eines riesigen Planeten wie der Jupiter oder der Saturn auf ihn einwirken. Er konnte nicht atmen; sein Brustkorb hob und senkte sich nicht mehr. *So wäre es Goldlöckchen zumute gewesen,* dachte er auf kraftlose, distanzierte Weise, *wenn sie in dem kleinen Bett, das genau richtig für sie war, aufgewacht wäre und die drei Bären unten hereinkommen gehört hätte.* Er hatte den Haferbrei nicht gegessen, er hatte den Stuhl des Bärenbabys nicht kaputt gemacht, aber er kannte jetzt zu viele Geheimnisse. Alle zusammen ergaben sie *ein* Geheimnis. Ein ungeheuerliches Geheimnis.

Die beiden kamen jetzt die Straße entlang. Auf den Dogan zu.

Oy, der seinen langen Hals zu maximaler Länge streckte, sah

besorgt zu ihm auf, aber Jake nahm ihn kaum wahr. Vor seinen Augen erblühten schwarze Blumen. Bald würde er ohnmächtig werden. Die beiden würden ihn hier auf dem Boden liegend auffinden. Oy würde vielleicht versuchen, ihn zu beschützen, aber falls Andy den Bumbler nicht erledigte, würde Ben Slightman es tun. Draußen lagen vier tote Felskatzen, und Bennys Da' hatte mindestens eine davon mit seiner bewährten Armbrust erlegt. Ein kläffender kleiner Billy-Bumbler würde ihn vor keine Probleme stellen.

Wärst du also tatsächlich so feig?, fragte Roland in seinem Kopf. Aus seinem Ton sprach kalte Neugier. *Aber würden sie einen Feigling wie dich umbringen? Würden sie dich nicht einfach mit den Gebrochenen, die das Angesicht ihrer Väter vergessen haben, nach Westen schicken?*

Das brachte ihn zurück. Zumindest überwiegend. Er holte gewaltig tief Luft, sog Luft ein, bis die Lunge tief unten schmerzte. Er ließ sie mit explosivem Fauchen ausströmen. Dann ohrfeigte er sich selbst, rasch und kräftig.

»*Ake!*«, rief Oy in missbilligendem – annähernd entsetztem – Ton.

»Schon gut«, sagte Jake. Er sah auf die Bildschirme, die die Küche und den Schlafraum zeigten, und entschied sich für Letzteren. In der Küche gab es nichts, worin oder worunter er sich hätte verstecken können. Möglicherweise gab es dort zwar einen Wandschrank, aber was war, wenn es keinen gab? Dann war er verratzt.

»Oy, zu mir«, sagte er und durchquerte den summenden Raum unter den hellen weißen Neonröhren.

10

Der Schlafraum bewahrte das geisterhafte Aroma alter Gewürze: Zimt und Knoblauch. Jake fragte sich – auf geistesabwesende, im Hinterkopf stattfindende Weise –, ob die Grabkammern in den Pyramiden so gerochen haben mochten, als die ersten Forscher in sie eingedrungen waren. Aus der oberen Koje in der Ecke grinste das zurückgelehnt liegende Skelett ihn wie zur Begrüßung an. *Lust auf ein Nickerchen, kleiner Cowboy? Ich mache ein langes!* Auf seinem Brustkorb glitzerten silbrige Lagen von Spinnfäden, und Jake fragte sich in derselben geistesabwesenden Weise, wie viele Generationen von Spinnenbabys in dieser leeren Höhle wohl ausgeschlüpft sein mochten. Auf einem weiteren Kissen lag ein Kieferknochen, der im Hinterkopf des Jungen eine gespenstische, grausige Erinnerung wachrief. Einst, in einer Welt, in der er gestorben war, hatte der Revolvermann Knochen wie diesen gefunden. Und ihn verwendet.

Im Vordergrund seines Bewusstseins pulsierten zwei kalte Fragen und ein noch kälterer Entschluss. Die Fragen waren, wie lange sie brauchen würden, um hierher zu kommen, und ob sie sein Pony entdecken würden oder nicht. Wäre Slightman selbst zu Pferd gekommen, hätte das freundliche kleine Pony bestimmt längst zur Begrüßung gewiehert. Glücklicherweise war Slightman wie letztes Mal zu Fuß unterwegs. Auch Jake wäre zu Fuß gekommen, wenn er gewusst hätte, dass das Ziel keine Meile östlich des Flussufers lag. Aber als er sich von der Rocking B weggeschlichen hatte, war er sich nicht mal sicher gewesen, dass er ein Ziel *hatte*.

Der Entschluss lautete, den Mann aus Stahl und den Mann aus Fleisch und Blut zu töten, falls er hier entdeckt wurde. Wenn er das konnte, versteht sich. Andy war vermutlich zäh, aber seine hervorquellenden Augen aus blauem Glas schienen ein Schwachpunkt zu sein. Wenn er es schaffen würde, ihn zu blenden …

Es wird Wasser geben, so Gott es will, sagte der Revolvermann, der jetzt ständig in seinem Kopf lebte, im Glück wie im Unglück. *Deine Aufgabe ist es, dich zu verstecken, wenn du kannst. Wo?*

Nicht in den Etagenbetten. Sie alle waren auf dem Bildschirm, der diesen Raum zeigte, zu sehen, und er konnte unmöglich versuchen, ein Skelett darzustellen. Unter einem der beiden Betten an der Rückwand des Raums? Riskant, aber zur Not brauchbar … außer …

Jake entdeckte eine weitere Tür. Er stürzte sich darauf, drückte die Klinke herab und riss die Tür auf. Dahinter lag ein Einbauschrank. Schränke waren eigentlich gute Verstecke, aber der hier war bis oben hin mit staubigem Elektronikschrott angefüllt. Einige Teile fielen heraus.

»Mist!«, flüsterte er mit leiser, drängender Stimme. Er sammelte die herausgefallenen Teile auf, warf sie achtlos in den Schrank zurück und drückte die Tür wieder zu. Okay, er würde sich also unter einem der Betten …

»WILLKOMMEN IM AUSSENPOSTEN 16 IM BOGENQUADRANTEN«, sagte die Tonbandstimme dröhnend laut. Jake fuhr zusammen und sah in diesem Augenblick links von sich eine weitere Tür, die einen Spalt weit offen stand. Sollte er es damit versuchen oder sich unter eines der Etagenbetten an der Rückwand des Raums quetschen? Er konnte das eine Versteck oder das andere ausprobieren, aber für beide reichte die Zeit nicht. »DIES IST EIN AUSSENPOSTEN MITTLERER SICHERHEITSSTUFE.«

Jake entschied sich für die Tür, und es war nur gut, dass er sich schnell entschloss, weil Slightman im Gegensatz zu ihm die Tonbandstimme ihren Text nicht zur Gänze abspulen ließ. »Neunundneunzig«, sagte seine durch Lautsprecher verstärkte Stimme, und der Computer dankte ihm.

Hinter der Tür lag ein weiterer Einbauschrank, der bis auf zwei, drei vermoderte Hemden in einer Ecke und einen dick mit

Staub bedeckten Poncho an einem Haken leer war. Die Luft hier drinnen war fast so staubig wie der Poncho, und Oy ließ ein dreimaliges rasches, gedämpftes Niesen hören, als er Jake hineinfolgte.

Jake sank auf ein Knie nieder und legte einen Arm um Oys schlanken Hals. »Schluss damit, wenn du nicht willst, dass wir beide umgebracht werden«, sagte er eindringlich. »Still jetzt, Oy.«

»Stilletz Oy«, antwortete der Bumbler flüsternd und blinzelte ihm zu. Jake griff nach oben und schloß die Tür wieder bis auf einen fünf Zentimeter breiten Spalt. So sah sie aus wie zuvor. Hoffentlich.

11

Er konnte sie recht deutlich hören – *allzu* deutlich. Jake erkannte, dass hier überall Mikrofone und Lautsprecher verteilt waren. Ein Gedanke, der nicht gerade zu seiner Seelenruhe beitrug. Wenn er und Oy *sie* hören …

Es waren die Kakteen, über die sie diskutierten, oder vielmehr sprach Slightman von ihnen. Er nannte sie Sukkulenten und wollte wissen, was sie so aufgebracht habe.

»Ziemlich sicher weitere Felskatzen, Sai«, antwortete Andy mit seiner selbstgefälligen, zickigen Stimme. Eddie behauptete, Andy erinnere ihn an einen Roboter namens C3PO in dem Film *Krieg der Sterne,* auf den Jake sich schon gefreut hatte. Er hatte ihn um weniger als einen Monat verpasst. »Derzeit ist ihre Paarungszeit, wie Ihr wisst.«

»Scheiß drauf«, sagte Slightman. »Willst du mir weismachen, dass Sukkulenten nicht imstande sind, Felskatzen von etwas zu unterscheiden, was sie wirklich fangen und fressen können? Hier draußen war jemand, das sage ich dir. Und zwar vor nicht allzu langer Zeit.«

Jake kam ein schrecklicher Gedanke: War der Fußboden des Dogans staubig gewesen? Er war zu sehr damit beschäftigt gewesen, die Kontrollpulte und Bildschirme anzugaffen, um darauf zu achten. Wenn Oy und er Spuren hinterlassen hatten, konnten sie den beiden schon aufgefallen sein. Sie gaben vielleicht nur vor, über Kakteen zu sprechen, während sie in Wirklichkeit zur Tür des Unterkunftsraums schlichen.

Jake zog die Ruger aus der Dockerschlinge und hielt sie mit dem Daumen auf dem Sicherungsknopf in der rechten Hand.

»Ein schlechtes Gewissen macht uns alle zu Feiglingen«, sagte Andy in seinem selbstgefälligen, belehrenden Ton. »Das ist meine freie Abwandlung eines …«

»Halt's Maul, du Sack voll Schrauben und Drähte«, fuhr Slightman ihn an. »Ich …« Dann schrie er auf. Jake spürte, dass Oy sich versteifte, spürte, wie dessen Fell sich sträubte. Der Bumbler begann zu knurren. Jake schloss eine Hand um die Schnauze des Tiers.

»Loslassen!«, rief Slightman. »Lass mich los!«

»Gewiss, Sai Slightman«, sagte Andy, dessen Stimme jetzt besorgt klang. »Ich habe nur auf einen kleinen Nerv in Eurem Ellbogen gedrückt. Bleibende Schäden wären erst zu befürchten, wenn ich einen Druck von mindestens hundert Kilogramm pro Quadratmeter ausgeübt hätte.«

»Warum zum Teufel hast du das getan?« Slightman sprach in gekränktem, fast winselnden Ton. »Tue ich nicht alles, was du verlangst, und sogar noch mehr? Riskiere ich nicht mein Leben für meinen Jungen?«

»Von ein paar kleinen Zusatzleistungen ganz zu schweigen«, sagte Andy mit samtener Stimme. »Eure Brille … die Musikmaschine, die Ihr ganz unten in Eurer Satteltasche versteckt habt … und natürlich die …«

»Du weißt, warum ich das tue und was mir passieren würde, wenn man mir auf die Schliche käme«, sagte Slightman. Er klang plötzlich nicht mehr winselnd, sondern würdevoll und etwas müde. Jake hörte ihm mit einigem Unmut zu. Wenn er hier lebend rauskam und Bennys Da' verpfeifen musste, wollte er wenigstens einen Schurken verpfeifen. »Yar, ich hab zusätzlich ein paar Kleinigkeiten angenommen, du sprichst wahr, ich sage dir meinen Dank. Eine Brille, damit ich besser sehen und Leute verraten kann, die ich mein Leben lang gekannt habe. Eine Musikmaschine, damit ich das Gewissen, von dem du so leichtfertig schwatzt, übertönen und abends einschlafen kann. Dann zwickst du etwas in meinem Arm, dass ich glaube, meine Bei-Riza-Augen müssten gleich aus meinem Bei-Riza-*Kopf* fallen.«

»Den anderen sehe ich es nach«, sagte Andy, dessen Stimme sich ebenfalls verändert hatte. Jake musste wieder an Blaine denken, und seine Bestürzung wuchs. Was würde passieren, wenn Tian Jaffords diese Stimme hörte? Wenn Vaughn Eisenhart sie hörte? Overholser? Die übrigen *Folken?* »Sie häufen Schmähungen auf mein Haupt wie glühende Kohlen, aber ich erhebe niemals die Stimme, um zu protestieren, erst recht keine Hand. ›Geh hierhin, Andy. Geh dorthin, Andy. Lass die blöde Singerei, Andy. Spar dir dein Geschwätz. Erzähl uns nichts von der Zukunft, weil wir nichts davon hören wollen.‹ Also erzähle ich nichts, außer von den Wölfen, weil sie hören wollen, was sie traurig macht, und ich erzähle es ihnen, ja das tue ich; für mich ist jede Träne ein Tropfen Gold. ›Du bist nix wie 'n blöder Haufen Drähte und Lampen‹, sagen sie. ›Erzähl uns, wie's Wetter wird, sing das Baby in den Schlaf, und scher dich dann zum Teufel.‹ Und ich lasse es mir gefallen. Andy der Tölpel, das bin ich, jedes Kindes Spielzeug und stets jemand, den man nach Lust und Laune zusammenstauchen kann. Aber von *Euch* lasse ich mir das nicht gefallen, Sai. Ihr hofft auf eine Zukunft in der Calla, nachdem die Wölfe wieder mal für ein paar Jahre mit ihr fertig sind, ist das so?«

»Du weißt, dass ich das tue«, sagte Slightman so leise, dass Jake ihn kaum verstand. »Und dass ich sie verdiene.«

»Ihr und Euer Sohn, ihr könnt beide euren Dank sagen, eure Tage in der Calla verbringen, beide commala sagen! Und das mag auch so geschehen, aber es erfordert mehr als den Tod der Außenweltler. *Es erfordert mein Schweigen.* Wenn Ihr alles so wollt, verlange ich Respekt.«

»Das ist lächerlich«, sagte Slightman nach kurzer Pause. Von seinem Versteck im Kleiderschrank aus stimmte Jake ihm rückhaltlos zu. Ein Roboter, der Respekt forderte, war einfach lächerlich. Aber das war auch ein riesiger Bär, der einen leeren Wald durchstreifte, ein Gangster aus Morlock, der die Geheimnisse dipolarer Computer zu enträtseln versuchte, oder ein Zug, der nur dafür lebte, neue Rätsel zu hören und zu lösen. »Und außerdem, hör mich an, ich bitte dich, wie kann ich Respekt vor dir haben, wenn ich nicht einmal mich selbst achte?«

Die Antwort darauf bestand aus einem sehr lauten mechanischen Klicken. Ein ähnliches Geräusch hatte Jake von Blaine gehört, wenn er sich mit etwas Absurdem konfrontiert sah, etwas, was seine Logikschaltkreise zu überlasten drohte. Dann sagte Andy: »Keine Antwort, neunzehn. Stellt die Verbindung her und erstattet Euren Bericht, Sai Slightman. Wir wollen zusehen, dass wir hier rauskommen.«

»Also gut.«

Nach dreißig bis vierzig Sekunden langem Tastengeklapper folgte ein hoher, tremolierender Pfeifton, der Jake zusammenfahren und Oy tief hinten in der Kehle winseln ließ. Einen Ton dieser Art hatte Jake noch nie gehört; der Junge kam aus dem New York des Jahres 1977, und mit dem Wort *Modem* hätte er noch nichts anfangen können.

Das schrille Pfeifen verstummte abrupt. Danach herrschte einen Augenblick lang Schweigen. Dann: »HIER ALGUL SIENTO. HIER SPRICHT FINLI O'TEGO. GEBT BITTE EUER KENNWORT AN. IHR HABT ZEHN SE…«

»Samstag«, antwortete Slightman, und Jake runzelte die Stirn.

Hatte er dieses unbeschwerte Wochenendwort jemals auf dieser Seite gehört? Er glaubte es nicht.

»DANKE. ALGUL SIENTO BESTÄTIGT EUER KENNWORT. WIR SIND ONLINE.« Wieder ein kurzes schrilles Pfeifen. »BERICHTET, SAMSTAG.«

Slightman erzählte, wie er Roland und »den jüngeren Kerl« beobachtet habe, als sie zur Höhle der Stimmen aufgestiegen seien, in der jetzt irgendeine Art Tür stehe – wahrscheinlich von den Manni heraufbeschworen. Er sagte, er habe den Weitseher benützt und die beiden dadurch ganz deutlich …

»Teleskop«, sagte Andy. Er war zu dem zickigen, selbstgefälligen Ton zurückgekehrt. »Solche Dinger heißen Teleskope.«

»Möchtest *du* meinen Bericht erstatten, Andy?«, fragte Slightman eisig sarkastisch.

»Erflehe Eure Verzeihung«, sagte Andy übertrieben geduldig. »Erflehe Eure Verzeihung, macht weiter, macht weiter, wie Ihr wollt.«

Darauf folgte eine Pause. Jake konnte sich gut vorstellen, wie Slightman den Roboter anfunkelte, wobei sein Starren durch die Art, wie der Vormann sich den Hals verrenken musste, um es anzubringen, beträchtlich an Grimmigkeit verlieren musste. Schließlich sprach er weiter.

»Sie haben ihre Pferde unten zurückgelassen und sind zu Fuß aufgestiegen. Sie hatten eine rosa Tasche dabei, die sie abwechselnd getragen haben, so als ob sie ziemlich schwer wäre. Ihr Inhalt war viereckig; das konnte ich durch meinen Teleskop-Weitseher erkennen. Darf ich zwei Vermutungen äußern?«

»JA.«

»Erstens könnten sie zwei, drei der wertvollsten Bücher des Peres dort oben in Sicherheit gebracht haben. Wenn das der Fall ist, sollte ein Wolf hingeschickt werden, der sie vernichtet, nachdem der Hauptauftrag ausgeführt ist.«

»WESHALB?« Die Stimme war völlig kalt. Keine menschliche

Stimme, dessen war Jake sich sicher. Ihr Klang bewirkte, dass er sich schwach und ängstlich fühlte.

»Nun, um ein Exempel zu statuieren, wenn's Euch beliebt«, sagte Slightman, als wäre das eigentlich offenkundig. »Um dem Priester eine Lehre zu erteilen!«

»CALLAHAN WIRD SEHR BALD ÜBER EXEMPEL HINAUS SEIN«, sagte die Stimme. »WIE LAUTET EURE ZWEITE VERMUTUNG?«

Als Slightman wieder sprach, klang seine Stimme zittrig. Jake hoffte, dass der verräterische Hundesohn *wirklich* zitterte. Er beschützte seinen Sohn, gewiss, seinen einzigen Sohn, aber wieso er glaubte, das gebe ihm auch das Recht …

»Vielleicht waren es auch Landkarten«, sagte Slightman. »Ich vermute seit langem, dass ein Mann, der Bücher besitzt, vermutlich auch Karten hat. Er kann ihnen Karten der nach Donnerschlag hineinführenden Östlichen Regionen gegeben haben – sie haben nicht damit hinter dem Berg gehalten, dass da ihr nächstes Ziel liegt. Sollten sie solche Landkarten in die Höhle hinaufgetragen haben, dürften sie ihnen allerdings nicht viel nützen, selbst wenn sie am Leben blieben. Nächstes Jahr liegt Norden vielleicht im Osten, und übernächstes Jahr tauscht es vielleicht mit dem Süden die Plätze.«

Im staubigen Dunkel des Schranks meinte Jake plötzlich sehen zu können, wie Andy den Vormann Slightman beim Berichterstatten beobachtete. Andys elektrische blaue Augen blitzten. Slightman ahnte nichts davon – niemand in der Calla ahnte etwas davon –, aber dieses Blitzen mit hoher Frequenz war bei DNF-44821-V-63 ein Ausdruck von Humor. In Wahrheit lachte er sogar über Slightman.

Weil er es besser weiß, dachte Jake. *Weil er weiß, was wirklich in dieser Tasche war. Darauf würde ich eine Packung Kekse verwetten.*

Aber woher stammte diese Gewissheit? War es möglich, die Gabe der Fühlungnahme bei einem Roboter anzuwenden?

Wenn er richtig denken kann, sagte der Revolvermann in seinem Kopf, *kannst du auch seine Gedanken erspüren.*

Na ja … vielleicht war's ja so.

»Was es auch war, es ist jedenfalls ein verdammt guter Hinweis darauf, dass sie wirklich vorhaben, die Kinder in den Arroyos zu verstecken«, sagte Slightman gerade. »Ich glaube nicht, dass sie sie in dieser Höhle unterbringen würden.«

»Nein, nein, nicht in *dieser* Höhle«, sagte Andy, und obwohl seine Stimme so zickig-ernsthaft wie eh und je klang, konnte Jake sich vorstellen, dass die Augen dabei noch schneller blitzten. Dass sie sich beinahe verhaspelten. »Zu viele Stimmen in *dieser* Höhle, sie würden die Kinder erschrecken! Meine Fresse!«

DNF-44821-V-63, Kurierroboter. *Kurier!* Man konnte Slightman Verrat vorwerfen, aber wie hätte man Andy als Verräter bezeichnen können? Was er tat, was er *war,* stand für alle Welt sichtbar auf seiner Brust eingeprägt. Dort hatten sie es alle unübersehbar vor sich gehabt. Ihr Götter!

Bennys Da' kämpfte sich inzwischen unbeirrbar durch seinen Bericht an Finli o' Tego, der sich an einem Ort namens Algul Siento befand

»Bei der Mine, die er uns auf der von den Taverys gezeichneten Karte gezeigt hat, handelt es sich um die Gloria, und die Gloria liegt keine Meile von der Höhle der Stimmen entfernt. Aber der Hundesohn ist trig. Darf ich eine weitere Vermutung äußern?«

»JA.«

»Vom Arroyo, der zur Mine Gloria führt, zweigt nach einer Viertelmeile eine Schlucht nach Süden ab. Am Ende dieser Schlucht liegt eine weitere Mine. Redbird Two, so heißt sie. Ihr Dinh erzählt den Leuten, dass er die Kinder in der Gloria verstecken will, und ich glaube, dass er das auch auf der Versammlung behaupten wird, die er noch in dieser Woche einberufen will, um die Genehmigung der Einwohnerschaft zum Kampf gegen die Wölfe zu erlangen. Aber ich glaube, dass er sie stattdessen in die Redbird stecken will, wenn's ernst wird. Die Schwestern von Oriza sollen dort Wache halten – davor, aber auch darüber –, und Ihr tätet gut daran, diese Ladys nicht zu unterschätzen.«

»WIE VIELE?«

»Fünf, glaube ich, wenn er Sarey Adams mit aufstellt. Dazu ein paar Männer mit Bahs. Er lässt auch die Schoko werfen, solltet Ihr wissen, und wie man hört, ist sie ziemlich gut. Vielleicht sogar die Beste von allen. Aber jedenfalls wissen wir, wo die Kinder sein werden. Sie in ein solches Versteck zu bringen ist ein großer Fehler, aber das weiß er nicht. Er ist gefährlich, aber in seiner Denkweise schon alt geworden. Wahrscheinlich hat er mit einer Strategie dieser Art früher mal Erfolg gehabt.«

Und das hatte er natürlich auch. Im Eyebolt Canyon, und zwar gegen Latigos Männer.

»Jetzt kommt es darauf an, festzustellen, wo er und der Junge und der jüngere Mann sein werden, wenn die Wölfe kommen. Vielleicht teilt er das auf der Versammlung mit. Wenn er es dort nicht tut, erzählt er es hinterher ja vielleicht Eisenhart.«

»ODER OVERHOLSER?«

»Nein. Eisenhart hält zu ihm. Overholser nicht.«

»IHR MÜSST HERAUSBEKOMMEN, WO SIE SEIN WERDEN.«

»Ja, ich weiß«, sagte Slightman. »Wir bekommen es heraus, Andy und ich, und suchen diese unheilige Stätte dann ein letztes Mal auf. Damit, das schwöre ich bei Lady Oriza und dem Jesusmenschen, habe ich meinen Teil getan. Können wir jetzt von hier verschwinden?«

»Noch einen Augenblick, Sai«, sagte Andy. »Ich muss ebenfalls Bericht erstatten.«

Dann ertönte wieder dieses lange schrille Pfeifen. Jake biss die Zähne zusammen und wartete darauf, dass es aufhörte, was es dann schließlich auch wieder tat. Kurze Zeit später beendete Finli o' Tego die Verbindung.

»Sind wir jetzt fertig?«, fragte Slightman.

»Ich glaube schon, falls Ihr nicht noch einen Grund habt, hier länger zu verweilen«, sagte Andy.

»Kommt dir hier drinnen irgendwas anders vor als sonst?«, fragte Slightman plötzlich, und Jake fühlte, wie ihm das Blut in den Adern gefror.

»Nein«, sagte Andy, »aber ich habe großen Respekt vor menschlicher Intuition. Habt Ihr eine Intuition, Sai?«

Danach entstand eine Pause, die mindestens eine volle Minute lang zu dauern schien, obwohl Jake wusste, dass sie viel kürzer gewesen sein musste. Er hielt Oys Kopf an seinen Oberschenkel gedrückt und wartete.

»Nein«, sagte Slightman schließlich. »Ich bin wohl nur etwas nervös, weil die Sache jetzt bald zu Ende geht. Gott, wäre sie bloß schon vorbei! Ich hasse das alles! Hör mich an, ich bitte dich!«

»Ihr tut das Rechte, Sai.« Jake wusste nicht, wie Slightman darauf reagierte, aber er hätte bei Andys affektiert mitfühlendem Ton am liebsten mit den Zähnen geknirscht. »Tatsächlich das *einzig* Richtige. Es ist doch nicht Eure Schuld, dass Ihr der Vater des einzigen allein stehenden Zwillings in Calla Bryn Sturgis seid, oder? Ich kenne da übrigens ein Lied, das diese Thematik auf besonders anrührende Weise behandelt. Vielleicht möchtet Ihr es hören, um ...«

»Halt die Klappe!«, rief Slightman mit gepresster Stimme. »Schweig, du mechanischer Teufel! Genügt es nicht, dass ich meine gottverdammte Seele verkauft habe? Muss ich mich auch noch zur Zielscheibe deines Spotts machen lassen?«

»Sollte ich Euch verletzt haben, entschuldige ich mich aus den Tiefen meines eingestandenermaßen hypothetischen Herzens«, sagte Andy. »Mit anderen Worten: Ich erflehe Eure Verzeihung.«

Es klang aufrichtig. So als meinte er jedes Wort ernst. Als könnte er kein Wässerchen trüben. Trotzdem zweifelte Jake nicht daran, dass aus Andys Augen stumme blaue Lachsalven blitzten.

12

Die Verschwörer gingen. Aus den Deckenlautsprechern erklang eine seltsame, bedeutungslos klimpernde Melodie (zumindest für Jake bedeutungslos), dann herrschte Stille. Er wartete gewissermaßen darauf, dass sie jetzt sein Pony entdecken, zurückkommen, nach ihm suchen, ihn aufspüren und umbringen würden. Nachdem er bis hundertzwanzig gezählt hatte, die beiden aber nicht in den Dogan zurückgekehrt waren, stand er auf (wegen der Überdosis Adrenalin in seinem Körper fühlte er sich steif wie ein alter Mann) und ging wieder in den Kontrollraum hinüber. Er sah gerade noch, wie die von einem Bewegungsmelder gesteuerte Außenbeleuchtung erlosch. Er warf einen Blick auf den Bildschirm, der den Hügelrücken zeigte, und sah die letzten Besucher des Dogans zwischen den Sukkulenten hindurchgehen. Diesmal zeigten die Kakteen keine Regung. Offenbar hatten sie ihre Lektion gelernt. Jake beobachtete, wie Slightman und Andy davongingen, und amüsierte sich, ohne jedoch rechte Freude zu verspüren, über ihren Größenunterschied. Immer wenn sein Vater auf der Straße ein Mutt-und-Jeff-Duo dieser Art sah, sagte er unweigerlich: *Die gehören echt ins Varieté.* Das war so ungefähr die witzigste Bemerkung, zu der Elmer Chambers imstande war.

Als dieses spezielle Duo außer Sicht war, begutachtete Jake den Fußboden. Natürlich sah er keinen Staub. Keinen Staub, keine Spuren. Das hätte er eigentlich schon beim Hereinkommen sehen müssen. *Roland* hätte es bestimmt gesehen. Roland hätte alles gesehen.

Jake wollte dringend fort, aber er zwang sich dazu, noch etwas zu warten. Hätten die beiden jetzt hinter sich die Außenbeleuchtung aufflammen gesehen, hätten sie *wahrscheinlich* auf eine Felskatze getippt (oder vielleicht auf etwas, was Benny als »Armydillo« bezeichnete), aber wahrscheinlich war nicht gut genug. Um sich die Zeit zu vertreiben, begutachtete er die verschiedenen Konsolen, von denen viele den Namen LaMerk Industries trugen. Aber er sah auch die vertrauten Firmenzeichen von GE und IBM, dazu eines, das er nicht kannte – Microsoft. Letztere Geräte trugen alle den Aufdruck MADE IN USA. Bei den LaMerk-Produkten fehlte diese Herkunftsbezeichnung.

Er war sich ziemlich sicher, dass mit den Tastaturen, die er hier sah – mindestens zwei Dutzend –, Computer gesteuert wurden. Welche sonstigen Geräte gab es hier? Wie viele davon funktionierten noch? Waren hier Waffen gelagert? Er ahnte irgendwie, dass die Antwort auf diese letzte Frage negativ ausfallen würde – falls es hier Waffen gegeben hatte, waren sie zweifellos von Andy dem Kurierroboter (»viele weitere Funktionen«) unbrauchbar gemacht oder fortgeschafft worden.

Endlich glaubte er, sich ungefährdet davonmachen zu können ... unter der Voraussetzung, dass er äußerst vorsichtig war, langsam zum Fluss zurückritt und darauf achtete, sich der Rocking B von hinten zu nähern. Er war schon fast am Ausgang, als ihm eine weitere Frage einfiel, die fast so wichtig wie alle anderen zusammengenommen war. War sein und Oys Besuch im Dogan aufgezeichnet worden? Waren sie irgendwo auf Videofilm zu sehen? Er betrachte die funktionierenden Monitore und sparte sich den längsten Blick für den auf, der das Kontrollzentrum von oben zeigte. Oy und er waren wieder auf dem Bildschirm zu sehen. Da die Kamera unter dem Dach hing, musste sie jeden erfassen, der diesen Raum betrat.

Lass es gut sein, Jake, riet der Revolvermann in seinem Kopf ihm. *Du kannst ohnehin nichts dagegen machen, also lass es gut sein. Wenn du hier herumstocherst und -wühlst, hinterlässt du nur irgendwelche Spuren. Du könntest sogar einen Alarm auslösen.*

Der Gedanke, er könnte einen Alarm auslösen, überzeugte ihn. Er nahm Oy auf den Arm – mehr als Trost, als aus irgendeinem anderen Grund – und sah zu, dass er schleunigst ins Freie kam. Sein Pony stand noch genau dort, wo er es zurückgelassen hatte, und knabberte im Mondschein verträumt an den Büschen. Auf dem trockenen Wüstenboden zeichneten sich keine Spuren ab … aber wie Jake sah, hinterließ er selbst auch keine. Andy wäre weit genug in die Oberflächenkruste eingebrochen, um Spuren zu hinterlassen. Jake selbst war nicht schwer genug. Das war vermutlich auch bei Bennys Da' der Fall.

Schluss damit. Wenn sie dich irgendwie gewittert hätten, wären sie längst zurückgekommen.

Höchstwahrscheinlich war dem so, aber Jake kam sich trotzdem ziemlich wie Goldlöckchen vor, das auf Zehnspitzen vom Haus der Drei Bären wegschlich. Er führte sein Pony zur Wüstenstraße zurück, dann schlüpfte er in den Staubmantel und ließ Oy in die geräumige Vordertasche gleiten. Als er sich in den Sattel schwang, bekam der Bumbler einen ordentlichen Puff vom Sattelknauf ab.

»Autsch, Ake!«, sagte Oy.

»Stell dich nicht so an, du Baby«, sagte Jake, während er das Pony in Richtung Fluss zurücklenkte. »Still jetzt!«

»Stilletz«, bestätigte Oy und blinzelte ihm zu. Jake vergrub die Finger im dichten Fell des Bumblers und kraulte die Stelle, die Oy am liebsten war. Oy schloss die Augen, streckte den Hals zu fast komischer Länge und grinste.

Als sie wieder den Fluss erreichten, stieg Jake ab und spähte über einen Felsblock hinweg nach beiden Richtungen. Er konnte nichts entdecken, aber das Herz schlug ihm bei der gesamten Flussdurchquerung bis zum Hals. Er versuchte sich zurechtzulegen, was er sagen würde, wenn Bennys Da' ihn jetzt anrief und wissen wollte, was er mitten in der Nacht hier draußen tue. Ihm fiel nichts ein. Im Englischunterricht hatte er für seine Aufsätze fast immer eine Eins bekommen, aber jetzt musste er die Entdeckung machen, dass Angst und Erfindungsgabe nicht zusammenpassten. Wenn Bennys Da' ihn jetzt anrief, würde Jake geliefert sein. So einfach war das.

Aber er wurde nicht angerufen – nicht bei der Flussdurchquerung, nicht auf dem Ritt zur Rocking B zurück, nicht als er absattelte und das Pferd trockenrieb. Die Welt war still, und das war Jake nur recht.

13

Als Jake wieder auf der Matratze lag und sich die Bettdecke bis unters Kinn hochzog, sprang Oy auf Bennys Bett, rollte sich zusammen und steckte die Nase wieder unter den Schwanz. Benny gab im Tiefschlaf ein undeutliches Murmeln von sich, streckte eine Hand aus und fuhr dem Bumbler einmal übers Fell.

Jake lag da und betrachtete den schlafenden Jungen sorgenvoll. Er mochte Benny – seine Aufgeschlossenheit, seinen Sinn für Humor, seine Bereitschaft, hart zu arbeiten, wenn es Arbeit gab, die getan werden musste. Er mochte Bennys jodelndes Lachen, wenn er etwas komisch fand, und die Art und Weise, wie sie sich in vieler Beziehung ergänzten, und …

Und bis heute Nacht hatte Jake auch Bennys Da' gemocht.

Er versuchte sich vorzustellen, wie Benny ihn ansehen würde, wenn er erfuhr, dass a) sein Vater ein Verräter war und b) sein Freund ihn verpfiffen hatte. Jake traute sich zu, seinen Zorn ertragen zu können. Aber mit Bennys Schmerz würde es schwierig werden.

Du glaubst, dass er nur Schmerz empfinden wird? Einfachen

Schmerz? Denk lieber noch mal darüber nach. Benny Slightmans Welt wird nicht von allzu vielen Stützen getragen, und dies wird sie alle unter ihm wegschlagen. Jede einzelne.

Es ist doch nicht meine Schuld, dass sein Vater ein Spitzel und Verräter ist.

Aber das war auch nicht Bennys Schuld. Hätte man Slightman gefragt, hätte er wahrscheinlich behauptet, es sei nicht mal *seine* Schuld, er sei dazu gezwungen worden. Jake vermutete, dass das sogar halbwegs wahr war. *Völlig* wahr, wenn man die Dinge aus dem Blickwinkel eines Vaters betrachtete. Was war es wohl, das die Zwillingspaare der Calla besaßen und die Wölfe brauchten? Sehr wahrscheinlich etwas in ihren Gehirnen. Irgendein Enzym oder Sekret, das Einzelkinder nicht herstellten; vielleicht das Enzym oder Sekret, das für das angebliche Phänomen der »Zwillingstelepathie« verantwortlich war. Und auch Benny Slightman konnte es, was es auch sein mochte, liefern, weil Benny Slightman nämlich nur wie ein Einzelkind *wirkte*. Seine Schwester war gestorben? Nun, das war eben Pech, nicht wahr? *Verfluchtes* Pech, vor allem für den Vater, der sein einzig verbliebenes Kind liebte. Der es nicht ertragen konnte, es weggenommen zu bekommen.

Was ist, wenn Roland ihn erschießt? Wie wird Benny dich dann ansehen?

Einst, in einem anderen Leben, hatte Roland versprochen, für Jake Chambers zu sorgen, ihn dann aber in die Finsternis fallen lassen. Jake hatte geglaubt, einen schlimmeren Verrat als das könnte es nicht geben. Jetzt war er sich seiner Sache nicht so sicher. Nein, durchaus nicht sicher. Diese unglücklichen Gedanken hielten ihn noch lange Zeit wach. Erst ungefähr eine halbe Stunde bevor der erste Schimmer der Morgendämmerung den Horizont berührte, fiel er endlich in einen flachen, unruhigen Schlaf.

Kapitel 4

Der Rattenfänger

1

»Wir sind ka-tet«, sagte der Revolvermann. »Wir sind eins aus vielen.« Er nahm Callahans zweifelnden Blick wahr, der unmöglich zu übersehen war, und nickte. »Ja, Pere, du bist einer von uns. Ich weiß nicht, für wie lange, aber ich weiß, dass das so ist. Und meine Freunde wissen's auch.«

Jake nickte. Eddie und Susannah ebenfalls. Heute waren sie im Pavillon; seit Roland Jakes Geschichte gehört hatte, wollte er sich nicht mehr im Pfarrhaus treffen, nicht einmal im Garten hinter dem Haus. Er hielt es für allzu wahrscheinlich, dass Slightman oder Andy – vielleicht sogar irgendein anderer noch nicht in Verdacht geratener Freund der Wölfe – auch dort Kameras und Abhörmikrofone angebracht hatte. Der Himmel über ihnen war grau, so als drohte Regen, aber für die späte Jahreszeit war das Wetter noch bemerkenswert warm. Um die Bühne herum, auf der Roland und seine Freunde sich vor nicht allzu langer Zeit vorgestellt hatten, hatten ein paar Ladys oder Gents mit Bürgersinn das abgefallene Laub kreisförmig weggerecht, und das Gras darunter war grün wie im Sommer. Es gab *Folken*, die Drachen steigen ließen, Paare, die Hand in Hand spazieren gingen, einige fliegende Händler, die mit einem Auge nach potenziellen Kunden schielten, während sie mit dem anderen auf die tief hängenden Wolken achteten. Auf dem Musikpodium übte die Band, die sich mit solchem Elan in Calla Bryn Sturgis hineingespielt hatte, ein paar neue Stücke ein. Zwei- oder dreimal waren Einheimische auf Roland und seine Freunde zugekommen, um ein wenig mit ihnen zu plaudern, aber Roland hatte jedes Mal, ohne zu lächeln, auf eine Weise den Kopf geschüttelt, dass sie hastig den Rückzug antraten. Die Zeit für eine Freut-mich-Sie-kennen-zu-lernen-Politik war vorüber. Wie Susannah es ausdrückte, waren sie allmählich dabei, zur Sache zu kommen.

»In vier Tagen steigt die Versammlung«, sagte Roland, »diesmal mit der gesamten Einwohnerschaft, glaube ich, nicht nur mit den Männern.«

»Verdammt gut gesagt, dass die ganze Stadt zusammenkommen soll«, sagte Susannah. »Wenn du auf die Ladys zählst, die die Teller werfen und dadurch all die Schusswaffen wettmachen sollen, die wir nicht haben, wär's meiner Ansicht nach wohl nicht zu viel verlangt, sie alle in die verdammte Halle zu lassen.«

»Die Versammlungshalle dürfte kaum der richtige Ort sein, wenn alle kommen«, sagte Callahan. »Der Platz würde niemals reichen. Wir zünden die Fackeln an und halten die Versammlung am besten einfach hier draußen ab.«

»Und wenn's regnet?«, sagte Eddie.

»Wenn es regnet, werden die Leute nass«, sagte Callahan und zuckte die Achseln.

»Vier Tage bis zur Versammlung und noch neun bis zu den Wölfen«, sagte Roland. »Dies ist sehr wahrscheinlich unsere letzte Gelegenheit zu palavern, wie wir's jetzt tun – im Sitzen, mit klarem Kopf –, bis diese Sache ausgestanden ist. Wir können nicht lange bleiben, deshalb wollen wir das Beste daraus machen.« Er streckte die Hände aus. Jake ergriff eine, Susannah die andere. Im nächsten Augenblick bildeten alle fünf einen kleinen Kreis. »Sehen wir einander?«

»Sehe dich sehr gut«, sagte Jake.

»Sehr gut, Roland«, sagte Eddie.

»Sonnenklar, Süßer«, stimmte Susannah lächelnd zu.

Oy, der in ihrer Nähe im Gras herumschnüffelte, sagte nichts, aber er sah sich um und blinzelte ihnen zu.

»Pere?«, fragte Roland.

»Sehe und höre dich sehr gut«, bestätigte Callahan mit leichtem Lächeln, »und bin froh, zu euch zu gehören. Wenigstens fürs Erste.«

2

Roland, Eddie und Susannah kannten den größten Teil von Jakes Geschichte; Jake und Susannah wiederum hatten den größten Teil von Rolands und Eddies Geschichte gehört. Callahan bekam jetzt beide zu hören – in einer »Doppelvorstellung«, wie er später sagte. Pere hörte mit weit aufgerissenen Augen und gelegentlich offen stehendem Mund zu. Er bekreuzigte sich, als Jake erzählte, wie er sich in dem Schrank versteckt hatte. Und zu Eddie sagte er: »Du hast nicht im Ernst davon gesprochen, die Frauen und Kinder zu ermorden, nicht wahr? Das war doch nur ein Bluff?«

Eddie blickte zum wolkenverhangenen Himmel auf und dachte mit schwachem Lächeln darüber nach, wie es schien. Dann sah er wieder zu Callahan hinüber. »Wie ich von Roland höre, hast du für einen Kerl, der nicht Father genannt werden will, in letzter Zeit ein paar sehr kirchliche Standpunkte vertreten.«

»Wenn du von dem Gedanken daran sprichst, die Schwangerschaft deiner Frau abzubrechen …«

Eddie hob eine Hand. »Sagen wir lieber, dass ich von keinem bestimmten Vorfall spreche. Die Sache ist nur, dass wir hier eine Aufgabe zu erfüllen haben und dabei deine Hilfe brauchen. Absolut *nicht* brauchen können wir, durch einen Haufen von deinem alten katholischen Gelaber abgelenkt zu werden. Sagen wir also einfach ja, ich habe geblufft, und machen weiter. Genügt das? *Father?*«

Eddies Lächeln wirkte jetzt angestrengt und zeugte von Verärgerung. Auf seinen Backenknochen brannten hellrote Flecken.

Callahan begutachtete Eddies Gesichtsausdruck sehr sorgfältig, dann nickte er. »Ja«, sagte er. »Du hast geblufft. Wir sollten's unbedingt dabei belassen und weitermachen.«

»Gut«, sagte Eddie. Er sah zu Roland hinüber.

»Die erste Frage geht an Susannah«, sagte Roland. »Sie lautet ganz einfach: Wie fühlst du dich?«

»Recht gut«, antwortete sie.

»Du sprichst wahrhaftig?«

Sie nickte. »Ich spreche wahrhaftig, sage meinen Dank.«

»Und keine Kopfschmerzen hier?« Roland rieb sich die linke Schläfe.

»Nein. Und das nervöse Gefühl, das ich oft hatte – kurz nach Sonnenuntergang, bei Beginn der Abenddämmerung –, ist verschwunden. Und sieh mich an!« Sie ließ eine Hand über die Wölbung ihrer Brüste bis zur Taille, bis zur rechten Hüfte hinabgleiten. »Ich habe etwas von meiner Fülle verloren. Roland … ich habe irgendwo gelesen, dass wild lebende Tiere – Fleischfresser wie Wildkatzen, Pflanzenfresser wie Rotwild und Hasen – manchmal ihre Jungen absorbieren, wenn die äußeren Bedingungen zu schlecht sind, um sie auf die Welt zu bringen. Könntest du dir vielleicht vorstellen …« Sie sprach nicht weiter und sah ihn nur hoffnungsvoll an.

Roland wünschte sich, er könnte sie in dieser reizvollen Vorstellung bestärken, aber das konnte er nicht. Und innerhalb des Ka-Tet jemandem die Wahrheit vorzuenthalten war nicht mehr möglich. Er schüttelte den Kopf. Susannah machte ein langes Gesicht.

»Meines Wissens schläft sie in letzter Zeit fest«, sagte Eddie. »Keine Spur von Mia.«

»Das sagt Rosalita auch«, fügte Callahan hinzu.

»Das Weibsstück tut mich beobachtn?«, fragte Susannah in einem Ton, der verdächtig nach Detta klang. Aber sie lächelte dabei.

»Manchmal«, gab Callahan zu.

»Reden wir nicht mehr von Susannahs kleinem Kerl, wenn's beliebt«, sagte Roland. »Wir müssen über die Wölfe reden. Über sie und kaum etwas anderes.«

»Aber, Roland …«, begann Eddie.

Roland hob eine Hand. »Ich weiß, wie viele andere Dinge zu besprechen sind. Ich weiß, wie dringend sie sind. Ich weiß aber auch, dass wir Gefahr laufen, hier in Calla Bryn Sturgis zu sterben, wenn wir uns ablenken lassen, und tote Revolvermänner können niemandem helfen. Und sie gehen auch nicht ihren Weg weiter. Stimmt ihr mir zu?« Er sah einen nach dem anderen an. Keiner antwortete. Irgendwo in der Ferne sangen Kinder. Der Klang ihrer Stimmen war hoch und fröhlich und unschuldig. Irgendwas mit *commala* sangen sie.

»Es gibt allerdings schon einen weiteren Punkt, den wir abhandeln müssen«, sagte Roland. »Er betrifft dich, Pere. Und die Höhle, die jetzt Torweghöhle heißt. Wärst du bereit, durch diese Tür zu gehen und in dein Land zurückzukehren?«

»Soll das ein Scherz sein?« Callahans Augen leuchteten. »Eine Chance, dorthin zurückzukehren, wenn's auch nur für kurze Zeit ist? Du brauchst nur zu sagen, wann's losgehen soll.«

Roland nickte. »Heute Nachmittag machen du und ich vielleicht einen kleinen *paseo* dort hinauf, und ich helfe dir, durch die Tür zu gelangen. Du weißt, wo das unbebaute Grundstück liegt, ja?«

»Klar. In meinem früheren Leben muss ich tausendmal daran vorbeigekommen sein.«

»Und du weißt auch, was es mit der Postleitzahl auf sich hat?«, fragte Eddie.

»Falls Mr. Tower seinen Auftrag richtig ausgeführt hat, steht sie am Ende des Bretterzauns an der Forty-sixth Street. Das war übrigens eine großartige Idee.«

»Schreib die Zahl ab … und stell das Datum fest«, sagte Roland. »Eddie hat Recht, wir müssen versuchen, die Zeit dort drüben zu verfolgen. Komm mit beiden Angaben dann wieder zurück. Nach der Stadtversammlung hier im Pavillon musst du dann in unserem Auftrag noch einmal durch die Tür gehen.«

»Dann zu dem Ort, an dem Tower und Deepneau sich in Neuengland aufhalten?«, sagte Callahan.

»Ja«, sagte Roland.

»Solltest du sie finden, wirst du hauptsächlich mit Mr. Deepneau reden wollen«, sagte Jake. Er wurde rot, als sich nun alle ihm zuwandten, sah aber weiterhin Callahan an. »Mr. Tower ist vielleicht etwas starrköpfig …«

»Das ist die Untertreibung des Jahrhunderts«, sagte Eddie. »Bis du hinkommst, hat er wahrscheinlich ein Dutzend Antiquariate und weiß Gott wie viele Erstausgaben von *Indiana Jones's Nineteenth Nervous Breakdown* gefunden.«

»… aber Mr. Deepneau wird zuhören«, fuhr Jake fort.

»Hörn, Ake«, sagte Oy und wälzte sich auf den Rücken. »Hörn stilletz!«

Jake kraulte ihm den Bauch und sagte: »Wenn irgendjemand Mr. Tower dazu überreden kann, etwas zu tun, ist das Mr. Deepneau.«

»Okay«, antwortete Callahan nickend. »Ich höre dich wohl.«

Die singenden Kinder waren jetzt näher herangekommen. Susannah drehte sich um, konnte sie aber noch nicht sehen; sie vermutete, dass sie die Flussstraße heraufkamen. Dann würden sie in Sicht kommen, sobald sie am Mietstall vorbei waren und bei Tooks Gemischtwarenladen auf die Hauptstraße abbogen. Auf der dortigen Veranda standen bereits einige der *Folken* auf, um sie besser sehen zu können.

Roland studierte inzwischen Eddie mit leichtem Lächeln. »Als ich einmal den Ausdruck ›von etwas ausgehen‹ benützt habe, hast du eine dazu passende Redensart aus deiner Welt zitiert. Ich möchte sie gern noch einmal hören, wenn du dich daran erinnerst.«

Eddie grinste. »Wer von etwas *ausgeht,* kann leicht *eingehen* – meinst du die?«

Roland nickte. »Ein weises Wort. Trotzdem will ich jetzt eine Vermutung anstellen – sie wie einen Nagel einschlagen – und daran alle unsere Hoffnungen aufhängen, aus dieser Sache lebend herauszukommen. Das gefällt mir nicht, aber ich sehe keine andere Möglichkeit. Ich gehe davon aus, dass nur Ben Slightman und Andy gegen uns arbeiten. Dass wir im Geheimen handeln können, sobald wir die beiden ausschalten, wenn's soweit ist.«

»Bringt ihn nicht um«, sagte Jake fast unhörbar leise. Er hielt Oy an sich gedrückt und tätschelte dessen Kopf und den langen Hals fast zwanghaft hastig. Oy ertrug das Ganze geduldig.

»Erflehe deine Verzeihung, Jake«, sagte Susannah, indem sie sich mit der Hand hinter dem linken Ohr nach vorn beugte. »Ich habe dich nicht …«

»Ihr dürft ihn nicht *umbringen!«* Dieses Mal klang seine schwankende Stimme heiser, so als wäre er den Tränen nahe. »Bringt Bennys Da' nicht um. *Bitte!«*

Eddie streckte eine Hand aus und umschloss damit sanft den Nacken des Jungen. »Jake, Benny Slightmans Da' ist bereit, hundert Kinder von den Wölfen nach Donnerschlag verschleppen zu lassen, nur um den eigenen Sohn zu retten. Und du weißt, wie sie zurückkommen.«

»Das schon, aber aus seiner Sicht bleibt ihm nichts anderes übrig, weil …«

»Er hätte sich dafür entscheiden können, auf unserer Seite zu stehen«, sagte Roland. Seine Stimme klang beängstigend ausdruckslos. Fast tödlich kalt.

»Aber …«

Aber was? Jake wusste es nicht. Er hatte unablässig darüber nachgegrübelt, wusste es aber noch immer nicht. Plötzlich quollen ihm die Tränen aus den Augen und liefen ihm über die Wangen. Callahan streckte eine Hand aus, um ihn zu berühren. Jake schob sie weg.

Roland seufzte. »Wir tun, was wir können, um sein Leben zu schonen. Das verspreche ich dir. Ich weiß nicht, ob das wirklich eine Gnade ist – in dieser Stadt sind die Slightmans erledigt, falls Ende nächster Woche überhaupt noch eine Stadt existiert –, aber vielleicht können sie entlang dem Bogen nach Süden oder Norden ziehen und versuchen, irgendwo ein neues Leben zu beginnen. Und hör mir zu, Jake: Benny Slightman braucht nie zu erfahren, dass du letzte Nacht seinen Vater und Andy belauscht hast.«

Jake erwiderte seinen Blick mit einem Gesichtsausdruck, aus dem nicht recht viel Hoffnung sprach. Slightman der Ältere war ihm herzlich egal, aber er wollte wirklich nicht, dass Benny erfuhr, dass er seinen Vater verpfiffen hatte. Vermutlich war das feige, aber er wollte auf keinen Fall, dass Benny es erfuhr. »Wirklich? Ganz sicher?«

»In dieser Geschichte ist nichts sicher, aber …«

Bevor Roland den Satz zu Ende bringen konnte, strömte die Kinderschar um die Ecke. Angeführt wurde der Zug von Andy dem Kurierroboter, dessen silberne Gliedmaßen und goldener Körper im gedämpften Tageslicht sanft leuchteten. Er ging rückwärts. In einer Hand hielt er einen mit bunten Seidenbändern geschmückten Armbrustbolzen. Susannah fand, dass er wie ein Parademarschall am Unabhängigkeitstag aussah. Um die singenden Kinder zu dirigieren, schwang er seinen Marschallsstab mit übertriebenen Bewegungen wie einen Taktstock, während er ihr Lied aus seinen Lautsprechern in Kopf und Brust mit quäkender Dudelsackmusik begleitete.

»Heiliger Scheiß«, sagte Eddie. »Wie der Rattenfänger von Hameln.«

3

»Commala-come-one!
Mommy had a son!
Dass-a time 'at Daddy
Had d'mos' fun!«

Diese Strophe sang Andy allein, dann deutete er mit seinem Stab auf die Kindermeute. Sie fiel ausgelassen ein.

»Commala-come-one!
Daddy had one!
Dass-a time 'at Mommy
Had d'mos' fun!«

Fröhliches Lachen. Es waren nicht so viele Kinder, wie Susannah wegen des Lärms, den sie machten, vermutet hätte. Andy dort an ihrer Spitze zu sehen, nachdem sie Jakes Bericht gehört hatte, ließ sie frösteln. Gleichzeitig spürte sie einen zornigen Puls, der in ihrer Kehle und ihrer linken Schläfe zu schlagen begann. Dass er sie so die Straße hinunterführen konnte! Wie der Rattenfänger, Eddie hatte Recht – wie der gottverdammte Rattenfänger von Hameln.

Jetzt deutete er mit seinem improvisierten Marschallsstab auf ein hübsches Mädchen von dreizehn, vierzehn Jahren. Susannah hielt die Kleine für eines der Kinder der Familie Anselm, deren Kleinfarm unmittelbar südlich von Tian Jaffords' Farm lag. Sie sang die nächste Strophe mit heller, klarer Stimme zu demselben stampfend rhythmischen Takt, der fast (aber nicht ganz) ein Springseilrhythmus war:

»Commala-come-two!
You know what to do!
Plant the rice commala,
Don't ye be … no … foo'!«

Als die anderen dann wieder einfielen, erkannte Susannah, dass der Kinderzug sogar größer war, als sie zunächst geglaubt hatte, als er um die Ecke gebogen war, sogar beträchtlich größer. Ihre Ohren hatten ihr wahrheitsgetreuer berichtet als ihre Augen, und dafür gab es einen durchaus triftigen Grund.

»Commala-come-two [sangen sie]
Daddy no foo'!
Mommy plant commala
cause she know jus' what to do!«

Die Ansammlung von Kindern wirkte auf den ersten Blick kleiner, weil so viele Gesichter gleich waren – zum Beispiel war das Gesicht der kleinen Anselm praktisch mit dem des Jungen neben ihr identisch. Mit dem ihres Zwillingsbruders. Fast alle Kinder in dem von Andy angeführten Zug waren Zwillinge. Susannah merkte plötzlich, wie unheimlich das Ganze war – wie all die seltsamen Doubles, die sie in einer Flasche eingeschlossen angetroffen hatten. Ihr Magen begann zu rebellieren. Und sie spürte einen ersten schmerzhaften Stich über dem linken Auge. Ihre Hand wollte sich wie von allein heben, um nach der empfindlichen Stelle zu greifen.

Nein, sagte sie sich, das spüre ich nicht. Sie zwang die Hand wieder nach unten. Sie brauchte ihre Stirn nicht zu reiben. Was nicht schmerzte, brauchte man nicht zu reiben.

Andy deutete mit dem Stab auf einen stämmigen, rundlichen kleinen Jungen, der nicht älter als acht sein konnte. Der Kleine sang seine Strophe mit hohem, kindlichen Tremolo, das die anderen Kinder zum Lachen brachte.

»Commala-come-t'ree!
You know what t'be!
Plant d'rice commala
And d'rice'll make ya free!«

Worauf der Chor antwortete:

»Commala-come-t'ree!
Rice'll make ya free!
When ya plant the rice commala
You know jus' what to be!«

Andy sah Rolands Ka-Tet und schwenkte fröhlich seinen Stab. Und die Kinder winkten … diese Kinder, von denen die Hälfte sabbernd und minder zurückkommen würden, wenn der Parademarschall seinen Willen bekam. Sie würden vor Schmerzen schreiend zu riesenhafter Größe heranwachsen, um dann vorzeitig zu sterben.

»Winkt zurück«, sagte Roland und hob eine Hand. »Winkt zurück, ihr alle, um eurer Väter willen.«

Eddie bedachte Andy mit einem fröhlichen Grinsen, bei dem er die Zähne sehen ließ. »Wie geht's dir, du billiger Saftarsch vom Elektronikwühltisch?«, sagte er. Die aus seinem Grinsen dringende Stimme war leise, aber verächtlich. Er zeigte Andy beide hochgereckten Daumen. »Wie geht's dir, du Roboter-Psychopath? Gut, sagst du? Sage dir meinen Dank! Sage dir, was du mich kannst!«

Darüber musste Jake unwillkürlich laut lachen. Sie alle winkten und lächelten weiter. Die Kinder winkten und lächelten ihrerseits. Auch Andy winkte. Er führte seine fröhliche Schar weiter die Hauptstraße hinunter und ließ sie *Commala-come-four! River's at the door!* skandieren.

»Sie lieben ihn«, sagte Callahan. Dabei stand auf seinem

Gesicht ein merkwürdiger, angewiderter Ausdruck tiefer Empörung. »Generationen von Kindern haben Andy geliebt.«

»Das«, bemerkte Roland, »wird sich bald ändern.«

4

»Noch Fragen?«, fuhr Roland fort, nachdem Andy und die Kinder verschwunden waren. »Stellt sie jetzt, wenn ich bitten darf. Dies könnte eure letzte Gelegenheit sein.«

»Was ist mit Tian Jaffords?«, fragte Callahan. »Tian hat diese ganze Sache buchstäblich ins Rollen gebracht. Für ihn sollte es beim großen Showdown einen Platz geben.«

Roland nickte. »Ich habe einen Auftrag für ihn. Einen, den er gemeinsam mit Eddie ausführen wird. Pere, unterhalb von Rosalitas Häuschen steht ein schöner Außenabort. Groß. Massiv gebaut.«

Callahan zog die Augenbrauen hoch. »Aye, sage dir meinen Dank. Den haben Tian und sein Nachbar Hugh Anselm gebaut.«

»Könntest du in den nächsten Tagen außen an der Tür einen Riegel anbringen?«

»Das könnte ich, aber …«

»Wenn alles gut geht, brauchen wir den Riegel nicht, aber das weiß man ja nie.«

»Nein«, sagte Callahan. »Das weiß man wohl nie. Aber ich kann tun, was du verlangst.«

»Also, wie sieht dein Plan aus, Süßer?«, fragte Susannah. Sie sprach mit halblauter, eigenartig sanfter Stimme.

»Von einem Plan kann kaum die Rede sein. Was nicht selten ja auch von Vorteil ist. Als Wichtigstes müsst ihr euch einprägen, dass ihr nichts von dem glauben dürft, was ich sage, sobald wir hier aufstehen, unseren Hosenboden abstauben und uns wieder unter die *Folken* mischen. Vor allem nichts von dem, was ich sage, wenn ich mit der Feder in der Hand in der Versammlung aufstehe. Das meiste davon werden Lügen sein.« Er bedachte sie mit einem Lächeln. Die verblichenen blauen Augen darüber glitzerten hart wie Diamanten. »Mein Da' und Cuthberts Da' hatten eine gemeinsame Regel: Erst kommt das Lächeln, dann kommen die Lügen. Zuletzt die Schießerei.«

»Wir sind schon fast dort angelangt, oder?«, sagte Susannah. »Bei der Schießerei.«

Roland nickte. »Und die Schießerei wird so schnell passieren und so rasch vorbei sein, dass ihr euch wundern werdet, wozu all das Pläneschmieden und Palavern gut war, wenn die Sache letztlich doch stets auf die gleichen fünf Minuten voller Blut, Schmerzen und Torheit hinausläuft.« Er hielt kurz inne, dann sagte er: »Mir ist danach immer schlecht. Wie damals, als Bert und ich losgezogen sind, um uns den Gehenkten anzusehen.«

»Ich habe auch eine Frage«, sagte Jake.

»Stell sie«, forderte Roland ihn auf.

»Werden wir siegen?«

Roland schwieg so lange, dass Susannah ängstlich zumute wurde. Endlich sagte er: »Wir wissen mehr, als sie sich ausdenken. *Weit* mehr. Sie sind selbstgefällig geworden. Wenn Andy und Slightman die einzigen Ratten im Holzstoß sind, wenn das Rudel nicht aus allzu vielen Wölfen besteht, wenn uns die Teller und Patronen nicht ausgehen, dann ... ja dann, Jake, Sohn des Elmer, siegen wir.«

»Wie viele sind allzu viele?«

Roland überlegte, wobei er seine verblichenen blauen Augen nach Osten richtete. »Mehr als du glauben würdest«, sagte er schließlich. »Und hoffentlich viel mehr, als *sie* vermuten würden.«

5

Am Spätnachmittag dieses Tages stand Donald Callahan vor der nichtgefundenen Tür und richtete seine Gedanken angestrengt auf die Second Avenue im Jahr 1977. Worauf er sich vor allem konzentrierte, war das Chew Chew Mama's, in das er manchmal mit Rowan Magruder und Lupe Delgado zum Mittagessen gegangen war.

»Ich habe immer Rinderbrust gegessen, wenn sie auf der Karte stand«, sagte Callahan und bemühte sich, die aus dem finsteren Bauch der Höhle aufsteigende kreischende Stimme seiner Mutter zu ignorieren. Als er mit Roland angekommen war, hatte er zunächst nur Augen für die Bücher gehabt, die Calvin Tower hierher in Sicherheit hatte bringen lassen. So viele Bücher! Callahans sonst so großzügiges Herz wurde bei ihrem Anblick richtig gierig (und ein wenig kleiner). Sein Interesse hielt jedoch nicht lange vor – nur lange genug, um wahllos eines herauszuziehen und festzustellen, dass es *Der Virginier* von Owen Wister war. Es war schwierig, in Büchern zu schmökern, wenn tote Freunde und Angehörige einen ankreischten und mit Schimpfnamen belegten.

Im Augenblick fragte seine Mutter ihn, warum er zugelassen habe, dass ein Vampir, ein schmutziger Blutsauger, das Kruzifix zerbrach, das sie ihm geschenkt hatte. »Du warst immer schwach im Glauben«, sagte sie betrübt. »Schwach im Glauben, stark im Trinken. Ich wette, du hättest jetzt gern einen Drink, was?«

Lieber Gott, und wie gern! Whiskey. Ancient Age. Callahan merkte, dass sich auf seiner Stirn Schweißperlen bildeten. Sein Herz schlug doppelt so schnell wie sonst. Nein, *dreimal* schneller.

»Die Rinderbrust«, murmelte er. »Mit einem großen Klacks von diesem braunen Senf darauf.« Er konnte sogar die elastische Plastikflasche sehen, in der der Senf auf dem Tisch stand, und sich an die Marke erinnern. Plochman's.

»Was?«, fragte Roland hinter ihm.

»Ich habe gesagt, dass ich bereit bin«, sagte Callahan. »Wenn du's tun willst, tu's um Himmels willen jetzt.«

Roland öffnete den Kasten. Sofort stürmten die Töne des Glockenspiels wie Marodeure in glänzenden Uniformen durch Callahans Ohren in sein Gehirn, sodass er sich an die niederen Männer mit ihren auffälligen Wagen erinnert fühlte. Sein Magen schien in ihm zu schrumpfen, und aus seinen Augen schossen empörte Tränen.

Aber die Tür öffnete sich klickend, und ein Streifen helles Sonnenlicht fiel schräg hindurch und erhellte das Dunkel des Höhleneingangs.

Callahan holte tief Luft und dachte: *O Maria, unbefleckte Mutter, bitte für uns, die wir Zuflucht bei dir nehmen.* Und trat in den Sommer des Jahres 1977.

6

Es war natürlich Mittag. Und natürlich stand er vor dem Chew Chew Mama's. Niemand schien seine Ankunft bemerkt zu haben. Auf der Tafel, die auf der Staffelei neben dem Restauranteingang stand, waren die Tagesgerichte angeschrieben:

HEY YOU, WELCOME TO CHEW-CHEW!
TAGESGERICHTE FÜR DEN 24. JUNI

BEEF STROGANOFF
RINDERBRUST (MIT KOHL)
TACOS ›RANCHO GRANDE‹
HÜHNERSUPPE

VERSUCHEN SIE UNSEREN
GEDECKTEN APFELKUCHEN!

Okay, damit war eine der Fragen beantwortet. Es war der Tag nach Eddies Besuch in New York. Und was die nächste betraf …

Callahan kehrte der Forty-sixth Street vorerst den Rücken zu und ging die Second Avenue hinauf. Einmal sah er sich um und stellte fest, dass die Tür zur Höhle ihm so getreulich folgte, wie der Billy-Bumbler dem Jungen folgte. Er konnte auch Roland sehen, der dort saß und sich etwas in die Ohren steckte, wohl um das wahnsinnig machende Geklimper des Glockenspiels zu dämpfen.

Er kam genau zwei Blocks weit, bevor er mit entsetzt aufgerissenen Augen und offen stehendem Mund abrupt Halt machte. Sie hatten ihn gewarnt, dass er damit rechnen müsse, Roland *und* Eddie hatten das gesagt, aber im Grunde seines Herzens hatte Callahan ihnen nicht geglaubt. Er hatte gedacht, an diesem vollkommenen Sommertag, der sich so sehr von dem bewölkten Herbst der Calla unterschied, aus dem er kam, werde er das Manhattaner Restaurant für geistige Nahrung vollkommen intakt vorfinden. Klar, im Schaufenster könne ein Schild mit der Ankündigung WIR MACHEN URLAUB, BIS AUGUST GESCHLOSSEN hängen – irgendetwas in dieser Art –, aber es würde *da* sein. O ja.

Das war es jedoch nicht. Zumindest nicht mehr viel davon. Die Ladenfront war eine einzige ausgebrannte Hülse, die von Absperrbändern mit dem Aufdruck POLIZEILICHE ERMITTLUNGEN eingefriedet war. Als er etwas näher herantrat, konnte er verkohltes Holz, verbranntes Papier und – sehr schwach – Benzindämpfe riechen.

Vor einem der benachbarten Geschäfte, das sich Station Shoes & Boots nannte, hatte ein ältlicher Schuhputzer seinen Stand aufgebaut. Jetzt sagte er zu Callahan: »Eine Schande, nich? Gott sei Dank war die Bude leer.«

»Aye, sage meinen Dank. Wann ist das passiert?«

»Mitten in der Nacht, wann sonst? Se glauben doch nich, dass so welche Ganoven am helllichten Tag kommen und ihre Molly-

Coh'tails werfn? Genies sind die zwar keine, aber dafür sind die dann doch zu clever.«

»Könnte es nicht ein Kurzschluss gewesen sein? Oder vielleicht Selbstentzündung?«

Der ältliche Schuhputzer bedachte Callahan mit einem zynischen Blick, der *Oh, bitte!* besagte. Er wies mit einem von Schuhcreme schwarzen Daumen auf die rauchende Ruine. »Sehn Se das gelbe Band da? Glauben Se, dass die 'nen Laden, der *von selbst* in Brand geratn ist, mit gelbem Band absperrn, auf dem POLIZEILICHE ERMITTLUNGEN steht? Niemals, mein Freund. *No way, José.* Cal Tower war bei den bösen Jungs verschuldet. Bis zu den Augenbrauen. Das wusst hier aufm Block jeder.« Der Schuhputzer zog nun selbst die Augenbrauen hoch, die buschig und weiß und verfilzt waren. »Ich mag mir sein Verlust ganich vorstelln. Hinten im Lager hat er 'n paar sehr wertvolle Bücher gehabt. *Sehr* wertvolle.«

Callahan dankte dem Schuhputzer für seine Einsichten, wandte sich ab und ging die Second Avenue entlang weiter. Unterwegs berührte er sich mehrmals heimlich und versuchte, sich selbst davon zu überzeugen, dass dies hier alles Wirklichkeit war. Er atmete die Stadtluft mit ihrem Aroma von Kohlenwasserstoffen immer wieder tief ein und genoss alle Großstadtgeräusche vom Schnauben der Busse (an manchen klebten Werbeplakate für *Charlie's Angels*) über das Rattern von Presslufthämmern bis zu dem unaufhörlichen Gehupe auf den Straßen. Als er sich Tower of Power Records näherte, blieb er wegen der aus den Lautsprechern über dem Eingang dringenden Musik einen Augenblick lang wie angewurzelt stehen. Der Song war ein Oldie, den er seit Jahren nicht mehr gehört hatte, einer, der in seiner Zeit in Lowell populär gewesen war. Irgendwas über Leute, die einem Rattenfänger nachliefen.

»Crispin St. Peters«, murmelte er. »So hat er geheißen. Großer Gott, sag Jesusmensch, ich bin wirklich hier, *ich bin wirklich in New York!*«

Wie zur Bestätigung sagte eine hörbar verärgerte Frauenstimme: »Manche Leute können vielleicht den ganzen Tag herumstehen, aber manche von uns gehen hier. Glauben Sie, Sie könnten weitergehen oder wenigstens zur Seite treten?«

Callahan murmelte eine Entschuldigung, die vermutlich nicht gehört (oder jedenfalls nicht anerkannt) wurde, und ging weiter. Dieses Gefühl, sich in einem Traum zu befinden – in einem außergewöhnlich *lebhaften* Traum –, hielt an, bis er sich der Forty-sixth Street näherte. Dann begann er die Rose zu hören, und damit veränderte sich sein ganzes Leben.

7

Anfangs war der Klang kaum mehr als ein Murmeln, aber als er näher kam, glaubte er, viele Stimmen, *engelsgleiche* Stimmen, singen zu hören. Die Gott ihre zuversichtlichen, jubilierenden Psalmen darbrachten. Er hatte noch nie so liebliche Klänge gehört und fing deshalb zu rennen an. Schließlich erreichte er den Zaun und legte die Hände daran. Er begann zu weinen, konnte die Tränen einfach nicht zurückhalten. Vermutlich starrten die Leute ihn an, aber das war ihm egal. Er verstand plötzlich vieles, was mit Roland und seinen Freunden zusammenhing, und fühlte sich erstmals als Teil ihrer Gemeinschaft. Kein Wunder, dass sie so verbissen ums Überleben kämpften, um weiterziehen zu können! Kein Wunder, wenn *dies* auf dem Spiel stand! Jenseits dieses Zauns mit seiner zerfetzten Beplankung aus Plakaten war etwas … etwas so unglaublich und absolut *Wundervolles* …

Ein junger Mann, der sein langes Haar mit einem Gummiband zusammengefasst hatte und einen aus der Stirn zurückgeschobenen Cowboyhut trug, blieb stehen und legte ihm kurz eine Hand auf die Schulter. »Hier ist's nett, was?«, sagte der Hippie-Cowboy. »Ich weiß zwar nicht genau, warum, aber das ist's wirklich. Ich komme jeden Tag einmal hierher. Soll ich dir was erzählen?«

Callahan drehte sich nach ihm um und wischte sich die tränennassen Augen. »Ja, meinetwegen gern.«

Der junge Mann fuhr sich mit einer Hand über die Stirn, dann über die Wangen. »Früher hatte ich die schlimmste Akne der Welt. Ehrlich, Pizzagesicht war gar kein Ausdruck, ich hatte ein *Hackfleisch*gesicht. Dann hab ich Ende März oder Anfang April angefangen, regelmäßig hierher zu kommen, und ... alles ist verschwunden.« Der junge Mann lachte. »Der Hautarzt, zu dem mein Dad mich geschickt hat, schreibt das dem Zinkoxid zu, aber ich glaube, dass es dieser Ort war. Irgendwas an diesem Ort. Hörst du's auch?«

Obwohl Callahans Ohren von lieblich singenden Stimmen widerhallten – er kam sich vor, als stünde er von Chören umgeben in der Kathedrale Notre Dame –, schüttelte er den Kopf. Er tat das völlig unwillkürlich.

»Nee«, sagte der Hippie mit dem Cowboyhut, »ich auch nicht. Aber manchmal *denke* ich, dass ich's tue.« Er grüßte Callahan, indem er die Rechte mit zum V gespreizten Zeige- und Mittelfinger hob. »Friede, Bruder.«

»Friede«, sagte Callahan und erwiderte das Zeichen.

Als der Hippie-Cowboy weitergegangen war, fuhr Callahan mit einer Hand über die ungehobelten Zaunbretter und ein zerfetztes Plakat, das für den Film *Krieg der Zombies* warb. Mehr als alles andere wollte er über den Zaun klettern und die Rose sehen ... vielleicht vor ihr auf die Knie sinken und sie anbeten. Aber auf den Gehsteigen herrschte Gedränge, und er hatte schon zu viele neugierige Blicke auf sich gezogen, einige zweifellos von Leuten, die wie der Hippie-Cowboy etwas von der Macht dieses Ortes ahnten. Der großen singenden Kraft hinter dem Zaun (War das nur eine Rose? Konnte es nur eine Rose sein?) würde er am besten dienen, indem er sie beschützte. Und das bedeutete, Calvin Tower vor den Kerlen zu beschützen, die seinen Laden in Brand gesteckt hatten.

Er ließ die Hand auch weiterhin die ungehobelten Bretter entlangstreifen, als er auf die Forty-sixth Street abbog. An ihrem Ende ragte auf der hiesigen Straßenseite die glasig-grüne Masse des Hotels U.N. Plaza auf. *Calla, Callahan,* dachte er, und dann: *Calla, Callahan, Calvin.* Und dann: *Calla-come-four, there's a rose behind the door, Calla-come-Callahan, Calvin's one more!*

Er erreichte das Ende des Zauns. Anfangs konnte er nichts entdecken, und ihn verließ schon der Mut. Dann richtete er den Blick etwas tiefer und fand das Gesuchte schließlich in Kniehöhe: eine fünfstellige Zahl in schwarzer Schrift. Callahan griff in die Tasche, um den Bleistiftstummel herauszuholen, den er immer bei sich trug, und riss dann eine Ecke eines Plakats ab, das für ein Off-Broadway-Theaterstück mit dem Titel *Dungeon Plunger, A Revue* warb. Er kritzelte die fünf Ziffern auf den Papierfetzen.

Er wollte nicht fortgehen, aber er wusste, dass er das tun musste; in unmittelbarerer Umgebung der Rose war klares Denken unmöglich.

Ich komme wieder, erklärte er ihr, und zu seiner freudigen Überraschung antwortete ihm ein Gedanke, klar und deutlich: *Ja, Father, jederzeit. Come-commala.*

An der Ecke Second und Forty-sixth sah er sich um. Die Tür zur Höhle war noch immer da; ihr unterer Rand schwebte knapp eine Handbreit über dem Gehsteig. Ein Paar in mittlerem Alter, den Stadtführern in ihren Händen nach zu urteilen, waren es Touristen, kam aus Richtung des Hotels heran. Die beiden erreichten miteinander plaudernd die Tür und machten einen Bogen um sie. *Sie sehen sie nicht, aber sie spüren sie,* dachte Callahan. Aber wenn auf dem Gehsteig solches Gedränge geherrscht hätte, dass ein Ausweichen unmöglich gewesen wäre? Er vermutete, dass sie in diesem Fall geradewegs durch die Stelle gegangen wären, an der die Tür schimmernd hing, vielleicht ohne mehr als einen flüchtigen kalten Hauch und ein vorübergehendes Schwindelgefühl zu spüren. Vielleicht hätten sie, ganz schwach, den bitteren Klang des Glockenspiels gehört und einen Hauch von etwas wie angebrannten Zwiebeln oder versengtem Fleisch wahrgenommen. Und nachts darauf hätten sie vielleicht flüchtig von Orten geträumt, die weit seltsamer als die Fun City waren.

Er konnte durch die Tür zurückkehren, sollte es vielleicht sogar tun; er hatte gefunden, was er hatte holen sollen. Aber ein Spaziergang in flottem Tempo würde ihn zur New York Public Library, der öffentlichen Bibliothek, bringen. Dort, hinter den steinernen Löwen, konnte selbst ein Mann ohne Geld in der Tasche einige Informationen bekommen. Zum Beispiel, welchen Ort eine bestimmte Postleitzahl bezeichnete. Außerdem – sag die Wahrheit und beschäme den Teufel – wollte er New York noch nicht gleich verlassen.

Er wedelte mit den Händen, bis der Revolvermann auf ihn aufmerksam würde. Ohne auf die Blicke der Passanten zu achten, spreizte Callahan alle zehn Finger in der Luft – einmal, zweimal, dreimal –, wusste aber nicht, ob der Revolvermann verstehen würde, was er ihm signalisieren wollte. Roland schien es zu verstehen. Er nickte übertrieben deutlich, dann reckte er zusätzlich die Daumen hoch.

Callahan setzte sich in Bewegung und ging so rasch, dass es fast einem Joggen gleichkam. Auch wenn New York eine noch so angenehme Abwechslung darstellte, durfte er nicht trödeln. Wo Roland wartete, konnte es nicht angenehm sein. Und wie er von Eddie wusste, konnte es sogar gefährlich sein.

8

Der Revolvermann hatte keine Mühe, Callahans pantomimische Mitteilung zu verstehen. Dreißig Finger, dreißig Minuten. Der Pere wollte noch eine halbe Stunde auf der anderen Seite bleiben. Roland vermutete, dass der Mann eine Möglichkeit kannte, wie die auf den Zaun geschriebene Zahl sich in die Bezeichnung eines tatsächlichen Ortes verwandeln ließ. Wenn er das schaffte, umso besser. Wissen war Macht. Und manchmal, wenn die Zeit drängte, war Geschwindigkeit das auch.

Die Patronen in seinen Ohren sperrten die Stimmen völlig aus. Das Glockenspiel war noch zu hören, aber selbst dessen Klang war gedämpft. Das war sehr zu begrüßen, war dieser Klang doch weit schlimmer als das Heulen der Schwachstelle. Hätte er das Glockenspiel ein paar Tage lang ertragen müssen, wäre er vermutlich reif fürs Tollhaus gewesen, aber eine halbe Stunde lang konnte er es aushalten. Schlimmstenfalls konnte er ja etwas durch die Tür werfen, um den Pere so auf sich aufmerksam zu machen und ihm zu bedeuten, er solle vorzeitig zurückkommen.

Roland beobachtete einige Zeit lang, wie die Straße vor Callahan abrollte. Durch die Türen am Strand hatte er gewissermaßen mit den Augen seiner drei gesehen: Eddie, Odetta, Jack Mort. Diese Tür hier war etwas anders. In ihr konnte er ständig Callahans Rücken sehen – oder sein Gesicht, wenn der Mann sich umsah, was er auch häufig tat.

Um sich die Zeit zu vertreiben, stand Roland auf, um in einigen der Bücher zu blättern, die Calvin Tower so viel bedeuteten, dass er ihre Sicherheit zu einer Voraussetzung für seine Kooperation gemacht hatte. Auf dem Umschlag des ersten Buchs, das Roland herauszog, war ein Männerkopf im Profil abgebildet. Der Mann rauchte eine Pfeife und trug eine Art Wildhütermütze. Cort hatte eine Mütze dieser Art gehabt, und Roland hatte sie immer viel flotter gefunden als den alten Dayrider seines Vaters mit den

Schweißflecken und der ausgefransten Zugschnur. Die Wörter auf dem Titel stammten aus der New Yorker Welt. Roland war sich sicher, dass er sie mühelos hätte lesen können, wenn er dort drüben gewesen wäre, aber das war er nun einmal nicht. Trotzdem konnte er sie einigermaßen entziffern, und das Ergebnis war fast so irritierend wie das Glockenspiel.

»Sir-lock Hones«, las er laut. »Nein, *Holmes*. Wie Odettas Vatersname. Vier … kurze … Bomane. Bomane?« Nein, das hier war ein *R*. »Vier kurze *Romane* von Sirlock Holmes.« Er schlug das Buch auf, fuhr respektvoll mit einer Hand über die Titelseite und nahm ihren Duft auf: den würzigen, leicht süßlichen Duft guten alten Papiers. Den Titel eines der Kurzromane – *Das Zeichen der Vier* – konnte er entziffern. Bis auf die Wörter *Hund* und *Studie* waren die Titel der anderen für ihn nur Kauderwelsch.

»Ein Zeichen ist ein Sigul«, sagte er. Als er sich dabei ertappte, dass er die Buchstaben des Titels zählte, musste er über sich selbst lachen. Außerdem waren es nur siebzehn. Er stellte das Buch zurück und zog ein anderes heraus, dessen Umschlagzeichnung einen Soldaten zeigte. Von dem Titel konnte er nur zwei Wörter entziffern: *die Toten*. Er zog ein drittes Buch heraus. Auf dem Umschlag küssten sich ein Mann und eine Frau. Ja, in Geschichten küssten sich immer Männer und Frauen; das gefiel den Leuten. Er stellte es zurück und blickte auf, um festzustellen, wohin Callahan inzwischen gelangt war. Er machte große Augen, als er sah, wie der Pere einen Saal betrat, in dem hohe Regale mit Büchern und den Schriften standen, die Eddie als Magda-sine bezeichnete … obwohl Roland noch immer nicht recht wusste, wieso Magda *sine* war oder weshalb darüber so viel geschrieben werden sollte.

Er zog ein weiteres Buch heraus und lächelte über die Umschlagillustration. Sie zeigte eine Kirche, hinter der die Sonne rot unterging. Die Kirche erinnerte etwas an Unsere Liebe Frau die Heitere. Er schlug das Buch auf und blätterte es durch. Ein

Gewirr von Wörtern, aber er konnte nur etwa jedes dritte entziffern, falls überhaupt. Keine Abbildungen. Er wollte es schon zurückstellen, als ihm etwas ins Auge fiel. Förmlich ins Auge *sprang*. Roland hielt unwillkürlich den Atem an.

Er trat einen Schritt zurück, hörte das Flitzer-Glockenspiel nicht mehr, achtete nicht mehr auf den großen Büchersaal, den Callahan betreten hatte. Er begann das Buch mit der Kirche auf dem Umschlag zu lesen. Oder versuchte es zumindest. Vor seinen Augen verschwammen die Wörter auf irritierende Weise, und er war sich seiner Sache nicht sicher. Nicht völlig. Aber, Götter! Wenn er sah, was er zu sehen glaubte …

Seine Intuition sagte ihm, dass dies hier ein Schlüssel war. Aber zu welcher Tür?

Er wusste es nicht, konnte einfach nicht genügend Wörter entziffern, um das herauszubekommen. Aber das Buch, das er in Händen hielt, schien fast zu pulsieren. Roland kam der Gedanke, dass dieses Buch vielleicht wie die Rose war …

… aber es gab ja auch schwarze Rosen.

9

»Roland, ich habe den Ort gefunden! Er ist eine Kleinstadt namens East Stoneham mitten in Maine, ungefähr vierzig Meilen nördlich von Portland, und …« Er hielt inne, um sich den Revolvermann genauer anzusehen. »Was ist mit dir?«

»Nichts, nur das Glockenspiel«, sagte Roland rasch. »Obwohl ich mir die Ohren verstopft hatte, ist es durchgedrungen.« Die Tür war geschlossen, und das Glockenspiel war verklungen, aber die Stimmen blieben. Gegenwärtig fragte Callahans Vater, ob Donnie wirklich glaube, die Zeitschriften, die er unter dessen Bett gefunden habe, seien etwas, was ein christlicher Junge besitzen können wolle, und was wäre, wenn seine Mutter sie gefunden hätte? Als Roland vorschlug, die Höhle zu verlassen, stimmte Callahan bereitwilligst zu. An dieses Gespräch mit seinem Alten konnte er sich nur allzu gut erinnern. Es hatte damit geendet, dass sie am Fußende seines Betts kniend gebetet hatten, und die drei *Playboys* waren im Müllverbrenner hinter dem Haus gelandet.

Roland versenkte den geschnitzten Kasten in der rosa Tasche und verstaute ihn wieder sorgfältig hinter dem Schränkchen mit Towers wertvollen Büchern. Das Buch mit der Kirche auf dem Umschlag hatte er bereits wieder zurückgestellt – er hatte es auf den Kopf gestellt, um es schnell wiederfinden zu können.

Sie traten ins Freie, blieben nebeneinander stehen und atmeten die frische Luft tief ein. »Weißt du bestimmt, dass das nur das Glockenspiel war?«, fragte Callahan. »Mann, du hast ausgesehen, als wäre dir ein Gespenst begegnet.«

»Das Flitzer-Glockenspiel ist *schlimmer* als alle Gespenster«, sagte Roland. Das mochte zutreffen oder auch nicht, jedenfalls schien es Callahan zufrieden zu stellen. Als sie sich an den Abstieg machten, erinnerte Roland sich an das Versprechen, das er den anderen – und vor allem sich selbst – gegeben hatte: keine Geheimnisse innerhalb des Tets mehr. Wie schnell er sich doch bereit fand, dieses Versprechen zu brechen! Aber er hatte das Gefühl, richtig zu handeln. Er kannte zumindest einige der Namen in diesem Buch. Die anderen würden sie ebenfalls kennen. Wenn das Buch so wichtig war, wie er glaubte, würden sie später davon erfahren müssen. Aber gegenwärtig hätte es sie nur von dem bevorstehenden Kampf gegen die Wölfe abgelenkt. Sollten sie in diesem Kampf siegen, konnten sie vielleicht …

»Roland, weißt du ganz bestimmt, dass mit dir alles in Ordnung ist?«

»Ja.« Er schlug Callahan auf die Schulter. Die anderen würden das Buch lesen und feststellen können, was es bedeutete. Vielleicht war die Geschichte, die es erzählte, nur eine *Geschichte* … nur, wie konnte das sein, wenn doch …

»Pere?«

»Ja, Roland.«

»Ein Roman ist doch eine Geschichte? Eine erfundene Geschichte?«

»Ja, eine lange.«

»Aber erdacht.«

»Ja, genau das bedeutet Fiktion. Erdachtes.«

Roland dachte angestrengt darüber nach. *Charlie Tschuff-Tschuff* war ebenfalls eine erfundene Geschichte gewesen – aber auf vielfältige Weise, in vielen *entscheidenden* Punkten eben auch nicht. Und der Name der Verfasserin hatte sich mittlerweile geändert. Es gab viele verschiedene Welten, die alle vom Turm zusammengehalten wurden. Vielleicht …

Nein, nicht jetzt. Über diese Dinge durfte er jetzt nicht nachgrübeln.

»Erzähl mir von der Stadt, in die Tower und sein Freund gefahren sind«, sagte Roland.

»Das kann ich eigentlich nicht. Ich habe sie in einem der Telefonbücher für Maine gefunden, das ist alles. Und eine Postleitzahlenkarte in großem Maßstab, auf der zu sehen war, wo sie ungefähr liegt.«

»Gut. Das ist sehr gut.«

»Roland, weißt du bestimmt, dass mit dir alles in Ordnung ist?«

Calla, dachte Roland. Callahan. Er rang sich ein Lächeln ab. Zwang sich dazu, Callahan nochmals auf die Schulter zu klopfen.

»Mir geht's gut«, sagte er. »Komm, wir sehen zu, dass wir in die Stadt zurückkommen.«

Kapitel 5

Die Versammlung der *Folken*

1

Tian Jaffords war in seinem Leben nie ängstlicher gewesen als jetzt, wo er auf der Bühne des Pavillons stand und auf die *Folken* von Calla Bryn Sturgis hinabsah. Er wusste, dass dort vermutlich nicht mehr als fünfhundert Menschen standen – im äußersten Fall sechshundert –, aber sie erschienen ihm wie eine unzählige Menge, und ihr gespanntes Schweigen war entnervend. Er sah Trost suchend zu seiner Frau hinüber, fand dort aber keinen. Zalias Gesicht sah schmal und finster und verkniffen aus, das Gesicht einer alten Frau, nicht das einer Frau, die noch etliche Jahre im gebärfähigen Alter vor sich hatte.

Auch die Stimmung dieses Spätnachmittags trug nicht dazu bei, ihn zu beruhigen. Der Himmel über ihm war zwar klar, wolkenlos blau, aber für fünf Uhr war es einfach schon zu dunkel. Im Südwesten dräute eine riesige Wolkenbank, hinter der die Sonne in dem Augenblick verschwunden war, als er zur Bühne hinaufgestiegen war. Sein Gran-Pere hätte dies alles Gruselwetter genannt: *Unheil kündend,* sagt euren Dank. In der ewigen Finsternis, die Donnerschlag bezeichnete, wetterleuchteten Blitze wie aus einer Esse stiebende Funken.

Hätte ich gewusst, dass es so endet, hätte ich das alles nie angefangen, dachte er verstört. *Und diesmal wird's keinen Pere Callahan geben, der meinen armen alten Arsch aus dem Feuer rettet.* Obwohl Callahan anwesend war, bei Roland und seinen Freunden – den von den harten Kalibern – stand und die Arme, über denen sein Jesusmensch-Kreuz hing, vor seinem schlichten schwarzen Hemd mit dem Reverskragen verschränkt hatte.

Tian ermahnte sich, nicht töricht zu sein, denn Callahan *würde* ihm helfen, und die Außenwelter würden ebenfalls helfen. Sie waren *hier*, um zu helfen. Ihr Ehrenkodex *verpflichtete* sie zur Hilfeleistung, selbst wenn das ihren Tod und das Ende des Auftrags bedeutete, mit dem sie wohin auch immer unterwegs waren. Er sagte sich, dass er Roland nur das Wort zu erteilen brauchte, dann würde Roland ihm beistehen. Der Revolvermann hatte schon einmal auf dieser Bühne gestanden und die Commala getanzt und die Herzen aller gewonnen. Zweifelte Tian daran, dass es Roland erneut gelingen könnte, ihre Herzen zu erobern? Eigentlich nicht. Wovor er sich in *seinem* Herzen fürchtete, war die Angst, diesmal würde es statt eines Lebenstanzes ein Totentanz sein. War der Tod doch das, worauf dieser Mann und seine Freunde sich verstanden; er war ihr Brot und Wein. Er war der Scherbett, den sie zu sich nahmen, um ihren Gaumen zu erfrischen, wenn das Mahl vorüber war. Bei jener ersten Versammlung – lag sie wirklich noch keinen Monat zurück? – hatte Tian aus zorniger Verzweiflung gesprochen, aber ein Monat hatte ausgereicht, um die möglichen Kosten abzuwägen. Was war, wenn das Ganze ein Fehler war? Wenn die Wölfe die ganze Calla mit ihren Lichtstäben niederbrannten, ein letztes Mal die Kinder raubten, auf die sie's abgesehen hatten, und den gesamten Rest – Alte, Junge und die dazwischen – durch ihre surrenden Todeskugeln explodieren ließen?

Sie stand da, die versammelte Calla, und wartete darauf, dass er beginnen würde. Eisenharts und Overholsers und Javiers und Tooks sonder Zahl (unter Letzteren jedoch keine Zwillinge im von den Wölfen bevorzugten Alter, aye, so viel Glück hatten die Tooks); Telford, der bei den Männern stand, und seine mollige Frau, die aber ein hartes Gesicht hatte, unter den Frauen; Strongs und Rossiters und Slightmans und Hands und Rosarios und Posellas; die

Manni wieder zusammengedrängt wie ein dunkelblauer Tintenklecks, ihr Patriarch Henchick neben dem jungen Cantab, den alle Kinder liebten; Andy, ein weiterer Liebling der Kinder, der mit in die Seiten gestemmten Armen und im Halbdunkel blitzenden elektrischen blauen Augen etwas abseits stand; die Schwestern von Oriza, wie Vögel auf einem Zaundraht aufgereiht (Tians Frau war unter ihnen); und die Cowboys, die Landarbeiter, die Taglöhner, sogar der alte Bernardo, der Trunkenbold der Stadt.

Zu seiner Rechten traten diejenigen, die die Feder herumgetragen hatten, etwas unbehaglich von einem Fuß auf den anderen. Unter gewöhnlichen Umständen reichte ein Zwillingspaar völlig aus, um die Opopanaxfeder herumzutragen; in den meisten Fällen wussten die Leute weit im Voraus, worum es ging, und das Herumtragen der Feder war lediglich eine Formalität. Diesmal (das war Margaret Eisenharts Idee gewesen) waren drei Zwillingspaare gemeinsam mit der altehrwürdigen Feder unterwegs gewesen, hatten sie aus der Stadt zu Kleinfarmen, zu Ranches und zu großen Farmen gebracht. Ihr Fahrzeug war ein leichter Wagen gewesen, von Cantab gelenkt, der ungewöhnlich schweigsam und ohne ein Lied auf den Lippen auf dem Kutschbock gesessen und ein Paar zueinander passender brauner Maultiere, das gewiss nur wenig Hilfe von jemandem wie ihm brauchte, mit leisem Zungenschnalzen angetrieben hatte. Mit dreiundzwanzig Jahren die ältesten waren die Zwillinge Haggengood, im Jahr des letzten Wolfsüberfalls geboren (und nach Ansicht der meisten Leute hässlich wie die Sünde, jedoch vorbildlich gute Arbeiter, sagt euren Dank). Dann kamen die Zwillinge Tavery, diese schönen, Landkarten zeichnenden Stadtbälger. Als dritte Zwillinge (zugleich die jüngsten, obwohl sie die ältesten von Tians Brut waren) kamen Heddon und Hedda. Und es war Hedda, die ihn dazu brachte, endlich anzufangen; Tian begegnete ihrem Blick und sah, dass seine gute (wenn auch unscheinbare) Tochter die Angst ihres Vaters spürte und selbst den Tränen nahe war.

Eddie und Jake waren nicht die Einzigen, die die Stimmen anderer in ihren Köpfen hörten; Tian hörte jetzt die Stimme seines Gran-Peres. Nicht des Mannes, der Jamie jetzt war, zittrig und fast zahnlos, sondern wie er vor zwanzig Jahren gewesen war: alt, aber noch immer imstande, einen mit einem Schlag über die Flussstraße zu befördern, wenn man aufmüpfig war oder bei schwerer Arbeit nicht zupackte. Jamie Jaffords, der einst gegen die Wölfe gekämpft hatte. Etwas, was Tian gelegentlich bezweifelt hatte, was er aber nun nicht mehr tat. Weil Roland ihm glaubte.

Mach schon zu!, knurrte die Stimme in seinem Kopf. *Was trödelst und zauderst du so lange rum, Märsack? Ist doch nichts dabei, seinen Namen zu sagen und zur Seite zu treten, stimmt's? Dann kannst du – komme, was will – den Rest ihm überlassen.*

Trotzdem sah Tian noch einen Augenblick länger über die schweigende Menge hinweg, deren Ausdehnung am heutigen Abend durch Fackeln begrenzt wurde, die ihre Farben nicht wechselten – weil dies hier heute kein Fest war –, sondern nur stetig hell orangerot leuchteten. Weil er etwas sagen wollte; vielleicht etwas sagen *musste*. Und wenn es nur das Eingeständnis war, dass er einen Teil der Verantwortung für dies alles trug. Komme, was wolle.

In der Finsternis im Osten explodierten Blitze in lautlosen Funkengarben.

Roland, der wie der Pere mit verschränkten Armen dastand, begegnete Tians Blick und nickte ihm leicht zu. Selbst im warmen Fackelschein wirkten die blauen Augen des Revolvermanns kalt. Fast so kalt wie Andys. Aber das war alles, was Tian an Ermunterung brauchte.

Er nahm die Feder entgegen und hielt sie vor sich. Die Menge schien nicht einmal mehr zu atmen. Irgendwo weit jenseits der Stadt rief ein Häher, als wollte er die Nacht aufhalten.

»Vor nicht sehr langer Zeit habe ich drüben in der Versammlungshalle gestanden und euch erzählt, was ich glaube«, sagte Tian. »Dass die Wölfe, wenn sie kommen, nicht nur unsere Kinder, sondern unsere Herzen und Seelen rauben. Jedes Mal, wenn sie rauben und wir untätig dabeistehen, schneiden sie etwas tiefer. Schneidet man tief genug in einen Baum hinein, stirbt er ab. Schneidet man tief genug in eine Stadt hinein, stirbt auch sie.«

Die Stimme von Rosalita Munoz, ihr ganzes Leben lang kinderlos, hallte scharf und wild durch die versponnene Düsternis des schwindenden Tages: »Du sprichst wahr, sage dir meinen Dank! Hört ihn an, *Folken!* Hört ihn sehr wohl an!«

»Hört ihn an, hört ihn an, hört ihn wohl an!«, lief es durch die Versammlung.

»An jenem Abend ist Pere aufgestanden und hat uns berichtet, dass Revolvermänner aus Nordwesten kommen, dass sie auf dem Pfad des Balkens durch den Mittwald ziehen. Einige haben darüber gespottet, aber Pere hat wahr gesprochen.«

»Sagen unseren Dank«, erwiderten sie. »Pere hat wahr gesprochen.« Und eine Frauenstimme: »Jesus sei gelobt! Maria, die Mutter Gottes, sei gelobt!«

»Sie sind nun seit jener Zeit unter uns. Jeder, der mit ihnen reden wollte, *hat* mit ihnen geredet. Sie haben nichts versprochen, außer uns zu helfen …«

»Und sie werden weiterziehen und blutige Trümmer hinterlassen, wenn wir blöde genug sind, das zuzulassen!«, brüllte Eben Took.

Die Menge schnappte entsetzt nach Luft. Als dieser Laut verklungen war, sagte Wayne Overholser: »Schweig, du große Maulorgel.«

Took drehte sich um und starrte Overholser, den größten Farmer der Calla und seinen besten Kunden, mit vor Überraschung offen stehendem Mund an.

»Ihr Dinh ist Roland Deschain von Gilead«, sagte Tian. Das wussten sie, aber die Erwähnung solch legendärer Namen rief noch immer leises, fast klagendes Gemurmel hervor. »Aus der Innerwelt, die einst war. Wollt ihr ihn anhören? Was sagt ihr, *Folken?«*

Ihre Antwort schwoll sofort zu einem Sprechchor an. *»Ihn anhören! Ihn anhören! Wir wollen ihn bis zum Letzten anhören! Ihn anhören, sagen unseren Dank!«* Und dazu erklang ein sanftes, rhythmisches Dröhnen, das Tian nicht gleich bestimmen konnte. Dann erkannte er, was es war, und lächelte halbwegs. So klang das Trampeln von Kurzstiefeln – nicht auf dem Holzboden der Versammlungshalle, sondern hier im Freien auf Lady Rizas Gras.

Tian streckte eine Hand aus. Roland trat vor. Als er das tat, wurde das Trampeln noch lauter. Auch die Frauen fielen jetzt ein und gaben in ihren weichen Stadtschuhen ihr Bestes. Roland stieg die Stufen hinauf. Tian übergab ihm die Feder, verließ die Bühne, nahm Hedda an der Hand und bedeutete den übrigen Zwillingen, sie sollten vorausgehen. Roland stand mit der Feder in der Hand da und hielt ihren altehrwürdigen lackierten Stiel mit zwei Händen, die nur noch acht Finger zählten. Schließlich verstummte das Trampeln der Schuhe und Kurzstiefel. Die Fackeln zischten und spuckten, erhellten die emporgehobenen Gesichter der *Folken* und zeigten ihre Hoffnungen und Ängste; zeigten beides sehr wohl. Der Häher rief noch einmal, dann verstummte auch er. Im Osten zerrissen grelle Wetterstrahlen die Nacht.

Der Revolvermann stand ihnen gegenüber.

2

Scheinbar sehr lange tat er nichts anderes, als sie zu betrachten. In jedem glasigen und ängstlichen Auge las er das Gleiche. Er hatte es schon oft gesehen, und es war leicht zu deuten. Diese Menschen waren hungrig. Sie hätten zu gern etwas gekauft, um ihre unruhigen Bäuche zu füllen. Er erinnerte sich an den Pastetenmann, der in Gilead an den heißesten Sommertagen die Straßen der Unterstadt abgeklappert hatte, und dass seine Mutter ihn *Seppe-Sai* genannt hatte, um zu beschreiben, wie krank die Leute von solchen Pasteten werden konnten. *Seppe-Sai* bedeutete Todverkäufer.

Aye, dachte er, *aber meine Freunde und ich verlangen nichts dafür.*

Bei diesem Gedanken erhellte ein Lächeln seine Züge. Es wischte Jahre von seinem zerfurchten Gesicht, und aus der Menge stieg ein Seufzer nervöser Erleichterung auf. Er begann, wie er beim ersten Mal begonnen hatte: »Die Calla hat uns willkommen geheißen, hört mich an, ich bitte euch.«

Schweigen.

»Ihr habt euch uns geöffnet. Wir haben uns euch geöffnet. Ist es nicht so?«

»Aye, Revolvermann!«, rief Vaughn Eisenhart mit lauter Stimme. »So ist's!«

»Seht ihr uns als das, was wir sind, und akzeptiert ihr, was wir tun?«

Diesmal antwortete Henchick von den Manni. »Aye, Roland, wie's im Buch heißt, und sagen dir unseren Dank. Du stammst aus Elds Linie, Weiß zum Kampf gegen Schwarz erschienen.«

Diesmal entrang sich der Menge ein lang gezogener Seufzer. Irgendwo in den hinteren Reihen begann eine Frau laut zu schluchzen.

»Calla-*Folken*, wünscht ihr Hilfe und Beistand von uns?«

Eddie erstarrte. Diese Frage hatten sie in den Wochen, die sie nun in Calla Bryn Sturgis verbracht hatten, vielen Einzelpersonen gestellt, aber er hielt es für äußerst riskant, sie hier zu stellen. Was war, wenn sie Nein sagten?

Im nächsten Augenblick erkannte Eddie, dass seine Sorge überflüssig gewesen war; wenn es darum ging, seine Zuhörerschaft einzuschätzen, urteilte Roland so treffsicher wie eh und je. Einige sagten tatsächlich Nein – ein Grüppchen von Haycoxens, eine Horde von Tooks und eine kleine Ansammlung von Telfords führten die Neinsager an –, aber die meisten *Folken* brüllten sofort ein von Herzen kommendes *AYE, SAGEN UNSEREN DANK!* Einige wenige andere – Overholser war der Prominenteste unter ihnen – sagten weder Ja noch Nein. In den meisten Fällen wäre dies die klügste Reaktion gewesen, fand Eddie. Jedenfalls die *politischste* Reaktion. Aber dies war keiner der meisten Fälle; dies war der außergewöhnlichste Augenblick der Entscheidung, den die meisten dieser Leute jemals erleben würden. Siegte das Ka-Tet der Neunzehn über die Wölfe, würden die Bürger dieser Stadt sich daran erinnern, wer Nein gesagt hatte und wer geschwiegen hatte. Er fragte sich aus bloßer Neugier, ob Wayne Dale Overholser in einem Jahr hierzulande noch der große Farmer sein würde.

Aber dann eröffnete Roland das Palaver, und Eddie wandte seine gesamte Aufmerksamkeit wieder ihm zu. Seine *bewundernde* Aufmerksamkeit. Wegen der Örtlichkeit und der Umstände, in denen er aufgewachsen war, hatte Eddie jede Menge Lügen gehört. Er selbst hatte auch jede Menge erzählt, darunter einige sehr gute. Aber bevor Roland mit der Hälfte seiner Story fertig war, wurde Eddie klar, dass er vor diesem frühen Abend in Calla Bryn Sturgis noch nie ein wahres Genie der Falschzüngigkeit kennen gelernt hatte. Und …

Eddie sah sich um, dann nickte er zufrieden.

Und sie glaubten ihm jedes Wort.

3

»Als ich neulich auf dieser Bühne vor euch gestanden habe«, begann Roland, »habe ich die Commala getanzt. Und heute Abend …«

George Telford unterbrach ihn. Eddie fand ihn zu ölig und viel zu gerissen, aber am Mut dieses Mannes, der jetzt das Wort ergriff, obwohl der Strom so eindeutig in die entgegengesetzte Richtung floss, war nichts auszusetzen.

»Aye, daran erinnern wir uns, Ihr habt sie gut getanzt! Wie tanzt Ihr denn die Mortata, Roland? Erzählt mir das, ich bitte Euch.«

Missbilligendes Gemurmel aus der Menge.

»Es spielt keine Rolle, wie ich sie tanze«, sagte Roland, ohne sich im Geringsten aus der Fassung bringen zu lassen, »weil meine Tanzzeit in der Calla vorüber ist. Wir haben in dieser Stadt Arbeit zu tun, ich und die meinigen. Ihr habt uns willkommen geheißen, und wir sagen euch unseren Dank. Ihr habt uns zum Bleiben aufgefordert, habt uns um Hilfe und Beistand gebeten, deshalb fordere ich euch jetzt auf, mich sehr wohl anzuhören. In weniger als einer Woche kommen die Wölfe.«

Die Menge seufzte zustimmend. Die Zeit mochte schlüpfrig werden, aber fünf Tage waren eine Periode, mit denen die *Folken* noch sicher rechnen konnten.

»In der Nacht, bevor sie fällig sind, möchte ich sämtliche Kinder der Calla unter siebzehn Jahren dort drüben sehen.« Roland deutete nach links, wo die Schwestern von Oriza ein Zelt aufgestellt hatten. An diesem Abend hielten sich darin viele Kinder auf, aber bei weitem nicht die etwa hundert, die durch das Kommen der Wölfe gefährdet waren. Die älteren Kinder hatten den Auftrag, sich während der Versammlung um die jüngeren zu kümmern, und eine der Schwestern überzeugte sich in regelmäßigen Abständen davon, dass dort drinnen alles in Ordnung war.

»In diesem Zelt ist nicht für alle Platz, Roland«, wandte Ben Slightman ein.

Roland lächelte. »Aber in einem größeren Zelt finden sie Platz, Ben, und ich glaube, dass die Schwestern eines auftreiben können.«

»Aye, und sie sollen eine Mahlzeit bekommen, die sie nie vergessen werden!«, rief Margaret Eisenhart tapfer. Ihr Einwurf löste gutmütiges Lachen aus, das jedoch wieder erstarb, bevor es sich ganz ausbreiten konnte. Viele in der Menge überlegten sich zweifellos, dass, falls die Wölfe doch siegten, die Hälfte der Kinder, die die letzte Nacht vor dem Kommen der Wölfe auf dem Stadtanger verbrachten, ein bis zwei Wochen später nicht mal mehr ihren eigenen Namen wissen würden, ganz zu schweigen davon, was sie zuletzt gegessen hatten.

»Sie sollen hier schlafen, damit wir am Morgen darauf frühzeitig aufbrechen können«, sagte Roland. »Nach allem, was wir gehört haben, lässt sich nicht sagen, ob die Wölfe früh, spät oder mitten am Tag kommen. Wir stünden als schöne Trottel da, wenn sie besonders früh kämen und die Kinder hier im Freien erwischen würden.«

»Was hält sie davon ab, einen ganzen *Tag* zu früh zu kommen?«, rief Eben Took aufsässig. »Oder schon um Mitternacht des Vortags?«

»Das können sie nicht«, sagte Roland einfach. Und auf Grund von Jamie Jaffords' Aussage war er sich fast sicher, dass das stimmte. Wegen der Erzählung des Alten hatte er sich entschlossen, Ben Slightman und Andy in den kommenden fünf Tagen frei herumlaufen zu lassen. »Sie kommen von weit her und legen nicht die ganze Strecke im Sattel zurück. Ihr Reiseplan ist weit im Voraus festgelegt.«

»Woher wisst Ihr das?«, fragte Louis Haycox.

»Das erzähle ich lieber nicht«, sagte Roland. »Vielleicht haben die Wölfe lange Ohren.«

Darauf herrschte nachdenkliches Schweigen.

»In derselben Nacht, am Vorabend der Wölfe, brauche ich ein Dutzend Fuhrwerke, die größten der Calla, um die Kinder nach Norden aus der Stadt bringen zu lassen. Die Gespannführer bestimme ich. Begleitet werden sie von Kindsmägden, die bei ihnen bleiben, wenn die Zeit kommt. Und ihr braucht mich nicht zu fragen, wohin sie fahren; es ist besser, auch darüber nicht zu sprechen.«

Natürlich glaubten die meisten Anwesenden schon zu wissen, wohin die Kinder gebracht werden würden: in die alte Gloria. Solche Nachrichten machten von selbst die Runde, wie Roland recht gut wusste. Ben Slightman hatte an ein anderes Versteck gedacht – die südlich der Gloria liegende Redbird zwei –, aber das war auch in Ordnung.

»Hört nicht auf ihn, *Folken«*, rief George Telford, »ich bitte euch! Und auch wenn ihr zuhört, tut es um eurer Seelen und dem Leben dieser Stadt willen nicht! Was er sagt, ist Wahnsinn! Wir haben schon früher versucht, unsere Kinder zu verstecken, *aber das klappt nicht!* Und selbst wenn es das täte, würden sie bestimmt kommen und diese Stadt aus Rache anzünden, sie niederbrennen …«

»Schweig, du Feigling.« Das war Henchick, dessen Stimme trocken wie ein Peitschenknall klang.

Telford hätte trotzdem noch mehr gesagt, aber sein ältester Sohn nahm ihn am Arm und brachte ihn zum Schweigen. Das wäre allerdings nicht nötig gewesen. Das Trampeln der Kurzstiefel hatte wieder eingesetzt. Telford starrte Eisenhart ungläubig an; was er dabei dachte, stand ihm deutlich auf der Stirn geschrieben: *Du wirst dich doch nicht an dieser Verrücktheit beteiligen, oder?*

Der große Rancher schüttelte den Kopf. »Hat keinen Zweck, mich so anzusehen, George. Ich halte zu meiner Frau, und sie hält zu dem Eld.«

Diese klare Aussage wurde mit Beifall begrüßt. Roland wartete, bis er verklungen war.

»Rancher Telford spricht wahr. Die Wölfe *werden* vermutlich wissen, wo die Kinder versteckt sind. Und wenn sie kommen, steht mein Ka-Tet bereit, um sie zu empfangen. Es ist nicht das erste Mal, dass wir gegen solche Gegner antreten.«

Lärmende Zustimmung. Wieder das dumpfe Trampeln von Kurzstiefeln. Dazu auch rhythmisches Klatschen. Telford und Eben Took sahen sich mit weit aufgerissenen Augen wie Männer um, die entdecken mussten, dass sie im Tollhaus aufgewacht waren.

Als im Pavillon wieder Ruhe herrschte, sagte Roland: »Einige aus der Stadt sind bereit, an unserer Seite zu kämpfen, *Folka* mit guten Waffen. Auch das ist wieder eine Sache, über die ihr vorerst nichts Genaueres zu wissen braucht.« Aber natürlich sagte die weibliche Wortform selbst denen, die noch nichts von den Schwestern von Oriza wussten, sehr viel. Eddie musste wieder bewundern, wie geschickt Roland diese Leute irreführte; Menschenfreundlichkeit steckte jedoch keine darin. Er sah zu Susannah hinüber, die die Augen verdrehte und ihm zulächelte. Aber ihre Hand, die sie auf seinen Arm legte, war kalt. Susannah wünschte sich, diese Sache wäre vorüber. Eddie wusste genau, wie ihr zumute war.

Telford versuchte es ein letztes Mal. »Leute, hört mich an! *Dies alles ist schon versucht worden!*«

Diesmal meldete Jake Chambers sich zu Wort. »Aber nicht von Revolvermännern, Sai Telford.«

Ein wilder Aufschrei begrüßte diese Feststellung. Gleichzeitig wurde wieder geklatscht und getrampelt. Schließlich hob Roland die Hände, bis wieder Ruhe einkehrte.

»Die meisten Wölfe werden dorthin reiten, wo sie die Kinder vermuten, und wir werden sie dort erledigen«, sagte er. »Kleinere Gruppen könnten tatsächlich die Farmen und Ranches heimsuchen. Und aye, es kann passieren, dass ein paar Brände gelegt werden.«

Sie hörten schweigend und respektvoll zu, nickten und gelangten offenbar von selbst zum nächsten Punkt. Genau wie von Roland beabsichtigt.

»Ein abgebranntes Gebäude lässt sich wieder errichten. Ein minderes Kind nicht.«

»Aye«, sagte Rosalita. »Ein minderes Herz auch nicht.«

Diesmal kam das zustimmende Gemurmel hauptsächlich von den Frauen. In Calla Bryn Sturgis (wie an den meisten anderen Orten) sprachen Männer in nüchternem Zustand nicht gern über Herzensangelegenheiten.

»Hört mich jetzt an, ich will euch nämlich zumindest noch dieses eine mitteilen: Wir wissen genau, was diese Wölfe sind. Jamie Jaffords hat uns bestätigt, was wir bereits vermutet hatten.«

Das löste überraschtes Murmeln aus. Viele drehten den Kopf zur Seite. Jamie, der neben seinem Enkel Tian stand, schien seinen krummen Rücken einige Augenblicke lang zu strecken und die eingesunkene Brust tatsächlich aufzublasen. Eddie konnte nur hoffen, dass der alte Knabe im weiteren Verlauf den Mund halten würde. Falls er etwas durcheinander brachte und der Geschichte widersprach, die Roland jetzt auftischen würde, konnte er ihr Vorhaben sehr erschweren. Zum Mindesten würde das bedeuten, dass sie sich Slightman und Andy früher schnappen mussten. Und wenn Finli o' Tego – die Stimme, der Slightman aus dem Dogan Bericht erstattet hatte –, vor dem Tag der Wölfe nicht nochmals von den beiden hörte, würde er misstrauisch werden. Eddie spürte eine Bewegung der Hand auf seinem Arm. Susannah drückte ihnen jetzt den Daumen.

4

»Unter ihren Masken stecken keine lebenden Wesen«, sagte Roland. »Die Wölfe sind die untoten Diener der Vampire, die in Donnerschlag herrschen.«

Ehrfürchtiges Murmeln begrüßte diesen geschickt zusammenfabulierten Blödsinn.

»Sie sind, was meine Freunde Eddie, Susannah und Jake *Zombies* nennen. Sie können nicht durch Pfeil, Bolzen oder Kugel getötet werden, außer man trifft ihr Gehirn oder ihr Herz.« Um seine Aussage zu bekräftigen, klopfte Roland sich auf die linke Brustseite. »Und wenn sie zu ihren Überfällen unterwegs sind, tragen sie natürlich schwere Harnische unter ihrer Kleidung.«

Henchick nickte bedächtig. Das taten auch mehrere der älteren Männer und Frauen – *Folken,* die nicht nur einen, sondern schon zwei Raubzüge der Wölfe erlebt hatten. »Das erklärt vieles«, sagte er. »Aber wie …«

»Ihre Gehirne können wir nicht treffen, weil sie unter den Kapuzen Helme tragen«, sagte Roland. »Aber wir kennen solche Wesen aus Lud. Ihr schwacher Punkt liegt hier.« Er tippte sich wieder an die Brust. »Die Untoten atmen nicht, aber sie haben etwas wie Kiemen über dem Herzen. Würden sie die mit einem Harnisch bedecken, müssten sie sterben. Dort werden wir sie treffen.«

Diese Behauptung löste nachdenkliches halblautes Gemurmel aus. Und dann war Gran-Peres schrille, aufgeregte Stimme zu hören: »Jeds Wort davon ist wahr, weil hat Molly Doolin nich ein davon mit ihrm Teller getroffn, und nich mal ganz genau, und trotzdem is er vom Pferd gefalln!«

Susannah umklammerte Eddies Arm jetzt so fest, dass er ihre kurzen Fingernägel spüren konnte, aber als er sie ansah, grinste sie unwillkürlich. Auf Jakes Gesicht sah er einen ähnlichen Ausdruck. *Du bist trig genug, wenn's darauf ankommt, Alter,* dachte Eddie. *Sorry, dass ich je an dir gezweifelt habe. Sollen Andy und Slightman doch über den Fluss zurückgehen und* diesen *Scheiß berichten!* Er hatte Roland gefragt, ob sie (die gesichtslosen *sie,* für die jemand sprach, der sich Finli o' Tego nannte) diesen Blödsinn glauben würden. *Sie überschreiten den Whye seit mehr als hundert Jahren zu ihren Raubzügen und haben dabei nur einen Kämpfer verloren,* hatte Roland geantwortet. *Meiner Ansicht nach würden die alles glauben. Im Augenblick ist ihre* wirklich *verwundbare Stelle ihre Selbstgefälligkeit.*

»Bringt eure Zwillinge am Vorabend der Wölfe ab sieben Uhr

hierher«, sagte Roland. »Hier warten dann Ladys – Schwestern von Oriza, müsst ihr wissen – mit Namenslisten auf Schiefertafeln. Ich hoffe, dass es gelingt, bis neun Uhr alle Namen durchzustreichen.«

»Ihr zieht kein Strich nich durch die Namen von meinen!«, rief eine wütende Stimme aus den hintersten Reihen. Ihr Besitzer drängte sich durch die Menge nach vorn, bis er neben Jake stand. Es war ein stämmiger Mann, der eine kleine Reisfarm weit im Süden besaß. Roland durchsuchte den unordentlichen Speicher seiner jüngsten Erinnerungen (unordentlich, ja, aber nichts ging jemals verloren) und förderte schließlich einen Namen zutage: Neil Faraday. Einer der wenigen, die nicht zu Hause gewesen waren, als Roland und sein Ka-Tet zu Besuch gekommen waren ... oder jedenfalls nicht für sie zu sprechen. Nach Tians Auskunft ein fleißiger Arbeiter, aber ein noch fleißigerer Trinker. So sah er allerdings auch aus. Er hatte dunkle Ringe um die Augen, eine Säufernase und eine Vielzahl von geplatzten Äderchen auf beiden Wangen. Heruntergekommen, um das Mindeste zu sagen. Trotzdem warfen Telford und Took ihm überrascht einen dankbaren Blick zu. *Ein weiterer vernünftiger Mann in diesem Tollhaus. Den Göttern sei Dank.*

»Die nehm die Babbies trotzdem mit und brenn die nixnutzige Stadt nieder«, sagte er in so starkem Dialekt, dass seine Worte kaum zu verstehen waren. »Aber mir bleibt von jedm Wurf einer, und das sin noch immer drei, und sie sin vielleich nix wert, aber mein Haugan *schon!«* Faraday sah sich mit einem Ausdruck spöttischer Verachtung unter den Städtern um. »Soll sie doch brenn, und zum Deiwel damit«, sagte er. »Blödmänner!« Und damit verschwand er wieder in der Menge, in der überraschend viele Leute betroffen und nachdenklich wirkten. Mit seiner verächtlichen und (zumindest für Eddie) unverständlichen Tirade hatte er die Stimmung der Menge stärker beeinflusst, als es Telford und Took miteinander geschafft hatten.

Er mag bettelarm sein, aber ich glaube, dass er bei Took jetzt für mindestens ein Jahr Kredit hat, dachte Eddie. *Das heißt, falls der Laden dann noch steht.*

»Sai Faraday hat ein Recht auf seine eigene Meinung, aber ich hoffe, dass sie sich in den nächsten Tagen noch ändern wird«, sagte Roland. »Ich hoffe, dass ihr Leute ihm helfen werdet, sie zu ändern. Tut er's nämlich nicht, dürfte er wahrscheinlich nicht drei Kinder, sondern gar keines übrig behalten.« Er erhob die Stimme und sprach in die Richtung, wo Faraday finster dreinblickend stand. »Dann kann er sehen, wie's ihm gefällt, seine Felder nur mit zwei Maultieren und seiner Frau zu bestellen.«

Telford trat mit zornrotem Gesicht an den Rand der Bühne. »Schreckt Ihr vor nichts zurück, um Euren Standpunkt durchzusetzen, Ihr falschzüngiger Mann? Gibt's keine Lüge, die Ihr nicht erzählen würdet?«

»Ich lüge nicht, und ich behaupte nicht, sichere Erkenntnisse zu haben«, erwiderte Roland. »Sollte ich jemandem den Eindruck vermittelt haben, alle Antworten zu kennen, obwohl ich vor wenigen Wochen nicht einmal gewusst habe, dass es so etwas wie die Wölfe gibt, erflehe ich eure Verzeihung. Aber lasst mich euch eine Geschichte erzählen, bevor ich euch für heute eine gute Nacht wünsche. In meiner Kindheit in Gilead, vor dem Erscheinen des Guten Mannes und dem großen Brand, der darauf folgte, gab es im Osten der Baronie eine Baumfarm.«

»Wer hätte je gehört, dass man *Bäume* anpflanzt?«, rief irgendwer verächtlich.

Roland nickte lächelnd. »Vielleicht keine gewöhnlichen Bäume und nicht einmal Eisenholzbäume, aber dies waren Blossys, ein wunderbar leichtes, aber trotzdem widerstandsfähiges Hartholz. Das beste Schiffsbauholz, das es je gegeben hat. Eine dünne Scheibe davon schwebt fast in der Luft. Sie sind auf über zweitausend Morgen Land gewachsen, zehntausende von Blossholzbäumen in ordentlichen Reihen, alle unter Aufsicht des Försters der Baronie. Und die Regel, die niemals in Frage gestellt oder gar gebrochen wurde, lautete: zwei fällen, drei pflanzen.«

»Aye«, sagte Eisenhart. »Ganz ähnlich ist's mit Vieh, und bei *guter Erblinie* lautet der Rat, für jedes Tier, das man verkauft oder schlachtet, vier Stück Vieh zu behalten. Allerdings können sich das nicht viele leisten.«

Rolands Blick glitt über die Menge hinweg. »Im Sommer des Jahres, in dem ich zehn wurde, befiel eine Plage den Blossholzwald. Spinnen webten weiße Netze über den oberen Ästen mancher Bäume, die dann von oben her abstarben, verrottend unter ihrem eigenen Gewicht zusammenbrachen, lange bevor die Krankheit ihre Wurzeln erreichte. Als der Förster sah, was geschah, ließ er sofort alle noch gesunden Bäume fällen. Um das Holz zu retten, solange es noch gesund war, versteht ihr? Nun wurden nicht mehr zwei gefällt und drei gepflanzt, weil diese Regel sinnlos geworden war. Im folgenden Sommer war der Blossywald östlich von Gilead verschwunden.«

Atemloses Schweigen unter den *Folken*. Der Tag war einer vorzeitigen Abenddämmerung gewichen. Die Fackeln zischten. Die Blicke aller blieben auf das Gesicht des Revolvermanns gerichtet.

»Hier in der Calla ernten die Wölfe Kleinkinder. Und sie brauchen sich nicht einmal die Mühe zu machen, sie zu pflanzen, denn – hört mich wohl an – das ist die Art von Männern und Frauen. Das wissen sogar die Kinder. ›Daddy ist nicht dumm, wenn er die Reis-Commala pflanzt, Mami weiß genau, was sie zu tun hat.‹«

Ein Murmeln aus der Menge.

»Die Wölfe rauben, dann warten sie. Rauben … und warten. Für sie ist das sehr bequem, weil Männer und Frauen immer neue Kinder pflanzen, was auch sonst passieren mag. Aber jetzt kommt etwas Neues. Jetzt kommt eine Plage.«

»Aye, Ihr sprecht wahr«, begann Took. »Ihr seid eine Plage für …« Dann schlug ihm jemand den Hut vom Kopf. Eben Took fuhr herum, suchte den Schuldigen und blickte in fünfzig unfreundliche Gesichter. Er griff sich seinen Hut vom Boden, hielt ihn an die Brust gepresst und sagte nichts weiter.

»Wenn die Wölfe sehen, dass es hier keine Kinderfarm mehr für sie gibt«, sagte Roland, »begnügen sie sich bei diesem letzten Mal nicht mit jeweils einem Zwilling, sondern rauben alle Kinder, die sie noch erwischen können. Bringt uns also ab sieben Uhr abends eure Kleinen. Das ist der beste Rat, den ich euch geben kann.«

»Habt Ihr ihnen denn eine andere Wahl gelassen?«, sagte Telford. Sein Gesicht war blass vor Angst und Wut.

Roland hatte endgültig genug von ihm. Seine Stimme wurde schneidend laut, und Telford wich unter der Wucht des Blicks seiner plötzlich funkelnden blauen Augen zurück. »Keine, um die *Ihr* Euch kümmern müsstet, Sai, sind eure Kinder doch bereits erwachsen, wie die ganze Stadt weiß. Ihr habt Eure Meinung kundgetan. Wollt Ihr jetzt nicht einfach die Klappe halten?«

Das wurde mit donnerndem Beifall und Stiefelgetrampel aufgenommen. Telford, der die Schultern hochgezogen und den Kopf gesenkt hatte und wie ein angriffslustiger Stier dastand, ertrug das Geschrei und das höhnische Johlen, so lange er konnte. Dann wandte er sich ab und drängte sich durch die Menge. Took folgte ihm. Nach kurzer Zeit waren die beiden verschwunden. Wenig später war die Versammlung zu Ende. Es gab keine Abstimmung. Roland hatte nichts zur Wahl gestellt, über das sie hätten abstimmen können.

Nein, dachte Eddie wieder, als er Susannah im Rollstuhl zur Erfrischungstheke schob, von Menschenfreundlichkeit kann wirklich keine Rede sein.

5

Kurze Zeit später suchte Roland das Gespräch mit Ben Slightman. Der Vormann, der eine Tasse Kaffee und einen Kuchenteller balancierte, stand unter einem der Fackelständer. Auch Roland hatte sich Kaffee und Kuchen geholt. Das Kinderzelt auf der Grünfläche diente vorübergehend als Erfrischungszelt. Eine lange Menschenschlange wand sich aus dem Zelt und über den Rasen. Es gab halblaute Gespräche, aber nur wenig Lachen. In Slightmans Nähe warfen Benny und Jake sich einen Springball zu, wobei sie ab und zu auch Oy mitspielen ließen. Der Bumbler kläffte fröhlich, aber die Jungen schienen in ebenso gedämpfter Stimmung zu sein wie die in der Schlange anstehenden Erwachsenen.

»Ihr habt heute Abend wohl gesprochen«, sagte Slightman, indem er seine Kaffeetasse gegen Rolands klicken ließ.

»Findet Ihr?«

»Aye. Natürlich waren die Leute für alles bereit, was Ihr vermutlich auch wusstet, da muss Faraday eine richtige Überraschung für Euch gewesen sein, aber Ihr habt sehr geschickt reagiert.«

»Ich habe nur die Wahrheit gesagt«, sagte Roland. »Wenn die Wölfe genügend aus ihrer Schar verlieren, nehmen sie, was sie kriegen können, und versuchen weitere Verluste so gering wie möglich zu halten. Legenden bekommen einen Bart, und dreiundzwanzig Jahre sind reichlich Zeit, um sich einen langen wachsen zu lassen. Die *Folken* der Calla rechnen damit, dass es drüben in Donnerschlag tausende von Wölfen gibt, vielleicht sogar Millionen, aber ich glaube nicht, dass dem so ist.«

Slightman starrte ihn fasziniert an. »Warum nicht?«

»Weil alle Dinge ablaufen«, sagte Roland einfach. Und dann: »Ihr müsst mir etwas versprechen.«

Slightman beäugte ihn misstrauisch. Seine Brillengläser glitzerten im Fackelschein. »Wenn ich's kann, Roland, gern.«

»Sorgt dafür, dass Euer Sohn in vier Nächten, von heute an gezählt, hier ist. Seine Schwester ist tot, aber ich bezweifle, dass ihn das in den Augen der Wölfe zu einem Einzelkind macht. Er besitzt höchstwahrscheinlich noch immer das, was sie in den hiesigen Kindern suchen.«

Slightman strengte sich nicht an, seine Erleichterung zu verbergen. »Aye, ich bringe ihn natürlich her. Ich hatte nie etwas anderes vor.«

»Gut. Und ich habe einen Auftrag für Euch, wenn Ihr ihn übernehmen wollt.«

Das Misstrauen kehrte zurück. »Was für ein Auftrag wäre das?«

»Ich dachte ursprünglich, sechs würden ausreichen, um die Kinder zu hüten, während wir die Wölfe erledigen, aber dann hat Rosalita gefragt, was sie tun sollten, wenn die Kinder vor Angst in Panik gerieten.«

»Ah, aber dann sind sie doch schon in einem Stollen, oder?«, sagte Slightman, indem er die Stimme senkte. »In einem Stollen kommen Kinder nicht sehr weit, selbst wenn sie Angst haben.«

»Weit genug, um gegen eine Wand zu rennen und sich den Schädel einzuschlagen oder im Dunkeln in einen Schacht zu stürzen. Sollte es wegen des Geschreis und des Rauchs und der Schüsse zu einer Stampede kommen, könnten sie in der Dunkelheit alle in einen Schacht stürzen. Deshalb habe ich beschlossen, die Kinder von zehn Personen beaufsichtigen zu lassen. Ich möchte, dass Ihr einer davon seid.«

»Roland, ich fühle mich geschmeichelt.«

»Ist das ein Ja?«

Slightman nickte.

Roland musterte ihn. »Ihr wisst, dass die Erwachsenen, die auf die Kinder aufpassen, wahrscheinlich sterben müssen, falls wir unterliegen?«

»Dächte ich, dass Ihr verlieren könntet, würde ich niemals mit hinausfahren.« Er machte eine Pause. »Oder den eigenen Sohn hinschicken.«

»Danke, Ben. Ihr seid ein guter Mann.«

Slightman senkte die Stimme noch mehr. »Welche der Minen soll's denn sein? Die Gloria oder die Redbird?« Und als Roland nicht sofort antwortete: »Ich verstehe natürlich, wenn Ihr's lieber nicht sagen wollt …«

»Daran liegt's nicht«, sagte Roland. »Die Entscheidung ist nur noch nicht gefallen.«

»Aber es wird eine oder die andere.«

»Oh, aye, wo sonst?«, sagte Roland geistesabwesend und fing an, sich eine Zigarette zu drehen.

»Und Ihr werdet versuchen, sie von oberhalb anzugreifen?«

»Würde nicht klappen«, sagte Roland. »Der Winkel stimmt nicht.« Er klopfte sich über dem Herzen an die linke Brust. »Denkt daran, man muss sie hier treffen. Andere Stellen … zwecklos. Selbst eine Kugel, die Panzerung durchschlagen könnte, würde einem *Zombi* nicht viel schaden.«

»Das ist ein Problem, oder nicht?«

»Es ist eine Gelegenheit«, verbesserte Roland ihn. »Ihr kennt die Geröllhalde unterhalb der Ausgänge der alten Granatminen?«

»Aye. Und?«

»Dort verstecken wir uns. *Unterhalb* dieser Stollen. Und wenn sie auf uns zureiten, tauchen wir plötzlich auf und …« Roland zielte mit Daumen und Zeigefinger auf Slightman und tat so, als betätige er einen Abzug.

Auf dem Gesicht des Vormanns breitete sich ein Lächeln aus. »Roland, das ist großartig!«

»Nein«, widersprach Roland, »nur einfach, das ist alles. Aber Einfachheit ist meistens am besten. Ich glaube, wir werden sie überraschen können. Umzingeln und nacheinander abschießen. Mit dieser Taktik habe ich schon einmal Erfolg gehabt. Kein Grund, warum das nicht wieder gelingen sollte.«

»Nein. Ich wüsste auch keinen.«

Roland sah sich um. »Am besten reden wir nicht über solche Dinge, Ben. Ich weiß, dass *Ihr* zuverlässig seid, aber …«

Ben nickte hastig. »Kein Wort mehr, Roland, ich verstehe.«

Der Springball rollte Slightman vor die Füße. Sein Sohn streckte lächelnd die Hände danach aus. »Pa! Wirf!«

Ben warf, so kräftig er konnte. Der Ball segelte genau wie Mollys Teller in Gran-Peres Geschichte. Benny sprang hoch, fing ihn mit einer Hand auf und lachte wieder. Sein Vater lächelte ihm liebevoll zu, dann sah er zu Roland hinüber. »Sie passen großartig zusammen, nicht wahr? Eurer und meiner?«

»Aye«, sagte Roland und lächelte dabei halbwegs. »Fast wie Brüder, das steht fest.«

6

Das Ka-Tet kehrte gemächlich ins Pfarrhaus zurück. Sie ritten zu viert nebeneinander und spürten jeden Blick, der ihnen in der Stadt folgte: dem Tod zu Pferd.

»Zufrieden damit, wie's gelaufen ist, Süßer?«, fragte Susannah an Roland gewandt.

»Einigermaßen«, sagte er, während er sich eine Zigarette drehte.

»Ich möchte auch mal eine davon probieren«, sagte Jake plötzlich.

Susannah warf ihm einen Blick zu, der entsetzt und belustigt zugleich war. »Jetzt aber mal halblang, Süßer – du bist noch nicht mal dreizehn!«

»Mein Dad hat damit angefangen, als er zehn war.«

»Und mit fünfzig ist er wahrscheinlich tot«, sagte Susannah streng.

»Wär kein großer Verlust«, murmelte Jake, aber er ließ das Thema fallen.

»Was ist mit Mia?«, fragte Roland, indem er ein Zündholz mit dem Daumennagel anriss. »Verhält sie sich ruhig?«

»Wenn ihr Jungs nicht wärt, würde ich wahrscheinlich gar nicht glauben, dass es dieses Weibsstück überhaupt gibt.«

»Und dein Bauch verhält sich auch ruhig?«

»Ja.« Susannah vermutete, dass jeder bestimmte Regeln fürs Lügen hatte; wollte man eine erzählen, so besagte ihre Regel, tat man sein Bestes, sich kurz zu fassen. Falls sie wirklich einen kleinen Kerl in ihrem Bauch hatte – irgendeine Art Ungeheuer –, würde sie es in einer Woche oder so zulassen, dass die anderen sich gemeinsam mit ihr darüber Sorgen machten. Das hieß, falls sie dann noch imstande waren, sich wegen irgendetwas Sorgen zu machen. Vorerst brauchten sie jedoch nichts von den kleinen Krämpfen zu wissen, die sie ab und zu plagten.

»Dann ist ja alles in Ordnung«, sagte der Revolvermann. Sie ritten eine Zeit lang schweigend weiter, bis Roland plötzlich sagte: »Hoffentlich könnt ihr beiden Jungs schaufeln. Es gibt einiges zu graben.«

»Gräber?«, fragte Eddie, ohne recht zu wissen, ob das ein Scherz sein sollte oder nicht.

»Gräber sind erst später dran.« Roland blickte gen Himmel, aber inzwischen waren die Wolken aus Westen herangezogen und hatten die Sterne verdeckt. »Merkt euch nur eines: Es sind die Sieger, die sie graben.«

Kapitel 6

Vor dem Sturm

1

Aus der Finsternis stieg trist und anklagend die Stimme des großen Weisen und bedeutenden Junkies Henry Dean auf. »Ich bin in der Hölle, Bruderherz! Ich bin in der Hölle, und ich kann keinen Fix kriegen, und *daran bist nur du schuld!*«

»Wie lange müssen wir hier bleiben, glaubst du?«, wollte Eddie von Callahan wissen. Sie hatten eben die Torweghöhle erreicht, und der kleine Bruder des großen Weisen schüttelte bereits zwei Patronen in seiner Rechten wie ein Würfelpaar – mit etwas Glück wirfst du einen Pasch, Baby braucht etwas Ruhe und Frieden. Es war der Tag nach der großen Versammlung, und als Eddie und der Pere aus der Stadt geritten waren, war ihnen die Hauptstraße ungewöhnlich ruhig vorgekommen. Man hätte fast glauben können, die Calla verstecke sich vor sich selbst, als wäre sie von dem überwältigt, wozu sie sich verpflichtet hatte.

»Es wird leider eine Weile dauern«, sagte Callahan. Er war sorgfältig (und hoffentlich unauffällig) gekleidet. In der Brusttasche seines Hemdes befand sich alles amerikanische Geld, das sie hatten zusammenkratzen können: elf verknitterte Dollar und zwei Vierteldollarmünzen. Er stellte sich vor, was für eine bittere Ironie des Schicksals es doch wäre, in einer Version von Amerika aufzutauchen, in der Lincoln auf den Eindollarscheinen und Washington auf den Fünfzigern abgebildet war. »Aber wir können's wohl in Etappen aufteilen.«

»Man muss Gott auch für Kleinigkeiten danken«, sagte Eddie und zog die rosa Tasche hinter Towers' Bücherschränkchen hervor. Er hob sie mit beiden Händen hoch und machte sich daran, sie umzudrehen, hielt dann aber inne. Er runzelte die Stirn.

»Was gibt's?«, fragte Callahan.

»Hier drinnen steckt etwas.«

»Ja, der Kasten.«

»Nein, in der *Tasche*. Ins Futter eingenäht, glaube ich. Es fühlt sich wie ein kleiner Stein an. Vielleicht hat sie ein Geheimfach.«

»Und vielleicht«, sagte Callahan, »ist dies nicht der rechte Augenblick, sich dafür zu interessieren.«

Trotzdem tastete Eddie den kleinen Gegenstand noch einmal ab. Eigentlich fühlte er sich nicht wie ein *Stein* an. Aber Callahan hatte vermutlich Recht. Sie mussten sich bereits mit genügend Rätseln herumschlagen. Dieses hier hatte bis später Zeit.

Jämmerliche Angst erfüllte Eddies Kopf und Herz, als er den Kasten aus Geisterholz aus der Tasche gleiten ließ. »Ich hasse dieses Ding. Ich habe immer das Gefühl, es könnte über mich herfallen und mich wie eine ... wie einen Taco-Chip verschlingen.«

»Das könnte es wahrscheinlich«, sagte Callahan. »Sobald du merkst, dass etwas wirklich Schlimmes passiert, Eddie, schlägst du den Deckel einfach zu.«

»Dann würdest du auf der anderen Seite festsitzen.«

»Ich wäre dort drüben schließlich kein Fremder«, sagte Callahan, der die nichtgefundene Tür betrachtete. Eddie hörte seinen Bruder; Callahan hörte seine Mutter, die ihm endlos Vorhaltungen machte, wobei sie ihn immer nur Donnie nannte. Er hasste es, Donnie genannt zu werden. »Ich warte einfach ab, bis sie wieder offen ist.«

Eddie steckte sich die Patronen in die Ohren.

»Warum erlaubst du ihm das, Donnie?«, jammerte Callahans Mutter aus der Finsternis. »Patronen in den Ohren, das ist *gefährlich!«*

»Also los«, sagte Eddie. »Sieh zu, dass du rüberkommst.« Er

öffnete den Kasten. Das Glockenspiel griff Callahans Ohren an. Und sein Herz. Die Tür nach überallhin öffnete sich mit einem Klicken.

2

Er ging hindurch, indem er fest an zwei Dinge dachte: das Jahr 1977 und die Herrentoilette im Erdgeschoss der New York Public Library. Er fand sich in einer WC-Kabine mit Graffiti an den Wänden (unter anderem war BANGO SKANK dort gewesen) und dem Geräusch der Wasserspülung eines Urinals zur Linken wieder. Er wartete, bis der andere Bibliotheksbesucher die Toilette verlassen hatte, dann trat er aus der Kabine.

Er brauchte nur zehn Minuten, um zu finden, was er benötigte. Als er durch die Tür in die Höhle zurücktrat, trug er ein Buch unter dem Arm. Er forderte Eddie auf, mit ihm ins Freie zu kommen, und brauchte ihn dahingehend nicht zweimal zu bitten. In der frischen Luft und bei windigem Sonnenschein (die Wolken des vergangenen Abends waren fortgeblasen) zog Eddie die Patronen aus den Ohren und begutachtete das Buch. Es hieß *Yankee Highways*.

»Der Father klaut aus Bibliotheken«, bemerkte Eddie trocken. »Du gehörst genau zu den Leuten, wegen denen die Leihgebühren steigen.«

»Ich bring es ja irgendwann zurück«, sagte Callahan. Es schien sein Ernst zu sein. »Wichtig ist nur, dass ich diesmal einen Treffer gelandet habe. Schlag Seite hundertneunzehn auf.«

Eddie tat wie geheißen. Das Foto zeigte eine schlichte weiße Kirche, die oberhalb einer unbefestigten Straße auf einem Hügel stand. *East Stoneham Methodist Meeting Hall,* so lautete die Bildunterschrift. *1819 erbaut.* Eddie dachte: *Die Quersumme ergibt neunzehn. Selbstverständlich.*

Als er das Callahan gegenüber erwähnte, nickte der und lächelte. »Fällt dir sonst noch was auf?«

Natürlich war ihm etwas aufgefallen. »Sieht wie die Versammlungshalle der Calla aus.«

»Allerdings! Sie sind sozusagen Zwillinge.« Callahan atmete tief durch. »Bist du bereit zur zweiten Runde?«

»Von mir aus.«

»Diesmal dürfte es länger dauern, aber du brauchst dich ja nicht zu langweilen. Hier steht reichlich Lesestoff.«

»Ich glaube kaum, dass ich zum Lesen komme«, sagte Eddie. »Ich bin zu beschissen nervös, entschuldige mein Französisch. Vielleicht sollte ich lieber nachsehen, was da im Futter der Tasche versteckt ist.«

Aber Eddie sollte den Gegenstand im Futter der rosa Bowlingtasche zu guter Letzt vergessen, als es so weit war; es war Susannah, die ihn schließlich fand, und nachdem sie das getan hatte, war sie nicht mehr sie selbst.

3

Callahan, der an 1977 dachte und das Buch auf der Seite mit dem Methodistenpfarrheim in East Stoneham aufgeschlagen hielt, trat zum zweiten Mal durch die nichtgefundene Tür. Er fand sich an einem strahlend schönen Morgen in Neuengland wieder. Die Kirche stand noch da, aber seit das Foto für *Yankee Highways* gemacht worden war, hatte sie einen zweifarbigen Anstrich bekommen, und die Straße war asphaltiert worden. In der Nähe stand zudem ein Gebäude, das nicht auf dem Foto war: der East Stoneham General Store. Gut.

Er ging von der schwebenden Tür gefolgt dort hinunter und rief sich nochmals ins Gedächtnis zurück, dass er den einen der beiden Vierteldollar – jenen, den er selbst in die andere Welt mitgebracht hatte – nur im äußersten Notfall ausgeben durfte. Das von Jake stammende Geldstück war 1969 geprägt worden, was in Ordnung war. Seines jedoch stammte aus dem Jahr 1981, und das war *nicht* in Ordnung. Während er an den Mobil-Zapfsäulen vorbeiging (wo die Gallone Normalbenzin neunundvierzig Cent kostete), ließ er die Münze in seine Gesäßtasche gleiten.

Als er den Gemischtwarenladen betrat – in dem es fast genau wie in dem von Took roch –, bimmelte ein Glöckchen über der Ladentür. Gleich links neben dem Eingang lag ein kleiner Stapel von Exemplaren der Zeitung *Portland Press-Herald* – und das Datum versetzte ihm einen hässlichen kleinen Schock. Als er das Buch aus der New York Public Library mitgenommen hatte, seiner inneren Uhr nach vor kaum einer halben Stunde, war der 26. Juni gewesen. Das Datum auf diesen Tageszeitungen hier war der 27. Juni.

Er nahm sich eine, überflog die Schlagzeilen (Hochwasser in New Orleans, der übliche Unfriede unter den mörderischen Idioten im Nahen Osten) und stellte fest, dass sie zehn Cent kostete. Gut. Also würde er auf seinen Vierteldollar von 1969 fünfzehn Cents rausbekommen. Vielleicht würde er sich davon ja ein Stück von der guten alten Salami »Made in the USA« kaufen. Als er an die Ladentheke trat, betrachtete der Verkäufer ihn gut gelaunt.

»Wär's das?«, fragte er.

»Na ja, vielleicht nicht ganz«, sagte Callahan. »Ich könnte eine Wegbeschreibung zur Post brauchen, wenn's beliebt.«

Der Verkäufer zog eine Augenbraue hoch und lächelte. »Der Sprache nach sind Sie irgendwo aus dieser Gegend.«

»Finden Sie?«, sagte Callahan und lächelte ebenfalls.

»Ayuh. Egal, zur Post kommen Sie jedenfalls ganz leicht. Ungefähr eine Meile immer die Straße entlang, auf der linken Seite.« Er sprach das Wort Straße genau so aus, wie es Jamie Jaffords getan hätte.

»Wunderbar. Und verkaufen Sie Salami scheibchenweise?«

»Ich verkaufe sie auf ziemlich jede Weise, die Ihnen gefällt«, sagte der Verkäufer freundlich. »Sommergast, nicht wahr?« Das kam als *Sommagast* heraus, und Callahan erwartete fast, dass der andere noch *Erzählt's mir, ich bitte Euch* hinzufügen würde.

»So könnte man's wahrscheinlich nennen«, sagte Callahan.

4

In der Höhle kämpfte Eddie gegen das leise, aber schier wahnsinnig machende Klimpern des Glockenspiels an und spähte durch die halb offene Tür. Callahan ging gerade eine ländliche Straße hinunter. Schön für ihn. Inzwischen *sollte* Mrs. Deans kleiner Junge es vielleicht doch mit ein wenig Lektüre versuchen. Mit kalter (und leicht zitternder) Hand griff er in das Schränkchen und zog ein Buch heraus, das zwei Bücherrücken von dem umgekehrt hineingestellten Band entfernt war; dieses Buch hätte seinem Tag bestimmt eine andere Richtung gegeben, wenn er zufällig danach gegriffen hätte. So hielt er stattdessen aber *Vier kurze Romane von Sherlock Holmes* in der Hand. Ah, Holmes, ein weiterer großer Weiser und bedeutender Junkie. Eddie schlug *Eine Studie in Scharlachrot* auf und begann zu lesen. Gelegentlich warf er einen Blick in den Kasten, aus dem die unheimliche Kraft der Schwarzen Dreizehn pulsierte. Nach kurzer Zeit gab er seinen Leseversuch auf, betrachtete fortan nur noch die gekrümmte Glasfläche und ließ sich mehr und mehr von ihr faszinieren. Aber das Glockenspiel wurde leiser, und das war wenigstens etwas, oder nicht? Wenig später konnte er es fast gar nicht mehr hören. Und wieder kurze Zeit später kroch eine Stimme an den in seinen Ohren steckenden Patronen vorbei und begann mit ihm zu sprechen.

Eddie hörte zu.

5

»Entschuldigung, Ma'am.«

»Ayuh?« Die Postfrau, schätzungsweise Ende fünfzig oder Anfang sechzig, präsentierte sich den Postkunden mit perfekt bläulich weiß gefärbtem Haar frisch aus dem Frisiersalon.

»Ich möchte hier einen Brief für Freunde von mir deponieren«, sagte Callahan. »Sie sind aus New York und bekommen ihre Post vermutlich postlagernd.« Er hatte Eddie gegenüber behauptet, dass ein Kerl wie Calvin Tower, der auf der Flucht vor einer gefährlichen Bande war, die nichts lieber getan hätte, als seinen Kopf auf eine Stange zu spießen, nicht so dämlich sein würde, sich in die Postliste eintragen zu lassen. Eddie hatte ihn daran erinnert, wie verrückt Tower in Bezug auf seine gottverdammt kostbaren Erstausgaben gewesen war, und Callahan hatte sich schließlich bereit erklärt, es hier wenigstens zu versuchen.

»Sommergäste?«

»Wenn's beliebt«, bestätigte Callahan, aber das schien nicht ganz richtig zu sein. »Ayuh, meine ich. Sie heißen Calvin Tower und Aaron Deepneau. Ich vermute, dass das keine Auskunft ist, die Sie jemandem, der eben von der Straße reingekommen ist, geben dürften, aber …«

»Oh, um solche Dinge kümmern wir uns hier zu Lande nicht allzu sehr«, sagte sie. *Lande* kam als *Lanne* heraus. »Augenblick, ich gehe mal die Liste durch … zwischen Volkstrauertag und Tag der Arbeit haben wie so *viele …«*

Sie nahm ein Klemmbrett mit drei oder vier eingerissenen Blatt Schreibpapier von ihrer Seite der Schalters. Viele handgeschriebene Namen. Sie blätterte vom ersten Blatt zum zweiten, dann vom zweiten zum dritten um.

»Deepneau!«, sagte sie. »Ayuh, den hab ich hier. Moment … lassen Sie mich nachsehen, ob ich auch den anderen finde …«

»Danke, bemühen Sie sich nicht«, sagte Callahan. Ihm war

plötzlich unbehaglich zumute, so als wäre drüben auf der anderen Seite etwas schief gegangen. Er warf einen kurzen Blick über die Schulter, sah aber nichts als die Tür, die Höhle und Eddie, der mit einem Buch auf den Knien im Schneidersitz dasaß.

»Ist jemand hinter Ihnen her?«, fragte die Postfrau lächelnd.

Callahan lachte. Das Lachen klang in seinen Ohren gezwungen und dämlich, aber die Postfrau schien nichts Unechtes zu spüren. »Würden Sie dafür sorgen, dass Aaron sie erhält, wenn ich ihm ein paar Zeilen schreibe und in einen frankierten Umschlag stecke? Oder wenn Mr. Tower reinkommt?«

»Oh, deswegen brauchen Sie keine Briefmarke zu kaufen«, sagte sie hilfsbereit. »Das tue ich doch gern.«

Ja, die Gegend hier *war* wie die Calla. Plötzlich mochte er diese Frau. Mochte sie groß-groß gern.

Callahan trat ans Schreibpult am Fenster (die Tür tänzelte elegant zur Seite, als er sich plötzlich umdrehte) und brachte ein paar Zeilen zu Papier, indem er sich zuerst als Freund des Mannes vorstellte, der Tower gegen Jack Andolini geholfen hatte. Er forderte Deepneau und Tower auf, ihr Auto stehen zu lassen, in ihrem Blockhaus, oder wo sie sonst wohnten, einige Lampen brennen zu lassen und dann irgendwo in der Nähe umzuziehen – in eine Scheune, ein verlassenes Camp oder sogar einen Schuppen. Das sollten sie sofort tun. *Hinterlassen Sie einen Zettel mit einer genauen Wegbeschreibung unter der Fahrerfußmatte Ihres Wagens oder unter den Stufen der Hintertreppe des Hauses,* schrieb er. *Wir setzen uns dann mit Ihnen in Verbindung.* Er konnte nur hoffen, dass er das Richtige tat; sie hatten seinen Auftrag nicht so ausführlich besprochen, und er hatte nie damit gerechnet, Mantel-und-Degen-Zeug improvisieren zu müssen. Er unterschrieb, wie Roland ihn angewiesen hatte: *Callahan, aus der Linie des Eld.* Trotz seines wachsenden Unbehagens fügte er dann noch zwei weitere Zeilen an, bei denen er die Buchstaben fast ins Papier eingrub: *Und sorgt dafür, dass dieser Trip zum*

Postamt Euer LETZTER dorthin war! Wie dämlich kann man bloß sein???

Er steckte den Zettel in einen Briefumschlag, klebte ihn zu und schrieb AARON DEEPNEAU ODER CALVIN TOWER, POSTLAGERND auf die Vorderseite. Dann trat er wieder an den Schalter. »Ich kaufe gern eine Briefmarke«, erklärte er der Postfrau nochmals.

»Awo, ich kriege bloß zwei Cent für den Umschlag, dann sind wir quitt.«

Er legte ihr den Fünfer hin, den er im Gemischtwarenladen bekommen hatte, strich die drei Cent Wechselgeld ein und ging zur Tür. Zu der gewöhnlichen Tür.

»Alles Gute für Sie!«, rief die Postfrau ihm nach.

Callahan drehte den Kopf zur Seite, um sie anzusehen und sich zu bedanken. Dabei sah er flüchtig die nichtgefundene Tür, die weiter halb offen stand. Nicht zu sehen war jedoch Eddie. Eddie war verschwunden.

6

Sobald Callahan die Post verlassen hatte, wandte er sich jener merkwürdigen Tür zu. Im Allgemeinen konnte er das nicht, im Allgemeinen machte sie jeden Schwenk so geschickt mit wie eine Square-Dance-Partnerin, aber sie schien zu ahnen, wenn man durch sie zurückgehen wollte. Dann stand sie vor einem still.

Sobald er zurück war, überfiel ihn das Flitzen-Glockenspiel und schien Muster in seine Gehirnhaut zu ätzen. Aus den Tiefen der Höhle rief seine Mutter: »Siehst du, Donnie, du hast zugelassen, dass dieser nette Junge Selbstmord verübt! Jetzt kommt er auf ewig ins Fegefeuer, und das ist deine Schuld!«

Callahan hörte sie kaum. Er hastete zum Höhleneingang, die im East Stoneham General Store gekaufte Zeitung *Press-Herald* weiter unter den Arm geklemmt. Er konnte gerade noch feststellen, weshalb der Kasten nicht zugefallen war und ihn als Gefangenen in East Stoneham, Maine, um 1977 zurückgelassen hatte: Der Deckel wurde durch ein dickes Buch offen gehalten. Callahan hatte sogar noch Zeit, den Buchtitel zu lesen: *Vier kurze Romane von Sherlock Holmes.* Dann stürmte er ins Sonnenlicht hinaus.

Als er auf dem zur Höhle hinaufführenden Weg nichts sah, war er sich auf Übelkeit erregende Weise sicher, dass die Stimme seiner Mutter die Wahrheit gesagt hatte. Dann blickte er nach links und sah Eddie ungefähr dreieinhalb Meter von sich entfernt am Ende des schmalen Bergpfads stehen, wo er am Rand des Abgrunds schwankte. Sein aus dem Hosenbund gezogenes Hemd umflatterte den Griff von Rolands großem Revolver. Seine im Allgemeinen scharfen und ziemlich füchsigen Züge wirkten jetzt aufgedunsen und ausdruckslos: das benommene Gesicht eines Boxers, der stehend k.o. gegangen war. Der Wind blies ihm die Haare um die Ohren. Eddie schwankte vorwärts ... dann kniff er die Lippen zusammen, und sein Blick wirkte fast verständig. Er umklammerte einen Felsvorsprung und schwankte wieder rückwärts.

Er kämpft dagegen an, sagte Callahan sich. *Und ich weiß, dass er einen guten Kampf kämpft, aber er verliert ihn.*

Seinen Namen zu rufen hätte bedeuten können, ihn in den Abgrund zu schicken; das wusste Callahan mit der Intuition eines Revolvermanns, die in Krisenzeiten immer am schärfsten und zuverlässigsten war. Statt zu schreien, spurtete er also die restlichen Meter des hier endenden Weges hinauf und schlang sich Eddies Hemdzipfel gerade um die Rechte, als Eddie eben wieder nach vorn schwankte, wobei er diesmal die Hand von dem Felsvorsprung neben sich nahm und sie dazu benützte, mit einer unfreiwillig komischen Geste die Augen zu bedecken: *Lebwohl, grausame Welt.*

Wäre der Hemdstoff gerissen, wäre Eddie Dean zweifellos aus

dem großen Spiel des Ka ausgeschieden, aber vielleicht dienten selbst die Zipfel von handgewebten Hemden aus Calla Bryn Sturgis (ein solches trug er nämlich) auf ihre Weise dem Ka. Jedenfalls riss der Stoff nicht, und Callahan besaß noch einen Grossteil der Körperkräfte, die er in seinen langen Wanderjahren erworben hatte. Er riss Eddie zurück und schloss ihn in die Arme – jedoch nicht, bevor der jüngere Mann sich nicht noch den Kopf an dem Felsvorsprung anschlug, den er zuvor mit der Hand umklammert hatte. Eddies Lider flatterten, und er starrte seinen Retter mit einer Art stumpfsinnigen Nichterkennens an. Er murmelte etwas, was in Callahans Ohren wie unverständliches Kauderwelsch klang: *Sisat ikannum tumflien.*

Callahan packte ihn an der Schulter und schüttelte ihn. »Was? Ich verstehe dich nicht!« Daran lag ihm zwar nicht viel, aber er musste irgendeine Art Kontakt herstellen, musste Eddie von dort zurückholen, wo das verdammte Ding in dem Kasten ihn hingelockt hatte. *»Ich verstehe ... dich nicht!«*

Diesmal war die Antwort verständlich: »Sie sagt, ich kann zum Turm fliegen. Lass mich jetzt los! Ich *will* hin!«

»Du kannst nicht fliegen, Eddie.« Da er nicht bestimmt wusste, ob das angekommen war, senkte er den Kopf, bis Eddies und seine Stirn sich berührten, als wären sie ein Liebespaar. »Es hat versucht, dich umzubringen.«

»Nein ...«, begann Eddie, und dann wurde sein Blick plötzlich wieder ganz verständig. Seine fünf Zentimeter von Callahans entfernten Augen weiteten sich, als er zu verstehen begann. *»Ja!«*

Callahan hob den Kopf, hielt Eddie jedoch vorsichtshalber weiter an den Schultern fest. »Wieder alles in Ordnung mit dir?«

»Yeah. Ich glaube schon. Ach, ich hab mich anfangs gut gehalten, Father. Ich schwör's dir. Also, das Glockenspiel hat mir zugesetzt, aber sonst hat mir nichts gefehlt. Ich habe sogar ein Buch rausgezogen und zu lesen angefangen.« Er sah sich um. »Jesus, hoffentlich hab ich es nicht verloren. Sonst skalpiert Tower mich.«

»Du hast es nicht verloren. Du hast es unter den Deckel des Kastens geklemmt, was auch verdammt gut war. Sonst wäre die Tür zugefallen, und du wärst jetzt gut zweihundert Meter tiefer nichts als Mus.«

Eddie warf einen Blick in den Abgrund und wurde leichenblass. Callahan hatte gerade noch Zeit, seine Freimütigkeit zu bedauern, bevor Eddie sich über die neuen Kurzstiefel des Priesters übergab.

7

»Sie hat sich an mich angeschlichen, Father«, sagte er, als er wieder reden konnte. »Hat mich eingelullt und dann überfallen.«

»Ja.«

»Und? Hast du irgendwas erreicht, als du drüben warst?«

»Sogar sehr viel, wenn sie meinen Brief bekommen und sich daran halten. Du hattest Recht. Zumindest Deepneau hat sich in die Liste von Empfängern postlagernder Sendungen eintragen lassen. Von Tower weiß ich's nicht.« Callahan schüttelte missmutig den Kopf.

»Ich glaube, wir werden feststellen, dass Tower letztlich Deepneau dazu überredet hat«, sagte Eddie. »Cal Tower will noch immer nicht einsehen, in welchen Schlamassel er geraten ist. Nach dem, was mir gerade passiert ist – *beinahe* passiert wäre –, habe ich allerdings ein gewisses Verständnis für diese Denkweise.« Er betrachtete, was Callahan noch immer unter dem linken Arm trug. »Was ist das?«

»Zeitung von heute«, sagte Callahan und hielt sie Eddie hin. »Willst du etwas über Golda Meir lesen?«

8

Am Abend hörte Roland aufmerksam zu, als Eddie und Callahan von ihren Abenteuern in der Torweghöhle und anderswo berichteten. Der Revolvermann schien sich weniger für Eddies Nahtod-Erfahrung, als für die Ähnlichkeiten zwischen Calla Bryn Sturgis und East Stoneham zu interessieren. Er forderte Callahan sogar auf, den Dialekt des Verkäufers und der Postfrau zu imitieren, was Callahan (der schließlich früher einmal in Maine gelebt hatte) recht gut gelang.

»Wenn's beliebt«, sagte Roland, und dann: »Ayuh. Wenn's beliebt, ayuh.« Er hatte einen Stiefelabsatz auf die Brüstung der Pfarrhausveranda gelegt und saß nachdenklich da.

»Glaubst du, dass sie dort vorläufig sicher sind?«, fragte Eddie.

»Das hoffe ich«, antwortete Roland. »Wenn du dir um irgendjemands Leben Sorgen machen willst, solltest du dir um Deepneau Sorgen machen. Falls Balazar weiter irgendwie an das unbebaute Grundstück herankommen will, muss er Tower am Leben erhalten. Deepneau ist jetzt nur jemand, an dem er seine Entschlossenheit demonstrieren kann.«

»Können wir sie überhaupt bis nach der Sache mit den Wölfen sich selbst überlassen?«

»Ich sehe keine andere Möglichkeit.«

»Wir könnten diese ganze Geschichte hier sein lassen und nach East Gummistiefel rübergehen und ihn beschützen!«, sagte Eddie hitzig. »Wie wär's damit? Hör zu, Roland, ich kann dir genau sagen, warum Tower seinen Freund dazu bequatscht hat, sich in die Postliste eintragen zu lassen: Jemand verkauft ein Buch, das er unbedingt haben will, das ist der Grund. Er hat mit dem Besitzer verhandelt, und das Feilschen war gerade im entscheidenden Stadium, als ich aufgekreuzt bin und ihn dazu überredet habe, sich nach Neuengland abzusetzen. Aber Tower … Mann, der ist wie ein Schimpanse mit einer Banane in der Hand. Er lässt nicht mehr los. Falls Balazar das weiß, was ich vermute, braucht er keine Postleitzahl, um seinen Mann zu finden, sondern nur eine Liste der Leute, mit denen Tower Geschäfte gemacht hat. Und falls es so eine Liste gegeben hat, hoffe ich nur zu Gott, dass sie mit der Buchhandlung verbrannt ist.«

Roland nickte. »Das verstehe ich, aber wir können nicht von hier fort. Wir sind versprochen.«

Eddie dachte darüber nach, dann schüttelte er seufzend den Kopf. »Hol's der Teufel, noch dreieinhalb Tage hier und siebzehn dort drüben, bevor die von Tower unterschriebene Vereinbarung abläuft. So lange hält wahrscheinlich noch alles zusammen.« Er hielt inne und biss sich auf die Unterlippe. »Vielleicht.«

»Ob ›vielleicht‹ das Beste ist, worauf wir hoffen können?«, fragte Callahan.

»Yeah«, sagte Eddie. »Vorerst leider schon.«

9

Am folgenden Morgen saß eine sehr verängstigte Susannah Dean nach vorn gebeugt auf dem Außenabort am Fuß des Hügels und wartete darauf, dass ihr gegenwärtiger Kontraktionszyklus abklang. Solche Kontraktionen hatte sie nun schon seit etwas über einer Woche, aber die gegenwärtigen waren bei weitem stärker als alle vorigen. Sie legte die Hände auf den Unterleib, der auf beunruhigende Weise verhärtet war.

Du lieber Gott, was ist, wenn das Wehen sind? Was ist, wenn's jetzt losgeht?

Sie versuchte sich einzureden, es *könne* nicht losgehen, der Blasensprung sei noch nicht erfolgt und man könne davor keine richtigen Wehen haben. Aber was wusste sie eigentlich schon über den Geburtsvorgang? Sehr wenig. Selbst Rosalita Munoz, die große Erfahrung als Hebamme besaß, würde ihr nicht viel helfen können, weil sie immer nur geholfen hatte, *Menschen*babys von Müttern, die sichtbar schwanger waren, zur Welt zu bringen. Susannah sah mittlerweile weniger schwanger aus als noch bei ihrer Ankunft in der Calla. Und wenn Roland Recht hatte, was *dieses* Baby betraf …

Es ist kein Baby. Es ist ein kleiner Kerl, *und er gehört nicht mir. Er gehört Mia, wer immer sie sein mag. Mia, niemands Tochter.*

Die Krämpfe ließen nach. Ihr Unterleib erschlaffte und verlor seine steinharte Spannung. Sie tastete mit einem Finger ihre Scheide ab. Anscheinend unverändert; der Muttermund war nicht im Geringsten erweitert. Bestimmt würde noch ein paar Tage lang nichts passieren. Sie *musste* weiter durchhalten. Und obwohl sie Roland darin zugestimmt hatte, dass es innerhalb des Ka-Tet keine Geheimnisse mehr geben dürfe, fühlte sie sich verpflichtet, diese Sache für sich zu behalten. Wenn der Kampf endlich begann, würden sie zu siebt gegen vierzig oder fünfzig sein. Vielleicht gegen bis zu siebzig, wenn die Wölfe in einem Rudel beisammenblieben. Sie alle würden ihr absolut Bestes geben, sich aufs Äußerste konzentrieren müssen. Was wiederum bedeutete, dass es keine Ablenkungen geben durfte. Es bedeutete auch, dass sie dabei sein und ihren Platz einnehmen musste.

Sie riss ihre Jeans hoch, knöpfte sie zu und kehrte in den hellen Sonnenschein zurück, wobei sie sich geistesabwesend die linke Schläfe rieb. Sie sah den neuen Riegel an der Aborttür – der dort auf Rolands Wunsch hin angebracht worden war – und musste lächeln. Dann blickte sie auf ihren Schatten hinab, worauf ihr Lächeln wieder erstarrte. Als sie auf den Abort gegangen war, hatte ihre Dark Lady sich in Richtung neun Uhr erstreckt. Jetzt besagte sie, wenn es nicht schon längst Mittag war, so zumindest kurz davor.

Das ist unmöglich. Ich war nur ein paar Minuten da drin. Gerade lange genug, um zu pinkeln.

Vielleicht stimmte das auch, was sie betraf. Nur dass vielleicht Mia die restliche Zeit dort drinnen verbracht hatte.

»Nein«, sagte sie. »Das kann nicht sein.«

Aber Susannah konnte sich denken, dass dem so war. Mia herrschte noch nicht vor – noch nicht –, aber sie war im Aufsteigen begriffen. Bereitete sich darauf vor, alles zu übernehmen, wenn sie konnte.

Bitte, betete sie, während sie eine Hand an die Abortwand legte, um sich abzustützen. *Nur noch drei Tage, Gott. Gib mir noch drei Tage als ich selbst, lass uns unsere Pflicht gegenüber den Kindern dieses Orts erfüllen, und dann geschehe dein Wille. Dein Wille geschehe. Aber bitte …*

»Nur noch drei«, murmelte sie. »Und sollten sie uns dort draußen niedermachen, spielt's ohnehin keine Rolle mehr. Noch drei Tage, Gott. Erhöre mich, ich bitte dich.«

10

Einen Tag später machten Eddie Dean und Tian Jaffords sich auf die Suche nach Andy und trafen ihn schließlich allein auf der breiten, staubigen Kreuzung der Ost- und Flussstraße an, wo er einfach dastand und aus voller Kehle sang …

»Nein«, sagte Eddie, als Tian und er sich ihm näherten. »Kehle kann man nicht sagen, er *hat* keine Kehle.«

»Verzeihung?«, sagte Tian.

»Schon gut«, sagte Eddie. »Unwichtig.« Aber durch einen Assoziationsprozess – von der Kehle zu allgemeiner Anatomie – war ihm eine Frage eingefallen. »Tian, gibt's hier in der Calla eigentlich einen Arzt?«

Tian sah ihn überrascht und in gewisser Weise belustigt an. »Nicht bei uns, Eddie. Medizinmänner sind vielleicht was für reiche Leute, die Zeit haben, um hinzugehen, und Geld, um dafür zu bezahlen, aber wenn *wir* krank werden, gehen wir zu einer der Schwestern.«

»Zu den Schwestern von Oriza.«

»Yar. Wenn die Medizin gut ist – das ist sie meistens auch –, werden wir gesund. Ist sie's nicht, werden wir kränker. Letzten Endes kuriert das Grab alles, verstehst du?«

»Ja«, sagte Eddie und überlegte sich, wie schwierig es für sie sein musste, in diesem Denkschema mindere Kinder unterzubringen. Die minder Zurückkommenden starben irgendwann, das ja, aber über Jahre hinweg … vegetierten sie nur.

»Jeder Mann besteht sowieso nur aus drei Boxen«, sagte Tian, als sie sich dem einsamen singenden Roboter näherten. Weit im Osten, zwischen Calla Bryn Sturgis und Donnerschlag, konnte Eddie mehrere Staubsäulen erkennen, die in den blauen Himmel aufstiegen, obwohl es hier völlig windstill war.

»Boxen?«

»Aye, gewisslich wahr«, sagte Tian, dann berührte er rasch nacheinander die Stirn, die Brust und den Hintern. »Kopfbox, Tittenbox, Scheißbox.« Und er lachte herzhaft.

»Sagt ihr das wirklich?«, fragte Eddie grinsend.

»Na ja … hier draußen unter uns mag's angehen«, sagte Tian, »obwohl ich glaube, dass keine wirkliche Lady die Boxen an ihrem Tisch so bezeichnet hören möchte.« Er berührte wieder Stirn, Brust und Hintern. »Denkbox, Herzbox, Kibbelbox.«

Eddie verstand *Kippelbox*. »Was bedeutet das letzte Wort? Was gibt's da zu kippeln?«

Tian machte Halt. Andy musste sie sehen können, aber er ignorierte sie, während er in einer Eddie unbekannten Sprache eine Opernarie zu singen schien. Dabei hob er manchmal die Arme, als gehörten die Gesten zu der Arie, die er gerade sang.

»Hör mich an«, sagte Tian freundlich. »Ein Mann ist in Abschnitte unterteilt, musst du wissen. Ganz oben sind seine Gedanken, die der beste Teil eines Mannes sind.«

»Oder einer Frau«, sagte Eddie und lächelte.

Tian nickte ernsthaft. »Aye, oder einer Frau, aber wir benützen das Wort *Mann* für beide, weil die Frau aus dem Odem des Mannes geboren ist, verstehst du?«

»Sagt ihr das?«, fragte Eddie, der an einige Frauenrechtlerinnen dachte, die er gekannt hatte, bevor er aus New York nach Mittwelt gekommen war. Er bezweifelte, dass diese Anschauung ihnen besser gefallen hätte als die biblische Geschichte von der Erschaffung Evas aus einer Rippe Adams.

»Lassen wir's dabei«, schlug Tian vor, »aber die alten Leute erzählen, dass es Lady Oriza war, die den ersten Menschen geboren hat. Sie sagen: *Can-ah, can-tah, annah, Oriza:* ›Aller Odem kommt von der Frau.‹«

»Erzähl mir mehr von diesen Boxen.«

»Die beste und höchste Box ist der Kopf mit allen seinen Vorstellungen und Träumen. Danach kommt das Herz mit unseren Empfindungen von Liebe und Trauer und Freude und Glück …«

»Mit den Emotionen.«

Tians Blick war verwirrt und zugleich respektvoll. »Sagt ihr das?«

»Also, wo ich herkomme, sagt man so, deshalb wollen wir's dabei belassen.«

»Aha.« Tian nickte, als wäre das Ganze interessant, aber nur andeutungsweise verständlich. Statt noch mal seinen Hintern zu berühren, klopfte er sich leicht zwischen die Beine. »In der untersten Box steckt alles, was wir nieder-commala nennen würden: mit jemandem ficken, scheißen, vielleicht jemandem ohne Grund eine Gemeinheit antun.«

»Und wenn man einen Grund *hätte?«*

»Oh, dann wär's keine Boshaftigkeit, stimmt's?«, sagte Tian, der amüsiert wirkte. »Dann käme der Anstoß dazu aus der Herzbox oder der Kopfbox.«

»Das ist alles absonderlich«, sagte Eddie, aber das war es

eigentlich doch nicht. Vor seinem inneren Auge sah er drei ordentlich aufgestapelte Boxen: der Kopf über dem Herzen, das Herz über all den körperlichen Funktionen und grundlosen Wutanfällen, die Leute manchmal hatten. Besonders fasziniert war er von Tians Gebrauch des Wortes »Gemeinheit«, so als bezeichnete es eine unveränderliche und nicht zu beeinflussende Verhaltensweise. War das vernünftig oder nicht? Darüber würde er sorgfältig nachdenken müssen, aber jetzt war nicht der rechte Zeitpunkt dafür.

Andy stand noch immer glitzernd in der Sonne und schmetterte seine hochdramatische Arie. Eddie fühlte sich an irgendwelche Jungs in seinem Viertel erinnert, die *Olé, wir fahrn in'n Puff von Barcelona, olé, olé* geplärrt hatten und dann wie verrückt lachend weggelaufen waren.

»Andy!«, sagte Eddie, und der Roboter brach sofort ab.

»Heil, Eddie, ich sehe Euch wohl! Und lange Tage und angenehme Nächte!«

»Ebenfalls«, sagte Eddie. »Wie geht's dir?«

»Gut, Eddie!«, sagte Andy eifrig. »Ich singe immer gern vor dem ersten Seminon.«

»Seminon?«

»So nennen wir die Windstürme, die dem richtigen Winter vorausgehen«, sagte Tian und zeigte auf die Staubwolken weit jenseits des Whyes. »Dort kommt der erste Sturm; er ist mit den Wölfen oder am Tag danach hier, schätze ich.«

»Am Wolfstag, Sai«, sagte Andy. »›Ist der Seminon am Ort, sind die warmen Tage fort.‹ So die alte Weisheit.« Er beugte sich zu Eddie hinüber. In seinem glänzenden Kopf waren klickende Geräusche zu hören. Seine blauen Augen blinkten rasch. »Eddie, ich habe ein großes Horoskop erstellt, sehr lang und komplex, und es zeigt einen Sieg über die Wölfe! In der Tat einen großen Sieg! Ihr werdet Eure Feinde besiegen und dann eine schöne Lady kennen lernen!«

»Ich *habe* bereits eine schöne Lady«, sagte Eddie, der sich bemühte, freundlich zu sprechen. Er wusste recht gut, was diese rasch blinkenden Augen bedeuteten: Der Hundesohn lachte über ihn. *Tja,* dachte er, *vielleicht vergeht dir in ein paar Tagen ja das Lachen, Andy. Das hoffe ich zumindest.*

»Das habt Ihr in der Tat, aber so mancher verheiratete Mann hat sein Feinsliebchen gehabt, wie ich Sai Tian Jaffords erst vor kurzem erklärt habe.«

»Nicht die, die ihre Frauen lieben«, sagte Tian. »Das hab ich dir neulich geantwortet, und ich sag's dir heute wieder.«

»Andy, alter Kumpel«, sagte Eddie ernsthaft, »wir kommen in der Hoffnung, dass du uns in der Nacht, bevor die Wölfe kommen, einen Gefallen tun wirst. Das heißt, uns ein bisschen helfen.«

Tief in Andys Brust waren mehrere Klickgeräusche zu hören, und als seine Augen diesmal blinkten, wirkten sie fast alarmiert. »Das täte ich, wenn ich könnte, Sai«, sagte Andy. »O ja, ich tue nichts lieber, als meinen Freunden zu helfen, aber es gibt viele Dinge, die ich nicht tun darf, auch wenn ich's gern täte.«

»Wegen deiner Programmierung.«

»Aye.« Der selbstgefällige So-erfreut-Euch-zu-sehen-Ton war aus Andys Stimme verschwunden. Sie klang jetzt mehr wie die einer Maschine. *Yeah, das ist seine Rückzugsposition,* dachte Eddie. *So redet Andy, wenn er vorsichtig ist. Du hast sie alle kommen und gehen gesehen, nicht wahr, Andy? Manchmal nennen sie dich einen wertlosen Sack voll Schrauben, und meistens ignorieren sie dich, aber so oder so schreitest du letztlich über ihre Gräber hinweg und singst deine Lieder, nicht wahr? Aber nicht diesmal, Kumpel. Nein, diesmal glaube ich nicht.*

»Wann bist du gebaut worden, Andy? Das interessiert mich. Wann bist du vom alten LaMerk-Fließband gerollt?«

»Vor langer Zeit, Sai.« Die blauen Augen blinkten jetzt sehr langsam. Sie lachten nicht mehr.

»Wie lange ist das her? Zweitausend Jahre?«

»Länger, glaube ich. Sai, ich kenne ein Trinklied, das Euch gefallen wird, es ist sehr amüsant …«

»Vielleicht ein andermal. Hör zu, alter Kumpel, wenn du tausende von Jahren alt bist, wie kommt's dann, dass du in Bezug auf die Wölfe programmiert bist?«

Aus Andys Innerem kam ein dumpfes, nachhallendes Scheppern, so als wäre etwas kaputtgegangen. Als er wieder sprach, benützte er die kalte, ausdruckslose Stimme, die Eddie damals noch am Rand des Mittwaldes zum ersten Mal gehört hatte. Bosco Bobs Stimme, wenn der olle Bosco kurz davor war, jemandem einen gewaltigen Anschiss zu verpassen.

»Wie lautet Euer Passwort, Sai Eddie?«

»Ich denke, das hatten wir schon mal, oder nicht?«

»Passwort. Ihr habt zehn Sekunden Zeit. Neun … acht … sieben …«

»Dieser Passwortscheiß ist sehr praktisch für dich, was?«

»Falsches Passwort, Sai Eddie.«

»Als würde man sich auf den Fünften Verfassungszusatz berufen.«

»Zwei … eins … null. Ihr habt noch einen weiteren Versuch. Wollt Ihr's noch mal versuchen, Eddie?«

Eddie bedachte ihn mit einem sonnigen Lächeln. »Weht der Seminon im Sommer, alter Kumpel?«

Weitere Klick- und Klackgeräusche. Andy, der den Kopf zunächst nach links geneigt hatte, neigte ihn jetzt nach rechts. »Ich kann Euch nicht folgen, Eddie von New York.«

»Sorry. Ich bin ja auch nur ein dämlicher alter Menschentrottel. Nein, ich will's nicht noch mal versuchen. Wenigstens nicht gleich jetzt. Ich will dir lieber erzählen, wobei du uns helfen sollst, und du kannst uns dann ja sagen, ob deine Programmierung das zulässt. Klingt das fair?«

»Durchaus fair, Eddie.«

»Okay.« Eddie hob eine Hand und umfasste Andys dünnen Metallarm. Die glatte Oberfläche war irgendwie unangenehm zu berühren. Fettig. Ölig. Eddie hielt sie trotzdem weiter umfasst und sprach mit vertraulich gesenkter Stimme. »Ich erzähle dir das nur, weil du's offenbar verstehst, Geheimnisse zu bewahren.«

»O ja, Sai Eddie! Keiner bewahrt Geheimnisse besser als Andy!« Der Roboter hatte wieder festen Boden unter den Füßen, war wieder so affektiert und selbstgefällig wie zuvor.

»Also …« Eddie stellte sich auf die Zehenspitzen. »Beug dich zu mir runter.«

In Andys Gehäuse – wo seine Herzbox gesessen hätte, wäre er kein Hightech-Zinnsoldat gewesen – summten Servomotoren. Er beugte sich herunter. Gleichzeitig reckte Eddie sich noch höher und kam sich dabei auf absurde Weise wie ein kleiner Junge vor, der ein Geheimnis ausplaudern wollte.

»Der Pere hat mehrere Schusswaffen aus unserer Ebene des Turms«, murmelte er. »Gute Waffen.«

Andys Kopf fuhr herum. Seine blauen Augen leuchteten mit einer Helligkeit, die nur Verblüffung bedeuten konnte. Eddie bewahrte ein Pokergesicht, aber innerlich grinste er.

»Sprecht Ihr wahr, Eddie?«

»Hand aufs Herz.«

»Der Pere sagt, dass sie wirkungsvoll sind«, warf Tian ein. »Wenn sie richtig funktionieren, können wir die Wölfe damit glatt wegpusten. Aber wir müssen sie aus der Stadt nach Norden rausschaffen … und sie sind schwer. Kannst du uns helfen, sie am Vorabend der Wölfe auf ein Fuhrwerk zu laden, Andy?«

Schweigen. Klick- und Klackgeräusche.

»Ich wette, deine Programmierung lässt das nicht zu«, sagte Eddie traurig. »Na ja, wenn wir genügend starke Männer zusammentrommeln …«

»Ich kann euch helfen«, sagte Andy. »Wo sind diese Waffen, Sais?«

»Das sage ich lieber noch nicht«, wehrte Eddie ab. »Wir treffen uns am Vorabend der Wölfe in Pere Callahans Pfarrhaus, einverstanden?«

»Um welche Zeit soll ich kommen?«

»Wie wär's mit sechs Uhr?«

»Punkt sechs Uhr abends. Und um wie viele Waffen handelt es sich? Sagt mir wenigstens das, damit ich den voraussichtlichen Energiebedarf berechnen kann.«

Mein Freund, es braucht einen Schwindler, um Schwindelei zu erkennen, dachte Eddie gut gelaunt, verzog dabei aber keine Miene. »Ein gutes Dutzend. Vielleicht fünfzehn. Jede wiegt ein paar hundert Pfund. Weißt du, was ein Pfund ist, Andy?«

»Aye, sage Euch meinen Dank. Ein Pfund entspricht einem halben Kilogramm. Fünfhundert Gramm. ›Ein Pfund ist ein Pfund, ob Federn oder Blei.‹ Das sind schwere Waffen, Sai Eddie, hört mich wohl! Werden sie schussbereit sein?«

»Davon sind wir ziemlich überzeugt«, sagte Eddie. »Nicht wahr, Tian?«

Tian nickte. »Und du hilfst uns?«

»Aye, mit Vergnügen. Um sechs Uhr am Pfarrhaus.«

»Danke, Andy«, sagte Eddie. Er wandte sich ab, dann drehte er sich noch einmal um. »Du erzählst aber garantiert niemandem davon, ja?«

»Nein, Sai, nicht wenn Ihr mir entsprechende Anweisung gebt.«

»Das tue ich gerade. Die Wölfe dürfen auf keinen Fall erfahren, dass wir schwere Waffen gegen sie einsetzen können.«

»Natürlich nicht«, sagte Andy. »Eine wundervolle Nachricht. Noch einen herrlichen Tag, Sais.«

»Dir auch, Andy«, antwortete Eddie. »Dir auch.«

11

Auf dem Rückweg zu Tians Farm – sie lag nur zwei Meilen von der Kreuzung entfernt, auf der sie Andy angetroffen hatten – fragte Tian: »Ob er's glaubt?«

»Weiß ich nicht«, sagte Eddie, »aber er war verdammt überrascht – hast du das nicht auch gespürt?«

»Doch«, sagte Tian. »Doch, das hab ich.«

»Er wird kommen, um sich die Waffen selbst anzusehen, dafür garantiere ich.«

Tian nickte grinsend. »Euer Dinh ist clever.«

»Das ist er«, sagte Eddie. »Das ist er.«

12

Jake lag wieder wach und sah zur Decke von Bennys Zimmer auf. Oy schlief wieder zu einem Komma zusammengerollt auf Bennys Bett und hatte die Schnauze unter den geringelten Schwanz gesteckt. Jake konnte es kaum erwarten, morgen Abend wieder im Pfarrhaus, wieder bei seinem Ka-Tet zu sein. Morgen war der Vorabend der Wölfe, aber heute war erst der *Vorabend* dieses Abends, und Roland hatte es für ratsam gehalten, Jake diese letzte Nacht auf der Rocking B verbringen zu lassen. »Wir wollen nicht noch so spät im Spiel einen Verdacht aufkommen lassen«, hatte er gesagt. Das verstand Jake, aber Mann, diese Sache war echt beschissen. Die Aussicht, gegen die Wölfe kämpfen zu müssen, war allein schlimm genug. Der Gedanke, wie Benny ihn übermorgen ansehen würde, war aber noch schlimmer.

Vielleicht kommen wir alle um, dachte Jake. *Dann brauche ich mir darüber nicht den Kopf zu zerbrechen.*

In seiner Verzweiflung hatte dieser Gedanke tatsächlich seinen Reiz.

»Jake? Schläfst du?«

Jake überlegte einen Augenblick, ob er sich schlafend stellen sollte, aber irgendetwas in seinem Inneren spottete über solche Feigheit. »Nein«, sagte er. »Aber ich sollte lieber, Benny. Morgen Nacht werde ich wahrscheinlich kaum Schlaf abbekommen.«

»Wahrscheinlich *nicht«*, flüsterte Benny respektvoll, und dann: »Hast du Angst?«

»Natürlich«, sagte Jake. »Für was hältst du mich – für verrückt?«

Benny stützte sich auf einen Ellbogen. »Wie viele wirst du wohl erschießen?«

Jake dachte darüber nach. Dabei wurde ihm tief unten in der Magengrube ganz schlecht, aber er dachte trotzdem darüber nach. »Weiß nicht. Wenn's siebzig sind, muss ich wohl versuchen, zehn zu erwischen.«

Er merkte (mit einem Gefühl leichter Verwunderung), dass er an Ms. Averys Englischunterricht dachte. Die hängenden gelben Kugellampen mit geisterhaften toten Fliegen in ihren Bäuchen. Lucas Hanson, der immer versuchte, ihm ein Bein zu stellen, wenn er zwischen den Bankreihen nach vorn ging. An die Wandtafel geschriebene Merksätze: Vorsicht vor unpassenden Adjektiven! Petra Jesserling, die immer Trägerkleider trug und in ihn verknallt war (was zumindest Mike Yanko behauptete). Das Leiern von Ms. Averys Stimme. Dann das Mittagsmahl, das in einer einfachen alten öffentlichen Schule ein einfacher alter Lunch gewesen wäre. Danach wieder an seinem Pult sitzen und versuchen, wach zu bleiben. Würde dieser Junge, dieser adrette Piper-School-Knabe, tatsächlich im Norden eines Landstädtchens namens Calla Bryn Sturgis in Stellung gehen, um gegen Kinder raubende Ungeheuer zu kämpfen? Konnte dieser Junge in sechsunddreißig Stunden tot daliegen – seine Eingeweide in einem dampfenden Haufen hinter sich, von etwas, das Schnaatz genannt wurde, durch seinen Rücken in den Dreck geblasen?

Das war doch bestimmt nicht möglich, oder? Die Haushälterin, Mrs. Shaw, hatte immer die Krusten von seinen Pausenbroten abgeschnitten und ihn manchmal 'Bama genannt. Sein Vater hatte ihm beigebracht, wie man fünfzehn Prozent Trinkgeld ausrechnete. Solche Jungen zogen gewiss nicht los, um mit einer Waffe in der Hand zu sterben. Oder etwa doch?

»Ich wette, dass du *zwanzig* erwischst!«, sagte Benny. »O Mann, ich wollte, ich könnte mitkommen! Wir würden Seite an Seite kämpfen! Peng! Peng! Peng! Dann würden wir nachladen!«

Jake setzte sich auf und musterte Benny mit aufrichtiger Neugierde. »Würdest du das tun?«, fragte er. »Wenn du könntest?«

Benny dachte darüber nach. Sein Gesichtsausdruck veränderte sich, wirkte plötzlich älter und klüger. Er schüttelte den Kopf. »Nee. Ich hätte Angst. Hast du nicht schlimm Angst? Ganz ehrlich?«

»Schreckliche Angst«, sagte Jake einfach.

»Vor dem Tod?«

»Genau, aber noch mehr Angst habe ich davor, Scheiße zu bauen.«

»Das wirst du nicht tun.«

Du hast leicht reden, dachte Jake.

»Wenn ich bei den kleinen Kindern bleiben muss, bin ich wenigstens froh, dass mein Vater auch mitgeht«, sagte Benny. »Er nimmt seine Armbrust mit. Hast du ihn schon mal schießen gesehen?«

»Nein.«

»Na ja, er schießt verdammt gut. Wenn es einer von den Wölfen schafft, an euch Kerlen vorbeizukommen, holt er ihn bestimmt vom Pferd. Er findet die Stelle mit den Kiemen über dem Herzen, und dann – *peng!*«

Was wäre, wenn Benny wüsste, dass die Sache mit den Kiemen eine Lüge ist?, fragte Jake sich. Eine bewusste Falschinformation, die sein Vater hoffentlich weitergegeben hat? Was wäre, wenn er wüsste …

Eddie meldete sich in seinem Kopf, Eddie mit seinem ausgeprägtesten Brooklyner Klugscheißerakzent: *Yeah, und wenn Fische Fahrräder hätten, fände in jedem gottverdammten Fluss die Tour de France statt.*

»Benny, ich sollte wirklich versuchen, etwas zu schlafen.«

Benny streckte sich wieder aus. Auch Jake ließ sich zurücksinken und starrte wieder die Zimmerdecke an. Plötzlich hasste er es, dass Oy auf Bennys Bett schlief, dass Oy sich dem anderen Jungen ungezwungen angeschlossen hatte. Plötzlich hasste er alles an allem. Die Stunden bis zum Morgen, an dem er packen, sein geliehenes Pony besteigen und in die Stadt zurückreiten würde, erschienen ihm endlos lang.

»Jake?«

»Was, Benny, *was?*«

»Entschuldige. Ich wollte bloß sagen, dass ich froh bin, dass du hier warst. Wir haben doch Spaß miteinander gehabt, oder?«

»Aber klar«, sagte Jake und dachte: *Kein Mensch würde glauben, dass er älter ist als ich. Es klingt, als wäre er ungefähr … weiß nicht … fünf oder so ähnlich.* Das war gemein, aber Jake hatte den Verdacht, wenn er nicht gemein war, könnte er tatsächlich anfangen zu heulen. Er hasste Roland dafür, dass er ihn zu dieser letzten Nacht auf der Rocking B verurteilt hatte. »Aber klar, jede Menge Spaß.«

»Du wirst mir fehlen. Aber ich wette, dass sie im Pavillon eine Statue oder irgendwas von euch Kerlen aufstellen.« *Kerle* war ein Wort, das Benny von Jake aufgeschnappt hatte, und er benützte es bei jeder sich bietenden Gelegenheit.

»Du wirst mir auch fehlen«, sagte Jake.

»Du hast Glück, weil du weit herumkommst, während ihr dem Balken folgt. Ich hocke wahrscheinlich für den Rest meines Lebens in dem beschissenen Kaff hier.«

Nein, bestimmt nicht. Du wirst mit deinem Da' weit herumkommen … das heißt, wenn ihr Glück habt und die Stadt verlassen dürft. Du wirst den Rest deines Lebens wahrscheinlich damit verbringen, von dem beschissenen Kaff hier zu träumen. Von dem Ort, der deine Heimat war. Und daran bin ich schuld. Ich habe etwas gesehen … und davon erzählt. Aber was hätte ich sonst tun sollen?

»Jake?«

Er konnte nicht noch mehr ertragen. Das hätte ihn wahnsinnig gemacht. »Schlaf jetzt, Benny. Und lass *mich* endlich schlafen.«

»Okay.«

Benny drehte sich zur Wand um. Kurze Zeit später wurde seine Atmung langsamer. Noch ein wenig später begann er zu schnarchen. Jake lag bis fast Mitternacht wach, dann schlief auch er ein. Und hatte einen Traum. Darin kniete Roland im Staub der Oststraße und hatte ein großes Rudel heranreitender Wölfe vor sich, das die weite Ebene von den Felswänden bis zum Fluss ausfüllte. Er versuchte nachzuladen, aber seine Hände waren beide steif, und an einer fehlten zwei Finger. Die Patronen fielen um ihn herum in den Staub. Er versuchte noch immer, seinen großen Revolver zu laden, als die Wölfe ihn niederritten.

13

Der Vorabend der Wölfe dämmerte herauf. Eddie und Susannah standen am Fenster des Gästezimmers im Pfarrhaus und blickten über den Rasen zu Rosalitas Häuschen hinunter.

»Die beiden haben etwas Gemeinsames gefunden«, sagte Susannah. »Das freut mich für ihn.«

Eddie nickte. »Wie fühlst du dich?«

Sie lächelte zu ihm auf. »Mir geht's gut«, sagte sie und meinte es auch ehrlich. »Wie steht's mit dir, Süßer?«

»Mir wird's fehlen, mit einem Dach über dem Kopf in einem richtigen Bett zu schlafen, und diese Warterei geht mir langsam auf die Nerven, aber sonst geht's mir auch gut.«

»Wenn die Sache schief geht, brauchst du dir keine Sorgen mehr um weitere Unterkünfte zu machen.«

»Wohl wahr«, sagte Eddie, »aber ich glaube nicht, dass sie schief gehen wird. Du etwa?«

Bevor sie antworten konnte, ließ ein Windstoß das Haus erzittern und heulte durchs Dachgesims. Der Seminon wollte guten Morgen sagen, vermutete Eddie.

»Dieser Wind gefällt mir nicht«, sagte sie. »Er ist ein unberechenbares Element.«

Eddie öffnete den Mund.

»Und wenn du jetzt etwas über Ka sagst, kriegst du eins auf die Nase.«

Eddie schloss den Mund wieder und tat so, als zöge er einen Reißverschluss davor zu. Susannah holte trotzdem gegen seine Nase aus und berührte sie leicht wie eine Feder mit den Fingerknöcheln. »Wir haben gute Siegeschancen«, sagte Susannah. »Sie haben lange Zeit stets ihren Willen durchsetzen können, und das hat sie selbstgefällig gemacht. Wie Blaine.«

»Yeah. Wie Blaine.«

Sie legte ihm eine Hand auf die Hüfte und zog ihn zu sich herum. »Aber die Sache könnte dennoch schief gehen, und deshalb möchte ich dir etwas sagen, so lange wir nur zu zweit sind, Eddie. Ich möchte dir sagen, wie sehr ich dich liebe.« Sie sprach nüchtern, ohne Gefühlsüberschwang.

»Ich weiß, dass du das tust«, sagte er, »aber der Teufel soll mich holen, wenn ich wüsste, warum.

»Weil du machst, dass ich mich ganz fühle«, sagte sie. »Als ich noch jünger war, habe ich abwechselnd geglaubt, Liebe sei dieses große und glorreiche Mysterium oder nur etwas, was eine Bande von Filmproduzenten in Hollywood erfunden hat, um damals während der Weltwirtschaftskrise, als es etwas außer Mode gekommen war, dass Frauen bei jedem Kinobesuch eine Sammeltasse oder so bekamen, mehr Eintrittskarten zu verkaufen.«

Eddie lachte.

»Heute glaube ich, dass wir alle mit einem Loch im Herzen geboren werden und auf der Suche nach dem Menschen herumlaufen, der es ausfüllen kann. Du … Eddie, du füllst mich aus.« Sie ergriff seine Hand und begann ihn zum Bett zurückzuführen. »Und jetzt möchte ich, dass du mich auf die andere Weise ausfüllst.«

»Suze, dürfen wir das riskieren?«

»Das weiß ich nicht«, sagte sie, »und es ist mir auch egal.«

Sie liebten sich langsam und steigerten das Tempo erst gegen Ende zu. Susannah stieß einen leisen Schrei an seiner Schulter aus, und in dem Augenblick bevor sein eigener Höhepunkt alles Denken unmöglich machte, sagte Eddie sich: *Ich werde sie verlieren, wenn ich nicht vorsichtig bin. Keine Ahnung, woher ich das weiß … aber ich weiß es. Sie wird einfach verschwinden.*

»Ich liebe dich auch«, sagte er, als sie danach wieder nebeneinander lagen.

»Ja.« Sie ergriff wieder seine Hand. »Ich weiß. Und das macht mich froh.«

»Es ist gut, jemanden froh zu machen«, sagte er. »Das habe ich früher nicht gekonnt.«

»Schon in Ordnung«, sagte Susannah und küsste ihn auf den Mundwinkel. »Du lernst schnell.«

14

In Rosas kleinem Wohnzimmer stand ein Schaukelstuhl. Der Revolvermann saß nackt darin und hielt eine Keramikuntertasse in einer Hand. Er rauchte und beobachtete dabei den Sonnenaufgang. Er war sich nicht sicher, ob er ihn jemals wieder von dieser Stelle aus betrachten würde.

Rosa, ebenfalls nackt, kam aus dem Schlafzimmer, blieb auf der Schwelle stehen und sah ihn fragend an. »Wie geht's deinen Knochen, sag's mir, ich bitte dich?«

Roland nickte. »Dein Katzenöl wirkt Wunder.«

»Aber die Wirkung hält nicht an.«

»Nein«, sagte Roland. »Aber es gibt eine andere Welt – die Welt meiner Freunde –, in der sie vielleicht etwas haben, was länger hilft. Und ich habe das Gefühl, dass wir bald dorthin gehen werden.«

»Um auch dort zu kämpfen?«

»Ja, ich glaube schon.«

»Du kommst jedenfalls nicht mehr hierher zurück, nicht wahr?«

Roland erwiderte ihren Blick. »Nein.«

»Bist du müde, Roland?«

»Todmüde«, sagte er.

»Dann komm noch ein Weilchen ins Bett zurück, willst du?«

Er drückte seine Zigarette aus und stand auf. Er lächelte. Es war das Lächeln eines jüngeren Mannes. »Sage dir meinen Dank.«

»Du bist ein guter Mann, Roland von Gilead.«

Er dachte darüber nach, dann schüttelte er langsam den Kopf. »Ich hatte mein Leben lang die schnellsten Hände, aber beim Gutsein war ich immer ein bisschen zu langsam.«

Sie streckte ihm eine Hand hin. »Komm jetzt, Roland. Komm commala.« Und er ging zu ihr.

15

Als Roland, Eddie, Jake und Pere Callahan am frühen Nachmittag dieses Tages zur Oststraße hinausritten – die an dieser Stelle entlang dem sich dahinschlängelnden Devar-Tete Whye in Wirklichkeit nach Norden führte --, waren in dem zusammengerollten Bettzeug hinter ihren Sätteln Schaufeln versteckt. Susannah war wegen ihrer Schwangerschaft von diesem Arbeitseinsatz befreit. Sie hatte sich zu den Schwestern von Oriza im Pavillon gesellt, wo ein größeres Zelt errichtet wurde und die Vorbereitungen für ein gewaltiges Abendessen schon im Gange waren. Bei ihrem Aufbruch herrschte in Calla Bryn Sturgis bereits so lebhaftes Treiben wie an einem Jahrmarktstag. Aber es gab kein Juchzen und kein Geschrei, kein freches Krachen von Feuerwerkskörpern, keine Karussells auf dem Stadtanger. Sie hatten weder etwas von Andy noch von Ben Slightman gesehen, und das war gut.

»Tian?«, fragte Roland an Eddie gewandt und beendete damit das auf ihnen allen lastende Schweigen.

»Er kommt zu mir ins Pfarrhaus. Um fünf Uhr.«

»Gut«, sagte Roland. »Wenn wir hier draußen nicht bis vier fertig werden, kannst du ja allein zurückreiten.«

»Wenn du willst, komme ich dann mit«, sagte Callahan zu Eddie. Die Chinesen glaubten, wer einem Mann das Leben gerettet hatte, sei ab diesem Augenblick für ihn verantwortlich. Darüber hatte Callahan nie sehr intensiv nachgedacht, aber seit er Eddie von dem Felsabbruch oberhalb der Torweghöhle zurückgerissen hatte, kam es ihm vor, als wäre an dieser Vorstellung etwas Wahres.

»Bleib lieber bei uns«, sagte Roland. »Eddie kommt schon allein zurecht. Ich hätte hier draußen nämlich noch einen Auftrag für dich. Außer schaufeln, meine ich.«

»Oh? Welchen denn?«, fragte Callahan.

Roland zeigte auf die kreiselnden Säulen aus aufgewirbeltem Sand, die sich vor ihnen über die Straße schlängelten. »Bete, damit dieser verdammte Wind aufhört. Und je früher, desto besser. Jedenfalls vor morgen früh.«

»Machst du dir Sorgen wegen des Grabens?«, fragte Jake.

»Dem Graben schadet kein Sturm«, sagte Roland. »Aber ich

mache mir Sorgen wegen der Schwestern von Oriza. Den Teller zu werfen ist schon unter idealen Voraussetzungen eine delikate Verrichtung. Falls hier draußen aber ein Sturm tobt, wenn die Wölfe kommen, ist die Möglichkeit, dass die Sache schief geht …« Er wies mit einer Hand auf den staubigen Horizont und gab dieser Bewegung einen für die Calla typischen (und fatalistischen) Dreh. *»Delah.«*

Callahan lächelte jedoch. »Ich bin gern bereit, ein Gebet zu sprechen«, sagte er, »aber sieh nach Osten, bevor du dir allzu große Sorgen machst. Wenn's beliebt, ich bitte dich.«

Sie drehten sich im Sattel in diese Richtung. Mais – seine abgeerntet stehen gebliebenen Stängel bildeten schräge, skelettierte Reihen – zog sich bis zu den Reisfeldern hinunter. Jenseits dieser Felder lag der Fluss. Jenseits des Flusses endete das Grenzland. Dort kreiselten zehn bis zwölf Meter hohe Staubsäulen, wanderten ruckelnd weiter und stießen manchmal zusammen. Sie ließen die diesseits des Flusses tanzenden Staubwirbel vergleichsweise wie unartige Kinder aussehen.

»Der Seminon kommt oft bis zum Whye und kehrt dann wieder um«, sagte Callahan. »Die alten Leute erzählen, dass Lady Oriza von Lord Seminon gebeten wird, ihn willkommen zu heißen, wenn er den Fluss erreicht, aber sie verwehrt ihm aus Eifersucht oft den Übergang. Sie ist nämlich …«

»Seminon hat ihre Schwester geheiratet«, sagte Jake. »Lady Riza wollte ihn selbst haben – eine Ehe von Wind und Reis – und ist deswegen noch immer stinksauer.«

»Woher weißt du das?«, fragte Callahan amüsiert und verwundert zugleich.

»Benny hat's mir erzählt«, sagte Jake, ohne etwas hinzuzufügen. Er fühlte sich traurig und verletzt, wenn er an ihre langen Gespräche (manchmal auf dem Heuboden, manchmal am Flussufer, während sie in der Sonne faulenzten) und ihren eifrigen Austausch von Sagen und Legenden dachte.

Callahan nickte. »Richtig, so wird's erzählt. Ich vermute, dass es sich in Wirklichkeit um ein Wetterphänomen handelt – kalte Luft dort drüben, aus dem Wasser aufsteigende wärmere Luft, irgendwas in dieser Art –, aber unabhängig davon deutet alles darauf hin, dass dieser Sturm umkehren und nicht über den Fluss kommen wird.«

Ein Windstoß schleuderte ihm Staub und Steinchen ins Gesicht, als wollte er ihn widerlegen, und Callahan lachte. »Dieser Spuk ist morgen bei Tagesanbruch vorbei, dafür kann ich beinahe garantieren. Aber …«

»Beinahe ist nicht gut genug, Pere.«

»Das wollte ich gerade sagen, Roland. Und da ich weiß, dass beinahe nicht gut genug ist, bin ich gern bereit, ein Gebet zu sprechen.«

»Sage dir meinen Dank.« Der Revolvermann wandte sich wieder Eddie zu und deutete mit Zeige- und Mittelfinger der linken Hand auf sein eigenes Gesicht. »Die Augen, richtig?«

»Die Augen«, bestätigte Eddie. »Und das Passwort. Wenn's nicht neunzehn ist, dann neunundneunzig.«

»Das weißt du nicht sicher.«

»Ich weiß«, sagte Eddie.

»Trotzdem … sei vorsichtig.«

»Wird gemacht.«

Einige Minuten später erreichten sie die Stelle, an der sich ein steiniger Weg nach links ins Arroyogebiet davonschlängelte, das Gebiet, in dem die Gloria und Redbird eins und zwei lagen. Die *Folken* nahmen an, die Fuhrwerke würden hier zurückbleiben, und damit lagen sie richtig. Sie nahmen weiterhin an, dass die Kinder und ihre Aufpasser dann diesem Pfad zu einer der Granatminen folgen würden. Aber damit lagen sie falsch.

Bald waren jeweils drei von ihnen damit beschäftigt, am Westrand der Straße zu graben, während ein Vierter Wache hielt. Da niemand vorbeikam – die so weit draußen lebenden *Folken* waren bereits in der Stadt –, ging das Schaufeln flott voran. Um vier Uhr überließ Eddie es den anderen, die Arbeit zu beenden, und ritt mit einem von Rolands Revolvern im Holster an seiner Seite in die Stadt zurück, um sich mit Tian Jaffords zu treffen.

16

Tian hatte seine Armbrust mitgebracht. Als Eddie ihn aufforderte, sie auf der Veranda des Pfarrhauses zurückzulassen, starrte ihn der Farmer unglücklich und verunsichert an.

»Dass ich eine Waffe trage«, sagte Eddie, »wird ihn nicht überraschen, aber wenn er dich mit diesem Ding sieht, könnte er misstrauisch werden.« Das war's also: der wahre Beginn ihres Kampfes gegen die Wölfe, und als er nun gekommen war, fühlte Eddie sich ganz ruhig. Sein Herz schlug langsam und gleichmäßig. Sein Sehvermögen schien geschärft zu sein; er konnte jeden Schatten sehen, den jeder einzelne Grashalm auf dem Rasen des Pfarrhauses warf. »Soviel ich gehört habe, ist er stark. Und schnell, wenn's nötig ist. Überlass ihn mir.«

»Wozu bin ich dann hier?«

Weil selbst ein cleverer Roboter keinen Ärger erwartet, wenn ich einen Bauerntölpel wie dich bei mir habe, wäre die ehrliche Antwort gewesen, aber sie zu geben wäre wohl nicht sehr diplomatisch.

»Sicherheitshalber«, sagte Eddie. »Komm jetzt.«

Sie gingen zu dem Außenabort hinunter. Eddie hatte ihn in den vergangenen Wochen oft benützt – und immer mit Vergnügen, für die Säuberungsphase lag hier nämlich stapelweise weiches Gras bereit, sodass man sich keine Sorgen wegen Giftsumach zu machen brauchte –, aber bis heute nie genau von außen betrachtet. Obwohl der kleine Holzbau recht massiv wirkte, bezweifelte Eddie nicht, dass Andy ihn sehr schnell würde demolieren können, wenn er wirklich wollte. Wenn sie ihm Gelegenheit dazu gaben.

Rosa erschien an der Hintertür ihres Häuschens und sah zu ihnen hinüber, wobei sie eine Hand über die Augen hielt, um sie vor der Sonne zu schützen. »Wie geht's, Eddie?«

»Bisher noch gut, Rosie, aber du solltest lieber reingehen. Hier draußen dürfte es zu Tätlichkeiten kommen.«

»Du sprichst wahr. Ich habe einen Stapel Teller ...«

»Ich glaube nicht, dass Rizas in diesem Fall viel nützen würden«, sagte Eddie. »Aber es könnte nicht schaden, wenn du dich trotzdem bereithältst.«

Sie nickte und ging wieder hinein, ohne ein weiteres Wort zu sagen. Die Männer setzten sich auf beiden Seiten der Aborttür mit dem neuen Riegel ins Gras. Tian versuchte, sich eine Zigarette zu drehen. Die erste zerfiel unter seinen zitternden Fingern, sodass er es noch einmal versuchen musste. »Für so was bin ich überhaupt nicht geeignet«, sagte er, und Eddie verstand, dass er nicht über die edle Kunst des Zigarettendrehens sprach.

»Schon in Ordnung.«

Tian musterte ihn hoffnungsvoll. »Sagst du das?«

»Das tue ich, belassen wir's also dabei.«

Pünktlich um sechs Uhr (*Der Hundesohn hat wahrscheinlich eine eingebaute Atomuhr, die auf eine Millionstel Sekunde genau geht,* dachte Eddie) kam Andy, dessen Schatten vor ihm lang und spinnenbeinig über den Rasen fiel, um die Ecke des Pfarrhauses. Er sah die beiden Männer. Seine blauen Augen blitzten. Er hob grüßend eine Hand. Der Arm reflektierte das Licht der untergehenden Sonne und wirkte auf diese Weise wie in Blut getaucht. Eddie hob ebenfalls eine Hand zum Gruß und stand lächelnd auf. Er fragte sich, ob alle denkenden Maschinen, die in dieser heruntergekommenen Welt noch funktionierten, sich gegen ihre Herren gewandt hatten – und falls sie es getan hatten, aus welchem Grund.

»Bleib ganz cool und lass mich reden«, sagte er aus dem Mundwinkel heraus.

»Ja, mach ich.«

»Eddie!«, rief Andy aus. »Tian Jaffords! Wie schön, euch beide zu sehen! Und Waffen zum Einsatz gegen die Wölfe! Du meine Güte! Wo sind sie?«

»Im Scheißhaus gestapelt«, sagte Eddie. »Wir können sie auf ein Fuhrwerk laden, sobald sie draußen sind, aber sie sind schwer … und dort drinnen kann man sich kaum bewegen …«

Er trat zur Seite. Andy kam näher. Seine Augen blitzten, diesmal jedoch nicht vor Lachen. Sie leuchteten so grell, dass Eddie die Augen zusammenkneifen musste, als sähe er in Blitzlampen.

»Ich bin mir sicher, dass ich sie herausholen kann«, sagte Andy. »Wie schön, helfen zu können! Wie oft habe ich schon bedauert, dass meine Programmierung mich so wenig …«

Er stand jetzt an der Aborttür und hatte die Knie leicht gebeugt, damit sein einem Metallfass gleichender Kopf unter dem Querbalken des Türrahmens hindurchpasste. Eddie zog Rolands Revolver. Der Sandelholzgriff fühlte sich wie immer glatt und begierig an.

»Erflehe Eure Verzeihung, Eddie von New York, aber ich sehe keine Waffen.«

»Nein«, stimmte Eddie zu, »ich auch nicht. Tatsächlich sehe ich nur einen gottverdammten Verräter, der den Kindern Lieder beibringt, um sie dann den Wölfen …«

Andy warf sich mit unheimlicher Geschwindigkeit geschmeidig herum. Eddie kam das Summen der Servomotoren im Hals des Roboters sehr laut vor. Der Abstand zwischen ihnen betrug keine eineinhalb Meter: Kernschussweite. »Wohl bekomm's, du Edelstahl-Hundesohn«, sagte Eddie und drückte zweimal ab. In der Abendstille waren die Schüsse ohrenbetäubend laut. Andys Augen explodierten und erloschen. Tian schrie entsetzt auf.

»*NEIN!*«, kreischte Andy mit ungeheuer verstärkter Stimme.

Sie war so laut, dass die Schüsse sich dagegen wie das Knallen von Sektkorken ausnahmen. *»NEIN, MEINE AUGEN, ICH KANN NICHTS SEHEN, O NEIN, SEHVERMÖGEN NULL, MEINE AUGEN, MEINE AUGEN …«*

Die dünnen Arme aus rostfreiem Stahl flogen hoch, als er die Hände vor seine zerschossenen Augenhöhlen schlug, aus denen jetzt willkürlich blaue Funken zuckten. Als Andy die Knie streckte, zertrümmerte sein fassförmiger Kopf den oberen Türrahmen und ließ links und rechts zersplitterte Bretter wegfliegen.

»NEIN, NEIN, NEIN, ICH KANN NICHTS SEHEN, SEHVERMÖGEN NULL, WAS HABT IHR MIR ANGETAN, HINTERHALT, ÜBERFALL, ICH BIN BLIND, CODE 7, CODE 7, CODE 7!«

»Hilf mir, ihn reinzustoßen, Tian!«, rief Eddie, während er den Revolver ins Holster zurücksteckte. Aber Tian stand wie gelähmt da und konnte den Roboter nur anglotzen (dessen Kopf jetzt hinter dem zersplitterten Türrahmen verschwunden war). Eddie durfte keine Zeit verlieren. Er machte einen Satz und legte seine ausgestreckten Handflächen auf die Plakette, auf der Andys Name, Funktion und Seriennummer standen. Der Roboter war überraschend schwer (im ersten Augenblick kam Eddie sich vor, als wollte er eine Fertiggarage vom Fleck schieben), aber er war auch blind, verwirrt und aus dem Gleichgewicht gebracht. Er stolperte rückwärts, und die Lautsprecherstimme verstummte plötzlich. Ersetzt wurde sie durch eine schrille Sirene, die einen Höllenlärm machte. Eddie hatte das Gefühl, ihm müsse gleich der Kopf platzen. Er bekam die Tür zu fassen und knallte sie zu. Oberhalb des Rahmens klaffte jetzt zwar eine zersplitterte Lücke, aber die Tür schloss noch immer gut. Eddie schob den neuen Riegel, der fast so dick wie sein Handgelenk war, mit einem Ruck vor.

Aus dem Inneren des Aborts kreischte und schrillte die Sirene weiter.

Rosa kam mit zwei Tellern in den Händen angerannt. Ihre

Augen waren weit aufgerissen. »Was ist los? Um Gottes und des Jesusmenschen willen, *was ist los?«*

Bevor Eddie antworten konnte, ließ ein ungeheurer Schlag den ganzen Außenabort erzittern. Tatsächlich bewegte er sich sogar ein Stück weit nach rechts, sodass der Rand der Grube unter dem Häuschen sichtbar wurde.

»Das ist Andy«, sagte er. »Ich glaube, er hat gerade ein Horoskop gezogen, das ihm nicht sehr …«

»IHR SCHWEINEHUNDE!« Diese Stimme klang völlig anders als Andys sonstige drei Tonarten: schmeichlerisch, selbstgefällig oder heuchlerisch servil. *»IHR SCHWEINEHUNDE! BETRÜGERISCHE SCHWEINEHUNDE! ICH BRINGE EUCH UM! ICH BIN BLIND, OH, ICH BIN BLIND, CODE 7, CODE 7!«* Dann verstummte er, und die Sirene heulte wieder los. Rosa ließ die Teller fallen und hielt sich die Ohren zu.

Ein weiterer Schlag schmetterte gegen die Seitenwand des Aborts, und diesmal wölbten sich zwei der dicken Bretter nach außen. Der nächste Schlag ließ sie zersplittern. Andys Arm, der in der Abendsonne rot glänzte, zuckte ins Freie, wobei die vier gelenkigen Finger an seinem Ende sich krampfhaft öffneten und schlossen. In der Ferne konnte Eddie einige Hunde wie verrückt kläffen hören.

»Er kommt wieder raus, Eddie!«, rief Tian und packte ihn an der Schulter. »Er kommt wieder raus!«

Eddie schüttelte Tians Hand ab und trat an die Tür. Ein weiterer schmetternder Schlag. Von der Seitenwand des Aborthäuschens flogen weitere zersplitterte Bretter weg. Der Rasen war jetzt mit ihnen übersät. Aber er konnte das Heulen der Sirene nicht übertönen; es war einfach zu laut. Er wartete, und bevor Andy wieder an die Seitenwand hämmerte, verstummte sie.

»SCHWEINEHUNDE!«, kreischte Andy. *»ICH BRINGE EUCH UM! WEISUNG 20, CODE 7! ICH BIN BLIND, SEHVERMÖGEN NULL, IHR FEIGEN …«*

»Andy, Kurierroboter!«, brüllte Eddie. Er hatte sich die Seriennummer auf einem von Callahans kostbaren Fetzen Papier aufgeschrieben, von dem er sie jetzt ablas. »DNF-44821-V-63! Passwort!«

Die rasenden Schläge und die lautstarken Verwünschungen hörten auf, sobald Eddie die Seriennummer ausgesprochen hatte, aber trotzdem war die Stille nicht richtig still; das teuflische Kreischen der Sirene hallte noch in seinen Ohren nach. Hinter der Aborttür schepperte Metall, klickten Relais. Dann: »Hier DNF-44821-V-63. Bitte gebt Euer Passwort an.« Eine Pause, dann mit tonloser Stimme: »Eddie Dean von New York, Ihr hinterhältiger Schweinehund. Ihr habt zehn Sekunden Zeit. Neun …«

»Neunzehn«, sagte Eddie durch die Tür.

»Falsches Passwort.« Und obwohl Andy nur ein Roboter war, war die zornige Befriedigung in seiner Stimme unverkennbar. »Acht … sieben …«

»Neunundneunzig.«

»Falsches Kennwort.« Jetzt hörte Eddie Triumph in seiner Stimme. Er hatte noch Zeit, seine törichte freche Zuversicht draußen auf der East Road zu bedauern. Zeit, um den entsetzten Blick wahrzunehmen, den Rosa und Tian wechselten. Zeit, um zu merken, dass die Hunde weiterkläfften.

»Fünf … vier …«

Nicht neunzehn; nicht neunundneunzig. Was gab es sonst? Um Himmels willen, womit ließ dieser Dreckskerl sich ausschalten?

»… drei …«

Was in seinen Gedanken so hell aufblitzte, wie es Andys Augen gewesen waren, bevor Rolands Revolver sie hatte erlöschen lassen, war das Kurzgedicht, das jemand mit längst verstaubten rosenrosa Buchstaben auf den Zaun um das unbebaute Grundstück in New York gesprüht hatte: *Oh SUSANNAH-MIO, divided girl of mine, Done parked her RIG in the DIXIE PIG, in the year of …*

»… zwei …«

Nicht eine Zahl oder die andere; *beide*. Deshalb hatte der verdammte Roboter ihm nicht gleich nach dem ersten Fehlversuch das Wort abgeschnitten. Das Passwort war *nicht* falsch gewesen – jedenfalls nicht hundertprozentig.

»Neunzehn-neunundneunzig!«, schrie Eddie durch die Tür.

Hinter der Tür herrschte tiefes Schweigen. Eddie wartete darauf, dass die Sirene erneut losschrillen würde, dass Andy fortfahren würde, sich mit brachialer Gewalt einen Weg ins Freie zu bahnen. Er würde Tian und Rosa zurufen wegzurennen, würde versuchen, ihnen Feuerschutz zu geben …

Die aus dem demolierten Holzhäuschen dringende Stimme war farblos und monoton: die Stimme einer Maschine. Die heuchlerische Schmeichelei und die echte Wut waren aus ihr verschwunden. Andy, wie Generationen von Calla-*Folken* ihn gekannt hatten, existierte endgültig nicht mehr.

»Danke«, sagte die Stimme. »Ich bin Andy, ein Kurierroboter, viele weitere Funktionen. Seriennummer DNF-44821-V-63. Womit kann ich dienen?«

»Indem du dich abschaltest.«

Schweigen hinter der Tür.

»Verstehst du, was ich dir aufgetragen habe?«

Eine dünne, entsetzte Stimme flehte: »Bitte, zwingt mich nicht dazu. Ihr böser Mann. Oh, Ihr böser Mann.«

»Schalt dich *sofort* ab.«

Noch längeres Schweigen. Rosa stand mit an die Kehle gedrückter Hand da. Um die Ecke des Pfarrhauses kamen mehrere Männer herbeigeeilt, die alle möglichen primitiven Waffen trugen. Rosa scheuchte sie mit einer Handbewegung weg.

»DNF-44821-V-63, Ausführung!«

»Ja, Eddie von New York. Ich werde mich abschalten.« In Andys neue dünne Stimme hatte sich eine grausig wehleidige Traurigkeit eingeschlichen. Sie ließ Eddie einen kalten Schauder über den Rücken laufen. »Andy ist blind und schaltet sich ab. Ist Euch bewusst, dass ich voraussichtlich nie wieder in Betrieb gehen kann, wenn meine Stromversorgung zu achtundneunzig Prozent stillgelegt ist?«

Eddie erinnerte sich an die riesenhaften minderen Zwillinge draußen auf der Jaffords-Farm – Tia und Zalman – und dachte dann an all die anderen wie sie, die diese unglückliche Stadt im Lauf der Jahre erlebt hatte. Vor allem dachte er an die Zwillinge Tavery, so intelligent und flink und eifrig bemüht, gefällig zu sein. Und so schön. »Nie ist nicht lange genug«, sagte er, »aber meiner Meinung nach sollte es reichen. Das Palaver ist beendet, Andy. Schalt dich ab.«

Wieder Schweigen in dem halb zerstörten Außenabort. Tian und Rosa kamen zögernd von beiden Seiten heran, bis sie zu dritt vor der verriegelten Tür standen. Rosa umklammerte Eddies rechten Unterarm. Er schüttelte sie sofort ab, um die Hand frei zu haben, falls er ziehen musste. Worauf er zielen würde, nachdem Andys Augen zerstört waren, wusste er allerdings nicht.

Als Andy wieder sprach, benützte er eine tonlose Lautsprecherstimme, die Tian und Rosa erschrocken tief Luft holen und zurückweichen ließ. Eddie blieb, wo er war. Eine Stimme wie diese und Worte wie diese hatte er schon einmal gehört – auf der Lichtung des großen Bären. Andys tonloses Krächzen war nicht völlig identisch, aber für staatliche Zwecke ähnlich genug.

»DNF-44821-V-63 SCHALTET SICH AB! ALLE SUBNUKLEAREN ZELLEN UND SPEICHERSCHALTKREISE BEFINDEN SICH IN DER ABSCHALTPHASE! ABSCHALTUNG IST ZU DREIZEHN PROZENT ERFOLGT! ICH BIN ANDY, KURIERROBOTER, VIELE WEITERE FUNKTIONEN! BITTE MELDEN SIE MEINEN STANDORT AN LAMERK INDUSTRIES ODER NORTH CENTRAL POSITRONICS, LTD! RUFEN SIE 1-900-54 AN! EINE BELOHNUNG IST AUSGESETZT! ICH WIEDERHOLE, EINE BELOHNUNG IST AUSGESETZT.« Dann ein Klicken, nach dem die Ansage von vorn

begann. *»DNF-44821-V-63 SCHALTET SICH AB! ALLE SUBNUKLEAREN ZELLEN UND SPEICHERSCHALTKREISE BEFINDEN SICH IN DER ABSCHALTPHASE! ABSCHALTUNG IST ZU NEUNZEHN PROZENT ERFOLGT! ICH BIN ANDY …«*

»Du *warst* Andy«, sagte Eddie leise. Er wandte sich Tian und Rosa zu und musste über ihre ängstlichen Kindergesichter lächeln. »Alles in Ordnung«, sagte er. »Andy ist erledigt. Er plärrt noch eine Zeit lang so weiter, dann ist's aus mit ihm. Ihr könnt ihn ja – ich weiß nicht – als Pflanzgefäß oder dergleichen hernehmen.«

»Ich finde, wir sollten den Boden über der Grube aufreißen und ihn gleich dort drin begraben«, sagte Rosa, indem sie zum Abort hinübernickte.

Eddies Lächeln wurde breiter und verwandelte sich in ein Grinsen. Die Vorstellung, Andy in Scheiße zu begraben, gefiel ihm. Sie gefiel ihm sogar sehr.

17

Als die Abenddämmerung allmählich in die Nacht überging, saß Roland am Rand des Musikpodiums und betrachtete, wie die Calla-*Folken* ihr großes gemeinsames Mahl verdrückten. Jeder von ihnen wusste, dass dies vielleicht die letzte Mahlzeit war, die sie jemals gemeinsam einnehmen würden, dass ihre hübsche kleine Stadt morgen um diese Zeit um sie herum in rauchenden Trümmern liegen konnte, aber trotzdem waren sie fröhlich. Und nicht nur, dachte Roland, der Kinder wegen. Sich endlich entschlossen zu haben, das Rechte zu tun, brachte große Erleichterung mit sich. Sie stellte sich selbst dann ein, wenn die Menschen wussten, dass sie wahrscheinlich einen hohen Preis dafür würden zahlen müssen. Eine Art Schwindelgefühl. Die meisten dieser Leute würden heute Nacht in der Nähe des für ihre Kinder und Enkel errichteten Zelts auf dem Stadtanger schlafen, und hier würden sie bleiben, die Gesichter nach Nordosten gewandt, um den Ausgang der Schlacht zu erwarten. In diesem Kampf würden Schüsse fallen, vermuteten sie (ein Geräusch, das die meisten von ihnen noch nie gehört hatten), und danach würde die Staubwolke, die das Wolfsrudel bezeichnete, sich entweder auflösen, nach Donnerschlag zurück abziehen, oder sich in Richtung Stadt weiterwälzen. In letzterem Fall würden die *Folken* auseinander laufen und angstvoll darauf warten, dass die Brandschatzung begann. Danach würden sie Flüchtlinge in den Ruinen der eigenen Stadt sein. Würden sie an den Wiederaufbau gehen, wenn die Würfel so fielen? Das bezweifelte Roland. Ohne Kinder, für die es etwas aufzubauen galt – falls die Wölfe nämlich siegten, würden sie diesmal *alle* mitnehmen, davon war der Revolvermann überzeugt –, hatten sie keinen Grund dazu. Mit dem Ende des kommenden Zyklus würde dieser Ort eine Geisterstadt sein.

»Erflehe Eure Verzeihung, Sai.«

Roland sah sich um. Wayne Overholser stand mit seinem Hut in den Händen da. Und wie er so dastand, sah er mehr wie ein wandernder Satteltramp aus, der gerade eine Pechsträhne hatte, als der größte Farmer der Calla. Seine Augen wirkten groß und irgendwie traurig.

»Nicht nötig, meine Verzeihung zu erflehen, wo ich doch weiterhin den Dayrider trage, den Ihr mir geschenkt habt«, sagte Roland milde.

»Yar, aber …« Overholser verstummte, dachte darüber nach, wie er weitersprechen sollte, und schien sich dafür zu entschließen, den Stier gleich bei den Hörnern zu packen. »Reuben Caverra war einer der Burschen, die Ihr mitnehmen wolltet, damit sie während des Kampfes auf die Kinder aufpassen, nicht wahr?«

»Aye?«

»In seinem Bauch ist heute Morgen etwas geplatzt.« Overholser berührte den eigenen Wanst ungefähr an der Stelle, wo der

Blinddarm sitzen musste. »Er liegt fiebernd und wirres Zeug redend zu Hause. Wahrscheinlich stirbt er an Blutverschmutzung. Manche erholen sich wieder, aye, aber nicht viele.«

»Tut mir Leid, das zu hören«, sagte Roland und versuchte zu überlegen, wer den hünenhaften Caverra ersetzen könnte, der ihm als ein Mann imponiert hatte, der nicht viel von Angst und vermutlich überhaupt nichts von Feigheit wusste.

»Nehmt mich statt seiner, wollt Ihr?«

Roland musterte ihn prüfend.

»Bitte, Revolvermann, ich kann nicht beiseite stehen. Ich dachte, ich könnte es – ich müsste es sogar –, aber das kann ich nicht. Es macht mich krank.« Roland fand, dass der Mann tatsächlich krank aussah.

»Weiß Eure Frau davon, Wayne?«

»Aye.«

»Und sie ist einverstanden?«

»Das ist sie.«

Roland nickte. »Seid eine halbe Stunde vor Tagesanbruch hier.«

Ein Ausdruck tiefer, fast schmerzhafter Dankbarkeit erfüllte Overholsers Gesicht und ließ ihn auf seltsam verrückte Weise jung wirken. »Danke, Roland! Ich sage Euch meinen Dank! Großengroßen Dank!«

»Freut mich, dass Ihr mitmachen wollt. Hört mir jetzt einen Augenblick zu, ich bitte Euch.«

»Aye?«

»Die Sache läuft nicht ganz so, wie ich sie auf der großen Versammlung dargestellt habe.«

»Wegen Andy, meint Ihr.«

»Ja, teilweise auch deshalb.«

»Weshalb noch? Ihr glaubt doch nicht etwa, dass es einen *weiteren* Verräter gibt? Das wollt Ihr damit doch nicht sagen, oder?«

»Ich will nur sagen, dass Ihr mit uns rollen müsst, wenn ihr mitkommen wollt. Ihr versteht, was ich meine?«

»Aye, Roland. Sehr wohl.«

Overholser dankte ihm nochmals für die Chance, sozusagen nördlich der Stadt sterben zu dürfen, und hastete dann davon, den Hut noch immer in den Händen. Wahrscheinlich beeilte er sich, bevor Roland sich die Sache doch noch anders überlegen konnte.

Eddie kam herüber. »Overholser ist also beim großen Tanz dabei?«

»Sieht so aus. Und? Wie viel Schwierigkeiten hast du mit Andy gehabt?«

»Ach, das ist ganz gut gelaufen«, sagte Eddie, der nicht eingestehen wollte, dass Tian, Rosalita und er wahrscheinlich nur eine Sekunde davon entfernt gewesen waren, von Andy erledigt zu werden. In der Ferne war noch immer sein Plärren zu hören. Aber vermutlich würde das nicht mehr sehr lange anhalten; die Lautsprecherstimme verkündete gerade, dass die Abschaltung zu siebenundneunzig Prozent erfolgt sei.

»Du hast sehr gute Arbeit geleistet, würde ich meinen.«

Wenn Roland ihn lobte, fühlte Eddie sich immer wie der König der Welt, aber er versuchte, sich das nicht anmerken zu lassen. »Hauptsache, dass wir morgen gute Arbeit leisten.«

»Susannah?«

»Ihr scheint's gut zu gehen.«

»Kein …?« Roland rieb sich über der linken Augenbraue.

»Nein, davon habe ich nichts gesehen.«

»Und sie spricht nicht knapp und unwirsch?«

»Nein, sie ist einsatzbereit. Hat die ganze Zeit mit ihren Tellern geübt, während ihr Jungs gebuddelt habt.« Eddie nickte zu Jake hinüber, der mit Oy zu seinen Füßen allein auf einer Schaukel saß. »Seinetwegen mache ich mir Sorgen. Ich bin froh, wenn er von hier wegkommt. Die ganze Sache hat ihn schwer mitgenommen.«

»Den anderen Jungen wird's noch schlimmer treffen«, sagte

Roland und stand auf. »Ich reite jetzt zu Peres Haus zurück. Ich brauche meinen Schlaf.«

»*Kannst* du überhaupt schlafen?«

»O ja«, sagte Roland. »Mithilfe von Rosas Katzenöl werde ich schlafen wie ein Sack. Du und Susannah und Jake solltet es ebenfalls versuchen.«

»Okay.«

Roland nickte ernst. »Ich wecke euch morgen früh. Danach reiten wir gemeinsam hierher.«

»Und dann kämpfen wir.«

»Ja«, sagte Roland. Er sah Eddie an. Seine blauen Augen leuchteten im Fackelschein. »Dann kämpfen wir. Bis sie tot sind – oder wir.«

Kapitel 7

Die Wölfe

1

Seht nun dies, seht es sehr wohl:

Hier liegt eine Straße, die ebenso breit und gut instand gehalten ist wie jede Landstraße in Amerika, nur dass ihr glatter Belag aus festgewalztem Lehm besteht, den das Calla-Volk Oggan nennen. Gräben für abfließendes Regenwasser begleiten die Straße auf beiden Seiten; hier und da führen sorgfältig verlegte und gut unterhaltene hölzerne Abflussrohre unter dem Oggan hindurch. In dem schwachen, unirdischen Licht vor Tagesanbruch rollen ein Dutzend Planwagen – von der Art, wie die Manni sie benutzen, mit halbrunden Segeltuchdächern – die Straße entlang. Das Segeltuch ist leuchtend reinweiß, damit es die Sonnenstrahlen reflektiert und das Innere an heißen Sommertagen kühl hält, und so sehen sie wie seltsame, tief schwebende Wolken aus. Wie Haufenwolken, wenn's beliebt. Jeder Wagen wird von vier Pferden beziehungsweise sechs Maultieren gezogen. Auf den Böcken, kutschierend, sitzen jeweils zwei Kämpfer oder eingeteilte Kinderaufpasser. Overholser, der den ersten Wagen kutschiert, hat Margaret Eisenhart neben sich. Dahinter kommt Roland von Gilead, der mit Ben Slightman zusammengespannt ist. Den fünften Wagen kutschieren Tian und Zalia Jaffords. Mit dem siebten Wagen fahren Eddie und Susannah Dean. Susannahs Rollstuhl steht zusammengefaltet auf der Ladefläche hinter ihnen. Bucky und Annabelle Javier kutschieren den zehnten Wagen. Und auf dem Kutschbock des letzten Wagens sitzen Father Donald Callahan und Rosalita Munoz.

Die Planwagen transportieren neunundneunzig Kinder. Der übrig gebliebene Zwilling – durch den sich eine ungerade Zahl ergibt – ist natürlich Benny Slightman. Er sitzt hinten auf dem letzten Wagen. (Der Gedanke, bei seinem Vater mitzufahren, war ihm unbehaglich.) Die Kinder reden nicht. Einige der Jüngeren sind wieder eingeschlafen; sie werden bald geweckt werden müssen, wenn die Wagen ihr Ziel erreichen. Vor ihnen, jetzt keine Meile mehr entfernt, liegt die Stelle, wo der Weg ins Arroyogebiet nach links abzweigt. Rechts fällt das Land sanft zum Fluss hinunter ab. Alle Wagenlenker sehen ständig nach Osten zu der permanenten Finsternis hinüber, die Donnerschlag bezeichnet. Sie versuchen eine herannahende Staubwolke zu erkennen. Aber es gibt keine. Noch nicht. Sogar der stürmische Seminon hat sich gelegt. Callahans Gebete scheinen erhört worden zu sein, zumindest in diesem Punkt.

2

Ben Slightman, der neben Roland auf dem Kutschbock des zweiten Planwagens saß, sprach so leise, dass der Revolvermann ihn kaum verstand. »Was habt Ihr also mit mir vor?«

Hätte Roland bei der Abfahrt der Wagen aus Calla Bryn Sturgis sagen sollen, wie er Slightmans Chancen einschätzte, diesen Tag zu überleben, hätte er sie vielleicht auf eins zu zwanzig taxiert. Bestimmt nicht höher. Es gab zwei entscheidende Fragen, die gestellt und dann richtig beantwortet werden mussten. Die erste musste von Slightman selbst kommen. Roland hatte eigentlich nicht erwartet, dass der Mann sie stellen würde, aber jetzt hatte er es tatsächlich getan. Roland drehte den Kopf zur Seite und sah ihn an.

Vaughn Eisenharts Vormann war sehr blass, aber er nahm seine Brille ab und erwiderte Rolands Blick. Das hielt der Revolvermann nicht für besonders mutig. Slightman der Ältere hatte bestimmt Zeit gehabt, Rolands Wesen zu studieren, und wusste, dass er – so zuwider ihm das auch sein mochte – dem Revolvermann in die Augen sehen *musste,* wenn er noch irgendeine Hoffnung haben wollte.

»Yar, ich weiß«, sagte Slightman. Seine Stimme klang ruhig, wenigstens bisher. »Was ich weiß? Dass *Ihr* es wisst.«

»Ihr wisst's vermutlich, seit wir Euren Partner erledigt haben«, sagte Roland. Seine Wortwahl war absichtlich sarkastisch (Sarkasmus war die einzige Art Humor, die Roland wirklich verstand), und Slightman zuckte dabei zusammen: Partner. Euer Partner. Aber er nickte, während er Roland weiter unverwandt in die Augen sah.

»Ich konnte mir ausrechnen, dass Ihr auch von mir wissen würdet, wenn Ihr von Andy wusstet. Obwohl er mich nie verpfiffen hätte. Dafür war er nicht programmiert.« Schließlich wurde es doch zu viel für ihn, und er konnte den Blickkontakt nicht länger ertragen. Er senkte den Kopf und biss sich auf die Unterlippe. »Gewusst hab ich's vor allem wegen Jake.«

Roland gelang es nicht, seine Überraschung völlig zu verbergen.

»Er hat sich verändert. Das wollte er nicht, trig wie er ist – und tapfer wie er ist –, aber er hat's trotzdem getan. Nicht mir gegenüber, sondern gegenüber meinem Jungen. In den letzten ein bis eineinhalb Wochen. Benny war nur … nun, er war leicht verwirrt, könnte man sagen. Er hat etwas gespürt, wusste aber nicht recht, was. Ich hab's gewusst. Es war, als wollte Ihr Junge nicht mehr mit ihm zusammen sein. Ich habe mich gefragt, woher das kommen könnte. Die Antwort war ziemlich klar. Klar wie Dünnbier, wenn's beliebt.«

Roland fiel hinter Overholsers Wagen zurück. Er ließ die Zügel leicht auf die Rücken der Zugtiere schnalzen. Sie bewegten sich etwas schneller. Hinter ihnen waren die leisen Geräusche von

Kindern zu hören, von denen einige miteinander redeten, während die meisten schliefen, und das gedämpfte Klingeln der mit Schellen besetzten Pferdegeschirre der nachfolgenden Wagen. Roland hatte Jake aufgetragen, ein Kistchen voll Kindersachen einzusammeln, und gesehen, wie der Junge seinen Auftrag geflissentlich ausführte. Jake war ein guter Junge, der nie etwas auf die lange Bank schob. An diesem Morgen trug er einen Dayrider, damit die Sonne ihm nicht in die Augen schien, und die Waffe seines Vaters. Er fuhr neben einem der Estradas auf dem Kutschbock des elften Planwagens mit. Roland vermutete, dass auch Slightman einen solch guten Jungen hatte, was erheblich dazu beigetragen hatte, dass die gegenwärtige Situation so verfahren war, wie sie war.

»Jake war in einer Nacht im Dogan, als Ihr und Andy dort wart und Bericht über Eure lieben Mitmenschen erstattet habt«, sagte Roland. Neben ihm fuhr Slightman wie ein Mann zusammen, der einen Magenhaken verpasst bekommen hatte.

»Er war dort«, sagte er. »Aye, ich konnte fast etwas spüren … oder dachte, ich könnte es …« Eine längere Pause entstand, dann: *»Scheiße.«*

Roland blickte nach Osten. Dort war es nun etwas heller, aber er sah noch immer keine Staubwolke. Was nur gut war. Sobald der Staub erschien, würden die Wölfe urplötzlich da sein. Ihre grauen Pferde würden schnell sein. Roland, der weiter fast beiläufig sprach, fuhr fort und stellte die zweite Frage. Wenn Slightman sie verneinte, würde er nicht mehr lange genug leben, um die Wölfe kommen zu sehen, selbst wenn deren Pferde noch so schnell waren.

»Hättet ihr ihn entdeckt, Slightman – hättet ihr *meinen* Jungen entdeckt –, hättet ihr ihn dann umgebracht?«

Slightman setzte seine Brille wieder auf, während er mit dieser Frage kämpfte. Roland konnte nicht beurteilen, ob er ihre Bedeutung erfasste oder nicht. Er wartete ab, um zu sehen, ob der Vater von Jakes Freund leben oder sterben würde. Er würde seine Entscheidung rasch treffen müssen; sie näherten sich der Stelle, an der die Wagen halten und die Kinder absteigen würden.

Endlich hob der Mann den Kopf und sah Roland wieder in die Augen. Er öffnete den Mund, um zu sprechen, brachte aber kein Wort heraus. Wie die Dinge lagen, war offenkundig: Er konnte die Frage des Revolvermanns beantworten oder dem Revolvermann in die Augen sehen, aber er konnte nicht beides gleichzeitig tun.

Slightman senkte den Blick wieder auf das zersplitterte Holz zwischen seinen Füßen und sagte: »Ja, ich schätze, dass wir ihn umgebracht hätten.« Eine Pause. Ein Nicken. Als er den Kopf bewegte, fiel aus einem Auge eine Träne und platschte aufs Holz des Kutschbockbodens. »Yar, was sonst?« Nun sah er auf; nun konnte er Rolands Blick wieder begegnen, und als er es tat, sah er, dass die Entscheidung über sein Schicksal gefallen war. »Macht rasch«, sagte er, »und lasst es meinen Jungen nicht sehen. Ich bitte Euch inständig.«

Roland ließ die Zügel wieder auf die Rücken der Maultiere schnalzen. Dann sagte er: »Ich werde nicht derjenige sein, der Euer kümmerliches Leben beendet.«

Slightman hielt den Atem an. Als er dem Revolvermann gestanden hatte, ja, er hätte einen zwölfjährigen Jungen umgebracht, um sein Geheimnis zu bewahren, hatte aus seinem Gesicht eine Art angestrengter Würde gesprochen. Jetzt drückte es dagegen Hoffnung aus, und Hoffnung machte es hässlich. Nahezu grotesk. Dann ließ er den angehaltenen Atem mit einem holprigen Seufzer entweichen und sagte: »Ihr spielt mit mir. Wollt mich aufziehen. Ihr werdet mich umbringen, das steht fest. Warum solltet Ihr's nicht tun?«

»Was ein Feigling sieht, beurteilt er alles danach, was er selbst ist«, bemerkte Roland. »Ich würde Euch nur umbringen, wenn es sein müsste, Slightman, weil ich meinen eigenen Jungen liebe. So viel versteht Ihr wohl, ja? Was es heißt, einen Jungen zu lieben?«

»Yar.« Slightman ließ den Kopf ein weiteres Mal sinken und begann, sich seinen von der Sonne verbrannten Nacken zu reiben. Den Hals, von dem er geglaubt haben musste, er werde den heutigen Tag unter der Erde liegend beenden.

»Aber über eines müsst Ihr Euch im Klaren sein. Zu Eurem eigenen und zu Bennys Besten ebenso wie zu unserem. Falls die Wölfe siegen, *werdet* Ihr sterben. Dessen könnt Ihr gewiss sein. ›Damit könnt Ihr zur Bank gehen‹, wie Eddie und Susannah sagen würden.«

Slightman, dessen Augen hinter der Brille zusammengekniffen waren, sah ihn wieder an.

»Hört mich wohl an, Slightman, und zieht Eure eigenen Lehren daraus. Wir werden nicht dort sein, wo die Wölfe uns vermuten, und auch die Kinder werden an einem anderen Ort sein. Ob sie siegen oder verlieren, diesmal werden sie einige Tote zurücklassen. Und unabhängig davon, ob sie siegen oder verlieren, werden sie wissen, dass sie irregeführt worden sind. Wer in Calla Bryn Sturgis hätte sie irreführen können? Nur zwei: Andy und Ben Slightman. Andy hat sich abgeschaltet, ist sowieso außerhalb der Reichweite ihrer Rache.« Er bedachte Slightman mit einem Lächeln, das kalt wie der Nordpol der Erde war. »Aber Ihr seid's nicht. Auch nicht der Einzige, den Ihr mit Eurem erbärmlichen Herzen liebt.«

Slightman saß da und dachte darüber nach. Dieser Gedanke war ihm offensichtlich neu, aber sobald er dessen Logik erkannte, war er unwiderlegbar.

»Wahrscheinlich glauben sie, Ihr hättet bewusst die Seiten gewechselt«, sagte Roland, »aber selbst wenn Ihr sie davon überzeugen könntet, dass alles nur ein Unfall war, würden sie Euch trotzdem umbringen. Und Euren Sohn auch. Aus Rache.«

Während der Revolvermann sprach, hatten Slightmans Wangen sich allmählich rot verfärbt – schamrot, vermutete Roland –, aber während der Mann nun darüber nachdachte, dass die Wölfe wahrscheinlich seinen Sohn ermorden würden, wurde er wieder blass. Vielleicht bewirkte das auch der Gedanke, Benny könnte nach Osten verschleppt werden – nach Osten, um minder zurückzukommen. »Tut mir Leid«, murmelte er. »Was ich getan habe, tut mir so Leid.«

»Scheiß auf Eure Entschuldigung«, sagte Roland. »Ka ist am Werk, und die Welt bewegt sich weiter.«

Slightman gab keine Antwort.

»Ich neige dazu, Euch mit den Kindern mitzuschicken, genau wie ich's angekündigt habe«, sagte Roland. »Wenn alles wie erhofft läuft, werdet Ihr keinen Augenblick kämpfen müssen. Läuft's nicht wie erhofft, sollt Ihr wissen, dass Sarey Adams für den ganzen dortigen Krempel verantwortlich ist, und wenn ich danach mit ihr rede, könnt Ihr nur hoffen, dass sie bestätigt, dass Ihr alle Anweisungen prompt ausgeführt habt.« Als Slightman daraufhin lediglich weiterhin schwieg, fuhr der Revolvermann ihn scharf an. »Zum Teufel mit Euch, sagt mir, dass Ihr verstanden habt. Ich will es hören: ›Ja, Roland, das weiß ich.‹«

»Ja, Roland, das weiß ich sehr wohl.« Es entstand eine Pause. »Glaubt Ihr, dass die *Folken* es rausbekommen, *falls* wir siegen? Was … ich getan habe?«

»Jedenfalls nicht von Andy«, sagte Roland. »Mit seinem Geschwätz ist Schluss. Und nicht von mir, wenn Ihr tut, was Ihr jetzt versprecht. Auch nicht von meinem Ka-Tet. Allerdings nicht aus Respekt vor Euch, sondern aus Respekt vor Jake Chambers. Und wenn die Wölfe in die von mir gestellte Falle gehen, weshalb sollten die *Folken* dann jemals vermuten, es könnte einen zweiten Verräter geben?« Er musterte Slightman mit kaltem Blick. »Sie sind harmlose Leute. Vertrauensvoll. Wie Ihr genau wisst. Ihr habt immerhin ihr Vertrauen missbraucht.«

Die Wangenröte kehrte zurück. Slightman starrte wieder die Bodenbretter an. Roland blickte auf und sah, dass die Stelle, die er suchte, keine Viertelmeile mehr entfernt war. Gut. Am östlichen Horizont hing noch immer keine Staubwolke, aber er konnte in Gedanken spüren, wie sie sich sammelte. Die Wölfe waren unterwegs, o ja. Sie waren irgendwo jenseits des Flusses aus dem Zug gestiegen, hatten sich auf ihre Pferde geschwungen und ritten nun wie die Teufel. Dass sie aus der Höhle kamen, stand für ihn fest.

»Ich hab's für meinen Sohn getan«, sagte Slightman. »Andy ist zu mir gekommen und hat gesagt, sie würden ihn bestimmt mitnehmen. Irgendwo dort drüben, Roland ...« Er wies nach Osten in Richtung Donnerschlag. »Irgendwo dort drüben leben arme Geschöpfe, die Brecher genannt werden. Gefangene. Andy sagt, dass sie Telepathen und Psychokinetiker sind, und obwohl ich beide Worte nicht kenne, weiß ich, dass sie mit dem Verstand zu tun haben. Die Brecher sind Menschen, und sie essen, was wir essen, um ihre Körper zu ernähren, aber sie brauchen andere Nahrung, *besondere* Nahrung, um das zu ernähren, was sie *besonders* macht.«

»Gehirnnahrung«, sagte Roland. Er erinnerte sich daran, dass seine Mutter Fisch immer als Gehirnnahrung bezeichnet hatte. Und dann dachte er ohne für ihn ersichtlichen Grund an Susannahs nächtliche Beutezüge. Nur war es nicht Susannah gewesen, die jenen mitternächtlichen Bankettsaal besucht hatte, sondern Mia. Niemands Tochter.

»Yar, das stimmt wohl«, sagte Slightman. »Jedenfalls ist es etwas, was nur Zwillinge haben – etwas, was sie von Verstand zu Verstand miteinander verbindet. Und diese Kerle – nicht die Wölfe, sondern die anderen, die sie herschicken – nehmen es raus. Und ist es einmal fort, werden die Kinder schwachsinnig. Minder. Es ist *Nahrung*, Roland, versteht Ihr? *Deshalb* werden unsere Kinder geraubt! Damit sie ihre gottverdammten *Brecher* ernähren können! Nicht ihre Bäuche oder ihre Körper, sondern ihre Gehirne! Und ich weiß nicht mal, worauf sie angesetzt werden, damit sie's zerbrechen!«

»Die beiden Balken, die den Turm noch halten«, sagte Roland.

Slightman war wie vom Donner gerührt. Und wirklich überaus ängstlich. «Den Dunklen Turm?« Er flüsterte die Wörter. »Sagt Ihr das?«

»Das tue ich«, sagte Roland. »Wer ist Finli? Finli o' Tego.«

»Weiß ich nicht. Eine Stimme, die meine Berichte entgegennimmt, weiter nichts. Ein Taheen, glaube ich – wisst Ihr, was das ist?«

»Nein. Wisst Ihr's?«

Slightman schüttelte den Kopf.

»Dann wollen wir's dabei belassen. Vielleicht begegne ich ihm eines Tages, dann muss er sich persönlich für diese Geschichte verantworten.«

Slightman gab keine Antwort, aber Roland spürte seinen Zweifel. Das war in Ordnung. Sie hatten es jetzt beinahe geschafft, und der Revolvermann glaubte, fühlen zu können, wie ein unsichtbarer Strick, der um seine Leibesmitte verknotet gewesen war, sich zu lockern begann. Er wandte sich dem Vormann erstmals ganz zu. »Es gibt immer jemanden wie Euch, den ein Andy betrügen kann, Slightman. Ich zweifle so wenig daran, dass er vor allem zu diesem Zweck hier zurückgelassen wurde, wie ich nicht bezweifle, dass Eure Tochter, Bennys Schwester, keines natürlichen Todes gestorben ist. Sie brauchen immer einen überlebenden Zwilling und einen schwachen Elternteil.«

»Woher wollt Ihr …«

»Maul halten. Ihr habt jetzt alles gesagt, was gut für Euch war.«

Slightman saß schweigend neben Roland auf dem Kutschbock.

»Mit Verrat kenne ich mich aus. Ich habe ihn mehrfach begangen, einmal sogar Jake gegenüber. Aber das ändert nichts daran, was Ihr seid; darüber wollen wir uns im Klaren sein. Ihr seid ein Aasfresser. Ein Häher, der zum Aasgeier geworden ist.«

Die Röte war nun vollends in Slightmans Wangen zurückgekehrt und färbte sie weinrot. »Ich hab's für meinen Jungen getan«, sagte er störrisch.

Roland spuckte in seine Handfläche, hob die Hand und rieb damit über Slightmans Wange. Das rot angelaufene Gesicht des Vormanns fühlte sich heiß an. Dann fasste der Revolvermann nach der Brille, die Slightman trug, und bewegte sie leicht auf der Nase des Mannes hin und her. »Damit könnt Ihr Euch nicht reinwaschen«, sagte er ganz ruhig. »Wegen dieser Brille nicht. Mit der haben sie Euch gebrandmarkt, Slightman. Dies ist Euer Brandzeichen. Ihr sagt Euch, dass Ihr's für Euren Jungen getan habt, weil Ihr nur auf diese Weise abends einschlafen könnt. *Ich* sage *mir,* dass ich mit dem, was ich Jake angetan habe, meine Chance wahren wollte, zum Turm zu gelangen … und dann kann *ich* abends einschlafen. Der Unterschied zwischen uns, der *einzige* Unterschied zwischen uns ist, dass ich niemals eine Brille angenommen habe.« Er wischte sich die Hand an der Hose ab. »Ihr seid ein erbärmlicher Verräter, Slightman. Und Ihr habt das Angesicht Eures Vaters vergessen.«

»Lasst mich in Ruhe«, flüsterte Slightman. Er wischte sich den schleimigen Speichel des Revolvermanns vom Gesicht. Er wurde sofort durch seine Tränen ersetzt. »Um meines Jungen willen.«

Roland nickte. »Allein darum geht's hier – um das Wohl Eures Sohnes. Ihr schleppt ihn hinter Euch her wie ein totes Huhn. Gut, lassen wir das. Wenn alles so klappt, wie ich hoffe, könnt Ihr Euer Leben mit ihm in der Calla verbringen und von jedermann geachtet alt werden. Ihr werdet einer von denen sein, die sich gegen die Wölfe erhoben haben, als die Revolvermänner auf dem Pfad des Balkens in die Stadt gekommen sind. Könnt Ihr eines Tages nicht mehr gehen, wird er Euch geleiten und Euch stützen. Das sehe ich voraus, aber mir gefällt nicht, was ich sehe. Ein

Mann, dem seine Seele für eine Brille feil ist, verkauft sie nämlich bei nächster Gelegenheit für irgendein anderes Kinkerlitzchen – noch billiger –, und Euer Junge bekommt irgendwann ohnehin heraus, was Ihr seid. Das Beste, was Eurem Jungen heute passieren könnte, wäre, dass Ihr als Held fallt.« Und dann, bevor Slightman antworten konnte, erhob Roland die Stimme und rief: »He, Overholser! Anhalten, dort vorn! *Overholser!* Haltet am Straßenrand! Wir sind da! Sage Euch meinen Dank!«

»Roland …«, begann Slightman.

»Nein«, sagte Roland, indem er die Zügel am Kutschbock festband. »Das Palaver ist beendet. Merkt Euch nur, was ich gesagt habe, Sai: Bekommt Ihr die Chance, heute als Held zu sterben, solltet Ihr Eurem Sohn einen Gefallen tun und sie ergreifen.«

3

Anfangs lief alles nach Plan, und sie führten das auf Ka zurück. Als die Dinge schief zu laufen begannen und das Sterben einsetzte, führten sie auch das auf Ka zurück. Ka, das hätte der Revolvermann ihnen erzählen können, war oft das Letzte, über das man sich erheben musste.

4

Roland hatte den Kindern erklärt, was er von ihnen wollte, als sie noch im Fackelschein vor dem Pavillon gestanden hatten. Jetzt, als der Tag heller wurde (aber die Sonne noch in den Startlöchern saß), nahmen sie in perfekter Ordnung ihre Plätze ein, stellten sich von den Ältesten bis zu den Jüngsten auf der Straße auf, wobei jedes Zwillingspaar sich an den Händen hielt. Die Planwagen waren so am Straßenrand aufgefahren, dass ihre linken

Räder hart am Graben standen. Die einzige Lücke in der Wagenreihe befand sich dort, wo der Weg ins Arroyogebiet von der Oststraße abzweigte. Neben der Kinderschlange standen in gleichmäßigen Abständen die Aufpasser, deren Zahl jetzt auf über ein Dutzend angestiegen war, weil Tian, Pere Callahan, Slightman und Wayne Overholser dazugekommen waren. Auf der anderen Straßenseite, jenseits des rechten Grabens aufgereiht, standen Eddie, Susannah, Rosa, Margaret Eisenhart und Tians Frau Zalia. Jede der Frauen trug eine mit Seide gefütterte Basttasche mit Tellern. Im Straßengraben und hinter ihnen standen Kisten mit weiteren Orizas. Insgesamt waren es zweihundert Teller.

Eddie sah über den Fluss hinweg. Noch immer keine Staubwolke. Susannah bedachte ihn mit einem nervösen Lächeln, das er ebenso nervös zurückgab. Dies war der schwierige Teil – der beängstigende Teil. Später, das wusste er, würde der rote Nebel ihn einhüllen und mit sich fortreißen. Jetzt war er sich ihrer Umstände noch zu sehr bewusst. Am peinlichsten bewusst war er sich der Tatsache, dass sie in diesem Augenblick so hilflos und verwundbar waren wie eine Schildkröte ohne ihren Panzer.

Jake, der die Kinderschlange entlang nach vorn gehastet kam, trug das Kistchen mit allem möglichen Krimskrams: Haarschleifen, ein Beißring für ein zahnendes Kleinkind, eine aus Eibenholz geschnitzte Trillerpfeife, einen alten Schuh, dem der größte Teil der Sohle fehlte, eine einzelne Socke. Er hatte mehrere Dutzend solcher Gebrauchsgegenstände eingesammelt.

»Benny Slightman!«, blaffte Roland. »Frank Tavery! Francine Tavery! Kommt mit Jake zu mir!«

»Heda!«, sagte Benny Slightmans Vater, der augenblicklich besorgt wirkte. »Wozu ruft Ihr meinen Sohn aus der …«

»Damit er seine Pflicht tut, genau wie Ihr Eure tun werdet«, sagte Roland. »Kein Wort mehr!«

Die Kinder, die er gerufen hatte, erschienen vor ihm. Die Taverys, die vor Aufregung gerötete Gesichter und leuchtende

Augen hatten, waren außer Atem, hielten sich aber noch immer an den Händen.

»Hört jetzt gut zu, damit ich kein einziges Wort wiederholen muss«, sagte Roland. Benny und die Taverys beugten sich ängstlich besorgt nach vorn. Obwohl Jake sichtlich darauf brannte, endlich aufzubrechen, war er weniger ängstlich besorgt; er kannte seine Rolle und wusste, was dann voraussichtlich geschehen würde. Was Roland *hoffte,* dass es geschehen würde.

Roland wandte sich an die Kinder, aber er sprach so laut, dass auch die weit verteilten Aufpasser jedes Wort mitbekamen. »Ihr folgt jetzt diesem Weg«, sagte er, »und lasst alle paar Schritte etwas liegen, so als wäre es bei einem eiligen Gewaltmarsch zu Boden gefallen. Und ich erwarte, dass *ihr* vier einen eiligen Gewaltmarsch macht. Rennt nicht, aber bewegt euch auch nicht viel langsamer. Passt gut auf, wohin ihr tretet. Geht bis zu der Stelle, wo der Weg sich gabelt – das ist eine halbe Meile –, aber nicht weiter. Habt ihr verstanden? *Keinen einzigen Schritt weiter.«*

Sie nickten eifrig. Rolands Blick galt jetzt den nervös hinter ihnen stehenden Erwachsenen.

»Diese vier bekommen jetzt zwei Minuten Vorsprung. Dann folgen die übrigen Zwillinge, die ältesten voraus, die jüngsten am Schluss. Sie gehen nicht weit; die letzten Paare werden die Straße kaum verlassen.« Roland erhob seine Stimme zu lautem Befehlston. *»Kinder! Wenn ihr den Pfiff hier hört, kommt ihr zurück! Und zwar schnell zu mir!«* Er steckte Zeige- und Mittelfinger der linken Hand in den Mund und pfiff so gellend laut, dass einige Kinder sich die Ohren zuhielten.

»Sai, wozu wollt Ihr die Kinder zurückrufen, wo sie sich doch in einer der Höhlen verstecken sollen?«, fragte Annabelle Javier.

»Weil sie nicht in die Höhlen gehen«, sagte Roland. »Sie gehen dort hinunter.« Er deutete nach Osten. »Lady Oriza wird sich der Kinder annehmen. Sie werden sich knapp diesseits des Flusses im Reis verstecken.« Alle blickten in die Richtung, in die er zeigte, und so sahen sie auch alle gleichzeitig die Staubwolke.

Die Wölfe kamen.

5

»Unser Besuch ist unterwegs, Schätzchen«, sagte Susannah.

Roland nickte, dann wandte er sich an Jake. »Los jetzt, Jake. Genau, wie ich's gesagt habe.«

Jake holte zwei Hände voll Kindersachen aus dem Korb und drückte sie den Zwillingen Tavery in die Hand. Dann sprang er graziös wie ein Reh über den linken Straßengraben und marschierte mit Benny neben sich den Arroyopfad entlang davon. Frank und Francine blieben dicht hinter den beiden; während Roland ihnen nachsah, ließ Francine eine Kindermütze auf den Weg fallen.

»Also gut«, sagte Overholser, »einen Teil davon verstehe ich, wenn's beliebt. Die Wölfe werden die weggeworfenen Sachen sehen und erst recht glauben, dass unsere Kinder dort oben sind. Aber wozu die anderen überhaupt nach Norden schicken, Revolvermann? Warum lassen wir sie nicht geradewegs zum Reis runtermarschieren?«

»Weil wir annehmen müssen, dass die Wölfe die Fährte ihrer Beute so gut wittern können wie echte Wölfe«, sagte Roland. Er erhob wieder die Stimme. *»Kinder, den Weg hinauf! Die Ältesten voraus! Haltet eure Geschwister an der Hand und lasst nicht los! Kommt auf meinen Pfiff zurück!«*

Die Kinder setzten sich in Bewegung. Pere Callahan, Sarey Adams, die Javiers und Ben Slightman halfen ihnen über den Straßengraben. Alle Erwachsenen wirkten besorgt; nur Bennys Da' wirkte zudem misstrauisch.

»Die Wölfe werden dem Weg folgen, weil sie Grund zu der

Annahme haben, dass die Kinder dort oben sind«, sagte Roland, »aber sie sind nicht dumm, Wayne. Sie werden Spuren suchen, und wir werden sie ihnen liefern. Falls sie gut riechen können – und ich würde die letztjährige Reisernte dieser Stadt darauf verwetten, dass sie's können –, haben sie außer den fallen gelassenen Sachen, die sie sehen können, die Witterung der Kinder. Wenn die der Hauptgruppe aufhört, führt die der vier anderen weiter. Sie wird dann die Wölfe noch weiter von der Straße weglocken – oder auch nicht. Doch bis dahin sollte das keine große Rolle mehr spielen.«

»Aber …«

Roland beachtete Overholser nicht weiter. Er wandte sich seiner kleinen Schar von Kämpfern zu. Es waren insgesamt sieben. *Das ist eine gute Zahl,* sagte er sich. *Eine machtvolle Zahl.* Er blickte über sie hinweg in Richtung Staubwolke. Sie stand höher als die verbleibenden Seminon-Staubsäulen und bewegte sich mit schrecklicher Geschwindigkeit. Trotzdem glaubte Roland, dass sie hier vorerst ungefährdet waren.

»Hört mir zu und passt gut auf.« Damit waren Zalia, Margaret und Rosa gemeint. Die Angehörigen seines Ka-Tet kannten diesen Teil bereits, wussten davon, seit Eddie vom alte Jamie auf der Veranda der Familie Jaffords dessen lang gehütetes Geheimnis ins Ohr geflüstert bekommen hatte. »Die Wölfe sind weder Menschen noch Ungeheuer; sie sind Roboter.«

»Roboter!«, rief Overholser, wirkte dabei aber eher überrascht als ungläubig.

»Aye, und zwar von einer Art, wie sie mein Ka-Tet schon früher gesehen hat«, sagte Roland. Er dachte an eine bestimmte Lichtung, auf der die letzten überlebenden Gefolgsleute des großen Bären einander in einem endlosen sorgenvollen Rundlauf verfolgt hatten. »Sie tragen Kapuzen, um kleine sich drehende Dinger auf ihren Köpfen zu tarnen. Diese Dinger sind ungefähr so hoch und so breit …« Er deutete mit den Fingern eine Höhe von etwa fünf und eine Breite von etwa zwölf Zentimetern an. »Eines dieser Dinger hat Molly Doolin damals mit ihrem Teller getroffen und abgeknickt. Sie hat es zufällig getroffen. Wir werden es absichtlich treffen.«

»Denkkappen«, sagte Eddie. »Ihre Verbindung zur Außenwelt. Ohne die sind sie so tot wie Hundescheiße.«

»Zielt hierher.« Roland hielt die rechte Hand zwei Finger breit über seine Schädeldecke.

»Aber die Stelle über dem Herzen ... die Kiemen in ihrer Brust ...«, begann Margaret, deren Stimme völlig verwirrt klang.

»Bockmist, jetzt und schon immer«, sagte Roland. »Zielt auf die Kapuzen dicht über ihren Köpfen.«

»Irgendwann«, sagte Tian, »werde ich hoffentlich erfahren, warum so viel gottverdammter Bockmist nötig war.«

»Ich hoffe, dass es ein irgendwann *gibt«*, sagte Roland. Die letzten Kinder – die jüngsten Zwillinge – begannen gerade, den Weg hinaufzugehen, wobei sie sich weiter folgsam an den Händen hielten. Die ältesten Kinder würden mittlerweile ungefähr eine Achtelmeile zurückgelegt haben, während Jakes Quartett mindestens eine weitere Achtelmeile Vorsprung hatte. Das würde genügen müssen. Roland wandte seine Aufmerksamkeit wieder den Aufpassern zu.

»Jetzt rufe ich sie zurück«, sagte er. »Führt sie dann über die Straße und in zwei Reihen nebeneinander durch den Mais.« Er wies mit dem Daumen über die Schulter, ohne sich umzusehen. »Muss ich euch sagen, wie wichtig es ist, dass die Maisstängel nicht abgeknickt werden, vor allem nicht an der Straße, wo die Wölfe sie sehen können?«

Sie schüttelten den Kopf.

»Am Rand der Reisfelder«, fuhr Roland fort, »lasst ihr sie in einem der Bewässerungsgräben weitergehen. Führt sie bis fast zum Fluss und lasst sie sich hinlegen, wo der Reis noch hoch und grün ist.« Seine blauen Augen blitzten, während er die Arme ausbreitete. »Verteilt sie weiträumig. Ihr Erwachsenen postiert euch zwischen ihnen und dem Fluss. Falls es Schwierigkeiten gibt – weitere Wölfe, irgendwas anderes, mit dem wir nicht gerechnet haben –, kommen sie bestimmt von dort.«

Ohne ihnen Gelegenheit zu Fragen zu geben, steckte Roland jetzt zwei Finger in den Mund und stieß einen Pfiff aus. Vaughn Eisenhart, Krella Anselm und Wayne Overholser traten zu den anderen in den Straßengraben und riefen im Chor mit ihnen den Kleinsten zu, sie sollten umkehren und zur Straße zurückkommen. Eddie sah sich inzwischen noch einmal um und musste verblüfft feststellen, wie nahe die Staubwolke dem Fluss bereits war. Das rasche Tempo war völlig verständlich, sobald man das Geheimnis kannte; die grauen Pferde waren überhaupt keine Pferde, sondern mechanische Beförderungsmittel, die als Pferde *getarnt* waren, das war alles. *Wie eine Flotte staatseigener Chevys,* dachte er.

»Roland, sie nähern sich ziemlich schnell! Wie der Teufel!«

Roland sah sich um. »Alles in Ordnung«, sagte er.

»Bist du dir da sicher?«, fragte Rosa.

»Ja.«

Die jüngsten Kinder hasteten jetzt über die Straße zurück: noch immer Hand in Hand, mit vor Angst und Aufregung weit aufgerissenen Augen. Cantab von den Manni und seine Frau Ara führten sie. Ara forderte sie auf, genau zwischen den Maisreihen zu gehen und dabei möglichst keinen der verdorrten Stängel zu berühren.

»Warum, Sai?«, fragte ein kleiner Junge von sicher nicht mehr als vier Jahren. Seine Latzhose hatte vorn einen verdächtigen Fleck. »Mais schon geerntet, guck?«

»Das ist ein Spiel«, sagte Cantab. »Ein Berührt-den-Mais-nicht-Spiel.« Er begann zu singen. Ein paar der Kinder fielen ein, wenngleich die meisten zu verwirrt und ängstlich dazu waren.

Während jetzt die größeren und älteren Zwillingspaare die Straße überquerten, sah Roland wieder nach Osten. Er schätzte, dass die Wölfe noch zehn Minuten vom jenseitigen Flussufer entfernt waren, und zehn Minuten mussten reichen, aber bei allen Göttern, sie waren wirklich *schnell!* Er hatte sich bereits überlegt, dass sie Slightman den Jüngeren und die Zwillinge Tavery hier bei sich würden behalten müssen. Das entsprach zwar nicht dem ursprünglichen Plan, aber wenn die Dinge erst einmal in Fluss gerieten, veränderte sich meistens auch der Plan. *Musste* sich verändern.

Nachdem die letzten Kinder die Straße überquert hatten, standen nur noch Overholser, Callahan, Slightman der Ältere und Sarey Adams auf der Straße.

»Geht«, forderte Roland sie auf.

»Ich will auf meinen Jungen warten!«, wandte Slightman ein.

»Geht!«

Slightman schien eine Diskussion anfangen zu wollen, aber Sarey Adams berührte ihn am Ellbogen, und Overholser packte ihn richtig am anderen.

»Komm jetzt«, sagte Overholser. »Der Mann passt auf deinen Jungen so gut auf wie auf den eigenen.«

Slightman warf Roland einen letzten zweifelnden Blick zu, dann trat er über den Straßengraben und machte sich gemeinsam mit Overholser und Sarey daran, den Schluss der Kinderschlange durch den Mais zum Fluss hinunter zu begleiten.

»Susannah, zeig ihnen das Versteck«, sagte Roland.

Sie hatten darauf geachtet, dass die Kinder den rechten Straßengraben weit unterhalb der Stelle überquerten, an der sie am Vortag gegraben hatten. Jetzt scharrte Susannah mit der Lederkappe eines ihrer verkürzten Beine eine Schicht aus Blättern, Zweigen und Maishülsen beiseite – lauter Dinge, die man in einem Straßengraben zu sehen erwartete – und legte ein dunkles Loch frei.

»Es ist sozusagen nur ein kleiner Schützengraben«, sagte sie fast entschuldigend. »Mit leichten Brettern abgedeckt, die sich schnell wegschieben lassen. Hier verstecken wir uns. Roland hat etwas gebaut … oh, ich weiß nicht, wie ihr so was nennt, aber *wir* sagen Periskop dazu, ein Gerät mit innen angebrachten Spiegeln, durch das man beobachten kann –, und wenn's so weit ist, stehen wir einfach auf. Dann fallen die Bretter um uns herum zu Boden.«

»Wo sind Jake und die anderen drei?«, fragte Eddie. »Sie müssten längst wieder da sein.«

»Dafür ist es noch zu früh«, sagte Roland. »Reg dich ab, Eddie.«

»Ich rege mich nicht ab, und es ist *nicht* zu früh. Wir müssten sie wenigstens sehen können. Ich ziehe mal los und sehe nach, wo sie …«

»Nein, das tust du nicht«, sagte Roland. »Wir müssen möglichst viele von ihnen erwischen, bevor sie mitbekommen, was hier los ist. Das bedeutet, dass wir unsere Feuerkraft hier – in ihrem Rücken – konzentrieren müssen.«

»Roland, da stimmt irgendwas nicht.«

Roland ignorierte ihn. »Lady-Sais, rutscht dort hinein, wenn ich bitten darf. Die Kisten mit den zusätzlichen Tellern stehen dann an eurem Ende; wir bedecken sie nur leicht mit einer Laubschicht.«

Er blickte über die Straße, während Zalia, Rosa und Margaret sich in das Loch schlängelten, das Susannah freigelegt hatte. Der Weg ins Arroyogebiet war jetzt völlig leer. Von Jake, Benny und den Zwillingen Tavery war noch immer nichts zu sehen. Roland dachte allmählich, dass Eddie Recht haben könnte; dass etwas schief gegangen sein musste.

6

Jake und seine Gefährten hatten die Stelle, wo der Weg sich gabelte, schnell und ohne Zwischenfälle erreicht. Jake hatte zwei Gegenstände zurückbehalten, und als sie nun an der Wegegabel standen, warf er eine zerbrochene Rassel in Richtung Gloria und das Flechtarmband eines kleinen Mädchens in Richtung Redbird. *Wählt,* dachte er, *und fahrt so oder so zur Hölle.*

Als er sich umdrehte, sah er, dass die Zwillinge Tavery bereits auf dem Rückweg waren. Benny, dessen Augen in seinem blassen Gesicht leuchteten, wartete auf ihn. Jake nickte ihm zu und zwang sich dazu, Bennys Lächeln zu erwidern. »Los, komm«, sagte er.

Dann hörten sie Rolands Pfiff, und die Zwillinge rannten los, obwohl der Weg mit Geröll und herabgestürzten Felsblöcken übersät war. Sie hielten sich weiter an den Händen und schlängelten sich zwischen allen Hindernissen hindurch, die sie nicht einfach überklettern konnten.

»He, nicht rennen!«, rief Jake. »Er hat gesagt, dass wir nicht rennen, sondern lieber aufpassen sollen, wohin …«

Das war der Augenblick, in dem Frank Tavery in die Felsspalte trat. Jake hörte das mahlende, knackende Geräusch, mit dem der Knöchel brach, und Bennys erschrockenes Zusammenzucken bewies ihm, dass er es ebenfalls gehört hatte. Dann kippte Frank mit einem halblauten, schmerzlich stöhnenden Aufschrei zur Seite. Francine grapschte nach ihm und bekam ihn noch am Oberarm zu fassen, aber der Junge war zu schwer für sie. Er rutschte ihr durch die Finger und schlug bleischwer auf. Der dumpfe Schlag, mit dem sein Kopf auf den Granitblock neben ihm knallte, war sogar noch lauter als das Geräusch, das der Knöchel gemacht hatte. Das Blut, das augenblicklich aus der Kopfwunde quoll, leuchtete im frühen Morgenlicht hellrot.

Schwierigkeiten, dachte Jake. *Und das auf unserer Straße.*

Benny, dessen Gesicht käsig blass geworden war, atmete keuchend. Francine kniete schon neben ihrem Bruder, der in einem verdrehten, hässlichen Winkel dalag, während sein Fuß weiter in dem Spalt feststeckte. Sie gab hohe, atemlose Klagelaute von sich. Dann verstummten diese Laute plötzlich. Francine verdrehte die

Augen nach oben und sackte ohnmächtig über ihrem bewusstlosen Zwillingsbruder zusammen.

»Los, komm«, sagte Jake, und als Benny nur blöde glotzend dastand, boxte Jake ihm gegen die Schulter. »Um deines Vaters willen!«

Das brachte Benny in Bewegung.

7

Jake sah alles mit dem kalten, klaren Blick eines Revolvermannes. Das auf den Felsen gespritzte Blut. Das daran klebende Haarbüschel. Den Fuß in der Felsspalte. Den Speichel auf Frank Taverys Lippen. Die Rundung der jungen Brust seiner Schwester, die schräg über ihm zusammengesackt dalag. Die Wölfe kamen jetzt. Es war nicht Rolands Pfiff, der ihm das sagte, sondern die Gabe. *Eddie,* dachte er. *Eddie will herkommen.*

Jake hatte noch nie versucht, die Gabe zur Verständigung zu benützen, aber jetzt tat er es: *Bleib, wo du bist! Wenn wir es nicht schaffen, rechtzeitig zurückzukommen, versuchen wir, uns zu verstecken, bis sie vorbei sind, ABER KOMM AUF KEINEN FALL HER! TRAU DICH BLOSS NICHT, ALLES ZU VERPATZEN!*

Er hatte keine Ahnung, ob seine Mitteilung ankommen würde, aber er *wusste,* dass ihm keine Zeit für mehr blieb. Benny … was tat der denn inzwischen? Was war *le mot juste?* Ms. Avery an der Piper School hatte immer großen Wert auf *le mot juste* gelegt. Und es fiel ihm ein. Schnattern. Benny schnatterte ängstlich.

»Was machen wir jetzt, Jake? O Jesusmensch, gleich alle *beide!* Ihnen hat doch gerade eben noch nichts gefehlt! Sie sind nur gerannt, und dann … was ist, wenn jetzt die Wölfe kommen? Was ist, wenn sie kommen, während wir noch hier sind? Wir sollten sie liegen lassen, findest du nicht auch?«

»Wir lassen sie nicht liegen«, sagte Jake. Er beugte sich hinunter und packte Francine Tavery an den Schultern. Er riss sie in halb sitzende Stellung hoch, um sie von ihrem Bruder wegzubekommen, damit dieser atmen konnte. Ihr Kopf fiel nach hinten, und das Haar floss ihr wie schwarze Seide über den Rücken. Die Lider flatterten und ließen dadurch das Weiße ihrer Augen sehen. Ohne darüber nachzudenken, ohrfeigte Jake sie. Und das kräftig.

»Au! *Au!*« Ihre Augen flogen auf: blau und schön und äußerst erschrocken.

»Steh auf!«, brüllte Jake. »Runter von ihm!«

Wie viel Zeit war vergangen? Wie still es hier war, seit die Kinder zur Straße zurückgekehrt waren! Kein einziger Vogel ließ sich hören, nicht einmal ein Häher. Jake wartete irgendwie darauf, dass Roland noch einmal pfeifen würde, aber das tat er nicht. Und wozu auch? Sie waren jetzt auf sich allein gestellt.

Francine wälzte sich zur Seite und rappelte sich dann auf. »Helft ihm … bitte, Sai, ich flehe Euch an …«

»Benny. Wir müssen seinen Fuß herausziehen.« Benny ließ sich auf der anderen Seite des verdreht Daliegenden auf ein Knie nieder. Sein Gesicht war noch immer bleich, aber er hatte die Lippen zu einem schmalen Strich zusammengepresst, den Jake ermutigend fand. »Nimm seine Schulter.«

Benny packte Frank Taverys rechte Schulter. Jake übernahm die linke. Ihre Blicke begegneten sich über dem Körper des Bewusstlosen. Jake nickte.

»Zu-gleich!«

Sie zogen gemeinsam. Frank Tavery öffneten die Augen – sie waren so blau und schön wie die seiner Schwester –, und stieß einen Schrei aus, der so hoch war, dass er fast unhörbar war. Aber sein Fuß kam nicht frei.

Er steckte tief fest.

8

Nun zeichnete sich in der Staubwolke ein grau-grüner Schemen ab, und sie konnten das Trommeln zahlreicher Hufschläge auf hartem Untergrund hören. Die drei Frauen aus der Calla waren unten im Versteck. Nur Roland, Eddie und Susannah waren noch oben im Straßengraben: Die Männer standen, und Susannah kniete mit gespreizten kräftigen Oberschenkeln. Sie starrten über die Straße und suchten den Weg ins Arroyogebiet hinauf ab. Der Weg lag weiterhin verlassen da.

»Ich habe etwas gehört«, sagte Susannah. »Ich glaube, einer von ihnen hat sich verletzt.«

»Scheiß drauf, Roland, ich sehe nach ihnen«, sagte Eddie.

»Will Jake das, oder willst *du* das?«, fragte Roland.

Eddie wurde rot. Er hatte Jake in seinem Kopf gehört – nicht den exakten Wortlaut, aber das Wesentliche seiner Mitteilung – und konnte sich denken, dass Roland ihn ebenfalls gehört hatte.

»Dort unten sind fast hundert Kinder und dort drüben nur vier«, sagte Roland. »Geh jetzt in Deckung, Eddie. Du auch, Susannah.«

»Und was ist mit dir?«, fragte Eddie.

Roland holte tief Luft und atmete dann langsam aus. »Ich würde ihm helfen, wenn ich könnte.«

»Du willst ihn nicht holen, stimmt's?« Eddie starrte Roland zunehmend ungläubig an. »Du willst's wirklich nicht.«

Roland sah zu der Staubwolke und dem grau-grünen Schemen unterhalb hinüber, der sich in weniger als einer Minute in einzelne Pferde und Reiter auflösen würde. Reiter mit knurrenden Wolfsfratzen, die von grünen Kapuzen umrahmt waren. Eigentlich ritten sie nicht auf den Fluss zu, sondern stießen geradezu auf ihn herab.

»Nein«, sagte Roland. »Kann nicht. Geh in Deckung.«

Eddie blieb noch einen Augenblick stehen. Er hatte die Hand

auf dem Griff des großen Revolvers liegen und in seinem blassen Gesicht arbeitete es. Schließlich wandte er sich wortlos von Roland ab und packte Susannah am Arm. Er kniete neben ihr nieder und glitt dann ins Versteck hinunter. Nun stand nur noch Roland da, dessen großer Revolver tief an seiner linken Hüfte hing, und starrte über die Straße den leeren Weg ins Arroyogebiet entlang.

9

Benny Slightman war ein kräftiger Bursche, aber selbst er konnte den Felsblock, hinter dem Franks Fuß eingeklemmt war, nicht bewegen. Jake sah das beim ersten Versuch. Sein Verstand (sein kalter, kalter Verstand), versuchte, das Körpergewicht des eingeklemmten Jungen gegen das Gewicht des Felsblocks abzuwägen. Vermutlich wog der Fels mehr.

»Francine.«

Sie sah zu ihm auf. Ihre Augen waren jetzt feucht und vor Schock leicht trüb.

»Liebst du ihn?«, fragte Jake.

»Aye, von ganzem Herzen!«

Er ist *dein Herz,* dachte Jake. *Gut.* »Dann hilf uns. Wenn ich's sage, ziehst du ihn hoch, so fest du kannst. Auch wenn er schreit, ziehst du trotzdem weiter.«

Sie nickte, als hätte sie alles verstanden. Darauf konnte Jake nur hoffen.

»Wenn wir ihn jetzt nicht rauskriegen, müssen wir ihn zurücklassen.«

»Das tue ich *nie!«,* rief sie aus.

Für Diskussionen blieb keine Zeit. Jake trat neben Benny an den flachen Granitblock. Hinter seiner gezackten Kante verschwand Franks blutiges Schienbein in einem schwarzen Loch.

Der Junge war jetzt wieder voll bei Bewusstsein und atmete hechelnd. Sein linkes Auge rollte entsetzt. Das rechte verschwand hinter einem Blutstrom. Über sein rechtes Ohr hing ein Hautlappen herab.

»Wir heben den Felsblock an, und du ziehst ihn heraus«, sagte Jake zu Francine. »Auf drei. Bist du bereit?«

Als sie nickte, fiel ihr Haar wie ein Vorhang vor ihr Gesicht. Sie hielt sich nicht damit auf, es zurückzustreichen, sondern packte nur ihren Bruder unter den Achseln.

»Francie, tu mir nicht weh«, stöhnte er.

»Sei still«, sagte sie.

»Eins«, sagte Jake. »Zieh dieses Scheißding hoch, Benny, auch wenn du dir einen Bruch hebst. Kapiert?«

»Meine Fresse, *zähl* einfach.«

»Zwei. *Drei.*«

Sie zogen und schrien dabei vor Anstrengung auf. Der Felsblock bewegte sich. Francine riss ihren Bruder mit aller Kraft zurück, während sie ebenfalls schrie.

Frank Taverys Schrei jedoch, als sein Fuß freikam, war der lauteste von allen.

10

Roland hörte heisere Schreie der Anstrengung, die gleich darauf von einem gellend lauten Schmerzensschrei übertönt wurden. Dort drüben war irgendwas passiert, und Jake hatte etwas dagegen unternommen. Die Frage war nur: Hatte es ausgereicht, um die Sache wieder in Ordnung zu bringen?

Im Morgenlicht spritzte Wasser auf, weil die Wölfe sich jetzt in den Whye stürzten und auf ihren grauen Pferden hindurchzugaloppieren begannen. Roland konnte nun deutlich sehen, wie sie in Wellen von fünf, sechs Reitern herankamen, die ihren Pferden kräftig die Sporen gaben. Diesseits des Flusses würden sie zunächst unter der mit Gras bewachsenen Uferböschung verschwinden, um dann weniger als eine Meile entfernt wieder im Blickfeld aufzutauchen. Danach würden sie ein letztes Mal hinter einem niedrigen Hügel verschwinden – das ganze Rudel, wenn es so dicht beisammenblieb wie bisher –, und das würde Jakes letzte Chance sein, seine Gefährten zu erreichen, damit sie alle in Deckung gehen konnten.

Er starrte den Pfad entlang, als könnte er die Rückkehr der Kinder durch Willenskraft erzwingen – als könnte er *Jakes* Rückkehr erzwingen –, aber der Weg blieb leer.

Die Wölfe strömten jetzt das Westufer des Flusses herauf; ihre Pferde versprühten Schauer von Wassertropfen, die in der Morgensonne golden aufleuchteten. Erdklumpen flogen, und Sandfahnen stoben auf. Die Hufschläge klangen jetzt wie heranziehender Donner.

11

Jake schlang sich einen Arm über die Schultern, Benny den anderen. Auf diese Weise schleppten sie Frank Tavery dann den Weg hinunter, wobei sie ein halsbrecherisches Tempo vorlegten und kaum auf das Geröll und die Felsbrocken unter ihren Füßen achteten. Francine lief einfach nur hinter ihnen her.

Sie kamen um die letzte Wegbiegung, und Jake fühlte eine Woge der Erleichterung, als er Roland auf einmal im gegenüberliegenden Straßengraben stehen sah: Roland, der mit seiner gesunden Linken am Revolvergriff und aus der Stirn geschobenem Hut Wache hielt.

Plötzlich verschwand Roland.

Francine sah sich um – nicht richtig erschrocken, aber verständnislos. »Was …?«

»Warte«, sagte Jake, weil das alles war, was er zu sagen wusste. Ihm fiel nichts mehr ein. Und wenn das inzwischen auch auf den Revolvermann zutraf, würden sie wahrscheinlich hier sterben müssen.

»Mein Knöchel ... brennt«, keuchte Frank Tavery.

»Halt die Klappe«, sagte Jake.

Benny lachte. Sein Lachen kam von dem Schock, unter dem er stand, aber es war auch echt. Jake sah über den schluchzenden, blutenden Frank Tavery zu ihm hinüber ... und blinzelte ihm zu. Benny blinzelte ebenfalls. Und auf einmal waren sie wieder Freunde.

12

Während Susannah mit Eddie zu ihrer Linken und dem Modergeruch von feuchtem Laub in der Nase in der Dunkelheit des Verstecks lag, spürte sie einen plötzlichen Krampf, der ihren Unterleib erfasste. Sie hatte eben noch Zeit, ihn wahrzunehmen, bevor sich ihr ein Schmerz, der wie von einer Messerklinge herrührte, weiß glühend und brutal, in die linke Gehirnhälfte bohrte und diese gesamte Seite von Gesicht und Hals zu lähmen schien. Gleichzeitig erschien vor ihrem inneren Auge das Bild eines großen Bankettsaals: dampfende Braten, gefüllte Fische, rauchende Steaks, Magnumflaschen Champagner, Saucieren mit Soße, Ströme von Rotwein. Sie hörte ein Klavier und eine singende Stimme. In dieser Stimme schwang schreckliche Traurigkeit mit. »Someone saved, someone saved, someone saved my li-iife tonight«, sang sie.

Nein!, rief Susannah der Macht zu, die sie zu überwältigen drohte. Und hatte diese Macht nicht einen Namen? Natürlich hatte sie einen. Ihr Name war Mutter, ihre Hand war jene, die die Wiege wiegte, und die Hand, die die Wiege wiegt, beherrscht die W...

Nein! Du musst mich diese Sache zu Ende bringen lassen! Wenn du's haben willst, helfe ich dir später! Ich helfe dir, es zu bekommen! Aber wenn du versuchst, mich jetzt dazu zu zwingen, setze ich mich mit Nägeln und Klauen zur Wehr! Und wenn ich dabei den Tod suchen muss, der auch deinen kostbaren kleinen Kerl das Leben kostet, tue ich's! Hörst du mich, du Schlampe?

Einen Augenblick lang gab es nur das Dunkel, den Druck von Eddies Bein, die Benommenheit in ihrer linken Gesichtshälfte, das Donnern der herangaloppierenden Pferde, den Modergeruch von feuchtem Laub und die schweren Atemzüge der Schwestern, die sich auf ihren eigenen Kampf vorbereiteten. Dann sprach Mia – jedes ihrer Worte oberhalb und hinter Susannahs linkem Auge klar artikuliert – erstmals zu ihr.

Kämpfe deinen Kampf, Weib. Ich helfe dir sogar, wenn ich kann. Und dann halte dein Versprechen.

»Susannah?«, murmelte Eddie neben ihr. »Alles in Ordnung mit dir?«

»Ja«, sagte sie. Und das stimmte sogar. Die Messerklinge war verschwunden. Die traurige Stimme war verstummt. Auch die schreckliche Lähmung war verflogen. Aber irgendwo in der Nähe lauerte Mia.

13

Roland lag im Straßengraben auf dem Bauch und beobachtete die Wölfe jetzt mit einem Auge der Vorstellungskraft und einem der Intuition statt mit denen im Kopf. Die Wölfe waren mittlerweile zwischen der Uferböschung und dem Hügel angelangt und preschten im Galopp dahin, dass ihre Umhänge hinter ihnen nur so herflatterten. Sie würden alle ungefähr sieben Sekunden lang hinter dem Hügel verschwinden. Jedoch nur, *wenn* sie zusammenblieben und nicht irgendwelche Anführer vorhatten, schneller vorauszureiten. *Wenn* er ihre Geschwindigkeit richtig berechnet hatte. Und *wenn* er Recht hatte, blieben ihm fünf Sekunden, in denen er Jake und die anderen zu sich rufen konnte. Oder sieben. *Wenn* er Recht hatte, blieben ihnen diese selben fünf Sekunden für die Überquerung der Straße. Wenn er Unrecht hatte (oder die anderen zu langsam waren), würden die Wölfe den Mann im Straßengraben, die Kinder auf der Straße oder gleich alle fünf auf einmal sehen. Die Entfernung war vermutlich zu groß, als dass sie ihre Waffen hätten einsetzen können, aber das würde keine große Rolle spielen, wäre ihr sorgfältig vorbereiteter Hinterhalt dann doch verraten. Cleverer wäre es gewesen, in Deckung zu bleiben und die Kinder dort drüben ihrem Schicksal zu überlassen. Teufel, vier auf dem Weg ins Arroyogebiet überraschte Kinder würden die Wölfe erst recht davon überzeugen, dass die restliche Kinderschar dort oben in einer der alten Granatminen versteckt war.

Genug überlegt, sagte Cort in seinem Kopf. *Wenn du etwas unternehmen willst, du Wurm, ist deine einzige Gelegenheit jetzt gekommen.*

Roland schoss hoch. Genau gegenüber, im Schutz der Felsblöcke, die an der Stelle, wo der Weg ins Arroyogebiet von der Oststraße abzweigte, willkürlich aufgetürmt waren, standen Jake und Benny Slightman, die Frank Tavery zwischen sich stützten. Der Junge war von oben bis unten mit Blut bedeckt; die Götter mochten wissen, was ihm zugestoßen war. Seine Schwester blickte ihm über die Schulter. In diesem Augenblick sahen sie nicht nur wie einfache Zwillinge, sondern sogar wie am Körper zusammengewachsene siamesische Zwillinge aus.

Roland ruckte mit beiden Händen übertrieben deutlich über den Kopf nach hinten, so als wollte er sich in der Luft festhalten: *Zu mir, kommt! Kommt!* Zugleich spähte er nach Osten. Von den Wölfen war noch nichts zu sehen. Gut. Einen Augenblick lang verbarg der Hügel sie tatsächlich alle.

Jake und Benny hasteten über die Straße, wobei sie den Jungen weiterhin zwischen sich schleppten. Frank Taverys Kurzstiefel gruben frische Rillen in den Oggan. Roland konnte nur hoffen, dass die Wölfe ihnen keine besondere Bedeutung beimessen würden.

Das Mädchen kam zuletzt, leichfüßig wie eine Elfe. »Runter!«, knurrte Roland, packte sie an der Schulter und warf sie in den Straßengraben. »Alle runter, runter, *runter!«* Er landete neben ihr, und Jake landete auf ihm. Roland konnte das wild jagende Herz des Jungen zwischen seinen Schulterblättern spüren, und einen Augenblick lang genoss er dieses Gefühl.

Jetzt donnerten die Hufschläge laut heran, schwollen mit jeder Sekunde an. Hatten die führenden Reiter sie gesehen? Das ließ sich unmöglich sagen, aber sie würden es erfahren – und das schon bald. Bis dahin konnten sie nur wie geplant weitermachen. Im Versteck würde es mit drei zusätzlichen Leuten eng werden, und wenn die Wölfe gesehen hatten, wie Jake und seine Gefährten die Straße überquerten, würden sie zweifellos alle verbrannt werden, wo sie lagen, ohne einen einzigen Schuss abgegeben oder einen einzigen Teller geworfen zu haben, aber die Zeit reichte nicht, um sich darüber Sorgen zu machen. Ihnen blieb höchstens noch eine Minute, schätzte Roland, vielleicht nur vierzig Sekunden, und dieses letzte bisschen Zeit schmolz unter ihnen dahin.

»Runter von mir und in Deckung«, sagte er zu Jake. »Beeilung!«

Das Gewicht verschwand. Jake kroch ins Versteck.

»Du bist der Nächste, Frank Tavery«, sagte Roland. »Und sei still. In zwei Minuten kannst du kreischen, so laut du willst, aber jetzt hältst du den Mund. Das gilt für euch alle.«

»Ich bin still«, sagte der Junge heiser. Seine Schwester und Benny nickten geflissentlich.

»Irgendwann stehen wir anderen auf und fangen zu schießen

an«, sagte Roland. »Ihr drei – Frank, Francine, Benny – bleibt aber unten. Bleibt in Deckung.« Er hielt inne. »Um eures Lebens willen, *kommt uns nicht in die Quere.*«

14

Roland lag in dem nach Laub und feuchter Erde riechenden Dunkel und horchte auf die keuchenden Atemzüge der Kinder links neben sich. Das Geräusch wurde bald von dem der näher kommenden Hufschläge übertönt. Das Auge der Vorstellungskraft und das der Intuition öffneten sich erneut, weiter als je zuvor. In nicht mehr als dreißig Sekunden – vielleicht in nur fünfzehn – würde rote Kampfeswut nur mehr primitivstes Sehen gestatten, aber vorläufig sah er noch alles, und alles, was er sah, war genau so, wie er es sich wünschte. Und warum auch nicht? Was hätte es jemals genützt, sich Pläne vorzustellen, die hätten schief gehen können?

Er sah die Zwillinge der Calla im dichtesten, nassesten Bereich der Reisfelder wie Leichen hingestreckt daliegen, während der Schlamm durch ihre Hemden und Hosen sickerte. Er sah die Erwachsenen hinter ihnen, fast an der Linie, wo die Felder in die Uferböschung übergingen. Er sah Sarey Adams mit ihren Tellern und Ara von den Manni – Cantabs Ehefrau – mit ein paar eigenen, da auch sie Teller warf (obwohl sie als eine vom Manni-Volk niemals Freundschaft mit den anderen Frauen schließen konnte). Er sah einige der Männer – Estrada, Anselm, Overholser – mit ihren an die Oberkörper gedrückten Armbrüsten. Vaughn Eisenhart dagegen hielt statt seiner Armbrust das Gewehr an sich gepresst, das Roland für ihn gereinigt hatte. Auf der Straße, von Osten herankommend, sah er Welle auf Welle von Reitern in grünen Umhängen auf grauen Pferden. Sie hatten ihr Tempo etwas verlangsamt. Die endlich aufgegangene Sonne ließ das Metall ihrer Masken glänzen. Der Witz dieser Masken war natürlich, dass sich unter ihnen weiteres Metall verbarg. Roland ließ das Auge seiner Vorstellungskraft das Gelände aus der Vogelschau überblicken, hielt Ausschau nach weiteren Reitern, die beispielsweise aus Süden in die unverteidigte Stadt einritten. Er sah keine. Zumindest für ihn stand fest, dass der gesamte Räubertrupp hier vor ihnen war. Und wenn Finli o' Tego, oder wer auch immer dahinterstand, den Köder geschluckt hatte, den Roland und sein Ka-Tet der Neunundneunzig so sorgfältig ausgelegt hatten, *musste* er hier sein. Er sah die Planwagen an dem der Stadt zugewandten Straßenrand aufgereiht stehen und hatte noch Zeit, sich zu wünschen, sie hätten die Zugtiere ausgespannt, aber so wirkte es natürlich besser, überstürzter. Er sah den Weg, der ins Arroyogebiet führte – zu den aufgelassenen und noch in Betrieb befindlichen Minen, zu dem Höhlenlabyrinth dahinter. Er sah die führenden Wölfe hier ihre Pferde zügeln, sah in Stulpenhandschuhen steckende Hände die Mäuler der Reittiere wie zu einem Knurren verzerren. Er sah mit ihren Augen, sah Bilder, die nicht durch warmen menschlichen Gesichtssinn entstanden, sondern kalt wie in den Magda-sinen waren. Sah die Kindermütze, die Francine Tavery hatte fallen lassen. Seine Vorstellungskraft besaß aber nicht nur ein Auge, sondern auch eine Nase, und sie nahm den farblosen, wenngleich fruchtbaren Geruch von Kindern wahr. Sie roch auch etwas Üppiges, Fettes – den Stoff, den die Wölfe den entführten Kindern rauben würden. Seine Vorstellungskraft besaß daneben nicht nur eine Nase, sondern auch ein Ohr, und es hörte – eben wahrnehmbar – die selben Klick- und Klackgeräusche, die Andy von sich gegeben hatte, dasselbe leise Summen von Relais, Servomotoren, Hydraulikpumpen und sonstigen – die Götter mochten wissen, welchen – Mechanismen. Sein Inneres Auge sah, wie die Wölfe erst das Durcheinander aus Spuren auf der Straße inspizierten (er *hoffte,* dass es ihnen als Durcheinander erschien) und den Weg ins Arroyogebiet hinaufsahen.

Es hätte ihm nämlich wenig geholfen, sie sich in entgegengesetzte Richtung blickend vorzustellen, wie sie sich bereitmachten, ihn und seine Gefährten, wie sie jetzt zu zehnt in ihrem Versteck lagen, bei lebendigem Leib zu rösten. Nein, sie sahen den Weg hinauf. *Mussten* den Weg hinaufsehen. Sie witterten die Kinder – deren Angst vielleicht ebenso wie die tief in den Gehirnen verborgene wirkungsvolle Substanz – und sahen den verstreuten Trödel und die Kinderschätze, die ihre potenziellen Opfer scheinbar verloren hatten. Saßen dort auf ihren mechanischen Pferden. Beobachteten.

Los, weiter, drängte Roland sie stumm. Er spürte, dass Jake sich neben ihm leicht bewegte, und hörte seine Gedanken, die fast ein Gebet waren. *Weiter! Folgt ihnen. Nehmt euch, was ihr wollt.*

Von einem der Wölfe kam ein lautes *Klack!* Danach heulte kurz eine Sirene auf. Und auf dieses Heulen folgte das hässliche tremolierende Pfeifen, das Jake schon einmal drüben im Dogan gehört hatte. Dann setzten die Pferde sich wieder in Bewegung. Erst erklangen ihre Hufschläge dumpf auf dem Oggan, danach viel heller auf dem steinigen Boden des Weges ins Arroyogebiet. Sonst war nichts zu hören; diese Pferde wieherten nicht nervös wie die noch vor die Planwagen gespannten Zugtiere. Für Roland war das genug. Sie hatten angebissen! Er zog seinen Revolver aus dem Holster. Neben ihm bewegte Jake sich wieder, und Roland wusste, dass auch er seine Waffe zog.

Er hatte den anderen erklärt, welche Formation sie erwarten konnten, wenn sie aus dem Versteck auftauchten: etwa ein Viertel der Wölfe an der Abzweigung des Weges, aber noch in Richtung Fluss blickend, und ein weiteres Viertel der Stadt Calla Bryn Sturgis zugewandt. Oder vielleicht auch ein paar mehr, falls es nämlich Schwierigkeiten gab, würden die Wölfe – oder die Programmierer der Wölfe – sie vernünftigerweise aus dieser Richtung erwarten. Und der Rest? Dreißig oder mehr? Schon auf dem Weg. Eingekeilt, wenn's beliebt.

Roland wollte bis zwanzig zählen, aber bei neunzehn fand er, lange genug gezählt zu haben. Er zog die Beine unter sich an – jetzt spürte er keine Gelenkstarre, nicht mal mehr ein Zwicken – und fuhr dann mit dem Revolver seines Vaters in der emporgereckten Linken hoch.

»Für Gilead und die Calla!«, brüllte er. *»Jetzt, Revolvermänner! Jetzt, ihr Schwestern von Oriza. Los, los! Tötet sie! Keinen Pardon! Tötet sie alle!«*

15

Sie schossen aus dem Erdboden empor wie Drachenzähne. Bretter flogen in kleinen Schauern aus Laub und Unkraut nach allen Seiten davon. Roland und Eddie hatten jeweils einen der großen Revolver mit den Sandelholzgriffen. Jake hatte die Ruger seines Vaters. Margaret, Rosa und Zalia hielten je einen Riza in der Hand. Susannah, die zwei hatte, hielt die Arme vor der Brust gekreuzt, wie wenn sie frieren würde.

Die Wölfe waren exakt so verteilt, wie Roland es mit dem kalten Killerauge seiner Vorstellungskraft gesehen hatte, und er empfand einen sekundenlangen Triumph, bevor alle unerheblichen Gedanken und Gefühle wie weggewischt hinter dem roten Vorhang verschwanden. Wie jedes Mal war er nie so glücklich, am Leben zu sein, wie in dem Augenblick, in dem er sich darauf vorbereitete, Tod und Verderben auszuteilen. *Fünf Minuten voller Blut und Dummheit,* hatte er den anderen erzählt, und jetzt waren diese fünf Minuten da. Er hatte ihnen auch erzählt, dass ihm anschließend immer übel war, und obwohl das durchaus stimmte, fühlte er sich nie so gut wie in diesem Augenblick des Beginnens, kam sich nie so ganz und wahrhaftig wie er selbst vor. Vor sich hatte er einen Zipfel der alten Ruhmeswolke. Dass die Gegner Roboter waren, spielte keine Rolle; Götter, nein! Entscheidend war, dass sie die Hilflosen seit Generationen terrorisiert hatten, aber dieses Mal völlig und heillos überrascht worden waren.

»Oberrand der Kapuzen!«, brüllte Eddie, und dann donnerte der Revolver in seiner Rechten los und spuckte Feuer. Die angeschirrten Pferde und Maultiere bäumten sich scheuend auf; einige wieherten vor Schreck. *»Oberrand der Kapuzen, trefft die Denkkappen!«*

Und als wollten sie Eddies Aufforderung illustrieren, zuckten die grünen Kapuzen von drei Reitern rechts des Weges, so als zupften unsichtbare Finger an ihnen. Die drei Gestalten kippten schlaff aus den Sätteln und schlugen auf dem Boden auf. In Gran-Peres Erzählung hatte der Wolf, den Molly Doolin erledigt hatte, nach seinem Sturz noch lange gezuckt, aber diese drei hier lagen bewegungslos unter den Hufen ihrer tänzelnden Pferde da. Molly hatte damals die versteckte »Denkkappe« möglicherweise nicht richtig getroffen, aber Eddie wusste natürlich, worauf er zielen musste, und hatte sie getroffen.

Auch Roland begann zu schießen; er schoss aus der Hüfte, schoss fast lässig, aber jede Kugel fand ihr Ziel. Er konzentrierte sich auf die Reiter auf dem Weg, um dort Leichen aufzutürmen und dadurch möglichst eine Art Barrikade zu errichten.

»Riza fliegt wahrhaftig!«, schrie Rosalita Munoz. Der Teller verließ ihre Hand und flitzte mit unerbittlich anschwellendem Heulen über die Oststraße. Er durchtrennte die Kapuze eines Reiters, der sich an der Abzweigung des Weges ins Arroyogebiet aufhielt und sich verzweifelt bemühte, sein Pferd auf der Hinterhand kehrtmachen zu lassen. Das Wesen fiel rückwärts, reckte die Füße gen Himmel und schlug so auf dem Rücken auf, dass die Stiefel auf die Straße hinausragten.

»Riza!« Das war Margaret Eisenhart.

»Für meinen Bruder!«, rief Zalia.

»Lady Riza kommt eure Ärsche holen, ihr Schweine!« Susan-

nah ließ die Arme nach vorn schnellen und warf beide Teller gleichzeitig, wobei sie einen Augenblick lang wie eine Diva aussah, die ihrem begeisterten Publikum dankte. Die Teller rasten heulend davon, überschnitten sich in der Luft und fanden dann beide ihr Ziel. Fetzen von grünem Kapuzenstoff flatterten zu Boden; die Wölfe, denen die Kapuzen gehört hatten, fielen dagegen schneller und schlugen schwerer auf.

Im Morgenlicht leuchteten jetzt auf beiden Seiten des Weges gleißend helle Lichtstäbe. Die einander anrempelnden, verwirrten Reiter hatten ihre Energiewaffen gezogen. Jake zerschoss die Denkkappe des Ersten, der seine Waffe gezogen hatte, und der Wolf stürzte in das eigene gefährlich zischende Schwert, wobei es seinen Umhang in Brand setzte. Sein Pferd trat nach links und geriet dabei in den herabzuckenden Lichtstab eines anderen Reiters. Der Pferdekopf wurde glatt abgetrennt und ließ ein Gewirr aus Funken sprühenden Drähten sehen. Nun begannen die Sirenen ununterbrochen zu heulen: Alarmanlagen der Hölle.

Roland hätte gedacht, dass die Wölfe, die näher der Stadt zugewandt waren, den Kampf abbrechen würden, um in Richtung Calla zu flüchten. Stattdessen lenkten die dort noch übrigen neun Angreifer – Eddie hatte mit den ersten sechs Schüssen sechs aus dem Sattel geholt – ihre Pferde an den Planwagen vorbei und kamen genau auf sie zu. Zwei oder mehr von ihnen warfen jetzt summende silbrige Kugeln.

»Eddie! Jake! Schnaatze! Rechts von euch!«

Sie drehten sich sofort in diese Richtung und überließen die Frauen, die ihre Teller so schnell warfen, wie sie sie aus den mit Seide gefütterten Taschen ziehen konnten, vorerst sich selbst. Jake stand breitbeinig da, hielt die Ruger in der ausgestreckten rechten Hand und stützte sein Handgelenk mit der Linken ab. Leichter Wind wehte ihm das Haar aus dem Gesicht. Er sah konzentriert und gewappnet aus, während er so lächelnd dastand. Er gab schnell nacheinander drei Schüsse ab, jeder in der Morgenstille wie ein Peitschenknall. Er hatte eine verschwommene, ferne Erinnerung an den Tag im Wald, an dem er Teller vom Himmel geholt hatte. Jetzt schoss er auf etwas weit Gefährlicheres und war froh dabei. *Froh.* Die ersten drei fliegenden Kugeln explodierten mit hellen bläulichen Lichtblitzen. Die vierte vollführte geschickte Ausweichmanöver und kam genau auf ihn zugerast. Jake bückte sich und hörte sie dicht über seinen Kopf hinwegzischen, wobei sie wie ein Toaster brummte, der irgendwie stinksauer war. Sie würde wenden, das wusste er, und zurückkommen.

Bevor sie das aber konnte, fuhr Susannah herum und warf einen Teller nach dem Schnaatz. Der Teller flog heulend ins Ziel. Als er es traf, zerbarsten beide. Glühende Splitter regneten übers Maisfeld herab und setzten einige der Stängel in Brand.

Roland lud nach, wobei der rauchende Revolverlauf für einen Augenblick zwischen seine Füße zeigte. Jenseits von Jake tat Eddie gerade das Gleiche.

Ein Wolf, dessen grüner Umhang hinter ihm herflatterte, sprang über den Leichenhaufen an der Abzweigung des Weges. Einer von Rosas Tellern zerfetzte seine Kapuze und ließ einen Augenblick die Radarschüssel darunter sehen. Die Denkkappen des Bärengefolges damals hatten sich langsam und ruckelnd gedreht; diese hier rotierte so schnell, dass ihr Umriss nur ein metallischer Schemen war. Dann hörte sie damit auf, und der Wolf fiel seitlich aus dem Sattel auf das Gespann, das Overholsers Führungswagen gezogen hatte. Die Pferde scheuten, schoben den Wagen nach hinten und klemmten dadurch die vier Tiere ein, die dahinter wiehernd aufstiegen. Die vier wollten durchgehen, hatten dazu aber keinen Platz. Overholsers Wagen schwankte, bis er schließlich umstürzte. Das Pferd des aus dem Sattel geholten Wolfs erreichte die Straße, stolperte über einen dort liegenden toten Wolf, krachte in den Staub und blieb mit einem verdreht weggestreckten Bein liegen.

Rolands Verstand hatte ausgesetzt; sein Auge sah alles. Er hatte nachgeladen. Genau wie er gehofft hatte, saßen die Wölfe, die auf den Weg geritten waren, jetzt hinter einem wirr aufgetürmten Leichenhaufen fest. Die in Richtung Stadt konzentrierte Fünfzehnergruppe war auf nur mehr zwei Reiter zusammengeschmolzen und praktisch erledigt. Die Wölfe rechts außen versuchten, das von den drei Schwestern von Oriza und Susannah gehaltene Ende des Schützengrabens zu umgehen. Roland überließ Eddie und Jake die beiden restlichen Wölfe auf seiner Seite, rannte zu einer neuen Position hinter Susannah und begann dort, auf die angreifenden restlichen zehn Wölfe zu schießen. Einer hatte gerade einen Schnaatz werfen wollen, ließ ihn dann aber fallen, weil Roland ihm die Denkkappe zerschoss. Rosa erledigte einen weiteren, Margaret Eisenhart einen dritten.

Margaret bückte sich sofort nach einem weiteren Teller. Als sie sich wieder aufrichtete, trennte ein Lichtstab ihr den Kopf ab und setzte noch das Haar in Brand, bevor er in den Graben fiel. Bennys Reaktion darauf war nur verständlich; für ihn war sie fast eine zweite Mutter gewesen. Als der brennende Kopf neben ihm landete, schlug er ihn beiseite und kletterte in blinder Panik entsetzt aufheulend aus dem Graben.

»Benny, nein, komm zurück!«, rief Jake.

Zwei der überlebenden Wölfe warfen ihre silbrigen Todeskugeln auf den kriechenden, schreienden Jungen. Eine davon schoss Jake ab. Bei der anderen hatte er keine Chance. Sie traf Benny Slightman an der Brust, und der Junge explodierte förmlich. Ein Arm wurde ihm vom Körper gerissen und blieb dann mit der Handfläche nach oben auf der Straße liegen.

Susannah rasierte die Denkkappe des Wolfs, der Margaret enthauptet hatte, mit einem Teller ab, dann erledigte sie den einen, der Jakes Freund getötet hatte, mit einem weiteren. Sie zog zwei neue Rizas aus ihren Beuteln und drehte sich gerade in dem Augenblick wieder nach den Angreifern um, als der erste Wolf in den Graben sprang, wobei die Brust seines Pferdes Roland anrempelte und auf den Rücken warf. Er schwang sein Schwert über dem Revolvermann. Susannah erschien es wie eine blendend helle orangerote Neonröhre.

»Nein, das tust du nicht, Motherfucker!«, kreischte sie und warf den Teller, den sie in der rechten Hand hielt. Als er den leuchtenden Säbel durchschnitt, explodierte die Klinge einfach am Heft und riss dem Wolf den Arm ab. Im nächsten Augenblick amputierte einer von Rosas Tellern seine Denkkappe, sodass er seitlich aus dem Sattel stürzte und schwer aufschlug. Seine glänzende Maske grinste die vor Entsetzen wie gelähmten Zwillinge Tavery an, die dort aneinander geklammert lagen. Sekunden später begann sie qualmend zu zerschmelzen.

Jake, der verzweifelt Bennys Namen rief, rannte über die Oststraße, lud unterwegs die Ruger nach und tappte durchs Blut seines toten Freundes, ohne es zu merken. Links von ihm erledigten Roland, Susannah und Rosa die restlichen fünf Wölfe des ehemaligen Nordflügels des Rudels. Die Angreifer ließen ihre Pferde in ruckartigen, nutzlosen Kreisen umhertraben, als wüssten sie nicht recht, was sie unter solchen Umständen tun sollten.

»Willst du Gesellschaft, Kid?«, fragte Eddie ihn. Rechts von ihnen lagen die Wölfe, die auf der der Stadt zugekehrten Seite des Weges stationiert gewesen waren, alle tot da. Nur einer von ihnen hatte es tatsächlich bis zum Straßengraben geschafft; sein unter der Kapuze verborgener Kopf hatte sich in die frisch aufgeworfene Erde ihres Verstecks gebohrt, und seine in Stiefeln steckenden Füße lagen auf der Straße. Der Rest des Körpers war in den grünen Umhang gehüllt. Er sah wie eine in ihrem Kokon verendete Insektenpuppe aus.

»Klar«, sagte Jake. Sprach er oder dachte er das nur? Er wusste es nicht. Das Sirenengeheul erfüllte die Luft. »Wie du willst. Sie haben Benny umgebracht.«

»Ich weiß. Echt scheiße.«

»Seinen gottverdammten *Vater* hätte es erwischen müssen«, sagte Jake. Weinte er? Er wusste es nicht.

»Finde ich auch. Hier, ein Geschenk für dich.« Eddie ließ zwei Kugeln mit ungefähr acht Zentimeter Durchmesser in Jakes Hand gleiten. Ihre Oberfläche sah wie Stahl aus, aber als Jake eine Kugel zusammendrückte, spürte er, wie sie etwas nachgab, so als hielte er ein Kinderspielzeug aus Hartgummi in der Hand. Auf einem in die Oberfläche eingelassenen Schild stand:

o »SCHNAATZ« o

MODELL HARRY POTTER

Serien-Nr. 465-11-AA-HPJKR

VORSICHT

o **EXPLOSIV** o

Links neben dem Schild war ein Knopf in die Oberfläche eingelassen. Ein weit entfernter Teil von Jakes Verstand fragte sich, wer Harry Potter wohl sein mochte. Wahrscheinlich der Erfinder des Schnaatzes.

Sie erreichten den Haufen aus toten Wölfen an der Abzweigung. Vielleicht konnten Maschinen ja nicht wirklich tot sein, aber Jake war außerstande, sie anders zu sehen, so wirr durcheinandergeworfen, wie sie dalagen. Tot, ja. Und er empfand grausame Freude darüber. Hinter ihnen erklang eine Detonation, der ein Schrei folgte, der extremen Schmerz oder extremen Jubel ausdrücken konnte. Was er wirklich bedeutete, war Jake im Augenblick aber egal. Seine gesamte Aufmerksamkeit war auf die noch auf dem Weg zusammengedrängten restlichen Wölfe konzentriert. Dort saßen mindestens achtzehn, vielleicht sogar zwei Dutzend Wölfe fest.

Vor diesem Rudel hatte sich ein einzelner Wolf aufgebaut und seinen zischenden Feuerstab hochgereckt. Er hielt ihn erst halb auf seine Gefährten gerichtet, dann schwenkte er den Lichtstab in Richtung Straße. *Nur ist das kein Lichtstab,* dachte Eddie. *Es ist ein Licht*säbel, *genau wie die im Film* Krieg der Sterne. *Nur dass die Lichtsäbel hier nicht auf Spezialeffekten beruhen – sie töten wirklich. Was zum Teufel geht hier vor?* Nun, der Kerl vor dem Rudel versuchte, seine Truppe zum Angriff zu treiben, so viel schien klar zu sein. Eddie beschloss, ihm das Wort abzuschneiden. Er drückte auf den Knopf eines der drei Schnaatze, die er für sich selbst behalten hatte. Das Ding begann zu summen und zu vibrieren. Das fühlte sich entfernt so an, als würde man einen Vibrator in der Hand halten.

»He, Sonnenschein!«, rief er.

Weil der Anführer der Wölfe sich aber nicht umsah, warf Eddie einfach den Schnaatz. Die lässig geworfene Kugel hätte, wäre sie ein einfacher Ball gewesen, zwanzig oder vielleicht dreißig Meter vor dem Wolfsrudel auf den Boden prallen müssen, um dann nur noch ein kleines Stück weiterzurollen. Stattdessen wurde sie aber immer schneller, stieg an und traf den Anführer schließlich mitten in seiner zu einem Knurren erstarrten Fratze. Der Wolf explodierte vom Hals aufwärts – mitsamt der Denkkappe und allem anderen.

»Los«, sagte Eddie. »Probier's mal. Ihren eigenen Scheiß gegen sie zu verwenden, ist ein ganz besonderes Ver…«

Jake beachtete ihn nicht, ließ die Schnaatze fallen, die Eddie ihm in die Hand gedrückt hatte, stolperte über die Leichen hinweg und ging den Pfad entlang weiter.

»Jake? Jake, ich glaube nicht, dass das eine besonders gute Idee …«

Eine Hand packte Eddie am Oberarm. Er fuhr herum und riss

die Waffe hoch, ließ sie dann aber wieder sinken, als er Roland sah. »Er kann dich nicht hören«, sagte der Revolvermann. »Auf geht's. Wir werden ihm beistehen.«

»Warte, Roland, warte!« Es war Rosa. Sie war mit Blut beschmiert, und Eddie vermutete, dass es von der armen Sai Eisenhart stammte. Rosa selbst schien unverletzt zu sein. »Ich will auch mitmachen«, sagte sie.

16

Sie erreichten Jake, als die übrig gebliebenen Wölfe zur letzten Attacke angeprescht kamen. Einige von ihnen warfen Schnaatze, die Roland und Eddie aber mühelos aus der Luft holen konnten. Jake, der mit der Linken wieder sein rechtes Handgelenk umfasste, gab aus der Ruger gelassen neun Schüsse in gleichen Abständen ab, und bei jedem Schuss kippte einer der Wölfe rückwärts aus dem Sattel oder rutschte seitlich herunter, um dann von den nachdrängenden Pferden zertrampelt zu werden. Als die Ruger leergeschossen war, erledigte Rosa einen zehnten Wolf, wobei sie Lady Orizas Namen schrie. Inzwischen war auch Zalia Jaffords herangekommen, und der elfte Angreifer wurde ihr Opfer.

Während Jake die Ruger nachlud, machten Roland und Eddie, die nebeneinander standen, sich an die Arbeit. Gemeinsam hätten sie die restlichen acht Wölfe mühelos erledigen können (Eddie war nicht sehr überrascht, dass dieses letzte Rudel neunzehn Köpfe stark gewesen war), aber sie ließen die beiden letzten Wölfe für Jake übrig. Als sie angeprescht kamen und dabei ihre Lichtschwerter auf eine Weise schwangen, die einem Haufen von Farmern zweifellos Angst gemacht hätte, schoss der Junge dem linken Reiter die Denkkappe vom Kopf. Dann trat er zur Seite und wich dem halbherzigen Schwerthieb aus, den der letzte Wolf gegen ihn führte.

Sein Pferd setzte über den Leichenhaufen am Ende des Weges. Auf der anderen Straßenseite hockte Susannah inmitten von zerschellten Robotern in grünen Umhängen und schmelzenden, verrottenden Gesichtsmasken. Auch sie war mit Margaret Eisenharts Blut bedeckt.

Roland begriff, dass Jake den letzten Wolf für Susannah aufgespart hatte, der es wegen ihrer fehlenden Beine fast unmöglich gewesen wäre, mit ihnen auf den Weg zum Arroyogebiet zu kommen. Der Revolvermann nickte. Der Junge hatte an diesem Morgen etwas Grässliches gesehen, einen schweren Schock erlitten, aber Roland glaubte bestimmt, dass er sich davon erholen würde. Oy – der im Pfarrhaus auf ihre Rückkehr wartete – würde Jake zweifellos helfen, über den schlimmsten Kummer hinwegzukommen.

»Lady Oh-RIZA!«, schrie Susannah und warf einen letzten Teller, als der Wolf gerade sein Pferd herumriss und es nach Osten lenkte, um in die Heimat zu flüchten. Der Teller stieg heulend hoch und rasierte die grüne Kapuze dicht über dem Kopf ab. Dieser letzte Kinderräuber hielt sich noch einen Augenblick zitternd im Sattel, ließ seine Sirene ertönen und rief damit um Hilfe, die nicht kommen konnte. Schließlich kippte er heftig nach hinten, schlug in der Luft einen ganzen Salto rückwärts und schlug dann dumpf auf der Straße auf. Die Sirene verstummte mitten in einem Heulton.

Und somit, dachte Roland, *sind unsere fünf Minuten vorüber.* Er starrte den rauchenden Lauf seines Revolvers niedergeschlagen an, dann steckte er die Waffe ins Holster zurück. Auch die Sirenen der außer Gefecht gesetzten Roboter verstummten nun eine nach der anderen.

Zalia starrte ihn mit einer Art benommenem Unverständnis an. »Roland!«, sagte sie.

»Ja, Zalia.«

»Sind sie erledigt? *Können* sie erledigt sein? Wirklich und wahrhaftig?«

»Alle erledigt«, sagte Roland. »Ich habe einundsechzig gezählt, und sie liegen alle hier oder auf der Straße oder in unserem Graben.«

Tians Frau stand einen Augenblick lang nur da, während sie diese Mitteilung verarbeitete. Dann tat sie etwas, was den Mann überraschte, der nicht oft überrascht war. Sie warf sich gegen ihn, drängte ihren Körper schamlos an seinen und bedeckte sein Gesicht mit hungrigen feuchten Küssen. Roland ertrug das eine kleine Weile, dann schob er sie sanft von sich weg. Die Übelkeit setzte bereits ein. Das Gefühl von Vergeblichkeit. Das Bewusstsein, dass er diesen Kampf oder Kämpfe wie diesen bis in alle Ewigkeit wieder und immer wieder führen würde, hier einen Finger an die Monsterhummer, dort vielleicht ein Auge an eine gerissene alte Hexe verlieren würde, nur um nach jedem Kampf spüren zu müssen, dass der Dunkle Turm wieder etwas ferner war, statt etwas nähergerückt zu sein. Und die ganze Zeit würde die Gelenkstarre sich zu seinem Herzen vorarbeiten.

Schluss damit!, ermahnte er sich. *Das ist Unsinn, das weißt du genau.*

»Werden sie weitere schicken, Roland?«, fragte Rosa.

»Vielleicht haben sie keine mehr, die sie schicken können«, sagte Roland. »Und falls sie's tun, sind es ziemlich sicher weniger. Außerdem kennt ihr jetzt das Geheimnis, wie sie zu erledigen sind, oder?«

»Ja«, sagte sie und bedachte ihn mit einem wilden Grinsen. Ihr Blick versprach ihm für später mehr als nur Küsse, wenn er es haben wollte.

»Geh durch den Mais hinunter«, wies er sie an. »Nimm Zalia mit. Sagt ihnen, dass sie jetzt gefahrlos zurückkommen können. Lady Oriza hat der Calla heute freundschaftlich beigestanden. Und auch der Linie des Eld.«

»Wollt Ihr nicht selbst mitkommen?«, fragte Zalia ihn. Sie war ein paar Schritt von ihm zurückgetreten, und ihre Wangen brannten. »Wollt Ihr nicht mitkommen und Euch zujubeln lassen?«

»Vielleicht können wir später gemeinsam hören, wie sie uns zujubeln«, sagte Roland. »Jetzt müssen wir an-tet miteinander reden. Der Junge hat einen schweren Schock erlitten, müsst ihr wissen.«

»Ja«, sagte Rosa. »Ja, ich verstehe. Komm jetzt, Zallie.« Sie ergriff Zalias Hand. »Hilf mir, die Überbringerin guter Nachrichten zu sein.«

17

Die beiden Frauen überquerten die Straße und machten dabei einen weiten Bogen um die verstreuten, blutigen Überreste des armen Slightman-Jungen. Zalia vermutete, dass sie nur noch durch seine Kleidung zusammengehalten wurden, und schauderte bei dem Gedanken an den Kummer seines Vaters.

Die kurzbeinige Lady-Sai des jungen Mannes war inzwischen am Nordende des Grabens und untersuchte die Leichen der dort verstreut liegenden Wölfe. Sie fand einen, dessen kleines rotierendes Ding nicht ganz abgeschossen war und sich noch immer zu drehen versuchte. Die grün behandschuhten Hände des Wolfs zuckten unbeherrscht im Staub, als würde er an Schüttellähmung leiden. Während Rosa und Zalia zusahen, hob Susannah einen ziemlich großen Felsbrocken auf und zertrümmerte damit kühl wie eine Nacht in Weite Erde die Überreste der Denkkappe. Der Wolf bewegte sich sofort nicht mehr. Das leise Summen aus seinem Körper hörte ebenfalls auf.

»Wir gehen, um die anderen zu benachrichtigen, Susannah«, sagte Rosa. »Aber zuvor wollen wir dir für deine Hilfe danken. Wir lieben dich, gewisslich wahr!«

Zalia nickte. »Wir sagen dir unseren Dank, Susannah von New York. Er ist mehr groß-groß, als sich jemals ausdrücken ließe.«

»Yar, gewisslich wahr«, bestätigte Rosa.

Die Lady-Sai sah zu ihnen auf und lächelte liebevoll. Rosalita wirkte einen Augenblick lang ein wenig zweifelnd, so als sähe sie in diesem dunkelbraunen Gesicht etwas, was nicht dorthin gehörte. Als sähe sie beispielsweise, dass Susannah Dean nicht mehr da war. Dann verschwand ihr zweifelnder Gesichtsausdruck wieder. »Wir gehen mit guten Nachrichten, Susannah«, sagte sie.

»Wünsche euch Freude dabei«, sagte Mia, niemands Tochter. »Bringt sie zurück, wie ihr wollt. Sagt ihnen, dass die Gefahr vorüber ist, und lasst etwaige Zweifler die Gefallenen zählen.«

»Deine Hosenbeine sind nass, wenn's beliebt«, sagte Zalia.

Mia nickte ernst. Erneut auftretende Wehen machten ihren Unterleib steinhart, aber sie ließ sich nichts anmerken. »'s ist Blut, fürchte ich.« Sie nickte zu dem kopflosen Leib der Frau des großen Ranchers hinüber. »Ihres.«

Die beiden Frauen gingen Hand in Hand durch den Mais davon. Mia beobachtete, wie Roland, Eddie und Jake über die Straße auf sie zukamen. Jetzt würde die gefährlichste Zeit kommen, gleich hier. Trotzdem vielleicht nicht allzu gefährlich; Susannahs Freunde wirkten als Folge des Kampfes leicht benommen. Wenn sie nicht ganz die Alte zu sein schien, würden sie vielleicht dasselbe von ihr denken.

Sie sagte sich, es werde vor allem darauf ankommen, eine günstige Gelegenheit abzupassen. Warten … und dann ungesehen verschwinden. Unterdessen ritt sie auf den Kontraktionen ihres Unterleibs wie ein Boot auf einer hohen Woge.

Sie werden wissen, wohin du gegangen bist, flüsterte eine Stimme. Das war keine Stimme im Kopf, sondern eine im Bauch. Die Stimme des kleinen Kerls. Und diese Stimme sprach wahr.

Nimm die Kugel mit dir, forderte die Stimme sie auf. *Nimm sie mit, wenn du gehst. Lass ihnen keine Tür, durch die sie dir folgen können.*

Aye.

18

Aus der Ruger fiel ein einzelner Schuss, und ein Pferd verendete.

Aus den Reisfeldern weit unterhalb der Straße ertönte anschwellender lauter Jubel, der allerdings noch halbwegs ungläubig klang. Zalia und Rosa hatten ihre gute Nachricht überbracht. Dann übertönte ein schriller Schmerzensschrei den vielstimmigen Freudenchor. Sie hatten auch eine schlechte verkündet.

Jake Chambers saß auf einem Rad des umgestürzten Wagens. Er hatte die drei unverletzten Pferde bereits ausgeschirrt. Das vierte Tier hatte mit zwei gebrochenen Beinen dagelegen, hilflos durch die Zähne geschäumt und den Jungen um Erbarmen flehend angestarrt. Der Junge hatte es ihm gewährt. Jetzt saß er da und starrte seinen toten Freund an. Bennys Blut versickerte auf der Straße. Die Hand an seinem abgerissenen Arm lag mit der Handfläche nach oben, so als wollte der tote Junge Gott die Hand schütteln. Welchem Gott? Das neueste Gerücht besagte, dass das Obergeschoss des Dunklen Turms leer war.

Aus Lady Orizas Reis kam ein zweiter kummervoller Aufschrei. Wer war Ben Slightman, wer Vaughn Eisenhart gewesen? Aus der Ferne, überlegte Jake sich, war der Rancher nicht vom Vormann, der Arbeitgeber nicht vom Angestellten zu unterscheiden gewesen. Gab es daraus etwas zu lernen, oder war das vielleicht etwas, was Ms. Avery an der guten alten Piper School als FAST – falsch, aber scheinbar Tatsache – bezeichnet hätte?

Die dem heller werdenden Himmel zugekehrte Hand, *die* war eine unbestreitbare Tatsache.

Jetzt begannen die *Folken* zu singen. Jake erkannte das Lied. Es war eine neue Version von dem, das Roland an ihrem ersten Abend in Calla Bryn Sturgis gesungen hatte.

Come-come-commala
Rice come a-falla
I-sissa 'ay a-bralla
Dey come a-folla
We went to a-rivva
'Riza did us kivva …

Der Reis schwankte, als die singenden *Folken* ihn durchquerten; er schwankte, als tanzte er zu ihrer Freude, wie Roland an jenem von Fackeln erhellten ersten Abend für sie getanzt hatte. Manche kamen mit ihren Babbies in den Armen und wiegten sich selbst mit dieser Last im Takt. *Heute Morgen haben wir alle getanzt,* dachte Jake. Er wusste nicht, was er damit meinte, sondern nur, dass dies ein wahrer Gedanke war. *Den Tanz, den wir aufführen. Den einzigen, den wir beherrschen. Benny Slightman? Ist tanzend gestorben. Sai Eisenhart ebenfalls.*

Roland und Eddie kamen zu Jake herüber; auch Susannah näherte sich, aber sie blieb etwas zurück, als fände sie, dass die Jungs zumindest vorläufig unter sich sein sollten. Roland rauchte, und Jake nickte in Richtung Zigarette.

»Dreh mir auch eine, ja?«

Roland sah mit hochgezogenen Augenbrauen zu Susannah hinüber. Sie zuckte die Achseln, dann nickte sie. Roland drehte Jake also eine Zigarette, gab sie ihm, riss dann ein Zündholz an seinem Hosenboden an und gab ihm Feuer. Jake saß auf dem Rad des umgestürzten Wagens, nahm gelegentlich einen Zug, behielt den Rauch im Mund und ließ ihn langsam herausquellen. Sein Mund füllte sich mit Speichel. Es störte ihn aber nicht. Speichel konnte man im Gegensatz zu anderen Dingen ausspucken. Er bemühte sich, den Rauch nicht zu inhalieren.

Roland blickte den Hügel hinab, wo der erste von zwei rennenden Männer eben im Mais verschwand. »Das ist Slightman«, sagte er. »Gut.«

»Wieso gut, Roland?«, fragte Eddie.

»Weil Sai Slightman uns Vorwürfe machen wird«, sagte Roland. »Und in seinem Schmerz wird es ihm egal sein, wer das alles hört oder was sein ungewöhnliches Wissen über seine Beteiligung an den Ereignissen dieses Morgens verraten könnte.«

»Tanz«, sagte Jake.

Sie wandten sich ihm zu. Er saß blass und nachdenklich auf dem Wagenrad und hielt seine Zigarette in der Hand. »Am Tanz dieses Morgens.«

Roland schien darüber nachzudenken, dann nickte er. »Über seine Beteiligung am *Tanz* dieses Morgens. Wenn er rechtzeitig hier ankommt, können wir ihn vielleicht beruhigen. Sonst ist der Tod seines Sohns nur der Anfang von Ben Slightmans Commala.«

19

Slightman, der fast fünfzehn Jahre jünger als Eisenhart war, erreichte den Kampfplatz weit vor dem Rancher. Einen Augenblick lang stand er nur am jenseitigen Rand des Grabens und betrachtete den auf der Straße liegenden zerfetzten Leichnam. Das Blut war größtenteils verschwunden – der Oggan hatte es gierig getrunken –, aber der abgerissene Arm lag weiterhin da, und der abgetrennte Arm erzählte alles. Roland hatte so wenig daran gedacht, ihn von dort zu entfernen, wie er daran gedacht hätte, seinen Hosenschlitz zu öffnen und auf die Leiche des Jungen zu pissen. Slightman der Jüngere hatte die Lichtung am Ende seines Pfades erreicht. Als nächster Verwandter hatte sein Vater ein Anrecht darauf, zu sehen, wo und wie das passiert war.

Der Mann stand ungefähr fünf Sekunden lang schweigend da, dann holte er tief Luft und stieß einen lauten Schrei aus. Sein Schmerzensschrei ließ Eddie einen kalten Schauder über den Rücken laufen. Er sah sich nach Susannah um und stellte fest, dass sie nicht mehr da war. Er konnte es ihr nicht übel nehmen, dass sie sich verdrückt hatte. Das Ganze war eine schlimme Szene. Denkbar schlimm.

Slightman sah nach links, sah nach rechts, sah dann geradeaus und erblickte Roland, der mit verschränkten Armen bei dem umgestürzten Planwagen stand. Neben ihm hockte Jake noch immer auf dem Rad und rauchte seine erste Zigarette.

»IHR!«, brüllte Slightman. Er trug seine Armbrust umgehängt; jetzt nahm er sie vom Rücken. *»IHR SEID SCHULD DARAN! IHR!«*

Eddie nahm Slightman geschickt die Waffe ab. »Keine Dummheiten, Partner«, murmelte er. »Die braucht Ihr jetzt nicht, also lasst mich sie in Verwahrung nehmen.«

Slightman schien das nicht zu merken. Unglaublicherweise machte seine rechte Hand weiter kreisende Bewegungen in der Luft, so als würde er die Armbrust für einen Schuss spannen.

»IHR HABT MEINEN SOHN UMGEBRACHT! UM EUCH AN MIR ZU RÄCHEN! IHR SCHWEINEHUNDE! MÖRDERISCHER SCHWEI…«

Roland, der sich mit seiner unheimlichen, gespenstischen Geschwindigkeit bewegte, die Eddie noch immer kaum fassen konnte, schlang Slightman einen Arm um den Hals und riss ihn nach vorn. Dadurch schnitt er die Anschuldigungen des Mannes mitten im Wort ab und brachte ihn zugleich näher an sich heran.

»Hört mir zu«, sagte Roland, »und hört mich wohl. Euer Leben und Eure Ehre sind mir gleichgültig – das eine ist vergeudet, die andere längst verloren –, aber Euer Sohn ist tot, und *seine* Ehre liegt mir sehr am Herzen. Wenn Ihr nicht augenblicklich schweigt, Ihr erbärmlicher Wurm, bringe ich Euch selbst zum Schweigen. Was wollt Ihr also? Mir ist beides gleich recht. Den Leuten erzähle ich, dass Ihr bei seinem Anblick durchgedreht, mir blitzschnell den Revolver aus dem Holster gezogen und Euch eine Kugel in den Kopf gejagt habt, um wieder mit ihm vereint zu sein. Was wollt Ihr also? Entscheidet Euch.«

Eisenhart war völlig außer Atem, aber er stolperte und schlingerte weiter durch den Mais und rief heiser nach seiner Frau: *»Margaret! Margaret! Antworte mir, Liebste! Sag doch ein Wort, ich bitte dich!«*

Roland ließ Slightman los und sah ihn streng an. Slightman richtete seinen schrecklichen Blick nun auf Jake. »Hat Euer Dinh meinen Jungen umgebracht, um sich an mir zu rächen? Sagt mir die Wahrheit, Soh.«

Jake zog ein letztes Mal an der Zigarette und warf sie dann weg. Die Kippe verglimmte in der Nähe des erschossenen Pferdes im Dreck. »Habt Ihr ihn Euch überhaupt richtig angesehen?«, fragte er Bennys Da'. »Solche Wunden reißt keine Kugel. Sai Eisenharts Kopf ist fast auf ihn gefallen, und Benny ist daraufhin vor … vor Grauen aus dem Versteck gekrochen.« Dieses Wort, das erkannte er jetzt, hatte er noch nie laut ausgesprochen. Hatte es noch nie laut aussprechen *müssen*. »Sie haben zwei ihrer Schnaatze nach ihm geworfen. Einen konnte ich abschießen, aber …« Er schluckte. In seiner Kehle schnalzte etwas. »Den anderen … den wollte ich auch runterholen, wisst Ihr … ich hab's versucht, aber …« In seinem Gesicht arbeitete es. Seine Stimme drohte zu brechen. Trotzdem blieben seine Augen trocken. Und irgendwie war ihr Blick ebenso schrecklich wie der von Slightman. »Beim anderen hatte ich nie eine Chance«, schloss er, dann ließ er den Kopf sinken und begann zu schluchzen.

Roland sah Slightman an und zog die Augenbrauen hoch.

»Also gut«, sagte Slightman. »Ich sehe, wie's war. Yar. Aber sagt mir, war er bis dahin tapfer? Sagt's mir, ich bitte euch.«

»Jake und er haben einen dieser beiden zurückgebracht«, sagte Eddie, indem er auf die Zwillinge Tavery deutete. »Der Junge war mit dem Fuß in eine Felsspalte geraten. Jake und Benny haben ihn rausgezogen und zurückgeschleppt. Euer Junge hat echt viel Mumm bewiesen. Seite an Seite und geradewegs durch die Mitte.«

Slightman nickte. Er nahm die Brille von der Nase und betrachtete sie, als sähe er sie zum ersten Mal. Er hielt sie auf diese Weise einige Sekunden lang vor sein Gesicht, dann ließ er sie auf die Straße fallen und zertrat sie unter seinem Stiefelabsatz. Er sah Roland und Jake fast wie um Entschuldigung bittend an. »Ich glaube, ich habe alles gesehen, was ich sehen musste«, sagte er und ging zu seinem toten Sohn.

Vaughn Eisenhart tauchte aus dem Mais auf. Als er seine tote Frau sah, brüllte er laut auf. Dann riss er sein Hemd auf und fing an, mit der rechten Faust gegen eine Stelle oberhalb seiner schlaffen linken Brust zu schlagen, wobei er jedes Mal ihren Namen ausrief.

»O Mann«, sagte Eddie. »Roland, das solltest du unterbinden.«

»Nicht ich«, sagte der Revolvermann.

Slightmann ergriff den abgerissenen Arm seines Sohnes und drückte mit einer Zärtlichkeit, die Eddie fast unerträglich fand, einen Kuss in die Handfläche. Er legte den Arm auf die Brust des Jungen, dann kam er zu ihnen zurück. Ohne Brille sah sein Gesicht nackt und irgendwie unfertig aus. »Jake, würdet Ihr mir helfen, eine Decke zu finden?«

Jake stand vom Wagenrad auf, um ihm zu helfen, eine Wolldecke zu finden. In dem aufgedeckten Schützengraben, der ihr Versteck gewesen war, drückte Eisenhart sich den verbrannten Kopf seiner Frau an die Brust und wiegte sich auf den Knien vor und zurück. Im Mais kamen die Kinder und ihre Aufpasser näher, während sie weiterhin das »Reislied« sangen. Anfangs glaubte Eddie, aus Richtung Stadt das Echo dieses Gesangs zu hören, aber dann erkannte er, dass es die Einwohner der Calla waren. Sie mussten das Lied gehört haben. Da sie wussten, was es bedeutete, kamen sie nun herbeigeströmt.

Pere Callahan trat mit Lia Jaffords auf den Armen aus dem Maisfeld. Trotz des Lärms schlief das kleine Mädchen fest. Callahan betrachtete den Berg toter Wölfe, nahm die Rechte unter dem Po der Kleinen weg und schlug langsam und zitternd ein Kreuz in der Luft.

»Gott sei gedankt«, sagte er.

Roland ging zu ihm und ergriff die Hand, die das Kreuz geschlagen hatte. »Mach dein Kreuz über mich«, verlangte er.

Callahan starrte ihn verständnislos an.

Roland nickte zu Vaughn Eisenhart hinüber. »Der hat mir gedroht, dass ich die Stadt mit seinem Fluch verlassen werde, wenn seiner Frau etwas zustößt.«

Er hätte mehr sagen können, aber das war nicht nötig. Callahan verstand und machte das Kreuzeszeichen auf Rolands Stirn. Sein Fingernagel hinterließ dabei eine Wärme, die Roland noch lange spürte. Und obwohl Eisenhart seine Drohung dann doch nicht wahr machte, bedauerte der Revolvermann es nie, den Pere um diese zusätzliche Rückversicherung gebeten zu haben.

20

Was dort draußen auf der East Road folgte, war eine etwas konfuse Jubelfeier, in die sich Trauer um die beiden Gefallenen mischte. Trotzdem schimmerte selbst durch die Trauer ein freudiger Lichtschein hindurch. Niemand schien das Gefühl zu haben, die Verluste wögen die Gewinne auch nur im Entferntesten auf. Und Eddie vermutete, dass das auch zutraf. Das heißt, wenn es nicht die eigene Frau, nicht der eigene Sohn war, der gefallen war.

Der Gesang aus der Stadt kam näher. Jetzt konnten sie aufsteigenden Staub sehen. Auf der Straße umarmten sich Männer und Frauen. Jemand versuchte, Margaret Eisenharts Ehemann deren Kopf wegzunehmen, aber der Rancher wollte sich offenbar noch nicht von ihm trennen.

Eddie schlenderte zu Jake hinüber.

»Du hast *Krieg der Sterne* nie gesehen, stimmt's?«

»Nein, das habe ich dir doch schon erzählt. Ich *wollte* ihn mir ansehen, aber …«

»Du bist zu früh abgehauen, ja. Also, diese Dinger, mit denen sie herumgefuchtelt haben … Jake, die waren aus diesem Film.«

»Weißt du das bestimmt?«

»Todsicher. Und die Wölfe … Jake, die Wölfe selbst …«

Jake nickte sehr langsam. Jetzt konnten sie die Leute aus der Stadt sehen. Die Neuankömmlinge sahen die Kinder – *alle* Kinder, alle hier und unverletzt – und brachen in Jubel aus. Die vordersten Calla-*Folken* begannen zu rennen. »Ich weiß.«

»*Wirklich?*«, fragte Eddie. Sein Blick war fast bittend. »Tust du's wirklich? Weil … Mann, das ist so *verrückt.*«

Jake betrachtete die Wölfe auf dem Leichenhaufen. Die grünen Umhänge mit Kapuzen. Die grauen Trikothosen. Die schwarzen Stiefel. Die knurrenden, verrottenden Masken. Eddie hatte bereits eine der Masken abgezogen, um zu sehen, was sich darunter verbarg. Nur glattes Metall, dazu zwei Objektive als Augen, eine runde vergitterte Öffnung, die zweifellos als Nase fungierte, und zwei aus den Schläfen sprießende Mikrofone, die Ohren ersetzten. Nein, was diese Wesen an Persönlichkeit besessen hatten, lag in den Masken und Kleidungsstücken, die sie trugen.

»Verrückt oder nicht, ich weiß, was sie sind, Eddie. Oder zumindest, wo sie herkommen. Marvel Comics.«

Ein Ausdruck vollkommener Erleichterung erfüllte Eddies Gesicht. Er beugte sich nach vorn und küsste Jake auf die Wange. Der Anflug eines Lächelns streifte den Mund des Jungen. Das war nicht viel, aber es war ein Anfang.

»Die *Spiderman*-Hefte«, sagte Eddie. »Von denen konnte ich als Junge nie genug kriegen.«

»Ich habe sie nie selbst gekauft«, sagte Jake, »aber Timmy Mucci unten bei den Mid-Town-Bahnen war ganz vernarrt in die Marvel-Hefte. *Spiderman, Die Fantastischen Vier, Der unglaubliche Hulk, Captain America,* alle. Diese Kerle …«

»Sie sehen wie Dr. Doom aus«, sagte Eddie.

»Genau«, sagte Jake. »Zwar nicht hundertprozentig, die Masken sind bestimmt ein bisschen abgeändert worden, um sie wolfsähnlicher zu machen, aber sonst … dieselben grünen Kapuzen, dieselben grünen Umhänge. Genau, Dr. Doom.«

»Und apropos Schnaatz«, sagte Eddie. »Hast du je von Harry Potter gehört?«

»Ich glaube nicht. Und du?«

»Nein, und ich kann dir auch den Grund dafür sagen. Weil die Schnaatze aus der Zukunft stammen. Vielleicht aus irgendeinem Marvel-Heft, das erst 1990 oder 1995 erscheinen wird. Verstehst du, was ich meine?«

Jake nickte.

»Alles ist neunzehn, stimmt's?«

»Genau«, sagte Jake. »Neunzehn, neunundneunzig und neunzehn-neunundneunzig.«

Eddie sah sich um. »Wo ist Suze eigentlich?«

»Wahrscheinlich unterwegs, um ihren Rollstuhl zu holen«, sagte Jake. Aber bevor einer von ihnen sich näher mit der Frage nach Susannah Deans Verbleib beschäftigen konnte (und zu diesem Zeitpunkt wäre es vermutlich ohnehin schon zu spät gewesen), trafen die ersten Calla-*Folken* ein. Eddie und Jake gerieten in eine wilde, improvisierte Jubelfeier – man umarmte und küsste sie, schüttelte ihnen die Hand, lachte und weinte durcheinander und dankte ihnen und dankte ihnen und dankte ihnen.

21

Zehn Minuten nach Ankunft der Hauptmasse der Calla-*Folken* näherte Rosalita sich widerstrebend Roland. Der Revolvermann war sehr erleichtert, sie zu sehen. Eben Took hielt ihn gerade an den Armen gepackt und erzählte ihm – unablässig, in scheinbar endlosen Wiederholungen –, wie sehr Telford und er im Unrecht gewesen seien, wie völlig sie sich geirrt hätten und wie er, Eben Took, Roland und sein Ka-Tet vor ihrem Aufbruch aus der Calla von Kopf bis Fuß vollständig neu ausrüsten werde, was sie keinen Penny kosten solle.

»Roland!«, sagte Rosalita.

Roland entschuldigte sich, nahm Rosalitas Arm und führte sie ein kleines Stück die Straße entlang. Die Wölfe lagen nun verstreut herum und wurden von den in einem Freudentaumel lachenden *Folken* unbarmherzig ausgeplündert. Mit jeder Minute trafen weitere Nachzügler ein.

»Was gibt's, Rosa?«

»Es geht um eure Lady«, sagte Rosa. »Susannah.«

»Was ist mit ihr?«, fragte Roland. Er sah sich stirnrunzelnd um. Susannah war nirgends zu sehen, und er konnte sich auch nicht erinnern, wann er sie zuletzt gesehen *hatte*. Als er Jake die Zigarette gegeben hatte? War das schon so lange her? Er vermutete es. »Wo ist sie?«

»Das ist's eben«, sagte Rosa. »Ich weiß es nicht. Also habe ich einen Blick in den Wagen geworfen, mit dem sie hergekommen ist, weil ich dachte, sie wollte sich dort ein bisschen ausruhen. Weil sie sich vielleicht schwach oder angegriffen gefühlt hat, wenn's beliebt. Aber sie war nicht da. Und, Roland … ihr Rollstuhl ist fort.«

»Götter!«, knurrte Roland und schlug sich mit der Faust auf den Oberschenkel. »O *Götter!*«

Rosalita wich besorgt einen Schritt vor ihm zurück.

»Wo ist Eddie?«, fragte Roland.

Sie zeigte ihn ihm. Eddie steckte so tief in einer Schar von Bewunderern beiderlei Geschlechts, dass Roland ihn wahrscheinlich nicht hätte ausmachen können, wenn er nicht ein Kind auf den Schultern getragen hätte: Heddon Jaffords, der breit und freudig grinste.

»Weißt du bestimmt, dass du ihn deshalb stören willst?«, fragte Rosa schüchtern. »Vielleicht ist sie nur ein wenig fortgegangen, um wieder zu sich zu finden.«

Ein wenig fortgegangen, dachte Roland. Er spürte eine Schwärze, die sein Herz erfüllte. Sein sinkendes Herz. Sie war ein wenig fortgegangen, das stimmte. Und er wusste, wer ihren Körper in Besitz genommen hatte. Ihre Aufmerksamkeit war nach den Anstrengungen des Kampfes erlahmt … wegen Jakes Trauer … wegen der Glückwünsche der Folken … aber das konnte nichts entschuldigen.

»Revolvermänner!«, brüllte er, und die jubelnde Menge verstummte augenblicklich. Hätte er sich die Mühe gemacht, darauf zu achten, hätte er die Angst gesehen, die dicht unter ihrer Erleichterung und Bewunderung lag. Für ihn wäre sie nichts Neues gewesen; die Leute hatten stets Angst vor jenen, die mit harten Kalibern an der Hüfte zu ihnen kamen. War die Schießerei dann einmal vorüber, wollten sie ihnen nur noch eine letzte Mahlzeit spendieren, vielleicht einen letzten Dankbarkeitsfick, und sie dann weiterschicken, um wieder ihre friedlichen Ackergeräte zu ergreifen.

Na ja, dachte Roland, *wir werden bald fort sein. Tatsächlich ist eine von uns schon fort. Götter!*

»Revolvermänner, zu mir! Zu mir!«

Eddie erreichte Roland als Erster. Er sah sich um. »Wo ist Susannah?«

Roland zeigte in die Felswüste aus Steilwänden und Arroyos und hob dann einen Finger, bis er auf ein schwarzes Loch dicht unter einem Grat wies. »Dort oben, glaube ich«, sagte er.

Eddie Dean war kreidebleich geworden. »Das ist die Torweghöhle, auf die zu zeigst«, sagte er. »Oder nicht?«

Roland nickte.

»Aber die Kugel … die Schwarze Dreizehn … in Callahans Kirche wollte sie nicht mal in ihre *Nähe* kommen …«

»Nein«, sagte Roland. »*Susannah* wollte das nicht. Aber sie ist nicht mehr Herrin ihres Körpers.«

»Mia?«, sagte Jake.

»Ja.« Rolands verblasste Augen studierten die ferne Höhlenöffnung. »Mia ist fortgegangen, um ihr Baby zu bekommen. Sie wird ihren kleinen Kerl zur Welt bringen.«

»Nein«, sagte Eddie. Er griff mit beiden Händen fahrig nach Rolands Hemd und klammerte sich daran fest. Um sie herum standen die *Folken* und beobachteten sie schweigend. »Roland, sag, dass das nicht stimmt.«

»Wir können ihr nur folgen und hoffen, dass wir nicht zu spät kommen«, sagte Roland.

Aber in seinem Herzen wusste er, dass es bereits zu spät war.

Epilog

Die Torweghöhle

1

Sie bewegten sich schnell, aber Mia bewegte sich schneller. Eine Meile jenseits der Stelle, wo der Weg ins Arroyogebiet sich gabelte, fanden sie ihren Rollstuhl. Sie hatte ihn unbarmherzig vorangetrieben, hatte ihre starken Arme benützt, um ihn in dem rauem Gelände schonungslos weiterzuknüppeln. Zuletzt war er mit solcher Gewalt gegen einen Felsvorsprung geprallt, dass das linke Rad sich verbogen und ihn unbrauchbar gemacht hatte. Eigentlich ein Wunder, dass sie überhaupt so weit gekommen war.

»Scheiß-commala«, murmelte Eddie, während er den Rollstuhl begutachtete. Die Beulen und Kratzer und Schrammen. Dann hob er den Kopf, legte die Hände an den Mund und rief: *»Wehr dich gegen sie, Susannah! Wehr dich! Wir kommen!«* Er zwängte sich an dem Rollstuhl vorbei und hastete weiter den Pfad hinauf, ohne sich umzudrehen, um zu sehen, ob die anderen ihm folgten.

»Sie kann den Weg zur Höhle hinauf unmöglich schaffen, stimmt's?«, sagte Jake. »Ich meine, sie hat schließlich keine *Beine.«*

»Würde man nicht annehmen, was?«, sagte Roland mit finsterer Miene. Er selbst hinkte. Jake lag eine Bemerkung darüber auf der Zunge, aber dann hielt er doch lieber den Mund.

»Was würde sie überhaupt dort oben wollen?«, fragte Callahan.

Roland bedachte ihn mit einem einzigartig kalten Blick. »Sie will woanders hin«, sagte er. »Das dürfte klar sein. Kommt jetzt!«

2

Etwas unterhalb der Stelle, wo der Weg steil anzusteigen begann, schloss Roland zu Eddie auf. Als er dem jüngeren Mann eine Hand auf die Schulter legte, schüttelte Eddie sie zunächst ab. Beim zweiten Mal drehte er – widerstrebend – den Kopf zur Seite, um seinen Dinh anzusehen. Roland stellte fest, dass Eddies Hemd vorn mit Blut bespritzt war. Er fragte sich, ob es von Benny, Margaret oder gar von beiden stammte.

»Vielleicht wär's besser, sie eine Zeit lang in Ruhe zu lassen, wenn es Mia ist«, sagte Roland.

»Bist du verrückt? Hast du seit dem Kampf gegen die Wölfe eine *Schraube* locker?«

»Wenn wir sie in Ruhe lassen, bringt sie vielleicht nur ihre Sache zu Ende und verschwindet dann wieder.« Noch während Roland das sagte, zweifelte er selbst daran.

»Yeah«, sagte Eddie, während er ihn mit brennendem Blick betrachtete, »sie bringt ihre Sache zu Ende, das steht fest. Punkt Nummer eins: ihr Baby kriegen. Punkt Nummer zwei: meine Frau ermorden.«

»Das wäre Selbstmord.«

»Aber sie könnte dazu fähig sein. Wir müssen zusehen, dass wir sie einholen.«

Kapitulieren war eine Kunst, die Roland selten, aber bei den wenigen Gelegenheiten, bei denen sie in seinem Leben nötig gewesen war, mit ziemlichem Geschick praktizierte. Nach einem weiteren Blick auf Eddie Deans blasses, entschlossenes Gesicht praktizierte er sie jetzt. »Also gut«, sagte er, »aber wir müssen vorsichtig sein. Sie wird kämpfen, um einer Gefangennahme zu entgehen. Sie wird notfalls sogar morden. Dich vielleicht als Ersten von uns allen.«

»Ja, ich weiß«, sagte Eddie. Seine Miene war ausdruckslos. Er sah den Bergpfad hinauf, der jedoch nach einer Viertelmeile um die Südflanke des Massivs herumführte und außer Sicht kam. Von der gegenwärtigen Stelle aus war er erst wieder nach der letzten Serpentine unmittelbar unter dem Höhleneingang zu sehen. Dieses letzte steile Wegstück lag verlassen da, aber was bewies das schon? Sie konnte überall sein. Eddie dachte sogar an die Möglichkeit, dass sie vielleicht gar nicht dort oben war – dass der demolierte Rollstuhl eine falsche Fährte gewesen sein könnte wie die Kindersachen, die Roland auf dem Weg ins Arroyogebiet hatte verstreuen lassen.

Das werde ich einfach nicht glauben. In diesem Teil der Calla muss es eine Million Rattenlöcher geben, und wenn ich es glauben würde, könnte sie in jedem davon sein.

Callahan und Jake, die jetzt ebenfalls aufgeschlossen hatten, standen da und sahen Eddie an.

»Kommt!«, sagte er. »Mir ist egal, wer sie ist, Roland. Wenn vier kräftige Männer wie wir nicht imstande sind, eine Lady ohne Beine einzuholen, sollten wir unsere Waffen lieber gleich abgeben und Schluss machen.«

Jake lächelte schwach. »Ich bin gerührt. Du hast mich gerade als Mann bezeichnet.«

»Bild dir nichts darauf ein, Sonnenschein. Los, weiter!«

3

Eddie und Susannah sprachen und dachten voneinander als Mann und Frau, obwohl es ihm nicht gerade vergönnt gewesen war, mit dem Taxi mal schnell zu Cartier hinüberzufahren, um ihr einen Brillanten und einen Ehering zu kaufen. Früher hatte er einen ziemlich hübschen Highschool-Ring besessen, aber den hatte er im Sommer des Jahres, in dem er siebzehn geworden war – in Mary Jean Sobieskis Sommer –, auf Coney Island im Sand verloren. Auf ihren Wanderungen vom Westlichen Meer aus hatte Eddie jedoch sein Talent als Holzschnitzer wieder entdeckt (»tleiner Babyarsch-Schnitzer«, hätte der große Weise und bedeutende Junkie gesagt) und seiner Liebsten einen schönen Ring aus Weidenholz geschnitzt, leicht wie Schaum, aber robust. Diesen Ring hatte Susannah an einem Rohlederband zwischen ihren Brüsten getragen.

Sie fanden ihn am Fuß des Weges mitsamt dem Lederband. Eddie hob ihn auf, starrte ihn sekundenlang grimmig an, hängte ihn sich dann selbst um den Hals und stopfte ihn unters Hemd.

»Seht mal«, sagte Jake.

Sie wandten sich der ebenen Stelle gleich neben dem Weg zu. Dort waren Spuren zu erkennen. Keine Menschenspuren, keine Tierfährte. Drei Räder in einer Anordnung, die Eddie an ein Kinderdreirad denken ließ. Was zum Teufel …?

»Los, weiter«, sagte er und fragte sich, wie oft er das schon gesagt haben mochte, seit er ihr Verschwinden bemerkt hatte. Er fragte sich auch, wie lange die anderen ihm noch folgen würden, wenn er das ständig sagte. Nicht, dass das eine Rolle gespielt hätte. Er würde weitermachen, bis er sie wiederhatte oder tot war. So einfach war das. Was ihn am meisten ängstigte, war das Baby … der kleine Kerl, wie sie ihn nannte. Was war, wenn er sich gegen sie wandte? Und Eddie hatte den Verdacht, genau das könnte er tun.

»Eddie«, sagte Roland.

Eddie sah sich nach ihm um und machte Rolands eigene ungeduldige Handbewegung, bei der er die Finger kreisen ließ: *Los, weiter!*

Stattdessen zeigte Roland auf den Weg. »Das war irgendein Motorfahrzeug.«

»Hast du einen Motor gehört?«

»Nein.«

»Dann kannst du's nicht wissen.«

»Ich weiß es aber«, sagte Roland. »Irgendwer hat ihr ein Fahrzeug geschickt. Oder *irgendwas.*«

»Das kannst du nicht *wissen,* verdammt noch mal!«

»Andy könnte ihr ein Fahrzeug hingestellt haben«, sagte Jake. »Wenn jemand ihn angewiesen hat, das zu tun.«

»Wer hätte ihn anweisen sollen, so was zu tun?«, fragte Eddie heiser.

Finli, dachte Jake. *Finli o' Tego, wer immer das ist. Oder vielleicht auch Walter.* Aber er sagte nichts. Eddie war schon besorgt genug.

»Sie ist entkommen«, sagte Roland. »Darauf solltest du dich schon mal gefasst machen.«

»Fick dich ins Knie!«, knurrte Eddie und wandte sich dem in die Höhe führenden Pfad zu. »Los, weiter!«

4

In seinem Innersten wusste Eddie jedoch, dass Roland Recht hatte. So nahm er den Weg zur Torweghöhle nicht hoffnungsvoll, sondern mit einer Art verzweifelter Entschlossenheit in Angriff. An der Stelle, wo der herabgestürzte Felsbrocken den Weg blockierte, fanden sie ein verlassenes Dreiradfahrzeug mit Ballonreifen und einem Elektromotor, der noch immer leise summte, ein gedämpftes, gleichmäßiges *Ummmmm* von sich gab. Eddie erschien es wie eines dieser verrückten Gelände-Dinger, die bei Abercombie & Fitch verkauft wurden. Es hatte einen Gasdrehgriff und Handbremshebel. Er beugte sich darüber und las, was in den Stahl des linken Bremshebels eingeprägt war:

o	»SQUEEZIE-PIE«-BREMSEN VON NORTH CENTRAL POSITRONICS	o o

Hinter dem Fahrradsattel war ein kleiner Behälter angebracht. Eddie klappte ihn auf und war nicht im Geringsten überrascht, darin einen Sechserpack Nozz-A-La zu sehen, das bevorzugte Getränk aller Bumhugs von Welt. Eine Dose war leer. Mia war natürlich durstig gewesen. Sich schnell zu bewegen machte durstig. Vor allem, wenn die Wehen schon eingesetzt hatten.

»Das Ding kommt aus dem Gebäude auf der anderen Seite vom Fluss«, murmelte Jake. »Aus dem Dogan. Wenn ich nach hinten rausgegangen wäre, hätte ich es bestimmt dort stehen sehen. Wahrscheinlich eine ganze Flotte davon. Ich *wette*, dass es Andy war.«

Eddie musste zugeben, dass da etwas dran war. Der Dogan war offensichtlich eine Art Vorposten, der vermutlich älter war als die jetzigen unangenehmen Bewohner von Donnerschlag. Es war genau die Art Fahrzeug, die man sich für Streifenfahrten im hiesigen Gelände wünschen würde.

Von seinem Aussichtspunkt neben dem herabgestürzten Felsbrocken aus konnte Eddie den Kampfplatz sehen, auf dem sie sich gegen die Wölfen erhoben, sie mit Tellern und Blei bekämpft hatten. Auf diesem Teilstück der Oststraße herrschte jetzt ein solches Gedränge, dass er unwillkürlich an die Thanksgiving Day Parade von Macy's denken musste. Die gesamte Calla war dort zu einer Jubelfeier versammelt, und o wie Eddie sie in diesem Augenblick hasste! *Wegen euch mistigen Motherfucker ist meine Frau jetzt weg,* dachte er. Es war ein dämlicher Gedanke, auch außergewöhnlich unfreundlich, aber einer, der ihm eine gewisse hasserfüllte Befriedigung gewährte. Wie hatte es in diesem Gedicht von Stephen Crane doch geheißen, das sie damals in der Highschool gelesen hatten? »Ich liebe es, weil es bitter ist. Und weil es mein Herz ist.« Oder so ähnlich. Für amtliche Zwecke ausreichend.

Jetzt stand Roland neben dem verlassenen, leise summenden Dreirad, und falls Eddie im Blick des Revolvermanns Mitgefühl –

oder noch schlimmer: Mitleid – sah, wollte er davon nichts annehmen.

»Weiter, Jungs! Los, wir müssen sie finden!«

5

Diesmal gehörte die Stimme, die sie aus den Tiefen der Torweghöhle begrüßte, einer Frau, der Eddie nie selbst begegnet war, obwohl er von ihr erzählen gehört hatte – aye, oftmals, sage Euch meinen Dank – und ihre Stimme sofort erkannte.

»Sie ist fort, du großer schwanzgesteuerter Tollpatsch!«, kreischte Rhea vom Cöos aus dem Dunkel. »Ist mit ihren Wehen anderswohin gegangen, dass du's weißt. Und ich bin mir sicher, dass ihr Kannibalenbaby, wenn's endlich rauskommt, sich daranmachen wird, seine Mutter von der Möse aus aufzufressen, aye!« Sie lachte, ein perfektes (und perfekt in den Ohren gellendes) Hexengelächter. »Keine Tittenmilch für dieses Baby, du armer ahnungsloser Lümmel! Das will nämlich *Fleisch!*«

»Halt's Maul!«, brüllte Eddie in die Dunkelheit. »Halt's Maul, du … du gottverdammtes *Phantom!*«

Und wie durch ein Wunder verstummte das Phantom.

Eddie sah sich um. Er sah Calvin Towers verdammtes Bücherschränkchen mit den zwei Fächern – Erstausgaben unter Glas, wenn's beliebt – , aber keine Tasche aus rosa Metallgewebe mit dem Aufdruck MITTWELT-BAHNEN; auch keinen reich geschnitzten Kasten aus Geisterholz. Die nichtgefundene Tür mit ihren im Nichts verankerten Türangeln war noch da, aber sie wirkte jetzt merkwürdig glanzlos. Nicht nur nicht gefunden, sondern auch vergessen; lediglich ein weiteres unnützes Stück einer Welt, die sich weiterbewegt hatte.

»Nein«, sagte Eddie. »Nein, das akzeptiere ich nicht. Die Kraft ist noch hier. *Die Kraft ist noch hier.*«

Er wandte sich Roland zu, aber Roland sah ihn nicht an. Roland studierte unglaublicherweise die Bücher. Als langweile die Suche nach Susannah ihn allmählich, sodass er auf der Suche nach einer guten Lektüre sei, um sich die Zeit zu vertreiben.

Eddie packte Roland an der Schulter und drehte ihn zu sich herum. »Was ist passiert, Roland? Weißt du's?«

»Was passiert ist, liegt auf der Hand«, sagte Roland. Callahan war jetzt ebenfalls herangekommen. Nur Jake, der die Torweghöhle zum ersten Mal besuchte, blieb vorläufig am Eingang zurück. »Sie ist so weit wie möglich mit dem Rollstuhl gefahren und hat sich dann auf allen vieren bis zum Anfang des Bergpfads vorgearbeitet. Keine schlechte Leistung für eine Frau, deren Wehen eingesetzt haben dürften. Am Fuß des Weges hat jemand – wahrscheinlich Andy, wie Jake sagt – ein Fahrzeug für sie zurückgelassen.«

»Wenn das Slightman war, gehe ich zurück und bringe ihn höchstpersönlich um.«

Roland schüttelte den Kopf. »Nein, nicht Slightman.« *Ben Slightman könnte es aber genauer wissen,* dachte er. Das spielte vermutlich sowieso keine Rolle, aber er konnte unerledigte Dinge so wenig leiden, wie er schief an der Wand hängende Bilder ausstehen konnte.

»He, Bruderherz, tut mir Leid, dir das erzählen zu müssen, aber dein Fickflittchen ist tot«, rief Henry Dean aus den Tiefen der Höhle. Es klang nicht bedauernd; es klang schadenfroh. »Das verdammte Ding hat sie von unten herauf aufgefressen! Hat auf dem Weg zum Gehirn nur lange genug innegehalten, um die Zähne auszuspucken!«

»Halt's Maul!«, schrie Eddie.

»Das Gehirn ist nämlich die ultimative Gehirnnahrung«, sagte Henry. Seine Stimme hatte einen sonoren, gelehrten Ton angenommen. »Von Kannibalen in aller Welt begehrt. Ein toller kleiner Kerl, den sie hat, Eddie! Niedlich, aber *hongrig.«*

»Schweig, im Namen Gottes!«, rief Callahan, und die Stimme von Eddies Bruder verstummte. Zumindest vorläufig verstummten sogar alle Stimmen.

Roland sprach weiter, als wäre er nie unterbrochen worden. »Sie ist hierher gekommen. Hat sich die Tasche geholt. Hat den Kasten aufgeklappt, damit die Schwarze Dreizehn die Tür öffnet. Wir sprechen von Mia – nicht von Susannah, sondern von Mia. Niemands Tochter. Und dann ist sie mit dem offenen Kasten durch die Tür gegangen. Auf der anderen Seite hat sie den Kasten zugeklappt und damit die Tür geschlossen. Sie gegen uns gesichert.«

»Nein«, sagte Eddie und griff nach dem kristallenen Türknopf mit der in seine Facetten eingravierten Rose. Aber er ließ sich nicht drehen. Er gab nicht ein Jota nach.

Aus der Dunkelheit sagte Elmer Chambers: »Wärst du flinker gewesen, Sohn, hättest du deine Freundin retten können. Das ist alles deine Schuld.« Und dann verstummte er wieder.

»Die Stimmen sind nicht echt, Jake«, sagte Eddie. Er rieb mit einem Finger über die Rose. Danach war die Fingerspitze staubig. Als ob die nichtgefundene Tür hier seit vielen Jahrhunderten nicht nur nicht gefunden, sondern auch unbenützt stehen würde. »Die Höhle spricht nur das schlimmste Zeug aus, das sie in deinem Kopf finden kann.«

»Hab dich imma gehasst, weißa Junge!«, rief Detta triumphierend aus der Dunkelheit jenseits der Tür. »Mann, bin ich froh, dass ich dich los bin!«

»Solches Zeug halt«, sagte Eddie und wies mit dem Daumen in die Richtung, aus der die Stimme gekommen war.

Jake nickte blass und nachdenklich. Roland hatte sich inzwischen wieder Towers Bücherschränkchen zugewandt.

»Roland?« Eddie bemühte sich, die Gereiztheit aus seiner Stimme herauszuhalten oder wenigstens einen Funken Humor hineinzulegen, aber beides misslang ihm. »Langweilen wir dich hier?«

»Nein«, sagte Roland.

»Dann wollte ich, du würdest aufhören, dir diese Bücher anzusehen, und mir helfen, eine Möglichkeit zu finden, die verdammte Tür …«

»Ich weiß, wie man sie öffnet«, sagte Roland. »Die erste Frage lautet nur: Wohin bringt sie uns, nachdem die Kugel jetzt verschwunden ist? Und die zweite Frage: Wohin wollen wir? Hinter Mia her oder zu dem Ort, an dem Tower und sein Freund sich vor Balazar und *seinen* Freunden versteckt halten?«

»Wir folgen Susannah!«, rief Eddie. »Hast du nichts von dem Scheiß gehört, den die Stimmen hier erzählen? Sie sagen, dass der Kleine ein Kannibale ist! Meine Frau könnte *in dieser Sekunde* ein kannibalisches Monster zur Welt bringen, und wenn du glaubst, dass irgendwas wichtiger ist als …«

»Der *Turm* ist wichtiger«, sagte Roland. »Und irgendwo auf der anderen Seite dieser Tür gibt es einen Mann, dessen *Name* sozusagen Turm heißt. Einen Mann, dem ein bestimmtes unbebautes Grundstück und eine bestimmte dort wachsende Rose gehören.«

Eddie starrte ihn unsicher an. Das taten auch Jake und Callahan. Roland wandte sich wieder dem Bücherschränkchen zu. Es sah in diesem felsigen Halbdunkel in der Tat seltsam aus.

»Und ihm gehören alle diese Bücher«, meinte Roland nachdenklich. »Er hat alles riskiert, um sie zu retten.«

»Yeah, weil er ein von Büchern besessener Motherfucker ist!«

»Trotzdem dienen alle Dinge Ka und folgen dem Balken«, sagte Roland und wählte ein Buch aus dem oberen Fach des Bücherschränkchens aus. Eddie sah, dass es umgekehrt hineingestellt gewesen war, was Calvin Tower seiner Meinung nach überhaupt nicht ähnlich sah.

Roland hielt das Buch in seinen runzligen, von Wind und Wetter gegerbten Händen und schien zu überlegen, wem er es geben sollte. Er sah Eddie an … er sah Callahan an … und gab das Buch dann Jake.

»Lies mir vor, was auf dem Titel steht«, sagte er. »Von den Worten eurer Welt bekomme ich Kopfschmerzen. Sie schwimmen mühelos in mein Auge, aber wenn ich sie mit dem Verstand erfassen will, schwimmen die meisten wieder fort.«

Jake achtete kaum mehr auf ihn; sein Blick war wie gebannt auf den Buchumschlag mit seiner Abbildung einer kleinen Landkirche bei Sonnenuntergang gerichtet. Callahan war inzwischen an ihm vorbeigegangen, um die im Halbdunkel der Höhle stehende Tür noch einmal näher zu betrachten.

Schließlich sah der Junge auf. »Aber ... Roland, ist das nicht die Kleinstadt, von der Pere Callahan uns erzählt hat? Die, in der ein Vampir sein Kruzifix zerbrochen und ihn gezwungen hat, sein Blut zu trinken?«

Callahan fuhr an der Tür herum. *»Was?«*

Jake hielt ihm wortlos das Buch hin. Callahan griff danach. Riss es ihm fast aus der Hand.

»Brennen muss Salem«, las er vor. »Ein Roman von Stephen King.« Er hob den Kopf, sah erst Eddie und dann Jake an. »Kennt ihr den? Einer von euch? Er ist nicht aus meiner Zeit, glaube ich.«

Jake schüttelte den Kopf. Das wollte auch Eddie tun, aber dann fiel ihm etwas auf. »Die Kirche hier«, sagte er. »Die sieht wie die Versammlungshalle der Calla aus. Könnten fast Zwillinge sein.«

»Sie sieht auch wie die 1819 erbaute East Stoneham Methodist Meeting Hall aus«, sagte Callahan, »also haben wir's diesmal vermutlich mit Drillingen zu tun.« Aber seine Stimme klang in seinen Ohren verträumt, so hohl wie die Scheinstimmen, die aus den Tiefen der Höhle heraufschwebten. Auf einmal kam er sich selbst falsch, nicht wirklich vor. Er fühlte sich *neunzehn.*

6

Das ist ein Witz, versicherte ein Teil seines Verstands ihm. *Das muss ein Witz sein, auf dem Umschlag dieses Buchs steht, dass es ein Roman ist, also …*

Dann hatte er eine Idee und fühlte eine Woge der Erleichterung über sich hinwegbranden. Es war eine *bedingte* Erleichterung, aber sicherlich besser als gar keine. Die Idee war, dass Leute manchmal erfundene Geschichten über real existierende Orte schrieben. Das war's bestimmt. So musste es sein.

»Sieh dir Seite hundertvierundachtzig an«, sagte Roland. »Ich konnte ein wenig davon entziffern, aber nicht alles. Bei weitem nicht genug.«

Callahan schlug die Seite auf und begann vorzulesen:

»›Als junger Seminarist hatte Father Callahan von einem Freund …‹« Seine Stimme wurde leiser und verstummte, während er mit den Augen den Text auf der Seite verschlang.

»Weiter«, sagte Eddie. »Wenn du's nicht vorliest, Father, tu ich's.«

»›… hatte Father Callahan von einem Freund eine Votivstickerei mit einem blasphemischen Spruch bekommen, der damals lautes, schockiertes Gelächter bei ihm ausgelöst hatte, ihm mit den Jahren jedoch immer wahrer und weniger blasphemisch vorkam: *Gott gebe mir die GELASSENHEIT, zu akzeptieren, was ich nicht ändern kann, die HARTNÄCKIGKEIT, zu ändern, was ich kann, und das GLÜCK, dabei nicht allzu oft ein Schlamassel anzurichten.* Das alles in altertümlicher Schrift mit einer aufgehenden Sonne im Hintergrund.

Als er nun vor Danny Glicks trauernden Angehörigen stand, kam ihm dieses alte Credo … dieses alte Credo wieder in den Sinn.‹«

Callahan ließ das Buch kraftlos sinken. Hätte Jake es nicht aufgefangen, wäre es wahrscheinlich auf den Höhlenboden gefallen.

»Du hattest eine, stimmt's?«, fragte Eddie. »Du hattest tatsächlich eine Votivstickerei mit diesem Text.«

»Frankie Foyle hat sie mir geschenkt«, sagte Callahan. »Als wir noch im Priesterseminar waren. Und Danny Glick … Ich habe bei seiner Beerdigung amtiert, das habe ich euch ja schon erzählt, glaube ich. Das war damals, als alles sich irgendwie zu verändern schien. Aber das hier ist ein Roman! Ein Roman ist etwas Erdachtes! Wie … wie kann er … « Seine Stimme wurde plötzlich zu einem Armesünderheulen. In Rolands Ohren klang sie so unheimlich wie die aus den Tiefen der Höhle aufsteigenden Stimmen. »Verdammt, ich bin ein REALER MENSCH!«

»Hier ist die Stelle, wo der Vampir dein Kruzifix zerbricht«, sagte Jake. »›Endlich lernen wir uns persönlich kennen‹, sagte Barlow lächelnd. Sein Gesicht war markant, intelligent und auf eine harte, abstoßende Weise gut aussehend – doch als sich das Licht änderte, wirkte es …‹«

»Stopp«, sagte Callahan niedergeschlagen. »Davon tut mir der Kopf weh.«

»Und hier steht, dass sein Gesicht dich an dein Privatgespenst erinnert hat, das in deinem Kinderzimmer im Schrank gehaust hat. Mr. Flip.«

Callahans Gesicht war jetzt so bleich, als wäre er selbst das Opfer eines Vampirs. »Ich habe niemals jemandem von Mr. Flip erzählt, nicht einmal meiner Mutter. Das kann nicht in diesem Buch stehen. Das ist unmöglich!«

»Es steht aber darin«, sagte Jake einfach.

»Das sollten wir klären«, sagte Eddie. »Als du noch klein warst, hat's einen Mr. Flip gegeben, und du hast an ihn gedacht, als du vor Barlow, diesem speziellen Vampir vom Typ eins, gestanden hast. Richtig?«

»Ja, aber …«

Eddie wandte sich an den Revolvermann. »Glaubst du, dass uns das näher an Susannah heranbringt?«

»Ja. Wir haben das Innerste eines großen Mysteriums erreicht. Vielleicht *des* großen Mysteriums. Ich glaube, dass der Dunkle Turm fast zum Greifen nahe ist. Und ist der Turm nahe, ist Susannah es auch.«

Callahan, der ihn ignorierte, blätterte weiter in dem Roman. Jake sah ihm dabei über die Schulter.

»Und du weißt, wie man diese Tür öffnet?« Eddie deutete auf sie.

»Ja«, sagte Roland. »Ich werde Hilfe brauchen, aber ich glaube, die Einwohner von Calla Bryn Sturgis sind uns ein wenig Unterstützung schuldig, oder?«

Eddie nickte. »Also gut, dann will ich dir was verraten: Ich bin mir ziemlich sicher, dass ich den Namen Stephen King schon mal gesehen habe – zumindest einmal.«

»Auf der Tageskarte«, sagte Jake, ohne von dem Buch aufzusehen. »Genau, jetzt fällt's mir ein. Er hat auf der Tageskarte gestanden, als wir zum ersten Mal flitzen waren.«

»Tageskarte?«, fragte Roland stirnrunzelnd.

»Towers Tageskarte«, sagte Eddie. »Sie hat im Schaufenster gestanden, schon vergessen? Als Teil seiner ganzen Restaurant-für-geistige-Nahrung-Chose.«

Roland nickte.

»Aber ich will euch was erzählen, Leute«, sagte Jake, der diesmal von dem Roman aufsah. »Der Name hat zwar draufgestanden, als Eddie und ich flitzen waren, aber er war nicht auf der Tafel, als ich zum ersten Mal dort reingegangen bin. Als Mr. Deepneau mir das Flussrätsel erzählt hat, war's ein anderer Name. Er hat sich verändert – genau wie der Name der Verfasserin von *Charlie Tschuff-Tschuff.*«

»Ich kann nicht in einem Buch sein«, murmelte Callahan. »Ich bin keine Erfindung … oder doch?«

»Roland.« Das war Eddie. Der Revolvermann wandte sich ihm zu. »Ich muss sie finden. Mir ist's scheißegal, wer real ist und wer nicht. Calvin Tower, Stephen King oder der Papst in Rom sind mir auch egal. Was Realität angeht, ist Susannah alles, was ich in dieser Hinsicht brauche. Ich muss meine Frau wiederfinden.« Er senkte die Stimme. »Hilf mir, Roland.«

Roland streckte die linke Hand aus und ergriff das Buch. Mit seiner Rechten berührte er die Tür. Wenn sie noch lebt, dachte er. Wenn wir sie finden können und wenn sie wieder sie selbst ist. Wenn und wenn und wenn.

Eddie legte Roland eine Hand auf den Arm. »Bitte«, sagte er. »Bitte, zwinge mich nicht dazu, es allein zu versuchen. Ich liebe sie so sehr. Hilf mir, sie zu finden.«

Roland lächelte. Das Lächeln machte ihn jünger. Es schien die Höhle mit eigenem Licht zu erfüllen. In diesem Lächeln lag die gesamte altehrwürdige Kraft des Eld: die Kraft des Weißen.

»Ja«, sagte er. »Wir gehen.«

Und dann sagte er es noch einmal: alles, was an diesem finsteren Ort an Bestätigung nötig war.

»Ja.«

Bangor, Maine
15. Dezember 2002

Anmerkung des Verfassers

Was ich dem amerikanischen Western in Bezug auf den Aufbau der Dunkler-Turm-Romane schulde, dürfte offenkundig sein, ohne dass ich diesen Punkt eigens betonen muss; sicherlich erhielt die Calla den letzten Teil ihres (leicht verfälschten) Namens nicht zufällig. Trotzdem sollte darauf hingewiesen werden, dass zumindest zwei Quellen, aus denen ein Teil dieses Materials stammt, keineswegs amerikanische sind. Sergio Leone *(Für eine Handvoll Dollar, Für ein paar Dollar mehr, Zwei glorreiche Halunken* usw.*)* war Italiener. Und Akira Kurosawa *(Die sieben Samurai)* war natürlich Japaner. Wären diese Romane ohne das cineastische Vermächtnis von Kurosawa, Leone, Peckinpah, Howard Hawkes und John Sturges geschrieben worden? Jedenfalls kaum ohne das Werk Leones. Aber ohne die anderen, würde ich behaupten, hätte es keinen Leone *geben* können.

Dank schulde ich auch Robin Furth, die es schaffte, immer mit den richtigen Informationen zur Stelle zu sein, wenn ich sie brauchte, und natürlich meiner Frau Tabitha, die mir weiter geduldig die Zeit und das Licht und die Freiheit gewährt, die ich brauche, um diese Arbeit nach bestem Vermögen zu tun.

S.K.

Nachwort des Verfassers

Bevor Sie dieses kurze Nachwort lesen, möchte ich Sie bitten, sich einen Augenblick Zeit zu nehmen (wenn's beliebt) und nochmals die Widmung am Anfang dieses Romans zu lesen. Ich warte so lange.

Vielen Dank. Ich möchte Ihnen sagen, dass Frank Muller mit *Different Seasons* [dt. *Frühling, Sommer, Herbst und Tod*] beginnend eine Anzahl meiner Bücher für den Hörbuchmarkt vorgelesen hat. Ich habe ihn damals bei Recorded Books in New York kennen gelernt, und wir mochten einander sofort. Daraus entstand eine Freundschaft, die schon länger besteht, als manche meiner Leser alt sind. Im Lauf unserer Zusammenarbeit nahm Frank die ersten vier Romane des *Dunkler-Turm*-Zyklus auf, und ich hörte sie mir an – alle etwa sechzig Kassetten –, während ich mich darauf vorbereitete, die Geschichte des Revolvermanns zu Ende zu erzählen. Audio ist das perfekte Medium für solch umfassende Vorarbeiten, weil Audio einen dazu zwingt, alles aufzunehmen; das eilige Auge (oder der gelegentlich müde Geist) kann kein einziges Wort überspringen. Das war genau das, was ich brauchte, ein völliges Eintauchen in Rolands Welt, und das war es auch, was Frank mir gab. Und er gab mir noch mehr, etwas Wundervolles und Unerwartetes. Es war ein Gefühl von Unverbrauchtheit und Frische, das mir irgendwo unterwegs abhanden gekommen war; ein Gefühl von Roland und Rolands Freunden als *realen Personen* mit eigenem kraftvollem Innenleben. Wenn ich in der Widmung schreibe, dass Frank die Stimmen in meinem Kopf gehört hat, sage ich die buchstäbliche Wahrheit, wie ich sie verstehe. Und wie eine erheblich gütigere Version der Torweghöhle brachte er sie vollständig ins Leben zurück. Die restlichen Bücher sind fertig (das vorliegende in endgültiger Fassung, die beiden letzten im Entwurf), und das verdanke ich zu einem großen Teil Frank Muller und seiner beseelten Vortragskunst.

Ich hatte gehofft, Frank werde auch die abschließenden drei Romane des *Dunkler-Turm*-Zyklus als Hörbücher vorlesen (ungekürzt vorlesen; ich gestatte keine Kürzungen meiner Romane und missbillige Kürzungen im Allgemeinen sowieso), und er freute sich darauf, sie vorzulesen. Wir besprachen diese Möglichkeit im Oktober 2001 bei einem Dinner in Bangor, und im Verlauf dieses Gesprächs bezeichnete er die *Turm*-Romane als seine absoluten Lieblingsbücher. Da er bis dahin bereits über fünfhundert Bücher für den Hörbuchmarkt vorgelesen hatte, fühlte ich mich nicht wenig geschmeichelt.

Weniger als einen Monat nach diesem Dinner und unserer optimistischen, in die Zukunft weisenden Diskussion erlitt Frank auf einem kalifornischen Highway einen schrecklichen Motorradunfall. Das passierte nur wenige Tage, nachdem er erfahren hatte, dass er zum zweiten Mal Vater werden würde. Obwohl er seinen Sturzhelm trug, der ihm wahrscheinlich das Leben rettete – Motorradfahrer, bitte beachten –, erlitt er schwere Verletzungen, viele davon im neurologischen Bereich. Nun wird er die abschließenden *Dunkler-Turm*-Romane doch nicht auf Tonband aufnehmen. Franks letztes Werk wird fast sicher sein beseelter Vortrag von Clive Barkers *Coldheart Canyon* bleiben, den er im September 2001, keine zwei Monate vor seinem Unfall, abschloss.

Wenn nicht ein Wunder geschieht, ist Frank Mullers Arbeitsleben vorüber. Die Arbeit an seiner Rehabilitation, die fast sicher lebenslänglich dauern wird, hat erst begonnen. Er wird viel Pflege und viel professionelle Hilfe brauchen. Solche Dinge kosten Geld, und Geld ist nichts, was freiberufliche Künstler im Allgemeinen reichlich haben. Gemeinsam mit einigen Freunden habe ich eine Stiftung gegründet, um Frank zu helfen – und hoffentlich auch anderen freiberuflichen Künstlern verschiedenster Art, die ähnliche Kataklysmen erleiden. Was ich an Einkünften aus der Hörbuchfassung von *Wolfsmond* erziele, geht ausschließlich an diese Stiftung. Das wird nicht reichen, aber die Arbeit des Geldbeschaffens für The Wavedancer Foundation (*Wavedancer* war der Name von Franks Segelboot) hat wie die Arbeit an Franks Rehabilitation erst begonnen. Haben Sie etwas Geld übrig, das nicht arbeitet, und wollen mithelfen, die Zukunft der Wavedancer Foundation zu sichern, schicken Sie es nicht mir; schicken Sie es an:

The Wavedancer Foundation
c/o Mr. Arthur Greene
101 Park Avenue
New York, NY 10001

Franks Ehefrau Erika sagt Ihnen ihren Dank. Das tue auch ich. Und Frank täte es, wenn er könnte.

Bangor, Maine
15. Dezember 2002

»Was ist mit Mia?«, fragte Roland, indem er ein Zündholz mit dem Daumennagel anriss. »Verhält sie sich ruhig?«

»Wenn ihr Jungs nicht wärt, würde ich wahrscheinlich gar nicht glauben, dass es dieses Weibsstück überhaupt gibt.«

»Und dein Bauch verhält sich auch ruhig?«

»Ja.« Susannah vermutete, dass jeder bestimmte Regeln fürs Lügen hatte; wollte man eine erzählen, so besagte ihre Regel, tat man sein Bestes, sich kurz zu fassen. Falls sie wirklich einen kleinen Kerl in ihrem Bauch hatte – irgendeine Art Ungeheuer –, würde sie es in einer Woche oder so zulassen, dass die anderen sich gemeinsam mit ihr darüber Sorgen machten. Das hieß, falls sie dann noch imstande waren, sich wegen irgendetwas Sorgen zu machen. Vorerst brauchten sie jedoch nichts von den kleinen Krämpfen zu wissen, die sie ab und zu plagten.

»Dann ist ja alles in Ordnung«, sagte der Revolvermann. Sie ritten eine Zeit lang schweigend weiter, bis Roland plötzlich sagte: »Hoffentlich könnt ihr beiden Jungs schaufeln. Es gibt einiges zu graben.«

»Gräber?«, fragte Eddie, ohne recht zu wissen, ob das ein Scherz sein sollte oder nicht.

»Gräber sind erst später dran.« Roland blickte gen Himmel, aber inzwischen waren die Wolken aus Westen herangezogen und hatten die Sterne verdeckt. »Merkt euch nur eines: Es sind die Sieger, die sie graben.«

»Nein. Ich wüsste auch keinen.«

Roland sah sich um. »Am besten reden wir nicht über solche Dinge, Ben. Ich weiß, dass *Ihr* zuverlässig seid, aber …«

Ben nickte hastig. »Kein Wort mehr, Roland, ich verstehe.«

Der Springball rollte Slightman vor die Füße. Sein Sohn streckte lächelnd die Hände danach aus. »Pa! Wirf!«

Ben warf, so kräftig er konnte. Der Ball segelte genau wie Mollys Teller in Gran-Peres Geschichte. Benny sprang hoch, fing ihn mit einer Hand auf und lachte wieder. Sein Vater lächelte ihm liebevoll zu, dann sah er zu Roland hinüber. »Sie passen großartig zusammen, nicht wahr? Eurer und meiner?«

»Aye«, sagte Roland und lächelte dabei halbwegs. »Fast wie Brüder, das steht fest.«

6

Das Ka-Tet kehrte gemächlich ins Pfarrhaus zurück. Sie ritten zu viert nebeneinander und spürten jeden Blick, der ihnen in der Stadt folgte: dem Tod zu Pferd.

»Zufrieden damit, wie's gelaufen ist, Süßer?«, fragte Susannah an Roland gewandt.

»Einigermaßen«, sagte er, während er sich eine Zigarette drehte.

»Ich möchte auch mal eine davon probieren«, sagte Jake plötzlich.

Susannah warf ihm einen Blick zu, der entsetzt und belustigt zugleich war. »Jetzt aber mal halblang, Süßer – du bist noch nicht mal dreizehn!«

»Mein Dad hat damit angefangen, als er zehn war.«

»Und mit fünfzig ist er wahrscheinlich tot«, sagte Susannah streng.

»Wär kein großer Verlust«, murmelte Jake, aber er ließ das Thema fallen.